Ngũgĩ wa Thiong'o

Herr der Krähen

Ngũgĩ wa Thiong'o

Herr der Krähen

Roman

Aus dem Englischen von Thomas Brückner

Büchergilde Gutenberg

Lizenzausgabe für die Büchergilde Gutenberg, Frankfurt am Main, Wien und Zürich
www.buechergilde.de

Mit freundlicher Genehmigung des A1 Verlags, München

Lektorat: Frank Berninger
Satz: Fotosatz Kretschmann GmbH, Bad Aibling
Typographie: Konturwerk, Herbert Woyke
Druck und buchbinderische Verarbeitung: CPI – Ebner & Spiegel, Ulm
Papier Innenteil: 80 g/m^2 Werkdruck holzfrei bläulich weiß von Schleipen
Gesetzt aus der 10,6/13,8 Punkt Minion Pro regular
Printed in Germany 2011
ISBN 978-3-7632-6510-7

Die Originalausgabe erschien unter dem Titel „Wizard of the Crow" 2006
bei Pantheon Books/Random House, New York

Die Übersetzung aus dem Englischen wurde mit Mitteln des Auswärtigen Amtes unterstützt durch litprom – Gesellschaft zur Förderung der Literatur aus Afrika, Asien und Lateinamerika e.V.

Dieses Buch widme ich meinen Eltern
Wanjikũ wa Thiong'o
Thiong'o wa Ndũcũ,
die leider nicht mehr sind
&
meiner Frau
Njeeri wa Ngũgĩ,
für ihre Liebe, ihren Mut, für ihre Kraft
und Unterstützung.

Im Namen der Toten, der Lebenden, der Ungeborenen,
mach deine Ohren frei von allen Unreinheiten, Zuhörer,
damit dich meine Geschichte erreichen kann.

Inhalt

ERSTES BUCH

Dämonen der Macht

1

Es gab viele Theorien über die seltsame Krankheit des Zweiten Herrschers der Freien Republik Aburĩria, fünf davon aber waren in aller Munde.

Die Krankheit war, der ersten Theorie nach, aus einem Zorn heraus geboren, der einst in ihm aufstieg; und er war sich der Gefahr, die sie für sein Wohlbefinden darstellte, so bewusst, dass er alles versuchte, um diesen Zorn loszuwerden: Nach jeder Mahlzeit rülpste er ausgiebig, zählte manchmal von eins bis zehn oder rief laut „ka ke ki ko ku". Warum er ausgerechnet diese Silben benutzte, konnte niemand sagen. Doch räumte jeder ein, dass der Herrscher nicht ganz unrecht hatte. So, wie die üblen Gase eines unter Verstopfung Leidenden ausgestoßen werden müssen und auf diese Weise der Druck auf die Gedärme verringert wird, braucht auch der Zorn eines Menschen einen Weg nach draußen, um den Druck auf sein Herz zu mindern. Dieser Herrscherzorn aber wollte nicht vergehen und gärte weiter in seinem Innern, bis er sein Herz aufgezehrt hatte. Es heißt, darauf gehe das aburĩrische Sprichwort zurück, dass Ärger zerstörender wirkt als Feuer, weil er einst die Seele eines Herrschers ausgehöhlt habe.

Wann hatte dieser Zorn Wurzeln geschlagen? Als zum ersten Mal Schlangen auf der nationalen Bühne auftauchten? Als das Wasser im Schoß der Erde bitter wurde? Oder als er Amerika besuchte und es ihm nicht gelang, ein Interview in der berühmten Sendung „Ein Treffen mit den Mächtigen der Welt" auf Global Network News zu bekommen? Man erzählt sich, dass er seinen Ohren nicht traute, als man ihm mitteilte, ihm keine einzige Sendeminute einräumen zu können. Er verstand nicht, wovon die da eigentlich redeten. Schließlich war er in seinem Land zu jeder Tages- und Nachtzeit im Fernsehen zu sehen; jede seiner Regungen – Essen, Scheißen, Schnäuzen oder Niesen – wurde von Kameras eingefangen. Sogar wenn er gähnte, war das eine Nachricht wert, weil sein Gähnen – sei es aus Langeweile, Müdigkeit, Hunger oder Durst – oft genug ein Drama nationalen Ausmaßes zur Folge hatte: Er ließ seine Feinde öffentlich mit dem *sjambok* auspeitschen, ganze Dörfer wurden in die Luft gesprengt, oder eine mit Pfeil und Bogen ausgerüstete Kommandoeinheit durchlöcherte ein paar Leute und ließ die Leichen als Festmahl für Hyänen und Geier zurück.

Man erzählt sich, er habe ein besonderes Talent besessen, Zwietracht unter den aburĩrischen Familien zu säen und zu nähren. Denn gerade Szenen des Leids besänftigten ihn und bescherten ihm festen Schlaf. Nichts aber, so schien es, war jetzt in der Lage, seinen Zorn zu mildern.

Aber konnte Zorn, wie tief er auch saß, überhaupt eine geheimnisvolle Krankheit auslösen, die aller Logik und jeglicher medizinischer Sachkenntnis widersprach?

2

Der zweiten Theorie zufolge war die Krankheit ein Fluch, der sich mit dem Blöken eines ungerecht behandelten Ziegenbocks über den Herrscher legte. Es wird erzählt, ein paar Älteste hätten sich, beunruhigt vom Anblick der Blutströme, die das Land überfluteten, dazu entschlossen, dieses Übel wie die Epidemien zu behandeln, die in alten Zeiten das Überleben der Gemeinschaft bedrohten: Doch anstatt das Übel im Bauch eines Tieres zu begraben, indem sie ihm Fliegen – das Symbol für die Epidemie – in den Anus stopften, wollten sie einem Ziegenbock die Haare des Herrschers, die für das Böse standen, durch das Maul ins Innere pflanzen. Anschließend sollte dieser den Herrscher verkörpernde Sündenbock geächtet und aus allen Gegenden des Landes vertrieben werden, in denen sein Meckern seine unheilvolle Anwesenheit verkündete.

Unter Anleitung eines Medizinmanns mischten sie die Haare, die sie sich heimlich beim Barbier des Herrschers besorgt hatten, mit Gras, Salz und magischen Tinkturen und flößten sie dem Ziegenbock ein. Mit Nadel und Faden begann der Medizinmann dann, die sieben Körperöffnungen des Tieres zu verschließen, wobei er mit dem Anus anfing. Doch der Ziegenbock wehrte sich, stieß einen markerschütternden Schrei aus und flüchtete, noch bevor ihm der Medizinmann das Maul zunähen konnte. Man berichtet, er blökte seinen Kummer ins ganze Land hinaus, bis sein Schrei auch den Herrscher erreichte. Als dieser von dem Fluch erfuhr, den er für einen Aufruf zum Putsch hielt, schickte er Soldaten los, die den Ziegenbock und alle, die in diese Angelegenheit verwickelt waren, zur Strecke bringen sollten. Es geht das Gerücht um, der Ziegenbock, der Barbier, der Medizinmann, die Ältesten und sogar die Soldaten seien den Krokodilen im Red River zum Fraß vorgeworfen worden, um ewiges Schweigen über den Fluch sicherzustellen. Zur Erinnerung an diesen Tag seiner Errettung ließ der Herrscher den Red River auf den Burĩ-Scheinen abbilden – neben seinem eigenen Konterfei das einzige Bild, das je auf Banknoten der aburĩrischen Währung zu Ehren gelangte.

Allerdings beunruhigte ihn noch immer der Gedanke, dass der Ziegenbock einen Bart hatte. Deshalb konsultierte er heimlich ein Orakel in einem Nachbarland, das ihm versicherte, nur ein bärtiges Geisterwesen könne seine Herrschaft ernsthaft bedrohen. Obwohl er eigentlich überzeugt war, kein Mensch könne ihn je stürzen und Geisterwesen könnten sich, weil sie keine körperliche Form besaßen, gar keine Bärte wachsen lassen, reagierte er von nun an empfindlich auf Bärte. Er erließ ein Dekret, das unter der Bezeichnung „Das Bartgesetz“ in die Geschichte einging und besagte, dass alle Ziegen und Menschen sich die Bärte zu stutzen hätten.

Einige bezweifeln diese Geschichte über den bärtigen Ziegenbock und behaupten sogar, das Bartgesetz beziehe sich lediglich auf Soldaten, Polizisten, Verwaltungsangestellte und Politiker, und die Hirten kürzten ihren Ziegenböcken die Bärte aus eigenem Antrieb, weil das Stutzen der Ziegenbärte bei den aburĩrischen Hirten damals sehr in Mode war.

Die ewigen Zweifler fragten sich: Was hatte das Blöken eines Ziegenbocks, dem Anus, Nase und Ohren zugenäht worden waren, mit der seltsamen Krankheit des Herrschers zu tun?

3

Nun meldeten sich andere mit einer dritten Theorie zu Wort, die besagte, die Krankheit habe – da schließlich nichts ewig währt – damit zu tun, dass seine Herrschaft in die Jahre gekommen sei: Er saß bereits so lange auf dem Thron, dass er sich selbst nicht mehr erinnern konnte, wann seine Regierungszeit eigentlich begonnen hatte. Seine Herrschaft kannte weder Anfang noch Ende; und bedenkt man die Tatsachen, dann könnte man diese Behauptung durchaus glauben. Kinder waren geboren worden und hatten anderen das Leben geschenkt, die wiederum Kinder in die Welt gesetzt hatten. Seine Herrschaft aber hatte alle Generationen überdauert, sodass einige Leute, wenn sie hörten, es habe vor ihm einen ersten Herrscher gegeben, dem Gouverneure und Sultane in den Zeiten der Araber, Türken und Italiener bis hin zu den Briten vorausgegangen waren, nur ungläubig den Kopf schüttelten und sagten: Nein, nein, das sind Ammenmärchen von Tagträumern. Aburĩria hatte niemals einen anderen Herrscher und könnte auch niemals einen anderen haben. Hatte denn nicht die Herrschaft dieses Mannes begonnen, bevor die Welt überhaupt ihren Anfang nahm, und würde sie nicht erst mit dem Ende der Welt enden? Doch selbst diese Vermutung war von Zweifeln durchsetzt, denn wie sollte die Welt zu ihrem Ende finden?

4

Die vierte Theorie behauptete, seine Krankheit habe ihren Ursprung in den ungeweinten Tränen, die Rachael, seine rechtmäßige Frau, in ihrer Seele verschlossen hatte, seit sie bei ihm in Ungnade gefallen war.

Der Herrscher und seine Frau hatten sich eines Tages entzweit, als Rachael ihn nach den Schulmädchen fragte, die Gerüchten zufolge häufig ins State House gebeten wurden, um ihm das Bett zu bereiten, in dem er sich dann wie ein „alternder Weißer“ an den jungen Küken erfreute. Selbstverständlich würde der Herrscher niemals zugeben, dass er alterte. Der Vergleich mit dem Weißen dagegen bereitete ihm keinerlei Schwierigkeiten und so änderte er die Aussage dahingehend, dass ein Weißer seine Jugend mit jungen Küken erneuert. Man stelle sich vor, wie er sich gefühlt haben muss, als Rachael ihm diesen Jungbrunnen verbieten wollte! Wie taktlos und ungeschickt von ihr, das Unfragbare zu fragen! Seit wann konnte einem Mann, einem Herrscher zudem, das Recht abgesprochen werden, sich zwischen den Schenkeln einer Frau seinen Weg zu bahnen, seien es nun Schulmädchen oder die Ehefrauen anderer Männer? Was für eine Witzfigur gäbe er ab, wenn er auf sein Recht verzichtete, alle Frauen im Land zu begatten nach Art der Gebieter des Alten Europa, denen das „droit de seigneur“ das Vorrecht auf jede Braut gewährte?

Rachael dachte, sie verhielte sich angemessen. „Ich weiß“, sagte sie, „du nimmst den Titel Vater der Nation ernst. Du weißt, dass ich mich nie über die Frauen beschwert habe, die dir das Bett machen, egal wie viele Kinder du mit ihnen zeugst. Aber warum jetzt Schulmädchen? Sind sie nicht gerade erst so alt wie die von dir gezeugten Kinder? Sind sie denn nicht auch unsere Kinder? Heute zeugst du sie und morgen machst du sie zu deinen Gespielinnen? Weinst du keine Tränen aus Sorge um unsere Zukunft?“

Sie aßen im State House zu Abend und für Rachael war dieser Abend etwas Besonderes, weil sie zum ersten Mal seit langem allein waren. Die Last, einer ganzen Nation vorzustehen, erlaubte ihnen kaum, jemals gemeinsam zu speisen und ein Gespräch als Ehepaar zu führen. Rachael glaubte an das Sprichwort „Kleider machen Frauen", und deshalb hatte sie an diesem Abend besondere Sorgfalt auf ihr Aussehen verwandt. Sie trug ein weißes Baumwollkleid mit tiefem V-Ausschnitt und kurzen, plissierten Ärmeln, eine Kette, die ihren schlanken Hals zur Geltung brachte, Ringe an den Fingern, und die von ihren zarten Ohren herabhängenden Diamanten ließen sie in funkelndem Glanz erstrahlen.

Wir können uns die Szene genau vorstellen: Die Gabel des Herrschers war zielsicher auf ihrem Weg zum Mund und er gerade dabei, sich einen Bissen Hühnchenfleisch zu genehmigen, als bei Rachaels Worten die Gabel auf halber Strecke in der Luft stehen blieb. Langsam ließ er sie auf den Teller zurücksinken, das Hühnchenfleisch lag noch darauf, nahm die Serviette und wischte sich bedächtig die Lippen. Bevor er die Serviette zurücklegte, wandte er sich an seine Frau und fragte: „Rachael, habe ich richtig gehört, dass du mir vorwirfst, ich hätte mich Schulmädchen aufgedrängt? Dass ich keine Tränen der Sorge über unsere Zukunft vergieße? Hast du jemals von einem Herrscher gehört, der weint? Vielleicht einmal abgesehen von diesem ... ach, reden wir nicht weiter über ihn. Und was haben ihm seine täglichen Tränen im erwachsenen Mannesalter gebracht? Er hat den Thron eingebüßt. Willst du etwa, dass es mir ergeht wie ihm?"

Natürlich besteht immer ein Unterschied zwischen einem Gedanken und seiner Beschreibung. Was dem Herrscher tatsächlich durch den Kopf ging, als er die Gabel auf den Teller legte und sich mit einer Ecke der Serviette den Mund tupfte, war nicht etwa das Schicksal eines anderen, der geweint und so seinen Thron verloren hatte, sondern vielmehr, wie er es anstellen sollte, Rachael begreiflich zu machen, dass er, der Herrscher, über Macht verfügte, wirkliche Macht über alles und jeden, einschließlich ... ja, tatsächlich ... sogar über die Zeit. Ihn schauderte bei diesem Gedanken. Doch noch bevor dieser Schauder ihn vollständig erfasst hatte, stand sein Entschluss fest.

Mit gekünstelter Ruhe und einem matten Lächeln teilte er Rachael mit, dieses unvollendete Essen sei ihr letztes gemeinsames, er sage sich augenblicklich von ihr los, um ihr Zeit zu geben, über die Ungeheuerlichkeiten ihrer Behauptungen nachzudenken. Und weil sie einen Ort brauche, an dem sie in sich gehen könne, wolle er wahr machen, was in der Heiligen Schrift geschrieben steht: In meines Vaters Haus sind viele Wohnungen. Auch für Sünderinnen.

Auf einem drei Hektar großen Landstück ließ er für sie ein Haus errichten, umgeben von einer Steinmauer und einem Elektrozaun; und während er nachdenklich die unüberwindbaren Mauern betrachtete, kam ihm die Idee für ein Bauwerk in den Sinn, das in seiner Vorstellung bis in den ... Doch darüber sollten wir später berichten, weil dieser Gedanke von einem seiner treuesten Minister, der ihn vorbehaltlos bewunderte, aufgegriffen wurde. Was jedoch zweifellos Produkt seines eigenen Genies war, sowohl in der Planung als auch in der Ausführung, war der Bau dieses Hauses für Rachael.

Alle Uhren in diesem Haus wurden exakt auf die Sekunde, Minute und Stunde eingestellt, in der Rachael die Frage nach den Schulmädchen gestellt hatte. Die Kalender im Haus wiesen genau diesen Tag, den Monat und das Jahr aus. Die Uhren schlugen, aber die Zeiger bewegten sich nicht. Und der mechanische Kalender sprang immer wieder auf dieses Datum. Das Essen, das ihr aufgetischt wurde, war das gleiche wie bei ihrem letzten Abendessen, die Kleider dieselben, die sie an jenem Abend getragen hatte. Bettbezüge und Vorhänge glichen denen in dem Haus, in dem sie zuvor gewohnt hatte. Radio und Fernseher wiederholten die Sendungen, die zur Zeit des Abendessens ausgestrahlt worden waren. Alles in diesem neuen Haus war eine getreue Nachbildung eben jenes Augenblicks.

Der Plattenspieler war so eingestellt, dass er unablässig eine einzige Hymne abspielte:

Unser Herr kehrt eines Tages wieder
Und führt uns in sein Himmelreich
Dann werd ich wissen, wie sehr er mich liebt
Wenn er eines Tages wiederkehrt

Und wenn er wiederkehrt
Werdet ihr Gottlosen zurückgelassen
Und eure gottlosen Taten beweinen
Wenn unser Herr eines Tages wiederkehrt

Der Gedanke, diese Hymne endlos wiederholen zu lassen, gefiel ihm so gut, dass er in allen vier Ecken des drei Hektar großen Anwesens Verstärker und Lautsprecher aufstellen ließ, damit auch Passanten von der Musik und dem Text profitierten.

Rachael sollte dort auf seine Wiederkehr warten. Erst an dem Tag, an dem er feststellte, dass sie alle Tränen für die Zukunft der Kinder vergossen hatte, die zu missbrauchen sie ihn beschuldigt hatte, erst an dem Tag würde er sie wieder zu sich nehmen und das Leben mit ihr genau an dem Punkt neu beginnen, an dem es angehalten worden war. Und Rachael würde ihr Leben, das auf der Stelle getreten war wie ein Standbild im Film, wieder aufnehmen. Ich bin dein Anfang und dein Ende.

„Was bist du gewesen, bevor ich dich zur Frau nahm?", fragte er und gab selbst die Antwort: „Grundschullehrerin. Ich bin die Vergangenheit und die Gegenwart, die du gewesen bist." Und er fügte, während er sich umdrehte und entfernte, noch hinzu: „I am your tomorrow, take it or leave it."

Das Gefängnis verfügte über nur einen Eingang. Am Steintor war eine bewaffnete Wache postiert, die darauf achtete, dass Rachael ihr Gefängnis weder verließ noch Besucher empfing – mit Ausnahme der Angestellten, die die Vorräte auffüllten und zugleich als Spione arbeiteten, oder aber ihrer Kinder.

Ihrer Kinder? Abgesehen von den zahllosen anderen Kindern, die er mit seinen jungen Bettgefährtinnen gezeugt hatte, hatte er vier Söhne mit Rachael. Im Unterricht gehörten sie nicht gerade zu den Hellsten, und er hatte sie vor ihrem Abschluss von der Schule genommen und in die Armee gesteckt, damit sie ihr Handwerk von Grund auf lernten. Dort waren sie schnell zu höchsten Dienstgraden aufgestiegen. Zu Beginn der eingefrorenen Gegenwart ihrer Mutter war Rueben Kucera, der älteste Sohn, Drei-Sterne-General im Heer;

Samwel Moya, der Zweitgeborene, Zwei-Sterne-General bei der Luftwaffe; Dickens Soi, der dritte, Ein-Sterne-General der Marine; und der jüngste, er hieß Richard Runyenje, war Hauptmann im Heer. Neben ihren militärischen Verpflichtungen waren sie im Aufsichtsrat verschiedener halbstaatlicher Organisationen, die allesamt eng mit ausländischen Firmen verflochten waren, besonders mit denen, die mit der Erschließung von Erdölvorkommen und dem Abbau von Edelmetallen zu tun hatten. Außerdem saßen sie in mehreren Kontrollräten. Dort bestand ihre Hauptaufgabe darin, alle gegen die Regierung gerichteten Pläne in den drei Waffengattungen der Armee auszuspionieren und Schmiergelder entgegenzunehmen. Das einzige Problem war, dass alle vier dermaßen dem Alkohol und Drogen verfallen waren, dass es ihnen schwerfiel, sich darüber auf dem Laufenden zu halten, was in der Armee oder den Aufsichtsräten überhaupt vor sich ging. Der Herrscher war darüber ziemlich enttäuscht, denn er hatte gehofft, zumindest einer ihrer gemeinsamen Söhne käme für den Thron in Frage und würde eine mächtige Familiendynastie begründen. Deshalb schimpfte er oft mit ihnen wegen ihres mangelnden Ehrgeizes und fehlenden Machthungers. An den Tagen aber, an denen sie ihre gesammelten Informationen bei ihm ablieferten, herrschte stets die festliche Stimmung einer Familienfeier.

Das Leben ihrer Mutter in dem Drei-Hektar-Käfig erschien ihnen nicht als besonders strenge Haft, und wenn sie nicht gerade zu betrunken waren, riefen sie bei ihr an, um zu fragen, wie es ihr gehe. Denn Rachael konnte zwar Gespräche entgegennehmen, selbst jedoch niemanden anrufen. Und wenn sie ihnen antwortete, es gehe ihr gut, nahmen sie das wörtlich und widmeten sich schleunigst wieder den Dingen, mit denen sie sich am besten auskannten: Alkohol, Drogen und Bestechungsgelder.

Tatsächlich legten die Söhne durch ihre Anrufe – auch wenn das nur ab und zu geschah – mehr Menschlichkeit an den Tag als ihr Vater, der sie nicht ein einziges Mal besuchte, um im Guten oder im Bösen ein Wort mit ihr zu wechseln. Trotzdem beschäftigte sich der Herrscher in Gedanken ständig mit Rachael. Täglich erhielt er Berichte über ihre Stimmungen und Unternehmungen, womit sie ihre

Tage verbrachte, wie sie schlief, den Inhalt ihrer Selbstgespräche, einfach über alles.

Wonach er sich sehnte, waren Berichte über Tränen, ein untrügliches Zeichen für ihren nahen Zusammenbruch und ihren Wunsch nach Erlösung. Aber die bekam er nicht. Und die Anhänger der vierten Theorie behaupteten, Rachael hätte sich in Kenntnis seines unersättlichen Hungers, diejenigen, die bereits am Boden lagen, noch mehr zu demütigen, geschworen, dass er ihre Tränen niemals zu sehen bekommen oder von ihnen erfahren werde, auch nicht durch ihre Kinder oder die zahlreichen Spione. Und je länger sie standhielt, desto mehr gierte er nach ihrer Unterwerfung. Ihre Tränen waren zum Schlachtfeld ihrer beider Willenskräfte geworden.

Diese Besessenheit von dem Wunsch, sie weinen zu sehen, führte, wie die Urheber der vierten Theorie meinten, zu der seltsamen Krankheit des Herrschers.

Das Problem mit dieser Theorie bestand darin, dass sie entweder auf bloßen Gerüchten aufbaute oder sich aus dem ableitete, was man aus dem Verhalten der Kinder des Herrschers glaubte schließen zu können.

Es war zugleich die am wenigsten bekannte der fünf Theorien, da sie nur im Flüsterton an Vertraute weitergegeben wurde. Denn wer war schon so dumm, öffentlich über derlei Dinge zu sprechen. Es sei denn, er liebäugelte mit dem Tod.

5

Schließlich gab es noch diejenigen, die bis auf den heutigen Tag schwören würden, dass die Krankheit des Herrschers weder mit seinem schwelenden Zorn zu tun hatte noch mit dem Schmerzensschrei eines Ziegenbocks, dem Unrecht getan worden war, weder mit einer überlangen Herrschaft noch mit Rachaels Tränen. Diese vertraten die fünfte Theorie: dass die Krankheit einzig und allein das Werk der

Dämonen sei, die der Herrscher in einer besonderen Kammer im State House beherberge und die sich nun von ihm abgewandt hätten und ihm ihren Schutz verweigerten.

Man erzählt sich, Wände und Decke dieser Kammer bestünden aus den Skeletten von Studenten, Lehrern, Arbeitern und Kleinbauern, die er in allen Teilen des Landes umgebracht hatte. Denn es war bekannt, dass er mit flammendem Schwert an die Macht gelangt war und die Leiber seiner Opfer wie gekappte Bananenstauden rechts und links von ihm zu Boden gesunken waren. Die Schädel der meistgehassten Feinde hingen an den Wänden, andere baumelten von der Decke herab, Knochenskulpturen, gebleichte Erinnerungen an Sieg und Niederlage.

Diese Kammer war eine Mischung aus Museum und Tempel, und der Herrscher betrat sie jeden Morgen – nachdem er zunächst ein Bad im konservierten Blut seiner Feinde genommen hatte – ausgestattet mit Zeremonienstab und Fliegenwedel und schritt stumm umher, wobei er die Ausstellungsgegenstände in Augenschein nahm. Beim Hinausgehen drehte er sich gewöhnlich an der Tür noch einmal um, ließ einen letzten Blick durch die Kammer schweifen und winkte mit höhnischer Geste triumphierender Verachtung den dunklen Löchern und grinsenden Zähnen zu, an deren Stelle sich früher Augen und Münder befunden hatten.

„Worauf wart ihr aus?“, fragte er die Schädel dann, als ob sie ihn hören könnten. „Auf diesen Fliegenwedel, dieses Zepter, diese Krone?“ Er hielt inne, als erwartete er eine Antwort, und da die Schädel keine gaben, brach er in schallendes Gelächter aus, als wollte er sie herausfordern, dem zu widersprechen, was er ihnen zu sagen hatte. „Ich habe euch die Zungen herausgerissen und die Lippen aufgeschlitzt, weil ich euch lehren wollte, dass ein Politiker, dem der Mund fehlt, kein Politiker ist.“ Es gab allerdings Momente, in denen die Schädel höhnisch zurückzugrinsen schienen, und dann verstummte sein Lachen plötzlich. „Ihr verfluchten Bastarde, es waren eure Gier und euer ungezügelter Ehrgeiz, die euch hierhergebracht haben. Habt ihr tatsächlich geglaubt, ihr hättet je eine Chance gehabt, mich zu stürzen? Ich will euch etwas sagen: Derjenige, der das wagen würde, ist noch nicht geboren, und wenn doch, müsste er sich in einen Geist verwandeln und sich einen Bart wachsen lassen und Menschenhaare an den Fußsohlen haben. Das habt ihr nicht gewusst, oder?", fügte er stets hinzu und richtete mit schäumendem Mund seinen Stab auf sie.

Ich will eingestehen, dass ich, der Erzähler, die Existenz dieser Kammer weder beweisen noch widerlegen kann. Es könnte sich hier durchaus nur um ein Gerücht oder um eine Geschichte aus dem Mund von Askari Arigaigai Gathere handeln. Aber wenn sie existiert, beweist einfache Logik, dass es die morgendlichen Riten des Herrschers in dieser Schädelkammer waren, die vor langer Zeit, vor dem fatalen Besuch in Amerika und vor irgendwelchem Geschwätz über seine Krankheit, zu einem Gerücht geführt hatten, das sich schnell überall verbreitete. Wann immer zwei oder drei Menschen zusammenkamen, betraf die allererste Frage das Gerücht: Kannst du das glauben? Wusstest du, dass der Herrscher den Teufel anbetet und dass er Satan, seinen Herrn und Meister, im Namen einer Schlange anruft?

Das Gerücht über die Verehrung von Teufel und Schlange schlug in ganz Aburĩria Wurzeln, gerade als eines der ehrgeizigsten Programme im Entstehen war, die je zum Geburtstag eines Herrschers unternommen wurden.

6

Jeder im Land wusste also das eine oder das andere über den Geburtstag des Herrschers, denn bevor er unverrückbar im nationalen Kalender festgeschrieben wurde, hatte es über sein Geburtsdatum und die Art, wie dieser Tag gefeiert werden sollte, eine hitzige Parlamentsdebatte gegeben, die sieben Monate, sieben Tage, sieben Stunden und sieben Minuten gedauert hatte. Selbst dann hatten sich die ehrenwerten Abgeordneten noch nicht zu einer Entscheidung durchringen können, weil niemand das genaue Geburtsdatum des Herrschers kannte, und als sie keinen Ausweg mehr wussten, sandten die ehrenwerten Abgeordneten eine Delegation direkt zum Sitz der Macht, um weisen Ratschlag einzuholen. Nachfolgend schickten sie dem Herrscher dann eine Dankbarkeitsnote, weil er der Kammer geholfen hatte, die Lösung für ein Problem zu finden, das ihre versammelte Erfahrung und ihr geeintes Wissen überstieg. Die Geburtstagsfeierlichkeiten sollten von nun an immer in der siebten Stunde des siebten Tages im siebten Monat des Jahres beginnen, weil sieben die heilige Zahl des Herrschers war. Und gerade weil in Aburĩria der Herrscher die Abfolge der einzelnen Monate bestimmte – der Januar konnte zum Beispiel mit dem Juli den Platz tauschen – verfügte er demzufolge über die Macht, jeden Monat eines Jahres zum siebten Monat zu erklären, und jeden beliebigen Tag in diesem Monat zum siebten Tag und damit zu seinem Geburtstag. Dasselbe galt für die Uhrzeit. Jede Stunde konnte, ganz nach den Wünschen des Herrschers, zur siebten Stunde werden.

Diese jährlichen Jubelfeiern waren immer unterschiedlich gut oder schlecht besucht, aber in diesem besonderen Jahr war das Stadion fast voll, weil die Bürger durch eine Sondermeldung neugierig geworden waren, die unablässig durch die Medien gegangen war. Es sollte einen ganz besonderen Geburtstagskuchen geben, den das gesamte Land für seinen Herrscher gebacken hatte und den er vielleicht vermehren würde, um – wie einst Jesus mit den fünf Broten und den beiden Fischen – die Massen zu speisen. Die Aussicht auf Kuchen für die Massen mag erklären, warum so viele Kwashiorkor-Kranke anwesend waren.

Die Feierlichkeiten begannen zur Mittagszeit und waren auch noch am Spätnachmittag in vollem Gange. Die Sonne trocknete den Menschen die Kehlen aus. Der Herrscher, seine Minister und die Führer der Ruler's Party, die sich allesamt unter einem Baldachin befanden, netzten sich die Zungen mit kühlem Wasser. Die Bürger, denen weder Baldachin noch Wasser zur Verfügung standen, lenkten sich von den brennenden Sonnenstrahlen ab, indem sie beobachteten, was auf der Bühne vor sich ging. Sie machten Bemerkungen über die Kleider, die die Würdenträger trugen, wie sie sich bewegten oder welchen Platz der Einzelne im Verhältnis zum Zentrum der Macht zugewiesen bekommen hatte.

Unmittelbar hinter dem Herrscher stand ein Mann, der einen Stift von der Dicke eines zollstarken Wasserschlauches in der Rechten hielt und ein riesiges, in Leder gebundenes Buch in der Linken. Weil er ständig schrieb, dachten die Leute, er sei von der Presse, auch wenn sich einige fragten, warum er dann nicht auf der Pressetribüne Platz genommen hatte. Neben diesem saßen die vier Söhne des Herrschers – Kucera, Moya, Soi und Runyenje – und tranken beflissen aus Flaschen mit der Aufschrift „Diät".

Neben den Söhnen saß Dr. Wilfred Kaboca, der Leibarzt des Herrschers, und neben ihm die einzige Frau auf dem Podium, die schon dadurch auffiel, dass sie schwieg. Einige nahmen an, sie sei eine Tochter des Herrschers, stellten sich dann aber die Frage, warum sie sich nicht mit ihren Brüdern unterhielt. Andere mutmaßten, sie sei Dr. Kabocas Frau. Warum aber herrschte dann dieses Schweigen zwischen den beiden?

Dem Herrscher zur Rechten saß der Außenminister in dunklem Nadelstreifenanzug und mit einer roten Krawatte mit dem Bildnis des Herrschers, dem Emblem der Ruler's Party.

Wie erzählt wird, war Markus anfangs ein ganz gewöhnlicher Parlamentsabgeordneter. Eines Tages flog er nach England, wo er im grellen Schein der Öffentlichkeit ein berühmtes Londoner Krankenhaus betrat. Nicht weil er krank war, sondern weil er sich die Augen vergrößern lassen wollte, um seinen Blick auf das Außerordentlichste zu schärfen. Oder, wie er es in Kiswahili ausdrückte: *Yawe Macho Kali* – damit sie die Feinde des Herrschers ausmachen konnten, egal wie weit entfernt ihre Verstecke auch lagen. Zur Größe von Glühlampen aufgeblasen, waren die Augen nun das herausragende Merkmal seines Gesichts und ließen Nase, Wangen und Stirn wie die eines Zwerges erscheinen. Der Herrscher war von seiner Ergebenheit und der öffentlichen Zurschaustellung seiner Loyalität derart gerührt, dass er ihm, noch bevor der Abgeordnete aus England zurückkehrte, das Ministerium für Auswärtige Angelegenheiten übertrug, einen überaus wichtigen Posten im Kabinett, damit Machokali überall stellvertretend für ihn sein waches Auge haben würde, in welchem Winkel des Erdballs auch immer die Interessen des Herrschers zu verfolgen waren. Und so wurde Machokali aus ihm, und im Laufe der Zeit vergaß er sogar den Namen, den man ihm bei seiner Geburt gegeben hatte.

Links vom Herrscher saß ein anderes Kabinettsmitglied: der Staatsminister im Büro des Herrschers, in einem weißen Seidenanzug, ein rotes Taschentuch in der Brusttasche und selbstverständlich ebenfalls mit Parteikrawatte. Auch er hatte als wenig herausragender Abgeordneter angefangen und wäre vermutlich nie über die Hinterbank hinausgekommen, wenn er nicht, als er vom Glück hörte, das über Machokali gekommen war, beschlossen hätte, es diesem gleichzutun. Da er nicht über ausreichend Geld verfügte, veräußerte er heimlich den Acker seines Vaters und borgte sich den Rest zusammen, um sich ein Flugticket nach Frankreich und ein Krankenhausbett in Paris zu kaufen, wo er sich die Ohren vergrößern ließ, um, wie er in einer Erklärung mitteilte, besser hören und die privatesten Unterhaltungen zwischen Mann und Frau, Kindern und ihren Eltern, Schülern und Lehrern, Priestern und ihren Gemeindemitgliedern, Psychiatern und ihren Patienten belauschen zu können – und dies alles im Dienste des Herrschers. Seine Ohren waren größer als die eines Kaninchens und beständig aufgestellt, um zu jeder Zeit und aus allen Richtungen Gefahren ausmachen zu können. Seine Hingabe blieb nicht unbemerkt. Er wurde Staatsminister und das Ausspionieren der Bevölkerung fiel in seine Zuständigkeit. Damit unterstand ihm die ganze geheime Polizeimaschinerie, bekannt unter der Bezeichnung M5. Und so wurde er wegen seiner großen Ohren zu Silver Sikiokuu und warf seinen früheren Namen über Bord.

Ironischerweise markierte der Erfolg der beiden ehemaligen Parlamentsabgeordneten auch den Beginn ihrer Rivalität: Der eine sah sich als des Herrschers Auge, der andere als des Herrschers Ohr. Unentwegt verglichen die Leute im Stadion ihr unterschiedliches Mienenspiel, vor allem die Bewegungen ihrer Augen und Ohren, denn jeder wusste seit langem, dass sich die beiden einen Kampf auf

Leben und Tod lieferten, um endgültig klarzustellen, welcher Körperteil mächtiger war: die Augen oder die Ohren des Herrschers.

Machokali schwor bei seinen Augen: Mögen sie sich gegen mich wenden, wenn ich nicht die Wahrheit sage! Sikiokuu hingegen rief seine Ohren an: Mögen sie meine Zeugen sein, dass alles, was ich sage, der Wahrheit entspricht. Und immer wenn er sie erwähnte, zupfte er sich am Ohrläppchen. Diese Geste, über die Jahre hinweg eingeübt und bis zur Vollendung gebracht, verhalf ihm zu einem winzigen Vorteil in ihrem Kampf um Aufmerksamkeit. Machokali konnte dem nichts entgegensetzen. Schließlich konnte er sich nicht an den Lidern zupfen. So blieb ihm nichts weiter übrig, als die zweitbeste Lösung zu wählen: auf seine Augen zu deuten, um seinen Aussagen mehr Gewicht zu verleihen.

Andere Parlamentsabgeordnete hätten es ihnen wohl gleichgetan und sich, je nachdem welche Dienste sie dem Herrscher leisten wollten, körperlichen Veränderungen unterzogen, wenn sich nicht die Sache mit Benjamin Mambo ereignet hätte. Als jungem Mann war es Mambo versagt geblieben, in die Armee einzutreten, weil er zu klein war. Doch loderte das Feuer für eine militärische Karriere weiter in ihm, und jetzt, nachdem Machokali und Sikiokuu neue Wege zur Macht erschlossen hatten, glaubte er, dass sich damit auch ihm eine neue Chance bot, seinen Traum zu verwirklichen, und er zermarterte sich das Hirn, welche körperliche Veränderung ihm den begehrten Posten des Verteidigungsministers eintragen könnte. Er beschloss, sich die Zunge verlängern zu lassen, damit jeder Soldat im Land in seinen Worten den Widerhall der Befehle des Herrschers hören könnte und auch dessen Drohungen an die Adresse seiner Feinde, noch bevor diese die Grenzen Aburĩrias erreichen konnten. Zunächst wollte er es wie Sikiokuu machen und flog nach Paris. Doch gab es dort einige Missverständnisse über die erforderliche Größe, sodass ihm die Zunge wie einem Hund weit aus dem Mund hing und er nicht mehr sprechen konnte. Machokali kam zu Hilfe und ermöglichte ihm den Besuch einer Spezialklinik in Berlin, wo man ihm die Lippen lang zog und vergrößerte, um die Zunge zu verbergen. Aber selbst das gelang nicht vollständig und die Zunge schaute immer noch ein bisschen hervor. Der Herrscher missverstand dieses Zeichen und bedachte ihn mit dem Informationsministerium. Das war nicht schlecht, und Mambo feierte seinen Aufstieg zu einem Kabinettsposten, indem er seine Vornamen änderte und sich jetzt, von der Uhr am englischen Parlamentsgebäude inspiriert, Big Ben nannte. Mit vollem Namen hieß er nun Big Ben Mambo. Er vergaß Machokali seine Hilfe nicht und schlug sich in den politischen Auseinandersetzungen zwischen Markus und Silver oft auf die Seite Machokalis.

Die Idee eines besonderen Geschenkes der Nation zum Geburtstag stammte von Machokali – der natürlich eindeutige Hinweise von ganz oben erhalten hatte – und mit dem Stolz des Erfinders signalisierte er jetzt den Blaskapellen von Armee, Polizei und Gefängnisverwaltungen sich bereitzuhalten, das Geburtstagsständchen anzustimmen. Der Augenblick war gekommen.

In der Menge machte sich große Neugier breit, als Machokali, unterstützt von Mitgliedern des Geburtstagskomitees und einigen Polizisten, mit theatralischer Geste ein riesiges Tuch entfaltete und in die Luft hielt. Die Leute schoben einander beiseite und versuchten zu erkennen, was auf dem Tuch zu sehen war. Sie waren verblüfft, als sie darauf die riesige Zeichnung von etwas entdeckten, das so ähnlich wie ein Gebäude aussah. Eine Zeichnung auf einem weißen Tuch als Geburtstagsgeschenk für den Herrscher?

Machokali kostete die angespannte Neugier und Erwartung der Menge aus und rief sie auf, Ruhe zu bewahren, denn er werde ihnen nicht nur alles beschreiben, was auf dem Tuch zu sehen war, sondern auch dafür sorgen, dass Kopien dieser „artist's impression" – wie es die Engländer nennen – im ganzen Land verbreitet würden. Und er würde gern die Gelegenheit nutzen, dem Lehrer zu danken, der sich freiwillig bereit erklärt habe, diesen Entwurf zu gestalten, und bedauere es sehr, dass er den Namen des Lehrers nicht preisgeben dürfe, weil es ihm der Künstler untersagt habe. Das Lehren sei ein ehrenvoller Beruf und diejenigen, die ihn ausübten, seien bescheidene Menschen, die nicht ein Streben nach Ruhm, sondern selbstlose Hingabe antreibe, ein Vorbild für alle Bürger.

Ganz hinten in der Menge hob ein Mann die Hand, winkte aufgeregt und rief seinen Einspruch nach vorn: „Ist schon in Ordnung, Sie können ruhig meinen Namen nennen." Und als die Umstehenden ihn anfuhren, den Mund zu halten, rief er noch: „Ich bin hier – Sie können gern meine Identität offenlegen." Er war zu weit weg von der Bühne, um gehört zu werden, aber in der Nähe standen ein paar Polizisten, und einer fragte ihn: „Wie heißt du?"

„Kaniũrũ, John Kaniũrũ", antwortete der Mann, „und ich bin der Lehrer, von dem der Redner gerade spricht."

„Dreh mal deine Taschen nach außen", befahl ihm der Polizist. Nachdem er sichergestellt hatte, dass Kaniũrũ keine Waffe trug, fragte er ihn, während er auf seine eigene Pistole zeigte: „Siehst du die hier? Wenn du weiterhin die Feierlichkeiten störst, dann werde ich dich von deiner Nase befreien, so wahr ich Askari Arigaigai Gathere heiße und mein Boss Inspector Wonderful Tumbo."

Der Mann mit dem Namen Kaniũrũ setzte sich wieder. Nur wenige hatten den kleinen Tumult bemerkt, denn alle Augen und Ohren waren auf das größere Schauspiel auf der Bühne gerichtet.

Das ganze Land, sagte der Außenminister gerade, die gesamte aburĩrische Bevölkerung, habe einstimmig beschlossen, ein Gebäude zu errichten, wie es noch niemals in der Geschichte zu bauen versucht worden sei. Außer von den Kindern Israels natürlich, aber selbst die seien kläglich gescheitert, den Turm zu Babel zu vollenden. Nun werde Aburĩria das tun, wozu die Israeliten nicht fähig gewesen waren: ein Gebäude errichten, das bis an die Himmelspforten reiche, damit der Herrscher jeden Tag bei Gott vorbeischauen und ihm Guten Morgen oder Guten Abend wünschen oder ihn einfach fragen könne: Wie war dein Tag heute, Gott? Damit empfinge der Herrscher Tag für Tag Gottes Rat, und das werde Aburĩria schnell zu Höhen aufsteigen lassen, die kein Mensch zuvor erträumt habe. Das Vorhaben mit der Bezeichnung „Heavenscrape" – oder einfach „Marching to Heaven" – solle von einem Nationalen Baukomitee ausgeführt werden, dessen Vorsitzender rechtzeitig ernannt werde.

Da diese wunderbare Idee vom Geburtstagsgeschenk-Komitee gekommen sei, fuhr Machokali fort, werde er die gute Arbeit der

Mitglieder dieses Komitees gerne dadurch würdigen, dass er jeden von ihnen dem Herrscher vorstelle. Die Mitglieder des Komitees waren in der Mehrzahl Parlamentsabgeordnete, aber es befanden sich auch zwei oder drei Privatpersonen darunter, von denen einer, er hieß Titus Tajirika, beinahe hinfiel, weil er hochsprang, als sein Name aufgerufen wurde. Tajirika hatte dem Herrscher noch nie die Hand geschüttelt, und der Gedanke, dass dies nun vor Tausenden Menschen geschehen sollte, überwältigte ihn derart, dass er vor Freude über sein Glück am ganzen Körper zitterte. Sogar als er zu seinem Sitz zurückkehrte, betrachtete Tajirika noch völlig ungläubig seine Hand und überlegte, was er tun könnte, um zu vermeiden, anderen die Hand schütteln oder sie gar waschen zu müssen. Er hasste Handschuhe, aber jetzt wünschte er sich, welche in der Tasche zu haben. Das werde er mit Sicherheit ändern. Doch in der Zwischenzeit wollte er die gesegnete Hand mit seinem Taschentuch umwickeln, damit die Leute glaubten, wenn er ihnen die linke Hand gab, es geschehe wegen einer Verletzung. Tajirika war so damit beschäftigt, seine rechte Hand zu umwickeln, dass er die Geschichte von Marching to Heaven teilweise versäumte. Jetzt aber wandte er seine Aufmerksamkeit wieder ganz Machokalis Ausführungen zu.

Minister Machokali schwärmte gerade aufgeregt und lautstark davon, wie die Vorteile dieses Projekts letztlich allen Bürgern zugute kämen. Sei das Vorhaben erst einmal verwirklicht, würde niemals wieder ein Historiker von anderen Weltwundern sprechen, denn der Ruhm dieses modernen Turmbaus zu Babel werde die Hängenden Gärten Babylons, die ägyptischen Pyramiden, das aztekische Tenochtitlán oder die Große Mauer in China in den Schatten stellen. Und wer werde dann noch vom Taj Mahal reden? „Unser Projekt wird das erste und einzige Superwunder der Weltgeschichte sein. Um es kurz zu machen“, so erklärte Machokali, „Marching to Heaven ist eben diese besondere Geburtstagstorte, die sich die Bürger für ihren einzigen und wahren Führer, den ewigen Herrscher der Freien Republik Aburĩria, zu backen entschlossen haben.“

An dieser Stelle machte Machokali eine kurze, dramatische Pause, um den Jubelrufen angemessenen Raum zu geben.

Außer den Parlamentsabgeordneten, den Ministern, den Amtsträgern der Ruler's Party und den Vertretern der bewaffneten Kräfte klatschte niemand. Machokali bedankte sich dennoch bei der versammelten Menge für die überwältigende Unterstützung und forderte jeden Bürger auf vorzutreten, der das Bedürfnis habe, etwas zum Ruhme von Marching to Heaven zu sagen. Die Leute blickten sich an und starrten dann wie versteinert zur Bühne. Die einzigen Hände, die sich streckten, gehörten den Ministern, Parlamentsabgeordneten und Amtsinhabern der Ruler's Party, doch der Minister achtete nicht auf sie und wandte sich noch einmal an die versammelte Bürgerschaft. „Seid ihr vom Glück so überwältigt, dass ihr keine Worte findet? Ist denn gar keiner da, der seine Freude in Worte fassen kann?"

Ein Mann hob die Hand, und Machokali winkte ihn eilig zum Mikrofon. Der Mann, offensichtlich schon in fortgeschrittenem Alter, stützte sich auf einen Gehstock, während er sich seinen Weg durch die Menge bahnte. Zwei Polizisten eilten zu ihm und geleiteten ihn zum Mikrofon neben der Bühne. Noch immer wurde das Alter in Aburĩria hoch geachtet, und die Menge wartete auf seine Worte wie auf die Offenbarungen eines Orakels. Doch als der alte Mann zu reden begann, wurde offensichtlich, dass er Schwierigkeiten hatte, den Swahili-Namen des Herrschers, *Mtukufu Rais*, korrekt auszusprechen. Er nannte ihn stattdessen *Mtukutu Rahisi*. Zu Tode erschrocken darüber, dass der Herrscher „Schäbige Exzellenz" genannt wurde, flüsterte einer der beiden Polizisten ihm schnell ins Ohr, es müsse *Mtukufu Rais* oder *Rais Mtukufu* lauten, was den alten Mann allerdings noch mehr durcheinanderbrachte. Er hustete und räusperte sich, um sich zu beruhigen, und rief dann ins Mikrofon: „*Rahisi Mkundu*." „Oh, nein, es heißt auch nicht ‚Schäbiges Arschloch'", wisperte ihm der andere Polizist zu, „nein, nein, es muss ‚Seine Heilige Allmacht' heißen, *Mtukufu Mtakatifu*." Was die Sache auch nicht besser machte, weil der alte Mann jetzt mit dem Ausdruck der Überzeugung sagte: „*Mkundu Takatifu*." Als die Menge „Sein Heiliges Arschloch" hörte, brach sie in übermütiges Gelächter aus, über dem der alte Mann vergaß, was er sagen wollte, sich hartnäckig an die Anrede *Rahisi Mkundu* hielt und Machokali damit veranlasste, das Zeichen zu geben, ihn schleunigst vom Mikrofon zu entfernen. Der alte Mann aber begriff nicht, warum man ihm nicht gestattete zu reden und stieß, während man ihn in die Menge zurückbrachte, in einem fort hervor: „*Rahisi Mkundu, Mtukutu Takatifu Mkundu, Mtukutu*", was so ziemlich jeder möglichen Kombination schäbiger und heiliger Arschlöcher entsprach, von der er dachte, sie könnte richtig sein. Dabei gestikulierte er in Richtung des Herrschers, als bettelte er um dessen göttliches Eingreifen.

Um die Menschen von dieser peinlichen Szene abzulenken, trat Machokali erneut ans Mikrofon und dankte dem alten Mann dafür, zum Ausdruck gebracht zu haben, dass das ganze Unternehmen einfach zu bewerkstelligen und zugleich preiswert zu verwirklichen sei, wenn nur das Volk Herz und Börse öffnete. Doch wie sehr er auch beschönigte, die Wörter „schäbiges" und „heiliges Arschloch" hingen weiter in der Luft und sorgten für eine peinliche Situation, die den Minister offensichtlich in sprachliche Verlegenheit stürzte.

Minister Sikiokuu nutzte die Gelegenheit, um die Verwirrung noch zu vertiefen. Er betonte, dass er für all die anderen spreche, die die Hände gehoben hatten, aber zugunsten des alten Mannes, den Machokali noch immer mit Lob überschüttete, ignoriert worden waren, und fragte dann: Hätten „Bruder" Machokali und sein Komitee nicht daran gedacht, dass es den Herrscher sehr ermüden würde, wenn er all die Stufen zum Himmelstor zu Fuß bewältigen oder mit einem Aufzug fahren müsse, egal wie schnell der sei?

Er machte den Vorschlag, ein weiteres Komitee unter seiner Leitung einzusetzen, um die Möglichkeiten für die Konstruktion eines Luxusraumschiffs mit dem Namen Herrscher im All zu erkunden. Dieses sollte über ein Landungsfahrzeug verfügen, ein wenig größer als das, das die Amerikaner einst zum Mars geschossen hatten, und Sternentrabant oder Himmelstrabant heißen. Mit diesem Raumschiff könnte der Herrscher, als einziger Führer in der Welt mit einem eigenen Raumfahrzeug, Vergnügungsreisen machen, wann und wohin auch immer er wollte, könnte einfach von Planet zu Planet hüpfen. Und war er erst einmal auf einem Stern gelandet, könnte er einfach in seinen Himmelstrabant steigen und im Himmel Gold und Diamanten sammeln. Als Sikiokuu endlich zu Ende kam, zupfte er sich zur Bekräftigung mit dramatischer Geste die Ohrläppchen und setzte sich mit dem Ausruf „Ein Luxusraumschiff!“ wieder hin.

Nachdem er das Mikrofon zurückerobert hatte, dankte Machokali seinem Ministerkollegen zunächst für dessen Unterstützung für das auserkorene Geschenk und seine brillante Idee bezüglich der Bedürfnisse des Herrschers bei seinen Himmelsreisen, wies dann aber sofort darauf hin, dass der Minister, wenn er sich denn die Mühe gemacht hätte, einen Blick auf die Zeichnung auf dem Tuch zu werfen, erkannt hätte, dass das bestehende Komitee sich bereits über das Problem der himmlischen Reisen Gedanken gemacht habe. Am höchsten Punkt von Marching to Heaven befinde sich ein Raumflughafen, auf dem solch ein Fahrzeug landen oder zu anderen Sternen abfliegen könne. Wiederholt betonte Machokali jetzt, wobei er zur Bestätigung auf seine Augen zeigte, dass das Komitee sehr weitsichtig gewesen sei.

An dem Lächeln aber, das in seinen Mundwinkeln spielte, während er Sikiokuus Herausforderung entkräftete, war ersichtlich, dass er noch ein As im Ärmel hatte. Als Machokali es herausholte, waren sogar einige Minister sprachlos. Schon bald nämlich werde die Global Bank eine Delegation ins Land schicken, um über Marching to Heaven zu verhandeln und zu entscheiden, ob die Bank Aburĩria das Geld für die Fertigstellung vorschießen könne.

Nach einer bewussten Pause, die die Wirkung der Nachricht verstärken sollte, wandte sich Machokali an den Herrscher und bat ihn, Marching to Heaven als Geschenk einer dankbaren Nation an ihren Herrscher anzunehmen.

Die Blaskapellen spielten:

Zum Geburtstag viel Glück
Zum Geburtstag viel Glück
Zum Geburtstag, lieber Herrscher
Zum Geburtstag viel Glück

Der Herrscher erhob sich, Stab und Fliegenwedel in der linken Hand. Sein dunkler Anzug glich aufs Haar dem von Machokali, doch wenn man genauer hinsah, konnte man erkennen, dass die Nadelstreifen aus winzigen Buchstaben bestanden, die die Worte WER DIE MACHT HAT, HAT DAS RECHT bildeten. Gerüchte besagten, seine Kleidung werde ausschließlich in Europa maßgeschneidert, und seine Nadelakrobaten in London, Paris und Rom würden nichts anderes tun, als seine Kleidung zu schneidern. Was seine Anzüge von allen Nachahmungen irgendwelcher politischer Schwanzwedler unterschied, das waren die Besätze auf den Schultern und Ellbogen seiner Sakkos, denn diese bestanden ausnahmslos aus den Fellen von Großkatzen, zumeist Leoparden, Tigern und Löwen. Keinem Politiker war es gestattet, Kleidung zu tragen, die mit den Fellen Seiner Großen Katzen besetzt waren. Diese Besonderheit hatte die Kinder zu einem Lied animiert, in dem es hieß, dass ihr Herrscher

Auf der Erde schreitet wie ein Leopard
Den Pfad erhellt mit dem Auge des Tigers
Und brüllt mit der Wildheit des Löwen

Mit seiner Größe und seinem Maßanzug war der Herrscher eine durchaus beeindruckende Erscheinung, und auch deshalb kommen die Anhänger der fünften Theorie immer wieder darauf zurück, wie er an diesem Tag aussah. Er strotzte vor bester Gesundheit, wie er da stand, sich räusperte und verkündete: „Ich bin zutiefst bewegt von der ungeheuren Liebe, die ihr mir alle heute zuteil werden lasst ..." Bevor er fortfahre, wolle er seine Anerkennung für ihre Zuneigung durch einen Gnadenakt zum Ausdruck bringen. Er verkündete die Freilassung Hunderter politischer Gefangener, unter ihnen auch ein paar Schriftsteller und Journalisten, die alle ohne Gerichtsverfahren inhaftiert worden waren, sowie ein Historiker, der seit zehn Jahren im Gefängnis saß und zu dessen Verbrechen es gehört hatte, ein Buch mit dem Titel „Das Volk macht Geschichte für des Herrschers Macht" geschrieben zu haben. Die angeblichen Sünden dieses Historikers nagten noch immer am Herrscher, sogar jetzt kam er auf diesen Fall zu sprechen. Professor Materu nannte er ihn und bezog sich sarkastisch auf die Tatsache, dass bei der Ankunft im Gefängnis als Erstes der lange Bart des Professors einem stumpfen Messer zum Opfer gefallen war. Dieser Terrorist des Intellekts, so nannte er ihn, habe zehn Jahre im Gefängnis verbracht, doch anlässlich dieses historischen Ereignisses habe er ihn vorzeitig entlassen. Allerdings sei es Professor Materu nicht gestattet, sich den Bart länger als einen Zentimeter wachsen zu lassen, anderenfalls müsse er wieder ins Gefängnis. Er habe sich monatlich bei einer Polizeiwache zu melden, um seinen Bart messen zu lassen. Alle anderen Dissidenten hätten zu schwören, nie wieder Gerüchte aufzugreifen und sie als geschichtliche Tatsachen, als Literatur oder journalistische Arbeiten auszugeben. Wenn sie sich besserten, würden sie ihn als Herrscher der Großzügigkeit kennenlernen, der die wahrhaft Reumütigen belohne, sagte er, bevor er sich der einzigen Frau auf der Bühne zuwandte.

„Dr. Yunice Immaculate Mgenzi", stellte er sie lautstark vor.

Langsam und besonnen stand die schweigende Frau auf. Ihr sicheres Auftreten wirkte beeindruckend.

„Seht ihr diese Frau?", fuhr der Herrscher fort. „In den Zeiten des Kalten Krieges war sie, die hier vor euch steht, eine Revolutionärin. Eine ziemlich radikale; ihr Name war Programm: Dr. Yunity Mgeuzi-Bila-Shaka. Versteht ihr? Ohne Zweifel eine Revolutionärin. Maoistisch. *Alikuwa mtu ya Beijing.* Aber in den letzten Tagen des Kalten Krieges gab sie ihre revolutionäre Torheit auf, bereute aufrichtig und gelobte mir treue Dienste. Habe ich sie ins Gefängnis verfrachtet? Natürlich nicht. Ich beauftragte sogar Big Ben Mambo, ihr eine Anstellung im Informationsministerium zu geben, und heute bin ich außerordentlich glücklich, verkünden zu können, dass ich Dr. Yunice Immaculate Mgenzi zur ersten Stellvertreterin meines Botschafters in Washington berufen habe. Die erste Frau in der Geschichte Aburĩrias, die einen solchen Posten innehat."

Dr. Mgenzi quittierte den donnernden Applaus der Menge mit einer Verbeugung und winkte, bevor sie sich wieder setzte.

„Und nun", fuhr der Herrscher fort, nachdem der Applaus verklungen war, „möchte ich über einen weiteren Revoluzzer reden, der früher Gift und Galle über Imperialismus, Kapitalismus, Kolonialismus, Neokolonialismus und all das ausspuckte. Er nannte sich Dr. Luminous Karamu-Mbu-ya-Ituĩka. Versteht ihr, er nutzte seinen leuchtenden Stift, die Revolution herbeizukritzeln. Ein Agitator. Ein Anhänger Moskaus. Ausgebildet am Ostdeutschen Institut für marxistisch-revolutionären Journalismus. Es gab sogar eine Zeit, in der ihn einige unserer Nachbarn, die trunken waren von der Torheit eines Afrikanischen Sozialismus, anheuerten, radikale Artikel zu schreiben, die zum Klassenkampf in Afrika aufriefen. Sobald aber klar war, dass es mit dem Kommunismus den Bach runterging, war auch er so klug zu bereuen und beeilte sich, das Wort ‚Revolution' aus seinem Namen zu entfernen. Was habe ich gemacht? Habe ich ihn ins Gefängnis gesteckt? Nein. Ich habe ihm vergeben. Und er hat sich mit seiner Arbeit meiner Vergebung als vollauf würdig erwiesen. Im Untergrundblatt Eternal Patriot, das er herausgab, hat er mich immer als den Schöpfer einer Nation von Schafen verunglimpft. Jetzt hilft er mir im Daily Parrot dabei, mit seinen literarischen Hieben die Schafe zu hüten."

Um das Land vor arglistigen Gerüchteköchen zu schützen, vor sogenannten Historikern und Romanschreibern, und um ihren Lügen und Verdrehungen zu begegnen, ernannte ihn der Herrscher zu seinem offiziellen Biographen, und wie ein jeder wisse, sei seine Lebensgeschichte in Wahrheit die Geschichte dieses Landes und die einzig wahre zudem. „Mein ergebener und vertrauenswürdiger Geschichtsschreiber", tönte der Herrscher. „Ich möchte, dass du dich erhebst, damit sie dich sehen und kennenlernen können."

Der Biograph folgte der Anweisung, und erst in diesem Moment wurde allen klar, dass der Mann mit dem ledergebundenen Notizbuch und dem Stift vom Umfang eines Wasserschlauchs der offizielle Biograph des Herrschers war. „Meine geliebten Kinder", rief der Herrscher jetzt und wandte sich wieder an die Menschenmenge, „ich möchte sagen, dass ihr alle gesegnet sein sollt für dieses Superwundergeschenk." Was es ihm so wertvoll mache, sei nicht zuletzt die Tatsache, dass es ihn vollkommen überrascht habe. Selbst in seinen kühnsten Träumen hätte er nicht gedacht, dass Aburĩria seine Dankbarkeit zeigen würde, indem es etwas versuche, das noch nie jemand in der Geschichte getan habe. Er persönlich habe nie einen Lohn erwartet, denn das, was er getan habe, sei ihm Lohn genug gewesen, und aus väterlicher Liebe heraus werde er das auch weiterhin so halten. Er hielt inne, denn auf einmal gab es mitten in der Menge einen Schrei, der einem das Blut gerinnen ließ. „Eine Schlange! Eine Schlange!“ Andere nahmen den Warnruf auf und es entstand ein höllischer Lärm. Die Menschen schrien und stoben in alle Richtungen auseinander. Alle wollten der Schlange entgehen, die kaum einer gesehen hatte. Es genügte, dass andere sie gesehen hatten; und in dem Geschrei ging es jetzt nicht mehr um eine, sondern gleich um mehrere Schlangen. Die Minister konnten nicht glauben, was sich da abspielte. Keiner wollte der Erste sein, der Furcht zeigte. Verstohlen blickten sie sich an und warteten darauf, dass einer den ersten Schritt machte.

Ein Teil der Menge begann, sich zur Bühne vorzuschieben. Immer noch schrien sie: „Schlangen! Schlangen!“ Auch einige Polizisten und Soldaten waren drauf und dran zu fliehen, doch als sie die Garde des Herrschers zu den Waffen greifen sahen, um in die Menge zu feuern, hielten sie stand. Und das Chaos nahm seinen ungehinderten Lauf.

Um die Situation zu beruhigen, feuerte der Polizeichef in die Luft. Das aber machte alles nur noch schlimmer. Der Tumult verwandelte sich in Panik. Die Menschen machten sich in alle Richtungen davon. Wenige Minuten später waren nur noch der Herrscher und sein Gefolge aus Ministern, Polizisten und Soldaten im Stadion. Der Chef der Geheimpolizei erwachte aus seiner Erstarrung und flüsterte dem Herrscher ins Ohr, dass dies der Anfang eines Staatsstreichs sein könne. Und nur Sekunden später befand sich der Herrscher auf dem Weg ins State House.

7

Die Medien erwähnten das Inferno im Stadion mit keinem Wort. Die Schlagzeilen der folgenden Tage drehten sich nur um das besondere Geburtstagsgeschenk und das bevorstehende Eintreffen der Global-Bank-Delegation. MARCHING TO HEAVEN INS ALL titelte die Eldares Times. Darunter war zu lesen: „Amerika, pass auf! Wir werden nicht zulassen, dass ihr den Weltraum monopolisiert. Wir sind euch auf den Fersen. Kann sein, dass wir in Wissenschaft und Technologie ein paar Jahre zurückliegen. Doch wir werden den Wettlauf trotzdem gewinnen – wie die Schildkröte im Märchen, die den Hasen besiegt."

Hätte man es nur den Medien überlassen, wäre die Geschichte mit den Schlangen ein Gerücht geblieben. Was dem Gerücht in der Folgezeit jedoch Leben einhauchte, waren ironischerweise die seltsamen Dinge, die vom State House nach außen drangen.

8

Der Herrscher verlor einige Tage lang kein Wort über die Geschehnisse. Diejenigen, die von sich behaupteten, Bescheid zu wissen, erklärten, dass er wütend war und dass sich ein Großteil seines Zorns gegen Sikiokuu richtete. Sikiokuus Forderung nach einem persönlichen Raumschiff und einem Himmelstrabanten verfolgte ihn. Der Herrscher war von Sikiokuus Vorschlag derart fasziniert, dass er trotz seines Zorns nach einem Video über die Erforschung des Planeten Mars verlangte. Doch als er die Größe der Raumfahrzeuge, vor allem des ersten, der „Sojournertruth", sah – sie kamen ihm erbärmlicher als das Spielzeug kleiner Jungen vor – brodelte es in ihm, und er redete unentwegt vor sich hin: „Dieser Sikiokuu sollte sich schämen – wie kann er, mein Staatsminister, es wagen vorzuschlagen, meine Allmächtigkeit mit so einem winzigen Ding in Verbindung zu bringen?“ Seine Erregung überschritt alle Grenzen, als er später noch herausfand, dass Sojourner eine Sklavin gewesen war, eine Frau, und außerdem Freiheitskämpferin, eine Terroristin, wie er sie nannte.

Einige Tage lang weigerte sich der Herrscher, Sikiokuu zu empfangen. Dieser wiederum bekam es derart mit der Angst zu tun, dass er Schritte einleitete, die nahende Katastrophe abzuwenden. Als Erstes schickte er nachts seine Hauptfrau zum Herrscher, damit sie ein gutes Wort für ihn einlegte. Der Herrscher ignorierte sie. Daraufhin schickte Sikiokuu seine Zweitfrau. Der Herrscher ignorierte sie. Sikiokuu schickte seine weit jüngere Drittfrau. Auch diese ignorierte der Herrscher. Schließlich schickte er ihm seine beiden Töchter. Erst da ließ sich der Herrscher erweichen und erlaubte Sikiokuu, wieder vor ihm zu erscheinen, allerdings nur, um seine Wut auf den unglücklichen Minister abladen zu können.

Es war nicht so, dass der Herrscher allein wegen der Größe des Sternenkreuzers auf Sikiokuu wütend war oder weil eines der Raumschiffe den Namen einer Sklavenfrau trug. Die Störung der Geburtstagskundgebung und die Erinnerung daran, wie die Menschenmassen das Weite gesucht und ihn mit seinem Gefolge zurückgelassen hatten, brachten ihn innerlich zum Kochen. Welche Botschaft hatte das der Welt übermittelt? Wo war der M5 geblieben? Der Nachrichtendienst unterstand Sikiokuu; daher der Zorn des Herrschers auf ihn. Wieso hatte dieser nichts über die Schlangenleute in Erfahrung gebracht?, fragte er Sikiokuu.

Um ihre Haut zu retten, erklärten Sikiokuu und der Chef des M5, dass die Schlangenleute Mitglieder einer Untergrundpartei seien, der Bewegung für die Stimme des Volkes. Die Geheimdienstagenten seien die ganze Zeit im Bilde gewesen, hätten ihr Wissen aber für sich behalten, um Zeit zu gewinnen, die Gerüchte von der Wahrheit zu trennen und zum Kern der gesamten Bewegung vorzustoßen. Es sei keine gute Idee, erläuterten sie, der Bewegung unnötig Öffentlichkeit zu verschaffen, bevor man das ganze Ausmaß ihrer perfiden Machenschaften kenne. Man schlage schließlich nicht zu, bevor die Schlange nicht vollständig aus ihrem Loch gekrochen sei.

Das machte den Herrscher nur noch wütender. „Und da habt ihr der Schlange Zeit gegeben, vollständig aus ihrem Loch zu kommen? Wer wagt zu behaupten, ich sei nicht fähig, eine Schlange zur Strecke zu bringen, die sich noch nicht in voller Länge zeigt? Wer will behaupten, dass ich nicht die Macht habe, auch das zu zerschlagen, was sich dem Blick vollständig verbirgt?" Sikiokuus Versuch, den Zorn des Herrschers zu mildern, indem er ihm erklärte, seine Bemerkung sei nur ein Sprichwort gewesen, machte es noch schlimmer. Wollte Sikiokuu etwa andeuten, die machtvollen Aussprüche des Herrschers seien Sprichwörtern unterlegen? Er, der Herrscher, besitze die Macht über sämtliche Sprichwörter, über alle Rätsel Aburĩrias, und kein Sprichwort könne ihn davon abhalten, das Verborgene zu zerschlagen, selbst wenn es im unzugänglichsten Loch steckte.

Um das dem Volk noch einmal klarzumachen, beschloss der Herrscher, eine Rede an die Nation zu halten.

Sein Auftritt, der auf allen Kanälen ausgestrahlt wurde, war optisch beeindruckend und die Leute reden bis heute darüber. Seine Regierung wisse, teilte er der Nation mit, dass bestimmte unzufriedene Elemente, die selbsternannte „Bewegung für die Stimme des Volkes", mit Lügen Studenten der Universität angeheuert hätten, um bei Kundgebungen Plastikschlangen zu verstreuen. Er wolle der Nation ins Gedächtnis rufen, dass die Regierung als unmittelbare Reaktion auf die Wünsche des Volkes schon vor vielen Jahren alle politischen Parteien verboten habe. Es gebe in Aburĩria nur eine einzige Partei, und der Herrscher sei ihr Führer. Die ganze Welt solle wissen, ereiferte er sich, dass die Bewegung für die Stimme des Volkes von dieser Minute an aufhöre zu existieren, egal ob im Untergrund oder darüber. Der Herrscher sei die einzige Stimme des Volkes, und das Volk wolle es so.

Um die Lügen dieser Terroristen zu bekämpfen, befahl er die Gründung einer neuen Einheit: „Seine Allmächtige Jugend". Und er forderte alle Schüler und Collegestudenten auf, sich ihr anzuschließen und die Jugendbrigade des Herrschers zu bilden. Ihre Hauptverantwortung liege darin, dem ganzen Land zu verkünden, seine Allmächtigkeit sei die Macht und das Licht der ganzen Nation. Die Jugendbrigade solle folgenden Katechismus lehren: Aburĩrier können nie eine andere Partei als die Ruler's Party haben noch politische Idole verehren, die den Herrscher nachahmen. „Dem Herrscher zu Diensten" soll ihr Leitspruch sein und DHZD werde auf ihren Abzeichen, Briefköpfen, Kleidern und Fahrzeugen stehen.

Der Herrscher machte eine Pause, damit diese Botschaft bei seinen Fernsehzuschauern greifen konnte. Und dann folgte, was in ganz Aburĩria zum Gespräch wurde und möglicherweise der Ausgangspunkt der Gerüchte über Schlangen, Teufelsanbetung und übernatürliche Kräfte war. Um die Drohung zu unterstreichen, wies er mit seinem keulenartigen Herrscherstab in die Kamera, als zeigte er auf die Terroristen von der Bewegung für die Stimme des Volkes. Er, der Herrscher, werde all ihre terroristischen Plastikschlangen von echten Schlangen vernichten lassen. „In vergangenen biblischen Zeiten hatten die mosaischen Schlangen die pharaonischen verschlungen. Heute aber, in Aburĩria, werden die pharaonischen Schlangen diejenigen von euch verschlingen, die glauben, der neue Moses zu sein."

Er hob seine Herrscherkeule noch höher in die Luft, als machte er sich bereit, sie gegen jeden selbst ernannten Moses zu schleudern. Die Kameramänner duckten sich hinter ihren Kameras, und genau in dieser Sekunde zersprangen alle Fernsehbildschirme im Land gleichzeitig in sieben Stücke, als wären sie von ein und demselben Gegenstand getroffen worden. Die Zuschauer waren sich nicht sicher, ob der Herrscher die Keule tatsächlich geschleudert hatte oder ob er einfach über die Geisteskraft verfügte, ihre Bildschirme bersten zu lassen. Darüber gehen die Meinungen bis heute auseinander. Was auch immer der Wahrheit entspricht, dieser Fernsehauftritt war der Anlass für das Aufkommen eines neuen Schlangentanzes, der große Mode wurde. Wann und wo immer sich zwei oder drei junge Leute trafen, verdrehten sie die Körper – Kopf, Oberkörper und Hände – in Schlangenbewegungen und sangen das Lied:

Der Topf ist zerbrochen, den ich gebrannt
Ich wusste nicht, dass die Freiheit
Vipern und Teufel gebiert.

9

Den Herrscher kümmerten die Gerüchte über Teufel und Schlangen zunächst wenig, weil er hoffte, durch sie die Angst seiner Feinde zu vergrößern und seine Herrschaft über Aburĩria zu festigen. Doch als ihm der M5 berichtete, dass die Gerüchte beim Volk nicht Furcht, sondern in Wirklichkeit eine abschätzige Meinung über seine Herrschaft hervorriefen, die an Verachtung grenzte, und dies die Unterstützung des Volkes für Marching to Heaven schmälern könnte, sah er Handlungsbedarf, diese Gerüchte zu entkräften. Aber welche Maßnahmen würden die größte Wirkung haben?

Vor langer Zeit, als Schuljunge in einem kolonialen Klassenzimmer, hatte er Geschichten über einen König im alten Babylon gehört, der sich verkleidet unter das Volk gemischt hatte. Als die Menschen später davon erfuhren, waren sie überrascht und geschmeichelt, weil ein König unter ihnen geweilt hatte. Dieses Bild war im Lauf der Zeit verblasst, erwachte jetzt aber zu neuem Leben. Und als er seinen Ratgebern davon erzählte, meinten sie: Ja, das ist sehr gut. Ein angekündigter, doch absolut spontaner Sonntagskirchgang, der die Aufmerksamkeit auf seine Frömmigkeit lenkte, wäre sicher gut geeignet, der Geringschätzung ihm gegenüber den Nährboden zu entziehen.

Man wählte die All Saints Cathedral in Eldares, und das war eine sehr kluge Wahl. Die Kathedrale erhob sich auf einem Hügel zwischen Santalucia und Santamaria, zwei der am dichtesten bevölkerten Stadtteile von Eldares, und bot dadurch eine hervorragende Kulisse für Fernsehbilder.

Das Oberhaupt der Kathedrale war der leicht exzentrische Bischof Tireless Kanogori. Seine Anhänger hatten ihm diesen Namen verliehen, weil er, lange bevor er zum Bischof ernannt worden war, oft gepredigt hatte, Jesus Christus sei der ewige, nimmermüde Befreier von allen Sünden, die schwer auf den müden Seelen lasteten. Schon bald begannen seine Anhänger von ihm als dem Priester zu sprechen, der nicht müde wurde, vom nimmermüden Erlöser zu erzählen. Und als er schließlich die Bischofsmütze erhielt, nahm er aus Respekt vor seinen Anhängern diesen Namen an.

An dem besagten Sonntag fuhren der Herrscher und seine Autokolonne, umringt von Zeitungsreportern, Fernsehkameras und Mikrofonen, auf dem Marktplatz von Santamaria vor, von wo aus der historische Zug zur Kirche beginnen sollte. Er stieg aus seinem Rolls Royce und besichtigte unter den verblüfften Blicken der zahlreichen Obsthändler, die nicht wussten, ob sie nun durch lautes Anpreisen ihrer Waren weiterhin Käufer anlocken sollten oder lieber nicht, den Marktplatz. Der Kontrast zwischen der Kolonne schnittiger Mercedes-Benz-Limousinen und der langen Reihe von Lastkarren, die entweder von Eseln gezogen wurden oder mit eigener Hand geschoben werden mussten und mit unterschiedlichsten Waren beladen waren, hätte kaum größer sein können. Eine andere Szene war allerdings noch verblüffender: Der Herrscher entdeckte einen herrenlosen Esel und beschloss, offensichtlich mehr einem plötzlichen Einfall als der Choreographie seiner Imageberater folgend, in Nachahmung Jesu Christi auf einem Esel zur Kirche zu reiten. Einige seiner Geheimagenten, die als gewöhnliche Bürger verkleidet waren, schnappten sich bei den Händlern ein paar Palmwedel und breiteten sie vor ihm aus. Am Fuße des Hügels stieg der Herrscher vom Esel und ging den Rest des Weges zu Fuß. Die langen Kameraeinstellungen, die den Herrscher am Hügel mit der darauf thronenden Kirche zeigten, erweckten den Eindruck, als führte er eine Pilgerfahrt in die Stadt Gottes an.

Langsam und gedankenschwer schreitend, erlaubte sein Gefolge dem Hauptdarsteller ungefähr einen halben Meter Vorsprung. Es war eine fast makellose Vorstellung, und seine Ratgeber bildeten sich schon ein, das Ganze sei die gelungene Feier des Sieges der List über das Gerücht.

Wie sich herausstellte, hatten diejenigen, die die Inszenierung an den Fernsehern zu Hause oder in Veranstaltungssälen der Gemeinde verfolgten, gespürt, dass etwas nicht stimmte, weil genau jetzt, als der Herrscher den Fuß auf die Schwelle der Kathedrale setzte, das Fernsehbild ausfiel, und sie daran erinnerte, dass ihre Bildschirme schon einmal in sieben Stücke zersprungen waren. Der Bildausfall verwehrte ihnen den Blick auf das, was danach geschah, und sie mussten sich mit den spärlichen Berichten derjenigen begnügen, die dabei gewesen waren und erlebt hatten, wie der Herrscher das Gebäude betrat.

Obwohl sie sich in Einzelheiten widersprechen, stimmen alle darin überein, dass in dem Moment, als der Herrscher die Kathedrale betrat, die Wände der Kirche bebten, als ob ein Erdstoß sie erschütterte. Die Kreuze an den Wänden, die Kleidung der Kirchgänger, sogar Papierblätter tanzten auf seltsame Weise, als wollten sie fliehen. Und als Bischof Tireless Kanogori eine kleine Bibel, die er in der Hand gehalten hatte, auf den Altar legte, geriet der Altar ins Wanken und die Bibel fiel zu Boden. Doch statt sie aufzuheben, verschwand er in der Sakristei. Noch bevor sich alle darüber wundern konnten, was ihn dazu veranlasste, die Heilige Schrift und die Kirchgemeinde im Stich zu lassen, tauchte er mit einer sehr großen Bibel in der rechten Hand und einem riesigen Kreuz in der linken wieder auf. Beide Hände streckte er dem Herrscher entgegen. Die Lippen des Bischofs bewegten sich, als murmelte er eine Beschwörungsformel, aber niemand konnte seine Worte verstehen, weshalb nachher auch keiner in der Lage war, sie wiederzugeben.

Dann hörte die versammelte Kirchgemeinde, wie etwas durch ein Fenster brach und das Glas in sieben Scherben bersten ließ. Die bebenden Wände und die tanzenden Kreuze standen plötzlich wieder still und eine friedliche Stille senkte sich über die Kathedrale. Bischof Tireless Kanogori, der jetzt mit der Andacht fortfuhr, als hätte sich nichts Unvorhergesehenes ereignet, unterstrich mit dem Klang seiner Stimme die Stille umso eindrucksvoller.

In den Häusern erwachten die Fernsehgeräte zu neuem Leben. Wer bereits vor seinem Bildschirm saß und wer seinen Fernseher erst in diesem Augenblick einschaltete, erlebte Bischof Kanogori, wie er gerade seine Predigt begann. In der letztgenannten Gruppe machten sich einige Stimmen über die Geschichten lustig, die sich um den Eselsritt, die Palmzweige, die heiseren Hosiannas und den langen Marsch auf die Hügelkuppe rankten.

Die Schilderer des unheimlichen Ereignisses aber ließen sich nicht beirren und gingen sogar so weit, steif und fest zu behaupten, die All Saints Cathedral sei nicht das einzige Gotteshaus, in dem sich ein solches Schauspiel ereignete. Man erzählt sich, der Herrscher habe später noch weitere Gottesdienste in anderen Kirchen besucht, in denen sich Ähnliches zutrug. In allen Fällen zersprang zumindest eine Fensterscheibe in sieben Scherben, durch welche Kraft auch immer die mit Kreuz und Bibel bewehrten Priester das Unheil austrieben. Deshalb, so behaupten sie, verkündete der Herrscher Aburĩrias plötzlich ohne weitere Erklärung, dass er nun auch zum Islam Kontakt aufnehmen wolle, um seinen Glauben an die Gleichheit aller Religionen unter Beweis zu stellen. Aber aus Bescheidenheit wie aus Rücksichtnahme gegenüber dem islamischen Bilderverbot sei es Kameras nicht erlaubt, ihn dabei zu begleiten.

Seine Überlegung hierbei war, zunächst Auftritte in islamischen Moscheen – sunnitischen, schiitischen sowie wahabitischen – zu organisieren; anschließend indische Tempel zu besuchen – hinduistische, buddhistische oder jainistische; danach dann die Gurdwaras der Sikhs und schließlich die Synagogen der Juden, und darauf zu hoffen, dass diese wohlüberlegt spontanen Auftritte das Bild der Ereignisse in der All Saints Cathedral und anderen christlichen Kirchen auslöschen würden.

Für seinen ersten Besuch in einem islamischen Heiligtum wies er seine Berater an, eine Moschee ausfindig zu machen, die keine Glasfenster hatte. Nachdem sie ganz Eldares abgesucht hatten, fanden sie schließlich eine Moschee, die eine schöne Kuppel und zierliche Minarette besaß und, was noch wichtiger war, Fenster mit hölzernen Läden und Eisengittern.

Dort begab sich ein noch erschütternderes Ereignis, aber weil es nicht auf Film festgehalten wurde, müssen wir wieder einmal dem Hörensagen vertrauen, wonach der Imam, der an diesem Tag das

Gebet sprach, beim Eintritt des Herrschers sofort erkannte, dass etwas nicht in Ordnung war, und schleunigst den Koran in die Luft reckte und auf Arabisch rief:

Allahu akbar, Allahu akbar
Asch-hadu al-la Ilaha il-Allah
Asch-hadu al-la Ilaha il-Allah
Asch-hadu anna Muhammadar Rasulu-Allah
Asch-hadu anna Muhammadar Rasulu-Allah
Hayya 'alas-Salah
Hayya 'alal-Falah
Allahu akbar, Allahu akbar
La Ilaha il-Allah

Die dabei waren, sagen, sie spürten einen Windstoß durch die Luft wirbeln und im nächsten Augenblick hörten sie das Eisengitter vor einem der Fenster knirschen. Dann sahen sie, wie sich ein paar Gitterstäbe nach außen wölbten, als würde sich jemand dagegen werfen, um sich zu befreien. Koran und Rosenkranz gegen das Fenster schwingend, rief der Imam etwas, das sich wie „Satan" anhörte und – siehe da – das Knirschen hörte sofort auf, und das einzige Geräusch, das noch zu vernehmen war, war der Ruf des Imam, *Allahu akbar*. Allerdings gibt es einige Leute, die wie der biblische Thomas alles an dieser Geschichte anzweifeln, aber selbst sie können nicht erklären, wie sich das Eisengitter derart verbiegen konnte; zumal man sich erzählt, dass der Rat der Moschee nach langen internen Auseinandersetzungen den Entschluss fasste, das Fenster nicht zu reparieren, sondern es in seinem verbogenen Zustand zu belassen: als Beweis für den Sieg des Heiligen Korans über die Ränke Satans, auch wenn sich dieser in den Glanz irdischer Herrlichkeit gehüllt hatte.

Das gesamte Programm der organisierten, spontanen Auftritte an Orten religiöser Verehrung wurde stillschweigend fallen gelassen und eine teufelsfreie, normale Ordnung bei den Andachten hielt wieder Einzug in den religiösen Kultstätten. Einige Einwohner der Stadt hängten Plakate auf: ELDARES IST TEUFELSFREIE ZONE!

10

Das war nicht der Fall, denn bald stellte sich heraus, dass die satanischen Dämonen aus den Kirchen und Moscheen entkommen waren und durch das Land streiften. Wie ließen sich sonst die beiden erstaunlichen Berichte erklären, die kurz danach in Eldares die Runde machten? Die erste Geschichte war recht komisch, weil sie berichtete, wie der Teufel Maritha und Mariko in ihrem Haus in Santalucia besuchte, nur um einen Streit vom Zaun zu brechen.

Die Furcht einflößendere, zweite Geschichte berichtete jenseits des Religiösen davon, dass Satan sich in den Städten und Dörfern herumtrieb, den Leuten die Herzen ausriss und ihre Leiber als leblose Hüllen an Straßenrändern und Müllhalden zurückließ.

Es gab allerdings auch einige Leute, die behaupteten, dass beide Geschichten – die von Satan, der einen Streit mit Maritha und Mariko heraufbeschwor, und die von Satan, der den Menschen die Herzen aus dem Leibe riss – zusammenhingen und deutlich machten, dass Satan zeigen wolle, er habe ein paar Schlachten verloren, aber noch längst nicht den Krieg. Warum jedoch sollte er dazu einen Streit mit einem älteren Ehepaar anfangen?

11

Das Ehepaar Maritha und Mariko war in ganz Santalucia bekannt, weil sie sich nie trennten, gemeinsam zum Markt gingen und gemeinsam Totenwachen, Beerdigungen und Hochzeiten besuchten. Entdeckte man einen von beiden einmal allein, wussten die Leute – und sie irrten sich selten – dass der andere nicht weit war.

Manchmal folgte ihnen ihre Katze, die abgesehen von einem weißen Fleck mitten auf der Stirn vollkommen schwarz war. Und als sie einmal mit in die Kirche ging, dichteten die Kinder sofort ein bekanntes Lied um:

Mari hat ne kleine Katz,
kleine Katz, kleine Katz,
Mari hat ne kleine Katz,
das Fell so schwarz wie Ruß.

Und wo auch immer Mari war,
Mari war, Mari war,
und wo auch immer Mari war,
da war die Katz nicht fern.

Sie ging mit in die Kirch' einmal ...

Maritha und Mariko waren gläubige Gemeindemitglieder von All Saints. Sie wischten auf den Bankreihen Staub, putzten die Fenster und ordneten die Blumen. Als die Gemeinde beschloss, die Obdachlosen zu speisen und ihnen freitags, samstags und sonntags im Kellergeschoss Unterschlupf zu gewähren, meldeten sich Maritha und Mariko freiwillig, um für die Not leidenden Landstreicher zu sorgen. Sie fütterten sogar die Tauben und andere Vögel, die auf dem Dach der Kathedrale nisteten.

Maritha und Mariko waren wie Zwillinge. Häufig kam es vor, dass der eine einen Satz vollendete, den der andere begonnen hatte. Beide waren über sechzig, ihre Körper hatten die Jahrzehnte beachtenswert gut überstanden, und ihre Kinder, die inzwischen junge Männer und Frauen waren, hatten sichere Arbeitsstellen. Alles in allem waren Maritha und Mariko ohne jeden Makel und schienen ein Beispiel für eine erfüllte Ehe und ein gutes Familienleben zu sein. Das erklärt, warum die gesamte Kirchengemeinde so schockiert war, als Maritha und Mariko eines Sonntags, nur wenige Monate nach dem Ereignis mit dem Herrscher und dem geborstenen Glas, vor die Gemeinde traten und beichteten, dass sie eine unwiderstehliche Lust nach dem Fleische anderer plage. Und so, wie sie alles gemeinsam taten, erzählten sie ihre Geschichte, als läsen sie aus demselben Buch vor.

„Sogar durch die Straßen zu gehen, wird eine regelrechte Folter“, gestand Mariko.

„Nicht eine einzige Nacht ist vergangen, in der wir nicht dafür gebetet haben, dass diese schreckliche Last von uns genommen wird, aber unsere Gebete sind noch nicht erhört worden“, fügte Maritha hinzu.

„Unsere Körper verzehren sich nicht mehr nacheinander, aber die anderer Menschen lassen die unseren vor Verlangen brennen.“

„Als locke Satan uns vom Pfad der Rechtschaffenheit und zum Bruch der Zehn Gebote ...“

„... in denen es heißt“, und sie sprachen gemeinsam weiter: „Du sollst nicht ehebrechen und Du sollst nicht begehren deines Nächsten Hab und Gut!“

„Bis jetzt hat die Wollust nur von unseren Augen Besitz ergriffen“, erklärte Maritha.

„Aber auch das ist eine Sünde“, beeilte sich Mariko hinzuzufügen, als wollte er jeden Zweifel der Zuhörer, wie ernst sie ihren Kampf gegen diese Versuchung nahmen, im Keim ersticken.

Die Gemeinde betete, dem Paar möge Kraft zuteil und der Teufel der Wollust vernichtet werden. Nach Beendigung des Gottesdienstes führte Bischof Tireless Kanogori, ihr Bruder in Christi, ein offenes Gespräch mit beiden und ermahnte sie, standhaft zu bleiben und immer daran zu denken, dass Satan damals, als Christus allein, hungrig, durstig und erschöpft in der Wüste saß, eben diesen Augenblick wählte, ihn vierzig Tage und Nächte zu versuchen. Jesus musste mit zahlreichen Begierden kämpfen, aber er blieb standhaft, mutig und rechtschaffen, und schließlich besiegte er Satan; und es war dieser große Kampf mit dem Versucher, der Christus darauf vorbereitete, seine Rolle als Erlöser aller Sünder zu übernehmen. „Also bedenkt,“ fuhr er fort, „wie glücklich ihr euch schätzen könnt, nicht vierzig Tage und Nächte lang mit Satan allein in der Wildnis mit heulenden

Winden und wilden Tieren zu sein, noch immer füreinander da zu sein, hier in eurem Zuhause in Santalucia, und dass wir alle euch beistehen und dem Versucher zurufen: ‚Hebe dich hinweg, Satan!'"
Und die drei stimmten eine Hymne an:

Die Engel des Bösen werden kommen
Und Satan wird erscheinen
Doch meine Seele ist gewappnet mit dem Glauben

Ich werde ihn zur Strecke bringen
Ich werde zuschlagen und ihm sagen
Hebe dich hinweg, Satan
Niemals werde ich dir folgen

Aber selbst da ließ Satan sie nicht in Ruhe, und jeden Sonntag berichteten Maritha und Mariko der Gemeinde schaurigere Geschichten darüber, wie Satan ihnen in den vergangenen sieben Tagen und Nächten in den unterschiedlichsten Verkleidungen auf Schritt und Tritt gefolgt war und gerissen wie eh und je versucht hatte, ihre Lust nach dem Fleisch anderer Menschen anzustacheln. Die Kathedrale war der einzige Ort, an dem sie sich vor ihm sicher fühlten. An jedem anderen Ort tauchte er auf, vor allem, wenn einer von beiden allein zu Hause schlief oder allein durch die Stadt ging. Sie fochten einen heldenhaften Kampf, und Zeugnis über Satans Taktik abzulegen, war eine Möglichkeit, ihm zu begegnen. Wenn Satan ihnen mit schwerem Geschütz kam, so wollten sie sich wenigstens mit diesen bescheidenen Mitteln zur Wehr setzen. Es war ihre größte Angst, dass Satan einen von ihnen allein in einer dunklen Gasse erwischen könnte, weshalb sie unzertrennlicher waren als je zuvor.

Die Geschichte war sehr bewegend, und jeden Sonntagmorgen kamen mehr Menschen in die All Saints Cathedral, um der jüngsten Episode über das tägliche Ringen von Maritha und Mariko mit Satan zu lauschen. Die Kathedrale wurde zu einem beliebten Ort, der sich jeden Sonntag bis auf den letzten Platz mit Menschen füllte, die begierig auf die pikanten Einzelheiten aus dem wollüstigen Leben des

Paares und seines Kampfes mit Satan waren. Die Kathedrale war so voll, dass man nicht einmal mehr stehen konnte und viele sich deshalb einfach vor der Tür und den Fenstern versammelten, um wenigstens den einen oder anderen Blick auf das heldenmütige Paar zu erhaschen, wenn es seine Geschichte erzählte.

Natürlich landete diese Geschichte auch auf den Schreibtischen der Nachrichtenredakteure, und einer Zeitung, dem Daily Gossip, gelang es, die Auflage beträchtlich zu steigern, indem sie Versionen von Marithas und Marikos Fortsetzungsbeichte abdruckte. So wurde der Krieg gegen Satan das vorrangige Gesprächsthema in den Straßen, auf den Märkten, in den Einkaufszentren und Bars. Wann und wo immer sich junge Männer und Frauen begegneten, begrüßten sie einander halb im Scherz: O, mein Lieber, du hast mich mit einem ernsten Fall von Maritha und Mariko infiziert, oder: Ich empfinde Maritha und Mariko für dich, meine Liebe – was sagst du dazu?

Für die Einwohner von Eldares, vor allem für die aus Santalucia, wurde die Geschichte von Maritha und Mariko und ihres heldenhaften Kampfes gegen den Satan der Wollust wichtiger als die Ankunft der Global-Bank-Delegation zur Prüfung der Finanzierbarkeit von Marching to Heaven. Wie ein einfacher Mann und eine einfache Frau sich dem mächtigen Satan entgegenstellten, an dieser Geschichte entzündete sich ihre Phantasie, und sie waren begierig darauf zu erfahren, wie alles enden würde.

12

Am vierzigsten Tag nach Marithas und Marikos erster Beichte über die Heimsuchung durch den Teufel strömten die Menschen zur All Saints Cathedral wie nie zuvor. Anlass war die Zahl Vierzig. Nach dieser Anzahl von Tagen war Jesus aus der Wüste heimgekehrt und hatte Satan besiegt. Als aber Maritha und Mariko vor Gott Zeugnis ablegten und bekannten, dass Satan ihnen noch immer nachstellte, waren die Leute, besonders die jungen, verwirrt und einige sogar wütend. Warum hatte sich Satan nicht mit seinesgleichen in der Hölle angelegt, anstatt Maritha und Mariko mitleidlos zu verfolgen? Vor allem Satans Feigheit brachte sie auf: sich an alte Menschen wie Maritha und Mariko heranzumachen, wenn einer von beiden allein oder gerade am Einschlafen war. Satan ist ein übler Maulheld, sagten sie. Hierher traut er sich nicht.

Andere warnten die Gemeinde vor Überheblichkeit. Der einzige Grund, warum Satan es nicht gewagt habe, den heiligen Boden zu entweihen, liege in der Erinnerung daran, wie schmachvoll Bischof Tireless Kanogori ihn vor wenigen Monaten ausgetrieben habe.

Die jungen Leute, vor allem diejenigen, die erst vor Kurzem zum Glauben gekommen waren, nahmen die Herausforderung an und blieben nach dem Gottesdienst zusammen, um sich zu beraten. Sie schworen, für Santalucia zu tun, was der Bischof für die All Saints Cathedral geleistet hatte. Jede Ecke, jeden Winkel in Santalucia wollten sie durchsuchen, um Satan aufzustöbern. Selbst wenn es ihnen nicht gelänge, ihn zu fangen, sollte er sich wenigstens vor Angst in die Hose machen.

Sie gaben sich den Namen Soldaten Christi und schworen, den Kampf nicht aufzugeben, bis der Teufel Maritha und Mariko in Frieden ließ. Die Bibel sollte ihr Schild sein, das Gesangbuch ihre Nahrung, das Kreuz sowohl Gehstock als auch die Geißel, mit der sie Satan vertreiben wollten. Das Böse musste gehen oder zum Gehen gezwungen werden. Sie stimmten eine Kampfeshymne an, in der sich Ruf und Antwort ablösten:

Wohin zieht ihr
Mit Kost und einem Stab als Waffe?
Wir sind Pilger auf dem Kriegspfad
Im Kampf gegen Satan und die Seinen.

Voller Hoffnung und mit dem Vertrauen, dass andere junge Männer und Frauen ihre Fanfare hören und sich ihrer Jagd auf Satan anschließen würden, zogen sie los.

13

Die Soldaten Christi wussten anfangs nicht genau, wo und wie sie die Jagd beginnen sollten.

Touristen, Bettler, Prostituierte verfolgten sich tagsüber gegenseitig auf den Straßen und trafen sich abends vor den Sieben-Sterne-Hotels erneut. Es war, als gehörten diese Luxusschreine gleichermaßen den Reichen, den Touristen, den Bettlern und den Huren, mit einem wesentlichen Unterschied: Nachts blieben die Reichen, die Touristen und die Prostituierten drinnen, während sich die Bettler draußen wiederfanden und Regen oder Kälte erdulden mussten. Sobald aber der Tag anbrach, waren sie alle wieder vereint.

Jeder Bettler beherrschte ein paar Brocken Englisch, Deutsch, Japanisch, Italienisch und Französisch, hauptsächlich aber sprachen sie Kiswahili. Helft den Armen. *Saidia Maskini. Baksheesh.* Einige musizierten auf selbstgebauten Gitarren und Trommeln, andere führten Sketche auf, die manchmal belustigten Touristen etwas Kleingeld aus der Tasche lockten. Sie versuchten, sich auf den Straßen zu postieren, wo die meisten Touristen unterwegs waren, was zu einem großen Gedränge um den besten Standort führte.

Manchmal fiel die Polizei über die Bettler her, aber das war nur Theater, denn die Gefängnisse in Aburĩria waren schon überfüllt. Die meisten Bettler wären glücklich gewesen, wenn man sie eingesperrt hätte, weil es im Gefängnis ein Bett und etwas zu essen gab. Auch musste die Regierung sich davor hüten, dem Tourismus zu schaden, indem sie zu viele Bettler von den Straßen fegen ließ. Schnappschüsse von Bettlern oder wilden Tieren, die die Touristen nach Hause schickten, waren der Beweis, tatsächlich in Afrika gewesen zu sein. Wilde Tiere gab es in Aburĩria wegen der Wilderei und den schwindenden Wäldern allerdings immer weniger, sodass Bilder von Bettlern oder Kindern mit Kwashiorkor, entzündeten Augen und Fliegen, die ihnen an den Rotznasen saßen, als Inbegriff der Authentizität galten. Wenn keine Bettler mehr auf den Straßen zu finden wären, könnten die Touristen zu zweifeln beginnen, ob Aburĩria ein richtiges afrikanisches Land war.

Die Soldaten Christi überprüften also die Lage. Welche Orte würde Satan am ehesten heimsuchen? In welcher Verkleidung? Er steckt voller Schliche, denn, so erinnerten sie sich gegenseitig, war Luzifer nicht geboren worden, noch bevor die Welt erschaffen wurde? Wenn er sich in eine Schlange verwandeln und sich unter den Augen Gottes in den Garten Eden schleichen konnte, was sollte ihn davon abhalten, jetzt die Gestalt eines Menschen, eines Tieres oder gar eines Steins anzunehmen? Warum konnten Maritha und Mariko die Objekte ihrer Begierden nicht benennen? Weil ihnen Satan höchstpersönlich in unterschiedlichen Verkleidungen erschien! Vielleicht hatte er sich jetzt als Tourist verkleidet, als Prostituierte, als Bettler oder als einer von denen, die durch die Straßen zogen, oder ...

„Seht mal", rief ein Soldat Christi und zeigte mit dem Finger auf die andere Straßenseite – auf eine Skulptur des Herrschers zu Pferde. Die Soldaten Christi begriffen sofort, was er dachte, denn die Bronzeskulptur erinnerte sie an das nicht lange zurückliegende Schauspiel des Teufelsanbeters, der in Nachahmung Christi auf einem Esel geritten kam, was unbestreitbar ein Sakrileg war. Warum hatten sie genau in diesem Augenblick eine solche Erscheinung? In der Stunde der höchsten Not? Sie riefen sich ins Gedächtnis, dass Gott den Kindern Israels untersagt hatte, Götzenbilder zu fertigen. Wieso? Weil Satan sich leicht in einer solchen Skulptur verstecken konnte. Die Denkmäler des Herrschers näher zu untersuchen, war keine leichte Aufgabe, wie sie bald herausfanden, denn Monumente des Herrschers standen in Eldares an jeder Straßenecke.

Dort sieht man ihn auf dem Rücken eines dahinpreschenden Pferdes, da im verhaltenen Galopp. Hier steht er auf einem Sockel und hat die Hände zur Segnung der Passanten erhoben. Da sieht man den Oberbefehlshaber in Uniform mit erhobenem Schwert, als schreite er eine Ehrenformation ab. Auf einem anderen Podest sieht es aus, als befehlige er einen Sturmangriff. Mal ist er der große

Lehrer und Gelehrte in Talar und mit Doktorhut, mal der nachdenkliche Herrscher in grüblerischer Pose.

Bei den Skulpturen fanden sie Satan nicht. Sie schauten in allen Gebäuden nach, die Seite an Seite mit Elendshütten aus Pappe und Plastikteilen standen. Gegenüber von indischen, chinesischen, italienischen und griechischen Restaurants befanden sich Verkaufsstände, die Gerichte aus Kohl und *ugali* anboten. Aus den großen Restaurants strömte der Duft brutzelnder Steaks und von den Bürgersteigen stieg der Geruch von knackendem Mais und Haselnüssen auf, die über Holzkohle geröstet wurden.

Die Ergebnisse waren enttäuschend. Wie die Weisen aus dem Morgenland, denen sich auf ihrem Weg zum Kind in der Krippe zahlreiche Schwierigkeiten entgegenstellten, mussten auch die Soldaten Christi viel erdulden, als sie in den unzähligen Gebäuden von Eldares nach Satan suchten. In manchen Kneipen wurden sie mit höhnischem Gelächter empfangen, und einmal schleuderten ihnen ein paar Betrunkene Apfelsinenschalen ins Gesicht. In den Sieben-Sterne-Hotels wurden sie mehrmals hinausgeworfen und schließlich bekamen sie Hausverbot, weil sie die Gäste belästigten. Draußen auf den Straßen, auf denen sich schicke Autos, Eselswagen und Handkarren den Platz und die Vorfahrt auf den mit Schlaglöchern übersäten Pisten streitig machten, setzten ihnen Sonne und Staub zu; von der Polizei ganz zu schweigen, die einige Male Jagd auf sie machte, weil sie sie für Bettler hielt. Und auch von den Touristen, die mit ihren Fotoapparaten hinter ihnen herrannten, weil sie glaubten, sie seien heilige Bettler. Sie hatten Hunger. Sie hatten Durst. Sie waren müde. Und der Gestank auf den Straßen von Eldares machte es auch nicht besser.

Es war die Zeit, als die Straßen von Eldares zu beiden Seiten statt von Bäumen von Müllbergen gesäumt wurden. Einige Ladeninhaber bezahlten private Müllsammler, um den Zugang zu ihren Geschäften vom Müll befreien zu lassen, sodass es hier und da, vor allem in der Einkaufszone der Innenstadt, auch ein paar saubere Flecken gab. In vielen anderen Straßen aber gab es nur Fliegen, Würmer und den Gestank von Fäulnis.

Gehört dieser Gestank zu den Waffen des Teufels, mit denen er uns vertreiben will?, fragten sie sich. Könnte er sich nach allem, was wir über ihn wissen, in den Müllbergen verstecken und uns auslachen, während wir unter den Menschen, in den Gebäuden und Herrscherstandbildern nach ihm suchen? Nein, riefen sie trotzig, sein Gestank wird uns nicht von unserer Suche abbringen.

Aber wie mutig sie sich auch fühlten, je mehr sie über Satans Ränke sprachen, desto klarer wurde, wie schwierig es war, jemanden zu bekämpfen, den sie nicht mit eigenen Augen sehen konnten. In ihrer Niedergeschlagenheit erinnerten sie sich daran, dass sie Soldaten Christi waren und, wie es in der Bibel geschrieben stand, den heiligen Kampf ausfechten mussten. Glücklich sind die, die um meinetwillen leiden. Von solchen Gedanken belebt, reckten sie mit neuem Mut die Kreuze in die Höhe und sangen, bis sie heiser waren:

Dieser Ort erstaunt mich
Am Kreuz
Denn nach dem Kummer herrscht Freude
Am Kreuz

Eines Freitagnachmittags, als sie in den Außenbezirken von Santamaria unterwegs und guter Dinge waren, kamen drei Männer auf sie zugerannt. Die riefen voller Entsetzen: „Satan! Satan!" und versteckten sich hinter dem Banner der Soldaten Christi. „Bitte helft uns ... Satan ist hinter uns her ..."

Die Soldaten, die ihre Lieder gesungen und im Stillen gebetet hatten, waren von der Ironie der Situation überrascht. Als sie ausschließlich an Satan gedacht hatten, konnten sie ihn nicht finden. Aber jetzt, auf dem Höhepunkt ihrer Freude und unter dem Eindruck Seiner Unermesslichen Gnade, als sie einzig und allein an Jesus dachten, erreichte sie eine Nachricht über Satan.

„Was erzählt ihr da?", fragten sie im Chor.

„Satan ... er macht uns die Hölle heiß! Helft uns!"

„Wo steckt er?", fragten die Soldaten Christi aufgeregt, noch immer ein wenig verblüfft und bestürzt über die dramatische Wendung.

Vielleicht war es ja weniger beängstigend, Satan im Geiste zu bekämpfen, als ihm leibhaftig gegenüberzustehen. Doch dies war ihre Stunde und nichts sollte sie davon abhalten, sich ihrer Aufgabe zu stellen.

14

Er war müde, hatte Hunger und Durst und die Sonne quälte ihn. Er wollte ganz hinaufklettern, als ihm plötzlich die Knie weich wurden und er am Fuß des Müllberges zusammenbrach. Er konnte nicht sagen, ob er vorübergehend ohnmächtig war oder tief schlief, doch als jetzt eine sanfte Brise aufkam, hob sie ihn aus seinem Körper und trug ihn in den Himmel, wo er nun schwebte. Noch immer konnte er unten am Fuß des Müllbergs seinen Körper liegen sehen, wo sich Kinder und Hunde um winzige Fleischreste an weißen Knochen zankten. Dein Körper braucht Erholung von dir, und du brauchst Erholung von deinem Körper, hörte er sich sagen. Er beschloss, seinen Körper unten in der Sonne liegen zu lassen, und wanderte schwerelos durch Aburĩria. Warum sollte man die Erforschung und die Freude an unserem Land nur den Touristen überlassen?, kicherte er in sich hinein – und verglich die Zustände in den verschiedenen Städten und Regionen des Landes.

Das ist wirklich lustig, sagte er zu sich, als er bemerkte, dass er wie ein Vogel aussah und auch wie ein Vogel durch die Luft schwebte. Das Brausen der kalten Luft an den Flügeln tat ihm gut. Ihm fiel ein christliches Lied ein, das er einmal gehört hatte:

Ich werde fliegen und diese Welt verlassen
Ich werde durch den Himmel schweben und Zeuge werden
Von Wundern die ich niemals vorher sah
Die unten mit der Erde geschehen.

Er begann zu singen. Doch weil er den Schnabel nicht so weit aufbekam wie seinen Mund, glich das, was herauskam, eher dem Pfeifen der Vögel, deren Lied er frühmorgens in der Wildnis gehört hatte.

Aus der luftigen Höhe seiner Vogelperspektive sah er die Regionen im Norden und in der Mitte Aburĩrias, im Süden, im Osten und im Westen. Die Landschaft unter ihm reichte von den Ebenen an der Küste bis zum Gebiet der Großen Seen und dem unfruchtbaren Busch im Osten, vom Hochland in der Mitte bis zu den Bergen im Norden. Die Menschen unterschieden sich ebenso in der Sprache wie in ihrer Kleidung und der Art, wie sie ihren Lebensunterhalt verdienten. Einige waren Fischer, andere züchteten Rinder und Ziegen, und wieder andere bestellten die Äcker. Doch überall, besonders in den Städten, war das Leben kaum anders als in Eldares. Überall litten die Menschen Hunger, hatten Durst und liefen in Lumpen herum. In den meisten Städten hausten Familien mit ihren Kindern in Hütten aus Pappe, Schrottteilen, abgefahrenen Reifen und Plastik. Er fand es widersinnig, dass diese Elendshütten wie in Eldares gleich neben Herrenhäusern aus Ziegeln, Stein, Glas und Beton standen. In der Umgebung der kleinen und größeren Städte sah es ähnlich aus: Riesige Plantagen mit Kaffee, Tee, Kakao, Baumwolle, Sisal und Kautschuk grenzten an ausgelaugte Landstriche, die von armen Bauern bewirtschaftet wurden. Kühe mit prall gefüllten Eutern weideten auf üppigem Land, während andere ausgemergelt über dornige und steinige Böden zogen.

Ich bin also nicht allein, hörte er sich zu seinem Vogel-Ich sagen. Vielleicht sollte er seine menschliche Daseinsform aufgeben und ein Vogel bleiben, der mühelos durch den Äther segelt und in der frischen Luft des Himmels badet. Doch dann musste er niesen, weil ihm die Abgase der Fabriken in der Nase stachen. Gibt es denn weder im Himmel noch auf der Erde einen Ort, an dem ein Mensch von diesem Gift verschont bleibt? Ein wenig verwirrt überlegte er, vorerst zu seinem in der Sonne liegenden Körper zurückzukehren, um die Schrecken des Tages zu überdenken und sich zu erholen. Erst dann wollte er entscheiden, in welchem Körper er den Rest seines

Lebens zubringen sollte. Was aber, wenn sein Körper inzwischen völlig von der Sonne ausgedörrt worden war? Bei diesem Gedanken nutzte er seine Flügel und eilte nach Eldares zurück.

Er kam keine Sekunde zu früh. Ein Abfallkipper war am Fuße des Müllberges vorgefahren. Er wollte wieder in seinen Körper schlüpfen, hielt sich aber zurück und schwebte noch etwas in der Luft, um zu sehen, was sie mit seiner Hülle anstellen würden.

Der Fahrer und zwei Männer stiegen aus dem Müllwagen und betrachteten einige Sekunden den Körper. Dann bückte sich einer, legte sein Ohr auf die Brust und erklärte ihn für tot, was eine Diskussion auslöste, wie sie mit dem Leichnam verfahren sollten. Die Polizei wollten sie nicht rufen – die Bullen würden einen Tag brauchen, bevor sie kämen, und schließlich hätten sie zu arbeiten. Außerdem wollten sie keinesfalls in endlose Gerichtsverfahren verwickelt werden. Es war auch möglich, dass sie des Mordes anklagt und ins Gefängnis gesteckt würden, man sie einen Kopf kürzer machte oder sie eine Menge Geld verlören, wenn sie sich freikauften. Den Leichnam liegen zu lassen, könnte jedoch dieselben Folgen haben.

Die Leiche steckte in einem abgetragenen Anzug. War da eventuell Geld in den Taschen? Bei diesem Gedanken verschwanden plötzlich alle Ängste, den Körper zu berühren, und die drei durchsuchten hektisch den Anzug, fanden aber nichts. Kein Geld. Es fiel ihnen auf, dass die Leiche seitlich auf einer Tasche lag und diese umklammerte. Sie musste etwas Wichtiges enthalten, wenn der Besitzer noch im Todeskampf so hartnäckig daran festhielt. Die drei sahen sich kurz an, lasen die Gedanken des jeweils anderen und wendeten den Leichnam kurzerhand, um die Tasche zu durchsuchen. Sie waren sich sicher, dass sie voller Geld war, wurden aber sehr wütend auf die Leiche, als sie feststellten, dass die Tasche nichts als Lumpen enthielt. Einer beschimpfte den leblosen Körper sogar, als wäre er lebendig. „Du elender Lügner. Ich bin sicher, dass diese Lumpen deine Kleidung sind und du den Anzug gestohlen hast. Schämst du dich nicht, anderen Leuten die Kleider zu stehlen? Und dann klaust du nicht einmal einen besseren Anzug. Den hätten wir wenigstens nehmen können."

Als sie gerade gehen wollten, wurde ihnen plötzlich bewusst, dass sich überall auf der Leiche ihre Fingerabdrücke befanden. Sie konnten sie nicht dort liegen lassen und beschlossen, den Beweis ihrer Verstrickung zu vergraben. Tote reden nicht, schon gar nicht, wenn sie und ihre Taschen unter einem Müllhaufen begraben sind. Es starben so viele an Hunger oder Krankheiten, ganz zu schweigen von denen, die sich aus Verzweiflung das Leben nahmen. Für die Polizei gab es keinen Grund in dem ganzen Gestank nach einer weiteren Leiche zu suchen.

Vielleicht sollte ich sie meinen Körper ruhig begraben lassen, sagte er sich – oder vielmehr seinem Vogel-Ich: Wozu bin ich in Aburĩria schon nutze? Der Körper ist ein Gefängnis für die Seele. Warum sollte ich nicht die Ketten durchtrennen, die mich an ihn binden, und Körper und Seele voneinander Abschied nehmen lassen? Dann wäre meine Seele frei und könnte ungehindert Land und Himmel durchstreifen. Ja, sie könnte ziehen, wohin sie wollte, ohne diese endlosen, einschränkenden Bedürfnisse des Körpers: Ich habe Durst, ich möchte Wasser trinken; ich habe Hunger, ich möchte etwas essen; ich bin nackt, ich brauche Kleidung; ich stehe im Regen, ich brauche Obdach; ich bin krank, ich muss zum Arzt. Ich muss den Bus nehmen, habe aber kein Geld. Ich muss Schulgeld bezahlen, Steuern ... Ist es nicht einfacher, das alles hinter sich zu lassen?

Als er aber sah, dass die Männer ihn – oder vielmehr seinen Körper – tatsächlich hochhoben und ihn zum Abfall auf die Ladefläche ihres Lastwagens warfen, der auf die Müllhalde zusteuerte, hörte er eine innere Stimme schreien, der Leib sei der Tempel Gottes und die Seele habe kein Recht, ihre Verbindung zu dieser Welt zu trennen, bevor sie nicht ihren Aufenthalt auf Erden beendet habe. Ich bin ein Mensch, ein menschliches Wesen, eine Seele und kein Stück Abfall, egal wie arm und zerlumpt ich aussehe, und ich verdiene Achtung, hörte er sich sagen, während er zu seinem Körper hinabglitt und ihn wieder in Besitz nahm.

Der Gestank, der ihm in die Nase stach, war so kräftig, dass er niesen musste, als er versuchte sich aufzusetzen. Er wischte sich die Müllreste aus dem Gesicht. Die beiden Männer, die gerade auf der

Beifahrerseite des Lastwagens einsteigen wollten, hörten sein Niesen. Wie angewurzelt blieben sie stehen. Auch der Fahrer erstarrte, die Hände an der Tür, ein Bein auf dem Trittbrett, das andere noch auf dem Boden. „Was war das?," fragte er. Doch die zwei antworteten nicht. Nachdem sie nach hinten gegangen waren, um einen Blick auf den Körper zu werfen, der von den Toten auferstanden war, rannten sie davon. Auch der Fahrer floh, lief seinen Freunden hinterher und flehte sie inständig an, ihn nicht der Willkür des Teufels auszuliefern. Das Wort „Teufel" ließ sie noch schneller laufen, alle drei schrien jetzt „Satan!", so laut sie konnten. Erst als sie eine Gruppe junger Männer und Frauen mit Kreuzen und einem Spruchband sahen, auf dem SOLDATEN CHRISTI geschrieben stand, blieben sie stehen, fassten sich etwas und baten um Hilfe.

15

Die drei Müllmänner zitterten, als sie ihre Geschichte erzählten. Wie sie einen Leichnam gefunden hatten, der gerade, als sie ihn auf der Deponie vergraben wollten, wieder zum Leben erwachte oder vielmehr von den Toten auferstand und anfing, sie um den Müllwagen herumzujagen. Wie er versuchte, sie zu fangen und ihnen drohte, sie in die riesige Tasche zu stecken, die er bei sich trug, um sie nach Hause zu den Engeln des Bösen ins Land des Teufels zu entführen. Das war doch der Ort des ewigen Feuers, sagten die Müllmänner, und die Soldaten Christi antworteten mit Ja. Die Müllmänner konnten nicht genau sagen, wie sie den Klauen des Teufels entkommen waren, doch hatten sie die Gelegenheit genutzt, die sich ihnen bot, und waren geflohen.

Es war eine traurige Geschichte, eine Geschichte des Schreckens und der Rettung – was für ein knappes Entkommen! Noch bevor sie mit ihrer Erzählung fertig waren, sagte einer von ihnen, dass er nie wieder Müll fahren wolle; und alle drei schworen, nie mehr einen

Leichnam anzufassen, wie tot er auch sein mochte. Wahrhaftig, die Toten waren tödlich.

„Macht euch keine Sorgen", antworteten die Soldaten Christi daraufhin und nickten verständnisvoll, um zu zeigen, dass sie die Schliche Satans sehr genau kannten. „Es war Jesus, der euch befahl, vom Kehrbesen zu lassen und fortan die Herzen der Menschen zu reinigen", versicherten sie ihnen und stimmten eine Hymne an.

Der Herr befahl den Fischern, ihm zu folgen
Und von ihren Netzen zu lassen
Und er sagte ihnen, er führe sie in den Himmel ...

Die Hymne und der Gesang bewirkten, dass auch den Soldaten Christi neuer Mut durch die Adern strömte. Einige begannen sogar vor Begeisterung zu weinen, begierig darauf, unverzüglich in den Krieg zu ziehen.

Die Müllmänner bedankten sich und glaubten sich in der Gesellschaft der Gläubigen sicher; als sie aber gebeten wurden, den Soldaten Christi den Ort des schrecklichen Geschehens und der knappen Flucht zu zeigen, weigerten sie sich und willigten erst ein, als ihnen versicherte wurde, hinter dem Banner Zuflucht nehmen zu können. Die Soldaten würden sie mit ihren Kreuzen auf allen Seiten schützen. Der Teufel fürchtet das Kreuz, versicherten sie. Hatte er nicht von ihnen abgelassen, sobald er sah, dass sie auf das Kreuz zuliefen? Und sie sangen: „Am Kreuz, am Kreuz, da fand ich den Herrn ..."

Und so konnten die drei Männer, aus der Geborgenheit hinter dem Banner und den Kreuzen, auf eine einsame Gestalt zeigen, die sich auf dem Weg ins Stadtzentrum befand. Sie bestätigten, dass es sich um den Teufel persönlich handelte, weil sie ihn an der Tasche erkannten, die er bei sich trug. Doch dann sagten sie sehr bestimmt, nicht einen Schritt weiter in des Teufels Richtung gehen zu wollen. Sie eilten zurück zu ihrem Müllwagen, bevor Satan seine Meinung änderte und wiederkehrte, um sie zu holen.

Wie Bischof Tireless Kanogori in der All Saints Cathedral trugen die Soldaten Christi ihre Kreuze und Bibeln vor sich her und folgten der Gestalt in sicherer Entfernung. Sie durften nicht so töricht sein, sich so weit vorzuwagen, wie nicht einmal die Engel es gewagt hatten. Sie durften nicht vergessen, dass Satan ein hochrangiger Engel gewesen war, bevor er wegen einer geplanten Rebellion gegen Gott aus dem Himmel verstoßen wurde. Ein Wesen, dem es beinahe gelungen war, eine Palastrevolte gegen Gott anzuzetteln, durfte man nicht auf die leichte Schulter nehmen. Aber sie ließen nicht von ihm ab, denn da Jesus mit ihnen war, war ihnen vorherbestimmt, den Teufel zu bändigen. Einer meinte, Satan wäre es doch nur gelungen, so viele Engel zu verführen, sich seinem Putsch anzuschließen, weil Jesus Christus damals noch nicht geboren war.

Was als Nächstes geschah, bestätigte nur ihre Befürchtungen hinsichtlich der teuflischen Tricks der Gestalt vor ihnen. Noch heute schwören die Soldaten Christi, ihn nie aus den Augen gelassen zu haben, doch können sie noch immer nicht erklären, wie es der Gestalt gelang, direkt vor ihren Augen zu verschwinden. Sie wissen nur, dass ihnen so viele Menschen mit ähnlichen Taschen begegneten, als sie an die Straße kamen, in die die Gestalt eingebogen war, dass sie nicht feststellen konnten, wer unter den vielen Hunderten, die sich ihren Weg bahnten, wer war. Der Teufel war verschwunden.

Und dann fielen ihnen die Leiden von Maritha und Mariko wieder ein, und dieser Gedanke ließ ihre Herzen erstarren: Was, wenn nun der Teufel sein Spiel mit ihnen getrieben hatte, um sie auf den Hauptstraßen der Stadt festzuhalten, während er nach Santalucia unterwegs war, um Maritha und Mariko zu erwischen und ihnen die Seelen aus dem Leib zu reißen und ihre Leichen wie leere Hüllen am Straßenrand oder an einer Müllkippe liegen zu lassen?

Sie beschlossen, nach Santalucia zurückzukehren. Sie waren noch nicht weit gekommen, als sie Schritte hinter sich hörten. Einer der Müllmänner holte sie ein.

„Ich habe mich entschieden, den weltlichen Besen in die Ecke zu stellen und in Zukunft nur noch die Herzen der Menschen zu fegen. Auch ich möchte ein Soldat Christi werden“, sagte er.

Die Soldaten Christi erstaunte, was sich vor ihren Augen abspielte. Gott vollbringt seine Wunder auf geheimnisvolle Weise. Nachdem sie sich viele Tage erfolglos bemüht hatten, fanden sie jetzt, da sie es am wenigsten erwarteten, an diesem unwirtlichen Ort ihren ersten Konvertiten. Sie nahmen ihn als ihren Bruder in Christi auf und tauften ihn Feger-der-Seelen.

Beseelt von ihrer Aufgabe und begleitet von ihrem neuen Anhänger, waren sie bald wieder auf dem Weg nach Santalucia, wo sie wegen Satan, der in der Wildnis den Müllmännern erschienen und später in den Straßen der Innenstadt von Eldares verschwunden war, bei Kerzenlicht eine Nachtwache hielten. Mit Feger-der-Seelen, der nun bei ihnen war, würden sie nie wieder Schwierigkeiten haben, den Teufel zu erkennen und zu ergreifen.

ZWEITES BUCH

Dämonen in Warteschlangen

ERSTER TEIL

1

Benommen und mit vor Hunger schmerzendem Magen stand Kamĩtĩ auf dem Bürgersteig, um sich zu sammeln. Hinlegen wollte er sich nicht, weil er fürchtete, es könnte sich das, was ihm vorhin an der Müllhalde widerfahren war, wiederholen.

Es war nicht das erste Mal, dass er das Gefühl hatte, sich aus seinem Körper zu lösen. Er hatte diese Erfahrung bereits nachts in der Wildnis gemacht. Wenn er dort im Freien auf dem Rücken lag und zum Mond und zu den Sternen aufsah, erlebte er, wie er den Körper verließ und in den Himmel aufstieg; als zöge ihn eine Kraft mit der Absicht, ihn mit der Größe und dem Mysterium eines Universums zu beeindrucken, das weder Anfang noch Ende hat. Er dachte dann an die Propheten aus alter Zeit, an Konfuzius, Gautama Buddha, an Moses und Johannes den Täufer und Mũgo wa Kĩbĩru, die sich in die Wildnis zurückgezogen hatten, um in vollständigem Schweigen einzugehen in die Ordnung, die das Universum zusammenhielt. War ihr Leben durch das, was sie auf ihrer Wanderung erfahren hatten, nicht reicher geworden? Die ganze Nacht pflegte er frei und ungebunden das Universum zu durchstreifen, vom Sein der Dinge unendlich fasziniert, und wenn er morgens in seinen Körper zurückkehrte, fühlte er seinen Geist von neuer Energie belebt, bereit, einen weiteren Tag in den Straßen von Eldares herumzulaufen und an Türen zu klopfen, in der Hoffnung, dass etwas sein Leben verbesserte. Auf diese Weise blieb er zuversichtlich und freute sich über seine freien Flüge ins Universum, die die Wunden der fruchtlosen Suche linderten.

Niemals jedoch hatte er an einem helllichten Tag erfahren, was er an diesem Tag zur Mittagszeit durchlebte, weder an einem Müllberg noch sonst irgendwo. Er verstand es als Warnung, sich künftig von Müllhalden fernzuhalten und andere Wege zu gehen. Der Große Allgegenwärtige, der für die fliegenden und kriechenden Lebewesen sorgt, konnte sich schließlich für diejenigen, die nach seinem Bilde geformt waren, nicht weniger verantwortlich fühlen.

Er entdeckte ein Stück *chapati,* das der Wind durch die Luft trug, und folgte ihm mit seinem Blick. Gerade schwebte der Brotfetzen genau über seinem Kopf. Instinktiv griff er mit der letzten Energie, die ihm geblieben war, zu und steckte ihn in den Mund. Oh, nein – es war nur ein Stück Papier. Er fühlte sich elend. Hastig nahm er das Papier wieder aus dem Mund, doch anstatt es wegzuwerfen, betrachtete er es, als hätte er es ohnehin lesen wollen. Es war ein Stück Zeitungspapier.

Auf der einen Seite befand sich ein Bild des Herrschers. Der Kopf fehlte und nur der Torso mit den Händen, die einen Stab und einen Fliegenwedel hielten, war übrig geblieben. Es sah ein wenig grotesk aus und ihm war nach Lachen zumute, doch das erforderte Kraft.

Auf der anderen Seite war eine vierköpfige Delegation der Global Bank zu sehen, die nach Aburĩria gekommen war, um über das nationale Bauprojekt eines Palastes zu beraten, der bis zum Himmelstor reichen sollte. Außenminister Machokali werde einen Empfang und ein Abendessen geben, im ...

Ein Abendessen? Essen? Offensichtlich gab es auf dieser Welt Menschen, die noch etwas zu essen hatten. Wo sollte dieses Abendessen stattfinden? Wieder sah er sich den Papierfetzen an, aber diese Worte fehlten. Er warf das Papier weg, aber es fiel nicht auf den Boden; ein leichter Windstoß griff es auf und es taumelte wieder durch die Luft, höhnisch etwas zum Essen vorgaukelnd, das so greifbar nah und gleichzeitig so fern war, und machte aus ihm einen Tantalos in Eldares. Ihm wurde wieder schwindlig. Er lehnte sich beim nächsten Laden an eine Säule und blickte auf die Menschenmassen auf der Straße. Um den Gestank in der Luft nicht ertragen zu müssen, hielt er den Atem an.

Kamĩtĩ hatte schon immer einen äußerst feinen Geruchssinn und konnte bereits als Kind Dinge aus großer Entfernung riechen. Sein Geruchssinn war, wie bei einem Tier, so stark ausgeprägt, dass er jemanden häufig schon wahrnahm, bevor dieser überhaupt auftauchte. Wenn er sich genügend konzentrierte, konnte er der Spur eines Menschen folgen. Auf die verschiedenen Gerüche in einer Menschenmenge reagierte er sehr empfindlich.

Der Geruch aber, den er vor einiger Zeit entdeckt hatte, unterschied sich von allem, was ihm bislang in die Nase gestiegen war. Zunächst hatte es sich nur um einen Hauch unter vielen gehandelt, der dann aber so intensiv geworden war, dass er sich mittlerweile von allen Seiten von ihm angegriffen fühlte. Er konnte nicht sagen, ob dieser süßliche Duft von den nicht abgeholten Müllbergen ausging, von den Fabriken in den Industriegebieten oder einfach von menschlichem Schweiß. Er roch nicht ganz so wie modernde Blätter; er ähnelte mehr dem Gestank von faulendem Fleisch – allerdings nicht von totem Fleisch, sondern von einem menschlichen Körper, der lebte und gleichzeitig verfaulte und doch ... nicht ganz; er war zugleich vertraut und auch wieder nicht. In manchen Menschen herrscht stärkere Fäulnis als in anderen. Als er diesen Geruch zum ersten Mal wahrnahm, fragte er sich, ob dieser aufgrund seines Hungers oder seiner Schwäche aus seinem eigenen Bauch aufstieg. Draußen jedoch in der freien Natur, tief in den Wäldern weit entfernt von Eldares, war der Geruch verschwunden, egal wie hungrig, durstig oder müde er war. Wenn er in kleineren oder großen Städten unter Menschen war, versuchte Kamĩtĩ oft, seinen Geruchssinn zu unterdrücken und die Übelkeit als Einbildung abzutun; auf diese Weise konnte er weiter Arbeit suchen, ohne ständig an die Ausdünstungen denken zu müssen. Auch jetzt, während er an der Säule lehnte, versuchte er seinen überempfindlichen Geruchssinn zu beruhigen, indem er die Namen und Schilder an den Läden las. Die meisten waren in Hindi, Kiswahili und Englisch: NAMASTE. KARIBU. WELCOME. SHAH DRAPERIES, SHA KA HŨRĨ KHANA.

Der indische Ladenbesitzer kam heraus und schmiss Orangenschalen auf die Straße, und als er wieder hineinging, warf er Kamĩtĩ einen bösen Blick zu, als wollte er ihn warnen, dass er die Polizei rufen würde, wenn er nicht sofort von dieser Säule verschwände. Kamĩtĩs Augen waren unverwandt auf die Schalen gerichtet, als ob sie ihn zu locken schienen. Vielleicht würden sie, wenn er sie nur stark genug presste, noch ein paar Tropfen Süße abgeben. Eine innere Stimme warnte ihn: Was hast du dir heute Morgen bezüglich Dinge-vom-Müll-aufsammeln geschworen? Hast du schon vergessen, welches Schicksal du fast erlitten hättest, als du deinen Schwur gebrochen hast?

Die Auseinandersetzung in seinem Inneren zwischen der Stimme, die das Aufsammeln von Abfall verteidigte, und der Stimme, die das Anbetteln Fremder rechtfertigte, brach erneut mit unverminderter Härte los. Was von beidem war weniger verachtenswert? Die zweite Stimme gewann schließlich die Oberhand, weil sie sich mehrfach auf die Heilige Schrift beziehen konnte. Das Gebet ist letztlich auch nur eine Form des Bettelns und bildete den Grundstein aller Religionen. Bitte und dir wird gegeben. Jeden Tag fallen die Anhänger der verschiedenen Religionen, ob im Namen Jesu, Muhammads oder Buddhas, auf die Knie und bitten Gott um dieses oder jenes. Sie beten, dass ihr Herr und Gott sie erhören möge. Ja, Gebete sind heilig. Das Betteln ist heilig. Unter Buddhas Anhängern sind die am heiligsten, die Armut geschworen haben, und das Betteln stärkt sie auf ihrem Pfad der Heiligkeit. Hat nicht Buddha selbst den Verlockungen des Wohlstands zugunsten eines Lebens in Entsagung und Reinheit widerstanden? Im Mittelpunkt von Sangha, der klösterlichen Gemeinschaft, die er nach seinem Nirwana gründete, das den neunundvierzig Tagen des Kampfes gegen die Versucherin Mara folgte, standen die Bhikkhus, die Bettelmönche.

Almosen, gib mir Almosen. Was Kamĩtĩ kurz zuvor an der städtischen Müllhalde widerfahren war, als man ihn beinahe lebendig im Moder vergraben hatte, war ein klares Zeichen dafür, dass es richtiger war zu betteln. Er erwog, den nächstgelegenen Laden mit ausgestreckten Händen zu betreten, als ihm bewusst wurde, dass der graue Anzug, den er wegen seiner Stellensuche trug, nicht die angemessene Ausstattung für das Betteln um Almosen war. Ihm war nach

Lachen zumute, aber er beherrschte sich, weil ihm klar wurde, dass auch die Bewerbung um einen Job eine Art Bettelei war. Das Betteln hatte, wie alles andere auf dieser Welt, eine bestimmte Zeit, einen Ort und spezielle Kleidung. Die Abendstunde des Bettelns war noch fern, also blieben ein paar Stunden für die Jagd nach einer Arbeitsstelle. Wer weiß, vielleicht wendete sich das Schicksal zu seinen Gunsten und es blieb ihm erspart, sich wie ein buddhistischer Mönch aufführen zu müssen.

Und dann konnte er seinen Augen nicht trauen. Direkt gegenüber, auf der anderen Straßenseite, entdeckte er ein Schild: ELDARES MODERN CONSTRUCTION AND REAL ESTATE, und daneben einen Anschlag. Ein Job! Dieses eine Wort blendete alle anderen aus. Auferstanden von den Toten, war er mit einem Mal außer sich vor Hoffnung.

2

Es war fast fünf, und weil Kamĩtĩ befürchtete, das Büro könnte schließen, bevor er dieses Geschenk des Himmels angenommen hatte, trat er ein, ohne anzuklopfen.

Die Sekretärin, die ein Buch las, während sie auf den Feierabend wartete, sah ihn nicht hereinkommen, schien seine Gegenwart aber zu spüren und hob den Kopf. Ihre Blicke trafen sich. Kamĩtĩ fühlte etwas, das er in keinem der anderen bisher besuchten Büros empfunden hatte. Der Gestank, der ihn auf den Straßen von Eldares verfolgte, war verschwunden und durch einen intensiveren, einen frischen Geruch ersetzt worden. Er ähnelte dem Duft von Blumen, allerdings gab es in diesem Büro keine Blumen.

„Was wünschen Sie?", fragte die Sekretärin freundlich und markierte die Seite im Buch, auf der sie sich gerade befand.

„Ich würde gern den Chef sprechen. Den Unternehmer."

„Tajirika? Titus Tajirika?"

„Wie immer er heißt."

„Haben Sie einen Termin?"

„Nein."

„Dann können Sie nicht zu ihm."

„Ich muss ihn aber sprechen, bitte."

„Junger Mann, wollen Sie, dass ich meinen Job verliere?", lachte sie. „Ich habe diese Stelle erst vor ein paar Monaten bekommen", ergänzte sie, schlug das Buch zu und legte es auf den Tisch.

Das Auge wandert, wohin es will, sagt ein Sprichwort, und Kamĩtĩs Augen wanderten zum Titel des Buches: „Shetani Msalabani". Was war das für eine Sekretärin, die sich die Zeit nicht mit Nägelfeilen vertrieb oder in billige Liebesromane vertieft war? Ihre Stimme klang obendrein sanft.

Jahrelang war Kamĩtĩ auf der Suche nach Arbeit die Straßen von Eldares auf und ab gezogen. Er war afrikanischen, asiatischen und europäischen Firmenbossen begegnet, die allesamt dazu neigten, in schwarzen Aburĩriern potentielle Diebe zu sehen. Oft war er beleidigt worden, und einmal hatten Sicherheitskräfte sogar Hunde auf ihn gehetzt. Er war auch den verschiedensten Sekretärinnen begegnet, von denen einige zwar freundlich zu ihm gewesen waren, viele ihn jedoch angeschnauzt hatten, als wäre die Suche nach Arbeit ein Verbrechen. Doch die Sekretärin, der er jetzt gegenüberstand, schien sich anders zu verhalten, obwohl er nicht genau sagen konnte, worin der Unterschied lag.

„Madam, wenn ich Ihnen meine Geschichte erzählen würde, wäre Ihnen klar, warum ich Ihren Chef sprechen muss. Im Augenblick würde ich sogar Toiletten putzen."

„Gibt es in Eldares überhaupt noch Toiletten?", fragte sie etwas irritiert.

„Na ja, Latrinen."

„Und da die Scheiße rausholen? Und sie anschließend reinigen?", fragte sie.

„Ich nehme jede Arbeit an."

Die Sekretärin musterte Kamĩtĩ neugierig. Er hatte dunkle Haut, war groß und schlank und hielt eine Tasche in der Hand. Der graue

Anzug, den er trug, musste gut ausgesehen haben, als er neu war, hatte vielleicht auch eine ganze Menge gekostet, jetzt aber war er abgetragen und hatte Flicken an den Ellbogen.

„Verstehe. Wenn das so ist, würde ich vorschlagen, dass Sie morgen wiederkommen. Es ist jetzt fünf Uhr. Mein Chef wird jeden Augenblick gehen. Ich wäre schon längst weg, wenn er mich nicht gebeten hätte, noch eine Weile zu bleiben. Sie haben also Glück. Ich will mal sehen, welche Termine er morgen hat."

„Bitte, lassen Sie mich zu ihm – er wird es verstehen, wenn ich ihm meine Geschichte erzähle."

„Wissen Sie ..." Sie zögerte, beugte sich leicht nach vorn und senkte die Stimme, als wollte sie ihm ein Geheimnis verraten. „Mein Chef ist ein sehr wichtiges Mitglied von Marching to Heaven und wird sich gleich auf den Weg zu einem Abendempfang zu Ehren der GB-Delegation machen."

„GB? Großbritannien?", fragte Kamĩtĩ etwas verwirrt. Was erzählte sie ihm da und was hatte das Abendessen damit zu tun, ihm einen Termin zu geben?

„Nein, nicht Großbritannien. Global Bank!"

In diesem Augenblick tauchte Tajirika aus dem angrenzenden Zimmer auf. Betont auffällig verstaute er eine Pistole in seiner Jackentasche und machte dem forschen Eindringling damit deutlich, dass er bewaffnet war.

Kamĩtĩ wurde überwältigt von einem durchdringenden Gestank, der ihm in die Nase stieg und sekundenlang den Atem nahm. Dennoch hielt er sich aufrecht und strengte sich an, nicht auf den fauligen Geruch zu reagieren, während er den Chef musterte. Tajirikas Bauch war ein wenig zu imposant und sein dunkler Anzug ein wenig zu knapp. Der eng anliegende Handschuh an seiner Rechten passte farblich zu seiner Haut und umfasste einen kleinen Stab, eine Kopie des Herrscherstabs, den er beim Sprechen fortwährend in die Handfläche der Linken klatschen ließ, um zu betonen, was er sagte.

Tajirika blickte von Kamĩtĩ zur Sekretärin, als wollte er fragen: Von welchem Misthaufen hast du den denn geholt?

„Der Herr möchte Sie sprechen", reagierte die Sekretärin.

Tajirika betrachtete Kamĩtĩ noch einmal. Aber als der etwas sagen wollte, kam ihm Tajirika zuvor.

„Haben Sie nicht gehört, was meine Sekretärin gesagt hat? Ich muss los, die Delegation der GB begrüßen. Verstehen Sie? Die Global Bank, die Bank für die ganze Welt. Ich habe eine persönliche Einladung eigenhändig vom Minister bekommen, einem sehr guten Freund von mir, und ..."

„Arbeit. Alles, was ich suche, ist Arbeit", stotterte Kamĩtĩ.

„Was? Um diese Zeit?", fragte Tajirika gereizt, weil Kamĩtĩ ihn unterbrochen hatte, gerade als er anfing, sich für sich selbst zu begeistern.

„Ich war schon bei mehreren anderen Firmen", erklärte Kamĩtĩ.

„Und nun glauben Sie, dass der Besitzer dieser Räumlichkeiten alle Zeit der Welt hat?"

„Ich wollte nur sagen, dass ich den ganzen Tag auf den Beinen war", versuchte Kamĩtĩ ihn zu besänftigen.

„An anderen Tagen sind Sie wohl mit einem Mercedes von Firma zu Firma gefahren?"

Kamĩtĩ schluckte die Beleidigung und hoffte, der Chef würde Mitleid haben und ihm eine Unterredung gewähren.

„Ein Gespräch. Ich möchte doch nur ein Vorstellungsgespräch."

Plötzlich hatte Tajirika eine Idee. Seine Backen plusterten sich ein wenig auf, als müsste er ein Lachen unterdrücken; er lachte aber nicht. Er setzte sich auf die Tischkante, den rechten Fuß auf dem Boden, den linken ein paar Zentimeter in der Luft. Seinen Stab hielt er jetzt mit beiden Händen.

Die Sekretärin war völlig gefesselt von dem, was sich vor ihren Augen abspielte. Dieser Mann, wer auch immer er war, musste über geheime Kräfte verfügen, dachte sie. Wie sonst konnte es ihm gelingen, so schnell das Herz ihres Chefs zu erweichen?

„Welche Art von Arbeit suchen Sie denn?"

„Welche auch immer verfügbar ist", antwortete Kamĩtĩ hastig und umklammerte seine Tasche noch fester. Vielleicht war ihm ja heute Morgen als gutes Omen ein Vogel begegnet. Das war das Angenehmste, wenn man die Nacht im Freien verbrachte. Man wurde auf jeden Fall von Vögeln geweckt, und ob sie nun Glück oder Unglück brachten, sie weckten einen zumindestens mit Gesang.

„Was für einen Abschluss haben Sie?"

„BA, in Ökonomie. Master in Business Management, MBA." Er fuhr mit der Hand in die Manteltasche, als suchte er etwas. „Tut mir leid, ich habe keine Visitenkarte."

Tajirika und die Sekretärin schauten mit lebhaftem Interesse und Neugier zu Kamĩtĩ hinüber. Allerdings beschäftigten die beiden völlig unterschiedliche Gedanken. Die Sekretärin erinnerte sich an ihren eigenen Schmerz, ihre Probleme und ihr ängstliches Bestreben zu gefallen. Tajirika hingegen dachte, dass der Mann log, was seine Universitätsabschlüsse und Visitenkarten, betraf. Kamĩtĩ spürte die Skepsis und beeilte sich, dem Chef seine Zertifikate zu übergeben, bevor der seine Meinung änderte. Tajirika schob den Stab unter die linke Achsel, um mit der behandschuhten Rechten die Papiere entgegenzunehmen. Er überflog sie und nickte, als wäre er zufrieden.

„Indien?"

„Oh, ja. Indien bringt heute einige der hervorragendsten Computerspezialisten der Welt hervor. Im Silicon Valley in Nordkalifornien in Amerika wimmelt es nur so von jungen Genies aus Indien und Pakistan."

„Und wie sind Sie mit ihrem Masala-Curry und dem Chili zurechtgekommen?"

„Mit dem Essen ist es überall gleich", antwortete Kamĩtĩ. „Es ist eine Frage der Gewöhnung. Außerdem ist unsere Küche in Aburĩria von der indischen Küche beeinflusst."

„Ach, das hätte ich beinahe vergessen, natürlich – wir haben ja auch unsere Inder hier, in manchen Straßen riecht es nur so nach Knoblauch und Curry", meinte Tajirika, als spräche er mit sich selbst.

Bei dem Gedanken an Essen wurde Kamĩtĩ leicht schwindlig. Ihm hätte jetzt ein winziger Bissen genügt, sogar vom schärfsten Chili. Doch er beherrschte sich und fügte hinzu: „Wir sollten nicht vergessen, dass Indien nicht nur Curry und Knoblauch bedeutet, sondern dass Indien und Pakistan Atommächte sind. Beide haben zum Erstaunen des Westens erfolgreich Atombomben getestet. In Indien werden viele Computerchips hergestellt. Und es gibt auf der Welt nur wenige Universitäten, an denen keine indischen Professoren lehren – und zwar solche, die auch an indischen Schulen und Universitäten ausgebildet wurden. Der Inder ist nicht nur *dukawallah* und sonst nichts, genauso wenig, wie die Afrikaner nicht nur Schuhputzer sind."

„Und haben Sie dort gelernt, ein richtiges Curry zu kochen?", fragte Tajirika, dem nicht auffiel, wie sehr er Kamĩtĩ mit seinem Gerede über Essen folterte. „Hier lassen sie uns ja nicht in ihre Häuser."

„Nun ja, zum Überleben reicht's", meinte Kamĩtĩ unbestimmt und versuchte das Thema zu wechseln.

„Mhm! Sie sind also hoch qualifiziert?", murmelte Tajirika und prüfte die Zertifikate gründlich.

„Ich möchte nur eine Chance", sagte Kamĩtĩ bescheiden, obwohl er nicht ungern hörte, dass seine Leistungen anerkannt wurden.

„Sie müssen das Kamasutra von vorn bis hinten gelesen haben?"

„Was ist das?", fragte Kamĩtĩ ehrlich verwundert, weil er das alte Handbuch der körperlichen Liebe nicht kannte.

„Und Sie haben keine Gelegenheit ausgelassen, es in der Praxis auszuprobieren?", fuhr Tajirika fort und hob den Blick von den Unterlagen.

Er schaute zu seiner Sekretärin, als wäre ihm gerade bewusst geworden, in ihrer Gegenwart etwas Unschickliches gesagt zu haben. Doch der Versuch einer Entschuldigung geriet wenig überzeugend und schien eher auszudrücken, wie gern er noch mehr gefragt hätte, wäre sie nicht zugegen gewesen.

Tajirika warf noch einen Blick zu seiner Sekretärin und lachte unsicher. Er konnte sie noch nicht richtig einschätzen und spürte ihr Urteil, obwohl sie schwieg. Er ließ das Thema Kamasutra fallen und widmete sich wieder den Zertifikaten.

„Indien? Madras?", fuhr Tajirika fort, als wäre er tatsächlich an den Studienleistungen seines Gegenübers interessiert. „Tamil Nadu? Was ist das, etwa noch ein indisches Curry?"

„Nein", antwortete Kamĩtĩ, der nicht wusste, ob er lachen sollte oder nicht, und begann geduldig zu erklären. „Indien ist in zahlreiche Regionen unterteilt. Genau wie Aburĩria mit seinen verschiedenen Provinzen. Tamil Nadu ist der Name eines Staates in Südostindien. Kerala ist auch ein Staat im Süden, liegt aber weiter westlich. Beide haben eine gemeinsame Grenze. Tamil Nadu grenzt im Norden an zwei weitere Staaten: Karnataka und Andhra Pradesh. ‚Pradesh' bedeutet ‚Provinz'. Aber in Wahrheit sind die indischen Provinzen groß wie Länder. Madras – ich glaube aber, dass sie es mittlerweile anders nennen – Chennai, ja, oder so ähnlich – Madras war ..."

„Ich hatte Sie gebeten, mir über ihre Qualifikationen zu berichten, junger Mann, und Sie halten mir stattdessen einen Vortrag über die Geographie Indiens?"

„Entschuldigen Sie bitte", sagte Kamĩtĩ. „Geographie und Geschichte Indiens sind sehr reichhaltig."

„Wie das Schwarze Loch von Kalkutta?", warf Tajirika mit selbstzufriedenem Grinsen ein. „Das ist das Einzige, was ich von der Geschichte Indiens weiß. Ehrlich gesagt, mehr will ich auch nicht wissen. Und wenn man mich fragen würde, was man mit den Indern in Aburĩria machen soll, würde ich empfehlen, sie allesamt in ein modernes Schwarzes Loch von Kalkutta zu werfen. Immer wenn ein Schwarzer in Aburĩria versucht, etwas aus seinem Leben zu machen, steht ihm ein Inder im Weg. Und wenn der sich mit einem Schwarzen abgibt, hagelt es nur Beleidigungen. Sie hegen keinerlei Achtung für die Leute, auf deren Boden sie zu Wohlstand gelangt sind. Und was machen sie mit ihrem Geld? Schaffen es nach Indien und Pakistan und neuerdings auch noch nach Bangladesh. Keine Spur von Loyalität Aburĩria gegenüber. Einige haben sich sogar geweigert, unsere Staatsbürgerschaft anzunehmen. Sie ziehen es vor, Briten zu bleiben, Engländer, um genau zu sein. Auch die anderen mit ihrer doppelten Staatsbürgerschaft sind immer auf dem Sprung nach draußen, sollte in Aburĩria einmal etwas schieflaufen. Die Inder sollten dankbar sein für das, was sie haben, und dafür, einen Herrscher zu haben wie den unseren."

„Aber schaffen nicht auch einige schwarze Aburĩrier ihr Geld auf Schweizer Konten?", meinte Kamĩtĩ. „Wo ist der Unterschied?"

„Warum verteidigen Sie die Inder?"

„Ich sage nur, dass es offensichtlich in Indien genauso wie in Aburĩria und in ganz Afrika habgierige Menschen gibt. Und gleichzeitig gibt es solche, die sich sorgen und gegen alles kämpfen, was den Menschen Leid zufügt. Ich bin der Meinung, dass es eine Menge Dinge gibt, die wir von Indien und anderen asiatischen Ländern lernen können, genauso wie sie von uns lernen können. Wir in Aburĩria sollten mehr als andere unsere Beziehungen zu Indien verstärken, weil viele unserer Bürger indischer Abstammung sind ...“

„Sie wagen es, die Inder hier Bürger zu nennen? Aburĩrische Staatsbürger?“

„Warum nicht?“ Kamĩtĩ glaubte, sein zukünftiger Chef würde prüfen, ob er sich gegenüber Kunden behaupten könne, und fügte, an dessen pan-afrikanistische Gefühle appellierend, hinzu, als würde er ihm ein Geheimnis verraten: „Wissen Sie, manche glauben, dass einige Inder in Wahrheit afrikanischer Abstammung sind – beispielsweise die Siddis. Die Dravider, die Telugu sprechen, sehen aus, als kämen sie aus Äthiopien oder Ägypten. Die Historiker berichten von einem afrikanischen General namens Malik Amber, der ...“

„... in Indien herrschte?“, ergänzte Tajirika den Satz spöttisch.

„Ja“, sagte Kamĩtĩ begeistert, „wenn auch nicht in ganz Indien. Wissen Sie, so um das sechzehnte Jahrhundert herum war Indien kein ...“

„Sie haben also auch die hohe Kunst studiert, Lügen zu verbreiten?“, fiel ihm Tajirika ins Wort, brach in schallendes Gelächter aus und zwinkerte der Sekretärin zu, als wollte er sagen: Sie haben es mit eigenen Ohren gehört. „Oder bauschen Sie ihre Märchen nur noch ein wenig auf?“

„Ich lüge nicht. Das ist nur eine Hypothese“, sagte Kamĩtĩ und versuchte, das Gespräch auf ein anderes Thema zu lenken. „Auch wenn wir Fragen der Abstammung und Staatsbürgerschaft beiseite lassen, bleibt doch die Rolle, die Indien und die Inder im Kampf für die Unabhängigkeit Afrikas spielten. Eine Reihe von ihnen schloss sich den Afrikanern an, um den Kolonialismus zu beseitigen. Und Mahatma Gandhi – ist er nicht erst nach fünfzehn Jahren antikolonialen Kampfs in Südafrika nach Indien zurückgekehrt, um dort

Satyagraha und Ahimsa gegen die britische Herrschaft zu organisieren? Finden Sie nicht auch, dass es etwas von Schönheit hat, wie dieser Mann in Leinen und Sandalen, mit nichts als einem Gehstock und seinem Bekenntnis zur Gewaltlosigkeit bewaffnet, gegen die Macht des britischen Empires anging?"

„Verstehen Sie jetzt, was ich meine?", fragte Tajirika. „Er entfacht in Südafrika einen Flächenbrand und was macht er dann? Haut ab, wenn es ernst wird und überlässt es anderen, das Feuer zu löschen oder darin zu verbrennen. Junger Mann, man hat Sie in Indien ganz schön mit Propaganda vollgestopft. Also, was haben Sie außer Gandhis Propaganda und Nehrus Machtmonopol noch mitbekommen?"

„Sagen wir es so: Ich habe gelernt, dass es kaum Unterschiede zwischen der politischen Wesensart von Indern und Afrikanern gibt. Einige lieben ihre Geschichte und ihre Hautfarbe und andere hassen beides ..."

„Nun fangen Sie schon wieder damit an! Ich frage Sie, was Sie sonst noch in Indien gelernt haben, und Sie antworten, indem Sie mir etwas über Hautfarbe erzählen?", unterbrach ihn Tajirika streng und verärgert.

Sogar die Sekretärin war von dieser heftigen Reaktion überrascht, fast als hätte er die Bezugnahme auf die Hautfarbe als persönliche Beleidigung empfunden.

Kamĩtĩ, der versucht hatte, seinen zukünftigen Chef mit dem Umfang und der Tiefe seines Wissens zu beeindrucken, war sich jetzt nicht mehr sicher, wohin das Gespräch führen sollte oder was Tajirika wirklich wollte. Jedes Mal, wenn er versuchte, seine Bildung unter Beweis zu stellen, sah er sich kaum verhülltem Hohn und nun auch noch diesem Wutausbruch gegenüber. Was war der Unterschied zwischen Tajirikas Beleidigungen und dem, was der üblen Nachrede nach reiche Inder schwarzen Aburĩriern antaten? Kamĩtĩ wurde klar, dass er sich in seinen Antworten kurz und präzise ausdrücken musste, ohne sich groß über die Folgen Gedanken zu machen. Gleichzeitig wollte er hier nicht ohne Arbeit weggehen und hatte deshalb das Bedürfnis, alles zur Sprache zu bringen, was er gelernt hatte, damit nicht der Eindruck entstand, seine Bildung sei unzulänglich.

Man sprach in Aburĩria ohnehin eher abfällig über die Ausbildung in Indien. Manche behaupteten sogar, dass man die indischen Abschlüsse auf dem Markt kaufen konnte, und er wollte nicht den Verdacht aufkommen lassen, er selbst sei irgendwann in Chennai die lange Mount Road bis nach George Town hineingelaufen, um dort den billigsten Satz von Abschlusszeugnissen zu erfeilschen.

„Also", fuhr Kamĩtĩ mit gezwungener Begeisterung fort, „wie ich schon sagte, man kann in Indien eine Menge lernen. Ich habe noch ein Wahlfach belegt, Phytotherapie, die Wissenschaft von der Heilkraft der Pflanzen. Ich kann Ihnen versichern, Sir, dass es in Bezug auf Pflanzen, Wurzeln, Blätter oder Rinden nichts gibt, das ich nicht genauer untersucht habe. Wenn ich das Geld dazu hätte, würde ich die Pflanzenvielfalt Aburĩrias erforschen und ihre heilenden Kräfte dokumentieren, aber selbst ohne wissenschaftliche Forschung ..."

„Hat man Sie deshalb Kamĩtĩ getauft, Mr. Woods?", unterbrach ihn Tajirika lachend.

„Meine Mutter hat mir erzählt, dass ich schon als kleines Kind großes Interesse an Pflanzen und allem Lebendigen gezeigt habe."

„Übrigens", fragte Tajirika, „in welcher Sprache haben Sie denn Ihre Heilpflanzenstudien betrieben? In Hindi?"

„Nein, nein", antwortete Kamĩtĩ schnell. „Um ehrlich zu sein, ich wollte Hindi lernen, wirklich – es ist schließlich die am weitesten verbreitete Sprache im Land – aber ich habe nicht sehr viel mitbekommen, weil unsere Lehrveranstaltungen in Englisch abliefen. Ein Ergebnis der britischen Herrschaft, genau wie hier. In Indien gibt es außer Hindi noch viele andere Sprachen: Gujarati, Bengali, Telugu, Urdu, Malayalam und zahllose weitere. In Madras, wo ich aufs College gegangen bin, spricht man Tamil. Ein paar Brocken Tamil kriege ich zusammen, zum Beispiel ‚Zeigen Sie mir bitte den Weg nach ...' oder ‚Geben Sie mir bitte einen Schluck Wasser ...'"

„Um Wasser betteln! Jetzt haben Sie zum ersten Mal eine Wahrheit ausgesprochen, die sich nicht leugnen lässt. Ich weiß, dass die Straßen in Indien voller Bettler sind, manche haben sogar einen Doktorhut in der Kunst des Bettelns. Es ist klar, dass Sie da Sätze aufschnappen, die mit dem Betteln zu tun haben."

„Ach ... na ja ... Bettler ... gibt es ... in Aburĩria ... auch", stotterte Kamĩtĩ ein wenig verwirrt.

„Es gibt Bettler in unseren Straßen, das stimmt, aber so viele wie in Indien sind es bei weitem nicht", sagte Tajirika in einem Ton, der deutlich machte, dass sich die Unterhaltung ihrem Ende näherte. „Also, junger Mann. Wie war noch Ihr Name? Mir kommt es vor, als wüssten Sie über Geschichte besser Bescheid als über Holz. Was ich auch frage, immer antworten Sie mir mit einem Geschichtsvortrag."

Kamĩtĩ wusste nicht recht, ob das als Kompliment oder höhnisch gemeint war.

„Man kann sich nur Mühe geben", antwortete er unbestimmt.

„Gut", sagte Tajirika, während er aufstand. „Sie haben in diesem Vorstellungsgespräch Ihr Bestes gegeben. Das gefällt mir. Ich wollte mich vergewissern, dass Sie in der englischen Sprache bewandert sind, bevor wir zum eigentlichen Test kommen. Folgen Sie mir. Ich werde den Test selber durchführen, um sicherzugehen, dass Sie auch alles verstanden haben."

Kamĩtĩ freute sich. Ihm war klar, dass dieser Mann nicht so viele Fragen stellen würde, wenn er ihm nicht eine Chance geben wollte. Und das war es ja, worum es ihm eigentlich ging: eine Chance, um zu zeigen, wozu er mit seinen Händen und seinem Verstand in der Lage war. Er packte seine Tasche jetzt noch fester. Das war heute wirklich sein Tag. In all den Jahren, in denen er einer Arbeit nachgejagt war, hatte kein Vorstellungsgespräch länger als ein paar Minuten gedauert. Wie anders war dieser Chef im Vergleich zu all den anderen, die ihm nicht erlaubt hatten, seine Bedürfnisse zu äußern! Er hatte seine Zeit geopfert, um sorgfältig Kamĩtĩs Bildungshintergrund auszuloten. Das hier sollte sein erstes echtes Vorstellungsgespräch werden, und er war entschlossen, alles richtig zu machen und alle Fragen eindeutig, bestimmt und vollständig zu beantworten. Und auch wenn ein Sprichwort sagt, man soll den Tag nicht vor dem Abend loben, konnte Kamĩtĩ nicht anders, als sich die Zukunft vorzustellen. Wenn ich diese Stelle kriege, dann ... wenn ich meine neue Arbeit anfange, dann ... Doch plötzlich hörte er auf, vor sich hin zu träumen. Denn statt ihn in sein Büro zu führen, ging Tajirika durch die Eingangstür nach draußen.

Sogar die Sekretärin war verblüfft: Wohin ging Tajirika mit dem jungen Mann? Da sie noch neu war, fragte sie sich, ob er ihn in ein anderes Büro brachte, von dem sie nichts wusste. Kamĩtĩ dachte Ähnliches und versuchte seine Hoffnung aufrechtzuerhalten: Vielleicht hatte Tajirika ihn bereits eingestellt und brachte ihn jetzt an seinen Arbeitsplatz, damit er sofort anfing. Kamĩtĩ klopfte sich auf die Schulter. Es war richtig, ihm all die Einzelheiten über die Ausbildung erzählt zu haben. Es war richtig, ruhig geblieben zu sein und ausführlich geantwortet zu haben. Es stimmte, dass Geduld nicht nur das Tor zum Wissen war, sondern auch zu Reichtum führte oder zumindest zu einer Arbeitstelle.

Die Sekretärin stellte sich an die Tür, um zu sehen, was als Nächstes folgte. Ihr Herz stockte, als sie die beiden beim Schild an der Straße stehen bleiben sah. Leider konnte sie von ihrem Standort aus nicht hören, worüber sie sprachen, und konzentrierte sich deshalb auf ihre Gesten.

„Sie sagten, dass Sie Englisch lesen und schreiben können?", fragte Tajirika Kamĩtĩ.

„Yes. Yes! One of my best subjects!", antwortete Kamĩtĩ. „Bis heute hat die University of Madras viele englische Traditionen bewahrt. Die Stadt selbst wurde 1639 von Angestellten der British East India Company gegründet. Einer der ersten Gouverneure der Region, er hieß Elihu Yale oder so ähnlich, spendete später sein Vermögen zur Gründung der Yale University, einer der Eliteuniversitäten in den Staaten. Sie sehen also ..."

„Wir sind hier aber nicht auf dem Gelände der British East India Company, sondern bei Eldares Modern Construction and Real Estate, und Ihr Elihu Yale ist nicht der Gouverneur. Hier bin ich der Chef, und mein Interesse an Yale beschränkt sich auf Schlösser und Schlüssel der Firma Yale. Und noch eins, junger Mann: Wir stehen jetzt am Anfang des neuen Jahrtausends, des dritten Jahrtausends nach Christi Geburt, und nicht mehr in der Mitte des letzten. Oder wollen Sie mir allen Ernstes weismachen, dass man Ihnen an der

Madras University das Englisch des siebzehnten Jahrhunderts beigebracht hat?"

„Oh, no no!", antwortete Kamĩtĩ, im Glauben, der andere würde ihn noch immer prüfen und ihm wieder eine Falle stellen. „Modern English. The King and Queen's English."

„Das ist gut, weil ich Sie nämlich in modernem Englisch prüfen möchte!"

„Ich bin bereit", sagte Kamĩtĩ, entschlossen, selbst den letzten Brocken Englisch, den er in Aburĩria, Indien und aus Büchern gelernt hatte, zum Einsatz zu bringen.

„Es ist ganz einfach. Ich möchte, dass Sie mir laut vorlesen, was auf diesem Schild steht."

Noch bevor er die Worte aussprach, war Kamĩtĩ klar, dass Tajirika mit ihm spielte. Dennoch hörte er sich laut vorlesen: „No Vacancy: For Jobs Come Tomorrow!"

„Na also! Sie haben es völlig richtig vorgelesen!", lachte Tajirika triumphierend. „Und nun sagen Sie mir mal, was Sie daran nicht verstehen? Oder brauchen Sie einen Hindi-Dolmetscher? In diesem Unternehmen haben wir keinen Bedarf an Ihrer Heilpflanzenkunde. Hier haben Sie Ihre indischen Zeugnisse zurück. Dort drüben ist die Hauptstraße. Und jetzt entschuldigen Sie mich, denn ich habe eine wichtige Verabredung im Paradise."

3

Selbst als er seine Papiere bereits in den Händen hielt, mochte Kamĩtĩ noch immer nicht glauben, was seine Augen und Ohren gerade erlebt hatten. Seine Zunge lag trocken in seinem Mund und seine Füße klebten am Boden. Er stand da, sprachlos und ohne zu wissen, ob er nun gehen, sich setzen oder stehen bleiben sollte. Erst als Tajirika sich etwas entfernt hatte, dämmerte es Kamĩtĩ, dass alles tatsächlich geschehen war. Er wusste nicht, ob er dem Mann nachlaufen und ihm in den Arsch treten sollte oder die Erde bitten, sich aufzutun und ihn selbst zu verschlingen. Ihm war nach Weinen zumute, aber es kamen keine Tränen. Warum hatte Tajirika ihm diesen Dolchstoß verpasst?

Er setzte sich an der Straßenböschung auf den Boden. Es schien ihm, als wären selbst die Gebäude ihm gegenüber Zeugen seiner Schande geworden und hätten in ihrem steinernen Schweigen jetzt Mitleid mit ihm. Autos und Fußgänger eilten aneinander vorbei, als würden sie alle wissen, was sie taten und wohin sie unterwegs waren, und nur er wusste nicht, was er tun sollte. Er hatte nicht einen Cent Fahrgeld für ein *matatu,* ein *mkokoteni,* ein *mbondambonda* oder ein anderes von Menschen gezogenes Gefährt. Doch selbst, wenn er Geld hätte, welches Ziel sollte er angeben?

Hatte jemand einen bösen Zauber auf ihn gelegt oder stand er unter einem Fluch? Diese Frage bestürzte ihn. Er glaubte nicht an Verwünschungen und bösen Zauber, er glaubte an die Wissenschaft. Doch was da gerade ein Vorstellungsgespräch hätte gewesen sein sollen, widersprach jeglicher Logik. In genau diesem Augenblick fuhr Tajirika in einem Auto mit Fahrer vorbei, als wollte er in der Angelegenheit noch ein Ausrufezeichen setzen.

Wie hoch hatte Tajirika die Sprossen der Bildungsleiter erklommen?, fragte sich Kamĩtĩ, oder hatte ihn lediglich die Geschäftswelt gelehrt, Vorstellungsgespräche bedürftiger Arbeitssuchender so gnadenlos zu führen?

Kamĩtĩ hatte oft ernsthaft darüber nachgedacht, selbst ein Unternehmen zu gründen. Mit seinem BA und dem MBA besaß er sicher die nötige Bildung, doch erforderte der Aufbau eines Unternehmens zum einen Kapital und zum anderen Land. Selbst wenn man mit Fischreichtum im Meer gesegnet wäre, bräuchte man noch immer wenigstens ein Netz, eine Angel und einen Haken.

Wie an vielen Tagen beschlich ihn das Gefühl, seine Eltern furchtbar enttäuscht zu haben. Sie waren Bauern, zumindest seine Mutter. Sie hatten ihr Stück Land verkauft, um ihm Schule und College zu ermöglichen. Doch seit er sein Heimatdorf Kĩambugi verlassen hatte, um nach Eldares zu ziehen, war er nicht mehr dorthin zurückgekehrt, kein einziges Mal, und hatte seinen Eltern auch nicht mehr geschrieben. Ihnen schreiben, um zu berichten, wie oft er wie ein streunender Hund aus Büros gejagt worden war? Ihnen mitteilen, dass die Abschlüsse, für die sie mit jahrelanger Plackerei und Verzicht bezahlt hatten, ihm nicht einmal das Fahrgeld für den Bus eintrugen? Warum nur hatte er den Müllmännern nicht erlaubt, seinen Körper zu vergraben? Wenn er aus der Welt schied, würden ihn seine Eltern kaum vermissen, denn für sie war er inzwischen so gut wie tot.

Auf einmal bot sich ihm eine Lösung, einfach und verlockend. Doch in dem Augenblick, als er sie in die Tat umsetzen wollte, umgab ihn der Duft von Blumen. Er hob den Kopf. Es war die Sekretärin. Wollte sie den Beleidigungen ihres Chefs noch die eigenen hinzufügen?

Kamĩtĩ wollte sie weder ansehen noch mit ihr reden; er wollte nicht, dass sie das Ziel seiner Rachegedanken wurde. Deshalb wandte er den Kopf ab und schaute auf den Boden. Die Frau ignorierte das und versuchte, eine Unterhaltung zu beginnen.

„Darf ich mich setzen?“, fragte sie.

Kamĩtĩ antwortete nicht. Aber die Frau setzte sich neben ihn, und einen Augenblick lang herrschte tiefes Schweigen zwischen ihnen. Dann hörte Kamĩtĩ die Frau schluchzen. Ein Wimmern. Nein, er wollte nicht auch noch die Last eines anderen Menschen aufgeladen bekommen – er hatte schließlich selbst genug Kummer –, doch war er Leiden gegenüber empfänglich.

„Was ist?“, fragte Kamĩtĩ.

„Warum hat er Ihnen nicht einfach gesagt, dass es keine freien Stellen gibt und es dabei belassen? Warum diese gezielte Erniedrigung?“, sagte sie.

„Ist schon in Ordnung“, meinte Kamĩtĩ, verblüfft, wie genau ihre Worte ein Echo seiner Gedanken waren.

„Das sind die wahren Ungeheuer, von denen es heißt, sie haben zwei Mäuler, eins vorn und eins hinten.“

„In den Geschichten?“, erwiderte Kamĩtĩ in einem erschöpften, fast gleichgültigen Ton. Er war es nicht gewöhnt, seinen eigenen Kummer mit dem der Gesellschaft in Verbindung zu bringen.

„Ja“, antwortete die Frau. „Aber die in den Geschichten sind vergleichsweise menschlich.“

„Wie das?“, fragte er immer noch trübsinnig.

„Weil die in den Geschichten manchmal des Menschenfleisches überdrüssig werden und sich zur Abwechslung mit gebratenen Fliegen zufrieden geben. Diese modernen Ungeheuer aber nähren sich ausschließlich von Menschen und hören niemals damit auf.“

„Ist schon in Ordnung“, wiederholte Kamĩtĩ.

„Was meinen Sie mit ‚Ist schon in Ordnung‘?“

„So ist die Welt nun mal“, sagte Kamĩtĩ im selben Ton wie vorher. Er wünschte sich, das Gespräch wäre zu Ende und sie ginge.

„Das verstehe ich nicht.“

„Die Welt hat keine Seele.“

„Dann muss man die Welt ändern. Und ihr eine Seele geben.“

Er schwieg eine Zeit lang. Ist das etwa eine von denen, die von Revolution reden? Kamĩtĩ war überzeugt, dass verletzte Seelen falsche Theorien hervorbrachten, nicht umgekehrt. Es gibt Menschen, deren Herz krank ist. Heile sie von dieser Krankheit, und das Gute wird sich zeigen. Seiner Ansicht nach wohnten gleichermaßen Gutes und Schlechtes in der Seele eines Menschen, und daran konnte niemand etwas ändern. Dennoch war klar, dass er über die Meinung, die er gerade vertrat, noch nicht besonders viel nachgedacht hatte; er sprach sie einfach aus.

„Hören Sie: Die Welt wird so bleiben, wie sie immer gewesen ist. Das Glück herrscht über unser Leben.“

„So wie das Glück zuletzt mein Leben beherrscht hat?“, fragte sie und lachte plötzlich. Er hob den Kopf und sah sie an. Es war kein aufgesetztes Lachen, es schien direkt aus ihrem Innern zu kommen. Das Lachen eines zufriedenen Menschen, dachte Kamĩtĩ. Wer würde nicht lachen, wenn er wüsste, dass er eine sichere Arbeit hat!

„Warum lachen Sie?“

„Beachten Sie es einfach nicht. Ich lache ziemlich oft. In all den Tagen und Monaten auf der Straße bei der Arbeitssuche habe ich im Lachen Trost gefunden. Manchmal habe ich sogar gelacht, wenn ich dieses ‚Wir bedauern es sehr, aber im Moment haben wir keine freie

Stelle‘ zu hören bekam. Lachen ist meine Geheimwaffe gegen Not. Die Anstellung, die ich jetzt habe, ist eigentlich keine richtige Stelle – sie ist befristet, sozusagen“, fügte sie hinzu und zögerte, bevor sie mit gesenkter Stimme weitersprach, als redete sie mit sich selbst. „Es gab mal eine Zeit, da habe ich mich gefragt, was dieser BA bringt, für den ich so sehr gekämpft habe. Er ist sinnlos wie Hundescheiße, habe ich mir frustriert gesagt. Sogar Leute mit Doktortitel sind arbeitslos und laufen sich auf der Suche nach Arbeit die Füße wund. Oft genug können sich diese Doktoren nur mit Bestechung eine Stelle verschaffen. Und anderen sagt man, sie sollten eine Abordnung von Ältesten aus ihrem Heimatdorf zum State House schicken, damit sich diese beim Herrscher für sie verwenden können – nur, um eine Arbeit zu kriegen. Und wer ist schuld daran? Die Abschlusszeugnisse? Das hat mich zum Lachen gebracht. Die Zeugnisse kann man nicht verantwortlich machen. Was hatten Sie gerade gesagt? Die Welt ist so, wie sie ist, und wird immer so sein? Die Welt steht auf dem Kopf und sollte endlich auf die Füße gestellt werden, und zwar von denen, die in ihr leben, um mal eine Zeile aus der Hymne zu verwenden.“

Noch immer beschäftigt mit seiner jüngsten Demütigung, achtete Kamĩtĩ zunächst nicht darauf, was die Frau sagte. Als ihm dies aber bewusst wurde, riss es ihn aus der Beschäftigung mit seinem verletzten Selbst.

„Sie haben einen Universitätsabschluss? Darauf wäre ich nie gekommen ...“

„Warum nicht? Ich habe doch keinen Stempel auf der Stirn“, sagte die Frau ziemlich barsch, bevor sie lachte und die Hand ausstreckte. „Ich heiße Nyawĩra. Grace Nyawĩra, aber Nyawĩra ist mir lieber.“

„Ich heiße Kamĩtĩ wa Karĩmĩri. Es gab aber eine Zeit, da wurde ich Komet Kamĩtĩ genannt.“

„Komet? Das ist mal was Neues.“

„Als kleiner Junge habe ich irgendwo etwas über Sterne und Kometen gelesen, die durch das All flitzen, und habe gesagt: Das ist jetzt mein Vorname.“

„Komet? Ein Vorname?"

„Wieso nicht? Er ist genauso europäisch wie Ihr Grace."

„Als ich in die Brilliant Girls High School ging, war ich für das Tischgebet zuständig. Komm, Herr Jesus, sei unser Gast und segne, was du uns bescheret hast, etcetera. Meine Mitschülerinnen fingen an, mich Grace zu rufen, und bald habe ich meinen eigentlichen Vornamen Engenethi durch Grace ersetzt."

„Engenethi? Abgeleitet von Ingrid?"

„Ich glaube eher, es kommt von Agnes."

„Engenethi? Ingrid oder Agnes? Ein christlicher Vorname?" Jetzt war er es, der sich laut wunderte.

„Na ja, zumindest klang es europäisch", sagte sie. „Alle europäischen Namen sind christlich, die afrikanischen satanisch", fügte sie mit einem gequälten Lächeln hinzu.

„Haben Sie das aus dem Roman, den Sie da im Büro gelesen haben, ‚Shetani Msalabani', ‚Satan am Kreuz' – oder wäre ‚Der gekreuzigte Teufel' richtiger?"

„Wann haben Sie denn Ihre Augen verdreht, um herauszubekommen, was ich lese?", fragte Nyawĩra und berührte ihre Handtasche, um zu zeigen, dass sie das Buch dabeihatte.

Beide lachten, und zum ersten Mal seit längerer Zeit spürte Kamĩtĩ, wie die Schwere in ihm abnahm. Er lauschte aufmerksam ihrer Geschichte.

Grace Nyawĩra hatte die Eldares University besucht und ihren Abschluss in Englisch, Geschichte und Theaterwissenschaft gemacht. Danach fand sie lange keine Anstellung und hielt sich mit Gelegenheitsarbeiten über Wasser. Was ihr half, an die Aushilfsjobs zu kommen, war nicht ihr Universitätsabschluss, sondern ein Computerkurs, den sie am Ruler's Polytechnic in Eldares belegt hatte.

„Man könnte uns zwei als Leidensgefährten bezeichnen", meinte Kamĩtĩ mit munterer Stimme.

„Zwei vom gleichen Schlag", sagten sie gleichzeitig und sahen einander überrascht an, bevor sie wieder in Gelächter ausbrachen.

„Wie dem auch sei, Sie haben den Fluss der Leiden bereits durchquert. Sie haben einen Job!", sagte Kamĩtĩ.

„Man kann es kaum eine richtige Arbeit nennen. Ich vertreibe mir mit diesem Aushilfsjob einfach die Zeit und warte darauf, dass das Glück vorbeikommt."

„Wann haben Sie hier angefangen?"

„Es ist noch nicht lang her. Warten Sie. Kurz nachdem die Nation dem Herrscher diesen speziellen Geburtstagskuchen aufgetischt hat. Wann war das gleich?"

„Keine Ahnung", meinte Kamĩtĩ. „Ich bin nicht auf dem Laufenden, was politische Ereignisse angeht."

„Sie wollen mir weismachen, dass Sie nicht dabei waren, als zum ersten Mal die Pläne für Marching to Heaven verkündet wurden?", fragte Nyawĩra.

Kamĩtĩ dachte zunächst daran, ihr von seinem seltsamen Geruchssinn zu erzählen, dass er keine Menschenmengen mochte, in denen massenweise stinkende Gerüche seine Nase attackierten. Aber er verkniff es sich, über seine sonderbare Empfindlichkeit zu sprechen. Er hatte die Feierlichkeiten auch deshalb nicht besucht, weil er in die Wälder gezogen war, um Wildbeeren zu pflücken.

„Ich war nicht dort, aber ich habe Gerüchte darüber gehört", antwortete er.

„Über Marching to Heaven? Oder über die Schlangen?" Noch während sie diese Frage stellte, schaute sie auf die Uhr und sprang auf. Sie bemerkte nicht, wie Kamĩtĩ zusammengezuckt war, als sie die Schlangen erwähnt hatte. „Es wird spät. Ich muss mich auf den Weg machen", sagte sie.

„Wo wohnen Sie denn?", fragte Kamĩtĩ.

Nyawĩra schwieg einen Augenblick und dachte über die Frage und die zu erwartende Antwort nach.

„In Santalucia, zwei Zimmer mit Küche. Und Sie?"

„Bahati", antwortete er knapp.

Obwohl es beiden offensichtlich widerstrebte, mehr von sich preiszugeben, wollten sie aber die Gesellschaft des anderen doch nicht aufgeben.

„Ich muss zu Hause sein, bevor es dunkel ist", wiederholte Nyawĩra. „Sie wissen ja nun, wo ich arbeite. Kommen Sie doch einfach mal zum Mittagessen vorbei, wenn Sie Zeit haben. Ich kenne hier in der Gegend ein paar nette Fish-and-Chips-Läden“, sagte sie lächelnd und ging.

Kamĩtĩ sah ihr nach, bis er sie in der Menge verlor.

Ihre Gesellschaft und die Unterhaltung hatten ihn von seinen Problemen abgelenkt, die jetzt aber erbarmungslos zurückkehrten. Sein Selbstmitleid, dem er sich hingab, grenzte an Selbstverachtung. Warum habe ich sie, was Bahati anging, angelogen? Hätte ich ihr doch einfach gesagt, dass ich für die Nacht kein Dach über dem Kopf habe. Ich hätte sie bitten sollen, mich bei sich aufzunehmen. Oder mich heute Abend zum Essen einzuladen, statt zum Mittagessen in ferner Zukunft.

Er stand auf und ging in Richtung Stadtzentrum. Die meisten Läden waren bereits geschlossen und verriegelt. Bewaffnete Wachleute traten ihre Nachtschicht an. Ihm war, als befände sich die Stadt im Krieg. Seine Eltern hatten noch erzählt, dass sie früher in den Dörfern und auf dem Land nicht einmal daran gedacht hatten, die Türen abzuschließen. Man machte die Türen nur zu, damit keine streunenden Tiere hereinkamen.

Er sprang zur Seite, um nicht mit zwei Männern zusammenzustoßen, die leere *mkokoteni* vor sich her schoben und zum Santamaria Market eilten.

Bald erreichte er den Markt, auf dem Handkarren und Eselsfuhrwerke mit einem bunten Durcheinander von Rikschas, die von Fahrrädern, Motorrollern und Maultieren gezogen wurden, um Kundschaft wetteiferten. Die Szenerie erinnerte ihn an eine Straße in Old Delhi, auf der sich Ochsenwagen mit Dreirädern, Kühen, altersschwachen Autos und natürlich den neuesten Modellen um die Vorfahrt gestritten hatten. Er dachte, warum besorge ich mir nicht auch so einen Karren und transportiere Lasten gegen Bezahlung wie all die anderen? Aber selbst ein *mkokoteni* kostet Geld. Abgesehen davon, dass ein solches Geschäft, anders als das Wühlen im Müll oder das Betteln, nicht heimlich betrieben werden konnte; es war peinlich für einen Master of Business Administration, ein *mkokoteni* durch die Gegend zu ziehen und schreiend um Kunden zu werben.

Peinlich? Nein, es wäre erniedrigend …

Die Demütigung, die er bei Eldares Modern Construction and Real Estate erfahren hatte, traf ihn erneut mit solcher Wucht, dass ihm sekundenlang schwindlig wurde. Er musste sich an die Wand des nächsten Gebäudes lehnen, um nicht umzufallen. Sein Herzschlag wurde zu einem Paukenschlag. Gedanken wirbelten durcheinander, von Ort zu Ort, von Bild zu Bild, stellten sich auf den Kopf und vermischten die unterschiedlichen Dinge miteinander, die ihm in den letzten Tagen widerfahren waren. Er hatte versucht, diese Erinnerungen zu unterdrücken, konnte aber nicht verhindern, dass sie wieder hochkamen. Sein Denken wurde von Ereignissen überflutet, unbedeutenden und wichtigen, aus der jüngsten und der länger zurückliegenden Vergangenheit, und er musste ihnen nachgeben.

Wie zum Beispiel der Sache mit Margaret Wariara.

4

Kamĩtĩ lernte Wariara kurz nach seiner Rückkehr aus Indien in einem Bus kennen. Sie unterhielten sich, sie fühlten sich zueinander hingezogen, sie wurden Freunde. Nachdem sich herausstellte, dass sie aus demselben Dorf, aus Kĩambugi, kamen, nur wenige Kilometer von Eldares entfernt, und dieselbe Grundschule besucht hatten, wurde ihre Freundschaft enger. Damals waren sie sich nicht begegnet, weil Wariara in die erste Klasse kam, als er die letzte besuchte und kurz vor seinem Wechsel an eine weiterführende Schule stand. Danach war er nach Indien gegangen. Nach Beendigung ihrer Grundschulzeit absolvierte Wariara die Harambĩ Community High School und machte dort ihren Abschluss.

Jahre danach hatte sie trotz des High-School-Abschlusses und einer anschließenden Lehre als Sekretärin – Schreibmaschine-, Stenographie- und Computerkenntnisse – noch immer keine Arbeit gefunden. Auch als sie sich kennenlernten, war Wariara auf Jobsuche.

Kamĩtĩ, der gerade zurückgekehrt war, sprühte vor Hoffnung und meinte, sie solle sich keine Sorgen machen, er glaube, mit seinen beiden Universitätsdiplomen ganz schnell Arbeit zu finden. Dann würden er und Wariara heiraten und eine Familie gründen, und auch wenn das vielleicht nicht gut ginge, wolle er ihr auf alle Fälle dabei helfen, ihr eigenes Leben aufzubauen. Doch nichts davon wurde Wirklichkeit, und beide fanden sich auf der Straße wieder. Obwohl jeder seine eigenen Wege ging, nahmen sie morgens oft dasselbe *matatu* von Kĩambugi nach Eldares. Abends kehrten sie auf getrennten Wegen heim, weil es unmöglich war vorherzusagen, wie sich ihre Suche zeitlich gestaltete. Später trafen sie sich, um ihre Erfahrungen auszutauschen, und es war immer dieselbe Geschichte: Keine freien Stellen. Anfangs trafen sie sich jeden Abend, um die Gesellschaft des anderen zu genießen und sich die Erlebnisse des Tages mitzuteilen, häufig sprachen sie von ihren Begegnungen in der Stadt. Sie brachen dabei oft in übermütiges Gelächter über die Verwicklungen bei der Suche aus, als wäre die Jagd nach Arbeit im Dschungel der Stadt ein Abenteuer. Doch als die Tage und Monate vergingen und sich am Ausgang ihrer Geschichten nichts änderte, wurde es ihnen peinlich und sie hatten das Gefühl, an ihrem Versagen selbst schuld zu sein. Sie trafen sich immer seltener. Sie konnten es sich nicht erklären, doch die Misserfolge belasteten ihre Beziehung und trieben sie auseinander. Gefangen in Schuldgefühl und Sorgen wollten sie dieselben Schmerzen nicht drei Mal durchleben: ein Mal beim direkten Erleben, das zweite Mal beim Erzählen und das dritte Mal, indem sie sich den Kummer des anderen aufluden, der mit dem eigenen identisch war.

Eines Morgens, als die Sonne aufging, sagte Wariara zu ihm: „Hör zu, zwei Blinde können sich nicht gegenseitig den Weg zeigen. Geh du deinen Weg, und ich geh meinen. Keiner soll versuchen herauszufinden, welchen Weg der andere nimmt. Ich werde dahin gehen, wohin mich das Schicksal treibt."

Sie saßen unter einem Baum auf einem Hügel, von dem aus man über das Dorf Kĩambugi schauen konnte. Sie saßen dort wie Mann und Frau, die sich im Schatten eines Baumes umwarben, während unten im Dorf die Hähne krähten und Hunde bellten. Es war ihr Wunsch gewesen, sich vor Tagesanbruch zu treffen und zu reden, damit ihnen noch genug Zeit blieb, den frühen Bus in die Stadt zu nehmen. Es war auch ihr Wunsch gewesen, dass sie es im Tau des Morgens taten. Im ersten Augenblick war Kamĩtĩ darüber bestürzt, weil sie das Liebesspiel bis dahin vermieden hatten, in der Hoffnung, es könnte für sie an dem herbeigesehnten Tag zu einem besonderen Geschenk werden, zu einer Art Initiation in ihr gemeinsames Leben und Besiegelung ihres Bundes. Er fühlte sich um einen Traum, eine Hoffnung, ein Versprechen betrogen. Dies umso mehr, als es gar nicht so wunderbar war und sich eher anfühlte, als wäre es ihnen aufgezwungen worden. Er kam sich vor, als hätte er Bodensatz getrunken, wo er kühles erfrischendes Wasser erwartet hatte. Deshalb überraschte es Kamĩtĩ nicht, als sie schließlich den Wunsch äußerte, sich von ihm zu trennen. Weil ihm die Worte fehlten, antwortete er nicht. Was sollte er auch sagen? Bleib noch ein wenig mit mir zusammen, ich werde eine Arbeit für dich finden und es wird sich alles zum Guten wenden? Er horchte in sein Herz und hatte das Gefühl, dass es ihm nicht zustand, über sie zu urteilen, im Guten oder Schlechten. So war die Welt nun mal, ihre Welt, und er hatte nicht mehr die Kraft, über ihre Worte nachzudenken und einen Ausweg vorzuschlagen. Die Sonne stand jetzt höher am Himmel, und der Tau auf den Gräsern begann zu trocknen. Kamĩtĩ starrte auf zwei Grashüpfer hinunter; für einige Sekunden nahm ihn ihr Spiel vollständig gefangen. Von fern war das Schreien zweier Esel zu hören, als lägen sie im Wettstreit miteinander. Kamĩtĩ wandte den Blick nicht vom Tanz der Grashüpfer, selbst dann nicht, als er Wariara singen hörte, was sich später als Abschiedslied herausstellen sollte:

Glücklich waren die
Die das Fischen ließen
Und Menschen fischten

Das Lied klang aber nicht fröhlich – es hörte sich traurig an – so, wie es gesungen wurde. Dieser traurige Ton hing noch in der Luft, als das Lied längst verklungen war, und trieb Kamĩtĩ Tränen in die Augen. Er hob den Kopf und wollte ihr sagen, dass er sie liebe und dass er ihr nicht böse sein könne oder sich anmaße, ihre Handlungen zu beurteilen, aber Wariara war bereits fort. Bitte geh nicht, wollte er sagen, aber er konnte sie nicht zurückrufen. Er war leer, ohne Hoffnung, dass die Dinge sich morgen zum Besseren wenden könnten. Also blieb er unter dem Baum sitzen, dessen Schatten und Tau sie geteilt hatten, und blickte ihr nach, wie sie den Hügel hinabstieg, bis sie eins mit der Landschaft geworden war und er sie nicht mehr ausmachen konnte. Sie sah kein einziges Mal zurück. Jetzt ließ Kamĩtĩ den Tränen freien Lauf und bemühte sich nicht, sie wegzuwischen.

Er beschloss, nicht in die Stadt zu fahren. Doch was sollte er mit seiner Zeit anfangen? Eigentlich trank Kamĩtĩ nie. Nun aber leerte er seine Hosentaschen und fand genug Geld, um der nächstgelegenen Kneipe einen Besuch abstatten zu können. Statt durch die Straßen der Stadt zu streifen, wollte er drinnen bleiben, eine einsame, reglose Gestalt am Tresen. Vielleicht würde er sich besser fühlen, wenn er zwei oder drei Bier hinuntergestürzt hatte, und selbst wenn ihm das nicht gelänge, würde er wenigstens vergessen, welche Wendung sein Leben soeben genommen hatte. Er schloss die Augen und schüttete die erste Flasche in sich hinein. Die zweite folgte, wie auch eine dritte. Er hörte auf zu zählen und wusste nicht, wie viele es am Ende waren. So verbrachte er ungefähr eine Woche. Es war, als wollte er nie mehr in die Wirklichkeit zurückkehren. Da er jedoch nicht viel Geld besaß, verlegte er sich auf billigstes Gebräu. Eines Nachts trank er so viel, dass er nicht mehr sagen konnte, wie und wann er aus der Kneipe in den Hinterhof gestolpert und benebelt von der Wärme seiner eigenen Kotze eingeschlafen war. Als er am Morgen erwachte und sich in seinem Erbrochenen liegen sah, begriff er, dass der Alkohol nicht das richtige Heilmittel für seine Probleme war, weder für die körperlichen noch die seelischen. Wie war es möglich, dass er der Versuchung überhaupt erlegen war, fragte er sich oft und fürchtete sich vor seiner Schwäche. Von da an mied er Kneipen wie die Pest.

In Kĩambugi begegnete Kamĩtĩ Wariara nie wieder. Er blieb zwar im Dorf, doch ohne Wariara war das Leben nicht mehr dasselbe.

Obwohl ihre wechselseitigen Berichte über die Begebenheiten in der Stadt in den letzten Tagen ihrer Freundschaft immer seltener geworden waren, vermisste er ihre gelegentlichen Erzählungen über die tägliche Jagd nach einer Arbeitsstelle. Und im Dorf zu leben, wo alles, selbst die morgendliche Fahrt mit dem *matatu,* an sie erinnerte, wurde zunehmend schwieriger und sinnloser. Gleichzeitig befürchtete er, dass alle seinen Alkoholexzess mitbekommen hatten. Er beschloss, ebenfalls nach Eldares zu ziehen, weil ein Fischer, so redete er sich ein, sein Netz auch nicht immer an derselben Stelle auswirft oder ein Bauer sein Korn nicht immer in dasselbe Loch sät.

In Eldares suchte er weiter sein Glück, ohne es zu finden und ohne jemals Licht am Ende des Tunnels seines Lebens zu sehen. In den ersten Monaten dachte Kamĩtĩ oft an Wariara, fragte sich, wo sie steckte, wie es ihr ging, wie sie zurechtkam oder ob sie überhaupt noch lebte. Im Laufe der Monate aber verwischten die Alltagsprobleme in seinem Gedächtnis jedes Bild von ihr. Er hatte genug eigene Probleme und es war völlig unnötig, ihnen noch weitere hinzuzufügen, indem er sich die Sorgen anderer auflud.

Ja, es gab zahllose Enttäuschungen während seiner dreijährigen Arbeitssuche. Einige hatten ihm fast das Herz gebrochen, aber keine hatte ihn so tief gedemütigt wie dieses vorgetäuschte Vorstellungsgespräch. Ob es daran lag, was ihm im Verlauf des Tages widerfahren war? Wäre er jemand, der an Hexerei, Flüche und Bannzauber glaubt, hätte Kamĩtĩ das, was ihm am Morgen geschehen war, als sicheres Zeichen dafür genommen, bei Tagesanbruch von irgendjemandem mit einem bösen Zauber belegt worden zu sein.

Als er am Morgen dieses Tages, den er jetzt den Tag der Demütigung nannte, erwachte, hatte Kamĩtĩ über die Art und Weise, sich in dieser grausamen Stadt über Wasser zu halten, eine folgenschwere Entscheidung getroffen. Er wollte, wie er es nannte, in Buddhas Fußstapfen treten. Oder zumindest in die seiner Anhänger. Die beste Zeit dafür war der Abend, wenn es dunkel wurde. Er wollte nicht von seinen Freunden oder früheren Klassenkameraden gesehen werden, wenn er seinen neuen Beruf ausübte, wie heilig dieser auch sein mochte. Für den Tag stellte er sich deshalb zwei Aufgaben: Erstens wollte er weiterhin an Türen klopfen, um vielleicht Arbeit zu finden, und zweitens wollte er sich nach den vielversprechendsten Orten für die Ausübung seines neuen Berufs als Bettler umsehen. Marktanalyse nannte er das.

Er begann seinen Erkundungsgang an der Ruler's Plaza im Stadtzentrum. Die Plaza war umgeben von den führenden Hotels, den Futterkrippen ausländischer Kunden, vor allem der europäischen, amerikanischen und japanischen Touristen. Er kam am Angel's Hotel vorüber, und als er sah, wie viele Touristen es schon zu dieser frühen Tageszeit bevölkerten, blieb er stehen und der Gedanke schoss ihm durch den Kopf: Warum unternehme ich nicht sofort die ersten Schritte zur Nachahmung Buddhas, anstatt bis zum Abend zu warten? Sein Blick wanderte die überfüllte Veranda entlang bis zur Angel's Corner, die für ihre Akazie berühmt war. Um deren Stamm herum waren Stühle und Tische aufgebaut, umgeben von Kellnern in weißen, fließenden Gewändern, mit rotem Halstuch und passendem roten Fez.

Genau in dem Moment fiel sein Blick auf ... Konnte das sein? Margaret Wariara? Er hatte sie über zwei Jahre nicht gesehen, und jetzt das! Sie trug ein Minikleid, hochhackige Schuhe und eine braune Perücke. Sie stand Hand in Hand mit einem weißen Touristen, dessen Hängebauch von Hosenträgern gehalten wurde, und wartete darauf, dass der Kellner ihren Tisch reinigte und neu eindeckte. Wariara drehte den Kopf und für den Bruchteil einer Sekunde begegneten sich ihre Blicke, bevor sie sich wieder ihrem Begleiter zuwandte. Beide, Kamĩtĩ und Wariara, wussten, dass sie einander erkannt hatten, aber sie taten so, als wären sich ihre Blicke nicht begegnet. Sie wechselten kein Wort, tauschten keinen Blick, es kam nicht einmal zu einer verlegenen Geste des Erkennens. Kamĩtĩ ging schnell davon, als hätten ihn plötzlich Safari-Ameisen gebissen.

Er strengte sich an, Wut zu empfinden, aber so sehr er es auch versuchte, er empfand keinen Zorn, da er keinen Unterschied entdecken konnte zwischen dem, was er zu tun sich entschlossen hatte, nämlich den Weg Buddhas zu gehen, und dem, was sie hier tat – als Menschenfischerin, wie sie es in ihrem Abschiedslied genannt hatte.

Aber die Begegnung mit Wariara an der Angel's Corner schwächte seinen Entschluss, Buddha nachzuahmen. Er beschloss, lieber bei weiteren Büros anzuklopfen, in der Hoffnung, es würde sich doch noch eine Tür für ihn öffnen. Nach über drei Jahren Suche ein Mal ein wenig Glück zu haben, war alles, was er brauchte.

Und so wanderte er an jenem Morgen von Büro zu Büro und stellte immer wieder die Frage, ob irgendeine Stelle frei sei. Er versuchte es bis zum späten Vormittag, bis der Hunger ihn an den Fuß der Müllhalde trieb, um nach ein paar weggeworfenen Tomaten oder anderen essbaren Resten zu suchen. An Tomaten, Ananas oder Bananen mochte er, dass man immer, egal wie schmutzig sie waren, die Schale abziehen und zum sauberen Inhalt vordringen konnte. Doch er kam nicht dazu, irgendetwas aufzulesen, weil er genau in diesem Moment zusammenbrach und spürte, wie er, oder vielmehr sein Seelen-Ich, sich von seinem hungrigen Leib löste.

Diese beiden Zwischenfälle, die Begegnung mit Wariara und dann die mit dem Tod, ließen ihn noch verzweifelter nach Arbeit suchen, denn seinen Lebensunterhalt auf den Spuren Buddhas zu bestreiten, schien ihm keine so gute Idee mehr. Er wollte nicht, dass seine und Wariaras Wege sich je wieder kreuzten, nicht an irgendwelchen Angel's Corners in Aburĩria noch sonst irgendwo. Nur aus dieser Verzweiflung heraus hatte er sich bei Tajirika einzuschmeicheln versucht und anschließend den Kelch der Demütigung bis zur Neige leeren müssen.

5

Als er sich am Straßenrand gegen die Wand drückte, spürte er, wie all seine Qualen zusammenflossen, und plötzlich trieb ihn ein intensiver Schmerz von der Wand weg und wieder auf die Straße zum Betteln. Der Anfang war immer am schwersten, doch Zaudern galt nicht. Der einzige Ort, den er meiden musste, war die Ruler's Plaza, auf der er Wariara und ihren neuen Liebhaber gesehen hatte, ansonsten war es ihm gleichgültig, wo er begann.

Er dachte nur noch an das, was getan werden musste, vergaß seinen Hunger, seinen Durst und die Müdigkeit. Entschlossen lief er los, achtete nicht auf seine Umgebung und blieb erst stehen, als er sich in der Nähe des Ruler's Square befand. Hier konnte er ebenso gut anfangen wie irgendwo sonst, sagte er sich, und ging zu einer öffentlichen Toilette in der Nähe eines Sieben-Sterne-Hotels.

Der Abfluss war verstopft. Alle Toiletten quollen über und sogar die Fußböden waren mit Scheiße bedeckt. Trotzdem sollte diese öffentliche Toilette sein Umkleideraum sein. In einer Ecke fand er eine Stelle, die relativ sauber war, und er fing an, sich zu verkleiden. Er öffnete seine Tasche, holte ein paar Lumpen hervor und zog sich schnell um. Mit einem Stift malte er sich Falten ins Gesicht und im Handumdrehen hatte er sich von einem respektabel aussehenden Arbeitssuchenden in einen erbärmlichen Almosenbettler verwandelt.

Irgendwo erklangen die Glocken für das abendliche Angelus und wie durch Zufall begann auch der Muezzin, die Gläubigen zum Gebet zu rufen. Einen Augenblick lang war es, als befänden sich die beiden im Wettstreit miteinander, die Kirchenglocken, die das „Angelus Domini" intonierten, und der Muezzin mit seinem Gebetsruf:

Allahu akbar, Allahu akbar
Asch-hadu al-lallaha il-Allah
Asch-hadu anna Muhammadar-Rasulu-Allah
Hayya 'alas-Salah
Hayya 'alal-Falah ...

Ein gutes Omen, dachte er, vielleicht der Anfang von einer Kehrtwende des Schicksals.

Gut, dass Beten und Betteln noch nicht zu Verbrechen gegen den Staat erklärt worden waren.

6

Das Paradise, in dem Machokali den Empfang für die Delegation der Global Bank gab, war eines der größten Hotels am Ruler's Square und berühmt für seine sieben Statuen des Herrschers, die – versunken in würdevollem Schweigen – von sieben Fontänen umringt waren, die aus den Mündern von sieben Cherubim hervorsprudelten und eine Art Wassertanz in Huldigung des Herrschers aufführten. Vier Statuen befanden sich an den Ecken des Platzes und zeigten den Herrscher in unterschiedlichen Posen zu Pferde, während die drei in der Platzmitte ihn auf einem Löwen, einem Leoparden und einem Tiger darstellten. Die Cherubim spien abwechselnd Wasser in die Luft, Tag und Nacht. In den Stunden von Dunst oder Dunkelheit strahlten Scheinwerfer die Skulpturen und Fontänen an.

Die Herkunft der Gäste der einzelnen Sieben-Sterne-Hotels konnte man anhand ihrer Reaktion auf die Statuen und Springbrunnen leicht bestimmen: Ausländische Gäste blieben oft stehen, um einen Moment den Tanz der Fontänen zu bewundern und anschließend ihre Bemerkungen zu machen; einheimische Würdenträger hingegen marschierten wegen des vertrauten Anblicks einfach über den Platz, ohne das Schauspiel eines Blickes zu würdigen; es sei denn, sie waren in Begleitung von Ausländern, dann hielten sie kurz inne und erklärten, was in der Gestaltgebung der Statuen, der Anordnung der Springbrunnen und in der Choreographie der Wasserspiele in Aburĩria so einzigartig sei. Natürlich vergaßen sie nie, die Bedeutung der Zahl sieben zu erwähnen. Das ist die heilige Zahl des Herrschers, erklärten sie, als verrieten sie ein Geheimnis. Und die Raubkatzen?, mochte ein Besucher fragen. Das sind die Totems des Herrschers, verkündeten sie dann ehrfürchtig.

Auch an diesem Abend war es nicht anders, als die Gäste zum Paradise strömten. Einige Ausländer blieben stehen und machten ein paar oberflächliche Bemerkungen, während die Mehrheit der Einheimischen direkt in die Empfangshalle marschierte, als fürchteten sie, etwas zu verpassen.

Es ging das Gerücht um, dass die Mitglieder der Delegation eine Menge Bares mitgebracht hatten, das an die Armen verteilt werden sollte, denn schließlich hieß die Global Bank nicht umsonst so. Außer den geladenen Gästen, die in Mercedes-Limousinen samt Fahrer vorfuhren, und anderen, für die die Anwesenheit Pflicht war, hatten sich deshalb noch viele weitere Menschen versammelt. Barfüßig warteten sie voller Hoffnung vor den Toren des Paradise auf die Brosamen der Freigiebigkeit. Die Menge, die sich vor den Toren befand, gliederte sich in drei unterschiedliche Gruppen.

Die Polizei war da, um die Besucher vor jeglicher Störung durch zwielichtige Bettler zu schützen, hatte aber den Befehl, keine übermäßige Gewalt anzuwenden. Die hochrangigen Gäste sollten nicht den Eindruck bekommen, es gebe in Aburĩria Konflikte. Wenn man Gelder für Marching to Heaven einwerben wollte, war es wichtig, das Bild eines friedlichen Landes zu vermitteln.

Die Medien waren in großer Zahl erschienen, denn wie auch immer man zu der Angelegenheit stand, die Sache war eine Nachricht wert. Keiner hatte je davon gehört oder gelesen, nicht einmal im Buch der Rekorde, dass ein Land um einen Kredit für ein derartiges Vorhaben nachgesucht hatte, zumindest nicht in jüngerer Zeit. Das einzige vergleichbare Vorhaben stammte aus biblischen Zeiten, nur waren die Kinder Israels damals nicht in der Lage gewesen, den Turm zu Babel zu vollenden. Die Medien beschäftigten vor allem zwei Fragen: Was hielten die Vertreter der Bank von der Wiederaufnahme eines Vorhabens, mit dem sich sogar das erwählte Volk Gottes übernommen hatte? Und würde die Global Bank das Geld zur Verfügung stellen?

Die Mitglieder der dritten Gruppe waren ebenfalls keine Fremden auf diesem Gelände. Zu allen Tages- und Nachtzeiten trieben sich die Bettler bei solchen Hotels herum. An diesem Abend jedoch war ihre Zahl außergewöhnlich groß, und die ganze Welt konnte sehen, wie Elend aussah. Die Blinden schienen blinder als gewöhnlich, die Buckligen noch gebeugter, und die, denen Beine oder Hände fehlten, taten so, als fehlten ihnen auch andere Körperteile. Sie schienen zu glauben, die Global Bank sei ihretwegen angereist, um ihre Misere zu lindern. Weil sie annahmen, die Delegationsmitglieder seien aus allen Winkeln der Welt gekommen, sangen sie in mehreren Sprachen: „Ihr seid der Weg. Wir sind die Welt! Helft den Armen! Helft den Armen!" Ab und zu schob ein Bettler den anderen aus dem Weg, doch so lange sie nicht versuchten, den Sicherheitsgürtel um das Paradise zu durchbrechen, mischte sich die Polizei nicht ein. Sie hielt sich auch dann noch zurück, als einige versuchten, sie zu provozieren.

Als jedoch alle Gäste das Paradise mit einem kurzen „Kein Kommentar" betraten, wurden die Medien im Hof angesichts dieser Einmütigkeit unverkennbar nervös. Nachrichten gab es bei Stürmen, nicht bei Flauten. Einige richteten ihre Kameras auf die Bettler mit ihren Krücken und Missbildungen. Vor allem die ausländischen Journalisten waren sehr an diesen Szenen interessiert, weil sie überzeugt waren, Nachrichten aus Afrika wären ohne Bilder von Menschen, die an schrecklicher Armut, Hungersnot oder ethnischen Konflikten zugrundegingen, für ihr Publikum zu Hause kaum interessant.

Als würden sie die Gebete der Medien erhören, begann eine Gruppe von Bettlern Parolen zu skandieren, die die Anstandsregeln des Bettelns verletzten: „Marching to Heaven is Marching to Hell." „Eure Kredite sind Sklavenketten." „Eure Kredite sind die Ursache des Bettelns." „Wir Bettler betteln um das Ende des Bettelns." „Marching to Heaven wird von gefährlichen Schlangen angeführt." Vor allem diese Parole wurde immer wieder gerufen.

Viele Beobachter stimmten darin überein, dass die Parolen kaum mehr als eine sanfte Rüge seitens der Polizei zur Folge gehabt hätten, wäre nicht das Wort „Schlangen" vorgekommen, was die Erinnerung an jene Schlangen wachrief, die die Geburtstagsfeier des Herrschers gestört hatten. Der M5 übermittelte Sikiokuu, die Bettler verhielten sich feindselig, und hob besonders hervor, dass diese Ganoven das Wort „Schlange" nicht nur ein Mal gerufen, sondern mehrfach wiederholt hätten.

Sikiokuu saß noch im Büro, hatte aber seine Ohren am Geschehen und hoffte, dass im Paradise etwas schieflief, damit er für eine Eskalation sorgen konnte. Die Nachricht vom M5 kam ihm daher sehr gelegen. Er erinnerte sich daran, wie der Herrscher ihn zur Verantwortung gezogen hatte, weil er nicht rasch genug reagiert hatte, um die Störung seiner Geburtstagsfeier zu verhindern. Jetzt war er fest entschlossen, diesen Fehler nicht zu wiederholen. Deshalb konsultierte er den Herrscher erst gar nicht und gab seine Befehle.

Auch wenn sie sich bisher um stoische Ruhe bemüht und einige sogar Humor unter Beweis gestellt hatten, ärgerten sich die Polizeikräfte, dass ihnen Zurückhaltung befohlen worden war. Umso mehr freuten sie sich, als sie jetzt etwas zu tun bekamen. Mit ihrer Ausrüstung aus Knüppeln, Schilden und Gewehren ging die Polizei gegen die Menge vor.

Gleich und gleich mag sich in friedlichen Zeiten gern zueinandergesellen, wenn aber Gefahr droht, flieht jeder für sich. Sowie sich die Bettler zerstreuten, geschah ein Wunder. Als sie von den Toren des Paradise verschwanden, flohen die Buckligen aufrecht, die Blinden konnten wieder sehen, und die ohne Arme und Beine hatten ihre Glieder wieder.

7

Zwei unglückliche Bettler sahen sich von drei Polizisten verfolgt. In Lumpen gehüllt umklammerten beide ihre Taschen. Und genau diese waren ihr Verderben, denn die Polizisten waren davon überzeugt, dass sie voller Burĩ-Scheine steckten, die die beiden den Tag und die halbe Nacht über erbettelt hatten. Die Blicke der drei Polizisten hefteten sich deshalb auch mehr auf die Taschen als auf die zerlumpten Gestalten. Den Bettlern wuchsen Flügel.

Der Duft des Geldes machte die Polizisten allen Rufen gegenüber taub, zu ihrer Einheit zurückzukehren. Einer der Polizisten rief den

Bettlern das Versprechen hinterher, sie laufen zu lassen, wenn sie ihre Taschen fallen ließen, aber umsonst. Entmutigt gab er auf. Die anderen beiden verfolgten die Bettler weiter, wie Hunde auf einer frischen Fährte; als wären sie besessen und könnten ihren Füßen keinen Einhalt gebieten. Sie merkten nicht einmal, dass sie inzwischen die gut beleuchteten Straßen des Stadtzentrums hinter sich gelassen hatten und in den dämmrigen Gassen von Santalucia gelandet waren.

Santalucia war ein weitläufiges Dorf aus winzigen Häusern unterschiedlichster Formen und Materialien. Ziegeldächer über Mauern aus fein behauenem Stein wechselten in den engen Gassen mit Blechdächern und Häusern aus rotem Lehm und Pappe. Die Kanalisation war immer verstopft, sodass ständig ein Gestank in der Luft hing, der an heißen Tagen besonders ekelerregend war. Wenn aber – wie heute Nacht – der Mond schien, sah das Dorf friedlich und recht malerisch aus.

Der Bettler vorn schien sich in den engen Gassen auszukennen. Der zweite folgte dicht auf. Die Polizisten hofften, dass die Bettler früher oder später müde werden, in einem Haus verschwinden oder in einer Sackgasse landen würden. Aber die Bettler gaben nicht auf; sie rannten quer durch Santalucia bis an den Rand der Stadt und in die weite Halbsteppe, die ganz Eldares umgab.

Einer der Polizisten war von dieser Entwicklung der Ereignisse so außer Atem, dass er mit seinem Kumpel zu streiten begann, die Verfolgung abzubrechen. Es sei dumm, einfach weiterzumachen; was, wenn sie direkt in einen Hinterhalt bewaffneter Diebe geführt würden? Warum für Geld sein Leben riskieren? Aber sein Kollege wollte nichts davon hören. So beschloss auch er umzukehren.

Der dritte Polizist schien wie besessen. Er hatte inzwischen völlig vergessen, warum er so rannte, und erhöhte sogar noch sein Tempo in dieser absurden Verfolgung zweier in Lumpen gehüllter Schatten durch die Steppe.

Sie kamen zu einem Buschwald, und obwohl es darin noch finsterer war, sprangen die Bettler einfach hinein. Der Polizist zögerte nicht und folgte ihnen, fiel aber über etwas Hartes, vermutlich einen

Stein. Sofort war er wieder auf den Beinen und arbeitete sich weiter durch das Gehölz, konnte jedoch lediglich den Geräuschen der Bettler folgen. Als er sich schließlich durch den Busch gekämpft hatte, fand er sich am Rand von Santalucia wieder. Rannten sie im Kreis mit ihm? Zwischen Buschwald und Stadtrand lag ein offenes Feld. Der Polizist konnte aber nur einen der Bettler ausmachen, der gerade die freie Fläche überquerte und wieder nach Santalucia hineinlief. Wohin war der andere verschwunden?, rätselte er, während der Bettler vor seinen Augen hinter ein paar Häusern verschwand.

Der Polizist verfolgte ihn bis zum Ende der Straße. Er schaute nach links, nach rechts und zurück, konnte aber weder einen Schatten sehen noch irgendein Geräusch vernehmen. Er hatte keine Ahnung, wohin der Bettler verschwunden war.

Die Straßen von Santalucia sind eng und schlecht beleuchtet, und obwohl der Mond schien, sahen für den Polizisten, der hier fremd war, alle Häuser und Straßen gleich aus. Verfolgte er nun einen oder zwei Bettler, fragte er sich und überlegte, was er jetzt machen solle. Zum ersten Mal während dieser Verfolgung war er unentschlossen, aber nur für einen Augenblick. Eine beharrliche innere Stimme befahl ihm, nicht aufzugeben. Egal welchen Bettler er zuerst erwischte, er würde ihn zwingen, ihn zum Versteck des anderen zu bringen.

Die beiden Bettler hatten sich inzwischen in einem Haus versteckt. Geduckt hinter einem Fenster, lauschten sie angestrengt auf das kleinste Geräusch von draußen. Sie hörten die Schritte des Polizisten deutlich, konnten ihn aber nicht sehen und waren unsicher, wo er sich gerade befand.

Einer der Bettler spähte durch ein zweites Fenster. Jetzt konnte er den Polizisten deutlich erkennen: Mit gezogener Waffe ging er von Tür zu Tür und verhörte die Bewohner der Häuser. Vor einem Haus, über dessen Tür so etwas wie ein Bündel hing, blieb er stehen. Er zögerte und ging weiter. Dem Bettler kam eine Idee.

„Hast du ein Stück Papier?“, flüsterte er seinem Kumpanen zu. Es waren die ersten Worte, die seit der Flucht vom Paradise zwischen ihnen fielen. Der Angesprochene antwortete nicht, sondern kramte in seiner Tasche und holte ein Blatt Papier heraus. „Nicht so ein kleines, ein größeres. Und schau mal nach, ob sich nicht hier auch ein paar Knochen, trockene Maiskolben, Lumpen und ein Stück Schnur finden."

Wenn der andere von den Forderungen überrascht war, dann zeigte er es nicht. Er tastete lediglich in der Dunkelheit herum, kam mit einem Stück Karton, einem Knochen, ein paar Fetzen Stoff und einem Stück Schnur zurück, die er dem anderen schweigend übergab, und nahm seinen Beobachtungsposten am Fenster wieder ein.

Der zweite Bettler band den Knochen und die Stofffetzen zusammen. Dann zog er einen Filzstift aus seiner Tasche und schrieb in Großbuchstaben auf den Karton: ACHTUNG! DIESES ANWESEN GEHÖRT EINEM ZAUBERER, DESSEN MACHT FALKEN UND KRÄHEN VOM HIMMEL HOLT. SIE NÄHERN SICH DIESEM HAUS AUF EIGENE GEFAHR. – DER HERR DER KRÄHEN. Er gab sich Mühe, kein Geräusch zu machen, öffnete langsam die Haustür und entdeckte etwas noch Besseres: eine tote Eidechse und einen vertrockneten Frosch. Beide steckte er in das Bündel aus Knochen und Lumpen und hängte es als Omen direkt über die Tür, bevor er sich schnell zurückzog und zu dem anderen Bettler ans Fenster trat.

Dicht aneinandergedrängt, konnten die beiden den Platz vor der Tür gerade so überblicken. Bald sahen sie den Polizisten näherkommen und hielten ängstlich den Atem an. Würde er die Tür eintreten? Als der Polizist das Bündel aus Knochen und Lumpen sah, trat er einen Schritt zurück. Dann nahm er allen Mut zusammen und ging wieder näher an das Bündel heran. Er wollte es bereits berühren, als er einen Froschschenkel und den Schwanz der Eidechse entdeckte. Starr vor Schreck las er, was auf dem Karton stand, fand seine Stimme wieder und stieß einen Schrei des Entsetzens aus: Oh, der Herr der Krähen! Auf der Stelle lief er davon, wobei er ständig vor sich hin murmelte: „Ich wusste, dass das keine Bettler waren. Das waren Teufel, Dschinns aus der Steppe, die der Herr der Krähen geschickt hat, um mich ins Verderben zu führen. Wehe mir! Er hat mich verhext. Wehe mir! Ich werde sterben! Ich bin ein Todgeweihter!"

Die beiden Bettler konnten sich vor Lachen kaum halten. Eine Stimme schien einem Mann zu gehören, die andere einer Frau, doch fiel keinem der Unterschied auf. Der Bettler, der sich in dem Haus auszukennen schien, machte Licht. Das Lachen brach ab. Die beiden starrten einander an und konnten ihren Augen kaum trauen. Als sie dann etwas sagten, trafen sich ihre Fragen im Raum:

„Nyawĩra?“

„Kamĩtĩ?“

8

Als Nyawĩra die Brilliant Girls High School besuchte, hatte es eine Zeit gegeben, in der sie mit ihren Namen geradezu kämpfte. Eine Zeit lang nannte sie sich Engenethi Nyawĩra Charles Matthew Mũgwanja Wangahũ und kürzte das oft mit E.N.C.M.M. Wangahũ ab. Engenethi gefiel ihr nicht und sie wurde Grace Mũgwanja. Und bei Grace Mũgwanja blieb es, zumindest in der Dorfgemeinschaft, und so behielt sie den Namen eine Weile. Ihr Vater mochte Grace lieber als Engenethi und ihre Mutter Roithi hatte Engenethi lieber als Grace. Mũgwanja konnten beide nicht ausstehen, sodass ihre Eltern sie entweder Grace oder Engenethi riefen. Sie selbst hatte mit diesen Kennzeichen ihrer Identität weiterhin ihre Schwierigkeiten, und als sie aufs College ging, entschied sie sich endgültig für Nyawĩra wa Wangahũ, auch wenn es noch immer einige gab, die es nicht über sich bringen konnten, sie anders als Grace Mũgwanja zu nennen.

Ihr Vater hatte seinerseits Spaß daran gehabt, seine beiden afrikanischen Namen, Mũgwanja und Wangahũ, mit Initialen abzukürzen und daraus Matthew M.W. Charles zu machen, sie manchmal auch ganz wegzulassen und sich Matthew Charles oder einfach Mr. Charles zu nennen. Wer ihn Carũthi nannte, die afrikanische Version von Charles, war bei ihm unten durch, selbst wenn er ein Mr. davor setzte. Natürlich hätte er nichts dagegen einzuwenden gehabt, wenn man ihn Sir Charles genannt hätte, aber die Dorfbevölkerung bestand in ihrer Unkenntnis darauf, ihn Bwana Carũthi zu nennen.

Wangahũs Wohlstand gründete sich auf Edelhölzer, Kaffee und Tee. Er hatte drei Kinder, zwei Jungen und Nyawĩra. Die Jungen taten sich in den aburĩrischen Schulen nicht besonders hervor, und Wangahũ schickte sie nach Amerika, wo sie sich an Colleges einschrieben, um Buchhaltung und Informatik zu studieren. Zumindest behaupteten sie das. Sie zogen von College zu College, ohne je einen Abschluss zu machen, doch jedes Jahr schickte ihnen Wangahũ aufs Neue Geld für Studiengebühren, Unterkunft und Essen. Obwohl er sich als Vater wegen ihrer mangelnden Fortschritte Sorgen machte, hatte er als Mann mit Vermögen etwas aufzuweisen, das sein beträchtliches Ansehen unter seinesgleichen noch steigerte: Zwei Söhne in Amerika mit vollen Studiengebühren, Unterkunft und Essen durchzubringen, war keine einfache Aufgabe, und er bewies damit, dass er tatsächlich ein Mann mit einigen finanziellen Möglichkeiten war. Nyawĩra schickte er nicht nach Amerika, weil er nicht wollte, dass seine Tochter einen Weißen heiratete; umgekehrt hätte er bei den Jungen nichts dagegen gehabt. Trotzdem wünschte er sich für sie einen Lebensstil, der ihrer sozialen Stellung entsprach. Die Reichen kauften ihren Söhnen und Töchtern Autos, die scherzhaft als Spielzeug bezeichnet wurden, weil es sich nicht um deutsche Fabrikate handelte – die natürlich erwachsenen Männern und Frauen vorbehalten waren –, sondern um japanische. Nyawĩra bekam einen nagelneuen Toyota Corolla und gewöhnte sich schon früh an den Lebensstil ihrer Schicht. Rauschende Feste, immer die neueste Mode, schnelle Autofahrten waren die wichtigsten Freuden ihres Lebens. Die Mühe, hinter die Fassade der Dinge zu sehen, machte sie sich nicht. In jener Zeit tauchten die Namen von Yunity Mgeuzi-Bila-Shaka oder Luminous Karamu-Mbu-ya-Ituĩka häufig in den Nachrichten auf, weil der Herrscher sie anprangerte, die Revolution zu predigen. Sie hasste die bloße Erwähnung der Namen dieser Rebellen. Warum standen sie der Regierung so kritisch gegenüber? Und warum waren sie im Exil?

Dann kam es zu diesem Unfall. Sie fuhr auf dem Highway, vollkommen im Geschwindigkeitsrausch, und drückte das Gaspedal bis zum Anschlag, als das Auto ins Schleudern kam und im Straßengraben landete. Obwohl sie nicht schwer verletzt wurde, wusste sie, dass sie nur knapp davongekommen war. Was sie überraschte und auch später noch in Erstaunen versetzte, wenn sie sich an den beinahe tödlichen Ausgang ihres Unfalls erinnerte, war die große Anzahl von Fahrzeugen, die einfach an ihr vorbeigefahren waren. Nicht einer hatte angehalten, um zu schauen, ob jemand verletzt war oder Hilfe brauchte. Die Barfüßigen waren die Einzigen, die ihr zu Hilfe gekommen waren. Einer hatte seinen Eselskarren entladen, um sie möglichst schnell ins nächste, mehrere Meilen entfernte Krankenhaus zu bringen, wo der Esel ihre Ankunft mit lautem Geschrei und einem Haufen verkündete.

Während ihrer Genesung lernte sie Gitarre spielen. Anfangs fiel es ihr schwer, die Saiten zu drücken und die Akkorde zu greifen, aber als es ihr gelang, dem Instrument Musik zu entlocken, wirkte diese auf seltsame Weise beruhigend. Die Musik beschleunigte den Heilungsprozess. In dieser Zeit begann sie, ernsthaft über ihr Leben nachzudenken. Was hätte sie den Menschen hinterlassen, wenn sie gestorben wäre? Zum Leben musste doch mehr gehören als schnelle Autos, Feste und Schönheitssalons. Sie studierte im ersten Jahr an der Eldares University, und von da an interessierte sie sich für soziale Fragen. Sie spielte Theater, wurde aktiv in der Studentenpolitik und beschäftigte sich mit den Exilaktivitäten von Yunity Mgeuzi-Bila-Shaka und Luminous Karamu-Mbu-ya-Ituĩka, die ihre jugendliche Phantasie beflügelten. Sie liebte die Bühne, und nichts machte sie glücklicher, als diese oder jene tragische oder komische Rolle zu spielen und beim Publikum Tränen oder Gelächter hervorzurufen. Sie war eine außergewöhnliche Schauspielerin. Sie konnte sich in jede Figur verwandeln, und das mitunter so realistisch, dass selbst diejenigen, die sie gut zu kennen glaubten, weil sie sie bei vielen politischen Diskussionen der Studenten erlebt hatten, oft nicht sagen konnten, ob das auf der Bühne wirklich Nyawĩra war. Aber auch Geschichte erregte ihre Neugier, ähnlich wie der Schauplatz eines Verbrechens einen Kriminalpolizisten. Die Geschichte, vor allem die afrikanische Geschichte, war der Schauplatz vieler Verbrechen mit vielen einander widersprechenden Zeugen. Historiker waren Detektive auf diesem Feld, und sie mochte die Herausforderung, die verschiedenen Teile eines Puzzles zusammenzusetzen und die verborgenen Umrisse der vergangenen Ereignisse sichtbar zu machen. Zu guter Letzt war ihr Leben in der „beau monde" dem Streben nach einer idealen Gesellschaft gewichen. Und dieser Wandel in ihrer Weltsicht führte zum Bruch mit ihrem Vater.

Matthew Charles Wangahũ wünschte sich, dass seine Tochter in eine wohlhabende Familie einheiratete, damit der Wohlstand noch mehr Reichtum, Macht und gesellschaftliches Ansehen bringen würde. Vor dem Unfall war auch ihr das als selbstverständlich, ja unvermeidlich erschienen. Jetzt aber wollte Nyawĩra einen Mann heiraten, mit dem sie eine neue Zukunft gestalten konnte. Im College begegnete sie einem jungen Mann, der ihrem neuen Traum von Selbstverwirklichung entsprach.

Kaniũrũ war Künstler und ging ganz in seiner Kunst auf. Obwohl ihm die Studentenpolitik vollkommen gleichgültig war, schien er nichts gegen ihr Engagement zu haben. Er gehörte nicht zu den Männern, die ihren Freundinnen oder Frauen verboten, sich zu öffentlichen Angelegenheiten zu äußern, oder zu denen, die glaubten, Politik und staatsbürgerliche Angelegenheiten seien Männerdomänen. Sie wiederum glaubte, den Gefährten ihres Lebens gefunden zu haben, weil Kaniũrũ eben nicht aus einer wohlhabenden Familie kam. Er erzählte ihr, dass er als Waise aufgewachsen war; seine Eltern waren gestorben, als er noch klein war, und seine Großmutter, die ihn bei sich aufgenommen hatte, starb, als er aufs College wechselte. Nyawĩra hatte Mitleid mit ihm und verliebte sich in ihr Idealbild eines Mannes, der sich alles selbst hart erarbeiten musste.

Grace Nyawĩra merkte nicht, dass Kaniũrũ ihre Vorstellung von einer reinen und glückseligen Verbindung nicht teilte. Wenn seine Blicke auf ihr ruhten, dann sahen sie neben ihrem guten Aussehen auch die verlockende Aussicht auf Wangahũs Wohlstand und Besitz. Durch Nyawĩra könnte er aus den Niederungen von Armut und Elend in den Himmel des Müßiggangs und des Wohlergehens aufsteigen. Er träumte von dem Tag, an dem Nyawĩra und er durch das Mittelschiff der Kirche hinauf zum Altar schritten, Nyawĩra in weißem Satin und er in einem umwerfend gut aussehenden dunklen Anzug mit einer Blüte im Knopfloch. Zehn Brautjungfern waren dabei und zehn Trauzeugen, eine gewaltige Trauung mit hundert Mercedes-Benz-Limousinen, die Stoßstange an Stoßstange die Ehrengäste zur anschließenden Hochzeitsfeier brachten. Sich an den Händen haltend, würden Nyawĩra und er im Mittelpunkt der Aufmerksamkeit stehen, glücklich Rede um Rede all der Würdenträger über sich ergehen lassen, dieses endlose Vorspiel zu dem Augenblick, in dem Nyawĩra und er die zehnstöckige Hochzeitstorte anschnitten. Jedes Mal, wenn Nyawĩra dieses Glitzern in seinen Augen bemerkte, glaubte sie, darin den Widerschein von Verlangen und Liebe zu sehen, und kam sich angesichts seiner großen Hingabe sehr klein vor. In Nyawĩras Träumen dagegen gab es nur eine bescheidene Zeremonie, kein Zurschaustellen von Überfluss. Sie wünschte sich eine Feier für das Leben, keine Darstellung seiner Verneinung.

Was ihren Vater Wangahũ betraf, wäre er überrascht gewesen zu erfahren, wie weit seine Vorstellungen mit denen Kaniũrũs übereinstimmten. Aber Wangahũs Verachtung für alle, die es nicht geschafft hatten, saß so tief, dass er selbst eine Übereinstimmung in ihren Vorstellungen als Anmaßung des Mittellosen aufgenommen hätte. Der Gedanke, seine Tochter könnte einen Mann heiraten, der nicht einmal eine Familie hatte, war ihm zu quälend, um so etwas überhaupt in Erwägung zu ziehen. Und was war schon ein Künstler? Bilder zu malen war für Wangahũ der Zeitvertreib von Krüppeln, Kindern, schwachen Frauen oder Männern, die sich scheuten, ihre Muskeln zu betätigen. Er würde nie zulassen, dass sein eigen Fleisch und Blut eine Verbindung mit derartigem Elend einging.

So streiften Nyawĩra und Kaniũrũ einander ohne den Segen eines dankbaren Vaters die Trauringe auf die Finger. Die erhoffte Menschenmenge beschränkte sich auf den Standesbeamten, und die Trauzeugen waren ein Mann und eine Frau, denen sie erst kurz vor der Trauung begegnet waren. Damit war der Bruch zwischen Vater und Tochter besiegelt und Wangahũ fragte sich unaufhörlich: Warum hat sie mich in aller Öffentlichkeit bloßgestellt, warum? Sie hat mich vor meiner gesamten Kirchgemeinde nackt dastehen lassen, warum nur?

Warum hat sie mich zum Gespött aller gemacht? Warum brennt sie mit einem Mann durch, der arm ist und nicht einmal eine Familie hat? Wie will er sie ernähren? Etwa indem er auf der Straße handgeschnitzte Giraffen und Rhinos an Touristen verhökert?

Die Entfremdung zwischen Vater und Tochter führte zu Spannungen zwischen dem jungen Paar. Kaniũrũ sah die Nabelschnur, die ihn aus seinem Meer von Schwierigkeiten herausziehen sollte, durchtrennt. Nyawĩra war jetzt der einzige Mensch, der noch über die Mittel und Möglichkeiten verfügte, alles wieder einzurenken. Sie waren gerade erst von ihrer Hochzeitsreise zurückgekehrt, als Kaniũrũ Nyawĩra zu drängen begann, ihren Vater auf Knien um Vergebung zu bitten. Nyawĩra aber war fest entschlossen, mit ihrer Vergangenheit zu brechen. Sie wollte es aus eigener Kraft schaffen und sich Achtung erwerben durch harte Arbeit, durch die schlichte Würde ihres gemeinsamen Heims und durch ein glückliches Familienleben. Das junge Paar zankte sich jeden Tag. Kaniũrũ hörte nicht auf, ihr zuzusetzen. Auch dann nicht, als er eine Anstellung am Ruler's Polytechnic in Eldares gefunden hatte. Immer wieder machte er ihr den Vorwurf, durch ihre Weigerung, sich mit ihrem Vater zu versöhnen, ihr gemeinsames Leben zu ruinieren, bis Nyawĩra eines Tages explodierte: „Wolltest du mich oder das Geld meines Vaters heiraten?"

Auf dem Höhepunkt ihres Streits gingen sie zum District Commissioner, ließen sich scheiden und gaben ihre erfolglose eheliche Gemeinschaft nach nicht einmal einem Jahr wieder auf.

Für Nyawĩra war es ein neuer Weg in die Freiheit. Kaniũrũ hingegen meinte, er sei von seinem Pfad zum Reichtum abgekommen, und versuchte immer wieder, sie zurückzugewinnen.

Nyawĩra musste lachen, als sie Kamĩtĩ von all den jämmerlichen Versuchen erzählte.

Die beiden Bettler saßen inzwischen am Tisch, ließen sich *ugali* mit Kohlgemüse schmecken, das Nyawĩra schnell in der Küche zubereitet hatte. Kamĩtĩ war ihr insgeheim dankbar. Er konnte sich nicht erinnern, wann er das letzte Mal so gutes traditionelles Essen bekommen hatte, und musste sich sehr beherrschen, nicht alles herunterzuschlingen.

Das kleine Haus bestand aus einem Schlafzimmer, an dessen Wand gut sichtbar eine Gitarre hing, einem Wohnzimmer, einer Küche und einem Bad mit Toilette und Dusche. Die beiden hatten bereits geduscht und sich umgezogen: Kamĩtĩ in Hemd und Hose, die er immer trug, wenn er auf Arbeitssuche war, Nyawĩra im einfachen Hauskleid.

„Und was macht Kaniũrũ jetzt?", fragte er.

„Ich glaube, er ist immer noch Lehrer am Ruler's Polytechnic. Vor Kurzem ist er angeblich den glorreichen Jugendbrigaden des Herrschers beigetreten. Nach dem Zwischenfall mit den Schlangen im Park hat der Herrscher in seiner berühmten Fernsehrede an die Nation über sie gesprochen, als Versuch, die Jugend von der Propaganda der Bewegung für die Stimme des Volkes abzulenken."

„Wirklich ein neues Aburĩria", meinte Kamĩtĩ trocken. „Ein Collegelehrer als Mitglied der Jugendbrigaden!"

Sie schwiegen.

„Und wie bist du als Bettlerin auf der Straße gelandet?", fragte Kamĩtĩ, der überlegte, ob sie seine verzweifelte Lage teilte. Hatten ihre Scheidung von Kaniũrũ und das Zerwürfnis mit ihrem Vater etwas damit zu tun? „Ich hätte nie geglaubt, einer Frau mit Universitätsabschluss als Bettlerin zu begegnen!"

„Hast du nicht gerade von einem neuen Aburĩria geredet? Wenn fünfzigjährige Hochschuldozenten bei den Jugendbrigaden des Herrschers mitmachen dürfen, warum sollen dann Universitätsabsolventen nicht Bettler werden?"

„Ich meinte nicht Universitätsabsolventen im Allgemeinen, sondern Frauen mit Abschluss. Wie du zum Beispiel."

„Trifft schlechtes Wetter bevorzugt Männer oder Frauen? Setzt die Sonne nur Männern zu, während es die Frauen angenehm und kühl haben?", fragte Nyawĩra spitz. „Frauen tragen die Hauptlast der Armut. Welche Möglichkeiten hat denn eine Frau im Leben, vor allem in Zeiten der Not? Sie kann heiraten oder mit einem Mann zusammenleben. Sie kann Kinder kriegen und großziehen und sich von ihrem Mann misshandeln lassen. Hast du ‚Zwanzig Säcke Muschelgeld' von Buchi Emecheta aus Nigeria gelesen? Oder ‚Der Preis der

Freiheit' von Tsitsi Dangarembga aus Simbabwe? ‚Ein so langer Brief' von Mariama Bâ aus dem Senegal? Das sind drei Frauen aus unterschiedlichen Gegenden Afrikas, die ähnliche Gedanken über die Lage der Frauen in Afrika in Worte fassen."

„Ich lese nicht gerade viele literarische Bücher", sagte Kamĩtĩ. „Noch weniger Romane afrikanischer Frauen. In Indien findet man solche Bücher selten."

„Aber es gibt doch in Indien sicherlich auch Schriftstellerinnen? Indische Schriftstellerinnen?" Nyawĩra blieb hartnäckig. „Arundhati Roy, zum Beispiel, ‚Der Gott der kleinen Dinge'. Meena Alexander mit ‚Fault Lines'? Susie Tharu. Lies mal ‚Women Writing in India'. Oder ihr zweites Buch, ‚We Were Making History', über die Frauen im Freiheitskampf!"

„Ich habe ein bisschen in den Epen der indischen Literatur geblättert", versuchte Kamĩtĩ sich zu rechtfertigen. „Das Mahabharata, das Ramayana, und vor allem die Bhagavad Gita. Es gibt noch ein paar andere, sie heißen Puranas, Rigveda, Upanishaden ... Nicht, dass ich alles gelesen habe, aber ..."

„Ich bin sicher, dass diese Epen und Puranas, selbst die Gita, allesamt von Männern verfasst wurden", erwiderte Nyawĩra. „Denselben Männern, die das Kastensystem erfunden haben. Wann werdet ihr endlich anfangen, die Stimmen der Frauen wahrzunehmen?"

„Um ehrlich zu sein", wandte Kamĩtĩ ein und versuchte, das Gespräch vom Thema Schriftstellerinnen wegzulenken, „am meisten faszinieren mich Bücher über Ägypten und Äthiopien, das Niltal, das Rote Meer und die Küste. Ich habe eine Theorie, dass die Küsten des Indischen Ozeans einst Orte kultureller Begegnung mit ständiger Migration und Austausch gewesen sind. Es gibt kaum Frauen, die darüber schreiben. Aber ich will gern anfangen, Bücher von Schriftstellerinnen zu lesen. Vielleicht kannst du mir welche empfehlen. Aber du hast meine Frage nicht beantwortet. Was hattest du in Bettlerkleidern am Ruler's Square zu suchen?"

„Und du?", erwiderte Nyawĩra. „Was hattest du dort verloren?"

Bevor Kamĩtĩ antworten konnte, lachte sie wieder, als wäre ihr ein neuer Gedanke gekommen.

„Was hast du?", fragte Kamĩtĩ. Lachte sie wegen seiner Unkenntnis über Schriftstellerinnen?

„Es ist mir eingefallen, als du über Ägypten und Äthiopien erzählt hast. Woher weißt du so viel über Hexerei und Zaubertrank?", brachte sie, von Lachen geschüttelt, hervor.

Als sie seinen Ausflug in die Magie erwähnte und ihm wieder einfiel, welches Gesicht der Polizist gemacht hatte, brach auch Kamĩtĩ in Gelächter aus.

9

„Als Kinder haben wir oft Zauberer gespielt. Wir haben einen Holzspieß durch ein Bündel aus Blättern, einem toten Frosch oder einer toten Eidechse und ein oder zwei Sodom-Äpfeln gespießt und dann das Ganze mitten auf einem Pfad in die Erde gesteckt. Aus sicherer Entfernung haben wir die Stelle beobachtet. Am meisten erregte uns, wie die Erwachsenen, ausgewachsene Männer und Frauen, jede Berührung mit diesem Bündel vermieden. Einige traten sogar einen oder zwei Schritte zurück, bevor sie es in einem großen Bogen umrundeten. Niemand wagte, es zu berühren. Manchmal blieb das Bündel weiß Gott wie lange an derselben Stelle liegen.

Gleich außerhalb unseres Dorfes gab es eine große Obstplantage mit Pflaumen-, Pfirsich-, Mango-, Orangen-, Mandarinen- und Zitronenbäumen, und jedes Mal, wenn wir an diesem Garten Eden vorbeikamen, ließ der Besitzer seine Hunde auf uns Kinder los, damit wir nicht sein Obst stahlen. Einige stiegen trotzdem über den Zaun, und wenn sie zurückkamen, beulten sich ihre Taschen mit gestohlenen Früchten. Trotzdem war es alles andere als in Ordnung, dass er auf einem öffentlichen Weg die Hunde auf uns hetzte, und noch mehr hassten wir, dass er uns alle für Diebe hielt, die eine Bestrafung verdienten, ganz egal, ob wir etwas gestohlen hatten oder nicht.

Eines Tages beschlossen wir, unsere Zauberkräfte auch an unserem Peiniger auszuprobieren. Wir präparierten das magische Bündel auf die gleiche Weise, machten es aber noch wirksamer. Wir fügten den toten Fröschen und den Sodom-Äpfeln noch ein paar tote Chamäleons hinzu und platzierten den Spieß in einer Ecke der Plantage, wo er von Vorbeigehenden gesehen werden konnte.

Es funktionierte tatsächlich. Sogar ein bisschen zu gut für unseren Geschmack. Der Bauer war so verängstigt, dass er einen Zauberheiler beauftragte, die Macht des Bösen unschädlich zu machen, die ohne Zweifel von neidischen Konkurrenten auf sein Land gepflanzt worden war. Aber seine Gegenmaßnahme half nicht, weil sich die Leute nun davor fürchteten, zwischen zwei sich bekämpfende Magien zu geraten. Die Sache sprach sich herum, und bald weigerten sich Groß- und Einzelhändler aus anderen Regionen, das Obst des Mannes auch nur anzufassen.

Ein indischer Kaufmann bewahrte ihn vor dem Ruin. Er sagte, afrikanischer Zauber könne indischer Magie nichts anhaben und kaufte das Obst zum Abfallpreis auf. Als Begründung gab er an, er müsse viel Geld dafür aufwenden, die Früchte mit mächtigen, direkt aus Indien importierten Zaubertränken zu reinigen.

Anfangs waren wir Zauberlehrlinge glücklich über unseren Erfolg und dachten, wir wären raffinierter als alle Erwachsenen und Berufszauberer zusammen, weil wir sie zum Narren gehalten hatten. Und weil wir glaubten, dass unsere Eltern, die den Besitzer der Obstplantage ebenfalls nicht leiden konnten, sich darüber freuen würden, ließen wir sie an unserem Triumph teilhaben. Die Prügel, die wir bekamen, haben uns bis heute alle Gedanken an ein Herumspielen mit Zauberei ausgetrieben."

„Warum haben sie euch bestraft? Weil ihr euch mit Hexerei beschäftigt habt oder weil ihr sie benutzt habt, um den Landbesitzer zu ruinieren?"

„Wahrscheinlich wegen beidem. Wie können Kinder es wagen, einem Erwachsenen so etwas anzutun? Und noch dazu einem Nachbarn? Aber ich glaube eher wegen unseres Spiels mit der Hexerei. Wer weiß? Selbst völlig unschuldige Handlungen eines Säuglings können gefährliche Geister aus der anderen Welt hervorlocken, die dann die Lebenden verfolgen. Wir hätten also wissen müssen, dass unsere Eltern kaum zu uns sagen würden: Vielen Dank für euren Einfall, Zauberheiler zu werden."

„Aber für den Zauber von heute Nacht danke ich dir. Er hat uns gerettet", sagte Nyawĩra und fügte etwas ernsthafter hinzu: „Wann hast du dich eigentlich den Bettlern angeschlossen? Ich habe dich noch nie in der Gruppe gesehen."

Kamĩtĩ schlang eine Ladung *ugali* hinunter.

„Wo soll ich anfangen?", fragte er, um Zeit zu gewinnen und seine Geschichte zu ordnen. „Ich komme aus Kĩambugi. Meine Eltern waren arm und das Schulgeld für mich aufzubringen, war eine enorme Belastung für sie. Sie mussten ihre Hühner verkaufen, dann die Ziegen und schließlich ihr Land, sodass sie nichts für schlechte Tage zurücklegen konnten. Als ich mit der Universität fertig war, glaubte ich, nun wäre ich an der Reihe, ihnen meine Dankbarkeit zu zeigen. Aburĩria aber war anderer Meinung. Für meine Freunde war ich die reinste Plage – hab den einen um einen Schlafplatz für die Nacht gebeten, den anderen um etwas zu essen. Von überall hab ich mir das Fahrgeld zusammengeborgt."

„Und Bahati? Du hast gesagt, du wohnst in Bahati!", fragte sie.

„Tut mir leid, das war gelogen oder eher eine Irreführung. Ich habe mit der doppelten Bedeutung des Wortes gespielt, dir einen Ort genannt, den es tatsächlich gibt. In Wirklichkeit lebe ich, wohin mich das Glück und der Zufall führen. Eines Tages habe ich mir geschworen, meinen Freunden nicht länger zur Last zu fallen. Ich wollte in die Fußstapfen von Johannes dem Täufer treten und mein Lager in der Wildnis aufschlagen. Wie die Obdachlosen wollte ich meinen Unterhalt im Müllberg suchen. Anfangs habe ich mich gut gefühlt, weil ich vor meinen Freunden nicht mehr meine Würde verlieren musste, aber die Selbsterniedrigung schlug mir ziemlich auf die Seele. Wenn du deine Selbstachtung verlierst, was bleibt dir dann?

Diese Frage hat mich gequält, also habe ich eines Tages entschieden, dass mein Leben eine andere Richtung nehmen muss, vielleicht zum Weg eines buddhistischen Mönches. Ich habe mich sozusagen für zwei Uniformen entschieden, die des Jobsuchenden bei Tag und die des Bettlers bei Nacht. Heute war mein erster Abend als Bettler, und schau, was er mir gebracht hat ..."

Kamĩtĩ machte eine Pause. Er spürte, Nyawĩra hörte ihm nicht richtig zu, und er hatte recht. Ihre Augen sagten alles, auch als sie ihren Zweifel zum Ausdruck brachte.

„Du meinst, du warst dort, um wirklich zu betteln?", fragte sie.

„Klar, du doch auch, oder?", antwortete Kamĩtĩ verblüfft.

„Du meinst, du bist nicht einer von uns?"

„Wie meinst du das? Einer von euch? Was wolltest du in deinen Bettlerlumpen vor dem Paradise?"

„Nichts. Rein gar nichts. Wir protestieren gegen den Geburtstagskuchen des Herrschers und die Global-Bank-Delegation, weil die uns in eine Schuldenfalle treiben, aus der wir nie wieder herauskommen. Wir alle müssen uns Marching to Heaven entgegenstellen."

„Indem wir so tun, als wären wir arme Bettler?" In Kamĩtĩs Stimme lag etwas Bitterkeit. „Wo ist der Zusammenhang zwischen Politik machen und Lumpen tragen? Du glaubst, betteln ist nur Theater?"

„Ein Theater der Politik", antwortete sie scharf. „Das Wasser, das ich trinke, das Essen, das ich zu mir nehme, die Kleider, die ich trage, das Bett, in dem ich schlafe, all das wird von Politik beherrscht, guter wie schlechter. In der Politik geht es um Macht und wie sie eingesetzt wird. Politik heißt auch, sich im Kampf um die Macht für die eine oder andere Seite zu entscheiden. Also, auf wessen Seite stehst du?"

„Muss man sich immer für eine Seite entscheiden? Ich glaube an die Menschlichkeit, die göttlich und unteilbar ist. Jeder soll tief in sein Herz schauen, und die Menschlichkeit wird sich in all ihrem Glanz zeigen. Und dann werden die Gier und der Antrieb, andere zu erniedrigen, verschwinden."

„Und diese glorreiche Menschlichkeit, über die du dich so poetisch auslässt, warum kehrt sie sich gegen sich selbst? Etwa wegen der Erbsünde?"

„Hör zu. Ich bin kein Priester. Ich bin kein Politiker. Die Widerwärtigkeit dieser Welt übersteigt meine Kräfte."

„Und warum hast du dich ausgerechnet vor dem Tor des Paradise aufgebaut? Es gibt doch genügend andere Sieben-Sterne-Hotels in Eldares."

Er antwortete nicht sofort. Bilder der Ereignisse des Tages schossen ihm durch den Kopf. Sollte er ihr alles erzählen? Einer völlig Fremden? Nein, nicht alles.

„Ich habe mir das nicht ausgesucht", erklärte er jetzt. „Ich bin einfach dort gelandet. Ich war blind vor Hunger und Wut. Ich bin dahin gegangen, wo es mich hingeführt hat. Alles, was im Leben geschieht, ist Schicksal. Das Schicksal fällt wie der Regen vom Himmel, und wie der Regen fällt es nicht auf alle in gleichem Maße. Glück kommt, wie das Unglück auch, von Gott."

Nyawĩra unterbrach ihn und stimmte eine Hymne an:

Im christlichen Himmel werden wir uns wiedersehen
Wir werden uns wiedersehen im christlichen Himmel

Sie lachte leise. Kamĩtĩ sah sie an: Diese Frau war wie ein Chamäleon. Einmal war sie eine zuverlässige Sekretärin, dann redete sie über den Zusammenhang von Politik und Armut, und gleich darauf spielte sie die singende religiöse Fanatikerin.

„Bist du religiös?", fragte sie ihn.

„Warum?"

„Weil du gesagt hast, das Gute wie das Schlechte kommt vom Himmel auf uns herab, ohne dass wir es beeinflussen können. Bist du in Indien zu einer Religion übergetreten, die daran glaubt, dass die Armen arm und die Reichen reich auf die Welt kommen? Dass ihr Schicksal vorherbestimmt ist? Wenn dem so wäre, was brächte es, ins eigene Herz zu blicken, um die Menschlichkeit in all ihrer Pracht zu erfahren? Was, wenn das, was man sieht, verdorben ist? Was, wenn das Verdorbene vom Schicksal vorherbestimmt ist?"

„Das weiß ich nicht", meinte Kamĩtĩ ausweichend.

„Was heißt das, du weißt es nicht?" Nyawĩra blieb hartnäckig. „Wie kannst du religiös sein und es nicht wissen? Oder nicht wissen, welcher Religion du dich angeschlossen hast?"

„Weil ... weil ... ich weiß nicht. Manchmal fühle ich mich von unbeantwortbaren Fragen vollkommen überfordert. Wer hat das Universum erschaffen? Das Leben in den Körpern von denen, die sterben, was wird daraus? Oder ist das Leben nur eine Illusion? ‚Maya', wie der Inder Shankara lehrt. Manchmal nachts, wenn ich allein draußen in der Wildnis auf dem Rücken liege und zu den Sternen und dem unermesslichen Universum aufsehe, habe ich das Gefühl, als ob mich etwas aus mir heraushebt ... ich meine, ich höre, wie mir Stimmen sagen, Kamĩtĩ, warum machst du dir solche Sorgen? Siehst du, wie grenzenlos das Universum ist? Was bist du angesichts seiner Ewigkeit und Unendlichkeit? Nein, ich würde nicht sagen, dass ich religiös bin, aber ich glaube an etwas, das größer ist als wir. Und du?"

„Hast du schon mal vom Tier aus der Erde gehört?", fragte Nyawĩra ihn plötzlich. „Du hast sicherlich das Gerücht gehört, dass der Herrscher von Aburĩria den Teufel anbetet und dass er das im Namen des Tiers aus der Erde tut?"

Kamĩtĩ ahnte mehr, als dass er genau wusste, worüber sie sprach, aber es reichte aus, von Neuem Verdächtigungen in ihm aufkommen zu lassen. Gehörte diese Frau vielleicht zum gefürchteten M5 des Herrschers? Würde das nicht erklären, warum sie sich als Bettlerin verkleidet hat? War er Opfer eines weiteren Komplotts? Und sie versuchte, ihn bloßzustellen? Wenn ja, dann beherrschte sie das recht gut. Ihre Art zu reden und ihre Freundlichkeit hatten ihn weich werden lassen. Auch wenn sie nicht in allem übereinstimmten, so hatten ihre unterschiedlichen Meinungen weder Hass noch Unmut aufkommen lassen. Sie unterhielten sich, als wären sie gemeinsam aufgewachsen, hätten Zeiten des Glücks und der Trauer miteinander durchlebt. Kamĩtĩ empfand ihre Gesellschaft als so vertraut, dass er das Gefühl hatte, ihr seine geheimsten Gedanken und Erfahrungen anvertrauen zu können. Aber waren die Agenten des Staates nicht dafür bekannt, ihre Opfer so lang zu bezirzen, bis sie aus der Deckung kamen, um dann über sie herzufallen? Kamĩtĩ nahm sich jetzt vor Nyawĩra in Acht und zog sich in sich zurück.

„Was meinst du mit dem Tier aus der Erde?"

„Das, das auf dem Bauch kriecht."

„Ich habe keine Ahnung, wovon du sprichst."

„Das Tier, das Adam und Eva betrogen hat." Nyawĩra erhob sich, ging zu ihrer Bettlertasche und beugte sich darüber. Kamĩtĩ sah, dass sie etwas herausholte, was sie nun hinter ihrem Rücken versteckt hielt, als sie ihm gegenüberstand.

„Mach die Augen zu", sagte sie lächelnd.

Kamĩtĩ bedeckte seine Augen mit den Handflächen, spähte aber durch den Spalt zwischen seinen Fingern.

„Augen wieder auf!", sagte Nyawĩra und ließ das, was sie in ihrer Hand hielt, wenige Zentimeter vor seinem Gesicht baumeln. Kamĩtĩ sprang auf.

„Eine Schlange!", schrie er und rannte zur Tür.

Aber Nyawĩra verstellte ihm den Weg.

„Nein, ich lasse dich nicht gehen", sagte sie und streckte ihm die züngelnde Schlange entgegen. „Das ist eine Viper, sie ist gefährlich", flüsterte sie drohend.

10

Als Kind hatte Kamĩtĩ Geschichten von Frauen gehört, die in den großen Wassern hausten und manchmal neben ahnungslosen Schwimmern auftauchten und sie zu den Ufern der Meere begleiteten. Ihre Gesichter waren sehr schön, die Oberteile ihrer Schwimmkleider legten sich zart über die aufgerichteten Brustwarzen und ihre schmalen Hüften schienen den Betrachter zur Umarmung einzuladen.

Häufig konnte man sie, wenn man am Ufer stand, draußen auf dem Meer erkennen, wie sie auf den Wellenkämmen ritten, Wasser nach allen Seiten spritzten und einander zu unbekanntem Ziel antrieben. Manchmal summten sie schwimmenden Männern die lieblichsten Melodien ins Ohr, und nur wenige konnten, vor allem wenn sie allein waren, der Macht dieser wortlosen Lieder widerstehen. Es gab furchterregende Geschichten von Männern, die diesen Wasserwesen bis zu ihren Verstecken auf dem Meeresgrund folgten, nur um festzustellen, dass die Frauen keine Beine hatten, sondern ihre Unterleiber aus Fischschwänzen bestanden, deren Schuppen groß genug waren, jemanden in tausend Stücke zu schneiden. Einige hatten Glück und entkamen, aber viele von ihnen blieben für immer verschwunden, Opfer der Verlockungen dieser Wellenreiterinnen.

Andere Geschichten erzählten von Frauen, die jede beliebige Gestalt annehmen konnten. Sie verwandelten sich in Gazellen oder Antilopen, meistens aber in Katzen. So manchem jungen Mann war es passiert, dass er in der Abenddämmerung Hand in Hand mit der Frau seiner Träume spazierenging, auf die Dunkelheit wartend, um seine Begierden zu stillen, und plötzlich in die glühenden Augen einer Katze schaute.

War Nyawĩra eine dieser Frauen aus seinen Kindheitsängsten? Verschiedene Bilder von ihr gingen ihm durch den Kopf. Im Büro war sie Sekretärin gewesen, am Straßenrand hatte sie ihn getröstet und am Abend war sie Bettlerin unter Bettlern. Später dann, im offenen Grasland, rannte sie ihm und drei Polizisten mühelos davon. Jetzt verhinderte sie seine Flucht und ließ eine züngelnde Schlange vor seinem Gesicht tanzen. Und da war noch etwas: Als sie erzählte, hatte sie ständig ihre Stimme verändert, je nachdem, welche Person sie gerade nachahmte. Sagte nicht auch die Häufigkeit, mit der sie ihren Namen gewechselt hatte, etwas aus, und hatte sie nicht unverletzt einen Autounfall überstanden? Dazu die Geschichte über den brüllenden Esel vor der Klinik ... Irgendetwas an ihr stimmte nicht.

Eine Mischung aus Furcht, Enttäuschung und Neugier erfasste ihn. Vor Schlangen hatte ihm schon immer gegraut. Allein ihre Erwähnung ließ ihn schaudern. Sie hatte gesagt, sie sei giftig! Ein Biss in Nase oder Auge wäre sein sicheres Ende. Was für ein Tag! Was für eine Nacht! Der Tag hatte erlebt, wie man ihn beinahe auf einer Müllhalde verscharrt hätte, die Nacht aber würde sein Ende durch einen Schlangenbiss erleben! Er hatte Angst davor, was als Nächstes passierte. Würde sie sich vielleicht in eine Antilope verwandeln, in eine Gazelle der Savanne oder in eine Katze? Oder in die Meerjungfrau, die sie eigentlich war? Sie schien zwar Mensch zu sein, aber bei diesen Frauen konnte man niemals sicher sein. Und was hatte ein Wasserwesen überhaupt an Land zu suchen? Er schaute ihr in die Augen und sah die Lichter, die darin tanzten. Nein, sie versuchte ihn zu hypnotisieren, um seine Aufmerksamkeit von der Schlange abzulenken.

Sein Blick konzentrierte sich wieder fest auf die Schlange. Langsam ging er rückwärts, doch die Wasserfrau folgte ihm Schritt für Schritt, passte sich dem Rhythmus seiner Bewegungen an. Als er in ihr Schlafzimmer trat, bemerkte er das große Bett in der Mitte des Raumes nicht, er war vollkommen gebannt von der drohenden Gefahr. Sobald sie ihren Auftrag, seinen Tod durch Schlangenbiss, erfüllt hatte, würde sie sich in einen Vogel verwandeln und davonfliegen, um andere ahnungslose Männer in die Falle zu locken, oder ins Meer zurückkehren, um ihren Wasserschwestern von ihrem großartigen Triumph zu berichten.

Trotz stieg in Kamĩtĩ auf. Selbst ein Ochse im Schlachthaus leistet bis zum bitteren Ende Widerstand; er wollte kein hilfloses Opfer sein. Er stürzte sich auf Nyawĩra.

Sie rangen auf dem Boden, und Kamĩtĩ fasste nach der Hand, in der sie die Schlange hielt. Nyawĩra aber war zu schnell für ihn; sie entwand sich seinem Griff, packte sein Hemd und er zog gleichzeitig an ihrem Kleid. Kurz darauf waren beide halbnackt. Sie ließen voneinander ab und starrten sich fasziniert an. Kamĩtĩ hatte noch nie einen so langen, so schönen Hals gesehen. Ihre Augen strahlten immer noch wie die einer Katze in der Nacht. Er sah sich nach der Schlange um und entdeckte sie leblos auf dem Boden.

„Ach die, die ist aus Plastik!“, sagte sie kichernd.

Kamĩtĩ begriff überhaupt nichts; er war wie gelähmt von Nyawĩras Anblick, ihrem langen Gazellenhals, den vollen, festen Brüsten, ihren harten Brustwarzen in der Farbe von Brombeeren, dem Leuchten in ihren Augen, das Nyawĩra beseelte. Erst ein oder zwei Sekunden später dämmerte ihm, was sie gesagt hatte.

„Eine Plastikschlange?“, fragte er. Erleichterung mischte sich mit Unglauben.

„Ja“, antwortete sie und lachte wieder.

Wut trat an die Stelle seiner Erleichterung. Nyawĩra spürte das und versuchte, sich seinem Zorn zu entziehen. Langsam ging er auf sie zu, als wollte er ihr an den Kragen. Schweigend umkreisten sie einander. Kamĩtĩ versuchte sie zu packen, doch es gelang ihr, ihm auszuweichen. Dann warf er sich plötzlich auf sie und sie fielen auf das Bett. Sie fanden sich und ihre Lippen trafen aufeinander.

Seit jenem unglückseligen Morgen mit Wariara war Kamĩtĩ nicht mehr mit einer Frau zusammen gewesen. Der Liebesakt damals hatte Abscheu in ihm hinterlassen und sein Verlangen gedämpft. Deshalb hatte er während seiner Enthaltsamkeit nicht das Gefühl gehabt, als fehlte ihm etwas. Jetzt aber erkannte er, dass seinem Leben etwas Wichtiges abgegangen war. Nyawĩra ging es ähnlich. Ihre Beziehung mit Kaniũrũ hatte ihr die Liebe vergällt, und sie hatte sich auf keinen Mann mehr eingelassen. Beide fühlten sich mit einer Macht zueinander hingezogen, der sie nicht widerstehen konnten.

„Langsam und sanft“, sagte sie. „Manche Männer haben es eilig, als kämen sie zu spät zu einem Geschäftstermin. Eine Frau ist kein Selbstbedienungsladen.“

Sie führte seine Hände zu ihren Brustwarzen, dann hinunter zu ihren Schenkeln. Seine Berührung ließ sie seufzen und schwer atmen, und beide waren bereit, einen Schritt weiterzugehen.

„Zieh es jetzt über“, forderte Nyawĩra ihn auf.

„Was?“, fragte er benommen.

„Hast du kein Kondom?“

„Ein Kondom? Nein!“, antwortete er.

Es war, als wäre Nyawĩra von roten Ameisen gebissen worden. Abrupt stieß sie ihn von sich, sprang auf und setzte sich aufs Bett.

„Was habe ich falsch gemacht?“, fragte Kamĩtĩ verwirrt.

„Falsch? Habe ich richtig gehört?“, fragte Nyawĩra außer sich vor Wut. „Du willst ohne Kondom in mich rein?“

„Ich habe schon eine ganze Weile keine Kondome mehr bei mir. Ich habe gedacht, du nimmst die Pille oder …“

„Glaubst du, eine Schwangerschaft ist das Schlimmste, was einer Frau zustoßen kann? Eine Schwangerschaft ist nichts Bösartiges. Sie wird erst zum Problem, wenn die Menschen nicht bereit sind, die Verantwortung zu tragen, nachdem sie ein Kind in die Welt gesetzt haben. Hast du noch nichts von dem Virus gehört? Schwangerschaft bedeutet Leben, das Virus den Tod."

„Ich bin nicht infiziert."

„Woher willst du das wissen? Und selbst wenn du es weißt, woher willst du wissen, dass nicht ich AIDS habe, oder Syphilis oder Tripper oder irgendeine andere Geschlechtskrankheit?"

Unbehagen hatte das Verlangen verdrängt. Kamĩtĩ ging ins Bad, um sich unter der kalten Dusche abzukühlen. Nyawĩra wartete, bis er fertig war, dann duschte auch sie. Beide zogen sich wieder an. Kamĩtĩ ging, nachdem er sein Hemd, dem jetzt die Knöpfe fehlten, übergestreift hatte, ins Wohnzimmer, Nyawĩra verschwand in einem frischen Kleid in der Küche.

Kamĩtĩ musste an die Zeit mit Wariara denken. Über ihr Sexleben, bevor sie einander begegnet waren, hatten sie nie gesprochen; er war überrascht, wie wenig er darüber wusste. Und als er jetzt an ihre zufällige Begegnung an der Angel's Corner dachte, fühlte er sich unwohl in seinem Körper. Was wäre, wenn er sich bei ihrer einzigen intimen Begegnung das Virus geholt hatte und ihn beinahe weitergegeben hätte ... Nein, er wollte nicht an seine Sorglosigkeit denken. Er war Nyawĩra dankbar, dass sie ihn gebremst hatte, und dies umso mehr, als sie jetzt seine Gedanken unterbrach, indem sie ihm einen Tee anbot.

„Es tut mir leid", sagte er. „Ich hätte es nicht so laufen lassen dürfen. Ich habe mich noch nie so zu jemandem hingezogen gefühlt. Normalerweise will ich den anderen besser kennenlernen, bevor es dazu kommt. Doch etwas an dir gibt mir das Gefühl, als würden wir uns schon immer kennen. Vielleicht hat das damit zu tun, was wir heute gemeinsam erlebt haben. Aber ich möchte nicht, dass du den Eindruck bekommst, ich würde mein Verhalten entschuldigen."

„Mir tut es auch leid. Auf dem College hatte ich immer eine Handvoll Kondome in der Handtasche, weil ich damals schon überzeugt war, dass sich Menschen, die einander nicht so gut kennen, gegenseitig schützen sollten. Man kann nie wissen, wer den Tod in die Liebe trägt. Nachdem ich geheiratet hatte, habe ich das gelassen, und auch nach meiner Ehe habe ich die schlechte Angewohnheit beibehalten, mich nicht auszustatten. Inzwischen hätte ich es besser wissen müssen. Man kann nicht ahnen, wann man in eine Situation gerät, in der der Körper den Willen ausschaltet. Wenn sich heute in Zeiten des tödlichen Virus' jemand weigert, ein Kondom zu benutzen und trotzdem bis zum Äußersten gehen will, dann ist er mein Feind und nicht mein Liebhaber. Ich lasse nicht zu, dass er mich anfasst. Deswegen habe ich dich weggestoßen. Weil ich dachte, du gehörst zu denen, die es für unmännlich halten, ein Kondom zu benutzen."

„Du hast vollkommen recht."

Die Stimmung zwischen ihnen entspannte sich.

„Was sollte denn das mit dieser Plastikschlange?", fragte Kamĩtĩ in ruhigem Ton.

„Hast du wirklich gedacht, sie lebt?"

„Ich hatte das Gefühl, sie lebt, mit den rollenden Augen und der Zunge, die sich bewegt hat. Ich habe wahnsinnige Angst vor Schlangen. Und ich hasse Späße mit Schlangen."

Nyawĩra sah ihm forschend ins Gesicht. Nein, Kamĩtĩ und sie gehörten nicht zum selben Schlag: Sie waren auf unterschiedlichen Wegen vor die Tore des Paradise geraten. Sie hatten lediglich die Bettlerkleider gemeinsam, die sie trugen. Mehr nicht. Aber er schien ein gutes Herz zu haben. Er war in armen Verhältnissen aufgewachsen, könnte also einer der ihren sein. Dann fiel ihr ein, Kaniũrũ gehörte jetzt trotz seiner bescheidenen Herkunft zur Jugendbrigade des Herrschers und schützte die Reichen vor den Armen. Sie hielt sich zurück. Kamĩtĩ könnte sich als ein weiterer Kaniũrũ entpuppen. Außerdem schien er ihr ein Einzelgänger, der sich nur von seinen Gefühlen leiten ließ.

„Heutzutage kann sich eine Frau nicht mehr gefahrlos allein auf die Straße trauen. Ich habe die Schlange bei mir, um mich aus gefährlichen Situationen zu befreien."

„Nein", sagte er, „du verheimlichst mir etwas, Nyawĩra."

„Willst du es wirklich wissen?", fragte sie etwas leidenschaftlicher.

Kamĩtĩ war unentschlossen: Einerseits wollte er es wissen, andererseits auch wieder nicht. Er fühlte sich nicht in der Lage, die Last des Wissens auf sich zu nehmen und dann die Qual der Wahl zu haben. War eine gewisse Unbestimmtheit nicht besser?

Nyawĩra sah das Zögern in seinem Gesicht und dachte: Er hat Angst. Sie sah auf die Uhr.

„Es wird fast schon hell. Du musst nicht mehr in die Wildnis hinaus. Du kannst auf der Couch schlafen. Ich hol dir eine Decke."

Als sie sich auf den Weg in Richtung Schlafzimmer machte, blieb Kamĩtĩ trotz seiner Ängste hartnäckig.

„Du hast meine Frage noch nicht richtig beantwortet."

Nyawĩra blieb stehen und schaute zurück.

„Kennst du die Bewegung für die Stimme des Volkes?"

Kamĩtĩ sah sich instinktiv um, bevor er antwortete.

„Nein, aber du hast sie schon mal erwähnt. Hat der Herrscher sie nicht für illegal erklärt?"

„Ja", antwortete sie – unsicher, was sie von seiner Nervosität halten sollte.

„Und worum geht es nun?", fragte Kamĩtĩ nicht gerade begeistert.

„Es gibt zwei Arten von Erlösern: Diejenigen, die die Seelen der Leidenden besänftigen wollen, und diejenigen, die die Wunden im Fleisch der Leidenden heilen wollen. Manchmal frage ich mich, was richtiger ist. Schlaf gut. Die Couch ist vielleicht nicht so bequem wie dein Lager aus Gras, aber sie hat wenigstens ein Dach."

„Aber wofür steht diese Bewegung? Wer sind ihre Mitglieder? Wer die Anführer?"

„Irgendwann erzähle ich dir mehr", wich sie aus und fragte sich nach der Ursache für sein plötzliches Interesse an Einzelheiten. Sie ging ins Schlafzimmer und warf ihm eine Decke zu.

Die Gitarre an der Wand war durch ihr Liebesspiel verrutscht. Sie rückte sie zurecht. Dann schlüpfte sie ins Bett.

Kamĩtĩ seufzte erleichtert. Erleichtert von was? Er konnte nicht einschlafen; er ging in Gedanken noch einmal die Ereignisse der letzten vierundzwanzig Stunden durch. Es ist wie in einem Traum, dachte er und gähnte erschöpft, ich weiß nicht, wohin es geht.

Draußen klopfte es an der Tür. Kamĩtĩ war eingeschlafen und mit tausend regenbogenfarbenen Stricken an sein Bett aus Träumen gefesselt. Wer wollte ihn in seinem Blumengarten wecken? Oh, ja, das Paradies. Ein Millionen-Sterne-Hotel mit einem grenzenlosen Himmel als Dach. Oh ja, dachte er, ein Sternenhagel muss die Pforten des Paradieses küssen. Wie wohltuend. Das Klopfen an der Tür hörte nicht auf, und Kamĩtĩ erwachte.

Auf Zehenspitzen schlich er zu Nyawĩras Bett und weckte sie. Sie lauschten und hofften, das anhaltende Klopfen würde aufhören. Doch es ging weiter. Nyawĩra legte ein Tuch um und ging zur Tür.

Zögernd öffnete sie.

„Haben Sie keine Angst, Mutter", sagte der Mann. Dann holte er hastig etwas aus der Tasche und hielt es ihr hin. „Ich will Sie nicht ausrauben. Ich bin nur ein Kriminalpolizist in Zivil."

„Was wollen Sie?", fragte Nyawĩra mürrisch und bemühte sich, ihre Panik zu verbergen.

„Ich bitte Sie, seien Sie mir nicht böse. Ich bin der Polizist, der letzte Nacht schon hier war. Na, nicht genau hier – ich will sagen, ich war gestern Abend in Santalucia, und im Vorbeigehen sah ich etwas an der Hauswand hängen. Und als ich nach Hause ging, nun ja, da habe ich darüber nachgedacht. Ehrlich, *Haki ya Mungu*. Ich kann Ihnen sagen, ich habe kaum ein Auge zugetan, weil ich versucht habe herauszufinden, wie alles zusammenhängt. Und so kam ich zu dem Schluss, dass vielleicht ... und dann der Zweifel, wie soll ich das Haus wiederfinden? Ich habe meinen ganzen Mut zusammengenommen und bin vor dem Hellwerden hierhergekommen, und Sie können sich bestimmt meine Erleichterung vorstellen, als ich das Ding noch immer hängen sah. Und da habe ich mir gesagt, hier bist du richtig."

Verdrossen erinnerte sich Nyawĩra an das falsche Zauberbündel draußen am Dach. Wie unvorsichtig von ihnen, es nicht abgenommen zu haben! Der Zauber, der den Polizisten verjagt hatte, hatte ihn zum Haus zurückgebracht, auch wenn er jetzt unbewaffnet zu sein schien. Zugleich fühlte sie sich herausgefordert: Was macht es schon, dass er uns gefunden hat? Wofür will er uns festnehmen? Welches

Verbrechen haben wir begangen? Dann fiel ihr ein, dass der Diktator von Aburĩria die Bewegung für die Stimme des Volkes für illegal erklärt hatte. Sie beschloss, ruhig zu bleiben und die Worte des Polizisten nach allem zu durchforsten, was vielleicht von Nutzen sein könnte.

„Was wollen Sie?", fragte sie herrisch.

Bei diesem Ton zuckte der Polizist zusammen. Er schaute sich immer wieder um, als wäre er bereit, beim geringsten Anzeichen von Gefahr davonzulaufen. Trotzdem schien er verzweifelt entschlossen, sich von irgendetwas befreien zu wollen, das auf ihm lastete.

„Ich heiße Constable Arigaigai Gathere. Es gibt viele Dinge, die mir schwer auf der Seele liegen. Bitte, Mutter, ich möchte – bitte – mit Ihnen reden."

„Mit mir? Sie möchten mit mir reden?", fragte sie überrascht.

„Ja, mit Ihnen. Nein. Ja, ehrlich, *Haki ya Mungu*, Zauberer. Ich möchte mit Ihnen reden. Entschuldigung, ich meine, ich muss den Herrn der Krähen sprechen."

11

Viel später, nachdem sein Leben viele überraschende Wendungen genommen hatte, die selbst für ihn, einen ausgebildeten Polizisten, jeglicher Vernunft zuwiderliefen, fand sich Constable Arigaigai Gathere immer wieder von einer Menschenmenge umringt, die eine Geschichte nach der anderen über den Herrn der Krähen hören wollte. Damals fingen die Leute an, ihn liebevoll mit den Anfangsbuchstaben seines Namens, A.G., zu rufen, wobei einige Zuhörer trocken behaupteten, sie stünden für „Ausgewiesener Geschichtenerzähler". Wenn er in einer Kneipe seine Erlebnisse zum Besten gab, wurde seine Phantasie von einem nie versiegenden Schnapszufluss zu stets neuen Höhenflügen angefeuert. War er dagegen auf dem Land, auf einem Markt oder an einer Straßenkreuzung, fühlte sich Constable

Arigaigai Gathere durch den Anblick der gespannten Gesichter der Männer, Frauen und Kinder beflügelt, die ihm begierig jedes Wort von den Lippen lasen. Doch egal wo er sich befand, seine Zuhörer erhielten von ihm Nahrung für die Seele: die unerschütterliche Hoffnung, dass, wie ausweglos etwas auch erschien, immer eine Wende zum Guten möglich war. Denn wenn ein einfacher Sterblicher wie der Herr der Krähen sich in jedes erdenkliche Wesen verwandeln konnte, dann konnte nichts dem menschlichen Willen zur Veränderung widerstehen.

„Und wenn ich sage, dass er sich in alles Mögliche verwandeln konnte", hob er immer hervor, „dann weiß ich das nicht nur vom Hörensagen. Ehrlich, *Haki ya Mungu*. Ich rede von dem, was ich mit eigenen Augen gesehen habe."

Die Geschichte, die sie immer wieder hören wollten, war die von jener Nacht, in der A. G. zwei Bettler von den Toren des Paradise vertrieb. Anfangs berichtete A. G. noch, dass er mit zwei anderen Polizisten zusammen gewesen war, doch im weiteren Verlauf und der ständigen Wiederholung der Geschichte verschwanden sie aus seiner Erzählung.

„Ja, es begann vor dem Paradise. Man hatte uns dorthin geschickt, um sicherzustellen, dass die Besucher von der Global Bank nicht von der Bettlermenge belästigt wurden. Anfangs benahmen sich die Bettler auch ganz ordentlich, doch als sie anfingen, Wörter zu rufen, die mir niemals über die Lippen kommen würden, erhielten wir von oben den Befehl, sie zum Schweigen zu bringen und auseinanderzutreiben. Das war am frühen Abend, erinnere ich mich. Ich sah, wie mich ein in Lumpen gehüllter Mann mit Augen anschaute, die in der Dunkelheit heller glühten als die eines Tigers. Ich spürte, wie mich seine Augen zwangen, ihm zu folgen, als er fortging. Ich wollte ihm sagen, er solle damit aufhören, brachte aber keinen Ton heraus. Und was noch erstaunlicher war: Er rannte nicht davon. Ehrlich, *Haki ya Mungu*. Der Mann spazierte gemütlich dahin und schwang dabei eine große Tasche. Doch so sehr ich mich auch anstrengte, hinter ihm her zu rennen, die Entfernung zwischen uns blieb gleich.

Es schien mir, als wäre dieser Mann nicht allein; neben ihm ging noch jemand und geleitete ihn durch die Dunkelheit. Wie soll ich es erklären? Manchmal sah ich nur einen, dann waren es auf einmal wieder zwei.

Als ich versuchte, stehen zu bleiben und die Lage zu überdenken, musste ich feststellen, dass ich das nicht konnte. Ehrlich, *Haki ya Mungu*. Und schließlich fand ich mich draußen im Grasland wieder. Fragt mich nicht, wie ich dort hingekommen bin – ich weiß es bis heute nicht. Der Mond schien, das stimmt, aber er wurde immer wieder von Wolken verhüllt. Es war, als hätte sich der Himmel mit ihm verbündet, um mit mir in Licht und Schatten Verstecken zu spielen. Er ließ mich die ganze Zeit im Kreis rennen. Dann sah ich ihn im Buschwald verschwinden und folgte ihm. Es war stockfinster in dem dichten Gehölz. Ich stolperte und fiel über einen gespaltenen Stein. Ich sprang auf und rannte weiter. Erst als ich auf der anderen Seite des Buschwalds herauskam, wurde mir klar, dass ich mich in der Nähe von Santalucia befand. Zwischen dem Rand des Buschs und den Häusern lag ein offenes Gelände, und als der Mann dieses überquerte, erkannte ich, dass es sich tatsächlich nur um eine Person handelte. Und trotzdem hätte ich schwören können, zwei Personen gesehen zu haben! Aber mit einem Mal war der Mann verschwunden. Und weil im Dickicht keine Lücke war, konnte ich mir auch nicht erklären, wie er da hindurchgekommen sein soll."

„Willst du damit sagen, du hast nicht mal gesehen, wie er über die Hecke gesprungen ist?", fragte jemand.

„Nein, hab ich nicht. Ehrlich, *Haki ya Mungu*."

„Vielleicht hat er sich selbst in eine Hecke verwandelt", schlug ein anderer als Erklärung vor.

„Ja. Du sagst es."

„Und was hast du gemacht? Aufgegeben?"

„Ich? Aufgeben? Oh, nein. Ich beschloss, überall nach ihm zu suchen."

„A. G., du bist mutig, Mann! Selbst wenn ich in jeder Hand zehn Pistolen gehabt hätte, wäre ich nicht einen einzigen Schritt weitergegangen."

„Nun ja, mir fehlt es wirklich nicht an Mut. Ich suchte nach einem Weg, nach Santalucia hineinzugelangen. Ihr wisst ja, in Santalucia stehen die Häuser sehr dicht und alle sehen gleich aus. Die Straßen sind eng. Die Beleuchtung ist armselig. Also stellt euch vor, wie ich meine Waffe fest in der Hand halte. Ich versuche es bei diesem, versuche es beim nächsten Haus. „Polizei. Öffnen Sie die Tür." Die Leute sahen mich voller Furcht an und antworteten mit trockenem Mund. Dann sagte ich mir, dass das so nicht funktioniert. Ich sollte lieber von Tür zu Tür gehen, lauschen, durch Ritzen in den Wänden spähen und nur dann verlangen, die Tür aufzumachen, wenn ich etwas Verdächtiges sehe oder höre. Ich führte meinen neuen Plan aus. Und dann, wie soll ich sagen? Plötzlich spürte ich, wie eine Kraft mich erfasste, herumwirbelte und mich zwang, etwas anzusehen. Ein Blick auf dieses Ding, das da am Dach hing, und ich wusste sofort, dass ich es mit einem mächtigen Zauber zu tun hatte. Als ich näher trat, sah ich, wie Buchstaben von der Mauer sprangen und auf mich zukamen: ACHTUNG! DIESES ANWESEN GEHÖRT EINEM ZAUBERER, DESSEN MACHT FALKEN UND KRÄHEN VOM HIMMEL HOLT. SIE NÄHERN SICH DIESEM HAUS AUF EIGENE GEFAHR. – DER HERR DER KRÄHEN. Anschließend verschwanden die Buchstaben wieder in der Wand. Was war ich für ein Narr! Ich wollte das Ding gerade berühren, da spürte ich, wie unsichtbare Hände mich packten und hochhoben. Sie wirbelten mich durch die Luft und warfen mich auf den Boden. Wieder und Wieder. Sieben Mal. Als sie mich endlich losließen, floh ich und drehte mich nicht ein einziges Mal um ..."

„Und deine Waffe?", fragte jemand. „Wie kam es, dass du sie nicht fallen gelassen hast?"

„Das war der Grund, warum ich nicht schlafen konnte, denn ehrlich, *Haki ya Mungu*, ich lag die ganze Nacht wach und wälzte die Angelegenheit wieder und wieder in meinem Kopf. Ich wurde sieben Mal hochgehoben und auf den Boden geworfen, aber wieso bekam ich dabei nicht einen einzigen Kratzer ab? Vielleicht tat mir der Hintern ein bisschen weh, aber sonst? Und wie blieb meine Waffe in meiner Hand? Ja, sagte ich mir, Constable Arigaigai Gathere, was glaubst du, warum der Mann dich ausgesucht und gezwungen hat, ihm zu diesem Zauberort zu folgen? Was wollte er dir damit sagen? Mich quälten schon lange einige Probleme, und in den Wochen vor dieser schicksalhaften Begegnung waren noch etliche dazugekommen. Da sah ich auf einmal das Licht. Ein Zeichen. Das Ganze war ein Zeichen, das mich zu dem führte, der meine Probleme lösen würde.

Deshalb bin ich früh am Morgen zum Zauberhaus zurückgegangen. Zum Glück waren das Bündel und die Schrift an der Wand noch da. Er machte mir auf. Und wisst ihr was? Hört genau zu. Der Mann erschien mir in Gestalt einer wunderschönen Frau. Zunächst stellte er oder sie mir Fragen in einer sanften Stimme, dann dröhnte auf einmal hinter seinem oder ihrem Rücken eine machtvolle Stimme:

‚Ich bin der Herr der Krähen: Wer steht da unter dem Schatten meines Zaubers? Wie kannst du es wagen, in meinen magischen Kreis einzudringen? Verschwinde und wasch dir erst einmal die Füße, bevor du ...‘

Ich wartete nicht ab, was danach kam. Zum zweiten Mal rannte ich um mein Leben."

12

Sogar Nyawĩra war zunächst von der dröhnenden Stimme überrascht. Doch als sie sah, wie der Polizist zusammenzuckte, strammstand, salutierte und dann die Beine unter den Arm nahm, fiel ihr wieder ein, was dieser Polizist in der vergangenen Nacht getan hatte, und sie bog sich vor Lachen.

„Ist er weg?", fragte Kamĩtĩ.

„Wie ein Pfeil davongeflitzt. Wie ist dir das denn so schnell eingefallen?"

„Ich weiß auch nicht. Ich wollte nur Zeit gewinnen, damit wir uns eine plausible Geschichte ausdenken können. Aber das war wohl ein bisschen unüberlegt."

„Wieso?“

„Ich habe ihn vor die Wahl gestellt, wiederzukommen oder nicht. Ich hätte ihm eher befehlen sollen, niemals wiederzukehren, sonst ... oder irgendetwas in der Art.“

„So, wie der davongerannt ist, machte er kaum den Eindruck, als würde er sich bald wieder hierher trauen.“

Nyawĩra ging in die Küche und machte Tee und Rührei mit Brot. Sie stellte ihr Essen zum Abkühlen auf die Seite, während sie sich fertig machte, um zur Arbeit zu gehen. Sie war gespannt, was Tajirika über den Empfang für die Global Bank und die Kundgebung der Bettler vor den Toren des Paradise zu berichten hatte.

Nyawĩras Vorbereitungen holten Kamĩtĩ aus seiner Furcht vor der Polizei. Das Gesicht in die Hände gestützt, achtete er nicht weiter auf das Frühstück und brütete über seinem persönlichen Unglück. Es war, als hätte er geträumt, ein selbst gekochtes Essen bekommen und auf einer bequemen Couch geschlafen zu haben. Er war aufgewacht und hatte ein üppiges Frühstück vorgefunden, und das alles in einer Atmosphäre von Wärme und Heiterkeit. Und plötzlich war dieser Traum zu Ende. Die einfache, aber brutale Wirklichkeit holte ihn ein. Es war noch sehr früh am Morgen, und er hatte keine Ahnung, was er tun oder wo er seine tägliche Arbeitssuche beginnen sollte.

Nyawĩra war inzwischen fertig und kam zum Frühstücken in die Küche zurück. Zwischen Küche und Wohnzimmer gab es ein kleines Fenster, durch das man Teller, Pfannen oder Tassen von einem Raum in den anderen reichen konnte. Sie öffnete es und sprach durch die Öffnung zu Kamĩtĩ.

„Dein Frühstück wird kalt. Soll ich es dir aufwärmen?“

„Nein, danke. Ich esse es so“, antwortete er und blickte kurz zu ihr hinüber.

Von ihrem Platz aus konnte Nyawĩra ihn mit gesenktem Kopf sitzen sehen.

„Ich gehe ins Büro, um herauszubekommen, was sich im Paradise alles zugetragen hat“, sagte sie mit der Absicht, ihn von seiner Niedergeschlagenheit abzulenken. „Und was hast du vor?“

„Ich habe keine Pläne. Kann ich noch ein paar Stunden hierbleiben, bevor ich mich auf den Weg mache? Es ist noch zu früh, um es mit den Tajirikas dieser Welt aufzunehmen. Es könnte passieren, dass ich ihm den Hals umdrehe“, sagte er und gab sich Mühe, ebenso unbeschwert zu klingen wie sie.

„Und wirst wegen Mordes aufgeknüpft? Das werde ich nicht zulassen“, erwiderte sie im selben Tonfall. „Wenn es dein Leben rettet, noch ein paar Stunden hierzubleiben, dann überleg dir, was dir ein ganzer Tag bringen würde! Im Ernst, warum nimmst du dir nicht einen Tag frei? Du bist herzlich zu einer weiteren Nacht auf der Couch eingeladen.“

„Nein. Ein paar Stunden reichen schon. Aber Danke für das Angebot. Ich werde deine liebenswürdige Aufnahme nie vergessen“, sagte er mit trauriger Stimme.

„Nicht der Rede wert“, antwortete sie. „Hast du nicht behauptet, Glück oder Unglück, beides käme von Gott? Dann danke also Gott und nicht mir“, versuchte sie ihn aus seinem Selbstmitleid zu holen.

„Gottes Wege, seine Wunder zu vollbringen, sind unergründlich“, sagte Kamĩtĩ, erneut bemüht, sich ihrem unbeschwerten Ton anzupassen. „Er hat dich als sein Werkzeug benutzt, um mir zu helfen. Also bin ich dir dankbar, dass du ein williges Werkzeug seines Willens warst. Und wer weiß, vielleicht komme ich ja eines Tages wieder mal in den Büros von Eldares Modern Construction and Real Estate vorbei.“

„Zu einem weiteren Vorstellungsgespräch?“, zog sie ihn auf.

„Nein! Nein! Um deine Einladung zum Mittagessen einzulösen. Ich mag Fish and Chips. Oder auch Chicken and Chips.“

„Ich würde mich freuen. Ich hoffe ehrlich, dass du eine Stelle bekommst“, sagte Nyawĩra ernst und griff nach ihrer Handtasche.

An der Tür drehte sie sich um und sah ihn an.

„Vergiss nicht, dein Zauberbündel abzunehmen. Es sei denn, du willst Reklame machen, dass hier für eine Nacht der mächtige Zauberer abgestiegen ist, dessen Macht alle Vögel, einschließlich der Krähen, vom Himmel zwang!“

13

Als Nyawĩra auf dem Gelände der Eldares Modern Construction and Real Estate ankam, war ihr Chef Titus Tajirika bereits da. Ihr Büro, das gleichzeitig als Empfang diente, lag neben seinem, und bevor sie ihren Platz einnahm, ging sie hinüber, um sich bei ihm zu melden. Tajirika war in die Eldares Times vertieft, weshalb sie unsicher in der Tür stehen blieb und überlegte, ob sie sich räuspern sollte, um auf sich aufmerksam zu machen. Ihr war klar, dass er wütend war, wenn auch offensichtlich nicht auf sie, sondern auf das, was er las. Tajirika war ihre Gegenwart durchaus bewusst und schon kurz darauf legte er los.

„Diese Bettler können einem auf die Nerven gehen", sagte er, und Nyawĩra war froh, dass er sie nicht nach dem Grund ihres Zuspätkommen fragte. „Ich weiß nicht, was man gegen sie unternehmen soll. Wie können sie es wagen, ihre Bettelhände genau an dem Ort auszustrecken, an dem die eigene Regierung ...", er wollte schon sagen „die Hände ausstreckt", doch das gefiel ihm nicht, und er beendete den Satz mit „... Staatsgäste empfängt?"

„Ich habe noch keine Zeitung gelesen", sagte Nyawĩra. „Was ist passiert?"

„Nun, wir, die Gastgeber und Gäste, waren im Paradise, deshalb haben wir von dem Tumult draußen überhaupt nichts mitbekommen. Und wenn die Zeitungen nicht wären – warum, verdammt noch mal, muss die Zeitung die randalierenden Bettler überhaupt erwähnen und ihnen umsonst diese Öffentlichkeit verschaffen?" Er hielt die Zeitung in der linken Hand und zeigte mit der rechten – das Gesicht von Abscheu, Verachtung und Unverständnis verzogen – auf den ärgerlichen Artikel.

Nyawĩra reckte den Hals und las die Titelschlagzeile: BETTLER IM PARADISE. Sie erhaschte auch einen Blick auf ein Bild von flüchtenden Bettlern, denen Schlagstock schwingende Polizisten auf den Fersen waren, wollte aber kein unangebrachtes Interesse zeigen, indem sie näher an den Tisch herantrat. Und da Tajirika redete, wollte sie ihn auch nicht unterbrechen.

„Genau aus diesem Grund habe ich immer gesagt, die Regierung sollte alle Zeitungen verbieten. Wir kommen auch ohne sie aus. Haben unsere Vorfahren, bevor die Kolonialherren ins Land kamen, nicht bis ins hohe Alter ein erfülltes Leben gehabt, ohne jemals eine Zeitung zu lesen? Sie sind ein Fluch, diese Zeitungen, und wenn man mich fragen würde, was die Ursache für den Aufruhr gestern Abend war, dann würde ich mit einem einzigen Wort antworten: Neid. Diese Bettler sind bestimmt von unseren politischen Gegnern geschickt worden, um den Empfang zu stören. Wissen Sie eigentlich, dass einige Minister neidisch auf meinen Freund Machokali sind, nur weil er so weit sehen kann? Ich will Ihnen sagen, was mit uns Schwarzen nicht stimmt. Anders als den Indern oder Europäern fehlt es uns an Gruppensolidarität! Es passt uns nicht, wenn wir sehen, dass einer von uns Erfolg hat."

Nyawĩra bemerkte, dass dies der passende Augenblick war, um ihm ein paar Informationen zu entlocken.

„Hat nun die Bank zugestimmt, Marching to Heaven zu finanzieren?", fragte sie.

Ihre Anteil nehmende Neugier rührte ihn, und er antwortete mit einer Bereitwilligkeit, die sie überraschte.

„Aber warum stehen Sie denn? Nehmen Sie sich einen Stuhl und setzen Sie sich."

Tajirika setzte sich aufrecht, bereit, ihr bis ins Detail alles über den Empfang zu erzählen, vor allem über seine eigene Rolle dabei. Das Interesse an seinem Bericht beruhte auf Gegenseitigkeit, und das Telefon, das genau in diesem Moment klingelte, irritierte beide. Nyawĩra tat so, als wollte sie in ihr Büro gehen, um das Gespräch anzunehmen, aber Tajirika, der keine Sekunde auf sein Publikum verzichten wollte, wies sie an, es an seinem Telefon anzunehmen.

„Eldares Modern Construction and Real Estate. Kann ich Ihnen weiterhelfen? ... Ja ... Sagen Sie mir bitte Ihren Namen? ... Ihren

Namen? ... Bitte bleiben Sie einen Augenblick dran ... Ich will nachsehen, ob er da ist."

Sie bedeckte die Muschel mit der Hand. „Es ist für Sie."

„Wer?"

„Das sagt er nicht. Er will mit Ihnen persönlich sprechen und er sagt, es sei dringend."

Mürrisch griff Tajirika nach dem Hörer. Er ärgerte sich über die Störung.

„Glückwünsche? Wofür? ... Heute?", fragte er. Sein Unmut war wie weggeblasen, als er aufstand, von seinem Stuhl wegging und den Hörer ans Ohr hielt. „Im Radio? ... Die Morgennachrichten? ... Sind Sie sicher? ... Ich glaube, wir sollten besser nicht am Telefon darüber reden ... Ja ... Ja ... Warum kommen Sie nicht her? ... Ja ... Wir reden darüber."

Sobald er den Hörer auf die Gabel gelegt hatte, läutete das Telefon erneut. Diesmal nahm er schnell selbst ab.

„Ja ... Danke ... Kommen Sie ins Büro."

Es klingelte ein drittes, viertes und fünftes Mal, und er gab immer wieder dieselbe Antwort: „Kommen Sie ins Büro." Er schaute zum Fenster, trat hin, pfiff und winkte Nyawĩra zu sich.

Was sie sah, überwältigte sie. Auf der Straße, die zu ihrem Bürokomplex führte, stauten sich die Autos, die neuesten Modelle aller Fabrikate, überwiegend aber die mit dem Stern.

„Was ist denn hier los?", rief Nyawĩra und schaute Tajirika fragend an.

Gedankenversunken schritt Tajirika im Büro auf und ab. Schließlich blieb er stehen und sagte mit fast zitternder Stimme: „Heute ist einer der größten Tage in meinem Leben, wenn nicht überhaupt der größte. Sie können sich ihn auch als den Tag meiner Wiedergeburt vorstellen. Minister Machokali hat heute Morgen verkündet, er habe empfohlen – und der Herrscher hat dem zugestimmt –, dass ich zum Ersten Vorsitzenden des Baukomitees für Marching to Heaven ernannt werden soll. Verstehen Sie, was das bedeutet? Das können Sie nicht, das sehe ich Ihnen an. Aber die Leute, die dort unten in ihren Autos sitzen, die wissen, was das bedeutet, und sie wissen auch von den finanziellen Konsequenzen, die sich daraus ergeben. Jeder Einzelne da unten möchte mir seine Aufwartung machen – ‚meine Bekanntschaft machen', werden sie sagen. Und die meisten haben nicht einmal angerufen – sie sind sofort losgefahren. Ich erzähle Ihnen das, weil Sie mir, seit Sie bei mir angefangen haben, nur Glück gebracht haben. Oh, nein, nicht noch so ein Glückwunschanruf! Nein. Lassen Sie das Telefon klingeln. Gehen Sie in Ihr Büro, empfangen Sie die Besucher und bringen Sie sie einzeln in mein Büro. Nehmen Sie die Anrufe entgegen und machen Sie Termine wie immer. This is manna from Heaven", sagte er, als führte er ein lautes Selbstgespräch.

Nyawĩra eilte hinüber in ihr Zimmer, und Tajirika setzte sich in der Pose eines in Papierkram vertieften leitenden Angestellten an seinen Schreibtisch. Schon kurz darauf war der Empfangsbereich überfüllt, und draußen wartete eine noch größere Menge darauf, vorgelassen zu werden. Das Telefon läutete unaufhörlich. Außerstande, alles gleichzeitig zu bewältigen, fand Nyawĩra schnell eine Lösung. Auf zwei Blatt Papier schrieb sie: BITTE ANSTELLEN. WER SICH NICHT IN DIE SCHLANGE STELLT, WIRD NICHT VORGELASSEN. Einen Zettel befestigte sie an einer Wand im Büro, den anderen draußen.

Die Leute drängelten und schoben, warfen einander Beleidigungen an den Kopf und versuchten, sich möglichst an der Spitze der Schlange einzureihen. Wie die Kinder, dachte Nyawĩra. Und alles nur, um dem Vorsitzenden seine Aufwartung zu machen? Die Würdenträger stammten alle aus Eldares, sie kamen aus verschiedenen Gemeinschaften, gehörten verschiedenen Nationalitäten und unterschiedlichen Rassen an, doch alle einte der Wunsch, Tajirika unter vier Augen zu sprechen. Nyawĩra führte einen nach dem anderen in Tajirikas Büro.

Der erste blieb nur wenige Minuten, sein Anliegen musste aber zu seiner Zufriedenheit behandelt worden sein, denn er strahlte, als er wieder herauskam. Dasselbe geschah beim zweiten, dritten, vierten, fünften und so weiter. Ein paar Minuten beim Vorsitzenden und alle schienen sich eines kleinen Glücks zu erfreuen, wenn sie zu ihrem Mercedes zurückgingen. Tajirika vermittelte allen Besuchern ein Glücksgefühl! Wie war das möglich?, wunderte sich Nyawĩra.

Nyawĩra, die Besucher in Tajirikas Büro geführt, Namen festgehalten, Akten geordnet und Telefonanrufe entgegengenommen hatte, fand bald heraus, was da vor sich ging. Jeder bot seine Dienste als Subunternehmer für Marching to Heaven an und hoffte darauf, berücksichtigt zu werden. Ob sie anboten, Zement, Holz, Nägel, Toilettenpapier, Nahrungsmittel oder Getränke zu liefern, sie redeten und benahmen sich so, als hätte die Global Bank das Geld für das Projekt bereits ausgezahlt.

Tajirika sagte ihnen offen, es sei mit der Global Bank noch nicht über die Kredite verhandelt worden, der Empfang im Paradise sei nur ein gesellschaftliches Ereignis gewesen und Verträge würden erst in ferner Zukunft abgeschlossen. Aber davon wollten sie nichts wissen. Für sie war das Ganze eine logische Angelegenheit: Warum sollte Minister Machokali einen Vorsitzenden für das Baukomitee ernennen und seinen Namen öffentlich bekannt geben, wenn er nicht einigermaßen sicher davon ausging, dass die Global Bank das Geld zur Verfügung stellte? Einige von ihnen hatten gelesen, die Global Bank hätte Millionen und Abermillionen an Russland gegeben und das Land bestochen, damit es friedlich vom Sozialismus ließ. Wieviel mehr käme also auf ein Land zu, dessen Führung niemals von Demokratie geträumt und auch nicht mit sozialistischem Unsinn herumexperimentiert hatte? Kein Wunder, dass die Besucher ihre Visitenkarten daließen.

Mit jeder Karte wechselten Tausende Burĩ den Besitzer. Einige Herrschaften wollten Schecks ausstellen, aber darauf ließ Tajirika sich nicht ein. Bargeld und nichts anderes, ließ Tajirika sie wissen, und sie beeilten sich, ihm zu versichern, dass sie das selbstverständlich verstünden. Einige bestanden auf einer Verabredung zu einem Geschäftsessen und legten noch ein paar Burĩ drauf. Und keiner verlor auch nur ein Sterbenswort über das Geld, das er im Büro zurückließ. Selbst ihren engsten Freunden sagten sie nur, dass sie dem Vorsitzenden ihre Aufwartung gemacht und ihre Visitenkarte überreicht hätten. Das Geld türmte sich, und die Schreibtischschubladen quollen so schnell über, dass Tajirika Nyawĩra losschicken musste, um für den weiteren Geldsegen Säcke und Kartons zu kaufen.

Nachmittags um vier war die Schlange zwar kürzer geworden, das Telefon klingelte aber immer noch in einem fort. Es waren Geschäftsleute von außerhalb, die ebenfalls um einen Termin beim Vorsitzenden baten. Angesichts der großen Anzahl von Terminen wurde Nyawĩra schnell klar, dass sie die Arbeit in den kommenden Tagen nicht alleine bewältigen konnte. Am Abend, als der letzte der Schlange gegangen war, konfrontierte Nyawĩra ihren Chef mit diesem Problem.

„Machen Sie sich keine Sorgen", meinte Tajirika erfreut über diese Nachricht, die weitere Visitenkarten und Geldscheine bedeutete. „Nehmen Sie das Keine-Stellen-Schild an der Straße ab und machen Sie ein anderes dran, auf dem steht, dass wir Aushilfen einstellen. So was wie ‚Aushilfsjobs zu vergeben' oder einfach ‚Aushilfsjobs'. Das machen wir immer so, wenn die Arbeit überhandnimmt. Aber wie diesmal war es noch nie. Wenn Sie das Schild angebracht haben, Nyawĩra, lassen Sie's gut sein für heute. Gehen Sie nach Hause. Wir sehen uns dann morgen. Und versuchen Sie, pünktlich zu sein", fügte er hinzu, um ihr klarzumachen, dass seiner Aufmerksamkeit nichts entging. „Morgen zählt jede Minute."

In einer Zimmerecke entdeckte Nyawĩra drei Säcke voller Burĩ-Scheine. Der Chef hatte recht gehabt: Es war wirklich Manna vom Himmel gefallen, sagte sie sich beim Hinausgehen. Sie ging in den kleinen Lagerraum neben dem Empfang und holte ein großes Sperrholzbrett heraus, das ihr als Anschlagtafel dienen sollte. Aber es war so groß und schwer, dass sie ihre Handtasche auf dem Schreibtisch abstellte. Sie wollte sie später mitnehmen, nachdem sie das Schild angebracht hatte.

Es war ungefähr fünf Uhr. Sie ging durch den Haupteingang hinunter auf die Straße. Als sie das Schild KEINE FREIEN STELLEN: KOMMEN SIE MORGEN WIEDER sah, erinnerte sie sich, was Kamĩtĩ widerfahren war – die wohl durchdachte Demütigung. Sie geriet so sehr darüber in Wut, dass ihr die Hände zitterten und das neue Schild herunterfiel. Ihr Zorn setzte Energie frei. Sie zog das alte Schild heraus und schleuderte es von sich. Mit einem Gefühl des Triumphs ersetzte sie es durch das neue. Als Nyawĩra einen Schritt zurücktrat, um ihre Arbeit zu begutachten, spürte sie, dass jemand hinter ihr stand.

„John!“, rief Nyawĩra erschrocken.

Kaniũrũ stand einige Meter von dem neuen Schild entfernt, fast an derselben Stelle, an der Kamĩtĩ am Tag zuvor gestanden und versucht hatte, seine Demütigung zu verarbeiten. Kaniũrũ las laut: AUSHILFSJOBS: PERSÖNLICHE VORSTELLUNG ERWÜNSCHT!

„Was machst du hier?“, fragte sie ihn.

„Trinken wir im Mars Café einen Kaffee“, schlug er vor.

„Ich mag keinen Kaffee“, antwortete sie.

„Dann nimmst du eben einen Tee, einen Milchshake, Soda, irgendwas. Ich habe Neuigkeiten.“

„Ich kann selber Zeitung lesen. Und ich höre Radio.“

„Das sind keine gewöhnlichen Neuigkeiten. Das ist etwas, was du unbedingt wissen musst.“

Nyawĩra dachte kurz darüber nach, obwohl sie sich bemühte, so desinteressiert wie möglich zu wirken. Sie gähnte und seufzte, als gäbe sie seinem Drängen nur widerstrebend nach.

„Okay, ich bin gleich zurück“, sagte sie schließlich. „Oder besser, wir sehen uns im Mars.“

Sie ging mit dem alten Aushang ins Büro zurück, um ihn im Lagerraum zu verstauen.

Die Tür war abgeschlossen. Sie zog den Schlüssel aus einer ihrer Taschen, öffnete und erstarrte. Sprachlos stand sie da und schaute in eine Gewehrmündung. Sie schloss die Augen und rechnete mit dem Schlimmsten.

„Oh, Sie sind’s?“, sagte Tajirika und ließ die Waffe sinken. „Ich habe gedacht, da versucht jemand einzubrechen. Hatte ich Ihnen nicht gesagt, Sie sollen heimgehen?“

„Meine Handtasche“, antwortete sie mit bebender Stimme. „Ich habe gerade das neue Schild angebracht“, fügte sie benommen hinzu und zeigte auf das alte. „Ich wollte nur noch meine Handtasche holen.“

„Gut. Dann helfen Sie mir doch mal, die Sisalsäcke zum Auto zu bringen.“

Die Säcke waren schwer und bis zum Rand mit Burĩ-Scheinen gefüllt. Tajirika schleppte zwei, Nyawĩra einen zum Kofferraum seines cremefarbenen Mercedes.

Sie sah dem Wagen hinterher, der sich in den Verkehr einordnete und schließlich verschwand. Dann wurde ihr schlagartig bewusst, was hätte geschehen können. Mit weichen Knien setzte sie sich, um sich zu sammeln. Dann ging sie zu Kaniũrũ ins Mars Café.

14

Das Mars Café war in ganz Eldares bekannt, weil es zu moderaten Preisen ein hochwertiges Angebot an Tee, Kaffee, Kakao, Milchshakes, Eis, Brot, Kuchen, Sandwiches und alkoholfreien Getränken führte. Für viele war es ein beliebter Treffpunkt, weil es seinem Besitzer Gautama nichts auszumachen schien, wenn seine Kunden noch stundenlang sitzen blieben und sich unterhielten, nachdem sie das Bestellte konsumiert hatten. Wahrscheinlich aber war das Café vor allem wegen seines Wandschmucks bekannt, der die Erforschung des Weltraums feierte, und wegen Gautamas hingebungsvoller Begeisterung dafür.

Im Laufe der Jahre hatte das Café, den bedeutenden Ereignissen der Raumfahrt Rechnung tragend, mehrmals den Namen gewechselt. Es hatte Café Sputnik geheißen, dann Wostok und Apollo. Gautama mochte den Namen Apollo am liebsten, weil er über die Mondmission hinaus nicht nur einen Bezug zu dem griechischen Gott herstellte, sondern auch an Marco Polo erinnerte, der den Orient bereist hatte, in dessen Volksmythen die ersten Raumschiffe aufgetaucht waren. Zum Beweis für den asiatischen Ursprung des Wettlaufs um das All zitierte er häufig frühe chinesische Astronomen, die sich als Erste mit einer Supernova befassten. Als Nächstes taufte er es Mir Café und dann International Space Station Café, bevor sich Gautama auf Mars Café festlegte und versprach, diesen Namen beizubehalten, bis die ersten Menschen auf dem Mars landeten. Er war überzeugt, dass der Rote Planet die Geheimnisse über den Ursprung des Lebens und des Universums barg. Der Name des Cafés sollte die ewige Suche des Menschen nach Wahrheit, Freiheit und Wissen zum Ausdruck bringen. Deshalb waren die Wände mit Ausschnitten aus Zeitungen und Zeitschriften tapeziert, auf denen nicht nur Raketen, andere Raumflugkörper und Raumstationen zu sehen waren, sondern auch Weltraumreisende. Hier fanden sich Juri Gagarin und Alexej Leonow Seite an Seite mit Neil Armstrong und John Glenn neben anderen wieder.

Obwohl Gautama stets einen verträumten Gesichtsausdruck bekam, wenn er über das Weltall redete, verhielt er sich seinen Gästen gegenüber sehr bodenständig und aufmerksam. Jetzt beobachtete er, wie Kaniũrũ allein das Café betrat, und hoffte, ihn in einen kleinen Schwatz über das Universum verwickeln zu können. Als Kaniũrũ ihm aber sagte, er wolle mit seiner Bestellung noch warten, bis sein Gast eingetroffen sei, zog sich Gautama zurück und nahm seine Gedankenwanderung wieder auf. Kaniũrũ sah unablässig auf die Uhr und fragte sich, ob Nyawĩra ihn ein weiteres Mal versetzte. Ein paar Minuten wollte er noch warten. Dann würde er am nächsten Tag in ihrem Büro aufkreuzen und sie fragen, warum sie ihn versetzt hatte. Es beruhigte ihn, eine Ausrede zu haben, um Nyawĩra an ihrem Arbeitsplatz aufzusuchen und Tajirikas Besitz in Augenschein zu nehmen.

In diesem Augenblick berührte ihn jemand an der Schulter. Weil er dachte, es wäre Nyawĩra, drehte er sich um. Sein strahlendes Gesicht verdüsterte sich, als er sah, dass es nur wieder einer dieser Bettler war. Dass der Mann offensichtlich ein Krüppel war, irritierte ihn noch mehr. Als der aber den Spruch aufsagte: „Helft einem Armen, diese Beine wurden im Unabhängigkeitskrieg gebrochen!", verlor Kaniũrũ die Geduld. Er stieß den Krüppel weg und brüllte ihn an: „Verschwinde! Wie kannst du es wagen, mich mit deinen schmierigen Fingern anzufassen!" Er schrie den Bettler so laut an, dass Gautama durch dieses Geschrei aus seinen Weltallträumen gerissen wurde und zugunsten des Eindringlings eingriff. Gautama drückte ihm ein paar Münzen in die Hand, bat ihn, seine Gäste nicht zu stören und schob ihn zur Tür hinaus.

„Ich möchte eine Tasse Tee und ein Stück Kuchen", rief Nyawĩra Gautama zu, als sie hereinkam und sich zu Kaniũrũ an den Tisch setzte. „Warum wolltest du dich mit mir treffen?", fragte sie barsch.

„Ich bin zufällig vorbeigekommen und dachte mir, ich schau mal bei dir rein", antwortete Kaniũrũ und merkte an ihrem Gesichtsausdruck, dass sie ihm nicht glaubte. „Du arbeitest also da?"

„Hab ich dir nicht gesagt, dass du mich in Ruhe lassen sollst?"

„Ja, aber wir müssen doch nicht gleich Feinde sein."

„Auf deine Freundschaft kann ich verzichten."

„Ich habe nicht gesagt, dass wir Freunde sein müssen."

„Hör zu, ich habe keine Zeit für Wortklaubereien."

„Ich auch nicht. Ich wollte nur sagen, dass, selbst wenn Menschen unterschiedliche Wege gehen, sie nicht aneinander vorbeigehen müssen, ohne sich wenigstens zuzuwinken."

„Was willst du?"

„Ich will nur, dass du weißt, dass ich dich immer noch liebe."

„Du verschwendest deine Zeit und meine auch, wenn du versuchst, hier etwas zu kitten. Wenn du noch mal damit anfängst, gehe ich auf der Stelle."

„Worüber soll ich denn sonst mit dir reden?"

„Ich habe dich nicht eingeladen. Warum jubelst du mir nicht etwas vor, wie toll es ist, zur Jugendbrigade Seiner Königlichen Allmächtigkeit zu gehören?", antwortete Nyawĩra mit kaum verhohlenem Sarkasmus.

„Du hast ja recht, wenn du einige Stützen der Partei mit kritischen Augen siehst. Es sind Heuchler, die nur darauf aus sind, unser Land zu ruinieren und in Misskredit zu bringen, vor allem die, die sich so vehement für Marching to Heaven einsetzen! Das Urteil darüber wurde schon vor langer Zeit gefällt, als die Kinder Israels sich am Turm zu Babel versuchten!"

„Den Gerüchten nach warst du es aber, der den Plan entworfen hat, oder vielmehr die künstlerische Darstellung. Warum diese ablehnende Haltung deinem Baby gegenüber?"

Er versuchte, nicht zusammenzuzucken, als er sich die Demütigung vergegenwärtigte, die er bei der Geburtstagsfeier erlitten hatte und die jetzt von der Frau erneuert wurde, die er mit seinen Verbindungen zu Macht und Privilegien beeindrucken wollte. Er schwieg und dachte an den Ursprung dieses Fiaskos.

Es hatte alles damit angefangen, dass Machokali einen Vortrag am Polytechnikum hielt, an dem Kaniũrũ unterrichtete. Als er erfuhr, dass es dort eine Kunstfakultät gab, hatte sich der Minister laut gefragt, ob man deren Studenten wohl zutrauen könnte, der leblosen Zeichnung eines Architekten Leben einzuhauchen. „Wenn Sie das können, dann sprechen Sie in meinem Büro vor", hatte er gesagt, nichts weiter. Die Einladung war so vage, dass viele sie ganz richtig als eine der üblichen rhetorischen Aufforderungen nahmen, die Politiker manchmal von sich gaben. Als Kaniũrũ einige Tage später zu ihm ins Büro kam und kurz erklärte, dass es machbar sei und er seine Dienste anbieten wolle, erinnerte sich der Minister schon nicht mehr daran. Machokali brauchte eine Weile, um zu begreifen, wovon der Mann redete, bis ihn Kaniũrũ an seinen Besuch im Polytechnikum erinnerte. „Oh, darum geht es", sagte der Minister. „Sie behaupten, sich eine zweidimensionale Zeichnung ansehen und einen bildhaften dreidimensionalen Entwurf davon schaffen zu können? Sie wissen schon, in den realen Farben des Lebens und so?"

„Es ist nicht einfach, aber es lässt sich machen." Natürlich nicht von jedem X-Beliebigen, aber er, John Kaniũrũ hätte schließlich einen Abschluss in Kunst und Kunstgeschichte der Eldares University und sogar ein wenig Architektur studiert. Eine künstlerische Gestaltung wäre keine große Sache.

Kaniũrũ zerging förmlich bei der Aussicht, mit solch einem berühmten Minister zusammenarbeiten zu können. Doch schon bauten sich die ersten Hindernisse vor seinem Glück auf. Nachdem er ganz allgemein beschrieben hatte, was er von dem Künstler erwartete, wies Machokali einen Referenten an, Kaniũrũ die Zeichnung vorzulegen. „Sie sehen sie sich nur dieses eine Mal an", sagte er. „Das Übrige überlasse ich Ihrer Phantasie." Zu diesem Zeitpunkt ahnte Kaniũrũ noch nichts von der Bedeutung der Zeichnung, die ihm als Inspirationsquelle für seine Kunst diente. Nachdem er jeden Tag zur Arbeit eingeschlossen und am Abend einer Leibesvisitation unterzogen wurde, dämmerte ihm, dass es sich um etwas Wichtiges handeln musste. Und als er herausbekam, dass es mit der Geburtstagsfeier des Herrschers zusammenhing, gab er dem Referenten des Ministers einen Brief, in dem er den Minister anflehte, seinen Beitrag zum nationalen Wohl anzuerkennen. Der Referent beruhigte ihn. Nicht nur würde sein Name erwähnt werden, sondern es bestünde sogar die Möglichkeit, dem Herrscher persönlich vorgestellt, zumindest aber nach vorn gerufen zu werden, damit die Menschen ihn sehen konnten. Dafür bedankte sich Kaniũrũ überschwänglich beim Referenten des Ministers, nannte ihn „meinen Freund", übersah aber sämtliche Hinweise, sich beim Nachrichtenüberbringer erkenntlich zu zeigen. Der Referent war darüber gezwungenermaßen verwundert. Was ist das für einer, der nicht mal weiß, dass auch der Überbringer einer Botschaft essen muss? Und weil er über den Geiz von Kunstlehrern sauer war, erzählte er später dem Minister, dass der Lehrer verfügt habe, sein Name solle nicht erwähnt werden. So selbstlos sei er. Kaniũrũ, der von diesem Verrat nichts wusste, überlegte mehrere Tage, wie er seinen öffentlichen Auftritt am besten inszenieren könnte. Er wollte sich ganz nach hinten setzen, damit er, wenn sein Name aufgerufen wurde, den langen Weg durch die Menschenmenge bis zur Bühne zu gehen hatte. Selbst wenn man ihn nur bat sich zu erheben, würden sich Tausende Köpfe nach ihm umdrehen, um ihn zu sehen. Doch statt der dankbaren Aufmerksamkeit aller empfing er nur die wütenden Gesten derer, die um ihn herum saßen. Und dazu noch die Warnung eines Bullen, nur ja ruhig zu bleiben, weil er ihm sonst – und das machte die Beleidigung noch schlimmer – mit der Pistole die Nase wegblasen würde. Wie sollte er Machokali je verzeihen, ihn wie Dreck behandelt zu haben?

Doch selbst als ihn die Bitterkeit dieses Moments überkam, beherrschte er sich, um der Frau, die er zurückgewinnen wollte, keine Schwäche zu zeigen.

Es erleichterte ihn ein wenig, als er erfuhr, dass Nyawĩra nicht bei der Zeremonie gewesen war, und weil die Wahrheit bekanntlich im Auge des Betrachters liegt, bemühte er sich, sie die Dinge mit seinen Augen sehen zu lassen.

„Glaub mir, ich habe diesen Schwachsinn nur gemalt, weil Machokali darauf bestanden hat. Er, oder vielmehr sein Referent, gab mir eine Kopie der Bauzeichnung und verlangte eine künstlerische Umsetzung von Marching to Heaven. Ehrlich gesagt, ich fand die ganze Sache hirnrissig. Deshalb habe ich verlangt, meinen Namen nicht zu erwähnen."

„Ich bewundere deine Bescheidenheit", meinte Nyawĩra. „Demut steht einem bestimmt besser als Demütigung."

„Spar dir deinen Spott. Und eins will ich dir sagen: In der Herrscherpartei gibt es immer noch zahlreiche Säulen, die so fest stehen wie ein Fels. Minister Silver Sikiokuu zum Beispiel. Er durchschaut diesen ganzen Schwachsinn ebenfalls und hat deshalb die brillante Idee eines persönlichen Herrscherraumschiffs auf den Tisch gelegt, das nach Vorbildern, wie sie hier an der Wand hängen, gebaut werden soll. Was denkbar erscheint, ist auch machbar. Stell dir vor, wie der Herrscher das All regiert. Sikiokuu ist ein politisches Genie, ein wahrer Visionär!"

„Na, das wird ja interessant. Wer ist denn nun dein Herr und Meister, Minister Sikiokuu oder Seine Königliche Allmächtigkeit? Zu wessen Jugendbrigade gehörst du eigentlich?"

„Ich schäme mich nicht zuzugeben, dass ich der Herrscherpartei angehöre. Völlig loyal, zu einhundert Prozent. Wo wären wir ohne seine weise Führung? Stell dir mal die Katastrophe vor, wenn einer wie Machokali das Land führen würde! Und bei den Jugendbrigaden des Herrschers mitzumachen, ist kein Partisanenakt, sondern patriotische Pflicht. Es haben sich sogar Professoren und Promovierte eingeschrieben. Jetzt brauchen wir Mädchen wie dich. Für die Mädchenbewegung."

„Ich bin eine erwachsene Frau. Und geschieden."

„Ich wollte dir nur klarmachen, dass es in der Herrscherjugend keine Diskriminierung wegen des Geschlechts oder des Alters gibt. Einige unserer besten Mitglieder sind Frauen. Einige Professoren sind schon über fünfzig. Sikiokuu selbst ist der Führer der Jugendbrigaden, er ist ein echter Mann des Volkes. Sein Ziel ist es, die Jugend glücklich zu machen. Er möchte, dass sich Frauen wie du ..."

„Geh zu deinem Sikiokuu mit den Hasenohren und sag ihm, dass Nyawĩra sich nicht vor irgendwelchen politischen Anführern verneigt."

„Was ist der Unterschied? Du arbeitest für Tajirika, einen loyalen Anhänger Machokalis."

„Stimmt, aber er hat mich nicht als politische Aktivistin eingestellt. Ich bin eine ganz normale Angestellte mit einer ganz normalen Arbeit."

„Und was ist an der unübersehbaren Schlange, die sich im Moment vor eurem Büro bildet, so normal?"

„Hast du mir nicht gerade erzählt, du seist zufällig vorbeigekommen? Bist du den ganzen Tag hier gewesen? Und abgesehen davon: Wann fliegst du nach London, um dir die Nase vergrößern zu lassen?", fragte Nyawĩra und musste lachen, als sie sich vorstellte, wie seine Nase aussähe, wenn sie größer wäre. „Machokali hat sich die Augen vergrößern lassen, bei Sikiokuu sind es die Ohren, und bei Big Ben Mambo der Mund oder vielmehr die Zunge. Wer könnte besser als du die Feinde Seiner Königlichen Allmächtigkeit ausschnüffeln?"

„Nyawĩra, hör mir zu: Es stimmt. Ich komme hier ab und zu vorbei. Aber nicht wegen Tajirika. Und heute haben mich weder Tajirika noch sein Geschäft hierhergeführt. Es war die Stimme meines Herzens – geh nicht, bitte. Bleib und hör mich an. Du weißt ja nicht einmal, was ich dir sagen will. Ich will dich. Es fällt mir schwer, ja, ich kann mich nicht von dir fernhalten. Ich werde auch nicht in dein Privatleben eindringen, selbst wenn ich wüsste, wo du wohnst. Aber ich habe das Recht, mich in der Öffentlichkeit frei zu bewegen. Gestern bin ich diese Straße entlanggekommen und habe gesehen, wie du dich angeregt mit einem Mann unterhalten hast."

„Darf ich nicht reden, mit wem ich will?"

„Aber genau darum geht es ja! Der Mann, mit dem du dich unterhalten hast, ist kein gewöhnlicher Mensch."

„Wie interessant."

„Bitte, hör mir zu und urteile dann. Ihr habt beide nicht weit von der Stelle gesessen, an der du heute das Schild ausgetauscht hast. Nachdem ihr euch verabschiedet habt, wollte ich dir eigentlich folgen, nur um Hallo zu sagen, aber irgendetwas an dem Mann ließ mich ihn weiter beobachten. Er blieb lange dort sitzen, als würde er auf jemand warten oder wüsste nicht wohin. Schließlich ging er die Straße hinunter, und ich folgte ihm. In Santamaria blieb er plötzlich stehen und lehnte sich an eine Wand, als hätte er sich verlaufen. Doch kurz darauf ging er weiter, bis er den Ruler's Square in der Nähe vom Paradise erreichte. Und weißt du, was er dann gemacht hat? Er betrat eine öffentliche Toilette ..."

Nyawĩra konnte nicht anders, sie musste laut lachen. Er redete so todernst. Was war so seltsam an Leuten, die auf eine öffentliche Toilette gingen? Doch dann fiel ihr ein, wie schrecklich schmutzig die waren, und sie wollte seinen Bedenken beinahe zustimmen.

„Lach, so viel du willst, aber ich versichere dir, die Sache ist überhaupt nicht zum Lachen. Ich habe mit eigenen Augen gesehen, wie er in die Toilette gegangen ist; ich habe am Eingang Wache gehalten. Herausgekommen ist aber nur ein zerlumpter Bettler. Er aber nicht. Ich verheimliche dir nichts, ich sage dir nur die Wahrheit. Später musste ich mal und ging hinein, um zu sehen, was da drin vor sich ging. Da war niemand, nicht eine Menschenseele. Der Mann hatte sich in Luft aufgelöst."

„Ein Außerirdischer. Ist jetzt wieder auf dem Mars", kommentierte sie und versuchte, die Sache herunterzuspielen.

„Das ist kein Spaß. Wie gut kennst du diesen Mann?"

„Nicht besonders", gab sie zur Antwort und gähnte, als langweilte Kaniũrũ sie. „Aber vielleicht sollte ich sagen, wenn derjenige, über den du sprichst, derselbe ist wie der, den ich meine, dann kann ich dir ehrlich versichern, dass ich nichts über ihn weiß, abgesehen von der Tatsache, dass er in unser Büro kam und Arbeit suchte."

Einen Test auf dem Lügendetektor hätte sie jetzt sicher nicht bestanden, denn während sie sprach, spürte sie, wie sich Unruhe in ihr breitmachte. Wie ging es Kamĩtĩ? War ihm etwas zugestoßen? Verschwieg ihr Kaniũrũ irgendetwas?

„Ob du es hören willst oder nicht, ich mache mir Sorgen um dich und ich möchte nicht, dass es mit dir ein böses Ende nimmt, weil du in schlechter Gesellschaft bist. Ich bin nicht abergläubisch, aber dieser Mann ist kein Mensch. Er könnte ein Dschinn oder ein Ungeheuer sein."

„Ein Ungeheuer? Und er ist nicht Mitglied der Regierung?", fragte Nyawĩra mit gezwungenem Lachen. „Ich kann mich gut selbst verteidigen."

Sie griff nach ihrer Handtasche und stand auf, um zu gehen. Sie dachte an Kamĩtĩ und überlegte, wo und wie er den Tag verbracht haben könnte. Zu seinen Sorgen kam jetzt auch noch, dass ihr Ex-Mann hinter ihm her war. Sie fühlte sich matt, aber bei dem Gedanken, dass Unheil auf Kamĩtĩ zukommen könnte, spürte sie einen Stich im Herzen und wusste nicht, ob sie sich freuen oder traurig sein sollte.

„Hör zu", sagte sie zu Kaniũrũ. „Selbst wenn du jemandem begegnen solltest, der mich umbringen will, behalte es für dich. Ich will nichts von dir. Also gib nicht vor, dass du es für mich tust."

Er sah ihr nach, wie sie zum Tresen ging und ihren Tee und den Kuchen bezahlte. Sie ging, ohne noch einmal zurückzuschauen. Er saß betrübt da. Sie hatte ihn nicht ernst genommen. Und doch war er sich sicher, was er gesehen hatte. Oder hatten ihn seine Augen getäuscht?

„Nein. Der Mann ist ein Mensch, aber gleichzeitig auch mehr als ein Mensch", murmelte er vor sich hin, noch immer verwirrt von dem, was er vor den Toren des Paradise erlebt hatte.

15

Constable Arigaigai Gathere benutzte dieselben Worte, als er die Geschichte erzählte, was er an dem Tag erlebt hatte, als der Herr der Krähen ihm befahl, das Spukhaus zu verlassen.

„Seltsam. Erst spricht er mit der sanften Stimme einer Frau zu mir, und dann kommt aus demselben Mund ein brüllender, männliche Ton, der mir befiehlt, zu verschwinden und mir die Füße zu waschen, weil sie das Feld seiner magischen Kräfte besudelt haben. Dieser Mann? Ich schwöre, ehrlich! *Haki ya Mungu*, dieser Mann, er ist ein Mensch und gleichzeitig mehr als ein Mensch." Für A.G. drückten diese Worte keine Gehässigkeit aus, sondern Ehrfurcht, Respekt und Bewunderung, denn er gestand seinen Zuhörern: „Alles, was ich bin, alles, was ich jetzt habe, verdanke ich der Kunst des Herrn der Krähen.

Wie sollte ich mich auch seinem ersten Befehl widersetzen? Ohne Zögern rannte ich die ganze Strecke bis nach Hause, wo ich mir Hände und Füße wusch, wieder und wieder, und nur eine Stunde später war ich zurück in Santalucia. Diesmal achtete ich darauf, die Tür nicht anzufassen oder zu dicht davorzustehen. Die Tür öffnete sich von ganz allein, als wollte sie mich einladen einzutreten, und so betrat ich den heiligen Boden seines Lebensraums. Dann hörte ich einen neuen Befehl: Stell dich vor das kleine Fenster! Dieses Fenster sah wie das Fenster eines Beichtstuhls in einer katholischen Kirche aus, nur dass ihm das Gitterwerk fehlte, und ich sein Gesicht und seine Augen klar und deutlich erkennen konnte. Aber was das für Augen waren! Sie sahen aus wie Feuerbälle.

‚Dein Herz ist beladen', sprach die Stimme.

‚Ja! Ja!', antwortete ich.

‚Von vielem Kummer niedergedrückt?'

‚Ja! Ja!'

‚Gibt es einen besonderen Grund, der dich zum Herrn der Krähen führt?'

Seine Stimme klang rund und voll, weich und besänftigend, und anders als zuvor, sodass ich nicht wusste, ob er eine Feststellung machte oder eine Frage stellte.

‚Sie haben meine Gedanken erraten', sagte ich. ‚Wissen Sie, ich bin seit vielen Jahren Polizist, und so hart ich auch arbeite, ich bin noch nie befördert worden. Herr der Krähen, ich bin mir sicher, dass ich Feinde habe, die mich mit Zauberei am Fortkommen hindern.'

‚Sagt dir das dein Herz?'

‚Ja.'

‚Wieso? Was macht dich so sicher, dass es so ist?'

‚Weil das Herz niemals lügt. Wissen Sie, ich bin ein Arbeitstier. Wenn ich zum Beispiel Verkehrsdienst habe, schreibe ich mehr Verwarnungen als jeder andere Polizist. Bei den *matatus* bin ich besonders hart. Deshalb frage ich mich oft, woran es liegt, dass ich nicht befördert werde? Und dann höre ich immer wieder dieselbe flüsternde Stimme: Es gibt jemanden, dessen Schatten sich mit deinem kreuzt.'

‚Kennst du die Person, deren Schatten sich mit deinem kreuzt?'

‚Oh, nein. Solche Leute arbeiten aus dem Hinterhalt. Es könnte jeder sein, mein Nachbar oder einer meiner Arbeitskollegen. Es könnte auch ein *matatu*-Fahrer sein, den ich verwarnt habe.'

‚Was willst du von mir?'

Mein Herz klopfte laut. Mir war nicht klar gewesen, wie verbittert ich über meinen Feind war, wer immer es sein mochte. Doch davon abgesehen, jetzt wird er wissen, dass ich niemand anderer bin als Constable Arigaigai Gathere. Nie wieder wird er meiner Karriere oder der eines anderen Schaden zufügen.

‚Suchen Sie ihn überall. Stöbern Sie ihn auf. Entfernen Sie ihn vom Antlitz dieser Erde', sagte ich in freudvoller Erwartung.

‚Einen Menschen zu töten – du weißt, das ist eine harte Angelegenheit?'

‚Nicht für uns Polizisten des Herrschers', sagte ich. ‚Jedes Leben, das die Macht des Herrschers bedroht, ist für uns ein Nichts, es ist vollkommen wertlos.'

Er schwieg.

‚Es mag ein Leichtes für die Polizisten des Herrschers sein, den Körper zu töten, nicht aber den Geist.' Seine Stimme war immer noch von einer Sanftheit, die selbst die aufgewühlteste Seele beschwichtigt hätte.

‚Sie sprechen die Wahrheit', sagte ich zum Herrn der Krähen, ‚Weil es mir, wenn ich wüsste, wer mein Feind ist, ein Leichtes wäre, ihm das Licht auszublasen. Weil ich aber nicht weiß, wer er ist, quält er mich, ob ich wach bin oder schlafe. Deshalb frage ich mich: Wie kommt es, dass mir jemand ständig in den Gedanken und im Herzen herumspukt, und ich trotzdem nicht sagen kann, wer es ist? Durch Sie verstehe ich es jetzt. Es liegt daran, dass er die Gestalt eines bösen Geistes annimmt. Und es stimmt, es ist nicht einfach, einen Geist zu töten. Glauben Sie mir, Herr der Krähen, ich bin bei jedem Zauberheiler in allen Städten und Dörfern dieser Gegend gewesen, und jedem habe ich dasselbe Rätsel vorgelegt: Ich habe Feinde, die ich nicht habe – wer sind sie? Und keiner konnte die Qualen von mir nehmen, damit ich wieder ruhig schlafen kann.‘

‚Was lässt dich glauben, dass ich kann, was andere nicht vermochten?‘

‚Ich kenne Ihre Macht‘, sagte ich voller Überzeugung. ‚Als ich gestern Nacht das Zauberbündel am Dach hängen sah, blieb ich wie angewurzelt stehen. Ich hatte meinen Zauberer gefunden. Und ich habe mich nicht getäuscht. Jetzt weiß ich, wer meine Feinde sind. Sie verkleiden sich als böse Geister. Nicht, dass ich einen Beweis gebraucht hätte. Sie haben die Macht, den Vögeln die Kraft ihrer Flügel zu nehmen. Sie können sogar Krähen und Falken vom Himmel zwingen. Wie könnte Ihnen da ein einfacher Sterblicher, auch wenn er sich als Geist oder etwas anderes verkleidet, widerstehen? Herr der Krähen, schon Ihr Name ist Beweis für die Kräfte, die Sie besitzen.‘

‚Hast du einen Spiegel bei dir?‘, fragte er mich.

‚Nein.‘

‚Du hast keinen Spiegel bei dir?‘

‚Nein.‘

‚Wie machst du es dann, wenn du dich ansehen willst?‘

‚Ich bin ein sauberer Kerl. Ich muss nicht so oft in den Spiegel sehen.‘

‚Woher willst du das wissen, wenn du dich nie ansiehst?‘

‚Das weiß ich einfach.‘

‚Du hast mir erzählt, dass du manchmal Verkehrsdienst hast?‘

‚Ja.‘

‚Hast du je einen Autofahrer angehalten, dessen Fahrzeug keine Spiegel hatte?‘

‚Ohne Spiegel? Wie soll er ohne Spiegel fahren? Jemand, der ohne Spiegel am Auto fährt, ist eine Gefahr für sein eigenes Leben. Und das anderer. Sogar ein zerbrochener Spiegel ist eine Gefahr.'

‚Du hast gesagt, dass fremde Schatten sich mit deinem kreuzen.'

‚Ja.'

‚Wir brauchen Spiegel, um unsere Schatten sichtbar zu machen. Und wir brauchen Spiegel, um die Schatten anderer sichtbar zu machen, die sich mit unseren kreuzen. Für zweitausendzweihundertfünfzig Burĩ kannst du meinen ausleihen', erklärte er mir.

Ich hatte natürlich nicht so viel Geld bei mir, also kündigte ich an, am Nachmittag wiederzukommen.

Zu Hause zog ich meine Uniform an und meldete mich zum Dienst. Ich kam zu spät. Mein Boss Wonderful Tumbo war ziemlich wütend auf mich. Ich stand stramm, nannte ihn Effendi und berichtete ihm – und ihr, die ihr meiner Geschichte lauscht, glaubt mir, wenn ich euch sage, dass ich keine Ahnung habe, wie mir die nächsten Worte über die Lippen kamen –, ich erzählte frei heraus, dass ich die ganze Nacht damit verbracht hatte, ein paar Leute zu jagen, die vor dem Paradise aufgekreuzt waren, um die Global-Bank-Mission zu torpedieren. Ich sagte ihm, ich sei überzeugt, dass diese Gestalten keine gewöhnlichen Menschen, sondern Dschinns waren. Ich sei mir deshalb so sicher, weil ich – selbst als ich es versuchte – meine Verfolgung nicht stoppen konnte. Sie zwangen mich den ganzen Weg bis hinaus ins Grasland rund um Eldares, und hofften, dass ich mich dort verliefe. Und ich muss hinzufügen, Effendi, sie rannten nicht, aber trotzdem konnte ich sie nicht einholen. Ich versuchte, auf sie zu schießen, doch aus meiner Waffe löste sich kein Schuss. Und ich sagte mir: Ich werde bis zum Morgengrauen mit ihnen ringen. Im meinem Innersten wusste ich, dass diese beiden Dschinns nichts Gutes für das Wohl des Herrschers im Schilde führten. Deshalb war es meine loyale Pflicht, ihre Pläne zunichte zu machen, auch wenn ich dabei mein Leben aufs Spiel setzte. Während ich die Geschichte dieser Nacht vor meinem Chef ausbreitete, bemerkte ich, wie sich sein Gesichtsausdruck von anfänglichem Zorn in Sorge und Bestürzung, und schließlich in Furcht wandelte. Aber es lag auch etwas

Respektvolles darin, als würde er mich, nachdem er gehört hatte, wie ich in der Dunkelheit mit gefährlichen Dschinns die Klingen gekreuzt hatte, in einem neuen Licht sehen; vielleicht glaubte er auch, es sei etwas von ihrer Macht an mir haften geblieben. Er stellte keine weiteren Fragen, und anstatt mich zu verwarnen, befahl er mir weiterzumachen. Er würde meinen Vorgesetzten von meiner außergewöhnlichen Prüfung berichten.

Ich stieg auf mein Motorrad und fuhr los. Ich hatte es auf die großen Transporter abgesehen, weil die meisten von ihnen Schmuggelware befördern und lieber tausend Burĩ Bestechungsgeld zahlen, als kontrolliert zu werden. Sie sind ein wahrer Segen für jeden Polizisten, es sei denn, man hat das Pech, einen zu erwischen, der den mächtigen Bossen von oben gehört – einschließlich des mächtigsten von allen. Selbst wenn sie bis unter das Dach mit illegalen Waren vollgestopft sind, kann man schnell seinen Job los sein, wenn man so einen anhält. Man muss vorsichtig sein, wenn man sich schmieren lässt, bis man genau weiß, wem der Lastwagen gehört. Aber ich hatte immer eine gute Nase dafür, wann man diensteifrig sein musste und wann nicht. Um eins hatte ich über zweitausendzweihundertfünfzig Burĩ in der Tasche. Bar! Ehrlich! *Haki ya Mungu*! Um ein Uhr beulten sich meine Taschen nur so.

Ich ging ein drittes Mal zum Anwesen des Herrn der Krähen. Wieder öffnete sich die Tür von selbst. Doch gerade, als ich eintreten wollte, hörte ich die Stimme sagen, ich dürfe den heiligen Boden nicht mit Uniform, Dienstmarke und Waffe besudeln.

Also marschierte ich wieder nach Hause. Habt ihr gehört? Der Herr der Krähen hat es an diesem Tag geschafft, mich vier Mal wieder nach Hause zu schicken, und das hat mich schließlich von seinen magischen Fähigkeiten überzeugt. Habt ihr jemals von einem Zauberheiler gehört, der für solche Einzelheiten ein Auge hat? Ich zog also meine Zivilsachen an und war sofort zurück. Wie sagt ein Sprichwort? Die Tat verrät die Not. Die Eilfertigkeit, mit der ich seine Anweisungen befolgte, schien ihm zu zeigen, wie dringend ich ein Mittel gegen die bösen Absichten meiner unsichtbaren Feinde brauchte.

Er befahl mir, das Geld auf den Tisch zu legen, was ich unverzüglich tat.

‚Jetzt hör mir ganz genau zu', sagte er mit seiner beruhigenden Stimme. ‚Schließ deine Augen und leere deinen Kopf von allen Gedanken. Im Schatten deiner Seele wird sich ein Bild formen, und sobald es da ist, werde ich es im Spiegel fangen, so wie Faxgeräte und Computer Bilder kopieren und unsichtbar weiterleiten. Wenn ich das Bild in meinem Spiegel habe, werde ich ein scharfes Messer nehmen und es zerkratzen. Von diesem Moment an wird dein Feind für immer verschwinden.'

Ich bedeckte mein Gesicht mit den Händen, machte fest die Augen zu und wartete. Tatsächlich tauchten ein paar Sekunden später tief im Dunkel meiner Seele die Umrisse eines Bildes auf. Ich konnte jedoch nicht sagen, zu wem es gehörte, weil es fortwährend Form und Ort wechselte. Trotzdem rief ich: ‚Ja! Ich kann ein Abbild sehen, aber es will mir wieder entgleiten.'

‚Deine Feinde sind sehr geschickt, sehr gerissen, aber jetzt! Halt es dort fest!', befahl er mir. ‚Was es auch ist, versuche mit der ganzen Kraft deines Geistes, es an einer Stelle festzuhalten! Und lass es nicht entwischen. Dort. Ja. So.'

Vom Geräusch seines Messers, das am Spiegel kratzte, schmerzten mir die Zähne, als ob er auf ihnen herumscheuerte. Doch plötzlich sah ich, wie das Bild vor meinem geistigen Auge in tausend Sterne zersprang, die ins Dunkel meiner Seele entschwanden.

‚Sein Abbild, ist es noch da?', fragte er.

‚Nein', antwortete ich. ‚Es ist weg. Sterne, die in der Dunkelheit verschwanden.'

‚Das war's', sagte er.

Ich öffnete die Augen und spürte eine seltsame Erregung. Ehrlich, *Haki ya Mungu*! Dieser Mensch, der euch gerade diese Geschichte erzählt, dieser Mensch, der jetzt vor euch steht, dieser Mensch, der auf den Namen Constable Arigaigai Gathere hört, dieser Mann spürte Tränen in sich aufsteigen. Aber es waren keine Tränen des Kummers, sondern der Freude, weil die Last vieler Jahre mit einem Mal von meinem Herzen und von meinem Leben genommen war.

‚Jetzt geh nach Hause', befahl er mir mit sanfter Stimme, ‚du musst nun nur noch herausfinden, ob es einen Verkehrsunfall gegeben hat, in den *matatus* verwickelt waren. Wenn nicht heute, dann morgen, und wenn nicht morgen, dann übermorgen. Dein Feind gehört sehr wahrscheinlich zu den tödlich Verunglückten. Von heute an darfst du nie wieder einen Bettler, einen Wahrsager, einen Heiler, einen Zauberer oder eine Hexe belästigen. Wenn du jemals wieder einem Hilflosen etwas antust, wird sich dieser Zauber gegen dich kehren. Du wirst alles, was du hast, verlieren, auch deinen Seelenfrieden. Nun geh. Deine Taten werden der Spiegel deiner Seele sein. Deshalb schau immer in den Spiegel.'

Ich zögerte. Und er fragte mich, ob ich noch etwas auf dem Herzen hätte. Ja, da gab es noch etwas Dringliches. Obwohl ich den Umriss eines Abbilds vor meinem geistigen Auge gehabt hatte, konnte ich immer noch nicht sagen, wer mein Feind war, selbst wenn ich ihm auf der Straße begegnet wäre. Ich fragte den Zauberer: ‚Können Sie mir den Namen meines Feindes nennen, dessen Abbild Sie ausgekratzt haben?'

‚Nein', antwortete er. ‚Ich will nicht, dass du nachts nicht schlafen kannst, weil dich sein Verschwinden quält. Deine Taten sind ein besserer Spiegel deines Lebens als die Handlungen aller deiner Feinde zusammengenommen. Deshalb habe ich dir aufgetragen, genau zu bedenken, was du anderen antust, statt immer daran zu denken, was andere dir antun.'

Versteht ihr jetzt? Deswegen habe ich gesagt, der Mann ist ein Mensch und gleichzeitig mehr als ein Mensch. Er nimmt alle Last vom Herzen. Ich sage das, weil ich als pflichtbewusster Mensch meinen Handlungen eigentlich immer vertraut habe. Und trotzdem bat er mich, darauf zu achten, was ich tat. Vielleicht verbarg sich der Feind in meinen Taten. Wenn ich das gewusst hätte, dann hätte ich meine Feinde viel eher entdecken und mir viele Qualen ersparen können.

Nachdem ich mich umgezogen hatte, kehrte ich wieder an meinen Arbeitsplatz zurück. Jetzt fürchtete ich nichts mehr auf der Welt. Ich pfiff vor mich hin, war unbeschwert und hatte immer ein ‚Wie geht's' auf den Lippen, egal wen ich traf, auch wenn es mein Chef Wonderful Tumbo war.

Anstatt wieder auf die Straße zu gehen, eilte ich direkt in die Polizeizentrale. Warum soll ich lügen? Auch wenn ich jetzt nichts auf der Welt mehr fürchtete, so wollte ich doch wissen, ob die erste Vorhersage in Erfüllung gegangen war. Gab es irgendwelche Berichte über Unfälle mit *matatus*? Beim Zustand unserer Straßen – selbst die wenigen, die zum Zeitpunkt unserer Unabhängigkeit geteert waren, bestanden nur noch aus Schlaglöchern – hätte es mich überrascht, wenn es keine Unfälle gegeben hätte. Sicher konnte man sich aber nicht sein, das Schicksal war schließlich unberechenbar."

An dieser Stelle machte A.G. gewöhnlich eine Pause, als müsste er über die mörderischen Straßen nachdenken. Dann riefen seine Zuhörer immer: „A.G., erzähl weiter." Und er antwortete: „Meine Kehle ist ganz ausgetrocknet." Doch sobald seine Zuhörer ihm das Glas wieder gefüllt hatten, spürte er, wie neue Kraft ihn durchströmte, und er nahm seine Geschichte wieder auf.

Er erzählte dann, wie er zur Polizeizentrale kam und nach dem TPB, dem Tages-Protokoll-Buch, fragte. Ihm raste das Herz: Was, wenn die Schlaglöcher heute nicht ihr tägliches Opfer gefordert hatten? Was, wenn kein *matatu* in einen Unfall verwickelt war? Aber seine Sorgen waren unnötig. Als ihm klar wurde, was er da sah, schrie er unfreiwillig auf. Allein in der letzten Stunde hatte es in Aburĩria nicht weniger als zehn Unfälle gegeben, in die *matatus* verwickelt waren, drei davon in Eldares. Einer war ein Frontalzusammenstoß mit einem Polizeifahrzeug gewesen, bei dem fünfzehn Menschen starben, unter ihnen drei Polizisten.

Der anfängliche Schock wich schnell dem unwiderstehlichen Verlangen herauszufinden, ob sein Feind unter den tödlich Verunglückten war. Wie ein Besessener blätterte er das TPB durch. Seine Kollegen beäugten ihn misstrauisch. A.G. aber bemerkte den Ausdruck auf ihren Gesichtern nicht, er war völlig in das Protokoll vertieft.

Er brauchte die Namen der tödlich Verunglückten, aber die Angaben waren dürftig. Dann wurde ihm bewusst, weder den Namen noch die körperlichen Eigenschaften seines Feindes zu kennen. Es zählte jedoch allein, dass sein Feind, wer immer er auch war, wie der Herr der Krähen es vorhergesagt hatte, ausgelöscht war und zu den fünfzehn Leichnamen gehörte.

Die Weissagung war in Erfüllung gegangen. Seine Feinde existierten nicht mehr. Jetzt wartete er ab, ob sein Leben einen anderen Verlauf nehmen würde. Vorwärts, natürlich, und niemals zurück, sang es in seinem Herzen.

16

Als Nyawĩra nach Hause kam, fiel ihr auf, wie sauber es war. Kamĩtĩ hatte alle Spinnweben beseitigt, Wände und Fußböden gewischt, die Küche geputzt und das Bett frisch bezogen. Und er hatte die Bettbezüge gewaschen, getrocknet und gebügelt. Nach den Nervenproben im Büro und im Mars Café war sie völlig erschöpft, doch jetzt fühlte sie sich von Wärme und Sauberkeit umfangen.

Kamĩtĩ hatte sogar eine Soße aus Tomaten und Spinat gekocht, und das Einzige, was jetzt noch zum Abendessen fehlte, war *ugali.* In all den Monaten, die sie mit Kaniũrũ zusammenlebte, hatte der nie einen Finger gerührt. Selbst wenn sie nach einem langen Arbeitstag zur selben Zeit nach Hause kamen, setzte sich Kaniũrũ hin und erwartete, dass Nyawĩra kochte, ihn bediente und hinterher abwusch.

„Ich werde dir einen neuen Namen geben“, sagte Nyawĩra, als sie ihre Handtasche auf den Tisch legte und sich einen Stuhl heranzog. „Von jetzt an bist du der Herr der Sauberkeit.“

„Sag einfach Kamĩtĩ, Sohn des Karĩmĩri, zu mir. Tee?“

„Dazu sag ich nicht nein“, lachte Nyawĩra glücklich.

Kamĩtĩ ging in die Küche und stellte einen Topf Wasser aufs Gas. Nyawĩra stand auf und lehnte sich in den Rahmen der Küchentür.

„Du bringst mich ja bei den Nachbarn ins Gerede“, lachte sie.

„Wieso?“

„Weil der Gast für den Gastgeber kochen muss.“

„Was hat Mwalimu Nyerere aus Tansania gesagt? ‚Sei zwei Tage lang Gast ...'“, setzte Kamĩtĩ an.

„‚... und am dritten nimm eine Hacke, um zu arbeiten'“, vervollständigte Nyawĩra. „Aber das stammt nicht von Nyerere. Das ist ein verbreitetes Swahili-Sprichwort.“

Das Wasser kochte. Kamĩtĩ ging zum Geschirrschrank, um nach Teeblättern zu suchen, aber Nyawĩra war schneller.

„Ich bin ja richtig faul. Lass mich das mal machen“, meinte sie und holte ein Päckchen Tee heraus.

„Nein, ich mache den Tee“, widersprach Kamĩtĩ und nahm ihr das Päckchen aus der Hand. „Wie möchtest du deinen Tee? Englisch oder aburĩrisch?“

„Aburĩrisch bitte.“

Kamĩtĩ schüttete die Teeblätter in das kochende Wasser, goss etwas Milch dazu und ließ das Ganze aufkochen. Den Topf beobachtend fragte er: „Hast du eigentlich gewusst, dass wir diese Art, Tee zu kochen, von den Indern übernommen haben?“

„Ich dachte, dass die sich das von schwarzen Aburĩriern abgeguckt haben.“

„Nein, es war genau anders herum. Tee kommt ursprünglich aus Indien, China und Japan. Die Engländer haben das Teetrinken bei den Indern gelernt, wahrscheinlich in Madras, ihrer ersten Hauptstadt in der Kolonie. Aber die Zubereitung ist in jedem Land anders. In Japan gibt es ziemlich aufwendige Teezeremonien.“

„Bist du auch in China und Japan gewesen?“

„Nein, das habe ich aus zweiter Hand. Vor allem aus Briefen von einem Freund an der Universität Kyoto in Japan. Er wohnt jetzt auf Shikoku, der Insel der achtundachtzig Tempel. Erfahrungen aus erster Hand habe ich nur aus Indien, vor allem aus Madras. Einmal sind ein paar Freunde mit mir von Hyderabad nach Warangal gefahren. Wir haben mehrmals angehalten, um Tee zu trinken, und ich kann dir versichern, dass die Ähnlichkeiten ...“

„Hey! Pass auf, der Tee kocht gleich über“, rief Nyawĩra und bewegte sich schnell in Richtung Gasherd. Kamĩtĩ kam ihr aber zuvor und drehte den Hahn zu.

„Einem Mann in der Küche kann ich nicht hundertprozentig trauen", sagte Nyawĩra, als sie sich an den Tisch setzten. „Aber er schmeckt gut."

Sie lobte seine haushälterischen Talente, und beide lachten. Dann wurde Kamĩtĩ ernst.

„Willst du die Wahrheit wissen? Eigentlich wollte ich vor allem den Gestank beseitigen, den der Polizist im Haus verbreitetet hat."

„Constable Arigaigai Gathere? Er ist tatsächlich noch mal wiedergekommen?", fragte sie und richtete sich interessiert auf. „War er so zaubereibedürftig?"

„Ehrlich gesagt hätte ich auch nicht erwartet, dass er noch einmal herkommt", sagte Kamĩtĩ. „Er kam zurück, als ich gerade aus dem Haus gehen wollte, um mich nach Arbeit umzusehen. Ich erkannte ihn von Weitem und ging wieder hinein. Ich ließ die Tür offen und entschied rasch, dass die Küche mein Schrein und das Wohnzimmer der Warteraum sein sollten. Reden würden wir durch das kleine Fenster zwischen Schrein und Wartezimmer."

Kamĩtĩ erzählte die ganze Geschichte einschließlich seiner Warnung an Constable Arigaigai Gathere, nie wieder Bettler und Zauberheiler zu belästigen.

„Und was, wenn sich seine Lage nicht ändert?"

„Die begann sich schon zu ändern, bevor er wegging."

„Wie das?"

„Dieses endlose Misstrauen, mit dem er sich selbst belastet hat, war verschwunden."

„Und was ist, wenn er nicht befördert wird?"

„Dann wird er wieder hier vor der Tür stehen."

„Und sein Geld zurückhaben wollen?"

„Nein. Er wird noch mehr Geld herbringen, um herauszufinden, warum die ersten Weissagungen nicht gewirkt haben. Die Frage ist nur, ob ich mit diesem Geschäft weitermachen kann."

„Warum denn nicht? Du brauchst nur ein paar Muscheln, Knochen, Sodom-Äpfel, Sackleinen und einen Hocker, dann bist du perfekt ausgerüstet. Oder noch besser: Warum gründest du keine NGO?"

„Eine NGO? Der Hexerei?"

„Ja. Und der Wahrsagerei. Des Zauberheilens. Und du wirst zum Berater für alle Dinge, die mit Magie zu tun haben", fuhr Nyawĩra fort und musste selbst über ihren Vorschlag lachen.

„Ein Beratungszauberer? Ich könnte mir auch gleich eine Visitenkarte zulegen: Herr der Krähen. Wahrsagende Kräfte. Spezialgebiet Zukunft, Heilung und magische Läuterung", ergänzte Kamĩtĩ. „Ja, alles, was mit Magie zu tun hat. Mir fällt kein anderes Geschäft ein, das bei so geringem Aufwand einen derart großen Gewinn abwerfen könnte. Nur: Der Geruch!", fügte er in verändertem Tonfall hinzu.

„Der Geruch? Von welchem Geruch redest du? Stimmt, du hattest ja sauber gemacht, um den Geruch des Polizisten zu beseitigen. Aber schlimmer als der Müllgeruch auf den Straßen kann er kaum gewesen sein", meinte Nyawĩra.

„Ich weiß nicht, was es ist", murmelte er nachdenklich, als würde er mit sich selbst sprechen. „Ich kann es nicht erklären, aber dieser Geruch ist übler als der von faulendem Abfall, einem ranzigen Rülpser und einem reifen Furz zusammengenommen. Manchmal, wenn ich durch die Straßen gehe, kann ich ihn unter allen anderen Gerüchen, die in der Luft hängen, erkennen und oft treffe ich Leute oder stehe vor Gebäuden, an denen dieser Gestank stärker haftet als an anderen. Genauso häufig begegne ich aber auch Menschen, deren frischer Duft diesen faulen Gestank zu vertreiben scheint. Der frische Duft und der faule Gestank streiten offensichtlich, wer mir in die Nase steigen darf, als würden böse und gute Geister um die Herrschaft über die Seele kämpfen. Heute war es so, als du weggegangen bist und der Polizist auftauchte. Wie soll ich es dir erklären?

Bestimmt hast du schon mal ein offenes Feld nach einem Regenguss erlebt, auf das die Sonne scheint. Wie die Regentropfen so schön wie silberne Perlen an Blättern und Blüten hängen, bevor sie nach unten gleiten. Manchmal steigen Dunstschwaden vom Boden in den Himmel, als würden sie einer Gottheit ein Opfer darbringen. Wenn du so etwas siehst, hast du das Gefühl, in einer Wärme zu baden, die eine bevorstehende Geburt ankündigt. Nyawĩra, wenn du bei mir bist, fühle ich mich geborgen in der Frische von Feldern und Wiesen, auf denen Blumen wachsen und Bienen und Schmetterlinge herumflattern, um den Nektar zu sammeln und daraus den Honig des Lebens zu machen. Das ist die Atmosphäre, die du zurückgelassen hast, als du heute Morgen aus dem Haus gegangen bist.

Aber dann tauchte Constable Arigaigai Gathere auf. Das ganze Haus stank, als er hier war. Und der schwere Geruch hing noch in der Luft, nachdem er schon weg war. Das hat mich in diesen Putzwahn getrieben."

Was auch immer er an diesem Morgen unternahm, der Gestank wollte nicht weichen. Vielleicht moderte irgendwo im Haus eine tote Ratte vor sich hin? Er suchte unter dem Bett, den Stühlen, ja, er kehrte das Unterste nach oben, aber vergeblich. Erschöpft und frustriert setzte er sich an den Wohnzimmertisch. Plötzlich erkannte er den Ursprung des faulen Gestanks: das Geld des Polizisten. Sofort stopfte Kamĩtĩ die Geldscheine in eine Plastiktüte, steckte sie in eine leere Kakaodose und schloss den Deckel. Er schaufelte ein Loch hinter dem Haus und vergrub sie.

„Der Geruch ließ zwar nach, aber er war immer noch da", erzählte er Nyawĩra. „Erst, als du ins Haus gekommen bist, ist er verschwunden, ein frischer Blumenduft hat ihn verdrängt."

Nyawĩra wollte lachen und etwas Unbeschwertes sagen, hielt sich aber zurück, als sie sah, wie ernst Kamĩtĩ war.

„Im Augenblick komme ich mir nicht gerade vor, als würde ich wie eine Blume duften", sagte sie, „schon gar nicht wie eine frische Blume nach dem Regen. Trotzdem Danke. Ich mag Blumen."

„Dasselbe ist passiert, als ich gestern in dein Büro kam. Ich atmete frischen Blumenduft. Er kam von der Stelle, an der du gesessen hast. Aber als Tajirika aus dem Büro nebenan kam, stieg mir Gestank in die Nase, wie von ..."

„... einer Leiche?", fragte Nyawĩra.

„... von einem faulenden Herzen, einer faulenden Seele, aber wie kann man eine Seele riechen? Manchmal riechen Gebäude so, und jetzt das Geld, das der Polizist zurückgelassen hat. Aber Geld und Gebäude haben keine Seelen."

„Weißt du", sagte Nyawĩra, „wenn du nur von Tajirika gesprochen hättest, hätte ich geantwortet, ja, ich weiß, was du meinst. An dem ist alles verfault. Hast du seine rechte Hand gesehen? Sie steckt immer in einem Handschuh. Warum? Weil er mit dieser die Hand des Herrschers geschüttelt hat und die Berührung der Macht erhalten will. Weder Hand noch Handschuh werden jemals gewaschen. Alles, was er anfasst, stinkt. Manchmal frage ich mich, was wohl seine Frau Vinjinia von seiner Hand im Handschuh hält. Die Fäulnis steckt aber nicht nur in seiner Hand. Geld hat seine Seele völlig krank gemacht. Du kannst dir gar nicht vorstellen, wie viel er heute eingenommen hat. Und alles nur, weil er zum Vorsitzenden des Baukomitees für Marching to Heaven ernannt worden ist."

„Was? Wie?", fragte Kamĩtĩ. „Wo gibt es denn einen Zusammenhang zwischen der Ernennung zum Vorsitzenden von Marching to Heaven und dem Einnehmen von Geld?"

Jetzt war sie dran, Kamĩtĩ von den Ereignissen ihres Tages zu berichten. Sie erzählte ihm alles, nur nichts von ihrer Begegnung mit Kaniũrũ im Mars Café. Sie wollte ihn nicht damit belasten, verfolgt zu werden. Fast triumphierend aber berichtete sie ihm von den Anschlagschildern.

„Wir haben das alte Schild abgenommen. Wenn du morgen vorbeikommst, könntest du einen Job als mein Assistent bekommen."

„Bei diesem Typen arbeiten? Lieber mache ich einen Laden als Zauberheiler auf."

„Was hast du morgen vor?", fragte Nyawĩra.

„Keine Ahnung. Ich will heute Nacht wieder hinaus in die Wildnis. Ich bin nur geblieben, weil ich dir erzählen wollte, dass der Polizist wieder da war, und was heute in deinem Haus passiert ist."

„Und das Geld?"

„Das werde ich draußen in der Prärie beerdigen. Die Erde soll meine Bank sein."

„Du meinst, du pflanzt es ein?", setzte Nyawĩra hinzu, weil ihr der Gedanke, das Geld zu vergraben, absurd vorkam. „Du willst es pflanzen, wie ein Bauer den Samen aussät, damit er ernten kann? Nun, ich kann nur sagen, gib mir Bescheid, wenn dein Geldbaum reif zur Ernte ist." Sie stand auf. „Aber lass uns erst was essen, bevor du deine Reise in die Wildnis antrittst."

Nyawĩra kochte *ugali*. Sie tunkten die Bällchen in die Soße, die Kamĩtĩ zubereitet hatte, und aßen schweigend ihre letzte gemeinsame Mahlzeit. Jeder hing seinen Gedanken nach. Beide hatten gemischte Gefühle bezüglich ihrer Begegnung und des bevorstehenden Abschieds. Sie hatten das Gefühl, sich schon ewig zu kennen, und waren sich gleichzeitig fremd. Die gemeinsamen Erlebnisse der vergangenen Nacht kamen ihnen jetzt vor wie aus einer anderen Zeit, als hätten sich diese weit entfernt in einem anderen Land und mit anderen Menschen zugetragen. Und obwohl sie lachten und sich gegenseitig aufzogen, fühlten sie sich etwas unbeholfen und verlegen.

„Und wenn du von hier weggehst", brach Nyawĩra das Schweigen, „wo und wie sollen dich deine Klienten finden?"

„Wer sagt denn, dass ich vorhabe, mit diesem Hexenkram weiterzumachen?", fragte Kamĩtĩ etwas verunsichert von der Frage. Er war kein Zauberdoktor. Er war nur ein Phantasie-Herr-der-Krähen.

Nyawĩra wollte gerade antworten, als sie auf die Uhr schaute und aufschreckte, als wäre ihr eine wichtige Verabredung eingefallen. Sie sprang auf und griff hastig nach ihrer Handtasche.

„Ich muss weg. Zieh heute noch nicht in die Wildnis, bleib noch einen Tag mein Gast. Ich bin nur ein paar Stunden weg. Aber warte nicht auf mich. Schlaf auf dem Sofa, wie letzte Nacht. Bitte mach niemandem auf. Ich habe keine Freunde oder Verwandte, die mich hier besuchen kommen, nicht einmal tagsüber."

Sie wartete seine Antwort nicht ab und ging.

Wer ist diese Frau? Verstört setzte sich Kamĩtĩ aufs Sofa. Wo geht sie hin? Mit wem trifft sie sich? Aber schon kurz darauf hing er wieder seinen Gedanken und eigenen Sorgen nach.

Er war froh, dass Nyawĩra ihm noch einmal das Sofa angeboten hatte. Nur was geschah gerade mit ihm? Gestern Morgen war ich auf Arbeitssuche und mittags eine Leiche, ein Stück Müll, das unter anderem Abfall verscharrt werden sollte. Am Nachmittag war ich Opfer von Tajirikas zynischer Selbstbelustigung und abends ein Bettler von vielen vor den Toren des Paradise. Nachts auf der Flucht wurde ich von der Polizei Seiner Allmächtigkeit verfolgt und heute Morgen war ich der Herr der Krähen, der einem Polizisten Seiner Allmächtigkeit prophezeite. Heute Abend aber bin ich Wächter im Haus einer geheimnisvollen Frau, die ich erst gestern kennengelernt habe.

Über diesen Gedanken schlief er ein. Nyawĩra schüttelte ihn am nächsten Morgen aus seiner Benommenheit und bot ihm Tee und Brot zum Frühstück.

„Du willst mir doch nicht sagen, dass wir schon wieder einen neuen Tag haben?"

„Doch, der Tag bricht an und es strahlt das Licht des neuen Morgens", sang sie.

„Wann bist du heimgekommen?", fragte er. „Ich habe dich nicht gehört."

„Früh am Morgen", antwortete sie, verlor aber kein Wort darüber, wo sie gewesen war und was sie gemacht hatte. Er beschloss, nicht weiter nachzubohren.

Bevor sie mit dem Frühstück fertig waren, klopfte es an der Tür. Nyawĩra machte auf und stand Constable Arigaigai Gathere gegenüber. Kamĩtĩ versteckte sich schnell. Nyawĩras erschrockener Gesichtsausdruck schlug in Verwunderung um, als Constable Arigaigai Gathere auf die Knie sank und den Kopf vor ihr neigte.

„Mein verehrter Herr der Krähen, Sie sollen es als Erster wissen. Ich bin so glücklich und weiß gar nicht, wie ich Ihnen danken soll."

„Was ist geschehen?", hakte Nyawĩra nach, als wäre sie der Herr der Krähen.

17

Was war geschehen? Diese Worte kamen jedes Mal von seinen Zuhörern, wenn A.G. an diesem Punkt der Geschichte anlangte. Aber A.G. ließ sich nicht antreiben: Es war seine Geschichte und er erzählte sie auf seine Weise, er entfaltete die Ereignisse, statt sie in einem Satz zusammenzufassen. Geschichten verlieren wie Essen den Geschmack, wenn man sie unter Eile auf zu großer Flamme kocht.

„Wie konntest du vor einem gewöhnlichen Menschen in die Knie gehen?“, wollte jemand wissen.

„Ein Mensch? Der Herr der Krähen ist mehr als ein Mensch. Wenn du in meiner Lage gewesen wärst, hättest du dasselbe getan.“

„Warum?“

„Weil er mein Leben verändert hat“, antwortete A.G. und machte eine Pause.

Als er bemerkte, dass sie ihm aufmerksam lauschten, erzählte A.G., wie er sich am Tag nach der Erfüllung der Weissagung des *matatu*-Unfalls zum Dienst gemeldet hatte. Er wollte vor allen anderen an seinem Arbeitsplatz sein, vor allem vor seinem Chef, um sein Zuspätkommen vom vorigen Tag wiedergutzumachen. Zu seiner Überraschung wartete Inspector Wonderful Tumbo bereits ungeduldig auf ihn. „Gehen wir rüber in mein Büro“, meinte Tumbo, und A.G. glaubte, zurechtgewiesen zu werden. Hatte ihn gestern jemand zum Zauberheiler gehen sehen? Doch weder der Gang seines Chefs noch seine Stimme signalisierten Zorn. Im Büro schob ihm Inspector Tumbo einen Stuhl hin. „Weißt du, was letzte Nacht passiert ist?“ „Nein“, antwortete A.G., der glaubte, es habe weitere tödliche Unfälle gegeben.

Als würde er ihm unter vier Augen ein Geheimnis anvertrauen, erzählte ihm sein Chef von den Protesten gegen die Global-Bank-Delegation und den Flugblättern gegen Marching to Heaven, die vor jeder Tür, jedem Büro in Eldares und im ganzen Land verteilt worden waren. Sogar im Parlament und vor dem State House. „Kannst du dir das vorstellen? Vor den Toren des State House, direkt vor den Augen der Polizei und der Soldaten, die den Palast bewachen! Die Frage ist, wie konnten die Pamphletschreiber unentdeckt bis zu diesen schwer bewachten Orten vordringen? Wir haben die am besten ausgebildete Truppe in Afrika, wenn nicht auf der ganzen Welt. Trotzdem gab es nicht einen einzigen Bericht über die Eindringlinge, nicht von einer einzigen unserer vielen Polizeistationen. Wer waren diese Elemente? Dschinns natürlich! Hast du gehört? Dschinns!“

Und dann beugte sich Tumbo aus unerfindlichem Grund nach vorn und sagte: „Congratulations, my son. Never may you forget your friends." A.G. war über den Tonfall und das Verhalten seines Vorgesetzten völlig verblüfft. Trieb Inspector Wonderful Tumbo etwa ein Spiel mit ihm? A.G. musste nicht lange auf eine Erklärung warten. Tumbo erinnerte ihn daran, dass er es war, der einen ausführlichen Bericht über jenen Abend geschrieben und gefaxt hatte, als er, A.G., Dschinns durch Eldares und das Grasland jagte. Dadurch seien die übergeordneten Stellen auf A.G. aufmerksam geworden. Er schien der einzige Mensch in ganz Aburĩria zu sein, der in jüngster Zeit Erfahrungen mit Dschinns gemacht hatte.

„Kurz", erzählte A.G. seiner Zuhörerschaft, „der Bericht über meinen außergewöhnlichen Mut, die Dschinns zu einem nächtlichen Ringkampf im Grasland herausgefordert zu haben, war bis zu den Ohren im Büro des Herrschers gedrungen. Man traf eine wichtige Entscheidung und faxte sie an eben diesem Morgen an meinen Chef. Ich sollte unverzüglich in das Büro des Herrschers versetzt werden und dort unter Minister Silver Sikiokuu arbeiten. Inspector Wonderful Tumbo bekam in Anerkennung seiner Ausbildung von Polizisten, die bereit waren, für den Herrscher ihr Leben aufs Spiel zu setzen, eine Gehaltserhöhung.

Wer hat diese wichtige und plötzliche Veränderung in meiner Karriere bewirkt?", fragte A.G. seine Zuhörer, um die Frage gleich darauf selbst zu beantworten: „Der Herr der Krähen!"

Diese Worte sprach er zu Nyawĩra, als er, weil er sie für den Herr der Krähen hielt, vor ihr niederkniete, demütig den Kopf zur Seite beugte und immer wieder Danke sagte. Er verhielt sich so verwirrend, dass Nyawĩra ihn fragte: „Was willst du noch?"

„Nichts. Wissen Sie, ich bin ins Büro des Herrschers versetzt worden, aber ich habe mich davongestohlen, um Ihnen zu sagen, wie wirksam Ihr Zauber gewesen ist. Ich soll jetzt helfen, die Dissidenten zu fangen, die gestern Abend im ganzen Land regierungsfeindliche Flugblätter verteilt haben. Glauben Sie mir, oh Herr der Krähen, ich werde nie vergessen, was Sie für mich getan haben. Aber jetzt muss ich los."

A.G. erhob sich. Nach wenigen Schritten blieb er stehen, als wäre ihm noch etwas eingefallen. Er sah zu Nyawĩra zurück und der

Anflug eines verschwörerischen Lächelns huschte für einen Augenblick über sein Gesicht.

„Herr der Krähen, diese Dissidenten sind sehr gerissen. Sie machen sich im Dunkeln an ihr schmutziges Geschäft und verkleiden sich als Dschinns, aber sie werden lernen müssen, dass sich Arigaigai Gathere von niemandem hinters Licht führen lässt. Wissen Sie, bei jedem Flugblatt befand sich eine Plastikschlange. Das müssen die gleichen sein, mit denen sie die Geburtstagsfeier des Herrschers ruiniert haben. Wenn sich aber herausstellen sollte, dass sie wirklich Dschinns sind, die sich als Dissidenten verkleiden, komme ich wieder her und bitte um Hilfe bei der Festnahme. Ich hätte nicht ‚nichts' antworten sollen, als Sie mich fragten, was ich noch will. Ich weiß, dass selbst Dschinns es nicht mit der Macht des Herrn der Krähen aufnehmen können. Aber darüber sollten wir später reden." Dann ging A. G., um sein neues Leben als Geheimagent im Büro des Herrschers zu beginnen.

Zitternd lehnte sich Nyawĩra gegen den Türrahmen. Dann ging sie ins Haus zurück und starrte Kamĩtĩ fassungslos an. War das alles nur Zufall?

„Wer bist du wirklich?", fragte sie ihn.

„Ich sollte dir dieselbe Frage stellen", erwiderte Kamĩtĩ. „Warum hast du solche Angst? Bitte, ich will mich wirklich nicht in dein Privatleben einmischen, aber wo warst du letzte Nacht?"

„Ich verstehe. Und du hast recht, du verdienst eine Antwort. Also bitte, geh heute nicht fort", sagte Nyawĩra. „Ich muss pünktlich im Büro sein, aber heute Abend, wenn ich zurückkomme, können wir ausführlich reden und ein paar Dinge klären. Wie ich dir vorgestern Abend schon gesagt habe, gehöre ich zur Bewegung für die Stimme des Volkes. Als der Polizist die Flugblätter und die Plastikschlangen erwähnte, die wir letzte Nacht verteilt haben, hat mich das aus der Fassung gebracht. Zuerst war mir nicht klar, worauf er hinauswollte. Und wenn du in höhere Kreise aufsteigen willst, kannst du mich jetzt Seiner Königlichen Allmächtigkeit melden. Du bleibst doch, oder? Es scheint, als hättest du wirklich Zauberkräfte", setzte sie ironisch hinzu, bevor sie sich anzog und ging.

18

Kamĩtĩ machte sich Sorgen, weil Arigaigai Gathere befördert und in das Büro des Herrschers versetzt worden war. Das Ganze trug sich nämlich unmittelbar nach Kamĩtĩs dilettantischem Hokuspokus zu. Was, wenn sein Spiel mit der Magie etwas damit zu tun hatte? Besaß er, ohne es zu wissen, tatsächlich okkulte Kräfte? Er befand sich zweifellos in Schwierigkeiten.

Er hatte ein Spiel aus seiner Kindheit aufgegriffen, um einem Polizisten zu entkommen. Doch jetzt, nach seiner Beförderung, würde Constable Arigaigai Gathere auf die Jagd nach Staatsfeinden gehen. Nyawĩra hatte eben zugegeben, Mitglied der Bewegung für die Stimme des Volkes zu sein. Was sollte A.G. davon abhalten, unter dem Deckmantel weitere Weissagungen haben zu wollen, Nachforschungen bei ihnen anzustellen. Kamĩtĩ kam sich schutzloser vor denn je.

Kamĩtĩ wollte ein normales Leben führen, abseits der Politik. Seiner Abneigung politischem Engagement, vor allem Massenbewegungen gegenüber lagen Erfahrungen seiner Familie zugrunde. Sein Vater, ein ehemaliger Grundschullehrer, hatte seine Stelle verloren, weil er versucht hatte, die Lehrer seiner Region in einer Gewerkschaft zusammenzuschließen. Und sein Großvater war in den Kämpfen für die Unabhängigkeit Aburĩrias ums Leben gekommen. Politische Auseinandersetzungen hatten seiner Familie nur Elend beschert, und er wollte nichts mit ihnen zu tun haben. War es nicht Ironie des Schicksals, dass ihm eben dieses politische Leben, das er so entschieden zu meiden versucht hatte, nun durch das Handeln anderer aufgezwungen wurde? Was, wenn A.G. wie angedeutet wieder auftauchte, um den Herrn der Krähen zu bitten, seine Kräfte einzusetzen, die Geheimnisse der regierungsfeindlichen Bewegung und ihrer Anhänger zu enthüllen? Würde es ihm gelingen, sich durch weitere Erfindungen aus dieser Zwickmühle herauszuwinden? Wenn Nyawĩra ihm bloß verschwiegen hätte, dass sie darin verwickelt war! Er fürchtete, es könnte etwas an seinen verrückten Einbildungen dran sein, wie die Wendung im Leben des Polizisten gezeigt hatte. Würde er am Ende unabsichtlich die Wahrheit über die Frau verraten, die so liebenswert gewesen war? Nein, Nyawĩra und Constable Arigaigai Gathere mochten ihn später vor die Qual der Wahl stellen. Er würde nicht herumsitzen und darauf warten, dass einer von beiden zurückkäme; er musste sich von beiden fernhalten. Mit diesem Entschluss fühlte er sich augenblicklich besser.

In Gedanken stimmte er ein Lied an – „Ich gehe ..." –, aber wie aus dem Nichts hörte er die vereinten Stimmen von Nyawĩra und Constable Arigaigai Gathere, die dieselbe Melodie mit einem anderen Text unterlegten: „Nein, du gehst nicht." Ihre Stimmen kamen ihm so real vor, dass er sich zurückrufen hörte: „Nein! Ihr könnt mich nicht aufhalten", obwohl er das Gefühl hatte, seinen Wohltätern gegenüber grob zu sein. Er war nicht mehr der mittellose Bettler, der er war, als er Nyawĩras Haus zum ersten Mal betrat. Er hatte jetzt das Geld des Polizisten. Doch er hätte es niemals bekommen, wenn ihm Nyawĩra nicht eine Bleibe geboten hätte.

Er ging hinaus und grub den Behälter mit seiner Beute aus. Sie roch wie ein verwesender Leichnam. Er eilte ins Haus zurück, steckte die Plastikschachtel mit dem Geld in seine große Betteltasche, zog seine Jacke an, warf sich die Tasche über die Schulter und ging zur Tür, in der Absicht in den Straßen von Eldares zu verschwinden.

Vor der Tür stand ein Mann.

Der Fremde sah schwach aus, krank und müde.

Hier muss der Schrein des Herrn der Krähen sein, sagte der Fremde, und ohne auf Bestätigung zu warten, begann er zu klagen. Er leide, sagte er, unter ungeheuren Leibschmerzen.

„Ich will nicht behaupten, dass ich verhext bin, aber ich habe kein Geld und kann deshalb nicht ins Krankenhaus. Ich möchte von Ihnen nur ein paar Wurzeln und Blätter zum Kauen, damit die Schmerzen vergehen."

Kamĩtĩ versuchte zu leugnen, der Herr der Krähen zu sein, aber die Worte blieben ihm im Hals stecken. Die unerwarteten, abrupten

Wendungen in seinem Leben wurden ihm langsam unheimlich. Der Alte zwang ihn auf einen Weg, den er nicht gehen wollte.

„Warte hier auf mich", sagte er dem Mann, nachdem er ein paar flüchtige Fragen zu dessen Krankheit gestellt hatte.

Er log; er wollte davonlaufen. Kamĩtĩ ging durch das Grasland und wagte nicht, sich umzudrehen, aus Furcht, seine Entschlossenheit zu verlieren. Doch als er draußen im freien Feld war, nagten Zweifel an ihm. Was soll Nyawĩra denken, wenn sie von der Arbeit nach Hause kommt und einen Fremden, einen kranken alten Mann, vor ihrer Tür findet? Benahm er sich nicht wie der Esel im Sprichwort, der seine Dankbarkeit zeigt, indem er seinen Wohltäter tritt? Nyawĩra hatte ihm Obdach und Essen gegeben, hatte ihn in der Nacht vor den Toren des Paradise vor der Verhaftung bewahrt. Sie war es, die ihn aus den bevölkerten Straßen der Stadt hinaus ins Grasland geführt und ihm Wärme und Gastfreundschaft geschenkt hatte. Alles, was er ihr nun zurückgab, war sein wortloses Verschwinden – seine Art von Dankbarkeit. Dann fragte er sich: Woher kannte sie sich im Grasland so gut aus? Er versuchte, das Dickicht wiederzufinden, das sie gerettet hatte, als die Polizei sie jagte. Er folgte den Spuren, und nachdem er eine Stunde lang gesucht hatte, fand er den Ort. In der Nacht ihrer Flucht war ihm nicht aufgefallen, dass sich der Buschwald weit außerhalb von Santalucia befand. In der Mitte des Gehölzes befand sich eine Erhebung, die von einem Pfad durchschnitten wurde. Kamĩtĩ setzte sich auf einen Stein, um die Dinge zu ordnen, die ihm durch den Kopf wirbelten.

Es tat ihm gut, wenn er sich zwischen Pflanzen und Bäumen aufhielt. Jetzt schien auch der Gestank aus seiner Tasche verschwunden zu sein. Seine Augen suchten die Umgebung ab, und bevor er sich dessen bewusst wurde, hatte die reiche Pflanzenvielfalt seine Neugier geweckt. Er streifte zwischen ihnen umher und suchte nach Pflanzen, die seiner Meinung nach Heilkräfte besaßen. Was er sammelte, verstaute er in seiner Tasche, ohne zu merken, wie die Zeit verrann. Aber diesmal wusste er, dass er die heilkräftigen Wurzeln und Blätter nicht für sich suchte, sondern weil ein Patient vor Nyawĩras Haus auf Heilung wartete. Vielleicht ist der Alte inzwischen gegangen, redete er sich ein, als er nach Santalucia zurückkehrte. Der Alte aber wartete noch immer geduldig vor der Tür.

Kamĩtĩ ließ ihn ein, gab ihm die Wurzeln und Blätter und wies ihn an, sie zu kochen und den Sud in regelmäßigen Abständen zu trinken.

„Und achte darauf, dass du den Extrakt während der Mahlzeiten trinkst", fügte er hinzu.

„Mahlzeiten? Haben Sie Mahlzeiten gesagt? Glauben Sie wirklich, dass ich in den letzten Tagen etwas zu essen bekommen habe? Wenn die Wirkung dieser Medizin vom Essen abhängt, dann taugt sie nicht für mich."

Kamĩtĩ ging in die Küche und bereitete Rühreier mit Tomaten und gab sie dem Alten zusammen mit einem Glas Milch. Nyawĩra hatte sicher nichts dagegen, wenn er großzügig mit ihren Vorräten umging. Er gab dem alten Mann ein Blatt und ein Stück Rinde zum Kauen. Dann kam ihm plötzlich eine Idee: Um von seiner Rolle als Herr der Krähen loszukommen, musste er sich von dem Geld trennen, das er damit einnahm. Und wie konnte er das besser erreichen als durch einen Akt der Wohltätigkeit? Also griff er in seine Tasche, nahm das ganze Bündel Geldscheine heraus, und gab es dem Alten als Teil der medizinischen Behandlung.

„Was ist denn?", fragte Kamĩtĩ besorgt. Der alte Mann hatte beim Anblick des Geldes aufgeschrien. Kamĩtĩ glaubte zunächst, der Schrei des Alten rühre vom Gestank des Geldes, was ihn darin bestärkte, ihn nicht allein wahrzunehmen. Aber der alte Mann hatte vor Freude, Dankbarkeit und Staunen geschrien.

„Ich fühle mich schon besser, fast geheilt. Sie sind wahrhaftig ein Zauberer und ein Hüter der Gerechtigkeit; möge der Herr im Himmel Sie immer segnen."

„Woher wusstest du, wo ich mich aufhalte?", fragte Kamĩtĩ.

„In Santalucia reden alle über Sie. Und es ist ganz klar, warum. Zauberheiler werben nie öffentlich für sich. Sie verrichten ihre dubiose Arbeit im Dunkeln. Sie aber haben an Ihrem Haus eine Botschaft angebracht. Was soll das bedeuten? Doch nichts anderes, als dass Sie im hellen Licht des Tages tätig sind. Eine Gottheit hat mich bei der Hand genommen und meine Schritte geradewegs zu Ihrem Haus gelenkt. Möge eben diese Gottheit Sie segnen, damit Ihre Kunst blühe, das Böse zu bannen und das Gute zu fördern!"

Anstatt über diese Nachricht erheitert zu sein, spürte Kamĩtĩ, dass er schwermütig wurde. Ihm war klar, dass er von hier verschwinden musste, noch bevor sich die Nachricht vom Zauberer weiterverbreitete. Er hatte den alten Mann behandelt. Er war das Geld losgeworden. Wie dumm von ihm, den Anschlag so lange an der Veranda hängen gelassen zu haben! Als er den alten Mann hinausbegleitete, nahm er seine Tasche auf. Diesmal würde es keine Umkehr geben.

Jetzt aber war es an ihm, einen Schrei der Überraschung, ja der Bestürzung, auszustoßen. Wie angewurzelt blieb er stehen. Er fürchtete umzufallen und starrte ungläubig hinaus. Draußen warteten zehn weitere Patienten. Der alte Mann zwinkerte ihm zu, als wollte er sagen: Du kannst dich nirgendwo mehr verstecken. Du musst deine Rolle als Heiler annehmen! Warum ausgerechnet hier?, dachte Kamĩtĩ. Eine Laune des Schicksals. Jedes Mal, wenn ich zu entwischen versuche, stellt es sich mir in den Weg.

Er ging zurück in die Küche, um sich geduldig seinen Patienten zu widmen, einem nach dem anderen.

Dabei erwartete ihn eine weitere Überraschung. Der erste erklärte ihm, alle zehn seien Polizisten in Zivil. Waren sie gekommen, um ihn abzuholen?

„Wir möchten, dass Sie denselben Zauber anwenden, den Sie bei unserem Kollegen Constable Arigaigai Gathere angewendet haben. Er war ein Niemand bei der Verkehrspolizei, jetzt ist er eine große Nummer im Büro des Herrschers. Herr Zauberer, wir wünschen uns, dass Sie den Spiegel einsetzen und alle Feinde auskratzen, die unseren Gehaltserhöhungen und Beförderungen im Wege stehen."

Die zehn redeten und hoben die Bedeutung des Spiegelzaubers hervor und würzten jeden Satz mit seinem Namen, oder zumindest mit einer Bezeichnung, von der sie glaubten, dass sie auf ihn zuträfe, bis er selbst es vor sich sah, ein Schild mit blitzenden Neonlichtern: HIER IST DER SCHREIN DES HERRN DER KRÄHEN.

ZWEITER TEIL

1

Als die Nachricht, vor den Toren des Paradise seien ein paar Bettler verprügelt worden, das State House erreichte, geriet der Herrscher in Wut. Gerüchten zufolge wurde er von Machokali angestachelt, der am nächsten Morgen ins State House kam und berichtete, wie glatt das Bankett gelaufen wäre, wenn sich die Bereitschaftspolizei nur ein wenig zurückgehalten hätte. Zumindest die Global-Bank-Delegation hätte von den Protesten niemals etwas erfahren. Doch jetzt, meinte Machokali, könne er nicht abschätzen, wie die Delegationsmitglieder auf die Nachricht reagierten. Selbstverständlich würde er jedoch all seine diplomatischen Fähigkeiten einsetzen, um den Schaden zu begrenzen, den die ansonsten fähige Sicherheitsmannschaft angerichtet habe.

Was den Herrscher später zum Kochen brachte, waren die gegen die Global Bank gerichteten Flugblätter, die in ganz Aburĩria verteilt wurden und sogar vor die Tore des State House und ins Parlament gelangten. Sofort zitierte der Herrscher Sikiokuu ins State House und las ihm die Leviten: „Bring mir die Anführer der Bewegung für die Stimme des Volkes. Tot oder lebendig. Wenn du versagst ...", und der Herrscher ließ den Rest in der Schwebe, um dem Minister zu verdeutlichen, was ihn in diesem Fall erwartete.

Sikiokuu indes war ein Meister darin, selbst die schlimmsten Situationen zu seinem Vorteil zu kehren. Deshalb fiel er jetzt auf die Knie und senkte das Haupt, sodass seine Ohren tatsächlich die Füße des Herrschers berührten.

„Ich flehe Eure Allmächtige Vortrefflichkeit an, mir mehr Befugnisse zu verleihen, damit ich alle ausräuchern kann, die hinter der jüngsten Verschwörung stecken, Sie und Ihre Regierung zu verunglimpfen. Ich plane, die Zahl der Staatslauscher und Spürnasen zu vergrößern, damit nicht eine Schule, ein Marktplatz oder irgendein anderer öffentlicher Raum, so klein und unbedeutend sie auch sind, unentdeckt bleiben. Ich möchte Ihnen alle Feinde vorführen, die Sie, unser Herrscher, und das Land haben."

„Du kleiner Hurensohn", brüllte der Herrscher wütend. „Warum kommst du mir immer wieder mit meinen Feinden und mit den Feinden des Landes? Gibt es einen Unterschied zwischen mir und dem Land?"

„Vergebt mir, mein Herr und Gebieter. Ich wollte nur Ihren Namen zwei Mal erwähnen, wie beim Allmächtigen Herrn im Himmel. Wir kennen ihn mit vielen Namen! Oh mein Gott, Sie ahnen nicht, wie süß Ihr Name in den Ohren derer klingt, die aufrichtig an Sie glauben und wissen, dass Sie und das Land wahrhaftig ein und dasselbe sind."

„Es reicht! Leute, die mich mit Gott gleichstellen, mag ich nicht", sagte der Herrscher schon ein wenig versöhnlicher. „Warum brauchst du besondere Befugnisse, um die Feinde des Staates zu zermalmen?", schimpfte der Herrscher. „Was brauchst du mehr als den ausdrücklichen Befehl, alle Mittel einzusetzen, mir meine Feinde tot oder lebendig zu bringen? Ich will nie wieder ein Wort hören über Flugblätter und Plastikschlangen, die irgendwo in diesem Land von sichtbaren oder unsichtbaren Leuten verteilt werden. Setz so viele Leute ein, wie du brauchst, und alle Mittel, die nötig sind. Ich will, dass deine Männer so mutig vorgehen wie dieser Polizist, der, wie ich hörte, eine ganze Nacht allein im Grasland mit Wesen aus der anderen Welt gekämpft hat. Ich würde mich sicherer fühlen, wenn ich wüsste, dass ich in meinem Büro ebenso pflichtbewusste Sicherheitsleute habe. Verstanden?", sagte der Herrscher und betonte jedes Wort, indem er mit seinem keulenförmigen Stab auf den Kopf des Ministers tippte.

Sikiokuu blieb auf den Knien und ertrug die Klapse, als wären es Segnungen. Bei jedem Klaps zog er an seinen Ohrläppchen, um zu zeigen, dass er jedes Wort in sich aufnahm. Wieder einmal ergriff er die Chance des Augenblicks, um die Demütigung in eine Beförderung umzuwandeln.

„Ich schwöre bei meinen Ohren und vor Eurem Angesicht, mein Herr auf Erden und im Himmel, dass ich alles tun werde, was in meiner Macht steht, mit der Sie mich gerade ausgestattet haben, um die Mitglieder und Anführer dieser sogenannten Bewegung für die Stimme des Volkes zu zermalmen. Und sollten sie Geister sein, dann werde ich andere Geister finden, die sie entgeistern werden. Oh, mein Herr und Gebieter, man wird ihr Gnadengewinsel in allen Winkeln des Erdballs hören."

Die Zusicherung eines Gewinsels von weltumspannender Reichweite beunruhigte den Herrscher, weil sie ihn daran erinnerte, dass er und Machokali zuvor besprochen hatten, das Land von der besten Seite zu zeigen, solange sich die Bankvertreter hier aufhielten. Er wollte nicht riskieren, dass sich wiederholte, was vor den Toren des Paradise passiert war. Deshalb ermahnte er Sikiokuu, sich trotz seiner besonderen Befugnisse für die Dauer des Besuchs der Global-Bank-Delegation zu mäßigen. Die Nation musste ein friedliches Gesicht zeigen, vereinigt und geschlossen hinter ihrem Führer und seiner Vision von Marching to Heaven. „Was ich brauche", sagte er, „sind mutige Männer wie diesen Polizisten."

Sikiokuu war nicht glücklich über diese Einschränkung. Er hatte gehofft, seine neue Macht dafür einzusetzen, alles ein wenig hochzukochen und den Besuch der Banker zu beeinträchtigen, um Machokalis häufiges Erscheinen auf den Bildschirmen und seine täglichen Besuche im State House zu unterbinden. Aber er war schlau genug, sich seine Enttäuschung nicht anmerken zu lassen. Stattdessen nickte er eifrig, um sowohl seine Übereinstimmung mit den Wünschen des Herrschers als auch mit dem Befehl, Frieden und Ruhe zu wahren, zum Ausdruck zu bringen. Und er dachte dabei auch an den Polizisten.

Als er das State House verließ, ordnete Sikiokuu die sofortige Versetzung von Constable Arigaigai Gathere ins Büro des Herrschers an. Auch dem Aspekt mit den Geistern wollte er nachgehen. Als

Nächstes stellte er aus A.G., Elijah Njoya und Peter Kahiga eine dreiköpfige Spezialeinheit zusammen, die sich der Bewegung für die Stimme des Volkes widmen sollte. Ihre vordringlichste Aufgabe sollte darin bestehen, alles zu beobachten, was Machokali tat: sein Kommen und Gehen, seine Handlungen und Kontakte. Außerdem sollten sie eine Liste mit Verdächtigen zusammenstellen, wobei das Foltern der Beschuldigten warten musste, bis die Delegation der Global Bank abgereist war.

Das mag die eigenartige Tatsache erklären, die in vielen Berichten konstatiert wird, dass sich Aburĩria während der Dauer des Besuchs der Global-Bank-Delegation der friedlichsten Tage seiner jüngsten Geschichte erfreute. Wochenlang hörte niemand Familien klagen, weil liebe Angehörige von den mörderischen Engeln des Regimes erschossen worden waren. Es war, so erzählten jene, die dazu neigen, große Vergleiche anzustellen, als läge das ganze Land unter einem Zauber, der erstaunlicher war als der, den Moses Tausende Jahre vor der Geburt Christi im Land der Pharaonen geschaffen hatte!

Wahr ist, dass sich, abgesehen vom üblichen Klatsch und Tratsch über die niemals endenden Rivalitäten zwischen Machokali und Sikiokuu, die größten Ängste jener Zeit darauf richteten, Eldares könnte plötzlich von einer Invasion Schlange stehender Dämonen heimgesucht werden.

2

Diese Invasion begann vor dem Sitz der Eldares Modern Construction and Real Estate.

„Und alles nur wegen einer Anschlagtafel“, stellte Nyawĩra fest, als sie und Kamĩtĩ später über die Dämonen sprachen.

„Wie das?“, fragte Kamĩtĩ, aber selbst Nyawĩra konnte nicht erklären, wie die Dämonen entstanden waren und wie sie sich bis in den letzten Winkel von Eldares ausbreiten konnten. Sie erinnerte sich noch sehr gut daran, dass sie schon früh ins Büro aufgebrochen war, in der Hoffnung, noch vor Tajirika dort anzukommen. Der einzige andere Gedanke, der ihr auf dem Weg zur Arbeit durch den Kopf ging, war A.G.'s frühmorgendlicher Besuch, insbesondere sein unheimlicher Verweis auf die Flugblätter, den er beim Weggehen gemacht hatte. Es gefiel ihr nicht, wie A.G. sie angelächelt hatte, als wüsste er mehr, als er preisgab. Er schien an den Herrn der Krähen zu glauben, das schon, aber hatte er es vielleicht trotzdem auf sie abgesehen? In diesen sorgenvollen Gedanken gefangen, war ihr nicht aufgefallen, dass alle Parkplätze in den Straßen rund um das Büro von Mercedes-Fabrikaten aller Größen und Farben belegt waren. Man stelle sich ihre Überraschung vor, als sie den Blick hob und vor ihrem Büro zwei lange Menschenschlangen sah!

Die eine bestand aus Gestalten in Maßanzügen, die steif und gewichtig wie bei einer Modenschau vor der Tür warteten. Mit Leuten dieses Kalibers hatte sie schon am Vortag zu tun gehabt, das war keine große Überraschung.

Die zweite begann an der Anschlagtafel AUSHILFSJOBS: PERSÖNLICHE VORSTELLUNG ERWÜNSCHT. Sie bestand aus Menschen in geflickten Kleidern und abgetragenen Anzügen in allen Farben des Regenbogens und bildete einen dramatischen Kontrast zum Aufgebot aus Schwarz und Grau in der Schlange der Maßanzüge.

Die Herren der ersten Schlange trugen Aktentaschen und standen stumm und würdevoll da, während die in der zweiten, mit Ausnahme der wenigen, die Zeitung lasen, nichts dabei hatten und deshalb ungehindert herumgestikulieren konnten, während sie sich unterhielten und einander Anekdoten über das Auf und Ab des Lebens erzählten. Die Raucher der ersten Schlange drückten ihre Zigaretten nach wenigen Zügen aus und zermalmten den Stummel unter der Schuhsohle, die in der zweiten aber rauchten die billigsten Marken bis hin zu unbehandelten Tabakblättern und teilten gern mit den anderen. In der ersten Schlange gab es einige Pfeifenraucher, in der zweiten keinen. Und während sich die erste Reihe aus Anlass der Einsetzung eines Vorsitzenden für Marching to Heaven gebildet hatte, in dem Glauben, die Global Bank habe bereits grünes Licht für das Projekt gegeben, war die zweite wegen des Anschlags zustande gekommen, der das Gerücht hatte aufkommen lassen, der Vorsitzende würde Tausende Arbeiter für Marching to Heaven einstellen.

Als Nyawĩra über den Hof ging, um das Büro aufzuschließen, ahnte sie nichts von diesem Gerücht. Sie war einfach nur froh, vor ihrem Chef da zu sein: Bei so vielen anstehenden Besuchern draußen hätte er sie bestimmt zurechtgewiesen, wäre sie nach ihm erschienen.

Noch bevor sie ihren Schreibtisch aufräumen konnte, schoben sich bereits die Ersten der Reichenschlange in den Empfangsbereich hinein und das Telefon begann zu klingeln. Abgesehen davon, dass Tajirika noch nicht da war, war alles wie am Tag zuvor. „Könnten Sie bitte später wieder anrufen?", bat sie die Anrufer. Ähnliches sagte sie auch denen, die ins Büro hereingeplatzt waren, und bot ihnen sogar an, ihre Visitenkarten dazulassen, was die aber ablehnten, weil sie den Chef nur persönlich sprechen wollten. „Dann warten Sie bitte draußen", forderte sie sie auf, was fast einen Aufruhr auslöste, weil jeder fürchtete, seinen Platz in der Schlange zu verlieren. Aber nach einer kurzen verbalen Auseinandersetzung erklärten sich alle bereit zurückzugehen, wobei sie die hinter ihnen Stehenden wie Dominosteine vor sich her stießen.

Nyawĩra hoffte wie sie, dass ihr Chef bald käme, weil er die dringend benötigten Aushilfen anstellen sollte. In der zweiten Reihe ließen sich mehr als genügend Bewerber finden, dachte sie und fragte sich gleichzeitig, wie und ob der Chef alle zum Vorstellungsgespräch bitten wollte.

Nachdem sie ungefähr eine Stunde lang immer wieder dieselben Fragen beantwortet hatte, wurde Nyawĩra unruhig. Warum war er noch nicht da? Sie hatte ihn frühzeitig erwartet. Hatte er einen Unfall gehabt? War er auf dem Nachhauseweg ausgeraubt worden?

Tajirikas Frau Vinjinia kam ins Büro und klärte alles auf. Aber sie hatte keine guten Nachrichten: Tajirika fühle sich nicht wohl und werde heute nicht in sein Büro kommen, sagte sie kurz, ohne weitere Erklärungen abzugeben. Welche Krankheit konnte Tajirika davon abhalten, ins Büro zu kommen und Säcke voller Geld zu scheffeln?

Als sie sich gestern Abend voneinander verabschiedet hatten, schien er bei ausgezeichneter Gesundheit. Aber darüber zerbrach sich Nyawĩra jetzt nicht den Kopf, weil sie mehr beschäftigte, was sie mit den beiden Warteschlangen machen sollte.

„Keine Nachricht für mich?", fragte sie Vinjinia, die nur den Kopf schüttelte.

„Sieht es hier immer so aus?", fragte Vinjinia. Es schien zwar, als wollte sie von ihrem Mann ablenken und lieber über die beiden Schlangen reden, aber sie war tatsächlich neugierig.

Vinjinia war ein häuslicher Mensch. Genau genommen war sie Tajirikas Haushälterin. Sie hatten zwei Töchter und drei Söhne. Der älteste Sohn war Maschinenbauingenieur und arbeitete für ein deutsches Unternehmen, das Traktoren und landwirtschaftliche Geräte verkaufte. Er war verheiratet und lebte an der Küste. Der zweitälteste Sohn und das ältere Mädchen studierten an der Eldares University, das Mädchen Pädagogik und der Junge Business Administration. Die Jüngsten, Gacirũ und Gacĩgua, ein Mädchen und ein Junge, gingen in die Ganztagesgrundschule und wohnten bei ihren Eltern. Tajirika hatte sie eigentlich in ein Internat schicken wollen, aber Vinjinia hatte das abgelehnt – sie wollte noch etwas länger für die beiden da sein. Sich um die Kinder und die Felder zu kümmern, beschäftigte Vinjinia voll und ganz und hielt sie zu Hause in Golden Heights fest, sodass sie ihren Mann nur selten im Büro aufsuchte. Das Geschäft und die politischen Intrigenspiele interessierten sie wenig und sie hatte nicht einmal an der berühmten Geburtstagsfeier teilgenommen, bei der der Herrscher ihrem Mann die Hand geschüttelt hatte. Sie erfuhr erst davon, als Tajirika wieder nach Hause kam, eine Hand mit einem Taschentuch umwickelt, und sie sich fragte, ob ihm etwas Schlimmes zugestoßen war. Er hatte ihre Sorge gespürt und gelacht, das Geheimnis gelüftet und versprochen, sich einen Handschuh zu kaufen, um die Erinnerung an den Händedruck des Herrschers zu bewahren. Sie begriff kein Wort, vertraute ihrem Mann aber in weltlichen Dingen bedingungslos. Sie war für den Haushalt zuständig.

Lediglich der Gottesdienst am Sonntag konnte sie aus dem Haus nach Santalucia und Santamaria locken. Sie gehörte zur Gemeinde der All Saints Cathedral und mischte sich sonntags unter die anderen Gemeindemitglieder – nicht, um die neuesten Nachrichten aus der Geschäftswelt und Politik zu hören, sondern um den aktuellen Seelenzustand ihrer Glaubensgenossen in Erfahrung zu bringen. Auch sie wollte keine Episode des heldenhaften Kampfes von Maritha und Mariko gegen Satan verpassen.

„So etwas habe ich noch nie erlebt", antwortete Nyawĩra mit Blick auf die beiden endlosen Schlangen.

„Was sollen wir jetzt machen?", fragten sich beide.

„Warum sagen wir ihnen nicht die Wahrheit?", meinten sie und schauten aus dem Fenster. Die Schlangen waren mittlerweile mächtig angewachsen und ihre Enden nicht mehr zu sehen.

Die zwei Frauen brachten vor den Spitzen der beiden Menschenschlangen Zettel an: TAJIRIKA IST HEUTE NICHT DA. KOMMEN SIE MORGEN WIEDER. Dann gingen sie wieder hinein und warteten ab, was sich tat.

Jetzt bot sich ihnen ein noch unglaublicherer Anblick. Als die am Beginn der Schlange Stehenden die Nachricht lasen und an die dahinter Wartenden weitergaben, trauten diese ihnen nicht und bestanden darauf, die Nachricht selbst zu lesen. Schließlich machten sich diejenigen, die die Nachricht gelesen hatten, gar nicht mehr die Mühe, die Nachfolgenden zu informieren, sondern gingen schweigend davon. Die anderen dachten, sie hätten einfach Pech gehabt oder wollten ihre freudige Erregung nicht zeigen, um keinen Neid zu erwecken. Die im hinteren Teil der Schlange aber glaubten, die Reihe würde sich bewegen, was dazu führte, dass sich noch weitere anstellten. Selbst diejenigen, die bereits auf dem Rückweg waren, stellten sich, als sie das Vorrücken der Schlange sahen, hinten wieder an. Dieses Spiel aus Abfließen am Kopf und Auffüllen am Schwanz hielt an. „Eine Schlange ohne Ende", meinte Nyawĩra an Vinjinia gewandt, während sie einen Ausweg aus diesem Dilemma suchten.

Sie beschlossen, beim Polizeirevier von Santamaria Hilfe anzufordern. Dieses lag am nächsten, und sein Leiter, Wonderful Tumbo, war ein Freund. Er versprach, die Verkehrspolizei zu schicken, um die Lage zu entspannen.

Es dauerte bis zum Nachmittag, bevor die versprochenen Polizisten kamen: zwei in einem Landrover, die anderen beiden, Megafone schwingend, auf Motorrädern. Sie berieten sich mit Nyawĩra und Vinjinia. Nach allem, was sie auf ihrer Fahrt zum Büro gesehen hatten, war völlig klar, dass die Rufe ihrer Anweisungen, wie sehr man sie auch verstärkte, am Ende der Schlangen nicht gehört werden würden. „Unternehmen Sie was", flehten die Frauen.

Nach heftigen Diskussionen einigten sich die Polizisten auf eine Vorgehensweise: Die zwei Motorradfahrer sollten die Schlangen abfahren und ihre Anweisungen über die Megafone durchgeben. Die beiden anderen wollten auf dem Grundstück bleiben, um alles unter Kontrolle zu halten.

Die Motorradfahrer brachen auf und riefen immer wieder dieselbe Botschaft aus: „Tajirika ist nicht im Büro, gehen Sie nach Hause und kommen Sie ein anderes Mal wieder." Aber niemand glaubte ihnen, und es war auch nicht zu erkennen, dass die Schlangen sich ausdünnten. Das ununterbrochene Spiel von Abnahme, Wiederanstellen und permanenter Bewegung schien nur zu bestätigen, dass die Polizisten logen.

Nyawĩra war unterdessen eingefallen, dass unlängst ein Anrufbeantworter angeschafft worden war, und sie nahm schnell eine Ansage auf: „Sie sind mit Eldares Modern Construction and Real Estate verbunden; Mr. Tajirika ist im Augenblick telefonisch leider nicht erreichbar." Sie spielte kurz mit dem Gedanken, den Satz „Ihr Anruf ist uns wichtig" einzufügen, ließ es dann aber und fuhr fort: „Wenn Sie Ihren Namen, Ihre Telefonnummer und die Zeit Ihres Anrufs hinterlassen, rufen wir Sie so schnell wie möglich zurück. Bitte sprechen Sie nach dem Signalton." Jetzt fühlte sich Nyawĩra besser und gesellte sich wieder zu Vinjinia, die die ganze Zeit am Fenster gestanden und beobachtet hatte, was draußen vor sich ging.

Sie hatten geglaubt, die Motorradpolizisten würden binnen weniger Minuten wieder da sein, doch nach einer Stunde waren sie noch immer nicht zurück. Zuerst tauchte nach zwei Stunden der eine auf, der die Schlange der Reichen abgefahren war. „Meine Schlange war nicht so lang wie die andere", berichtete er und fügte hinzu, in seinem ganzen Berufsleben als Verkehrspolizist niemals so enorme Warteschlangen gesehen zu haben. Trotzdem hatte seine Botschaft nichts bewirkt: Die Schlange der Reichen blieb wie sie war.

Kurz nach fünf Uhr abends aber ereignete sich etwas Seltsames. Die Schlange mit den Vertragsjägern löste sich auf. Einfach so. Offensichtlich am Schwanzende beginnend, hatte sich einer nach dem anderen davongestohlen, und innerhalb weniger Minuten wandelte sich ihr schleichender Rückzug in eine panische Flucht zu ihren Limousinen. In kürzester Zeit waren sämtliche Parkplätze leer. Es war merkwürdig, erst weigerten sie sich, den Anweisungen eines Gesetzeshüters Folge zu leisten, um dann innerhalb weniger Sekunden und ohne ersichtlichen Grund zu verschwinden! Sehr seltsam, dachten die beiden Frauen übereinstimmend. Vielleicht würde mit der anderen Schlange das Gleiche passieren, hofften sie, aber vergebens. Die Schlange blieb, wie sie war, und zeigte keinerlei Anzeichen zu verschwinden wie die andere. Der sich um diese Schlange kümmernde Motorradpolizist war nirgends zu sehen. So sehr die beiden Frauen auch Augen und Ohren offenhielten, sie entdeckten weder den Polizisten noch sein Motorrad.

Die ganze Angelegenheit kam an einen Punkt, an dem Vinjinia und Nyawĩra das Gefühl hatten, das Büro sei ihr Gefängnis. Die Sonne hatte ihr Tagwerk bereits beendet, die Schlangesteher hingegen nicht. Und die Frauen zögerten, ob sie nun ohne eine Nachricht des vermissten Polizisten nach Hause gehen sollten oder nicht.

Ab und zu rief Vinjinia zu Hause an und wollte wissen, ob es ihrem Mann besser ging, aber auch die Nachrichten von daheim waren alles andere als tröstlich, wodurch Vinjinia immer niedergeschlagener wurde, was die Atmosphäre im Raum nicht gerade erträglicher machte.

Die beiden Frauen waren den ganzen Tag auf den Beinen gewesen. Nyawĩra zog sich jetzt einen Stuhl heran und fragte sich, während sie weiter aus dem Fenster schaute, was ihren Chef so quälte, dass es ihn zwang, sich von dem leicht verdienten Geld fernzuhalten, es aber gleichzeitig nicht ernst genug war, um zum Arzt zu gehen. Vielleicht eine schwere Grippe. Doch warum schwieg Vinjinia darüber? Und wenn es Tajirika nicht bald wieder besser ginge, wie sollte sie mit der Schlange fertig werden? Als könnte sie Nyawĩras Gedanken lesen, nahm sich auch Vinjinia einen Stuhl und setzte sich neben Nyawĩra. Als sie sprach, klang ihre Stimme verzweifelt.

„Ich weiß, was Sie sich fragen", begann sie. „Glauben Sie mir, ich tappe genauso im Dunkeln wie Sie. Wo soll ich anfangen? Gestern Abend kam er mit drei Säcken voll Burĩ-Scheinen nach Hause. Den ganzen Abend murmelte er irgendetwas vor sich hin, berechnete ich weiß nicht was. Sogar als er schließlich meinem Drängen nachgab und ins Bett kam, konnte er nicht einschlafen, sondern wälzte irgendwelche Gedanken. Aus den wenigen Worten, die ich aufschnappen konnte, folgerte ich, dass er den Einfluss berechnete, den Marching to Heaven auf unser Leben haben würde. Als ich einschlief, war er noch immer hellwach.

Die Krankheit brach heute früh aus. Es fing an, als er ins Bad ging. Auf einmal stand er wie angewurzelt vor dem Spiegel. Und jedes Mal, wenn er in den Spiegel schaute, konnte er nur sagen: ‚Wenn! Wenn ich bloß.' Er stand da und starrte in den Spiegel, als wollte er mit seinem Schatten reden. Jetzt sagen Sie mir, wie soll ich diese Symptome in einem Krankenhaus oder einem Arzt beschreiben? Was könnte ich sagen, ohne mich lächerlich zu machen? Dass mein Mann, der Vorsitzende von Marching to Heaven ...? Was aber, wenn es ihm heute Abend nicht besser geht, was sollen wir morgen mit der Schlange tun?" Vinjinia sprach aus, was auch Nyawĩra gerade durch den Kopf ging.

Nyawĩra dachte daran, wie Tajirika am Ende des gestrigen Bürotages aus Angst, sie könnte eine Diebin sein, eine Pistole auf sie gerichtet hatte. Vielleicht fürchtete er, ausgeraubt zu werden?

„Es ist völlig ungewöhnlich, dass jemand so viel Geld im Haus hat", sagte Nyawĩra. „Vielleicht hat ihn der Gedanke an Räuber gelähmt. Irgendwie muss er so etwas gedacht haben: Wenn sie das Geld bei mir finden, werden sie mich umbringen. Wenn! Wenn ich bloß das Geld im Büro gelassen oder zur Bank gebracht hätte!"

Das plötzliche Eintreten eines der drei Polizisten, die das Gelände bewachten, unterbrach ihr Gespräch. Er wollte weitere Anweisungen erhalten. Es wurde allmählich dunkel, die Schlange wartete geduldig, und der Motorradpolizist war immer noch nicht zurück.

Vinjinia bezahlte ihn und seine Begleiter, damit sie das Anwesen auch in der Nacht schützten und auf den fehlenden Motorradfahrer warteten. Dann schlossen die Frauen das Büro ab und gingen durch die Hintertür hinaus. Die Schlange mit den Arbeitssuchenden war immer noch da. Vielleicht würde die Dunkelheit sie vertreiben. Und morgen war ein neuer Tag. Vinjinia fuhr in ihrem schwarzen Mercedes davon, ohne Nyawĩra anzubieten, sie mitzunehmen. „Bis morgen", verabschiedete sie sich.

Was für ein Tag!, dachte Nyawĩra, als sie die Straße zur Bushaltestelle hinabging. Sie vermutete, dass an der Krankheit ihres Chefs mehr dran war, als Vinjinia zugegeben hatte. Wenn der Polizist ihr Zwiegespräch nicht gestört hätte, vielleicht ...

Sie hatte gerade die Straße überquert, als sich ihr eine Hand auf die rechte Schulter legte. Sie drehte sich ruckartig um und hielt ihre Handtasche fest. Es gab so viele Geschichten über Raubüberfälle am helllichten Tag, dass jede Frau schon bei der leisesten Berührung durch einen anderen Menschen instinktiv die Handtasche festhielt.

Sollte sie nun vor Erleichterung auflachen oder vor Ärger losschreien? Sie wusste es nicht. Es war der allgegenwärtige Kaniũrũ.

Nyawĩra wollte so tun, als hätte sie ihn nicht erkannt, aber eine Stimme in ihr sagte: Hören wir erst mal, was er zu sagen hat, vielleicht erfahren wir das eine oder andere darüber, was in den höheren Kreisen der Regierung vor sich geht.

3

Im Mars Café saßen sie einander in kaum verhohlener Feindseligkeit gegenüber. Kaniũrũ bestellte Kaffee, Nyawĩra ein Sandwich mit Hühnchen und Gemüse, das sie mit gutem Appetit aß, als wäre es das vorzüglichste Essen ihres Lebens.

Von ihren Plätzen konnten sie einen Teil der endlosen Warteschlange sehen.

„Was hat das zu bedeuten?", fragte Kaniũrũ.

„Ist es das, was dich heute in diesen Teil der Stadt geführt hat?"

„Nein, du bist der Grund!"

„Hör auf, mir nachzustellen!"

„Das bin nicht ich, das macht mein Herz!"

„Ich wusste gar nicht, dass du eins hast."

„Lass den Sarkasmus. Ich wollte dir nur sagen, dass ich seit unserem letzten Treffen ein paar Rechenübungen gemacht habe. Einige Ergebnisse könnten dich interessieren."

„Du beschäftigst dich jetzt mit Mathematik? Was ist aus Palette und Pinsel geworden?"

„Soll ich dir was sagen? Ich stimme jetzt ganz und gar mit deinem Vater überein. Wenn ich in seiner Lage wäre, würde ich meine Tochter auch keinen Künstler heiraten lassen. Kunst ist etwas für Frauen und Kinder. Kunst ist unmännlich. Deshalb hast du mich auch abgelegt, stimmt's?"

„Dich abgelegt? Auf welchen Stapel denn?"

„Lass uns ernst bleiben. Es geht um den Mann, über den wir neulich gesprochen haben ... Auf dem Nachhauseweg habe ich gründlich über ihn nachgedacht. Ich bin zu dem Schluss gekommen, dass der Mann im Anzug, der auf die öffentliche Toilette gegangen ist, derselbe war, der sie in Lumpen wieder verließ. Nyawĩra, ich muss dir eins sagen: Der gehörte zu den Bettlern vor dem Paradise, und wir wissen inzwischen, dass die treibende Kraft hinter der Bettlerversammlung die sogenannte Bewegung für die Stimme des Volkes war. Er muss zu ihnen gehören, genau wie die Leute in der Schlange vor deinem Büro. Woher ich das weiß? Die Schlange beginnt genau an der Stelle, an der ich den Mann stehen sah. Das könnte heißen, dass er in Wahrheit die Gegend ausgekundschaftet hat, während er sich mit dir unterhielt. Diese Leute wollen allesamt den guten Ruf des Herrschers beflecken, indem sie die Härte der Arbeitslosigkeit und die Not der Arbeitslosen dramatisieren. Dieser Mann, dein Freund, ist eine Bedrohung für die Stabilität und Sicherheit dieses Landes."

„Du hast sie doch nicht mehr alle. Bist du in die Kunst des Märchenerfindens eingestiegen? Gestern war er ein Dschinn, heute ist er ein Provokateur, der Aktionen gegen die Regierung anstiftet!"

„Es gibt keinen Grund, warum er nicht beides sein sollte. Wart nur ab. Die Regierung hat einen Experten für Dschinns und ihre Bekämpfung eingesetzt. Ich glaube, dass diese Dschinns ein einziger Schwindel sind, ganz gewöhnliche Sterbliche, die so tun, als ob. Und der Polizist – wie heißt er doch gleich? Gathere, Ariga oder so ähnlich – ist nichts anderes als ein Geschichtenerzähler."

„Und das bist du natürlich nicht."

„Egal, ob Mensch oder Dschinn, der Mann gehört zur Bewegung für die Stimme des Volkes. Du warst mit ihm zusammen. Und daraus folgt, dass du auch dazugehören könntest. Quod erat demonstrandum."

Der weiß nichts, sagte sich Nyawĩra. Trotzdem fand sie seine Logik nicht gerade lustig, so verschroben sie auch war. Sie versuchte, ihn abzulenken und zu verwirren.

„Grace unterhält sich also mit John. John gehört zur Jugendbrigade. Daraus folgt, dass auch Grace zur Jugendbrigade gehört. Quod erat demonstrandum. Deine Logik ist umwerfend, eines Aristoteles würdig."

„Nicht nur die Weißen kennen sich mit Logik aus. Auch wir haben unsere Logik, schwarze Logik, die sich in den Sprichwörtern findet. Du kennst doch die Redewendung, dass sich ansteckt, wer sich mit Leprakranken abgibt?"

„Gut gekontert", erwiderte Nyawĩra lachend. „Prediger, mit wem gibst du dich ab? Mit Gaunern und Halunken. Demzufolge ..."

„Hör auf mich. Ich bin der Einzige, der dich noch retten kann. Du hast ja sicher gehört oder gelesen, dass der Herrscher die Bewegung für die Stimme des Volkes verboten hat!"

„Ein altes Lied. Warum kommst du nicht mal mit einem neuen Liedchen, nachdem du der Stimme Deines Herrn gelauscht hast? Seit wann bist du der Jugendsprecher Seiner Allmächtigkeit? Ich habe dich noch nicht in einem Mercedes herumfahren sehen. So ein Auto ist schließlich der Gütestempel, dass man es geschafft hat."

„Das ist nur eine Frage der Zeit. Nyawĩra, du scheinst nicht zu begreifen, was ich dir sagen will. Ich sag es noch mal deutlicher. Weißt du, was die Dissidenten als Letztes getan haben? Sie haben im ganzen Land Plastikschlangen und Flugblätter verteilt. Der Herrscher hat Sikiokuu mit besonderen Machtbefugnissen ausgestattet, diese Bewegung zu zermalmen: die gesamte Führungsmannschaft, die Mitglieder, die Anhänger und die Mitläufer. Der Minister beabsichtigt, den kompletten geheimen Sicherheitsapparat einzusetzen. Uns, die Jugendbrigade der Herrscherpartei, eingeschlossen. Verstehst du, worauf ich hinauswill? Ich gebe dir einen letzten freundschaftlichen Rat. Komm zu mir zurück, oder ..."

„Das hört sich eher nach einer Drohung an als nach einem freundschaftlichen Rat. Aber egal, du verschwendest deine Zeit", sagte Nyawĩra und stand auf, um zu gehen.

„Nyawĩra, bitte. Hör auf die Logik deines Herzens. Seit wir beide uns getrennt haben, hast du dich mit keinem anderen eingelassen. Ich auch nicht. Was sagt dir das?"

„Genau das, was du gerade gesagt hast, und nichts weiter", antwortete Nyawĩra und ging kichernd davon.

„Verfluchtes Weib! Eines Tages wirst du auf Händen und Knien zu mir zurückkriechen!", murmelte Kaniũrũ frustriert.

4

Nyawĩra hatte die Mutige gespielt, um sich in Kaniũrũs Gegenwart keine Blöße zu geben, aber ihr Herz hatte vor Unruhe gerast. Sie war überzeugt, dass Sikiokuu und Kaniũrũ kaum etwas über die Bewegung wussten. Trotzdem war Vorsicht keine Feigheit, und sie wollte verhindern, dass Kaniũrũ sie noch einmal aufspürte. Eine Möglichkeit war, ihren Job zu kündigen. Doch wie sollte die Bewegung dann an Informationen über Marching to Heaven und die Global-Bank-Delegation herankommen? Den Arbeitsplatz zu wechseln, war eine andere Möglichkeit. Aber sollte sie wegen eines Mannes, diesem Kaniũrũ, ständig auf der Flucht sein?

Sie dachte an Kaniũrũ und die Jahre, in denen sie sich nahegestanden waren. Anfangs hatte alles so vielversprechend ausgesehen, zumindest für sie. Sie hatte sich schöne Bilder ihrer gemeinsamen Zukunft ausgemalt: Wie sie bei Morgengrauen aufwachten und sich, die jugendlichen Augen zum Blau des Himmels gerichtet, bei der Hand nahmen und unerschrocken in die Welt hinaustraten, um sich ein Heim zu bauen, das Fundament ihrer Zukunft! Wie anders alles gekommen war! Ihre unerfüllt gebliebenen Träume sahen sie unterschiedlich: Während sie mit jedem Tag mehr davon überzeugt war, ihn niemals so weit zu bewegen, seine Art zugunsten ihrer Vorstellungen zu ändern, glaubte Kaniũrũ – selbst nach der Scheidung –, dass er sie dazu bringen könnte, sich seiner Sicht auf die Welt anzupassen. Schließlich war er, der Mann, zu führen bestimmt, und sie, die Frau, hatte zu folgen.

Nyawĩra war so in Gedanken versunken, dass sie von der Busfahrt und der Fahrt mit dem *matatu* kaum etwas mitbekam. Aber sie war diese Strecke so oft gefahren, dass sie instinktiv wusste, wann sie aussteigen musste und auch den Weg nach Hause fand sie im Schlaf.

So kam es, dass Nyawĩra plötzlich mit offenem Mund vor ihrem Haus stand. Das Mondlicht verstärkte die armselige Straßenbeleuchtung. Sie war sprachlos: Vor ihrem Haus stand eine Schlange!

Zuerst glaubte sie, sich verlaufen zu haben. War sie vielleicht in den falschen Bus gestiegen? Sie hätte im Mars Café nicht so viel Zeit vertrödeln sollen, dann hätte sie auch nicht ihren regulären Bus und das *matatu* verpasst. Oder war sie an der falschen Haltestelle ausgestiegen? Oder in die falsche Richtung gegangen? Vielleicht hatten die Arbeitssuchenden gesehen, wie sie das Büro verlassen hatte und waren ihr nach Hause gefolgt? Sie hätte schwören können, dass die Schlange, die an dem Anschlag vor ihrem Büro begann, noch da war, als sie das Mars Café verließ. Während sie sich die Männer, die aufgereiht vor ihrer Haustür standen, genauer ansah, fiel ihr auf, dass alle Anzüge trugen, die anders aussahen als die mit Flicken besetzten und abgetragenen Gewänder der Arbeitssuchenden.

Die Gesichter jedoch konnte sie nicht erkennen, denn die Männer trugen Kapuzen und breitkrempige Hüte.

Nyawĩra wollte einen von ihnen fragen, was hier los sei. Sie machte einen Schritt, zögerte dann aber und blieb stehen. Was, wenn es sich hier um die gerade aktivierten Augen und Ohren und Nasen des Herrschers handelte? Plötzlich fiel ihr Kamĩtĩ ein. Was war mit ihm passiert? Ihre Angst wuchs. Immerhin war Sikiokuu nach Kaniũrũs Aussage mit besonderer Macht ausgestattet worden, um die Gegner des Regimes auszulöschen. Kaniũrũ hatte es auf Kamĩtĩ abgesehen und könnte die Staatssicherheitskräfte zu ihrem Haus geführt haben. Oder war A.G. mit einer Polizeieinheit zurückgekommen? A.G. hatte so etwas angedeutet, und jetzt, da er die Aufgabe bekommen zu haben schien, Dschinns zu verhaften, war er vielleicht auf den Gedanken gekommen, den Herrn der Krähen festzunehmen?

Entschlossen ging sie zum Haus eines Nachbarn, um herauszufinden, was vor sich ging. Auf dem Weg dorthin sah sie einen Mann aus seinem Haus treten, nach hinten gehen und an die Wand pinkeln. Sie trat auf ihn zu, als er gerade wieder ins Haus zurückwollte.

„Was ist denn hier los?“, fragte sie unbekümmert und wies beiläufig zur Schlange hinüber, ohne preiszugeben, dass sie in diesem Haus wohnte.

„Die da drüben? Lass die bloß in Ruhe!“, antwortete der Mann. „Das ist alles wegen diesem Zauberheiler, diesem – wie nennt er sich gleich? – Herrn der Krähen. Die Methoden dieser Hexenmeister sind sonderbar. Erst vor zwei Tagen hat er einen Aushang an seiner Tür angebracht, auf dem er sein dunkles Geschäft ankündigte. Zunächst kamen nicht mehr als zehn Leute, um ihn zu konsultieren. Doch jetzt schau dir das an! Ich habe keine Ahnung, was da los ist. Lady, geh deiner Wege, ich geh den meinen; es ist nicht gut, im Dunkeln zu viele Fragen zu stellen.“

Nyawĩra hatte in Santalucia schon viele Wunder erlebt, aber das übertraf alle. Sie wusste nicht, ob sie lachen oder weinen sollte. Sie ging auf die Rückseite ihres Hauses und klopfte ans Fenster. Keine Antwort. Sie wartete einen Augenblick und klopfte erneut. Beim dritten Versuch teilten sich die Gardinen und sie sah die Umrisse eines Menschen. Als sie Kamĩtĩ erkannte, war Nyawĩra erleichtert. Er half ihr, durch das Schlafzimmerfenster zu klettern und gab ihr ein Zeichen, still zu sein und sich nicht von der Stelle zu rühren. Dann ging er wieder an die Arbeit.

5

Von ihrem Platz im Schlafzimmer konnte Nyawĩra die handelnden Personen nicht sehen, aber sie hörte jedes Wort, das zwischen Kamĩtĩ und seinen Kunden gewechselt wurde. Das Ganze kam ihr wie rituelles Theater vor.

„Was plagt dich?", hörte sie Kamĩtĩ den Mann auf der anderen Seite des kleinen Fensters fragen.

„Meine Feinde."

„Deine Feinde?"

„Ja, meine Geschäftspartner. Wir gehen gemeinsam Essen und Trinken, wir lachen und klopfen uns gegenseitig auf die Schultern, aber das ist alles eine einzige Lüge. Jetzt sieht es so aus, als würde die Global Bank Gelder für Marching to Heaven bereitstellen. Können Sie sich vorstellen, was das bedeutet? Ein Vertrag über die Lieferung von Tee, Butter, Zigaretten oder selbst den einfachsten Artikeln würde einen für den Rest des Lebens steinreich machen. Verstehen Sie, worauf ich hinauswill? Wenn wir schon in Zeiten, in denen es um wenig geht, gegeneinander intrigieren, dann können Sie sich vorstellen, was jetzt los ist. Ich besitze viele Steinbrüche. Mein einziger Wunsch ist es, zum Cheflieferanten von Zement, Steinen und Sand für Marching to Heaven zu werden. Aber glauben Sie mir, Herr Zauberer, ich habe unzählige Feinde, und sie stecken überall, sie sind skrupellos und wollen das, was ich haben will."

„Warum bist du zum Schrein des Herrn der Krähen gekommen?"

„Ich wünsche mir, dass Sie meinen Händen Entschlossenheit verleihen, meiner Zunge Gewandtheit und meinen Augen Kraft, damit sich, wenn ich den Herrn Vorsitzenden Titus treffe, zwischen ihm und mir sofort ein Band knüpft. Ich will ihn mit meinen Augen hypnotisieren, mit meiner Zunge sein Herz sanft stimmen und das Freundschaftsangebot mit einem herzlichen Händedruck besiegeln. Gleichzeitig sollen Sie meinen Mitbewerbern alle Überredungskünste nehmen. Machen Sie ihre Hände kraftlos und nass vor Schweiß, damit es ihn ekelt, wenn sie dem Herrn Vorsitzenden Titus die Hand schütteln; rauen Sie ihre Zungen auf, damit sie, wenn sie ihr Lob auf ihn singen wollen, nur krächzende Geräusche hervorbringen, die schlimmer klingen als Metall auf Metall; lassen Sie Eiter aus ihren Augen triefen, damit, wenn sie ihn ihren Wünschen unterwerfen wollen, nur Abscheu in ihm aufsteigt und ihn abschreckt. Kennen Sie die Geschichte von der großen Schlacht zwischen Sonne und Wind, in der es darum geht, wer den Menschen verleiten könnte, seinen Mantel abzulegen? Der Wind bewirkt nur, dass sich der Mensch enger in seinen Mantel hüllt. Die Sonne aber schafft es, dass er sich ihr bereitwillig unterwirft. Herr der Krähen, machen Sie meine Feinde zum Wind. Und mich zur Sonne. Machen Sie mich zum Primus, zum Ersten unter Gleichen in List und Kaltblütigkeit."

„Kennst du deine Feinde? Weißt du, wer sie sind?"

„Nicht genau. Deshalb bin ich zu Ihnen gekommen. Wir haben von Ihren erstaunlichen Fähigkeiten gehört, die Feinde eines jeden auszumachen, noch bevor man selber weiß, dass man welche hat; und dass Sie die Schatten dieser Feinde in einem Spiegel fangen können und sie anschließend vom Antlitz dieser Erde kratzen. Ich bitte Sie nicht, meine Feinde zu töten – ich bin ein gläubiger Christ und glaube an die Kraft der Vergebung – aber ich wünsche mir, dass Sie tun, was allein Sie tun können."

„Und wer hat dir von mir erzählt?"

„Das ist eine lange Geschichte. Aber ich fasse mich kurz. Ich stand in einer Schlange vor dem Büro des Herrn Vorsitzenden Titus. Er konnte nicht ins Büro kommen, aber wir ließen nicht locker und warteten weiter geduldig einer hinter dem anderen den ganzen Tag auf ihn. Dann erzählte es ein Freund, der es von einem Freund hatte, der es wiederum von einem Freund hatte und der davon durch einen Polizisten erfahren hatte der ihn im Austausch gegen einen Obolus mit nützlichen Informationen versorgt – Sie wissen ja, wie es heutzutage in Aburĩria ist, nichts bekommt man umsonst und Informationen bedeuten Macht. Wie dem auch sei, dieser Polizist berichtete ihm, was Sie für einen seiner Kollegen getan haben: Sie haben veranlasst, dass sich seine Feinde ins Jenseits verzogen haben und dass er befördert wurde, wie er das in seinen kühnsten Träumen niemals für möglich gehalten hatte. Später, so sagen die Gerüchte, haben Sie zehn weitere Polizisten empfangen, zu denen auch dieser Informant gehörte. Also, dachte ich mir, stehle ich mich aus dieser Schlange vor Titus' Büro davon und sichere mir größere Macht, bevor ich morgen den Herrn Vorsitzenden Titus treffe."

Jetzt begriff Nyawĩra, warum sich die Schlange der Reichen und Mächtigen gegen sechs auf geheimnisvolle Weise aufgelöst und sie und Vinjinia verwundert zurückgelassen hatte.

„Verehrter Herr der Krähen", sagte der Kunde gerade, „ich verspreche Ihnen, Sie werden bekommen, was Sie wollen, wenn Sie Ihren Spiegel einsetzen. Wie viel nehmen Sie für eine Weissagung mit dem Spiegel?"

„Ich verlange nichts für die Weissagung. Der Spiegel aber verlangt einige Anstrengungen und Entscheidungen von dem, der seine Kräfte bemüht, um das Verborgene offenzulegen. Der Spiegel sieht und reflektiert nur, was vor ihm liegt. Je mehr du ihm zeigst, desto mehr sieht er, je weniger du zeigst, desto weniger kann er bewirken. Die Entscheidung liegt einzig bei dem, der die Macht der Weissagung in Anspruch nimmt."

„Geld bedeutet mir nichts", hörte Nyawĩra den Mann rufen. „Ich wünsche mir, dass Sie den allermächtigsten Spiegel einsetzen, den es gibt. Die maximale Zauberkraft. Ich werde dem Orakel den dicksten Umschlag zu Füßen legen, den man sich nur vorstellen kann, und bin mir sicher, es wird den Spiegel zufriedenstellen."

„Ich gewähre dir deinen Wunsch", sagte Kamĩtĩ und begann mit denselben Schritten, denen auch Constable A.G. und die zehn Polizisten gefolgt waren. „Mach ganz fest die Augen zu. Halte nach dem Abbild Ausschau, das vor deinem geistigen Auge aufsteigt. In dem

Augenblick, in dem du es siehst, musst du es dem Herrn der Krähen sagen. Sobald ich das Abbild in deinen Gedanken mit dem Spiegel eingefangen habe, werde ich ihm Hände, Mund und Augen auskratzen, um es zu schwächen. Die Schwächung der Organe des Feindes ist gleichbedeutend mit einer Stärkung der deinen. Wie bei einer Waage. Es gibt zwei Möglichkeiten, das Gleichgewicht zwischen den Kräften beider Seiten zu verändern. Entweder legt man auf der einen Seite Gewicht nach oder man nimmt auf der anderen Gewicht weg. Das Weissagen ist eine Wissenschaft."

„Nicht die Liebe zur Wissenschaft hat mich zu Ihrem Schrein geführt", sagte der Mann voller Leidenschaft. „Ich wünsche etwas, das ohne einen erkennbaren Rhythmus oder Grund geschieht. Ich will das reine Spiel von okkulten Mächten. Ich will Magie, nicht Wissenschaft."

Nyawĩra traute ihren Ohren nicht. Wenn man ihr erzählt hätte, was sie gerade gehört hatte, sie hätte es mit ziemlicher Sicherheit ins Reich der Lüge verwiesen. Die Reichen und Mächtigen geben die wissenschaftliche Vernunft zugunsten eines unlogischen Hokuspokus auf? Diese Männer gehörten doch derselben Schicht an wie die Führer der neuen Nationen? Wie sollte die Zukunft des Landes aussehen, wenn solche Männer das Ruder in die Hand nahmen?

Plötzlich wurden ihre Gedanken von einem Schrei der Verzückung unterbrochen.

„Ich sehe etwas! Ich sehe es!", kreischte der Mann im Ton eines Kindes, das eine neue Fertigkeit an sich entdeckt.

„Kannst du erkennen, wessen Abbild es ist?", fragte der Herr der Krähen.

„Nein! Nein! Aber das spielt keine Rolle – dieses Abbild kann für all meine Feinde stehen."

„Halt es fest! Halt es genau an dieser Stelle fest. Lass es nicht entwischen", forderte Kamĩtĩ ihn auf und fing an, auf dem Spiegel herumzukratzen.

„Das Abbild ist weg. Stattdessen fallen jetzt zahllose kleine Sterne durch die Finsternis", berichtete der Mann. „Vielleicht sind das meine Feinde, die wie zerbrochenes Glas in unzählige Splitter zersprungen sind! Das ist wunderbar! Sterne fallen um mich herum, sie lassen mich als einzigen Stern am Firmament zurück!"

„Dann ist es vollbracht. Du hast gesehen, was du zu sehen gewünscht hast. Du kannst jetzt die Augen wieder öffnen. Dein Glück liegt vor dir."

„Danke! Vielen Dank, Herr Zauberer", sagte der Mann. „Neue Kräfte durchströmen mich. Ich kann jetzt mit Marching to Heaven Schritt halten."

Er ging, und sofort nahm ein anderer seinen Platz ein. Nyawĩra erschien diese Abfolge wie Bilder in einem Film, die ineinander übergehen. Die handelnden Personen mochten unterschiedlich sein, die Geschichte aber blieb immer dieselbe. Irgendwann wurde Nyawĩra es leid, ständig dasselbe zu hören, und schlief ein.

Das Plätschern von Wasser weckte sie. Kamĩtĩ duschte. Sie wartete darauf, dass er fertig war. Er schrubbte sich mit grimmiger Entschlossenheit.

„Du hast fast das ganze Wasser aufgebraucht", sagte sie, als sie schließlich im Wohnzimmer saßen.

„Wegen des Gestanks, den sie zurückgelassen haben", antwortete Kamĩtĩ. „Ich habe das Gefühl, ihn nie wieder loszuwerden. Schau mal aus dem Fenster, ob wirklich alle verschwunden sind."

Nyawĩra spähte hinaus. Die Schlange der vermummten Schattengestalten schien nicht kürzer geworden zu sein. Sie schloss das Fenster und sah Kamĩtĩ skeptisch an.

„Als es auf Mitternacht zuging", erklärte Kamĩtĩ, „habe ich eine Nachricht geschrieben. HEUTE NACHT GESCHLOSSEN. KOMMEN SIE MORGEN WIEDER. Ich habe den letzten Kunden gebeten, sie draußen anzubringen."

„Sie machen hier dasselbe wie vor Tajirikas Büro, als ich die Mitteilung über seine Abwesenheit rausgehängt habe", sagte Nyawĩra.

„Wovon redest du?", fragte Kamĩtĩ verblüfft.

Sie erzählte Kamĩtĩ von ihrem Tag im Büro und den neuen Machtbefugnissen Sikiokuus, um die Bewegung für die Stimme des Volkes zu vernichten. Kamĩtĩ berichtete im Gegenzug von seinen Abenteuern als Herr der Krähen.

„Ein Traum, aus dem man nicht mehr aufwacht", schloss er.

„Klingt eher nach einem endlosen Albtraum", meinte Nyawĩra, schaute auf die Uhr und stand abrupt auf. „Es ist schon sehr spät. Wir brauchen morgen alle Kraft, um uns den Warteschlangendämonen zu stellen."

„Wenn wir aufwachen", sagte Kamĩtĩ, „werden sie verschwunden sein."

6

Die Schlangen blieben. Eine Weile lang verdrängte die Heimsuchung von Eldares durch Warteschlangendämonen alle Nachrichten über die Global-Bank-Delegation, die Kämpfe von Mariko und Maritha mit Satan und die Saga von fliegenden Seelen und Flugblätter verteilenden Dschinns.

Nyawĩra und Vinjinia kamen täglich ungefähr zur gleichen Zeit ins Büro. Sie unterhielten sich darüber, wie merkwürdig es war, dass sich die Schlange mit den Vertragsjägern vollständig aufgelöst hatte, wobei Nyawĩra Vinjinia verschwieg, dass sie einfach nur den Ort gewechselt hatte. Vinjinias Aufforderung, etwas gegen die verbliebene Schlange zu tun, wiegelte die Polizei von Santamaria ab. Ohne den Bericht des Polizisten mit dem Motorrad, der noch immer nicht wieder aufgetaucht war, konnten sie nicht viel unternehmen. So warteten die beiden Frauen geduldig auf die Rückkehr des Motorradfahrers, die das Ende dieser Warteschlange einleiten sollte.

Die Eintönigkeit wurde erst unterbrochen, als Vinjinia während der Schulferien ihre Kinder Gacirũ und Gacĩgua mit ins Büro brachte. Die Kinder wollten nicht zu Hause bei ihrem Vater bleiben, weil er unablässig denselben Satz vor sich hin bellte, und sie fürchteten, er könnte sich in einen Hund verwandeln.

Vom Anblick der Warteschlange fasziniert, vergaßen Gacirũ und Gacĩgua die Krankheit ihres Vaters schnell. Sie standen am Fenster, schauten hinaus und stellten endlos Fragen. Waren das da draußen Schüler? Bislang hatten sie nur in der Schule erlebt, dass man sich anstellen musste. Aber bald wurde ihnen langweilig, weil kaum etwas passierte – kein Herumgeschubse, kein Versteckspiel oder wilde Verfolgungsjagden, die strenge Verweise nach sich zogen.

Gacĩgua war der Erste, der seine Mutter bat, ihnen eine Geschichte zu erzählen, doch Vinjinia deutete auf ihre neue Tante.

Nyawĩra sang ihnen etwas vor und rezitierte Gedichte über Webervögel und Elefanten. Aber die Kinder wollten Geschichten hören, worauf Nyawĩra erklärte, Geschichten seien etwas für die Abendstunden, für zu Hause am brennenden Feuer und nichts für den Tag in einem Büro mit Telefon. *Hakuna matata.* Gacirũ und Gacĩgua taten einfach so, als wäre es Abend, das Büro das Zuhause und alle Leute in der Schlange wären Zuhörer. Nyawĩra gab schließlich nach. Sie würde ihnen die Geschichte vom Schmied, dem Ungeheuer und der Schwangeren erzählen.

„Was sind Ungeheuer?", wollten die Kinder als Erstes wissen, und Nyawĩra erklärte ihnen, die *marimũ* seien menschenähnliche Wesen, die sich von Zeit zu Zeit von Menschen ernähren, vor allem von kleinen Kindern. Diese Kreaturen hätten zwei Mäuler, das eine vorn, das andere hinten am Kopf, und durch das Maul am Hinterkopf verspeisten sie Fliegen. Normalerweise aber sei das Maul am Hinterkopf unter ihren langen Haaren verborgen, die bis auf die Schultern fallen.

„Wie bei meiner Mutter?", fragte Gacirũ.

„Gacirũ, willst du damit sagen, dass deine Mutter ein Ungeheuer ist?", warf Vinjinia lachend ein.

„Nein, meine Mutter ist kein Ungeheuer", sagte Gacĩgua. „Sie frisst keine Menschen."

„Erzähl uns die Geschichte", riefen beide im Chor.

Es war einmal ein Grobschmied, der machte sich auf den Weg zu einer weit entfernten Eisenschmiede. Während er fort war, bekam seine schwangere Frau zwei Kinder.

„Wie wir zwei", sagte Gacirũ in einem Zwischenton aus Feststellung und Frage.

„Ja, wie ihr zwei, ein Mädchen und ein Junge, aber sie waren Zwillinge."

„Und wie hießen sie?", fragte Gacĩgua.

Auf diese Frage war Nyawĩra nicht vorbereitet, denn in der Version, die sie kannte, hatten die beiden Kinder keine Namen.

„Zu der Zeit, in der sich die Geschichte ereignete, hatte die Frau ihnen noch keine Namen gegeben", antwortete sie.

„Warum nicht?", fragte Gacirũ.

„Weil ihr ein Ungeheuer bei der Geburt geholfen hatte, das sie jetzt pflegte und das aber die Namen nicht erfahren sollte", improvisierte Nyawĩra.

„Und warum hat das Ungeheuer das gemacht?", fragte Gacirũ.

„Dummkopf. Weil der Mann nicht da war, natürlich", mischte sich Gacĩgua ein.

„Mama! Mama, Gacĩgua hat Dummkopf zu mir gesagt!"

„Schluss jetzt, ihr beiden!", rief Vinjinia herüber, „oder ich sage Nyawĩra, dass sie euch keine Geschichten mehr erzählt."

Das Ungeheuer war eine miese Krankenschwester. Nachdem es Essen gekocht hatte, tat es dieses auf einen Teller und stellte ihn der Frau hin. Doch sobald sie die Hand ausstreckte, um das Essen zu nehmen, zog das Ungeheuer es schnell wieder weg und sagte: „Ich seh schon, du magst mein Essen nicht. Aber das ist nicht schlimm, ich werde es selber essen." Genauso verhielt es sich beim Wasser: „Du magst es nicht? Dann trinke ich es für dich."

„Gacĩgua veralbert mich auch immer so", klagte Gacirũ.

„Du mich doch auch", schoss Gacĩgua zurück.

Sie stritten sich, beschuldigten sich gegenseitig und hätten so weitergemacht, wenn Nyawĩra sie nicht gewarnt hätte, dass sie mit der Geschichte aufhören würde.

„Nein, erzähl uns, wie es weiterging", bettelten die beiden.

Alle vier bekamen dicke Bäuche: die Mutter und die Kinder, weil sie unter Kwashiorkor litten, das Ungeheuer, weil es immer fetter wurde. Eines Tages sah die Mutter im Garten einen Webervogel.

„War das der Webervogel, von dem du gesungen hast?", fragte Gacirũ.

„Welcher?“, fragte Nyawĩra, die das Lied schon wieder vergessen hatte.

„Wie soll sie denn die Geschichte erzählen, wenn ihr sie ständig mit euren endlosen Fragen löchert?“, mischte sich Vinjinia ein.

„Wir fragen jetzt nicht mehr“, versprachen Gacirũ und Gacĩgua. „Bis zum Ende der Geschichte.“

Für ein paar Rizinussamen erklärte sich der Vogel bereit, dem fernen Grobschmied eine Nachricht zu bringen. Nyawĩra beschrieb, wie der Vogel flog und flog und flog, bis er schließlich die Schmiede erreichte und sich auf einem Ast niederließ. Er war sehr müde, trotzdem sang er:

Grobschmied, der das Eisen schmiedet
eil dich, eil dich
Deine Frau hat geboren
mit einem Ungeheuer als Amme
mit einem Ungeheuer als Krankenschwester
Eil dich, eil dich
bevor es zu spät ist

Nyawĩra bat Gacĩgua und Gacirũ, in das Lied einzustimmen. Damit könnten sie helfen, das Ungeheuer zu besiegen. Der Webervogel flatterte von Baum zu Baum und versuchte, die Aufmerksamkeit des Schmieds zu erreichen. Der Grobschmied war in Gesellschaft, und so scheuchten sie den Vogel anfangs einfach fort, weil er sie belästigte, doch als sie seine Hartnäckigkeit bemerkten, nahmen sie sich die Zeit, ihm aufmerksam zu lauschen. Da fiel dem Grobschmied seine schwangere Frau zu Hause wieder ein, und er begriff, dass ihm der Vogel von der Gefahr berichtete, der seine Frau und die Kinder ausgesetzt waren. Er nahm seinen Speer und seinen Schild und rannte, so schnell ihn seine Beine trugen. Bald erreichte er den Hof mit seiner Frau und den Kindern, und mit vereinten Kräften gelang es ihnen, das böse Ungeheuer zu besiegen.

„Hast du gesagt ‚mit vereinten Kräften‘?“, fragte Gacirũ nach. „Ich habe geglaubt, dass Babys gar nicht kämpfen können.“

„Oder Frauen?“, fügte Gacĩgua hinzu.

„Wer hat dir gesagt, dass Frauen nicht kämpfen können?“, fuhr Gacirũ dazwischen. „Ich lass mich von keinem Jungen besiegen, von keinem, ohne mich ordentlich gewehrt zu haben“, fügte sie hinzu und warf einen wütenden Blick auf Gacĩgua.

„Ich habe davon erzählt, dass sie ihre Kräfte zusammenlegten, die großen wie die kleinen“, sagte Nyawĩra und erklärte ihnen, dass die Babys mithalfen, indem sie nicht so oft schrien, und wie die Frau, obwohl noch ziemlich schwach, dem Mann alle Einzelheiten über das Ungeheuer erzählte und sogar darauf hinwies, wie das Ungeheuer am besten besiegt werden könnte, weil sie inzwischen alles über das böse Wesen wusste. Sie wollte es verspotten, um es abzulenken, und ihr Mann sollte dann aus seinem Versteck hervorkommen und angreifen. Und genau das geschah.

Die vier verbrachten den Tag damit, Geschichten zu erzählen, Lieder zu singen und Rätsel zu raten, und am nächsten Tag machten sie weiter. Für Gacirũ und Gacĩgua waren es die perfekten Ferien, und sie hofften, dass das ganze Leben so wäre: Ein unendliches Fest des Geschichtenerzählens mit Nyawĩra als bester Erzählerin, weil sie ihre Stimme klingen lassen konnte wie die eines Vogels, eines Löwen, einer alten Frau, eines Mannes, eines Kindes, oder was man sich nur vorstellen konnte. Am besten gefielen ihnen die Geschichten vom Hasen, dem Trickster, auch wenn die Furcht einflößenden Geschichten über das Ungeheuer sie ebenso beeindruckten.

Einige Tage später kam Gacirũ tatsächlich noch einmal auf die Angelegenheit mit dem Ungeheuer und dem zweiten Maul unter dem dicken, langen Haarschopf zurück. Diesmal hatte Gacirũ Nyawĩra ganz für sich allein und setzte sich auf ihren Schoß. Vinjinia und Gacĩgua schauten auf die endlose Menschenschlange draußen vor dem Fenster.

„Weißt du, ich habe über die Geschichte mit dem Ungeheuer nachgedacht, und ich glaube nicht, dass das Maul am Hinterkopf nur von seinen Haaren verdeckt wurde. Das Maul und die Haare steckten unter den Hüten, die die Ungeheuer immer tragen. Meinst du nicht auch? Hüte können doch auch einen Mund verbergen, oder?

Wie bei den Polizisten draußen? Sag mal, sind Polizisten auch Ungeheuer?"

„Psst!", sagte Vinjinia von ihrem Platz am Fenster.

„Das ist clever", meinte Nyawĩra. „Ich meine, das mit den Hüten. Wie bist du darauf gekommen?"

„Ganz einfach: Meine Mutter hat lange Haare, aber sie trägt keinen Hut. Darum bist du auch kein Ungeheuer, Mama", rief sie zu ihrer Mutter hinüber.

„Vielen Dank", meinte Vinjinia. „Bist du deshalb heute Nacht aufgewacht, weil du mir unter die Haare schauen wolltest?"

„Weißt du, Mama, Ungeheuer sind böse, und sie können sich in jemand anderen verwandeln. In der Schule hat uns die Lehrerin die Geschichte vom Rotkäppchen vorgelesen, das seine kranke Großmutter besuchen wollte, und weißt du was, Mama? Das Mädchen begegnet einem großen, bösen Wolf, der sich im Bett versteckt und so tut, als wäre er die Großmutter. Und weißt du was? Der Wolf hatte die Großmutter bereits gefressen ..."

Plötzlich rief Gacĩgua, der nicht zugehört hatte: „Fahren Ungeheuer auf Motorrädern?"

„Wie kommst du darauf?", fragte Nyawĩra.

„Da kommt ein Fremder auf einem Motorrad ..."

7

Der Motorradfahrer kehrte nach sieben Tagen zurück und machte auf einige den Eindruck eines Verrückten. Seine Erzählung war zwar zusammenhängend, das schon, aber er rollte dabei mit den Augen, als fiele es sogar ihm schwer, die Geschichte zu glauben, die er seinen Einsatzkollegen erzählte.

Diejenigen, die seinen Bericht kennen, berichten von seiner unglaublichen Behauptung, er, der Motorradfahrer, habe sieben Tage lang – das Megafon in der einen Hand, mit der anderen das Motorrad lenkend – nichts weiter getan, als der Warteschlange zu folgen; er stieg nicht ein einziges Mal ab, sondern schlief während der Fahrt, weil er – sich seiner Pflicht als loyaler Polizist bewusst – so schnell wie möglich ans Ende der Schlange gelangen wollte, um unverzüglich und fundiert berichten zu können. Aber jedes Mal, wenn er glaubte, sich dem Ende der Schlange zu nähern, musste er feststellen, dass sich bereits neue Arbeitssuchende angestellt hatten.

Während der ersten beiden Tage war er die Schlange abgefahren, um am dritten schließlich zu bemerken, dass sich immer mehr anstellten. Er war unsicher, in welche Richtung er sich wenden sollte, weil er sich nicht wie die Hyäne verhalten wollte, die einst versucht hatte, mehrere Pfade gleichzeitig zu nehmen. Was zu tragischen Ergebnissen geführt hatte. Also entschied er, sich an den Hauptzweig zu halten, beziehungsweise an das, was ihm als die Hauptschlange erschien.

Zu Beginn seiner Mission hatte er den Schlange stehenden Leuten noch verkündet: „Vorsitzender Titus Tajirika ist heute nicht im Büro. Bitte gehen Sie nach Hause und kommen Sie morgen wieder." Allerdings wurde ihm das bald zu anstrengend, auf dem Motorrad sitzend mit dem Megafon in der Hand. Während er bei den einen anfing, seine Botschaft zu verkünden, hatte er sich, noch bevor er seine Mitteilung zu Ende führen konnte, längst weit von ihnen entfernt. Die Wartenden erhielten nur Bruchteile der Information. Also überlegte der Fahrer, dass es besser wäre, die Sätze zu verkürzen. Als Erstes entfernte er alle überflüssigen Worte wie „Vorsitzender Titus Tajirika". Danach alle Erklärungen, dass der Chef heute nicht im Büro sei. Schließlich hörte er auf, den Leuten zu sagen, dass sie lieber nach Hause gehen sollten und verkürzte es auf „Kommen Sie morgen wieder". Was er zuletzt zu einem einzigen Wort abkürzte: „Morgen". Trotzdem schnappten einige Leute noch immer nur einzelne Silben auf, manche ein „Mor", andere ein „or" und dritte ein „gen".

Er wurde zum Gegenstand hitziger Debatten unter den Wartenden, und sie meinten, er müsse von jenen Dämonen besessen sein, die normalerweise die Politiker dazu zwingen, Wörter auszuspucken, nur um sich selbst reden zu hören, unabhängig davon, ob das, was sie sagten, einen Sinn ergab oder nicht. Sie verpassten ihm den Spitznamen Motorisierter Schwachkopf, was bald zum Synonym für alle Verkehrspolizisten wurde.

Nachdem er auf der Suche nach dem Ende der Schlange sieben Tage lang durch die Städte in der näheren Umgebung von Eldares gekreuzt war, fand er sich schließlich in Santamaria wieder. Der Schwanz der Warteschlange war irgendwie wieder am Kopf angelangt und hatte einen riesigen Kreis gebildet, der aus Sicht der Analytiker das eigentliche Problem für den Motorradfahrer darstellte. Er war immer im Kreis gefahren, und erst, als er das Mars Café entdeckte, wurde ihm klar, dass er an seinen Ausgangspunkt zurückgekehrt war. Wie oft er die Stadt umfahren hatte, ohne es zu merken, wird wohl immer ein Geheimnis bleiben. Selbst ihm. Wenn er nicht zufällig das Mars Café wiedererkannt hätte, er wäre für den Rest seines Lebens auf der Suche nach dem Ende der Schlange gewesen.

Natürlich konnte er nur über die eine Warteschlange etwas sagen, um die er sich gekümmert hatte, doch tauchten in allen Winkeln von Eldares zahllose andere auf. Eine Zeit lang sah es so aus, als ob in Eldares jeder besessen war. Wenn jemand nur einen Schaufensterbummel machte und für einen Augenblick vor einem Schaufenster stehen blieb, bildete sich hinter ihm eine Schlange. Die Leute fragten sich nicht einmal, warum es diese Schlange gab; sie nahmen einfach an, dass sie aus gutem Grund existierte, und wollten ihren Anteil an dem, was da verteilt wurde. Gerüchte, dass mit Marching to Heaven bereits begonnen worden war und die Finanzmissionare der Global Bank Geld verteilten, trugen dazu bei, das Fieber noch ansteigen zu lassen. Manchmal fand sich jemand am Kopf einer Warteschlange, ohne zu merken, dass er diese ausgelöst hatte, ging nach Hause und stellte sich am nächsten Tag hinten wieder an und wusste immer noch nicht, dass er selbst ihr Verursacher war. Die Menschenreihen entwickelten ein Eigenleben.

Nachdem er seinen mündlichen Bericht abgeschlossen hatte, sank der Polizist im Polizeihauptquartier erschöpft in tiefen Schlaf. Sieben Tage und Nächte wälzte er sich in seiner Verstrickung, als befände er sich in den Klauen eines Albtraums. Als er nach sieben Tagen erwachte und lautstark nach seiner Yamaha verlangte, um die unerledigte Aufgabe, alle Warteschlangen zu ihrem Ursprung zurückzuverfolgen, zu Ende zu bringen, lieferte man ihn zur Beobachtung in eine geschlossene Anstalt ein und suspendierte ihn später auf unbestimmte Zeit - ohne Dienstbezüge –, damit er sich erholte.

Als sein Bericht dem Herrscher zu Ohren kam, rief dieser unverzüglich seine Minister zu einer Krisenkabinettssitzung zusammen, um mit ihnen zu beraten, wie das Übergreifen dieser dämonischen Warteschlangen auf andere Städte verhindert werden konnte.

8

Während der Krisensitzung im State House wurde deutlich, dass den Herrscher am meisten die Beobachtung des wahnsinnig gewordenen Motorradfahrers beschäftigte, die Schlangen hätten weder Anfang noch Ende. „Das hört sich gefährlich an, oder?“, fragte er das Kabinett ohne jeden Anflug von Humor.

Sikiokuu antwortete als Erster und meinte, da es bekanntlich in ganz Aburĩria verboten sei, dass sich mehr als fünf Personen ohne polizeiliche Erlaubnis versammelten, sei das ungenehmigte Schlangestehen ein eindeutiger Rechtsbruch, der zudem der Welt signalisiere, nicht nur die Arbeitslosigkeit habe krisenhafte Ausmaße angenommen, sondern es bestünden gleichzeitig Versorgungsengpässe. Das sei katastrophal für das Ansehen des Landes. Warum aber geschehe das alles jetzt, während die Global-Bank-Delegation im Land sei? Um Investoren abzuschrecken? Gab es Personen in ihrer Mitte, die heimlich die Bürger aufstachelten, Warteschlangen zu bilden als ersten Schritt für einen Massenaufstand? Vielleicht hatten diejenigen, die die Bankvisite arrangierten, noch andere politische Karten im Ärmel. „Verbieten Sie Warteschlangen. Ja, schicken Sie sie auf den Weg, den auch die Bewegung für die Stimme des Volkes gehen muss“, fügte Sikiokuu hinzu und zog zur Betonung an seinen Ohrläppchen.

Außenminister Machokali sprach als Nächster und wies zuerst auf seine Augen, um zu zeigen, dass er jederzeit wachsam war und vor allem Sikiokuu diese schändlichen Anspielungen nicht durchgehen lassen würde.

„Was meint Minister Sikiokuu mit dem Vorschlag, die Warteschlangen müssten den Weg der Bewegung für die Stimme des Volkes gehen?“, fragte er. „Weiß er nicht, dass die von ihm angesprochene Bewegung wie ein Maulwurf im Untergrund arbeitet, weil ihre Mitglieder das Licht des Herrschers fürchten? Will der Minister andeuten, diese Schlangen sollten in den Untergrund gezwungen werden, wo man sie schwerer ausmachen und auslöschen kann? Ich bin sicher, der Minister wird seine Absichten noch klarstellen.“

Solange die Abordnung der Global Bank im Lande war, riet Machokali, solle der Herrscher Kurs halten, seine Worte und Handlungen abwägen und sich nicht von Menschen, die ihre eigenen Ziele verfolgten, zu Unbesonnenheiten anstiften lassen.

„Eure Allmächtige Vortrefflichkeit, wir sollten nichts tun, was diejenigen auf der Welt, denen nicht gefällt, dass wir nur eine Partei und einen Herrscher haben, zu dem Vorwurf verleiten könnte, in Aburĩria regiere die Furcht. Die Warteschlangen sollten eher dazu beitragen, diese haltlosen Behauptungen zu entkräften. Der Anblick von Menschen, die sich wann, wo und wie auch immer in Reihen anordnen, sollte bei den Vertretern der Global Bank einen positiven Eindruck unseres Staates hinterlassen.“

„Will der Minister damit sagen, dass sich unser Land von der Global Bank Befehle erteilen lässt?“, warf Sikiokuu ein, den Machokalis Worte schwer trafen.

Mit dieser Frage hatte er sich aber einen groben Fehltritt geleistet. Er erkannte das nicht sofort, aber die anderen hatten das Stirnrunzeln des Herrschers bemerkt und nahmen Haltung an.

„Mr. Sikiokuu, wollen Sie damit sagen, ich lasse mir von der Global Bank Befehle erteilen?“

„Keinesfalls, Eure Allmächtige Vortrefflichkeit. Ich sprach nicht über Sie“, bemühte sich Sikiokuu zu erklären. „Ich sprach über das Land.“

Ein weiterer Fehltritt.

„Es gibt also einen Unterschied zwischen mir und dem Land?", knurrte der Herrscher. „Hatten wir das nicht geklärt?"

Machokali ergriff die Gelegenheit, seinen Widersacher weiter zu isolieren. Er sprang auf und rief: „Seine Allmächtigkeit, der Herrscher, ist das Allmächtige Land und das Allmächtige Land ist der Herrscher." Von Big Ben Mambo angeführt, erhoben sich auch die anderen Minister und stimmten ein: „Der Herrscher und das Land sind eins", und bald entwickelte sich daraus ein Wechselgesang, den Machokali anführte.

Als er Machokali in heller Begeisterung aufspringen sah, wurde Sikiokuu klar, dass er sich wieder einen schweren Schnitzer geleistet hatte, und er schwankte eine Sekunde lang, ob er nun aufstehen und in den Gesang einstimmen oder sitzen bleiben sollte. Wie konnte er in ein Lied einstimmen, das sein Erzfeind angestimmt hatte, zumal er damit isoliert und gedemütigt werden sollte? Deshalb sank er, statt dem Chor zu folgen, auf die Knie und beugte den Kopf so tief, dass seine Ohren den Boden berührten, als wollte er demonstrieren, dass Taten lauter sprächen als Worte.

Der frohlockende Machokali intensivierte seine musikalischen Anstrengungen, und das Ruf-und-Antwort-Spiel wäre sicher noch eine Weile weitergegangen, hätte der Herrscher sie nicht mit einer Handbewegung aufgefordert, sich zu setzen und ihn hören zu lassen, was der kniende Mann zu seiner Verteidigung vorzubringen hatte.

„Auf der ganzen Welt gibt es niemanden", flehte Sikiokuu mit zittriger Stimme, „der nicht weiß, dass der Herrscher dieses Land ist und dieses Land Seine Allmächtigkeit der Herrscher. Dass viele andere Führer auf diese unauflösliche Einheit eifersüchtig sind, ist bekannt. Ich habe nur vorgeschlagen, ungenehmigtes Schlangestehen zu verbieten, damit unsere Feinde im Innern wie im Äußern dies nicht dazu verwenden können, diese Einheit in Frage zu stellen. Im Übrigen bin ich der festen Überzeugung: Sie sind das Land und das Land sind Sie. Ich schlage daher vor, dies in die Verfassung aufzunehmen. Ich schwöre vor Eurem Allmächtigen Angesicht, im Parlament einen Vorstoß zu unternehmen, die Verfassung entsprechend zu ändern."

Der Herrscher gab Machokali ein Zeichen fortzufahren, und es war niemandem entgangen, dass der Herrscher Sikiokuus Worte nicht nur völlig ignorierte, sondern ihn nicht einmal aufforderte, sich wieder zu setzen. Für die Dauer der gesamten Sitzung blieb Sikiokuu auf seinen Knien.

Der triumphierende Machokali wollte seinem Widersacher den Todesstoß versetzen. Es mache keinen Sinn, sagte er, die Verfassung zu ändern, nur um etwas festzuhalten, das so offensichtlich sei wie die Tatsache, dass die Sonne die Quelle von Wärme und Licht ist. „Ich will mich aber nicht länger mit dieser Torheit beschäftigen", fuhr er fort. „Ich möchte auf den Bericht des Motorradpolizisten zurückkommen. Es ist eindeutig, die Schlangen stehen mit Marching to Heaven in Zusammenhang. Unternehmer wie Arbeiter wissen, dass dieses Projekt Wirtschaftswachstum und viele Arbeitsplätze schaffen wird; deshalb haben sich Arbeitgeber und Arbeitnehmer Schulter an Schulter auf den Straßen von Eldares versammelt, um Marching to Heaven zu unterstützen, obwohl das Projekt noch gar nicht begonnen wurde! Hat es so etwas in der Weltgeschichte schon mal gegeben? Löwe und Lamm legen sich zueinander. Fürchten wir nicht diejenigen, die voller Hoffnung Schlange stehen, sondern diejenigen, die sich vor dem fürchten, der sich voller Hoffnung in die Schlange stellt! Nehmt einen Rat von mir an: Nutzt die Warteschlangen, missbraucht sie nicht. Statt das Schlangestehen zu verbieten, sollten wir der Welt damit das Bild einer Nation präsentieren, die sich geschlossen hinter der Vision ihres Führers versammelt."

Der Herrscher war sehr erfreut über die Idee. Seit die Leute ihn im Park aus Angst vor Schlangen allein gelassen hatten, suchte er nach einer Möglichkeit, mit der er beweisen konnte, wie sehr sie ihn immer noch liebten, wie sehr sie sich wünschten, seinen Fußstapfen zu folgen. Jetzt bot sich die Gelegenheit.

Sobald den anderen Ministern klar wurde, wie sehr Machokalis Vorschläge den Herrscher begeisterten, lösten sich ihre Zungen und jeder behauptete – einer nach dem anderen –, dass das Warteschlangenphänomen in der Region, aus der er stammte, am ausgeprägtesten sei und seine Anhänger ausschließlich Lieder sängen, mit denen sie sich hinter Marching to Heaven stellten. Einige Regionalvertreter, in deren Gebiet der Wahnwitz erst noch ausbrechen musste, erklärten, sie würden der Parteibasis sofort Order geben, aktiv zu werden. Andere schlugen vor, die Bankvertreter sollten durch die Stadt und andere Landesteile reisen, um mit eigenen Augen das Ausmaß der Unterstützung des Volkes für Marching to Heaven zu sehen.

Sogar der tief gedemütigte Sikiokuu versuchte, mit dem Strom zu schwimmen und behauptete, der Herrscher wäre der Vater des Schlangestehens und die anderen folgten lediglich seinem Vorbild. In seiner Eigenschaft als Staatsminister im Büro des Herrschers, dem die Sicherheitsdinge oblagen, würde er, Sikiokuu, Hunderte Leute vom M5 in die Schlangen abstellen, damit niemand den Schlangenwahn als Referendum für die Anarchie missbrauche.

„Ein Warteschlangenreferendum für Marching to Heaven", platzte Big Ben Mambo heraus, der es Sikiokuu übel nahm, Machokalis Ideen weiter kleinzureden. Das löste eine politische Diskussion aus, zumal Big Ben Mambo noch darauf hinwies, das Warteschlangenreferendum könne eine neue politische Theorie begründen, was vom Bildungsminister enthusiastisch unterstützt wurde. Er hob hervor, eine solche Theorie, die natürlich den Namen des Herrschers tragen müsse, könnte in allen Schulen und Colleges Aburĩrias gelehrt werden und die überholten Ansichten von Platon, Aristoteles, Hobbes und Pope ersetzen. Ein weiterer Minister fügte hinzu, die politischen Theorien des antiken Griechenland würden einer vergangenen Zeit angehören und sollten über Bord geworfen werden. „Wir können nicht zulassen, dass der Moder der Toten den wachen Geist der Lebenden besudelt", meinte er und alle lachten. Sogar der Herrscher ehrte diese Bemerkung mit einem Lächeln und einer bescheidenen Äußerung.

„Es gibt Leute, die der Ansicht sind, nur Weiße können neue Theorien entwickeln. Sie liegen falsch!", sagte er, und alle Minister antworteten im Chor: „Jaaaa!"

Sie hatten seinen Wink verstanden und wählten Machokali einstimmig zum Vorsitzenden eines Komitees zur Abfassung der „Theorie in Politik und Regierungspraxis des Herrschers".

Aus Angst, alle Segnungen könnten an ihm vorübergehen, warf Sikiokuu aus seiner knienden Position ein, dass die schlangestehenden Menschen diese Theorie bereits in die Praxis umsetzen würden, und nur der Herrscher berechtigt sei, das als sein Verdienst anzusehen. Man müsse einen Weg finden, um dem Volk zu danken, das mit solch grenzenloser Begeisterung Schlangen bilde. Er bot an, die Dankbarkeit des Herrschers zur besten Sendezeit über Radio und Fernsehen zu verkünden und durch das Land zu fahren, um den Menschen im Namen des Herrschers für ihre Unterstützung von Marching to Heaven zu danken.

Machokali starrte ihn finster an. Er durfte nicht zulassen, dass dieser gerissene Hund einen Fuß in die Tür von Marching to Heaven bekam. Die Idee, jede Schlange mit M5-Leuten zu unterwandern, sei exzellent, sagte Machokali, und sie zeige, dass Sikiokuu – selbst wenn er knie – immer flinke Füße habe, wenn es darauf ankomme. Doch sei es das Klügste, die Medien dem Informationsminister Big Ben Mambo zu überlassen. Wenn die Bekanntmachung aus dem Büro des Herrschers käme, könne der völlig falsche Eindruck entstehen, das Volk sei zur Schlangenbildung genötigt worden, und das würde den positiven Eindruck einer spontanen Vorfreude der Menschen auf Marching to Heaven trüben. Eine einfache Presseerklärung sei vollkommen ausreichend.

Jahre später fragten sich einige der damals Anwesenden rückblickend, ob Machokali in diesem Moment alles vorausgesehen hatte, oder ob er bei dem Versuch, seinen knienden Widersacher endgültig zu vernichten, über etwas gestolpert war, dessen Bedeutung sich erst im Nachhinein zeigte. Sie konnten sich erinnern, wie Machokali vor sich hin geflüstert hatte: „Es waren vier, aber wir können fünf losschicken." Der eine oder andere behauptete sogar, diesem Satz sei ein Leuchten seiner Augen vorausgegangen, das für einen Augenblick den Raum erhellte.

„Wovon redest du?", fragte der Herrscher verdutzt.

„Die vier Reiter im Buch der Offenbarung", antwortete Machokali, ohne zu zögern.

„Und was hat das mit uns zu tun?"

Als er nun sein Vorhaben erläuterte, herrschte absolute Stille im Raum. In jede der fünf Regionen – in den Norden, den Süden, den Westen, den Osten und in die Zentralregion – sollten Boten geschickt werden, um aus erster Hand die Hitze des Schlangenfiebers und seine Wirkung auf die breite Bevölkerung abzuschätzen. Als Erstes würde er den fünf von ihm persönlich ausgewählten Boten mit auf den Weg geben, sich zu beeilen und nicht eine ganze Woche damit zuzubringen, im Kreis herumzuirren. Darüber hinaus würde er sie anweisen, ganz Aburĩria zu bereisen, die bestehenden Warteschlangen zu erfassen und gleichzeitig die Dankbarkeit und Freude des Herrschers über das Schlangestehen zu verkünden und das Volk zu weiteren spontanen Ausbrüchen zur Unterstützung von Marching to Heaven anzustacheln.

Sikiokuu fühlte sich kaltgestellt und wünschte, er könnte darauf mit einem Zitat aus dem Koran oder einem anderen heiligen Text antworten. Da er sich aber des Sprichworts „Wenn du sie nicht schlagen kannst, schließ dich ihnen an" bewusst war, beschränkte er sich auf den Hinweis, dass die Aufgabe der Entsendung weiterer Boten allein bei seiner Abteilung lag, zumal Sicherheitsfragen damit zusammenhingen.

Die Minister, die normalerweise den Krieg zwischen den beiden Widersachern beobachteten und sich immer auf die Seite des Gewinners schlugen, gaben der Schlacht, die gerade geendet hatte, den Titel „Die Schlacht der Fünf Reiter", waren sich aber nicht ganz sicher, wer sie nun gewonnen hatte.

Sikiokuu schäumte vor Wut, als er das State House verließ, und einige behaupten gar, sein keuchender Atem habe – wie bei einem Flusspferd unter Wasser – Luftblasen aus Mund und Nase aufsteigen lassen, und diese hätten ihn und sein Auto auf dem ganzen Weg zu seinem Büro umgeben. Der Minister war außer sich. Er hatte zu gehorchen, wollte dabei den Stand seines Widersachers in den Augen des Herrschers aber keinesfalls weiter befördern. Wie sollte er dem Herrscher folgen und sich gleichzeitig rächen? Er würde das geschriebene Wort nach den Buchstaben des Gesetzes auslegen, seinen Geist aber im gesprochenen Wort unterwandern.

Sikiokuu tippte auf fünf Bögen mit dem Briefkopf DAS BÜRO DES HERRSCHERS die Überschrift „Die Boten des Herrschers". Auf jedem gab er genaue Anweisungen: „Wisse durch dieses Schreiben, dass ich dich in angegebene Richtung entsende ..." Die Aufgabe eines jeden Einzelnen bestand darin, zu beobachten und zu bewerten, die Zufriedenheit des Herrschers über die Bildung von Warteschlangen zu übermitteln und die Botschaft auch dort zu verbreiten, wohin sie noch nicht gelangt war. Normalerweise hätte Sikiokuu die Schreiben im Auftrag des Herrschers unterzeichnet, er entschied sich jedoch anders. Er legte sie dem Herrscher vor, der, obwohl er Sikiokuu heftig beschimpfte – „Warum verschwendest du meine Zeit mit solchen Lappalien? Warum hast du nicht selbst unterschrieben?" –, mit Behagen seine Unterschrift daruntersetzte und die Briefe sogar mit dem Siegel des State Houses abstempelte.

Ausgestattet mit der Vollmacht, rief Sikiokuu die fünf Auserwählten in sein Büro und überreichte jedem einen Brief – das kostbarste Dokument, das jeder von ihnen jemals erhalten hatte. Besonders freuten sie sich über die Unterschrift des Herrschers, weil sie in ihren Augen dadurch zu seinen Abgesandten im Land und in der Welt erhoben wurden. Sikiokuu instruierte sie aufs Genaueste.

Er sagte den Boten des Herrschers, dass nicht nur Eile, sondern absolute Sorgfalt gefordert war. Es würde nicht die geringste Gnade erfahren, wer zurückkehrte, ohne den hintersten Winkel des Landes besucht zu haben, in denen es Warteschlangen, Gerüchte oder Möglichkeiten von Warteschlangen gab. Sie als Botschafter des Herrschers könnten sogar über die Grenzen des Landes hinausgehen, wenn notwendig, fügte er um einen lockeren Ton bemüht hinzu, aber es gelang ihm nicht. Kurz: Es bestünde wirklich kein Grund zur Eile, und sie könnten sich bei der Erfüllung ihrer Pflicht Zeit lassen, sagte er noch, bevor er sie auf brandneuen Motorrädern entließ.

Zur gleichen Zeit, in der Sikiokuu seinen Anweisungen den letzten Schliff verpasste, dachte sein Widersacher Machokali nicht ohne stille Verwunderung an den Augenblick, da ihm die „Apokalyptischen Reiter" in den Sinn gekommen waren. Am besten gefiel ihm, dass Sikiokuu diese Boten in alle fünf Regionen Aburĩrias entsenden würde, damit sie das Evangelium des Schlangestehens verkündeten, das er anfangs mit Verachtung abgetan hatte. Außerdem hatte das Schlangestehen als massenhaftes Bekenntnis zu Marching to Heaven jetzt den Segen des Herrschers. Machokali war davon überzeugt, dass die Berichte der fünf Reiter nützen würden. Welchen Weitblick er doch mit der Ernennung Tajirikas zum Vorsitzenden von Marching to Heaven bewiesen hatte, denn alle Berichte – einschließlich dem des verrückt gewordenen Motorradpolizisten – besagten übereinstimmend, dass die Schlangenbildung vor den Büros der Eldares Modern Construction and Real Estate begonnen hatte.

Nach der Krisensitzung des Kabinetts rief Machokali Tajirika an, um ihm zu gratulieren, da die Warteschlangendämonen zuerst vor seinen Büros aufgetaucht waren. Aber er war enttäuscht, als er erfuhr, dass es Tajirika leider noch nicht besser ging. Dass sein Freund sich ausgerechnet jetzt eine Grippe einfangen musste! Mit wem sonst konnte er die Freude über den Sieg teilen?

In jener Nacht träumte ihm, dass er vier Boten erblickte, vier Reiter auf weißen Motorrädern ... Schweißgebadet wachte er auf. Warum vier und nicht fünf?

Wieder rief er bei Tajirika an. Er solle ihn bitte zurückrufen, sobald es ihm besser gehe.

9

Tajirika, der Vorsitzende von Marching to Heaven, Besitzer und Geschäftsführer der Eldares Modern Construction and Real Estate und Freund des Außenministers, konnte niemandem zurückrufen. Er hockte den ganzen Tag, das Kinn in die Hände gestützt, vor dem Badezimmerspiegel und starrte ins Leere. Hin und wieder wanderte sein Blick verloren in den Spiegel, ganz sacht, dann murmelte er das Wort „wenn“ und schaute anschließend wieder ins Nichts. Wenn sein Blick länger im Spiegel verweilte, bellte er das Wort mehrmals heraus, und sein Körper zitterte unkontrolliert, bis er die Augen vom Spiegel abwandte und eine nervöse Ruhe erlangte.

In den ersten Tagen des Gebrechens glaubte Vinjinia, der Spiegel sei für den Zustand ihres Mannes verantwortlich. Deshalb lockte sie ihn eines Abends ins Bett, hängte, als er eingeschlafen war, den Spiegel um und hoffte, Tajirikas heftigen „Wenns" ein Ende zu bereiten.

Am folgenden Morgen war Tajirikas Gesicht die Heiterkeit selbst, als wäre die Krankheit durch den arbeitsfreien Vortag verschwunden. Mit Begeisterung ging er an seine Morgenrituale, ein klarer Hinweis auf seine Absicht, wie üblich ins Büro gehen zu wollen. Vinjinia hoffte, seine Krankheit nicht noch einmal ansprechen zu müssen. Noch eine letzte Hürde, dann wird alles gut, dachte sie, als sie ihn ins Badezimmer gehen sah. Eine Sekunde später schrie Tajirika, wer den Spiegel von der Wand genommen habe. Wie solle er sich ohne Spiegel rasieren? Er beschuldigte die Kinder und drohte ihnen Prügel an, womit er Vinjinia zwang, sich zu ihrer Tat zu bekennen. Sie habe vergessen, ihn wieder hinzuhängen, als sie die Wand gewischt habe, sagte sie. Ihre List hatte versagt, denn als der Spiegel wieder an seinem Platz hing, kehrten die „Wenns" mit unverminderter Kraft zurück. Wieder war es Vinjinia, die ins Büro ging, während Tajirika zu Hause blieb und erneut den Tag im Bad zubrachte.

Es wurde immer schlimmer. Hilflos musste Vinjinia zusehen, wie sich Tajirika zwischen „wenn" und „wenn ich bloß" das Gesicht zerkratzte. Dann zog er sich aus und sprang in die Badewanne, um sich schweigend am ganzen Körper zu kratzen. Er verlor die Sprache, bis auf diese zwei Worte. Wieder hängte sie den Spiegel ab und ließ sich durch nichts dazu bringen, ihn wieder aufzuhängen.

Als er aus der Wanne stieg, schien Tajirika geschockt und verwirrt, den Spiegel nicht mehr an der Wand zu sehen. Weil er aber die Sprache verloren hatte und nur noch „wenn" und „wenn ich bloß" stammeln konnte, gestikulierte er nur wild herum. Schließlich durchwühlte er Vinjinias Handtasche und fand einen kleinen Spiegel. Den ganzen Tag hielt er den Spiegel in der Hand, kratzte sich und sprang von Zeit zu Zeit in die Badewanne. Selbst als er an diesem Abend ins Bett ging, hielt er den Spiegel in der Hand wie ein Kind sein

Kuscheltier. Als Vinjinia aus dem Büro kam, wartete sie wieder, bis er eingeschlafen war, nahm ihm den Spiegel aus der Hand und versteckte ihn. Am Morgen wies sie die Hausangestellten an, darauf zu achten, dass weder im Haus noch sonst auf dem Anwesen ein Spiegel herumlag. Ohne Spiegel wurde Tajirika zunehmend schwermütiger.

Vinjinia rief Ärzte an, von deren Diskretion sie überzeugt war. Sie erzählte ihnen, wie niedergeschlagen er sei und dass er sich manchmal im Gesicht kratze, unterließ aber jeglichen Hinweis auf Tajirikas Spiegelmanie und seinen Sprachverlust. Sobald ein Arzt vorschlug, ihn in seine Klinik zu bringen, spielte sie den Ernst seines Leidens herunter. Andere sagten frei heraus, per Telefon weder eine Diagnose stellen noch Arznei verschreiben zu können; und dritte empfahlen rezeptfreie Arzneimittel gegen Jucken und Depressionen. Aber die Medikamente halfen nicht.

Was sollte sie machen? Als die Tage vergingen, ohne dass sich Tajirikas Zustand besserte, bekam Vinjinia das Bedürfnis, ihr Geheimnis mit jemandem zu teilen.

„Ich glaube, jemand hat ihn verhext", sagte sie eines Tages unvermittelt zu Nyawĩra.

Sie arbeiteten jetzt die zweite Woche zusammen. Der Motorradfahrer war gesund und munter wieder aufgetaucht, doch für Vinjinia und Nyawĩra waren die Nachrichten von endlosen Schlangen und motorisiertem Wahnsinn niederschmetternd. Gacirũ und Gacĩgua gingen wieder in die Schule, und Nyawĩra vermisste die Stunden des Geschichtenerzählens.

„Wissen Sie, viele neiden ihm seinen Erfolg", fuhr Vinjinia fort, „vor allem seine Berufung zum Vorsitzenden von Marching to Heaven. Inzwischen isst er nicht einmal mehr richtig. Wenn Sie ihn sähen, würden Sie ihn kaum wiedererkennen, so hat er abgenommen."

„Wer sollte ihn denn mit einem bösen Zauber belegen wollen?", fragte Nyawĩra, neugierig, wen Vinjinia als Feind betrachtete.

„Ich weiß nicht; vielleicht irgendeiner von den sogenannten Geschäftsleuten, die hier aufgetaucht sind, um ihre Aufwartung zu machen. Jetzt kommen sie nicht mehr. Warum? Wahrscheinlich seit genau dem Augenblick, in dem sie erfuhren, dass ihr böses Tun wirkt."

„Aber woher wollen Sie wissen, dass er verhext ist?“, fragte Nyawĩra, der einfiel, dass Vinjinia eine gläubige Christin war. „Hat er vor oder während seiner Krankheit irgendetwas Ungewöhnliches getan, gegessen oder angezogen?“

Vinjinia erinnerte sich an den Handschuh, den er an der einen Hand trug, was ziemlich seltsam war, weil er ihn niemals ablegte, weder bei Tisch noch im Bett.

„Ja“, antwortete Vinjinia nach kurzem Überlegen, wie weit sie sich Nyawĩra anvertrauen sollte. „Als dieser Irrsinn mit Marching to Heaven anfing, hat sich mein Mann angewöhnt, einen Handschuh an der rechten Hand zu tragen. Er zieht ihn nie aus und wäscht sich auch nicht die Hand.“

„Nehmen Sie ihm den Handschuh weg“, schlug Nyawĩra vor.

In dieser Nacht zog Vinjinia, nachdem sie sich von Tajirikas festem Schlaf überzeugt hatte, den Handschuh von der Hand. Er stank so entsetzlich, dass sie ihn auf den Boden warf. Hatte der Gestank mit der Zauberei zu tun? Was, wenn sie ebenfalls Opfer dieser dunklen Mächte wurde?, dachte sie plötzlich erschrocken. Sie nahm sich vor, jeden Kontakt mit dem Handschuh oder der Hand zu vermeiden. Aber wie konnte sie diesen Mächten erlauben, ihr vorzuschreiben, was sie in ihrem eigenen Haus anfassen durfte und was nicht, einschließlich der Hand ihres Ehemanns? Sie holte ihre Bibel, drückte sie an die Brust und fühlte sich etwas mutiger. Sie untersuchte die Hand. Unter den langen Fingernägeln waren Schmutzränder. Sie dachte daran, die Nägel zu schneiden, die Hand zu waschen und den Handschuh in den Müllsack zu werfen, aber das würde bedeuten, ein Beweismittel zu vernichten. Sie hob den Handschuh vom Boden auf und legte ihn in eine Schublade.

Am nächsten Tag erzählte sie Nyawĩra, sie sei jetzt sicher, dass ihr Mann vom Bösen im Innern des Handschuhs verhext wurde.

„Wieso im Innern des Handschuhs?“ fragte Nyawĩra. „Und warum hat es nicht sofort zugeschlagen, als er den Handschuh anzog?“

„Da haben Sie irgendwie recht“, gab Vinjinia zu. „Die Verhexung muss passiert sein, als sie sich hier im Büro die Hände geschüttelt oder die Umschläge mit dem Geld rübergeschoben haben. Kurz nachdem er das Geld gezählt und mit dem Handschuh berührt hat, ist er krank geworden."

„Geld? War es viel?", fragte Nyawĩra; nicht nur, weil sie die Unterhaltung im Gang halten, sondern auch, weil sie die tatsächliche Summe wissen wollte.

„Sie hätten sehen sollen, wie viel!", antwortete Vinjinia voller Stolz und Furcht und vergewisserte sich, dass die Polizisten, die das Anwesen bewachten, sich nicht in Hörweite befanden. „Alle drei Säcke waren voller Geldscheine, und nicht ein einziger war weniger als einhundert Burĩ."

„Drei Säcke bis oben hin voll mit Scheinen?", fragte Nyawĩra theatralisch.

„Das beweist doch, dass sich nicht jeder für ihn und mit ihm freute", meinte Vinjinia. „Als Übeltäter kommen alle in Frage, die diese Säcke mit Geld gefüllt haben."

„Klar, verstehe", sagte Nyawĩra, die von dem Gerede über Hexerei langsam genug hatte. „Was Sie jetzt brauchen, ist ein guter Zauberheiler", fügte sie hinzu, wohl auch, weil sie die gläubige Christin ein wenig schockieren wollte; eigentlich war sie jedoch über Vinjinias Gleichgültigkeit entsetzt.

„Das einzige Problem besteht darin", erwiderte Vinjinia nüchtern, „dass ich nicht die geringste Ahnung habe, wo ich einen Zauberheiler auftreiben soll."

Offensichtlich rechnete sie damit, Nyawĩra sei ebenso ahnungslos wie sie, aber sie irrte sich.

Nyawĩra hatte eine Idee. Warum war sie nicht eher darauf gekommen? Schließlich gab es den Herrn der Krähen!

Die Vorstellung, Tajirika könne ausgerechnet bei einer Person Heilung suchen, die er gedemütigt hatte, amüsierte sie.

„Ich habe gehört", sagte Nyawĩra, „ein neuer Zauberheiler soll sich in der Stadt niedergelassen haben. Der Herr der Krähen!"

„Wo kann ich ihn finden? Ich meine, wo hat er seinen Schrein?"

„In Santalucia, im Süden."

„Im Süden von Santalucia?", schrie Vinjinia mit ungespieltem Entsetzen. „Sie meinen, in den südlichen Slums, wo die ar ... armen

Menschen ...", stotterte sie ein wenig verwirrt, weil ihr einfiel, dass Nyawĩra in Santalucia wohnte.

Vinjinia schien ehrlich entsetzt von der Vorstellung, in einen Slum gehen zu müssen. Aber je mehr sie an den Gestank des Handschuhs und Tajirikas lange, schmutzverkrustete Fingernägel dachte, desto klarer wurde ihr, ihren Ekel vor solchen Orten bezähmen zu müssen. Die Krankheit ihres Mannes verschlimmerte sich, und sie sah keinen anderen Ausweg, als dem Herrn der Krähen einen Besuch abzustatten.

„Ich bin ein treues Gemeindemitglied der All Saints Cathedral. Ich weiß, was sie dort von mir halten würden, wenn sie den Verdacht hätten oder herausfänden, dass ich mich mit Zauberheilern einlasse", sagte sie. „Ich möchte nicht exkommuniziert oder wie Maritha und Mariko zum Gegenstand wöchentlicher Geschichten werden. Aber momentan gibt es keinen Ort, den ich nicht für die Heilung meines Mannes aufsuchen würde. Wo finde ich diesen Herrn der Krähen? Und, Nyawĩra, bitte, kein Wort zu irgendjemandem", flehte Vinjinia.

10

„Wie bitte? Tajirika soll zu mir kommen, damit ich ihn heile? Nein, ausgeschlossen. Damit kann ich nicht umgehen", antwortete Kamĩtĩ instinktiv. Die Demütigung durch diesen Mann hatte ihn tief verletzt, und er fürchtete, der Anblick seines Peinigers würde ihn wütend machen.

„Ich nehme es auf mich, meinen Chef hierherzubringen, damit du sein Geld kriegst, und alles, was du sagen kannst, ist Nein? Warum sollte ich ihn hierherlocken, wenn ich nicht wüsste, dass diese Krankheit ein hoffnungsloser Fall ist? Du musst ihn dir einfach nur ansehen, ihn mit Spucke besprühen, ein bisschen Hokuspokus machen, ihn wieder nach Hause schicken und sein Geld einstecken."

Er wollte nichts damit zu tun haben. Kamĩtĩ blieb hart.

„Ich werde ihn im Dunkeln herbringen; es besteht keine Gefahr, dass sich sein Schatten mit deinem kreuzt", sagte Nyawĩra. Damit war die Spannung zwischen ihnen gelöst. Beide mussten lachen.

Während des Lachens fühlte sich Kamĩtĩ plötzlich von einem so machtvollen Gefühl ergriffen, dass er beinahe zu zittern anfing. Vergeltung. Das Glück brachte ihm seinen Feind, damit er sich auf das Süßeste an ihm rächen konnte. Seltsam, die Aussicht auf das Böse erregte ihn stärker als der Gedanke, Gutes zu tun.

Kamĩtĩ erzählte Nyawĩra kein Wort davon. Er wollte nicht, dass sie ihn von seinem Vorhaben abbrachte. Vielmehr wollte er sich an der Entwicklung seines Planes erfreuen. Er malte sich mögliche Begegnungen mit Tajirika aus und überlegte, wie er den Plan am besten in die Tat umsetzen könnte. Bevor Tajirika zu ihm kam, würde er draußen einen Anschlag anbringen: HEUTE KEINE HEILUNG. KOMMEN SIE MORGEN WIEDER. Dann würde er Tajirika mit auf eine Reise in die Vergangenheit nehmen und seine Englischkenntnisse prüfen.

Auge um Auge, Zahn um Zahn: Für Kamĩtĩ hatten diese Worte aus der Bibel nie wahrer geklungen.

„In Ordnung, er soll kommen", sagte Kamĩtĩ geheimnisvoll zu Nyawĩra.

11

Vinjinia fuhr mit ihrem schwarzen Mercedes zum Santalucia-Einkaufszentrum, wo Nyawĩra wartete. Sie hatten verabredet, sich sehr früh am Morgen zu treffen, um vor den anderen Kunden am Schrein des Herrn der Krähen einzutreffen. Obwohl Nyawĩra selbst das Einkaufszentrum als Treffpunkt vorgeschlagen hatte, verhielt sie sich, als wäre sie mit diesem Teil von Santalucia nicht vertraut.

Nyawĩra saß auf dem Beifahrersitz und drehte sich nach Tajirika um. Sie erwartete, eine kränklich aussehende Person zu sehen, doch der Tajirika, den sie vor sich hatte, schien überhaupt nicht krank zu sein. Sein Bauch war ein wenig geschrumpft, sodass sein dunkler Anzug besser saß. Er lehnte im Rücksitz des Wagens, die Fenster verdunkelt. Manchmal warf er einen Blick in ihre Richtung, aber als Nyawĩra versuchte, ihm zu begegnen, wurde klar, dass er sich in eine ganz eigene Welt zurückgezogen hatte und sie nicht erkannte. Deshalb konzentrierte sie sich darauf, Vinjinia zum Schrein zu dirigieren.

Erst da fiel ihr auf, dass Vinjinia ohne die Hilfe von Rückspiegel und Seitenspiegeln fuhr. Wenn sie abbiegen musste, steckte sie ihren Kopf aus dem Fenster oder bat Nyawĩra um Hilfe, um sicherzugehen, dass der Weg frei war. Nyawĩra wollte gerade sagen, die Spiegel seien nicht richtig eingestellt, als ein böser Blick von Vinjinia sie verstummen ließ.

Obwohl sie sofort verstand, machte das ihre Furcht nicht geringer, in einem Auto zu sitzen, das durch einen Stadtteil fuhr, den die Fahrerin kaum kannte. Zum Glück herrschte zu dieser frühen Morgenstunde nicht viel Verkehr, aber Nyawĩra war trotzdem erleichtert, als sie schließlich ihre Straße erreichten. Sie zeigte Vinjinia, wo sie parken konnte, einige Häuser von ihrem eigenen entfernt. Den Rest des Weges gingen sie zu Fuß.

Als sie das Haus betraten, hörten sie die Stimme eines Mannes. Sie konnten ihn nicht sehen, erhielten aber den Befehl, den Patienten auf einen Stuhl gegenüber eines Fensters in der Wand zu setzen, die das Wartezimmer vom Innern des Schreins trennte. Nyawĩra und Vinjinia setzten sich daneben. So zu tun, als wäre sie fremd in ihrem eigenen Haus, forderte Nyawĩras ganze Geduld und ihre schauspielerischen Fähigkeiten heraus.

Während Kamĩtĩ den Patienten vor sich vollständig sehen konnte, vermochte dieser lediglich das Gesicht des Herrn der Krähen auszumachen, aber es schien Tajirika völlig egal zu sein, ob er ein Gesicht vor sich hatte oder nicht; er schien seine Umgebung tatsächlich nicht wahrzunehmen. Er starrte einfach vor sich hin, das Kinn auf die Hände gestützt. Gelegentlich wurde sein Schweigen von einem Anfall von „Wenns“ unterbrochen.

Dieser Mann muss im fürchterlichen Schrecken seines eigenen Schweigens leben, dachte Kamĩtĩ, und als er dieses Elend vor sich sah, tat ihm Tajirika leid. Alle Rachegedanken verschwanden. Kamĩtĩ sah jetzt nur noch die Herausforderung, die diese Krankheit darstellte: Woran lag es, dass der zungenfertige Tajirika in einem Gefängnis des Schweigens saß? Und warum immer „wenn" und „wenn ich bloß"?

12

Unter all den Fällen, die er behandelt hatte, sollte Kamĩtĩ später rückblickend sagen, gehörte Tajirikas zu den schwierigsten. Normalerweise ergründete Kamĩtĩ, wenn er als Wahrsager arbeitete, das Problem eines Klienten anhand der Art und Weise, wie dieser auf seine Fragen antwortete. Tajirika konnte aber keine Fragen beantworten. Es war, als wäre er taub, als weilte seine Seele in einer anderen Welt und misstraute derjenigen, in der er sich gerade befand. Es war unbefriedigend, aber Kamĩtĩ flüsterte immer wieder vor sich hin: Um einen Patienten zu retten, legt man die eigene Ungeduld in Ketten!

Der Herr der Krähen bat Vinjinia, sich neben ihren Mann zu setzen. Das verblüffte sie, denn sie hatte immer geglaubt, ein Zauberer verkünde seine Weissagungen, ohne vorher Fragen zu stellen. Sie war nicht erpicht darauf, die peinlichen Einzelheiten von Tajirikas Geschichte preisgeben zu müssen. Ein paar Dinge werde ich weglassen, dachte sie. Doch im selben Augenblick hörte sie, wie der Herr der Krähen ihren Gedanken laut wiederholte. Nichts weglassen, warnte sie der Herr der Krähen und sah ihr in die Augen. Wenn sie seine Hilfe wolle, müsse sie ihm die ganze Wahrheit erzählen, sagte er sanft, aber bestimmt. Wie schnell dieser Zauberer meine Gedanken erraten hat, dachte sie ein wenig eingeschüchtert und erzählte ihre Geschichte weitgehend offen und ehrlich.

Sie berichtete, wie Tajirika eines Abends mit drei Säcken Burĩ-Scheinen nach Hause gekommen war, wie er sich an den Wohnzimmertisch gesetzt und das Geld Schein für Schein gezählt, Zwischensummen aufgeschrieben hatte und alle Augenblicke vor lauter Freude aufgesprungen war. Er hatte sie zu sich gerufen, damit sie ihm Gesellschaft leistete, während er addierte. Und er hatte ihr gesagt, dies sei nur der Anfang besserer Zeiten. Sie erinnerte sich noch sehr gut daran, wie Tajirika sich in seinem Stuhl zurückgelehnt, die Füße auf den Tisch gelegt und wie in Trance immer wieder gesagt hatte: „Das ist erst der Anfang", „das ist erst der Anfang". Immer wieder.

„Meine liebe Vinjinia, du hast keine Ahnung", hatte er gesagt. „Heute Morgen ist meine Ernennung zum Vorsitzenden von Marching to Heaven bekannt gegeben worden, und bereits am Abend gehört mir das alles hier. Die nächsten Tage werden noch mehr Geld bringen, weil noch viel mehr Leute vorbeikommen werden. Wenn mir nur ein einziger Tag so viel einbringt, obwohl Marching to Heaven noch nicht einmal begonnen hat, wird sich mein Geld zu riesigen Bergen auftürmen, sobald die Global Bank ihre Kredite freigibt und der Bau wirklich beginnt. Und wenn alles erledigt ist, bin ich der reichste Mann in Aburĩria, der reichste Mann in ganz Afrika, vielleicht der reichste Mann auf der ganzen Welt, und ich werde in der Lage sein, mir alles leisten zu können, was ich nur will, außer ... außer ...", und in genau diesem Augenblick erfasste ihn ein heftiger Hustenanfall und er brachte den Gedanken nicht mehr zu Ende. Er lief wie von Sinnen ins Bad und blieb sehr lange dort. Vinjinia erzählte, welche Sorgen sie sich gemacht hatte, und wie sie schließlich ins Bad gegangen war, um nach ihm zu sehen. Dort hatte sie ihn vor dem Spiegel gefunden, wie er immer wieder das Wort „wenn" vor sich hin sprach. Tag um Tag ging das so weiter, und schließlich hatte sie alle Spiegel im Haus entfernt. Tajirikas Anfälle seien im Laufe der Zeit immer schlimmer geworden, und inzwischen sitze er nur noch da und starre vor sich hin. So, wie ihn der Zauberer jetzt vor sich sehe ... „Das ist alles", sagte sie dann ziemlich abrupt.

Nyawĩra verglich diese Version der Geschichte mit der, die Vinjinia ihr im Büro erzählt hatte und entdeckte einige aufschlussreiche

Abweichungen. Von Tajirikas Besessenheit, der reichste Mann in Aburĩria, in Afrika und der ganzen Welt zu werden, hatte Vinjinia damals nichts gesagt. Auch hatte sie nicht erwähnt, dass Tajirikas „Wenn"-Anfälle an genau dem Abend begonnen hatten, an dem er das Geld mit nach Hause gebracht und gezählt hatte. Sie hatte ihr erzählt, die „Wenns" hätten erst am nächsten Morgen angefangen.

Vinjinia wartete mit klopfendem Herzen auf eine Antwort des Herrn der Krähen. Eigentlich hatte sie ihm alles berichten wollen, es dann aber nicht über sich gebracht zu erzählen, wie Tajirika sich das Gesicht zerkratzte – der eigentliche Grund für die Entfernung der Spiegel.

„Hast du mir die ganze Wahrheit gesagt?", fragte der Herr der Krähen.

„Ja", antwortete Vinjinia. Er mochte ja fähig sein, die Krähen vom Himmel zu zwingen, aber auf keinen Fall konnte er wissen, was sie ausgelassen hatte, dachte sie sich.

„Es spielt auch keine Rolle", sprach der Herr der Krähen jetzt. „Mein Zauberspiegel wird mir offenbaren, was du ungesagt gelassen hast. Jetzt dreh sein Gesicht in diese Richtung und zwinge ihn, in diese Öffnung zu schauen."

Wieder spürte Vinjinia, wie ihr Herz raste. Woher wusste er, dass sie nicht alles gesagt hatte? Vielleicht sollte ich gestehen ... Aber bevor sie diesen Gedanken zu Ende bringen konnte, war das Gesicht des Herrn der Krähen in der Öffnung bereits durch einen Spiegel ersetzt worden.

Die Wirkung des Spiegels auf Tajirika war unmittelbar. Er erwachte wie aus einem Traum, starrte hinein und begann sich im Gesicht zu kratzen. Vinjinia stieß einen Schrei des Entsetzens aus. Sie taumelte, packte ihn an der Taille und wollte ihn vom Spiegel wegziehen. Tränen liefen über ihr Gesicht, eine Mischung aus Angst um ihn und das peinliche Eingeständnis, dem Herrn der Krähen nicht die volle Wahrheit gesagt zu haben. Tajirika setzte die Füße fest auf den Boden und streckte die Hände nach dem Spiegel aus. Vinjinia rang vergeblich mit ihrem Mann. Seine Hände blieben zum Spiegel hingestreckt und er stöhnte immer wieder: „Wenn! Wenn ich bloß!"

Wenn nicht offensichtlich etwas mit Tajirika gewesen wäre, Nyawĩra wäre in Lachen ausgebrochen. Die ganze Szene erinnerte sie an Cartoons aus dem Fernsehen. Als der Herr der Krähen den Spiegel wegnahm, fielen Ehemann und Ehefrau auf den Boden, als ob Tajirika von einem Bann befreit wäre. Nachdem sie sich aus seiner Umklammerung gelöst hatte, gelang es Vinjinia, ihn wieder auf den Stuhl zu setzen. Sie keuchte vor Anstrengung, und Tajirika weinte ungehemmt wie ein Kind, dem man das Lieblingsspielzeug weggenommen hat. Und während er nach Luft rang, wiederholte er: „Wenn! Wenn! Wenn!"

„Es tut mir leid, ich vergaß, Ihnen zu sagen, dass er sich fortwährend kratzt", sagte sie verzagt zum Herrn der Krähen. „Dieses Weinen aber ist etwas völlig Neues", fügte sie hinzu.

„Lass dich davon nicht beunruhigen."

Sie war erleichtert. Der Herr der Krähen zeigte Verständnis und machte ihr wegen der Auslassung keinen Vorwurf. Umso stärker fühlte sie sich dadurch zu ihm hingezogen und gab sich Mühe, ihm jedes Wort von den Lippen zu lesen.

Der Herr der Krähen begann zu reden, als führte er in ihrer Gegenwart ein Selbstgespräch. Seine Stimme war voll und sanft, beschwichtigte und fing den Zuhörer ein. Auch Nyawĩra fühlte ihr Herz zu der Stimme hingezogen, als hätte sie sie nie zuvor gehört. Vinjinia kam die Stimme besonders machtvoll vor, weil sie körperlos war. Sogar Tajirika reagierte auf ihren besänftigenden Ton und beruhigte sich langsam, und zum ersten Mal seit Langem schien er jemandem zuzuhören. Vinjinia blieb diese Veränderung nicht verborgen und war der geheimnisvollen Stimme umso dankbarer.

„... und an dieser Stelle sind wir Wahrsager gefragt", fuhr der Herr der Krähen fort, als würde er weiter mit Vinjinia reden. „Wörter sind Nahrung, Leib, Spiegel und Klang des Denkens. Erkennst du die Gefahr, die in Wörtern liegt, die herauswollen, aber nicht können? Du möchtest dich übergeben, aber das ganze Zeug bleibt dir in der Kehle stecken – du könntest daran ersticken. Die Krankheit deines Gatten ist noch nicht todbringend, weil ihre Heilung nicht außerhalb unserer Macht steht. Eine Krankheit zu erkennen, ist der erste Schritt zur

Genesung, und ich bin überzeugt, das Problem deines Mannes liegt in der Differenzierung seiner ‚Wenns'. Sie beschreiben negative und positive Wünsche. Die Gedanken deines Mannes stecken in seinem Kopf fest. Seine Wünsche können weder erfüllt noch verweigert werden. Sie sind Wortsplitter, die ihm im Hals stecken geblieben sind. Seine Feinde sitzen in ihm selbst und wollen ihn mit seinen unausgesprochenen Wünschen ersticken ..."

Vinjinia spürte eine Mischung aus Furcht und Erstaunen.

„Und was wollen wir jetzt dagegen unternehmen?", fragte sie den Herrn der Krähen.

„Für die Weissagung berechne ich nichts, aber für die Heilung muss man unter Umständen tief in die Tasche greifen."

„Wie viel wird es kosten, diese Gedanken zu befreien?"

„Wie viel ist sein Leben wert?", stellte der Herr der Krähen die Gegenfrage. Als Kamĩtĩ hatte er beschlossen, zwar keine Rache zu nehmen, Tajirika aber ganz bestimmt um die drei Säcke Bestechungsgeld zu erleichtern.

„Es gibt nichts, was ich nicht geben würde, um ihn von dem zu befreien, was ihn innerlich tötet. Herr der Krähen! Räuchern Sie seine Feinde aus! Treiben Sie sie bis vor die Tore der Hölle!"

„Nun, es liegt ganz an dir zu entscheiden. Der Fluch liegt auf dem Geld, das er erhalten hat. Bring die drei Säcke mit den Burĩ-Scheinen, damit wir herausfinden können, wo sich das Böse versteckt. Geh nach Hause und denk darüber nach. Komm morgen wieder, oder wann immer du willst. Dann können wir über meinen Lohn für die Befreiung deines Manns von seinen Wünschen reden."

Vinjinia war von der Glaubwürdigkeit des Zauberers überzeugt, doch dass er aussprach, was sie selbst gedacht hatte, das Böse stecke in den Geldsäcken, ließ sie noch mehr an seine Kräfte glauben.

Sie wollte Tajirika sofort, noch an diesem Morgen, geheilt sehen und versprach, mit den drei Geldsäcken wiederzukommen, ja noch mehr mitzubringen, um zu bezahlen, was er für die Ausrottung des Bösen verlangte.

Der Herr der Krähen forderte sie auf, ihren Patienten mitzunehmen und zurückzukehren, noch bevor andere Klienten kämen.

Besser noch wäre, sie ließen die junge Frau hier zurück, um den Platz freizuhalten. Er sei ein Heiler mit dem Motto: Wer zuerst kommt, mahlt zuerst.

13

„Wo waren wir?"

Vinjinia bremste unvermittelt, und das Auto schlitterte an den Straßenrand. Zum Glück befanden sich keine anderen Fahrzeuge in der Nähe. Sie traute ihren Ohren nicht. Hatte ihr Mann gerade etwas gesagt? Sie wagte nicht, ihn anzusehen.

„Was hast du gesagt?", fragte Vinjinia, um sicherzugehen, sich nicht verhört zu haben.

„Ich habe dich gefragt, wo wir waren", wiederholte Tajirika, als wäre er aus einem tiefen Schlaf erwacht.

Sie sah über ihre Schulter, konnte seinem Gesichtsausdruck aber nicht viel entnehmen. Seine Stimme klang wie vor den „Wenns".

„Geht es dir wieder gut? Gott sei Dank!", sagte sie, ohne ihre Freude zu verbergen, und fügte hinzu, als hätten sie den Hausarzt aufgesucht: „Wir waren im Schrein des Herrn der Krähen!"

„Was? Im Schrein eines Zauberers?", fragte er mit müder Stimme.

Vinjinia wollte nichts verheimlichen und erzählte ihm, er sei seit der Nacht, in der er drei Taschen voller Burĩ nach Hause gebracht habe, sehr krank gewesen. Gewöhnliche Ärzte hätte diese Krankheit vor Rätsel gestellt, und sie, Vinjinia, sei froh, mit ihm zum Schrein des Heilers gefahren zu sein, denn es gehe ihm bereits viel besser. Obwohl der Herr der Krähen mit seiner heilenden Arbeit noch gar nicht begonnen habe, sei das das erste Mal seit langer Zeit, dass er wieder spreche.

„Wer hat das Gerücht verbreitet, dass ich krank bin?", unterbrach Tajirika sie. „Wenn ich krank gewesen bin, dann kannst du sehen, dass es mir jetzt bestens geht, vielen Dank."

„Wir müssen aber noch mal hin", meinte Vinjinia.

„Wozu?", fragte er zunehmend irritiert

„Um ihm die drei Säcke mit dem Geld zu bringen. Das Böse steckt in diesen Säcken."

Tajirika war, als müsste er über den Vordersitz klettern und Vinjinia ein paar Ohrfeigen verpassen.

„Genau das ist der Grund, warum ich immer sage, afrikanische Frauen sind naiv. Du willst dich wirklich von den Märchen eines Hexenmeisters einwickeln lassen? Ich kann es nicht glauben: Eine erwachsene Frau, die Mutter meiner Kinder und gläubige Kirchengängerin, ist drauf und dran, drei große Säcke voller Geld zu einem Hexenmeister zu schleppen!"

„Du entscheidest, was du tust. Ich wollte nur, dass du wieder gesund wirst, obwohl ich dadurch Orte besuchen musste, an denen ich mich normalerweise nicht aufhalte. Denk an die Tausenden Burĩ, die du verloren hast, seit du krank geworden bist!"

„Und da hast du dir gedacht, du vergrößerst den Verlust einfach, indem du mein Geld einem Hexenmeister in den Rachen wirfst?"

„Ich habe deine Vorwürfe nicht verdient. Wenn es dir gut geht, dann fahren wir eben nicht zum Schrein. Wir schulden ihm nichts. Er hat seine Heilung noch nicht durchgeführt."

Zu Hause angekommen, wollte Tajirika sofort wissen, wo Vinjinia die drei Säcke mit dem Geld aufbewahrte. Sie zeigte auf den Safe und ging, enttäuscht über sein mangelndes Interesse an dem, was ihm widerfahren war, und wütend über die Undankbarkeit.

Er öffnete die Säcke einen nach dem anderen, um sicherzugehen, dass alle Geldscheine noch da waren. Nachdem er sie wieder verschnürt hatte, hob er sie einzeln an, als wollte er sie wiegen, und stellte sie dann nebeneinander ab. Danach kniete er vor dem mittleren nieder und streckte die Arme zur Seite und bildete mit seinem Körper ein Kreuz. Anschließend versuchte er, wie im Gebet die Augen zu schließen, aber es gelang ihm nicht. Er versuchte, etwas zu sagen, doch er brachte kein Wort zustande. Angestrengt versuchte er, die Worte herauszuwürgen, bis plötzlich der Husten wieder da war, und mit dem Husten kehrten die „Wenns" und „Wenn ich bloß" zurück.

Vinjinia eilte zu der Stelle, an der er kniete. Das war der Beweis. Der Herr der Krähen war der Einzige, der das Böse austreiben konnte, und nach dem Exorzismus würde sie keine Macht der Welt mehr dazu bringen, die verhexten Geldsäcke wieder mit nach Hause zu nehmen.

14

Kamĩtĩ machte es wie zuvor: Er stellte einen Spiegel in das Fenster und wieder wurde Tajirika von ihm angezogen wie die Motte vom Licht und fing an, sich zu kratzen. Diesmal versuchte Vinjinia, die sich über die kurzzeitige Erholung und den plötzlichen Rückfall ausschwieg, gar nicht erst, ihn zurückzuhalten. Kamĩtĩ nahm den Spiegel wieder weg, sein Blick und der Tajirikas waren starr geradeaus gerichtet. Er schien darum zu betteln, den Spiegel wieder an seinen Platz gestellt zu bekommen.

„Ich werde dir erlauben, in den Spiegel zu schauen", sagte der Herr der Krähen freundlich, sanft und deutlich, als wollte er ein Kind mit der Aussicht auf eine Süßigkeit ködern, „aber erst müssen wir zwei uns unterhalten. Wenn ich den Spiegel wieder hinstelle, versprichst du mir dann, dich zu bemühen, die Worte auszusprechen, die in dir festsitzen? Wirst du mir erlauben, deine Gedanken zu vervollständigen?"

Tajirika nickte ungeduldig, als würde er alles tun, um noch einmal den Spiegel sehen zu dürfen. Kaum hatte der Herr der Krähen den Spiegel hingestellt, begann Tajirika erneut, sich zu kratzen, und murmelte zahllose „Wenns" vor sich hin.

Jetzt schien die Stimme des Herrn der Krähen direkt aus dem Spiegel zu kommen.

„Spuck die Worte aus, die guten wie die schlechten!"

„Wenn ...", setzte Tajirika an und stockte.

„Weiter", drängte der Herr der Krähen.

„Nur meine ...“, fügte Tajirika stockend hinzu.

„Mehr.“

„Haut ...“

„Nicht aufhören.“

„Nicht ...“

„Gut, weiter so ...“

„Schwarz wäre.“

Tajirika unterbrach sich, als müsste er erst wieder zu Atem kommen, bevor er den nächsten Berg erklomm. Wieder erhob sich die befehlende Stimme im Spiegel.

„Denk den Gedanken zu Ende. Den guten und den bösen. Denk den Gedanken zu Ende!“

„Wenn ich ...“

„Ja!“

„Doch nur ...“

„Nicht aufhören!“

„Weiß wäre ... wie ein ... richtiger ... Weißer ...“, sagte Tajirika, der jedes Wort beinahe buchstabierte, als lernte er lesen.

„Na also! Endlich hast du den trügerischen Gedanken ausgesprochen!“, gratulierte der Herr der Krähen und nahm den Spiegel aus dem Fenster.

Tajirika gierte nicht mehr nach dem Spiegel und sein Gesicht strahlte wie schon seit Wochen nicht mehr. Ehrfürchtig schaute er den Herrn der Krähen an.

„Ich möchte, dass du deine Gedanken jetzt ohne Hilfe des Spiegels aussprichst“, befahl ihm der Herr der Krähen.

„Wenn ... nur meine ... Haut ... nicht ... schwarz ... wäre! Wenn ich doch nur weiß wäre!“, sagte Tajirika triumphierend wie ein Kind, das zum ersten Mal einen ganzen Satz gelesen hat, ohne sich zu verhaspeln. Eine Last war ihm vom Herzen gefallen, und nachdem er seine geheimen Wünsche ausgesprochen hatte, wandte er den Kopf von dem kleinen Fenster ab und sah seine Frau an. Sein Gesicht strahlte vor umfassender Dankbarkeit, wie das eines Gläubigen, der gerade seine Sünden gebeichtet und sich in die Hände von Jesus als seinem persönlichen Erlöser begeben hat.

„Du hast es selbst gehört", wandte sich der Herr der Krähen jetzt an Vinjinia. „Die Dämonen des Weißseins haben von deinem Mann in der Nacht Besitz ergriffen, als er mit diesen drei Säcken voller Geld nach Hause gekommen ist. Erinnerst du dich noch, wie du mir erzählt hast, er hätte nach dem Zählen des Geldes die Füße auf den Tisch gelegt und die Augen geschlossen? Das war die Stunde des Unheils! Als er in die Zukunft schaute, wurde ihm plötzlich klar, er würde, so schnell wie das Geld hereinkam, schon bald der reichste Mann Afrikas sein, doch das Einzige, was ihm fehlte, um ihn von allen anderen reichen Schwarzen zu unterscheiden, wäre die weiße Hautfarbe. Seine Hautfarbe stand zwischen ihm und dem Himmel seiner Begierden. Und wenn er sich im Gesicht kratzte, drängten ihn die Dämonen in seinem Innern, sich von seinem Schwarzsein zu lösen und eine Verbindung mit dem Weißsein einzugehen. Kurz, er leidet an einem schweren Fall von Weiß-Wahn."

Tajirika nickte fortwährend, um zu zeigen, wie sehr auch er jedem Wort der Diagnose zustimmte. Er war glücklich und erleichtert, weil er sich schon mit diesem Selbsthass herumgeschlagen hatte, bevor er zu dem Geld gekommen war. Aber er konnte ihn stets unterdrücken. Jetzt war es diesem Hexer, dank der Krankheit und Vinjinia, die ihn hergebracht hatte, gelungen, ihn zu diesem Bekenntnis zu bewegen. Bis zum heutigen Tag gab es niemanden, mit dem er sein Geheimnis hätte teilen können, jetzt aber hatte er das Gefühl, als wären die Anwesenden Zeugen seines bevorstehenden Paktes mit seinem weißen Schicksal.

Kurz darauf befiel ihn jedoch eine tiefe Traurigkeit. Menschen konnten nicht einfach nach Belieben schwarz oder weiß werden; sie wurden so geboren. Es war ein völlig unerreichbarer Wunsch, und sich nach dem Unerreichbaren zu verzehren, bis es einen auffraß, war wahrhaftig eine Krankheit, die ihn den Rest seines Lebens peinigen würde.

„Und wie kann man diesen Weiß-Wahn heilen?", fragte Vinjinia, die zwar glücklich war, dass ihr Mann sein Verlangen ausgesprochen hatte, gleichzeitig aber fürchtete, die Krankheit könnte wieder zurückkehren.

Tajirika wartete auf eine Antwort, und weil er glaubte, der Herr der Krähen rückte zu zögernd damit heraus, unterstützte er seine flehende Frau. „Wie kann man das heilen?", fragte er.

„Tajirika, du weißt über Pocken Bescheid?"

„Eine schreckliche Krankheit ist das, eine Geißel geradezu. Hat Ende des neunzehnten Jahrhunderts fast alle Schwarzen ausgelöscht. In gewisser Weise war sie schlimmer als das Todesvirus, das heute umgeht. Ziemlich ansteckend, und man konnte es überhaupt nicht verhindern. Nur wenn man Glück hatte. Gott sei Dank, gibt es die nicht mehr."

„Und wie wurde sie besiegt?"

„Durch Massenimpfungen."

„Genau. Man hat die Menschen mit den Krankheitserregern der Pocken geimpft. So war es auch mit der Tuberkulose. Tajirika, hast du schon mal Speck gebraten?"

„Eier, Würstchen und Speck sind meine Leibspeise, wenn mich nachts der Hunger überfällt", antwortete Tajirika. „Aber natürlich ist es meine Frau, die kocht."

„Welches Öl nimmt sie zum Speck braten?"

„Herr der Krähen, ist das Ihr Ernst? Haben Sie nie das Sprichwort gehört, dass man ein Schwein in seinem eigenen Fett braten soll? Aber was haben Pocken, Tuberkulose und Schweinefleisch mit Weiß-Wahn zu tun?"

„Kehr die Krankheit gegen sie selbst! Werde Weißer!"

Tajirika traute seinen Ohren nicht! Hier saß er, tieftraurig wegen der Erkenntnis, niemals weiß werden zu können, egal wie wohlhabend er war, und dann kam dieser Hexenmeister und behauptete, es gebe tatsächlich einen Weg, Weißer zu werden. Das Unmögliche könnte möglich gemacht werden!

„Wie?", fragte er zweifelnd, nachdem er sich von dem angenehmen Schock erholt hatte. „Ich hoffe, Sie denken nicht an eine Hauttransplantation?"

„Oh, nein, es ist viel einfacher und nicht so schmerzhaft", antwortete der Herr der Krähen. „Weiß zu werden ist wirklich einfach, aber es erfordert Arbeit, harte Arbeit."

„Erzählen Sie mehr – ich bin bereit", warf Tajirika ein und gab sich ganz seiner Freude über diese unerwartete Wendung in den wechselvollen Gezeiten seines Erdendaseins hin, denn so konnte er zwei Fliegen mit einer Klappe schlagen: seinen Weiß-Wahn heilen und gleichzeitig Weißer werden. „Herr der Krähen, zeigen Sie mir, wie ich Weißer werden kann. Ich bin bereit, alles zu tun, was nötig ist. Und wenn es getan ist, gebe ich Ihnen gerne, was immer Sie sich wünschen!"

„Zunächst hilf mir, ein Rätsel zu lösen", forderte der Herr der Krähen.

„Sagen Sie schon!"

„Woran erkennt man das Wesen eines Menschen zuerst?"

„An seiner Hautfarbe!"

„Falsch, Tajirika. Sehen wir uns mal die Geschichte an. Als die Afrikaner im sechzehnten, siebzehnten und achtzehnten Jahrhundert als Sklaven über den Atlantischen Ozean gebracht wurden, was nahmen die Weißen den Afrikanern in der Neuen Welt als Erstes?"

„Ich weiß nicht", antwortete Tajirika, der sich fragte, was die Sklaverei vergangener Jahrhunderte mit dem zu tun haben sollte, worüber sie gerade sprachen.

„In Ordnung, dann will ich dir eine andere Frage stellen. Wenn ein Kind geboren wird, was machen da Vater und Mutter, um es von anderen Kindern zu unterscheiden?"

„Geben ihm einen Namen?"

„Genau. Und was machten die weißen Sklavenhalter mit ihren schwarzen Sklaven? Sie nahmen ihnen den Namen, um sie zu denen zu machen, die sie haben wollten. Kannst du mir folgen?"

„Ja, Herr der Krähen."

„Um weiß zu werden, musst du also zuerst deinen Namen aufgeben. Und im Gegensatz zu den Afrikanern, die man dazu gezwungen hat, musst du deinen freiwillig ablegen und ein untertäniger Sklave werden."

„Das ist keine große Sache. Tajirika hat sich erledigt!" Tajirika fragte sich, wieso der Herr der Krähen gesagt hatte, es würde harte Arbeit erfordern, Weißer zu werden. „Und als Nächstes?"

„Die Sklaven wurden dazu gezwungen, den Namen ihres Herrn anzunehmen. Du aber, Tajirika, hast Glück, weil du aus Tausenden europäischen Namen frei wählen kannst."

„Das ist ja noch einfacher. Ich habe schon einen: Titus", erwiderte er stolz, als hätte er schon immer alles richtig gemacht.

„Titus? Na gut, sehen wir uns den mal näher an. Weißt du, woher dieser Name stammt? Ich meine, auf wen er sich bezieht?"

„Keine Ahnung."

„Was ist in dich gefahren, Titus? Vergisst du deine Religion?", mischte sich Vinjinia plötzlich ein. „Weißt du nicht, dass Titus ein Konvertit war und dem Heiligen Paulus geholfen hat? Der Heilige Paulus hat ihm sogar einen Brief geschrieben, der Brief des Paulus an Titus."

„Ach, daher kommt der Name?", sagte Tajirika.

„Es gab noch einen anderen Titus", ergänzte der Herr der Krähen. „Titus Flavius Vespasianus, römischer Kaiser. Im Baugeschäft tätig, genau wie du. Vollendete das Kolosseum in Rom. Kaiser und Heiliger. Nicht schlecht, ein Name der beides beinhaltet."

„Dieser Kaiser und der Heilige, waren die weiß?", fragte Tajirika in zweifelndem Ton.

„Ja", antwortete der Herr der Krähen.

„Titus ist also weiß!", sagte Tajirika und war wieder glücklich.

„Nur ist das durch die Jahre des Kontakts mit deinem afrikanischen Tajirika befleckt worden", warf Vinjinia ein.

„Stimmt. Wähle den Namen, der am besten deinen Träumen vom Weißsein entspricht. Du hast freie Auswahl. Wähle, wer und was du in Zukunft sein willst. Verstehst du, was ich meine?"

„Ja, Herr der Krähen."

„Nun, Titus", rief der Herr der Krähen plötzlich im Befehlston. „Wie heißt du? Wie lautet dein vollständiger neuer Name?"

„Clement Clarence Whitehead", antwortete Tajirika stolz wie ein Pfau. „Und was jetzt?", fragte er wieder und rieb sich die Hände.

„Zuerst verliert der Sklave seinen Namen und anschließend seine Sprache. Also, Mr. Clement Clarence Whitehead, Sie wissen, was als Nächstes zu tun ist. Ihre Sprache. Geben Sie sie auf!"

„Schon geschehen."

„Dann sprich von nun an Englisch wie ein Weißer."

„Damit habe ich bereits angefangen", versicherte Tajirika dem Herrn der Krähen und rasselte ein paar Sätze herunter: „Hi! Give me fi! I am Clement Clarence Whitehead ..."

„Nein, kein amerikanisches Englisch, Mr. Whitehead. Das sogenannte amerikanische Englisch ist durch und durch vom schwarzen Englisch durchsetzt, das man jetzt Ebonics nennt."

„Daran sind diese billigen amerikanischen Fernsehserien schuld, die wir immer sehen. Die verderben uns die Sprache. Ich will kein Ebonics – ich will das Original. Ich schwöre, mich von jetzt an zu bemühen, mein Englisch zu verbessern. Das ist schwer und ich werde viel üben müssen."

„Gut gesprochen", sagte der Herr der Krähen. „Von nichts kommt nichts."

„Also haben wir, was wir brauchen. Und jetzt?", fragte Tajirika ein wenig ungeduldig, bereit, auch die verbleibenden Schritte zum Weißsein zu unternehmen.

„Mr. Whitehead, wir kommen jetzt zum schwierigsten Teil, und deshalb sollten Sie ganz genau zuhören. Was sagt die Bibel über die Ehe, den heiligen Bund der Ehe?"

„Dass die Frauen ihren Männern untertan sein sollen."

„Ja, aber das kommt erst, nachdem sie geheiratet haben. Was steht da zur Eheschließung selbst? Was sagt die Bibel dazu?"

„Herr der Krähen, kommen Sie da nicht ein bisschen vom Thema ab?", fragte Tajirika nach, wobei er sich Mühe gab, es beiläufig zu sagen, weil er seinen Wohltäter nicht beleidigen wollte.

„Wenn zwei Menschen den heiligen Bund der Ehe eingehen, dann werden sie eins im Fleische. Oder so ähnlich."

„Und, hat das damit zu tun, Weißer zu werden?"

„Das ist doch logisch, Mr. Clement Clarence Whitehead, einfache weiße Logik. Ein afrikanischer Weiser hat gesagt, die Weißen werden von Vernunft gesteuert und die Schwarzen vom Gefühl. Denken Sie also mit weißer Logik und nicht mit schwarzem Gefühl. Wenn es stimmt, dass ein Mann und eine Frau durch den heiligen Bund der

Ehe eins im Fleische werden, dann ist der kürzeste und sicherste Weg zur Veränderung der eigenen Hautfarbe, eine Frau mit der Hautfarbe zu heiraten, die man selber anstrebt. Das bedeutet, Mr. Whitehead, Sie müssen eine Weiße heiraten, um die weiße Hautfarbe Ihrer Liebsten anzunehmen."

„Ich verstehe, und was ich bisher gehört habe, klingt gut", sagte Tajirika. „Aber wie kann ich sicher sein, dass meine Frau nicht ebenfalls schwarz wird wie ich und ich damit im selben schwarzen Loch stecken bleibe wie eh und je? Oder wird sie etwa schwarz und ich weiß?"

„Warum sollte Sie das kümmern? Hier geht es doch nur darum, dass Sie weiß werden wollen. Suchen Sie sich eine weiße Frau, die schwarz werden will, eine von denen, die immer in der Sonne braten, und dann tauschen Sie einfach die Hautfarbe. Eine Art Tauschgeschäft mit der Hautfarbe, meinen Sie nicht?"

Bis zu diesem Punkt hatte Vinjinia an den Maßnahmen nichts auszusetzen gehabt, die der Herr der Krähen zur Heilung von Tajirikas Weiß-Wahn vorgeschlagen hatte. Als das Gespräch nun jedoch die Möglichkeit eröffnete, Tajirika könnte eine Weiße heiraten, wurde sie argwöhnisch. Visionen einer zerbrochenen Ehe, einer zerstörten Familie befielen sie, und sie konnte sich nicht länger zurückhalten.

„Wovon reden Sie da, Herr der Krähen? Reden Sie meinem Mann ein, er soll sich von mir scheiden lassen und eine Weiße heiraten? Und du, Titus, wie kannst du es wagen, überhaupt daran zu denken? Du willst dich nach all den Jahren, die wir gemeinsam verbracht haben, einfach von mir trennen? Und das, obwohl Gott uns mit Kindern gesegnet hat?" Das alles sprudelte aus ihr heraus, da sie nicht genau wusste, an wen sie ihren Kummer richten sollte.

„Vinjinia, halt dich da raus und lass den Herrn der Krähen vollenden, was er gerade sagte", fuhr Tajirika sie mit stechendem Blick wütend an. „Ich hab es immer gewusst, schwarze Frauen können sich nicht benehmen", sagte er zu sich selbst, bevor er sich wieder zum Herrn der Krähen umdrehte und seine Frau völlig ignorierte. „Nachdem ich eine Weiße geheiratet habe, was kommt dann?"

Nyawĩra konnte kaum glauben, was sie hörte und was sich da vor ihren Augen abspielte. Sie wollte lachen, aber das Lachen blieb ihr im Hals stecken, als sich die nächste Krise vor ihnen anbahnte.

Vinjinia begann wie eine Besessene zu zittern und zu schlottern. Zuerst glaubte Nyawĩra, sie zitterte vor Wut. Dann jedoch sah sie Vinjinia vom Stuhl fallen und sich auf dem Boden wälzen. Tajirika stürzte zu ihr und versuchte sie aufzuheben, aber es gelang ihm nicht. Nyawĩra wollte ihm zu Hilfe eilen, hielt sich aber zurück. Die beiden sollten ihre Streitigkeiten unter sich ausmachen. Allerdings schien Tajirika nicht in der Stimmung, irgendetwas klären zu wollen, er war aufgebracht, die magischen Rituale des Zauberers nun weiblichen Dämonen zugewandt zu sehen. Nachdem er sich vergeblich bemüht hatte, Vinjinia wieder auf die Beine zu bekommen, gelang es ihm schließlich, sie aufzusetzen. Ihre Augen blickten wild umher, und es schien, als wäre ihr nicht einmal bewusst, wer Tajirika überhaupt war. Gefangen in dieser Welt, holte sie jetzt einen Spiegel aus ihrer Handtasche und betrachtete ihr Gesicht. Und dann begann Vinjinia zu Nyawĩras äußerstem Erstaunen zu husten und vor sich hin zu murmeln: „Wenn! Wenn ich bloß!“

Für Tajirika war das der sprichwörtliche letzte Nagel zum Sarg seiner Träume.

„Oh, Vinjinia, warum hast du mir das angetan?“, stöhnte er, als er sich Hilfe suchend zum Herrn der Krähen umdrehte.

„Sie hat Ihre Krankheit“, erklärte der Herr der Krähen. „Die Krankheit ist ansteckend, wissen Sie.“

Er bat Vinjinia und Tajirika, die Plätze zu tauschen, sodass jetzt Vinjinia direkt vor dem Fenster saß, während Tajirika schweigend zuschaute.

Der Zauberer ließ sie die gleiche Prozedur durchlaufen wie zuvor Tajirika.

„Die Weisheit, die in einem Herzen eingeschlossen ist, hat noch nie einen Gerichtsprozess gewonnen“, sagte er und versuchte, ihre Seele zu beruhigen. „Also spuck jedes Wort aus und lass deinen Gedanken furchtlos freien Lauf.“

Er musste Vinjinia nicht lange bitten.

„Wenn meine Haut nicht schwarz wäre, hätte mein Mann dann daran gedacht, mich zu verlassen? Wenn ich doch nur weiß werden könnte!“, sagte sie.

In dem Augenblick, in dem sie das letzte Wort sagte, spürte Vinjinia, wie sich eine schwere Last von ihrer Seele hob; auch sie erlebte die Freude und Erleichterung desjenigen, der seine Sünden gebeichtet hat. Sie durchlief dieselben Schritte, die ihr Mann bereits hinter sich hatte und änderte sogar ihren Namen in Virgin Beatrice Whitehead, bevor sie sich schließlich zu ihrem Mann umdrehte, als wollte sie sagen: Ich bin ein schwarzer Sünder wie du, drum lass uns unser Heil gemeinsam im Weißsein suchen.

„Was müssen wir tun, um weiß zu werden?“, fragten Mann und Frau im Chor.

„Bei den Weißen gibt es verschiedene Stämme: Deutsche, Franzosen, Russen, Italiener, Portugiesen, Spanier oder auch Japaner ...“

„Wir wollen Engländer werden“, unterbrachen sie ihn.

„Engländer also? *Hakuna matata*“, beruhigte der Herr der Krähen sie. „Nur noch eine kleine Hürde und wir sind auf dem besten Weg dahin. Bei den Engländern gibt es, wie bei allen anderen Weißen auch, unterschiedliche Sorten. Dazu kommen heutzutage noch die schwarzen Briten, die aus Bangladesch, Pakistan, Indien, Hongkong, der Karibik und sogar aus Afrika stammen ...“

„Wir wollen eine rein englische Haut“, sagten sie prompt.

Während Nyawĩra in beständigem Staunen das Schauspiel betrachtete, das vor ihr ablief, forderte der Herr der Krähen Mann und Frau auf, die Augen zu schließen und sich die Art Engländer vorzustellen, die sie werden wollten. Er würde diese Abbilder im Spiegel einfangen, damit sie ihre Träume klarer und deutlicher erkannten. Beide machten die Augen zu.

Er begann bei Tajirika, der schnell sagte, dass er ein Bild in seinem Kopf habe. Allerdings sehr undeutlich, fügte er hinzu.

„Dann halt es dort fest und lass es nicht los“, befahl der Herr der Krähen Tajirika. „Dort, ich sehe ihn ... ja, der Mann ist weiß wie nur irgendetwas, in zerlumpten Hosen und einer Lederjacke mit Messingknöpfen, sein Haar ist blau und grün und gelb und steht ihm vom Kopf wie bei einem Stachelschwein ... ein Punk, zweifellos, ein Punk ...“

Tajirika unterbrach ihn erschrocken: „Nein, nicht so ein Engländer. Ich habe doch gesagt, ich will ein richtiger Engländer werden.“

Der Herr der Krähen befahl ihm, die Augen zu öffnen, damit das Bild des Punks verschwand.

Jetzt war Vinjinia an der Reihe. Sie war zunächst sehr aufgeregt, als der Herr der Krähen von einer Frau sprach, die – in einen Pelz gehüllt – durch die Straßen Londons spazierte. Oxford Street. Dean Street. Eine Nebenstraße. Nur war diese Frau eine Prostituierte vom Soho Square. Als anständige Christin schrie Vinjinia laut ihren Protest heraus. Daraufhin sagte ihr der Herr der Krähen, sie solle die Augen öffnen, damit das unerwünschte Bild verschwand.

Es brach ein hitziges Wortgefecht zwischen Mann und Frau aus, in dem jeder den anderen wegen des gewählten Bildes beschimpfte: Punk und Prostituierte.

Der Streit hätte sich zugespitzt, wenn der Herr der Krähen nicht dazwischen gegangen wäre und sie gewarnt hätte, sie würden als streitsüchtiges englisches Ehepaar enden, wenn sie nicht mit dem Gezanke aufhörten. Vor allen Dingen würde der Streit die Entstehung anderer Bilder beeinträchtigen, die eine weit wünschenswertere Wahl darstellten.

Der Herr der Krähen befahl ihnen, die Augen wieder zu schließen. Sie sollten ihr Bestes versuchen, sich ein harmonischeres, gemeinsames Bild eines erfüllten hohen Alters vorzustellen.

„Im Kolonialstil. Wie die, die früher hier in Aburĩria über uns geherrscht haben“, verdeutlichte Tajirika.

„Sie waren schneeweiß und hatten ihre eigenen Klubs und abgerichtete Hunde“, fügte Vinjinia hinzu.

„Herren, Aristokraten. Blaublütig“, stimmten sie überein.

Sie machten die Augen zu und frohlockten bald darauf, als sie hörten, dass es dem Herrn der Krähen gelungen war, ihre gemeinsame Vorstellung im Spiegel einzufangen.

„Es ist ein Film, ein bewegtes Bild“, sagte der Herr der Krähen. „Ich sehe ein Paar mit grau-silbernem Haar, Sir Clement Clarence

Whitehead und Lady Virgin Beatrice Whitehead, die Hand in Hand in der Nähe der Palastgärten in London über die Straße gehen und sich über ihr Leben in den alten Tagen der Kolonialzeit unterhalten. Ein authentisches Paar aus der Kolonialaristokratie. Sie reden gerade davon, wie er um ein Haar Gouverneur von Aburĩria geworden wäre ..."

„Gouverneur? Haben Sie Gouverneur gesagt?", fragten Vinjinia und Tajirika gleichzeitig.

„Pssssst! Jetzt habt ihr das Bild zum Verschwinden gebracht", schimpfte der Zauberer.

„Wir sagen kein Wort mehr", versprach Vinjinia.

„Bitte suchen Sie es. Holen Sie das Bild zurück, vor allem den Teil, in dem es um den Gouverneur von Aburĩria ging", bettelte Tajirika.

„Gut, da ist es wieder, das Bild ist wieder da", sagte der Herr der Krähen, „und, tatsächlich, sie reden immer noch davon, wie er fast Gouverneur von Aburĩria geworden wäre, und sie die First Lady der Kolonie. Sie erinnern sich an ihren Palast auf einem Hügel mit Blick über die Stadt und an ihre Urlaube am Meer. Zehn Diener im Palast und fünf im Anwesen am Meer. Sie erinnern sich an die ausgedehnten Rasenflächen, die grünen Hecken, den Swimmingpool, die Autoflotte, die zu groß war, um sich an alle Modelle erinnern zu können, nur daran, dass es teilweise Jaguar und Rolls-Royce waren.

Zwei Reiter, ganz offensichtlich Polizisten, galoppieren vorbei, und Sir Clarence und Lady Beatrice mustern kritisch die Pferde und schütteln die Köpfe, weil sie an ihre Vollblüter in den kolonialen Stallungen denken müssen, die bei den anderen Siedlern Neid und Gerede hervorriefen. Sie gehen über eine andere Straße. Wohin sind sie unterwegs? Oh, ja, sie bleiben vor Harrods stehen. Früher sind sie einmal im Jahr zum Einkaufen eingeflogen. Jetzt machen sie einen Schaufensterbummel. Ich wünsche mir diesen Seidenschal zu Weihnachten. Ich möchte diese Handtasche. Sie streiten sich ein wenig über dieses und jenes und die Preise und werfen einander Extravaganz vor. Ihr Streit endet plötzlich, als sie bemerken, überhaupt kein Geld zu haben, um die protzigen Kostbarkeiten in den Schaufenstern von Harrods zu bezahlen.

Da! Sie gehen wieder über eine Straße, gleichgültig den Autos gegenüber, die ziemlich scharf bremsen müssen, um sie nicht zu überfahren. Jetzt bleiben sie neben ein paar Mülltonnen stehen. Was? Ein obdachloses Paar? Nein, nein, sie gehen weiter, noch immer in ihr Gespräch vertieft. Aber kann man das tatsächlich als Unterhaltung bezeichnen? Lautstark beklagen, beweinen und verfluchen sie die schmutzige Politik der Sechzigerjahre, die das goldene Zeitalter des Kolonialismus beendete. Sie sind sich uneins, ob die Amerikaner oder die Russen oder beide daran schuld waren, aber sie verfluchen entschieden alle Kräfte, die das britische Weltreich zum Einsturz gebracht haben. Wartet einen Augenblick. Ich habe sie verloren. Wo sind sie nur hin?

Ah, da sind sie wieder. Ich sehe, wie sie jetzt in einer Kirche vor dem Altar niederknien, und sie beten zu Gott für die Rekolonisierung Afrikas und Asiens, nun da der Kommunismus endlich besiegt ist. Wieder gehen sie über die Straße – wie oft müssen die beiden die Straßen Londons noch überqueren? Und nun? Oh, mein Gott! Sir Clement Clarence Whitehead und Lady Virgin Beatrice Whitehead gehen wirklich in ein Altenheim. Sie träumen noch immer von der möglichen Wiederkehr der guten, alten Zeiten und von den Tagen voller Macht und Glorie in Afrika.

Kurz gesagt“, schloss der Herr der Krähen und sah Tajirika und Vinjinia unverwandt an, „euer weißes englisches Schicksal ist das eines obdachlosen, vormals kolonialen Ehepaares, das allein von den Erinnerungen an das lebt, was einmal war. Nun, wie schnell möchtet ihr euer weißes Schicksal erreichen?“

„Nein! Niemals!“, riefen Tajirika und Vinjinia wie aus einem Munde und machten erschrocken die Augen wieder auf. „Black is beautiful! Geben Sie uns unser Schwarzsein zurück!“, forderten sie klagend, als hätte der Herr der Krähen ihnen die schwarze Haut bereits geraubt.

15

Nachdem seine Kunden gegangen waren, empfand der Herr der Krähen große Erleichterung, war aber gleich darauf, weil er jetzt allein war, sehr niedergeschlagen. Er ging hinüber ins Wohnzimmer und hoffte, Nyawĩra dort zu finden, um sich seine Verwunderung über das soeben Erlebte von der Seele reden zu können. Aber plötzlich drang ihm ein Gestank in die Nase, als wollte dieser ihn in die Wirklichkeit zurückholen.

Der ekelerregende Geruch war an der Stelle am heftigsten, an der ihm die Geldsäcke wie Wächter des Bösen den Weg versperrten. Er fühlte sich schwach, einer Ohnmacht nahe und lehnte sich an die Wand. Ich brauche frische Luft, sagte er sich. Ich muss hier raus. Und mit diesem Entschluss stieß er sich von der Wand ab und rang nach Luft, als hätte er einen Asthmaanfall.

Vor der Tür brach er zusammen. Steckte wirklich das Böse in diesen drei Säcken mit Geld?

16

Sie waren gerade ein paar Schritte zu ihrem Mercedes gegangen, als Tajirika sich umsah, als wollte er sich noch einmal mit der Umgebung vertraut machen. Starr vor Schreck blieb er stehen. Dicht hinter ihnen ging die Frau aus dem Schrein: seine Sekretärin.

„Nyawĩra! Was, um alles in der Welt, machen Sie in dieser Gegend? Wohnen Sie hier?"

„Tu doch nicht so, als würdest du sie erst jetzt bemerken", sagte Vinjinia. „Sie ist die ganze Zeit mit uns zusammen gewesen."

„Tatsächlich? Ich muss wirklich verhext sein. Ich habe sie für eine Assistentin des Zauberers gehalten", murmelte er und versuchte lachend, seine Verwirrung zu verbergen.

„Du kannst lachen, so viel du willst", sagte Vinjinia, während sie wieder auf das Auto zusteuerten, „aber wenn Nyawĩra nicht gewesen wäre, dann wärst du immer noch im Haus eingesperrt und würdest deine ‚Wenns' herausbellen! Wie sonst hätte ich mich hier in diesem Slum zurechtfinden sollen? Du solltest dankbar sein; Gott ist dir gegenüber sehr großmütig gewesen, als er dir eine Sekretärin wie sie gegeben hat. So was findest du so leicht nicht wieder."

„Danke, Nyawĩra. Das werde ich niemals vergessen", sagte Tajirika. „Und selbst wenn, dann wissen Sie, dass Sie immer einen starken Rückhalt in meinem Haus finden werden."

„Du kannst deine Kinder, Gacirũ und Gacĩgua, gleich als ihren Rückhalt mitzählen", sagte Vinjinia. „Sie reden von nichts anderem mehr als von ihrer Tante, der Märchenerzählerin über zweimäulige Ungeheuer."

Tajirika verspürte nicht den Drang, alles verstehen zu müssen, worüber Vinjinia redete. Beim Auto angelangt, fiel ihm sofort auf, dass sowohl die Seitenspiegel als auch der Rückspiegel zur Seite gedreht worden waren.

„Was ist denn mit den Spiegeln los?"

Er hatte das Gefühl, über die Erklärungen lachen zu müssen. Sie bestätigten, dass er wirklich sehr krank gewesen sein musste, denn er konnte sich an nichts mehr erinnern.

„Du bist zweifellos eine hervorragende Fahrerin", sagte Tajirika, als wollte er Vinjinia ein Kompliment machen. „Aber jetzt übernehme ich wieder das Steuer", fügte er hinzu und richtete die Spiegel.

Vinjinia setzte sich neben ihn auf den Beifahrersitz.

Nyawĩra gab sich größte Mühe, auf dem Rücksitz so unsichtbar wie möglich zu bleiben. Sie wollte nicht in die Unterhaltung hineingezogen werden. Es konnten Fragen auftauchen, auf die sie keine glaubwürdige Antwort hatte. Sie machte sich umsonst Sorgen. Mann und Frau waren vollauf mit sich beschäftigt und redeten über das, was sie gerade durchgemacht hatten, als säßen sie allein im Auto.

„Die Waswahili hatten völlig recht", sagte Tajirika. „*Kikulacho kimo nguoni mwako.* Meine Feinde wollten einen armen Weißen aus mir machen, damit sie Marching to Heaven übernehmen und die Gewinne einstreichen können."

„Aber sie haben nicht damit gerechnet, dass du ihnen ein oder zwei Schritte voraus bist", meinte Vinjinia.

„Ja, ja", pflichtete Tajirika ihr bei. Er war inzwischen sehr glücklich über die Ereignisse im Schrein, vor allem wenn er daran dachte, den Herrn der Krähen, kurz bevor sie gegangen waren, gebeten zu haben, die üblen Absichten seiner Feinde zu durchkreuzen. Es war seltsam: Als er den Herr der Krähen zum ersten Mal sah, hatte er das Gefühl gehabt, ihm schon einmal begegnet zu sein. In einem anderem Leben vielleicht? Aber das spielte jetzt keine Rolle.

Er und seine Frau waren sich einig, dass sich das Böse in den drei Geldsäcken verbarg; sie waren zufrieden, sie im Schrein des Hexenmeisters zurückgelassen zu haben. Sogar Nyawĩra musste dem zustimmen, wenn sie daran dachte, dass Tajirika sie wegen des Geldes beinahe erschossen hätte.

„Wie wär's mit Frühstück? Versuchen wir es im Mars Café?", schlug Tajirika vor, als sie sich seinem Büro in Santamaria näherten. „Oder kennen Sie einen besseren Ort hier in der Gegend?", wandte er sich an Nyawĩra.

„Das Mars Café ist in Ordnung", antwortete Nyawĩra, obwohl es sie an Kaniũrũ erinnerte.

„Da sind wir schon", wollte Vinjinia gerade sagen, als Tajirika plötzlich auf die Bremse stieg. Das Auto schlitterte an den Straßenrand und riss dabei beinahe einen Passanten mit. Vinjinia schrie. Und Nyawĩra glaubte, Tajirika hätte versucht, einem Zusammenstoß auszuweichen; aber es kamen keine Autos entgegen.

„Was ist denn das?", rief Tajirika schockiert.

„Was?", fragte Vinjinia verwirrt.

„Na schau doch! Da drüben", antwortete er und zeigte zum Eingang von Eldares Modern Construction and Real Estate hinüber.

„Ach, die Schlange!", sagten Vinjinia und Nyawĩra wie aus einem Mund.

17

„Sie warten auf dich“, sagte Vinjinia, und ihr sachlicher Ton überraschte Tajirika noch mehr.

„Auf mich? Warum? Irgendein Protest, eine Demonstration?“

„Sie suchen Arbeit“, erklärte Vinjinia und gab Nyawĩra ein Zeichen, dass sie ihre Unterstützung brauchte.

„Es ist wegen des Aushangs, den ich vor dem Büro anbringen sollte“, erklärte Nyawĩra. „Erinnern Sie sich nicht? Aushilfsjobs?“

„Aushilfsjobs? All diese Leute?“

„Warteschlangendämonen“, sagte Nyawĩra lakonisch.

Sie dachte an die Manie, die vor dem Aushang begonnen und sich über das ganze Land ausgebreitet hatte.

„Das hält ja keiner aus! Und was unternimmt die Regierung dagegen?“, fragte er aufgebracht und fluchte, so lange nicht da gewesen zu sein. „Man sollte die Armee einsetzen und diesem Mob eine Lektion erteilen. Hört mal zu, ihr beiden. Frühstück fällt für mich aus. Ihr geht bitte was essen und kommt danach ins Büro. Das ist mit Sicherheit das Werk der Feinde, die mich mit den Geldsäcken betören wollten. Aber jetzt werde ich ihnen zeigen, dass ich immer noch Macht und Einfluss habe. Ich werde meinen guten Freund Machokali, den Außenminister, über diesen aufrührerischen Mob informieren. Ihr werdet sehen, es wird nur ein paar Minuten dauern, bis die Polizei und die Armee den Platz umstellt haben und der Mob in alle Richtungen um sein elendes Leben laufen wird.“

Mit diesen Worten parkte er den Mercedes ordentlich ein und eilte zu seinem Büro, wobei er allerdings so umsichtig war, den Hintereingang zu nehmen.

Vinjinia und Nyawĩra gingen zum Mars Café. Als sie eintraten, ließ Nyawĩra prüfend den Blick durch den Raum schweifen. Sie hatte allen Grund dazu. In einer Ecke saß Kaniũrũ, das Gesicht hinter einer Zeitung verborgen. Er tat so, als hätte er sie nicht gesehen, und Nyawĩra beschloss, das Gleiche zu tun. Verbringt dieser Mann alle Tage und Nächte in diesem Café? Was hat er so früh hier verloren?

Als sie bestellten, setzte sich Tajirika zu ihnen. Er machte einen zufriedenen Eindruck.

Er war sich ihrer Neugier darüber bewusst, warum er so schnell zurück war, obwohl er das Frühstück abgelehnt hatte. Doch er hatte es nicht eilig, sie aufzuklären. Er genoss ihre gespannte Erwartung auf seine Offenbarung und bestellte sechs Eier, drei Würstchen und einen Berg gebratenen Speck.

„Die Leute müssen ja denken, du bekommst bei mir nichts zu essen", scherzte Vinjinia.

„Ich möchte, dass ihr euch beide so richtig satt esst. Ich zahle", sagte er und machte eine kurze wirkungsvolle Pause, bevor er hinzufügte: „Und dass ihr euch freut."

„Warum sollten wir?", fragten die Frauen. Hatte man ihm versichert, Armee und Polizei seien bereits unterwegs?

„Wir feiern die Warteschlangendämonen", erklärte er, als ihre Bestellung serviert wurde.

Nyawĩra und Vinjinia legten ihre Gabeln hin und schauten ihn verdutzt an.

„Was habt ihr mir über die Warteschlangen erzählt?", fragte er, nachdem er ein paar Bissen in sich hineingestopft hatte. „Dass sie genau vor unserem Büro angefangen und sich jetzt über ganz Eldares ausgebreitet haben, sogar bis in die Nachbarstädte hinein. Ich habe gerade mit Machokali gesprochen, und er hat mir das alles in anderem Licht dargestellt. Eigentlich ist es ganz simpel. Die Tatsache, dass diese Leute zum Büro des Vorsitzenden von Marching to Heaven kommen, um nach Arbeit zu fragen, beweist, dass alle Menschen in Eldares das Projekt unterstützen, und ihr wisst, wenn Eldares ruft, steht früher oder später das ganze Land dahinter. Man könnte sa-gen, dass, wenn man die Schlangen der Arbeitssuchenden und der Vertragsjäger zusammennimmt, es in ganz Aburĩria keinen einzigen Menschen gibt, der nicht an diesem Projekt beteiligt sein möchte. Der Herrscher und sein geliebter Minister Machokali, der auch mein Freund ist, sind über diese Entwicklung sehr erfreut und haben sogar fünf Motorradfahrer in alle Winkel des Landes entsandt, um das Evangelium des Schlangestehens zu verbreiten und weitere Unterstützung von der Basis zu organisieren. Und wir waren die Ersten. Nyawĩra, du und ich, wir waren die Ersten. Nächste Woche wird die Delegation der Global Bank Eldares und die umliegenden Städte bereisen, wo immer es Warteschlangen gibt, und mit eigenen Augen sehen, wie glücklich die Leute mit der Aussicht auf Marching to Heaven sind.

Das Ganze wird mit einer Großkundgebung im Ruler's Park seinen krönenden Abschluss finden, bei der der Herrscher das Areal formell weihen wird. Früher hat man gesagt, alle Wege führen nach Rom, aber an diesem Tag werden alle Schlangen zum Park führen. Stellt euch mal die Kameras vor, die das Schauspiel unzähliger Menschenreihen filmen, die alle nach einem neuen Mekka pilgern! Versteht ihr? Begreift ihr die Symbolik? Und jetzt kommt das Beste.

Minister Machokali ist sehr erfreut über meine Krankheit. Er wollte nicht einmal wissen, was ich hatte. Er war einfach nur glücklich darüber, dass ich krank war und deshalb nicht ins Büro konnte. Er klang sehr beunruhigt, als ich ihm sagte, es gehe mir wieder besser und ich wolle die Arbeit wieder aufnehmen. Er freute sich natürlich, dass die Krankheit nicht tödlich war – er ist schließlich ein sehr guter Freund, wie ihr wisst –, aber er will trotzdem nicht, dass ich schnell wieder gesund werde, zumindest nicht so gesund, um wieder ins Büro gehen zu können. Die Menge da draußen wird warten, bis ich zurückkehre. Deshalb soll ich mich erst wieder gesund melden, wenn die Vertreter der Global Bank alle Warteschlangen besichtigt und die massenhafte Unterstützung erlebt haben. Erst am Tag der Einweihung soll ich wieder in der Öffentlichkeit erscheinen. Dadurch ist die Regierung in der Lage, die Warteschlangen effektiv für ihre Bitte um Gelder von der Bank zu nutzen."

Er machte eine Pause, um sich über die Wirkung seiner Worte auf ihren Gesichtern zu freuen. Tajirika redete, als wären die Warteschlangen seine Idee gewesen. Mit stolzem Blick wandte er sich an Nyawĩra.

„Der Aushang, den Sie angebracht haben, Nyawĩra, trägt jetzt also Früchte, die sogar der Herrscher freudig erntet. Kurz gesagt, ein einfacher Aushang wird die Geschichte Aburĩrias, ja Afrikas und der ganzen Welt, verändern. Und jeder wird ein klein wenig von dieser Manie profitieren, auch ihr beiden."

Nyawĩra und Vinjinia schauten sich skeptisch an und fragten sich, wie sie von einem Aushang profitieren sollten, der lediglich verkündete, dass die Firma Zeitarbeiter einstellte.

Tajirika fühlte sich blendend. „Glückwunsch also", sagte er lachend, wobei sich sein schlecht rasiertes Kinn rhythmisch auf und ab bewegte.

„Glückwunsch? Wozu?", fragte Vinjinia.

„Wer, glaubt ihr, wird diese Firma während meiner beabsichtigten patriotischen Abwesenheit wohl leiten? Ihr, mein pflichtgetreues Tandem. Du, Vinjinia, bist ab sofort amtierende Geschäftsführerin von Eldares Modern Construction and Real Estate, und Sie, Nyawĩra, sind die stellvertretende Geschäftsführerin."

Er hoffte, in ihren Augen Dankbarkeit für die Beförderungen zu lesen, die er gerade vorgenommen hatte.

„Und keinen Putsch gegen den abwesenden Chef!", scherzte er. „Den Anschlag dürft ihr nicht entfernen. Für die Öffentlichkeit bin ich immer noch bettlägerig und kann deshalb nicht ins Büro kommen. Wenn ihr Anrufe entgegennehmt oder mit Besuchern sprecht, denkt immer daran, dass ich noch krank bin. Wenn diese Leute wegen irgendeines Geschäfts vorsprechen, sollen sie sich an die amtierende Geschäftsführerin Mrs. Vinjinia Tajirika wenden und bei ihr die Briefumschläge abgeben. Sollte jedoch jemand auftauchen, der mich unbedingt persönlich sprechen will, dann ruf mich zu Hause an, Vinjinia, und verbinde mich mit ihm. Aber erst, wenn er eine ordentliche Summe zusätzlich in den Umschlag gesteckt hat, als besonderen Ansporn für den Kranken, sein Lager zu verlassen und den Hörer abzunehmen. Mit den Beförderungen will ich mich bei euch beiden bedanken, dass ihr euch zusammengetan und mich zum Herrn der Krähen gebracht habt. Seine Macht hat mein Leben bereits verändert."

Nyawĩra warf einen kurzen Blick in die Ecke, in der Kaniũrũ saß, und stellte fest, dass er immer noch da war, vertieft in seine Zeitung. Der tut nur so, als ob er liest, sagte sich Nyawĩra, denn sie war felsenfest davon überzeugt, dass seine Augen, Ohren und Nase alles genau aufnahmen. Trotzdem wollte sie Tajirika weitere Informationen über die bevorstehende Einweihung des Bauplatzes für Marching to Heaven entlocken.

„Wann wird der Herrscher den Bauplatz weihen?“, fragte sie, als wollte sie lediglich etwas sagen, ohne sich tatsächlich für das Datum zu interessieren.

„Ich kenne nicht alle Einzelheiten“, antwortete Tajirika. „Aber machen Sie sich keine Gedanken. Sobald ich sie weiß, sage ich Ihnen Bescheid. Ich möchte nämlich, dass ihr beide mit dabei seid. Was habe ich Ihnen versprochen, Nyawĩra? Sie nie zu vergessen! Seit Sie in meinem Büro angefangen haben, laufen meine Angelegenheiten bestens, und ich möchte Ihnen meine Dankbarkeit und Anerkennung aussprechen. An dem gesegneten Tag werde ich meinen Freund Minister Machokali bitten, Sie mit auf die Bühne des Herrschers zu setzen, damit er und die ganze Welt erfahren, dass ich es gemeinsam mit Ihnen war, der die Menschenschlangen zustande brachte. Der Herrscher schüttelt Ihnen vielleicht sogar die Hand, wie er damals die meine schüttelte ...“

Er betrachtete seine rechte Hand, und für einen kurzen Augenblick waren Staunen und Entsetzen auf seinem Gesicht.

„Was hast du mit meinem Handschuh gemacht?“, fragte er und sah Vinjinia scharf an.

Vinjinia spürte, dass er kurz davor war zu explodieren, und beeilte sich, ihn zu beruhigen: Sie erklärte, den Handschuh ausgezogen zu haben, weil sie glaubte, er sei von seinen Feinden aus Neid auf seine mit dem Geruch des Herrschers behaftete Hand präpariert worden. Zu ihrer großen Erleichterung war er daraufhin nicht mehr verärgert.

„Dann werden meine Feinde vor Neid sterben, denn am Tag der Einweihung des Areals wird genau diese Hand die Hand des Herrschers erneut schütteln, und diesmal werde ich ihre Pläne durchkreuzen, indem ich keinen Handschuh trage, der die durch seine Berührung gesegnete Stelle kennzeichnet. Nyawĩra, merken Sie sich das. Nachdem der Herrscher Ihre Hand berührt hat – keinen Handschuh!“

Er unterbrach sich und wurde nun fast hysterisch.

„Ja, Sie und ich, wir haben diese Geister, die Marching to Heaven unterstützen, losgelassen. Wir haben den Aushang KEINE FREIEN STELLEN. KOMMEN SIE MORGEN WIEDER! genau zum richtigen Zeitpunkt entfernt. Und sehen Sie das Ergebnis! Diese Jungs von der Uni, die behaupten, sie seien die Bewegung für die Stimme des Volkes, und sich gegen Marching to Heaven stellen, stecken jetzt in einem dunklen Loch, vollkommen isoliert! Ihre ganze Propaganda gegen das Projekt hat nichts gebracht. Nahezu überall stimmen die Leute jetzt mit ihren Füßen ab, dank uns. Es lebe die Anschlagtafel! Diese Jungs werden vor Neid erblassen, wenn sie sehen, wie jemand wie Sie, Nyawĩra, jemand in Ihrem Alter, die Hand des Herrschers schüttelt. Aber nicht vergessen ... keinen Handschuh ... Überlassen Sie das mir.“ Er versuchte es mit einem selbstironischen Scherz und lachte darüber.

Kaniũrũ konnte sich nicht mehr zurückhalten; er hob seinen Kopf von der Zeitung und schaute sich nach der Quelle dieser Ausgelassenheit um.

18

Nach Arbeitsschluss bat Nyawĩra Vinjinia, sie ausnahmsweise zur Bushaltestelle mitzunehmen. Sie wollte jede mögliche Begegnung mit Kaniũrũ vermeiden und so früh wie möglich zu Hause sein.

Auf der Busfahrt waren ihre Gedanken bei Kamĩtĩ. Sie erinnerte sich, wie sie sich in Tajirikas Büro zum ersten Mal begegnet waren; wie sie mit ihm gefühlt hatte, als er erzählte, über drei Jahre vergeblich nach Arbeit gesucht zu haben; wie sie seine Demütigung durch den herzlosen Tajirika miterlebt hatte; wie A.G. sie später durch das Grasland gejagt und wie sie – am Rande körperlicher Intimität – die ganze Nacht hindurch vertraut geredet hatten.

Inzwischen sprachen sie kaum noch über jenen Augenblick, nicht einmal im Scherz, noch waren sie in Versuchung geraten, ihn zu wiederholen. Andererseits war sie mit Kamĩtĩ im Reinen und von sich selbst überrascht, ihm ihr Herz geöffnet zu haben. Zwar war sie vorsichtig, was Einzelheiten der Bewegung anging: ihre Mitglieder, ihre Führung, ihre Pläne, doch spürte sie gleichzeitig, dass sie alle persönlichen Dinge offen mit ihm besprechen konnte. Er war anders als die meisten Männer, denen sie begegnet war. Er hatte keine festgefahrene Vorstellung, welchen Platz Frauen in der Welt einzunehmen hatten. Sie fühlte sich ihm nahe, obwohl sie die Frage quälte, wer Kamĩtĩ tatsächlich war.

Nyawĩra glaubte nicht an Weissagungen, Prophezeiungen oder die Macht von Zaubertränken, die Herzen und Seelen verwandelten. Sie glaubte nicht an eine materielle Existenz Gottes und böser Geister. Die Menschen schufen sich durch ihre Taten ihren eigenen Himmel oder ihre eigene Hölle. Wenn sie grausam gegen sich selbst oder gegen andere waren, fachten sie lediglich das Feuer einer Hölle an, die sie selbst geschaffen hatten, ein schreckliches Vermächtnis für diejenigen, die nach ihnen kamen. Auf der anderen Seite waren gute Taten ein wertvolles Erbe für künftige Generationen. Sie selbst ließ sich von dem einfachen Grundsatz leiten: Behandle andere so, wie du von ihnen behandelt werden willst. Trotzdem hatte Kamĩtĩ ihre Skepsis gegenüber magischen Riten ins Wanken gebracht. Wie konnte er anderen in die Seele schauen? Wen sahen A.G., der alte Mann und jetzt Tajirika in ihm? Wie war es möglich, dass sich Tajirika ohne das geringste Anzeichen des Bedauerns von drei Geldsäcken trennte? Sie wusste, wie sehr Tajirika Geld anbetete und liebte.

Auch sie musste zugeben, dass Kamĩtĩ ihr Leben berührt hatte. Sie konnte nicht genau sagen wodurch, aber seit sie ihm begegnet war, sah sie das Leben anders. Es war, als gäbe ihr seine bloße Gegenwart einen Grund zu lächeln, selbst angesichts der Skandale und Grausamkeiten des Staates. Sie war stolz auf ihn, wie er Tajirika und

Vinjinia behandelt hatte. In seinem Verhalten lag keinerlei Groll, keine Rachelust einem gefallenen Gegner gegenüber. Es sei denn, man wollte es als Rache bezeichnen, dass er Tajirika um die Geldsäcke erleichtert hatte. Während Kamĩtĩ Tajirika zu seiner Erkrankung befragte, hatte sich auch in ihr eine Vorstellung von der Natur dieser Gebrechen herausgebildet, und sie hatte das Gefühl gehabt, als würde Kamĩtĩ sie als Krankheit sehen, die unter den Reichen und Gebildeten von Aburĩria weit verbreitet war. Vielleicht erklärte das zum Teil auch, was mit der Führung des Landes falsch lief und die unglaublichen Wendungen, die das Land seit der Unabhängigkeit durchlaufen hatte.

Ohne es sich eingestehen zu wollen, fühlte sie, wie eine unbestimmbare Wärme ihr ganzes Wesen durchströmte und ihr Herz vor Erwartung höher schlagen ließ, wenn sie an Kamĩtĩ dachte. Aber welche Erwartung? Sie war sich nicht sicher; als sie aus dem Bus stieg und über die Straße ging, wusste sie lediglich, dass er ihr fehlte. Sie waren erst an diesem Morgen auseinandergegangen, aber es kam ihr vor, als hätten sie sich jahrelang nicht gesehen.

Im Einkaufszentrum von Santalucia entschied sie, wie sie diesen Abend mit ihm feiern wollte. Sie würde kochen. Sie kaufte etwas Reis, zartes Hammelfleisch, verführerisch reife Tomaten, feine Petersilie und zwei Kerzen. Immer wieder malte sie sich aus, wie dieser Abend verlaufen würde. Sie würde kochen, dann würden sie einander am Tisch gegenübersitzen und die Füße zusammenstecken, sie würden am Feuer hocken, sich unterhalten und sich am Spiel der Schatten an der Wand erfreuen. Beim Gedanken an dieses Beisammensein wurde ihr schwindelig. Ihr war nach Singen zumute, aber ihr fiel keine Melodie ein.

In den vergangenen Tagen hatte sie versucht, früh nach Hause zu kommen, um die abendliche auf den Zauberer wartende Schlange zu vermeiden; diese Männer, die mit der Macht des Bösen ausgestattet werden wollten. Kamĩtĩ und sie hatten dadurch mit Ausnahme der Zeit nach Mitternacht kaum Gelegenheit gehabt, miteinander zu reden. In den letzten Tagen war die Schlange zwar zunehmend dünner und kürzer geworden, dennoch würden die wenigen, die heute

Abend auftauchten, ihrem Abendessen bei Kerzenschein in die Quere kommen. Das erregte ihren Trotz: Sie würde sich von denen nicht den Abend ruinieren lassen.

Viermal klopfte sie an die Tür, ihr geheimes Zeichen. Lächelnd wartete sie, dass er öffnete. Schließlich wurde sie ungeduldig und drehte am Knauf. Die Tür war verschlossen. Vielleicht lag er in der Badewanne. Sie schloss auf, blieb stehen und wartete auf ein Lebenszeichen aus dem Haus. Dann schaute sie überall nach und bemerkte, dass auch Kamĩtĩs Tasche nicht mehr da war. Erschöpft ließ sie sich aufs Bett sinken. Wo war Kamĩtĩ? Wohin war er verschwunden?

19

„Mitternacht ist vorbei, der vierte Tag, seit du spurlos verschwunden bist“, kritzelte Nyawĩra in ein Notizheft, „und ich finde keinen Schlaf. Die Stunden am Tag und in der Nacht erscheinen mir alle gleich. Ich gehe zwar jeden Tag ins Büro, aber ich komme mir vor wie eine Schlafwandlerin, die durch die Straßen von Eldares läuft. Ich kenne niemanden, mit dem ich über dich reden kann, und selbst wenn, gäbe es, glaube ich, kaum jemanden, der dich so sehen könnte wie ich. Ich schreibe, um mein Herz zum Schweigen zu bringen, aber so sehr ich es auch versuche, mir fehlen einfach die Worte zu beschreiben, was ich empfand, als ich an jenem Abend nach Hause kam und feststellte, dass du gegangen warst.

Ich denke Tag und Nacht an dich. Jeder Tag hatte seinen Schmerz, seine Erinnerungen, seine Sorgen. Ich weiß nicht, ob du noch lebst, ob die Polizei dich erwischt hat, oder ob du tot bist, von Dieben umgebracht, obwohl es in unserem Land nicht so einfach ist, Diebe von Polizisten zu unterscheiden. Doch was sollte ein Dieb schon mit deiner Tasche anfangen, in der sich nur Bettlerlumpen befinden? Andererseits: Warum sollte die Polizei dich verhaften? Was könnte sie von dir wollen?

Man sagt, verzweifelte Situationen erfordern verzweifelte Maßnahmen. Neulich nachts habe ich mich bei dem Wunsch ertappt, ich könnte unverhofft A.G. in die Arme laufen, und er würde etwas über dich ausplaudern. Aber A.G. glaubt ja, dass du und ich ein und dieselbe Person sind; in seinen Augen gibt es nur einen Herrn der Krähen, der sich nach Belieben in einen Mann oder eine Frau verwandeln kann. Nein, A.G. kann mir nicht helfen."

Nach Kamĩtĩs Verschwinden kam es Nyawĩra vor, als läge eine fortdauernde Grabesstille über ihrem Haus. Als sie in der ersten Nacht auf dem Bett saß und vor sich hinstarrte, dachte sie daran, dass sich vor ihrer Tür bald wieder die übliche nächtliche Warteschlange bilden würde. Was sollte sie den Leuten sagen? Wie konnte sie sie fortschicken? Das Letzte, was sie brauchte, war eine Erinnerung daran, dass er nicht da war. Sie beschloss, das zu tun, was ihrer Meinung nach Kamĩtĩ in einer ähnlich misslichen Lage getan hätte: Nutze ihre Angst vor der Hexerei, um sie fortzuschicken. Sie nahm einen Karton und schrieb: EURE FEINDE HABEN DIESES GELÄNDE MIT UNHEIL VERSEUCHT, UM EUCH ZU VERFÜHREN. ICH BIN GEGANGEN, UM REINIGENDEN TRANK ZU BESORGEN; BEMÜHT EUCH NICHT NACHZUSEHEN, OB ICH WIEDER ZURÜCK BIN: ICH WERDE EINE ANZEIGE IN DIE ZEITUNG SETZEN, UM MEINE RÜCKKEHR BEKANNTZUGEBEN. – DER HERR DER KRÄHEN. Sie befestigte die Tafel draußen an der Wand, schloss die Tür und löschte das Licht. Sie wollte sich im Haus lieber im Dunkeln bewegen. Sie hatte das Gefühl, als wären da Hunderte Augenpaare, die sie aus der Dunkelheit anstarrten. Nur im Bett fühlte sie sich sicher.

Seit der Trennung von ihrem Mann war Nyawĩra es gewöhnt, allein zu leben. Nur selten hatte sie Gäste. Sogar ihre Freundinnen aus der Schulzeit und dem Studium besuchten sie eher in der Arbeit als zu Hause. Lediglich ihre beiden Cousinen kamen zu ihr nach Hause, aber das geschah meistens am Wochenende. Anfangs war es ihr schwergefallen, allein in einem Haus zu leben. Aber im Lauf der Zeit hatte sie Gefallen daran gefunden und ihre Freiheit schätzen gelernt. Sie musste niemandem erklären, wo sie war, wie sie ihren

Tag verbrachte oder warum sie spät nach Hause kam. Antworten war sie nur sich selbst schuldig. Warum diese plötzliche Einsamkeit nach dem Verschwinden eines Menschen, den sie kaum kannte?

Ihre Behelfstafel zeigte die gewünschte Wirkung; als sie später aus dem Fenster spähte, konnte sie auf der Straße keinen einzigen menschlichen Schatten entdecken. In den folgenden Tagen blieben die unerwünschten Besucher nach und nach völlig aus. Am vierten Tag nahm sie das Schild ab.

Vollständig mit Kamĩtĩ beschäftigt, blätterte Nyawĩra die Zeitungen nach Unfallmeldungen oder Anklagen durch und hoffte und fürchtete sich gleichermaßen davor, seinen Namen zu finden.

Ein Gedanke schoss ihr durch den Kopf. Was, wenn Kamĩtĩ gar nicht der war, der zu sein er vorgegeben hatte? Was, wenn er in Wirklichkeit ein auf sie angesetzter Polizeispitzel war? Könnte das nicht Tajirikas unverständliche Bemerkung über ihre Altersgenossen in der Bewegung erklären, die jetzt in Schwierigkeiten steckten? Hate Tajirika es ehrlich gemeint, als er ihr versprach, sie dem Herrscher vorzustellen? In ihrem Hirn machte sich auch die Frage breit, warum Kaniũrũ so früh am Morgen im Mars Café gesessen hatte. Doch sobald sie sich Kamĩtĩs Stimme, sein Gesicht und sein Lachen sowie seine Sorge um das Wohlergehen anderer ins Gedächtnis rief, wurde sie ruhiger.

Die zweite und dritte Nacht waren einfacher für sie, weil sie an Versammlungen der Bewegung teilnahm. Sie hatte alles berichtet, was sie über Marching to Heaven wusste. Sie hatte weitergegeben, dass der Herrscher und der Außenminister beabsichtigten, die Vertreter der Global Bank zu den dichtesten und längsten Warteschlangen zu führen, als Beweis für die Unterstützung des Volkes für das Projekt Marching to Heaven. Am wichtigsten aber war, dass die Regierung bald einen Tag bestimmen würde, an dem der Herrscher den Bauplatz für Marching to Heaven einweihen sollte. Lang und breit diskutierten sie darüber, wie sie reagieren konnten. Einige schlugen vor, weitere Flugblätter zu verteilen, um die zynischen Pläne des Herrschers aufzudecken. Die Leute sollten aufgefordert werden, die Schlangen aufzulösen und die Pläne zu durchkreuzen, durch die sie ausgebeutet werden sollten. Andere argumentierten, die Warteschlangen seien das Ergebnis der hohen Arbeitslosigkeit und die Leute würden sie deshalb niemals auflösen. Sie diskutierten eine andere Vorgehensweise: Wie konnte man die Schlangen nutzen, um dem Herrscher die Schau zu stehlen?

Bis jetzt waren Kirchen, Moscheen und andere genehmigte Orte der Verehrung die einzigen freien Räume in Aburĩria gewesen. Hinzu kamen Schnapsläden, Bars und andere genehmigte Zentren des Alkoholkonsums sowie Gefängnishöfe und die Zellen der Polizeistationen. Wo immer die Autorität ihre furchterregende Macht ausübte, war sie unbesorgt gegenüber den Worten der unbewaffneten Häftlinge. Auch die Warteschlangen der Arbeitslosen bildeten einen solchen demokratischen Raum, in dem Versammlungen keine polizeiliche Erlaubnis brauchten. Die Bewegung entschied deshalb, eine Schlange zu bilden, wenn sie sich beraten wollte. Sie würden die Menschenschlangen zur politischen Mobilisierung nutzen.

Die Mitglieder beschlossen außerdem, die Weihezeremonie des Herrschers um jeden Preis zu stören, wie zuvor seine Geburtstagsfeier. Zusätzlich zu ihrer Aufgabe, Informationen über Marching to Heaven zu sammeln, erhielt Nyawĩra den Auftrag, alles über die Pläne der Regierung für den Einweihungstag herauszubekommen.

Nyawĩra waren die Sitzungen und Aufgaben sehr willkommen. Sie lenkten sie von ihrem inneren Aufruhr und ihren Zweifeln an Kamĩtĩ ab. Aber schon kurz nach dem Treffen wurde ihr Seelenfriede erneut von seinen vielen Gesichtern bedrängt, mit einer Intensität, die fast schon an Rache grenzte. Dennoch glaubte sie fest daran, dass er ein Mann von Weisheit und Integrität war, den die Bewegung für sich anwerben könnte. Aber wie hatte er einfach so fortgehen können, ohne sich zu verabschieden? Wie sollte sie ihm trauen?

Früher hatte Nyawĩra, wenn sie niedergeschlagen war, Gitarre gespielt. Ihr Klang hatte sowohl nach ihrem Autounfall als auch nach ihrer Scheidung wie eine Therapie gewirkt. Auch jetzt nahm sie die Gitarre und versuchte, die Saiten anzuschlagen. Aber sie hatte das Gefühl, als würden die Töne ihren Schmerz vertiefen, statt ihn zu lindern. Sie hängte sie wieder an die Wand.

Dann packte sie plötzlich die Wut. Was hatte sie so blind gemacht zu glauben, Kamĩtĩ sei anders als andere Männer? Ich habe ihn in mein Haus gelassen, ihm sogar Raum für seinen Hexenunsinn gewährt, und wie dankt er mir dafür? Die Wut verlieh ihr neue Energie. Sie musste sich wieder in den Griff bekommen.

Am fünften Morgen erwachte sie, kochte Tee und setzte sich an den Tisch. Sie wollte nicht zum Sofa hinübersehen, auf dem Kamĩtĩ immer geschlafen hatte. Nichts, keine Erinnerung an sein Lachen, sollte sie von ihrem Entschluss ablenken. Sie holte den Brief hervor, den sie ihm geschrieben hatte, und nachdem sie ihn noch einmal gelesen hatte, zerriss sie ihn ruhig in winzige Stücke, von denen einige neben dem Tischbein auf den Boden fielen. Dann dachte sie, es wäre besser, alle Papierfetzen zu verbrennen, damit die Wörter für immer verschwänden, so als wären sie nie gedacht oder geschrieben worden.

Als sie sich bückte, um sie aufzuheben, fiel ihr Blick auf einen Zettel mit einer anderen Handschrift. Er war von Kamĩtĩ. Er hatte ihr einen Brief geschrieben und musste ihn auf den Tisch gelegt haben. Da er heruntergefallen war, hatte sie ihn nicht bemerkt.

20

Es hatte eine Zeit gegeben, in der das weite Land rund um Eldares der Lebensraum wilder Tiere war: Nashörner, Elefanten, Flusspferde. Damals stießen Reisende häufig noch auf Löwen und Leoparden, die im Gras auf Beute unter den weidenden Herden der Zebras, Dik-Diks, Ducker, Buschböcke, Gazellen, Impalas, Kudus, Elands, Warzenschweine, Kuhantilopen und Büffel lauerten. Sehr oft sah man auch Giraffen, die durch das Grasland galoppierten oder einfach über den Dornenbäumen aufragten. Ab und an flitzte ein Strauß über die Ebene, und hatte der Reisende Glück, fand er vielleicht in einem Sandnest ein frisch gelegtes Straußenei. Aber seither hat sich vieles verändert. Die Wildtiere haben sich aus dem Grasland zurückgezogen und es den ausgezehrten Kühen und Ziegen überlassen, deren Rippen in den Dürrezeiten, wenn das Gras vollständig verdorrt ist, deutlich hervortreten.

Die Grasebene endet unvermittelt am Fuß mehrerer Höhenzüge, die einen riesigen Halbkreis bilden. Die Bergrücken verschwinden oft im Dunst, sodass sie aus der Ferne wie ein einziger Gebirgskamm aussehen, und erst wenn man am Fuß angekommen ist, kann man ihren natürlichen, stufenförmigen Aufstieg in den diesigen Himmel bewundern. Jeder Höhenzug besteht aus mehreren Bergkuppen, die im Licht der untergehenden Sonne wie wogende Umrisse von Kuhbuckeln aussehen. Von Zeit zu Zeit aber vertreibt der Wind den Dunst und die Kuppen, Hügel und Berge offenbaren sich in ihrer atemberaubenden Schönheit. Sonnenstrahlen tüpfeln die Bäume des Waldes mit ihren schmelzenden Blättern in Grün, Gelb und Orange. Manchmal, wenn die Sonne aufgeht oder sinkt, kann man einen Regenbogen sehen, der sich über die Berge spannt.

Der Wald wurde mittlerweile von Händlern bedroht, die mit Holzkohle, Papier und Edelhölzern ihre Geschäfte machten, und Bäume schlugen, die mehrere hundert Jahre alt waren. Wenn es um die Wälder – und alle anderen natürlichen Ressourcen – ging, waren sich der aburĩrische Staat und die großen amerikanischen, europäischen und japanischen Unternehmen mit den einheimischen afrikanischen, indischen und europäischen Reichen einig unter dem Slogan: Die Plünderung geht weiter. Sie wussten genau, wie man nahm, aber nicht, wie man der Erde etwas zurückgab. Das wilde Abholzen der Wälder wirkte sich auf den Rhythmus der Regenfälle aus, sodass sich langsam eine Halbwüste vom Grasland auf die Berge zuschob.

Man benötigte einen ganzen Tag, um die Ebene zu Fuß zu durchqueren. Nyawĩra war früh aufgebrochen, doch brauchte sie länger, weil sie hoffte, irgendwo eine Spur von Kamĩtĩ zu entdecken. Außerdem trug sie einen Korb, gefüllt mit Dingen, von denen sie wusste, dass Kamĩtĩ sie brauchen konnte. Auch diese Last verlangsamte ihre Schritte. Doch so müde sie auch war, es machte ihr nichts aus. Sie war fest entschlossen, Kamĩtĩ aufzuspüren, wo immer er sich aufhielt. Sie wollte sich bei ihm entschuldigen, wegen der Wut, die sie verspürte, bevor sie seinen Brief gelesen hatte. Im Brief war unbestimmt die Rede davon gewesen, dass er in die Wildnis zurückkehren wolle, doch ohne einen genauen Ort anzugeben. Sie erinnerte sich, dass er oft von einem seiner Lieblingsplätze gesprochen hatte, inmitten einiger Felsen zwischen dem Ende der Prärie und den Gebirgsausläufern. Dorthin war sie jetzt unterwegs. Was aber, wenn sie ihn dort nicht fand, noch sonst irgendwo? Dann müsste sie zurück, das Grasland allein im Dunkeln durchqueren. Daran mochte sie nicht denken.

Sie ging am Fuß der Bergkette entlang, wagte sich aber nicht in den Wald hinein. Langsam verließ sie die Hoffnung, und sie begann, sich wegen dieses erneuten Rückschlags Vorwürfe zu machen. Bin ich denn auch verhext? Warum folge ich einem Fremden an Orte, die ich nicht kenne? Wie jenes Mädchen in der Geschichte, das auf dem Markt einen gut aussehenden Mann sieht, ihm bis zu seinem Versteck im Wald folgt und dort herausfindet, dass er ein Menschen fressendes Ungeheuer ist? Die äußere Erscheinung kann täuschen. Hatte sie sich von Kamĩtĩs Aussehen und seinen Handlungen täuschen lassen? Hatte er sie mit seinem Brief absichtlich in die Irre geführt? Wer war Kamĩtĩ wa Karĩmĩri eigentlich? Sie dachte an den feinen Herrn in Amos Tutuolas Buch „Der Palmweintrinker", der die geborgten Körperteile ihren Besitzern wiedergegeben hatte und nun – als Schädel unter anderen Schädeln – im Wald wohnte. Was wäre wenn ...? Plötzlich schien alle Kraft aus ihren Beinen gewichen.

Sie entdeckte am Hang eines Hügels einen Baumstumpf und setzte sich, um sich auszuruhen und über ihre Lage nachzudenken. Sie musste eine Entscheidung treffen. Sollte sie die scheinbar sinnlose Suche fortsetzen oder in die Stadt zurückkehren? Sie ließ den Blick über die offene Ebene schweifen; sie schien weder Anfang noch Ende zu haben, auch wenn in der Ferne die Skyline von Eldares im Dunst rauchender Fabrikschlote und nahender Dunkelheit zu ahnen war.

„Nyawĩra", rief eine Stimme hinter ihr. Ihr Herz raste, Wärme durchströmte sie. Sie hatte die Stimme erkannt, mochte aber ihren Ohren trotz des Widerhalls nicht trauen. Langsam wandte sie den

Kopf in die Richtung, aus der die Stimme zu kommen schien. Da stand Kamĩtĩ, halb hinter einem Busch verborgen.

Sie erhob sich, ging auf ihn zu, und Kamĩtĩ nahm ihre Hand. Bei der Berührung spürte Nyawĩra ihren ganzen Körper zittern, während Kamĩtĩ das Gefühl hatte, sein Blut strömte in die Fingerspitzen und sein ganzer Körper empfände eine Erregung, wie er sie seit langer Zeit nicht mehr verspürt hatte. Nyawĩra ließ sich von ihm tiefer in den Buschwald zu einer grasbedeckten Lichtung führen, die wie ein Innenhof von grauen Steinen umringt war. Er brachte sie in eine Felsenhöhle.

„Herzlich willkommen", sagte er mit zitternder Stimme.

Nyawĩra war von sich selbst überrascht. Alles, was sie Kamĩtĩ sagen wollte, während sie durch das Grasland gelaufen war, war verschwunden: Sie war unfähig zu sprechen. Wenn sie jetzt redete, würde sie die Wärme, die in der Luft lag, verschrecken. Also standen sie einfach da – vom Dunkel des Abends und tiefem Schweigen umfangen – und hielten sich die Hände, als könnten sie beide nicht glauben, dass dieser Augenblick Wirklichkeit war.

„Ich bin wegen des Honigs des Lebens hier – hast du es nicht so genannt?", setzte Nyawĩra an, um das Schweigen zu brechen und stellte den Verpflegungskorb an die Felswand.

„Ja", erwiderte Kamĩtĩ.

Beide glaubten, ihre Worte wären das Vorspiel zu ihrem üblichen unbeschwerten Geplänkel, aber sie begannen, einander auszuziehen. Mit funkelnden Augen, schwer atmend, die Körper vor Erwartung gespannt. Er wollte ihr gerade das Hemd ausziehen, als er plötzlich zögerte.

„Es tut mir leid, aber ich habe keine Kondome hier", sagte er.

„Nein, hör nicht auf", sagte Nyawĩra. „Ich habe welche." Dann knöpfte sie ihm die Hose auf.

Auf dem Boden der Höhle, umfangen von der Dunkelheit, trug es sie über Täler und Hügel. Sie schwebten durch blaue Wolken hoch zu den Gipfeln reiner Verzückung, wo sie, im Raum verloren, das Gefühl hatten, als drehte sich die ganze Welt, bevor sie wieder herabschwebten, einen Regenbogen herunterrutschten, der Erde entgegen, ihrer Erde, wo das Gras, die Pflanzen und die Tiere ein Schlaflied der Stille zu singen schienen. Nyawĩra und Kamĩtĩ schliefen, jetzt eng umschlungen, den Schlaf von Säuglingen bis zum Anbruch eines neuen Tages.

21

Sie erwachten, als die Sonne aufging. Sie froren. Wie Diamanten glitzerten Tautropfen auf ihren Kleidern, und keiner von beiden konnte sich erinnern, wie oder wann sie aufgewacht waren, um sich anzuziehen. Sie schüttelten den Tau ab.

„Zeig mir, wo ich mir das Gesicht waschen kann", bat Nyawĩra.

Er führte sie an einen Bach. Dort bückten sie sich und wuschen sich. Das Wasser war kalt und klar, fast betäubte es. Dann kehrten sie in ihr Versteck zwischen den Felsen zurück.

Nyawĩra hatte gekochte Eier mitgebracht, Zucker, etwas Kakao, Streichhölzer, einen Wasserkessel, einen kleinen Kochtopf. Nachdem sie ein paar Früchte gesammelt hatten, die um sie herum noch im Überfluss wuchsen, bereiteten sie sich ein einfaches Mahl und unterhielten sich wie in alten Zeiten. Es war ein fröhliches Gespräch, das ihren Seelen gut tat und sie immer wieder zum Lachen brachte. Kamĩtĩ dankte Nyawĩra und einer reichen Natur für das Essen.

„Die Natur mag ergiebig sein", entgegnete Nyawĩra, „aber trotzdem ist es gut, einen Speicher anzulegen für den Fall, dass sich die Natur einmal erkältet. Soviel ich weiß, gab es früher kein Haus, das diesen Namen verdiente, wenn es keinen Speicher hatte. Nun schau dir das heutige Aburĩria an. Wie viele Haushalte besitzen einen Speicher? Keiner, weil es nichts gibt, was sie speichern könnten. Komme ich vom Thema ab? Ich nehme an, es ist das Bild eines Eremiten, der sich mit Tieren um Honig und wilde Beeren schlägt, das mir zusetzt."

„Musst du immer urteilen?", fragte Kamĩtĩ. „Du hättest Jura studieren und Anwältin werden sollen."

„Im Augenblick bin ich Anwältin. Anwältin des Volkes …"

„Und ich? Ein selbst ernannter Anwalt der Rechte von Tieren und Pflanzen etwa?", meinte Kamĩtĩ lachend. „Aber du wirst mir zustimmen, dass mein Urteilen selbstloser ist, weil Tiere und Pflanzen keine Zunge haben, um für sich sprechen zu können."

„Was willst du damit sagen?"

„Dass ich mit dir einen Rundgang machen will, damit du meine Freunde kennenlernst, alle Bewohner des Waldes."

„Freunde unter den Bäumen und Tieren?"

„Genau, und bei den Vögeln und den Pflanzen und den Bergen und den Tälern."

„Dann freue ich mich auf die Tour. Aber sprich nicht für die Bewohner – sie sollen für sich selber lügen", sagte Nyawĩra.

„Dann machen wir mal einen Plan für den ersten Tag. Was möchtest du sehen?"

„Ich werde gehen, wohin du mich führst, und sagen, es ist gut", antwortete sie.

Über Tajirika verloren sie den ganzen Tag kein Wort. Ebenso wenig über den Herrn der Krähen oder Kamĩtĩs plötzliches Verschwinden aus Santalucia und sein Abtauchen in der Wildnis. Es war, als hätten sie ein Abkommen geschlossen, die Ereignisse in Eldares nicht in ihre Vereinigung und die mit der Natur eindringen zu lassen. Hier in der freien Natur fühlten sie sich gut und mit sich im Reinen.

Sie waren über vieles einer Meinung. Oft unterbrachen sie ihr Gespräch mit Liedern und Geschichten und vergnügtem Geplänkel. So zum Beispiel, als ihnen nacheinander eine Zebraratte und eine Feldmaus über den Weg liefen. Sie blieben stehen und stimmten ein Lied über diese Tiere an:

Zebraratte
und Feldmaus
zogen einst
zum Speicher
eines Verwandten
um zu essen

Heraus kamen
neun Ziegen
sehr jung
und waren bald zehn

Das war ein Lied, mit dem Kinder bis zehn zählen lernten, wobei die Logik sich stärker aus dem Rhythmus als dem eigentlichen Sinn der Wörter ergab. Wieder lachten sie, und als sie einander in die Augen sahen, fehlten ihnen plötzlich die Worte. Schweigend gingen sie weiter, erfüllt von dem Licht, das sie in den Augen des anderen sahen.

Überall war Liebe: in den Ästen der Bäume, in denen die Nester der Webervögel hingen; im Farn, in dem der Witwenvogel zwei lange Schwanzfedern gelassen hatte; im Murmeln des Eldares River, der ostwärts floss, bevor er sich in einen donnernden Wasserfall verwandelte; in den Sonnenstrahlen, die durch den Wasserfall glitzerten und sich in die Farben des Regenbogens auflösten; im stillen Wasser eines kleinen Sees, der durch den Fluss gebildet wurde, in dem Kamĩtĩ und Nyawĩra nun badeten und schwammen und einander jagten und sich gegenseitig bespritzten; im Zweizahn, in der Fingerhirse und anderen Pflanzen; in den Blumen, deren Blütenstaub sich an ihren Kleidern festsetzte; in den Bewegungen der Stachelschweine und den Flügeln der Perlhühner; in den Feldhühnern, die sich eilends davonstahlen, nachdem sie einen Blick auf das Paar geworfen hatten; in den Bienen und Schmetterlingen, die von Blume zu Blume tingelten; im Gurren der Tauben; in den Balzrufen der Frösche im Fluss, die zwischen Schilf und Wasserlilien saßen. Liebe war in den Kletterpflanzen, die sich um die Baumstämme wanden; ja, auch in den Brombeeren, von denen sie pflückten, um sie sich gegenseitig in den Mund zu schieben. Liebe war im sanften Wind, der leise die Blätter rauschen ließ. Liebe war überall in diesem Wald, doch weder Nyawĩra noch Kamĩtĩ sprachen dieses Wort aus.

Später, als sie am Boden saßen, gegen den Stamm einer Sykomore gelehnt, nippten sie vom Kakao, meist schweigend, weil sie beide in Gedanken versunken waren, und es waren bei beiden dieselben

Gedanken. Und dann redeten sie wieder unbeschwert miteinander. Die Liebe war ihnen hierher gefolgt, und jetzt beleuchtete der Mond die Blätter und warf ihre Schatten auf den Boden und über ihre Körper. Dennoch konnten sie sich die Liebe immer noch nicht eingestehen, auch im Geheimen nicht sich selbst.

Aber sie fühlten sich von einem Frieden umfangen, der jegliches Verstehen überstieg; von einem Frieden, der von diesem Wald ausging, obwohl die Zikaden zirpten und in der Ferne die Hyänen heulten; und als sich Nyawĩra und Kamĩtĩ ansahen, zogen ihre Blicke sie zueinander hin, und Kamĩtĩs Finger wanderten zu Nyawĩras Brustwarzen, die die Farbe von Brombeeren hatten.

Sie glitten in ein wortloses Wunder, und selbst, als sie am Morgen erwachten, lagen sie sich noch fest in den Armen, als wollten sie nie wieder voneinander lassen.

22

Trotzdem war bis zum Nachmittag eine gewisse Kühle zwischen ihnen aufgekommen. Nicht, weil sich ihre Zuneigung geändert hatte, sondern weil sie viele Dinge zurückgestellt hatten, Dinge, die nun nicht länger warten konnten.

Kamĩtĩ bemühte sich, die Fragen zu beantworten, die Nyawĩra plagten. Der Brief, den er ihr geschrieben hatte, war ihr unverständlich geblieben.

„Es war nicht so, dass ich bewusst entschieden habe, der Heilerei, der Wahrsagerei und dem Geld den Rücken zu kehren, um ab sofort das Leben eines Einsiedlers in der Wildnis zu führen“, versuchte Kamĩtĩ zu erklären.

Er sprach in einem ruhigen Ton, weder aufgeregt noch niedergeschlagen, weder traurig noch fröhlich; vielleicht ein wenig in sich gekehrt, als würde er, während er sich an Nyawĩra richtete, ein Selbstgespräch führen.

„Wahrscheinlich gab es mehrere Gründe, vielleicht auch nur einen einzigen. In Wahrheit ist mir das selbst alles andere als klar. Ich habe die Rolle des Herrn der Krähen nicht freiwillig gespielt, ich wurde hineingedrängt. Du weißt, wie die Sache angefangen hat. Wie war noch sein Name – ich meine den Polizisten, der uns an diesem Abend durch das Grasland gejagt hat? Arigaigai Gathere. A.G.! Was für ein Name! Arigaigai! Hast du schon mal einen solchen Namen gehört? A.G. hat mich zur Zauberei gebracht. Wegen meiner eigenen Schwierigkeiten habe ich alles bereitwillig getan. Am Anfang war ich der Meinung, dass ich nur kurz diese Rolle spielen muss. Ich war stolz, nicht ein einziges Mal Zauberei verabreicht zu haben, die anderen geschadet hat; ich habe meine Kunden nie wirklich belogen. Und ich habe die Zaubertricks auch nie benutzt, um meine Kunden zu beeindrucken. Ich habe mit Gedanken und Bildern gearbeitet, die sie in ihrem eigenen Kopf hatten. Trotzdem habe ich vorgegeben, jemand zu sein, der ich nicht bin. Habe ich unter Vorspiegelung falscher Tatsachen geheilt? Stell dir vor, du gehst zum Arzt und erfährst hinterher, dass er überhaupt keine Ausbildung hat, keine Zulassung? Ich war ein Quacksalberheiler. Aber darum geht es nicht. Meine Weissagungen entstanden aus der Lust am Bösen. Nimm Tajirika und Konsorten: Habe ich ihm nicht neues Leben eingehaucht und sein Zutrauen ins Böse gestärkt? Fühlt er sich jetzt, geschützt von der Magie, nicht erst ermutigt, ungestraft zu rauben? Hat meine Weissagung seine Diebstähle überhaupt erst ermöglicht? Ich war Komplize genau des Bösen, das mich mit Abscheu erfüllt.

Vielleicht unterlag ich anfangs der Illusion, einer oder zwei könnten den Weg zu mir finden, unerschrocken genug, sich einzugestehen, dass sie auf Abwege geraten waren, und zu sagen: Ich trage an einem Makel, hilf mir, ihn abzulegen. Das hätte meiner Rolle etwas Wert verliehen. Aber sie wurden alle von Hass und Gier getrieben.

Sie waren nur an zwei Dingen interessiert: mächtiger zu werden und ihre Rivalen zu vernichten. Und was die Gier angeht, war einer der Klon des anderen. Ihre Gier stank zum Himmel. Sogar wenn ich ihnen Fragen nach ihren Beschwerden stellte, kroch ihnen der Gestank des Bösen und der Gier aus jeder Pore und machte mir das

Atmen schwer. Eine Zeit lang gelang es mir, diesen Geruch auszuhalten, weil ich noch den Blumenduft roch, den du zurückgelassen hast. Aber Tajirikas innere Fäulnis war schlimmer als alles, was ich je zuvor erlebt habe: ein Schwarzer, der seine eigene Negation feiert. Diesen letzten Schwall verpesteter Luft konnte ich nicht ertragen.

Ich weiß nicht, woher ich die Kraft nahm, aber irgendwann fand ich mich draußen vor der Tür wieder. Der Gestank hing immer noch an mir. Ich bekam Panik. Immer wenn ich hinaus ins Freie gegangen bin, konnte ich ihren Gestank loswerden und frische Luft atmen. Das gelang jetzt nicht mehr. Ich brach zusammen. Als ich wieder zu mir kam, wollte ich nicht in den Schrein zurück. Aber ich zwang mich zurück ins Haus, um dir den Brief zu schreiben. Ich hatte einen Entschluss gefasst."

„Und welchen?", fragte Nyawĩra.

„Eldares zu verlassen. Die menschliche Gesellschaft hinter mir zu lassen und in die Wildnis zu ziehen."

„Was hast du mit der Zeile ‚Ich gehe, um mich selbst zu finden' in deinem Brief gemeint?", fragte Nyawĩra nach.

„Ich will nicht behaupten, in dem Augenblick, als ich den Brief schrieb, alle meine Gedanken in Worte gefasst zu haben. Zuallererst wollte ich dem Gestank entkommen. Ich habe dir erzählt, dass ich das Gefühl hatte, der Gestank würde mir folgen, als ich nach draußen ging. Als würde er mir in die Kleider, den Körper und in mein ganzes Wesen dringen. So hatte ich mich noch nie gefühlt. Ich habe mich gefragt: Wenn ich anfange, zu stinken wie sie, was unterscheidet mich dann noch von ihnen?"

„Und diese Fäulnis, von der du so bewegend sprichst – was, meinst du, wird ihr ein Ende bereiten?"

„Die Angelegenheiten des Volkes sind mir eine zu schwere Last."

„Hast du nicht selber gesagt, dass die Bedürfnisse der Mehrheit mehr als die Arbeit eines Einzelnen erfordern? Heißt es nicht genau deshalb, viele Hände machen die Arbeit leicht?"

„Ich will einfach hier in der Wildnis bleiben, um mich selbst zu finden. Ich will herausfinden, was ich wirklich vom Leben erwarte. Vielleicht ist es das Blut des Jägers, das sich in mir regt."

„Du meinst, es sagt dir, dass du vor dem Volk davonlaufen sollst? Um dich selbst zu heilen?“

„Man muss sich selbst gefunden haben, bevor man versuchen kann, anderen zu helfen.“

„Chirurgen operieren sich nicht selbst. Und unser Volk sagt, dass selbst der beste Barbier jemanden braucht, der ihm die Haare schneidet. Um ein Feuer anzuzünden, braucht man Zunder und Streichhölzer. Die Probleme des Landes sind unsere eigenen. Niemand vermag sie allein zu schultern. Wir können nicht davonlaufen und alles den Ungeheuern und Skorpionen überlassen. Es ist mein Land. Es ist dein Land. Es ist unser Land. Und außerdem kannst du in Aburĩria nirgendwohin davonlaufen. Wie du selbst gesagt hast, sogar diese Wälder werden von der Gier der Mächtigen bedroht.“

„Und was soll ich tun? Weiter weissagen?“, fragte er, als wiederholte er eine Frage, die er sich selbst bereits gestellt hatte.

„Die Fähigkeit zum Weissagen ist eine Gabe. Selbst wenn ich mir noch so große Mühe geben würde, könnte ich die Fälle trotzdem nicht mit der Weisheit regeln, die ich bei dir erlebt habe. Es ist, als ob du den Menschen in die Herzen sehen und ihre Gedanken lesen könntest. So, wie du das bei Vinjinia und Tajirika getan hast. Wer wäre je auf den Gedanken gekommen, dass Wünsche dem Körper und der Seele so zusetzen können. Und was das für eine Heimsuchung war! Ein Weiß-Wahn, der so tief saß, dass er fast seine Firma verloren hätte!“

Kamĩtĩ schaute weg und blickte auf die Berge in der Ferne.

„Was hast du?“, fragte Nyawĩra unruhig.

Kamĩtĩ antwortete nicht sofort. Langsam drehte er sich um und sah Nyawĩra wieder ins Gesicht.

„Nichts“, antwortete er. „Wirklich nichts, aber ich hoffe sehr, dass wir eines Tages über alles reden können ...“

„Wir können jetzt reden“, sagte Nyawĩra aufmunternd, „sogar über das, was du als Nichts bezeichnest. Hast du mich nicht vorhin gefragt, was ein Einzelner tun kann? Dann will ich dir eine Frage stellen. Wenn du siehst, wie ein Erwachsener einem Kind mit Gewalt das Essen wegnimmt, würdest du einfach dastehen und zusehen?“

„Nein. Was willst du?", fragte Kamĩtĩ. „Du bist nicht gekommen, um mit mir zusammen zu sein."

„Marching to Heaven wird unser Land verschlingen. Wo werden wir dann Schutz vor Regen und Sonne finden? Es wird den Durstigen das Wasser und den Hungrigen das Essen vom Mund stehlen. Unser Land wird von Skeletten bevölkert sein. Wie sollen wir Körper, Herz und Geist unserer Nation zurückbekommen?"

Nun erzählte Nyawĩra ihm von den Geheimplänen des Herrschers: dass ein Tag bestimmt worden war, an dem ein Bauplatz für Marching to Heaven geweiht werden sollte. Sie berichtete ihm von der verhängnisvollen Absicht des Staates, die Warteschlangen in Eldares zu nutzen, um die Vertreter der Global Bank davon zu überzeugen, das Volk stünde in vollem Umfang hinter dem Projekt.

„Wir haben in der Bewegung eine Zeit lang überlegt, gegen die Warteschlangen zu protestieren, aber sieht man sich die Arbeitslosenzahl im Land an, wird ganz schnell klar, dass wir keine Chance haben, diese Manie zu stoppen. Wir werden also eine Protestschlange bilden. Alle Männer und Frauen in Aburĩria müssen im Protest gegen diesen Wahnsinn von Marching to Heaven zusammenstehen. Gegen das Recht der Macht setzen wir die Macht des Rechts. Wir möchten, dass du dich uns anschließt. Setz deine gottgegebene Kraft zur Weissagung ein, um dem Volk und der Bewegung zu helfen."

Kamĩtĩ stand auf und starrte erneut über die Hügel in der Ferne. Als er sich wieder zu ihr umwandte, strahlten seine Augen, wie Nyawĩra es noch nie gesehen hatte. Es war ein Leuchten, das eher Trauer als Freude ausstrahlte, das Leuchten in den Augen eines Menschen, der mit einem Wissen belastet ist, das er lieber nicht hätte. Er setzte sich neben Nyawĩra und legte ihr den Arm um die Schulter. Nyawĩra spürte ein Zittern durch ihren Körper gehen, als sie jetzt auf seine Antwort wartete.

„Die Wahrheit ist, dass mich etwas anderes aus Eldares vertrieben hat als der Gestank der Korruption", fing Kamĩtĩ an. „Es war eine Kombination aus verschiedenen Ereignissen, die mich gezwungen hat, in mich hineinzuschauen, und ich habe kein klares Ziel in meinem Leben gesehen. Das einzige hatte darin bestanden, mich zu bilden und nachher viel Geld zu verdienen, um die Aufopferung meiner Eltern wiedergutzumachen. Du weißt, dass dies der Grund war, warum ich Betriebswirtschaft als Hauptfach gewählt habe. Die Ironie war nur, dass ich nie das Gefühl hatte, mir ein Leben in der Geschäftswelt zu wünschen, obwohl ich im Studium recht gut war.

In Indien, während meines Studiums der Heilkraft von Pflanzen, hatte ich die verschwommene Vorstellung, einmal als Arzt verletzter Seelen zu arbeiten. Aber wer meine zukünftigen Patienten sein sollten, davon hatte ich keine Ahnung.

Ich habe mich zu den Religionen Asiens hingezogen gefühlt. Ich wollte mehr über die Propheten und Lehrer des Ostens erfahren. Buddha zum Beispiel, Mahavira, den Begründer des Jainismus, Guru Nanak Dev von den Sikhs oder den Chinesen Konfuzius. Einige ihrer Glaubensvorstellungen – die Lehre des Karma zum Beispiel – stehen dem nahe, was du über die Taten und Handlungen des Menschen als bestimmende Faktoren des Lebens auf der Erde gesagt hast. Das buddhistische Karma ist eine Handlung, eine körperliche, mündliche oder geistige, die eine potentielle Kraft in sich birgt. Jede unserer Handlungen hat eine gute oder schlechte Wirkung und beeinflusst unsere Zukunft. Wiederholt man eine gute Tat, dann vermehrt sie das Gute, und seine potentielle Kraft wirkt sich als positiver Einfluss auf die Zukunft aus. Jeder Mensch hat sein eigenes Karma, sein ganz eigenes Potential für das Gute oder das Böse. Wie ‚Chi' bei den Igbo.

Unsere Ahnen sagen, dass ein Bauarbeiter dir ein Haus nur mit dem Baumaterial bauen kann, das du selbst ihm lieferst. Du bringst ihm Steine? Dann bekommst du ein Steinhaus gebaut. Du bringst ihm Holz? Dann bekommst du ein Holzhaus. Du bringst ihm schadhafte Steine, schadhaftes Holz oder Eisen oder schadhaften Stahl, dann baut er ein schadhaftes Haus. Der entscheidende Unterschied zwischen deiner Position und den Religionen, die ich studiert habe, besteht im Glauben an die Seelenwanderung. Begehst du in diesem Leben bestialische Taten, dann wirst du im nächsten Leben als gierige Hyäne oder hässliches Warzenschwein oder einfach als Untier auf die Welt kommen. Jeder Mensch sollte ein Leben guter Taten führen, damit sie oder er im nächsten Zyklus des Seins als höheres Wesen wiedergeboren wird.

Der buddhistische Standpunkt zum Eigentum zog mich an. Ein Mensch, der Ruhm, Wohlstand und Liebe anstrebt, ist wie ein Kind, das Honig von einer Messerklinge leckt. Indem es die Süße des Honigs kostet, riskiert es, sich in die Zunge zu schneiden. Besonders jedoch hat mich die Vorstellung vom Nirwana fasziniert. Ich weiß, dass das Wort übersetzt ‚erlöschen' heißt. Es handelt sich um einen Zustand perfekter Erleuchtung, ein Zustand, in dem alle menschliche Verunreinigung und Leidenschaft durch Übungen und Meditationen auf der Grundlage der Weisheit ausgelöscht sind. Buddha bedeutet ‚der Erleuchtete', ‚der, der die Erleuchtung erlangt hat'. Und mir war nicht entgangen, dass Gautama Buddha diesen Zustand im hohen Alter erreicht hat, als er im Wald zwischen zwei hohen Bäumen lag.

Als ich nach Aburĩria zurückkehrte, musste sich meine Beschäftigung mit der Spiritualität den Notwendigkeiten unterordnen: Ich musste Arbeit finden. Ich habe eine Zeit lang geglaubt, man könnte im Geschäftsleben auch durch Aufrichtigkeit bestehen – du weißt schon, ohne zu schmieren – und dadurch unkorrumpierbar bleiben. Aber wie sich herausstellte, bekam ich nicht einmal die Möglichkeit, es herauszufinden. Den Rest kennst du.

Inzwischen glaube ich, dass es eine Kraft außerhalb von uns gibt, die über die Menschen bestimmt. Es ist jene Kraft, auf die die Religionen hinweisen, wenn sie sagen, dass Gott sich auf geheimnisvolle Weise offenbart und seine Wunder vollbringt. Wir beide hatten es uns ja nicht ausgesucht, als wir uns begegneten. Dieselbe Kraft hat dich hierhergeführt. Hinter all dem steckt eine Bestimmung.

Nyawĩra, bitte geh nicht zurück nach Eldares, zurück in diese Verdorbenheit. Lass uns hier ein Haus bauen; hören, was die Tiere und Bäume uns zu sagen haben. Vor langer Zeit glaubten meine Vorfahren, die Jäger, dass die Sonne unser Gott ist, weil sie der Ursprung von Licht und Feuer ist. Wenn wir als Kinder ihre Hitze in einem Brennglas einfingen, glaubten wir, ein Stückchen von ihrer Macht eingefangen zu haben. Lass uns hierbleiben und die Geheimnisse der Sonnenglut und des Lichts der Millionen Sterne entdecken."

Nyawĩra traute ihren Ohren nicht. Diese Antwort hatte sie nicht erwartet. Er bat sie, Eldares den Rücken zu kehren, Aburĩria, ihrem Volk, um ein Einsiedlerleben zu führen als eines der Kinder Buddhas im neuen Jahrtausend mitten im aburĩrischen Wald, auf der Suche nach dem Sinn des Lebens. Ohne darüber nachzudenken, was sie tat, schob sie Kamĩtĩs Hand von ihrer Schulter.

„Vielleicht sind wir zu verschieden. Du fühlst dich zur Errettung verletzter Seelen berufen, ich zur Errettung verletzter Körper. Ich weiß nicht, was besser oder wichtiger ist. Aber eines weiß ich: Menschen haben die Freiheit zu entscheiden, was sie mit den Gaben anfangen, die Gott, die Natur, die Sonne, das Schicksal – nenn es, wie du willst, ich meine die transzendentale Kraft, von der du behauptest, sie bestimme das Leben – ihnen gegeben haben. Ob sie sie zum persönlichen Heil oder zur kollektiven Befreiung einsetzen wollen."

Das war keine Frage, doch wieder wand sich Kamĩtĩ unter dem, was es beinhaltete.

„Wenn ich in die Ferne der Zeit schaue, dann sehe ich nur Finsternis, Nebel, Rauch, nichts Klares, Eindeutiges. Nyawĩra, ich rieche Tränen und Blut ..."

„Wessen Blut und Tränen?"

„Ich weiß es nicht genau. Ich will dich und deine Freunde nicht bitten, eure Pläne zur Störung der Zeremonie auf dem Bauplatz von Marching to Heaven aufzugeben. Aber was mich betrifft, fühle ich mich dieser Aufgabe nicht gewachsen. Ich will immer noch hören, was mir die Tiere, Pflanzen und Berge zu sagen haben. Ich muss mich erst selber finden."

„Wir", sagte sie jetzt im Aufstehen, „wir sehen in Marching to Heaven eine Maßnahme, die unsere Erde in eine Hölle verwandelt, und wir haben beschlossen, etwas dagegen zu unternehmen."

Sie sammelte ihre Sachen ein und wollte gehen. Die Streichhölzer, den Wassertopf und den Topf ließ sie zurück.

Dann fiel ihr plötzlich etwas ein, das sie die ganze Zeit nicht angesprochen hatte.

„Sag mal, was ist eigentlich aus den drei Säcken Geld geworden? Was hast du mit ihnen gemacht? Oder vielmehr mit dem Geld?"

„Ich habe es vergraben“, meinte Kamĩtĩ erschöpft.

„Du hast das Geld vergraben?“, fragte Nyawĩra, als hätte sie ihn nicht richtig verstanden. „Du hättest es uns überlassen sollen!“, setzte sie hinzu. „Die Bewegung hätte das Geld im Kampf gegen diese Verbrecher gut gebrauchen können.“

„Ich sage dir, wo es liegt. Es gehört dir. Aber ich warne dich: Dieses Geld ist verflucht.“

„Es gibt kein Geld, das gesegnet oder verflucht ist“, erwiderte Nyawĩra. „Das hängt allein davon ab, wofür man es verwendet“, fügte sie hinzu und zögerte plötzlich.

Ihr fiel ein, dass die drei Säcke mit Geld sie an jenem Tag fast das Leben gekostet hatten, als sie ins Büro zurückgekommen war, um ihre Handtasche zu holen, und in den Lauf von Tajirikas Pistole gerannt war. Die drei Säcke hatten den Weiß-Wahn bei Tajirika ausgelöst.

„Vergiss das Ganze“, meinte sie. „Ich will nicht einmal wissen, wo es ist. Unsere Bewegung glaubt mehr an das Handeln der Menschen als an das Geld, das sie geben. Überlassen wir die Geldsäcke den roten Ameisen und Termiten. Es wird Zeit, dass ich in mein Versteck in der Stadt zurückkehre.“

„Die Sonne geht gleich unter. Warum bleibst du nicht noch die Nacht und brichst am Morgen auf, damit du bei Tageslicht durch das Grasland gehen kannst?“

„Nein, ich gehe sofort. Ich muss morgen früh zur Arbeit.“

„Dann begleite ich dich durch die Prärie“, bot Kamĩtĩ an.

„Nein, nein. Lass mich das allein machen. Dadurch lerne ich sie besser kennen. Außerdem sind die wilden Tiere der Prärie weniger grausam als die bestialischen Menschen, die Marching to Heaven vorantreiben.“

„Aber brich nicht alle Brücken hinter dir ab. Wie lautet das Sprichwort? Man kann sich an Orten wiederfinden, von denen man glaubt, sie längst hinter sich gelassen zu haben. Ich bin jetzt Bewohner des Waldes. Solltest du je zurückkommen, dann leg ein Stück Tuch hier in die Höhle oder auf irgendeinen Felsen im Wald, und ich bin sicher, dass ich dich finden werde.“

„Danke, aber ich habe nicht die Absicht, in naher Zukunft hierher zurückzukehren. Eldares braucht uns.“

Schweigend gingen sie bis zum Fuß der Berge, wo das Grasland begann. Kamĩtĩ sah Nyawĩra nach, wie sie die weite Ebene durchquerte, bis sie von der Akazie in der Ferne nicht mehr zu unterscheiden war.

DRITTER TEIL

1

Wochen später, als Nyawĩra schon auf der Fahndungsliste der Polizei stand und im ganzen Land mit dem Befehl des Herrschers, sie tot oder lebendig zu fangen, gesucht wurde, waren besonders ihre Kenntnisse des Graslandes hilfreich für sie. Während sie allein im Dunkeln, nur mit den Kleidern, die sie in der Arbeit getragen hatte, und ihrer Handtasche die Prärie durchquerte, ging ihr Kamĩtĩs Mahnung durch den Kopf, nicht alle Brücken hinter sich abzubrechen.

Sie dachte daran, wie entschieden sie es abgelehnt hatte, in nächster Zeit in diese Gegend zurückzukehren, und war von Kamĩtĩs prophetischer Vorhersage beeindruckt. Sie hatte Angst vor der Dunkelheit, war aber gleichzeitig dankbar für den Schutz, den sie vor Verfolgern bot. Die Sterne am Himmel leisteten ihr gute Gesellschaft, und jetzt erst lernte sie die Gespräche schätzen, die sie mit Kamĩtĩ über die Sonne, den Mond und die Sterne geführt hatte.

Sie ging zu der Höhle, in der sie sich zuletzt gesehen hatten und fand kein Zeichen für die Anwesenheit eines Menschen. Sie stand da und hatte Tränen in den Augen. Sie bereute nicht, was sie und die anderen Frauen getan hatten, obwohl sie sich widerstrebend eingestand, dass es nicht weniger provokativ gewesen war, als wenn sie eine Polizeiwache mit Steinen beworfen hätten.

Der Mond erschien am Horizont, und obwohl er nicht so leuchtete wie damals, als sie mit Kamĩtĩ hier gewesen war, ermöglichte ihr das Licht, ihre Umgebung zu erkennen. Sie wollte nicht in der Höhle bleiben, weil sie sich am Bergfuß befand. Deshalb entschied sie, ihr

Glück tiefer im Wald zu versuchen und die Stellen abzugehen, an denen sie mit Kamĩtĩ gewesen war; vielleicht fand sie ihn dort.

Der Wald kam ihr verändert vor, obwohl seit ihrem letzten Aufenthalt erst wenige Wochen vergangen waren. Damals war der Wald in einen Zauber aus Liebe und wilder Schönheit gehüllt. Jetzt kam er ihr bedrohlich vor. Sie hatte Angst, einem Löwen zu begegnen, einem Leoparden oder einer anderen Großkatze, die zu sehen sie sich früher gewünscht hatte. Wie sollte sie ihnen entkommen? Sie bildete sich ein, irgendwo im Dunkeln lauerten Kobras, Puffottern und Pythons, und bei jedem Schritt malte sie sich aus, wie Schlangen oder ein dreihörniges Chamäleon über sie herfielen. Es entging ihr nicht die Ironie, früher selbst Plastikschlangen in ihrer Handtasche herumgetragen zu haben. Jetzt war sie im Urwald, wo richtige Schlangen hausten, und sie hatte Angst. Was, wenn ich den Fängen der menschlichen Häscher entkomme, nur um im Bauch einer Puffotter zu enden? Sie stellte sich vor, wie sich ihr Körper langsam im Bauch einer Viper auflöste, und erschauderte. Als sie sich jedoch ausmalte, stattdessen in die Foltermaschinerie des Herrschers zu geraten, fand sie dieses Schicksal doch weniger furchteinflößend.

Hinter ihr knackte ein trockener Zweig. Wie angewurzelt blieb sie stehen und überlegte, tiefer ins Unterholz zu fliehen, konnte sich aber nicht entscheiden. Sie warf einen schnellen Blick nach links, dann nach rechts und hielt nach einem Baum Ausschau, zu dem sie vielleicht flüchten und auf den sie klettern konnte.

Wieder hörte sie das Geräusch und ergriff sofort die Flucht. Dass sie dabei schrie, bemerkte sie nicht. Dann stolperte sie über etwas. Das musste eine Schlange sein. Sie versuchte, auf allen vieren davonzukriechen, wimmerte panisch und verlor das Bewusstsein.

Sie wusste nicht, wie lange sie bewusstlos gewesen war. Als sie jetzt in Kamĩtĩs Armen wieder zu sich kam, spürte sie nur, wie sich ihre Augen mit Tränen füllten. Während ihr die Freudentränen über die Wangen liefen, ahnte Nyawĩra die Frage, die ihm ins Gesicht geschrieben stand.

„Es ist alles wegen der Demonstration der Frauen gegen Marching to Heaven“, sagte sie und begann, hemmungslos zu weinen.

2

Wie hatte sie ihnen durch die Finger schlüpfen können?, fragten sich die Leute in Eldares und verbreiteten unterschiedliche Versionen der Ereignisse. Einem Gerücht zufolge waren über tausend Polizisten im Einsatz, um das Büro, in dem sie arbeitete, abzuriegeln. Mehrere Panzerwagen seien aufgefahren, die halbautomatischen Schnellfeuerwaffen auf alle Ausgänge gerichtet, und Hubschrauber schwebten wie Falken in der Luft, um sich auf die Flüchtende zu stürzen.

Einige der Gerüchtemacher schworen sogar, mit eigenen Augen gesehen zu haben, wie umwerfend gekleidet sie gewesen war, sodass alle Polizisten, die sie zu Gesicht bekamen, von einem mächtigen, nie zuvor erlebten Verlangen befallen wurden, das sie in sabbernde Narren verwandelte, die sich abmühten, ihre Erektionen zu bändigen.

Folgt man aber einem anderen Gerücht, dann hatte Nyawĩra sich als Mann verkleidet. Einige behaupteten, als alter Greis in einem zerfetzten Laken, während andere sie als hübschen jungen Mann sahen, glatt rasiert, aber mit einem gezwirbelten Schnauzbart, buschiger als ein Pferdeschwanz.

Alle Gerüchte aber stimmten darin überein, dass einige Polizisten mit einem Haftbefehl zu Nyawĩras Arbeitsstelle geschickt worden waren.

3

Zwei Polizisten und ihr Spitzel Kaniũrũ saßen an verschiedenen Tischen im Mars Café und warteten darauf, sich auf Nyawĩra zu stürzen, sobald sie auf ihrem Weg zum Büro der Eldares Modern

Construction and Real Estate vorüberkam. Drei in Zivil waren an strategischen Punkten in der Nähe postiert. Kaniũrũ, der in seiner gewohnten Ecke hockte und Zeitung las, oder zumindest so tat, war sich der Bedeutung der ihm übertragenen Aufgabe so bewusst, dass er eine Weile brauchte, um zu merken, dass er die Zeitung verkehrt herum hielt.

Das jüngste dramatische Ereignis bei der Einweihung des Bauplatzes von Marching to Heaven hatte Kaniũrũ den seit Jahren erhofften Einstieg verschafft, sich bei den Herrschenden beliebt zu machen. Diese Chance hatte er mit größtem Eifer ergriffen und Sikiokuu im Büro des Herrschers angerufen.

Der Minister konnte das Glück, das vom anderen Ende der Leitung zu ihm kam, kaum fassen. Er hatte das Gefühl, als würde sich genau im Augenblick des Ertrinkens ein Schutzengel seiner annehmen. Lebhaft erinnerte er sich, wie der Herrscher ihn zu sich gerufen hatte, als sie den Ort der Tragödie verließen, und ihm in eisigem Ton die rhetorische Frage stellte: Wie konnte es zu diesem schmachvollen Skandal kommen, ohne dass die Ohren, Augen und Nasen des Staates die mindeste Ahnung davon hatten? „Bis zur nächsten Kabinettssitzung brauche ich eine überzeugende Erklärung", hatte der Herrscher gewarnt, und Sikiokuu war lange genug in der aburĩrischen Politik, um zu wissen, dass dies einem Todesurteil gleichkam.

Tagelang hatte Sikiokuu sich in seinem Büro eingeschlossen und verzweifelt nach einem Ausweg gesucht. Ohne Erfolg. Wenn ihm das Schicksal nicht zu Hilfe kam, waren seine Tage gezählt. Und dann erreichte ihn der Anruf Kaniũrũs. Wie sehr er auch seine zahlreichen Informanten befragte, keiner hatte ihm etwas mitgeteilt, das ihn derart erleichterte und in erwartungsfrohe Erregung versetzte. Sikiokuu vernahm die Worte klar und deutlich, aber er bat Kaniũrũ mehrmals, sie zu wiederholen: Höre ich richtig? Du kennst einige dieser Frauen? Oh, du weißt nicht, ob sie die Anführerin ist? Ah, ein Mitglied der Bewegung? Junge, wenn wir sie kriegen, dann bekommst du einen nagelneuen Mercedes. Oh, wir werden sie so unter Druck setzen, dass sie alles ausspucken wird, was sie weiß, gab er Kaniũrũ zu verstehen, nachdem er ihn in sein Büro zitiert hatte.

Sikiokuu wäre liebend gern bei Nyawĩras Verhaftung dabei gewesen, fürchtete jedoch, nicht bereitzustehen, sollte der Herrscher eine Krisensitzung des Kabinetts zu dieser Angelegenheit anberaumen. Außerdem war es für ein Kabinettmitglied unwürdig, sich an der Festnahme einer gewöhnlichen Sekretärin zu beteiligen, die ohne Zweifel von einem gerissenen Liebhaber zur Anarchie verleitet worden war. Nach dem Treffen mit Kaniũrũ beschloss er, die Verhaftung Nyawĩras nicht der lokalen Polizei von Santamaria zu überlassen, sondern eine Spezialeinheit zu schicken, die seinem Büro unterstand.

Er hatte bereits eine Spezialeinheit gebildet, aus Superintendent Peter Kahiga, Superintendent Elijah Njoya und Superintendent Arigaigai Gathere, die für ihn ein Auge auf die Bewegung haben sollten. Jetzt teilte er ihnen drei Polizisten zur Unterstützung zu. A.G. würde die Operation koordinieren. Nicht nur, weil er in Santamaria Dienst getan hatte und die Gegend gut kannte, sondern auch wegen seiner legendären Verfolgung der Dschinns durch das Grasland, die ihm den Ruf der Unnachgiebigkeit eingetragen hatte. Außerdem sollte sich A.G. mit dem Informanten Kaniũrũ kurzschließen, dessen Hauptaufgabe darin bestand, die Kriminelle zu identifizieren.

A.G. und Kaniũrũ kamen überein, sich auf das Mars Café zu konzentrieren. Kaniũrũ sollte in jedem Fall vor der Spezialeinheit am Ort eintreffen und sich einen Tee bestellen. Als Erkennungszeichen würde er ein weißes Hemd tragen und Zeitung lesen.

Die Spezialeinheit hatte den Auftrag, die Frau festzunehmen, ohne Aufsehen zu erregen, sie in einen Lieferwagen mit gefälschtem Nummernschild zu verfrachten und direkt zu Sikiokuu zu bringen. Niemand sonst, weder Polizisten noch Kabinettsmitglieder, sollte davon erfahren. Sikiokuu wollte den Erfolg nicht mit politischen Feinden wie Machokali teilen. Wenn er an die dramatische Verhaftungsaktion dachte, leckte er sich die Lippen: sein erster Zusammenstoß mit der Frau, die vor den Augen der Welt so viel Schande über Aburĩria gebracht hatte. Jetzt schlug der Staat zurück, und er, Sikiokuu, war dankbar, dass das Schicksal ihn auserwählt hatte, das Instrument der Rache des Herrschers zu sein.

4

Nyawĩra sollte sich an diesen Dienstagmorgen mit Schaudern erinnern. Der Montag und der Freitag davor waren zu Ehren der Einweihung des Bauplatzes am Samstag zu staatlichen Feiertagen erklärt worden. Der Dienstag war ihr erster Arbeitstag nach der Schmach von Eldares. Wenn sie später die Ereignisse dieses verhängnisvollen Morgens beschrieb, dann sprach sie immer davon, wie sie zur gewohnten Zeit mit einem freudigen Gefühl aufgewacht war, schnell geduscht hatte und zur Bushaltestelle gegangen war. Der Bus nach Santamaria war pünktlich gewesen. Im Bus war Nyawĩra ganz bei sich gewesen – froh darüber, eine Frau zu sein, war ihr nach Singen und Feiern zumute. Der siegreiche Auftritt am Bauplatz war noch frisch in ihrem Kopf. Natürlich würden die Sicherheitskräfte nach den Mitgliedern der Bewegung suchen, aber sie war nicht übermäßig beunruhigt wegen ihrer eigenen Sicherheit. Niemand würde sie mit dem Auftritt der Frauen in Verbindung bringen. Politik war in Aburĩria ausschließlich Männersache; und Männer würden niemals glauben, dass Frauen in der Lage waren, das Geschehene zu planen und auszuführen. Seit sie für Tajirika arbeitete, hatte sie ihre Spuren sorgfätig verwischt und die tadellose Sekretärin gespielt – ein bisschen eingebildet vielleicht, aber das hatte ihr Tajirikas Respekt und den seiner Freunde eingetragen, die ihre lüsternen Gedanken für sich behielten. Wie immer stieg sie ein paar Haltestellen hinter dem Markt von Santamaria aus. Sie überquerte die Ruler's Avenue und den Parrot's Way und ging die Main Street hinunter in Richtung der Büros von Eldares Modern Construction and Real Estate. Sie hatte es eilig, ins Büro zu kommen und zu hören, was Vinjinia an Klatsch zu berichten hatte. Vinjinia war am Samstag nicht am Schauplatz gewesen, hatte aber bestimmt das eine oder andere von Tajirika aufgeschnappt.

Nyawĩra wusste, dass Tajirika zur Kundgebung gegangen war, denn einige Tage vor der Einweihung war er, Vinjinia zufolge, plötzlich von seiner sogenannten Krankheit genesen. Die Warteschlangen hätten ihren Zweck erfüllt, und er schwor, keine Krankheit, weder eine richtige noch eine vorgetäuschte, könnte ihn, den Vorsitzenden von Marching to Heaven, davon abhalten, bei diesem historischen Ereignis dabei zu sein.

Sie wollte auf einen Kaffee ins Mars Café, bevor sie ins Büro ging. In ihrer glücklichen Stimmung dachte Nyawĩra nicht daran, dass sie Kaniũrũ begegnen könnte. Bei dem Gedanken an das Aroma eines frischen, heißen Kaffees war ihr vielmehr Kamĩtĩ in den Sinn gekommen, der allein im Wald hauste, aber sie schob den Gedanken fort. Kamĩtĩ hatte sich aus freien Stücken dazu entschlossen, und wenn er glücklich damit war, wer war sie, ihm zu sagen, dass er sich an einem siegreichen Dienstagmorgen im Mars Café einen guten Kaffee entgehen ließ? Sie beneidete ihn nicht, und die klirrend kalte Morgenluft in den Bergen vermisste sie noch weniger.

Sie war nur noch wenige Blöcke vom Mars Café entfernt, als sie spürte, wie sie jemand an der rechten Schulter berührte. Sie beachtete die Berührung nicht, nahm beiläufig ihre Handtasche über die andere Schulter und ging weiter. Als es wieder geschah, drehte sie sich abrupt um. Es war A.G. Nyawĩra erschrak kaum sichtbar. Sie war ihm nie bei Tageslicht an einem anderen Ort begegnet als bei sich zu Hause, seit jenem Morgen nicht mehr, als er gekommen war, um ihr von seiner Beförderung zu erzählen. Was tat er in Zivilkleidung so früh morgens in Santamaria? Sie bemühte sich, ihre Überraschung zu verbergen, und tat, als wüsste sie nicht, wer er war.

Aber A.G. murmelte bereits seine Dankbarkeit heraus. Worüber sprach der Mann eigentlich?, fragte sie sich, hatte aber keine Gelegenheit zu Wort zu kommen.

„Ich habe Sie von Weitem erkannt, wollte aber ganz sichergehen", sprudelte A.G. hervor und senkte die Stimme, als wollte er verhindern, dass jemand zuhörte. „Ich würde Sie sogar erkennen, wenn Sie sich in einen Vogel oder eine Schildkröte verwandelten. Ehrlich! *Haki ya Mungu.* Und glauben Sie nicht, ich wüsste nicht, dass Sie sich in alles Mögliche verwandeln können. Wo haben Sie gesteckt? Ich habe einige Freunde zu Ihnen geschickt. Sie fanden den Schrein geschlossen und dazu die Nachricht, dass Sie fortgegangen sind ..."

Jetzt begriff Nyawĩra, warum er ihr so überschwänglich dankte, und konnte nur mit Mühe ein Lachen unterdrücken. Seit der Flucht vom Paradise hielt A.G. Nyawĩra und Kamĩtĩ für die Manifestation ein und desselben Wesens: des Herrn der Krähen. Nyawĩra versuchte nicht, ihm das auszureden. Sie war überzeugt, dass A.G. ihr sowieso nicht glauben würde. Vor allem wollte sie die Unterhaltung nicht unnötig in die Länge ziehen. Er hielt sie von ihrem Kaffee im Mars Café und von ihrer Arbeit ab. Um ihn loszuwerden, würde es einfacher sein, wenn sie mitspielte. Also deutete sie ein Nicken an und nahm die Rolle des Herrn der Krähen an:

„Wage es ja nicht, irgendjemandem zu verraten, dass du mich hier auf der Straße gesehen hast. Wenn du ...", sagte sie und machte eine Pause, als wäre es zu schrecklich, auch nur über die Folgen nachzudenken. „Ich wünsche nicht, dass jemand erfährt, wer ich bin", fügte sie mit tieferer Stimme hinzu.

„Oh, vertrauen Sie mir ruhig, Sir Madam Herr der Krähen. Ihr Wunsch ist mir Befehl. Ehrlich! *Haki ya Mungu.* Wie könnte ich jemals vergessen, was Sie für mich getan haben? Waren Sie etwa auf Safari?"

Nyawĩra bestätigte, dass sie fort gewesen war. Sie habe neben Kräutern auch Froschschenkel und Eidechsenschwänze gesammelt, Stachelschweinborsten, Igelstacheln und die Hörner von Chamäleons, nicht zu vergessen die Haut von Ringelnattern, um daraus noch wirkungsvollere Zaubertränke zu brauen. Außerdem, oh ja, sei sie unterwegs gewesen, um Spiegel zu besorgen, in denen man Schatten einfangen könne, unabhängig davon, wie weit entfernt sie sich befänden, und auch die Gedanken eines Menschen, bevor dieser sie überhaupt denkt. Sie würde schon bald in den Schrein zurückkehren, sagte sie ihm, und wann immer er in Schwierigkeiten stecke, solle er nicht zögern, bei ihr vorzusprechen. A.G., der vor Furcht und Bewunderung immer größere Augen machte, freute sich sichtlich über die Einladung. Nyawĩra glaubte, einen Fehler gemacht zu haben. Was, wenn er bereits morgen auftauchte? Deshalb fügte sie schnell hinzu:

„Merk dir, es wird noch eine Weile dauern, bis ich wieder da bin. Die neuen Kräfte müssen reifen. Und was treibst du so früh hier in Santamaria? Ich weiß, dass mit deiner neuen Stelle alles in Ordnung ist."

„Sie erstaunen mich wirklich mit Ihrer Fähigkeit, meine Gedanken zu lesen", antwortete A.G. „Bei mir steht alles bestens", prahlte er, „und das habe ich Ihnen zu verdanken. Ich will Ihnen etwas anvertrauen ..." – er senkte dabei die Stimme –, „ich bin mit einem Spezialauftrag hier. Kein Geringerer als Sikiokuu hat mich herbefohlen, und nicht etwa als irgendjemand, sondern als Leiter einer sehr speziellen Spezialoperation. Ehrlich! *Haki ya Mungu.* Und stellen Sie sich vor: In all den Jahren, die ich Dienst getan habe, bevor Sie mich mächtig gemacht haben, hat mir niemals jemand einen Auftrag gegeben, der die Bezeichnung „Spezial" trug. Und jetzt sehen Sie mich an. Ich koordiniere die ganze Operation, deshalb bin ich hier. Drei meiner Leute warten im Mars Café und zwei weitere an den Straßenecken, um Ein- und Ausgang des Büros zu beobachten. Jeder Fluchtweg ist verstellt. Wie Sie sehen, sind wir in Zivil. Ich selbst kann nicht ins Mars Café, weil ich, wie Sie wissen, in dieser Gegend Dienst getan habe, und die Verbrecherin, die dort manchmal Kaffee trinkt, mich erkennen und ahnen könnte, dass etwas im Busch ist."

„Und wer ist diese Verbrecherin? Eine Mörderin, eine Bankräuberin?", fragte sie gelangweilt und ein wenig ungeduldig. Sie hatte es eilig, ins Büro zu kommen. Vielleicht würde sie sogar auf den Kaffee verzichten müssen – nein, auf den Kaffee verzichtete sie nicht, sie würde einen zum Mitnehmen holen.

„Schlimmer als ein Bankräuber oder ein Mörder", flüsterte A.G. plump vertraulich, was sie irritierte. Doch was er dann sagte, brachte sie aus der Fassung. Sie spürte, wie sie eine Gänsehaut bekam und augenblicklich in Alarmbereitschaft versetzt wurde.

„Unter uns, Herr Zauberer, was diese Frauen da auf dem Bauplatz von Marching to Heaven gemacht haben, war sehr böse, wirklich schändlich. Ehrlich! *Haki ya Mungu.* Aber jetzt gibt es eine

Verdächtige. Minister Sikiokuu hat ihre Verhaftung angeordnet. Anschließend ist sie ihm sofort vorzuführen. Ich weiß nicht, um wen es sich handelt oder wie sie aussieht, aber das ist kein Problem. Wir haben einen sehr kooperativen jungen Mann, der sie für uns identifizieren wird. Sikiokuu hält große Stücke auf ihn. Um Ihnen die Wahrheit zu sagen, und ich spreche jetzt als gut ausgebildeter Polizist und Fachmann, ich halte nicht viel von diesen Typen von der Jugendbrigade, die glauben, sie wüssten alles. Trotzdem sind wir als Polizei auf die Hinweise unserer Informanten angewiesen, und dieser Kaniũrũ scheint seine Nase gut eingesetzt zu haben, um diese Frau aufzuspüren."

Nyawĩra hatte das Gefühl, als wiche alle Energie aus ihr. Sie hatte Angst, die Knie könnten unter ihr nachgeben, aber sie nahm alle Kraft zusammen, damit ihr Gesicht oder ihre Stimme sie nicht verrieten. Sie stellte ihm ein paar Fragen, um herauszufinden, wie viel er über sie wusste. Sie war dankbar, für den Herrn der Krähen gehalten zu werden, und wollte diese Rolle weiterspielen, was auch geschah.

„Dieser John Nose, wo steckt er denn jetzt?", fragte Nyawĩra.

A.G. brach in Gelächter aus, was Nyawĩras Beklommenheit noch verstärkte. Sie hatte nicht die Absicht gehabt, einen Witz zu machen. Spielte er Katz und Maus mit ihr?

„Sir Madam Herr der Krähen", sagte A.G. zu Nyawĩras Erleichterung, „wir von der Polizei haben ihm denselben Spitznamen verpasst: Johnny, die Nase, und sobald einer von uns diesen Namen erwähnt, müssen wir immer lachen. Trotzdem unterschätzen wir ihn nicht – oh, nein, ich bestimmt nicht. Er ist ziemlich gerissen. Schließlich war er es, der uns diese Nyawĩra geliefert hat. Er sitzt gerade mit zweien meiner Leute, Kahiga und Njoya, im Mars Café. Ich muss jetzt los, und ich will Sie nicht aufhalten", setzte A.G. entschuldigend hinzu. „Ich bin überzeugt, dass Sie viel zu erledigen haben, aber wenn Sie wieder im Schrein sind, werde ich auf Ihre Einladung zurückkommen und wegen des mächtigeren Zeugs bei Ihnen vorsprechen", sagte A.G. und ging, immer noch lachend und den Namen „John Nose" vor sich hinmurmelnd.

Nyawĩra tat, als würde sie den nächstgelegenen Laden betreten, wollte aber nur einen besseren Blick in die Richtung haben, die A.G. genommen hatte. Eine Sekunde spielte sie mit dem Gedanken, am Mars Café vorbeizugehen und herauszufinden, ob Kaniũrũ tatsächlich dort saß. Das aber wäre, als steckte man den Finger in ein Hornissennest. Sie verließ das Geschäft und gab vor, weiter in ihre ursprüngliche Richtung zu gehen. An der nächsten Straßenecke bog sie schnell ab.

„Nie war ich dankbarer dafür, dass so viele Menschen auf Eldares' Straßen unterwegs waren", erzählte Nyawĩra Kamĩtĩ.

5

Wäre Nyawĩra am Mars Café vorbeigegangen, hätte sie vielleicht eine Spur Verunsicherung an Kaniũrũs Art ablesen können, die Zeitung umzublättern. Meist hatte er den Blick auf den Gehsteig und die Straße vor Tajirikas Büro geheftet und ärgerte sich, wie lange es dauerte.

Seine Gedanken beschäftigten sich mit den Veränderungen in seinem Leben, wenn er erst einmal den Lohn für seine Heldentat eingefahren hatte. Er schaute ständig auf die Uhr und wurde immer wütender auf Nyawĩra, als betröge sie ihn. Sie ist immer pünktlich zur Arbeit gekommen. Warum nicht heute? Wie kann sie mir das antun? Wenn ich nur wüsste, wo sie wohnt! Ich würde ihr Haus in Schutt und Asche legen.

Kahiga und Njoya, A.G.'s Spitzel, saßen da und warteten und hofften auf Kaniũrũs Zeichen, das einfach nicht kam. Wusste der Informant wirklich Bescheid? Sie hatten bereits so viel Kaffee getrunken, dass sie glaubten, sich jeden Augenblick übergeben zu müssen. Auch sie wurden immer ungeduldiger.

Am frühen Nachmittag stand fest: Irgendetwas lief hier schief, und man entschied, ein Polizist, den in dieser Gegend niemand kannte, solle unter äußerster Vorsicht und ohne Verdacht zu erregen, in Tajirikas Büro gehen. Er war nach kürzester Zeit zurück und keuchte vor Erregung. Im Büro war eine Frau. A.G. ignorierte Kaniũrũ und gab seine Befehle. Njoya und Kahiga handelten unverzüglich und verhafteten die einzige Frau im Büro.

Man erzählte sich, Sikiokuu sei, als er erfuhr, dass es sich bei der Verhafteten um Vinjinia handelte, zu seiner eigenen Überraschung nicht entmutigt gewesen. Im Gegenteil: Er sank auf die Knie und zupfte sich aus Dankbarkeit für die unerwartete Wende der Ereignisse an den Ohrläppchen. Danke, Herr des Himmels, dass du mir etwas in die Hand gegeben hast, um meine Haut zu retten und meinen Feinden das Fell über die Ohren zu ziehen.

6

In seinem Verhalten lag nichts Widersprüchliches. Sikiokuu sah die irrtümliche Verhaftung vielmehr als Situation, aus der er seinen Vorteil schlagen konnte. Wenn Vinjinia in irgendeiner Weise mit den Frauen der Bewegung in Verbindung stand, dann würde auch Tajirika mit hineingezogen werden, und dieser wiederum würde Machokali in Verdacht bringen. Wenn sich aber herausstellen sollte, dass Vinjinia unschuldig war, konnte Sikiokuu die Schuld auf Kaniũrũ und die Spezialeinheit abwälzen, weil sie der Spur der Frau zum Büro ihres Arbeitgebers gefolgt waren. Tajirika, Machokalis Freund, müsste dann immer noch erklären, wie er eine Rebellin anstellen konnte. Doch an irgendwelche unvorhersehbaren Schwierigkeiten mochte er momentan überhaupt nicht denken. Er würde sich damit befassen, wenn es so weit war – jetzt wollte er einfach nur den Triumph dieses Augenblicks und der Verhaftung von Tajirikas Frau Vinjinia auskosten.

7

Tajirika verbrachte den ganzen Tag mit anderen Mitgliedern des Marching-to-Heaven-Baukomitees in der Klausur eines Hotelzimmers und überlegte, wie man das Image des Staates wieder aufbessern könnte. Welche Schritte konnten sie sofort unternehmen, um die Schmach wiedergutzumachen, die diese weiblichen Renegaten über die Nation gebracht hatten? Sie überboten sich gegenseitig darin, die Frauen herabzuwürdigen. Frauen waren schon immer der Stachel im Fleische der Menschheit; was kaum überraschte, wie die meisten Männer schlussfolgerten, schließlich stammten sie von Eva ab. Ein Mitglied des Komitees tat so, als wollte er widersprechen. Mit wissendem Lächeln und einem boshaften Glanz in den Augen fragte er: „Wer versteckt die verschlagene Schlange zwischen ihren Beinen?“ Alle lachten, und mit dieser ausgelassenen Anmerkung beendeten sie die Beratungen.

Auf der Fahrt zu seinem Haus in Golden Heights steckte Tajirikas Kopf voller Gedanken über den Verrat von Frauen im Lauf der Geschichte, und als er bemerkte, dass seine Frau noch nicht zu Hause war, begann er, sich ehrlich zu wundern: Ist Vinjinia auch eine dieser Frauen der Reichen und Mächtigen geworden, die im Namen der Befreiung der Frau vor jedem Kerl die Beine breit machen?

Als Vinjinia um Mitternacht immer noch nicht aufgetaucht war, wandelten sich Tajirikas Wut und Eifersucht in Sorge und Unruhe. Hatte sie einen Unfall? Wurde sie verletzt? War sie im Krankenhaus?

Er schlief kaum und machte sich am nächsten Morgen zeitig auf den Weg ins Büro. Er war überzeugt, dass Nyawĩra wusste, was seiner Frau zugestoßen war. Als er ihren Mercedes vor dem Büro stehen sah, packte ihn der Zorn. Sie war also absichtlich die ganze Nacht fortgeblieben. Aber warum? Man stelle sich seine Überraschung vor, als er die Bürotür verschlossen vorfand. Von Vinjinia keine Spur. Seine Hoffnung richtete sich jetzt auf Nyawĩra, doch als die nicht pünktlich erschien, wurde er unruhig. Auch er wusste nicht, wo Nyawĩra wohnte. Seine Kenntnis der südlichen Bezirke von Santalucia ging nicht über das hinaus, was er während seines letzten Besuchs im Schrein des Herrn der Krähen gesehen hatte. Wie konnten sich beide Frauen an ein und demselben Tag derart verantwortungslos verhalten? Er ging zum Mars Café, um in Erfahrung zu bringen, ob sich Nyawĩra dort herumtrieb.

Er versuchte, den Besitzer in ein Gespräch zu verwickeln, aber Gautama war wie immer mehr daran interessiert, über die jüngsten Forschungen nach Wasser und Leben auf dem Mars zu reden, als an einem belanglosen Gespräch über die Geschehnisse in Eldares. Mit Hartnäckigkeit gelang es Tajirika, Gautama doch zu bewegen, ihm über die drei Männer zu berichten, die wie Regierungsbeamte aussahen. Dass sie etwas im Schilde führten, hatte er aus der Unmenge Kaffee, die sie tranken, gefolgert und daraus, dass einer die Zeitung verkehrt herum hielt und vorgab zu lesen. An einer Stelle erwähnte Gautama, er habe gesehen oder glaube zumindest, gesehen zu haben, wie einer oder mehrere in das Büro der Eldares Modern Construction and Real Estate gegangen waren. „Sind Sie sicher?“, fragte Tajirika und bekam Angst. Tajirikas Stimmung hob sich auch nicht, als Gautama ihm zuflüsterte, selbst jetzt, während sie sich unterhielten, stecke die ganze Stadt voller uniformierter und verdeckter Ermittler, die eine Frau suchten: „Sie kennen die Frau – wie hieß sie doch gleich? – Nyawĩra. Ich glaube, das ist die Frau, die bei Ihnen arbeitet. Sie kommt oft auf einen Kaffee hierher. Aber gestern und heute habe ich sie nicht gesehen.“ Aus Tajirikas Angst wurde Entsetzen. Welche Verbindung bestand zwischen Vinjinia und Nyawĩra? Warum fahndete die Polizei nach einer oder beiden?

Er ging zurück ins Büro und versuchte, seinen Freund Machokali anzurufen, konnte ihn aber nicht erreichen und ließ dem Minister ausrichten, er solle zurückrufen. Er blieb und wartete auf einen Anruf, der nicht kam. Abends versuchte Tajirika von seinem Haus in Golden Heights aus, den Minister zu erreichen. Er wählte alle Nummern, die er kannte, auch die Mobilnummer, aber vergeblich.

Am dritten Tag beschloss er, Inspector Wonderful Tumbo anzurufen, den Chef der Polizeiwache von Santamaria. Tajirika betrachtete Officer Tumbo als guten Freund. Ihre Freundschaft beruhte auf gegenseitigem Vorteil. In regelmäßigen Abständen überbrachte Tajirika dem Polizisten seine guten Wünsche, die er in Burĩ-Scheine einwickelte und in einem Umschlag verstaute. Manchmal beinhaltete das Kuvert gute Wünsche für ein Frohes Weihnachtsfest und ein erfolgreiches Neues Jahr für den Polizeichef und die gesamte Wache. Über Tumbo stellte er auch den Kontakt zu den unteren Dienstgraden der Armee her. Ohne besonderen Grund, einfach nur, um unsere Jungs in Uniform zu unterstützen, wie er sich ausdrückte. Es war selbstverständlich, dass die Polizei im Gegenzug Tajirikas Interessen im Auge behielt und dem Geschäftsmann nützliche Informationen weiterleitete, die ihm halfen, seine Geschäfte dem gerade herrschenden politischen Wind anzupassen. Und was das Militär anging, so wusste man in Afrika nie so genau. Als der Officer Tajirikas Stimme am Telefon erkannte, ließ er ihn so lange in der Warteschleife schmoren, bis Tajirika auflegte. Als er später erneut anrief, wurde ihm mitgeteilt, der Officer sei sehr beschäftigt.

Später, am Abend, kam Officer Tumbo bei Tajirika zu Hause vorbei; er hatte ein geborgtes Auto, trug Zivil, einen falschen Schnurrbart und einen eiförmigen Hut auf dem Kopf. Der Officer versuchte erst gar nicht, seine Verkleidung zu erklären, sondern kam gleich zur Sache. Tumbo berichtete Tajirika, seine treue Sekretärin Nyawĩra stehe wegen der Schmach von Eldares auf der Fahndungsliste. „Und was ist mit meiner Frau? Was ist mit Vinjinia?", wollte Tajirika wissen, als der Polizist bereits gehen wollte, ohne ihren Namen überhaupt erwähnt zu haben. Officer Wonderful Tumbo schien ehrlich überrascht, als wäre diese Nachricht auch für ihn neu. Nachdem Tajirika ihm ihr geheimnisvolles Verschwinden beschrieben hatte und versichert hatte, dass sein Büro verschlossen und ihr Mercedes vor dem Büro geparkt war, sagte der Officer, dass jeder, der mit Nyawĩra Kontakt gehabt habe, unter Verdacht stünde, und Vinjinia sich deshalb – aber das wäre nur seine Vermutung – im Gewahrsam der politischen Polizei im Büro des Herrschers befinden könnte. Kürzlich sei eine neue Einheit ins Leben gerufen worden, die gegen die Mitglieder der Bewegung für die Stimme des Volkes vorgehen solle, und alles, was Tajirika gesagt habe, deute darauf hin, dass sie ihre Hände im Spiel hätten – er sei sich dessen jedoch nicht sicher. Tumbo schien das Haus nun fluchtartig verlassen zu wollen. Er war bereits an der Tür, als er sich noch einmal umdrehte und Tajirika bat, ihn nicht mehr auf der Wache anzurufen. Gleichzeitig versprach er, ihn über alle Neuigkeiten zu informieren.

Tajirika war noch verwirrter als vor Tumbos Besuch. Wie konnte ich eine Staatsfeindin einstellen? Er ließ die Zeit, in der Nyawĩra für ihn gearbeitet hatte, Revue passieren. Sie war eingestellt worden, kurz nachdem man ihn ins Komitee berufen hatte, das schließlich das Projekt Marching to Heaven ausarbeitete. Wie konnte eine Frau, die so schön war, so höflich, so gesittet, so fleißig, so akribisch, in einer subversiven Bewegung mitmachen? Oder hatte sie ihm die ganze Zeit etwas vorgespielt? Ja, so musste es gewesen sein.

Wie konnte er Nyawĩras Heuchelei übersehen? Es gab doch Anzeichen dafür, er war nur zu blind gewesen, sie zu sehen. Warum zum Beispiel, setzte eine so schöne Frau ihr gutes Aussehen nicht zu ihrem Vorteil ein, wie andere das heutzutage taten, sogar schon an der Universität?

Nyawĩras Augen hatten niemals kokett geleuchtet. Weder mit Worten, Gesten oder Blicken lud sie zu zweideutigen Späßen und Kommentaren ein, die oft die Schleusen zu oberflächlicher Leidenschaft öffnen. Frauen mit einer so hohen Moral waren selten in Aburĩria, und das zeigte deutlich, dass etwas mit ihr nicht stimmte. Gerade er, der sich mit seiner Fähigkeit brüstete, den Charakter eines anderen Menschen, vor allem den einer Frau, erkennen zu können, hätte besser darauf achtgeben müssen.

Aber was hatte das mit seiner Frau zu tun? Was war die Verbindung zwischen Nyawĩra und seiner Frau? Hatte sie ihn auch betrogen, so getan, als wäre sie eine gute Ehefrau, eine Frau, die niemals Fragen stellte, obwohl sie wusste, dass Tajirika mit anderen Frauen schlief? Eine Frau, die so wenig Interesse an Politik und den Dingen der Welt hatte und lieber den Fernseher oder das Radio ausschaltete, als sich eine Nachrichtensendung ansehen oder anhören zu müssen? Hatte sie ihr Desinteresse nur gespielt? Hatte sie sich in der Zeit seiner Unpässlichkeit in radikale Machenschaften verwickeln lassen? Man sagt schließlich nicht zu Unrecht, dass zwei Frauen zusammen einen Topf voll Gift ergeben und dass die Gesellschaft, die man pflegt, auf einen selbst abfärbt.

Schließlich waren es diese beiden Frauen gewesen, die ihn zum Schrein des Herrn der Krähen gebracht hatten, als er am Weiß-Wahn litt. Das allein war schon seltsam und hätte ihn alarmieren müssen. Vinjinia hatte sich immer als Christin bezeichnet. Sie verpasste keinen Sonntagsgottesdienst und war all die Jahre ein treues Gemeindemitglied der All Saints Cathedral gewesen. Warum hatte sie sich nicht an ihre christliche Gemeinde gewandt und um Unterstützung gebeten, statt die Dienste eines Zauberers in Anspruch zu nehmen? Tief im Innern war er ihr dankbar, seine Krankheit nicht vor ihren Kirchenbrüdern und Kirchenschwestern an die große Glocke gehängt zu haben. Trotzdem blieb die Frage: warum Hexerei? Vielleicht waren sie und Nyawĩra die ganze Zeit Komplizinnen gewesen, und er, Tajirika, hatte tagsüber sein Büro und nachts das Bett mit einer Staatsfeindin geteilt? Welcher Wahnsinn hatte ihn dazu gebracht, Nyawĩra einzustellen und Vinjinia zur Frau zu nehmen?

Die Unterhaltung mit seinen Kollegen begann ihn zu nerven. Töchter Evas. Schwarze Töchter einer schwarzen Eva. Sie werden zu spüren bekommen, dass ich der Mann bin, schwor er sich. Den Tag, an dem sie angefangen hatten, in seinem Büro radikale politische Spielchen zu treiben, würden sie für immer bereuen.

Während dieses prahlerischen Anfalls spürte er Hoffnung in sich aufsteigen, die aber von tiefer Verzweiflung abgelöst wurde, als er an die verschwundene Vinjinia und die abtrünnige Nyawĩra dachte.

Dass Machokali auf keine seiner vielen Telefonnachrichten reagiert hatte, verstärkte seine Sorgen. Selbst als er Machokalis Mobilnummer wählte, nahm nur dessen Fahrer ab, um ihm zu sagen, er würde dem Minister die Nachricht ausrichten. Und was die Sache noch schlimmer machte: Officer Wonderful Tumbo war auch nicht mehr aufgetaucht.

Er überlegte, wie er sich aus der Affäre ziehen konnte. Er wollte seine Haut retten und seine Kinder vor einer Katastrophe bewahren. Er dachte sogar daran, eine Pressekonferenz einzuberufen, um sich mit seiner Familie öffentlich von den Aktionen Vinjinias und Nyawĩras zu distanzieren und seine Treue zum Herrscher, zur Regierung und zu den Plänen für Marching to Heaven zu bekräftigen. Aber wie sollte er das anstellen, ohne vorher seinen Freund Machokali zu unterrichten? Nachdem er diesen Gedanken eine Weile gewälzt hatte, verwarf er ihn. Er würde noch einige Tage warten. Sollte er aber nach drei Tagen noch immer keinen Kontakt zu seinem Freund, dem Minister, oder neue Nachrichten von Officer Tumbo haben, dann würde er den nächsten Schritt gehen und sich öffentlich von Nyawĩra und seiner Frau distanzieren. Er musste um jeden Preis seine Investitionen retten. Nach diesem Entschluss war ihm etwas wohler.

Er begann, eine Erklärung für die Presse zu entwerfen, stolperte über Wörter und durch Sätze, blieb aber hartnäckig. Eine Zeit lang nahm ihn diese Aufgabe voll und ganz in Anspruch. „Meine Herren von der Presse. Ich habe Sie heute hierhergebeten, um Ihnen mitzuteilen, und indem ich es Ihnen mitteile, der ganzen Welt mitzuteilen, dass ich bereit bin, mein Leben für den Herrscher zu geben. Loyal wie ich bin, sollte niemand den Verdacht hegen, ich könnte irgendetwas mit einer Angestellten zu tun haben, einer einfachen Sekretärin, oder mit einer einfachen Hausfrau, die die Regierung stürzen wollen ..." et cetera.

Drei Tage verstrichen, und es gab noch immer keinen Anruf vom Minister. Auch Officer Tumbo tauchte nicht auf. Tajirika starrte auf seine unvollendete Presseerklärung und hatte das Gefühl, in einer Sackgasse zu stecken. Wie sollte er Frauen öffentlich denunzieren, die ihm unterstanden und von denen er nicht wusste, wo sie waren? Was, wenn man diese Erklärung gegen ihn verwendete, ihn anklagte, sie ermordet und ihre Leichen im Hof verscharrt zu haben und so zu tun, als wüsste er nicht, wo sie sich aufhielten?

Mutlos und niedergeschlagen, weil er keinen klaren Ausweg fand, hielt er sich zum Trost und zur Unterstützung einfach an einem Whiskey fest.

In diesem Augenblick hörte er draußen ein Auto vorfahren. Er stand auf und wollte aus dem Fenster schauen, als das Telefon klingelte. Für einen Moment war er hin- und hergerissen zwischen Auto und Telefon. Dann nahm er den Hörer ab. Er war froh: Es war Machokali. Er war überzeugt, eine Unterhaltung mit seinem Freund, dem Minister, würde alles aufklären oder zumindest den Weg für seine Pressekonferenz frei machen.

Es war klar, dass Machokali nicht am Telefon sprechen wollte, und innerhalb weniger Sekunden hatten sie Zeit und Ort für ein Treffen vereinbart.

Als er den Hörer auflegte, hörte er das Auto davonfahren. Er eilte zur Tür.

Vinjinia trat ein.

„Wo zum Himmel hast du gesteckt?“, fragte Tajirika.

„In den geheimen Fängen unseres Staates“, antwortete Vinjinia kraftlos.

„Was erzählst du da?“, fragte Tajirika, den die Bestätigung noch mehr aus der Fassung brachte als die Ungewissheit zuvor.

8

„Staat“ und „Geheimnis“ sind oft eins. Die Geheimnisse sind nur wenigen bekannt. In einigen Ländern tragen sie den Titel Sekretär, in anderen heißen sie Minister, aber beide Bezeichnungen verweisen auf ihre Rolle als Hüter von Staatsgeheimnissen. Der Große Diktator von Aburĩria alias Herrscher der Freien Republik Aburĩria traute jedoch niemandem, wenn es um die Bewahrung seiner Geheimnisse ging. Selbst die Minister, von denen es hieß, sie stünden ihm nahe, weil sie abends die Letzten und morgens die Ersten waren, die ihn sahen, konnten sich weder ihres Schicksals sicher sein noch genau wissen, ob sie ihre Posten bei Sonnenuntergang oder Sonnenaufgang noch hatten.

Dafür gab es eine furchteinflößende Abfolge.

Wie oft hatte der Diktator einige von ihnen gefördert, Loblieder auf sie gesungen, sie zu jeder Zeremonie mitgenommen und ihnen genau in dem Augenblick, als sie anfingen zu glauben, sie wären tatsächlich „Vaters Liebling", den Zauberteppich unter den Füßen weggezogen. Nach ihrem Absturz krochen die ehemaligen Lieblinge, verletzt und gebrochen, auf allen vieren und bettelten um Gnade und Vergebung – einen Tag, eine Woche, einen Monat, manchmal mehrere Jahre lang. Dann plötzlich, aus heiterem Himmel, erhörte der Diktator das Flehen des Mannes und schickte politische Geschenke, um sein Elend zu lindern. Steh auf und gehe, sagte der Diktator zum Erlösten, und fortan schwärmte dieser dankbar von der grenzenlosen Großzügigkeit des Diktators, vor allem, wenn er mit dem Vorstandsposten dieses oder jenes Aufsichtsrates gesegnet wurde oder dem Vorsitz irgendeiner Gesellschaft zum Schutz der wilden Tiere, vielleicht sogar mit einem neuen Ministerposten.

Die Fähigkeit des Diktators, einen Minister gegen den anderen auszuspielen, eine Region gegen die andere aufzustacheln oder Gemeinde gegen Gemeinde kämpfen zu lassen, war inzwischen legendär. Er stellte sich auf die Seite einer Kriegspartei, die über die Allianz mit der Macht frohlockte, nur um eines Morgens aufzuwachen und festzustellen, dass sich der Diktator auf die Seite ihrer Kontrahenten geschlagen hatte, zumindest vorübergehend, bevor er erneut die Seiten wechselte oder eine weitere Gruppe in die Auseinandersetzung trieb. Der Diktator aber machte einen guten Eindruck, wenn er zu Frieden und Verständigung aufrief, er schien darüberzustehen, und alle sich befehdende Parteien sahen in ihm den salomonischen Friedensbringer.

Obwohl sie sich dessen bewusst waren, wurden die Betuchten, die selbsternannten Führer von Gemeinschaften, die Mitglieder des Parlaments und vor allem die Minister des Kabinetts niemals müde, um den Platz auf der richtigen Seite des Vaters zu streiten. Der Sieger lebte in der ständigen Angst, von einem Rivalen, der die Kunst der Speichelleckerei vollendeter beherrschte, verdrängt zu werden. Die Schwierigkeit war, dass der Herrscher nie zeigte, was er von demjenigen erwartete, der seinen Ehrenplatz behalten wollte. Selbst Demut und Selbstverleugnung, wie kriecherisch auch immer, konnten den Sturz nicht verhindern. Denn während seines langen Aufstiegs zur Autorität letzter Instanz war der Herrscher selbst zum unvergleichlichen Meister von Demut und Selbsterniedrigung geworden.

Über seinen Aufstieg zum Gipfel der Macht sind viele Berichte im Umlauf. Einer Version zufolge erscheint er in der Historie als Meister blinder Demut vor der Macht. In der Kolonialzeit war er bekannt dafür, sich gegenüber jedem Weißen, mit dem er in Kontakt kam, sehr unterwürfig und höflich zu verhalten. Alle Berichte der weißen Siedler und Missionare beschreiben ihn als „guten Afrikaner" und später als „unseren Mann". Ob in der Schule, in der Regierungsbürokratie oder in der Armee, sein devotes Verhalten beförderte seinen Aufstieg. Er hatte das High-School-Diplom nicht geschafft, wurde aber trotzdem zum stellvertretenden Leiter einer Schule für Afrikaner auf einem Siedlerhof in Westaburĩria berufen. Als er erkannte, dass die Schulleitung für ihn der Gipfel des Erreichbaren im Bildungswesen war, gab er den Beruf auf und trat der Kolonialarmee bei, wo er sich selbst zum Militär-Pressesprecher ernannte. Seine Hauptaufgabe bestand darin, Flugblätter zu verfassen, in denen die Heldentaten der Kolonialarmee gegen die nationalistischen Aufrührer in höchsten Tönen besungen wurden. Er wurde zum Korporal befördert, und mehr wäre auch hier nicht möglich gewesen, hätten die nationalistischen Rebellen das koloniale Mutterland nicht dazu gezwungen, seine Strategie zu überdenken. Als die weißen Siedler begriffen, dass sie die Unabhängigkeit Aburĩrias nicht länger verhindern konnten, wurde der zukünftige Herrscher bei der anstehenden Neuordnung der Dinge ein weiteres Mal zu „ihrem Mann". Die Wahl fiel ganz natürlich auf ihn, die Vorbereitungen aber erforderten sorgfältige Planung, die mehrere Jahre in Anspruch nahm. Zunächst hängten sie ihm ein nationalistisches Mäntelchen um. Obwohl die künftige Exzellenz damals nur einfacher Journalist war, erlebte er innerhalb weniger Wochen seinen Aufstieg im Militär vom Korporal zum Sergeanten und zum Sergeant Major. Darum verfasste die zukünftige Exzellenz ein Statement in sorgfältig gesetzten Worten, das sich vollkommen von den Flugblättern unterschied, die er bislang geschrieben hatte. Jetzt forderte er bessere Arbeitsbedingungen für die Schwarzen in der Armee; er schwor, andernfalls seinen Posten beim Militär zu verlassen und auf versprochene Ehren zu verzichten, um für die Rechte seines Volkes zu kämpfen. Eine Woche später nahm er seinen Abschied und verkündete die Absicht, seine eigene nationalistische Partei zu gründen.

Diese Partei würde nicht nur für bessere Arbeitsbedingungen der schwarzen Aburĩrier in der Armee und die Beförderung von Schwarzen in höhere Dienstgrade kämpfen, sondern sich auch den Belangen all der kleineren ländlichen Gemeinden widmen und für deren Recht eintreten, traditionelle Kleidung und Waffen wie Pfeil und Bogen, Speere und Keulen zu tragen. Lieber würden sie auf Schulen und sogar angemessene Weideflächen verzichten, als von diesen kulturellen Symbolen zu lassen, die eminent wichtig für die Verteidigung ihrer Tradition waren. Diese überlieferten Werte waren nun von größeren ethnischen Gemeinschaften bedroht, meistens unterstützt von den sogenannten progressiven Parteien, die sich mit Terroristen zusammengetan hätten, um „Freiheit jetzt" zu fordern. Freiheit jetzt? Sie hätten lediglich im Sinn, sich nach dem Abzug der Weißen die Weideflächen und Wasserlöcher der kleinen Gemeinschaften einzuverleiben und ihre Kultur zu zerstören. Während diese Parteien Land und Freiheit verlangten, wolle die Partei des künftigen Herrschers Freiheit in Würde.

Er spottete über die Idee eines Fahrplans zur Freiheit. Das koloniale Mutterland war glücklich. Die weißen Siedler waren glücklich. Die Schwarzen in der Kolonialarmee jubelten. Jetzt hatten sie einen Helden und mussten um ihren Platz innerhalb der neuen schwarzen Ordnung nicht mehr fürchten.

Als die Unabhängigkeit verhandelt wurde, scharten sich die weißen Siedler hinter diesem Mann und seiner Partei, gaben heimlich Geld, übten Geheimdiplomatie und drängten ihn zu fordern, als Repräsentant der kleineren Gemeinschaften Stellvertreter des ersten Präsidenten werden zu müssen, da dieser aus einer der größeren Gemeinschaften stamme. Sollte es nicht dazu kommen, sollten die kleineren Gemeinschaften die Selbstverwaltung verlangen und sich, falls nötig, abspalten. Am wichtigsten aber war, dass er und seine Partei nichts mit den Aufrührern zu tun hatten. Die ehemalige Kolonialarmee, die bereits vor Beginn der Verhandlungen in Nationalarmee umbenannt wurde, machte ebenfalls ihre Präferenzen deutlich. Die nationalistischen Aufrührer wurden von den direkten Verhandlungen in Europa ausgeschlossen. Alles Weitere folgte einer vorherbestimmten Logik. Warum nicht Gespräche zwischen den „Hauptparteien" führen, um künftig ethnische Auseinandersetzungen zu vermeiden? Das Ergebnis war vorauszusehen. Die Übereinkunft, alle nationalistischen Parteien zu einer Einheitspartei zu vereinigen, um die Harmonie zwischen den großen und kleinen ethnischen Gruppierungen zu sichern, wurde allseits als Triumph der Mäßigung gefeiert, vor allem vom ehemaligen kolonialen Mutterstaat. Der künftige Herrscher war jetzt der zweite Mann hinter dem Ersten Herrscher, einem Mann in fortgeschrittenem Alter.

Das ist eine Version von vielen. Doch alle stimmen in einem Punkt überein: Der Aufstieg des Herrschers zur Macht hatte etwas mit seiner Allianz mit der Kolonialmacht und den weißen Kräften dahinter zu tun. Einig ist man sich auch, dass er die Selbsterniedrigung als Verhandlungsstrategie bei jeder Person anwandte, deren Autorität die seine überstieg.

Im Umgang mit dem Ersten Herrscher der Freien Republik Aburĩria erniedrigte er sich auf jede erdenkliche Art, nahm von seinem neuen Chef alles hin, trat als Vizepräsident buchstäblich auf der Stelle, nutzte aber seine Zeit. Seine Fähigkeit, auch die größte Beleidigung zu schlucken, wurde legendär, und niemand, der ihn vor dem Chef knien, kriechen und zusammenzucken sah, erkannte die spä-tere Größe dieses Mannes.

Aber je mehr er sich vor seinen Vorgesetzten krümmte, desto mehr erwartete er dasselbe von seinen Untergebenen, um seine tief sitzenden Selbstzweifel zu mildern. Dieses Bedürfnis nach Bestätigung mündete in eine unerbittliche Gewalt gegen Schwächere. Kaum war er nach dem mysteriösen Tod des Ersten Herrschers an die Macht gelangt, verlangte er eine Liste aller Häftlinge, die auf einen

Gnadenakt warteten, und unterzeichnete den Befehl zu ihrer sofortigen Hinrichtung. Er begriff, dass seine Unterschrift auf einem Papier oder ein Wort aus seinem Mund das unmittelbare Ende eines Lebens bewirken konnten, und glaubte fortan an seine Allmacht. Jetzt war er der unumschränkte Herrscher.

Was jedoch selbst die ihm am nächsten Stehenden damals nicht erkannten, war, dass das Schlimmste noch bevorstand. Sein Blutdurst offenbarte sich, als eine Splittergruppe der Einheitspartei die Sozialistische Partei gründete und bei den einfachen Leuten schnell eine Anhängerschaft gewann. Zu dieser Zeit war der Kalte Krieg in vollem Gange und seine Freunde im Westen verlangten, etwas dagegen zu unternehmen. Unverzüglich erklärte er Aburĩria zum Einparteienstaat. Die Einheitspartei erhielt den Namen Ruler's Party und wurde zur einzigen legalen politischen Kraft des Landes. Die Führer der sozialistischen Splittergruppe gingen in den Untergrund, nachdem sie angekündigt hatten, zu den Waffen zu greifen und sich die Unterstützung der Kubaner und Russen zu holen. Einige behaupten, die Sozialisten hätten sehr unvorsichtig und verantwortungslos gehandelt und seien auf die Folgen schlecht vorbereitet gewesen. Andere haben jedoch anhand von Dokumenten bewiesen, dass der Ruf zu den Waffen eine Erfindung des Herrschers war. Jedenfalls brauchten ihn seine Freunde im Westen, damit er die Rolle des Führers von ganz Afrika und der Dritten Welt einnahm, denn Aburĩria war für sie von strategischer Bedeutung, um eine weltweite Vorherrschaft der Sowjets einzudämmen. Der Herrscher beschuldigte die Sozialistische Partei, ein Glied in der Kette sowjetischer Ambitionen zu sein. Aburĩria habe nicht gegen den westlichen Kolonialismus gekämpft, um nun unter dem kommunistischen Kolonialismus des Ostens zu enden, deklamierte er. Es war das erste Mal, dass er die Phrase „gegen den westlichen Kolonialismus gekämpft“ in einem positiven Kontext verwendete.

Es wird berichtet, er habe in nur einem Monat eine Million aburĩrischer Kommunisten niedermetzeln lassen. Das brachte ihm im Westen höchsten Respekt ein. Als allseits geschätzter afrikanischer Führer erhielt er zahlreiche Einladungen von Königen, Königinnen und Präsidenten, die ihn in ihren Palästen mit üppigen Staatsbanketten empfingen. Die westlichen Medien überschlugen sich in ihren Lobeshymnen. Einige nannten ihn „ein Bollwerk gegen den Weltkommunismus", andere schrieben: „Ein Führer, der sich zu führen nicht fürchtet ." Auf einer Titelseite prangte die Schlagzeile: EIN AFRIKANISCHER STAATSMANN VON WELTGELTUNG. Zahllos waren die Fotos, die ihn beim Handschlag mit den mächtigsten europäischen und amerikanischen Staatsmännern zeigten.

Der Herrscher brach dem organisierten Widerstand das Rückgrat, und die Opposition brauchte Jahre, um sich neu zu formieren, die Scherben der Erinnerung einzusammeln und zusammenzusetzen. Sie existierte nur noch im Untergrund oder im Exil, wie im Falle von Luminous Karamu-Mbu-ya-Ituĩka und Yunity Immaculate Mgeuzi-Bila-Shaka, als diese noch mit revolutionären Ideen herumspielten. Gegenüber diesem Untergrund erwies sich der Herrscher als äußerst geschickt, indem er den sich regenden Widerstand mit Zuckerrohr und Peitsche erstickte. Das Zuckerrohr erhielten die Eliten der verschiedenen ethnischen Gruppierungen, wer sich jedoch widersetzte, bekam die Peitsche zu spüren. Seine ganze Liebe aber galt der Armee, wo man seinen dramatisch inszenierten Rücktritt vom Posten des Militär-Pressesprechers noch in guter Erinnerung hatte. Die Militärs hatten mit ihm während des Kolonialismus gedient. Unseren Mann im State House nannten ihn einige Generäle, und der Herrscher erwiderte diese Huldigung, indem er die Nation regelmäßig daran erinnerte, dass allein die Stimmen zählten, die die Armee für ihn abgab.

Wer nicht von Gier getrieben war, brachte ihn aus der Fassung. Diese Typen, die immer von kollektiver Erlösung statt persönlichem Überleben redeten, konnte er nicht verstehen. Wie sollte man mit diesen Umstürzlern verfahren? Ein Fischer befestigt einen Wurm am Ende der Angelschnur, aber wie soll der Angler den Fisch fangen, wenn der nicht anbeißen will?

Deshalb konnte er auch nicht begreifen, was die Frauen zu ihrer Tat getrieben hatte. Wenn sie sich an ihn gewandt hätten, um Geld zu bekommen, er hätte ihnen mit Freuden Tausende Burĩ geschenkt.

Wenn sie wegen eines Stücks Land zu ihm gekommen wären, er hätte ihr Flehen erhört. Wenn sie vor ihm erschienen wären, um Klage gegen ihre Männer zu führen, die Geld und Zeit in Bars verschwendeten, er hätte sie voller Mitgefühl angehört und eine Rede an die Nation gehalten. Aber sie hatten keine Gunst von ihm erbeten. Er hatte ihnen nichts verweigert. Woher also ihr Bedürfnis, die Nation mit Schande zu überziehen?

Vor diesem Ereignis hätte der Herrscher noch geschworen, er würde die Frauen durch und durch verstehen. Wie viele Männer, vor allem seine Minister, hatte er in all den Jahren durch den Befehl gedemütigt, ihm ihre Frauen, Töchter oder Geliebten zu schicken? Anfangs hatte er vermutet, die Frauen würden seinen Annäherungsversuchen zumindest etwas Widerstand entgegensetzen. Doch war er immer wieder überrascht, wie sie sich seiner amourösen Annäherung ergaben und sie als Akt persönlicher Anerkennung und Ehre werteten! Manch eine spielte die Entrüstete, wenn sie dem Herrscher das Bett bereiten sollte, doch sobald ihr Mann ihr den Rücken zukehrte, wollte sie gefallen und fühlte sich geschmeichelt, der Macht zu dienen!

Warum verhielten sich diese Frauen nicht genauso? Wie konnten sie seiner Allmächtigkeit gegenüber so gleichgültig sein? War Rachael nicht ein leuchtendes Beispiel dafür, was er ihnen antun konnte?

Die Rache ist mein, sprach der Herr. Und war er nicht der Herr aller Frauen in Aburĩria? Doch wie angestrengt er auch darüber nachdachte, er blieb unsicher, was er unternehmen und wo oder bei wem er anfangen sollte, um auf ähnliche Weise Rache zu üben wie bei Rachael. Er war unfähig zu handeln, und die quälenden Gedanken kehrten immer wieder zu der hochverräterischen Schmach von Eldares zurück, bei der die Frauen vor den Augen ausländischer Würdenträger und, was noch schlimmer war, vor der Global-Bank-Delegation Schande über die ganze Nation gebracht hatten.

Nach der Schmach von Eldares zog sich der Herrscher tagelang zurück. Erfüllt von der Angst, was dieses Schweigen für ihre Zukunft bedeuten könnte, beschäftigte sich jeder einzelne Minister mit strategischen Plänen für die Rettung der eigenen Haut. Einige versuchten, unter dem einen oder anderen Vorwand im State House anzurufen, doch der Herrscher weigerte sich, ihre Anrufe entgegenzunehmen. Sikiokuu und Machokali waren am stärksten betroffen. Wie sehr ihre Seelen litten, zeigte sich an Sikiokuus hängenden Ohren und Machokalis leerem Blick.

Machokalis Nöte wurden noch größer, als ihm die Global-Bank-Delegation eines Tages mitteilte, sie würde nach New York zurückkehren. Im Bewusstsein, dass sein Ansehen durch die jüngsten dramatischen Ereignisse ernsthaft gelitten hatte und die Aussicht auf seine Wiederherstellung von ihrer Präsenz im Land abhing, flehte Machokali die Delegierten an, nicht abzureisen, ohne sich in aller Form vom Herrscher verabschiedet zu haben. Sie erklärten sich bereit, ihre Abreise um einige Tage zu verschieben, aber Machokali gelang es nicht, eine Zusammenkunft im State House zu organisieren. Sie um einen weiteren Aufschub zu bitten, fehlte ihm der Mut. Er gab ein allgemeines Unwohlsein als Grund für die Unzugänglichkeit des Herrschers an. Die Delegierten verstanden die Notlage des Ministers und beruhigten ihn, er solle sich keine Sorgen machen. Wenn es sich ergeben sollte, dass er oder der Herrscher sich in New York aufhielten, seien sie stets willkommen, in der Bank vorbeizuschauen und weitere Gespräche zu führen. Sie dachten, sie hätten sich diplomatisch verhalten, und waren verblüfft, als Machokali sie anflehte, ihm die Einladung schriftlich zu geben. Auch diesen Wunsch erfüllten sie ihm und bestätigten einige Tage später den Rückflug nach New York.

Machokali klammerte sich an diesen Brief wie an einen Talisman und sehnte den Tag herbei, an dem er ihn dem Herrscher vorlegen konnte. Anders als sein Erzfeind, hatte er immerhin etwas in der Hand, tröstete er sich.

Aber er irrte sich, was seinen Erzrivalen anging. Im Kielwasser von Kaniũrũs hervorragender Schnüffelarbeit fühlte sich Sikiokuu zunehmend besser und glaubte, den Sturm überstehen zu können. Nyawĩra mochte zwar noch frei herumlaufen, doch Sikiokuu tappte immerhin nicht mehr völlig im Dunkeln, was diese Bewegung für die Stimme des Volkes anging. Er war bester Dinge. Vinjinia war

Tajirikas Frau. Nyawĩra war Tajirikas Angestellte. Tajirika hatte den mächtigen Posten des Vorsitzenden von Marching to Heaven durch Machokali bekommen. Vinjinias Schuld würde Machokali in Verbindung mit der Bewegung für die Stimme des Volkes bringen und damit vielleicht sogar mit den Frauen, die die Nation mit Schande befleckt hatten.

Die fortdauernde Schweigsamkeit des Herrschers nützte Sikiokuu, weil sie ihm Zeit ließ, die nächsten Züge in dem Spiel zu planen, das Machokali und er spielten, um endgültig zu entscheiden, wer der Stärkere war: die Augen oder die Ohren des Staates.

Man erzählt sich, der Herrscher wäre sieben Tage, sieben Stunden, sieben Minuten und sieben Sekunden zurückgezogen im State House geblieben, bevor er eine Krisensitzung seines Kabinetts einberief. Zwar hatte er immer noch keine befriedigende Strategie, wie er mit den Frauen – wer immer sie waren – verfahren wollte, in der Zwischenzeit jedoch konnte er immerhin seine Wut an weniger schwer zu fassenden Opfern auslassen: an seinen Ministern.

9

Als der Herrscher den Raum betrat, standen die Minister stramm wie verängstigte Kadetten beim Eintritt des diensthabenden Offiziers. Der Herrscher setzte sich und wies sie mit einer Geste an, dasselbe zu tun. Dann ließ er seinen Blick von der einen Seite des Tisches zur anderen wandern, ließ ihn kurz auf jedem Einzelnen ruhen, bevor er sich schließlich Sikiokuu zuwandte. Der Herrscher musste kein Wort sagen, um Sikiokuu klarzumachen, dass er jetzt eine Frage zu beantworten hatte.

„Eure Allmächtigkeit, Sie sind unser aller Vater, und ich als folgsamer Sohn weiß, dass Sie mich auffordern, die Sache mit den Frauen zu erläutern. Meiner bescheidenen Meinung nach sind diejenigen, die uns überredet haben, die Schlangen als begeisterte Zustimmung für Marching to Heaven zu interpretieren, am besten in der Lage, das Fiasko zu erklären. Im Licht der zurückliegenden Ereignisse möchten sie uns vielleicht darüber aufklären, was sie wirklich vorhatten."

Der Herrscher blickte zu Machokali. Big Ben Mambo, der Informationsminister, tat schleunigst dasselbe. So verhielt er sich meistens: immer eifrig darauf bedacht herauszufinden, wer, Machokali oder Sikiokuu, als Sieger aus der Auseinandersetzung hervorgehen würde, um sich dann schnellstens auf dessen Seite zu schlagen. Machokali nahm die Herausforderung an.

„Herrscher, der Sie unser Vater sind hier auf Erden, die Engländer, denen wir Zivilisation, Freiheit und parlamentarische Demokratie verdanken, lehrten uns, dass ‚Kabinettsentscheidungen kollektiv bindend' sind. Wenn ein Minister nicht mit einer kollektiv getroffenen Entscheidung übereinstimmt, dann sollte er zurücktreten. Ich habe nicht gehört, dass Sikiokuu während unserer letzten Kabinettssitzung gesagt hätte, er würde zurücktreten, weil er grundsätzlich gegen die Warteschlangenmanie sei. Stattdessen machte er den Vorschlag, Motorradfahrer in den Norden, den Süden, den Osten, den Westen und ins Zentrum des Landes zu schicken, um die Manie zu fördern. Sie sind schon vor Wochen losgefahren. Wo sind eigentlich ihre Berichte?"

Sikiokuu wollte natürlich vermeiden, dass seine fünf Fahrer und ihr Auftrag zum dominierenden Gegenstand der Diskussion wurden, und dachte daran, die Aufmerksamkeit davon abzulenken, indem er Machokali vorwarf, er würde reden, als herrschten die Briten noch immer über Aburĩria, besann sich aber eines Besseren, weil ihm wieder einfiel, wie der Herrscher reagiert hatte, als Sikiokuu Ähnliches über die Global Bank gesagt hatte. Er war zuversichtlich, da er einiges in der Hinterhand hatte, und wartete nur auf den richtigen Augenblick zuzuschlagen. Deshalb blieb er still wie eine Katze vor dem Mauseloch und gestattete Machokali, ohne Unterbrechung fortzufahren.

„Wenn die Wahrheit gesagt werden soll, ohne das eine oder andere zu überhöhen oder herunterzureden", sagte Machokali, „müssen wir zugeben, dass Eldares mit Ausnahme eines einzigen unglücklichen Zwischenfalls nie zuvor eine so gut besuchte Versammlung erlebt hat. Ganz Eldares war praktisch auf den Beinen."

Sikiokuu sah seine Chance.

„Das ist richtig, nur was ist dabei herausgekommen? Woher wollen wir wissen, dass diese Menschenmenge nicht zu ihrem Plan gehörte? Wer war der führende Kopf hinter dieser Frauensache?"

Eine der Folgen des Skandals war die Wirkung der Worte „Frau" und „Frauen" auf den Herrscher. Wenn sie fielen, schlug sein Herz schneller; er regte sich sichtlich auf. Jeder registrierte den Blick, den er Sikiokuu zuwarf, als verlangte er zu wissen, welche Befriedigung es dem Sprecher bereitete, dieses verfluchte Wort ständig zu wiederholen.

„Er drückt sich vor der Verantwortung für die fünf Motorradfahrer", beschwerte sich Machokali. „Und was die Frage angeht, wer dahintersteckt, die sollte er selbst beantworten. Jeder weiß, dass es die sogenannte Bewegung für die Stimme des Volkes ist. Es waren wieder Spielzeugschlangen über das ganze Feld verstreut, und ich möchte wissen, was Sikiokuu unternommen hat, um die Verhaftung dieser Kriminellen sicherzustellen."

Sikiokuu setzte mit melodramatischer Langsamkeit an: „Heilige Väterlichkeit, eine Untergrundbewegung auszuradieren ist nicht so einfach, wie mancher es sich vorstellt. Diese Renegaten sind Feiglinge, die sich im Schutz der Dunkelheit treffen. Sie wagen sich nicht ins Licht, weil sie keine richtigen Männer sind. Weiber sind sie, Feiglinge eben. Ich bin sehr glücklich, berichten zu können, dass wir eine Person aus der Führung der Bewegung identifizieren konnten. Sie heißt Nyawĩra."

„Befindet sie sich in Gewahrsam?", platzte der Herrscher heraus.

„Nein, noch nicht ganz – sie ist uns entwischt."

„Ooohh", seufzten einige Kabinettsmitglieder enttäuscht.

„Allerdings wissen wir, wo sie arbeitet", fügte Sikiokuu hinzu und stachelte ihre Neugier an. „Wir überwachen die Gegend rund um die Uhr, um sicherzugehen, dass ihr Arbeitgeber sie nicht versteckt."

„Warum verhaftest du das ganze Pack nicht einfach? Angestellte, Arbeitgeber, was soll das?", fragte der Herrscher.

„Eine Person ist bereits in Haft“, antwortete Sikiokuu und sah triumphierend in die Runde. „Und die Person verhält sich kooperativ.“

Und weil sie an dem bevorstehenden Triumph teilhaben wollten, stimmten einige Minister an: „Sikiokuu, lösch den Feind aus! Siki, lösch sie alle aus!“

„Und wer ist das?“, fragte der Herrscher und schnitt den Gesang mit einer Handbewegung ab.

Sikiokuu warf einen siegesbewussten Blick auf Machokali, als wollte er sagen: Wie wär's damit? Ich bin noch lange nicht mit dir fertig. Machokali gab sich Mühe, nicht in Panik zu geraten, aber seine trübe Miene täuschte nicht über seinen Versuch hinweg, möglichst gleichgültig zu erscheinen.

„Ich muss mit tiefem Bedauern verkünden, dass diese Person niemand anderes ist als Vinjinia, die Frau Tajirikas, des Vorsitzenden von Marching to Heaven und, wie jeder weiß, ein Kumpel von unserem Freund hier“, sagte er und nickte in Machokalis Richtung, mehr Bedauern als Zorn über diesen Verrat und diese Undankbarkeit bekundend.

„Die Frau des Vorsitzenden von Marching to Heaven?“, fragte Big Ben Mambo, bislang ein treuer Verbündeter Machokalis, und machte sich bereit, die Seiten zu wechseln.

„Ja, genau die“, antwortete Sikiokuu und setzte sich, wobei er ein weiteres Mal bedauernd den Kopf senkte und die schreckliche Wahrheit bestätigte.

Stille breitete sich im Raum aus. Machokali spürte, wie sie ihm unter die Haut kroch. Sein erster Gedanke war, sich zu Boden zu werfen und um Gnade zu bitten, aber er wusste genau, dass er damit in die Falle laufen würde, die Sikiokuu ihm gestellt hatte. Sein zweiter Gedanke war, aufzuspringen und Tajirika öffentlich anzuprangern, seine Verhaftung und unverzügliche Hinrichtung zu verlangen. Aber er erkannte das Problem. Machokali verfluchte sich selbst für seine Nachlässigkeit. Tajirika hatte versucht, ihn zu erreichen, hatte unzählige Nachrichten in seinem Büro und bei seinem Fahrer hinterlassen, aber beschäftigt wie er war, die Abreise der Delegation der Global Bank hinauszuzögern, hatte er sie alle als Höflichkeitsanrufe abgetan. Hätte er zurückgerufen, wüsste er jetzt Bescheid und wäre nicht seinem Feind ausgeliefert.

Er erhob sich, ohne zu wissen, was er tun oder sagen sollte. Als ihm der Herrscher eisig mitteilte, er solle sich nicht die Mühe machen aufzustehen und könne, was er vorzutragen habe, auch im Sitzen sagen, wusste Machokali, dass er in großen Schwierigkeiten steckte. Doch er wollte nicht aufgeben wie ein verwundetes Tier, ohne sich zu verteidigen.

„Unser Heiliger Vater, der ..."

„Lass die Einleitung weg und komm zur Sache", fuhr ihn der Herrscher an.

„Jeder, der Frieden und Stabilität dieser Nation bedroht, sollte beseitigt werden, auch wenn es sich um die Frau einer bedeutenden Persönlichkeit Aburĩrias handelt. Ich weiß genau, dass Tajirika bei der großen Einweihungszeremonie war, und erinnere mich, wie er mir sagte, er habe seine Frau zu Hause gelassen. Beantwortet mir Folgendes: War Vinjinia bei der Feierlichkeit oder nicht? Hat sie zugegeben, Mitglied der Bewegung zu sein oder nicht? Oder geht es nur darum, dass sie und ihr Mann diese verrückte Nyawĩra angestellt haben? Jeder kann versehentlich einen Dieb oder gar einen Mörder einstellen; Verbrecher laufen nicht durch die Gegend und prahlen mit ihren Verbrechen. Doch selbst wenn sich herausstellen sollte, dass sie bei der Kundgebung war oder zur Bewegung gehört, folgt daraus nicht, dass Tajirika etwas damit zu tun hat. Eine Frau kann sich sehr gut gegen ihren Mann stellen, denn wie die Waswahili sagen: Es gibt keinen Mann, der ein Held ist für seine Frau."

Mit dem Swahili-Sprichwort und seiner Bemerkung über die Treulosigkeit von Frauen hatte Machokali beim Herrscher, der sich an die widerspenstige Rachael erinnert fühlte, unwissentlich einen Pluspunkt gesammelt.

„Ich verstehe nicht, warum Machokali seine Freunde so vehement verteidigt", warf Sikiokuu ein, der diese Veränderung spürte und verblüfft war, von seinem Widersacher eine derart mutige Verteidigung von Tajirika und Vinjinia zu vernehmen. „Ich habe nicht behauptet, dass Vinjinia tatsächlich Mitglied der Bewegung ist oder bei der Feierlichkeit war. Wir haben sie verhaftet, weil wir glauben, dass sie über wichtige Informationen verfügt, die zur Überführung der Verbrecher führen können. Sie hat auch nicht bestritten, während Tajirikas Abwesenheit eng mit Nyawĩra zusammengearbeitet zu haben."

Machokali spürte, wie sich sogar die anderen Minister über Sikiokuu zu ärgern begannen und witterte seinen Vorteil.

„Man hat uns berichtet, dass Vinjinia noch immer bei den Ermittlungen hilft. Das verstehe ich nicht. Wie lange befindet sie sich schon in Gewahrsam?", fragte er mit geheucheltem Interesse.

„Oh, überhaupt nicht lange, seit einer Woche", gab Sikiokuu rasch zur Antwort.

„Und was hat sie in diesen sieben Tagen ausgespuckt, das zu Nyawĩras Verhaftung führen könnte?"

„Hier ist nicht der geeignete Ort, um das bekannt zu geben", sagte Sikiokuu verärgert darüber, Machokalis Fragen beantworten zu müssen. „Ich habe hier lediglich ein paar Einzelheiten offengelegt, um zu zeigen, wie viel wir, die wir Unseren Herrn und Meister wahrhaft lieben, bereits geleistet haben."

Der Herrscher räusperte sich und klopfte mit seinem Stab zweimal auf den Tisch. Er fühlte sich bereits ein bisschen wohler, weil ihn kaum etwas besser in Stimmung brachte als eine erbitterte Auseinandersetzung zwischen seinen Ministern. Er konnte das, was sie von sich gaben, mit dem vergleichen, was er aus eigenen Quellen erfahren hatte. Dass er von der Verhaftung Vinjinias bereits wusste, war mehr als wahrscheinlich.

„Hast du Tajirika verhört?", fragte er.

„Nein. Noch nicht."

„Weiß Tajirika, dass sich seine Frau im Gewahrsam der Polizei befindet?"

„Das weiß ich nicht. Ich bin mir aber sicher, ihn von ihrer Verhaftung noch nicht in Kenntnis gesetzt zu haben."

„Und warum hat man mich höchstselbst über diese Entwicklungen im Unklaren gelassen? Oder regierst seit Neuestem du in Aburĩria, Sikiokuu?"

„Oh, Herr im Himmel, nein, nein, meine Heilige Allmächtigkeit. Ich habe versucht, Kontakt mit Ihnen aufzunehmen, ... ich meine, ich weiß nicht, warum meine Anrufe nicht an Sie weitergeleitet wurden. Sie sollten es aus meinem Munde hören, weil es so delikat ist.“

„Noch jemand, der etwas zu sagen hat?“, wandte sich der Herrscher an alle. „Oder habt ihr gemeinsam beschlossen, Bewahrer von Geheimnissen vor mir zu spielen? Ja, sieben Tage lang. Und dann behauptet ihr, mich nicht erreicht zu haben? Es kommt mir vor, als ob ihr alle in Sikiokuus Regierung von Aburĩria eingetreten seid.“

Nach welcher Seite das Pendel der Macht ausschlug, war nicht vorhersehbar, und Machokali, der spürte, dass sein Widersacher in Schwierigkeiten steckte, ergriff die Chance dieses Augenblicks.

„Allmächtiger Hochverehrter Vater, es wäre deutlich besser gewesen, Sikiokuu hätte zuerst Nyawĩra verhaftet und sie dann gezwungen, Namen zu nennen. Anschließend hätten weitere Verhaftungen folgen können. Aber Sikiokuu scheint trotz seiner großen Ohren taub gegenüber dem Lärm des Offensichtlichen zu sein. Er verhaftete die Frau des Vorsitzenden von Marching to Heaven in der vagen Hoffnung, sie könnte preisgeben, wo sich Nyawĩra versteckt hält. Ich will nur zwei weitere Punkte ansprechen. Erstens bitte ich um einen Rat, was wir mit Tajirika machen sollen. Soll ich ihm den Vorsitz von Marching to Heaven entziehen? Und zweitens, welchen Eindruck würde das auf die Global Bank machen?“

Nichts war geeigneter, die Aufmerksamkeit des Herrschers zu erlangen, als ein drohendes Versiegen des Geldflusses für Marching to Heaven.

„Sikiokuu“, brüllte der Herrscher, „wenn du Ohren hast, hör zu. Ist dir nie in den Sinn gekommen, die Verhaftung der Frau des Vorsitzenden von Marching to Heaven könnte den Eindruck erwecken, den Menschen in meiner Umgebung könne man nicht trauen?“

„Sie ist nicht richtig verhaftet worden. Man hat sie nur in Gewahrsam genommen“, zog sich Sikiokuu zurück. „Sie hilft uns, das ist alles.“

Der Herrscher achtete nicht auf Sikiokuus Gerede und wandte sich an Machokali.

„Wie nimmt die Delegation der Global Bank das Ganze auf?", fragte er ohne Sarkasmus und Groll, sondern geradezu ängstlich.

„Eure Heiligste und Mächtigste Vortrefflichkeit, in der ganzen Welt Verehrter", beeilte sich Machokali zu antworten, dessen Augen nun lebhafter wurden, „so wie Sie damals versuchten, die schmachvollen Dinge, die sich in Eldares zugetragen haben, zu erläutern, habe ich ihnen erklärt, dass es sich bei dem, dessen Augenzeuge sie geworden waren, um einen geheiligten aburĩrischen Tanz handelte, der nur vor Gästen zur Aufführung gebracht wird, die man mit den höchsten Ehren empfangen möchte. Das schien sie hinreichend zu befriedigen. Außerdem kümmern unsere traditionellen Bräuche die Global Bank nicht sonderlich. Ihr Hauptinteresse gilt den Überresten eines vergangenen sozialistischen Zeitalters, den Kräften, die eine Bedrohung der Stabilität darstellen und den freien Kapitalfluss gefährden. Hätte man Nyawĩra verhaftet, wären sie glücklich darüber gewesen. Und da Sikiokuu ausreichend Beweise gesammelt hat, eine Verhaftung zu rechtfertigen, wäre er gut beraten, es zu tun, bevor die Banker nach New York zurückkehren."

„Was? Sie fliegen zurück?", fragte der Herrscher.

„Ja", bestätigte Machokali.

„Wann?"

„Morgen!"

„Ohne sich von mir zu verabschieden?"

„Mein Herrscher aller Vortrefflichkeit, ich versuchte alles Erdenkliche, ihre Abreise hinauszuzögern, um ihnen die Ehre zuteil werden zu lassen, noch einmal von Ihnen empfangen zu werden. Aus höchstem Respekt Ihnen gegenüber kamen sie meiner Bitte nach. Schließlich mussten sie aber doch, wie sie sagten, einfach nach New York zurück."

„Was ist mit ihrem Bericht?"

„Sie werden ihn in New York ausarbeiten und eine angemessene Empfehlung abgeben."

„Und wie steht die Sache?"

„Nicht schlecht. Ganz und gar nicht. Sie haben Sie oder mich nach New York eingeladen, sollten wir das Bedürfnis haben, unser

Anliegen noch aufzupolieren, bevor sie ihre Entscheidung treffen. Ich bat sie, das schriftlich niederzulegen, in black and white, wie die Engländer sagen."

Langsam zog er einen Umschlag aus der Tasche und übergab ihn dem Herrscher, der seine Neugier, obwohl er versuchte, sich zu beherrschen, nicht zurückhalten konnte und den Umschlag unverzüglich aufriss. Er überflog den Brief, und ein Lächeln erhellte sein Gesicht.

„Die Einladung ist allerdings etwas allgemein ausgedrückt", bemerkte der Herrscher. „Hier steht, wenn ich in New York sein sollte ... Was heißt das, Markus?"

Mit der Bemerkung des Herrschers, die Einladung sei vage und offen gehalten, sah Sikiokuu die Chance, sich in die Gunst des Herrschers zurückzuschmeicheln und den Fokus von Nyawĩra und Vinjinia abzulenken.

„Herzlichen Glückwunsch, Unser aller Erlöser", ergriff er zuversichtlich das Wort. „Die Einladung kommt genau zur rechten Zeit, und es könnte sogar der neue amerikanische Präsident dahinterstecken. Die Global Banker sind ziemlich gerissen. Es könnte sein, dass sie die Einladung nur deshalb so vage gehalten haben, um herauszubekommen, wie ernst es Aburĩria mit dem Kredit meint. Wenn wir nur einen Minister schicken, könnte die Bank glauben, dieses Projekt stünde nicht gerade weit oben auf unserer Prioritätenliste. Wenn aber Eure Mächtige Vortrefflichkeit persönlich erscheinen, in Begleitung von einigen von uns, die es verstehen zuzuhören", – und hier fasste er sich zur Betonung an die Ohrläppchen – „dann ließe das die Direktoren wissen, wie ernst wir es meinen und dass wir alle vereint hinter Marching to Heaven stehen."

„Stimmt", warf ein anderer Minister ein. „Lassen wir die Boten links liegen und wenden uns direkt und persönlich an den Mann an der Spitze des Ganzen."

„Höchste Zeit für einen Staatsbesuch", bekräftigte ein weiterer Minister.

„Und es wäre gut, wenn Eure Königliche Vortrefflichkeit im Fernsehen aufträte, vor allem in ‚Ein Treffen mit den Mächtigen der Welt' bei GNN“, warf Big Ben Mambo ein. „Alle Mächtigen des zwanzigsten und sogar des einundzwanzigsten Jahrhunderts sind dort bereits aufgetreten.“

Die Diskussion wurde zum offenen Schlagabtausch.

„Ich habe gehört, dass dort bisher nicht ein einziger Führer aus Afrika aufgetreten ist. Stimmt das?“, fragte ein anderer.

„Außer Nelson Mandela“, sagte ein weiterer.

„Seht ihr, wie diese Leute Afrika diskriminieren?“, meinte wieder ein anderer in einem Anflug von Zorn. „Vom Westen nehmen sie die Staatsmänner und aus Afrika die Knastbrüder. Das ist grenzenloser Rassismus!“

„Das heißt“, stellte ein anderer fest, „sollte der Herrscher zustimmen, in dieser Sendung aufzutreten, wäre er der erste richtige Führer aus Afrika, der zu den Mächtigen der Welt gehört.“

Die Aussicht, nach New York zu reisen und dort fürstlich bewirtet zu werden, während man Marching to Heaven vorantrieb, war Balsam auf die wunde Seele des Herrschers.

„Zeit für euch alle, mal zuzuhören“, bellte er und brachte sie augenblicklich zum Verstummen. „Man sagt: Es gibt keinen Rauch ohne Feuer. Dunkle Wolken verkünden den Sturm. Es hat mich nicht glücklich gemacht zu erfahren, dass Tajirika, mein Vorsitzender für Marching to Heaven, Leute einstellt, ohne vorher gründlich ihre Herkunft und Geschichte zu prüfen. Hast du mich verstanden, Machokali? Gleichzeitig war ich auch nicht erfreut zu hören, dass man seine Frau – wie hieß sie doch gleich? Vinjinia – verhaftet hat. Diese Geschichte darf auf keinen Fall aus diesem Raum oder womöglich sogar an die Presse gelangen, und ich erwarte die sofortige Freilassung Vinjinias. Auch die Leute von der Global Bank darf nicht das leiseste Wort über diese verpfuschte Angelegenheit erreichen. Außerdem muss Tajirika überprüft werden, aber unauffällig. Verstanden, Sikiokuu?“

„Ja, Sir. Wird Tajirika weiterhin Vorsitzender von Marching to Heaven bleiben?“, fragte Sikiokuu, ermutigt vom Urteilsspruch des Herrschers. „Ich schlage vor, ihn sofort seines Postens zu entheben, damit er sich nicht in die Ermittlungen einmischen kann.“

„Halt den Mund“, warnte der Herrscher Sikiokuu, „oder ich sorge persönlich dafür. Wir wechseln die Pferde nicht während des Rennens. Tajirika bleibt auf seinem Posten.“

Jetzt war es an Machokali, sich siegessicher zu fühlen. Er brachte sogar ein Lächeln hervor, aber es verschwand ebenso schnell, wie es gekommen war.

„Ich werde einen Stellvertreter einsetzen und fordere Minister Sikiokuu auf, mir seine Vorschläge einzureichen. Und, Sikiokuu, ich wünsche, dass du einen Untersuchungsausschuss einsetzt, der sich dieser Angelegenheit mit den Warteschlangen und der damit einhergehenden Manie annimmt. Diese Kommission hat herauszufinden, wo, wann und wie die Schlangen entstanden sind und wie es dem Feind gelungen ist, sie als Tarnung für seine schändlichen Taten zu benutzen. Die anderen Minister mögen Mitglieder für diesen Untersuchungsausschuss vorschlagen, seine Zusammensetzung – einschließlich der Wahl des Vorsitzenden – obliegt Sikiokuu.“

Sikiokuu war von dieser Entwicklung begeistert. Er hatte über seinen Erzrivalen gesiegt. Zumindest glaubte er das. Seine Euphorie erhielt einen Dämpfer, als der Herrscher verkündete: „Wenn ich aus New York zurückkomme, wünsche ich die Abschlussberichte auf meinem Tisch!

Und was dich angeht, Machokali“, fuhr der Herrscher fort und drehte sich nun zu ihm um, „beschäftige dich damit, meine bevorstehende Reise nach New York zu organisieren. Bring so viele Staatsbesuche wie möglich in dieser Reise unter. Ich will nicht, dass diese Global-Bank-Leute glauben, ich würde die Reise nur aus dem Grund machen, um mit ihnen zu verhandeln.“

So enttäuscht Sikiokuu darüber war, nicht mit nach New York reisen zu dürfen, so verärgert war Machokali, dem Erzfeind eine vielleicht verheerende Untersuchung überlassen zu müssen. Fieberhaft überlegte er, was Sikiokuu die Hände binden könnte.

„Was soll mit Nyawĩra geschehen?“, fragte er. „Wenn man der Bewegung für die Stimme des Volkes nicht das Rückgrat bricht, könnte die Global Bank zögern, einem Land, das vor einer Rebellion steht, Geld zukommen zu lassen.“

Diese Worte stachen wie Nadelspitzen in den Traum von Staatsbesuchen und weckten die Erinnerung an die Schmach von Eldares. Die Wut auf die Frauen und der Rachedurst meldeten sich mit einer Wucht zurück, die den Herrscher fast erstickte. Warum bloß haben sie mir das vor den Augen der ganzen Welt angetan?

10

Wie hält man Fakten und Fiktion auseinander, wenn man erzählen will, was die Frauen an jenem Tag anstellten? Alle, die die Geschichte wiedergaben – und es gab zahlreiche Versionen – behaupteten steif und fest, alles mit eigenen Augen gesehen zu haben. Unstrittig war Folgendes: Es hatte nie zuvor eine so große öffentliche Kundgebung wie die aus Anlass der Einweihung des Bauplatzes für Marching to Heaven gegeben.

Wer war für diese Menschenmenge verantwortlich? Die Parteianhänger? Die Radiosender, die die Menschen drängten, zum Bauplatz zu kommen? Die Antwort liegt wahrscheinlich in der amtlichen Erklärung, die Big Ben Mambo in seiner Eigenschaft als Informationsminister herausgab: Die Delegierten der Global Bank seien die Ehrengäste. Das gab den Gerüchten neue Nahrung, die Delegation sei angereist, um Geld direkt an das Volk zu verteilen, eine deutliche Abkehr von ihrer üblichen Praxis, es vollständig dem Staat zu überlassen.

NGOs meldeten sich zu Wort und gaben der Bevölkerung Ratschläge, wie sie das Geld verwenden sollten. Andere sprachen von den Rechten der einfachen Leute gegenüber Aufmerksamkeiten von Banken. Einige feministische Gruppen protestierten, dass die Mitglieder der Global-Bank-Delegation ebenso wie die Minister, die die Delegierten von einer Warteschlange zur anderen führten, ausschließlich Männer seien. Sie sahen darin eine chauvinistische Intrige und gründeten die „Nur für Frauen“-Bewegung, die einen Teil des Geldes für sich beanspruchte. Rivalisierende NGOs bildeten eigene Warteschlangen mit eigenen Parolen.

Als der große Tag anbrach, mäanderten sämtliche Menschenschlangen, die unterschiedlicher Anliegen wegen in Eldares wie Pilze aus dem Boden geschossen waren, zum Park. Die Leute aus entfernteren Gegenden hatten bereits Tage vor dem Ereignis ihr Lager am Bauplatz aufgeschlagen.

11

„Wir waren natürlich auch dort", erzählte Nyawĩra Kamĩtĩ. „Einige von uns, hauptsächlich Frauen, mischten sich schon Tage vorher unter die Leute. Im Schutz dieser überwältigenden Teilnehmerzahl wollten wir für Demokratie eintreten und die Diktatur öffentlich verurteilen. Die angekündigte Präsenz der Global Bank machte die Sache einfacher für uns. Demokratischer Raum, garantiert von der Bank, gegen die wir auftraten – was für eine Ironie!"

Es war der Morgen nach Nyawĩras nächtlicher Flucht in die Berge. Sie hatte in Kamĩtĩs Behelfsunterkunft unter einer Sykomore nicht gut geschlafen und war immer wieder vom Albtraum einer bevorstehenden Verhaftung heimgesucht worden. Das Behelfsbett aus Farn und Schilf hatte auch nichts verbessert. Mehrmals war sie aufgewacht und schließlich froh, als der Morgen anbrach.

Die Schrecken der Nacht verflüchtigten sich, auch wenn sie noch ab und zu spürte, wie ihr Herz schneller schlug, wenn sie daran dachte, wie knapp sie der Verhaftung entgangen war. Der Friede, der sie und Kamĩtĩ umfing, unterschied sich wohltuend von den Ereignissen der vergangenen Woche, als sie und ihre Mitstreiter die Schlacht geschlagen hatten. Einige Vorbereitungstreffen hatten die ganze Nacht gedauert. An den Wochenenden reihten sie sich in die Warteschlangen ein, um sich ein besseres Bild über die Absichten und Wünsche der Leute machen zu können. Als der Tag der Einweihung unmittelbar bevorstand, hatten sie sich bis ins kleinste Detail über die staatlichen Pläne und die Stimmung informiert.

Der Herrscher und seine Ratgeber waren in freudiger Erwartung, zumal die Menschen schon eine Woche vorher zum Bauplatz pilgerten. Radiokommentatoren berichteten geradezu enthusiastisch über diesen Pilgerzug und die Begeisterung des Volkes für Marching to Heaven. Machokali wurde nicht müde, die Weisheit und Weitsichtigkeit des Herrschers zu loben, und während die Menschenschlangen immer größer wurden, hielt er die Global Bank ständig darüber auf dem Laufenden.

Sikiokuu war natürlich alles andere als glücklich über die ganze Sache, schluckte aber Neid und Groll hinunter und hoffte darauf, dass irgendetwas schiefging. Um das herbeizuführen, war der Minister sehr nachlässig in seiner Forderung nach umfassender Wachsamkeit durch den M5.

Nyawĩra und ihre Mitstreiter hatten sich Donnerstagnacht auf den Weg zum Baugelände gemacht, um sich dort mit den anderen Mitgliedern der Bewegung zu treffen. Den Freitag wollten sie für die letzten Vorkehrungen zur Umsetzung ihrer Pläne nutzen.

„Eine so große Menschenmenge habe ich noch nie gesehen", erzählte sie Kamĩtĩ. „Die Menge bei der Enthüllung von Marching to Heaven war nichts dagegen. Die Regierung stellte Busse und Lastwagen zur Verfügung, die mit Bildern des Herrschers bepflastert waren. Die Leute klopften an die Seitenwände der Fahrzeuge und trommelten den Rhythmus ihrer Lieder. Andere schwenkten grüne Zweige und sangen. Jede Schlange hatte ihre eigenen Lieder, in denen sich ebenso viele Interessen manifestierten, wie es Schlangen gab. Da war kein vereinendes Motiv, abgesehen von der allgemeinen Auffassung, die Global-Bank-Delegation sei auf einer Mission, die irgendwie mit Geld und Arbeitsplätzen zu tun hatte."

Angesichts der gewaltigen Teilnehmerzahl beschäftigten sich die Staatsfunktionäre vorrangig mit einer wichtigen Angelegenheit: der Platzierung der Würdenträger, in der sich, zumindest aus Sicht des Staates, die Bedeutung der Gäste widerspiegeln sollte. Rechts vom Herrscher saßen die Delegierten der Global Bank. Ihnen folgten die ausländischen Botschafter, der amerikanische an der Spitze. Auch religiöse Würdenträger waren im Übermaß vertreten – katholische Kardinäle, protestantische Bischöfe, muslimische Scheichs, Rabbis und die Priester unterschiedlicher indischer Sekten. Dem Herrscher und seinen Beratern war daran gelegen, Gerüchten den Boden zu entziehen, wonach ihn die religiösen Gemeinschaften als Inkarnation des Fürsten der Finsternis abgewiesen hätten. Zur Linken des Herrschers saßen seine Minister, die Parlamentsmitglieder und die Oberkommandierenden der Teilstreitkräfte. Unmittelbar hinter dem Herrscher hockte sein offizieller Biograph Luminous Karamu-Mbu, der wie immer Buch und Stift in der Hand hielt, groß genug, um sie aus weiter Entfernung noch gut erkennen zu können.

Als der Herrscher in Begleitung seiner Leibgarde erschien, schüttelte er allen Vertretern der Global Bank, den Botschaftern und allen Führern der verschiedenen religiösen Gemeinschaften die Hand.

Machokali wies in seiner Eröffnungsrede noch einmal auf die kolossale Größenordnung von Marching to Heaven hin. Er forderte die Zuhörer auf, sich den Kilimandscharo vorzustellen und dessen Höhe mit tausend zu multiplizieren! „Stellt euch einen Schatten vor", fuhr er fort, „der sich über Eldares, Aburĩria, den afrikanischen Kontinent legt und sich ostwärts bis auf die andere Seite des Indischen Ozeans und westwärts bis auf die andere Seite des Atlantischen Ozeans erstreckt. Selbst das würde noch nicht in Ansätzen den Schatten beschreiben können, den Marching to Heaven nach seiner Fertigstellung über den Erdball werfen würde.

Abgesehen vom Turm zu Babel, wird dies der einzige Versuch des Menschen sein, ans Himmelstor zu gelangen", sagte er weiter, „und wenn er vollendet ist, wird er das eine und einzige Superwunder des Erdballs sein! Darum sind wir in Aburĩria so glücklich und fühlen uns über alle Maßen geehrt, dass die Delegation der Global Bank an dieser Versammlung einfacher Bürger teilnimmt. Diese Delegation, die zugleich das Weltfinanzministerium repräsentiert, hat zwar ihren Bericht noch nicht abgeschlossen, aber wir sind zuversichtlich, dass sie nicht vergessen werden, was sie hier mit eigenen Augen gesehen haben. Dieses Projekt erfreut sich breitester Unterstützung durch die

Massen. Mit eigenen Augen konnte die Delegation die Menschenschlangen erleben, die sich über die ganze Stadt verbreitet haben. Und welche Botschaft übermitteln diese Schlangen und die Menschen, die sich hier versammelt haben, der Global Bank und der gesamten Welt? Ganz einfach! Die aburĩrischen Massen sind fest entschlossen, auf Kleidung, Wohnraum, Bildung, Medizin und sogar Nahrungsmittel zu verzichten, um jede Bedingung der Bank für die Finanzierung von Marching to Heaven zu erfüllen. Aufwärts immer, runter nimmer! Das ist unsere neue Parole. Wir werden nicht ruhen, bis wir vor dem Himmelstor stehen. Wir schwören bei den Kindern unserer Kinder unserer Kinder unserer Kinder bis zum Ende dieser Welt – ja, wir schwören sogar bei den Generationen, die nach dem Ende der Welt auf die Welt kommen –, wir werden jeden Cent des Kredits und alle Zinsen ad infinitum zurückzahlen. Unser Herrscher ist keiner dieser Dritt-Welt-Führer, die immer über ihre Verbindlichkeiten jammern und darum betteln, ihnen die Schulden zu erlassen."

Diejenigen, die glaubten, die Global Bank wäre auf einer Mission, Geld direkt ans Volk zu verteilen anstatt an den Staat, wurden ein wenig enttäuscht. Einige stöhnten protestierend auf, doch nahmen sie an, Machokali würde lediglich die Erwartungen etwas dämpfen, bevor der Herrscher oder der Chef der Global-Bank-Delegation den eigentlichen Coup verkünden würde.

Machokali, der keine öffentliche Wiederholung der interministeriellen Spannungen wünschte, die bei den Geburtstagsfeierlichkeiten aufgetreten waren, gab keinem anderen Minister Gelegenheit zu sprechen. Am Ende seiner Eröffnungsrede verkündete er schnell, nun würden verschiedene Theatertruppen den Herrscher und seine Gäste unterhalten und das Volk auf die weisen Worte des großen Führers einstimmen.

Die Ersten waren Schulkinder aus Eldares und Umgebung. In ihren Liedern priesen sie die allseits bekannten Auslandsreisen des Führers auf der Suche nach Nahrung für sein Volk in Zeiten von Dürre und Hungersnöten. Sein Wehklagen für das Volk hätte nun sogar die Ohren der Global Bank erreicht, die eine Mission nach Aburĩria schickten, um Geld für Marching to Heaven zur Verfügung zu stellen. Singend verkündeten sie ihre Hoffnung, dass das Projekt so bald wie möglich vollendet werden würde, denn dann wäre der Herrscher eins mit Gott.

Machokali war euphorisch. Die Lieder hatten die wichtigsten Anliegen des Projekts kurz und bündig zusammengefasst. Er bat die Menge, den Kindern ihren Applaus zu schenken. „Habt ihr sie singen gehört?", fragte er rhetorisch. „Er, der so nah bei Gott ist, wird immer der Erste sein, der seiner Segnung teilhaftig wird."

Die meisten anderen Gruppen, einschließlich der Erwachsenen, beschlossen ihre Lieder und Tänze mit demselben Lob auf den Führer und seinen Einsatz für Aburĩria in den Hauptstädten des Westens. Wie gewöhnlich seinen Stab und den Fliegenwedel in der Hand, nahm der Herrscher die Lobpreisungen mit breitem Lächeln entgegen und wandte sich von Zeit zu Zeit seinen Gästen zur Linken und zur Rechten zu, um sie auf das eine oder andere Detail der Vorstellung hinzuweisen. Manchmal hob er auch einfach den Fliegenwedel, als verteilte er seinen Segen.

Und jetzt waren die Frauen an der Reihe. Man erwartete, dass ihre Lieder und Tänze in ausgedehnte Jubelgesänge mündeten, als eine Art Präludium zum Eigentlichen, zur Rede des Herrschers. Die Aufführungen von Frauen, vor allem von Frauen in fortgeschrittenem Alter, riefen immer Aufregung hervor, als ob das Publikum sich in der Feier der weiblichen Jugend im Alter wiedererkannte. Eine ähnliche Erwartung lag auch jetzt in der Luft.

Sikiokuu, der sich ärgerte, nicht im Rampenlicht zu stehen, sah in den Frauen eine Möglichkeit, sich einzuschmeicheln. Er trat zum Herrscher, um ihm zu sagen, welch nette und hervorragende Möglichkeit sich für ein Foto ergäbe, wenn sich der Herrscher im geeigneten Augenblick unter die tanzenden Frauen mische und persönlich den einen oder anderen Schritt versuchen würde. Anschließend sollte er einige Diplomaten bitten, sich ihm anzuschließen, und auf diese Weise würde die Welt erfahren, dass der Herrscher wahrhaftig ein Mann des Volkes sei. Machokali war außerstande, dieser Idee entgegenzutreten, die offensichtlich ganz nach dem Geschmack des Herrschers war, modifizierte ihn aber durch seinen Vorschlag, dass es besser sei, dies nach seiner Rede zu tun, während des großen Finales, in dem alle Sänger und Tänzer noch einmal zusammenkämen. Dem Herrscher gefiel der Ausdruck „großes Finale" und stimmte zu.

„Und hier", tönte die Stimme von Minister Machokali, „kommen die Frauen!"

Die Frauen, unter ihnen Nyawĩra, kamen paarweise in die Arena. Aus allen Richtungen, nicht anders gekleidet als die Menge. Nichts unterschied sie von ihr, mit Ausnahme ihrer geordneten Formation und ihres würdevollen Einzugs. Sie schritten schweigend und ernst herein wie bei einem Bestattungszug. Auch die Menge wurde still und schaute ehrfurchtsvoll auf die schier endlosen Schlangen von Frauen. Als die Vordersten der einzelnen Formationen den direkt vor der Bühne gelegenen Teil der Arena erreichten, kreuzten sie, drehten sich um und schritten auf die sitzende Menge zu. Sie setzten sich, doch scheinbar nur, um sich im nächsten Augenblick wieder zu erheben und ihren Zug fortzusetzen. Nach ein paar Sekunden konnte man kaum mehr erkennen, ob diejenigen, die jetzt am Umzug teilnahmen, noch immer dieselben waren wie zuvor. Von der Bühne sah es so aus, als hätten die Züge weder Anfang noch Ende. Oder vielmehr, als wäre es eine einzige Bewegung, die viele Anfänge und Enden hatte. Ihr Aufmarsch vollzog sich weiterhin außerordentlich diszipliniert. Der Herrscher war von dieser Zurschaustellung ihrer Unterstützung, die mit so feierlichem Ernst vorgetragen wurde, sehr gerührt. Er hob seinen Fliegenwedel und winkte damit, zum Zeichen des Respekts für ihre Hingabe an Marching to Heaven.

Doch dann senkte sich der Wedel und sein Herz stockte. Erregung erfasste ihn und alle anderen auf der Bühne. Die Frauen bewegten sich plötzlich nicht mehr. Sie standen reglos, die Gesichter der Bühne zugewandt, die Finger auf den Herrscher gerichtet, und riefen im Chor: „Lass Rachael frei! Lass Rachael frei!" Ihr Chorus war ohrenbetäubend, und alle auf der Bühne schienen von ihrer Dreistigkeit gebannt.

„Und dann", erzählte Nyawĩra, „drehten wir uns wie geplant plötzlich um und kehrten der Bühne den Rücken. Wir alle hoben die Röcke und streckten denen auf der Bühne den Hintern entgegen.

Anschließend hockten wir uns hin, als wollten wir in der Arena unser Geschäft erledigen. Unsere Leute in der Menge fingen an zu rufen: MARCHING TO HEAVEN IST EIN HAUFEN SCHEISSE! MARCHING TO HEAVEN IST EIN BERG SCHEISSE! Und die Menge nahm den Ruf auf. Es gab zwei oder drei Frauen, die vergaßen, dass das nur eine Simulation dessen war, was unsere weiblichen Vorfahren als letztes Mittel einsetzten, wenn ein Punkt erreicht war, an dem sie von einem Despoten keine weitere Scheiße mehr hinnehmen mochten; sie pinkelten und furzten laut. Vielleicht mussten sie ja wirklich. Oder die Angst überkam sie. Oder beides."

Einige ausländische Diplomaten lachten; sie glaubten, es sei ein humoristischer Eingeborenentanz. Als sie jedoch sahen, dass die Staatsbeamten und Minister nicht lachten, beherrschten sie sich und folgerten, dieser Tanz sei, so pornografisch er auch anmutete, in Wahrheit ein ritueller Eingeborenentanz.

Der Herrscher verhielt sich natürlich würdevoll und ernst, weil er nicht wusste, was er tun sollte: gehen oder bleiben. Die Polizei legte die Gewehre an und wartete auf den Feuerbefehl, aber selbst sie war unsicher, auf wen oder wohin sie zuerst schießen sollte.

Machokali war den Tränen nahe. Warum nur hatte er die Frauen um eine Aufführung gebeten? Warum hatte er es nicht bei den Schulkindern und der Parteijugend bewenden lassen? Andererseits wusste er so gut wie jeder andere, dass ohne einen Auftritt von Frauen kein Unterhaltungsprogramm für offizielle Staatsgäste und Würdenträger als authentisch angesehen wurde. Im Nachhinein allerdings wäre ein Verzicht darauf dem grässlichen und ekelerregenden Skandal, der sich direkt vor seinen Augen abspielte, vorzuziehen gewesen.

Obwohl er natürlich nicht so dumm war, es offen zu zeigen, war Sikiokuu einer der wenigen auf Seiten des Staates, der Genugtuung empfand. Er freute sich über alles, was seinem Widersacher schadete. Der einzige Wermutstropfen war sein Vorschlag gewesen, der Herrscher solle sich unter die Frauen mischen. Doch er verwarf diese Sorge schnell wieder, denn Dank der Einmischung seines Rivalen hatte der Herrscher von seiner ursprünglichen Idee abgelassen. Trotzdem mochte er sich sein Schicksal gar nicht erst vorstellen, wenn die Frauen sich zum Scheißen hingesetzt hätten, während der Herrscher und die ausländischen Diplomaten unter ihnen waren.

Der Polizeichef eilte zum Herrscher und bat um Erlaubnis, in die Luft schießen zu dürfen. „Verdammter Idiot", sagte der Herrscher, „dann läuft die Menge Amok, und was willst du dann tun? Sie vor laufender Kamera abknallen?" Das Mikrofon war eingeschaltet und ihr Wortwechsel zu hören, aber die Leute, die nicht wussten, was sich abspielte, nahmen an, sie würden über die einundzwanzig Schuss Salut reden, die zu Ehren der Gäste der Global Bank geplant waren.

Kurz darauf waren die paradierenden Frauen aus der Arena verschwunden und nicht mehr von der sitzenden Menge zu unterscheiden. Für kurze Zeit glaubte man auf der Bühne, Zeuge eines Zauberkunststücks geworden zu sein.

12

Sogar der Herrscher glaubte, seine Augen hätten ihn irregeführt. Wohin waren die schamlosen Tänzerinnen verschwunden? Er erhob sich, um über die Sinnestäuschung hinwegzureden und alle Gemüter zu beruhigen, die durch die Frauen und den Polizeichef in Aufruhr gebracht worden waren. Er bemühte sich, schlagfertig zu sein, und erinnerte die Leute daran, dass sie sich schließlich in Schwarzafrika befänden und alles, was sie gesehen und gehört hätten oder glaubten, gesehen oder gehört zu haben, nichts anderes war als schwarzer Humor aus einem uralten aburĩrischen Ritual. Bevor er sich jedoch über das Ritual und seine Bedeutung ausließ, warf er einen Blick auf seine Gäste, um zu sehen, wie sie seinen Erklärungsversuch aufnahmen, musste aber feststellen, dass alle woandershin starrten. Schiere Verblüffung warf ihn unfreiwillig auf seinen Stuhl zurück. Hörte dieser Albtraum niemals auf?

Die Bühne, auf der er mit seinen Gästen saß, begann, langsam zu sinken, als ob eine Kraft aus dem Schoß der Erde sie hinabzog. Eine schlammige Flüssigkeit sickerte von der Bühne und bildete langsam einen Teich. Hatte man die Bühne auf einem Sumpf errichtet?

Als Erste ergriffen die ausländischen Diplomaten und die Banker die Flucht. Der Herrscher und seine Minister erhoben sich und versuchten, Würde zu bewahren. Machokali reagierte auf eine Geste des Herrschers, griff zum Mikrofon und verkündete, die Zeremonie sei hiermit offiziell beendet. Als sich Machokali danach wieder umblickte, waren der Herrscher und die anderen Minister nirgends mehr zu sehen. Der schlammige Teich war größer geworden, und seine Schuhe schon halb in dem dunkeltrüben Brei versunken. Der Geruch deutete auf eine Mischung aus Urin und Kot, aber er konnte trotzdem nicht mit Gewissheit sagen, woraus diese Substanz bestand. Er rannte zu seinem Auto und scherte sich nicht länger um das, was um ihn herum geschah. Dann sah er den Herrscher und die anderen Minister, die sich in ihren Autos eilig davonmachten.

Einige Erzähler dieser Geschichte behaupten, sie hätten gesehen, wie der Herrscher und die Minister im Morast versanken und Polizisten sie herausziehen mussten. Andere bestreiten das und beharren darauf, dass die Bühne erst versank, nachdem die Würdenträger geflohen waren. Das hätten sie, wie sie versicherten, mit eigenen Augen gesehen. Aber alle Versionen stimmen darin überein, dass es tatsächlich einen mysteriösen, faulig stinkenden Teich gegeben hat.

„Ich selbst habe den Teich nicht gesehen, aber es muss irgendetwas geschehen sein, sonst wäre Seine Allmächtigkeit nicht so plötzlich geflohen", berichtete Nyawĩra Kamĩtĩ. „Ich kann nur vermuten, dass das von der Kolonialverwaltung angelegte Kanalisationssystem, das nie richtig gewartet oder instand gesetzt worden ist, verrückt gespielt hat.

Aber im Augenblick unseres Triumphes drehten sich unsere Gedanken nicht darum, ob ein Teich da war oder nicht und was das bedeutete; wir sonnten uns einfach im Licht der Tatsache, klargemacht zu haben, dass nicht alle Aburĩrier glücklich darüber sind, von einem herzlosen Despoten regiert zu werden oder für Marching to Heaven weitere Schulden anzuhäufen. Man muss nicht einmal genauer hinsehen, um zu erkennen, dass ein Mann, der seine Frau so in ihrem

Haus einsperrt, eine Bestie in Menschengestalt ist. Rachaels Schicksal spricht Bände: Wenn man eine Frau, die sich auf dem Höhepunkt der Macht und damit der öffentlichen Wahrnehmung befindet, einfach verschwinden lassen, sie zu Lebzeiten mundtot machen kann, wie steht es dann um die gewöhnliche Arbeiterfrau oder Bäuerin? Die Lage der Frauen in einem Land sind der wahre Gradmesser seines Fortschritts. ‚Du sperrst eine Frau ein und hast eine ganze Nation ins Gefängnis gesteckt', haben wir während der Zeremonie gesungen.

Als ich an diesem Abend nach Hause ging, fühlte ich mich, als wären mir Flügel gewachsen. Die Nächte ohne Schlaf, die Tage, die darüber vergingen, waren es wert gewesen. Vertrieben durch die Macht der Frauen, hatten wir gesagt", erzählte Nyawĩra, und noch immer blitzten ihre Augen vor Stolz bei der Erinnerung an den Mut der Frauen und den verdienten Triumph. „Und in dieser Nacht habe ich immer wieder die Worte vor mich hingesprochen: Die Macht der Frauen hat das erreicht!"

Der Herrscher schloss sich sieben Tage, sieben Stunden, sieben Minuten und sieben Sekunden im State House ein und war für niemand zu sprechen, bis er die Kabinettssitzung einberief, auf der beschlossen wurde, Zuflucht bei Staatsbesuchen im Westen zu suchen.

Warteschlangen, die aus mehr als fünf Personen bestanden, wurden mit sofortiger Wirkung verboten. Unabhängig von Zeit und Ort und Anliegen war es künftig illegal, wenn mehr als fünf Menschen in einer Reihe standen, ob sie nun eine Kirche oder Moschee betraten, an einer Bushaltestelle ausharrten oder sich in einem Büro trafen. Wenn zum Beispiel mehr als fünf Personen an einer Bushaltestelle warteten, durften sie mehrere Schlangen zu je fünf Personen bilden, aber keine fortlaufende. Nach Aussage des Herrschers waren Warteschlangen eine marxistische Erfindung und hatten mit afrikanischer Kultur nichts zu tun, die schließlich vom Geist der Spontaneität beseelt sei. Massenchaos – Schieben und Drängen – war nun an der Tagesordnung.

Das Verbot vermehrte die vielen Geschichten im Land, die über diesen Tag bereits im Umlauf waren, und rief viele Witze über das

Fiasko hervor. Der Bauplatz sei mit Pisse geweiht und gesegnet worden, erklärten manche. Andere fügten hinzu, das Regime wäre beinahe im Morast untergegangen, und lachten so laut, dass ihnen das Zwerchfell wehtat, wenn sie darauf hinwiesen, sämtliche nachfolgenden Bemühungen, die Stelle mit Sand und Steinen zu füllen, seien erfolglos geblieben. Sie berichteten, dass die Flüssigkeit anstieg und über Sand und Steinen einen neuen Teich bildete. Die Stadtverwaltung bemühte sich um Schadensbegrenzung. Sie beauftragte ein Unternehmen, rund um den Teich Blumen zu pflanzen. Ein zweites sollte Parfüm in den Teich kippen. Aber was die Firmen auch taten, die Blumen wollten nicht anwachsen, und das Parfüm konnte den Gestank nicht überlagern. Zuletzt sah sich die Stadtverwaltung gezwungen, dieselben Unternehmen zu beauftragen – ihre Eigentümer waren Soi, Runyenje, Moya und Kucera –, Plastikblumen und -bäume aufzustellen und regelmäßig Parfüm in den Teich zu kippen.

„Wer waren diese Frauen?“, war die häufigste Frage unter den Leuten. Ob sie nun von denen gestellt wurde, die nicht dabei gewesen waren oder denen, die behaupteten, dabei gewesen zu sein, sie war nichts weiter als die rhetorische Einleitung für neue Geschichten. Wer nicht dabei gewesen war, gab wieder, was er von anderen gehört hatte. Wer dabei gewesen war, sprach mit der Autorität des Augenzeugen. Sie erzählten, dass sie beim Verlassen des Schauplatzes neben dem Abfall, den leeren Büchsen und Flaschen, auch Plastikschlangen gesehen hätten, und von da an wussten alle, dass diese Plastikreptilien das Erkennungsmerkmal der Bewegung für die Stimme des Volkes waren. „Ihr meint, diese Frauen gehörten zur Bewegung?“, fragten einige. „Was glaubt ihr denn?“, gaben die anderen darauf zurück und fuhren fort, wie diszipliniert die Frauen aufgetreten und wie sie auf wunderbare Weise in der Menge untergetaucht seien, nachdem sie dem Herrscher zu verstehen gegeben hatten, dass er sie am Arsch lecken konnte. Das war ihr Tag; das war ihr Triumph. Frauen? Sie mögen vielleicht still sein, aber wie bei stillen Wassern weiß man nie, wie tief sie sind.

„Die ersten zwei oder drei Nächte konnte ich kaum schlafen“, erzählte Nyawĩra weiter. „Mein Kopf war vollgestopft mit all dem, was passiert war. Ich ging wie auf Wolken. Was die Bewegung so vielen Widerständen und Hindernissen zum Trotz erreicht hatte, wühlte mich auf. Ich schwebte immer noch auf einer Wolke der Freude, als ich wieder zur Arbeit bei Eldares Modern Construction and Real Estate musste. Du kannst dir vorstellen, wie schockiert ich war, als A.G. und seine Bande vom M5 einschließlich Kaniũrũs auf mich warteten!", erzählte sie Kamĩtĩ und durchlebte noch einmal den Schrecken, der sie durchfahren hatte, als Arigaigai Gathere sie auf der Straße angehalten und ihr aus Versehen von dem Hinterhalt erzählt hatte. „Zum Glück, oder sollte ich sagen, dank des Zaubers, irrtümlicherweise für den Herrn der Krähen gehalten worden zu sein, mussten die Häscher mit leeren Händen abziehen."

Damals wusste Nyawĩra noch nichts von Vinjinias Verhaftung, und wie viele andere, die nicht Bescheid wussten, erfuhr sie erst viel später davon, dass der Herrscher Vinjinias Freilassung auf der gleichen Kabinettssitzung verfügt hatte, auf der auch die Idee einer Reihe von Staatsbesuchen in Europa und Amerika aufgekommen war.

13

Machokali verließ die Kabinettssitzung getrieben von dem Verlangen herauszufinden, was Sikiokuus Männer Vinjinia gefragt hatten, und ein Treffen mit seinem Freund Tajirika bot die beste Gelegenheit, seine Neugier zu befriedigen, ohne bei seinen Feinden zu große Aufmerksamkeit zu erregen. Leider war ein solches Treffen mit Tajirika jedoch nicht möglich, weil Machokali schon bald vollauf damit beschäftigt war, Staatsbesuche zu organisieren. Da der eigentliche Zweck dieser Besuche ein Treffen mit den Direktoren der Global Bank war, um die letzten Einzelheiten für die Kredite für Marching to Heaven zu besprechen, standen die USA ganz oben auf der Liste. Zusätzliche Besuche in England, Deutschland, Frankreich und den skandinavischen Ländern sollten dem geplanten Geschäft Glanz und

Seriosität verleihen. Aber es gelang Machokali nicht, Einladungen von diesen Ländern zu erhalten.

Alle Botschafter gaben ihm mehr oder weniger dieselbe Antwort. Ein Staatsbesuch müsse auf gegenseitigem Interesse beruhen; und selbst wenn dieses bestünde, brauche es Zeit, die Einzelheiten auszuarbeiten. Machokali wusste, dass man einen Staatsbesuch nicht einfach herzaubern konnte, doch fiel es ihm schwer, das dem Herrscher klarzumachen, der ihn immer wieder daran erinnerte, dass er früher trotz des Kalten Krieges nie lange auf Einladungen zu Staatsbesuchen gewartet hatte – warum also jetzt, wo doch der Kalte Krieg vorbei war? Sikiokuu ließ natürlich keine Gelegenheit verstreichen, den Führer in seinen Mutmaßungen zu bestärken.

So sprach er etwa beim Herrscher vor, um über den Stand der Jagd auf Nyawĩra und die Dinge zu berichten, die er von Vinjinia erfahren hatte. Weil es jedoch kaum etwas zu berichten gab, lenkte er das Gespräch geschickt auf das Thema Staatsbesuche und deutete an, die erforderlichen Einladungen wären längst ausgesprochen, wenn er dafür verantwortlich wäre. Obwohl der Herrscher ihn anfuhr, er solle sich um seine eigenen Angelegenheiten kümmern und endlich die Verhaftung von Staatsfeinden wie diesem Weib Nyawĩra vermelden, gab Sikiokuu nicht auf. Durch seine Hartnäckigkeit gelang es ihm, den Herrscher zu überreden, auf die vage Einladung der Global Bank zurückzugreifen oder – noch besser – einen Privatbesuch zu machen und diesen, während seines Aufenthalts dort, in einen offiziellen oder gar einen Staatsbesuch umzuwandeln.

Als Machokali das nächste Mal mit dem Herrscher konferierte, war er überrascht, sich mit dieser hartnäckig vertretenen Position konfrontiert zu sehen. Er wusste sofort, woher der Wind wehte, und schaffte es, ihm ein Zugeständnis abzuringen. Der Herrscher sollte als Tourist in die USA einreisen, und während seines Aufenthaltes würde sich sein Außenminister bemühen, den Besuch in einen offiziellen umzuwandeln. Wenn das nicht gelänge, würde Machokali versuchen, ein Treffen zwischen dem Herrscher von Aburĩria und dem amerikanischen Präsidenten herbeizuführen, das vor dem Treffen mit den Direktoren der Global Bank stattfinden sollte. Selbst ein oder zwei Stunden mit dem Präsidenten der Vereinigten Staaten würden der Global Bank ein positives Signal senden.

Irgendwie gelang es Machokali auch, von Aburĩria aus zu organisieren, dass der Herrscher vor der Vollversammlung der Vereinten Nationen in Manhattan, New York, sprechen durfte, und präsentierte das dem Herrscher als großen Erfolg seiner Diplomatie. Da die Global-Bank-Zentrale ebenfalls in New York war, könnte der Herrscher gleich zwei Fliegen mit einer Klappe schlagen. Zunächst würde er mit den Direktoren der Global Bank verhandeln, und anschließend böte sich ihm eine Plattform, der ganzen Welt von Marching to Heaven zu berichten, dem wahrhaft einzigen Superwunder im Universum.

Dennoch lastete die Verantwortung, diesen Privatbesuch zu organisieren, schwer auf Machokalis Schultern, und erst nachdem er die notwendigen Maßnahmen getroffen hatte und das Datum für die Abreise des Herrschers festgelegt war, entschloss er sich, nach Santamaria zu fahren, um mit Tajirika über Vinjinia zu sprechen. Außerdem hatte Machokali eine wichtige Nachricht, die er Tajirika persönlich überbringen wollte, bevor sie in der Presse die Runde machte. Da er vermutete, dass Sikiokuu ihm nachspionieren ließ, verwarf Machokali den Gedanken, in seinem Dienstwagen zu fahren und rief stattdessen ein Taxi.

Sie trafen sich im Mars Café. Da der M5 die Fünf-Sterne-Hotels überwachte, waren sie dort sicherer und ungestörter. Wie sich herausstellte, hatte Tajirika ein noch größeres Redebedürfnis als Machokali, denn kaum hatte sich Machokali gesetzt, begann Tajirika, ihm sein Leid zu klagen.

„Mein Freund, ich bin so froh, dass du gekommen bist. Ich bin überzeugt, die waren hinter mir und nicht hinter Vinjinia her. Was sollte ich machen? Ich hatte keine Ahnung, dass Nyawĩra zu dieser Bewegung gehört. Für mich war sie ein ganz normales Mädchen, das Arbeit suchte, und ich habe sie eingestellt. Wie soll ich jetzt meine Treue zu unserem Herrscher beweisen? Hier, ich habe etwas mitgebracht, dass du dir ansehen und, wenn nötig, überarbeiten sollst. Es ist eine Pressemitteilung, in der ich verkünde, mich von Vinjinia scheiden zu lassen, weil sie mit Dissidenten gemeinsame Sache gemacht hat ..."

„Halt! Nicht so hastig!", meinte Machokali und schob die Erklärung zur Seite. „Sag mir erst einmal: War Vinjinia bei der Festveranstaltung oder nicht?"

„Woher soll ich das wissen? Vielleicht war sie verkleidet dort?"

„Du hast mir aber bei der Versammlung gesagt, du hättest mit ihr telefoniert?"

„Stimmt."

„Wie kann sie dann gleichzeitig zu Hause und bei der Zeremonie gewesen sein?"

„Markus, Frauen sind ziemlich kompliziert. Außerdem kann man mit diesen Mobiltelefonen sehr gut betrügen", fügte er hinzu und vergaß dabei, dass Vinjinia es abgelehnt hatte, ein eigenes zu besitzen, obwohl er sie dazu hatte überreden wollen – wenigstens um zu zeigen, dass man mit der Zeit ging.

„Hast du deine Hausangestellten oder die Kinder gefragt, ob sie zu Hause war?"

„Natürlich, und sie behaupten alle, sie war den ganzen Tag daheim. Aber woher weiß ich, ob sie die Wahrheit sagen? Sie kann sie geschmiert haben, damit sie ihr ein Alibi geben. Trau niemals einer Frau! Zu meinem Unglück habe ich Nyawĩra vertraut!"

„Zu Nyawĩra kommen wir später. Weiß Vinjinia, wohin die Polizei sie gebracht hat?"

„Sie behauptet nein. Sie sagt, sie hätten ihr bei der Verhaftung die Augen verbunden, und nachdem der Wagen eine Weile im Kreis gefahren sei, hätten sie sie in eine dunkle Zelle mit gedämpftem Licht gesteckt. In dieser dunklen Kammer wurde sie dann von Leuten verhört, die sie nicht sehen konnte."

„Was hat man sie gefragt? Ich meine, was wollten sie wissen?"

„Sie wollten, dass sie alles sagt, was sie über die Bewegung für die Stimme des Volkes weiß. Man hat ihr Fragen zu Nyawĩra gestellt. Wie lange sie Nyawĩra schon kennt, wie sie sich zum ersten Mal begegnet sind? Wann Nyawĩra für Eldares Modern Construction and Real Estate zu arbeiten begonnen hat? Wer ihr die Arbeitstelle angeboten hat? Sie wollten auch wissen, ob es eine persönliche Beziehung zwischen Nyawĩra und mir oder Nyawĩra und dir gebe? Ob ihr euch jemals begegnet seid, in meinem Büro oder woanders? War sie deine Geliebte? Lauter solche Fragen. Vinjinia meint, sie habe ihnen alles gesagt, was sie weiß. Das ist natürlich sehr wenig, weil sie nicht regelmäßig ins Büro kam und erst anfing, dort zu arbeiten, als ich krank wurde ... Verstehst du jetzt, was ich dir über Frauen gesagt habe? Musste sie denn unbedingt meine Krankheit erwähnen?"

„Hör auf zu zittern und hör mir zu. Reiß dich zusammen und benimm dich wie ein Mann. In der Regierung wissen alle, dass du mit Grippe flachgelegen hast. Jeder in Aburĩria hat mal eine Grippe. Das ist nichts, worüber man sich Gedanken machen muss. Und was die Anstellung von Nyawĩra angeht, jeder kann den gleichen Fehler machen. Man kann einen Dieb einstellen, aber daraus folgt noch lange nicht, dass man selber ein Dieb ist. Außerdem zieht ein Dieb nicht durch die Gegend und verkündet lauthals: Ich bin ein Dieb. Die Sünden des Angestellten können dem Arbeitgeber nicht angelastet werden. Hör zu: Nyawĩra ist eine Staatsfeindin, und wenn es irgendetwas gibt, das zu ihrer Verhaftung führen kann, dann sag es mir. Hast du verstanden? Sag es mir zuerst. Während ich in den USA bin, werde ich dich ab und zu anrufen, und du sagst mir, was du herausgefunden hast. Und wenn ich nicht zu erreichen bin und du Informationen über Nyawĩra hast, dann geh damit zur nächsten Polizeiwache, zu deinem Freund – wie ist sein Name? – Wonderful Tumbo. Genau. Das wäre großartig. Und was deine Frau betrifft, warum willst du dich von ihr scheiden lassen, wenn es so aussieht, als hätte sie nichts Unrechtes getan?"

„Oh, vielen, vielen Dank! Ich bin also nicht in Gefahr? Du bist mir nicht böse? Und der Herrscher ist auch nicht böse auf mich?"

„Warum sollten der Herrscher oder ich böse auf dich sein?"

„Danke. Vielen Dank, mein oberster Gönner!", rief Tajirika, als wären der Minister und der Herrscher ein und dieselbe Person.

Machokali wollte schon sagen, er solle die Klappe halten, er sei schließlich nur ein Minister des Herrschers, hielt sich aber zurück. Je länger er sich mit Tajirika unterhielt, desto stärker deprimierte es ihn. Diese Seite von Tajirika kannte er nicht. Keinerlei Rückgrat, dachte er und überlegte, ob es überhaupt Sinn hatte, ihm mitzuteilen, was er eigentlich wollte. Ihm zum Beispiel den Vorschlag zu machen, während seiner Abwesenheit sein Wachhund zu sein oder ihn über die bevorstehenden Strukturveränderungen im Marching-to-Heaven-Baukomitee zu informieren. Doch dann entschied er, ihm die Nachricht fairerweise persönlich zu übermitteln, damit Tajirika sie nicht aus der Zeitung erfuhr.

„Du solltest mir jetzt möglichst aufmerksam zuhören. Auch unter uns Staatsministern tobt ein erbarmungsloser Kampf um Macht und Einfluss. Nicht jeder Minister ist mir freundlich gesinnt. Unsere Geburtstagstorte war nicht nach jedermanns Geschmack. Nicht, weil ihnen die Idee von Marching to Heaven nicht schmeckte, sondern weil sie nicht selbst darauf gekommen sind. Einige, und ich glaube, du weißt, wen ich meine – ich will ihre Namen nicht einmal erwähnen –, ärgern sich dermaßen über dieses Projekt, dass sie alles tun würden, um es zu kippen. Weil das aber nicht gelingt, unternehmen sie alles, um dem Projekt ihren eigenen Stempel aufzudrücken. Ich will nicht lange um den heißen Brei herumreden, es ist ihnen nun gelungen. Natürlich wollten sie eigentlich alle meine Verbündeten im Baukomitee abschießen, auch dich. Zum Glück hat der Herrscher in seiner unergründlichen Weisheit diese Forderung abgelehnt. Aber es wird trotzdem einige Veränderungen geben, über die du Bescheid wissen solltest. Du wirst zum Beispiel von jetzt an einen Stellvertreter haben."

„Was? Der kriegt meinen Posten?", fragte Tajirika aufgeschreckt.

„Nein, nein. Du bleibst Vorsitzender von Marching to Heaven. Dein Stellvertreter soll dir nur zur Seite stehen."

Tajirika atmete erleichtert auf, als hätte er schlimmere Neuigkeiten erwartet.

„Das ist gar keine so schlechte Idee", sagte Tajirika. „Ich habe den Vorsitz und mein Stellvertreter die Arbeit. Mein Gehilfe."

„Ganz so wird es wohl nicht sein", versuchte Machokali, der befürchtet hatte, Tajirika würde einen Wutanfall bekommen, leicht verärgert zu erklären. „Dein Stellvertreter wird nicht für mich, sondern für meine Feinde arbeiten. Er soll ihr Spitzel in meinem Lager sein. Deshalb möchte ich, dass du bei allem, was du in seiner Gegenwart sagst oder machst, sehr vorsichtig bist. Außerdem will ich, dass du alles aufschreibst, was er sagt oder tut, und sobald ich aus den USA zurück bin, erstattest du mir Bericht. Klar, momentan fällt noch sehr wenig Arbeit für das Komitee an, und deshalb bedeutet es in der Praxis recht wenig, einen Stellvertreter zu haben. Die Arbeit fängt erst an, wenn die Global Bank das Geld freigegeben hat. Doch sollte er dich auffordern, irgendetwas zu unternehmen oder gar irgendwelche Dokumente zu unterzeichnen, so unterlass das, bis ich aus den USA zurück bin oder wir nicht wenigstens miteinander telefoniert haben."

Im selben Moment, in dem Tajirika begriff, nicht auf der Abschussliste des Herrschers zu stehen und noch immer Vorsitzender von Marching to Heaven zu sein, waren seine Befürchtungen verflogen. Er wunderte sich, warum Machokali so viel Aufhebens um die Sache mit dem Stellvertreter machte. Ist ein Stellvertreter etwas anderes als ein besserer Gehilfe, der zu tun hat, was sein Vorgesetzter verlangt?

„Es wäre besser gewesen, man hätte mir gestattet, meinen Gehilfen selbst auszusuchen und ein ordentliches Einstellungsgespräch mit ihm zu führen. Aber eigentlich spielt das keine Rolle. Um wen handelt es sich überhaupt?", wollte Tajirika wissen.

„Seine Einsetzung wird im Laufe dieser Woche im Regierungsanzeiger bekannt gegeben. Ich dachte allerdings, du solltest es vorher erfahren, damit du nicht überrascht wirst. Er heißt John Kaniũrũ. Er war vorher ein führender Jugendbrigadist."

„Was? Ein Jugendbrigadist als mein Stellvertreter?", fragte Tajirika gekränkt. „Von was haben diese Jugendbrigadisten überhaupt eine Ahnung, außer dass sie ... außer ... ich weiß nicht einmal, was sie überhaupt machen. Aber wenn ich genauer darüber nachdenke, ist das schon in Ordnung. Er wird mein Laufbursche, ich lass ihn Besorgungen machen ..."

„Das ist noch nicht alles", fügte Machokali hinzu, etwas betreten darüber, wie naiv sein Verbündeter offensichtlich war. „Man wird auch einen Untersuchungsausschuss zum Schlangenwahn einsetzen. Dieser Ausschuss wird versuchen herauszufinden, wer wo damit angefangen hat und durch welche Umstände das gegen den Staat genutzt werden konnte."

„Das ist einfach – dafür braucht man doch keine eigene Kommission", sagte Tajirika, stand auf und zeigte hinüber zu seinem Büro. „Dort drüben hat alles angefangen, genau vor meinem Büro. Unglücklicherweise", fügte er hinzu und setzte sich wieder, „als ich krank war. Aber meine Sekretärin kann denen das alles haarklein erzählen, sie war die ganze Zeit da." Dann fiel ihm jedoch ein, wer seine Sekretärin war, und er bemühte sich, diesen Punkt schnell zu übergehen.

„Vinjinia, meine Frau, war auch da, und sie kann bestätigen, dass die Warteschlangen sich zuerst vor meinem Büro gebildet haben. Warum eigentlich? Will sich das jemand an die Fahnen heften?"

„Darum geht es nicht", versuchte Machokali ihm zu erklären, doch dann begriff er plötzlich die Sinnlosigkeit seines Vorhabens, Tajirika den Ernst der Lage klarzumachen. Wie konnte ich mich nur mit jemandem einlassen, der so schwer von Begriff ist, und nicht das leiseste Gespür für die Fallen hat, die am Wege lauern? „Von diesem Untersuchungsausschuss ist nichts zu befürchten. Das Wichtigste dabei ist, dass du nur die Wahrheit sagst. Wenn du nur die Wahrheit sagst, wird alles gut ausgehen."

Tajirika stimmte zu, schwor sich aber, dass kein Ausschuss dieser Welt ihn dazu bringen würde, über das Geld zu sprechen, mit dem ihn all jene überhäuft hatten, die sich einträgliche Verträge für die Zukunft erhofften. Selbst wenn sich herausstellen sollte, dass Vinjinia geplaudert hatte, würde er alles leugnen. Egal, was kam.

„Und wer ist der Vorsitzende dieses Untersuchungsausschusses?"

„John Kaniũrũ."

„Der Jugendbrigadist?"

„Genau."

Wieder verlor Tajirika, statt von dieser Entwicklung beunruhigt zu sein, augenblicklich das Interesse an dem Ausschuss. Seine Gedanken richteten sich auf den bevorstehenden Besuch in den USA.

Wenn es ihm gelänge, in die Delegation aufgenommen zu werden, würden sich bestimmt Zeit und Gelegenheit ergeben, direkt mit dem Herrscher zu sprechen. Zumindest aber befände er sich näher an der Quelle der Macht, statt hier seine Zeit mit sinnlosen Ausschüssen und nutzlosen Stellvertretern zu verschwenden, ohne irgendetwas zu tun zu haben. Er räusperte sich.

„Mr. Minister, erlaube mir die Frage. Sollte ich als Vorsitzender von Marching to Heaven nicht auch zu dieser Delegation gehören, die in die USA reist? Jetzt, da ich einen Stellvertreter habe, wäre die Position ja nicht unbesetzt, der Stuhl würde also nicht kalt werden. Mein Stellvertreter Kaniũrũ wird ihn bis zu unserer Rückkehr aus Amerika warmhalten."

„Auf gar keinen Fall. Ich möchte, dass du hierbleibst, als meine Augen und meine Ohren." Machokali sprach jetzt schnell und nachdrücklich aus, was er die ganze Zeit über angedeutet hatte, aber er wollte nicht näher darauf eingehen, weil ihm inzwischen Zweifel am Charakter seines Freundes gekommen waren. „Ich muss ins Büro zurück. Der Herrscher kann jeden Augenblick anrufen, und ich habe nicht die geringste Lust, die Schlagzeile lesen zu müssen, dass der Außenminister vermisst wird", sagte er und versuchte, ihrer Unterredung einen unbeschwerten Abschluss zu verleihen.

Monate später, in einer Folterkammer, beschwor Tajirika beim Namen seiner Ahnen, seiner Kinder, Gottes und allem, was ihm vorübergehend die Nadeln unter den Fingernägeln und das Ausdrücken brennender Zigaretten auf seinem Körper ersparen könnte, seine Unschuld und wiederholte gegenüber den ihn verhörenden Polizisten immer wieder ein und denselben Satz: „Ich schwöre bei Gott, das war meine letzte Unterredung mit Machokali."

Tajirika brach in Tränen aus und flehte seine Folterer an: „Ich bitte Sie, lassen Sie mich. Wir haben uns im Mars Café voneinander verabschiedet. Ich habe ihn, bevor sie in die USA geflogen sind, weder gesehen noch mit ihm telefoniert. Ehrlich gesagt, ich war verärgert, weil ich nicht zur Delegation gehörte, und deshalb habe ich mich auch nicht darum gekümmert, wann genau sie abgeflogen sind."

14

Man sagt, die Zeit heilt alle Wunden, aber dem Herrscher schien die Zeit den Schmerz nur noch zu vergrößern. Auch angesichts der bevorstehenden Abreise in die USA quälte ihn noch immer der entsetzliche Gedanke an das, was die Frauen ihm angetan hatten. Er konnte nicht verstehen, warum sie die Sache mit Rachael aufgebracht hatten, und obwohl er es sich nicht eingestand, war es das, was wirklich wehtat. Sie hatten sich in seine privaten Angelegenheiten eingemischt, und das hatte noch nie jemand gewagt. Der Mann ist die absolute Autorität im Haus. Das war die einzige Überzeugung, die Despoten und Demokraten gleichermaßen teilten, Anhänger des Kolonialismus wie des Antikolonialismus, Männer wie Frauen und die Führer aller Glaubensrichtungen. Wie konnten diese Frauen es wagen, in Frage zu stellen, was im Himmel wie auf der Erde so eindeutig war? Der elendeste Bettler in Aburĩria war jetzt sicherer König seines Hauses als er der Herr seines Hauses und seines Landes. Wann und wie waren sie an Rachael herangekommen?, fragte er sich immer wieder. Seine Nerven zuckten bei dem Verdacht, der ihn verfolgte: Hatte einer seiner geliebten Söhne als Mittler zwischen Rachael und den Frauen agiert? Aber wer von den vieren würde sich zu einem so grässlichen Akt kindlichen Ungehorsams und Verrats an der Männlichkeit hergeben? Er rief sich ihre Gesichter vor Augen und dachte über jeden von ihnen nach: Erst das Gesicht von Rueben Kucera, dann das von Samuel Moya, danach das von Dickens Soi und schließlich das von Richard Runyenje. Aber die Gesichter erzeugten nur größere Zweifel.

Sein Verdacht wurde so unerträglich, dass er seine Söhne unter dem Vorwand zusammenrief, sie vor seiner Abreise nach Amerika noch einmal sehen zu wollen. Er eröffnete den Familienrat mit der Anweisung, während seiner Abwesenheit wegen möglicher Intrigen innerhalb der Streitkräfte Augen und Ohren offen zu halten. Sie sollten außerdem auf die zurückbleibenden Minister achten, vor allem auf Sikiokuu. Er riet ihnen, nicht zu viel zu trinken, und zur Warnung konfrontierte er sie mit dem ihm zu Ohren gekommenen Bericht, dass einer von ihnen, der Zwei-Sterne-General, Teile seiner Uniform in einer Bar liegen gelassen habe, weil er einer Nutte hinterhergestiegen war. Der beschuldigte Sohn sprang auf und verteidigte sich, diese Geschichten seien Neid und Missgunst aus Teilen des M5 entsprungen. Der Herrscher hakte bei dieser Leugnung ein und lenkte das Gespräch auf Rachael, ihre abgeschirmte Mutter. Er wollte wissen, wann sie sie zuletzt besucht, worüber sie geredet hatten und ob sie sie gebeten habe, ihren Freunden oder Verwandten Grüße zu überbringen. War irgendwer mit Botschaften oder unschuldig wirkenden Grüßen an sie herangetreten? Sie schienen überhaupt nicht zu begreifen, wovon er redete, denn wie sich herausstellte, hatte keiner sie in der letzten Zeit besucht oder mit ihr telefoniert. Als er in ihre verblüfften Gesichter sah, die Verwirrung in ihren Stimmen hörte und ihre Reaktionen mit den Berichten des M5 über seine Söhne abglich, konnte der Herrscher mit Bestimmtheit sagen, dass keiner etwas unternommen hatte, die Privilegien zu gefährden, die sie im Augenblick genossen. Um klarzustellen, dass er Rachael keineswegs aus väterlicher Fürsorge erwähnt hatte, fragte er nach dem Befinden ihrer Frauen und drängte diejenigen, die noch nicht verheiratet waren, möglichst bald eine Familie zu gründen. Er riet ihnen aber, sich vor den Frauen zu hüten, weil alle Frauen, egal ob Mütter, Ehefrauen, Schwestern oder Töchter, immer ein Rätsel blieben und man ihnen nicht über den Weg trauen könne. „Vertraut niemals einer Frau“, sagte er mit scharfer Stimme, „denn die Frau ist der Ursprung alles Bösen.“

Er war gerade so richtig in Fahrt, als er plötzlich einen Einfall hatte, wie er sich an Rachael und den Frauen rächen konnte. Zum ersten Mal seit dem Tag der Schmach jubilierte es in ihm – so süß kann Rache sein. Unverzüglich besprach er diese Idee mit seinen Söhnen, damit sie seinen Plan nicht aus Versehen unterwanderten, während er in Amerika war. Er werde befehlen, während seiner

Abwesenheit die Stromversorgung in Rachaels Haus zu unterbinden – aus Sicherheitsgründen. Er warnte sie, das Gelände in dieser Zeit zu betreten. Wenn sie es doch täten und ihnen ein Unglück zustoßen würde, hätten sie sich selbst die Schuld dafür zuzuschreiben. Was er ihnen selbstverständlich nicht mitteilte, war die damit verbundene Absicht, dass Rachael sich mit trockenen Blättern und Holz als Energiequelle begnügen musste. Dieser Mangel würde ihr eine Lehre sein und sie zwingen, alle Verbindungen zu den schamlosen und bösartigen Frauen abzubrechen. Selbst wenn bislang noch kein Kontakt zwischen Rachael und den Frauen stattgefunden hatte, wollte der Herrscher das für die Zeit seiner Abwesenheit verhindern.

Einen Tag nach dem Familienrat wurde der Strom in ihrem ländlichen Gefängnis abgeschaltet. Sofort begann das Gerede. Leute, die auf den an Rachaels Gefängnisfarm angrenzenden Hügeln wohnten und denen es trotz der hohen Mauern immer möglich gewesen war, des Nachts den einen oder anderen Blick auf das Haus zu werfen, sahen jetzt ein Licht, das sich durch die Finsternis bewegte. Manchmal außerhalb von Rachaels Haus, manchmal drinnen, und weil sie nicht sehen konnten, wer das Licht trug, schlossen sie daraus, dass es Rachaels Geist sein musste, der dort umherstreifte und Flüche murmelte. Der einzige Grund, weshalb sie die genauen Worte nicht hören konnten, lag in dem endlosen Lied, das die Lautsprecher in den vier Ecken des Grundstücks herausbrüllten, auf dass alle Welt es hörte:

Ich will gewissenhafter werden,
alles Böse aus meinem Herzen bannen
Ich will all meine Sünden bereuen,
dann kehrt mein Herr zurück

Das Licht, das nachts umherirrte, und das unerbittliche Lied ließen die Leute glauben, Rachael sei seit Langem tot, und aus Rache würde nun nachts ihr Geist umherwandeln und den Herrscher samt seinen Plänen für Amerika verfluchen.

15

„Was wirst du tun?“, fragte Kamĩtĩ Nyawĩra, nachdem sie ihren Bericht über das Schauspiel von Eldares beendet hatte.

„Ich möchte bei dir im Wald bleiben, zumindest ein paar Tage.“

„Was, wenn sie dir hierher folgen?“

„Ich bin in der Dunkelheit geflohen. Niemand hat gesehen, wie ich aus Eldares rausgeschlüpft bin. Sie wissen nicht einmal, wie ich aussehe.“

„Kaniũrũ schon. Du und Kaniũrũ, ihr habt das Bett geteilt; vielleicht habt ihr auch über die Berge und Wälder als mögliche Verstecke gesprochen.“

„Als wir an der Eldares University studierten“, erklärte Nyawĩra, „spielten meine Freunde und ich Gitarre und redeten eine Menge über neokoloniale Politik in Aburĩria und Afrika. Wie oft haben wir die Nacht durchgemacht, die Klassenstruktur unserer Gesellschaft analysiert und die Politik und Geschichte Aburĩrias. Das war in den Zeiten, als die Heldentaten von Yunity Mgeuzi-Bila-Shaka und Luminous Pen-Scream-Revolution, wie wir ihn manchmal auf Englisch nannten, bei uns Studenten und jungen Leuten sehr angesagt waren. Obwohl wir sie nicht einmal persönlich kannten, weil sie im Exil waren, haben wir alles gelesen, was sie über die Revolution geschrieben und gesagt haben, und darüber diskutiert. Sogar die Bücher, die sie behaupteten, gelesen zu haben, standen auf unserer Lektüreliste. Wie ‚Die Mutter‘ von Gorki. Kaniũrũ äußerte sich nicht gerade freimütig zu diesen Dingen, aber er war immer dabei und warf ab und zu ein paar kritische Fragen ein. Wenn er mit seinen Argumenten nicht durchkam, nannte er uns ‚unverbesserliche Idealisten‘. Meistens aber war er einfach nur anwesend, ein schweigender Zuhörer, ein Mensch ohne eigene Meinung. Und ich kann mich nicht erinnern, dass wir jemals über Berge und Wälder und Verstecke gesprochen hätten.“

„Man erinnert sich nicht an alles, worüber man mit einem Liebhaber oder der Geliebten gesprochen hat, als die Herzen im gleichen Takt schlugen und der Blick auf eine gemeinsame Zukunft gerichtet war. Kaniũrũ mag vielleicht nicht gewusst haben, dass du zur Bewegung gehörst, aber er ist auf die Wahrheit gestoßen, als er zwei und zwei zusammengezählt hat, und auch wenn er nicht in allen Einzelheiten richtig liegt, kommt er der Wahrheit doch nahe genug, um ziemliches Unheil anrichten zu können."

„Was sollte ich deiner Meinung nach tun?"

„Nach Eldares zurückgehen", antwortete Kamĩtĩ, ohne zu zögern.

„Was?", fragte Nyawĩra verblüfft.

„Ja. Geh nach Eldares zurück."

„Du willst mich nicht hier haben? Nicht mal für ein paar Tage?", fragte Nyawĩra misstrauisch gegenüber seinen Worten und Motiven.

„Es geht nicht darum, was ich will oder nicht. Ich habe eine Vorahnung, dass sie, wenn sie dich in der Stadt nicht finden, hier in den Bergen suchen werden. Und sei es nur, um andere abzuschrecken, die über eine Flucht in die Berge nachdenken."

„Warum sagst du nicht gleich, du willst nicht, dass sie dir in die Quere kommen?"

Ihr Ton ließ ihn zusammenzucken. Der Vorwurf verletzte ihn.

„Weil es nicht stimmt", erwiderte er. „Es geht mir um deine Sicherheit."

„Was also soll ich deiner Meinung nach tun? Zurückkehren und durch die Straßen von Eldares stolzieren?"

„Am sichersten ist es vor der Nase des Feindes", sagte Kamĩtĩ.

„Willst du damit sagen, ich soll mich auf einer Polizeiwache verstecken? Vergiss es!"

„Ich sage nicht, dass wir aufgeben. Ich sage, dass wir uns direkt vor ihrer Nase verstecken sollten."

Hatte sie richtig gehört? Hatte er „wir" gesagt? Oder spielten ihr die Ohren einen Streich?

„Wir? Heißt das, du kommst mit?"

„Ja, Nyawĩra, diesmal lässt du mich nicht hier sitzen. Ich werde an deiner Seite sein, wohin auch immer du gehen willst."

„Entschuldige meinen Ton und mein Misstrauen", sagte Nyawĩra, „was du gerade gesagt hast, berührt mich wirklich sehr. Aber du weißt, ich möchte nicht, dass du meinetwegen etwas tust, woran du nicht glaubst."

„Du brauchst dich nicht zu entschuldigen", erwiderte Kamĩtĩ. „Seit wir uns trennten, habe ich ständig über unsere letzten Gespräche nachgedacht. Du hattest recht. Unsere Gesellschaft verfault, und wenn wir nichts dagegen unternehmen, gehen wir alle unter. Ich gebe zu, dass ich vielleicht nicht mit den Forderungen und der Disziplin in deiner Bewegung klarkommen werde. Ich bin mir nicht einmal darüber im Klaren, ob ich überhaupt Mitglied werden möchte. Aber vielleicht ein Mitreisender auf der Fahrt gegen das Böse, gegen das du kämpfst. Das ja. Ich bin nur ein Seher des Geistes, oder etwas in der Art. Ich bin besorgt um das Wohlergehen des Herzens. Aber ich weiß auch, was die Heiligen Schriften sagen: Der Körper ist der Tempel der Seele. Oder so ähnlich. Eine gesunde Seele braucht einen gesunden Körper. Viele Hände, sagt man, machen schwere Arbeit leichter. Du und ich, wir können zusammenarbeiten. Du kümmerst dich um die Angelegenheiten des Körpers, ich mich um die der Seele und des Geistes. Ihr Frauen von Eldares habt den Weg aufgezeigt."

„Wovon redest du eigentlich?", fragte Nyawĩra und lachte. „Welchen Weg denn?"

Eine Zeit lang blieb Kamĩtĩ stumm, als würde er über die Frage nachdenken. Dann antwortete er mit Sätzen, die sich wie Zeilen eines Gedichtes anhörten:

Der Weg, von dem man sprechen kann, ist nicht der ewige Weg
Der Name, den man nennen kann, ist nicht der ewige Name
Im Namenlosen liegt der Ursprung von Himmel und Erde

„Entschuldige bitte, was ist das?", fragte Nyawĩra.

„Diese Zeilen stammen aus dem ‚Tao te king' von Lao-Tse, einem schmalen Bändchen, das dieser chinesische Seher mehr als fünfhundert Jahre vor Christus geschrieben hat. Tao. Der Weg. Mögest du in der Mitte des Weges bleiben – gibt es bei uns nicht ein solches Sprichwort?"

„Okay. Zeig mir den Weg nach Hause. Wann gehen wir los? Sofort? Heute? Morgen oder übermorgen?", fragte Nyawĩra spontan. Sie versuchte, unbeschwert zu klingen, obwohl sie noch immer mit der Schwermut zu kämpfen hatte, die auf ihrem Herzen lag.

„Nicht heute. Nicht morgen. Auch nicht übermorgen. Wir müssen uns vorbereiten."

„Was müssen wir?"

„*Tulia! Tulia kidogo mama!* Was hast du zu mir gesagt, als wir uns das letzte Mal hier unterhalten haben? Dass ich zum Seher des Volkes werden soll. Mit dir werde ich anfangen, und ich möchte, dass du dich meinen Händen anvertraust. Bevor ich dir sage, was wir meiner Meinung nach tun und wo wir uns verstecken sollen, möchte ich, dass du erfährst, was Natur und Einsamkeit uns lehren können. Einfachheit und Ausgeglichenheit. Der Weg. Nenn es die Forest School of Medicine and Herbology. Ich werde dir eine Medizin verabreichen, die deine Augen sehen lässt, was ich sehe. Erst dann wirst du sagen können: Früher habe ich alles verschwommen wie in einem dunklen Spiegel gesehen, aber jetzt sehe ich klarer."

„Hast du das alles in Indien gelernt?", fragte Nyawĩra einige Tage später, nachdem sie erkannt hatte, welche Heilkraft selbst ein winziger Busch in sich trug. Naturapotheke nannte er das.

„Die Natur ist der Ursprung aller Heilkraft. Aber wir müssen uns ihr hingeben und bereit sein, von ihr zu lernen. Ich habe, was ich bereits wusste, mit dem verbunden, was ich den indischen Heilern der Westghats abgeschaut habe, an Orten wie Kottakkal und Ernakulam. Vor allem den Siddha-Heilern. Ein Siddha ist ein Dichter, ein Seher, ein Linderer der Seelen und ein Kräuterexperte. Es heißt, er würde die Fähigkeit besitzen, seinen Körper zu verlassen und sich in andere Wesen hineinzuversetzen, sogar in den Körper von Tieren, und dort eine Weile zu bleiben, bevor er wieder in den eigenen Körper zurückkehrt."

„Stell dir vor, was ich mit solchen Fähigkeiten anstellen könnte", meinte Nyawĩra lachend. „Wenn die Schergen des Staates über mich herfallen wollen, verwandle ich mich einfach in eine Katze mit ihren neun Leben oder in einen Vogel und entwische ihnen."

„Das ist nicht zum Lachen", sagte Kamĩtĩ in einem ernsten Ton, sodass sie ihn verwirrt ansah.

Eines Nachts, nachdem sie sich geliebt hatten, lagen sie schweigend nebeneinander auf dem Rücken. Kamĩtĩ dachte daran, ihr zu erzählen, wie er manchmal, wenn er allein war, aus seinem Körper schlüpfte und durch den Himmel schwebte, verwarf diesen Gedanken aber, weil er sich an den Ton ihrer Stimme erinnerte, als er ihr von der Macht der Siddha-Heiler erzählte.

„Das Himmelszelt ist auch ein besonderes Wissensgebiet", sagte Kamĩtĩ. „Die Sterne geleiteten Hirten durch Wüsten und Grasland."

„Nicht nur die Hirten", gab Nyawĩra zurück. „Die Sterne haben auch mich durch das Grasland geleitet."

„Wusstest du, dass unser Volk glaubte, die Sonne wäre Gott?", sagte Kamĩtĩ, der noch immer zu den Sternen hochschaute.

„Die Götter gehen dir wohl immer im Kopf herum?", kommentierte Nyawĩra.

„Soll ich dir etwas zeigen?", fragte Kamĩtĩ plötzlich. „Du musst mir aber versprechen, dich nicht über mich lustig zu machen."

„Warum sollte ich mich über dich lustig machen, wenn du mir noch eine Pflanze zeigst?", antwortete Nyawĩra, die die Erregung in Kamĩtĩs Stimme neugierig machte.

Er nahm sie bei der Hand und führte sie zu einer Gruppe Sykomoren. Vor einem der Bäume, dessen Äste so tief herabhingen, dass sie vom Unterholz nicht mehr zu unterscheiden waren, blieb er stehen.

Kamĩtĩ ließ ihre Hand los, bückte sich, hob etwas auf und gab es ihr. Es war eine Figur aus Holz, doch war deren Gesichtsausdruck so eindringlich, dass Nyawĩra einen Augenblick lang glaubte, sie wäre lebendig.

„Du bist also auch ein Künstler und hast mir das nie erzählt?", fragte Nyawĩra. Bin ich dem einen Künstler entkommen, nur um mich in den Armen des nächsten wiederzufinden?, dachte sie, während sie eine Figur nach der anderen aufhob, um sie zu betrachten.

„Ich habe erst hier damit angefangen", antwortete Kamĩtĩ. „Wenn man allein im Wald wohnt, ist man gezwungen, über das Universum und die Schöpfung nachzudenken. Ich habe viel über afrikanische Götter nachgedacht und mich gefragt: Warum schnitze ich nicht ein panafrikanisches Pantheon der Heiligen? Sie werden mir Gesellschaft leisten. Herz und Körper zitterten innerlich, aber als ich mich an die Arbeit machte, war es, als führte mich eine unsichtbare Hand."

„Sie sind wirklich schön und beeindruckend, und sie fühlen sich sehr lebendig an", sagte Nyawĩra. „Du solltest eigentlich Wangai heißen. Aber jetzt ist mir eher nach angewandter Kunst. Es ist Zeit, dass ich zurückkehre und mich der Wirklichkeit und den konkreten Erfordernissen im Kampf gegen die Diktatur widme."

„In Ordnung, morgen wenden wir die angewandte Kunst auf dich an", antwortete er.

Sie spannten trockene Häute auf und gerbten sie, damit sie weich wurden und man sie als Kleidung tragen konnte. Sie fertigten Halsketten aus angespitztem Holz und Tierzähnen. Und sie trockneten Beeren. Für Nyawĩra nähten sie einen Lederrock und ein dazu passendes Oberteil, und es stand ihr tatsächlich so gut, dass Kamĩtĩ schwor, er würde sie niemals darin erkennen.

„Damit", verkündete er, „sind Mr. und Mrs. Herr der Krähen bestens gerüstet, in Eldares ein Unternehmen für magische Zauberkräfte zu eröffnen."

16

Der Name Herr der Krähen tauchte während Tajirikas Martyrium in der Gefangenschaft immer wieder auf. Seine Folterer stellten ihm wieder und wieder dieselbe Frage, was Tajirika derart durcheinanderbrachte, dass er trotz der Schmerzen und der Angst vor weiteren Peitschenhieben seine namenlosen und unsichtbaren Folterer anschrie:

„Was wollt ihr denn noch über den Herrn der Krähen wissen? Ich habe euch doch schon alles gesagt! Soll ich euch sagen, dass er der Schöpfer von Himmel und Erde ist?“

„Sag uns einfach alles. Wann, wo und wie du ihn zum ersten Mal getroffen hast; die genauen Worte, die er gesprochen hat, als du ihm begegnet bist, und vor allem, ob ihr euch je wieder getroffen habt ...“

„Wen? Machokali oder den Herrn der Krähen?“, fragte Tajirika, der jetzt endgültig verwirrt war, weil er dem Herrn der Krähen nur ein einziges Mal begegnet war.

Die Verhöre, den Herrn der Krähen und selbst Machokali betreffend, waren allesamt ein Vorwand. Die Folterknechte waren hinter einem größeren Fisch her. Sie warteten auf ein Wort, eine Geste, die sie zu Nyawĩra führten, jener Frau, die die Dämonen der Frauen erweckt hatte, die wiederum Rachaels Dämon gerufen hatten, der jetzt nachts in deren Landgefängnis umherstreifte und als Licht allen, die dort wohnten, sichtbar war.

Nyawĩra, eine Frau, die gleichermaßen weibliche und männliche Dämonen wecken konnte, war gefährlich, eine Bedrohung für Aburĩria. Man musste sie mit allen Mitteln zur Strecke bringen, um dem Befehl des Herrschers Folge zu leisten, den dieser mit immer größer werdender Dringlichkeit und Verzweiflung gegeben hatte. Zuletzt wiederholte er ihn nur wenige Minuten, bevor er – begleitet von einem großen Gefolge, zu dem auch sein offizieller Biograph mit seinem riesigen Stift und Buch sowie seine Sicherheitsmannschaft einschließlich Arigaigai Gathere gehörten – an Bord des Flugzeugs ging, das ihn in die USA bringen sollte: „Bringt mir Nyawĩra; sucht sie auf dieser Erde oder im Land der Geister.“

„Ehrlich! *Haki ya Mungu!*“, pflegte A.G. seine Erzählung zu unterbrechen, um zu schwören. „Ich gehörte zur Sicherheitsmannschaft, die speziell für die Reise des Herrschers nach Amerika zusammengestellt wurde, und ich stand, dort auf dem Flughafen, ganz dicht bei ihm, und ich hörte, wie er zu Sikiokuu sagte: ‚Wenn ich aus Amerika zurückkomme, will ich diese Frau, diese Nyawĩra, in meinen Armen ...‘“

DRITTES BUCH

Weibliche Dämonen

ERSTER TEIL

1

Kommt alle, die ihr dabei wart, und helft uns, von den Ereignissen zu berichten, die dem Besuch des Herrschers in den USA folgten. Diese Geschichte bedarf vieler Zungen, um die Wahrheit ans Licht zu bringen, denn keiner von uns war gleichzeitig in Aburĩria und in Amerika.

Was die Geschehnisse in Amerika angeht, können wir auf viele Quellen zurückgreifen, um eine Erzählung zu stricken. So haben wir zum Beispiel einen Aufsatz über die seltsame Krankheit des Herrschers, den Professor Furyk von der Harvard University verfasst hat. Der Aufsatz enthält eine Vielzahl von Informationen, noch ergiebiger aber ist das Tagebuch, das der Professor über seinen Kampf, ein Heilmittel gegen diese Krankheit zu finden, führte. Auch in den Archiven von seriösen Zeitungen und selbst in der phantasiebegabten Boulevardpresse lassen sich Häppchen der Wahrheit aufspüren. Bibliotheken überall auf der Welt einschließlich der Kongressbibliothek in Washington können für die Dokumentation der Ereignisse nützlich sein. Alternativ oder zusätzlich können wir auf die unsichtbare, weltweite Internet-Community zurückgreifen, die aus lokalen Medien berichtet.

Es ist unnötig zu erwähnen, dass sich unsere eigenen Medien wegen der Amerikareise überschlugen, auch wenn sie ein bisschen übertrieben, wie hervorragend der Staatsbesuch verlief und wie begierig die Amerikaner waren, von Marching to Heaven zu erfahren, und dem Herrscher samt seinem Gefolge nicht von der Seite wichen.

Sogar UN-Delegierte wurden dahingehend zitiert, wie sehnlich sie die angekündigte Rede des Herrschers erwarteten. AMERIKA IST EINE SUPERMACHT, ABURĨRIA ABER BAUT DAS SUPERWUNDER verkündeten die Schlagzeilen einiger aburĩrischer Zeitungen. Radio und Fernsehen standen dem nicht nach. Die aburĩrischen Medien waren jedoch zögerlich, Vorhersagen über den Ausgang der Reise zu treffen, denn die Global Bank hatte wie das Schicksal das letzte Wort in dieser Angelegenheit, und der Herrscher musste abwarten.

Es sind also lediglich die Ereignisse in Aburĩria, bei denen es uns schwerfallen könnte, ein vollständiges Bild zu zeichnen, und wir müssen uns, was diesen Teil der Geschichte angeht, auf zahllose Gerüchtemacher verlassen, die zu jener Zeit durch die Rückkehr des Herrn der Krähen nach Santalucia und seine wundersamen Kräfte in Heilkunde und Wahrsagerei in Aufregung versetzt wurden.

2

Es gab nicht einen einzigen Kranken, den er nicht heilen konnte. Einige schworen bei allem, was ihnen heilig war, das Schauspiel mit eigenen Augen gesehen zu haben, und behaupteten, der Herr der Krähen könne jedes Übel austreiben, egal wo es sich verstecke, wobei er spöttisch vor sich hin murmeln würde: „Du hast also tatsächlich geglaubt, schlauer als der Herr der Krähen zu sein!“ Worauf die Krankheit, wie man sich erzählte, die schmachvolle Niederlage ahnend, sich aus dem Körper des Opfers davonmachte. Er wusste so viel über die Heilkraft der Kräuter, weil er sich, behaupteten die Erzähler, in eine Pflanze verwandeln konnte und anschließend, mit den Geheimnissen des Pflanzenlebens ausgestattet, in seine menschliche Form zurückkehrte.

Vielleicht hatte Kamĩtĩ diese Gerüchte selbst ausgelöst, weil er seinen Klienten immer den Rat gab: Alles Leben ist eins und es strömt wie ein Fluss oder die Wasser des Meeres. Pflanzen, Menschen, Tiere bis hinab zu den kriechenden Wesen, sie alle beziehen ihren Anteil aus dem einen unteilbaren Fluss des Lebens, genauso wie sie alle aus der Luft ihren Atem schöpfen.

Angefangen hatten sie in Nyawĩras Haus, doch wegen des Zustroms so vieler neuer Klienten, bauten sie im Grasland außerhalb der Randgebiete von Santalucia einen größeren Schrein. „Schrein der Modernen Magie und Zauberkunde" nannten sie ihn. Zentrum aller Aktivitäten im Schrein war die Weissagung. Die meisten Klienten glaubten, böser Zauber sei der Ursprung aller Krankheiten. Sie konnten sich deshalb eine ordentliche Diagnose oder Besserung ohne ein Weissagungsritual nicht vorstellen und erwarteten eine unverfälschte magische Darbietung. Kamĩtĩ und Nyawĩra richteten ihre Rolle als Herr der Krähen an den Notwendigkeiten des jeweiligen Anlasses aus. Sie verlangten von den Armen und Reichen die gleiche Bezahlung, die sich an dem orientierte, was sich ihrer Meinung nach ein Durchschnittsverdiener leisten konnte. Sie achteten jedoch darauf, niemals jemanden wegzuschicken, der kein Geld hatte. Diese Leute versprachen zu zahlen, sobald sie konnten, und hielten alle Wort. Nyawĩra konnte nie so recht sagen, ob sie es aus Ehrlichkeit taten, aus Dankbarkeit oder einfach nur, weil sie den Zauberer und seine Künste fürchteten.

Obwohl sie Weissagungsrituale praktizierten, gründeten Kamĩtĩ und Nyawĩra ihre Tätigkeit auf der Philosophie, dass alle Krankheiten der Seele, des Geistes und des Körpers durch das gesellschaftliche Leben verursacht wurden. Sie schrieben sogar sieben Regeln für ein gesundes Leben auf:

Pflege deinen Körper, denn er ist der Tempel der Seele
Achte immer darauf, was du isst und trinkst
Gier macht den Tod gierig nach dem Leben
Zigaretten fesseln das Leben; Alkohol sperrt den Geist ein
Das Leben ist ein einziger Fluss, aus dem Pflanze, Tier und
 Mensch trinken
Das Gute entsteht aus der Ausgewogenheit
Gib sie nicht für eine Fata Morgana preis

„Wir brauchen einen passenden Namen dafür", meinte Kamĩtĩ aufgeregt, als Nyawĩra beim Abendessen im Chou Chinese Gourmet zum ersten Mal über diese Idee sprach.

„Wie sollen wir sie nennen?", fragte Nyawĩra. „Die Sieben Gebote für ein Gesundes Leben?"

„Oder die Sieben Prinzipien der Tugend – Grace!", schlug Kamĩtĩ vor. „Erinnerst du dich, du hast in der Brilliant Girls High School immer das Tischgebet gesprochen? Unsere sieben Gebote werden das Leben preisen. Wir geben ihnen deine Namen: Grace und Mũgwanja, weil du die Idee hattest."

„Du weißt, dass ich den Namen Grace nicht mehr benutze."

„Genau deshalb sollten wir ihn nehmen. Denn das heißt, dass nur du und ich seinen Ursprung kennen."

„Gut, dann nennen wir sie die Sieben Kräuter der Tugend. Aber nur unter der Bedingung, dass auch wir nach diesen Geboten leben. Wir wollen nicht zu denen gehören, die immer predigen: Tu, was ich sage, nicht, was ich tue."

„Einverstanden", sagte Kamĩtĩ. „Ich schwöre, niemals gegen diese Regeln zu verstoßen."

Ihren Patienten gaben sie die Sieben Kräuter der Tugend mit. Sie bestimmten sogar einen heiligen Tag, an dem sich die Menschen Körper und Geist als eine Einheit vorstellen sollten, als die Ganzheit, aus der ein Mensch bestand. Den Mittellosen gaben sie eine Schale Suppe, Bohnen und Reis oder *ugali*. Und allen, die am heiligen Tag kamen, erzählten sie von gesundem Leben durch die ausführliche Behandlung mit den Sieben Kräutern der Tugend. Deshalb nannten sie ihn Tag des Weges.

Dieser Ritus bestärkte die Leute nur in dem Glauben, es gebe keine Krankheit, die der Herr der Krähen nicht besiegen könnte, denn selbst wenn die Krankheit schnell voranschritt, würde er sie überholen, und egal wo sie sich niederließe, und sei es in der Seele, der Herr der Krähen würde sie dort mit seinem starken Trank erwarten.

Bedürftige wie Neugierige, sie alle wurden gleichermaßen vom Schrein angezogen.

3

Niemand kann mit Bestimmtheit sagen, wer Maritha und Mariko als Erster vom Herrn der Krähen erzählte, denn bei ihren Sonntagsbeichten erwähnten sie ihn nicht ein einziges Mal, obwohl man des Öfteren hörte, wie sie sagten: Gott vollbringt seine Wunder auf geheimnisvolle Weise im Himmel wie auf Erden.

Trotz ihres Schweigens in dieser Angelegenheit gab es Gerüchte, Maritha und Mariko hätten den Schrein ursprünglich im Rahmen ihres Feldzuges gegen Satan aufgesucht. Sie wollten den Herrn der Krähen von seinen satanischen Riten abbringen und zum christlichen Glauben bekehren. Einige behaupten sogar, sie hätten gesehen, wie sich das Paar dem Schrein mit einer schweren Bibel und einem großen Kreuz näherte. Das Tor hätte sich geöffnet, um sie hereinzulassen, und von selbst wieder hinter ihnen geschlossen. Im Innern des eingezäunten Geländes wunderten sich Maritha und Mariko zunächst, dass Bibel und Kreuz kein Eigenleben entwickelten wie damals, als der auf dem Esel reitende Herrscher All Saints besuchte oder als die Tragödie von Eldares ihren Lauf nahm!

Ein Gehilfe, oder vielmehr die Person, die sie für den Gehilfen hielten, empfing sie höflich und bot ihnen sogar eine Tasse Tee an, die sie brüsk ablehnten. Sie seien nur gekommen, um den Herrn der Krähen zu sprechen. Der Gehilfe zeigte ihnen, wo sie sich setzen und warten konnten. In der Mitte der Mauer vor ihnen befand sich ein kleines Fenster. Es war einseitig verspiegelt, sodass Kamĩtĩ seine Klienten betrachten konnte, ohne selbst gesehen zu werden. Das erlaubte ihm nicht nur, vor der Weissagung ihre Gesichter zu studieren, sondern auch möglichen Ärger auszumachen, feindlich gesinnte Elemente, die hinter Nyawĩra her waren.

Jetzt nahm sich der Herr der Krähen Zeit, in den Gesichtern seiner betagten Besucher zu lesen, und es amüsierte ihn ein wenig, wie sie da saßen, sich umschauten und sich an Bibel und Kreuz klammerten, ihren einzigen Schild gegen das Böse.

„Was hat euch zu meiner Tür geführt? Was plagt euch?", sprach der Herr der Krähen, nachdem er das verspiegelte Fenster geöffnet hatte.

Maritha und Mariko erschraken, weil die Stimme gar nicht satanisch klang und auch nicht mit der übereinstimmte, die sie in ihren Träumen und Albträumen heimsuchte. Trotzdem beschlossen sie, in die Offensive zu gehen und klarzustellen, dass sie bekennende Christen seien und sich dem großen Versucher der Seelen nicht beugen würden.

„Als Erstes müssen Sie wissen, dass wir nicht an Weissagungen und Magie glauben", sagte Mariko unverblümt.

„Was wollt ihr dann von mir?", fragte der Herr der Krähen verblüfft, obwohl er sich Mühe gab, das zu verbergen.

„Sie zu Satan zurückschicken", sagte Maritha.

„Zu Satan?", fragte der Herr der Krähen. „Selbst wenn ich wüsste, wie und wo ich ihn finden könnte, was sollte ich ihm sagen?"

„Dass wir nicht an Ehebruch glauben", fügte Maritha hinzu.

„Dass wir, auch wenn er unsere Körper verführt, sich nach anderen zu sehnen ...", sagte Mariko.

„Und wir sind jetzt in einem fortgeschrittenen Alter ...", warf Maritha ein.

„Und unser Letztgeborenes ist schon auf die Welt gekommen ...", fügte Mariko hinzu.

„Wir uns der Versuchung niemals unterwerfen werden", sagten sie im Chor.

„Was will der Leib, die Frucht von Adam und Eva, wirklich?", fragte Mariko, als würde er sich diese Frage selbst stellen. „Ist dies nicht ein Werk des Teufels, heute wie damals am Anfang der Schöpfung? Wenn wir andere Menschen ansehen, stehen unsere Körper vor Verlangen in Flammen, wenn wir dann aber nach Hause kommen, sind sie kalt wie Asche. Es scheint, als sängen schon die Kinder über uns ..." – und an dieser Stelle stimmte Maritha ein Kinderlied an:

Was anderen gehört
macht dir die Zunge nass
Was dir gehört
trocknet sie aus

Für kurze Zeit benahmen sie sich, als befänden sie sich in der Welt ihrer Kindheit und sängen einander etwas vor; der Herr der Krähen musste sich räuspern, um sie daran zu erinnern, dass er noch da war.

Maritha und Mariko waren verblüfft, gesungen und sogar Spaß an Liedern gehabt zu haben, die sie zuletzt als Kinder gesungen hatten. Sie blickten zum Herrn der Krähen, peinlich berührt, dass er Zeuge ihres kindlichen Verhaltens geworden war. Um ihre Verlegenheit zu überspielen, hörten sie ihm jetzt aufmerksam zu, und es dauerte einige Zeit, bis ihnen klar wurde, dass sie, statt ihn zu verhören, bereitwillig Fragen beantworteten.

„Schlaft ihr im selben Bett?"

„Oh, ja, wir sind nicht so reich, uns den Luxus leisten zu können, in zwei Betten zu schlafen", antwortete Maritha.

„Aber wir beklagen uns nicht", fügte Mariko schnell hinzu.

„Wir singen das Lob unseres Herrn aus Dankbarkeit, dass wir leben", sagte Maritha, und wieder stimmten beide an:

Sei dankbar für das kleinste Glück
Ehr, was der Herr dir gegeben hat

Mit seiner zweiten Frage brachte der Herr der Krähen sie wieder zum Schweigen.

„Was macht ihr als Letztes vor dem Einschlafen?"

„Wir danken dem Herrn, dass er den ganzen Tag für uns und unsere Kinder sorgt, und uns nichts Schlimmes zustößt. Ist das nicht Grund genug, um unserem Schöpfer Dank zu sagen?", antwortete Mariko.

„Vor allem in heutiger Zeit, wo im Land so viele Morde geschehen", fügte Maritha hinzu.

„Niemand ist mehr sicher, nicht einmal in den eigenen vier Wänden", sagte Mariko.

„Deshalb bitten wir den Herrn vor dem Einschlafen, über unseren Schlaf zu wachen", ergänzte Maritha.

„Und uns vor Satans List zu schützen", sagten beide.

„Und was wollt ihr nun?", fragte der Herr der Krähen sanft, aus Neugierde und weil er wissen wollte, was sie sich außerdem vom Leben erwarteten.

„Wir wollen etwas, was den Körper heilt", antwortete Mariko.

„Was das Herz heilt, überlassen wir Gott", ergänzte Maritha.

Der Herr der Krähen schaute in ihre Gesichter, aber statt Mitleid für dieses Paar zu empfinden, spürte er so etwas wie Neid. Diese beiden liebten einander so sehr, dass sogar ihre Gedanken identische Wörter und Sätze fanden. Er hatte das Bedürfnis, Nyawĩra zu rufen, damit sie sich dieses Abbild reifer Liebe ansah, ein Vorbild für ihre gemeinsame Zukunft. Aber schnell verwarf er diesen Gedanken und zwang sich, seine Arbeit wieder aufzunehmen.

„Da ihr nicht an Magie und Weissagung glaubt, alte oder moderne, weiß ich nicht, wie ich euch helfen kann", sprach der Herr der Krähen. „Ein Mensch kann weder durch Worte noch durch Taten geheilt werden, wenn er nicht an die Kraft dieser Worte oder Taten glaubt. Bei unserem Volk heißt es, guter Rat entspringt dem ehrlichen Wort, und wenn es darum geht, eine Krankheit zu heilen, dann sollten keine Tabus im Wege stehen. Ich will euch eine letzte Frage stellen. Wenn ihr ins Bett geht, wer zieht den anderen aus?"

Sie wurden rot; die Frage und der Gedanke, nackt voreinander zu stehen, brachten sie in Verlegenheit.

„Doktor, glauben Sie nicht, dass wir für solche Spielchen zu alt sind?", sagten sie einstimmig, ohne zu merken, ihn als Arzt und nicht als Zauberheiler angesprochen zu haben.

„Ihr habt also nie den Körper des anderen untersucht, um zu sehen, ob es irgendwelche Makel, Narben, Beulen oder sonst was gibt?"

„Nein!", riefen sie frei heraus und fragten sich, warum sie das nicht getan hatten, denn vielleicht würde das die Hitze oder Kälte ihrer Körper erklären.

„Nun, ich habe keine Zaubertränke, die ich euch geben kann“, sagte der Herr der Krähen unmissverständlich offen. „Magische Zauberformeln habe ich auch nicht; geht einfach weiter euren Weg. Aber achtet darauf, wie ihr ihn geht. Habt ihr jemals getanzt, denn die, die ...“

„Oh, als wir noch jung waren, da haben wir getanzt“, protestierten die beiden, als hätte der Herr der Krähen sie gekränkt.

„Wir haben uns um uns selbst gedreht, bis alle anderen aufhörten zu tanzen, um uns zuzusehen“, sagte Mariko.

„Es war also eure Generation, die gesungen hat: ‚Tanzen heißt eins vor, eins zurück, dann die Drehung‘?“, fragte sie der Herr der Krähen.

„Ja, aber inzwischen tanzen wir nur noch den Tanz Christi, unseres Erlösers“, fügte Maritha hinzu.

„Eins vor, eins zurück, dann die Drehung zu Jesus“, ergänzte Mariko.

„Tanzt weiter für euren Glauben“, sprach der Herr der Krähen in seinem Weissagungston, „und wenn euer Glaube es euch erlaubt, dann probiert einmal Folgendes aus: Wenn ihr wieder daheim seid, schaut nach, ob ihr Öl im Haus habt. Am besten ist Rizinusöl. Aber zuerst möchte ich wissen, wer kocht bei euch zu Hause?“, fragte er plötzlich, als wäre ihm dieser Gedanke gerade erst gekommen.

„Sind Sie wirklich Afrikaner, Doktor?“, gab Mariko zurück, als beleidigte ihn die Frage. „Wenn wir Christen werden, geben wir doch nicht alle unsere Traditionen auf. Das Kochen war immer Frauensache“, sagte er und diesmal fügte Maritha Marikos Worten kein Ja oder Nein hinzu.

„Steht irgendwo in der Bibel, dass ein Mann nicht kochen darf?“, fragte der Herr der Krähen.

„Nein, nein“, antwortete Maritha.

„Das ist einfach Brauch“, erklärte Mariko.

„Dann ist das vielleicht ein Brauch, den ihr ändern könnt, zumal er euren Glauben nicht verletzt.“ Der Herr der Krähen wandte sich an Mariko. „In den nächsten Tagen solltest du ihr ein köstliches Gericht zubereiten, damit sie erfährt, wie deine Kochkunst schmeckt.

Eine kleine Überraschung. Dann nimm eine Kerze, zünde sie an, stell sie auf den Esstisch. Alle anderen Lichter dämpfst du oder schaltest sie aus. Redet, erzählt euch Geschichten oder esst schweigend. Wichtig ist, dass ihr gemeinsam esst, bei weichem Licht. Dann macht Wasser warm. Entkleidet einander. Wascht euch gegenseitig. Dann reibt euch abwechselnd mit Öl ein; kein Fleck, keine Narbe darf unberührt bleiben. Seid nicht ihr Christen es, die sagen, der Körper ist der Tempel des Herrn? Lasst euch Zeit. Die Nacht gehört euch. Wenn ihr Makel an euren Körpern entdeckt, geht zum Arzt oder kommt wieder her, damit ich euch die richtigen Heilkräuter gebe."

Sie gingen fort, Bibel und Kreuz fest umschlossen, glücklich und erleichtert darüber, dass der Herr der Krähen sie nicht in magische Riten einbezogen hatte, bei denen ausgekochte Knochen, Perlen und Kaurimuscheln verwendet wurden, wie das dem Hörensagen nach bei anderen Zauberern und Hexenmeistern üblich war. Vielleicht hatten ihm Bibel und Kreuz diese Absicht zunichte gemacht. Sie waren froh, ihre heiligen Symbole mitgenommen zu haben. Sie gingen zurück nach Hause, sprachen über das, was sie im Schrein des Herrn der Krähen gesehen und gehört hatten, und waren erstaunt über die Macht ihres Erlösers, der den Zauberer gezähmt und ihn mild und sanftmütig gestimmt hatte.

„Es war keine Bosheit in seinen Augen", sagte Maritha.

„Es war keine Bosheit in seiner Stimme", fügte Mariko hinzu.

„Und auf das, was er uns gesagt hat, hätten wir selber kommen sollen", meinte Maritha.

„Ja, er sprach die Wahrheit", sagte Mariko. „Unsere Ahnen haben immer gesagt, den eigenen Hinterkopf kann man nicht sehen."

Die Gerüchte besagen, als sie zu Hause ankamen, hielten sie sich nicht lange mit Vorgeplänkel auf, so neugierig waren sie auf die Narben, die sie vielleicht auf ihren Körpern entdeckten. Sie schlossen die Tür und gingen in ihr Schlafzimmer. Behutsam und zärtlich machten sie sich auf eine Suche, die anhaltendes Seufzen und Stöhnen hervorbrachte, und es schien wie ein Wunder, dass ihren Körpern auch in ihrem Alter so starke Flügel der Leidenschaft wuchsen und sie fast schwerelos machten.

Von jenem Tag an gingen Maritha und Mariko überall Hand in Hand, ihre Augen leuchteten, ihre Körper verströmten Jugend und ihr fester Schritt brachte Passanten dazu, plötzlich verwundert stehen zu bleiben.

4

Als angekündigt wurde, Maritha und Mariko würden an einem bestimmten Sonntag neue Offenbarungen über ihren Krieg mit dem Satan preisgeben, fanden sowohl die regelmäßigen als auch die gelegentlichen Kirchgänger ihren Weg in die All Saints Cathedral. Auch die Soldaten Christi waren unter ihnen, die Kerzen noch immer entflammt, und Bischof Kanogori musste die Sekte bitten, draußen auf dem Kirchhof zu bleiben, um nach Satan Ausschau zu halten, der es hasste, bloßgestellt zu werden. Vielleicht würde er auftauchen, um die Veranstaltung zu stören, erklärte er ihnen, um die offensichtliche Enttäuschung auf ihren Gesichtern zu mildern.

Die Kirche quoll von Neugierigen über. Was würde ihr jüngster Kampf mit Satan enthalten? Würden Maritha und Mariko endlich die Identität der Leute preisgeben, die von Satan benutzt wurden, um sich über ihr Fleisch herzumachen?

Diejenigen, die die beiden in letzter Zeit in ihrer neuen Gestalt gesehen hatten, schlossen sich der Gemeinde in der Hoffnung an, das Geheimnis ihrer wiederentdeckten Jugend zu erfahren.

Es stellte sich aber heraus, dass Mariko und Maritha keine erschreckenden oder skandalösen Neuigkeiten zu bieten hatten. Ihre Körper verlangten nicht mehr nach anderen. Sie waren eins mit sich und gesegnet von Gott, obwohl noch unlängst von Satan bedroht. Das Leben war Hoffnung, und sie waren allen christlichen Mitbrüdern und -schwestern dankbar, die ihnen durch das Gebet und ihre Anwesenheit bei den Sonntagsbeichten geholfen hatten, diese Hoffnung am Leben zu erhalten – nicht zu vergessen die Soldaten Christi, die Nacht für Nacht gewacht hatten, damit das Licht die Finsternis Satans überwinden konnte.

Ihr wart ein Teil unseres Schmerzes, nun habt Anteil an unserem Sieg:

Ich schlag den Satan nieder
Ich schlag den Satan nieder
Und werde ihm sagen
Heb dich hinweg, Satan
Ich meide die Dämonen

Maritha und Mariko sangen und tanzten mit solch fröhlicher Ausgelassenheit, dass sie die ganze Gemeinde mit ihrer Energie ansteckten. Selbst diejenigen, die sich zunächst um eine pikantere Zuspitzung betrogen fühlten, fielen ein.

Ich werde fliegen über die Erde
Ich werde schweben durch den Himmel
Denn ich schaue die Wunder Gottes
Wie nie zuvor auf Erden gesehen

Am meisten aber profitierte die Sekte der Soldaten Christi von dem Schauspiel des Sieges. Ihr Ruhm begann sich über die Grenzen von Eldares hinweg zu verbreiten. Ihre Wachsamkeit hatte Satan aus Santalucia vertrieben, und Marithas und Marikos Geschichte vom Sieg über Satan war sowohl Zeugnis als auch Beweis für die frühesten Behauptungen dieser Sekte, Satan auf den Straßen von Eldares einmal von Angesicht zu Angesicht gegenübergestanden zu haben, genauer gesagt, von Angesicht zu Rückansicht. Satan war aus Santalucia vertrieben worden, und falls er daran dachte zurückzukehren, sollte er wissen, dass die Soldaten Christi mit brennenden Fackeln Wache hielten.

Feger-der-Seelen, einer der drei Müllmänner, denen sich Satan einst gezeigt hatte, stieg in der Sekte der Mutigen jetzt um einige Ränge höher.

5

Da sie keinen Makel an ihren gottgegebenen Körpern gefunden und ihre Narben sich in Sterne verwandelt hatten, kehrten Maritha und Mariko nicht zu einer Heilsitzung in den Schrein des Herrn der Krähen zurück. Auch fanden sie es nicht nötig, den Herrn der Krähen zum Christentum zu bekehren. Ihr Erlebnis hatte sie gelehrt, dass es auf dieser Erde Dinge gab, die sich dem Verstand entzogen und die man am besten beließ, wie sie waren. Gott vollbringt seine Wunder wahrlich auf geheimnisvolle Weise, und wer waren sie, Gottes Mysterien zu hinterfragen?

Ja! Wie das Mysterium der jungen Frau, die ein *kanga*-Tuch um Kopf und Schultern trug und eines Abends unangekündigt bei ihnen vor der Tür stand und behauptete, sie sei gekommen, die besten Wünsche des Herrn der Krähen zu überbringen und sich zu überzeugen, dass es dem Paar gut gehe. Diesem ersten Besuch ließ sie weitere folgen. Meistens schien sie in Eile und blieb nicht lange. Es kam aber auch vor, dass sie sich niederließ und die beiden in ein Gespräch verwickelte. Dann gab sie nicht vor, lediglich als Überbringerin guter Wünsche eines anderen vorbeizukommen; sie erwähnte den Herrn der Krähen nicht einmal. Sie sei gekommen, so erklärte sie, um von ihrer Erfahrung zu lernen. Sie versuchte nie, in ihr Privatleben einzudringen. Und die beiden stellten nie die Frage, woher sie kam oder wohin sie ging. Ihr Kommen und Gehen war ihnen eine Fügung Gottes.

Sie mochten die Dame mit dem *kanga*. Sie mochten, was sie sagte. Sie freuten sich über den Frieden, der auf ihren Sieg über Satan folgte.

Wie dem auch war, obwohl fast alle darin übereinstimmten, dass sie tatsächlich einen großen Sieg errungen hatten, gab es doch ein paar Zweifler, die alles und jeden peinlich genau untersuchten, dies und jenes gegenüberstellten und verglichen, hier und dort ihre Nase hineinsteckten und dann die Köpfe schüttelten und sagten: Hmmm, ist es nicht ziemlich merkwürdig, dass der Sieg von Maritha und Mariko über Satan nur wenige Monate nach der Rückkehr des Herrn der Krähen zustande kam? Doch hatte niemand gehört, dass das Paar den Herrn der Krähen erwähnt hätte, und auch behauptete niemand mehr, sie vor oder nach ihrem Sieg in der Nähe des Schreins gesehen zu haben.

Bis auf ein Mal. Doch das war einige Jahre später, und auch da waren es nicht Maritha und Mariko, die in der Nähe des Schreins gesehen wurden, sondern es war der Herr der Krähen, der nahe ihres Hauses gesichtet wurde, wie er, gehetzt von der Polizei des Herrschers, um sein Leben rannte. Wenn sich die Leute diese feige Jagd auf einen Menschen ins Gedächtnis riefen, wurden sie nachdenklich und sagten: Seht ihr? Es ist etwas Wahres an den Gerüchten, die wir immer wieder gehört haben. Warum sonst hätte der Herr der Krähen alle anderen Häuser links liegen gelassen, um bei Maritha und Mariko Zuflucht zu suchen, wo doch zu diesem Zeitpunkt längst klar war, dass ganz Santalucia sich geehrt gefühlt hätte, ihm bei der Flucht vor den von Kaniũrũ angeführten Bluthunden zu helfen?

6

Der Name John Kaniũrũ begann von dem Tag an im ganzen Land Aufmerksamkeit auf sich zu ziehen, als im Radio vermeldet wurde, er sei zum Stellvertretenden Vorsitzenden von Marching to Heaven ernannt worden. „Kaniũrũ wer?", fragten die Leute. Andere kommentierten: „Was für ein Name!" Kaniũrũ schickte mehrere Fotos von sich an die Presse, doch brach ein Streit aus, als zwei Männer diesen Namen für sich beanspruchten. Beide gewannen den Fall. Beide behielten den Namen. „An euren Taten wird man erkennen, wer diesen Namen wirklich verdient", urteilte der Richter. Und da sich die Zeitungen nicht festlegen konnten, wessen Bild sie abdrucken sollten, blieb nur eine Geschichte ohne Foto.

Einige Wochen später erfuhren die Leute – wiederum aus dem Radio –, dass Kaniũrũ gebeten worden sei, den Vorsitz im Untersuchungsausschuss zum Schlangenwahn zu übernehmen. „Derselbe Kaniũrũ?", fragten die Leute. Erneut schickte Kaniũrũ mehrere Fotos unterschiedlicher Größe und Posen, doch wieder veröffentlichten die Zeitungen die Geschichte ohne begleitendes Bild. Kaniũrũ war so wütend darüber, dass er die einzelnen Herausgeber persönlich anrief: Warum hatten sie keines seiner Bilder verwendet? Sie schuldeten ihm keine Erklärung, ließen sie ihn wissen. Kaniũrũ war verbittert. Er sah die Herausgeber als seine Feinde an und war frustriert, weil er nichts gegen diese offensichtliche Neidintrige unternehmen konnte.

Er gab die Stelle als Lehrer am Eldares Polytechnic auf und verwarf den Lehrerberuf als reine Misere. Als Nächstes kaufte er sich einen nagelneuen Mercedes, bezahlte ihn bar und stellte einen uniformierten Chauffeur ein. Die dramatischen Veränderungen in seinem Lebenswandel, die der doppelten Ernennung folgten, bestätigten die Leute in dem Verdacht, er würde eine Rolle in der Affäre um Nyawĩra spielen, zumal später herauskam, dass sie seine Frau gewesen war.

Um die Universitätsprofessoren zu beeindrucken, die mit ihm in der Jugendbrigade zusammengearbeitet, ihn aber nur als kleinen Lehrer am Polytechnikum angesehen hatten, suchte Kaniũrũ sie im Büro oder gar zu Hause auf und gab vor, nur mal schnell vorbeischauen und nicht lange bleiben zu wollen. Im Gehen fragte er dann, ob jemand in die Stadt mitgenommen werden wolle, und versicherte ihnen, in seinem Mercedes, einem der neuesten Modelle, sei reichlich Platz. Da sie wussten, über welche Macht er jetzt verfügte, sahen sie ihn mit neidvoller Bewunderung an, nannten ihn einen Großen Mann und fragten ihn, wann sie ihn wieder treffen könnten, um ihre Freundschaft zu erneuern und ihm eine kleine Aufmerksamkeit zu überreichen. „Wir Lehrer sollten zusammenhalten", sagten sie. „Ich bin kein Lehrer", berichtigte er sie dann, und sie entschuldigten sich schleunigst für ihre Unüberlegtheit. Er genoss diese Momente, in denen diejenigen, die sich immer für etwas Wichtigeres gehalten hatten, vor ihm krochen und um sein Wohlwollen buhlten.

Er hatte eine Idee. Warum nicht den Genuss noch erhöhen? Warum nicht ein Besuch bei Matthew Wangahũ, Nyawĩras Vater, dem Mann, für den er, Kaniũrũ, zu armselig für die Hand seiner Tochter gewesen war? Vielleicht verbarg sich Nyawĩra ja dort? Warum nicht zwei Fliegen mit einer Klappe schlagen?

„Auf zu Wangahũ", sagte er, streichelte seinen Mercedes und redete mit ihm, als wäre er ein Pferd.

7

Als Wangahũ einen glänzenden Mercedes vor seinem Haus vorfahren sah, in dem er sogleich einen Kabinettsminister vermutete, eilte er nach draußen, um ihn zu begrüßen. Der Fahrer stieg aus, öffnete die Hintertür und salutierte. Als er Kaniũrũ aussteigen sah, wollten Wangahũ die Knie versagen, doch da er in Anstand und Haltung geschult war, ließ er keine übermäßige Überraschung erkennen. Er bat den Besucher in sein Wohnzimmer und rief nach seiner Frau Roithi, damit sie den Gast begrüßte. „Und denk dran, man fragt einen Hungrigen nicht nach Neuigkeiten", sagte er zu ihr, nachdem sie sich die Hände an der Schürze abgewischt und dem Besucher die Hand geschüttelt hatte. Sie verschwand wieder in der Küche und wies die Hausangestellte an, ihr bei der Zubereitung eines Hühnchens zur Hand zu gehen.

„Glückwunsch zu deinen kürzlichen Ernennungen", gratulierte Wangahũ Kaniũrũ. „Bei uns heißt es, harte Arbeit zahlt sich immer aus. Ich hatte schon daran gedacht, dich in deiner neuen Funktion als Stellvertretender Vorsitzender von Marching to Heaven zu besuchen, aber ich freue mich, dass du mir zuvorgekommen bist. Nur weil du und Nyawĩra nicht miteinander klarkommen, heißt das nicht, dass es bei uns beiden genauso sein muss. Du hast in unsere Familie eingeheiratet, also wirst du in diesem Hause auch immer wie ein Familienmitglied behandelt werden. Nun, was mir ehrlich gesagt durch den Kopf geht, ist Folgendes: Falls die Global Bank das Geld für Marching to Heaven freigibt, sollten wir zwei uns mal zusammensetzen und über einen Vertrag über die Lieferung von Hölzern reden. Du und ich, wir können Partner werden. So eine Art Partnerschaft zwischen Vater und Sohn, was hältst du davon?"

Kaniũrũ, der Ablehnung erwartet hatte, war von diesem Empfang überrascht. Dieser Mann, der so sanft zu ihm sprach, war derselbe, der sich geweigert hatte, ihm seine Tochter zur Frau zu geben. Er war sogar so weit gegangen, sie zu enterben, weil sie sich ihm widersetzte und sich mit einem Bettler, als den ihn Wangahũ damals bezeichnete, einließ. Aber das verdarb Kaniũrũ die Freude an diesem Augenblick keineswegs. Er genoss es, sich in dem Wohnzimmer aufzuhalten, das ihm einst verschlossen geblieben war, und Wangahũ so höflich mit ihm reden zu hören, als wären sie einander ebenbürtig. Was Kaniũrũ jedoch nicht gefiel, war Wangahũs Aussage, er wolle Kaniũrũ erst besuchen, wenn die Global Bank das Geld freigegeben habe. Begriff der Alte etwa nicht, dass ihm in seiner Eigenschaft als Stellvertretender Vorsitzender bereits viele ihre Aufwartung gemacht hatten, von denen etliche wohlhabender waren als er? Sie alle hatten darauf geachtet, ihm als „Visitenkarte" einen Umschlag zu überreichen. Hatte der Alte die leiseste Ahnung, wie er zu seinem Mercedes gekommen war?

Kaniũrũ rief sich in Erinnerung, welchen Schmerz ihm der Alte zugefügt hatte, und obwohl er nun einen richtigen Schritt tat, indem er ihn wohlwollend empfing, dachte Kaniũrũ daran, ihn die alten Verletzungen büßen zu lassen. Mit dem Wort „Partnerschaft" hatte Wangahũ ihm eine Steilvorlage gegeben. Er räusperte sich, um würdevolle Haltung bemüht, denn trotz seiner neuen Position und seines Mercedes fühlte er sich vom Auftreten des Mannes leicht eingeschüchtert.

„Eigentlich gehört das zu den Anliegen, die mich hierhergeführt haben. Wie es im Sprichwort heißt: Der erste Vogel fängt den Wurm", setzte Kaniũrũ an und flocht weitere Sprichwörter ein, weil sie seinen Aussagen, wie er annahm, mehr Tiefgang verliehen. „Aber du hast mir bereits die Worte aus dem Mund genommen, und dafür danke ich dir. Wir sollten unsere Partnerschaft hier und heute beginnen. Wenn du das Gefühl hast, mir als Zeichen des guten Willens ein oder zwei deiner Grundstücke in der Stadt überschreiben zu müssen, dann werde ich mich nicht verweigern. Wir könnten auch vereinbaren, dass du mir einige Anteile an deinem Holzunternehmen überlässt. Natürlich ebenfalls als Zeichen des guten Willens. Wenn du mich fragst, so sind ein, zwei Grundstücke oder ein paar Anteile gar nichts im Vergleich zu dem, was durch Marching to Heaven in deine Taschen fließen wird."

„Mein Sohn", beeilte sich Wangahũ zu sagen, weil ihn die Richtung, die ihre Unterhaltung nahm, beunruhigte. „Hurry and Hurry-it broke up the house of Harry and Harriet, wie es bei den Engländern heißt. Man sollte Entscheidungen nicht überstürzen. Wir werden über alles reden und Details verhandeln, sobald die Global Bank das Geld freigegeben hat. Übrigens, wann wird eigentlich der Herrscher im Land zurückerwartet?", wollte Wangahũ wissen und lenkte die Unterhaltung weg von Grundstücken und Anteilen.

Kaniũrũ war über das englische Sprichwort alles andere als erfreut. Er hatte es nie zuvor gehört und nicht bemerkt, dass Wangahũ es sich gerade ausgedacht hatte. Für ihn klang es wie eine verhüllte Anspielung auf das Scheitern seiner Ehe mit Nyawĩra.

„Nun", sagte Kaniũrũ leicht enttäuscht, „wie du willst, denn wie es im Sprichwort heißt: Derjenige der bedürftig ist, ist auch derjenige, der die Bedürfnisse entfacht. Aber denk dran: Sei nicht so langsam wie die Schildkröte in der Fabel!"

Wangahũ hatte das Bedürfnis, Kaniũrũ daran zu erinnern, dass es die langsame Schildkröte war, die den Wettlauf gewann, nicht der überhastete Hase, hielt sich aber zurück. Ich hätte ihn sagen lassen sollen, was ihn zu mir geführt hat, bevor ich meine Karten auf den Tisch lege, warf Wangahũ sich im Stillen vor. Ihm war natürlich nicht entgangen, dass Kaniũrũ der Frage nach der Rückkehr des Herrschers aus Amerika ausgewichen war.

„Ich sage nicht, wir sollten im Tempo einer Schildkröte voranschreiten“, erklärte Wangahũ. „Aber wir sollten nach dem suchen, was die Engländer als ‚via media‘ bezeichnen.“

„Ehrlich gesagt, das ist nicht Englisch, sondern Latein“, korrigierte ihn Kaniũrũ.

„Was auch immer, du bist der Lehrer.“

„Ex-Lehrer.“

„Egal, du bist der Gebildete, und wenn du sagst, es ist Latein, dann ist es Latein. Wenn meine Nyawĩra zu Hause geblieben wäre, dann hätte sie mir dieses Latein übersetzen können.“

„Das ist die andere Sache, wegen der ich hergekommen bin“, sagte Kaniũrũ. „Also, zu Nyawĩra ...“

„Was? Hat man sie endlich gefunden? Verhaftet? Was konnte eine so pflichtbewusste Tochter derart auf Abwege bringen?“, fragte Wangahũ mit Hoffnung und Verzweiflung in der Stimme.

„Nein, sie ist immer noch auf freiem Fuß. Wusstest du, dass Nyawĩra zu dieser verbotenen Untergrundorganisation gehört?“

„Wieso fragst du mich das? Woher soll ich das wissen? Wir wissen nur, was in den Zeitungen steht oder über das Radio kommt“, antwortete Wangahũ, den diese Wendung in der Unterredung erneut beunruhigte.

„Besucht dich Nyawĩra nicht?“, fragte Kaniũrũ.

In diesem Moment kam Roithi mit einem vollen Tablett herein.

„Sagt, hat man sie gefunden? Ist sie am Leben?“, fragte sie besorgt und stellte die Teller auf den Tisch.

„Könntest du meinem Fahrer etwas Tee und ein Stück Brot bringen?“, sagte Kaniũrũ ihre Frage ignorierend.

„Der ist schon versorgt. Wir haben ihm Tee, Brot und ein Stück Huhn gebracht.“

„Dann kannst du dich setzen“, sagte Wangahũ zu Roithi und deutete auf einen Stuhl. „Heutzutage gibt es keine Trennung mehr zwischen Dingen, die Männern vorbehalten sind, und denen, die nur Frauen etwas angehen. Auch die Frauen zählen zu den Ältesten. Unser Sohn hier hat Worte, die er mit uns teilen will, und du sollst sie selbst aus seinem Mund vernehmen.“

„Man hat Nyawĩra noch nicht gefunden", sagte Kaniũrũ.

„Wer oder was hat unsere Tochter so in die Irre geführt?", fragte Roithi mit Tränen in den Augen. „Und das bei ihrer Bildung und ihrem Bücherwissen."

„Ein Sprichwort sagt, aus ein und demselben Schoß können ein Dieb und ein Zauberer kommen", erwiderte Kaniũrũ in dem Versuch, tiefsinnig zu erscheinen.

„Was hat sie dir denn gestohlen?", fragte Roithi scharf. „Und welchen Zauber hat sie an dir ausgeübt?"

„Hört mir erst mal zu", sagte Kaniũrũ und zupfte das letzte Fetzchen Fleisch von einem Hühnerbein. „Ich bin hier, um euch zu sagen, dass die Regierung fest entschlossen ist, Nyawĩra zu kriegen, tot oder lebendig. Ich will euch helfen, aber ihr müsst auch mir helfen, euch zu helfen. Ihr solltet mir sagen, ob Nyawĩra ab und zu hier anruft. Hat sie das in letzter Zeit getan? Habt ihr irgendeine Vorstellung, wo sie sich verstecken könnte? Ich trage ihr nichts mehr nach. Ich habe immer gesagt, sie wird meine Frau bleiben, egal was sie anstellt."

„Du weißt genau, dass ich Nyawĩra vor langer Zeit enterbt habe, als sie beschlossen hat, sich mir zu widersetzen und ..." Wangahũ war kurz davor fortzufahren, Nyawĩra hätte sich ihm widersetzt und einen Bettler geheiratet, aber dieser Bettler habe sich inzwischen in den Mann verwandelt, der nun vor ihm sitze und die Klinge des Todes und die Saat großen Reichtums mit sich führe. Aber er besann sich und sagte: „... sich weigerte zu warten, bis ich sie dir in einer ordentlichen kirchlichen Trauung an die Hand geben würde."

Doch die Selbstkorrektur kam zu spät. Kaniũrũ hatte mitbekommen, was dem alten Mann auf der Zunge lag, und fühlte die erlittene Demütigung wieder in sich aufsteigen.

„Vater von Nyawĩra", sagte Kaniũrũ, der einige Mühe hatte, seine Wut und seinen Schmerz zu verbergen, „lass uns nicht umeinander herumschleichen wie zwei Bullen im selben Kral. Immer auf den Punkt, ist mein Motto. Nyawĩra steckt in Schwierigkeiten. Ich bin der Einzige, der ihr helfen kann. Du steckst in noch größeren Schwierigkeiten. Dein ganzer Reichtum ist in Gefahr. Nur du kannst entscheiden, wie du damit umgehen willst. Es gibt zwei Auswege. Übertrage mir Anteile an deinem Unternehmen. Über die Miteigentümerschaft wird mein Name deinen Besitz und deinen Reichtum schützen. Oder bring mir Nyawĩra. Ich verspreche dir, ich werde alles mir Mögliche versuchen, um sicherzustellen, dass ihr kein Leid geschieht. Sie wohnt noch immer in meinem Herzen, und ich hoffe, dass sie und ich eines Tages bei einer ordentlichen Trauung den Mittelgang der Kirche heraufkommen und vor dir und Gott gesegnet werden."

„Junger Mann, hast du keine Ohren?", fiel Roithi ein, die ihre Wut und Verachtung kaum mehr zurückhalten konnte. „Hast du nicht gehört, dass Nyawĩra sich hier nicht gemeldet hat?", fügte sie scharf hinzu.

Wie die Mutter, so die Tochter, dachte Kaniũrũ, den Roithi mit ihrer spitzen Zunge an Nyawĩra erinnerte. Bei ihren harten Worten wurde ihm unbehaglich und er bekam ein wenig Angst vor ihr.

Wangahũ dagegen blieb still, sehr still. Kaniũrũs Drohung, sein Reichtum sei in Gefahr, hatte dem alten Mann sichtlich zugesetzt. Aber ein weiteres Mal riss er sich zusammen; dieser Halunke sollte nicht die Oberhand gewinnen. Die Vorstellung, sich mit Kaniũrũ einzulassen, um seinen Besitz zu schützen, machte ihn krank. Dieser Gauner war schon immer hinter meinem Eigentum her, dachte er bei sich, aber eher gebe ich Nyawĩra auf als diesem schamlosen jungen Kerl auch nur einen einzigen Anteil.

„Was sagst du dazu?", fragte Kaniũrũ und wandte sich dem scheinbar weniger einschüchternden Wangahũ zu.

„Was die Angelegenheit von Besitz und Partnerschaft betrifft", erwiderte Wangahũ, der sich nur mit Mühe beherrschte, „habe ich dir klar und deutlich gesagt, dass wir abwarten werden, was die Global Bank macht. Und was Nyawĩra angeht, hat die Mutter meiner Kinder für uns beide gesprochen. Aber solltest nicht du als derjenige, der nah an den Stimmen des Staates ist, uns einen Rat geben, wie wir der Regierung zeigen können, dass wir die subversiven Taten unserer Tochter nicht unterstützen?"

Kaniũrũ wollte Wangahũs Haus unbedingt mit etwas Greifbarem verlassen, etwas, womit er sich weiter bei Sikiokuu beliebt machen konnte. Er wusste um Sikiokuus größten Wunsch, den Herrscher am Flughafen mit der Nachricht von Nyawĩras Gefangennahme zu begrüßen, und er wusste auch, dies würde nicht zu seinem Schaden sein.

Oft hatte er schlaflose Nächte, wenn er versuchte herauszufinden, wie sie ihm an dem Tag, als sie zum ersten Mal hinter ihr her waren, durch die Finger schlüpfen konnte. Wie hatte sie fliehen können, ohne eine Spur zu hinterlassen?, fragte er sich verbittert.

Plötzlich kam ihm eine Idee. Was, wenn Wangahũ und seine Frau Roithi ins Büro von Silver Sikiokuu gingen und vor Journalisten und Fernsehkameras einen tränenreichen Appell an ihre Tochter richteten, sich zu stellen? Und ihr vielleicht sogar drohten, sie zu enterben, wenn sie ihrem Aufruf nicht folgte?

„Du hast eine gute Frage gestellt“, antwortete er. „Ich kann euch helfen. Bevor der Herrscher nach Amerika ging, hat er mich nicht nur zum Stellvertretenden Vorsitzenden des Komitees von Marching to Heaven ernannt, sondern auch zum Vorsitzenden der Kommission, die den jüngst in Eldares aufgetretenen Schlangenwahn untersucht. Der Untersuchungsausschuss hat die Macht, jeden als Zeugen vorzuladen, und ihr könnt mir glauben, wir haben das mit einer Menge von Leuten aus Nyawĩras Umfeld bereits getan. Sie alle haben uns sehr nützliche Informationen geliefert, die darauf hinweisen, dass eure Tochter ein Teil der Wurzel dieses ganzen Übels ist. Doch was euch beide betrifft: Ich will euch nicht vor diesen Ausschuss zerren. Wie du vorhin gesagt hast, sind wir Verwandte und werden es auch bleiben. Mir ist klar, dass dir die Vorstellung einer geschäftlichen Partnerschaft nicht besonders zusagt, aber sie ist dein einziger Ausweg. Ich will es so deutlich wie möglich sagen: Arbeite mit dem Staat zusammen und rette deinen Besitz. Andernfalls wirst du dem Ruin ins Gesicht blicken.“

Sobald Kaniũrũ anfing, seinen Plan zu erläutern, unterbrach ihn Roithi. Sie stand auf und drohte mit ausgestrecktem Zeigefinger.

„Denk nicht im Traum daran, dass ich meine Tochter denunziere. Keine Macht der Welt wird mich dazu bringen. Selbst wenn man Nyawĩra zum Schafott schleppen sollte, wäre sie immer noch meine

Tochter. Ich bin gegen das, was sie getan hat, aber das heißt noch lange nicht, dass alle anderen in Aburĩria eine reine Weste haben. Welcher Besitz ist so kostbar, dass ich bereit wäre, meine Tochter zu opfern, um ihn zu retten? Sollte Nyawĩras Vater glauben, Sikiokuu beschwichtigen zu müssen, dann tut er das ohne mich und meine Unterstützung. Ich überlasse euch eurer Dummheit. Ich gehe in die Kirche", schloss sie mit einem Ton, der keinen Widerspruch duldete, und verließ das Zimmer.

Das Schweigen, das sie zurückließ, war greifbar angespannt. Normalerweise war Wangahũs Wort Gesetz in seinem Haus. Und in vielen Dingen vertraute Roithi seinem Urteil. Wenn Roithi jedoch einmal ein Vorgehen abgelehnt hatte, würde sie niemals ihre Meinung ändern.

„Nun, du hast es selbst gehört", sagte Wangahũ, um das unbehagliche Schweigen zu brechen.

„Frauen. Sie wissen genau, wie sie ein Heim ins Unglück stürzen", sagte Kaniũrũ. „Du hast selbst gehört, wie sie gesagt hat, Besitz kümmert sie nicht. Weiß sie überhaupt, welche Energie es kostet, auch nur den kleinsten Besitz zusammenzutragen? Genau das ist der Grund, warum unsere Ahnen die Frauen vom Recht auf Besitz ausgeschlossen haben."

Matthew Mũgwanja Wangahũ hätte diesen Halunken am liebsten mit bloßen Händen erwürgt, und es hätte ihm nicht einmal leid getan. Wie konnte er es wagen, so in seinem Haus zu sprechen! In früheren Tagen hätte er den Kerl an die frische Luft befördert. Aber er war auch frustriert darüber, dass er teilweise mit Kaniũrũs Beurteilung der Frauen übereinstimmte. Sie sind doch alle gleich. Sogar die Gebildetsten. Allein wenn man sich den Abgrund ansah, an den ihn seine eigene Tochter, eine Frau mit Universitätsabschluss, getrieben hatte. Er war entweder ruiniert oder er musste sich von diesem Halunken weitere Demütigungen gefallen lassen. Und wie Roithi es gewagt hatte, mit diesem Mann zu sprechen, in dessen Händen ihr Schicksal lag! Was soll ich tun, um mich und meinen Besitz zu retten? In Gedanken zählte er die Minister durch, die er persönlich kannte und an die er sich mit der Bitte um Hilfe wenden konnte, aber sie alle waren mit dem Herrscher in Amerika. Er musste versuchen, Zeit zu gewinnen.

„Ich muss in die Kirche“, sagte er zu Kaniũrũ. „Ich werde über alles, was du vorgeschlagen hast, nachdenken.“

„Und wie steht es mit einem öffentlichen Aufruf an Nyawĩra, sich zu ergeben?“, fragte Kaniũrũ, der glaubte, Wangahũ spräche über die Anteile an seinem Unternehmen.

„Mehr habe ich dir im Augenblick nicht zu sagen“, beendete Wangahũ ihr Gespräch.

8

Kamĩtĩ, der jetzt ein gutes Einkommen hatte, beschloss auf Nyawĩras Zureden hin, zwei Wochen freizunehmen und seine Eltern zu besuchen. „Mach dir keine Sorgen“, versicherte Nyawĩra, „ich kann auch der Herr der Krähen sein.“

Das Dorf, in dem Kamĩtĩs Eltern wohnten, hieß Kĩambugi, Dorf der Kuhglocken, weil sich sein Wohlstand in vergangenen Zeiten auf die Zucht von Rindern und Ziegen gegründet hatte. Die Herden wurden von Bullen geführt, die Kuhglocken unterschiedlicher Größe und Form um den Hals hatten, anhand derer man die verschiedenen Besitzer erkennen konnte. Als Kamĩtĩ auf die Welt kam, war dieser Wohlstand bereits vorbei, aber an ein Lied, das sie als Dorfkinder immer gesungen hatten, zu dessen Klang sie herumgetollt und die Bewegungen und das Muhen der Kühe nachgeahmt hatten, erinnerte er sich noch:

Regen falle nieder
Ich bringe dir ein Opfer
Einen Bullen und einen dazu
mit Glocken um den Hals
die wundervoll klingen

Mwalimu Karĩmĩri, als der sein Vater allseits bekannt war, und seine Mutter Nũngari waren grau geworden, und Kamĩtĩ war erleichtert, sie bei guter Gesundheit zu finden. Auch sie waren überglücklich, ihn wiederzusehen, und tadelten ihn scherzhaft, so lange fortgeblieben zu sein, ohne ihnen zu berichten, wie es ihm in Eldares ergangen sei. Er erzählte von den Jahren, die er auf der Straße zugebracht und nach Arbeit gesucht hatte. Sie lachten und meinten, die Grundschulbildung ihrer Zeit müsse wohl mehr Wert gewesen sein als die höhere Bildung heutiger Tage, denn damals konnte man mit einem Abschlusszeugnis der Grundschule ohne Weiteres eine Stelle als Lehrer, Krankenpfleger, Landwirtschaftsberater oder Tierarztassistent bekommen und musste dafür nicht erst drei Jahre lang auf der Suche nach Arbeit durch die Straßen ziehen. Er sagte, er würde ihnen ein Stück Land kaufen und ein modernes Steinhaus darauf bauen, um ihnen für die vielen Opfer zu danken, die sie seinetwegen auf sich genommen hatten. So sehr sie sich darüber freuten, erinnerten sie ihn doch daran, dass ihnen sein Glück das Wichtigste sei. Sie seien an das Stückchen Land im Dorf, auf dem sie lebten, gewöhnt, und auch daran, gegen Bezahlung auf den Feldern anderer zu arbeiten. Das Leben sei nicht schwer, versicherten sie ihm. Was wir verdienen, reicht für uns beide. „Wir hätten aber auch nichts dagegen, in einem modernen Steinhaus in einem schönen Bett zu schlafen, ein Stückchen Land zu besitzen und ein oder zwei Kühe für die Milch."

Später, am Abend, als Kamĩtĩ und sein Vater auf der Veranda saßen, fragte Mwalimu Karĩmĩri nach dem Beruf seines Sohnes. „Du hast gesagt, du willst uns ein Stück Land kaufen und ein modernes Haus bauen", setzte sein Vater an. „Woher soll das Geld dafür kommen? Ich habe nicht ein Wort von dir über deine Arbeit gehört. Oder bist du in illegale Geschäfte verwickelt? Du weißt, dass ich nicht einen Cent anrühren würde, der aus unehrlichen Geschäften stammt."

Kamĩtĩ zögerte und überlegte, was und wie er ihm von seinem neuen Beruf als Herr der Krähen erzählen sollte. Sein Vater hatte Augen, die bis ins Herz dringen konnten. Eine Lüge witterte er aus meilenweiter Entfernung.

Er beschloss, die Wahrheit nicht zurechtzustutzen, und erzählte, unter dem Namen Herr der Krähen eine Firma gegründet zu haben. Kamĩtĩ erwartete, sein Vater würde ihn zurechtweisen, und war überrascht, als dieser lachte. Er lachte so sehr, wie Kamĩtĩ später Nyawĩra erzählte, dass ihm Tränen über das Gesicht liefen.

„Und was treibst du als Herr der Krähen?", fragte sein Vater zwischen zwei Lachanfällen. „Zauberei etwa? Du weißt, dass ich kein Geld anrühre, das aus Zauberei stammt. Bevor die Weißen kamen mit ihren eigenen Formen der Bestrafung, wurden Zauberer bei lebendigem Leibe verbrannt, wenn sie erwischt wurden. Also, welche Dienste hat der Herr der Krähen zu bieten?", fragte der Alte wieder.

„Ich bringe niemanden um, wenn du das meinst. Sagen wir einfach, ich strafe das Böse, nicht die Bösen. Ich arbeite als Heiler. Ich heile verletzte Körper und bedrängte Seelen. Ich sehe Dinge, die vielen verborgen bleiben. Ich habe mir das Weissagen nicht ausgesucht, es hat mich ausgesucht." Er berichtete seinem Vater kurz, wie es zu dem Schrein gekommen war.

Während Kamĩtĩ die Geschichte erzählte, wurde sein Vater immer ernster, um dann plötzlich aufzustehen und sich zu entschuldigen. Als er nach einer Weile zurückkam, wirkte er entspannter.

„Hör zu, mein Sohn", begann sein Vater, „der Mensch kann seinen Willen nicht gegen den Willen Gottes stellen. Du fragst dich vielleicht, warum ich so ernst geworden bin, nachdem ich mich davor fast zu Tode gelacht habe. Zuerst habe ich geglaubt, du machst einen Scherz, deshalb habe ich deine Worte mit Lachen aufgenommen. Aber als du länger geredet hast, wurde mir klar, wie ernst es dir ist, und ich habe fragend in mich selbst hineingeschaut. Mir fiel ein, dass du mich einmal nach der Geschichte unserer Familie gefragt hast. Ich weiß nicht mehr genau, warum du das wissen wolltest. Damals habe ich nur andeutungsweise etwas zur seltsamen Vergangenheit und dem Schicksal unseres Familienklans gesagt. Aber jetzt will ich es dir erzählen. Unser Mĩtĩ-Klan war einmal sehr mächtig und einflussreich. Doch im Verlauf der Jahre wurde er durch Sklavenjagd, koloniale Abenteuer und Weltkriege auseinandergerissen. Wir haben uns nach Frieden gesehnt, aber immer nur die Schrecken des

Krieges bekommen. Was könnten wir heute sein, wenn wir nicht in alle vier Winde verstreut worden wären! Verschüttetes Wasser kann man nun mal nicht mehr auflöffeln.

Wir stammen zum Teil von Jägern ab, die meistens im Wald lebten und ihn sehr gut kannten. Fast alle von ihnen waren Heiler. Es gab nicht eine Krankheit, gegen die die Natur nicht die erforderlichen Lebenssäfte bereitstellte. Und sie waren nicht nur Heiler, sondern besaßen mitunter die Gabe, Dinge zu sehen, die dem gewöhnlichen Auge verborgen blieben. Manche konnten sogar fliegen wie die Vögel. Nimm deinen Großvater, Kamĩtĩ wa Kĩenjeku, dessen Namen du trägst! Manchmal fand er sich auf einem Berggipfel wieder, den kein Mensch erklimmen konnte. Oder er trieb mitten in einem See, obwohl er gar nicht schwimmen konnte. Ich habe dir seine Geschichte nie erzählt, weil ich nicht wollte, dass du in seine Fußstapfen trittst. Wir haben uns aufgeopfert, dich in die Schule geschickt, damit genau das nicht passiert. Und du hast mir heute eine wichtige Lehre erteilt. Oder vielmehr hast du mich an etwas erinnert, das man nie vergessen sollte: Der Wille Gottes wird immer über die menschlichen Vorsätze siegen."

„Wie ist mein Großvater gestorben?", wollte Kamĩtĩ wissen. In der Vergangenheit hatte er nur ausweichende Antworten bekommen, wie: Er starb in hohem Alter, bei einem Unfall oder an einer Krankheit. Jetzt antwortete sein Vater direkt: „Dein Großvater Kamĩtĩ wa Kĩenjeku war ein heiliger Seher, ein spiritueller Führer, der mit den Kräften zusammenarbeitete, die im Unabhängigkeitskrieg gegen die Briten kämpften.

Er lebte bei den Widerstandskämpfern in den Bergen, lehrte sie, untereinander Frieden zu halten, schlichtete Konflikte, führte Einheiten in den Kampf und reinigte sie vom Bösen, nachdem sie auf den Feind getroffen waren. Er kannte jeden Pfad, jede Pflanze, jedes lebendige Wesen. Keiner kannte sich im Wald besser aus als dein Großvater. Die Briten haben ihn eines Tages erschossen, aber seine Leiche wurde niemals gefunden. Einige behaupten, er sei immer noch am Leben und sein Geist würde über Aburĩria schweben und dafür sorgen, dass die Wahrheit über unsere vergangenen Taten nie in Vergessenheit gerät. Du siehst also, der menschliche Wille kann die Vorsehung Gottes nicht außer Kraft setzen."

„Warum bist du nicht auch Seher geworden?", fragte Kamĩtĩ.

„Mein Sohn", antwortete sein Vater, „zum Seher wird man von Kräften erwählt, die außerhalb von uns liegen."

„Und woher weiß man, dass man auserwählt ist?"

„Bei uns werden die Auserwählten mit einer Muschel in der Hand geboren. Und du, mein Sohn, hieltest bei deiner Geburt eine Muschel ganz fest in deiner kleinen Faust."

Dieser Offenbarung folgte Schweigen. Jeder versank in seinen eigenen Gedanken über das soeben Gesagte. Dann fragte Kamĩtĩ seinen Vater, warum ihm nicht gesagt wurde, dass er als Auserwählter auf die Welt gekommen war. Warum habe man ihm nicht erlaubt, sich der Berufung seines Großvaters anzuschließen?

„Jeder Segen hat seinen Preis: Ich wollte nicht, dass mein einziges Kind diese Last schultert, solange es selbst nicht dazu bereit war ..."

„Und worin besteht dieser Preis?"

„Du darfst, mit Ausnahme der Kleider, die du trägst, des Essens, das du zu dir nimmst, und des Hauses, in dem du wohnst, deine Gabe nicht dazu verwenden, irdischen Reichtum zu erwerben. Kleider, Essen und ein Dach über dem Kopf, mehr nicht."

„Und was, wenn so jemand dennoch Reichtum erwirbt?"

„Dann kann alles Mögliche geschehen. Der Seher könnte eines Morgens erwachen und sich in einem unbekannten Land wiederfinden, weit weg von seinem Besitz, Verwandten und Freunden, einsam unter Fremden, ein Prophet im Exil. Oder er erwacht und stellt fest, dass sein Haus in Flammen steht. Der Wahre leidet, um zu erfahren, was wahres Leid ist. Er erlebt die Not, um zu wissen, was wahre Not ist. Der Seher lebt in Selbstverleugnung, um anderen zu dienen. Ich hatte gehofft, dir diese Last von den Schultern nehmen zu können, damit du wie ein normaler Mensch leben kannst. Aber wie du siehst, waren meine Bemühungen erfolglos. Gottes Wille siegt."

„Aber welch größeren Reichtum könnte ich besitzen als einen gesunden Körper und eine von allem Übel gereinigte Seele?", hielt Kamĩtĩ seinem Vater entgegen.

In diesem Augenblick trat seine Mutter Nũngari ein, hörte die letzten Worte, schimpfte Kamĩtĩ liebevoll:

„Es gibt keinen größeren Reichtum als ein eigenes Zuhause. Ein Zuhause heißt Mann, Frau und Kinder. Oder soll ich erst Großmutter werden, wenn ich unter der Erde liege?"

„Mutter, muss ich dich daran erinnern, dass meine Flamme mich abgewiesen hat?", antwortete Kamĩtĩ scherzend.

„Wer ist diese Flamme, die du nie mit nach Hause gebracht hast, damit sie das Herz deiner Mutter erhellt?"

„Margaret Wariara. Vielleicht sollten wir eine Vereinbarung treffen? Warum gehst nicht du zu ihr und überredest sie?", fügte Kamĩtĩ lachend hinzu.

Seine Eltern schwiegen bedrückt.

„Was ist los?", fragte er.

„Weißt du es nicht?"

„Was?"

„Margaret Wariara ist nach Hause gekommen, völlig ausgelaugt, ohne jede Energie. Sie hat hier ihren letzten Atemzug getan, vor den Augen des ganzen Dorfes."

In der Nacht konnte Kamĩtĩ kaum schlafen, Bilder von Wariara gingen ihm durch den Kopf. Als am nächsten Morgen ein junger Mann vorbeikam, mit dem er die Schule besucht hatte, und ihn fragte, ob sie nicht einen Spaziergang durch das Dorf machen wollten, schloss sich Kamĩtĩ sofort an. Ein Spaziergang durch das Dorf, ein Spaziergang durch den ländlichen Frieden, ein Spaziergang, der die Bilder einer glücklichen Kindheit heraufbeschwor, würde Schmerz und Verlust vertreiben. Sie dachten an die früheren Zeiten und erinnerten sich der Namen von diesem und jenem, von all ihren Kameraden aus der Grund- und Mittelschule. Aber der Spaziergang machte seine Trauer nur größer. Welchen Namen er auch erwähnte, sein Freund zeigte wortlos auf ein Grab. Männer und Frauen seines Alters, einfach weg, einfach so. Schließlich hörte er auf zu fragen. Die Antworten lagen in den vielen alten und den frisch aufgehäuften Gräbern rund um das Dorf, Opfer ein und desselben tödlichen Virus'.

„Es ist längst keine Angelegenheit der Ballungszentren mehr", berichtete Kamĩtĩ Nyawĩra nach seiner Rückkehr. „Es ist schrecklich, wenn die Alten die Jungen zu Grabe tragen müssen. Noch schrecklicher jedoch ist es, wenn es weder Alte noch Junge mehr gibt, die einander bestatten könnten."

9

Für Nyawĩra war die Zeit, in der Kamĩtĩ in Kĩambugi und sie der alleinige Herr der Krähen war, sehr anstrengend. Es kamen so viele Klienten mit Problemen von Körper, Seele und Herz, dass sie kaum Zeit fand, die Zeitung zu lesen. Sie schwor sich, Kamĩtĩ nie wieder so lange wegfahren zu lassen. Einen Tag vielleicht, aber niemals zwei volle Wochen!

Eines Morgens sah sie im Wartezimmer einen Klienten, der die Eldares Times las, und konnte nicht umhin, einen Blick auf die Schlagzeilen zu werfen. Sie blieb wie angewurzelt stehen und hatte das Gefühl, als würde ihr Herz versagen. Sie rieb sich die Augen, um klarer zu sehen, aber mit ihren Augen war alles in Ordnung.

Auf dem Foto erkannte sie ihren Vater. Er stand neben Sikiokuu. Die Schlagzeile lautete: EIN VATER AN SEINE TOCHTER: KOMM NACH HAUSE, SONST ... Sie war kurz davor, den Kunden zu bitten, ihr die Zeitung zu leihen, besann sich aber. War das eine Falle? Sie ließ sich nichts anmerken und schickte später eine Gehilfin, eine Zeitung zu holen.

Die Geschichte erwies sich beim Lesen lediglich als wortreiche Aufblähung der plakativen Überschrift. Trotzdem traf es sie schwer. Ihr Vater forderte sie auf, aus ihrem Versteck zu kommen, aufzugeben und sich dadurch seine Dankbarkeit und seinen Segen zu verdienen.

„Wenn du dich nicht innerhalb einer Woche stellst, werde ich dich, und das sage ich hier öffentlich und vor der ganzen Welt, nie wieder meine Tochter nennen, denn ich bin dem Herrn im Himmel und dem Herrscher auf Erden treu ergeben."

Auch wenn Nyawĩra nicht immer mit ihrem Vater übereinstimmte, liebte und verehrte sie ihn, und die angekündigte öffentliche Lossagung schmerzte und demütigte sie. Wie oft wollte er sie noch verleugnen, fragte sie sich und dachte an seine Reaktion, als sie ihm ihre Liebe zu Kaniũrũ gestanden hatte. Andererseits hatte sich sein Urteil über Kaniũrũs Charakter und Absichten als richtig erwiesen. Was, wenn er jetzt wieder recht hatte? Würde sie ihr Engagement für eine andere Politik eines Tages ebenso bereuen wie ihre Beziehung mit Kaniũrũ? Dass ihre Mutter nicht auf dem Foto war und auch im Artikel nicht erwähnt wurde, gab ihr das Gefühl, dass mehr dahintersteckte.

Als sie weiter las, wurde vieles klarer. Sikiokuu wurde dahingehend zitiert, die Regierung werde in ihrem Bemühen, Nyawĩra und die Führung der Bewegung für die Stimme des Volkes zu fassen, keinen Stein auf dem anderen lassen. Er bezeichnete sie als Reptilien, weil die Plastikschlange ihr Erkennungszeichen war. Man werde sie zu Staub zermalmen.

Wann und wie war es dazu gekommen, dass ihr Vater gemeinsame Sache mit Sikiokuu machte?, fragte sich Nyawĩra. Sie konnte nicht glauben, dass ihr Vater sein Geschäft im Stich ließ und den langen Weg zu Sikiokuus Büro fuhr, nur um sie zu denunzieren. Matthew Wangahũ mochte an den Status quo glauben, aber er war, wie alle anderen seines Standes auch, stolz darauf, es aus eigener Kraft geschafft zu haben und nicht, indem er von staatlichen Geldern profitierte – das Volk bestahl, um genau zu sein. Er würde sich niemals öffentlich von seiner Tochter lossagen, es sei denn, er stand unter erheblichem Druck.

In einem anderen Artikel wurde Sikiokuu mit den Worten zitiert, von Mr. Kaniũrũ die Einladung erhalten zu haben, offiziell die Büros des Stellvertretenden Vorsitzenden von Marching to Heaven und des Vorsitzenden des Untersuchungsausschusses zum Schlangenwahn zu eröffnen. Tag und Ablauf der Feierlichkeit würden rechtzeitig bekannt gegeben. Ein Foto Kaniũrũs war zwar nicht abgedruckt, aber er wurde in seiner doppelten Funktion zitiert, wonach er alle Einwohner von Santamaria und Santalucia – vor allem die Sänger und Tänzer – aufgerufen habe, zahlreich zur Begrüßung von Minister Sikiokuu zu erscheinen. Auch er forderte Nyawĩra auf, aus ihrem Versteck zu kommen und diejenigen, die sie liebten, wie ihre alten Eltern zum Beispiel, wieder ruhig schlafen zu lassen. Und er verkündete, sie würde auch für den Untersuchungsausschuss von Nutzen sein.

Nyawĩra begann zu erkennen, wie die Dinge standen. Kaniũrũs anklägerischer Pflichteifer war offensichtlich. In dem Moment, als sie von Kaniũrũs Ernennung zum Vorsitzenden des Untersuchungsausschusses erfahren hatte, war ihr sofort klar, dass er fähig sein würde, seine neu erworbene Macht dazu einzusetzen, Familien zu terrorisieren. Dass dies bei ihrer eigenen Familie so früh der Fall sein würde, hatte sie allerdings nicht vermutet.

Die Ironie der Situation wurde ihr bewusst. Zur selben Zeit, da ihre neue Liebe Kamĩtĩ seine Eltern besuchte, hatte ihre ehemalige Liebe Kaniũrũ ihren Vater in die Stadt geschleift, um sie zu verleugnen. Der einzige Trost war, dass ihre Mutter sich herausgehalten hatte, und Nyawĩra spürte Tränen der Dankbarkeit in sich aufsteigen.

Doch dann wurde sie wütend und kämpferisch. Sie hörte sich laut mit ihrem unsichtbaren Feind sprechen: Egal was du anstellst, Kaniũrũ, niemals werde ich vor deinem Untersuchungsausschuss erscheinen.

10

Als Tajirika eine Vorladung erhielt, vor dem Untersuchungsausschuss zum Schlangenwahn auszusagen, war er außer sich, Kaniũrũs Unterschrift darunter zu sehen. War der nicht sein Stellvertreter und eigentlich sein Gehilfe, ganz egal ob er nun Vorsitzender des Untersuchungsausschusses war oder nicht? Die Rangfolge musste eingehalten werden, trotz allem. Wie konnte er Kaniũrũ klarmachen, dass er, Tajirika, sein Chef war, und ihm zugleich eine Lektion in Sachen Demut und Ehrerbietung gegenüber seinem Vorgesetzten erteilen? Er dachte daran, die Vorladung in Stücke zu reißen, sie wieder in den Umschlag zu stecken und „Zurück an Absender" daraufzuschreiben.

Dann kam ihm eine andere Idee. Warum schrieb er seinem Stellvertreter nicht einen Brief und beorderte ihn in sein Büro, um ihm seine Rolle als Stellvertreter klarzumachen und ihm die Bedeutung von Marching to Heaven einzuschärfen? Er malte sich die Situation aus. Sobald Kaniũrũ sein Büro betrat, würde er, Tajirika, ihm die Vorladung entgegenhalten oder, noch besser, sie vor seinen Augen in Fetzen reißen und sie seinem Gehilfen ins Gesicht werfen. Kaniũrũ würde vor Schrecken erbeben; Tajirika würde lächelnd zu ihm treten und ihm mit einer freundschaftlichen Geste der Vergebung auf die Schulter klopfen. Ein Spaß zwischen einem Stellvertreter und seinem Chef, würde er dem zitternden Kerlchen versichern, und damit wäre die Angelegenheit vom Tisch. Doch dann fiel ihm ein, weder über einen offiziellen Briefkopf noch über ein Siegel zu verfügen, die seine neue Stellung bewiesen. Nur der Außenminister oder der Herrscher besaßen die Macht, dergleichen zu verleihen, doch die waren immer noch in Amerika. Aber wer hatte Kaniũrũs Briefpapier genehmigt? Der Emporkömmling könnte es selbst getan haben. Was sollte er machen? Sikiokuu einen Besuch abstatten und den Kerl bloßstellen?

Ein oder zwei Tage später – er hatte sich noch nicht für eine Vorgehensweise entschieden – las er von Sikiokuus Absicht, die Büros des Untersuchungsausschusses und des Stellvertreters von Marching to Heaven offiziell einzuweihen. Furcht mischte sich in seine Selbstsicherheit. Im Augenblick stand Sikiokuu dem Land vor. *Paka akienda panya hutawala,* wie es bei den Waswahili heißt. Möglich also, dass ihn die Ratte verschlang, die in Abwesenheit der Katze das Land regierte. Doch dann schob er diese Befürchtungen beiseite. Sikiokuu konnte dem Vorsitzenden von Marching to Heaven nichts anhaben, denn das bedeutete, sich an einem Sonderbeauftragten des Herrschers zu vergehen. Und was Kaniũrũ anbelangte, so beschloss er, etwas anderes zu unternehmen.

Er würde im Büro seines Stellvertreters auftauchen – jedoch nicht an dem Tag, der in der Vorladung stand – und ihm mitteilen, dass er lediglich für ein kurzes Gespräch zum besseren Kennenlernen zwischen Chef und Stellvertreter vorbeigekommen sei.

Der Tag der Vorladung kam und verstrich. Tajirika dachte daran, seinen Besuch um eine weitere Woche zu verschieben. Doch als er am nächsten Morgen erwachte, änderte er seine Meinung und entschied, noch an diesem Tag hinzugehen und seinen Stellvertreter sofort an die Leine zu legen.

Am späten Nachmittag bat Tajirika seinen Fahrer, ihn in der Straße abzusetzen, in der sich Kaniũrũs Büros befanden. Noch im Auto begann Tajirika sich Worte zurechtzulegen, die seine Autorität unter Beweis stellten und diesen Emporkömmling von einem Untergebenen in die Schranken wiesen, doch seine innere Unruhe störte ihn dabei. Als er den Fahrer anwies, in der Rais Avenue anzuhalten und zu warten, war er noch immer dabei, seine Zurechtweisung zu formulieren. Er überquerte die Straße. Das Tor führte in einen riesigen, umschlossenen Innenhof. Auf der gegenüberliegenden Seite befand sich ein zweistöckiges Gebäude, in dem zwei Büros mit jeweils eigenem Haupteingang untergebracht waren. Über dem einen war ein Schild REGIERUNGSKOMMISSION ZUM SCHLANGENWAHN angebracht und über dem anderen stand STELLVERTRETENDER VORSITZENDER VON MARCHING TO HEAVEN. Tajirikas Augen blieben an diesem zweiten Schild hängen. „Stellvertretender“ war so winzig klein geschrieben, dass es beinahe unsichtbar war und man es zweifellos nur erkennen konnte, sofern man unmittelbar davorstand. Das Wort „Vorsitzender“ jedoch prangte in großen, farbigen Buchstaben auf dem Schild und war schon von Weitem gut lesbar.

Tajirikas erste Reaktion war ein Vorwurf an sich selbst: Warum war er nicht auf die Idee gekommen, sich als Vorsitzender von Marching to Heaven ein eigenes Büro einzurichten? Neid, Wut und Frust nagten in ihm. Warum hatte Kaniũrũ das Wort „Stellvertretender“ so verkleinert? Doch wohl nur um den Eindruck zu erwecken, hier herrsche der richtige Vorsitzende?

Dann bemerkte er die Leute, die im Hof warteten. Sie standen in Fünfergruppen zusammen, um die neue Vorschrift über die Länge von Warteschlangen an öffentlichen Plätzen einzuhalten. Sein Zorn steigerte sich. Einige von ihnen waren auch in seinem Büro gewesen, um sich mit Briefumschlägen zu empfehlen. War der Verkehr der Gunstkäufer von seinem Büro zu dem seines Stellvertreters umgeleitet worden? Erhielt er, Tajirika, deshalb keine Anrufe mehr, in denen man ihn bat, ihm seine Aufwartung machen zu dürfen? War der Zustrom von Briefumschlägen in sein Büro der Eldares Modern Construction and Real Estate deshalb versiegt? War es also Kaniũrũ, der den Flusslauf seines Glücks umgeleitet hatte?

Tajirika hätte sich in diesem Augenblick nichts sehnlicher gewünscht, als Kaniũrũ zu erwürgen. Jetzt dort hineinzugehen, ergab keinen Sinn. Kaniũrũ wäre am Ende sogar so unverfroren, sich einzubilden, Tajirika wäre ein weiterer Bittsteller mit Briefkuvert. Nein, die mögliche Demütigung, sich erklären zu müssen, konnte er sich nicht erlauben. Er war außer sich, als er zu seinem Auto zurückkehrte. Er war nicht einmal fähig, seinem Fahrer die Anweisung zu geben, ihn zum Büro zurückzufahren, und machte es ihm stattdessen durch Gesten deutlich.

Wenn er nur seinen Freund Machokali erreichen könnte! Warum hatte der Minister ihn nicht von Amerika aus angerufen? Bei ihrem letzten Treffen im Mars Café hatte der Minister gesagt, er würde sich ab und zu melden, um Neuigkeiten über die Aktivitäten seiner politischen Gegner zu erfahren. War das etwa keine Aktivität, über die Machokali Bescheid wissen und über die er sogar mit dem Herrscher sprechen sollte, um Sikiokuu und Kaniũrũ davon abzuhalten, die Geschäfte anderer Leute zu übernehmen? Er befürchtete, der Erfolg dieser beiden, den Chef von Marching to Heaven auszuschalten, könnte sie ermutigen, höhere Posten ins Visier zu nehmen ... Nein, über die Möglichkeit eines Staatsstreichs durch Sikiokuu wollte er nicht nachdenken; er würde verrückt werden.

Tajirika beschloss, dass er der Vorladung vor den Untersuchungsausschuss nicht folgen würde, solange sein Freund Machokali und der Herrscher in den USA waren, und mit dieser mutigen Entscheidung gewann er seinen inneren Frieden zurück. Er gab dem Fahrer die Anweisung, doch nicht zum Büro zurückzufahren, sondern ihn zu seinem Haus in Golden Heights zu bringen.

Sie holten ihn um Mitternacht, Männer in Zivil. Wie einen Baumstamm warfen sie ihn auf die Ladefläche eines Land Rovers und ignorierten das Flehen Vinjinias. Sie sprachen kein Wort, wiesen sich nicht aus. Sie fuhren in die Dunkelheit davon und ließen Vinjinia in Finsternis und Stille an der Eingangstür stehen.

11

Vinjinia lag wach und wusste nicht, was sie von der ganzen Sache halten, geschweige denn, was sie unternehmen sollte. Waren die Entführer Tajirikas tatsächlich von der Polizei? Oder waren es gewöhnliche Verbrecher, die so taten, als wären sie Polizisten in Zivil? Was hatte Tajirika angestellt, das zu verdienen? Seit ihrer Rückkehr aus der Polizeihaft war sie mit der Beziehung zu ihrem Mann alles andere als zufrieden. Kälte hatte sich zwischen ihnen breitgemacht. Kaum, dass sie noch miteinander redeten, und wenn doch, dann verlangte Tajirika nur, Vinjinia solle noch einmal die Fragen durchgehen, die ihr während der Verhöre gestellt worden waren, von denen aber auch nur die, die ihn und seine Geschäfte betrafen.

Wie Vinjinia sich gefühlt hatte, als die Polizei sie verhaftete, was sie gedacht hatte, während sie sich in ihrer Gewalt befand, wie sie mit dieser Nervenprobe zurechtgekommen war, darum ging es Tajirika eindeutig nicht. Am meisten schmerzte sie der Verdacht, dass er wohl glaubte, sie wäre schuldig und hätte sich heimlich mit den Frauen zusammengetan, die Schande über den Herrscher und Marching to Heaven gebracht hatten. Anders als ihr Mann aber blieb sie den neuerlichen Nöten ihres Partners gegenüber nicht gleichgültig.

Sie begann mit ihren Nachforschungen in der Polizeiwache Santamaria, weil deren Chef Wonderful Tumbo ein Freund der Familie war. Allerdings wusste sie nicht, dass Tumbo, als er sie von Weitem kommen sah, durch die Hintertür verschwand. Die Männer, die Vinjinia im Büro antraf, verhielten sich, als würden sie Vinjinias Geschichte nicht glauben. Wer wäre so verrückt, Tajirika zu verhaften, den Besitzer der Eldares Modern Construction and Real Estate, Freund des Außenministers und Vorsitzenden von Marching to Heaven? „Warten Sie ein paar Tage", rieten sie ihr, „Ihr Mann wird bestimmt wieder auftauchen." Sie fuhr eine Wache nach der anderen ab, erhielt auf ihre Nachfragen aber überall fast dieselbe Antwort. Auf einer Station war man sogar so gefühllos, ihr zu raten, ihren Mann im Leichenschauhaus zu suchen. Doch auch dort hatte sie keinen Erfolg.

Anfangs unternahm Vinjinia ihre Suche im Stillen und gab sich Mühe, unnötige öffentliche Aufmerksamkeit zu vermeiden. Bald aber wandte sie sich an die Presse. Ein Herausgeber erklärte ihr, das Verschwinden eines Erwachsenen sei keine Nachricht, mit der er etwas anfangen könne. Ein anderer hatte Mitleid mit ihr und erklärte ihr die Gründe.

Verschwinden aus politischen Gründen sei nichts Ungewöhnliches, ebenso wenig, dass die Machthaber bestritten, etwas damit zu tun zu haben oder davon zu wissen, selbst wenn Verwandte und Freunde schworen, ihre Lieben seien in Polizeifahrzeugen abtransportiert worden. Allerdings, fügte er mit einem Lächeln hinzu, seien die aburĩrischen Männer dafür berüchtigt, mehrere Haushalte zu führen: den einen ganz offiziell, die anderen im Verborgenen.

Als Nächstes versuchte sie es bei Tajirikas Freunden, aber keiner wollte etwas mit dem Fall zu tun haben. Zunächst hörten sie sie mitfühlend an, aber sobald ihnen dämmerte, dass die Regierung darin verwickelt sein könnte, bekamen sie es mit der Angst zu tun. Einige gingen sogar so weit, sie zu bitten, nicht mehr anzurufen.

Man riet ihr, einen Rechtsanwalt einzuschalten und Antrag auf Haftprüfung zu stellen, doch keiner wollte den Fall übernehmen. Die unterschiedlichsten Gründe wurden vorgeschoben. „Sie verschwenden Ihr Geld", besaß ein Rechtsanwalt die Ehrlichkeit zu sagen. „Wir werden in Aburĩria von den persönlichen Launen Einzelner regiert."

Aber wer macht, während der Herrscher in Amerika ist, neue Gesetze, nach denen man nachts Leute entführt?, fragte sie sich.

Sie wandte sich mit der Bitte um Hilfe und moralische Unterstützung an die Kirche und ihre christlichen Freunde, die aber hatten nur Gebete zu bieten. Einige gaben ihr durch ihre Körpersprache zu verstehen, dass Vinjinia bei ihnen zu Hause und bei ihren gesellschaftlichen Veranstaltungen nicht willkommen war.

Eines Tages parkte sie ihren Mercedes am Straßenrand, stieg aus, setzte sich auf eine kleine Anhöhe und weinte. Alle – die Regierung, ihre Freunde und ihre christlichen Brüder und Schwestern – schienen sich gegen sie verschworen zu haben. Sie begann die Wahrheiten wie Gerechtigkeit der Regierung und Solidarität unter den Gläubigen, die ihr immer absolut erschienen waren, in Frage zu stellen. An wen sollte sie sich jetzt wenden?

Mitten in ihren Tränen und zahllosen Fragen dachte Vinjinia plötzlich an den Herrn der Krähen.

12

Eines Morgens machte sich Vinjinia in aller Frühe auf den Weg, stellte wie bei ihrem ersten Besuch den Wagen an der Straße ab und ging die letzten Meter zum alten Schrein zu Fuß. Dort fand sie eine Wegbeschreibung zu dem neuen Gebäudekomplex mit Holz- und Steinwänden und einem Blechdach, der um einiges sauberer war als die vielen staatlich geführten Kliniken und Krankenhäuser, die sie unlängst aufgesucht hatte. Ein Mitarbeiter führte sie in ein Zimmer im Inneren, und nachdem man sie dort eine Ewigkeit hatte warten lassen, vernahm sie plötzlich das Geräusch eines sich öffnenden Fensters, in dem sich ein Gesicht zeigte.

„Ich möchte den Herrn der Krähen sprechen", sagte Vinjinia.

„Dieser Wunsch wurde dir erfüllt", antwortete eine Stimme, und Vinjinia war überrascht, eine Frauenstimme zu hören.

„Als ich zuletzt hier war, hatte er die Stimme eines Mannes."

„Ich habe viele Gesichter. Ich spreche mit vielen Stimmen. Was führt dich heute zu mir?"

Vinjinia zögerte. Doch dann öffneten sich plötzlich die Schleusen ihres Schmerzes und sie erzählte von ihren Problemen bei der Suche nach ihrem verschwundenen Ehemann. Als sie mit ihrer Geschichte fertig war, fühlte sie sich besser, als hätte allein die Tatsache, dass der Herr der Krähen ihr zuhörte, die Last von ihr genommen, die sie ganz allein zu tragen gehabt hatte.

„Könnte er sich nicht in den gleichen Händen befinden, in denen du dich vor nicht allzu langer Zeit befunden hast?", fragte Nyawĩra und erinnerte sich plötzlich an ihr ungläubiges Staunen, als sie im Wald die Nachricht von Vinjinias Gefangennahme erreicht hatte.

Vinjinia fiel fast vom Stuhl. Wie konnte der Zauberer wissen, dass sie ebenfalls in eine solche Finsternis gestoßen worden war?

„Der Herr der Krähen weiß, was er weiß", sprach die Stimme als Antwort auf ihre unausgesprochenen Gedanken, was sie noch mehr überraschte und beeindruckte.

„Sie haben sich geweigert, seine Verhaftung zu bestätigen", sagte Vinjinia. „Genauer gesagt, sie haben sie geleugnet."

„Sie werden also nicht zugeben, ihn gefangen zu halten, nicht einmal, wenn ich meinen Spiegel einsetze, um ihn zu finden."

„Ja, aber es würde mir das Herz erleichtern, wenn ich es wüsste."

„Oder noch mehr belasten."

„Ich weiß nicht, was schlimmer ist."

„Und du hast selbst gesehen, wie sie ihn fortgebracht haben?"

„Ja."

„Du willst also nicht wissen, ob sie ihn haben. Du willst, dass sie zugeben, ihn zu haben."

„Sie haben meine Gedanken gelesen", antwortete Vinjinia.

Was würde Vinjinia tun, wenn sie meine wahre Identität herausfände?, fragte sich Nyawĩra. Würde Vinjinia sie unverzüglich bei genau den Kräften anzeigen, die ihr eigenes Leben so elend gemacht hatten? Hatte Vinjinia ihren Häschern während der Inhaftierung irgendetwas über Nyawĩra erzählt? Waren es neben Tajirikas Entführung nicht auch die Fragen, die sie sich selbst stellte und auf die sie keine Antwort wusste, die ihr so zusetzten? Sie erkannte sich in Vinjinia wieder. Nach ihrem Autounfall hatte auch sie angefangen, Fragen zu stellen, die sie sich vor dem traumatischen Erlebnis nie gestellt hatte. Nyawĩra empfand ein starkes Mitgefühl mit dieser Frau, und ihre eigene politische Haltung zum machthabenden Regime verstärkte dieses Band. So sehr sie all die Tajirikas verabscheute, stand sie doch dafür ein, dass er dieselben Rechte hatte wie jeder andere Aburĩrier. Wie aber konnte sie Vinjinia helfen? Sie wünschte, Kamĩtĩ wäre da, um mit ihm zu überlegen, wie die Regierung zu einer öffentlichen Erklärung gebracht werden könnte, dass sie Tajirika festhielt. Aber Kamĩtĩ war noch nicht aus Kĩambugi zurück.

Ihre Gedanken schweiften ab. Sie dachte an den Unterschied zwischen Vinjinias öffentlicher Treue zu ihrem Mann und ihrer öffentlichen Verstoßung durch ihren Vater, und Nyawĩra spürte Traurigkeit aufsteigen. Kaniũrũ hatte die Bindung zu ihrem Vater zerstört. Die Erinnerung an die Worte Kaniũrũs in den Medien machte den Schmerz und die Bitterkeit in ihr wieder lebendig. Kaniũrũ glaubte, seinen Erfolg auf der Zerstörung anderer Menschen aufbauen zu können. Während sie über die Arroganz und den armseligen Geist dieses Mannes nachdachte, reifte in ihr langsam eine Idee.

„Hör mir genau zu", sagte sie zu Vinjinia. „Am Freitag wird im Schrein der Tag des Wegs begangen. Ich möchte, dass du wiederkommst, gekleidet als normale Arbeiterin. Und zu Fuß wie die meisten Kunden. Bring traditionelle Frauenkleidung mit: zwölf Lederröcke mit Schürzen und zwölf Oberteile in rotem Ocker."

13

Am folgenden Freitagabend kam Vinjinia wieder zum Schrein, nahm mitten unter den anderen Wegsuchenden Platz und wartete geduldig, bis sie an der Reihe war.

„Hier ist das Bündel mit den Kleidern", sagte sie zum Herrn der Krähen.

„Bist du bereit, das Schicksal deines Mannes zu erfahren?"

„Ja."

„Auch wenn das bedeutet, denen gegenübertreten zu müssen, die ihn entführt haben?"

„Wenn ich könnte, würde ich sie wissen lassen, dass ich nicht zum Schweigen zu bringen bin!"

„Alles, was du suchst, befindet sich in Kaniũrũs Büro."

„Wie bitte! Der Stellvertreter meines Mannes? Ein Entführer?"

„Ja, genau der."

„Wer hat ihn dazu ermächtigt?"

„Du weißt, er ist der Vorsitzende des Untersuchungsausschusses zum Schlangenwahn. Und denk daran, Kaniũrũ handelt nicht allein, genauso wie dein Mann. Hinter seinen Aktionen stecken andere, Mächtigere."

„Wie kann ich meinen Mann freibekommen?"

„Ich habe nichts über seine Befreiung gesagt. Aber wenn du tust, was ich sage, dann wirst du sie zumindest zwingen können zuzugeben, was sie mit ihm gemacht haben."

„Was soll ich tun?"

„Mein Spiegel sagt, dass ein Termin festgelegt wurde, an dem Minister Sikiokuu das Büro Kaniũrũs in Santamaria offiziell eröffnen wird. Geh also nach Hause, finde das Datum und die genaue Uhrzeit der Zeremonie heraus. An diesem festgesetzten Tag kleidest du dich so, wie du dich normalerweise für einen solchen Anlass zurechtmachen würdest. Sei dort, wenn die Zeremonie beginnt. Lege kein auffälliges Interesse an den Tag. Sag ihnen, du willst nur Sikiokuu sprechen, um herauszufinden, wo er deinen Ehemann versteckt hält. Bleib standhaft und weigere dich zu gehen, bevor er dir nicht gezeigt hat, wo er den Leichnam deines Mannes vergraben hat. Wenn man deinen Forderungen nachgibt, dann geh sofort nach Hause und zeige erneut keinerlei Interesse an dem, was um dich herum vor sich geht."

„Ist das alles?"

„Das ist alles."

„Sie meinen, ich muss keine Zaubertränke bei mir haben?"

„Der Zauber, der in dir selbst ruht, ist der mächtigste."

14

Seit dem Moment, in dem Kaniũrũ den Tag erfahren hatte, an dem Sikiokuu die Eröffnungsfeier veranstalten würde, hatte er überall nach Tänzerinnen Ausschau gehalten, die die Zeremonie bereichern könnten, jedoch vergeblich. Man verachtete ihn und niemand wollte in der Öffentlichkeit mit ihm zu tun haben. Wie aber sollte er ohne Tänzerinnen Sikiokuu und die Medien beeindrucken? Aber dann, nur wenige Tage vor der Zeremonie, klopfte das Glück an seine Tür.

In seiner großen Verzweiflung schaute er beiläufig aus dem Fenster seines Büros, als draußen eine Frau auftauchte, mit einem langen Lederrock mit Schürze, darüber ein Oberteil in rötlichem Ocker sowie zwei Perlenbündel, die an ihren Ohrläppchen hingen. Er eilte hinaus, um ihr die Tür zu öffnen.

Im Korridor war es dunkel, aber als er sie sagen hörte, sie würde eine Nachricht von einer Tanzgruppe überbringen, freute sich Kaniũrũ so sehr darüber, dass er wie ein kleines Kind auf der Stelle zu hüpfen begann und der Frau schwor, persönlich dafür zu sorgen, der Gruppe zwei nagelneue Busse zur Verfügung zu stellen, mit denen sie ihr eigenes Transportunternehmen aufmachen könnten, wenn sie ihm wirklich eine Tanzgruppe für eine Vorstellung vor Sikiokuu besorge.

Er war so aufgeregt über diesen neuerlichen Glücksfall, dass er kaum Fragen über die Frau und ihre Gruppe stellte, um diese glückliche Fügung nicht zu verscheuchen.

Kaniũrũ rief persönlich bei den Zeitungen, beim Radio und bei den Fernsehsendern an, um sie über das Ereignis in Kenntnis zu setzen. Am Morgen der Eröffnungsfeier startete er Erinnerungsanrufe und fügte hinzu, etwas Dramatisches würde sich ereignen.

Am meisten befriedigte ihn das sichere Wissen, diesmal endlich sein Bild in der Zeitung abgebildet zu sehen – er und Sikiokuu umringt von sie anhimmelnden Tänzerinnen.

15

Die Tänzerinnen trafen als Erste ein. In den traditionellen Gewändern sahen sie einander zum Verwechseln ähnlich. Aber wenn es auch schwierig war, die eine von der anderen zu unterscheiden, als Gruppe boten sie dem Betrachter ein überwältigendes Bild. Kaniũrũ verschob die formelle Begrüßung auf den Augenblick, in dem die Medien anwesend waren. Den Frauen schien das nichts auszumachen. Sie ließen sich im Hof nieder und bereiteten sich auf ihren Auftritt vor. Die Gäste bestanden in der Mehrzahl aus denjenigen, die sich in Erwartung eines üppigen Geldregens durch Marching to Heaven Protektion erkaufen wollten.

Sikiokuu hatte seine eigenen Regierungsfotografen mitgebracht, aber erst nachdem die Zeitungsreporter und Kameraleute eingetroffen waren, gingen Kaniũrũ und er hinaus in den Hof und nahmen ihre Plätze ein, bereit, von den Tänzerinnen, die sich jetzt zur Formation aufstellten, mit Lobpreisungen überschüttet zu werden. Gerade als sie beginnen wollten, erschien Vinjinia.

Sie erschrak, als sie die Tänzerinnen in den traditionellen Kostümen sah, die sie dem Herrn der Krähen übergeben hatte. Sie hatte viel Geld dafür bezahlt, aber jetzt war sie froh zu sehen, wie beeindruckend diese Kleidung wirkte. Die Anweisungen aus dem Schrein befolgend, versuchte sie, keinerlei Interesse an ihnen zu zeigen, und ging auf kürzestem Weg zur ersten Reihe, in der die Ehrengäste Platz genommen hatten. „Ich möchte Minister Sikiokuu sprechen", sagte sie laut.

Alle Blicke, auch die der Tänzerinnen, wandten sich der Frau zu. Sikiokuu beugte sich zu Kaniũrũ und fragte, wer diese Frau sei. Eine Verrückte, antwortete Kaniũrũ, aber weil er kein Aufsehen vor der Presse haben wollte, versuchte er die Situation zu entspannen, indem er die Frau laut und freundlich fragte: „Mutter, was wünschst du?" Vinjinia antwortete ebenso laut, sie wolle nur wissen, wo die Regierung die Leiche ihres Mannes Tajirika vergraben habe. Sikiokuu zeigte keine Reaktion. Er starrte geradeaus, als hätte er nicht die leiseste Ahnung, wovon die Frau sprach. Kaniũrũ gab einigen Polizisten ein Zeichen, sie fortzuschaffen. Vinjinia schrie. Längst machten die Pressefotografen ihre Aufnahmen. Sikiokuu erkannte, dass die Situation außer Kontrolle geraten könnte, und befahl den Polizisten, die Frau in Ruhe zu lassen. Kaniũrũ kochte vor Wut, denn dies war nicht das dramatische Ereignis, das er der Presse versprochen hatte. Er wusste nicht, was er tun sollte. Vinjinia schrie und verlangte zu wissen, ob ihr Mann noch am Leben sei. Wenn er tot sei, sollten die Oberen sie zu seinem Grab führen. Verzweifelt wandte sich Kaniũrũ an die Tänzerinnen und wies sie an, mit der Vorführung zu beginnen.

Als reagierte sie auf Kaniũrũs flehentliche Bitte, stimmte eine der Frauen ein Lied an, das die anderen mit kreisenden Hüften und Handbewegungen, die sie mit rhythmischen Grunzlauten unterstützten, begleiteten.

Als ich herkam, dem Besucher Lob zu singen
wusste ich nicht, dass dies Haus keinen Frieden kennt
In einem Haus ohne Frieden mag ich nicht singen
weil mein Lied zur Kakophonie werden könnte
und meine Stimme sich in meiner Kehle verliert
obwohl du mich tanzen siehst
Ich habe Mann und Kinder, für die ich zu sorgen habe
Ich will nicht, dass die Kinder den Vater verlieren
denn ein Heim besteht aus Vater, Mutter und Kind

Als er den Text hörte, begriff Sikiokuu sofort, dass er etwas Drastisches unternehmen musste, sonst würde die Situation eskalieren und ebenso schmachvoll enden wie in Eldares. Wie würde der Herrscher reagieren, wenn ihn die Nachricht in Amerika erreichte? Er erhob sich und bat die Frauen, das Singen einzustellen, denn er habe den Medien etwas mitzuteilen.

Er sei gekommen, begann er, um offiziell diese zwei wichtigen Regierungsbüros zu eröffnen und um eine Erklärung abzugeben. Eigentlich habe er vorgehabt, das, was er zu sagen habe, erst am Ende der Zeremonie mitzuteilen, doch weil er natürlich vom Redaktionsschluss der Presse wisse, wolle er es besser gleich erledigen. Auf keinen Fall wolle er riskieren, dass einige Reporter eher gehen müssten. Zwei Dinge vor allem bewegten ihn:

Erstens gehe es um Nyawĩra, die Gesetzlose. Der Regierung sei klar, dass sie sich im Volk verberge, und er wolle alle daran erinnern, dass es jedermanns Pflicht sei, sie bei der nächsten Polizeiwache anzuzeigen. Wer der Flüchtigen Unterschlupf gewähre, sei ebenso des Hochverrats schuldig wie diese Kriminelle. Gleichzeitig aber wolle er darauf hinweisen, dass Nyawĩra nichts zustoßen werde, wenn sie sich den Behörden stellte, worum ihr Vater sie gebeten habe. Sie würde eine faire Verhandlung nach den Gesetzen des Landes bekommen. Dann lobte er eine Belohnung von fünfzigtausend Burĩ für denjenigen aus, dessen Hinweise zur Verhaftung und erfolgreichen Anklage besagter Nyawĩra wegen Verbrechen gegen den Staat führten.

Zweitens gehe es um Titus Tajirika. Nyawĩras Arbeitgeber befinde sich im Gewahrsam der Sicherheitskräfte und helfe ihnen bei der Suche nach den Ursachen des Schlangenwahns in Eldares. Er, der Minister, habe nicht gewusst, dass diese Frau hier vor ihnen Tajirikas Frau sei. Er würde veranlassen, dass Vinjinia und ihre Kinder zu Tajirika gebracht würden, damit sie mit eigenen Augen sehen könnten, dass er am Leben sei und es ihm gut gehe. Die Regierung schätze die Informationen, die Tajirika zu Nyawĩra und dem Schlangenwahn habe, doch könne er als Minister aus „Sicherheitsgründen" keine weiteren Einzelheiten preisgeben.

Sikiokuu beendete seine Erklärung mit der Bitte, Mrs. Vinjinia Tajirika möge sich zu den anderen Ehrengästen, die auf die Aufführung der Tanzgruppe warteten, aufs Podium begeben. Er setzte sich wieder, winkte den offiziellen Polizeifotografen heran und sagte ihm, was er zu tun hatte.

Diese Erklärung überraschte alle. Vinjinia wusste nicht, was sie machen sollte; von einer solchen Entwicklung war im Schrein nicht die Rede gewesen. Sollte sie sich gleichgültig zeigen, wie es der Herr der Krähen geraten hatte? Sollte sie die Einladung ignorieren und einfach gehen? Wie aber konnte sie die Einladung eines Ministers ablehnen? Das könnte als Affront aufgefasst werden und den versprochenen Besuch bei ihrem Mann hinauszögern. So saß sie plötzlich neben den großen Ohren von Silver Sikiokuu auf dem Podium.

Die Tänzerinnen stimmten jetzt ein Lied an, das die Menschen im Land zu Frieden und Einheit aufrief.

Sikiokuu, man hat dir große Ohren gegeben,
damit du Dinge aus weiter Ferne hörst
Und du, Kaniũrũ, hast eine große Nase,
damit du aus weiter Ferne alles riechst
Hört also zu, was wir, die Menschen dieses Landes sagen
Wir wünschen Frieden, Einheit und Fortschritt
Ein guter Führer ist der, der das bewirken kann
Ich werde singen, was ich für den sang, der vorher da war
Ich werde das gleiche Lied für den singen, der heute hier ist
Ich werde das gleiche Lied für den singen, der danach folgen wird
Als ich gegen die Kolonialmacht kämpfte
Glaubte ich, Frieden hieße, eine Kuh, die mich mit Milch ernährt
Gestern hatte ich nichts zu essen
Heute ist es nicht anders
Wer hat Ohren, das Volk zu hören?

Sikiokuu war von diesem Lied gerührt. Er nahm an, die Damen würden ihn in verschlüsselten Worten bitten, endlich zum Führer des Landes aufzusteigen. Er klatschte enthusiastisch, als wollte er damit andeuten, dass er ihren Aufruf verstanden habe. Kaniũrũ dagegen gefiel überhaupt nicht, was da gesungen wurde, doch weil es Sikiokuu gelungen war, die Situation zu entschärfen, erlaubte er sich ein

Lachen. Die Journalisten, die einen großen Knall erwartet hatten, bekamen jetzt nur eine kleine Blase geliefert und fühlten sich um eine gute Geschichte betrogen.

Vinjinia, die Einzige in der Reihe der Würdenträger, die wusste, warum alles so geendet hatte, staunte innerlich über den neuerlichen Beweis für die Kräfte des Herrn der Krähen. Er hatte erreicht, was Rechtsanwälten, Journalisten und all ihren Freunden nicht gelungen war: Die Regierung zu zwingen zuzugeben, dass sie Tajirika in ihrer Gewalt hatten. Wer aber waren diese Tänzerinnen? Sie hatte sie noch nie gesehen. Konnte es sein, dass sich der Herr der Krähen in mehrere weibliche Inkarnationen verwandelt hatte?

Jedenfalls wussten weder Kaniũrũ noch Sikiokuu und auch Vinjinia nicht, dass Nyawĩra die Frauen bei Gesang und Tanz angeführt hatte.

16

Als Nyawĩra Kamĩtĩ alles berichtet hatte, was während der Zeit seines Aufenthalts in Kĩambugi im Schrein vorgefallen war, schüttelte er ungläubig den Kopf und murmelte missbilligend: „Das war gefährlich und verantwortungslos."

Sie saßen im Chou Chinese Gourmet, ihrem Lieblingslokal, das sich auf wunderbar angenehme Weise sowohl von den Restaurants der Oberklasse als auch den Spelunken abhob, zumal beide Extreme oft das Revier darstellten, in dem der Geheimdienst wilderte.

„Du bist derjenige, der mal zu mir gesagt hat, das beste Versteck ist immer dort, wo man am wenigsten vermutet wird."

„Ja, aber du hast dich absichtlich in große Gefahr begeben. Auge in Auge mit John Kaniũrũ, jemandem, der dich so gut kennt? Und das nicht nur einmal, sondern gleich zweimal!"

Der Kellner brachte die Rechnung und zwei Glückskekse. Nyawĩra bezahlte und nahm einen Keks. Kamĩtĩ nahm den anderen. Fast gleichzeitig brachen sie sie auf und zogen das kleine Papier heraus, auf dem Prophezeiungen zu lesen sind.

„Was steht bei dir drauf?", wollte Kamĩtĩ wissen.

„Nein, sag du erst, was bei dir draufsteht."

Sie stichelten eine Weile, wer den Anfang machen sollte, dann schnappten sie das Zettelchen des jeweils anderen und lasen. Der Text war identisch: „Sei auf Überraschungen gefasst!" Sie lachten.

„In Ordnung. Erzähl mir bitte den Rest von Vinjinias Geschichte, überrasch mich. Vielleicht sind das die Überraschungen, die die Glückskekse vorhersagen."

„Schau nicht so verschreckt", sagte Nyawĩra und versuchte, Kamĩtĩ zu besänftigen. „Kaniũrũ konnte mich nicht erkennen. Das erste Mal bin ich ihm in der Abenddämmerung begegnet. Ich hatte einen *kanga* um den Kopf und einen Nasenring. Beim zweiten Mal trug ich ein traditionelles Gewand und befand mich in einer Frauengruppe, die genauso gekleidet war. Ich habe mich gefühlt, als wäre ich wieder im College. Wenn ich dort auf der Bühne im Scheinwerferlicht stand und eine Rolle spielte, konnte ich jeden in die Irre führen. Sogar meine engsten Freundinnen."

„Mich könntest du nicht in die Irre führen!", stellte Kamĩtĩ fest.

„Sei dir da nicht so sicher", gab Nyawĩra zurück und entschuldigte sich, um auf die Toilette zu gehen.

Als er allein war, dachte Kamĩtĩ über alles nach, worüber sie gesprochen hatten. Er war glücklich, dass sie wieder zusammen waren. Die Leichtigkeit ihres Gesprächs trug dazu bei, sich von der Last zu befreien, die er verspürte, seit er vom Tod Margaret Wariaras und dem Unheil erfahren hatte, das das fremde Virus über das Dorf seiner Vorfahren gebracht hatte. Früher hatte er immer die Ruhe des Dorfes gegen die beklemmende Enge der Stadt gestellt. Inzwischen waren die Dinge aber weit vielschichtiger. Seine Sorge mischte sich mit der Verachtung, die er gegen solche wie Matthew Wangahũ und Kaniũrũ hegte. Nyawĩra hatte bei ihrem drastischen Versuch, Vinjinia zu helfen, eine erstaunliche Großherzigkeit und Charakterstärke sowie Selbstaufopferung gezeigt. Er empfand Glück, dass sie seine Gefährtin war. Sie hatte ihm eine neue Sicht auf die Welt vermittelt.

Während er über die Sicherheit und die Möglichkeiten ihrer Beziehung nachdachte, verlor er jedes Gefühl für seine Umgebung. Erst ihre Schritte holten ihn aus seiner Traumwelt zurück.

Sie bemerkte seinen erschrockenen Blick und deutete ihn als noch andauernde Angst wegen der Gefahr, in die sie sich während seiner zweiwöchigen Abwesenheit begeben hatte. Sie versuchte, ihn zu beruhigen.

„Hör zu, ich wäre alles andere als aufrichtig, wenn ich nicht zugeben würde, dass mir, als ich Kaniũrũ Auge in Auge gegenüberstand, so war, als müsste ich alle Tarnung abwerfen und ihm zeigen, dass ich noch lebe und wohlauf bin, oder ihm einfach mit einem Messer die Nase abschneiden. Aber ich habe mir jede Dummheit versagt, weil das alles, wofür ich eintrete, gefährdet hätte. Außerdem ging es mir wirklich um Vinjinia. Ich habe nicht vergessen, dass sie einmal meinetwegen verhaftet wurde. Und auch der Stolz hat mich dazu gebracht, ihr zu helfen. Ich will nicht eines Tages den Vorwurf hören, es sei jemand zum Schrein des Herrn der Krähen gekommen, sei aber wieder weggeschickt worden, ohne dass man sich seiner Nöte angenommen hätte. Jetzt freue ich mich, dass Vinjinia friedlich schlafen kann, weil sie weiß, was sie nun weiß."

„Was denn?"

„Wenn sich der Staat über eine Person ausschweigt, die er verhaftet hat, dann ist das meistens ein Todesurteil. Tajirika war bereits tot. Wir haben ihn ins Leben zurückgeholt."

17

Auch Tajirika war überzeugt, bald eine Leiche zu sein. Nach seiner Festnahme hatten sie ihm die Augen verbunden und ihn in eine dunkle Kammer geworfen. Ein winziges Licht über ihm, dessen Quelle er nicht ausmachen konnte, war sein einziger Gefährte. Im Dunkeln brachten die Wärter ihm Essen und Wasser und beantworteten wie seine Kidnapper keinerlei Fragen. Die Tage und Nächte in schmerzvollem Schweigen machten ihn taub vor Angst. Der Gedanke, er könnte seinen ganzen Besitz verlieren, war unerträglich. Er hätte alles getan, um ihn zu retten, hätte sich selbst denen zu Füßen geworfen, die für seine Inhaftierung verantwortlich waren. Nur, wer waren sie?

Ein Verdacht nach dem anderen suchte ihn heim. Hatte Vinjinia, als sie sich in Haft befand, was ihn betraf, gelogen, um im Austausch dafür freigelassen zu werden? Oder hatte man Nyawĩra gefasst und sie hatte ihn als Mittäter ihrer Verbrechen angeschwärzt?

Er war entschlossen, seinen Entführern und allen Lügen entgegenzutreten, die man über ihn verbreitete; und er wollte seine Bereitschaft zeigen, die Verfehlungen und Unterlassungen zu bereuen, deren man ihn beschuldigte.

Sikiokuu hatte das vorausgesehen. Ihm war klar, dass Tajirikas augenblicklicher Geisteszustand alle möglichen unverlangten Beichten zur Folge haben würde. Der verzweifelte Kerl wäre bereit, sich völlig Sikiokuus Gnade auszuliefern. Deshalb konnte Sikiokuu mit mehreren Optionen spielen.

Vinjinias unerwartetes Einschreiten im Beisein der Presse vereitelte diese Pläne und zwang Sikiokuu, so viele Informationen wie möglich aus Tajirika herauszupressen, bevor der Herrscher in Amerika die Nachricht von seiner Verhaftung erfuhr. Er befahl seinen Leuten, unverzüglich mit den Verhören zu beginnen.

Sie brachten Tajirika aus der dunklen Kammer in ein Verhörzimmer und drückten ihn auf einen Stuhl. Vom Licht geblendet, musste er unkontrolliert zwinkern; zunächst konnte er nichts erkennen. Dann merkte er, dass er sich an einem Tisch in der Mitte eines Raumes befand. Ihm gegenüber saß ein Mann in einem schwarzen Anzug. Im Vergleich zur düsteren Kammer seiner bisherigen Haft war das für Tajirika eine große Verbesserung, aber die Demütigung brannte in ihm, und er keuchte vor kaum unterdrückter Wut.

„Sie brauchen keine Angst zu haben. Ich bin von der Polizei", sprach der Mann und reckte ihm über den Tisch die Hand entgegen. „Nennen Sie mich Assistent Superintendent Njoya, Elijah Njoya."

Tajirika ignorierte die ausgestreckte Hand.

„Wissen Sie, wer ich bin?“, fragte Tajirika zornig, der seinen Vorsatz, auf Knien um Gnade zu betteln, völlig vergessen hatte.

„Natürlich, Mr. Tajirika. Als ob es in Aburĩria jemanden gäbe, der Sie nicht kennt!“, sagte Njoya sanft und bestimmt und machte Tajirika mit seiner scheinbaren Gleichgültigkeit gegenüber der Ungeheuerlichkeit, die man dem Vorsitzenden von Marching to Heaven angetan hatte, noch wütender. Gleichzeitig war er geschmeichelt zu hören, dass man ihn im ganzen Land kannte.

„Warum hat man mich verhaftet?“, sagte Tajirika fordernd.

„Verhaftet?“, fragte Njoya bestürzt. „I am sorry, but there must be a misunderstanding“, fügte er hinzu.

„Da gibt es kein misunderstanding. Sie haben mich in Golden Heights verhaftet, in meinem Haus, vor den Augen meiner Frau und der Dienstboten.“

„Wann genau war das?“

„Wollen Sie mir weismachen, Sie wüssten nichts davon?“

„Ich habe erst gestern erfahren, dass Sie sich hier aufhalten. Also nahm ich an, dass Sie gestern hier eingetroffen sind.“

„Gestern? Vor Monaten! Nicht vor Tagen! Und ich bin nicht ‚hier eingetroffen‘. Man hat mich wie ein Stück Holz oder einen Steinblock auf die Ladefläche eines Land Rovers geworfen und mich in dieses Höllenloch verfrachtet.“

„Das tut mir sehr leid, Mr. Tajirika“, meinte Njoya daraufhin. Und tatsächlich sprach er in scheinbar aufrichtigem Ton, mit der angemessenen Mischung aus Furcht, Demut und Respekt jemandem gegenüber, der Tajirikas gesellschaftliche Stellung innehatte. „Mr. Tajirika, ich werde das auf jeden Fall überprüfen. Sie als Unternehmer wissen ja, wie Befehlsempfänger sind. Man sagt ihnen, sie sollen einen Gegenstand holen, und sie kommen mit zehn zurück. In der Tat, wenn Ihre Frau nicht gewesen wäre ...“

„Was ist mit meiner Frau?“, herrschte Tajirika ihn an.

„Nun, ich glaube, sie hat gestern Abend angerufen und die Polizei alarmiert, dass Sie verschwunden sind. Und sie fragte, ob Sie vielleicht hier auf der Wache sind.“

„Sie meinen, sie hat die ganze Zeit verstreichen lassen, ohne die Polizei zu alarmieren? Und wenn meine Entführer Gewaltverbrecher gewesen wären? Dann wäre ich längst Futter für die Würmer."

„Machen Sie bitte Ihrer Frau keine Vorwürfe. Vielleicht wusste sie nicht, wo und wie sie nach Ihnen suchen sollte. Sie wissen ja, wie das mit den Frauen vom Lande ist ..."

„Meine Frau ist nicht vom Lande. Sie ist ziemlich gebildet. Sie hat einen Schulabschluss."

„Verzeihung. Das tut mir leid. Wie dem auch sei, Ihre Frau hat genau das Richtige getan, indem sie die Behörden von der Situation in Kenntnis setzte, und deswegen besuche ich Sie auch selbst, anstatt einen Untergebenen zu schicken. Ach, übrigens, was Ihre Frau angeht, rufen Sie sie doch bitte an und sagen Sie ihr, dass Sie bei der Regierung sind und sie sich keine unnötigen Sorgen machen soll."

Wie ein Zauberkünstler holte der Polizist ein Mobiltelefon aus der Jacke und reichte es Tajirika. Als er das Gerät in der Hand hielt, hatte Tajirika das Gefühl, als würde ihm ein Stück seines früheren Lebens zurückgegeben. Selbstbewusst tippte er die Ziffern ein und lehnte sich zurück, als wäre er in seinem Büro. Superintendent Njoya schlich auf Zehenspitzen hinaus, als respektierte er Tajirikas Privatsphäre. Tajirika sprach am Telefon nicht viel, er war wütend auf Vinjinia, weil sie so lange gebraucht hatte, um sich an die Behörden zu wenden. Er teilte ihr lediglich mit – fast als würde er damit prahlen –, dass er sich in den Händen der Regierung befinde, sie sich um ihn keine Sorgen machen solle und ihre Aufgabe nur darin bestehe, sich um Haus und Unternehmen zu kümmern. Er beendete das Gespräch, ohne sich nach ihr oder den Kindern zu erkundigen und ohne ihr Gelegenheit zu geben, ihm zu antworten. Nun kam auch Njoya wieder ins Zimmer, gefolgt von einer weiteren Person, die einen Servierwagen schob, auf dem sich ein Teller mit Hühnchen und Reis befand.

Tajirika aß mit großer Gier. Es war das erste ordentliche Essen seit vielen Tagen. Das Aroma eines guten Kaffees steigerte seinen Genuss und er rülpste zufrieden. Dieser Njoya war vielleicht doch kein so schlechter Kerl und könnte sich möglicherweise noch als Freund jener Polizisten herausstellen, die Tajirika jedes Jahr auf der Wache von Santamaria mit Weihnachtsgeschenken bedachte. Oder vielleicht sogar als Freund eines Freundes seines guten Freundes Machokali.

„Danke“, sagte er aufrichtig zu Njoya.

„Keine Ursache“, antwortete dieser. „Und jetzt, Mr. Tajirika, wollen Sie bestimmt erfahren, warum wir Sie zu uns gebeten haben. Wir möchten, dass Sie uns helfen, einige Dinge zu klären, danach sind Sie wieder ein freier Mann.“

„Sie bestätigen also, dass ich nicht frei bin?“

„Das ist nur so eine Redensart. Als Freund aber möchte ich Ihnen einen guten Rat geben. Nur Kinder verstehen oft den Zusammenhang der Dinge nicht. Sie sind mit Sicherheit kein Kind mehr und Sie kommen mir auch nicht verstockt vor. Jede bedeutende Person hat Feinde. Sie sind da keine Ausnahme, Mr. Tajirika. Und es gibt keinen besseren Weg, seine Feinde vernichtend zu schlagen, als sich alles von der Seele zu reden. Ihre Antworten und Ihr Verhalten sind sehr wichtig. Lassen Sie heraus, was immer Sie bedrückt. Das ist mein ganz und gar ehrlich gemeinter Rat.“

„Fragen Sie ruhig. Es ist noch nie jemand vor Gericht gestellt worden, weil er eine Frage gestellt hat. Ich habe nichts zu verbergen oder zu verschleiern. Ich habe immer das Loblied auf den Herrscher gesungen.“

„Genau so sollten wir die Sache angehen. Aber wie Sie selbst wissen, gibt es Leute, die tagsüber das Loblied des Herrschers singen und sich nachts gegen ihn verschwören. Darum sagen Sie mir Folgendes: Warum haben Sie die Vorladung nicht befolgt, vor dem Untersuchungsausschuss zum Schlangenwahn zu erscheinen, immerhin wurde diese Kommission vom Herrscher eingesetzt?“

Das war nicht die Art Frage, mit der Tajirika gerechnet hatte. Er wollte schon antworten, Sie meinen diese Kommission, der mein Stellvertreter vorsteht?, hielt sich aber zurück, um nicht den Fehler zu begehen, als Wortklauber dazustehen, wo es um die Weisheit des Herrschers ging.

„Ich wollte mich nicht entziehen, aber dann kamen andere Dinge dazwischen, und ich habe Tag und Zeit einfach verpasst. Jemand wie ich braucht ausreichend Vorlauf, um seine Angelegenheiten entsprechend zu regeln. Wir Geschäftsleute folgen nun mal dem Sprichwort: Zeit ist Geld."

„Ganz wie die Engländer, nicht?"

Geschmeichelt von der Ähnlichkeit der Gedanken wollte Tajirika schon zustimmen, dachte dann aber an seine jüngste Krankheit, als ihm wegen seines Verlangens, ein Weißer zu sein, die Wörter im Hals stecken geblieben waren. Also schüttelte er den Kopf.

„Nun gut, bitte erzählen Sie uns etwas über den Schlangenwahn", fuhr Njoya fort.

„Was wollen Sie wissen?"

„Natürlich alles. Es kann Ihnen ja nicht viel entgangen sein."

„Sie sagen es."

„Die Schlangen begannen bei Ihnen?"

„Sie sagen es."

„Wie?", fragte Elijah Njoya, den dieses „Sie sagen es" irritierte.

„Ich weiß nicht über alle Warteschlangen Bescheid, aber ich weiß, dass eine davon an dem Tag, an dem Minister Machokali verkündete, ich werde als Vorsitzender von Marching to Heaven eingesetzt werden, vor meinem Büro entstand. Die Schlange war nicht lang und löste sich auf, nachdem ich mich mit den Anliegen der Leute befasst hatte. Trotzdem gab es Anzeichen dafür, dass es zu längeren Schlangen kommen könnte. Sehen Sie, viele Geschäftsleute riefen mich an, unmittelbar nachdem Sie von meiner Ernennung gehört hatten; viele kamen in mein Büro, um mir zu gratulieren und sich mir vorzustellen. Der Empfangsraum war dermaßen überfüllt, dass meine Sekretärin sie bitten musste, draußen eine Reihe zu bilden, damit einer nach dem anderen drangenommen werden konnte. Nach dem Motto: Wer zuerst kommt, mahlt zuerst."

„Ein hervorragender Grundsatz. Und was wollten die Leute?"

„Sie hatten gehört, dass die Global Bank schon bald Gelder für Marching to Heaven freigeben werde. Sie wollten meine Bekanntschaft machen, bevor die Baumaßnahmen beginnen, damit ich mich später an sie erinnere, wenn es um die Verträge für die Umsetzung des Projektes geht."

„Und was war mit den Arbeitern, den Arbeitslosen, den Obdachlosen ... wie auch immer Sie sie nennen wollen? Was war mit denen? Hofften die auch auf lukrative Verträge?“

„Darüber weiß ich kaum etwas, weil sie an dem Tag, an dem meine Ernennung zum Vorsitzenden von Marching to Heaven bekannt gegeben wurde, nirgends zu sehen waren. Aber kurz vor Büroschluss kam meine Sekretärin mit dem Vorschlag, Aushilfskräfte einzustellen, um mit den vielen Anrufen und den Geschäftsleuten, die persönlich vorbeikamen, fertig zu werden. Dies alles – sich um das Telefon kümmern, hochrangige Besucher empfangen, genaue Aufzeichnungen führen – konnte von einer Person allein nicht bewältigt werden. Ich hielt ihre Idee für gut und beauftragte sie, ein Schild anzubringen, das zur Bewerbung aufforderte. Das neue Schild sollte den alten Anschlag mit der Aufschrift ‚Keine freien Stellen‘ ersetzen.“

„Und wie heißt Ihre Sekretärin?“

„Oh, bitte erinnern Sie mich nicht an sie – sie ist des Teufels“, fauchte Tajirika wütend.

„Wie heißt sie?“

„Nyawĩra.“

„Die Terroristin?“

„Genau die.“

„Hatte sie in Ihrer Firma das Sagen? Oder hat sie Sie so lange terrorisiert, bis Ihnen der Kopf schwirrte und Sie allem zustimmten, was sie verlangte?“

„Nein, damals machte sie den Eindruck eines guten Menschen, und sie schien in ihrem Denken und der Art, wie sie ihre Aufgaben erledigte, sehr reif.“

„Und körperlich? Sah sie auch gut aus?“

„Sie war sehr schön, das stimmt.“

„Außergewöhnlich schön?“

„Die Schönheit selbst.“

„Eine Schönheit, neben der alle anderen Schönheiten verblassen?“

„Oh, Sie hätten sie mal sehen sollen. Diese Wangen. Diese Brüste. Wie sie ging. Und diese Kleider, die aussahen, als hätte der Schöpfer selbst sie ihr auf den Leib geschneidert!“

„Es sieht so aus, als liefe Ihnen heute noch das Wasser im Mund zusammen, wenn Sie an sie denken."

„In meinem Mund läuft das Wasser der Verbitterung zusammen, nicht der Liebe."

„Es gab also eine Zeit, in der Ihnen das Wasser vor Verlangen im Mund zusammenlief? Erlauben Sie mir, so unverblümt zu sein und Sie direkt zu fragen: War da irgendetwas zwischen Ihnen und ihr?"

„Unsere Beziehung ging nie so weit", antwortete Tajirika, den der Ton und auch die Richtung der Fragen Njoyas langsam aus der Fassung brachten.

„Sie meinen, Sie wollten nie Bekanntschaft mit dem schließen, was sich zwischen ihren Schenkeln befand? Warum nicht? Sind Sie einer von diesen Jesus-ist-mein-Erlöser-Arbeitgebern?"

„Ich?", fragte Tajirika, der das Gefühl hatte, seine Männlichkeit werde in Frage gestellt. Er musste sogar lächeln. „Ich habe vielen Frauen das eine oder andere gezeigt. Nyawĩra aber war eher einschüchternd. Nicht, dass sie sich aggressiv verhalten hätte. Wie soll ich es ausdrücken? Es war, als könnten einem ihre Augen direkt ins Herz sehen. Diese Augen, und wie sie sich benahm, das konnte selbst den lüsternsten Mann zum Schlappschwanz machen. Wenn sie länger geblieben wäre, dann vielleicht ... Ein richtiger Mann lässt ein Nein nicht als Antwort gelten, und sobald Frauen ins Spiel kommen, lautet mein Motto ‚Gib niemals auf'!"

„Sie waren also scharf auf sie? Hatten Sie sich vielleicht in sie verliebt?"

„Das will ich damit nicht sagen, aber ..."

„Ich weiß, ich weiß", fügte Njoya eilig hinzu. „Als Mann weiß ich natürlich, es gibt nichts auf der Welt, was ein Mann nicht für eine Frau tun würde, wenn sein Herz einmal entflammt ist. Ich verstehe Sie voll und ganz, Mr. Tajirika."

„Ich habe es Ihnen doch eben erklärt! Nyawĩra war wie ein brennendes Holzscheit ohne Zange."

„Verstehe ich es richtig, dass Sie damit sagen wollen, Sie sehnten sich nach dem brennenden Holzscheit, aber es gab keine Zange zum Anfassen?"

„Nein, nein, es ist nicht so, wie Sie das darstellen. Ich will Ihnen eines sagen: Wenn ich heute, hier und jetzt, diese Frau in die Hände bekäme, würde ich ihr den Hals umdrehen, bis sie tot ist. Sie ist eine Verräterin", erklärte Tajirika giftig.

„In Ordnung. Lassen wir den Fall Nyawĩra beiseite. Nehmen wir mal an, sie war nur Sekretärin. Sie wollen mir also erzählen, Ihre Sekretärin kommt zu Ihnen, ihrem Arbeitgeber, und trägt Ihnen auf, mehr Arbeitskräfte anzustellen, und Sie stimmen dem einfach zu und geben auch noch Ihre Einwilligung, ein Schild draußen aufzustellen?"

„Ja", sagte Tajirika, obwohl ihm immer noch nicht behagte, wie Njoya seine Worte setzte, die unheilvoll klangen.

„Wie viele Zeitstellen wollten Sie denn vergeben?"

„Sagen wir mal drei", antwortete Tajirika. „Vielleicht auch fünf."

„Und wegen drei Leuten, oder meinetwegen auch fünf, hat sie Sie überredet, draußen ein Schild aufzustellen, um ganz Eldares zu verkünden, hier seien Arbeitsplätze zu haben?"

„Wie hätten Sie es denn gemacht", fragte Tajirika zurück. „Es handelte sich um mehr als eine Stelle, also mussten wir es auch in den Plural setzen."

„Sie stimmten ihr also zu, es in den Plural zu setzen, wodurch der Eindruck entstand, es könnte sich um Tausende Stellen handeln?"

„Ich kann mich nicht mehr an den genauen Wortlaut erinnern", antwortete Tajirika, der sich vor diesem professionellen Wortverdreher und Bedeutungsänderer langsam hilflos vorkam.

„Und Sie haben es ihr überlassen, die Worte so zu setzen, wie sie das wollte?"

„Sehen Sie mal, Mr. Officer. Sie war meine Sekretärin. Jeder Chef gibt einer guten Sekretärin eine generelle Vorgabe, wie er Dinge geregelt haben will, und überlässt es ihr, Inhalt und Geist seiner Anweisungen zu respektieren."

„Es wäre demnach korrekt zu sagen, dass Nyawĩra grundsätzlich Ihre Wünsche interpretierte und Ihre Anweisungen ausführte?"

„Ja, zumindest, während sie bei mir beschäftigt war. Was darüber hinausging, habe ich keinen Anspruch auf ihre Zeit erhoben."

„In Ordnung. Eine gute Interpretin Ihrer Wünsche, während sie für Sie arbeitete, und frei in ihren Handlungen, sobald sie den offiziellen Arbeitsplatz verlassen hatte. Richtig?"

„Richtig. Sie sagen es."

„Wie ist denn dann die Warteschlange aus Arbeitsuchenden entstanden?"

„Wissen Sie, nach jenem Tag meiner außergewöhnlichen Ernennung war ich eine Zeit lang leider nicht in der Lage, ins Büro zu gehen ..."

„Warum nicht?", fiel ihm Njoya ins Wort.

„Ich laborierte an einer Krankheit."

„Sie waren krank?"

Tajirika zögerte. Wie sollte er diesem Inquisitor seine seltsame Krankheit erklären? Eine Krankheit, die nicht einmal einen Namen hatte?

„Eine Sache mit dem Herzen."

„Ein gebrochenes Herz?"

„Nein, einfach Herzprobleme."

„Ein Herzleiden? Das kann für einen Mann in Ihrem Alter und mit Ihrem Körperumfang sehr gefährlich werden. Ich bedaure, das zu hören, Mr. Tajirika. Wie lange waren Sie im Krankenhaus?"

„Ich war nicht im Krankenhaus."

„Sie ließen einen Privatarzt kommen?"

„Ja ... Nein ..."

„Was denn nun? Ja oder nein?"

„Beides."

„Wie meinen Sie das?"

„Ich bin zu einem Zauberheiler gegangen. Ich bin mir nicht sicher, ob wir so jemanden als Arzt bezeichnen können."

„Ein Hexendoktor. Sieh einer an! So einer sind Sie! Einer von der Sorte *Afathali Mchawi*?"

„Es ist besser, ihn als Wahrsager zu bezeichnen."

„Aber, Mr. Tajirika, was, wenn Sie nun einen Bypass oder eine Transplantation gebraucht hätten? Hätte Ihr Hexendoktor das auch bewerkstelligt?"

„Bei mir handelte es sich nicht so sehr um ein organisches Leiden“, bemühte sich Tajirika zu erklären. „Ich meinte das Herz im Sinne von Seele. So in der Art.“

„Sie meinen, Sie waren durchgedreht? Verrückt?“

„Neiiin! *Hapana*! No, no!“ Tajirika wehrte diese Unterstellung gleich in drei Sprachen ab, um dem mehr Nachdruck zu verleihen. „Ich meinte Herz in dem Sinne, in dem wir sagen, der und der ist ein herzloser Mensch oder der und der hat ein großes Herz.“

„Eine psychiatrische Fehlfunktion also, etwas in der Art, ist das korrekt?“

„Ich habe keine Ahnung, was die Namen von Krankheiten angeht. Aber ich glaube, dass man einen Wahrsager als eine Art Psychiater bezeichnen kann.“

„Mr. Tajirika, kümmern wir uns nicht weiter um Namen. Egal wie es heißt, Ihr Herzleiden muss so schwer gewesen sein, dass Sie Ihrem Büro fernblieben, gleich nachdem Sie zum Vorsitzenden von Marching to Heaven ernannt worden waren. Es sei denn ...“

„Was?“

„... es handelte sich um einen Trick, eine ‚diplomatische Krankheit‘, oder das, was wir in unserer Arbeit Alibi nennen. Sie hecken einen Plan aus, überlassen jedoch anderen die Ausführung. Haben Sie mir nicht selber gerade gesagt, dass man das als Chef so macht?“

„Ich verstehe nicht recht, was Sie meinen“, fragte Tajirika ein wenig verwirrt.

„Angenommen, und wir nehmen das tatsächlich nur an, Tajirika möchte eine illegale Versammlung von Arbeitern, dem Abschaum unserer Gesellschaft, potentiellen Aufwieglern, so organisieren, dass die sich in Form einer Warteschlange vor seinem Büro aufstellen. Würde er sich dann nicht aus dem Staub machen wollen und alles der zuverlässigen Interpretin seiner Wünsche überlassen? Denn sehen Sie, wenn er dann vor einen Untersuchungsausschuss geladen wird, kann er sagen: Ich war gar nicht da. Er könnte ein Alibi angeben, eine Hotelrechnung oder die Einweisung ins Krankenhaus oder den Brief eines Arztes vorlegen. Kennen Sie die Geschichte vom Daumen und den vier Fingern? Sie waren immer zusammen, alle fünf, eine Art Bruderschaft der Finger. Dann macht der Daumen eines Tages den Vorschlag: ‚Ziehen wir los.' ‚Wohin?', fragen die anderen. ‚Zu Mr. Ndegos Bank', antwortet der Daumen. ‚Und was wollen wir dort?', möchten die anderen wissen. ‚Den Besitzer bestehlen, die Bank ausrauben', sagt der Daumen. ‚Und was, wenn man uns erwischt?', fragen sie. ‚Hey! Ich werde nicht dort gewesen sein', sagt der Daumen. Und bis auf den heutigen Tag gibt sich der Daumen völlig unschuldig, steht abseits der anderen vier, die auch in ihrem Verbrechen zusammengehören."

Tajirika wollte Njoya auf die Fehler in seiner Erzählung hinweisen. In der traditionellen Geschichte war es der kleine Finger, der die Idee mit dem Diebstahl hatte, und eine Bank kam überhaupt nicht darin vor. Außerdem hatte Njoya die Geschichte vom Daumen mit einer völlig anderen vermischt, in der eine Mutter, die auf die Frage ihres Kindes, wohin sie denn gehe, nur die ausweichende Antwort gibt, sie gehe zum Haus eines erfundenen Ndego zu einem Essen, das nur aus einer einzige Bohne bestehe. Aber Tajirika blieb stumm. Er war angesichts der Wendung in Njoyas Verhör und der Veränderung in seinem Tonfall, der unterschwellig Hochverrat und Tod implizierte, wütend und vor Schreck gelähmt.

„Mir gefällt überhaupt nicht, was Sie da unterstellen. Ich bin ein loyaler Bürger. Um ganz offen zu sein: In diesem Schrein bin ich ohne mein Wissen gelandet. So krank war ich. Und ich bin der Arbeit auch nicht nur einen Tag, sondern mehrere ferngeblieben, über eine Woche. Warum sollte ich mein Lebenswerk und meinen Besitz riskieren, um eine Schlange aus Arbeitslosen und Gesindel zu organisieren? Eine Warteschlange aus Jobsuchenden ist nicht gerade ein festlicher Umzug."

„Sie behaupten, tagelang, ja sogar über Wochen hinweg nicht im Büro gewesen zu sein. Haben Sie das Büro dichtgemacht?"

„Nein."

„Und wer hat sich während Ihrer Abwesenheit um das Büro gekümmert?"

„Die Sekretärin. Ich meine, sie war schließlich die Einzige, die ..."

„Mit Sekretärin meinen Sie immer noch diese Nyawĩra?"

„Ja ... aber meine Frau, Vinjinia, ging später ebenfalls ins Büro und übernahm die Verantwortung. Die vollständige Verantwortung. Was hatte ich Ihnen gesagt? Sie ist nicht vom Lande. Sie ist hochgebildet. Sie besitzt ..."

„Nyawĩra und Vinjinia waren also zugegen, als der Schlangenwahn anfing? Ist es das, was Sie sagen wollen?"

„Ja."

„Die beiden sind also die Einzigen, die als Augenzeugen berichten können, was sich dort abgespielt hat?"

„Sie sagen es."

„Was?"

„Nur diese beiden können einen genauen Bericht liefern, weil sie dort waren. Alles, was ich weiß, stammt vom Hörensagen."

„Wann sind Sie wieder zur Arbeit gegangen?"

„Nach der Versammlung auf dem Baugelände von Marching to Heaven."

„Die im Eldares Park stattfand?"

„Sie sagen es."

„Ersparen Sie mir dieses Jesus-Gehabe. Was wollen Sie damit andeuten, Mr. Tajirika? Soll ich etwa den Pontius Pilatus für Ihren Jesus Christus abgeben?"

„Nein, nein, nein. Davon würde ich nicht einmal zu träumen wagen. Ich bin ein Mensch. Ich bin ein Sünder."

„Dann gestehen Sie Ihre Sünden!"

„Was soll ich denn gestehen?"

„Ich war nicht dabei, als Sie gesündigt haben."

„Was wollen Sie von mir?"

„Antworten Sie einfach vollständig auf meine Fragen. Handelt es sich bei dem Tag, an dem Sie die Arbeit wieder aufnahmen, um denselben Tag, an dem Sie geheilt wurden?"

„Nein, da war ich schon wieder gesund. Schon ein paar Wochen lang, um genau zu sein. Ich habe mich zu Hause erholt und nichts Erwähnenswertes getan."

„Mr. Tajirika, Sie verwirren mich immer mehr. Bitte erklären Sie mir das. Wollen Sie mir weismachen, dass Sie zwischen dem Tag, an dem Sie zum Vorsitzenden von Marching to Heaven ernannt wurden, und dem Tag der Einweihung des Bauplatzes nicht ein einziges Mal im Büro gewesen sind, um zu prüfen, wie die Dinge standen?"

„Ich bin ein Mal hingegangen. An diesem Morgen, als ich vom Doktor ..."

„Sie meinen vom Schrein des Hexendoktors?"

„Ja, vom Haus des Wahrsagers. Um ganz ehrlich zu sein, war das auch der Tag, an dem ich zum ersten Mal die Warteschlangen gesehen habe. Glauben Sie mir, Officer, es war ein überwältigender Anblick. Ein furchteinflößender Anblick. Die Reihen zogen sich durch ganz Santamaria. Das Büro wurde regelrecht belagert. Ich habe mich durch die Hintertür hineingeschlichen, ein Spezialeingang."

„Mal sehen, ob ich das richtig verstanden habe. An diesem Tag waren Sie also nicht krank?"

„Ich habe Ihnen doch bereits gesagt, dass ich da gerade vom Doktor kam."

„Dem Hexendoktor?"

„Dem Wahrsager."

„Machen wir uns nicht wegen eines Wortes verrückt. Ich will von Ihnen Folgendes wissen: Sie waren zu diesem Zeitpunkt von Ihrer Krankheit völlig geheilt?"

„Ich versichere Ihnen, dass ich vollständig geheilt war. Ich habe mich nie im Leben besser gefühlt."

„Also, Mr. Tajirika, warum sind Sie dann, obwohl Sie wieder gesund waren, nicht ins Büro gegangen? Oder meldeten sich die Herzprobleme zurück, als Sie die Warteschlangen gesehen haben?"

„Sie haben gesagt, dass ich die Wahrheit sagen soll, die ganze Wahrheit und nichts als die Wahrheit, so wahr mir Gott helfe."

„Und die Wahrheit wird Euch frei machen. Steht es nicht so in der Bibel?"

„Sie haben aber gesagt, dass ich mich nicht in Haft befinde."

„Das ist nur eine Redewendung. Sagen Sie die Wahrheit und beschämen Sie den Teufel."

„Wissen Sie, nachdem es mir gelungen war, mich unbemerkt in mein Büro zu schleichen, habe ich Machokali angerufen."

„Den Minister?"

„Es gibt in diesem Land nur einen Machokali, und der ist mein Freund."

„Ich will nur auf Nummer sicher gehen. Wir Polizisten sind wie Ärzte. Ärzte der Neuzeit, keine Hexendoktoren oder, wie Sie sie nennen, Wahrsager. Ein guter moderner Arzt stellt sicher, dass er alle Einzelheiten über eine Krankheit kennt. Weil er nur dann die richtige Medizin verschreiben kann. Wir bei der Kriminalpolizei sind Wahrheitssucher, und wir haben es gern, wenn wir unseren Fall auf Tatsachen aufbauen können. Ist es also korrekt, wenn Sie den Namen Machokali erwähnen, dass von Machokali die Rede ist, dem einen und einzigen Minister für Auswärtige Angelegenheiten in der Regierung des Herrschers von Aburĩria?"

„Ja, das ist korrekt. Ich habe ihn angerufen, um ihn zu fragen, ob er nicht die Armee einsetzen könnte, die Menschenmenge auseinanderzutreiben."

„Eigenartig. Hat der Minister jemals zu Ihnen gesagt, dass er über die Macht verfügt, die Armee für irgendetwas einzusetzen?"

„Ich glaubte, als Minister wüsste er, wen er in einem solchen Fall ansprechen muss."

„Sagen Sie mir, Mr. Tajirika, hat der Minister jemals gesagt, dass er von der Existenz einer Person oder einer Gruppe von Personen weiß, die neben dem Herrscher über die Macht zu verfügen glaubten, den Einsatz der Armee zu befehlen?"

„Oh, nein, nein. Nichts dergleichen. Aber was er zu mir sagte, veranlasste mich, die Warteschlangen mit anderen Augen zu sehen."

„Und was hat er zu Ihnen gesagt?"

„Er sagte, diese Schlangen seien äußerst wichtig."

„Wichtig?"

„Ja, weil die Schlangen zeigten, dass die Bevölkerung Marching to Heaven in vollem Umfang unterstützt. Die Schlangen würden diese Unterstützung demonstrieren."

„Weiter, was noch?"

„Tatsächlich war es der Minister, der mir riet, nicht zur Arbeit zu gehen und zu Hause zu bleiben, als wäre ich noch krank ..."

„Vorgeben, dass Sie krank wären? Warum?"

„Damit die Schlangesteher sich nicht trennen, sobald die Jagd nach einem Job auf die eine oder andere Art erledigt ist. Solange Sie auf mich warteten, hofften sie, und die Hoffnung würde die Warteschlangen am Leben halten."

„Er hat Ihnen also gesagt, dass Sie lügen und vorgeben sollen, immer noch krank zu sein, obwohl Sie sich nie in Ihrem Leben besser fühlten?"

„Nein, nicht so, wie Sie das jetzt ausdrücken. Er wollte lediglich, dass die Schlangen erhalten blieben, solange die Global-Bank-Delegation im Land war und sich nicht auflösten, bevor die Einweihung des Bauplatzes für Marching to Heaven stattgefunden hat."

„Na gut. Fassen wir mal zusammen. Sie sind in der Klemme wegen einer vorgeschobenen Krankheit. Sie lassen sich überreden, zu Hause zu bleiben, um wieder gesund zu werden. Wer hat sich dann um Ihr Geschäft gekümmert?"

„Vinjinia, meine Frau. Ich habe sie deshalb zur kommissarischen Geschäftsführerin ernannt. Mit der ... der ... Sie wissen schon ... der Sekretärin als ihrer Assistentin. Als Hilfskraft."

„Sie meinen Nyawĩra?"

„Genau die."

„Und weil Vinjinia nicht gerade viel Erfahrung hatte, war es eigentlich Nyawĩra, der Sie die Führung Ihrer Geschäfte anvertrauten. Ist es nicht so?"

„Ja, Nyawĩra hatte mehr Erfahrung, aber ganz bestimmt nicht die Verantwortung. Sie war nur Untergebene."

„Degradiert? Sie wissen doch, wie Frauen sind: eifersüchtig aufeinander. Manche Frauen geben keine Ruhe, bis sie die einzige Frau in einer Männerdomäne sind. Das Einzige-Frau-Syndrom."

„Nein, ich habe sie nicht degradiert, und es gab keine Eifersucht. Um sie glücklich zu machen und um für die Zeit meiner Abwesenheit sicherzustellen, dass sie sich loyal verhielt, hatte ich ihr den völlig bedeutungslosen Titel einer Assistentin der kommissarischen Geschäftsführerin verliehen. Aber eigentlich war sie nichts anderes als eine bessere Empfangsdame."

„Machokali ... kannten er und Nyawĩra sich?"
„Nein, ich glaube nicht."
„Aber Machokali hat Sie doch in Ihrem Büro angerufen?"
„Ja."
„Und alle Anrufe gingen über den Empfang?"
„Manchmal. Er hat mich aber auch direkt angerufen. Meistens sogar, würde ich sagen."
„Ist Machokali jemals in Ihrem Büro gewesen?"
„Ja, aber nicht oft. Nur wenn er in diesem Viertel von Santamaria zu tun hatte. Eldares ist ja eine große Stadt. Mehrere Städte in einer, wenn Sie mich fragen."
„Und wenn sich Machokali und Nyawĩra irgendwo in der Stadt, die, wie Sie sagen, viele Städte hat, privat getroffen hätten, dann hätten Sie das nicht erfahren, oder?"
„Das stimmt, aber irgendwie glaube ich nicht, dass sie sich jemals außerhalb meines Büros begegnet sind."
„Wenn aber doch, dann wüssten Sie nichts darüber?"
„Stimmt."
„Wann war Machokali das letzte Mal in Santamaria?"
Tajirika zögerte. Er war sich nicht mehr sicher, ob ihr letztes Treffen geheim gewesen war oder nicht. Aber er entschied sich für die Wahrheit, um auf Nummer sicher zu gehen. Außerdem, dachte er tief im Innern, konnte es nicht schaden, diesem Polizisten zu zeigen, dass er, Tajirika, gute Verbindungen hatte und dass Machokali sein Freund war.
„Er besuchte mich, unmittelbar bevor er und der Herrscher in die USA abgereist sind."
„Er besuchte Sie im Büro?"
„Nein, wir trafen uns im Mars Café."
„Er ist also nicht ins Büro gekommen, um sich von Nyawĩra zu verabschieden?"
„Ich glaube, da befand sich Nyawĩra schon auf der Flucht."
„Aber Sie haben doch gerade eingeräumt, dass sie es nicht erfahren hätten, wenn die beiden geheime Treffen vereinbart hätten?"
„Ich glaube wirklich nicht, dass sie sich getroffen haben."

„Was macht Sie da so sicher? Wussten Sie, wo sich Nyawĩra zu diesem Zeitpunkt versteckt hielt?“

„Nein.“

„Und Sie waren auch nicht die ganze Zeit mit dem Minister zusammen?“

„Nein.“

„Nein zu was?“

„Nein zur Unterstellung, dass ich den ganzen Tag mit dem Minister zusammen gewesen wäre. Wir trafen uns im Mars Café, und nach unserem Gespräch ging er.“

„Sie können also lediglich sagen, Sie waren nie Zeuge, dass sich die beiden getroffen haben?“

„Ja, aber das heißt nicht, dass ich glaube, sie hätten es getan“, erwiderte Tajirika nachdrücklich und witterte eine Falle.

„Sie könnten aber vor Gericht nicht beschwören, dass sie sich nie an irgendeinem anderen Tag getroffen haben?“

„Das kann ich nicht beschwören“, sagte Tajirika eilig, sichtlich erschrocken über die Erwähnung eines Gerichtsverfahrens.

„Was war der Zweck seines Besuches? Warum wollte er sich mit Ihnen treffen?“

„Er wollte sich verabschieden. Wir sind Freunde.“

„Nichts weiter?“

„Nichts weiter.“

„Kommen wir noch einmal auf Ihre Krankheit zurück. Sie sagten, man hat Sie zu einem Hexendoktor gebracht, damit er Sie heilt. Wer hat sie dorthin gebracht?“

„Vinjinia, meine Frau.“

„Woher kannte sie den Hexendoktor?“

„Die Sekretärin hat ihr von ihm erzählt.“

„Nyawĩra?“

„Ja, Nyawĩra.“

„Dann war diese Nyawĩra also, sei es in geschäftlichen oder persönlichen oder auch familiären Angelegenheiten, immer irgendwo im Hintergrund dabei? So eine Art persönliche Vertraute und Familienberaterin?“

„Bitte verschonen Sie mich mit diesem Namen. Wenn ich diese Nyawĩra, bei allem, was ich mittlerweile über sie weiß, in die Finger kriege ..."

„... dann würden Sie ihr den Hals umdrehen", beendete Elijah Njoya den Satz, als machte er sich über ihn lustig. „Ich weiß genau, was Sie jetzt im Nachhinein machen würden, und das kann ich nur loben. Doch ganz im Ernst, Mr. Tajirika. Ich möchte Ihnen sagen, dass Sie uns sehr geholfen haben und dass Sie, wenn Sie sich weiterhin so kooperativ verhalten, einer Verbesserung Ihrer Lage entgegensehen können. Ich möchte Sie nur davor warnen, uns anzulügen. Erinnern Sie sich noch? Nur die Wahrheit wird Euch frei machen. Haben Sie mir auch wirklich alles erzählt?"

„Ich habe Ihnen nach bestem Wissen und Gewissen geantwortet."

„Und Sie haben auch nichts für sich behalten? Eine kleine Einzelheit vielleicht? Irgendetwas?"

„Nein. Nichts."

„Eine letzte Frage noch: Wie heißt eigentlich der Zauberer, der Sie geheilt hat?"

Diese Frage traf ihn unvorbereitet. Er wollte schon antworten, Herr der Krähen, als ihm plötzlich aufging, was das zur Folge haben könnte. Geld. Die drei Säcke mit Geld. Was, wenn der Wahrsager das Vorhandensein dieser drei Säcke mit Burĩ-Scheinen zugab und außerdem, was noch schlimmer wäre, dass es sich bei dem Geld um die Visitenkarten derer handelte, die hofften, Gewinn aus Marching to Heaven zu schlagen? Das Letzte, was irgendjemand erfahren sollte, war, dass er Geld aus einem Projekt eingesackt hatte, an dem der Herrscher beteiligt war. Die drei Säcke mit Burĩ-Scheinen mussten um jeden Preis ein Geheimnis bleiben, das nur in den tiefsten Windungen seines Gedächtnisses lagerte.

„Ich kenne seinen Namen nicht."

„Sind Sie tatsächlich sicher? Sie kennen den Namen des Hexenmeisters nicht?"

„Ein Wahrsager ist einfach als Wahrsager bekannt. So ist das häufig, nicht nur in meinem Fall. Viele, die solche Heiler aufsuchen, machen sich nicht die Mühe, sich ihre Namen zu merken. Ein Wahrsager ist schließlich nicht unbedingt jemand, den man zu einer Feier oder zu einem Gespräch unter vier Augen ins Büro einladen würde."

Darüber musste Njoya lachen.

„Sie haben Sinn für Humor, Mr. Tajirika."

„Vielen Dank, Mr. Officer."

„Sagen Sie Elijah zu mir, Ihrem Freund."

„Elijah, mein Freund", sagte Tajirika folgsam. „Kann ich jetzt gehen?"

„Warum nicht? Ich kümmere mich um Ihre Überführung. Viel Glück, Mr. Tajirika."

Als er allein zurückblieb, fühlte sich Tajirika mit einem Mal niedergeschlagen. Doch als er diese Begegnung noch einmal vor seinem geistigen Auge vorüberziehen ließ, empfand er Erleichterung. Er verspürte sogar ein Triumphgefühl, als ihm klar wurde, dass er nicht nur alle Versuche abgewehrt hatte, ihn mit Nyawĩra, dem Schlangenwahn und den angeblichen Verschwörungen Machokalis in Verbindung zu bringen. Er hatte es auch vermeiden können, Einzelheiten über seine Krankheit preisgeben zu müssen, und war mit einer Lüge über den Namen des Herrn der Krähen davongekommen. Was jedoch am wichtigsten war, er hatte nichts über die drei Geldsäcke verraten. Und außerdem hatte er Njoya auf seine Seite gezogen und zu seinem Freund gemacht. Schon morgen würde er wieder in seinem Bett in Golden Heights schlafen.

18

Sein neuer Freund Njoya kam aber weder an diesem Abend noch am nächsten oder an irgendeinem anderen wieder, und Tajirika gab es auf, die Tage zählen zu wollen. Und dann, eines Tages, holten sie ihn wieder und verbanden ihm wie zuvor die Augen, und als sie die Augenbinde später abnahmen, saß er inmitten eines Lichtkegels auf dem einzigen Stuhl in einem völlig leeren Raum. Sonst war es dunkel. Am Rand des Lichtkreises glaubte er Spuren von frischem und getrocknetem Blut auszumachen, was seine schlimmsten Befürchtungen bestätigte. Sie würden ihm antun, was sie auch zahllosen anderen angetan hatten, deren Blut auf dem Zementfußboden die Bedrohung bezeugte. Er stand auf und ging wie benommen in die Dunkelheit außerhalb des Lichtkegels. Der Scheinwerfer folgte ihm und aus noch größerer Finsternis erscholl eine Stimme.

„Wer hat dir erlaubt aufzustehen?"

„Wer sind Sie?", fragte Tajirika schreckerfüllt und erstarrte.

„Ich bin Superintendent Kahiga, Peter Kahiga."

„Wo ist Njoya, Superintendent Njoya? Er hat mir versprochen ... Was ist aus meiner Überführung geworden?"

„Die hängt einzig und allein von deinen Antworten auf meine Fragen ab."

„Aber ich habe Ihnen bereits alles erzählt, was ich weiß. Was habe ich denn nicht gesagt?"

„Das kannst nur du wissen. Und ich warne dich, ich bin nicht so verständnisvoll wie Njoya. Ich lass mich nicht so leicht von Tränen beeindrucken. Ich bin hart wie Fels. Und wenn du Spielchen treibst, baumelst du bald kopfüber von der Decke."

„Was wollen Sie von mir?", fragte Tajirika, den ein schauriges Gefühl beschlich, als er mit der unsichtbaren Person redete.

„Zurück auf deinen Stuhl", befahl die Stimme.

Vom Licht umhüllt tat Tajirika, was ihm gesagt wurde.

„Beantworte alle meine Fragen, selbst die geringste. Warum bist du wirklich zum Hexendoktor gegangen?"

„Zu dem Wahrsager, meinen Sie? Ich habe Njoya gesagt, dass ich ihn aufgesucht habe, weil ich krank war."

„Wie hast du dich gefühlt, nachdem er dich geheilt hatte?"

„Völlig mit mir im Reinen. Glücklich."

„Du hast dich also von der Person, die dich geheilt hat, in Hochstimmung versetzt gefühlt?"

„Wären Sie traurig, nachdem man Sie geheilt hat?"

„Ich stelle hier die Fragen, verstanden?"

„Ja."

„Und jetzt, Tajirika, nachdem du geheilt worden bist und dich so gut, so voller Frieden, so glücklich gefühlt hast, warst du da nicht wenigstens ein bisschen neugierig herauszufinden, wer ein derartiges Wunder bewirkt hat? Nicht einmal neugierig genug, wenigstens seinen Namen zu erfahren?"

Tajirika fühlte sich in die Ecke gedrängt. Er hatte, wie er glaubte, aus guten Gründen gelogen, was den Namen des Mannes betraf, der ihn geheilt hatte. Jetzt aber fing er an, die Klugheit dieser Entscheidung in Frage zu stellen. Es schien, als wüsste der unsichtbare Kahiga etwas über den Wahrsager. Hatte vielleicht seine Frau unter der Androhung von Folter etwas über das Geld erzählt? Egal. Tajirika war fest entschlossen, bei seiner Geschichte zu bleiben.

„Ich habe seinen Namen einfach wieder vergessen. Jeder vergisst mal etwas."

Mit dem Schlag hatte er nicht gerechnet, und als er ihn traf – ein voller und kräftiger Schlag mitten ins Gesicht –, sah er tausend Sterne in der Dunkelheit. Instinktiv wollte er, als die Benommenheit schwand, aufstehen und kämpfen, aber wie kämpft man im Dunkeln gegen jemanden, den man nicht sieht? Er spürte Tränen der Wut und Verbitterung über sein Gesicht laufen.

„Warum haben Sie mich geschlagen? Ich habe mich nicht geweigert, Ihre Fragen zu beantworten!"

„Ich hab dir gesagt, dass ich Peter Kahiga heiße und nicht Elijah Njoya. Pack endlich aus. Ich bin nicht hier, um Wortspielereien zu betreiben."

„Ich habe nichts zu verbergen."

„Und du willst immer noch behaupten, dich nicht an den Namen deines Hexendoktors zu erinnern?"

„Ich kann es nicht. Vergesslichkeit ist kein Verbrechen."

„Ich will ein paar Freunde holen, die deinem Gedächtnis auf die Sprünge helfen werden."

Kahiga hatte kaum ausgesprochen, da spürte Tajirika schon jemanden hinter sich. Noch bevor er sich umdrehen konnte, packten ihn zwei Männer an den Schultern und im Nacken und drückten ihn gegen die Stuhllehne. Ein dritter drehte Tajirika die Hand auf den

Rücken, während ihm ein vierter mit einer Nadel unter den Nagel des Zeigerfingers stach. Tajirika wehrte sich, aber es nützte nichts.

„Ich bitte Sie, hören Sie auf. Ich werde versuchen, mich zu erinnern. Was wollen Sie wissen?“, fragte er die Männer im Finstern.

„Wie oft soll ich mich noch wiederholen?“, fragte die Stimme aus dem Dunkel. „Wir wollen alles über diesen Hexendoktor – oder wie immer du ihn nennst – wissen. Und ich meine alles, jedes Wort, das er gesagt hat, wie oft ihr euch getroffen habt, selbst, was er anhatte.“

„Dann sagen Sie Ihren Männern, sie sollen ihre Hände von mir lassen“, sagte er.

„Welchen Männern?“, fragte Kahiga. „Niemand tut dir etwas. Hast du Halluzinationen?“

Tajirika konnte die Hände plötzlich wieder frei bewegen. Schnell drehte er sich um, sah aber niemanden. Bin ich etwa verrückt geworden? Oder treiben die Typen Geisterspiele mit mir?

„Wo sind die Männer, die gerade hier waren?“, fragte Tajirika.

„Dorthin zurück, woher sie gekommen sind. Aber sie werden bestimmt zurückkommen, wenn du nicht aufhörst, Fragen zu stellen. Und jetzt wieder zu diesem Hexendoktor ...“

„Ich bin ihm nur einmal begegnet. Ich kann mich nicht mehr erinnern, was er anhatte, glaube aber, nun ja, dass ich nur sein Gesicht gesehen habe.“

„Und sein Name?“

Sie mussten auf dem Laufenden sein, das spürte er. Es hatte keinen Sinn, weiterhin zu behaupten, dass er sich nicht mehr erinnern könne.

„Herr der Krähen. So ist sein Name.“

„Und warum hast du das nicht früher gesagt?“

„Das ist das Alter. Wenn man älter wird, lässt das Gedächtnis langsam nach.“

„Willst du mir noch etwas über diesen Herrn der Krähen sagen? Von deiner Heilung mal abgesehen, worüber habt ihr zwei euch unterhalten? Hat er Nyawĩra oder Machokali erwähnt oder etwas in dieser Richtung gesagt? Hast du ihn wiedergesehen, seit er nach Eldares zurückgekommen ist, von wo auch immer?“

Tajirika hatte keine Ahnung, was sie wussten und was nicht, schon gar nicht, ob sie über die drei Säcke mit Geld im Bilde waren. Sollte er weiter damit hinter dem Berg halten? Wie sollte er begründen, dass sich sein Geld im Besitz des Hexenmeisters befand? Er wusste genau, worauf sie hinauswollten. Wenn er dem Hexendoktor drei Taschen mit Burĩ-Scheinen geben konnte, dann folgte daraus, dass er in seinem Haus oder auf seiner Farm Hunderte Geldsäcke versteckt haben musste. Und wenn sie das Geld nicht fanden, brachten sie ihn vielleicht trotzdem um, nur weil sie enttäuscht waren. Also entschied Tajirika bei sich, nicht nachzugeben. Er wusste jetzt, was er zu sagen hatte.

„Um die Wahrheit zu sagen, ich habe diesen Herrn der Krähen seit dem Tag, an dem er mich heilte, nicht wiedergesehen. Ich wusste nicht einmal, dass er Eldares verlassen hat und zurückgekommen ist. Aber es gab eine andere Sache zwischen ihm und mir, und Sie werden sicher verstehen, dass dieser Aspekt ein wenig peinlich ist, weil es mit Besitz und Eigentum zu tun hat. Kurz bevor ich den Schrein verließ, bat ich ihn, mich mit einem schützenden Zauber auszustatten, damit mein Besitz nicht vom Wind davongeblasen und mein Leben nicht von meinen Feinden beeinträchtigt werden kann. Kurz, ich erbat und bekam einen schützenden Zauber gegen alles Unheil, das mein Leben und meinen Besitz treffen könnte."

Dieser Offenbarung folgte eine beklemmende Stille. Obwohl er Peter Kahiga nicht sehen konnte, spürte Tajirika, dass seine Aussage über den schützenden Zauber einige Wirkung auf seinen Inquisitor hatte, dessen nächste Frage nicht den Herrn der Krähen betraf.

„Und wie steht es mit Machokali? Merk dir: Wenn du mich wieder anlügst, dann kann dich kein Zauber dieser Welt vor meinem Zorn beschützen. Also, warum hat dich Machokali in Santamaria besucht?"

„Um sich zu verabschieden. Aber habe ich das nicht bereits Njoya gesagt?"

„Hör auf, meine Fragen mit Gegenfragen zu beantworten. Erzähl uns, was sich zwischen euch abgespielt hat. Wort für Wort. Und nimm die Sache ja nicht auf die leichte Schulter."

Tajirika erzählte die Geschichte seines Treffens mit Machokali im Mars Café und erwähnte dabei, dass der Minister sich nach den Fragen erkundigt hatte, die Vinjinia gestellt worden waren, als sie sich in Polizeigewahrsam befand.

„Weshalb wollte er das wissen?"

„Das weiß ich nicht. Er hat es mir nicht gesagt. Und ich habe ihn nicht danach gefragt."

„Was hast du ihm geantwortet?"

„Nur das, was Vinjinia mir erzählt hat: dass sich die Fragen vor allem um Nyawĩra drehten."

„Wie hat er reagiert, als du Nyawĩra erwähnt hast?"

„Er sagte, sie sei die gefährlichste Feindin dieses Staates, und wenn man nach ihr befragt werde, solle man alles sagen, was man wisse."

„Das ist alles?"

„Ja. Ich glaube nicht, dass er ein gesteigertes Interesse daran hatte, über Nyawĩra zu reden. Er wollte sie lediglich hinter Gittern sehen. Ich erinnere mich, wie er mich tröstete und beruhigte, ich solle mir keine Sorgen machen, weil ich sie bei mir angestellt habe. Die Sünden des Angestellten können dem Arbeitgeber nicht angelastet werden. Oder so etwas in der Richtung."

„Er, der Minister, hat dir also, als er gemerkt hat, dass es dir nahegeht und leid tut, die Dienste einer Verräterin in Anspruch genommen zu haben, gesagt, du sollst dir deswegen keine Gedanken machen?"

„Nicht so, wie Sie das jetzt darstellen. Er hat mich getröstet, weil mir die Entdeckung von Nyawĩras wahrer Identität sehr zu Herzen ging."

„Und er selbst hat keine Beunruhigung wegen dieser Sache gezeigt? Er war ganz ruhig, obwohl ihm doch klar sein musste, dass der Polizei eine Verräterin entkommen war?"

„Nein, er schien sich deswegen keine Sorgen zu machen."

„Und er ließ auch keinen Zorn über Nyawĩras Verrat erkennen?"

„Es war nicht so, dass wir die ganze Zeit nur über Nyawĩra geredet hätten."

„Worüber habt ihr euch dann unterhalten?"

Tajirika berichtete, Machokali hätte ihm unter anderem mitgeteilt, dass Kaniũrũ sein Stellvertreter bei Marching to Heaven werden würde.

„Und was ging in dir vor, als du das gehört hast?"

„Ich war ganz glücklich, einen Gehilfen zu bekommen, der mir bei der Arbeit zur Hand gehen würde."

„Hat Machokali gesagt, Kaniũrũ würde dein Gehilfe sein?"

„Ich bin davon ausgegangen."

„Warum?"

„Was soll ein Stellvertreter anderes sein? Er hält den Stuhl warm, wenn der Verantwortliche mal nicht da ist, oder?"

„Wie oft muss ich eigentlich sagen, dass du meine Fragen nicht mit Gegenfragen beantworten sollst? Ich warne dich. Kann es sein, dass der eigentliche Grund, warum du dich geweigert hast, der Vorladung durch den Vorsitzenden des Untersuchungsausschusses zum Schlangenwahn Folge zu leisten, darin liegt, ihn nur als Gehilfen angesehen zu haben? Hast du es etwa gewagt, auf jemanden herabzusehen, der vom Herrscher höchstpersönlich auf seinen Posten berufen worden ist? Oder hattest du Angst, vor dem Ausschuss zu erscheinen?"

„Nein, ich hatte nichts zu verbergen."

„Hast du im letzten Verhör nicht dasselbe gesagt? Und trotzdem hast du heute eine ganze Menge über den Herrn der Krähen rausgelassen."

„Das stimmt. Aber jetzt sage ich die reine Wahrheit und nichts als die Wahrheit, so wahr mir Gott helfe."

„Und woher soll ich das wissen? Wenn du keine Angst hattest, vor dem Ausschuss zu erscheinen, dann bleibt als einziger Grund für dein Fernbleiben die Missachtung des Vorsitzenden, der Wahl des Herrschers."

„Nein, nein!", antwortete Tajirika aufgeschreckt. „Fragen Sie Machokali selbst – er wird es bestätigen, ich war wegen der Ernennung eines Stellvertreters alles andere als erbost. Im Gegenteil. Durch diese Unterstützung hatte ich die Möglichkeit, ihm vorzuschlagen, dass vielleicht auch ich Mitglied der Delegation sein sollte, die in die USA reist. Es war Machokali, der das für keine gute Idee hielt."

„Warum nicht?"

„Ich kann mich nicht mehr genau an die Begründung erinnern. Er hat davon gesprochen, ich solle in der Zeit seiner Abwesenheit seine Augen und Ohren sein."

„Hat er wirklich von Augen und Ohren gesprochen? Bist du dir sicher?"

„Ich bin mir sicher, dass er diese Körperteile erwähnt hat."

„Und was hat er damit gemeint? Hast du schon mal vom M5 gehört?"

„Ja, natürlich. Seiner Allmächtigkeit Ohren, Augen, Nasen, Beine und Hände?"

„Also hatte er die Absicht, seinen eigenen M5 zu bilden?"

„Ich glaube nicht, dass er das so gemeint hat."

„Warum nicht? Konntest du seine Gedanken lesen?"

„Nein."

„Warum verteidigst du ihn dann?"

„Ich versuche nicht, ihn zu verteidigen ..."

„Bist du sicher, dass er dich nicht mit dem Auftrag zurückgelassen hat, ein Netzwerk aus Augen, Ohren, Nasen, Beinen und Händen zu organisieren, das dem des Herrschers Konkurrenz macht?"

„Da bin ich mir sicher."

„Ist das alles, worüber ihr gesprochen habt?"

„Ja."

„Sicher?"

„Ganz sicher."

„Wo hatte er geparkt?"

„Er war nicht mit dem Wagen da."

„Wie meinst du das? Kam er zu Fuß? Oder mit dem Bus, auf einem Eselskarren, in einer Rikscha, einem *matatu*, einem *mbondambonda* oder einer *mkokoteni*?"

„Ich glaube, er ist mit dem Taxi gekommen."

„Tajirika, hältst du die Regierung für einen Haufen von Idioten? Willst du uns weismachen, dass der Minister für Auswärtige Angelegenheiten, vollauf beschäftigt damit, die Amerikareise vorzubereiten, sich dennoch die Zeit gönnte, bei dir aufzukreuzen, nur um Auf Wiedersehen zu sagen, zu hören, welche Fragen Vinjinia während ihrer Gefangenschaft gestellt wurden und dich über Kaniũrũs Ernennung zu deinem Stellvertreter zu informieren? Hältst du das für eine glaubwürdige Geschichte? Was Vinjinia angeht, hätte er alles erfahren können, indem er sich einfach die Akten ansieht. Um sich zu verabschieden und dir von deinem Stellvertreter zu erzählen, hätte er nur anzurufen brauchen. Und warum hat er statt seines Mercedes ein Taxi genommen? Du solltest besser mit den Einzelheiten über den geplanten Sturz der legitimen Regierung unseres Herrschers rausrücken!"

„Ich? Über den Sturz der Regierung des Herrschers reden? Niemals, weder damals noch zu irgendeinem anderen Zeitpunkt haben Machokali und ich über so etwas gesprochen ..."

„Du wirst uns alles gestehen. Der Mund, der uns vom Herrn der Krähen erzählt hat, wird uns jetzt über die Pläne gegen die Regierung berichten, die du und dein Freund im Mars Café ausgeheckt hat."

Kaum waren diese Worte verklungen, verschwand der Lichtkreis und Tajirika wurde in die Finsternis gezerrt. Sie folterten ihn Tag und Nacht. Mit Nadeln und Peitschen, Waterboarding und Elektroschocks. Und jede Folterhandlung wurde von einem Hagel von Fragen über den bevorstehenden Staatsstreich begleitet, den er und Machokali geplant hätten. Aber Tajirika weigerte sich zu gestehen. Er schrie nur immer wieder heraus, was er ihnen bereits gesagt hatte: „Das war das letzte Mal, dass ich Machokali gesehen habe. Er hat mich nicht ein einziges Mal aus Amerika angerufen ..."

Er rief: „Bitte, bitte, foltert mich nicht für Dinge, die ich nie gesagt oder getan habe", doch tief in seinem Innersten freute er sich darüber, nichts über die drei Geldsäcke gesagt zu haben, und er hatte ihren Versuchen widerstanden, ihn zu der Aussage zu zwingen, Machokali hätte gegen den Herrscher intrigiert.

Trotzdem ging es Tag und Nacht weiter; er wurde von unsichtbaren Händen gefoltert, bis er schließlich zusammenbrach und bewusstlos liegen blieb.

19

Als er wieder zu sich kam, befand er sich in einem Bett mit weicher Matratze und Kissen, zwischen sauberen, weißen Laken und einer Decke. Ein Fenster ließ Tageslicht herein. Er traute seinen Augen nicht. Er stieg aus dem Bett. Schmerzen schossen ihm in die Knie, und er stolperte zum Fenster und versuchte, es zu öffnen. Seine Finger brannten, und er konnte nicht richtig zufassen, aber schließlich gelang es ihm. Als er durch das Schutzgitter schaute, erkannte er auf der anderen Seite des Hofes die Mauern weiterer Gebäude. Er ließ den Blick durch sein neues Zimmer schweifen. In einer Ecke entdeckte er ein Waschbecken und daneben Dusche und Toilette. Er hatte das Bedürfnis, sich zu erleichtern, und kurz darauf spürte er, wie sich sein Körper entspannte. Nein, er war nicht tot. Als Nächstes zog er sich aus, warf seine Kleider auf dem Boden und duschte leidenschaftlich. Er wollte gerade die Sachen wieder anziehen, als er in einer anderen Ecke einen Tisch mit zwei Stühlen sah. Zu seiner Überraschung hing ein Anzug über einem Stuhl. Er probierte ihn an. Es war zweifellos seiner, doch ausgezehrt, wie er durch die Folter war, war der Anzug jetzt eine Nummer zu groß. Was war hier los? Seine Augen wanderten zur Tür. Vielleicht ließ sie sich öffnen? Vielleicht entließ man ihn heimlich? War der Herrscher zurück? Hatte die Angst vor dem, was sein Freund Machokali ihnen antun würde, seine Folterer zur Aufgabe gezwungen?

Als er zur Tür trat, öffnete sie sich von selbst. Tajirika wusste nicht, ob er vor Freude laut aufschreien oder Njoya, der nun eintrat und die Tür sorgfältig hinter sich schloss, vor Wut anschreien sollte.

„Sie haben also Ihre Sachen gefunden?“, sagte Njoya, als reagierte er damit auf die Verblüffung in Tajirikas Gesicht. „Vinjinia, Ihre Frau, hat sie geschickt. Haben Sie sie gebeten, sie zu schicken?“

„Nein“, antwortete Tajirika schroff.

„Na ja, Frauen und Kleider! Es tut mir so leid, Mr. Tajirika. Ich weiß, ich hätte früher zurück sein sollen – ein Mann muss schließlich zu seinem Wort stehen, nicht wahr –, aber jedes Mal, wenn ich nach Ihnen gefragt habe, hat man mir gesagt, dass Sie tief und fest schlafen."

„What do you mean?", fragte Tajirika. „Hat Ihnen niemand gesagt, was man mir angetan hat? Selbst die Esel auf dem Markt in Santamaria werden weniger grausam behandelt."

„Tatsächlich? Take it easy. Kommen Sie, wir setzen uns, und Sie erzählen mir alles. Haben Sie eigentlich heute schon etwas gegessen? Wie wär's mit einem Frühstück?" Zwei Männer betraten das Zimmer. Sie brachten Eier, Brot und Würstchen und eine dampfende Kanne mit Tee, stellten alles auf den Tisch und gingen wieder hinaus. Tajirika wurde vom Hunger überwältigt, und während er aß, konnte Njoya dabei zusehen, wie das Essen Tajirikas Feindseligkeit schwinden ließ.

„Meine Nägel schmerzen. Meine Knie brennen wie Feuer von den Schlägen", klagte Tajirika und wischte sich mit dem Handrücken der Rechten den Schweiß von der Stirn. „Und Sie behaupten, nichts von alldem zu wissen?"

„Man kann nicht immer wissen, was die Untergebenen im Schilde führen, wenn man selbst nicht da ist, nicht wahr? Sie haben selbst gesagt, dass Sie nicht wussten, dass Nyawĩra ..."

„Ist Kahiga Ihr Untergebener?", fragte Tajirika schnell, um die Unterhaltung vom Thema Nyawĩra abzulenken.

„Superintendent Kahiga? Oh, Sie Ärmster, den hat man zu Ihnen geschickt? Soll ich Ihnen ein Geheimnis verraten? Über diesen Officer? Er ist vollkommen verrückt. Er hat in seinen Verhören schon viele umgebracht. Und wissen Sie was? Dann ist die Sache erledigt. Tajirika, ich möchte Ihnen helfen und dafür sorgen, dass er Sie in Ruhe lässt. Aber wenn ich Ihnen helfen soll, dann müssen Sie auf mich eingehen. Ich muss ebenso auf Sie eingehen. Sagen wir, wir müssen aufeinander zugehen. Ich will gerne den Anfang machen. Sehen Sie mal in die Ecke dort. Was sehen Sie?"

„Nichts Ungewöhnliches", antwortete Tajirika.

„Sehen Sie genauer hin."

„Ah, ja."

„Das ist das Objektiv einer Kamera, einer Videokamera. Alles, was sich zwischen uns beiden abspielt, wird gefilmt. Ich will nicht, dass Sie von hier weggehen und behaupten, ich hätte Sie ebenfalls gefoltert. Und wenn es etwas gibt, was Sie mir im Vertrauen sagen möchten, dann lassen Sie mich das einfach wissen, und wir können woanders hingehen und reden. Mr. Tajirika, wollen wir dieses Zimmer lieber verlassen?"

„Das wird nicht nötig sein. Ich habe nichts zu verbergen", antwortete Tajirika umgehend, weil er weder durch Worte noch durch Gesten den Verdacht wecken wollte, dass er Geheimnisse hatte.

„Wie gesagt, denken wir zunächst einmal nicht an Kahigas Taten oder Untaten. Die werden wir untersuchen, das kann ich Ihnen versichern. Ich möchte, dass Sie sich unser erstes Gespräch ins Gedächtnis rufen. Habe ich Sie gefoltert?"

„Oh, nein, Sie und ich, wir beabsichtigen Freunde zu werden."

„Versprochen?"

„Ja!"

„Ich bitte Sie, mir etwas zu erklären. Es handelt sich nur um eine einzige Sache. Es ist wie bei einem Puzzle, und es geht um Ihre Krankheit. Ich möchte mit Worten ein Szenario nachzeichnen und wünsche, dass Sie die Sache sorgfältig überdenken, damit Sie die Schwierigkeiten besser verstehen, die wir dabei haben, Ihnen Ihre Geschichte zu glauben. Jetzt sind Sie der Richter. Hier sind die Tatsachen des Falles: Eines frühen Morgens wird im Radio verkündet, dass ein gewisser Mr. Tajirika zum Vorsitzenden von Marching to Heaven ernannt worden ist. Das ist eine außergewöhnliche Ehre. Am Abend desselben Tages wird dieser Mr. Tajirika krank. Am nächsten Morgen bilden sich Warteschlangen vor seinem Büro. Einige Zeit später, sagen wir, eine oder zwei Wochen danach, ist Tajirika wieder gesund und munter, der Inbegriff bester Gesundheit. Doch anstatt wieder an seinen Arbeitsplatz zurückzukehren, wird Tajirika angewiesen, weiterhin krank zu sein. Und er befolgt das. Sie werden mir zustimmen, dass jeder vernünftige Mensch kaum falsch läge, wenn er diese Krankheit mit einem Hut vergleichen würde, den man auf- und wieder absetzen kann. Nun aber kommt eine Zeit, in der sich all die Warteschlangen, die sich vor Tajirikas Büro gebildet hatten, hin zum Bauplatz von Marching to Heaven verlagern. Und, siehe da, auf einmal ist derselbe Tajirika wieder gesund und munter und schließt sich bereitwillig dem Menschenstrom zu den Feierlichkeiten an. Nach der Zeremonie nimmt er seine Arbeit wieder auf. Einem unvoreingenommenen Beobachter könnte kaum ein Vorwurf gemacht werden, wenn er sich wunderte. Warum wurde Tajirika erst wieder gesund, nachdem die Warteschlangen ihr Ziel erreicht hatten? Und worin bestand das Ziel? Es gibt in ganz Aburĩria nicht eine einzige Menschenseele, die sich nicht des schändlichen Verhaltens der Frauen bewusst wäre. Und beachten Sie bitte eine weitere, sogar noch eigenartigere Tatsache: Nyawĩra, die genau an der Stelle, an der die Schlangen ihren Anfang nahmen, ein Schild aufhängte, gehört, wie sich herausstellt, zu denen, die diese schmähliche Tat begingen. Und gleichzeitig ist sie Tajirikas vertraute Sekretärin. Und was Ihre eigenartige Krankheit angeht", sagte Njoya, als spräche er jetzt nicht einen Richter, sondern einen Angeklagten an, „nehmen wir einmal an, ich glaube Ihnen, dass Sie einen Herzanfall hatten oder ein Herzleiden, wie sie es beschrieben haben. Mr. Tajirika, erklären Sie mir Folgendes: Anstatt sich in ein staatliches Krankenhaus oder in eine Privatklinik zu begeben, entscheiden Sie sich, direkten Wegs einen Hexendoktor in seinem Schrein aufzusuchen? Selbst wenn man Ihnen zugesteht, dass Sie kein Vertrauen in die moderne aburĩrische Medizin haben, dann hatten Sie immer noch die Möglichkeit, nach London zu fliegen. Aber das haben Sie, nebenbei bemerkt, nicht einmal in Betracht gezogen. Wenn die berühmten Chirurgen in der Harley Street dazu in der Lage sind, Ihrem Freund Machokali zwei vollkommen neue Augen einzusetzen, die sie zuvor vergrößert und wahrscheinlich auch mit Nachtsichtgeräten ausgestattet haben, warum waren sie Ihnen nicht gut genug? Das sind die Fakten des Falles. Sie sind der Richter. Wie lautet Ihr Urteil?"

„Mein Freund", antwortete Tajirika, der, ohne dass es ihm bewusst wurde, den Ton eines Juristen anschlug. „Ich erkenne zwar die Logik Ihrer Mutmaßungen, aber ich kann nur die Wahrheit sprechen, auch wenn diese mit der Logik kollidiert. Denn Ihnen, wie Sie mir gesagt haben, wird nur die Wahrheit, die ganze Wahrheit und nichts als die Wahrheit alle Zweifel nehmen und sie veranlassen, mich auf freien Fuß setzen. Über manches lässt sich nur schwer sprechen, weil – wie ich Ihnen schon letztes Mal sagte, als wir darüber redeten – diese Dinge, vor allem die Krankheiten, für den, der darüber reden muss, peinlich sind. Als Tripper und Syphilis noch eine tödliche Gefahr darstellten, behauptete man, diejenigen, die daran litten, seien einer ernsten Form von Grippe zum Opfer gefallen. Mit dem Todesvirus heute ist es dasselbe. Jedem Opfer wird nachgesagt, an Nierenversagen gestorben zu sein. Meine Krankheit hatte nicht direkt mit dem Herzen zu tun ... Ich will also sagen, dass es wirklich eine Krankheit war, für die es keinen Namen gibt."

„Bitte, Mr. Tajirika, lassen Sie die Scherze. Während unseres ersten Gesprächs haben Sie mir offen von Ihrer Herzkrankheit erzählt."

„Meine Krankheit hat wirklich keinen richtigen Namen."

„Eine Krankheit ohne richtigen Namen?"

„Krankheiten klopfen nicht an und sagen: Guten Tag, ich heiße Soundso, bitte erlauben Sie mir einzutreten; sie verschaffen sich gewaltsam Zutritt, mehr wie bei einem Staatsstreich. Wissen Sie, Soldaten holen Sie ab und ..."

Njoya wartete nicht ab, bis er den Rest zu hören bekam. Er sprang auf und hämmerte wie wild an die Tür. Zwei Wachen kamen herein, die Waffen im Anschlag. Einen Augenblick lang glaubte er selbst, die beiden wären Teil des Putsches, und versuchte, ihnen zu sagen, dass er auf ihrer Seite stand, doch kam kein Wort aus ihm heraus. Die Wärter legten Tajirika Handschellen an, drückten ihn auf seinen Stuhl zurück und richteten ihre Gewehre auf ihn. Njoya erkannte seinen Fehler, gab den Wärtern ein Zeichen zu gehen und murmelte eine faule Ausrede: Hab nur mal getestet, wie lange ihr braucht. Ihr habt mit Auszeichnung bestanden.

„Was ist nur los mit Ihnen?", fragte Njoya, als er sich wieder zu dem mit Handschellen gefesselten Tajirika umdrehte. „Es handelt sich hier um eine ernste Angelegenheit."

„Was meinen Sie?“, fragte Tajirika verwirrt.

„Ich stelle Ihnen eine einfache Frage und Sie antworten mir mit solchem Blödsinn über einen Staatsstreich und Soldaten ...“

„Sie haben mir ein Szenario vorgelegt“, erklärte Tajirika, „und ich habe Ihnen geantwortet, indem ich ein Bild gezeichnet habe, um Ihnen zu zeigen, wie solch ein Angriff jemanden völlig sprachlos machen kann. Mit einem einzigen, winzigen Wörtchen wie ...“

„Sie haben also nicht an einen echten Staatsstreich gedacht?“

„Ich, an einen Staatsstreich?“, antwortete Tajirika und musste beinahe über die Absurdität lachen.

„Hören Sie auf, Bilder zu zeichnen, und erzählen Sie mir von der Krankheit.“

Stockend begann Tajirika von seinem bedauernswerten Zustand zu berichten, bevor er den Zauberer aufsuchte, noch immer bedacht, dabei nicht zu viel zu verraten. Also erzählte er, wie kurz nach seiner Beförderung zum Leiter von Marching to Heaven Leute in sein Büro kamen, die sich in der Zukunft Verträge erhofften. Jeder habe einen Umschlag mit ein paar Münzen hinterlassen, vielleicht um darauf anzuspielen, welchen Reichtum man sich von diesem Projekt für die Zukunft versprach. Als er nach Hause ging, habe er die Münzen schon beinahe wieder vergessen, dann jedoch habe auch er angefangen, über den unermesslichen Reichtum nachzudenken, den Marching to Heaven hervorbringen würde. „Bei den Münzen im Umschlag handelte es sich nur um eine Kleinigkeit, um Zeichen der Anerkennung, aber offensichtlich lösten sie in meinem Kopf etwas aus, das mich dazu verführte, mir beständig wachsenden Reichtum vorzustellen. Aber das Schlimmste sollte erst noch kommen. Bald bildete ich mir ein, die Leute wären neidisch auf mich, eine Unmenge von Neidern kam aus allen Richtungen auf mich zu. Ich rannte davon und schloss mich im Badezimmer ein. Aber sie kamen noch immer und wollten mir die Haut aus dem Gesicht kratzen. Stellen Sie sich mal einen Mann ohne Gesicht vor! Und so, wie mich mein Wunsch nach unvorstellbarem Reichtum verfolgte, verlor ich die Fähigkeit, mich mit Worten auszudrücken. Mein Körper lehnte sich im wahrsten Sinne des Wortes gegen mich auf. Stellen Sie sich vor:

Gedanken ohne Worte! Was für ein Fluch! Am Ende versammelten sich alle Gedanken, all meine Gefühle in dem einen Wort ‚wenn'!"

Tajirika hielt abrupt inne und schaute sich um, als wüsste er nicht genau, wo er sich gerade befand; dann begriff er plötzlich, dass er in einer Zelle saß und Njoya vor sich hatte, seinen Inquisitor.

„Und welche Schritte unternahm Ihr Hexendoktor, um Sie davon abzubringen, dieses Wort herauszubellen?"

„Er machte mir klar, dass diese Sache mit dem ‚Wenn' mit meiner Sehnsucht zusammenhing, weiß zu sein. Officer, ich wünschte mir, ein Weißer zu werden. Es handelte sich um einen ernsten Fall von Weiß-Wahn."

Njoya brach in Gelächter aus, hielt sich den Bauch und zeigte mit dem Finger auf Tajirika.

„Sie? Ein Weißer? Ein weißer Europäer? Mit diesen Lippen, diesem Kräuselhaar und dieser Haut? Und noch dazu diesem Schmerbauch? Wie hat er Sie davon geheilt?"

„Er machte mir klar, dass ich als armer Weißer enden würde, und irgendwie hat das funktioniert. Ich glaube, mein Weiß-Wahn ist inzwischen völlig weg", beeilte sich Tajirika hinzuzufügen, obwohl er sich von Njoyas hämischem Lachen etwas gekränkt fühlte.

„Nun, es ist gut, dass Sie geheilt sind", sagte Njoya. Er hüstelte ein bisschen und räusperte sich. Jetzt war er wieder ernst und sachlich. „Mr. Tajirika, Sie haben wirklich dazu beigetragen, ein paar Dinge klarzustellen. Und da Sie versichern, mir alles gesagt zu haben, will ich meine Bestes tun. Aber jetzt muss ich Sie verlassen."

Nach diesen Worten stand er auf und ging zur Tür.

„Bin ich jetzt frei?", rief Tajirika ihm hinterher.

„Noch nicht", antwortete Njoya und blieb an der Tür stehen. „Ich werde die Aufnahme unserer Unterredung meinen Vorgesetzten zeigen und ich hoffe, sie sehen, was ich gesehen habe: dass Sie uns ein kleines Fenster zu Ihrer Seele geöffnet haben ..."

Tajirika war ein wenig niedergeschlagen, gleichzeitig aber auch beeindruckt von sich selbst, weil er sich in der Angelegenheit mit dem Geld so clever verhalten hatte. Er hatte einen Zentimeter nachgegeben und war einen Meter vorangekommen. Wenn der Herr der

Krähen jetzt das Geld erwähnte, würden Njoya und seine Truppe glauben, er spräche lediglich von ein paar belanglosen Münzen. Und natürlich hatte er nichts bezüglich der Anschuldigung einer Verschwörung durch Machokali eingeräumt und würde das auch niemals tun. Doch schon bald lasteten wieder Betrübnis und Selbstmitleid auf ihm. Warum hatte man das Verhör aufgezeichnet? Er spürte, wie seine Knie nachgaben, und musste sich am Bett festhalten, um nicht umzufallen. Würde er diesen Leidensweg überleben?

ZWEITER TEIL

1

Solltet ihr, Forscher und Geschichtsschreiber dieses Landes, einmal über diese Ära schreiben, dann hoffen wir, dass ihr nicht überseht, welche Rolle Tajirikas Videobeichte spielte, weniger ihres Inhalts wegen als der Art und Weise, in der Sikiokuu und Kaniũrũ sie aufnahmen. Auch der gewählte Zeitpunkt kann den Lauf der Geschichte und das Schicksal von Nationen beeinflussen, und der Zeitpunkt seiner Freigabe könnte ein noch bedeutsamerer Faktor für den Einfluss des Videos gewesen sein.

Wie sich herausstellte, erhielt Sikiokuu den Mitschnitt kurz nach einem Anruf aus dem Quartier des Herrschers, die Heimkehr der Delegation stehe unmittelbar bevor, und das war sicherlich nicht die willkommenste Nachricht. Der unmissverständliche Befehl des Herrschers, Nyawĩra bei seiner Rückkehr aus Amerika in Haft vorzufinden, sirrte noch immer in Sikiokuus Ohr wie ein Moskito im Dunkeln. Selbstverständlich hatte man der Verhaftung Nyawĩras immer Priorität eingeräumt, doch nun, nach diesem Anruf, war das Sirren stärker geworden: Sie musste um jeden Preis verhaftet werden. Während er auf das Video wartete und auch jetzt, da er es abspielte, kreisten seine Gedanken nur um sie. Befand sie sich noch im Land oder nicht, lebte sie oder war sie tot? Die Geheimagenten, die das gesamte Land nach ihr durchkämmten, hatten keine verwertbaren Informationen geliefert, und mit einiger Genugtuung dachte er, dass er zumindest so viele Steine im Land umgedreht hatte, wie er konnte. Hatte er einen übersehen?

Ja, das Video vielleicht. Sikiokuu, den die Resultate der Verhöre durch Njoya und Kahiga alles andere als zufriedenstellten, hatte den Videomitschnitt angefordert und hoffte, wenn er ihn persönlich ansah, könnte es ihm gelingen, aus Tajirikas Worten, seinem Tonfall und seiner Körpersprache wichtige Hinweise auf Nyawĩras Versteck abzuleiten. Schließlich war Tajirika ihr Arbeitgeber gewesen, und Sikiokuu glaubte seinen Dementis, nichts mit ihr gehabt zu haben, sowieso nicht. Sobald der Mitschnitt bei ihm ankam, gab er strikte Order, unter keinen Umständen gestört zu werden. Er schloss sich in seinem Büro ein und band sich die langen Ohren hinter dem Kopf zusammen, damit ihr Schatten ihn nicht behinderte, während er jede Geste und jeden Gesichtsausdruck Tajirikas studierte.

Sikiokuu war nicht gerade für seinen Humor bekannt. Nur wenige hatten ihn jemals lächeln oder gar lachen sehen, es sei denn sarkastisch. Als er sich aber Tajirika als Weißen vorstellte, musste er ebenso lachen wie zuvor Njoya, und er lachte, bis ihm der Knoten an seinen Ohren wieder aufging und die Rippen wehtaten. Tajirika ein Weißer?

Am Ende des Videos war sein Lachen verebbt und Wut und Enttäuschung gewichen. „Wertlos! Nichts über Nyawĩra!“, brach es aus ihm heraus. Er wollte die Kassette schon in den Mülleimer werfen, als ihm Zweifel kamen. Er lehnte sich im Stuhl zurück, schloss die Augen und ließ das Video noch einmal Sequenz für Sequenz vor seinem geistigen Auge ablaufen.

Selbst jetzt, da er es in Gedanken noch einmal durchging, blieb vieles unklar. Was ihm nun allerdings an der Erzählung eigenartig vorkam, war nicht nur Tajirikas Behauptung, ihm wären die Worte im Hals stecken geblieben, sondern dass er das Wort „Staatsstreich“ verwendete, um seine Krankheit zu beschreiben. War ihm das als eine Art Freudscher Versprecher herausgerutscht? Dieser Verdacht löste weitere Fragen aus: Warum, zum Beispiel, wurde Tajirika erst gesund, nachdem er erfahren hatte, dass er als Weißer in elender Armut leben würde? Mit einem Mal sah Sikiokuu völlig klar, schlug die Augen auf, legte die Videokassette auf den Tisch und fing an, vor sich hin zu pfeifen und seine Ohrläppchen zu streicheln. Tajirika hatte das Wort „weiß" die ganze Zeit als Synonym für „Macht" verwendet, so viel stand fest. Tajirika hatte sich danach gesehnt, weiß zu sein, um Macht zu besitzen, und musste gehofft haben, sie mit Waffengewalt an sich zu reißen, denn wie anders konnte man in Aburĩria an die Macht gelangen? Andererseits machte Tajirika nicht den Eindruck, als wäre er Manns genug, derartiges loszutreten; er war mehr Gefolgsmann als Anführer. Sein Verlangen musste entweder von den Plänen ausgelöst worden sein, die Machokali und er ausgeheckt hatten, oder von Plänen, über die er andere hatte reden hören. Letzteres war wahrscheinlicher, denn so wie es Menschen gibt, die nur nachbeten können, was andere ihnen vorsprechen, so gibt es diejenigen, die nur die Gedanken anderer wiederkäuen können. Das würde auch erklären, warum ihm die Worte im Hals stecken geblieben waren. Dieser Gedanke war ihm nicht selbst gekommen, und er hatte das entweder vergessen oder durcheinandergebracht. Und da es ebenso unwahrscheinlich war, dass Tajirika jemals Macht haben würde, wie es unwahrscheinlich war, dass er jemals ein Weißer sein würde, musste ihm das Verlangen als völlig unerfüllbar erschienen sein, und daher dieses „Wenn!" Außerdem wusste selbst der dümmste Aburĩrier, dass es Hochverrat war, auf den die Todesstrafe stand, wenn man sich den Tod des Herrschers erträumte, vorstellte oder wünschte. Das erklärte nicht nur, warum sich die Träume dieses Mannes weigerten, sich in Worten auszudrücken, sondern auch, warum das echte Verlangen nach Macht, mit welchen Tricks des Hexendoktors auch immer es dazu gezwungen worden war, verschlüsselt herauskam, als Verlangen, weiß zu sein.

Sikiokuu stand auf, sprang stolz durch sein Büro, und selbst als er nicht mehr ständig auf und ab hüpfte, zitterte er noch vor Erregung, weil sich alles für ihn zum Guten kehrte. Die Gefangennahme Nyawĩras war nicht länger eine Sache von Leben und Tod. Wenn er nur bewies, dass es Pläne gab, die Regierung zu stürzen, war das ein großer Triumph. Und mit diesem einen Stein konnte er gleich zwei große Vögel zur Strecke bringen: die Aufmerksamkeit von seiner Erfolglosigkeit ablenken, Nyawĩra zu verhaften, und gleichzeitig seinen politischen Erzfeind, den Minister für Auswärtige Angelegenheiten mit den großen Augen, unter Druck setzen. Sikiokuu war sich allerdings bewusst, dass er mehr in der Hand haben musste, als seine Vermutungen und Schlussfolgerungen. Er brauchte Beweise, und die konnte er nur von einer einzigen Person bekommen: Tajirika. Sikiokuu musste einen Weg finden, Tajirika zu überreden, sich auf seine Seite zu schlagen und gegen seinen Freund Machokali auszusagen. Mit Worten, körperlichem Zwang oder beidem. Und das konnte er nur erreichen, wenn er Tajirika mit der Wirklichkeit dessen konfrontierte, was er, Sikiokuu, vermutete.

Er nahm das Video, küsste es und brachte es in Sicherheit. Er überlegte nicht weiter. Man durfte keine Zeit verstreichen lassen. Er schickte nach Tajirika.

„Ihr Leben liegt allein in Ihren Händen“, erklärte Sikiokuu ihm.

2

Auf Kaniũrũ hatte das Video eine ganz andere Wirkung: Er grübelte über Tajirikas Aussage über die symbolischen Burĩ-Münzen in den Umschlägen als Vorboten eines künftigen Reichtums. Kaniũrũ wusste aus eigener Erfahrung als Stellvertretender Vorsitzender, dass Tajirika log, was die Menge des Geldes in den Umschlägen anging. Seit er seinen Dienst als Stellvertreter von Marching to Heaven angetreten hatte, war nicht ein einziger Tag vergangen, an dem Kaniũrũ nicht eine oder zwei Taschen mit diesen Antrittsumschlägen vollgestopft hatte. Wie viel mehr Beute musste also sein Chef bereits vor ihm gemacht haben?

Doch genau wie zuvor Tajirika würde Kaniũrũ niemals seinem Freund und Wohltäter Sikiokuu ein Wort darüber anvertrauen. Und er tat es auch nicht. Obwohl er also sehr genau wusste, dass Tajirika bezüglich des Geldes log, war sich Kaniũrũ gleichzeitig darüber im Klaren, dieses Thema selbst nie zur Sprache bringen zu können, denn das hieße, die Quelle seines eigenen plötzlichen Wohlstands preiszugeben. Kaniũrũ konnte außerdem sicher sein, dass Tajirika wusste, dass er, Kaniũrũ, Geld entgegennahm. Als er sich das Video ansah, geriet er einen Augenblick in Panik, weil er fürchtete, Tajirika könnte sich über ihn auslassen. Doch als er es vollständig angeschaut hatte und das Geld nicht mehr erwähnt worden war, tröstete sich Kaniũrũ selbstzufrieden mit der Tatsache, dass auch Tajirika hinsichtlich des Geldes gelogen hatte. Es war, als bestünde zwischen ihnen ein stillschweigendes Abkommen, nicht darüber zu sprechen, dass sie persönlich von Marching to Heaven profitiert hatten, und was das anging, traute Kaniũrũ seinem Gegner. Alles andere wäre der sichere Weg in die gegenseitige Zerstörung gewesen. Zumindest beim Geld, das sie mit Marching to Heaven einstrichen, standen er und Tajirika auf derselben Seite.

Die Einzige, die von Kaniũrũs Wohlstand wusste, war Jane Kanyori. Sie hatte am Eldares Polytechnic, an dem Kaniũrũ früher unterrichtete, Buchhaltungskurse belegt, kennengelernt hatten sie sich jedoch erst später, als sie als Schalterbeamtin in der Aburĩrian Bank of Commerce and Industry arbeitete. Kaniũrũ hatte sie im Auge gehabt und ihren beruflichen Aufstieg beobachtet; nicht weil er sie bewunderte, sondern eher mit Blick auf die Zukunft. Er hofierte sie mit einer für ihn ungewöhnlichen Geduld, führte sie zum Mittagessen oder zum Kaffee aus und schickte ihr sogar Weihnachts- und Geburtstagskarten. Kaniũrũ gefiel, dass Jane Kanyori nur einen Oberschulabschluss hatte, kein Interesse an einem Universitätsstudium zeigte und Nyawĩras frauenbewegtem Unsinn völlig gleichgültig gegenüberzustehen schien.

Als er erfuhr, dass sie wieder befördert worden war, diesmal zur Verkaufsleiterin, und damit Zugang zu Duplikaten kodierter Signaturen hatte und Schecks gegenzeichnen konnte, vertraute Kaniũrũ ihr seine Notlage an. Kanyori würde zwar kaum einem groben Missbrauch ihres Zugangs zu Bankgeheimnissen zustimmen, konnte aber helfen, indem sie nicht zu viele Fragen nach den Unterschriften der Leute stellte, in deren Namen er ein Konto einrichten wollte.

Obwohl er mit der Hilfe und Loyalität Kanyoris zufrieden war, machte er sich Sorgen. Je mehr Burĩ-Scheine in seine Taschen flossen, desto größer wurde seine Angst, die Glücksblase könnte platzen und sein Wohlstand sich in Luft auflösen. Nächtelang wälzte er sich mit diesen Befürchtungen im Bett; er brauchte etwas Sichereres als Banktresore und die Buchhaltungstabellen einer loyalen Freundin.

Die Erwähnung symbolischer Münzen rief ihm wieder ins Gedächtnis, dass Tajirika in den vergangenen Verhören durch Peter Kahiga davon gesprochen hatte, er würde unter einem schützenden Zauber stehen. Er hatte dies als weiteren Beleg für Tajirikas Dummheit abgetan. Jetzt aber erschien ihm der „schützende Zauber" wie einem Verdurstenden das kühle Wasser. Er empfand fast so etwas wie Dankbarkeit. Warum war er nicht eher darauf gekommen? Sollte er sich nicht um einen kleinen schützenden Zauber für sich und sein Eigentum bemühen, um Jane Kanyoris Hilfe zu verstärken?

Und so kam er auf den Herrn der Krähen. Kaniũrũ glaubte nicht sonderlich an Magie, dafür aber an Vorsichtsmaßnahmen. Sie waren kein Ausdruck von Feigheit, sie mussten sein, und deshalb machte er sich auf den Weg zum Schrein des Zauberers.

3

„Mein Leben liegt also in meinen Händen?", fragte Tajirika trotzig. „Hab ich mich etwa selbst verhaftet, mir Handschellen angelegt und mich in diesen Kerker verfrachtet?"

Sikiokuus privater Empfangsbereich war ein großzügiger Wohnraum mit Sitzbänken und Plastikblumen auf einem Teetisch. Schwere Vorhänge und eine Hausbar vervollständigten die Einrichtung.

So, wie der Minister herumging, saß und gestikulierte, während er seine Ohrläppchen streichelte oder mit den winzigen Augen rollte, strahlte er grenzenloses Selbstvertrauen aus. Für einen Moment fürchtete Tajirika, mit der Regierung würde etwas nicht stimmen. Hatte es etwa einen Staatsstreich gegeben? War Sikiokuu jetzt an der Macht?

Sikiokuu antwortete nicht sofort, sondern schenkte seinem Gast zunächst einen kleinen Brandy ein, reichte ihm eine Zigarette und ein Feuerzeug. Tajirika griff nach allem, was ihm angeboten wurde, als fürchtete er, Sikiokuu könnte seine Meinung ändern. Er hatte lange keine Zigarette und keinen Drink mehr gehabt.

„Sie haben völlig recht. Sie stehen nicht unter Selbstarrest", meinte Sikiokuu. „Es gibt aber einen Grund, weshalb Sie hier sind. Ich bin überzeugt, dass der Geheimdienst eine Person mit Ihrer gesellschaftlichen Stellung nicht ohne plausiblen Grund verhaften würde. Wie heißt es bei den Waswahili? Dunkle Wolken verkünden den Regen, oder noch zutreffender: Wo Rauch ist, da ist auch Feuer."

„Und wo ist der Rauch, der sie zu mir geführt hat?"

„Nyawĩra."

„Hat man sie gefasst?"

„Staatsgeheimnis", meinte Sikiokuu unbestimmt.

„Hören Sie mich an, Mr. Sikiokuu. Wenn man sie verhaftet hat, bin ich froh darüber. Dann kann ich ihr entgegentreten und alles widerlegen, was sie gegen mich vorbringen mag. Sie haben auch Angestellte, nicht wahr? Können Sie ehrlich behaupten zu wissen, mit wem und wo sie jede Nacht schlafen? Oder was in ihren Köpfen vor sich geht?"

„Mr. Tajirika, der M5 besitzt relative Autonomie; er herrscht über uns. Er sammelt Informationen über uns alle, bei der Arbeit oder in der Freizeit. Er verschafft uns Informationen, aber wir wissen nie, wie viel er für sich behält. Offenbar müssen wir unsere Entscheidungen auf der Grundlage dieser Informationen treffen. Ich persönlich glaube Ihnen, Mr. Tajirika. Und als Ihr Freund will ich Ihnen gestehen: Ihre ehemalige Sekretärin Nyawĩra ist noch nicht gefasst worden. Aber Sie können sicher sein, früher oder später haben wir sie. Sie kann dem Staat nicht entkommen. Die gute Nachricht ist also, dass sie nicht gegen Sie ausgesagt hat. Trotzdem stecken Sie in ziemlichen Schwierigkeiten."

„Warum? Was habe ich Unrechtes getan?"

„Schlechte Gesellschaft. Schlechtes Urteilsvermögen bei der Wahl Ihrer Angestellten und Ihrer Freunde in der Regierung. Und was noch schwerer wiegt, die Unfähigkeit zu kontrollieren, mit wem sich Ihre Frau abgibt."

„Mr. Minister, erklären Sie mir das, bitte. Hören Sie auf, in Rätseln und Sprichwörtern zu reden. Was meinen Sie damit, mit wem sich meine Frau abgibt? Ich kann Ihnen versichern, dass Vinjinia eine treue Hausfrau ist. Ihr Tagesablauf ist sehr schlicht. Sie arbeitet auf dem Feld, geht auf den Markt und ins Büro, wenn ich nicht da bin, und am Sonntag in die Kirche."

„Glauben Sie das wirklich? Es heißt, der Ehemann erfährt immer alles als Letzter."

„Was wollen Sie damit sagen, Mr. Minister?", fragte Tajirika und sprang fast aus dem Sessel.

„Setzen Sie sich, Titus. Hier geht es nicht darum, ob sie sich mit anderen Männern trifft. Wenn es nur das wäre, dann hätte ich es nicht einmal erwähnt. Die verheirateten Frauen in Aburĩria sind heutzutage leicht flachzulegen, aber um ganz ehrlich zu sein, ich habe nie gehört, dass sich Ihre Frau jemals in einer kompromittierenden Lage befunden hat."

„Wovon sprechen Sie dann?"

„Von Bildern. Ich habe hier ein paar Fotos, und ich möchte, dass Sie sie sich ansehen und mir sagen, was sie darüber wissen."

Sikiokuu ging zu einer Kommode an der Wand und kam mit einem Umschlag zurück, den er Tajirika gab. Tajirika zog ein Bild heraus und schaute es lange und angestrengt an. Dann blätterte er schnell durch die übrigen und schüttelte den Kopf. Anschließend fing er wieder von vorne an. Nein, seine Augen trogen ihn nicht; trotzdem konnte er nicht glauben, was er sah.

Die Fotos zeigten Vinjinia, die irgendwo im Freien vor einer Gruppe tanzender Frauen saß, die alle traditionelle Gewänder trugen. Sikiokuu verriet nicht, dass er selbst diese Aufnahmen an dem Tag angeordnet hatte, als Vinjinia sich Sikiokuu vor Kaniũrũs Büro entgegenstellte. Die Fotos waren aus unterschiedlichen Winkeln so aufgenommen worden, dass man weder Kaniũrũ und Sikiokuu noch die anderen Oberen, die bei dieser Veranstaltung anwesend waren, sehen konnte. Aber Vinjinia war auf jedem der zehn Fotos, entweder allein oder gemeinsam mit den tanzenden Frauen, und es schien, als tanzten die Frauen einzig und allein für ihren Ehrengast Vinjinia.

Tajirika hatte das Gefühl, als würde seine Zunge anschwellen. Seine Lippen öffneten und schlossen sich, ohne dass er ein Wort sagen konnte. Seine Hände zitterten. Er setzte sich und warf die Bilder auf den Tisch. Seine Lippen bebten immer noch, als er Sikiokuu anschaute und wenig überzeugend sagte:

„Ich kann es einfach nicht fassen."

„Was können Sie nicht fassen? Dass sie Ihre Frau ist? Oder sind das keine Fotos von ihr? Oder dass sie nicht zu der Sorte Frauen gehört, die Schande über den Bauplatz für Marching to Heaven gebracht haben?"

„Ich glaube nicht, dass mir Vinjinia so etwas antun würde."

„Vielleicht könnten Sie so freundlich sein, mir das eine oder andere zu erklären. Die vom Geheimdienst haben mir gesagt, Sie hätten die ganze Zeit abgestritten, etwas über die Frauen zu wissen, die das getan haben. Sie behaupten, Sie hätten nicht nur jede persönliche Kenntnis abgestritten, sondern auch, dass Ihre Frau etwas wüsste. Und gleichzeitig haben Sie zugegeben, in der Zeit, in der Sie krank waren, Nyawĩra und Ihrer Frau die Leitung Ihres Geschäfts übertragen zu haben. Eben den beiden, die Sie dann auch zum Zauberer brachten. Woher wollen Sie wissen, dass sie Sie heilen wollten? Woher wollen Sie wissen, dass sie nicht vorhatten, Ihnen mit einem Zaubertrank den Geist zu verwirren? Und selbst wenn Sie an ihre Unschuld und guten Absichten glauben, können Sie von dem Hexenmeister dasselbe behaupten? Können Sie sicher sein, dass er nicht irgendeinen Groll gegen Sie hegte und nun seine Chance sah, indem er den Frauen etwas vormachte? Und Sie wissen ja selbst, wie leichtgläubig Frauen sind."

„Aufhören bitte. Ich bitte Sie von Mann zu Mann, lassen Sie mich nach Hause gehen, jetzt sofort, und mit dieser Verräterin abrechnen."

„Titus, Sie wissen, wenn es nach mir ginge, könnten Sie nach Hause gehen, wann immer Sie wollen. Doch da es sich hier um Angelegenheiten der Staatssicherheit handelt, zählen meine persönlichen Gefühle nichts, wenn es darum geht, den Ernst einer Lage einzuschätzen. Wir halten uns einfach an die Tatsachen. Ich bin davon überzeugt, dass Sie das verstehen würden, wenn Sie an meiner Stelle wären, Titus. Also werfen wir einen Blick auf die Fakten. So, wie man sie dem Herrscher vorlegen wird, sobald er zurück ist. Sie haben Nyawĩra angestellt. Die Warteschlangen sind zuerst vor Ihrem Büro entstanden, und zwar an genau der Stelle, an der Nyawĩra am Abend zuvor einen Aushang angebracht hat. Hier sehen Sie Fotos von Vinjinia, Ihrer Frau, die sich von Frauen in traditioneller Kleidung unterhalten lässt. Ich möchte ehrlich zu Ihnen sein, Titus. Wie wollen Sie aus diesem Schlamassel herauskommen? Irgendeinen Vorschlag? Und deshalb habe ich nach Ihnen geschickt. Um Ihnen den Ernst Ihrer Lage begreiflich zu machen, damit wir gemeinsam überlegen können, wie wir Sie aus dieser Klemme herauskriegen."

Tajirika hatte das Gefühl, verrückt zu werden. Er wollte den Kopf in die Hände stützen, lehnte sich dann aber zurück und starrte an die Decke.

Eines hatte das Gespräch unzweifelhaft klargestellt: Es hatte keinen Regierungswechsel gegeben, der Herrscher war noch immer das Oberhaupt, und das hieß, dass auch sein Freund Markus Machokali, der Außenminister, noch seinen Posten besaß. Irgendwie wirkte das belebend auf Tajirika.

„Mr. Minister", begann Tajirika in zerknirschtem Ton. „Ich weiß, man kann nicht gerade behaupten, wir beide wären die besten Zechkumpane. Aber bitte glauben Sie mir, wenn ich sage, ich würde niemals Umsturzpläne gegen den Herrscher tolerieren oder unterstützen, ganz egal von wem, meine Frau und meine Kinder eingeschlossen. Meine Treue zum Herrscher und seiner Regierung ist absolut."

Sikiokuu nahm den deutlich abflauenden Trotz in Tajirikas Stimme als Zeichen dafür, dass er auf dem besten Wege war zu bekommen, was er sich von dieser Unterredung erhoffte. Weniger angetan war er von der offensichtlichen Aufrichtigkeit in Tajirikas Leugnen und der Entschlossenheit in seiner Haltung dem Herrscher gegenüber. Überzeugungen sind schwerer zu zertrümmern als bewusster Widerstand.

Sikiokuu füllte noch etwas Brandy in Tajirikas Glas.

„Hier, ein kleiner Brandy wird Ihnen gut tun. Wie ich von Anfang an gesagt habe: Ich persönlich glaube Ihnen."

„Dann helfen Sie mir. Bitte, helfen Sie mir", bettelte Tajirika zwischen zwei Schlucken.

„Ich habe mich nie einer Bitte um Hilfe verschlossen. Aber wie Sie wissen: Gott hilft denen, die sich selbst helfen. Darum habe ich Ihnen gesagt, Ihr Leben liegt in Ihren Händen. Ich kann Ihnen nicht helfen, solange Sie nicht ehrlich wollen, dass ich Ihnen helfe."

„Ich gebe Ihnen die Hälfte meines Vermögens."

„Ich brauche Ihr Vermögen nicht. Auch nicht das eines anderen. Mir liegt einzig die Sicherheit des Herrschers und seiner Regierung am Herzen."

„Und wie soll ich mir dann helfen, damit ich Sie dazu bringe, mir zu helfen?", fragte Tajirika mit weinerlicher Stimme.

„Fangen wir einfach mit der Frage nach Ihrer Krankheit an. Ich glaube, Sie haben sie meinen Männern als Krankheit der Worte beschrieben, Worte die Ihnen im Halse stecken geblieben sind. Ist das so richtig?"

„Ja. So in etwa."

„Haben Sie vor dem Schlangenwahn jemals unter dieser Krankheit gelitten?"

„Nein."

„Und seither?"

„Auch nicht."

„Und diese Krankheit wurde dadurch ausgelöst, dass Sie sich danach sehnten, Weißer zu werden? Durch das unerfüllte Verlangen, ein weißer Europäer zu sein?"

„Ein weißer Engländer, das ist richtig."

„Also, Titus, ich möchte, dass Sie einmal tief durchatmen, bis zehn zählen und über die folgende Frage nachdenken. Was haben Sie als Ergebnis Ihrer mutmaßlichen Heilung über die wirkliche Bedeutung der weißen Hautfarbe gelernt?"

„Wie meinen Sie das?"

„Sie haben nicht unter dem unerfüllten Verlangen gelitten, ein armer Weißer zu sein, oder?"

„Okay, ich sehnte mich nach der Macht, die mit dem Weißsein verbunden ist", gab Tajirika zu.

„Politische Macht, militärische Macht, die Macht zu herrschen", fügte Sikiokuu rasch hinzu und betonte die Worte wie ein Lehrer, der sich bemüht, das Verständnis seines Schülers zu befördern. „Nein, nicht einfach nur zu herrschen, sondern Schutzgebiete zu schaffen, Kolonien, Reiche, im Angesicht derer die Glorie von Rom, London und Paris verblasst? Titum Imperium Tajirikum Majestica?"

„Nein. Nein. Nein. Niemals. Das stimmt nicht", antwortete Tajirika und sprang auf, als hätte er sich aus Versehen auf eine Reißzwecke gesetzt. „Ich habe nie von der Macht zu herrschen geträumt und auch nicht daran gedacht. Und schon gar nicht, sie mit Gewalt zu ergreifen. Derartige Gedanken und Träume weise ich aufs Entschiedenste zurück", beharrte Tajirika mit Nachdruck. „Ich habe mir einfach etwas gewünscht, das mich von anderen Schwarzen unterscheidet. Aber niemals politische Macht – nein, ich nicht."

„Titum Imperium Tajirikum Majestica geht vielleicht ein bisschen zu weit", sagte Sikiokuu, überrascht darüber, wie vehement Tajirika alles bestritt. „Aber wie ist Ihr Verlangen, weiß zu sein, entstanden? Wenn schon nicht Sie, dann muss jemand anderes diesen einfältigen Wunsch geäußert haben, vielleicht nur indirekt: Wenn ich bloß die Macht eines Weißen hätte. Oder, wenn die Regierung in meinen Händen läge, dann wäre ich so mächtig wie ein Weißer. Irgend so etwas. Überlegen Sie, Titus, denken Sie nach und haben Sie den Mut, Ihren Gedanken zu folgen, egal wohin oder zu wem sie Sie führen."

Widerstreitende Gedanken und Ängste schwirrten in Tajirikas Kopf herum, während er die kompromittierenden Fotos betrachtete. Das Bild seiner Frau als Ehrengast einer Frauenversammlung beherrschte jeden Gedankengang. Er hatte nicht den geringsten Zweifel, dass die Bilder echt waren. Er erkannte sogar das Kleid, das sie trug. Trotzdem war das Ganze absurd, grausam und unangenehm, und er hatte Mühe, mit Sikiokuus Wortklaubereien und Verdrehungen mitzuhalten. Statt Sikiokuu zu antworten, leerte er den letzten Tropfen seines Glases und streckte wortlos die Hand aus, um sich einen weiteren Brandy einschenken zu lassen.

Sikiokuu war gerne bereit, diesem Wunsch nachzukommen, und ging zur Hausbar. Er merkte, wie Tajirikas Widerstand nachließ und wie verwirrt er war. Vielleicht würden ein oder zwei Drinks ein freiwilliges Geständnis, das auch seinen Rivalen belastete, erleichtern. Natürlich wurde die gesamte Unterredung aufgezeichnet. Ein Geständnis war ein Geständnis, selbst wenn es aus dem Mund eines betrunkenen Gefangenen kam.

„Nun, Titus?", drängte Sikiokuu, als er Tajirika den nächsten Brandy reichte.

„Bitte sagen Sie mir eins, Mr. Minister. Als Ihre Männer damals meine Frau verhafteten, wussten Sie da schon, dass sie mit diesen traditionellen Frauen gemeinsame Sache machte, oder haben Sie das erst herausbekommen, nachdem Sie sie in der Mangel hatten?"

„Sie wollen von mir die Wahrheit erfahren?"

„Nach allem, was ich heute gesehen und gehört habe, kann mich nichts mehr überraschen."

„Tatsächlich hatten wir sie schon seit Langem in Verdacht. Aber, Titus, warum fragen Sie nach ihr?"

„Ist das nicht klar? Wenn meine Frau, die Mutter meiner Kinder, die Person, mit der ich das Bett teile, mich derart betrügen konnte und ich die Lügen nicht durchschaute, wer könnte mir dann noch so etwas angetan haben, ohne dass ich es bemerkte? Mr. Sikiokuu, ich bin mir über nichts mehr sicher", sagte Tajirika verzweifelt.

Sikiokuu erkannte die Lücke in Tajirikas Verteidigung, nach der er so lange gesucht hatte.

„Das ist genau das, was ich Ihnen die ganze Zeit zu sagen versucht habe. Jemand wie Sie sollte niemandem trauen. Irgend so ein Franzose, ich glaube, er hieß Descartes, sagt: Zweifle an dir! Zweifle an deinen engsten Freunden. Zweifle an allem. Ich zweifle, also bin ich. Das nennt man cartesianische Logik."

„Da haben Sie die reine Wahrheit gesagt", stimmte Tajirika zu, der glaubte, Descartes sei die zeitgenössische französische Version des Thomas aus der Bibel, von dem seine Frau immer erzählte.

„Welche meiner Wahrheiten meinen Sie?", fragte Sikiokuu.

„Dass man niemandem trauen kann."

„Das ist die richtige Denkweise.“

„Bisher hatte ich keinen Grund, meine Frau einer Verschwörung zu verdächtigen.“

„Sie meinen, es kam Ihnen niemals in den Sinn, dass man ihr aufgetragen haben könnte, Ihnen nachts böse Gedanken ins Ohr zu flüstern?“

Tajirika fühlte sich immer elender. War es so? War er das Opfer von Gedanken, die ihm seine Frau nachts ins Unterbewusstsein eingetrichtert hatte?

„Ich frage mich, wem es nützen könnte, einem Schlafenden in der Nacht böse Gedanken einzuflüstern?“, meinte er matt.

„Ihrem Kumpel. Dem Mann, den Sie als Ihren Freund bezeichnen. Manche Leute haben seltsame Vorstellungen von Freundschaft.“

„Wer? Meinen Sie etwa ...“

„Irgendjemand“, antwortete Sikiokuu rasch und vermied es, Machokali zu erwähnen, weil er hoffte, dass Tajirika den Namen selbst aussprechen würde.

„Und was sollte mir meine Frau in deren Auftrag einflüstern?“

„Etwas über Macht. Die Macht zu ergreifen.“

„Ja, aber warum durch Vinjinias Flüstern? Und vor allem nachts, wenn ich schlafe?“

„Sie könnten versucht haben, Sie weichzuklopfen, um Sie später zum Komplizen ihres Verrats zu machen“, meinte Sikiokuu wenig überzeugend.

Obwohl Tajirika wütend auf seine Frau war, weil sie sein Verschwinden nicht rechtzeitig publik gemacht und sich außerdem noch mit eigenartigen Weibern hatte fotografieren lassen, konnte er sich immer noch nicht vorstellen, dass Vinjinia mit irgendjemandem über Politik redete. Eine innere Stimme, ein Instinkt des Selbstschutzes, veranlasste ihn, der Richtung gegenüber argwöhnisch zu bleiben, in die Sikiokuu ihn zu drängen versuchte.

„Ich will es Ihnen noch einmal sagen“, fügte Tajirika schnell hinzu, als träte er vom Rand einer Klippe zurück, „ich habe nie etwas, von niemandem und zu keiner Zeit, über einen Sturz der Regierung gehört.“

„Warum vertrauen Sie diesen Leuten so sehr? Warum sind Sie sicher, dass ein Bekannter, ein enger Freund, ja sogar ein hochrangiges Mitglied der Regierung, Ihre Frau nicht für seine üblen Pläne eingespannt hat?“

„Ganz ehrlich, Mr. Sikiokuu: Ich glaube nicht, dass Vinjinia zu politischen Verschwörungen fähig ist.“

„Sie verteidigen Sie also wieder? Wohin sind Ihre Zweifel verschwunden? Haben Sie die Fotos so schnell vergessen?“

„Silver Minister, diese Fotos schmerzen mich; und ich bitte Sie noch einmal, lassen Sie mich auf der Stelle nach Hause gehen und diese verräterische Frau zur Rede stellen. Eine Nacht reicht vollkommen, ihr die faulige Wahrheit zu entreißen.“

Sikiokuu war beunruhigt und ärgerte sich, dass Tajirikas Gedanken diese Richtung nahmen und nicht zu Machokali führten, sondern zum möglichen Verrat seiner Frau an ihm, dem Ehemann.

„Fangen wir noch mal von vorne an. Von Ihnen selbst einmal abgesehen, haben Sie jemals gehört oder gesehen, dass eine andere Person sich wünschte, weiß zu sein? Lassen Sie sich Zeit. Tajirika, das Problem mit Ihnen ist, dass Sie loyal sind bis zur Unschuld. Lassen Sie niemanden aus, nur weil er Ihr Freund ist. Descartes sagt, zweifle an allem und jedem ...“

„Selbst dem Herrscher?“, fragte Tajirika ehrlich verwirrt. „Sagt er etwa, wir zweifeln am Herrscher und seiner Regierung?“

„Das habe ich nicht gesagt“, antwortete Sikiokuu scharf.

„Ist dieser Descartes Ihr Freund oder Berater?“

„Mr. Tajirika!“, meinte Sikiokuu kalt. Er konnte seine Wut und seinen Frust kaum noch verbergen. „Ich habe wirklich keine Zeit zu verschwenden. Sie aber benötigen offensichtlich mehr Zeit, um über die wahre Bedeutung Ihrer Worte ‚wenn‘ und ‚weiß‘ und ‚wünsche‘ nachzudenken.“

Sikiokuu erhob sich.

„Bitte gehen Sie nicht“, flehte Titus Tajirika. „Lassen Sie mich nicht in der Gefangenschaft zurück.“

„Gefangenschaft in meinem Büro?“, sagte Sikiokuu verächtlich. „Tajirika, Sie scheinen eine sehr hohe Meinung von sich zu haben.

Haben Sie ernsthaft geglaubt, ich ließe Sie allein in diesem Büro? Damit Sie Ihre Phantasien pflegen können, eines Tages selbst Minister zu werden? Sir Titus Tajirika, Sie werden niemals mehr als ein plumper Schmiergeldsammler sein. Die Waswahili sagen, wenn ein Muslim Schweinefleisch essen muss, dann sollte er sich wenigstens das saftigste Stück heraussuchen. Das meinen auch die Engländer. Besser, wegen eines Schafes gehängt zu werden als wegen eines Schäfchens. Wenn Sie sich schon schmieren lassen müssen, dann haben Sie wenigstens so viel Phantasie, mehr als nur ein paar symbolische Münzen einzustecken. Ansonsten halten Sie sich lieber die Nase sauber, wie Ihr Stellvertreter John Kaniũrũ, der jetzt, während Ihrer Abwesenheit, sowohl Stellvertreter als auch amtierender Vorsitzender von Marching to Heaven ist. Und sollte er in dieser Stellung bestätigt werden, dann liegt das einzig und allein an Ihrer undankbaren Weigerung zur Zusammenarbeit."

Sikiokuu drückte auf einen Knopf. Sekunden später hatte man Tajirika die Augen verbunden und aus dem Büro geführt. Verzweifelt schrie er: „Was wollen Sie und Ihr Descartes von mir?"

4

Sikiokuu lehnte sich in seinem Stuhl zurück und zupfte eine Weile an den Ohrläppchen. Dann nahm er die Fotos von Vinjinia und sah sich jedes einzeln an, ohne auf Details zu achten. Die Fotos waren allein seine Idee gewesen und hatten den Mann fast gebrochen. Alles war gut gelaufen, bis er den Franzosen erwähnte. Warum habe ich nur diesen Descartes angesprochen? Was, wenn dieser Idiot von Unternehmer eines Tages behauptet, ich hätte ihn gedrängt, die Existenz des Herrschers und seiner Regierung anzuzweifeln?

Am meisten ärgerte ihn, dass er selbst nur sehr wenig über Descartes und dessen Philosophie des Zweifels wusste. Er hatte diese Wendung erstmals auf einer Cocktailparty im Eldares French

Cultural Center gehört, und sie klang sehr gelehrt und ging leicht von der Zunge. Wer wenig weiß, ist in Gefahr, hieß es immer. Von sich angewidert, warf Sikiokuu die Bilder auf den Boden. Was soll ich tun, um die Situation unter Kontrolle zu halten?

Als er am nächsten Tag eine weitere E-Mail von Informationsminister Big Ben Mambo erhielt, der ihn von Amerika aus anwies, alle Vorbereitungen zum größten Flughafenempfang für den Herrscher zu treffen, machte das die Dinge nicht besser.

Sikiokuu war nicht sicher, wovor er mehr Angst hatte: vor der Rückkehr des Herrschers und der Tatsache, dass Nyawĩra immer noch frei herumlief, oder vor der Rückkehr des Herrschers mitsamt einem Kredit der Global Bank, was dazu führen würde, dass Machokali noch mehr Macht erhielt. Und ein mächtigerer Machokali bedeutete auch ein mächtigerer Tajirika. War sein Stern am Verblassen? Allerdings stand in der E-Mail nicht das genaue Datum der Rückkehr, noch, ob die Global Bank den Kredit bewilligt hatte. Doch war das lediglich ein weiterer Aufschub des Unvermeidlichen, denn die Hoffnung, Nyawĩra in der verbleibenden Zeit fassen zu können, hatte er aufgegeben.

Während er langsam in eine Depression sank, erhielt er einen dringenden Anruf von Kaniũrũ, der ihm die unglaubliche Neuigkeit verkündete, er hätte einen Weg gefunden, wie man Nyawĩra verhaften könne, wolle dies aber nicht am Telefon besprechen. Sikiokuu fühlte sich wie ein Ertrinkender, dem man einen Rettungsring zuwarf. Er erlaubte sich keine Verzögerung und schickte seinen Fahrer, um Kaniũrũ abzuholen und in sein Büro zu bringen.

5

Kaniũrũ war als Arbeiter verkleidet zum Schrein gegangen, in einem ölverschmierten blauen Overall und einer Baseballkappe mit dem verblassten Logo eines amerikanischen Unternehmens.

Er hatte seinen Mercedes einen Kilometer entfernt geparkt und war den Rest zu Fuß gegangen. Er hatte niemandem auch nur ein Wort von dem geplanten Besuch erzählt, und erst als er Santalucia erreicht hatte, erlaubte er sich, nach dem Weg zu fragen. Er hatte es so eingerichtet, dass er in den frühen Abendstunden bei Einbruch der Dunkelheit im Schrein ankam. Kein anderer Kunde wartete. Eine Frau nahm ihn schweigend in Empfang und führte ihn ins Wartezimmer. Ein paar Minuten später war die Frau zurück und brachte ihn – wieder ohne ein Wort – in das Beratungszimmer. Dort ließ sie ihn allein. Er war erleichtert, weil sie ihn nicht nach persönlichen Dingen gefragt hatte, und fühlte sich jetzt, da niemand seinen Namen kannte, in seiner Tarnung sicherer. Er wollte dem Herrn der Krähen einen falschen Namen nennen und sich eine Geschichte ausdenken.

Durch ein winziges Fenster in einer Wand erblickte Kaniũrũ den Herrn der Krähen, der einen kleinen Spiegel in der linken Hand hielt. Der Zauberer schien darin wie in einem Buch zu lesen und hob nicht einmal den Blick, als er jetzt zu dem Bittsteller sprach.

„Du wohnst in Eldares“, stellte der Herr der Krähen fest.

„Ja“, bestätigte John Kaniũrũ.

„Und du möchtest nicht, dass jemand erfährt, dass du meinen Schrein aufgesucht hast.“

„Ja. Das stimmt.“

„Nicht einmal deine Vorgesetzten wissen, dass du hier bist.“

„Richtig.“

„Haben deine Arbeit oder dein Name etwas mit Geruch zu tun?“

Diese Frage brachte Kaniũrũ aus der Fassung, und er zögerte einige Sekunden, bevor er antwortete. Sie kam seinem Namen so nahe, dass es keinen Sinn hatte zu leugnen. Dieser Spiegel besitzt erhebliche Kräfte, dachte er.

„Ja“, gab er schließlich zu.

„Man kann dich also den Riechenden nennen ... nein, nein ... besser den, der schnüffelt ... Warum verschwimmt das Abbild deines Namens auf einmal? ... Ah, da ist es wieder. Viel klarer. Hat etwas mit Nase zu tun. Oder mit Nasen, oder so ähnlich.“

Kaniũrũ fiel fast vom Stuhl. Der Herr der Krähen hatte ihn noch nicht ein einziges Mal angesehen. Er hatte die ganze Zeit in das Buch des Spiegels geschaut. Woher weiß er, dass mein Name vom Wort „Nase“ abgeleitet ist?, fragte er sich.

„Ja“, antwortete Kaniũrũ mit leicht zitternder Stimme.

„Und jetzt zu deinem Beruf! Du hast die Schatten von Menschen, Tieren, Pflanzen, Bächen und dem Busch eingefangen.“

„Wie?“, fragte Kaniũrũ, als wüsste er nicht, wovon der Herr der Krähen redete.

„Auf Papier oder in Stein, oder so ähnlich?“

„Ja. Natürlich“, stimmte Kaniũrũ eilig zu.

„Jetzt aber beschattest du Leute, statt ihre Schatten einzufangen.“

„Was?“

„Du weißt, der Herr trug den Fischern auf, von ihren Netzen zu lassen und ihm zu folgen; er wollte sie zu Menschenfischern machen. Auch du musst den Ruf deines Herrn und Meisters vernommen haben, vom Abbild der Dinge zu lassen und sich ihm anzuschließen, damit du ein Fischer von Männern und Frauen werden kannst.“

„Ja, so in etwa“, gab Kaniũrũ zaghaft zu.

„Die Schrift im Spiegel ist verblichen“, fuhr der Herr der Krähen fort, als er nun den Kopf hob und Kaniũrũ ansah. „Ich bin jetzt bereit, mir deine Geschichte anzuhören. Aber einen Moment noch!“, sagte er und sah wieder in den Spiegel. „Hier steht noch etwas geschrieben. Es hat damit zu tun, dass du gefangen gehalten wirst. Ich sehe ein Herz, das eingesperrt ist. Hält jemand dein Herz gefangen?“

„Was meint der Spiegel damit?“

Einen Augenblick lang glaubte Kaniũrũ, der Herr der Krähen würde auf Jane Kanyori anspielen. Bei diesem Gedanken war ihm zum Lachen zumute, weil er sie nur zur Geldwäsche und als Sexobjekt benutzte.

„Sie meinen die Frau in der Bank?“, fragte Kaniũrũ, als wüsste der Herr der Krähen bereits über sie Bescheid. „Jane Kanyori wird nie mein Herz erobern. Sie ist nicht übel, aber sie ist nicht mein Typ und hat nicht meine Klasse“, fügte er hinzu. Er hatte völlig vergessen, als einfacher Arbeiter hier aufgetaucht zu sein.

„Warum? Hat bereits eine andere, die dein Typ ist und deine Klasse hat, dein Herz gefangen genommen?"

„Ja", sagte Kaniũrũ schnell und wunderte sich, wie der Herr der Krähen sowohl von Jane Kanyori als auch von Nyawĩra wissen konnte. Es war sinnlos zu leugnen, was der Zauberer ohnehin schon wusste. „Es gibt eine, die schon vor langer Zeit mein Herz erobert hat. Sie ist etwas Besonderes, Mr. Herr der Krähen."

„Und wo ist sie jetzt?", fragte der Herr der Krähen.

„Das weiß ich nicht. Ich wünschte, ich wüsste es."

„Suchst du sie?"

„Tag und Nacht. Aber deshalb bin ich nicht hier."

„Die Bilder im Spiegel sind weg. Es ist nur noch Dunkelheit zu sehen", sprach der Herr der Krähen, der jetzt wieder Kaniũrũ anschaute. „Also, sag mir, welch schlechter Wind hat dich zu meinem Schrein geweht?"

„Kein schlechter Wind, ganz und gar nicht", antwortete Kaniũrũ. „Vielmehr eine gesunde Brise von Wohlstand."

„Land? Kühe und Ziegen?"

„Nein. Mehr als Land, Ziegen und Kühe. Geld."

„Neureich also? Neues Geld, das dir plötzlich zugefallen ist?"

„Ja", sagte Kaniũrũ. „Aber Sie wissen ja, wie unsere Leute so sind. Getrieben vom Neid."

„Und du fürchtest, dass sie deinen neuen Wohlstand mit einem Fluch belegen könnten? Dass sie deinen Reichtum ebenso schnell verschwinden lassen könnten, wie er gekommen ist?"

„Sie haben meine Gedanken erkannt, Herr der Krähen. Deshalb wünsche ich mir einen Zaubertrank, einen Bann, irgendetwas, das meinen Reichtum für immer schützt, damit ich wieder friedlich schlafen kann."

„Weiß dein Chef von deinem neuen Reichtum?"

„Nein."

„Sonst jemand?"

„Herr der Krähen, ein Sprichwort sagt, wer allein isst, stirbt allein. Aber es gibt Delikatessen, die sollte man allein verzehren, auch auf die Gefahr hin, allein zu sterben."

„Du bist noch so jung und schon so gewandt im Umgang mit Sprichwörtern."

„Graues Haar ist nicht unbedingt ein Zeichen großer Weisheit", meinte Kaniũrũ und freute sich über das Kompliment.

Die Schmeichelei ließ ihn glauben, der Herr der Krähen wäre ein echter Wahrsager, ein richtiger Seher nützlicher Wahrheiten, und er fing an, ihn zu mögen.

„In diesem Schrein sollen Kranke behandelt werden – weißt du das?", sprach der Herr der Krähen. „Wir verhexen das Böse. Deshalb frage ich dich, hat dein Besitz dich bereits krank gemacht?"

„Oh, nein, nein, ich bin kein bisschen krank. Ich meine, es ist keine wirkliche Krankheit."

„Ich kann nur richtige Krankheiten aus den tiefsten Höhlen des Körpers oder der Seele vertreiben. Darum kann ich dir nicht helfen."

„Bitte helfen Sie mir", flehte Kaniũrũ ihn an. „Ich zahle, was immer Sie für Ihre Dienste fordern."

„Was quält dich denn? Dein Herz, deine Seele oder beides?"

Kaniũrũ erkannte schnell, dass er eine Krankheit erfinden musste. Doch was für eine? Das Video fiel ihm ein und Tajirikas Bericht über die Krankheit, bei der ihm die Worte im Hals stecken geblieben waren. Nun ja, niemand hat ein Monopol auf eine bestimmte Krankheit. Und wenn er Tajirikas Stuhl als Vorsitzender von Marching to Heaven übernehmen konnte, warum nicht auch dessen Krankheit? Kaniũrũ senkte den Kopf, als würden ihn schwerwiegende Dinge bedrücken. Nach einer Weile hob er den Blick und räusperte sich.

„Um die Wahrheit zu sagen, es fällt mir schwer, über meine Erkrankung zu reden. Die Situation ist Folgende: Manchmal, wenn ich zu sehr über meinen neuen Wohlstand nachdenke, bleiben mir die Worte in der Kehle stecken, Herr der Krähen, und wenn ich versuche, sie herauszuzwingen, kann ich nur ‚wenn' sagen."

„Nur ein einziges Wort?"

„Ja, das aber wiederholte Male."

„Und wann überkommt dich diese schreckliche Plage? Wodurch wird sie ausgelöst? Bleiben die Worte nur dann stecken, wenn du an deinen Reichtum denkst?"

„Manchmal, aber manchmal auch dann, wenn ich an gar nichts Bestimmtes denke."

„Und was willst du nun?"

„Zunächst brauche ich eine Medizin, die verhindert, dass mir die Worte im Hals stecken bleiben."

„Wann hattest du den letzten Anfall?"

„Oh, heute Morgen. Ich wollte sagen, am späten Nachmittag. Deswegen bin ich im Dunkeln hergekommen. Ein Notfall sozusagen."

„Aber jetzt ist die Krankheit wieder weg, sie hat nachgelassen."

„Ja. Es kommt und geht. Immer völlig überraschend."

„Und ist es schlimmer als sonst?"

Kaniũrũ versuchte sich zu erinnern, was Tajirika im Video gesagt hatte, aber ihm fielen nicht mehr alle Einzelheiten ein. Er musste improvisieren.

„Meistens passiert es abends zu Hause, nach der Arbeit im Büro. Und wenn ich in einen Spiegel sehe, wird es schlimmer."

„Was siehst du im Spiegel."

„Mein Gesicht."

„Sicher?"

„Ja doch. Mein Gesicht. Ich kenn doch mein Gesicht."

„Und das Spiegelbild bringt dich dazu, ‚wenn' zu sagen?"

„Genau."

„Die Krankheit schlägt also nur dann zu, wenn du dich selbst im Spiegel siehst?"

„Ja, genau. Das stimmt. So ist es."

„Auch im Büro? Ich meine, wenn du dich im Büro im Spiegel betrachtest?"

„Überall, das kann ich Ihnen sagen", antwortete Kaniũrũ und ließ seiner Phantasie freien Lauf, um dem Herrn der Krähen ein Höchstmaß an Mitgefühl zu entlocken. „Es ist eine schreckliche Krankheit, Mr. Herr der Krähen. Wo immer ein Spiegel ist, lauert die Krankheit. Auf den Toiletten der großen Hotels und Nachtklubs. In Bussen und Taxis. Es ist, als würden meine Feinde mir die Krankheit immerzu aufs Neue auferlegen, wo ich auch bin. Mr. Herr der Krähen, ich habe sogar Angst, meine Wohnung zu verlassen."

Auf einmal machte der Herr der Krähen etwas, worauf Kaniũrũ nicht vorbereitet war. Er drückte ihm einen Spiegel in die Hand.

„Hier! Nimm. Er sieht alles", sprach der Herr der Krähen. „Sogar das, was am verborgensten ist."

Kaniũrũs Hände zitterten, als er nach dem Spiegel griff. Unzählige Gedanken wirbelten durch seinen Kopf. Einen Moment dachte er daran, einen Anfall vorzutäuschen und zahllose „Wenns" herauszusprudeln, doch bekam er es mit der Angst zu tun. Angenommen, der Spiegel kann wirklich meine Geheimnisse sehen? Nein, ich werde mich nicht in dem Spiegel betrachten, auf keinen Fall. Kaniũrũ tat nicht einmal so, als sähe er hinein.

„Ich will nicht behaupten, dass die Worte völlig stecken bleiben", setzte er an und versuchte, sich aus dem Dilemma zu befreien, in das er sich gerade hineinmanövriert hatte. „Ich meine, es ist mehr eine Art Flüstern, ein Echo, kein klarer Laut. Das Wort flüstert sich sozusagen in mein Gehirn. Ach, Mr. Herr der Krähen, wenn es im Hirn wispert, ist das schlimmer, als würde man normale Geräusche hören, weil es den Gedankenfluss behindert. Ich brauche eine Schutzmedizin um meinen gesamten Besitz herum, sie wird meine Angst eindämmen, die ganz offensichtlich die Ursache dieses Wisperns ist. Ich brauche auch Schutz vor meinen Feinden, eine fortdauernde Heilmethode. Hier haben Sie den Spiegel zurück."

Der Herr der Krähen nahm den Spiegel nicht. Er sah Kaniũrũ lange und fest an.

„Ist das alles, was du willst?", fragte er Kaniũrũ.

„Ja."

„Dann mach dir keine unnötigen Sorgen", sprach der Herr der Krähen. „Du bist jung. Du kannst dein Leben noch retten. Es ist notwendig, dass du dich von den Dingen befreist, die dir diese Angst einflößen und einem neuen Selbst, einem anderen Selbst, im Weg stehen. Sie sind der Feind."

„Vielen Dank, Mr. Herr der Krähen. Sie haben meine Gedanken vollkommen richtig gelesen. Mich von den Feinden befreien, die sich mir in den Weg stellen oder zumindest die Macht neutralisieren, die sie über mich haben. Ich glaube an Sie und Ihre Medizin."

„Halt den Spiegel vor dich", forderte der Herr der Krähen ihn auf. „Halt ihn fest. Jetzt sieh direkt hinein, ohne abzuschweifen. Konzentriere all deine Gedanken, deine Sehnsüchte, deine Bedürfnisse in deinem Blick. Wenn du lügst, belügst du dich selbst. Wenn du die Wahrheit sprichst, sagst du dir selbst die Wahrheit. Wenn du dich bereit fühlst, die Magie heilender und schützender Worte zu empfangen, lass es mich wissen."

„Ich bin bereit. Ich bin bereit für Schutz und Heilung", sagte Kaniũrũ schnell, weil er fürchtete, der Herr der Krähen könnte seine Meinung ändern.

„Siehst du auch direkt in den Spiegel?"

„Ja, ja."

„Dann sprich mir nach: Nimm von mir den Feind des Lebens; die Tage der Diebe und Räuber sind gezählt."

„Nimm von mir den Feind des Lebens; die Tage der Diebe und Räuber sind gezählt."

„Ich möchte, dass du das sieben Mal aufsagst."

Kaniũrũ tat, wie ihm gesagt wurde, und sprach die magischen Worte sieben Mal. Seine Augen und ihr Spiegelbild schauten sich an, seine Lippen und ihr Spiegelbild ahmten einander sieben Mal nach.

„Jetzt entferne all den Schmalz aus deinen Ohren und alles andere, das meine Worte abwehren könnte", sprach der Herr der Krähen voller Autorität. „Hör zu! Stell dich jeden Morgen vor einen Spiegel, schau hinein und sprich sieben Mal die Formel. Mach das sieben Monate lang jeden Tag."

„Ist das alles?", fragte Kaniũrũ.

„Das ist alles", antwortete der Herr der Krähen und nahm ihm den Spiegel ab.

„Und das wird einen schützenden Zauber über mein Leben und meinen Besitz legen?"

„Ja, wenn du es richtig machst."

„Was habe ich zu bezahlen?"

„Nichts, denn ich habe dir weder Kräuter noch Pulver oder Flüssigkeiten gegeben. Du hast eine Krankheit des Reichtums und des Besitzes, und die Medizin dagegen sitzt im Herzen. Deine Seele und alles, was du besitzt, wird gesunden, wenn du dich mit den richtigen Worten gegen die Feinde deiner Seele wappnest."

„Mit Worten?"

„Ja, mit Worten. Und Taten, die aus den richtigen Worten entspringen. Also achte genau darauf, was du von jetzt an sagst. Was einen Menschen vergiftet, geht durch seinen Mund. Und ich will nichts davon erfahren, dass du das, was du im Schrein des Herrn der Krähen gesehen oder gehört hast, anderen Ohren weitergibst. Hast du mich verstanden?"

„Ja."

„Sprich mir nach: Und wenn ich ausspreche, was ich nicht sagen darf, mögen die Worte mich verraten."

„Und wenn ich ausspreche, was ich nicht sagen darf, mögen die Worte mich verraten."

6

Kaniũrũ spürte große Erleichterung. Jetzt war sein Reichtum geschützt. Sein Geld war außerhalb der Reichweite seiner Feinde, wer auch immer sie waren oder wo sie sich befanden. Er war so mit der Leichtigkeit seines Seins beschäftigt, dass er, als ihm die Frau, die ihn vorhin empfangen hatte, ein Stück Papier gab, es einfach nahm, in die Tasche steckte und ohne ein Dankeschön, einen Blick oder ein Wort davonging. Allein dem Herrn der Krähen gegenüber empfand er eine ungeheure Dankbarkeit. Der Mann ist ein wahrer Zauberer, sagte Kaniũrũ sich immer wieder und wunderte sich, wie viel der Hexendoktor über ihn und seinen Zustand wusste. Und dass er keine Bezahlung verlangt hatte, bewies seine Echtheit umso mehr. Die Scharlatane wollen immer nur nehmen, die Echten geben lieber. Nicht weniger erstaunlich war, wie der Herr der Krähen es geschafft hatte, seine Ängste zu beschwichtigen. Abgesehen von dem Augenblick, in dem er den Zauberer über seine Krankheit belogen hatte, war Kaniũrũ ganz im Reinen mit sich und hatte mit dem Zauberer gesprochen, als hätten sie sich schon einmal gesehen und würden ihre Bekanntschaft nur erneuern. Doch schob er die Möglichkeit einer früheren Begegnung schnell beiseite und schrieb die Leichtigkeit und Vertrautheit ihrer Unterhaltung den wahrsagerischen Fähigkeiten des Zauberers zu.

Er schlief kaum in dieser Nacht. Sein ganzer Körper war angespannt vor Freude, Erleichterung, Hoffnung und Eigenlob über die gelungene Täuschung. Er hatte sogar den Herrn der Krähen übers Ohr gehauen, glaubte er.

Doch das Gesicht des Herrn der Krähen erschien weiterhin vor seinem inneren Auge. Es tanzte durch sein Denken, als wollte es seine schlummernden künstlerischen Instinkte wecken. Schon in der Schule waren Porträts seine Stärke gewesen; sein Gedächtnis war ein Warenlager der unterschiedlichsten Gesichter, denen er je begegnet war. Mittlerweile machte er sich jedoch über die Kunst als Mittel zum Erreichen materiellen Wohlstands keine Illusionen mehr; sein Gedächtnis hatte an Klarheit und Schärfe eingebüßt.

Nun drehte und wendete er das Gesicht des Herrn der Krähen in seiner schöpferischen Phantasie. Es gab Momente, in denen ihm das Gesicht erschien, wie es während der Weissagung gewesen war. Dann aber, im Zustand zwischen Schlafen und Wachen, sah er, wie es über den Straßen von Eldares schwebte und ihm zurief: Komm, folge mir, und ich mache dich zum Fischer von allem: Bäumen, Besitz, Menschen, Männern und Frauen. Ja, vor allem Frauen ...

Er dachte an die Frau, die ihm das Papier gegeben hatte. Was hatte es damit auf sich und was stand darauf? Er war zu faul, aufzustehen und es aus der Jackentasche zu holen. Doch weil er nicht einschlafen konnte, schlüpfte er aus dem Bett, machte Licht und las die Überschrift: „Die Sieben Kräuter der Tugend“. Über diesen Hexendoktor konnte man sich endlos wundern: Wollte er sich wirklich um die Tiere und Pflanzen und sogar um die Insekten kümmern? Wie komisch! Ein Hexendoktor, der sich um alles Leben sorgt, das ihn umgibt? Ein moderner Hexendoktor, ein Hexendoktor mit Umweltbewusstsein, sagte er, gähnte und ging wieder ins Bett.

Er träumte vom Herrn der Krähen und von sich, wie sie sich gegenseitig durch einen Wald jagten. Einmal war er, Kaniũrũ, es, der den Herrn der Krähen verfolgte. Dann wieder der Herr der Krähen, der ihm nachjagte, und wo immer Kaniũrũ versuchte, sich zu verstecken und etwas Luft zu holen, sprach ein Baum zu ihm: Sieh sieben Mal in den Spiegel deines Herzens!

Am Morgen stand er auf, ging zum Spiegel im Bad und sprach sieben Mal den Spruch des Zauberers. Die Worte hallten in den Windungen seines Kopfes, als hätte es ein eigenständiges Leben und würde sich selbst Geltung verschaffen. Die Magie schien zu wirken. Sieben. Die Sieben Kräuter der Tugend. Das Wort spielte ihm weiter einen Streich. Manchmal tauchte das Wort „sieben" am Ende eines Satzes auf: Die Kräuter der Tugend sind sieben. Manchmal stand es am Anfang: Sieben waren die Kräuter der Tugend – Grace. Sieben Tugenden. Seven Grace. Grace Mũgwanja. Grace Mũgwanja?

Nyawĩra hieß Grace Mũgwanja. War das möglich? Er fühlte sich wie gelähmt von den Gedanken, die jetzt in ihm aufstiegen. Hatte der Herr der Krähen vielleicht versucht, ihm etwas über Nyawĩra zu übermitteln? Dass es möglich war, Nyawĩra zu finden? Sieben Kräuter der Tugend. Grace. Sieben. Grace Mũgwanja. Die verschiedenen Gesichter des Herrn der Krähen schwebten um ihn herum. Er war jetzt sicher, das Gesicht schon früher gesehen zu haben. Es war das Gesicht des Mannes, der sich vor den Toren des Paradise in einen Bettler verwandelt hatte.

Kaniũrũ war so durcheinander, dass er sich gegen die Wand des Badezimmers stützen musste, um nicht zu fallen. Der Mann war kein gewöhnlicher Zauberer. Er gehörte zu den Dschinns, die angeblich eine besonders mächtige Magie ausüben. Das erklärt, warum er alles über mich wusste, obwohl er mich noch nie gesehen hat. Er wusste sogar über das Drama in meinem Herzen Bescheid! Deshalb hat er auch gefragt, ob eine Frau mein Herz gefangen hält. Kaniũrũ wurde wütend, als er sich jetzt seine Antwort ins Gedächtnis rief: Er sei, obwohl er sie suche, nicht ihretwegen zum Schrein gekommen.

Je mehr er über diese ungewöhnliche Unterredung nachdachte, desto klarer wurde, dass der Herr der Krähen versucht hatte, seine

Gedanken auf Nyawĩra zu lenken. Der Mann hatte so gut wie zugegeben, Nyawĩra zu kennen. Und tatsächlich: Jetzt fiel es Kaniũrũ wieder ein. Er hatte gesehen wie sich Nyawĩra und dieser Mann in der Seitenstraße gleich neben Tajirikas Büro angeregt unterhielten. Und im Video hatte Tajirika ausgesagt, es sei Nyawĩra gewesen, die den Besuch im Schrein des Herrn der Krähen vorgeschlagen habe. Der Herr der Krähen hatte seine Hilfe angeboten. Er hätte das Angebot annehmen sollen.

Ihm kam eine Idee. Durch die Macht seines Spiegels würde es dem Herrn der Krähen nicht schwerfallen, Nyawĩra zu finden. Je mehr er über die erstaunlichen Weissagungskräfte nachdachte, deren Zeuge er geworden war, desto deutlicher wurde, dass der Zauberer die einzige Person in ganz Aburĩria war, die Nyawĩras Verhaftung herbeiführen konnte. Die Lösung starrte ihm direkt ins Gesicht. Die Regierung musste den Herrn der Krähen mitsamt seinem Spiegel in Anspruch nehmen, um Nyawĩras Aufenthaltsort herauszubekommen.

Und er, Kaniũrũ, könnte mehrere Fliegen mit einer Klappe schlagen. Nyawĩra würde verhaftet werden. Und der Herr der Krähen bekäme eine Auszeichnung, weil er ihre Verhaftung ermöglicht hatte – Kaniũrũs Beweis für seine Dankbarkeit gegenüber dem Herrn der Krähen, der sein Leben und seinen Besitz gesegnet hatte, ohne etwas dafür zu verlangen. Und am wichtigsten: Kaniũrũ würde den gesamten Gewinn einfahren, der aus Nyawĩras Verhaftung entstand. In seinem Kopf formte sich ein Lied:

Worauf wartest du?
Worauf wartest du?
Dies ist der Moment.
Worauf wartest du noch?

Kaniũrũ ging zum Telefon, wählte die Nummer Sikiokuus und erhielt die erwünschte Antwort. Der Minister schickte ihm seinen Fahrer, um ihn durch den morgendlichen Verkehr zu chauffieren.

7

„Danke, mein Bruder", sagte Sikiokuu, umarmte Kaniũrũ und führte ihn ins Büro.

Kaniũrũ war von der Wärme des Empfangs überrascht, weil dies den Anschein erweckte, sie seien gleichrangig. Es hatte ihm schon geschmeichelt, als einziger Fahrgast in einem Mercedes mit Chauffeur und einem kleinen aburĩrischen Fähnchen zu sitzen. Nie hätte er sich träumen lassen, einmal im Fond eines Wagens Platz zu nehmen, dessen Nummernschild mit „MK" – Minister im Kabinett – begann. Die Magie des Zauberers wirkte in einer Weise, mit der er nicht gerechnet hatte, und für einen Moment fehlten ihm die Worte.

„Setz dich, mein Bruder", sagte Sikiokuu und überschüttete ihn mit übertriebener Aufmerksamkeit. Kaniũrũ fühlte sich, dank der Magie des Herrn der Krähen, wie ein Prinz.

Trotzdem war er in einer verzwickten Lage. Der Herr der Krähen hatte ihn ausdrücklich gewarnt, niemandem zu sagen, was er im Schrein gesehen oder gehört hatte. Was genau hatte der Hexendoktor damit gemeint? Dass er niemals über den Herrn der Krähen reden durfte? Oder über seine Medizin? Was würde geschehen, wenn er gegen den Eid verstieß, den er dem Zauberer geschworen hatte? Kaniũrũ hatte keine Lust, das auf Kosten seiner Zukunft herauszufinden. Ganz egal, wie brüderlich Sikiokuu auch tat, Kaniũrũ war nicht bereit, für den Minister sein Leben aufs Spiel zu setzen.

Außerdem hatte Kaniũrũ Angst vor der möglichen Reaktion Sikiokuus. Wie sollte er seinen Besuch im Schrein erklären, ohne zu verraten, dort gewesen zu sein, um denselben magischen Schutz zu erbitten, von dem Tajirika im Video gesprochen hatte? Er fürchtete, unfreiwillig den Ursprung seines plötzlichen Reichtums preiszugeben: die künftigen Vertragspartner von Marching to Heaven. Nein, Sikiokuu musste weiter im Unklaren bleiben. Sonst verlangte er womöglich noch einen Anteil und forderte vielleicht sogar das Recht des Ranghöheren ein. Nein, die Quelle seines neuen Reichtums und die Bankkonten mussten ein Geheimnis bleiben, von dem nur er und Jane Kanyori wussten. Wie aber sollte er Informationen weitergeben, ohne sich gegen den Herrn der Krähen zu stellen oder seine eigenen Interessen aufs Spiel zu setzen, indem er Minister Sikiokuu mehr wissen ließ, als dieser erfahren durfte?

Erneut kam ihm der Gedanke an den Herrn der Krähen zu Hilfe. Der Zauberer hatte gesagt: „Achte genau darauf, was du von jetzt an sagst. Was einen Menschen vergiftet, geht durch seinen Mund." Er wusste, dass die Wahrheit einen in Aburĩria in Schwierigkeiten bringen konnte. Er musste kontrollieren, wie viel davon jetzt durch seinen Mund ging.

Es war, als hätte Kaniũrũ die Geschichte einstudiert, so leicht ging sie ihm über die Lippen, als er nun erzählte, wie er, nachdem er Tajirikas Video gesehen hatte, zum Herrn der Krähen gegangen war, um herauszufinden, ob Tajirikas Geschichte der Wahrheit entsprach, und wie er so getan hatte, als litte auch er unter der Krankheit der Worte.

„Hervorragend", rief der Minister, der die Gerissenheit seines Bruders Kaniũrũ bewunderte.

„Und wissen Sie, was das Verblüffendste an diesem Hexer ist?", fuhr Kaniũrũ fort. „Er wusste meinen Namen, meine neue Stellung, er wusste einfach alles über mich und er las es aus einem Spiegel, den er in der Hand hielt. Leider wusste er aber auch sofort, dass ich log, was meine Krankheit anging."

„Tatsächlich?"

„Ja, und um Ihnen die Wahrheit zu sagen, seine Reaktion überraschte mich sogar noch mehr. Er hätte nur für diejenigen Zeit, die wirklich krank seien, und deshalb schickte er mich fort und befahl mir, nie wieder dort aufzutauchen. Als ich ging, wusste ich also nicht mehr über die außergewöhnlichen Behauptungen Tajirikas als zuvor. Es gab dort nichts Berichtenswertes zu hören oder zu sehen. Was ich Ihnen jetzt sage, habe ich also nicht im Schrein gehört oder gesehen, es ist mir erst im Nachhinein gekommen. Wissen Sie, als ich wieder zu Hause war, habe ich über die enormen Fähigkeiten dieses Mannes nachgedacht und mir wurde sofort klar, dass dieser Zauberer uns zu Nyawĩra führen könnte. Es war wie eine Offenbarung."

„Von diesem Herrn der Krähen scheint jeder dahergelaufene Kerl besessen zu sein!", kommentierte Sikiokuu mit leiser Enttäuschung. „Und was ich überhaupt nicht wusste, ist, dass er auch noch als Detektiv arbeitet", setzte er sarkastisch hinzu.

„Glauben Sie mir, Mr. Minister, trotz der nur kurzen Begegnung kann ich behaupten, dass er durch und durch ein echter Seher ist. Das Auge seines Spiegels blickt in die Ferne und durchdringt alles", erlaubte sich Kaniũrũ einen poetischen Ausflug, nahm sich aber sofort wieder zurück, als ihm die ernste Warnung des Zauberers in den Sinn kam. „Es tut mir leid, wegen meiner Krankheit gelogen zu haben. Wenn ich das nicht getan hätte, hätte ich viel mehr herausgefunden. Ich kann mich nicht mehr an alle Einzelheiten erinnern, aber meine Erfahrung mit dem Herrn der Krähen hat mich überzeugt. Mit ihm wären wir auf dem richtigen Weg."

Sikiokuu schwieg eine Weile und wog ab, was Kaniũrũ ihm gerade erzählt hatte. Bis jetzt war Kaniũrũ der Einzige, der überhaupt Informationen geliefert hatte, wie der Staat bei der Zerschlagung der Bewegung für die Stimme des Volkes Erfolg haben könnte. Er hatte dazu beigetragen, Nyawĩra zu enttarnen. Er hatte sie mit einem Foto von Nyawĩra versorgt, als junge, unverheiratete Frau und mit einigen aus der Zeit, als sie Kaniũrũs Frau gewesen war. Es waren die einzigen Fotos, die die Polizei von ihr hatte. Er hatte geholfen, Tajirika in die Falle zu locken, und wesentlichen Anteil daran, dass die Fotos von Vinjinia und den tanzenden Frauen aufgenommen wurden. Warum sollte er Kaniũrũs Idee einfach abtun, so verrückt sie auch klang? Und außerdem hatte der Herrscher ihm befohlen, bei der Suche nach Nyawĩra keinen Stein auf dem anderen zu lassen.

„Du hast mir gesagt, dieser Hexenmeister würde sich nur mit Krankheiten befassen. Wie sollen wir ihn dann in die Polizeiarbeit einbinden?", fragte Sikiokuu skeptisch, aber auch neugierig.

„Geld und Macht", antwortete John Kaniũrũ. „Niemand ist abgeneigt, mit Geld und Macht zu verkehren. Allein Ihr Titel, Mr. Minister, und Ihre tiefen Taschen werden ausreichen, dass sich der Hexenmeister geehrt und erhöht fühlt, uns Nyawĩra ohne Protest auszuliefern. Ich habe Ihnen ja berichtet, sein Spiegel hat mehr Macht als ..."

„In Ordnung", sagte Sikiokuu entschieden. „Darüber reden wir später. Es gibt jetzt einen Job zu erledigen, und ich wünsche, dass er schnell ausgeführt wird. Ich möchte, dass du auf der Stelle zu diesem Herrn der Krähen gehst. Übermittle ihm meine Grüße und sag ihm in meinem Namen, dass wir jeden Preis akzeptieren, den er verlangt, um Nyawĩra ausfindig zu machen."

Kaniũrũ war kurz davor, den Auftrag anzunehmen, erinnerte sich aber ein weiteres Mal an die Warnung des Herrn der Krähen. Wie würde der Zauberer aufnehmen, was Sikiokuu ihm soeben aufgetragen hatte? Wären der Auftrag und seine Rückkehr nicht der endgültige Beweis für den Herrn der Krähen, dass er seinen Schwur gebrochen hatte? Kaniũrũ fühlte sich zudem nicht wohl, über seine Begegnung mit dem Herrn der Krähen gelogen zu haben, indem er behauptet hatte, davongejagt worden zu sein und nie mehr zurückkommen zu dürfen. Was, wenn sich Sikiokuu später daran erinnerte und beginnen würde, Kaniũrũs Ehrlichkeit in anderen Bereichen in Frage zu stellen?

„Ich glaube, dass es keine gute Idee ist, wenn ich mich dort noch mal blicken lasse. Er hat mir untersagt, je wieder bei ihm aufzutauchen, und ich bin ein schlechter Lügner, Mr. Minister. Ich hasse es zu lügen und würde auch gar nicht wissen, wie ich mich herauswinden soll. Ich denke, es wäre besser, wenn Sie ihn hierher einladen ..."

„Ein Hexenmeister in meinem Büro? Niemals!", erwiderte Sikiokuu ziemlich aufgebracht.

„Ich vermute", fuhr Kaniũrũ fort, „er würde sich von Ihrer Gegenwart so geehrt fühlen, dass er noch nicht einmal einen Lohn verlangen würde."

Sikiokuu schwieg und dachte über Kaniũrũs Vorschlag nach. Er fragte sich, ob dieser Kerl womöglich das Gerücht in die Welt setzen würde, er, der Minister, habe einen Hexendoktor in sein Büro, in das Büro des Herrschers, eingeladen. Nein, Kaniũrũ durfte nicht erfahren, wie er als Minister weiter mit dem Herrn der Krähen verfuhr.

„John. Das war gute Arbeit, und ich werde deine Ergebenheit niemals vergessen. Du warst eine große Hilfe, und ich schätze sehr, dass du mich nicht angelogen hast. Den Rest kannst du einfach mir überlassen. Ich werde überlegen, wie wir das am besten handhaben. Es ist gefährlich, Politik und Hexerei zu vermischen. Ich möchte, dass du alles vergisst, was ich über den Herrn der Krähen und seine mögliche Rolle bei der Jagd nach Nyawĩra und anderen Dissidenten aus der Bewegung für die Stimme des Volkes gesagt habe."

Niemand hätte über diesen Ausgang glücklicher sein können als Kaniũrũ. Er mochte zwar ein wenig geschwindelt haben, aber er hatte sein Wort nicht gebrochen. Und Sikiokuu hatte die Idee nicht von vornherein abgelehnt. Wenn etwas schiefging und der Zauberer es nicht schaffte, konnte der Minister ihn nicht dafür verantwortlich machen. Und wenn alles gut ging und Nyawĩra ... wer wusste das schon? Als er ging, pfiff er vergnügt vor sich hin und genoss es, von Sikiokuu fast als Gleichgestellter behandelt und sogar wie einen Bruder umarmt worden zu sein.

Sikiokuu führte indessen in seinem Büro ein langes Gespräch mit seinen Vertrauten Njoya und Kahiga.

„Dank eures Videos und eures mustergültigen Verhörs. Aber ich will, dass ihr vorsichtig vorgeht. Tragt Zivil und erwähnt auf keinen Fall meinen Namen", trug Sikiokuu seinen treuen Abgesandten an den Schrein des Herrn der Krähen auf.

8

„Mein Name ist Elija Njoya", sagte der eine.

„Und ich bin Peter Kahiga", sagte der andere.

„Wir sind von der Polizei."

„Möchten Sie unsere Dienstmarken sehen?"

„Das wird nicht nötig sein", antwortete er ihnen. „Vor dem Herrn der Krähen sind alle gleich."

„Gut, das zu hören", sagten sie wie aus einem Mund.

„Was führt euch zu so früher Stunde zu meinem Schrein?"

„Wir haben eine Nachricht von der Regierung für Sie", antwortete Kahiga.

„Ihre Fähigkeiten im Umgang mit dem Spiegel sind dem Staat zu Ohren gekommen", fügte Njoya etwas unbeholfen hinzu.

Er spürte die Furcht in ihrem Auftreten, doch bewies das nicht viel. Ähnliches Unbehagen hatte er schon oft erlebt, vor allem bei religiösen Schwärmern, gebildeten Fachleuten und hochrangigen Staatsbediensteten, die nach außen hin vorgaben, nicht an Übersinnliches zu glauben. Einmal kam bei Tagesanbruch ein Priester zu ihm, der jeden Sonntag die Zauberei verurteilte, und lief vor dem Schrein einem seiner Gemeindemitglieder über den Weg. Beide behaupteten stock und steif, mit dem Zauberer verwandt zu sein, und gaben das als Grund ihres Besuches an. Anschließend verabschiedeten sie sich voneinander und sagten, sie würden ein anderes Mal wiederkommen.

Wir Menschen sind kompliziert, dachte er, als er sich an diese Begegnung erinnerte.

Einer der Polizisten holte ihn ruckartig aus seinen Gedanken.

„Hören Sie gut zu. Wir suchen überall nach einer Frau namens Nyawĩra", sagte Njoya, beugte sich vor und senkte die Stimme.

„Und wir haben bis jetzt nicht die geringste Spur von ihr", fügte Kahiga hinzu.

„Und wer soll diese Nyawĩra sein?", fragte der Zauberer.

„Sie haben bestimmt schon von ihr gehört", antwortete Njoya. „Sie ist eine Terroristin, die sich geschworen hat, die legitime Regierung des Herrschers zu stürzen."

„Eine entsetzliche Frau", ergänzte Kahiga. „Sie hat schon vielen den Kopf verdreht."

„Vielen Frauen vor allem", setzte Njoya hinzu.

„Haben Sie von den Frauen gehört, die den Bauplatz für Marching to Heaven entweiht haben?"

„Der Herr der Krähen besucht keine Feierlichkeiten, denen er nicht selbst vorsteht", sprach der Herr der Krähen.

„Wir wollen sie festnehmen“, meinte Njoya.

„Und Sie sind der Einzige, der die Macht hat, sie zu finden“, sagte Kahiga.

„Wir bitten Sie, Ihren Spiegel zu befragen“, erklärte Njoya.

Der Herr der Krähen musterte ihre Gesichter, konnte aber keinerlei Anzeichen von Sarkasmus oder Hohn entdecken.

„Ich verfüge nur über heilende Kräfte“, erklärte er.

„Wir bieten Ihnen einen Vertrag an. Geld spielt keine Rolle. Nennen Sie Ihren Preis“, sagten Njoya und Kahiga gleichzeitig. „Sie erfüllen Ihren Teil des Vertrags, wir den unseren.“

„Es geht mir nicht um Burĩ-Scheine“, wies er sie zurecht. „Jeder Beruf hat seinen Sinn und Zweck. Ihr würdet niemals einen Zahnarzt bitten, eine Herztransplantation vorzunehmen. Eure Qualifikation besteht darin, diejenigen zu bestrafen, die gegen die Gesetze des Staates verstoßen. Meine besteht darin, die Kräfte zu verfolgen, die die Gesetze des Lebens bedrohen.“

„Aber Nyawĩra ist eine schlimme Krankheit. Indem sie sich gegen unseren Staat wendet, bedroht sie das Leben von vielen“, wandte Njoya ein.

„Ja, räuchern Sie sie in ihrem Versteck aus. Sie ist wie eine ansteckende Krankheit“, ergänzte Kahiga.

„Dann bringt sie in meinen Schrein“, sprach der Herr der Krähen. „Und mit ihr alle, die sich bei ihr angesteckt haben.“

„Sie hat Unzählige angesteckt“, sagten sie gleichzeitig. „Hat der Jugend das Hirn vernebelt. Wir können nicht alle Infizierten zusammentreiben. Man muss das Virus isolieren, um die Ansteckung aufzuhalten.“

„Dann bringt mir das Virus, und ich werde ein Heilmittel finden“, entgegnete der Herr der Krähen in einem Ton, der die Unterredung beenden sollte. „Sind meine Heilkräfte der verlängerte Arm des Staates? Was würden meine Kunden denken, wenn sie davon erführen? Würde das Vertrauen aufbauen? Dann könnt ihr mich gleich ins State House einladen und der ganzen Welt verkünden: Hier steht Sir Herr der Krähen. Er lockt Kunden in den Schrein, um dem Staat zu helfen, Kriminelle zu fangen“, sagte er entschieden.

Statt verärgert zu reagieren, schauten sich Kahiga und Njoya an, als verstünden sie, worauf der Zauberer hinauswollte.

„Wir werden Ihre Botschaft denen überbringen, die uns geschickt haben", sagte Njoya. „In der Zwischenzeit bitten wir Sie, sich zu überlegen, was Ihre Dienste für den Staat kosten sollen."

„Da gibt es nichts zu überlegen", antwortete er entschlossen. „Ihr seid Wächter des Staates, ich bin Hüter des Lebens."

9

„Bist du sicher, dass sie uns nicht bloß einlullen wollten?", fragte Nyawĩra, nachdem Kamĩtĩ erzählt hatte, was gerade geschehen war.

Seit ihrer Rückkehr nach Eldares und trotz des einen oder anderen Polizisten, der wegen der Magie vorbeigekommen war, hatten sie immer das Gefühl gehabt, als würde Nyawĩra durch eine unsichtbare Wand vor den Blicken des Feindes geschützt werden. Doch seit Kaniũrũs Besuch hatte Nyawĩra das Gefühl, als wäre diese Wand plötzlich in sich zusammengefallen.

„Wenn sie kommen sollten, um mich zu holen", sagte sie und brach das Schweigen über diese Ängste, „versprich mir, den Schrein niemals aufzugeben. Versprich mir, dass du deinen Glauben an den Weg der Sieben Kräuter der Tugend bewahren wirst."

„Bitte sprich nicht so. Solange du dich mitten im Volk versteckst, wird dich kein Feind entdecken."

„Wenn ein Spion in deinem Hof sitzt, gibt es kein Entrinnen", sagte Nyawĩra resigniert. „Ich weiß nicht, wie lange ich noch verschiedene Charaktere spielen und Verkleidungen wechseln kann. Außerdem ist Vorsicht keine Feigheit. Mir wäre wohler, wenn ich dir dieses Versprechen abringen könnte", fügte sie hinzu.

„Was wäre ich für ein Heiler, wenn ich die verlassen würde, die unter Todesgefahr nach der Erfüllung des Lebens suchen? Und was die Sieben Kräuter der Tugend angeht, sie symbolisieren einen Weg, und dieser Weg gehört uns allen. Aber du sollst mir auch etwas versprechen. Sollten sie mich jemals holen, dann sorge dafür, dass die Arbeit des Herrn der Krähen weitergeht."

„Sag nicht so etwas", erwiderte sie.

„Gut, dann lass uns aufhören, so zu reden, als würden wir Abschied voneinander nehmen", sagte Kamĩtĩ. „Du gehst nirgendwohin, Nyawĩra. Und ich ebenso wenig. Hier in unserem Schrein sind wir sicher."

Sie umarmten sich und hielten einander fest, als wollten sie das Gefühl ewiger Sicherheit mit einer ewigen Umarmung besiegeln.

„Jetzt aber an die Arbeit", meinte Nyawĩra und befreite sich.

„Eine Bitte noch." Kamĩtĩ hielt ihre Hände fest.

„Nicht an die Arbeit zurückzugehen?"

„Den Bann, tagsüber die Narben des anderen zu suchen, sollten wir aufheben."

„Nicht tagsüber, abends", wehrte sie ab.

Sie freuten sich auf die gegenseitige Erkundung, und das anhaltende Gefühl, sie könnten vielleicht verhaftet werden, verstärkte die Anziehung.

Aber am Abend, als alle Kunden und Mitarbeiter gegangen waren und sie glaubten, sie könnten mit der Erkundung beginnen, entdeckte Nyawĩra Kahiga und Njoya auf dem Grundstück.

„Lass mich mit ihnen reden", meinte Kamĩtĩ und versuchte, sie mit gespielter Zuversicht zu beruhigen. „Versteck dich hier und sei bereit zu fliehen. Du kennst das verabredete Signal und den Weg, den du nehmen musst."

10

„Hören Sie", sagte Njoya zum Herrn der Krähen, „der Staatsminister will Sie heute Abend sprechen."

„Und was will er?"

„Wir sind nur die Übermittler."

„Dann geht zu dem zurück, der euch geschickt hat, und sagt ihm, dass er willkommen ist, meinen Schrein zu besuchen", antwortete der Zauberer. „Wenn ich mich um seine Bedürfnisse kümmern soll ..."

„Er muss nicht geheilt werden", erklärte Kahiga.

„Und was will er dann von mir?"

„Er spricht einfach eine Einladung aus", antwortete Njoya.

„Sie werden sein persönlicher Gast sein. Sein Ehrengast", fügte Kahiga hinzu.

„Richtet ihm aus, ich fühle mich von seiner Einladung geehrt, aber er muss vorher einen Tag und eine Uhrzeit vorschlagen, die für uns beide passt, damit ich mich darauf einrichten kann."

Njoya und Kahiga schauten sich an und überlegten, wie sie dem Hexenmeister möglichst schonend verständlich machen konnten, dass er keine Wahl hatte.

Njoya räusperte sich und sagte: „Mr. Herr der Krähen, we know that you may not be too familiar with what we in government call protocol, and, quite frankly, I don't blame you. Oh, tut mir leid, dass ich Englisch mit Ihnen rede. Ich meinte, dass Sie vielleicht nicht alle Regeln guten Benehmens der Regierung gegenüber kennen."

„No need to explain", antwortete der Herr der Krähen. „Auch Zauberern sind Sprachen nicht fremd. *Manze enda mtell buda na masa wenu ati sitago. Mũrogi wa Kagogo hachore-wangwi na mutu. Haneed vinaa. Hello-na-zuribye*", sprach der Herr der Krähen in Sheng.

Kahiga und Njoya hatten sich noch nicht richtig von ihrer Überraschung über diesen Hexendoktor erholt, der nicht nur gut Englisch sprach, sondern auch den neuesten Straßenjargon von Eldares beherrschte, als sie bemerkten, dass der Herr der Krähen wieder in sein Haus ging, als hätte er ihnen alles gesagt, was zu sagen war.

„Hallo, warten Sie mal", riefen sie ihm hinterher, und der Herr der Krähen blieb stehen.

„Es tut mir wirklich leid", meinte Njoya, „aber ohne Sie können wir nicht gehen."

„Habt ihr die Absicht, euch meinen Zorn zuzuziehen?"

„Oh, nein, nein, nichts dergleichen", erklärte Kahiga schnell, verunsichert von der drohenden Stimme des Zauberers. „Sie wissen, wie es in unserem Land zugeht. Ein Bürger kann nicht ohne guten Grund eine Einladung der Regierung ablehnen."

Woher kam diese eigenartige Mischung aus Furcht und Anmaßung?, wunderte sich Kamĩtĩ. Waren sie wirklich gekommen, um ihn zu verhaften oder war das Ganze ein grausamer Sport und ihre Absicht bestand einzig darin, Nyawĩra zu kriegen? Kamĩtĩ dachte über seine Optionen nach. Den zornigen Herrn der Krähen spielen und mit Feuer und Schwefel drohen? Aber angenommen, sie durchschauten seinen Bluff? Sich weigern mitzugehen? Sie konnten ihn immer noch mit Gewalt fortzerren. Aber Widerstand könnte sie misstrauisch machen und dazu bringen, sich den Schrein genauer anzusehen. Angenommen, sie stürmten den Schrein und verhafteten Nyawĩra? Das würde er sich niemals verzeihen. Es war besser, er würde sich von ihrem Versteck wegführen lassen.

„Ist das so?", fragte der Herr der Krähen mit unschuldiger Miene. „Wartet, wo ihr seid, ich bin gleich so weit." Wenn sie wirklich gekommen waren, um ihn zu verhaften, würden sie ihn auf keinen Fall aus den Augen lassen, das war ihm klar.

Und tatsächlich machte einer der beiden Anstalten, ihm zu folgen, der Herr der Krähen drehte sich jedoch um und blickte ihn zornig an.

„Seid ihr sicher, dass ihr mir folgen wollt? Meine magischen Grenzen überschreiten?"

„Oh, nein! Nein!", sagten beide Polizisten wie aus einem Mund. „Lassen Sie sich Zeit, Mr. Herr der Krähen."

Er ging geradewegs zu Nyawĩra, schilderte ihr die Lage und bat sie, im Versteck zu bleiben, bis er und seine neuen Bekannten das Grundstück verlassen hatten.

„Es ist besser so", sagte Kamĩtĩ. „Das wird ihre Nasen von dir und dem Schrein ablenken."

Als der Herr der Krähen und die beiden Polizisten im Begriff waren zu gehen, tauchte Nyawĩra plötzlich aus dem Dunkel auf und stürmte, eine Trinkschale in der linken und einen Fliegenwedel in der rechten Hand, auf sie zu. Die drei blieben wie angewurzelt stehen. Das Spiel von Licht und Schatten auf Nyawĩra ließ sie wie ein Wesen aus einer anderen Welt aussehen. Ohne ein Wort baute sie sich vor ihnen auf, und einen Augenblick lang dachte Kamĩtĩ, sie wäre verrückt geworden. Wo war die Nyawĩra, die er sprachlos kauernd zurückgelassen hatte? Warum tat sie das? Nyawĩra aber tauchte den Fliegenwedel in die Schale, besprengte sie und murmelte Beschwörungen vor sich hin.

„Wenn ihm auch nur ein einziges Haar fehlt, wenn er zurückkommt, werde ich euch zwei dafür zur Verantwortung ziehen, zur Verantwortung, zur Verantwortung."

Sie schritt im Kreis um sie herum und wiederholte das Ritual wieder und wieder, mit unterschiedlichen Variationen ihrer Warnung.

Nach der siebten Umrundung blieb sie abrupt stehen, nur wenige Zentimeter vor ihren bestürzten Gesichtern. Dann sprach sie langsam und fest, damit sie jedes Wort verstanden:

„Und sollte er verschwinden, dann wird die Erde euch beide, die ihr ihn fortgebracht habt, verschlucken!"

Und während sie das sagte, hob sie die Schale hoch in die Luft und goss das restliche Wasser auf den Boden.

„Oder zerbrechen wie diese Kalebasse!" Und sie schmetterte die Kalebasse auf den Boden.

Dann rannte sie ins Haus zurück.

Njoya und Kahiga standen vollkommen bewegungslos da. Als sie versuchten, die Füße zu heben, war ihnen, als wären diese am Boden festgekettet.

„Macht euch keine Sorgen", meinte der Herr der Krähen. „Sie ist mein Schutzengel. Mein Auge des Lebens. Sanft wie ein Lamm. Aber wenn sie einmal wütend wird, ergreift ein gefährlicher Dämon von ihr Besitz. Ihr Wort ist sogar für mich Gesetz."

Der Zauber war gebrochen. Die Füße der beiden Polizisten fanden ihre Beweglichkeit wieder, und sie brachten den Herrn der Krähen zu Sikiokuu, dem Staatsminister im Büro des Herrschers.

11

Während der Fahrt dachte Kamĩtĩ über Nyawĩra und die Szene vor dem Schrein nach. Seit er Nyawĩra begegnet war, hatte sich sein Leben auf eine Weise geändert, die er nie für möglich gehalten hatte. Oft hatte er das Gefühl, durch ein Feld von Träumen zu wandeln. Schon der flüchtigste Gedanke an sie ließ sein Blut schneller strömen und durchflutete ihn mit einem Gefühl von Güte, Frieden, Hoffnung und großen, wenn auch unbekannten Erwartungen.

Am meisten erstaunte ihn ihr Humor und ihr Lachen, trotz allen Kummers. Und obwohl er eigentlich glaubte, sie zu kennen, brachte jeder Tag neue Überraschungen. Nie hätte er sich vorstellen können, dass Nyawĩra, obwohl sie ausgemacht hatten, sie solle bis zum Weggang der Polizisten im Haus bleiben, mit der Gewalt eines Hurrikans auftauchen und eine so faszinierende Vorstellung bieten würde. Die Polizei hatte ihn daraufhin rasch von ihrem Versteck weggebracht.

Kurz darauf beschlichen ihn Zweifel und die Knie wurden ihm plötzlich weich. Was, wenn die beiden Polizisten schon an Nyawĩra dran waren? Oder wenn sie ihn verdächtigten, über ihren Aufenthaltsort Bescheid zu wissen? Wenn sie ihn folterten?

Er beschloss, nicht über Dinge nachzudenken, die er nicht verhindern konnte. Selbst wenn sie ihn wegen Nyawĩra und der Bewegung für die Stimme des Volkes verhörten und folterten, er würde ihnen wenig sagen können. Und was Nyawĩras Versteck anging, würde er lieber sterben, als es preiszugeben. Über die Bewegung wusste er nur, was Nyawĩra ihm erzählt hatte, und das war nicht viel.

Er war tief in diese widerstreitenden Gedanken und Gefühle versunken, und selbst als das Auto vor einigen Gebäuden hielt, registrierte er nicht, dass sie bereits an ihrem Ziel angelangt waren.

Während der Fahrt hatten Kahiga und Njoya weder mit ihm noch miteinander gesprochen. Das Schauspiel vor dem Schrein hatte beide in ihre eigene Welt versetzt, und sie dachten darüber nach, was der Hexentanz wohl für ihr künftiges Leben bedeuten mochte.

Als sie ankamen, stieg Njoya aus und wollte in Erfahrung bringen, was der Minister für seinen Gast vorgesehen hatte.

„Es ist Abend und schon recht spät", teilte Sikiokuu ihm ziemlich schroff mit. „Ich werde ihn morgen früh empfangen. Er soll sich nicht einbilden, er wäre ein großes Tier, wegen dem ich die halbe Nacht aufbleibe, nur um ihn zu empfangen."

„Heißt das, wir sollen ihn nach Hause zurückbringen?"

„Of course not", antwortete Sikiokuu, ohne weitere Erläuterungen zu geben.

„Wo sollen wir ihn unterbringen?", fragte Njoya, dem angesichts dieser unerwarteten Entwicklung das Herz in die Hose sank. „In einem Hotel?"

„Macht ihr Witze? Als Gast des Staates – steckt ihn ins Gästehaus der Regierung."

„Ich habe gehört, dass alle Zellen belegt sind", sagte Njoya und versuchte, sich aus der Zwickmühle herauszuwinden, den Herrn der Krähen inhaftieren zu müssen.

„Dann soll er sich ein Zimmer mit dem Verrückten teilen."

12

Tajirika fühlte sich von der Art und Weise, in der man ihn aus Sikiokuus Büro entfernt hatte, gedemütigt, aber seine Wut richtete sich hauptsächlich gegen Machokali und Vinjinia. Warum hatte sein Freund ihn nicht in die Delegation für die USA aufgenommen?, fragte er sich immer wieder. Machokali hatte versprochen, ihn ab und zu anzurufen, doch seit seiner Abreise nach Amerika hatte er sich nicht ein einziges Mal gemeldet. Die Zweifel, die Sikiokuu in ihm gesät hatte, begannen zu wachsen. Trotzdem konnte er sich noch immer keine Verbindung zwischen Machokali und Vinjinia vorstellen. Die Bilder von seiner Vinjinia und den tanzenden Frauen hatten jedoch das Vertrauen in sie erschüttert. Auch wenn er nicht viel damit anfangen konnte, hielt sich Tajirika an das Sprichwort, wonach man den Worten von Frauen oder Kindern erst glauben sollte, wenn man eine Nacht darüber geschlafen hat. Dennoch gab es Dinge, bei denen er geschworen hätte, dass Vinjinia dazu nicht fähig war. Jetzt aber war er sich dessen nicht mehr sicher.

Am meisten schmerzten die Berichte über das Vergehen seiner Frau und über den Tanz, den die Frauen vor ihr aufgeführt hatten. Obwohl er fest davon überzeugt war, dass man Frauen von vornherein nicht trauen durfte, stand für ihn fest, dass die Ehefrau immer ein Muster an Tugendhaftigkeit zu sein hatte. Ein guter Mann wurde danach beurteilt, wie gut und treu seine Frau war, und eine gute Frau beurteilte man nach ihrer Diskretion und der Fähigkeit, die Fehltritte ihres Mannes zu kaschieren. Genau so war die Frau, die er geheiratet hatte. Eine Frau, die nicht viel vom Leben forderte. Eine Frau, die längst nicht mehr fragte, wo er über Nacht gewesen war. Eine Frau, der es völlig reichte, ihr Leben in der Küche und auf dem Feld zu verbringen. Eine Frau, die nie politische Fragen stellte. Das war die Frau, die er zu kennen glaubte. Konnte sie das alles vorgetäuscht haben?

Vielleicht hatten Sikiokuu und seine Leute mit ihren Andeutungen recht, dass Nyawĩra, in der sie die Mutter aller Heuchelei sahen, etwas mit der neuen Vinjinia zu tun hatte. Man konnte nicht umhin zuzugeben, dass alles von dem Tag an schiefgelaufen war, an dem er krank geworden war und Vinjinia ins Büro geschickt hatte. Und wenn er schon Nyawĩras Gerissenheit unterlegen war, warum nicht auch Vinjinia? Das gestand er sich ein, obwohl er von ihr so viel Verstand erwartet hätte, sich nicht hinters Licht führen zu lassen und in der Gesellschaft schamloser, primitiver Tänzerinnen zu enden.

Es war ein Privileg männlicher Macht, seine Frau zu schlagen, wenn nicht gar ein Recht, und hier in der Zelle hatte er keine Gelegenheit, seine Männlichkeit unter Beweis zu stellen. Frustriert knirschte er mit den Zähnen, weil er sich lediglich ausmalen konnte, wie er seine Frau durchprügeln und sie schreiend um Gnade und

Vergebung flehen würde. Das erlaubte ihm, nüchterner über die anderen Dinge nachzudenken, die ihn bedrückten.

Wie etwa über die Angelegenheit mit Silver Sikiokuu.

Es war offensichtlich, dass er Machokali eine Falle stellen wollte und Tajirika als Köder brauchte. Doch welche Rolle sollte er spielen? Ihm klang immer noch Sikiokuus Aufforderung in den Ohren, er solle über die „wahre Bedeutung" von „wenn", „weiß" und „wünschen" nachdenken. Verbarg sich seine Rolle hinter diesen Worten? Und was war sein Gewinn dabei? Welche Abmachung gab es da? Darüber hatte sich Sikiokuu nur in Rätseln ausgelassen. Warum?

Sikiokuu wollte ihn weichklopfen, indem er ihn wieder in eine Zelle stecken ließ, wo ihm ein Kübel als Toilette diente. Die Wärter leerten ihn nur alle drei Tage, und manchmal hielten sie nicht einmal diesen Zeitplan ein. Es konnte vorkommen, dass der Eimer vor Kot und Urin überquoll und der Gestank ihn Tag und Nacht begleitete. Doch Sikiokuu unterschätzte sowohl seinen Überlebenswillen als auch seinen Geschäftssinn. Tajirika würde sich auf keinen Fall auf einen Handel ohne gegenseitiges Geben und Nehmen einlassen.

Tajirika hielt nicht besonders viel von Freundschaft. Und es gab nichts, was er nicht tun würde, um seine Haut zu retten, solange der Preis stimmte, außer an etwas teilzunehmen, was Leben und Macht des Herrschers berührte. Das würde den sicheren Tod bedeuten. Deshalb war er auch nicht bereit zu bestätigen, er habe andere über ein gegen den Herrscher gerichtetes Komplott reden hören.

Wie er sich doch wünschte, genau zu wissen, an welchem Tag und zu welcher Stunde der Herrscher und sein Gefolge zurückkehrten! Tajirika hatte keine Wahl. Ihm blieb nichts anderes, als abzuwarten, bis Sikiokuu ein Angebot machte oder Machokali aus Amerika zurückkam. Egal, was zuerst eintrat.

An einem späten Abend öffneten die Wärter die Zellentür, stießen einen Mann herein und schlossen wieder ab. Tajirika blieb still in seiner Ecke sitzen und lauschte angespannt den Atemzügen seines Mitgefangenen. Nach einer Weile – er konnte das Schweigen nicht länger ertragen – fragte er: „Wer bist du?" Aber der Mann antwortete nicht.

Vielleicht ist er ein Mörder, den man heimlich um Mitternacht hierhergebracht hat, damit er dir etwas antut, sprach eine innere Stimme zu Tajirika. Kalter Schweiß brach ihm aus und er begann zu zittern. Als die Spannung unerträglich wurde, zeterte er:

„Bring mich nicht um. Ich flehe dich an, bring mich nicht um. Ich habe nichts verbrochen. Gnade. Ich habe Frau und Kinder. Bitte vergieß für Geld kein unschuldiges Blut. Egal, was sie dir gegeben haben, ich verspreche dir, du bekommst das Doppelte."

„Schscht!", gab der Mann zurück, aber Tajirika war so mit sich beschäftigt, dass er es nicht hörte.

„Wie viel haben sie dir gegeben?", fragte Tajirika und wartete auf eine Antwort.

„Wofür?", fragte der Mann.

„Mich umzubringen?"

„Warum sollte ich dich umbringen wollen? Ich kenne dich nicht. Ich habe dich noch nie gesehen."

„Genau das will ich dir ja klarmachen. Ich bin unschuldig. Ich habe keiner Seele etwas zuleide getan."

„Dann hast du nichts zu befürchten. Ich werde dich nicht töten", sagte der Mann.

„Was hast du gesagt?"

„Sei still. Ich werde dich nicht töten."

„Danke, mein Retter. Wie viel willst du?"

„Warum soll ich Geld von dir wollen?"

„Weil du mich verschonst. Weil du mich leben lässt."

„Wer hat dir erzählt, dass ich hier bin, um dich zu erledigen?"

„Wer bist du dann? Warum haben sie dich hergebracht?"

„Hör zu", sagte der Mann verärgert. „Ich habe keine Ahnung, wer du bist. Und ich bin nicht in Stimmung, mich zu unterhalten. Schlaf jetzt und lass mich auch schlafen", sagte der Mann und schwieg.

Aber Tajirika fand das anhaltende Schweigen des Mannes beunruhigend. Der tut nur so. Der will mich in den Schlaf schaukeln und dann umbringen.

„Glaub ja nicht, dass du mir etwas vormachen kannst", sagte Tajirika.

„Warum?“, fragte der Mann.

„Ich weiß genau, du willst, dass ich einschlafe ...“

„Bist du nicht bei Trost?“

Trotz der Provokationen Tajirikas verweigerte der Mann den Rest der Nacht jede Antwort, was Tajirikas Verdacht nur bestätigte, Sikiokuu wolle ihn tot sehen. Er machte kein Auge zu. Das Morgengrauen fand ihn, wie er in die Ecke starrte, in der der andere lag.

Keiner von beiden traute seinen Augen.

„Titus Tajirika!“

„Herr der Krähen!“

13

Tajirika war außer sich vor Freude, jemanden vor sich zu haben, der die Macht hatte, ihn aus dem Gefängnis zu befreien. Nichts lag außerhalb der Möglichkeiten des Herrn der Krähen, der vielleicht sogar gekommen war, um Tajirikas Qualen endlich zu beenden. Tajirika machte sich gar keine Mühe herauszubekommen, was der Herr der Krähen hier eigentlich wollte und wie er hergekommen war.

Er redete sich einfach von der Seele, was er erlitten hatte, seit er die Vorladung vor Kaniũrũs Untersuchungsausschuss zum Schlangenwahn erhalten hatte. Er berichtete von seiner Inhaftierung, den Verhören durch Njoya und Kahiga, seiner Begegnung mit Minister Sikiokuu in dessen Büro und der Rückkehr in die dunkle Zelle. Das Einzige, das zu erzählen er sich nicht durchringen konnte, war Vinjinias schändlicher Verrat, vor allem, wie sie sich für Bilder mit tanzenden Frauen hergegeben hatte.

„Schauen Sie sich an, was Sikiokuu mir angetan hat! Sehen Sie den Kübel da? Das ist die Toilette. Wann haben die den das letzte Mal geleert? Vor einer Woche! Zum Glück muss ich nicht oft scheißen. Und trotzdem ist der Kübel fast voll.“

„Nur von dir?“

„Ja. Seit ich hier bin, war niemand anderes in dieser Zelle. Wie kann er es wagen, mir so etwas anzutun? Was soll ich dagegen tun?“

„Was glaubst du?“

„Kennen Sie das Sprichwort: Wenn zwei Elefanten kämpfen, muss das Gras leiden? Ich fühle mich wie das Gras beim Kampf zwischen Sikiokuu und Machokali um die Macht hinter dem Thron. Das Problem ist, Sikiokuu hat nicht klar gesagt, was er von mir erwartet.“

„Wie klar soll er sich denn noch ausdrücken, nach dem was du mir über seine Fragen zu Machokali erzählt hast?“

„Er hat Machokalis Namen nicht einmal erwähnt. Er war übervorsichtig und hat in Rätseln zu mir gesprochen über einen Anhänger des ungläubigen Thomas, einen Franzosen namens Descartes. Dann meinte er, ich solle gehen und tiefgründiger über mein Verlangen nachdenken, weiß sein zu wollen.“

„Begreifst du nicht: Er will nur, dass du mit eigenen Worten erklärst, es hätte dich jemand anderer mit dem Weiß-Wahn angesteckt. Wen kannst du herausgreifen und von ihm behaupten: Der und der hat mich angesteckt oder der da ist der Träger der Krankheit? Gibt es irgendjemanden unter denen, die du deine Freunde nennst, der nicht an dieser Krankheit leidet, an dieser weißglühenden Gier hinter der eigenen Ich-Bezogenheit? Der Mann hatte völlig recht, dich aufzufordern, über die Bedeutung und Auswirkung dessen nachzudenken, was du gesagt hattest. Was willst du machen, wenn du mit dem Grübeln fertig bist?“

„Genau das will ich wissen. Was soll ich machen?“

„Befrag dich zuerst einmal selbst.“

„Natürlich muss man sich fragen, wo die eigenen Interessen liegen und wie man sie am besten schützt.“

„Ich meine, du sollst in dein Herz schauen, herausfinden, warum du hier gelandet bist.“

„Ich hab mich nicht selber eingesperrt.“

„Wer dann?“

„Ich will Ihnen eins sagen: Sikiokuu und Kaniũrũ sind meine Feinde. Sie wollen mich im Gefängnis sterben lassen. Und warum? Weil Sie nicht wollen, dass ich weiterhin der Vorsitzende von Marching to Heaven bin. Sie wollen mich beseitigen, bevor die Arbeiten beginnen. Sie wollen den Profit des ganzen Projekts allein einstreichen. Aber die sollen mich kennenlernen. Die haben keine Ahnung, mit wem sie es zu tun haben, Mr. Herr der Krähen. Helfen Sie mir. Bitte helfen Sie mir, aus diesem Gefängnis herauszukommen, und ich werde Ihnen das nie vergessen."

„Aus welchem Gefängnis willst du herauskommen?"

„Mr. Herr der Krähen, das ist eine ernste Angelegenheit. Wie viele Gefängnisse sehen Sie denn, wenn Sie sich umschauen?"

„Zwei. Ein Gefängnis der Seele und eines für den Körper."

„Dann bringen Sie die Mauern dieser Gefängnisse mit der Macht Ihres Spiegels zum Einsturz!"

„Ich habe meinen Spiegel nicht dabei."

„Oh!", stöhnte Tajirika verzweifelt.

„Wie wär's, wenn wir uns unseren eigenen Spiegel schaffen?", fragte der Herr der Krähen plötzlich.

„Wie denn?"

„Mit unseren Seelen. Gibt es einen großartigeren Spiegel als den Spiegel der Seele?"

„Wie Sie meinen." Tajirika war glücklich darüber, dass der Herr der Krähen jetzt davon sprach, einen Spiegel zu verwenden, irgendeinen Spiegel, egal, woher der kam.

„Schließ die Augen ... Stell dir Sikiokuu und Kaniũrũ vor."

Er will mir helfen, indem er die Macht der beiden Kerle außer Gefecht setzt, sagte sich Tajirika, während er mit aller Kraft versuchte, sich Sikiokuu und Kaniũrũ vorzustellen. Aber die Bilder im dunklen Spiegel seiner Seele wollten nicht stillstehen.

„Erst sehe ich sie und dann wieder nicht", sagte Tajirika. „Sie entgleiten mir ständig."

„Es ist nicht schlimm, wenn die Bilder undeutlich sind", erklärte der Herr der Krähen. „Und jetzt zeig auf die, die das Land führen. Zeig mir, wo sie sind."

Das ist ja leicht, dachte Tajirika, streckte die Hand aus und deutete in die Ferne. Doch der Finger bewegte sich wie die Bilder vor seinem geistigen Auge.

„Dort drüben“, sagte Tajirika, der immer noch unbestimmt nach vorne zeigte.

„Bleib so“, sprach der Herr der Krähen. „Jetzt mach die Augen auf. Und zeig weiter auf die Bestechlichen und Gierigen.“

Tajirika tat, wie befohlen. Sein Herz hämmerte vor Freude über den unmittelbar bevorstehenden Tod seiner Feinde, dieser gierigen und korrupten Straßenräuber.

„Und nun schau deine Hand ganz genau an: Ein Finger zeigt auf deine Feinde, aber die anderen drei zeigen auf dich.“

„Ich verstehe nicht ganz.“

„Was verstehst du nicht? Erinnerst du dich noch an die Kindergeschichte über die fünf Finger, die sich aufmachen, jemanden auszurauben? Pinky sagt: ‚Los, gehen wir.‘ – ‚Wohin? Was wollen wir tun?‘, fragt der Finger daneben. – ‚Stehlen‘, spricht der Mittelfinger. – ‚Was, wenn man uns erwischt?‘, will der vierte Finger wissen. – Und weißt du, was der Daumen sagt?“

„Ich gehöre nicht dazu“, antwortete Tajirika, nahm die Rolle des Daumens ein und lachte schließlich.

„Deshalb ist der Dicke noch heute von den anderen vier Fingern getrennt. Ein Dieb steht getrennt von den anderen und zeigt auf ...“

Tajirika betrachtete wieder seine Faust. Es stimmte, der Zeigefinger und drei andere zeigten in eindeutige Richtungen. Wohin und auf was deutete der Daumen? Das ließ sich nicht sagen. Doch plötzlich glaubte er zu wissen, worauf der Herr der Krähen hinauswollte.

„Man kann also sogar aus Kindergeschichten noch das eine oder andere über den Lauf der Welt lernen“, sagte er aufgeregt. „Mr. Herr der Krähen, ich weiß jetzt, was Sie mir verdeutlichen wollen: Es ist wie mit diesen vier Fingern – die Dummen vertreten eindeutige Positionen. Jeder weiß, wo sie stehen. Ich war immer zu einseitig bei der Auswahl der Leute, mit denen ich mich umgab. Ich sollte in Zukunft besser das trügerische Auftreten des Daumens einnehmen. Haben Sie vielen Dank, Mr. Herr der Krähen, tausend Dank.“

„Kein Wunder, dass Jesus weinen musste!“, sprach der Herr der Krähen laut, als würde er mit sich selbst reden. Er war sichtlich verzweifelt.

„Warum reden Sie davon, dass Jesus geweint hat?", fragte Tajirika, verwirrt über die Gedankengänge des Herrn der Krähen. Jetzt hatte er es also mit der Bibel.

„Weil er den Leuten Wahrheiten gesagt hat und sie nicht hörten, obwohl sie Ohren hatten. Er zeigte ihnen Dinge, und obwohl sie Augen hatten, sahen sie nicht."

Er verwendet sogar die Heilige Schrift für seine Riten. Deshalb ist sein Zauber so mächtig, dachte Tajirika. Wenn er es sich in den Kopf gesetzt hat, dann gibt es nichts, was den Herrn der Krähen davon abhalten kann, etwas für Leute wie mich zu tun.

„Und deshalb heißt es auch, selbst Gott kann nur denen helfen, die sich selbst helfen", sprach der Herr der Krähen.

„Mr. Herr der Krähen, wie soll ich mir helfen, damit Sie mir helfen können?", fragte Tajirika ermutigt.

„Noch einmal: Schau in dein Herz. Sieh dir an, was in dir ist."

„Wie denn?"

Dieser Mann denkt nur an sich, dachte der Herr der Krähen. Er hört und sieht nur das, was er will. Kamĩtĩ wa Karĩmĩri, der Herr der Krähen, wurde zornig, sehr zornig.

Er hatte nicht vergessen, wie Tajirika ihn auf dem Gelände der Eldares Modern Construction and Real Estate gedemütigt hatte; dann und wann überkam ihn die Erinnerung daran. Er hatte nie geglaubt, dass ein Mensch sich einem anderen gegenüber so böse und arglistig verhalten könnte. Kamĩtĩ hatte zwar längst beschlossen, sich nicht zu rächen, weil das den Unterschied zwischen ihm und Tajirika aufheben würde. Diskutiere nicht mit einem Trottel, besagte das Sprichwort, denn die Leute könnten den Unterschied nicht bemerken.

Aber jetzt beschloss er, dem Gedächtnis des Mannes ein wenig auf die Sprünge zu helfen und ihn an ihre erste Begegnung zu erinnern. Er wollte herausfinden, ob Tajirika sich inzwischen schämte. Menschen wie ihm, die so ichbezogen waren, musste man die Dinge direkt ins Gesicht sagen.

„Soll ich dir eine Geschichte erzählen?", fragte er Tajirika.

„Ja", antwortete Tajirika. „Ich hör sie mir gern an, wenn sie Ihnen hilft, mich ganz schnell aus diesem Gefängnis rauszukriegen."

„Was dieses Gefängnis angeht, bin ich mir nicht so sicher, aber wenn du der Geschichte aufmerksam lauschst, könnte sie dir helfen, dich aus einem Gefängnis zu befreien, das viel größer ist als dieses aus Stein und Eisen."

„Ich wusste es. Ich wusste, dass Sie deshalb gekommen sind. Ich wusste, dass Sie mich niemals in diesem Gefängnis hätten verrotten lassen. Also erzählen Sie bitte Ihre Geschichte, fangen Sie sofort an, und ich verspreche Ihnen, ich werde mir nicht einmal ein Hüsteln erlauben, das Sie unterbrechen könnte."

14

„Hast du je von Mahabharata, Ramayana oder Bhagavad Gita gehört? Die drei, oder sagen wir besser die zwei, weil die Gita ein Kapitel im Mahabharata ist, sind die Schlüsseltexte der Religion, Kultur, Geschichte und Philosophie der Inder. Sie wurden in Sanskrit verfasst, der alten Sprache Indiens, die aber wie Latein, Altgriechisch, Ge'ez und Sabäisch längst tot ist.

Das Mahabharata erzählt von einem Krieg zwischen Kurus und Pandavas, zwei Zweigen ein und derselben Familie. Arijuana, der Held der Pandavas, ist ein hervorragender Bogenschütze, von dem man sagt, er könne mit seinem Pfeil ein Ziel auf dem Mond treffen. Arijuana und sein Lehrer Drona erfahren von einem anderen Bogenschützen, von Ekalaivan, dessen Fähigkeiten diejenigen Arijuanas bei Weitem übersteigen. Er kann sieben Pfeile in das Maul eines Hundes schießen, bevor dieser nach dem Öffnen des Mauls die Gelegenheit zu bellen hat. Ekalaivan hat sich diese Fähigkeiten selbst beigebracht, allerdings im Schatten einer Statue von Drona, die er sich als Quelle der Inspiration aufgestellt hatte. Dennoch behauptet Ekalaivan, Drona sei sein Lehrer. Dharma, das Gesetz, verlangt nun von einem Schüler, seinem Lehrer als Zeichen der Dankbarkeit ein Geschenk zu machen. Obwohl Drona Ekalaivan niemals unterrichtet hat, fordert er ein, was ihm zusteht. ‚Worum auch immer du bittest', sagt Ekalaivan darauf. ‚Dann gib mir deinen Daumen.' Sie schneiden Ekalaivan den Daumen ab. Erkennst du die Demütigung, die Grausamkeit? Drona weigert sich, Ekalaivan, einen Sohn der Armen, zu unterrichten, doch als dieser es durch eigene Gestaltungskraft zu außergewöhnlichen Leistungen bringt, macht Drona ihn zum Krüppel, damit die Söhne der Reichen konkurrenzlos bleiben. Arijuanas Überlegenheit wird durch Ekalaivans erzwungene Unterlegenheit bestätigt.

Du glaubst, dass dies nur eine Geschichte aus dem alten Indien ist? Nein, sie ereignet sich auch heute. Ein Reicher hat seinen Reichtum im Baugeschäft erworben, durch Kauf und Verkauf, Entwicklung und Verkauf, Bauleitung und die entsprechende Bezahlung. Der Gerechtigkeit halber sei gesagt, der Reiche war so rücksichtsvoll, ein Schild aufzustellen, auf dem klar verkündet wird, dass es keine freien Stellen gibt. Aber du weißt, wie das ist. Die Not macht so blind wie die Liebe! Der müde Vogel landet auf jedem Ast, heißt es. Also betritt eines Abends ein Fremder das Büro des Reichen. Er sucht Arbeit. Obwohl es bereits auf das Ende des Arbeitstages zugeht, erklärt sich der Reiche zu einem Gespräch bereit. Er sieht sich die Unterlagen des Arbeitssuchenden an und stellt ihm viele Fragen. Und was, glaubst du, macht der Reiche als Nächstes? ‚Bitte folgen Sie mir', sagt er zu dem Fremden, ‚damit ich mich richtig mit Ihnen unterhalten kann.' Der Reiche geht mit dem Fremden zum Tor und bittet ihn vorzulesen, was auf dem Schild steht, weil er Auffassungsgabe und Lesefähigkeit des Fremden prüfen will. Bevor ich weitererzähle, will ich noch klarstellen, dass niemand einen Arbeitgeber dafür verurteilen kann, dass er keine Arbeit zu vergeben hat. Aber denk einmal nach und erklär mir: Wie kann man Lust daran empfinden, einen ohnehin Gedemütigten noch mehr zu erniedrigen? Erklär mir, Tajirika: Woher diese Freude am Schmerzensschrei des Elenden? Wie würdest du dich fühlen, wenn jemand seinen Spaß daran hätte, dich in dieser Gefängniszelle zu wissen?

Warum hast du das gemacht, Tajirika? Habe ich dir so viel Leid zugefügt, als ich dich um Arbeit bat?"

15

Diese Offenbarung traf Tajirika mit einer Wucht, der er nicht ausweichen konnte und die beide so nicht erwartet hatten. Er erinnerte sich an diese Begegnung und wusste, noch bevor der Herr der Krähen es bestätigte, dass der Fremde und der Herr der Krähen dieselbe Person waren. Deshalb also hatte er während der Weissagung und Heilung seines Weiß-Wahns Andeutungen auf eine frühere Begegnung verspürt. Damals hatte er dieses Gefühl als Halluzination abgetan, als Nebenwirkung des Weiß-Wahns. Und nun das! Tajirika hatte nie von toten Sprachen gehört und nahm an, der Herr der Krähen würde über die Sprachen reden, die von den Toten gesprochen werden. Der Zauberer besaß die Geheimnisse der toten Hexenmeister Afrikas, Indiens und der ganzen Welt. Im Angesicht dieser neuerlichen Ungeheuerlichkeit packte ihn ein nie gekanntes Entsetzen. Minutenlang hockte er erstarrt in seiner Ecke, in seinem Kopf jagte ein unheimliches Bild fiebergleich das nächste. Und dennoch schienen ihm diese Offenbarungen ein Licht auf das zu werfen, was ihm ein Geheimnis gewesen war. So stellte es sich ihm jetzt dar.

Dieser Zauberer musste der Ursprung all seiner Schwierigkeiten sein! Er musste den Boden vor seinem Büro mit einem Zauber belegt und damit den Schlangenwahn ausgelöst haben. Die Warteschlangen hatten sich nur ein oder zwei Tage, nachdem er den Fremden vom Gelände der Eldares Modern Construction and Real Estate verjagt hatte, gebildet. Er hatte ihm, Tajirika, die Zunge gelähmt. Er hatte Vinjinia und Nyawĩra verzaubert und sie zu seinen Feinden gemacht. Er hatte überhaupt keine Arbeit gesucht, sondern nach einer Möglichkeit, seiner Bosheit, die in Neid gründete, freien Lauf zu lassen. Und ich, ein Unschuldiger, bin ihm in die Falle gegangen und habe ihm einen Grund geliefert, Vergeltung zu üben. Er hat sogar mein Geld gestohlen.

„Ich habe Ihnen drei Säcke mit Geld gegeben", sagte Tajirika und hoffte, dass ihn das besänftigte und seinen Zorn milderte.

„Dein Geld riecht nach dem Bösen. Du kannst es wiederhaben. Ich habe es im Grasland vergraben", antwortete der Herr der Krähen und beschrieb zu Tajirikas ungläubigem Staunen die genaue Stelle.

War er erneut von seinen Feinden ausgeschickt worden? War er um Mitternacht in seine Zelle gebracht worden, um ihn mit Geschichten und der Lüge zu verführen, Geld vergraben zu haben? Er konnte sich nur einen einzigen Feind vorstellen, der dazu den Einfluss und Gelegenheit hatte.

Sikiokuus Worte verfolgten ihn: „Denken Sie genau nach ...", so seine Worte. Und was passiert als Nächstes? Der Herr der Krähen taucht auf unerklärliche Weise in der Zelle auf. Es war der Zauberer, der als Erster seinen Wunsch erkannt hatte, Weißer zu sein. Und jetzt hatte Sikiokuu den Zauberer geschickt, um ihn ein für alle Mal fertigzumachen. Sikiokuu hatte mit Tajirika gespielt, hatte sogar vorhergesagt, auf seine dubiose Art, was geschehen würde. Und mit Sicherheit würde der Zauberer ihm zuallererst die Finger abschneiden. Wahrscheinlich hätte er mich schon in der Nacht umgebracht, wenn ich nicht wach geblieben wäre.

In Zeitlupe kam der Tod in Menschengestalt auf ihn zu, während er weiter bewegungsunfähig in seiner Ecke kauerte. In diesem Augenblick entschied Tajirika, keine weitere Nacht unter demselben Dach in der mörderischen Gegenwart dieses in Indien geschulten Hexenmeisters zu verbringen, der bereits sein Büro und sein Haus mit einem Fluch beladen hatte und ein Problem nach dem anderen auf ihn niedergehen ließ.

Seine Strategie war, dem Tod zu entwischen, seine Taktik würde sein, den Herrn der Krähen in ein Gespräch zu verwickeln, bis er sich einen Plan zurechtgelegt hat. Die Klarheit von Strategie und Taktik beruhigten ihn ein wenig trotz des Durcheinanders von Gedanken und Bildern in seinem Kopf, und die Worte, die er jetzt hervorbrachte, ließen keinerlei Furcht oder Angst erkennen.

„Ich habe es nicht böse gemeint. Ich versichere Ihnen, dieser Test war nichts weiter als ein Scherz unter Männern. Ehrlich, ich hatte geglaubt, Sie würden mit mir darüber lachen. Ich wollte Ihnen die Last, keinen Job zu bekommen, erträglicher machen."

„Glaubst du nicht, du solltest dir das besser vorher überlegen? Derartiger Humor kann tödliche Folgen haben."

Tödliche Folgen? Jetzt hat er sein wahres Gesicht gezeigt. Zaubermacht und Staatsmacht haben sich gegen mich verbündet. Was für eine gewaltige Verbindung! Seit tausend Jahren spricht dieser Zauberer schon mit den Toten. Er hat alle Handbücher der Hexerei gelesen, aus dem alten Indien, dem antiken Griechenland bis in die Gegenwart. Ob ich nun im Gefängnis bin oder nicht, vor dem allwissenden Auge, der alles durchdringenden Macht des Herrn der Krähen, gibt es kein Entrinnen. Ich stecke furchtbar in der Klemme.

Seine Lage war hoffnungslos. Er war niedergeschlagen. Dann jedoch kam ein Lichtstrahl: Wenn der Herr der Krähen wirklich alles sehen konnte, was er zu sehen wünschte, unabhängig davon, wo er sich gerade befand, warum hatte sich Sikiokuu die Mühe gemacht, ihn ins Gefängnis zu schicken? Der Herr der Krähen brauchte Tajirika nur in seinem Spiegel einzufangen, die Schatten auszukratzen und er war erledigt. Sikiokuu will nicht, dass ich jetzt schon sterbe, dachte Tajirika und schöpfte neue Hoffnung. Sikiokuu will krampfhaft einen Handel mit mir schließen. Er will mich lebend, wenn ich mich aber weigere zu tun, was er will, oder es nicht liefern kann ... Aber warum sollte ich mich dem, was er verlangt, verweigern, wo ich noch nicht einmal weiß, was er will?

Tajirika glaubte tatsächlich, einen Lichtstrahl am Horizont entdeckt zu haben. In Sikiokuus Händen war er sicherer als unter dem durchdringenden Blick des Herrn der Krähen. Sikiokuu war mehr nach seinem Geschmack; sie sprachen dieselbe Sprache, die Sprache von Täuschung und Winkelzügen. Er, Tajirika, würde sich beugen, er würde knien, kriechen, alles tun, um Sikiokuus Gnade zu erlangen. Außerdem war es leichter, Sikiokuu zu betrügen als den Herrn der Krähen. Tajirika würde Geschichten erfinden und die Schuld am Ausbruch des Schlangenwahns anderen zuschieben. Warum nicht seiner Frau? Ja, er würde alles Vinjinia in die Schuhe schieben. Das ist genial, dachte er und fühlte sich großartig. Auf diese Art könnte er drei Fliegen mit einer Klappe schlagen: Sich an Vinjinia rächen, weil sie sich mit den tanzenden Frauen gezeigt und es sich ohne Zweifel hatte gut gehen lassen, während er verschwunden war; sich vor dem drohenden Unheil retten, das der Herr der Krähen im Schilde führte; und vor allen Dingen verhindern, seine Daumen und sein Leben zu verlieren.

Bald hatten sich alle Mutmaßungen, Sikiokuu würde eine Gefahr für ihn darstellen, in Luft aufgelöst. Der Herr der Krähen war die unmittelbarste Bedrohung für seine Seele und seinen Körper und Sikiokuu der Einzige, der ihn retten konnte. Tajirika konnte es sich nicht leisten, die Nacht abzuwarten. Er musste sofort aus dem Bannkreis der Hexerei fliehen und Schutz beim Staat suchen. Aber was sollte er unternehmen, ohne sich den Zorn seines gerissenen Racheengels zuzuziehen? Er spürte, dass er nichts tun konnte, saß völlig verzweifelt da und wartete auf den Tod. Er bedauerte es, Vinjinia nicht gründlich durchprügeln zu können, und während er daran dachte, fiel ihm ein, dass sie regelmäßig in die Kirche ging und betete, und er begann, selbst Gebete zu murmeln, die ihn vor dem Tod retten sollten. Seine Gebete wurden fast unmittelbar erhört, jedoch auf eine Weise, die er sich so nicht hatte vorstellen können oder gar erwartet hätte.

Genau in diesem Moment öffneten zwei Wärter die Tür. Sie kamen, um den Toilettenkübel zu holen, den sie seit sieben Tagen nicht geleert hatten. Tajirika handelte mit dem rücksichtslosen Instinkt des Selbsterhaltungstriebs. Bevor die Wärter zum Kübel gelangen konnten, war Tajirika bereits aus seiner Ecke zum Kübel gesprungen und hatte ihn gepackt. Er drohte, sie mit sieben Tagen Scheiße und Urin zu übergießen, wenn sie sich auch nur einen Zentimeter bewegten. Sie blieben wie angenagelt stehen, und Tajirika wankte um sie herum, bis er sich zwischen ihnen und der Tür befand.

Auch der Herr der Krähen war überrascht und dachte, Tajirika müsse verrückt geworden sein. In der Tat, Tajirika hatte während ihres Gespräches alles andere als kluge Dinge von sich gegeben. Die wochenlange Einzelhaft und die Folter haben ihren Tribut gefordert, dachte er. Aber als Tajirika zu sprechen begann und dem Herrn der Krähen klar wurde, was sich abspielte, war ihm nach

Lachen zumute. Doch er beherrschte sich, denn es war besser, unbeteiligter Beobachter der Vorgänge zu bleiben.

„Hört her", rief Tajirika den Aufsehern zu. „Bringt mich von diesem Hexenmeister weg. Bringt mich zu Silver Sikiokuu, dem Staatsminister im Büro des Herrschers. Legt mir Handschellen an. Oder gebt sie mir, und ich lege sie mir selbst an, damit ihr seht, dass ich nicht versuche, aus gesetzmäßigem Arrest zu fliehen. Wenn ihr nicht macht, was ich euch sage, oder ich das geringste Zeichen von Widerstand entdecke, gieße ich euch den gesamten Inhalt dieses Kübels über die Köpfe. Ich habe in den letzten drei Tagen Blut geschissen und gepisst. Ich habe das tödliche Virus."

Durch die Erwähnung des verheerenden Virus rochen die Wärter plötzlich den eigenen Tod und flehten Tajirika an. Sie versicherten, nichts gegen ihn zu haben, sie würden ihn völlig verstehen und seine Qual nachempfinden, auch sie würden nie im Traum darauf verfallen, mit einem Hexenmeister unter einem Dach zu schlafen. Er sehe also, sie und er stünden auf derselben Seite und sie würden ihn hinbringen, wohin auch immer er wolle. Sie warfen ihm Handschellen zu, und er legte sie sich um die Handgelenke. Sie boten ihm an, den Kübel zu tragen, aber er lehnte ab. Es sei seine eigene Scheiße, seine Waffe, sagte er zur Erleichterung der Aufseher, die froh waren, dass ihnen der Kontakt mit seiner tödlichen, virusverseuchten Waffe erspart blieb, es aber gleichzeitig mit der Angst zu tun bekamen, weil sie diesem verrückt gewordenen Häftling gnadenlos ausgeliefert waren. Von ihnen eskortiert, befahl er ihnen, die Tür doppelt hinter sich abzuschließen. Er wollte nicht, dass der Herr der Krähen entkam.

Der hatte sich den Wahnsinn mit einer Mischung aus Mitleid und Trauer angesehen. Gleichzeitig hatte er das Gefühl gehabt, loslachen zu müssen. Sein Geständnis hatte Tajirika dazu gebracht, seine eigene Scheiße zu schleppen. Zumindest für den Augenblick.

Draußen befahl Tajirika den Männern voranzugehen und warnte sie noch mal, nichts Unüberlegtes zu tun. Mit dem Scheißekübel, der zwischen seinen Beinen baumelte, folgte er dicht hinter ihnen.

Wie ein Lauffeuer verbreitete sich die Neuigkeit in der Anstalt. Die gesamte Wachmannschaft eilte zu den Waffen. Verstärkung kam.

Doch die Aufseher, die nur einen Schritt vor Tajirika gingen, riefen unentwegt: „Lasst ihn in Ruhe. Er hat das Virus. Er ist in Handschellen. Provoziert ihn nicht. In seinem Kot steckt der Tod."

So marschierten sie vor entsicherten Gewehren bis zum Büro des Direktors des Eldares Remand Prison. Der Direktor, die bewaffneten Wärter und die Verstärkungen von der Polizei – sie alle fürchteten sich vor dem Gefangenen, der angeblich den Tod bei sich trug. Sie wussten, dass er in Handschellen war, und sahen deshalb keinen Grund, irgendetwas zu unternehmen, was die Situation verschlimmern könnte. Als man ihn fragte, was er verlange, blieb Tajirika beharrlich bei seiner Forderung: Man solle ihn zu Sikiokuu bringen.

Der Gefängnisdirektor rief Sikiokuu an: „Hier ist ein Häftling, der mit einem Kübel Scheiße das Gefängnis beinahe in seine Gewalt gebracht hat. Er verlangt, Sie zu sprechen. Was sollen wir tun?"

16

Was? Hatte Tajirika vollkommen die Nerven verloren? Das war die erste Reaktion Sikiokuus auf die Nachricht von der Krise. Angesichts der bevorstehenden Rückkehr des Herrschers war das Letzte, was er jetzt brauchte, weiterer Stress für seine geplagten Nerven. Trotzdem traf ihn die Absurdität der Situation. Tajirika überwältigte eine komplette Haftanstalt und seine einzige Waffe dabei war ein Kübel mit Scheiße? Sikiokuu brach in Gelächter aus, das seine zahlreichen Sorgen für einen Moment erträglicher machte. Doch je mehr er darüber nachdachte, desto weniger witzig fand er die Sache. Angenommen, die Medien bekämen Wind davon, dass der Vorsitzende von Marching to Heaven eine Abteilung der Streitkräfte des Herrschers mit einem Kübel Scheiße in die Flucht geschlagen hat? Angenommen, sie brächten ein entsprechendes Foto gleich neben dem des Herrschers, der mit Kübeln voller Dollars für Marching to Heaven heimkehrte, begrüßt und umringt von einer Menge aus Tänzern und Diplomaten? Er sah bereits die Schlagzeilen vor sich: DER HERRSCHER KEHRT HEIM MIT KÜBELN VOLLER DOLLARS FÜR MARCHING TO HEAVEN. DER VORSITZENDE VON MARCHING TO HEAVEN ÜBERNIMMT DEN BEFEHL ÜBER BEWAFFNETE WACHMANNSCHAFT MIT EINEM KÜBEL VOLLER SCHEIßE. Nicht auszudenken! Nehmt ihm sofort die Handschellen ab, befahl er, und bittet den Mann, den Kübel auszuhändigen. Und weil er dem Gefängnisdirektor nicht zutraute, die Sache diskret zu behandeln – er durfte ja nicht einmal die wahre Identität der beiden Zelleninsassen wissen –, schickte Sikiokuu seine Gefolgsmänner los, Elijah Njoya und Peter Kahiga, damit sie die Verhandlungen führten.

Tajirika beharrte darauf, er werde den Kübel erst abgeben, wenn der Minister ihn empfangen habe. Er nahm sogar Einfluss auf die Überführungsmodalitäten. Während Kahiga am Lenkrad saß und Njoya neben ihm auf dem Beifahrersitz, beanspruchte Tajirika die Rückbank für sich allein. Eine Übereinkunft, die allen recht war. Tajirika konnte ein Auge auf die Polizisten haben, bereit ihnen eine Dusche zu verpassen, falls sie versuchten, ihn übers Ohr zu hauen, und den beiden blieb es erspart, neben dem Kübel sitzen zu müssen.

Als sie bei Sikiokuus Büro ankamen, schirmten Njoya und Kahiga ihren Gefangenen vor den Augen der Öffentlichkeit ab und brachten ihn durch die Hintertür hinein.

Sikiokuu gab Njoya und Kahiga ein Zeichen, zu gehen und sich zu zwei anderen Polizisten im Vorraum zu gesellen. Sikiokuu und Tajirika standen da und musterten sich.

17

Tajirika kam Sikiokuu vor wie ein verwundetes Tier in der Falle. Er sah so gefährlich aus, dass Sikiokuu hin und her überlegte, wie er ihm einen Ausweg schaffen könnte. Er versuchte, die Spannung mit Humor abzubauen.

„Huĩ, sasa, story zako? Ni nini makalau wanakubringiya kinaa? Nĩ haarĩ wanakuitia?“, fragte Sikiokuu in Sheng.

„Verschonen Sie mich mit Ihrem überholten Sheng“, fuhr Tajirika ihn wütend an, weil er glaubte, Sikiokuu nähme ihn nicht ernst. „Wir sind keine Kinder mehr. Ich bin nicht hergekommen, um mit Ihnen *Fathe* und *Mathe* zu spielen.“

„Ich wollte Sie lediglich willkommen heißen, Mr. Tajirika“, erwiderte Sikiokuu schleunigst, obwohl es ihn ein wenig enttäuschte, mit seinem Sheng abgeblitzt zu sein. „Was ist zwischen Ihnen und diesen Polizisten schiefgelaufen?“, fragte er, als hätte er selbst nichts damit zu tun.

„Gar nichts“, erwiderte Tajirika. „Ich will ein Gespräch von Mann zu Mann.“

„In Ordnung! Aber zunächst wollen wir Ihnen erst einmal die Handschellen abnehmen. Und stellen Sie bitte diesen Kübel ab. Meine Männer werden ihn hinausbringen. Der Gestank zieht ja durchs ganze Haus.“

„Warum sollte ich Ihnen meine Scheiße anvertrauen?“

„Weil ich Ihnen mein Wort gebe.“

„Schwören Sie vor ein oder zwei Ihrer Polizisten, mich nie wieder, egal wie unser Gespräch ausgeht, mit dem Herrn der Krähen in eine Zelle zu stecken.“

„Nichts weiter?“, fragte Sikiokuu vollkommen verblüfft über die Forderung.

„Im Augenblick nicht!“, antwortete Tajirika. „Der Rest geht nur Sie und mich etwas an.“

Trotz seines Zorns über die Unnachgiebigkeit des Hexenmeisters hatte Sikiokuu nicht vorgehabt, ihn länger als einen Tag im Gefängnis zu behalten. Sobald der Herr der Krähen seine magischen Kräfte einsetzte, um Nyawĩra ausfindig zu machen, wollte er ihn freilassen. Sikiokuu hatte geglaubt, wenn er die beiden eine Nacht lang zusammensperrte und Tajirika seine Foltergeschichten erzählte, würde es der Herr der Krähen mit der Angst zu tun bekommen, und das würde ihn zugänglicher machen, wenn sie sich am nächsten Tag trafen. Es sollte eine Lektion in gutem Benehmen sein.

„Was ist zwischen Ihnen und dem Herrn der Krähen schiefgelaufen?", fragte Sikiokuu erleichtert und neugierig zugleich.

„Wissen Sie, was es heißt, mit jemandem unter einem Dach zu sein, der die Hexerei von den Toten gelernt hat und regelmäßig mit den Zungen der Toten spricht? Werden Sie vor den Polizisten schwören oder nicht?"

Wie konnte die beabsichtigte Lektion in gutem Benehmen dermaßen danebengehen, dass dieser Tajirika solch einen paranoiden Schwachsinn plapperte?

„In Ordnung", meinte Sikiokuu, um ihn ein wenig zu beschwichtigen, denn der Minister hatte nicht die geringste Ahnung, wovon Tajirika sprach. Vielleicht hatte der Kerl unter der Folter den Verstand verloren. Was sollte er mit einem verrückten Vorsitzenden von Marching to Heaven anfangen? Wie sollte er alles erklären? Er beschloss, der hirnrissigen Forderung Tajirikas nachzugeben, und rief nach Njoya und Kahiga.

Beide glaubten, ihr Chef würde um Hilfe rufen, und stürmten, gefolgt von zwei weiteren Polizisten, mit gezogenen Waffen herein.

„Waffen runter!", rief Sikiokuu blitzschnell. „Dieser Herr und ich sind alte Freunde. Eigentlich brauche ich nur zwei von euch, aber vielleicht ist es sogar besser, wenn Sie alle hier sind, denn ich möchte, dass Sie bezeugen können, was ich jetzt sage. Dieser Herr hier darf niemals wieder mit irgendeinem Hexendoktor in eine Zelle gesteckt werden. Sollte jemand gegen meine Anweisung verstoßen, ist er seinen Job los, fristlos. Ganz nebenbei, dieser Herr ist kein Häftling. Er befindet sich in Schutzhaft, weil er die Regierung in Angelegenheiten unterstützt, die die Sicherheit des Staates betreffen. Ist jetzt alles in Ordnung, mein Freund?", fragte Sikiokuu.

„Alles in Ordnung", wiederholte Tajirika, als wäre eine schwere Last von ihm genommen. Trotzdem machte er noch immer einen verwirrten Eindruck und seine Stimme zitterte.

„Nimm ihm die Handschellen ab", befahl Sikiokuu Kahiga.

Tajirika trat vor, doch als er den Toilettenkübel auf dem Tisch absetzen wollte, damit er die Hände besser vorstrecken konnte, um sich die Handschellen abnehmen zu lassen, stolperte er über einen Stuhl, fiel und verschüttete den Kübelinhalt über das ganze Büro. Einiges davon fand seinen Weg in Sikiokuus Gesicht und auf seine Kleider, Teile erwischten Kahiga, Njoya und die beiden Polizisten, und der Rest ergoss sich über das Porträt des Herrschers auf dem Schreibtisch. Alle glaubten, Tajirika würde ausführen, womit er den gesamten Tag über gedroht hatte. Njoya und Kahiga stürmten zurück ins Vorzimmer und schützten sich mit der Tür als Schild gegen weiteren Unrat. Die beiden anderen Polizisten sprangen hin und her und schrien: „Das Todesvirus!"

„Scheiße!", brüllte Sikiokuu, schüttelte seine besudelten Ohren und setzte, als er ins Hinterzimmer rannte, hinzu: „Man sollte diesen Idioten erschießen!"

Tajirika hörte nur „erschießen" und glaubte, Sikiokuu hätte den Befehl dazu gegeben.

Auf dem Boden liegend flehte er, von oben bis unten beschmiert: „Erschießen Sie mich nicht. Ich bitte Sie, erschießen Sie mich nicht. Ich habe gelogen. Ich bin nicht mit dem tödlichen Virus infiziert."

Die beiden Polizisten waren durch sein Geständnis so erleichtert, dass sie ihm dankbar aufhalfen, ihm die Handschellen abnahmen und den Kübel fortbrachten.

Während er wartete, bis sie wieder auftauchten, hatte Tajirika das Gefühl, als hätte sich eine Wolke verzogen, die seinen Kopf vernebelt hatte, als wäre er plötzlich aus dem Delirium eines hohen Fiebers erwacht. Er kam sich etwas töricht vor und war unsicher, wie er sich weiter verhalten sollte. Was sollte er tun? Sich mit dem verschmutzten Hemd das Gesicht abwischen? Kahiga und Njoya kamen, gefolgt von den beiden anderen Polizisten, zurück und fluchten leise vor sich hin: „Los, wir schleifen ihn wieder in die Folterkammer und erteilen ihm eine Lektion." Sikiokuu, der aus dem Hinterzimmer auftauchte, hörte, was Kahiga und Njoya sagten, und befahl ihnen, mit diesem Unsinn aufzuhören. Anschließend wies er die beiden Polizisten an, Wasser und Seife zu holen und die Schweinerei unter Aufsicht von Njoya und Kahiga zu beseitigen.

„Wenn ihr fertig seid, geht zurück ins Vorzimmer und wartet weitere Befehle ab. Und Sie", wandte er sich an Tajirika, „kommen mit."

Gerade als er ins Hinterzimmer treten wollte, fiel Sikiokuu das Porträt des Herrschers wieder ein. Er eilte zum Tisch und packte es.

„Im Bad da drüben gibt es ein Waschbecken", wandte er sich wieder an Tajirika und zeigte auf eine Tür. „Gehen Sie rein und machen Sie sich ein bisschen sauber. Ich fürchte, ich kann nicht mit Wechselkleidung dienen."

Auch Sikiokuu hatte sich nicht umgezogen. Er hatte versucht, die Schweinerei von seinem Hemd zu wischen, aber die Flecken waren immer noch zu sehen. Jetzt widmete er sich dem Porträt des Herrschers, versuchte es vom Schmutz zu reinigen, doch jedes Mal, wenn er dachte, er hätte es geschafft, tauchte – wie aus dem Innern des Bildnisses – ein neuer Fleck auf. Schließlich gab er auf und deckte ein Handtuch darüber. Tajirika kam zurück, als er sich gerade bemühte, die Luft im Zimmer mit Parfum zu verbessern, doch egal wie viel er auch versprühte, der Gestank im Büro des Herrschers war nicht zu überdecken.

„Es ist hoffnungslos", sagte Sikiokuu, stellte das Parfumfläschchen auf den Tisch und ließ sich in den Stuhl sinken. Dann zeigte er auf einen anderen Stuhl für Tajirika. So saßen sie einander erneut im Büro gegenüber, doch dieses Mal befand sich nur ein Teetisch zwischen ihnen.

„Mr. Tajirika, was Sie heute getan haben, kommt einer Geiselnahme gleich, und das ist nach nationalem und internationalem Recht ein Verbrechen. Und ich muss Ihnen eins sagen: Wenn Sie nicht in Handschellen gewesen wären, hätten die sie erschossen. Ich will Ihnen einen gut gemeinten Rat geben: Spielen Sie nie wieder mit dem Feuer! Und ich hoffe bei Gott, dass die Gründe, die Sie dazu trieben, die Armee mit vorgehaltener Scheiße zu bedrohen, ausreichen, dem Zorn des Staates standzuhalten. Also erzählen Sie mir alles, was Sie mir sagen wollten. Aber ich will Sie warnen: Ich werde keinerlei Dummheiten mehr hinnehmen. Keine Spielchen mehr! Was ist zwischen Ihnen und dem Herrn der Krähen abgelaufen? Oder soll ich ihn holen lassen, damit er mir seine Version vorträgt und Sie beide in meiner neutralen Gegenwart Ihre Meinungsverschiedenheiten austragen können?"

18

Als Sikiokuu den Herrn der Krähen und die Möglichkeit erwähnte, ihn ins Büro holen zu lassen, kam in Tajirika der Schrecken wieder hoch, der ihn zu der Forderung veranlasst hatte, zu Sikiokuu gebracht zu werden. Würde er dem Zauberer niemals entkommen? Waren ihrer beider Schicksale miteinander verknüpft? Vielleicht hatte ihn der Herr der Krähen bereits mit einem mächtigen Zaubergespinst aus Indien verhext, aus dem es kein Entrinnen gab? Wieder stellte sich Tajirika den Tod in der menschlichen Gestalt des Herrn der Krähen vor, der unaufhaltsam wie ein Uhrwerk auf ihn zukam. Der Tod konnte überall lauern, sogar hier draußen. Tajirika durchlebte noch einmal die in ihm aufsteigende Hilflosigkeit, die ihn angetrieben hatte, Sikiokuus Schutz zu suchen. Er sprang auf, ging um den Tisch herum, kniete nieder und umklammerte mit einer unterwürfigen Umarmung die Beine eines erstaunten Sikiokuu.

„Bitte, ich flehe Sie an. Bitten Sie den Herrn der Krähen, mich von dem Todesfluch zu erlösen, mit dem er mich vergangene Nacht belegt hat. Deshalb haben Sie ihn doch zu mir geschickt? Seine Zauberkraft ist überwältigend. Ich wusste es von dem Augenblick an, da er meine Krankheit heilte. Aber damals wusste ich nicht, dass er die Geheimrezepte von Toten verwendet. Wenn Sie den Herrn der Krähen bitten, alle Todesflüche von mir zu nehmen, verspreche ich Ihnen, zu tun oder zu sagen, was immer Sie von mir verlangen. Retten Sie mich. Heben Sie das Todesurteil auf. Bitte."

Sobald er sich vom Schock der Umklammerung erholt hatte, begann Sikiokuu, die Sache zu durchdenken. Tajirika glaubt also, ich arbeite mit dem Herrn der Krähen zusammen und hätte den Zauberer in seine Zelle geschickt, um ihn mit einem Todesfluch zu belegen? Wie ist er auf diesen Gedanken gekommen? Hier lag also ein Missverständnis vor, das er aber nicht aufklären wollte, weil es seinen Zwecken dienlich war. Der Herr der Krähen war zu einem geheimen Verbündeten geworden, der erreicht hatte, was der Folter nicht gelungen war: Tajirika zur Zusammenarbeit zu bewegen.

„Mr. Tajirika, würden Sie sich bitte wieder auf ihren Platz setzen und mir erzählen, was Sie bewegt?"

„Nein. Erst müssen Sie ihn bitten, den bösen Zauber von mir zu nehmen."

„Was hat Ihnen der Herr der Krähen gesagt?"

„Es geht nicht darum, was er gesagt hat. Es war nicht schwer für mich herauszubekommen, dass Sie ihn mit dem Befehl in meine Zelle geschickt haben, mich zu töten. Ich habe an unser letztes Gespräch gedacht und wie es endete. Waren die drei Worte, über die ich nachdenken sollte, nicht dieselben wie die, deren Bedeutung der Herr der Krähen geweissagt hatte, als ich wegen meiner Krankheit bei ihm war? Sie haben unserer Unterhaltung noch etwas hinzugesetzt, indem sie ihn um Mitternacht in meine Zelle geschmuggelt haben. Warum mitten in der Nacht, wenn nicht mit dem Ziel, mir etwas anzutun? Mr. Sikiokuu, ich bin kein Idiot. Ich weiß genau, worauf Sie aus sind. Sie wollen, dass er mir die Wortkrankheit wieder einpflanzt. Gedanken ohne Worte sind wie Dampf ohne Ventil. Sie wollen, dass ich in meinen Gedanken ertrinke oder durch ihren Druck explodiere. Und wenn das beides nicht gelingt, wird er mir die Daumen abhacken. Der Herr der Krähen hat mir sogar etwas gestanden."

„Gestanden? Was hat er gestanden?"

„Dass er den Schlangenwahn ausgelöst hat."

„Das hat er Ihnen gesagt?"

„Nicht direkt. Aber letzte Nacht hat er mich daran erinnert, dass wir uns an dem Tag, an dem ich zu seinem Schrein fuhr, nicht das erste Mal begegnet sind. Vor einiger Zeit brachte ich am Haupteingang zu meinem Bürogebäude ein Schild ‚Keine freien Stellen' an, um mir die vielen Arbeitslosen vom Leib zu halten. Und wenn jemand die Tafel ignorierte und in meinem Büro aufkreuzte, habe ich ihm gesagt, er solle wieder hinausgehen und lesen, was auf dem Schild steht: Keine freien Stellen. Der Herr der Krähen aber hat mich dazu gebracht, etwas zu tun, was ich davor nie getan habe. Er verführte mich, ihn zum Schild zu begleiten und bei ihm stehen zu bleiben, während er es las. Einen Tag später wurde ich krank, und dann begann das Schlangestehen genau an der Stelle, an der der Herr der Krähen gestanden hatte, als er das Schild las. Kann das alles Zufall sein?", fragte Tajirika und rüttelte an Sikiokuus Beinen, als würde er die Antwort bei ihm suchen. „Welchen weiteren Beweis brauche ich noch, um zu erkennen, dass er der Ursprung des Schlangenwahns ist? Die Frage lautet vielmehr: Wer hat ihn in mein Büro geschickt? Und warum? Oder soll ich glauben, dass jemand mit einem gut gehenden und lukrativen Hexereiunternehmen einfach so in mein Büro spaziert und nach einem Job fragt, den er gar nicht braucht, wenn ihn nicht andere Motive antreiben? Er ist doch eindeutig geschickt worden, um mich, wie Satan einst Hiob, mit Leiden zu überziehen und in Versuchung zu bringen. Aber im Gegensatz zu Hiob hatte ich gegen seine Durchtriebenheit keine Chance. Ihm einen Job zu geben, hätte geheißen, ihm die Gelegenheit zu liefern, mein Unternehmen mit einem Fluch zu belegen. Mein Unternehmen wäre langsam zugrunde gegangen, und mein unternehmerisches Versagen hätte dazu geführt, mich nicht länger für fähig zu halten, weiterhin Vorsitzender von Marching to Heaven zu sein. Und wenn ich ihm den Job verweigerte – wie ich es getan habe –, dann würde er sich an mir rächen – wie er es getan hat. Zuerst, indem er mich krank machte, und anschließend, indem er den Schlangenwahn auslöste. Es bleiben zwei Fragen: Als ich ihn in seinem Schrein traf, ließ er nicht im Mindesten erkennen, dass wir uns bereits einmal begegnet waren. Warum tat er es jetzt, nachdem Sie ihn in meine Zelle gesteckt haben? Mr. Minister, wenn Sie es nicht waren, der ihn geschickt hat, um den Schlangenwahn auszulösen, wer dann? Wer sonst könnte ein Motiv haben, mich zu zerstören und meinen Vorsitz von Marching to Heaven zu untergraben?"

„Mr. Tajirika, was Sie da sagen, klingt sehr interessant. Nur leider bringen Sie alles ein wenig durcheinander. Wenn Sie zum Beispiel glauben, ich hätte die Warteschlangen initiiert oder jemanden damit beauftragt, dann grenzt das an Fieberwahn. Betrachten wir also Ihre Geschichte mal mit dem Blick der Vernunft. Ich entnehme

Ihrem Bericht, dass Sie glauben, jemand hätte den Herrn der Krähen geschickt, um den Schlangenwahn auszulösen. Oder, um es anders zu formulieren, Sie scheinen mir sagen zu wollen, jemand habe diese Schlangensache vorsätzlich ausgelöst. Bitte setzen Sie sich wieder hin, damit wir das in Ruhe klären können."

„Das Wichtigste zuerst. Befehlen Sie ihm, den Todesfluch von mir zu nehmen."

Während des Gesprächs hatte Sikiokuu immer wieder versucht, Tajirika von sich wegzuschieben, doch dieser klammerte sich jedes Mal nur umso fester an seine Beine. Jetzt versuchte er es erneut, jedoch vergeblich. Tajirika würde sich nicht setzen, solange er nicht irgendeine Zusicherung erhalten hatte. Sikiokuu entschloss sich zu einer kleinen Theatervorstellung. Er griff zum Telefonhörer, rief im Vorzimmer an, in dem die Polizisten warteten, und verlangte nach Kahiga. Als Kahiga hereinkam und die Szene sah, zog er sofort die Pistole, aber Sikiokuu signalisierte ihm, die Waffe wieder ins Halfter zu stecken. Falls Kahiga nach Lachen zumute war, zeigte er es nicht. Er blieb stehen und wartete auf weitere Anweisungen seines Chefs.

„Ich möchte, dass Sie zum Herrn der Krähen gehen und herausfinden, was er im Einzelnen zu Tajirika gesagt hat. Sagen Sie ihm, dass ich jetzt nicht mehr so wütend auf Tajirika bin, wie ich es war, als ich den Zauberer in die Zelle schickte, um ihn fertigzumachen. Deshalb befehle ich ihm jetzt, alle Flüche und bösen Zauber, mit denen er Tajirika belegt hat, von ihm zu nehmen. Sollte er das nicht unverzüglich tun, erschießen Sie den Bastard. Auf der Stelle. Ohne weitere Diskussion."

Sikiokuu berührte seine Ohren und schüttelte sie sacht, um Kahiga zu signalisieren, dass alles nur eine Farce war.

Zurück im Vorzimmer fing Kahiga zu kichern an; dieser Tajirika war schon einer – erst die Sache mit dem Scheißekübel, und jetzt kniete er vor Sikiokuu und umklammerte seine Knie.

Tajirika ließ Sikiokuus Beine los und setzte sich.

„Danke, Sie mutiger Minister."

„Nichts zu danken", erwiderte Sikiokuu. „Kommen wir lieber zu unserer Geschichte zurück. Habe ich richtig gehört, dieser Hexenmeister kreuzte einmal bei Ihnen im Büro auf und tat so, als würde er Arbeit suchen?“

„Ja.“

„Und Nyawĩra war damals Ihre Sekretärin?“

„Ja.“

„Und ein paar Tage darauf brachte eben diese Nyawĩra Sie zum Schrein des Hexenmeisters?“

„Ja. Nyawĩra und meine Frau Vinjinia.“

„Nyawĩra und dieser Sohn einer Krähe, kannten die sich?“

„Nein. Nichts wies darauf hin, weder als er auf der Suche nach Arbeit zu mir kam, noch als ich wegen der Behandlung seinen Schrein besuchte.“

„Aber Sie können nicht mit Gewissheit ausschließen, dass sie sich kannten?“

„So ist es.“

„Und Sie haben auch hinterher nie gehört, dass Nyawĩra seinen Namen erwähnt hat?“

„So ist es.“

„Und Sie können mit absoluter Sicherheit sagen, dass es jemand anderes war, der den Hexenmeister zu Ihnen ins Büro geschickt hat, um nach Arbeit zu suchen? Und was diesen jemand betrifft, so bestand sein eigentliches Interesse darin, den Schlangenwahn auszulösen?“

„Ja, so kommt es mir vor, wenn ich die Teile zusammensetze.“

Sikiokuu zögerte, als dächte er über das nach, was Tajirika gesagt hatte. Er spürte eine hämische Freude, wollte sie aber nicht zeigen. Sikiokuu hatte Tajirika genau dort, wo er ihn haben wollte: ein Bettler auf der Suche nach Gnade und Vergebung. Es gab allerdings noch einige Punkte, die miteinander verbunden werden mussten. Worin bestand die Verbindung – wenn es denn eine gab – zwischen Nyawĩra und dem Herrn der Krähen? Warum sollte der Herr der Krähen so tun, als suchte er Arbeit? Da waren weitere Ermittlungen nötig. Am meisten befriedigte ihn Tajirikas Geständnis, die Schlangen seien nicht einfach entstanden, sondern planvoll von jemandem ausgelöst worden. Dieser Drahtzieher musste aufgestöbert werden.

„Hören Sie, Mr. Tajirika. Ich will Sie nicht anlügen. Sie stecken ganz schön in Schwierigkeiten. Aber ich werde Ihnen helfen. Klären wir zunächst die Tatsachen. Sie leugnen nicht, dass die Warteschlangen vor Ihrem Büro entstanden sind?"

„Nein."

„Und jetzt haben Sie ausgesagt, zweifelsfrei und bestimmt, Sie seien überzeugt, das Ganze wäre ein Komplott? Und dass jemand dahinterstecke?"

„Ja."

„Nun, wir wissen, dass dieser Jemand nicht ich bin. Sie sind es auch nicht. Wir wissen, dass auch der Herr der Krähen nicht dieser Jemand war, denn Sie haben zugegeben, er sei nur der Bote gewesen. Was uns alle interessiert, ist die Identität des Drahtziehers. Das ist der Grund, warum der Herrscher einen Untersuchungsausschuss mit Mr. Kaniũrũ als Vorsitzendem eingesetzt hat. Sie sehen also, mit Ihrer Weigerung, der Vorladung Folge zu leisten – was immer Sie dazu bewogen haben mag –, haben Sie dem Herrscher den Gehorsam verweigert. Verstehen Sie?"

„Ja. Bitte helfen Sie mir; tun Sie, was Sie können, damit dem Herrscher diese Geschichte nicht zu Ohren kommt."

„Gott hilft denen, die sich selbst helfen, und wir werden bald herausfinden, inwieweit Sie bereit sind, sich selbst zu helfen. Was mich betrifft, so kann ich Ihnen versichern, dass die Beichte, die Sie hier in diesem Büro ablegen, an den Untersuchungsausschuss gehen wird, damit der sie in seine Unterlagen aufnimmt. Es wird so aussehen, als wären Sie tatsächlich freiwillig und bereitwillig vor diesem erhabenen Gremium erschienen oder hätten eine schriftliche Stellungsnahme abgegeben. Auf jeden Fall wird es so aussehen, als hätten Sie in vollem Umfang mit der Kommission zusammengearbeitet; und es wird nicht mehr den Anschein haben, als hätten Sie sich einer gesetzlichen Vorladung entzogen, das Gesetz gebrochen und die Autorität des Herrschers in Frage gestellt. Im Gegenzug werden Sie versprechen, niemals jemandem zu erzählen, dass man Sie verhaftet hat oder Sie in einer Zelle festgehalten wurden. Und auch alles Geschwätz über Thomas und Descartes muss aufhören."

„Vielen Dank, Mr. Sikiokuu. Vielen Dank“, sagte Tajirika. „Und machen Sie sich wegen dieser Sekten keine Gedanken. Ich gehöre zu keiner.“

„In Ordnung! Dann machen wir weiter und versuchen, den verbrecherischen Drahtzieher hinter der ganzen Sache zu identifizieren. Sie haben bereits ausgesagt, dass Sie glauben, es gibt eine Verbindung zwischen der Stellensuche des Zauberers und Ihrer Wortkrankheit. In beiden Fällen war der Herr der Krähen von entscheidender Bedeutung. Wir können also davon ausgehen, dass ein und dieselbe Person hinter seiner Arbeitssuche und Ihrer Krankheit steckt. Nun sagen Sie mir: Ist es Ihnen gelungen, das Rätsel mit den drei Worten zu lösen? Haben Sie herausgefunden, wer Sie wirklich mit dem Virus des Weiß-Wahns infiziert hat?“

„Jeder von uns hätte die Krankheit weitergeben können“, sagte Tajirika, ohne zu bemerken, damit einen Teil des Gesprächs mit dem Herrn der Krähen über die drei Worte zu wiederholen. „Ich bin nicht der Einzige, der vielleicht von dieser Krankheit befallen war.“

„Kurz gesagt, Sie behaupten also, jemand anderes hat Sie mit der Krankheit angesteckt?“

„Vielleicht.“

„Hören Sie auf mit dem vielleicht. Wen verdächtigen Sie? Freunde? Ihren Freund Machokali?“, fragte Sikiokuu, ein wenig irritiert darüber, gezwungen zu sein, den Namen doch aussprechen.

„Könnte sein. Das Problem ist nur, wenn Sie meiner Argumentation folgen, könnten auch Sie es gewesen sein.“

„Lassen Sie mich da raus, Tajirika! Sie wollen doch sagen, Machokali hat Sie angesteckt? Zweifeln Sie immer noch daran?“

„Wie sollte ich irgendetwas anzweifeln? Sie haben mir selbst befohlen, diesen Thomas Descartes zu vergessen.“

„Sie haben also keinerlei Zweifel mehr, dass Machokali Sie mit dem Virus infiziert hat?“

„Ich versuche immer noch herauszubekommen, wer sonst mir den Erreger hätte übertragen können. Wie ich das jetzt verstehe, ist es so, dass wir, je höher wir in unseren Kreisen aufsteigen, umso anfälliger für das Virus des Weiß-Wahns werden, und zwar sowohl als Überträger als auch als Empfänger. Sie sehen also, selbst Sie, Mr. Minister ..."

„Mr. Tajirika, ich hatte wirklich geglaubt, dass Sie Ihr Hilfsangebot ernst meinen, aber ich stelle fest, dass Sie immer noch Ihre Spielchen treiben", sagte Sikiokuu eisig.

„Es tut mir leid, Mr. Minister, ich habe Ihren Namen nur als Beispiel angeführt. Ich wollte damit sagen, Machokali ist der Einzige mit einer höheren Stellung als der meinen, mit dem ich gesellschaftlich verkehre, und dass es möglich ist ..."

„... dass Sie ihn ‚wenn' sagen hörten", vervollständigte Sikiokuu.

„Ja", gab Tajirika zu. „Oder, dass es möglich ist ..."

„... dass Sie von seinem Wusch nach einem höheren Posten gehört haben, seinem Wunsch, sagen wir, Präsident zu werden?"

„Nicht direkt. Aber da er Politiker ist, ist es nicht ausgeschlossen sich vorzustellen, dass er einmal oder öfter gesagt haben könnte, dass, wenn dieses einträte, jenes geschehen könnte, oder dass, wenn er derjenige wäre, welcher ..."

„... das höchste Amt im Lande innehätte?"

„Ja. Irgend etwas in der Art. Aber hat nicht jeder Politiker solche Träume?"

„Mr. Tajirika, ist Ihnen bewusst, dass das, was Sie da sagen, sehr schwerwiegt? Dass es gegen das Gesetz verstößt, sich zu wünschen oder davon zu träumen, Präsident zu werden, solange der Herrscher lebt? Dass das eigentlich Hochverrat ist?"

„Ja. So könnte man sagen."

„Stellen wir noch mal ganz klar fest: Haben Sie je solche Gedanken, Wünsche oder Träume gehabt?"

„Ich, der Herrscher von Aburĩria? Oh, nein, nein! Auch einen Sitz im Parlament oder einen Ministerposten will ich nicht. Mein eines und einziges Interesse im Leben ist, Geld zu machen. Schenken Sie mir ein florierendes Unternehmen und Sie werden einen sehr zufriedenen Menschen vor sich sehen."

„Das glaube ich Ihnen", sagte Sikiokuu, als gratulierte er ihm zu seinem mangelnden politischen Ehrgeiz. „Sie lieben den Reichtum, und die Tatsache, von Ihrem Weiß-Wahn erst geheilt worden zu sein, nachdem Sie erfahren hatten, dass Ihr Schicksal als Weißer das eines Armen wäre, beweist das zur Genüge."

„Stimmt genau. Das Klingeln von Münzen in der Tasche ist die schönste Musik. Und was politische Ämter angeht, überlasse ich das gern euch Ministern ..."

„Wissen Sie, Tajirika, wir sollten uns nicht wie zwei Bullen umkreisen, die sich scheuen, gegeneinander zu kämpfen. Ich bin der einzige Bulle in diesem Kral. Also hören Sie auf auszuweichen. Kommen Sie auf den Punkt. Sie wollten sagen, Machokali hätte immer etwas gesagt wie ...?"

„Wenn er mehr Macht hätte. Wie alle Politiker, ja. Haben wir nicht gerade davon gesprochen?"

„Sie meinen, wovon Sie gesprochen haben!"

„Er könnte so einen Wunsch nach einem höheren Amt zum Ausdruck gebracht haben, wie alle Politiker."

„Aber wir reden hier nicht über alle Politiker, oder?"

„Sie haben recht. Wir sprechen im Singular, nicht im Plural."

„Jetzt drücken Sie sich richtig gut aus. Sie stimmen mir doch zu, dass zwei Leute nicht gleichzeitig ein und dieselbe Position haben können?"

„Sie sagen es."

„Wenn also ein Politiker ein Auge auf die Stellung wirft, die ein anderer innehat, kann er damit doch nur sagen wollen: Ich wünschte, der Amtsinhaber würde vom Erdboden verschluckt! Ich wünschte, er würde verschwinden oder zum Verschwinden gebracht!"

„Sie sagen es."

„Nicht ich sage das, sondern Sie sagen das, Mr. Tajirika, und was Sie da sagen, ist von äußerster Wichtigkeit für die Sicherheit unseres Staates und das Wohlergehen dieser Nation. Wären Sie bereit niederzuschreiben, was Sie gerade gesagt haben, oder es vor dem Untersuchungsausschuss zu wiederholen?"

„Ja", antwortete Tajirika etwas unsicher darüber, was genau er zu wiederholen bereit sein sollte.

„Also fassen wir jetzt zusammen und einigen uns auf das, was Sie mir freiwillig und ohne von irgendjemandem irgendwie genötigt worden zu sein, gesagt haben. Und wenn Sie dann im Beisein von Kahiga und Njoya Ihr Geständnis niederschreiben, werden Sie nicht von dieser Zusammenfassung abweichen. Sie haben mir Folgendes gesagt: Zu unterschiedlichen Zeiten und Anlässen hörten Sie, wie Machokali sein Verlangen nach dem höchsten politischen Amt im Land zum Ausdruck brachte, häufig mit dem Konditionalsatz „Wenn der Herrscher nicht wäre ... etc.“. Das hat Sie schockiert und Ihnen, als Sie sich seine Empfindungen und deren Folgen vergegenwärtigten, derartige Seelenqualen bereitet, dass Ihr Kehlkopf rebellierte und sich weigerte, Ihren Gedanken Ausdruck zu verleihen. Nachdem Sie von ihrer Wortkrankheit genesen waren, gaben Sie sich alle Mühe, den wahren Grund zu verbergen, indem Sie behaupteten, Sie hätten lediglich den Wunsch geäußert, weiß zu sein. Weiß-Wahn. Wir aber wissen, wofür das Wort ‚weiß‘ steht. Außerdem war es gar nicht Ihr eigener Wunsch. Sie haben lediglich ausgespuckt, was andere, die cleverer und gerissener sind als Sie, längst gedacht und ausgesprochen hatten. Sie haben vor allem Ihren besonderen Freund zu schützen versucht. Sogar als Sie sich von der Krankheit vollständig erholt hatten, forderte Machokali von Ihnen, so zu tun, als wären Sie immer noch krank, womit er diese Gedanken in Ihrem Kopf am Leben hielt, Sie würden weiterhin sein Stellvertreter sein.“

„Sie haben vergessen hinzuzufügen, dass er nicht wollte, dass das Schlangestehen aufhört, weil dem Herrscher die Warteschlangen sehr am Herzen lagen.“

„Was für einen Freund Sie in diesem Mann haben! Er hat also behauptet, es wäre der Herrscher gewesen, der die Schlangen brauchte? Dass er es war, der diese Manie ausgelöst hat?“

„Nicht mit diesen Worten“, versuchte Tajirika richtigzustellen.

„Sie scheinen geradezu versessen darauf, die Taten Ihres Freundes zu verteidigen.“

„Oh, nein, nein.“

„Dann sollten Sie den Namen des Herrschers aus dieser Sache heraushalten. Machokali hat Ihnen also gesagt, Sie sollten weiterhin so tun, als wären Sie krank, damit die Schlangen bestehen bleiben. War es so?“

„Sie sagen es.“

„Wie bitte? Was Sie also sagen wollen, ist, dass er mit seiner Bitte, das Verwirrspiel weiterzubetreiben, zwei Ziele verfolgte: die Warteschlangen zu vervielfachen, damit die Leute, wenn sie genug davon hätten, rebellierten, und seine Ambitionen auf das höchste Amt im Land durch Ihre, seines Surrogaten Gedanken voranzutreiben. Also: Fassen wir die Zusammenfassung Ihres Geständnisses noch einmal zusammen. Sie haben mir gesagt, Sie und Machokali hätten vor dessen Abreise nach Amerika im Mars Café ein Geheimtreffen gehabt. Bei dieser Gelegenheit haben Sie ihn gebeten, Sie in die Delegation aufzunehmen, weil Sie immerhin der Vorsitzende von Marching to Heaven waren, doch Machokali weigerte sich, das überhaupt in Erwägung zu ziehen. Die Vehemenz, mit der er sich weigerte, überraschte Sie zunächst. Bald aber wurde Ihnen klar, warum. Denn ein paar Minuten später bat er Sie, während seiner Abwesenheit für ihn in Aburĩria seine Augen und Ohren zu sein. Kurz gesagt, er wollte Sie damit zur Keimzelle eines ihm treu ergebenen Geheimdienstes machen. Sie aber, als guter und loyaler Staatsbürger, haben weder Ja noch Nein dazu gesagt, weil Sie nicht wollten, dass Ihnen ein derartiger Gedanke die Seele vergiftete. Ihnen war nur zu klar, dass einzig der Herrscher das Recht hatte, einen Geheimdienst zu gründen. Jetzt begriffen Sie auch, warum er Sie zum Vorsitzenden von Marching to Heaven ernannt hatte. Sie sollten sein Stellvertreter oder Repräsentant in diesem Projekt werden, weil er sich mehr oder weniger sicher war, später selbst die Führung zu übernehmen. Im Laufe der Zeit nun beschäftigte diese Angelegenheit Sie so sehr, dass Sie mich wegen meines Ansehens als loyales und verantwortungsbewusstes Mitglied der Regierung des Herrschers um eine Unterredung baten.“

Langsam begann Tajirika, Machokali mit Sikiokuus Augen zu sehen. Besonders einleuchtend erschien ihm, dass Marching to Heaven letztlich unter die Leitung Machokalis gestellt werden sollte. War das auch der Grund, warum Machokali erst die Idee für das Geburtstagsgeschenk aufgebracht hatte und später so tat, als wären es die Mitglieder des Geburtstagskomitees gewesen, die auf diese Idee gekommen waren? Was für ein Freund, dachte Tajirika erstaunt, als würde er zum ersten Mal den wahren Machokali erkennen. Machokali hatte ihn sogar dazu gebracht zu glauben, Sikiokuu wäre ein Feind. Im Augenblick seiner größten Not hatte sich der, in dem er einen Freund gesehen hatte, nicht einmal die Mühe gemacht, aus Amerika anzurufen, und der, den er für einen Feind gehalten hatte, war ihm zu Hilfe gekommen. Sikiokuu hatte ihm nicht nur den Herrn der Krähen vom Leib gehalten, sondern zudem einen cleveren Weg gefunden, ihn wegen seiner Weigerung, der Vorladung vor den Untersuchungsausschuss zu folgen, aus dem Schussfeld zu nehmen. Und jetzt, und das war noch wichtiger, dachte er sogar für ihn mit. Wie erholsam es war, einem anderen das Denken zu überlassen, seufzte er voller Erleichterung. Erschöpft, mit gebrochener Seele und gebrochenem Geist, überwältigt von allem, was ihm widerfahren war, hatte Tajirika nicht nur das Gefühl, dass die Zusammenfassung ein wahres Bild vermittelte, sondern Sikiokuu freundlicherweise auch sämtliche Last auf sich genommen hatte, die Tajirika auf der Seele lag.

„Vielen Dank. Sie haben alles klargestellt“, sagte Tajirika.

„Kein Grund zu danken, überhaupt nicht. Ich habe nur getan, was selbstverständlich ist. Außerdem ist das eine ernste Angelegenheit, und die Sicherheit des Landes liegt in der kollektiven Verantwortung von allen, die den Herrscher und sein Werk lieben. Tajirika, ich werde dem Herrscher persönlich mitteilen, wie glücklich er sich schätzen kann, so beispielhafte Staatsbürger zu haben wie Sie. Und jetzt, Titus, hören Sie sehr genau zu. Sie haben gerade davon gesprochen, ich hätte alles klargestellt. Aber wessen Zusammenfassung ist das eigentlich? Spiegelt sie genau das wider, was Sie vor einem autorisierten Zeugen der Regierung gestehen wollten?“

„Selbstverständlich“, antwortete Tajirika. „Diese Zusammenfassung entspricht genau meinen eigenen Worten.“

„Habe ich Sie mit Androhung von Gewalt dazu überredet? Oder durch irgendeine andere Form von Nötigung oder Verführung, wie Alkohol zum Beispiel?“

„Oh, nein, auch wenn ich jetzt zu einem Drink nicht Nein sagen würde.“

„Einen Moment noch, Titus. Erst das Geschäft, dann das Vergnügen. Ich möchte, dass Sie sich an alles aus dieser Zusammenfassung erinnern können. Sie werden zwei Geständnisse ablegen. Das erste wird sich mit der Frage des Schlangebildens und Machokalis Verbindung zu ihrem Entstehen und der Entwicklung befassen. Wenn ich Sie wäre, würde ich den ganzen Kram über den Herrn der Krähen, der in Ihrem Büro aufgetaucht ist und Arbeit suchte, weglassen, weil es keinen Beweis für eine Verbindung zwischen dem Herrn der Krähen und Machokali gibt. Was Sie aber deutlich hervorheben sollten, ist Machokalis Beharren darauf, so zu tun, als wären Sie krank, um eine Ausbreitung der Warteschlangen zu ermöglichen. Dieses erste Geständnis wird an den Vorsitzenden des Untersuchungsausschusses zum Schlangenwahn gehen. Das zweite Geständnis wird sich mit der Verbindung zwischen Machokalis Ambitionen und Ihrer Krankheit befassen und davon sprechen, wie Ihre Krankheit in Wirklichkeit seine Gier nach dem höchsten Amt im Land verkörperte, was sich durch seine Anweisungen belegen lässt, einen eigenen Geheimdienst zu gründen. Dieses Geständnis wird als ‚streng geheim' eingestuft werden, als ‚Staatsgeheimnis', das nur für die Augen des Herrschers bestimmt sein wird – und für meine natürlich auch."

Tajirika war höchst zufrieden, sein Geständnis als „streng geheimes Staatsgeheimnis" bewertet zu sehen. Sein Gesicht strahlte und seine Augen leuchteten.

„Eines noch. Ich werde nicht dabei sein, wenn Sie diese Geständnisse niederschreiben. Ich möchte nicht, dass Sie einmal sagen, ich hätte Sie dazu genötigt. Aber sobald Sie diese Geständnisse abgelegt und unterschrieben haben, dürfen Sie gehen. Und ich versichere Ihnen, wenn Ihre Geständnisse unserer Zusammenfassung entsprechen, wird Ihnen der Herrscher den Dienst, den Sie dem Staat geleistet haben, niemals vergessen. Ihre Zukunft ist gesichert, Mr. Tajirika. Der Herrscher könnte Sie sogar für einen Ministerposten in Betracht ziehen. Vielleicht nicht gerade für einen Kabinettsposten, aber eventuell als Staatssekretär ..."

„Ich, Minister? Das ist ein guter Scherz, aber trotzdem herzlichen Dank", sagte Tajirika mit einem Hauch von Rührung in der Stimme.

„Keine Ursache“, erwiderte Sikiokuu. „Die Freude ist ganz meinerseits. Und was Ihre Geständnisse angeht, so stehen Ihnen meine Männer Kahiga und Njoya zur vollen Verfügung. Sie können ihnen trauen. Sie sind berufsmäßige Redakteure und Zeugen.“

19

Einige Stunden später wurden Tajirikas außerordentliche Eingeständnisse in einen Tresor in Sikiokuus Büro eingeschlossen. Sikiokuu streichelte seine Ohrläppchen, betrachtete den Safe und genoss seinen Sieg über seinen Erzfeind. Da drin hatte er jetzt mehr als genug Schmutz gegen Machokali.

Tajirika wurde zu ihm gebracht, und Sikiokuu führte ihn wieder ins Hinterzimmer. Er goss Scotch in zwei Gläser.

„Titus. Einen Toast. Auf Ihre Gesundheit. Prost.“

„Prost und tausend Dank, Silver“, sagte Tajirika mit glühendem Gesicht, angeregt von der Gesellschaft.

Sie tranken wie die besten Freunde und tauschten Belanglosigkeiten aus.

„Soll ich raten, was Sie als Erstes machen, wenn Sie nach Hause kommen?“, fragte Sikiokuu. „Es Ihrer Frau besorgen. Ich kann mir nur vorstellen, wie sehr Sie es vermisst haben müssen. Das ist es, woran Sie denken. Geben Sie es zu, Titus.“

„Sie haben recht. Ich denke daran, es ihr zu besorgen, aber nicht, wie Sie sich das vorstellen.“

„Titus, es gibt so viele Möglichkeiten, es einer Frau zu besorgen“, erwiderte Sikiokuu lachend. „Vielleicht bin ich zu konservativ. Ich habe drei Frauen, abgesehen von einigen Geliebten, und glauben Sie mir, ich habe es nie anders als MP gemacht.“

„MP?“, fragte Tajirika und wunderte sich, was ein Mitglied des Parlaments mit Frauen und Geliebten zu tun hatte.

„Missionarsposition“, meinte Sikiokuu lachend.

„Oh, ich hatte nicht einmal das im Kopf. Ich dachte eher an ein paar Schläge auf ihren Körper."

„Warum sollten Sie das tun, wenn Sie doch gerade erst nach Hause kommen?"

„Weil sie sich mit den Frauen eingelassen hat", antwortete er.

„Frauen? Ist Ihre Frau eine von denen? Ich dachte, Sie hätten gesagt ..."

„Wenn es nur darum ginge, dass sie sich mit einer Frau im Bett wälzt", sagte Tajirika, „würde ich sagen, das ist ihre Sache. Aber in aller Öffentlichkeit dort zu sitzen, während die Frauen vor ihr tanzen? Das ist etwas anderes. Wenn Sie nicht so nett gewesen wären, mir diese Bilder zu zeigen, hätte ich die Wahrheit wohl nie erfahren."

Im Gedanken an seinen Sieg hatte Sikiokuu die Fotos völlig vergessen. Jetzt fielen sie ihm mit Schrecken wieder ein. Wenn Tajirika Vinjinia verprügelte oder wegen der Fotos auch nur mit ihr stritt, konnte die Wahrheit ans Licht kommen, bevor die Geständnisse die ihnen zugedachte Rolle gespielt hatten.

„Mal unter uns, Titus, ich bin froh, dass Sie die Bilder noch einmal erwähnen, weil Sie mich daran erinnern, was ich Ihnen noch mit auf den Weg geben wollte, bevor Sie nach Hause gehen, aber das kann ich ebenso gut auch jetzt sagen. Wenn Sie heimkommen, verlieren Sie kein Wort über die Bilder und schon gar nicht über die Tänzerinnen. Ich möchte, dass Sie sich Vinjinias Geschichte anhören, oder vielmehr ihr Lügenmärchen. Aber Sie dürfen sie nicht anrühren, bis wir nicht jedes Detail dieser Affäre untersucht haben."

„Wollen Sie mir damit sagen, dass ich ohne Ihre Erlaubnis meine Frau nicht verprügeln darf?", fragte Tajirika trotzig.

„Ich bitte Sie nicht, vom Frauenverprügeln abzulassen. Wie kann ich von Ihnen verlangen, das aufzugeben, was die moderne aburĩrische Männlichkeit ausmacht?"

„In Ordnung, einen vorübergehenden Waffenstillstand, aber ..."

„Ich schlage Ihnen etwas vor. Wir richten eine Hotline ein. Wann immer Sie das Bedürfnis haben, Ihre Frau zu verprügeln, rufen Sie mich bitte an und ich werde Ihnen sagen, ob die Zeit dafür reif ist."

„Okay!", sagte Tajirika, dem der Gedanke an eine Hotline gefiel.

20

Am frühen Abend schickte Sikiokuu Kahiga und Njoya nach dem Herrn der Krähen. Er konnte gerade einen Erfolg verbuchen – warum nicht einen zweiten anstreben? Man muss das Eisen schmieden, solange es heiß ist, dachte er und pfiff zufrieden und erwartungsvoll vor sich hin.

Was dem Herrn der Krähen heftig in die Nase stieg, als er Sikiokuus Büro betrat, war ein durchdringender Geruch nach verwesendem Fleisch. Es erinnerte ihn an Tajirika und seinen Kübel mit Scheiße. Tajirika muss hier gewesen sein, dachte er, daher der Gefängnisgeruch im Raum. Er war ein wenig benommen und versuchte, den Geruch abzuwehren und sich zu beruhigen, indem er sich im Raum umschaute, wobei sein Blick für einen Moment an dem Porträt des Herrschers auf dem Tisch hängenblieb. Warum ein Handtuch neben dem Bild?, wunderte er sich. Dann entdeckte er Flecken auf Augen, Ohren, Nase und Mund des Bildes und einige Sekunden lang hatte er das seltsame Gefühl, als sähe er – oder glaubte zu sehen – eine dickliche, dunkle Flüssigkeit aus ihnen heraussickern. Sikiokuu bemerkte, worauf sein Blick gefallen war.

„Ein wenig einschüchternd, nicht wahr“, sagte Sikiokuu, als er wie nebenbei das Foto in die Hand nahm, es flüchtig ansah und dann liebevoll, fast zärtlich mit dem Handtuch abwischte, bevor er es auf eine Kommode in der Ecke stellte. „Sogar wenn er verreist, lässt er ein Stück seiner Macht zurück, wie man an diesem Bild sehen kann. Eine Art Stigma“, fügte er mit einem Lächeln hinzu, das den Herrn der Krähen und die zwei Begleiter Kahiga und Njoya, die an der Tür stehen geblieben waren, einschloss. „Lasst uns bitte allein“, sagte er zu seinen treuen Leutnants. „Ich möchte mich privat mit meinem – nun ja – Gast unterhalten“, fügte er hinzu und signalisierte dem Herrn der Krähen, sich zu setzen.

Dem Abgang von Njoya und Kahiga folgte ein unbehagliches Schweigen. Die beiden Männer musterten einander. Dann beugte sich Sikiokuu nach vorn, senkte ein wenig die Stimme und bemühte sich um eine gewisse Vertrautheit.

„Es tut mir leid, dass ich Sie warten lassen musste, aber mir ist ein Notfall dazwischengekommen. Ach! Welche Bürden wir Minister tragen müssen! Ihr Ruhm ist der Regierung zu Ohren gekommen. Oder genauer: mir. Ich muss Ihnen etwas gestehen. Als ich den Namen Herr der Krähen hörte, dachte ich an einen alten Mann am Stock, siebzig oder älter, mit einem Fliegenwedel in der Hand und einem Tabaksbeutel um den Hals. Und nun, siehe da! Ein junger Mann im Designeranzug. Ein moderner Hexenmeister? Oder sogar postmodern?"

„Postkolonial", korrigierte der Herr der Krähen.

„Ein postkolonialer Hexenmeister?", legte Sikiokuu nach und lachte laut. „Und ein Zauberer mit Sinn für Humor, was? Man hat mir gesagt, es gebe kein Handbuch der Hexerei, das Sie nicht verschlungen haben. Mal unter uns, wissen Sie, was mich am meisten auf Sie aufmerksam gemacht hat? Ihre Vorsicht. Als ich hörte, Sie wollten nicht, dass Ihre Klienten und Nachbarn davon erfahren, Sie könnten Teil einer kriminalistischen Untersuchung werden und unsere Zusammenarbeit mit äußerster Geheimhaltung anzugehen wünschten, lehnte ich mich zurück und sagte mir: Endlich mal einer, der weiß, wie es in der Welt zugeht. Denn in dem Moment, in dem die Nachricht die Runde macht, dass der Herr der Krähen uns hilft, Kriminelle zu fassen, wäre er kaum noch von großem Nutzen für uns, weil mögliche Verdächtige einen weiten Bogen um ihn und seinen Schrein machen würden. Darum habe ich meine Leutnants in Zivil und im Mercedes zu ihnen geschickt. Haben Sie jemals von einem anderen Hexenmeister gehört, der von einem Minister mit solcher Rücksichtnahme behandelt wurde? Alles aus Respekt Ihnen gegenüber. Ich wollte bereits gestern Abend mit Ihnen ins Geschäft kommen, aber leider wurde ich durch wichtige Staatsangelegenheiten davon abgehalten. Glauben Sie mir, ein Bettler auf der Straße genießt größeren Seelenfrieden als ein Kabinettsminister ..."

„Der Kopf, auf dem die Krone ruht, schläft nicht gut."

„Genau, genau", sagte Sikiokuu. „Manchmal finden wir überhaupt keinen Schlaf. Aber ich will Sie nicht mit unseren Problemen belasten. Lassen Sie mich vielmehr sagen, wie ich mir die Agenda für unseren Abend vorstelle, ja? Sobald Sie mit dem fertig sind, weswegen Sie hier sind, werden wir Sie im Schutz der Dunkelheit zu Ihrem Schrein zurückbringen. Ihre Nachbarn werden nichts merken; es wird so aussehen, als wären Sie niemals weg gewesen – Sie haben mein Wort, die Sache wird nicht über uns drei hinausgetragen. Das heißt aber nicht, dass der Staat Sie jemals vergessen wird. Oh, nein. Die Regierung hat viele Möglichkeiten, Menschen wie Ihnen ihre Dankbarkeit zu beweisen. Das Wichtigste für Sie ist, dass Sie Ihre Arbeit ordentlich machen und uns helfen, die Verbrecherin Nyawĩra zu fassen."

„Ich verstehe nicht ganz, worum Sie mich bitten", sagte der Herr der Krähen.

„Wir haben das ganze Land nach Nyawĩra abgesucht, überall, und nicht die geringste Spur auch nur ihres Schattens gefunden. Wir wünschen, dass Sie Ihre Beschwörungskräfte einsetzen, Ihr Wahrsagungsvermögen, was auch immer, all Ihre Zauberkünste, um uns zwei Fragen zu beantworten. Lebt Nyawĩra oder ist sie tot? Wenn sie tot ist, wo wurde sie begraben? Wenn sie lebt, wo versteckt sie sich?"

„Entschuldigen Sie bitte", sprach der Herr der Krähen. „Es scheint, als hätten Ihre Männer nicht verstanden, was ich ihnen gesagt habe. Ich war der Ansicht, mich klar und deutlich ausgedrückt zu haben, aber ich habe mich wohl getäuscht. Ich habe Ihren Leuten gesagt, meine Aufgabe ist es, Dämonen aufzuspüren, die die Seele oder den Körper befallen, ihre ist es, Verbrecher zu fangen."

„Halten Sie die Polizei nicht zum Narren. Sie weiß genau, wann es jemand ernst meint und wann nicht. Sie weiß, dass Wörter eine Oberfläche und eine tiefere Bedeutung haben. Die Angewohnheit, Bestechungsgelder zu nehmen, hat sie die Sprache der Parabeln gelehrt. Wenn ein Polizist bestochen werden will, dann sagt er nicht ‚Gib mir Geld!', sondern ‚Es ist sehr kalt heute', selbst wenn es brütend heiß ist. Und von Ihnen wird erwartet zu sagen: ‚Warum nehmen Sie nicht diesen Burĩ-Schein und trinken einen Tee?‘ Also, obwohl Sie es nicht direkt gesagt hatten, wussten die Polizisten, dass Ihr Nein eine Art Ja zum Ausdruck brachte. Sehen Sie, sie haben bemerkt, dass Sie wussten, was auch sie wissen: Sogar Wände können Ohren haben. Sie sind ein sehr vorsichtiger Mensch, Mr. Hexenmeister, ein weiser Mann. Die Eile ist die Mutter des Scheiterns. Und auch, wenn Vorsicht eine Tugend ist, kann zu viel Vorsicht zur Gefahr werden. Glauben Sie mir, mein Freund, was immer Sie mir sagen werden, es wird diesen Raum nicht verlassen. Niemand wird erfahren, dass Sie oder ein anderer Hexenmeister uns geholfen haben, Nyawĩra zu fassen.“

„Mr. Minister“, fuhr der Herr der Krähen auf. „Noch einmal von vorn: Meine Kräfte dienen dem Schutz der Gesetze, die Leib und Seele bestimmen, und die Ihren schützen die Gesetze, die die Gesellschaft regieren. Ich spüre nicht denen nach, die die Gesetze der Gesellschaft brechen, sondern denen, die die Gesetze des Lebens zerstören. Ich bekämpfe Krankheiten; Sie bekämpfen Verbrecher.“

Sikiokuu spürte, wie ihn die Hoffnung verließ und Zorn in ihm aufstieg. Er beherrschte sich nur mit Mühe, diesem dreisten Kerl keine Beleidigungen an den Kopf zu schleudern.

„Mr. Herr der Krähen, Sie mögen der größte Hexenmeister der Welt sein, aber Sie stehen nicht über dem Gesetz. Und das Gesetz besagt, jeder Bürger, ob er Hexenmeister oder Priester oder sonst was ist, dem Staat helfen muss, Kriminelle zu ergreifen. Wenn jemand einen anderen beobachtet, wie er ein Verbrechen begeht und diese Person nicht den Behörden anzeigt, dann begeht er ebenfalls ein Verbrechen.“

„Ich sage Ihnen die Wahrheit. Ich habe nicht die Macht, die Sie mir zuschreiben“, erwiderte der Herr der Krähen, doch seine Stimme klang herausfordernd.

Sikiokuu stand abrupt auf, ging im Zimmer herum und zog und zwickte sich nervös an den Ohren, als könnte er nicht glauben, dass er, ein hochrangiger Minister in der Regierung des Herrschers und im Augenblick mit der Gewalt über das ganze Land ausgestattet, nachts in seinem Büro saß und mit einem Hexer über den Einsatz von Zauberei diskutierte. Er beruhigte sich langsam und setzte sich wieder; weiterhin entschlossen zu erreichen, was er sich vorgenommen hatte.

„Okay, einigen wir uns darauf, dass es tatsächlich ein Missverständnis gab. Was soll's. Vergessen wir das Gewesene. Was geschehen ist, ist geschehen. Es bringt nichts, wegen einiger Tropfen verschütteter Milch Tränen zu vergießen. Sagt man nicht so? Ich muss Ihnen eine oder zwei Fragen stellen, nur um die Situation zu klären. Sie weigern sich nicht, der Regierung zu helfen, oder?"

„Nein."

„Okay, genauso wie ich dachte. Sie sind eine Macht, mit der man rechnen muss, aber Sie wissen auch mit der Macht zu rechnen. Schauen Sie jetzt in Ihren Spiegel und sagen Sie mir, was Sie sehen."

„Ich habe meinen Spiegel nicht mitgebracht", sagte der Herr der Krähen.

„Warum sind Sie wohl hergekommen, verflucht noch mal?", donnerte Sikiokuu los und bemühte sich nicht mehr, seinen Verdruss zu verbergen. „Um meine Zeit zu verschwenden, oder was? Meine Anweisung, Ihren Spiegel mitzubringen, war laut und deutlich."

Der Herr der Krähen war kurz davor, den Minister daran zu erinnern, dass seine Anwesenheit hier erzwungen worden war, besann sich aber eines Besseren. Schließlich stand Nyawĩras Leben auf dem Spiel. Wenn der Minister seine Leute jeden zweiten Tag zum Schrein schickte, wäre Nyawĩra in ständiger Gefahr. Statt offenem Widerstand wählte er eine andere Taktik.

„Das ist nicht ihre Schuld", sagte er. „Sie haben mir befohlen, meinen Spiegel mitzunehmen, aber ich habe ihnen versichert, dass es jeder andere verfügbare Spiegel auch tun würde. In den meisten Fällen ist es sogar besser und effektiver, den Spiegel der Person zu verwenden, die befallen ist, weil dieser Spiegel über den zusätzlichen Vorteil verfügt, die Schatten seiner Besitzer bereits in sich aufgenommen zu haben."

„Das ist gut", sagte Sikiokuu etwas besänftigt. „Mein Apartement hat viele Zimmer, und in jedem hängt ein Spiegel. Wenn wir lange arbeiten und zu müde sind, um nach Hause zu gehen, dann bleiben wir über Nacht hier. Unsere Appartements sind eigentlich Erweiterungen unserer Büros. Was mich daran erinnert, oh, bitte verzeihen Sie mir, dass ich so ein schlechter Gastgeber bin. Was darf ich Ihnen anbieten? Bier? Whisky? Wein? Was immer Sie wollen!"

„Vielen Dank, nein. Ich trinke keinen Alkohol. Alkohol ist nicht mein persönlicher Erlöser."

Sikiokuu ging lachend in ein anderes Zimmer. Sogar als er mit einem Spiegel zurückkam, lachte er noch.

„Alkohol ist nicht Ihr persönlicher Erlöser?", fragte Sikiokuu nach und reichte ihm den Spiegel. Dann wurde er angesichts der vor ihm liegenden Herausforderung todernst. „Ich möchte, dass Sie in diesen Spiegel sehen. Durchsuchen Sie alles, bis Sie diese Nyawĩra entdecken. Wenn Sie sie finden, werde ich dafür sorgen, dass Sie bekommen, was immer Sie wollen: Geld, Anteile an einem Unternehmen, einen Bauernhof in einem Gebiet, das früher nur Weißen vorbehalten war, ein Grundstück in Eldares oder zwei – Sie haben die Wahl. Okay? Und denken Sie daran, sollte ich jemals in ein höheres Amt aufsteigen, werde ich Sie zum Oberhexenmeister der Regierung ernennen. Verlassen Sie sich darauf. Ich werde Ihnen die gute Tat von heute tausendfach vergelten."

Er redete, als kämen die Worte aus seinem Mund, bevor er sie gedacht hatte, obwohl es im Augenblick fast so schien, als hätten die Gedanken genug davon, den Worten zu folgen, und verbissen sich nun in einen einzigen Wunsch: den Weg zu Nyawĩras Versteck zu erfahren. Es war eigenartig, dass die Stimme eines Menschen eine solche Mischung aus Gebet, Bestechung, Drohung, Furcht und Verlangen in sich tragen konnte.

Dem Zauberer war klar, dass Sikiokuu verzweifelt und deshalb zu allem fähig war, weshalb er beschloss, ihn nicht gegen sich aufzubringen. Er musste alles tun, um Sikiokuu und seine Gefolgsleute von jeglichem Gedanken abzubringen, der sie wieder zum Schrein führen könnte.

„Geben Sie mir den Spiegel", sprach er. „Aber ich muss Sie warnen: Ich habe so etwas noch nie gemacht. Erschrecken Sie also nicht vor etwas Unerwartetem."

„Probieren Sie es einfach aus und schauen Sie, was Sie im Spiegel sehen. Es wieder und wieder zu versuchen, ist der Schlüssel zum Erfolg."

Selbst mit dem Spiegel in der Hand war dem Herrn der Krähen noch nicht klar, wie er seinen Auftritt im Einzelnen gestalten sollte. Er wusste nur, dass er Nyawĩra schützen musste. Er stand auf und begann, tief in Gedanken versunken, durch das Zimmer zu gehen. Sikiokuu blieb sitzen, aber seine Augen folgten jeder Bewegung des Zauberers. Nun setzte sich der Zauberer wieder und räusperte sich.

„Ich möchte, dass Sie alle Lichter ausmachen, bis auf eines für den Spiegel", sprach der Herr der Krähen. Er hatte noch nicht ausgesprochen, da war Sikiokuu schon aufgesprungen und begann, die Lampen zu löschen, außer einer, die den Tisch nun in ein gespenstisches Licht tauchte.

„Setzen Sie sich mir gegenüber auf die andere Seite des Tisches", sprach der Herr der Krähen.

Er hielt den Spiegel dicht über den Tisch.

„Hören Sie aufmerksam zu. Jetzt bin ich an der Reihe, ein paar Fragen zu stellen."

„Fragen Sie, was Sie wollen. Es ist noch niemals jemand verurteilt worden, weil er Fragen gestellt hat."

Sikiokuu sah, dass der Spiegel in der Hand des Herrn der Krähen zu zittern begann.

„Stimmt etwas nicht?", fragte er.

„Sehen Sie es nicht?"

„Was?"

„Ich weiß es nicht genau. Aber wir werden es herausfinden. Was haben Sie geantwortet, als ich Ihnen sagte, ich würde Ihnen einige Fragen stellen?"

„Ich sagte, dass niemand jemals dafür verurteilt wird, weil er Fragen stellt."

Der Spiegel zitterte heftig, auch als der Herr der Krähen mit beiden Händen versuchte, ihn auf den Tisch zu legen.

„Was meinen Sie damit, wenn Sie sagen, niemand wird jemals dafür verurteilt, weil er Fragen stellt?"

„Selbst ein Kind wüsste, wovon ich rede“, antwortete Sikiokuu, der dem Zauberer übel nahm, seine Intelligenz anscheinend nicht besonders hoch einzuschätzen.

„Der Spiegel ist kein kleines Kind. Und er will es wissen.“

„Okay, in Ordnung. Ich meine damit, dass niemals jemand vor einem ordentlichen Gericht angeklagt wird, weil er Fragen stellt. Man steckt niemanden ins Gefängnis, nur weil er Fragen stellt.“

Der Spiegel reagierte mit heftigem, kaum kontrollierbarem Zittern, und es gelang dem Herrn der Krähen nur unter großen Schwierigkeiten zu verhindern, dass er Sikiokuu ins Gesicht sprang.

„Warum zittert der denn so? Habe ich etwas gesagt, das ihn aufregt?“, fragte ein eingeschüchterter Sikiokuu.

„Mr. Minister, Sie müssen in Ihr Herz sehen. Sind Sie sich wirklich sicher, dass man niemals angeklagt und verurteilt werden kann, wenn man Fragen stellt? Nicht einmal in Aburĩria?“

Sikiokuu dachte über die Frage nach. Dieser Zauberer und sein Spiegel fingen an, ihn zu beunruhigen.

„Nun, ab und zu sperren wir tatsächlich Leute dafür ein, dass sie Fragen stellen, aber nur die, die anerkannte Wahrheiten hinterfragen oder das herrschende Recht unterlaufen oder in Zweifel ziehen, wie dieses Land regiert wird.“

Der Spiegel beruhigte sich allmählich. „Der Spiegel zittert nicht mehr“, sprach der Herr der Krähen und wischte sich den Schweiß von der Stirn. „Ich habe Ihnen gesagt, dass Sie meinen Fragen sehr aufmerksam lauschen sollen. Und Sie müssen die Wahrheit sagen, Sie haben selbst erlebt, dass mit dem Spiegel nicht zu spaßen ist. Gehört dieser Spiegel Ihnen?“

„Ja.“

„Sind Sie der Einzige, der ihn benutzt?“

„Warum?“

„Was habe ich Ihnen gesagt? Ein Spiegel ist ein gewöhnliches Ding, und dennoch ein besonderes Werkzeug. Er fängt unsere Schatten ein. Schatten, die in den Spiegel eintreten, verschwinden nicht. Es bleiben Spuren, Reflektionen von uns, unseren Herzen, die Wirkung dessen, was wir uns antun. Das einzige Problem ist, dass sich

Schatten ineinanderschieben und damit verhindern können, einzeln deutlich erkennbar zu werden. Das kann auch bei diesem Spiegel der Fall sein, wenn andere ihn benutzt haben. Außerdem könnten einige Schatten auftauchen, Mr. Minister, von denen Sie nicht wollen, dass andere sie sehen. Deshalb frage ich Sie, hat außer Ihnen noch jemand diesen Spiegel benutzt? Wenn es Ihnen jedoch nichts ausmacht, dass auch ich diese Gesichter sehe, so ist es auch mir recht. Ich bin sehr diskret."

Sikiokuu dachte an die Gesichter der Frauen, vor allem der Ehefrauen anderer, die er in seinem Schlafzimmer geliebt hatte. Eine von ihnen gehörte, wie sich herausstellte, zu denen, die regelmäßig dem Herrscher das Bett bereiteten. Der Herrscher wachte sehr über die Frauen, die mit ihm das Bett teilten, und sollte nicht erfahren müssen, dass jemand anderes sie vorher oder nachher berührte. Wie viele Ehemänner hatte er ins Ausland getrieben, ihnen Arbeit an weit entfernten Orten verschafft, nur damit er ungehinderten Zugang zu ihren Frauen hatte? Einer, ein namhafter Geschäftsmann, hatte seinen Kopf eingebüßt, weil er sich mit einer Frau, die bekanntermaßen eine der bevorzugten Bettgespielinnen des Herrschers war, getroffen und damit angegeben hatte. Sikiokuu sprang unvermittelt auf, um sich den Spiegel zu greifen.

„Ich hole Ihnen einen anderen", sagte er.

Erneut eilte Sikiokuu in ein anderes Zimmer, suchte nach einem Spiegel, den nur er benutzt hatte, und brachte ihn zum Herrn der Krähen.

„Und Sie sind jetzt absolut sicher, dass nur Sie diesen Spiegel benutzt haben?"

„Ich bin mir nicht ganz sicher. Aber versuchen wir es trotzdem."

„Sie wissen um die Spuren Ihres Schattens in diesem Spiegel?"

„Wo soll ich denn einen Spiegel herbekommen, den ich bislang noch nicht benutzt habe? Wahrsagen Sie mit diesem, ich trage die Konsequenzen."

„Ihnen ist bewusst, wenn Sie lügen oder die Fragen nicht ehrlich beantworten, kommen Sie der Suche nach dem Objekt möglicherweise in die Quere?"

„Ich werde alle Ihre Fragen beantworten, aber vergessen Sie nicht, ich bin nicht hier, um einen Lügendetektortest zu machen. Und falls ich Sie daran erinnern darf, Sie sind hier, weil Sie Nyawĩra finden sollen, nicht mich."

„Ich wollte Ihnen nur klarmachen, wie der Spiegel funktioniert, damit Sie eine bewusste Entscheidung treffen können, ob wir mit der Suche weitermachen sollen oder nicht. Es liegt allein bei Ihnen."

„Machen wir weiter", antwortete Sikiokuu etwas ungeduldig.

„Knien Sie nieder, schließen Sie die Augen, falten Sie die Hände wie zum Gebet, wie ein Bittsteller vor einem imaginierten Schrein. Konzentrieren Sie sich auf Nyawĩras Bild in Ihrem Kopf. Sie dürfen sich auf keinen Fall von diesem Bild ablenken oder Gedanken an ein anderes Bild dazwischenkommen lassen."

Sikiokuu versuchte, der Forderung zu folgen, doch seine Gedanken wanderten unentwegt von einem Gegenstand zum nächsten. Er war froh, seine Leutnants gebeten zu haben, im Vorzimmer zu bleiben. Was aber würden sie sagen, wenn sie hereinkämen und sähen, wie er bei abgedunkeltem Licht vor einem Hexenmeister kniete? Er sprang auf und eilte zu den Türen der anderen Zimmer, um sie abzuschließen. Er hängte sogar das Telefon aus, damit keine Anrufe, auch nicht vom Herrscher, die Sitzung störten. Dann nahm er wieder die Haltung des Bittstellers ein. Aber auch jetzt wollte sich kein klares Bild der Frau vor seinem geistigen Auge formen, ihm kamen nur undeutliche, einander überlagernde Umrisse, doch er versuchte es weiter. Ab und zu blickte er verstohlen zum Herrn der Krähen hinüber und fühlte sich durch das, was er sah, etwas wohler, weil der Zauberer seinen Blick unverwandt auf den Spiegel richtete. Jetzt durchbrach die Stimme des Herrn der Krähen die Stille im Zimmer, als würde sie auf etwas reagieren, das im Spiegel auftauchte. Sikiokuu hätte es selbst gern gesehen, aber er traute sich nicht, eingeschüchtert von der Feierlichkeit der Szene.

„Hier, ein Schatten taucht auf. Dort. Er bleibt stehen. Er geht. Er geht weiter. Jetzt ist er weg; ah, da ist er wieder. Es ist der Umriss einer Frau, nicht sehr deutlich, aber, oh, ja, es ist eine Frau. Eine junge Frau. Sie rennt wie eine Antilope in der Wildnis. Ihr Schatten wird eins mit dem Gehölz. Da, sie überquert einen Fluss. Sie verschwindet in einem Loch, wie in ‚Alice im Wunderland'. Dunkelheit. Licht. Sie kommt aus dem Loch. Ich sehe sie wieder in der Wildnis – nein, nein, sie ist unter Menschen. Sie verschwindet in der Menge ..."

„Halten Sie sie auf! Bitte halten Sie sie auf!", schrie Sikiokuu. „Oder folgen Sie ihr! Folgen Sie ihr und finden Sie heraus, wohin sie geht oder wen sie treffen wird oder mit wem sie redet, aber verlieren Sie sie nicht aus dem Blick ..."

„Schscht. Ein zweiter Schatten ist aufgetaucht. Er überlagert das Geschehen. Er ist riesig, aber verschwommen. Gut. Jetzt ist er wieder deutlich zu sehen. Es ist der Schatten eines Mannes, der Macht und Selbstvertrauen besitzt. Er sieht aus wie ein Minister, ein Regierungsmitglied. Er trägt Kleidung, die aussieht wie ... Ich will hier aufhören. Ich möchte nicht mehr sehen", sprach der Herr der Krähen und wandte den Blick vom Spiegel.

„Warum schauen Sie nicht mehr in den Spiegel?", fragte Sikiokuu, der ebenfalls die Augen wieder öffnete.

„Sind Sie sicher, dass ich weitermachen soll?"

„Was haben Sie gesehen? Wessen Schatten war es? War es Machokali? Ist er der Frau gefolgt? Haben Sie miteinander geredet, sich begrüßt, sich angesehen? Sagen Sie es mir. Sagen Sie mir alles, was Sie gerade gesehen haben ..."

„Es war Ihr Schatten."

„Lassen Sie meinen Schatten da raus", erwiderte Sikiokuu enttäuscht. „Konzentrieren Sie sich wieder auf den Spiegel und sehen Sie zu, ob Sie den Schatten der Frau zurückholen können. Strengen Sie sich an. Konzentrieren Sie sich auf sie."

Doch wie oft er es auch versuchte oder wie sehr er sich anstrengte, der Herr der Krähen berichtete wieder dieselbe Szene: Immer erschien der Schatten einer Frau, die durch die Wildnis rannte, einen Fluss überquerte, um dann in einer Menschenmenge zu verschwinden, genau in dem Moment, in dem Sikiokuus Schatten die Menge zu verdecken begann.

„Wow! Ihr Schatten ist sehr mächtig ...", sprach der Zauberer, als machte er Sikiokuu ein Kompliment.

„Mächtig? Sagten Sie mächtig?“, fragte Sikiokuu, dessen Interesse an seinem eigenen Schatten plötzlich geweckt war.

„Ja. Es sieht so aus, als ob alle anderen Schatten ihn fürchten.“

„Fürchten? Vergessen Sie Nyawĩra mal kurz und finden Sie mehr über meinen Schatten heraus. Wie sieht er aus? Was hat er an?“

„Er ist Ihr genaues Ebenbild. Gekleidet ist er wie der Herrscher ... und er hat sogar einen ähnlichen Gang ...“

„Warten Sie. Halt. Suchen Sie nach, nein, nein, lassen Sie mich nachdenken ... ich muss das erst durchdenken ...“, sagte Sikiokuu panisch.

Er zitterte am ganzen Leib. Was bedeutete das? War Seiner Allmächtigkeit etwas zugestoßen ... Oder war das lediglich ein Vorbote der Zukunft? War es sein Schicksal, Sikiokuus Schicksal, der Nachfolger ...?

Er wollte es unbedingt wissen. Aber wie sollte er den Herrn der Krähen auffordern, sich diesen besonderen Aspekt seiner Zukunft näher anzusehen, ohne sich durch das Aussprechen dessen, was in seinem Kopf vor sich ging, zu kompromittieren? Er schloss die Augen und versuchte, sich eine andere Zukunft vorzustellen, doch so sehr er sich auch mühte, seine Gedanken wanderten immer wieder zu diesem Bild von sich selbst in einem Anzug, der dem Seiner Allmächtigen Vortrefflichkeit glich. Derselbe Gang? Er sah sich gehen, das Militär abschreiten, das stramm und salutierend vor ihm stand ... Der Herr der Krähen hatte gesagt, der Spiegel könnte einfangen, was ... Plötzlich kam alles zum Stillstand. Hatte dieser Spiegel etwa eine seiner geheimsten Machtphantasien eingefangen?

In jenen Tagen, als der Herrscher in Amerika weilte, hatte sich Sikiokuu immer wieder in seinem Büro oder Appartement eingeschlossen, sich exakt so wie der Herrscher gekleidet und sich auf einen erhöhten Stuhl gesetzt, der dem Seiner Allmächtigen Vortrefflichkeit ähnelte. Aber da nur er über dieses Rollenspiel Bescheid wusste, wie war es dem Herrn der Krähen gelungen, es zu enthüllen?

Selbst seinem skeptischen und zynischen Verstand war dies die Bestätigung, dass der Herr der Krähen übernatürliche Kräfte besaß. Sein Wunsch, das Schicksal seines Schattens zu erfahren, wuchs sich zu einem unwiderstehlichen Hunger nach weiteren Zeichen aus. Doch seine Gedanken in Worte fassen, das konnte und wollte er nicht. Plötzlich brach es aus ihm heraus: „Wenn." Jedes Mal, wenn er etwas sagen wollte, konnte er nur murmeln: „Wenn." Bald darauf bellte er eine Serie von „Wenns" heraus. Der Herr der Krähen schaute ihn erstaunt an. Sikiokuu fiel zu Boden und begann herumzukriechen. Seine Ohren hingen auf beiden Seiten herunter, Gesicht und Augen waren hinauf zum Herrn der Krähen gerichtet, als würde er Hilfe suchen. Der Herr der Krähen gab ihm den Spiegel und befahl ihm, sich selbst genau anzuschauen und seine Gedanken auf ein einziges Anliegen zu konzentrieren.

„Hören Sie, ich kann Ihnen helfen, Ihre Gedanken mit Worten auszudrücken. Doch dazu müssen Sie, ich wiederhole das, meine Fragen wahrheitsgemäß beantworten. Andernfalls wird der Spiegel Ihre Lügen einfach entlarven."

„Wenn, wenn, wenn", bellte Sikiokuu, als wollte er „ja, ja, ja" sagen, und nickte heftig.

„Geben Sie mir den Spiegel zurück. Wir fangen an. Träumen Sie manchmal davon, auf dem Stuhl zu sitzen, der durch den Herrscher belegt ist?", fragte er in den Spiegel schauend und warf ab und zu einen kurzen Blick auf das Gesicht des Ministers.

Sikiokuu hörte sehr genau, was er gefragt wurde, aber es fiel ihm schwer zu antworten. Schließlich nickte er.

„Nein, sprechen Sie es aus", beharrte der Herr der Krähen. „Träumen Sie manchmal davon, das höchste Amt im Land einzunehmen?"

„Ja, das tue ich", presste er hinter zusammengebissenen Zähnen hervor.

Und damit geriet Sikiokuu in Fahrt und begann zu reden; wie ein reißender Fluss strömten ihm die Worte aus dem Mund.

„Es gibt keinen Minister, der nicht davon träumt, eines Tages der Herrscher zu werden. Wir alle sind begierig nach Macht, und welche Macht ist größer als die eines obersten Herrschers? Du hebst deinen Fliegenwedel oder einen Stab, und Männer knien vor dir nieder. Du niest, und du bringst eine riesige Menge zum Schweigen. Du hast den Schlüssel zu allem Reichtum im Land. Ein Wort, nur ein einziges Wort, und dir stehen die Türen der Central Bank offen. Und wenn die nationale Schatztruhe leer ist? Kein Problem. Ein Wort von dir, und es werden Tausende Banknoten gedruckt. Oh, stellen Sie sich nur mal vor: Wenn du sagst ‚Putzt euch die Nasen', dann werden Millionen Taschentücher an Millionen Nasen geführt. Du sagst zu deinen Ministern ‚Setzt mal ein Komma', und sie machen es. ‚Macht einen Punkt', und sie machen es, ohne zu fragen. Können Sie sich vorstellen, wie geehrt sich Ihre Minister und die ehrgeizigen Parlamentsmitglieder fühlen, wenn man Interesse an ihren Frauen bekundet, und ganz aus dem Häuschen geraten, wenn man mit ihnen im Bett war? Macht. Ich träume jede Stunde an jedem Tag von dieser Macht, ob ich wach bin oder schlafe. Und warum auch nicht? Tatsache ist, dass ich heute de facto das Staatsoberhaupt bin, die Macht hinter dem Thron sozusagen, und sollte der Herrscher heute krank werden und sterben ..."

Bevor er den Gedanken zu Ende geführt hatte, erschrak er. Es war Hochverrat, den Tod des Herrschers zu erwähnen, sich vorzustellen, zu träumen, zu denken oder darüber zu sprechen. Darauf stand die Todesstrafe. Sein Gesicht verzerrte sich bei dem Gedanken an das, was er gerade gesagt hatte und was es für seine Zukunft bedeuten konnte.

Der Herr der Krähen bemerkte das und tat, als wäre er in Trance und hätte nichts mitbekommen. Sikiokuu warf einen verstohlenen Blick auf den Herrn der Krähen, um herauszufinden, ob er seine letzten Worte gehört hatte. Er war unsicher, was er glauben sollte, als er den Zauberer noch immer über den Spiegel gebeugt sah. Er wartete auf ein Wort oder eine Wendung des Kopfes, doch der Zauberer verharrte in Trance, scheinbar vom Spiegel gebannt. Sikiokuu erhob sich und setzte sich auf seinen Stuhl.

„Mr. Herr der Krähen! Mr. Herr der Krähen!", rief Sikiokuu, als versuchte er, jemanden aus dem Tiefschlaf zu wecken.

Der Herr der Krähen schrak auf.

„Psst, nicht sprechen. Der Schatten der Frau ist wieder da, und ich versuche, ihm zu folgen. Da ist sie. Auf einem Markt. In einer Kirche. In einer Moschee. In einem Tempel. Bleib stehen! Frau, bleib stehen!“, rief er und hielt den Spiegel fest in beiden Händen. „Ah, der Schatten ist verschwunden, schon wieder hat sich Ihrer darübergelegt. Es tut mir leid“, sagte er, wandte den Blick vom Spiegel ab und sah Sikiokuu an. „Was haben Sie gerade gesagt? Ich hatte Sie etwas gefragt und warte noch auf eine Antwort. Oder wollen Sie mir nicht antworten?“

„Sie meinen, Sie haben nicht gehört, was ich gesagt habe?“

„Was?“

„Nein, nein“, sagte Sikiokuu, als würde er mit sich selbst reden. Er konnte nicht glauben, was ihm gerade widerfahren war.

„Warten Sie einen Augenblick“, sprach der Herr der Krähen und starrte Sikiokuu an. „Warum schauen Sie so mürrisch? Ich gratuliere Ihnen, Mr. Minister.“

„Wozu?“

„Haben Sie es so schnell vergessen? Sie sind frei und können nun sagen, was Ihnen auf der Seele liegt. Ihre Wortkrankheit ist geheilt.“

Sikiokuu fühlte eine große Last von sich genommen. Trotzdem sorgte er sich noch. „Was habe ich denn gesagt, als meine Worte wieder zu fließen begannen?“, fragte er den Herrn der Krähen. So würde er erfahren, was der Zauberer gehört hatte, und sollte der die hochverräterischen Äußerungen wiederholen, so war Sikiokuu bereit, sie ihm in den Mund zu legen. Aber der Herr der Krähen erkannte die Falle und tappte nicht hinein.

„Ich war von dem plötzlichen Auftauchen des Bildes dieser Frau abgelenkt. Ich hoffte, sie würde stehen bleiben, damit ich sie mir genauer ansehen und ihre Kontakte und ihren Aufenthaltsort bestimmen könnte. Aber es spielt jetzt keine Rolle mehr, was Sie mir zur Antwort gegeben haben oder nicht. Wichtig ist allein, dass Sie geheilt sind. Was soll ich machen, jetzt wo wir in dieser Sackgasse stecken, mit Ihrem alles blockierenden Schatten?“

„Da muss mehr dahinterstecken, als das Auge sehen kann“, sagte Sikiokuu, als würde er laut nachdenken.

„Wirklich?“

Sikiokuu stand auf und ging wieder gedankenverloren im Büro auf und ab. Wie konnte er gewiss sein, dass dieser Hexenmeister nicht gehört hatte, was er so unvorsichtig ausgesprochen hatte? Wie konnte er sichergehen, dass der Spiegel die Spuren seines Hochverrats nicht festgehalten hatte? Er wollte den Herrn der Krähen direkt fragen, ob er die betreffenden Worte gehört hatte. Aber dann würde er sie wiederholen müssen und hätte das hochverräterische Verbrechen ein zweites Mal begangen. Und wenn der Herr der Krähen die Worte gar nicht gehört hatte? Würde er ihn dann nicht erst einweihen? Es kam ihm eine Idee, und er blieb stehen.

Er schaltete das Licht wieder an, setzte sich und schaute den Herrn der Krähen unvermittelt an.

„Mein lieber Zauberer", sagte Sikiokuu in gleichmütigem Ton. „Ich weiß, Sie haben Ihr Bestes gegeben. Schließlich haben sie mich geheilt, und dafür danke ich Ihnen ..."

Der Herr der Krähen war erleichtert. Bald würde er wieder mit Nyawĩra zusammen sein. Er hatte ihr viel zu erzählen.

„Kann ich bitte den Spiegel haben?", fragte Sikiokuu.

Bereitwillig reichte der Herr der Krähen den Spiegel zurück. Sikiokuu warf ihn augenblicklich auf den Boden und begann, darauf herumzutrampeln, rhythmisch flatterten seine Ohren. Als er fertig und der Spiegel in winzige Stückchen zertrümmert war, keuchte er wie ein Flusspferd und seine Nase glänzte vor Schweiß wie die eines Hundes. Erleichtert, es selbst dem gerissensten Zauberer unmöglich gemacht zu haben, auf seine hochverräterischen Träumereien zuzugreifen, die der Spiegel möglicherweise eingefangen hatte, setzte sich Sikiokuu entspannt auf seinen Stuhl und schaute zum fassungslosen Herrn der Krähen hinüber. Sikiokuu redete jetzt, als würde er einem Vertrauten die belanglosesten Dinge erzählen.

„Nun, da das erledigt ist und es den Spiegel nicht mehr gibt, wollen wir uns mit Ihnen beschäftigen, Mr. Herr der Krähen. Ich habe nun selbst erlebt, dass Ihr Ruhm nicht auf bloßen Gerüchten beruht. Sie besitzen tatsächlich Macht, wahrscheinlich sogar größere Macht, als Ihnen bewusst ist, und die sollte zum Wohle unserer Nation genutzt werden. Stellen Sie sich Ihre Macht im Dienste des Staates vor. Der Polizei würde es gelingen, Verbrecher in ihren Verstecken ausfindig zu machen, und den Verteidigungsstreitkräften würden die Stellungen des Feindes angezeigt, einfach durch einen Blick in einen Spiegel! Sie und ich, wir müssen zusammenarbeiten und dafür sorgen, die Verbrecherin Nyawĩra aufzuspüren. Verstehen Sie, vorher werde ich Sie nicht gehen lassen. Nyawĩra muss sich in unseren Händen befinden, bevor der Herrscher zurückkehrt."

Der Herr der Krähen spürte seine Zuversicht schwinden, war aber bemüht, sich die aufkommende Panik nicht anmerken zu lassen. Er würde weder dem Minister widersprechen, noch um seine Freiheit betteln. Er sah seine missliche Lage sogar in einem positiven Licht. Je länger er im Gefängnis saß, desto wahrscheinlicher würde sich Sikiokuu vom Schrein fernhalten. Sikiokuu mochte tausend Spiegel zerschlagen, doch egal welchen er ihm brachte, der Spiegel würde eine Geschichte erzählen, die stets in dieselbe Wahrheit mündete: Nyawĩra inmitten des Volkes. Es war ihr Recht, unter denen Schutz zu finden, über denen Sikiokuus Schatten lag.

Sikiokuus Schatten? Plötzlich kam ihm eine Idee.

„Wir ernten, was wir säen", sagte der Herr der Krähen. „Sie haben den Spiegel zerbrochen, um Ihr Bild von sich zu tilgen. Also besorgen Sie mir einen Spiegel, der noch nicht von ihrem Schatten belastet ist."

21

Was sollen wir jetzt tun?, fragten sich Kahiga und Njoya, nachdem sie den Herrn der Krähen weggeschlossen hatten. Sie waren verärgert. Sie hatten ihr Versprechen der vergangenen Nacht, ihn zu der Hexe zurückzubringen, gebrochen. Wie sollten sie ihr die neue Wendung der Ereignisse erklären? Die Hexerei einer Frau war, wie sie glaubten, noch mächtiger und tödlicher als die eines Mannes.

Sie beschlossen, den Herrn der Krähen mit ihr telefonieren zu lassen. Das könnte sie beschwichtigen. Es würde ihr zeigen, dass Njoya und Kahiga mit Sikiokuu nicht einer Meinung waren. Und indem sie die Unterhaltung heimlich belauschten, konnten sie vielleicht entschlüsseln, was die Frau mit ihnen vorhatte.

Also drückten sie dem Herrn der Krähen am nächsten Morgen ein Mobiltelefon in die Hand. Sie würden ihm einen Gefallen tun, indem sie ihm erlaubten, seiner Partnerin die Lage zu erklären und boten sogar an, das Zimmer zu verlassen, um ihnen etwas Privatsphäre zu gewähren.

Von ihrer Höflichkeit wenig beeindruckt, witterte der Zauberer eine Falle, dachte sich aber, jeder Kontakt zu Nyawĩra sei besser als keiner. Zumindest würde sie erfahren, dass er noch lebe.

„Die, die mich abgeholt haben, sind dieselben, die mir auf ihre eigene Verantwortung diesen Anruf ermöglichen, und sie sind so taktvoll, mich allein mit dir sprechen zu lassen, damit ich dir sagen kann, dass es mir gut geht", begann der Herr der Krähen. Nyawĩra und er waren geübt, sich vorsichtig auszudrücken, und ihre Antwort zeigte ihm, dass sie den Kern dessen, was er ihr sagen wollte, erfasst hatte.

„Ich freue mich, wenn du der Regierung hilfst, aber ich bin alles andere als froh, dass sie dich noch eine weitere Nacht dabehalten. Die dich hier weggeholt haben, müssen dich wieder herbringen. Und wenn dir bei deiner Rückkehr auch nur ein einziges Haar fehlt, wird sie mein Fluch mit voller Wucht treffen. Mein Zorn ist glühender als der heißeste Platz in der Hölle. Aburĩria wird unter Problemen erzittern, wie sie noch keiner erlebt hat. Sie sollten immer an die Bruchstücke der Kalebasse denken."

Kurz darauf tauchten Reinigungskräfte in der Zelle auf. Zunächst achtete der Zauberer nicht weiter auf sie, doch bald konnte er ihr sonderbares Tun nicht mehr übersehen: Peinlich genau untersuchten sie den Fußboden, hoben selbst das kleinste Stäubchen auf und verfrachteten es in eine winzige Plastiktüte.

„Was soll das werden?", fragte er.

„Wer sind Sie? Man hat uns befohlen, alle Härchen, die von ihrem Kopf stammen könnten, aufzulesen und sicherzustellen."

Dem Herrn der Krähen war nach Lachen zumute, er unterdrückte es aber.

22

Sikiokuu nahm die Anweisung, einen Spiegel zu besorgen, der nicht von seinem Schatten belastet war, nicht auf die leichte Schulter, so verzweifelt wünschte er sich, Nyawĩra noch vor der Rückkehr des Herrschers zu fassen. Zunächst glaubte er, das sei ganz einfach. Er würde in einer aburĩrischen Fabrik einen brandneuen Spiegel bestellen. Doch ein heimischer Spiegel war wahrscheinlich von anderen lokalen Schatten verseucht, die sich in ihn hineingedrängt hatten. Einen vollkommen reinen Spiegel konnte er nur im Ausland bekommen.

Da er nicht alles auf eine Karte setzen wollte, bestellte Sikiokuu Spiegel in Japan, Italien, Schweden, Frankreich, Deutschland, Großbritannien und in den USA.

Doch kaum hatte er dieses Problem gelöst, kamen Njoya und Kahiga in sein Büro, um ihm das Leben schwer zu machen.

23

Als getreue Diener des Staates und loyale Leutnants Sikiokuus fühlten sich Kahiga und Njoya verpflichtet, ihn über das zu unterrichten, was sie durch das Telefon erfahren hatten – ohne ihm jedoch zu verraten, wie es an ihre Ohren gelangt war. Vor allem aber wollten sie Sikiokuu klarmachen, welch ernste Lage er heraufbeschworen hatte.

„Es ist unsere Pflicht, Sie über jede Bedrohung der Sicherheit des Staates in Kenntnis zu setzen", begann Kahiga, „und wir fürchten jetzt, dass unsäglicher Ärger auf Aburĩria zukommt."

„Aburĩria könnte sich ungeahnten Schwierigkeiten gegenübersehen, die das Land erschüttern", fuhr Njoya fort.

„Was für Schwierigkeiten?"

„Unvorstellbare", antwortete Kahiga.

„Und wer oder was soll die auslösen?", fragte Sikiokuu, der an seine eigenen Indiskretionen der vergangenen Nacht dachte.

„Der Herr der Krähen", meinte Njoya.

„Als Folge seiner Inhaftierung", sagte Kahiga.

„Er könnte einige seiner Haare einbüßen", warnte Njoya.

„Oder ein paar Nägel", setzte Kahiga noch drauf.

„Oder stürzen und sich den Knöchel verstauchen", meinte Njoya.

„Er könnte unter Bauchschmerzen leiden von dem Essen, das die Gefangenen bekommen", sagte Kahiga.

„Prügel könnten Kratzer hinterlassen."

„Die Glieder könnten ihm schmerzen, weil die Gefängnispritsche hart wie Stein ist."

„Er könnte auf die Weise verschwinden, in der in Aburĩria Staatsfeinde verschwinden", ergänzte Njoya.

„Und dann werden die, die etwas mit seinem Verschwinden zu tun haben, vom Antlitz der Erde getilgt werden."

„Wie die Dinosaurier", hob Njoya hervor.

„Oder implodieren und in Stücke zerspringen wie ein berstender Spiegel ..."

„Haltet die Klappe!", brüllte Sikiokuu seine Leutnants an. „Ihr Miesmacher! Glaubt ihr etwa, der Herr der Krähen ist der Zwillingsbruder Gottes?"

24

Njoya und Kahiga waren Sikiokuus treueste Leutnants in den Kämpfen um die Macht, und ihre Uneinigkeit in dieser Angelegenheit traf ihn wie der Schmerz eines wichtigen Organs. Er dachte an den Spiegel, den er zertrümmert hatte. Die beiden Männer waren nicht im Zimmer gewesen, als er den Spiegel zerstampft hatte. Wie also kam es, dass sie ausgerechnet dieses Bild verwendeten? Hatte ihnen der Zauberer mit seiner Hexerei diese Worte in den Mund gelegt? War das der Anfang des Zusammenbruchs seiner gesellschaftlichen und physischen Existenz? Angst packte ihn.

In der Nacht wälzte er sich hin und her; plötzlich hörte er eine fast höhnische Stimme sagen: „Der Herr der Krähen wird dich in Stücke brechen." Am ganzen Körper zitternd setzte er sich ruckartig auf und wischte sich den Schweiß von der Stirn. So konnte er nicht weitermachen. Er musste sich zusammenreißen. Dann fasste er einen Entschluss. Das Leben des Hexenmeisters lag in seiner Hand. Und es gab keine Möglichkeit, dass sich der Hexenmeister noch rächen konnte, wenn er erst einmal in der Hölle war. So weit war es also gekommen: Entweder der Zauberer oder er! Er musste sich von diesem Hexer befreien. Vorher aber musste er ihn zwingen, ihm zu helfen, seine Beute zu ergreifen: Nyawĩra. Diese Ironie belebte seine boshafte Seite: Indem er Nyawĩras Verhaftung ermöglichte, würde der Herr der Krähen seine Fahrkarte in die Hölle lösen. Sikiokuu empfand eine Art inneren Frieden, als er sich seine Zukunft ohne die Bedrohung durch den Herrn der Krähen ausmalte.

Mit diesem Entschluss hatte er wieder Klarheit in seinem Kopf erlangt, dachte er und ging am nächsten Morgen früh ins Büro, da er wichtige Neuigkeiten über den Ankunftstermin des Herrschers erwartete. Eine Zeit lang hatte er nicht besonders erfreut auf die Heimkehr der Delegation geblickt, weil sich für ihn damit Machokalis Triumph verband. Aber jetzt, da er Tajirikas Geständnis in der Tasche hatte und der Zauberer unweigerlich zur Hölle fahren würde, war er ganz ruhig. Er freute sich sogar darauf. Es war kein Fax eingegangen, deshalb schaltete er den Computer ein. Bevor er seine E-Mails ansehen konnte, klingelte das Telefon.

Es war Tajirika. Warum rief er so zeitig an? War das ein gutes Zeichen? Während sie sich begrüßten und über den Grund des frühen Anrufs sprachen, öffnete Sikiokuu eine E-Mail und begann still zu lesen. „Was? Was soll das heißen?", fragte er laut und legte auf.

Es war ihm völlig entfallen, dass Tajirika am anderen Ende sprach. Die Nachricht war erschreckend deutlich. Alle Vorbereitungen zum Empfang des Herrschers seien unverzüglich einzustellen. Dem Herrscher gehe es nicht gut.

Der Absender war Machokali. Sikiokuu wurde schlecht. Lag der Herrscher im Sterben? Was, wenn der Herrscher Machokali bereits zu seinem rechtmäßigen Nachfolger bestimmt hatte? Dieser Gedanke war zu schrecklich, und Sikiokuu begann zu planen, wie er selbst die Macht übernehmen könnte.

Vielleicht aber sollte er zunächst einmal die vollständige Nachricht lesen, um herauszufinden, was eventuell zwischen den Zeilen stand. Er war sprachlos. Denn im Mittelteil der E-Mail entdeckte er den Namen „Herr der Krähen". Er konnte nicht glauben, was seine Augen da lasen.

Sikiokuu sollte nach dem Herrn der Krähen schicken, ihm einen Diplomatenpass ausstellen, bei der Beschaffung eines Visums helfen und ihn in das nächste Flugzeug nach New York setzen.

Er fühlte sich wie gelähmt. Seine Leutnants Kahiga und Njoya hatten ihn vorgewarnt: Unvorstellbare Schwierigkeiten. Er dachte an seinen Entschluss, lehnte sich in seinen Stuhl zurück, starrte an die Decke und zupfte nachdenklich an seinen Ohrläppchen.

DRITTER TEIL

1

Wieder zu Hause, benahm sich Tajirika wie jemand, der von einer Krankheit geheilt ist, nur um Opfer einer anderen, noch schlimmeren zu werden. Er spürte das unwiderstehliche Verlangen, seine Frau zu verprügeln. Jede Nacht träumte er davon, wachte am Morgen mit dem Gedanken daran auf und brachte den ganzen Tag damit zu, jede Kleinigkeit zu einem Streit aufzubauschen, der Schläge provozieren würde. Aber nichts in Vinjinias Worten und Handlungen rechtfertigte eine Tracht Prügel.

Tajirika stellte überrascht fest, dass Vinjinia die Geschäfte während seiner Abwesenheit effizient geführt hatte. Sie hatte gute Ergebnisse erzielt. Eigentlich war das Unternehmen unter ihrer Verantwortung sogar gewachsen und neue Kunden und Aufträge waren hinzugekommen. Insgesamt hatte sie gearbeitet, als wäre sie schon ihr ganzes Leben lang Geschäftsfrau gewesen. Doch statt Tajirika glücklich zu machen, verstärkte ihr fehlerfreies Verhalten nur den Verdacht, den er ihr gegenüber hegte. Wo war diese neue Vinjinia vorher gewesen? Um sie bei einer Lüge zu ertappen, versuchte er es mit Fangfragen, aber sie beantwortete sie alle klar und einfach.

„Okay, du kannst jetzt wieder deinen Platz in der Küche einnehmen", sagte er ohne ein Wort des Dankes.

Sie hatte auch das Haus gut in Ordnung gehalten. Und in ihren Berichten über ihre sozialen Beziehungen sah er keinerlei Ungereimtheiten. Mit seinem verbleibenden Misstrauen kam Tajirika zu der Überzeugung, dass alles gespielt war; Vinjinias vermeintliche

Kompetenz und ihre eheliche Rechtschaffenheit waren nichts als Heuchelei. War das nicht genau das Bild, das sie ihm schon vor seiner Entführung immer geboten hatte? Das Gesicht eines Menschen, der nicht zu viele Fragen stellt? Der Anschein loyalen Schweigens? Aber eine Frau, die, während sie ihm das eheliche Idealbild präsentierte, gleichzeitig Zeit und Energie fand, sich mit schamlosen Tänzerinnen einzulassen? Und in all den Jahren des ehelichen Glücks und der Fortpflanzung hatte sie diese nicht ein einziges Mal erwähnt. Wenn überhaupt, dann hatte sie nur ihre Verachtung gegenüber Traditionen und rituellen Aufführungen zum Ausdruck gebracht. Wie hatte sie diese Frauen überhaupt so gut kennengelernt, um sich mit ihnen in aller Öffentlichkeit fotografieren zu lassen? Wann hatte sie sich ihnen angeschlossen? Wo und wann hatte sie die Zeit gefunden, sich mit ihnen zu treffen? Wann am Tag, wann in der Nacht?

Tajirikas Fragen und Zweifel steigerten sein unzähmbares Verlangen, einen Prügelhagel auf Vinjinias Rücken herunterregnen zu lassen, und lediglich Sikiokuus einstweiliger Bann hielt ihn davon ab. Durch die fehlende Möglichkeit, seinen Blutdurst zu stillen, wurde Tajirika immer gereizter und brütete mürrisch und schweigend vor sich hin. Er wollte nicht über seine Erlebnisse im Gefängnis sprechen, weil er fürchtete, dadurch den Zorn auf seine Frau weiter anzufachen, was zu unerlaubten Folgen führen konnte. Er suchte Zuflucht im Stummsein.

Sein brutales, unnachgiebiges Schweigen verletzte Vinjinia, weil es ihr die Möglichkeit raubte, mit ihm ihre Probleme und Sorgen sowie ihren Teilerfolg über das Zwillingsübel Kaniũrũ und Sikiokuu zu teilen. Sie hatte das Bedürfnis, ihm zu erzählen, wie sie überall nach ihm gesucht hatte – auf Polizeiwachen, in Krankenhäusern und Leichenhallen –, und wie ihr schließlich der Herr der Krähen und einige geheimnisvolle Tänzerinnen geholfen hatten, denen sie weder vorher noch später je wieder begegnet war. Der vollkommene Zusammenbruch jeglicher Kommunikation beschäftigte sie weit mehr als die Wut, die sie verspürte, seit sie seine Bereitschaft entdeckt hatte, sich von ihr loszusagen, als sie nach ihrer Entlassung aus dem Gefängnis auf seine halb fertige Pressemitteilung gestoßen war.

Als Vinjinia einen Anruf von der Polizei erhielt, dass Tajirika entlassen worden sei, freute sie sich. Nicht, weil ihr Zorn verflogen war, sondern weil sie in seine Heimkehr die Hoffnung setzte, ihrer beider Leben wieder in Ordnung zu bringen. Sie hatte erwartet, er würde mit ihrem Erfolg im Unternehmen zufrieden sein, eben weil sie keinerlei Erfahrung damit hatte, und geglaubt, zumindest das Geld würde für sich sprechen. Doch nicht einmal ein beträchtliches Bankguthaben schaffte es, das Herz dieses Mannes zu erweichen. Sie tat alles, um ihn zufriedenzustellen, doch gelang es ihr nicht, seine Seele zu entlasten. Warum? Warum dieses Schweigen?

Eines Morgens bereitete sie ihm ein besonderes Frühstück aus Pfannkuchen, Eiern und Würstchen. Ohne sie anzusehen, streckte Tajirika die Hände nach dem Tablett aus, griff aber daneben und das Tablett fiel auf den Boden. Das Frühstück war jetzt ein unansehnlicher Brei und Vinjinia konnte sich nicht länger zurückhalten.

„Was habe ich dir getan, Titus? Was habe ich dir getan, dass du vor Wut fast platzt? Und wenn du den Mund mal aufmachst, dann fragst du ohne Sinn und Verstand. Was haben sie dir im Gefängnis angetan? Wie haben sie es geschafft, eine so dumpfe Kreatur aus dir zu machen?“

Wenn Tajirika jetzt auch nur ein einziges Wort herausgebracht hätte, er wäre gnadenlos über Vinjinia hergefallen. Aber er dachte an sein Abkommen mit Sikiokuu und bot alle Willenskraft auf, sie nicht zu schlagen. Er lief in die Garage, stieg ins Auto und fuhr ins Büro. Er kochte vor Wut. So unverschämt hatte Vinjinia noch nie mit ihm geredet. In ihrem Zornesausbruch zeigte sich nun zu guter Letzt doch ihr wahres Ich. Das war die Vinjinia, die sich heimlich mit den Tänzerinnen getroffen hat. Oh ja, endlich! Er hatte das Gefühl, dass er in Stücke zerspringen würde, wenn er sie nicht heute noch verprügelte. Er musste unbedingt mit Sikiokuu reden. Er griff zum Telefon.

„Warum rufen Sie mich denn so früh an, Titus?“, fragte Sikiokuu jovial.

„Ich will die Erlaubnis. Sofort.“

„Erlaubnis? Wofür?“

„Ich bin nicht in der Stimmung für Spielchen!"

„Wovon reden Sie?"

„Ich muss meine Frau verprügeln, sonst ersticke ich an meiner Wut."

„Wieso? Haben Sie herausbekommen, dass ein anderer Mann sie bestiegen hat?"

„Nein. Darum geht es nicht. Bitte erlauben Sie es."

„Titus! Wovon reden Sie?"

„Sie haben gesagt, ich dürfe meine Frau nicht verprügeln, ohne mich vorher mit Ihnen abgesprochen zu haben."

„O, ja, natürlich", meinte Sikiokuu unbestimmt. Dann fielen ihm die berüchtigten Fotos und ihre Bedeutung für das Geständnis ein. „Haben Sie sich wegen der Fotos mit ihr gezankt?", fragte Sikiokuu jetzt aufgeschreckt.

„Nein, aber ..."

„Dann vergessen Sie es, Titus. Lassen Sie sie in Ruhe. Oder besser: Vögeln Sie sie durch, anstatt Angelegenheiten der Staatssicherheit durcheinanderzubringen. Sie sollen ihre Verbindung zu den Staatsfeinden aufdecken; also Geduld, mein Bruder. Stürzen Sie sich nicht in Dinge, die Sie später bereuen werden. Warten wir lieber auf die Rückkehr des Herrschers und auf diesen arroganten Staatsfeind Machokali. Zum Glück müssen wir nicht mehr lange warten ..."

„Wann kommen sie zurück?"

„Demnächst. Ich warte auf Nachricht aus Amerika. Darum bin ich schon so früh im Büro. Ich habe gerade meinen Computer eingeschaltet, als Sie anriefen. Oh, ja, da ist etwas ... warten Sie einen Moment ... Was? Was soll das heißen?"

Das waren die letzten Worte, die Tajirika hörte. Er hielt weiter den Hörer ans Ohr und rief mehrmals „Hallo? Hallo?" und fragte sich, wer die Verbindung unterbrochen hatte. Oder hatte der Minister beschlossen, ihre Unterredung so plötzlich zu beenden? Er hängte auf und wählte neu, wieder und wieder, aber es war besetzt. Tajirika wusste nicht, was tun.

Er beschloss, auf einen Kaffee ins Mars Café zu gehen, um sich zu beruhigen und wieder einen klaren Kopf zu bekommen. Vor dem

Eingang kaufte er sich die Eldares Times, setzte sich in einen Winkel, bestellte Kaffee, Eier mit Speck und warf einen Blick in die Zeitung. Verbitterung ließ die Titelseite vor seinen Augen verschwimmen. Wie konnte Sikiokuu es wagen, unsere Unterhaltung zu beenden, bevor ich ihm alles gesagt hatte? Wie konnte er es wagen, mich so grob abzuhängen, ohne sich meine Qualen anzuhören? Die Demütigung war so überwältigend, dass ihm schwindlig wurde und ihm Tränen in die Augen schossen.

Bin ich so tief gesunken? Wie konnte es so weit kommen, dass mir ein anderer Mann vorschreibt, was ich in meinen vier Wänden tun darf und was nicht? Dass ich einen anderen Mann anflehe, mir zu erlauben, meine Frau zu disziplinieren? Er musste es ja nicht mit ihrer Verbindung zu diesen Tänzerinnen begründen, wenn dadurch tatsächlich Ermittlungen zur Sicherheit des Staates beeinträchtigt würden, aber sie zu verprügeln, das war sein Vorrecht als Ehemann, und er war nicht bereit, dieses Recht einem anderen Bullen im Kral zu überlassen. Warum hatte er nicht vorher so argumentiert?

Er wartete nicht länger auf sein Frühstück. Wie ein Wahnsinniger raste er nach Hause zurück. Als er das Haus betrat, hatte er bereits die Fäuste geballt.

Man erzählt sich, dass alle Frauen in ganz Aburĩria, Nyawĩra eingeschlossen, Vinjinias Schreie hören konnten.

2

Bevor sie ihn in das Flugzeug nach Amerika setzten, brachten Kahiga und Njoya den Herrn der Krähen noch einmal zum Schrein zurück, damit er die Kleider wechseln und sich von seiner Gefährtin verabschieden konnte. Sie gaben sich Mühe, ihr einzuschärfen, sein bevorstehender Besuch in Amerika sei auch der Grund für ihr erstes Erscheinen gewesen, doch durften sie es nicht verraten, weil sie zur Geheimhaltung verpflichtet gewesen waren. Er würde in New

York gebraucht, sagten sie ihr, um seine Magie einzusetzen, die aburĩrischen Verhandlungsführer zu stärken und gleichzeitig die Herzen der Global-Bank-Direktoren zu erweichen, damit sie die Gelder für Marching to Heaven freigaben. Nyawĩra ließ sich durch ihre übertriebenen Auslassungen nicht blenden und bekam richtig Angst um Kamĩtĩ. Es waren viele Geschichten von Menschen im Umlauf, die am helllichten Tag von der Polizei entführt, gefoltert und schließlich in der Wildnis den Hyänen zum Fraß vorgeworfen wurden. Auch beruhigte es sie kaum, als Kahiga und Njoya später anriefen, um ihr mitzuteilen, dass alles gut gegangen sei. Sie erinnerte sie daran, sie zur Verantwortung zu ziehen, wenn dem Herrn der Krähen etwas zustoßen sollte.

Einige Tage später tauchten Kahiga und Njoya im Schrein auf und präsentierten ihr eine kleine Schmuckschatulle. Als sie diese öffnete, standen sie mit breitem, selbstzufriedenem Lächeln vor ihr. Nyawĩra brach vor Schreck fast zusammen, bewahrte aber Haltung.

„Warum bringt ihr mir Haare in einer Schachtel?", fragte sie und fürchtete das Schlimmste.

„Sie gehören dem Herrn der Krähen", erklärte Kahiga.

Plötzlich fiel Nyawĩra ihre Drohung wieder ein und beinahe hätte sie losgelacht, auch wenn dies kein Grund zum Lachen war. Warum brachten sie ihr die Haare ausgerechnet jetzt, in einer Schatulle? Was verbarg sich dahinter? War es ein zwangloser Scherz? Oder war Kamĩtĩ doch tot?

Erst nach Kamĩtĩs Anruf, er sei sicher in New York gelandet, fühlte sie sich wieder besser. Er hörte sich gehetzt an, versprach aber, wieder anzurufen. Doch als sie längere Zeit nichts von ihm hörte, begann sie sich zu sorgen. Die erzwungene Trennung verschaffte ihr Zeit nachzudenken. Kamĩtĩ und sie stimmten nicht immer überein, vor allem nicht, wenn es um Fragen der Ideologie und um praktische Politik ging. Kamĩtĩs Misstrauen gegenüber Organisationen und der Disziplin, die sie verlangten, standen im Gegensatz zu deren Überzeugung, das Volk könne nur dann bedeutende Veränderungen herbeiführen, wenn es sich organisierte. Weniger selbstquälerisches Leid, mehr organisierter Zusammenhalt! Doch trotz der Tatsache, dass sie einer Organisation angehörte und Kamĩtĩ nicht, einte sie der gemeinsame Glaube an die Menschlichkeit und den Dienst an der Gemeinschaft. Sie unterschieden sich nur in der Antwort auf die Frage, wie dies erreicht werden sollte. Doch letztlich vereinte sie ein festes Band.

Sie vermisste ihn und ihre Gespräche sehr. In solchen Momenten suchte sie oft Zuflucht im Gitarrenspiel, aber es gelang ihr nicht einmal, die Saiten anzuschlagen. Was konnte sie noch tun? Vor langer Zeit, in der Schule und noch während des Studiums, hatte Nyawĩra unregelmäßig Tagebuch geführt. Jetzt nahm sie es wieder auf. Beim Schreiben fühlte sie sich besser, denn ihr war, als würde sie sich mit ihrer fernen Liebe unterhalten. Eines Nachts versuchte sie zu begründen, was sie als ihren politischen Katechismus bezeichnete.

„Ich glaube, Schwarz wird von Weiß unterdrückt; weiblich von männlich; Bauer von Grundbesitzer; und Arbeiter vom Gott des Kapitals. Daraus folgt, dass die schwarzen Arbeiterinnen und Bäuerinnen am meisten unterdrückt werden. Wie alle Schwarzen auf der Welt werden sie wegen ihrer Hautfarbe unterdrückt; sie werden wegen ihres Geschlechts unterdrückt wie alle Frauen auf der Welt; und sie werden auf Grund ihrer Klassenzugehörigkeit ausgebeutet und unterdrückt wie alle Arbeiter und Bauern dieser Welt. Sie haben die dreifache Last zu tragen. Wer für das Volk kämpfen will, daheim und weltweit, muss für die Einigkeit und die Rechte der Arbeiterklasse in seinem eigenen Land kämpfen; gegen alle Diskriminierungen auftreten, die auf Rasse, ethnischer Zugehörigkeit, Hautfarbe und Glaubensrichtung beruhen; muss gegen alle geschlechterbedingten Ungleichheiten kämpfen und daher für die Rechte der Frauen zu Hause, in der Familie, in der Nation und in der Welt ..."

Nein, das waren nicht die Worte, die ihr für ihren Katechismus vorschwebten. Für wen schreibe ich das überhaupt auf?, fragte sie sich und zerriss alles.

Je mehr sie Kamĩtĩ vermisste und um seine Sicherheit fürchtete, desto mehr stürzte sie sich in ihre organisatorischen Aufgaben und das Heilen. Die Einbindung in das Leid anderer stellte sich als der beste Weg heraus, mit persönlichen Problemen zurechtzukommen, weil ihr klar wurde, dass viele Probleme nicht nur sie, sondern auch viele andere betrafen.

Eines Morgens kam eine Frau in den Schrein. Sie trug einen Schleier. Eine Muslima, dachte Nyawĩra, als sie sie in dem Raum empfing, den sie Beichtstuhl nannten. Sie versuchte, im Gesicht der Frau zu lesen, aber wie soll man in einem Gesicht lesen, das hinter einem Schleier verborgen ist? Trotzdem konnte sie sehen, dass die Frau voller Traurigkeit war.

„Mutter, was führt dich in den Schrein des Herrn der Krähen?", fragte Nyawĩra.

Als sie zu antworten versuchte, brach die Frau zusammen und schluchzte. Tränen rannen ihr über die Wangen. Nyawĩra wartete geduldig und ließ ihr Zeit, die Fassung wiederzugewinnen. Dann nahm die Frau das Tuch ab, das den Kopf und ihr Gesicht verhüllte. Vinjinia? Nyawĩra vergaß beinahe ihre Tarnung als Herr der Krähen und konnte sich gerade noch zurückhalten, den Namen auszurufen. Das Gesicht war derart geschwollen, dass die Augen fast völlig geschlossen waren. Schockiert verlangte Nyawĩra gar nicht erst den Grund des Besuches zu erfahren. Sie bemühte sich nicht um eine leichte Unterhaltung, und ebenso wenig erinnerte sie sie an ihren letzten Besuch im Schrein, als sie Hilfe bei der Suche nach ihrem verschwundenen Mann erbat. Sie wollte es Vinjinia überlassen, wie viel sie preisgeben mochte. Nyawĩra kannte Besucher des Schreins, die immer wieder kamen und jedes Mal so taten, als wären sie zum ersten Mal da. Aber Vinjinia schien zu sehr in ihrem Kummer gefangen, um überhaupt sprechen zu können.

„Was ist los, Frau? Hat dich eine Bestie angefallen, oder was?", fragte Nyawĩra schließlich, um das lange Schweigen zu brechen.

„Die Bestie hat einen Namen. Sie heißt Ehemann. Nacht und Tag. Streit ohne Grund. Kämpfe ohne eine Waffenruhe. Die Ehe ist ein Gefängnis. Lebenslange Haft, umso mehr, wenn ein Paar Kinder hat. Sogar unsere Religionen billigen die lebenslange Haft für die Frau."

„Die Zeit heute ist anders, als sie früher war", sagte Nyawĩra. „Heute kann man dieses Gefängnis verlassen, wenn man will. Sogar in der Vergangenheit konnten die Frauen immer zu ihren Eltern zurück oder sich entschließen, allein zu leben. Und es gab sogar Frauen, die andere Frauen heirateten."

„Warum sollte ich weg und ein Zuhause verlassen, das wir gemeinsam aufgebaut haben?", fragte Vinjinia.

„Ich dränge dich nicht, dein Heim zu zerstören."

„Da gibt es kein Heim mehr zu zerstören. Das ist längst passiert, mit dem, was er getan hat."

„Was hat er getan?", fragte Nyawĩra. „Was hat er von dir verlangt? Sex?"

Vinjinia überlegte, war sich nicht sicher, wo sie beginnen sollte. Sollte sie die beschämenden Einzelheiten weglassen?

„Wenn du meine Hilfe willst, musst du mir alles erzählen", sagte Nyawĩra, als hätte sie die Gedanken ihrer Klientin gelesen. „Auch wenn er versucht hat, dich zu vergewaltigen. Vergewaltigung bleibt Vergewaltigung, auch wenn sie ein Freund oder Ehemann begeht."

Vinjinia spürte die Last von sich genommen, ihre Geschichte verändern zu müssen. Sie nannte sogar ihren Namen und erinnerte den Zauberer daran, dass sie schon bei zwei früheren Anlässen im Schrein gewesen sei. Ihre Bitten seien erfüllt worden, und deshalb sei sie nun ein drittes Mal gekommen. Sie erzählte ohne Einschränkung alles, was sich seit Tajirikas Rückkehr ereignet hatte.

„Ich weiß immer noch nicht, warum er so wütend auf mich ist oder was er von mir erwartet."

„Frau", erwiderte Nyawĩra behutsam, „du hast einen Mann, der glaubt, es sei sein natürliches Recht, seine Frau zu schlagen und zu disziplinieren. Leider ist er damit nicht allein. Gewalt gegen Frauen steht in vielen Häusern auf der Tagesordnung – in reichen, armen, weißen, schwarzen oder religiösen. Heute misst ein Mann seine Männlichkeit, indem er seine Frau misshandelt. Eine Frau schluckt die Beleidigungen mit saurem Schweigen, statt sich der Verletzung ihres Ichs zu widersetzen. Dadurch wird ein geheiligtes Ich bald zur furchtsamen Sklavin, die ein Leben voller Wunden und Narben führt. Du hast mir deine Geschichte erzählt, und ich habe zugehört. Sag, was führt dich nun zum Schrein? Wolltest du mir die Geschichte erzählen oder Kräuter für deine Wunden bekommen?"

„Die Wunden in meinem Herzen werden niemals heilen, solange der Mann, den ich meinen Ehemann nenne, am Leben ist."

„Was willst du?"

„Ich will, dass er stirbt. Dass er stirbt und unter die Erde kommt. Gib mir Gift für sein Essen. Gib mir Gift, damit ich ihn in die Hölle schicken kann. Oder noch besser: Fang seinen Schatten im Spiegel und kratz ihn aus."

Ihre Heftigkeit erschreckte Nyawĩra. Sie hätte niemals geglaubt, dass Vinjinias Herz derartiges Gift beherbergen könnte.

„Ich vergifte das Böse nur, um das Gute zu erreichen."

„Was kann es Böseres geben als das, was er mir mit seinen Fäusten angetan hat?"

„Willst du, dass sein Leben endet oder seine Gewalttätigkeit?"

„Seine Gewalttätigkeit kann nur durch den Tod enden, seinen oder meinen."

„Wie wäre es, ihm erst einmal das Böse seiner Taten vor Augen zu führen?"

„Tajirika ist gar nicht in der Lage, Fehler in seinem Verhalten zu erkennen. Er sieht immer den Splitter im Auge der Frau, aber den Balken im eigenen sieht er nicht."

„Nicht einmal, wenn sich eine Abordnung der Weisen mit ihm befassen würde?"

„Das würde ihn nur noch mehr in Rage bringen und, sobald sie wieder weg sind, noch gewalttätiger werden lassen."

„Und wenn man ihn vor Gericht brächte?"

„Vor ein aburĩrisches Gericht? Wie viele Frauen haben Sie als Richterin oder Schöffin auf den Bänken des Rechts gesehen? Außerdem endet die Gerechtigkeit in Aburĩria in den Taschen des Meistbietenden. Glauben Sie, ich könnte höher bieten als mein Mann? Nein, ich bin gar nicht in der Lage, die Gerechtigkeit zu schmieren."

„Die Gerechtigkeit zu schmieren?", wiederholte Nyawĩra den letzten Satz laut. Aber innerlich überlegte sie, was sie gegen Vinjinias Notlage unternehmen könnte, ohne ihr irgendwelche giftigen Kräuter mitzugeben, was sie niemals tun würde, und ohne ihre Hoffnung abzutöten, die die Grundlage aller Heilkunst war. Unfähig etwas zu sagen oder zu tun, schweiften Nyawĩras Gedanken ab, und sie begann, tiefer über die Frau vor ihr nachzudenken. Irgendwie versetzte diese Frau sie immer wieder in Erstaunen, und wenn es sich nicht um eine Situation voller Schmerz und Leid gehandelt hätte, wäre Nyawĩra vielleicht versucht gewesen, zumindest innerlich über Vinjinias Metamorphose zu lachen.

Ist das nicht dieselbe Frau, die in Hinblick auf Körper und Sexualität so prüde daherkam? Ist das nicht dieselbe Frau, die sich gegenüber aburĩrischer Politik taub stellte?, fragte sich Nyawĩra, als sie an die Auseinandersetzungen und die unterschiedlichen Auffassungen dachte, die es während ihrer gemeinsamen Tage im Büro der Eldares Modern Construction and Real Estate gegeben hatte. Für Vinjinia war in Aburĩria alles in Ordnung. Aber dennoch, hatte sie nicht gerade eine überaus treffende Feststellung zur Rechtsprechung im Aburĩria dieses Herrschers gemacht? Oder über Gewalt und geschlechtsspezifische Ungleichheit zu Hause? Sie hatte sich sogar kritisch zur Religion und deren Tendenz geäußert, die häusliche Gewalt gegen Frauen zu vertuschen. Die Wahrnehmung, dass einem Unrecht widerfährt, ist der erste Schritt für eigenes politisches Engagement, dachte Nyawĩra.

Während sie beiläufig diese Gedanken hin und her wälzte, kam ihr plötzlich eine Idee. Es war keine neue Idee – sie hatte schon früher darüber nachgedacht und sogar erwogen, sie der Führung ihrer Bewegung zur Diskussion und zur eventuellen Umsetzung in ihrer Strategie vorzulegen, hatte es aber bisher nicht getan. Warum sollte sie diese Idee jetzt nicht an Vinjinia erproben?

„Geh nach Hause", forderte sie Vinjinia sanft auf. „Überlass die Angelegenheit dem Herrn der Krähen. Er wird sich mit einer Abordnung von Ältesten zusammensetzen, weise Älteste, mit großer Urteilskraft und in magische Roben gekleidet. Was dich betrifft, nimm folgende Worte mit nach Hause: Der mächtigste Zauber kommt vom Herzen. Die Frauen müssen tief in sich gehen und den Entschluss fassen, es nicht länger zuzulassen, von ihren Männern und Partnern geschlagen zu werden. Sobald das geschieht, werden die Prügel aufhören und in den Häusern wird das gemeinsame Gespräch das Tor zu Liebe und gegenseitigem Verständnis sein. Verschließt man seine Gedanken in sich, so führt das zu keiner Lösung. Das Schweigen der Frauen angesichts männlicher Gewalt ist die Amme weiterer Willkür. Wenn Tajirika, nachdem die Abordnung bei ihm war, weiterhin sich und seine Fäuste an dir austobt, komm wieder her. Aber ich will dir eine Frage stellen, die ich eigentlich gleich am Anfang hätte stellen sollen. Bist du entschlossen, dich nie mehr verprügeln zu lassen?"

„Ja."

„Dann geh heim. Die weisen Ältesten sind auf dem Weg."

„Ich hoffe, sie werden meinem Mann nicht sagen, dass ich hier gewesen bin."

„Das sollte dich nicht sorgen. Es gibt keinen Heiler, der sein Gewicht in Kräutern wert ist, der dem Wind anvertraut, was im Frieden und in der Verschwiegenheit des Schreines geschehen ist."

3

Das Schweigen, das von Tajirikas Heim Besitz ergriffen hatte, war dichter als der dichteste Busch in der dunkelsten Nacht. Gacĩgua und Gacirũ, ihre Jüngsten, waren auf der Internatsschule. Tagsüber waren die Hausangestellten da; doch nachts waren Mann und Frau sich selbst überlassen. Tajirika hatte meist keine Lust, gleich nach der Arbeit nach Hause zu fahren und ging noch in eine Bar.

Eines Abends hatte er genug von dem Schnaps, der seine Einsamkeit nicht immer betäuben konnte, und er beschloss, auf eine Tasse Kaffee ins Mars Café zu gehen.

Seit er seine Frau verprügelt hatte, fühlte sich Tajirika besser, doch sobald ihm die Bilder mit den tanzenden Frauen vor Augen kamen und er sich vorstellte, welchem Leben Vinjinia gefrönt hatte, während er im Gefängnis saß, kochte noch immer plötzliche Wut in ihm hoch. Ironischerweise lenkten ihn diese Wutanfälle und die intensive Beschäftigung mit Vinjinias Vergehen davon ab, ständig darüber nachzudenken, was ihm während seiner Inhaftierung widerfahren war. Wie sollte er sich auch mit einem Bild von sich selbst befassen, das ihn mit einem zwischen den Beinen baumelnden Kübel voll Scheiße zeigte? Das war kein schöner Anblick, nicht einmal für ihn. Sich mit Vinjinias Schmutz zu beschäftigen, bewirkte, dass er sich sauberer vorkam.

Die einzige Erinnerung, die ihn enorm befriedigte, war, den Herrn der Krähen in den Händen der Polizei zu wissen und sich deshalb vor dem Zauberer sicher zu fühlen.

Tajirika hatte von der jüngsten Wendung in der Geschichte über den Herrn der Krähen keine Ahnung und hätte es ohnehin nicht geglaubt, wenn man ihm mitgeteilt hätte, der Zauberer befände sich jetzt auf Geheiß des Herrschers in Amerika. Ihn interessierte allein Sikiokuus Befehl an den Hexenmeister, den über ihn gelegten Zauberbann sowie alle kurzfristigen wie langzeitigen Nebenwirkungen aufzuheben.

Er freute sich auf die bevorstehende Rückkehr des Herrschers. Sikiokuu hatte ihm versprochen, den Vorsitz von Marching to Heaven mit allen Befugnissen, einschließlich derer, die sich Kaniũrũ unrechtmäßig einverleibt hatte, zurückzuerhalten. In Sikiokuu hatte er wirklich einen neuen Freund gefunden, und wann immer sich Erinnerungen an seine alte Freundschaft mit Machokali vordrängten, schob er sie schnell beiseite. Manchmal aber ließen sie sich nicht wegschieben, und er nahm sich die Zeit, um über die Situation nachzudenken und sich zu fragen: Was werde ich tun, wenn Machokali zurückkommt?

Nicht, dass diese Frage ihm schlaflose Nächte bereitete. Tajirika war stolz darauf, in allem, was sein eigenes Überleben sicherte, anpassungsfähig zu sein. Er schwamm mit dem Strom und nicht gegen ihn. Seine Beziehung zu seinem ehemaligen Freund und Wohltäter würde von der jeweiligen Stärke von Machokali und Sikiokuu im Spiel um die Macht abhängen. Sollte sich Machokali als der Stärkere erweisen, würde Tajirika ihm alles darüber erzählen, was Sikiokuu während Machokalis Abwesenheit ausgeheckt hatte. Und sollte Sikiokuu der Stärkere sein, würde Tajirika sich weiterhin auf dessen

Seite schlagen und die Vergangenheit vergessen. Als er jetzt die Straße zum Mars Café überquerte, war sein Kopf voller Gedanken, wie er zwischen den beiden riesigen Rivalen im Kampf um die Macht hinter dem Thron taktieren wollte, und er dachte nicht an die Aussicht auf eine weitere einsame Nacht daheim.

Er spürte, wie sich auf einer Seite Leute an ihn drängten, tat es aber gleich als eine der Belästigungen ab, die einem auf bevölkerten Straßen eben widerfuhren. Eldares lockt zu viel Gesindel vom Land an, sagte er sich ein wenig irritiert. Als er aber versuchte, seinen Schritt zu beschleunigen, und immer noch den Druck spürte, blickte er sich um und sah Vermummte, deren Masken nur zwei bedrohliche Augenschlitze aussparten. Selbst da glaubte er noch nicht, dies könne etwas mit ihm zu tun haben. Er hatte schon viel über die Opfer von *kupigwa ngete* gehört und gelesen. Sollte er am helllichten Tag Augenzeuge dieser Art von Straßenraub werden?

Aber bevor er begreifen konnte, was passierte – er spürte es mehr, als dass er es bewusst erlebte –, wurde er hochgehoben und auf die Rückbank eines wartenden Kleinbusses geschoben, der sofort losfuhr. Das Ganze geschah so schnell, dass kein Passant die Ereignisse rund um den Kleinbus als etwas Ungewöhnliches wahrnahm. Im dunklen Innern des Kleinbusses fand sich Tajirika zwischen zwei Entführern wieder, die ihn an den Armen festhielten. Er versuchte, sich aus ihrem Griff zu befreien, konnte aber nicht einmal die Hüften bewegen, so fest hielten sie ihn. Sein erster Gedanke war, dass es sich um Diebe handelte.

„Ich habe nicht viel Geld dabei. Wohin bringt ihr mich?“, fragte er, erhielt aber keine Antwort.

Er überlegte, es wäre am besten, ruhig zu bleiben und die Ankunft abzuwarten, wohin auch immer sie ihn brachten. Befände er sich erst einmal außerhalb des Kleinbusses, würde er versuchen zu fliehen. Doch sobald der Kleinbus anhielt, verbanden ihm seine Kidnapper die Augen, brachten ihn in ein Haus und drückten ihn auf einen Stuhl. Als sie das Tuch abnahmen und sich Tajirika von maskierten Gestalten umringt sah, traten ihm Schweißperlen auf die Stirn. „Wer seid ihr?“, fragte er mit zitternder Stimme.

Sie nahmen die Masken ab. Was! Frauen? Er war schockiert und gleichzeitig ernüchtert und beschämt. Er, ein Mann, entführt von Frauen? Dann kamen Verachtung und Trotz. Selbst wenn sie zu neunt waren, konnten die Frauen ihn nicht gegen seinen Willen festhalten, dachte er und stürzte zur Tür. Sie war abgeschlossen.

„Setz dich und warte die Zeremonie ab", befahl ihm eine Frau, aber Tajirika beachtete sie nicht.

„Macht die Tür auf, oder ich bringe euch bei, was ein Mann ist", rief er und trat gegen die Tür.

Tajirika bekam nicht einmal mit, wer ihn zuerst und aus welcher Richtung packte, doch Sekunden später lag er flach auf dem Boden und drei Frauen saßen auf seinem Rücken; eine auf den Schultern, die zweite auf den Hüften, die dritte auf den Füßen.

„Wie heißt du?", fragte die auf seinen Füßen.

Die Wut schnürte ihm die Kehle zu. Wie konnte es sein, dass er, ein Mann, von einem Haufen Weiber niedergerungen worden war?

„Du wurdest etwas gefragt. Wie heißt du?", wiederholte die von den Schultern.

„Tajirika", brachte er, unter dem Gewicht der drei Frauen mühsam atmend, aus seinem Mundwinkel hervor.

„Und weiter?", fragte die in der Mitte.

„Titus."

„Wir wollten nur sichergehen, dass wir nicht den Falschen erwischt haben."

„Runter von meinem Rücken", zischte er. „Was wollt ihr von mir? Lösegeld?", fragte er, während er vergeblich versuchte, sie abzuschütteln.

„Dürfen wir uns vorstellen? Wir sind keine Mörder. Wir sind keine Räuber. Du kannst dein Geld behalten, denn wir wollen nicht zu hören bekommen, dir habe hier jemand auch nur einen Penny weggenommen."

„Nicht nötig. Ich habe eintausend Burĩ und ihr könnt sie haben, komplett."

„Wir brauchen deine Burĩ nicht", sagte eine der Umstehenden, und die anderen lachten.

„Was wollt ihr dann? Frauen vergewaltigen mit Sicherheit keine Männer, oder?“

„Merkt ihr, wie der tickt?“, sagte eine von ihnen. „Vergewaltigung heißt, gewaltsam in den Körper eines anderen einzudringen. Es ist Gewalt, und wenn es das ist, was du willst, können wir gern ...“

„Nein, nein, ich meine, wenn ihr Sex wollt, können wir uns einigen. Einen Plan machen, was Zeit und Reihenfolge ...“

„Der hält sich für einen ganzen Kerl“, lachte eine andere. „Neun Frauen nur für ihn?“

„Wer seid ihr?“

„Die Ordnung einer neuen Gerechtigkeit, geschaffen durch moderne Frauen von heute. Du wirst vor ein Volksgericht treten.“

„Ich weigere mich, eure Autorität anzuerkennen“, erwiderte Tajirika wieder ein wenig trotziger.

„Keine Sorge. Bei Tagesanbruch wirst du das.“

„Runter von meinem Rücken“, forderte er wieder und war wütend auf sich, weil es klang, als bettelte er.

„Nur nicht so eilig. Wir möchten dich die ganze Kraft unseres Gewichts spüren lassen.“

„Was soll das eigentlich?“

„Gerechtigkeit. Wir sind die Adleraugen der Gerechtigkeit. Wir schweben durch die Luft und lauschen mit weit geöffneten Ohren nach den Schreien von Frauen. Jetzt haben wir gehört, dass du Tag und Nacht deine Frau verprügelst.“

Tajirika erstickte fast vor Wut. Wie konnten diese Flittchen es wagen, sich in seine Angelegenheiten einzumischen?

„Hört mal. Ich lasse mir von keiner Macht der Welt vorschreiben, wie ich mein Heim führe.“

„Das mag sein, aber ein Heim besteht aus Mann, Frau und Kind, und wenn eine dieser Säulen schwach ist, dann ist die ganze Familie schwach, und wenn die Familie schwach ist, dann ist das ganze Land schwach. Was zu Hause geschieht, geht das gesamte Land etwas an, und umgekehrt.“

„Ihr müsst mir keine Vorträge halten. Meine Frau ist meine Frau, nicht eure.“

„Du hast gesagt: meine Frau, aber ich habe nicht gehört, dass du gesagt hast: meine Sklavin."

„Also hört mal. Die Tradition ist auf meiner Seite, der Mann hat zu Hause die Hosen an."

„Du redest über Tradition. Dann denk daran, dass in vergangenen Zeiten Männer, die ihre Frauen schlecht behandelt haben, vor ein Frauengericht gestellt wurden."

„Sogar die Bibel sagt, die Frau ist die Rippe des Mannes", entgegnete Tajirika.

„Warum nehmen wir ihm nicht eine Rippe raus, damit er uns zeigen kann, wie aus einer Rippe eine Frau entsteht?", setzte eine andere hinzu.

Nun trat eine beleibte Frau mit einer glänzenden Machete in der Hand aus einem Nebenzimmer herein.

„Warum erlaubt ihr diesem Mann, euch solche Schwierigkeiten zu machen? Ich zeige euch, wie man so jemanden behandelt. Zieht ihm die Hosen runter. Wir schneiden ihm den Penis ab."

Die Frau schien es ernst zu meinen und hörte sich derart entschlossen an, dass Tajirika sich fast in die Hosen machte. Er stöhnte unfreiwillig auf. Wenn diese Frauen nun wirklich verrückt waren? Besessen von weiblichen Dämonen, die Männer vernichten wollten? Es war deshalb sicherer für ihn, sich auf ihr sogenanntes Gericht einzulassen. Sie wären beschäftigt, während er sich Fluchtmöglichkeiten überlegen könnte.

„Bitte geht von meinem Rücken runter. Lasst uns miteinander reden. Kein Gericht entscheidet seine Fälle nur auf der Grundlage einer Geschichte des Klägers, vor allem, wenn dieser nicht einmal anwesend ist."

„Dann geben wir ihm die Chance, sich zu verteidigen."

Sie erlaubten ihm, sich wieder zu setzen, schärften ihm aber ein, keine Verachtung an den Tag zu legen, sonst ...

„Hört mich an", sagte er in einem aufgesetzt respektvollen Ton. „Ich weiß nicht, wer ihr seid. Und ich weiß noch nicht einmal, wer mich beschuldigt, meine Frau verprügelt zu haben. Vinjinia und ich sind eines der glücklichsten Paare dieser Welt. Ich glaube nicht an häusliche Gewalt. Wir sind Christen und gehören zur Mittelklasse. Wisst ihr, Frauen verprügeln, das ist etwas für arme Heiden, für Leute, die nicht verstehen, was es heißt, modern zu sein. Ich vermute, dass all das Gerede, ich hätte meine Frau verprügelt und was sonst noch alles, entstanden ist, weil einige Nachbarn meine Frau mit geschwollenem Gesicht und ein paar Kratzern gesehen haben. Sie ist ausgerutscht und auf den Zementfußboden gefallen. Ihr seid selbst Frauen und wisst, wie tollpatschig ihr manchmal seid. Ich verachte diese Nachbarn, die nichts Besseres zu tun haben, als ihre Nasen in die Angelegenheiten anderer Leute zu stecken."

„Es gibt nur zwei Menschen, die wissen, was geschehen ist. Du und deine Frau. Du sagst, sie sei tollpatschig und auf den Zementfußboden gefallen. Deshalb fragen wir dich: Sollen wir sie vorladen?"

Tajirika war sprachlos. Das war das Letzte, was er erwartet hatte: eine Vorladung seiner Frau. Aber er glaubte, Vinjinia würde nie zu völlig Fremden etwas Unpassendes über ihre häuslichen Angelegenheiten sagen. Die Vinjinia, die er kannte, war der Schlüssel zu seiner Freiheit, und er war überzeugt, dass sie ihm zur Seite stehen würde.

„Ja, ruft sie her", rief er prahlerisch.

„Beschreib uns den Weg und sag uns, wie sie aussieht", sagte eine der Frauen, um zu zeigen, dass sie sich nicht mit Vinjinia verschworen hatten. „Wir wissen nur über dich Bescheid."

Ungefähr eine Stunde später war Vinjinia da. Die Frauen setzten sie ihrem Mann gegenüber. Eine übernahm den Vorsitz. Die anderen waren die Geschworenen. Vinjinia hatte den Kopf mit einem Tuch bedeckt. Aus ihren Augen sprach Angst, und sie vermied es, ihren Mann direkt anzuschauen. Tajirika warf ihr einen strengen Blick zu, den er hinter einem falschen Lächeln zu verbergen suchte.

„Sag ihnen die Wahrheit, dass ich dich nicht angefasst habe", beeilte sich Tajirika zu sagen, bevor die Vorsitzende etwas äußern konnte. „Stimmt es nicht, dass dein Gesicht geschwollen ist, weil du auf den Zementfußboden gefallen bist?"

Die Richterin forderte sie auf, nun ihrerseits die Wahrheit zu sagen. Die Stille im Raum war drückend. Vinjinia schaute kurz zu Tajirika, dann auf die Frauen und sah schließlich zur Seite.

„Ich bin auf den Zementfußboden gestürzt", sagte sie mit kaum hörbarer Stimme.

Die Frauen waren verblüfft. Tajirika gab sich keine Mühe, seinen Triumph zu verbergen.

„Da habt ihr es", krähte er arrogant heraus.

„Dann gibt es in dieser traurigen Angelegenheit nichts mehr zu sagen", meinte die Richterin.

Tajirika wünschte sich, er hätte die Mittel, sich sofort an diesen Frauen zu rächen. An der Tür legte er den Arm um seine Frau und flüsterte: „Gut gemacht. Nur ein einziges falsches Wort, und die letzte Tracht Prügel wäre nichts gewesen im Vergleich zu der, die ich dir heute Abend verpasst hätte."

Vinjinia schauderte. Damit war er zu weit gegangen. Wenn er ihr gleich nach der Anhörung durch diese Frauen drohen konnte, wozu war er dann zu Hause fähig? Wenn sie schon sterben musste, dann sollte es wenigstens vor Zeugen geschehen. Sie wand sich schnell aus seinem Arm und drehte sich um.

„Es tut mir leid", sagte sie zur Richterin. „Ich habe Sie angelogen und ich habe mich selber belogen, indem ich für meinen Mann gelogen habe. Dieser Mann schlägt auf mich ein, wann immer ihm danach ist. Wenn er an seinem Arbeitsplatz oder in einer Bar eine Meinungsverschiedenheit mit jemandem hat, lässt er es an mir aus. Das Herz meines Mannes ist so hart wie ein Betonfußboden."

Tajirika verlor die Beherrschung. Sie hatte seine Männlichkeit verraten. Er fiel über sie her und wollte losprügeln, aber die Frauen waren schneller. Sie hielten ihn zurück, noch bevor er den ersten Schlag anbringen konnte. Doch selbst, als sie ihn von seiner Frau fortzerrten, drohte Tajirika ihr noch mit erhobenem Zeigefinger.

„Warte nur, ich krieg dich zu Hause! Warte nur!", brüllte er und schlug alle Vorsicht in den Wind.

„Wer hat dir denn gesagt, dass du nach Hause gehen wirst?", meinte die Frau mit der Machete, als sie auf ihn zuging und die Machete drohend in der Luft schwenkte. Tajirika sprang einen Schritt zurück. Diese Frauen würden ihn töten, wenn er ihnen den geringsten Vorwand gab, da war er sich sicher.

Die Richterin forderte sie auf, sich zu setzen; was alle taten, einschließlich Tajirika, der der Richterin insgeheim dankbar war, dass sie die Machetenfrau in Schach hielt.

„Du", sagte die Richterin und zeigte auf Tajirika. „Dein Handeln vor unseren Augen beweist, was wir gehört haben. Aber dieses Gericht wird dich nicht verurteilen, ohne dir eine Chance zu geben, dich zu verteidigen. Warum hast du deine Frau verprügelt?"

„Nennen Sie sie nicht meine Frau", entgegnete Tajirika keuchend, frustriert, seiner Frau keine Lektion erteilen zu können. „Diese Frau ist eine Heuchlerin. Vor Kurzem, als mich die Polizei verhaftete, hat sie sofort die Gelegenheit ausgenutzt und tanzende Prostituierte und Verbrecherinnen zu ihrer Unterhaltung engagiert."

Vinjinia, die nicht die leiseste Ahnung hatte, wovon Tajirika redete, schüttelte verständnislos den Kopf. Die Erwähnung tanzender Frauen brachte sie aber auf die Frauen, die die Regierung gezwungen hatten zuzugeben, dass sie Tajirika gefangen hielt.

„Wer hat dir die Lüge aufgetischt, ich hätte nichts gegen deine Inhaftierung unternommen und stattdessen mit Tänzerinnen Feste gefeiert? Manche Leute sind wirklich undankbar. Als die Polizei vor einiger Zeit mich verhaftete, hat dieser Mann nicht das Geringste unternommen. Ich habe sogar eine Presseerklärung gefunden, in der er mich öffentlich anprangerte. Aber als man ihn abgeholt und an unbekanntem Ort festgehalten hat, da gab es keinen Polizeibezirk, kein Krankenhaus und keine Zeitungsredaktion, wo ich nicht vorgesprochen habe, um zu erfahren, was ihm seine sogenannten Freunde angetan haben. Als er aus seiner Gruft auftauchte, hatte er, anstatt mich zu fragen, wie es zu Hause während seiner Abwesenheit gewesen ist, nichts Besseres zu tun, als sich deren Klatsch und Tratsch anzuhören, und egal was ihm seine Freunde erzählten, er nahm es für bare Münze und ausreichenden Grund, mich gnadenlos zu verprügeln."

„Die Frau hat dir eine Frage gestellt", wandte sich die Richterin an Tajirika. „Wer hat sie beschuldigt? Nenn uns seinen Namen, damit wir ihn herholen und zur Aussage bringen können."

Tajirika fiel Sikiokuus Verbot ein, während der Ermittlungen über die Fotos oder die tanzenden Frauen zu reden. Also schwieg er.

„Gibt es noch etwas, was du dem Gericht mitteilen willst?“, fragte die Richterin Vinjinia.

„Ich möchte vor euch allen nur sagen, dass ich keine Schläge mehr hinnehmen werde.“

„Hör auf zu lügen, Weib. Ich habe dich mit diesen Händen nie so geschlagen, wie ein echter Mann das eigentlich tun sollte“, brüllte Tajirika, sprang auf und ballte die Fäuste.

Die Frauen drückten ihn wieder auf seinen Stuhl.

„Dein Verhalten vor unseren Augen spricht klar gegen dich“, erwiderte die Richterin. „Wir haben genügend Beweise für die Geschworenen, ein gerechtes Urteil zu sprechen. Vinjinia wird nach Hause gebracht“, sprach die Richterin mit entschiedenem Ton.

Als er sah, wie sie Vinjinia aus dem Raum begleiteten, hatte Tajirika das Gefühl, ihr nachrufen zu müssen: Bitte lass mich hier nicht mit diesen Wahnsinnigen zurück! Aber er tat es nicht. Wie konnte er, der Mann, seine Frau bitten, ihn vor anderen Frauen zu retten?

Die Richterin fixierte Tajirika.

„Du wirst verurteilt, so viele Schläge zu erhalten, wie du deiner Frau verabreicht hast.“

„Solltest du aber noch einmal vor uns erscheinen, wird dein Penis nicht mehr zwischen deinen Beinen baumeln, wenn wir mit dir fertig sind“, sagte die Frau mit der Machete und führte einen kleinen Kriegstanz auf, bei dem sie ihre Waffe aufblitzen ließ. Selbst als die Frauen auf ihn einprügelten, waren seine Augen noch starr auf die Machete gerichtet. Der Schmerz war dumpf, sein Blick leer.

4

Als Tajirika sich schließlich vor dem Tor seines Anwesens wiederfand, konnte er es gar nicht glauben. Hatten sie ihn wirklich gehen lassen? War er hier in Golden Heights sicher? Sein erster Gedanke war, ins Haus zu gehen und sich sofort Vinjinia vorzunehmen und ihr Arme und Beine zu brechen. Aber die letzten Worte, an die er sich gut erinnerte, waren unmissverständlich: „Denk dran, wenn du weiter deine Frau verprügelst, wirst du die gesamte Kraft der weiblichen Dämonen zu spüren bekommen." Also hatte er recht gehabt, was diese Frauen anging. Als er sich vorstellte, wie sie plötzlich aus den umliegenden Maisfeldern auftauchten und Wiedergutmachung forderten, begann er zu schlottern, überwältigt von einer Mischung aus Erleichterung, Scham, Wut und Hilflosigkeit.

Statt die Tür zu öffnen, lehnte sich Tajirika dagegen und fing an zu schluchzen. Tränen rannen ihm die Wangen hinunter und tropften auf die Veranda. Sie wurden größer und flossen immer schneller und verwandelten sich bald in einen Sturzbach, der durch einen geborstenen Damm schoss und zwei Gräben in die Erde vor seiner Veranda grub. Er bemerkte die Gräben auch nicht, als er schließlich die Tür öffnete und sie schnell von innen schloss.

5

Tajirikas war nicht sonderlich erpicht darauf, das Erlebnis mit den weiblichen Dämonen an die große Glocke zu hängen. Er konnte sich die schmutzigen, abfälligen Bemerkungen der Leute gut vorstellen: Da kommt der Mann, der von Frauen verprügelt worden ist. Deshalb schloss er sich zu Hause ein und leitete sein Unternehmen per Telefon.

Auch Vinjinia war darauf bedacht, allen Fragen wegen ihres zerschrammten Gesichts aus dem Weg zu gehen, und blieb deshalb wie er zu Hause.

Also verbrachten sie die Tage und Nächte im Haus und gingen einander aus dem Weg. Sie bemühten sich sogar, ihre grünblauen Gesichter voreinander zu verstecken. Tajirika, indem er sich einen breitkrempigen Hut aufsetzte, und Vinjinia mit einem Tuch über dem Kopf.

Vinjinia war so fest davon überzeugt gewesen, er würde Vergeltung üben, dass es sie ernstlich beunruhigte, als es nach einigen Tagen immer noch nicht zu Gewalttätigkeiten gekommen war. Ob er unter dem Deckmantel des Schweigens und kalkulierter Gleichgültigkeit Schlimmeres plante? Nach ein paar Tagen begann sich Vinjinia wirklich zu fragen: Was haben ihm diese Frauen angetan? Hatten sie ihm sein bestes Stück abgeschnitten?

Sie begann, ihm nachzuforschen, warf verstohlene Blicke in seine Richtung, hoffte, ihn nackt zu erwischen, wenn er aus dem Bad kam. Ein paar Mal machte sie auch die Tür zu seinem Schlafzimmer auf, wenn sie glaubte, er könnte sich gerade den Schlafanzug anziehen, doch wenn sie ihn dann vollständig angezogen sah, machte sie die Tür schnell wieder zu, als hätte sie aus reiner Gewohnheit einen Fehler gemacht.

Auch Tajirika fand keine Ruhe mehr. Mehrere Fragen, auf die er keine befriedigende Antwort fand, machten ihm zu schaffen.

Einige wurden durch sein Ego angetrieben: Dass Frauen ihn entführt, auf ihm gesessen, ihn vor Gericht gestellt und geschlagen hatten, widersprach allem, was er über die Welt wusste. In solchen Augenblicken wünschte er sich, die Macht zu haben, sie auszulöschen. Aber waren sie nicht Wesen aus der anderen Welt? Wie dem auch war: Wer hatte ihnen von ihm und Vinjinia erzählt? Eine Frau zu verprügeln, war in Aburĩria so alltäglich, dass es kaum wahrgenommen wurde. Nicht das Fehlen solcher Schläge machte ein friedliches Heim aus, sondern vielmehr die Fähigkeit des Paares, das Wissen über diese Gewalttätigkeiten in den eigenen vier Wände zu halten.

Das Wissen, dass die Anschuldigungen der Frauen in allen Punkten der Wahrheit entsprachen, faszinierte und verwirrte ihn zugleich und brachte ihn dazu, über sein Verhalten in der Sache zu grübeln. Warum hatte er Sikiokuus Geschichte nicht mit Vinjinia besprochen?

Auch Vinjinias Klage, er hätte nicht viel unternommen, als man sie verhaftete, konnte er nicht widerlegen und schämte sich, nicht Manns genug gewesen zu sein, seiner Frau zur Seite zu stehen.

Und was sollte er von ihrer Behauptung halten, sie hätte bei ihrer Suche nach ihm jeden Stein umgedreht? Stimmte das? Er wollte mehr erfahren, doch wie sollte er das Schweigen brechen, ohne sich zu erniedrigen? Auch er begann, ihr nachzuspionieren, und musterte sie verstohlen, um herauszufinden, ob sich an ihr Anzeichen von Versöhnungsbereitschaft entdecken ließen.

Die beiden umschlichen einander, begegneten sich oft im selben Teil des Hauses und suchten nach einem Weg, die wechselseitige Neugier zu befriedigen. Eines Nachmittags liefen sie sich auf der Veranda über den Weg und waren überrascht. Direkt vor der Veranda hatten sich zwei Gräben aufgetan. Welcher Regen hatte das verursacht?, fragten sie laut. Sie konnten sich nicht erinnern, dass es geregnet hatte. Beide gingen sie an jeweils einem Graben entlang durch die Maisfelder bis hinunter ins Tal. Und dann? Die nächste Überraschung: Im sumpfigen, morastigen Talboden hatte sich ein Teich gebildet.

Sie starrten sich an. Beide tauchten einen Finger in den Teich und probierten die Flüssigkeit. Sie war salzig wie Tränen. Keiner von beiden mochte glauben, was ihre Zungen schmeckten. Und weil sie eine Bestätigung brauchten, tauchten sie die Finger ein weiteres Mal in den Teich. Diesmal steckten sie dem anderen den Finger in den Mund. Das Wasser schmeckte immer noch salzig. Sie kicherten leise, gleichzeitig. Dann hielten sie die Finger schnell wieder in den Teich, wobei jeder hoffte, der Erste zu sein, der dem anderen das salzige Wasser gab. Es war, als hätte der eine die Absichten des anderen durchschaut, denn nun rannte Vinjinia in das Maisfeld und Tajirika folgte ihr in einer spielerischen Jagd.

Sie ergaben sich der Erschöpfung dieses Treibens und spürten auf einmal wieder die Wärme ihrer Jugendtage. Für einen Moment standen sie still und schauten sich an, gebannt von dem, was ihnen da gerade widerfuhr. Sie wussten es eher, als dass sie darüber sprachen. Aber hier auf freiem Feld, im Schatten der Maisblätter, fühlte es sich gut an, sehr gut, und einige Minuten lang schienen die schmerzenden Wunden auf ihren Gesichtern und in ihren Herzen von dieser verzückten Stimmung geheilt, die Melodien summte und in einem stürmischen Crescendo endete.

6

Weder Tajirika noch Vinjinia hätten es sich träumen lassen, dass ihre Schmerzenstränen solchen Freudenschreien weichen könnten. Der Schrei aber, der dann aus Vinjinias Mund kam, war weder vor Freude noch vor Schmerzen, und einige Sekunden lang brachte sie kein Wort heraus. Sie zeigte auf etwas. Tajirika schaute sich um. Der Anblick ließ auch ihn erstarren: Ein Vogelschwarm war direkt über dem Teich im Flug erstarrt. Ein paar Meter vom Ufer entfernt stand ein Hund im Wasser und bellte die Vögel an. Auch er erstarrte plötzlich vor ihren Augen.

Tajirika und Vinjinia nahmen die Füße in die Hand und sahen sich nicht ein einziges Mal um, bis sie ihr Haus erreicht hatten. Der Talboden schien zu beben, als wäre er hohl. Was hatte dieses Wasser an die Oberfläche gebracht? Was hatte es mit den im Flug erstarrten Vögeln auf sich?

Am nächsten Tag gingen sie wieder hin, in der Hoffnung, der Spuk wäre verschwunden. Er war es nicht. Jetzt waren auch noch Bienen und Schmetterlinge hinzugekommen, ebenfalls im Flug erstarrt. Auf der Wasseroberfläche waren Enten und Hühner, einschließlich eines Hahns, der gerade eine Henne besteigen wollte, mitten in der Bewegung eingefroren. Ebenso zwei Antilopen, die eine in der Luft, die andere beim Absprung.

Sie gaben es auf, das Geheimnis zu ergründen. Als Gacirũ und Gacĩgua in den Ferien nach Hause kamen, verboten Tajirika und Vinjinia ihnen, sich dem Tal zu nähern oder darüber zu reden, und verstärkten das Verbot mit Geschichten von Dämonen, die Kinder in einen Teich im Tal lockten und sie verschlangen. Gacirũ und Gacĩgua gaben diese Geschichten jedoch an ihre Freunde weiter, und schließlich kamen sie den Eltern zu Ohren, die ihren Kindern streng untersagten, dieses Gebiet zu betreten.

Die Eltern schmückten die Gruselgeschichten aus: Der Teich wurde zum See, der alles Leben, das mit ihm in Berührung kam oder darüberflog, zu Stein werden ließ. Sogar wenn man in seine Richtung schaue oder ihn nur ansehe, fügten andere hinzu, würde man in einen Stein verwandelt, was die Leute dazu brachte, selbst beim Gehen die Augen von der Richtung abzuwenden, in der sie den See vermuteten. Schweigen über den See war die Folge.

Tajirika und Vinjinia aber fühlten sich vom Teich angezogen wie Motten vom Licht. Sie fanden eine Stelle, von der aus sie ihn betrachten konnten, vor allem an Abenden, wenn das Licht auf die bewegungslosen Objekte fiel und diese je nach Intensität und Einfallswinkel der Sonne vollständig die Farben änderten.

Vinjinia und Tajirika nannten diesen Ort Museum der gefangenen Bewegung.

7

Als sie einmal an ihrem Platz vor dem Museum der gefangenen Bewegung saßen, fragte Tajirika Vinjinia unvermittelt, wie es dazu gekommen sei, dass sie als Ehrengast zu einem zeremoniellen Tanz von Frauen eingeladen wurde, und ermahnte sie, ihn nicht anzulügen, weil er mit eigenen Augen Fotos von diesem Ereignis gesehen hätte. Sie nahm an, er würde Pressefotos meinen, obwohl sie in der Zeitung keine entdeckt hatte. Ohne ihren Besuch beim Herrn der Krähen zu erwähnen, beschrieb sie ihre vergebliche Suche nach Tajirika und ihren anschließenden Entschluss, Sikiokuu bei der offiziellen Eröffnung von Kaniũrũs Büro zur Rede zu stellen. Einige Tänzerinnen dort, denen sie nie zuvor begegnet sei, hätten ihn dann in Zugzwang gebracht. Dass sie diese davor nie gesehen habe, spielte aber eigentlich keine Rolle, denn das Entscheidende für ihn müsse sein, dass er ohne diese Tänzerinnen die Haft wohl nicht überlebt hätte.

Jetzt war Tajirika an der Reihe. Auch er verschwieg die Begegnung mit dem Herrn der Krähen im Gefängnis und wie er die Anstalt nur mit einem Toilettenkübel in seine Gewalt gebracht und sich seine Freiheit erkauft hatte, indem er seinen Freund und Wohltäter Machokali verriet. Stattdessen beschrieb er, wie er sich denen, die ihn eingesperrt hatten, widersetzt und ihnen gedroht hatte, seine verbrecherische Misshandlung dem Herrscher zu berichten. Daraufhin hätten die Beamten ihm gesagt, der wahre Grund für seine Verhaftung sei, dass seine Frau sich mit subversiven weiblichen Elementen eingelassen habe, und zum Beweis hätten sie ihm Fotos von Vinjinia gezeigt, wie sie vor den Tänzerinnen saß.

Der Schock auf Vinjinias Gesicht ließ Tajirika glauben, dass sie wirklich nichts von den Bildern wusste. Sie stritt nicht ab, dort Leute mit Fotoapparaten gesehen zu haben, doch hätte sie angenommen, diese seien von den Zeitungen. Und warum sollten die Zeitungsleute Bilder von ihr und den Tänzerinnen machen und Kaniũrũ und Sikiokuu auslassen, wo diese beiden doch die wichtigsten Personen bei der Zeremonie waren?

„In diesen Bildern steckt mehr, als man sehen kann", meinte Vinjinia und schüttelte den Kopf.

Ihre Worte ließen Tajirika schweigen. Deshalb also hatte Sikiokuu nicht gewollt, dass er mit Vinjinia über die Fotos sprach? Deshalb hatte er ihm verboten, sie zu verprügeln? Jetzt fiel ihm wieder das Gespräch ein, bei dem Sikiokuu kürzlich den Telefonhörer aufgelegt hatte, als Tajirika um die Erlaubnis bat, Vinjinia schlagen zu dürfen. Die Wut ließ nun seine Entführung vollkommen in den Hintergrund treten.

„Wenn ich Minister Sikiokuu zwischen die Finger bekomme, werde ich ihm beibringen, nie wieder seine Spielchen mit mir zu treiben", sagte er schließlich.

Noch wusste er nicht, wie er Vergeltung üben wollte. Er dachte sogar kurz daran, einen Killer anzuheuern, um Sikiokuu töten zu lassen, aber er hatte keine Ahnung, wo er einen finden könnte. Außerdem war das riskant und es würde Zeit brauchen. Er wollte sofortige Rache. Dass es ihm nicht gelang, sich für ein Vorgehen zu entscheiden, ließ Sikiokuus Lügen nur noch stärker in ihm brodeln. Warum hatte er ihn belogen? Um ihn dazu zu bringen, gegen ...

Plötzlich wusste Tajirika, was er tun würde: Er wollte sich weigern, gegen Machokali zu paktieren.

Er fuhr ins Büro, um Sikiokuu anzurufen.

8

Allein daran, wie Tajirika am anderen Ende der Leitung atmete, konnte Sikiokuu erkennen, dass etwas fürchterlich schiefgegangen sein musste. „Was ist los?", fragte er.

„Was ist los?", wiederholte Sikiokuu.

Tajirika wollte schon erklären, in Sachen Machokali nicht länger kooperieren zu wollen, als ihm einfiel, dass er bereits seine Unterschrift unter ein falsches Geständnis gesetzt hatte. Sikiokuu hatte ihn eindeutig an den Eiern und war garantiert entschlossen zuzudrücken, wenn er nicht mitmachte. Gab es denn überhaupt keinen Ausweg aus diesem Alptraum?

„Und Sie hatten nicht mal den Mumm zuzugeben, dass Sie und Kaniũrũ die eigentlichen Stars dieser Show waren?", sagte er und legte so viel Bitterkeit und Verachtung in seine Stimme, wie er nur konnte.

Sikiokuu begriff zunächst nicht, wovon Tajirika redete.

„Haben Sie Ihre Frau geschlagen?", fragte Sikiokuu gerade heraus und ignorierte die höhnische Bemerkung.

Tajirika zögerte. Er fragte sich, woher Sikiokuu wusste, was zu Hause passiert war. Hatte Sikiokuu sein Haus überwachen lassen? Oder machte Sikiokuu gemeinsame Sache mit Vinjinia und den Frauen, die ihn gedemütigt hatten? Das könnte sogar erklären, warum es ihnen so sehr um Vinjinias Sicherheit gegangen war. Und als er jetzt darüber nachdachte, waren Sikiokuu und diese Frauen die Einzigen, die ihn aufgefordert hatten, seine Frau nicht zu schlagen.

„Benehmen Sie sich wie ein Mann und treten Sie öffentlich gegen mich an, anstatt Frauen auf mich zu hetzen. Ich habe den Fehdehandschuh geworfen. Heben Sie ihn auf, Mr. Minister der Lügen und der Feigheit!“

„Frauen? Welche Frauen?“, fragte Sikiokuu.

„Aber natürlich, Sie wissen nichts davon. Natürlich haben Sie sie nicht geschickt, um mich zu entführen. Sikiokuu, Sie überraschen mich wirklich. Ich habe Sie auf frischer Tat ertappt, und das Einzige, was Ihnen einfällt, sind Lügen, nichts als Lügen?“

„Please hold yourself together“, sagte Sikiokuu völlig perplex, denn er wusste nicht im Geringsten, worüber Tajirika da sprach. „Jetzt hören Sie mir mal zu. Ich habe keine Ahnung, wovon Sie reden. Und das ist die reine Wahrheit. Sie und ich, wir arbeiten zusammen, erinnern Sie sich? Ich habe die Polizei extra angewiesen, Sie nicht zu behelligen. Wenn Sie also jemand zu Hause oder im Büro belästigt hat, dann missachtet er meine Befehle und wird entsprechend zur Verantwortung gezogen. Sie sind eine sehr wichtige Person für diese Regierung, Mr. Tajirika. Also erzählen Sie mir kurz oder, wenn Sie wollen, auch lang: Wieso misstrauen Sie auf einmal meinem Wort?“

Es gelang Sikiokuu, Tajirika ein wenig zu beschwichtigen. Nun erzählte er Sikiokuu eine zensierte Fassung der Ereignisse. Aus den gnadenlosen und brutalen Prügeln, die er seiner Frau verabreicht hatte, wurde eine einzelne Ohrfeige. Und die Zahl der Angreiferinnen stieg von zehn auf fünfundzwanzig. Aus der Machete wurden neun Gewehre.

Sikiokuu war nach Lachen zumute, er fragte sich jedoch gleichzeitig, wer diese Frauen waren. Und die waren sogar so dreist, dass sie sich als Gericht des Volkes bezeichneten? Und bewaffnet waren sie auch?

„Mr. Tajirika, ich muss Sie wohl nicht daran erinnern, dass ich Ihnen ausdrücklich verboten hatte, Ihre Frau zu schlagen. Jetzt werden Sie die Folgen tragen müssen. Es ist eine völlig neue Situation entstanden, aber wir werden unser Möglichstes tun, damit fertig zu werden. Und ich bitte Sie jetzt, nach Hause zu gehen und weiter so zu leben, als wäre nichts Ungewöhnliches passiert. Die Regierung wird den Fall verdeckt untersuchen, und wir werden nicht ruhen, bis wir ihm auf den Grund gegangen sind. Ich verspreche Ihnen, dass die Ermittlung nur von wenigen ausgesuchten Leuten durchgeführt werden wird. In was für einer Welt würden wir leben, wenn Männer das Recht verlören, ihre Frauen zu disziplinieren? Und ich habe noch ein Anliegen. Bitte lassen Sie Vinjinia nicht wissen, dass Sie mit mir darüber gesprochen haben. Und erzählen Sie niemandem, was Sie durch die Frauen alles erdulden mussten. Wir wollen nicht riskieren, dass sich so etwas im ganzen Land verbreitet. Und ich rate Ihnen, ein Moratorium gegen das Frauenprügeln zu verkünden, bis alles wieder beim Alten ist."

„Vielen Dank, Mr. Sikiokuu", sagte Tajirika und war überrascht, sich Dankesworte statt Verwünschungen und Drohungen sprechen zu hören. „Es stimmt, die Natur von Frauen ist nicht zu durchschauen. Sie sind eben sehr gefühlsbetont. Sogar meine Frau. Ich glaube nicht, dass ich jemals wieder fähig sein werde, ihr zu trauen. Von jetzt an werde ich so sein wie Ihr Freund, der Franzose Descartes. Um Ihnen die Wahrheit zu sagen, ich beginne sogar, daran zu zweifeln, ob ich die Dinge, die ich mit meinen eigenen Augen gesehen habe, wirklich gesehen habe. Wirklichkeit und Einbildung vermischen sich."

„Bitte, Mr. Tajirika." Sikiokuu bedauerte, gegenüber diesem Tottel von Geschäftsmann den Franzosen jemals erwähnt zu haben. „Das mit dem Franzosen müssen Sie wirklich vergessen. Ich habe Ihnen doch erklärt, dass er vor vielen Jahren gestorben ist, und das ist eine Tatsache."

Tajirika schätzte Sikiokuus Interesse an Diskretion. Ihm gefiel auch Sikiokuus Versprechen, die Ermittlung von wenigen ausgesuchten Leuten durchführen zu lassen.

Deshalb fühlte sich Tajirika nach dem Telefonat viel besser und war wieder so lebhaft wie in der Zeit, als ihn die Frauen und Sikiokuu und Kaniũrũ noch nicht seiner Würde beraubt hatten. Es kamen wieder bessere Zeiten. Tajirika hatte Lust zu singen.

9

Kaniũrũ war nicht besonders glücklich über Tajirikas Entlassung aus dem Gefängnis, und noch weniger darüber, dass sie erfolgt war, ohne ihn in seiner Eigenschaft als Vorsitzender des Untersuchungsausschusses befragt zu haben. Die Allianz zwischen Tajirika und Sikiokuu gefiel ihm nicht, denn dadurch kam ihm die uneingeschränkte Unterstützung des Ministers abhanden, den Vorsitz von Marching to Heaven vollständig zu übernehmen. Diese war jedoch der Schlüssel, um seinen persönlichen Wohlstand weiter auszubauen, ohne dafür einen Finger rühren zu müssen. Wenn die Geschäftsleute heute schon bereit waren, ihn auf der Grundlage von Glauben und Hoffnung mit Geld zu überschütten, um wie viel größer würde sein Glück sein, wenn der Herrscher mit großzügigen Krediten für den tatsächlichen Bau zurückkehrte. Tajirikas Entlassung war für ihn das leidige Haar in der Suppe. Andererseits entwickelten sich die Dinge reibungslos, und Kaniũrũ glaubte sein Leben und seinen Besitz gesichert.

Selbst Nyawĩra, dachte er, würde wegen des schützenden Zaubers und der überzeugenden Macht des Geldes eines Tages zu ihm zurückkommen. Wie die meisten Anhänger des Herrschers glaubte Kaniũrũ, mit Geld alles und jeden kaufen zu können, und auch Nyawĩra würde nicht die Erste und nicht die Letzte sein, die für Geld ihre politischen Ansichten änderte.

Einzig Jane Kanyori zeigte keinerlei Interesse an Geld. Sie half ihm bei seinen Bankgeschäften und erwartete dafür nicht mehr als das eine oder andere Mittagessen aus gedünstetem Gemüse und gebratenem Ziegenfleisch. Was Geld anbelangte, war sie ein Ausbund an Unschuld. Das hatte Kaniũrũ zunächst verwirrt, doch dann hatte er es verstanden. Ständig von Geld umzingelt, war sie seinem Wert gegenüber gleichgültig geworden, gerade so, wie ein Koch den

Appetit auf ein Gericht verliert, das er den ganzen Tag lang gerochen hat. Kaniũrũ war das natürlich recht.

Mit der kostenlosen, schützenden Magie des Herrn der Krähen auf der einen und den kostenlosen Diensten Jane Kanyoris auf der anderen Seite fühlte sich Kaniũrũ sicher bei seinen Überlegungen zu den nächsten Schachzügen auf dem gefährlichen Feld der Politik in Aburĩria.

Er wusste nicht, inwieweit Sikiokuu seiner Empfehlung gefolgt war, sich die Dienste des Herrn der Krähen zu sichern, ob er nach dem Zauberer geschickt hatte oder gar selbst nachts in Verkleidung zum Schrein gefahren war. Nicht, dass es für Kaniũrũ eine Rolle spielte. Er hatte das Seine getan. Den Rest musste Sikiokuu erledigen, und er, Kaniũrũ, war zufrieden, nicht zu sehr in Hexerei und Zaubergeschäfte verwickelt zu sein. Auch wenn es richtig war, sich so lange im Umfeld eines Hexenmeisters aufzuhalten, um sich seines schützenden Zaubers zu versichern, so war es dennoch verkehrt, sich danach weiter in seiner Nähe aufzuhalten, weil man nie sicher sein konnte, wann er sich gegen einen selbst wendete.

Die Hauptaufgabe, die Kaniũrũ noch vor der Rückkehr des Herrschers erledigen musste, bestand im Abschluss der Arbeit des Untersuchungsausschusses zum Schlangenwahn und der Niederschrift der Ergebnisse. Tajirikas Geständnis bildete die Grundlage des Berichts, und weil er sich Sikiokuus Plänen unterordnen musste, machte er sich wegen dieser Aufgabe keine großen Gedanken.

Tajirikas Freilassung aber nagte an ihm. Tajirika könnte den Vorsitz inklusive aller Machtbefugnisse zurückerhalten. So war er, auch wenn er seine vollgestopften Umschläge erhielt und sie mit der loyalen Hilfe Jane Kanyoris weise und sicher auf der Bank deponierte, ständig mit Überlegungen beschäftigt, wie er Tajirika in einen Leichtsinn treiben könnte, der ihn bloßstellte.

Er war gerade mittendrin, sich verschiedene Szenarien auszumalen, als das Telefon klingelte. Es war Sikiokuu. Warum rief er so früh am Morgen an?

„Frauen? Welche Frauen? Sie haben Tajirika verprügelt?“, fragte Kaniũrũ und brach vor Lachen beinahe zusammen, sodass er eine

Weile keinen zusammenhängenden Satz sprechen konnte. „Sie haben sich auf ihn draufgesetzt? Was hatten sie denn vor?“

Kaniũrũs schallendes Gelächter geriet zu einem schieren Freudenschrei, als ihn Sikiokuu beauftragte, die Ermittlungen in Sachen Frauenbande zu übernehmen.

10

Das Gerücht, dass sich die Frauen in Aburĩria gegen ihre Männer auflehnten, das sich später bis in alle Winkel des Landes verbreitete, hatte seinen Ursprung in Kaniũrũs Ermittlungen. Obwohl er beauftragt worden war, sie heimlich durchzuführen, glaubte Kaniũrũ, dieser Skandal sei genau das, was er brauchte, um Tajirika alle Würde und Männlichkeit zu nehmen. Er begann, indem er ein oder zwei Leuten gegenüber die Andeutung machte, Frauen seien über Tajirika hergefallen, hätten ihn gezwungen, die Hosen herunterzulassen, und ihm anschließend ordentlich den Hintern versohlt. Von da an griffen die Gerüchte um sich. Doch zu Kaniũrũs Enttäuschung spielte Tajirikas Name kaum eine Rolle in den zahlreichen Schauergeschichten, die man nun darüber erzählte, dass das Frauenverprügeln durch Männerversohlen ersetzt worden sei.

Fast wäre Kaniũrũ selbst seiner heimtückischen Initiative zum Opfer gefallen, weil er später die dringliche Anweisung erhielt, seine Ermittlungen voranzutreiben, um diesen Gerüchten Einhalt zu gebieten. Ein nationaler Geschlechterkrieg stellte eine ernste Bedrohung für die alteingeführten Familienwerte dar.

Wer sind diese Frauen? Worin bestand die Verbindung zwischen den Frauen des sogenannten Volksgerichts, den Tänzerinnen und der Bewegung für die Stimme des Volkes? Einen Moment dachte er an die Tänzerinnen, die die Einweihung seines Büros begleitet hatten.

Er hatte erwartet, sie würden nach der Feierlichkeit auf ihn zukommen, damit er sein Versprechen einlöste, ihnen eine Busflotte zu kaufen, aber sie waren nicht aufgetaucht. Das enttäuschte ihn etwas, denn er hätte ihnen gern ein paar Dinge gesagt. Er erinnerte sich, wie sich die Tänzerinnen zu Gunsten Vinjinias eingemischt hatten. Was hatten sie vorgehabt? Inwieweit war Vinjinia darin verwickelt?

Sollte er sie in sein Büro bestellen oder nicht? Doch ob er sie nun ins Büro beorderte oder zu ihr ging, Vinjinia würde ihm sicher die gleiche Geschichte erzählen wie ihrem Mann. Oder sollte er besser Tajirika noch einmal vorladen? Der würde zweifellos wiederholen, was Vinjinia berichtet hatte. Aber warum sollten sie überhaupt mit ihm kooperieren? Außerdem hatte Sikiokuu ihm deutlich gesagt, er solle die Tajirikas auf keinen Fall mehr als nötig stören. Schließlich hatte Sikiokuu ihn, Kaniũrũ, beauftragt und nicht die Polizei, damit die Ermittlungen in aller Stille vor sich gingen und der Bericht zuerst ihm vorgelegt wurde, bevor man ihn zum offiziellen Dokument erklärte. Nicht, dass das etwas Neues war, Sikiokuu war immer auf Eigennutz bedacht. Dennoch war er überzeugt, dass Vinjinia eine wesentliche Rolle in seinen Ermittlungen spielte. Er musste an sie herankommen.

Er konzentrierte sich auf die Einzelheiten über die Frauenbande, die Tajirika misshandelt hatte. Sie hatten ihm aufgelauert, als er auf dem Weg zum Mars Café war. Sie hatten ihn in einen wartenden Kleinbus gezerrt, ihm die Augen verbunden und an einen unbekannten Ort gebracht. Alles am helllichten Tag. Und sogleich fiel Kaniũrũ etwas ein. Er pfiff zufrieden eine Melodie vor sich hin. Er würde der Spur der Frauen folgen, selbst wenn das bedeutete, Sikiokuus Befehl zu missachten, die Tajirikas nicht zu behelligen.

11

Seit dem Tag, an dem es zur Wiederannäherung zwischen Ehemann und Ehefrau gekommen war, hatte Vinjinia auf einen Neuanfang in ihrem Leben gehofft und dafür gebetet. Sie glaubte zwar nicht, dass ihre Beziehung wieder so werden würde, wie sie sein sollte, aber miteinander zu reden, war der erste Schritt auf dem Weg zur Heilung.

Sie verlangte nicht viel vom Leben. Eine gottesfürchtige Familie, die regelmäßig in die Kirche ging; einen Mann, der sich nicht in Politik und öffentliche Angelegenheiten einmischte; Kinder mit Hochschulbildung und einem sicheren Job; ein Haus, eine Farm und zwei Autos. Davon hatten sie schon geträumt, als sie beide noch Lehrer in der Grundschule waren.

Mit ihrem Diplomabschluss hatte Vinjinia eher eine gesicherte Anstellung, während Tajirikas Beschäftigung als Aushilfslehrer vorwiegend davon abhing, ob Frauen in den Mutterschaftsurlaub gingen. Sie hatten geheiratet und daran gedacht, ihr erstes Kind, ein Mädchen, Nyawĩra zu nennen, sich aber dagegen entschieden, weil Nyawĩra „Arbeit" bedeutete und sie ihr Kind nicht einmal symbolisch zu einem arbeitsamen Leben verdammen wollten. Also hatten sie sie Ng'endo genannt, und das sollte ihrer beider Hoffnung zum Ausdruck bringen, ihr einen besseren Lebensweg als den eines Lehrers mit miserablem Einkommen zu ermöglichen.

Das war noch in der Kolonialzeit, und ihr Leben änderte sich erst mit der Unabhängigkeit, als die rassischen Hindernisse bei Bankkrediten teilweise beseitigt und aburĩrischen Schwarzen bessere Geschäftsmöglichkeiten eingeräumt wurden. Tajirika begann eine neue Karriere. Er verkaufte Möbel und Haushaltswaren. Er war zwar kein Tischler, besaß jedoch die Gabe einer gewandten Zunge. Zunächst bekam er Bestellungen für verschiedene Einzelposten, dann stellte er Leute an und war bald stolzer Besitzer eines großen Ladens mit Werkstatt und fest angestellten Tischlern. Als sie später die Farm kauften, gab Vinjinia schließlich ihren Beruf auf und übernahm die Leitung von Haus und Hof. Sie dachte oft an die Tage zurück, als sie sich noch über jede glückliche Wendung ihres Schicksals freuten: die Erfüllung der Prophezeiung, die der Name Titus Tajirika zum Ausdruck brachte. Doch je wohlhabender sie wurden, umso größer wurde ihre Niedergeschlagenheit, weil Missstimmungen auftraten, die sich schließlich zu häuslicher Gewalt steigerten.

Wenn sich doch nur das gemeinsame Erlebnis des jüngsten Wunders auf den Umgang miteinander zu Hause ausdehnen ließe, seufzte Vinjinia. Dass aber immerhin die Möglichkeit dazu bestand, ließ sie eines ihrer Lieblingslieder anstimmen:

Nach der Finsternis kam Licht
das alle Dinge erhellte
Geduldig wartet mein Herz
dass Liebe mein Leben regiert

Sie ging über die Felder vor dem Haus, sammelte grünen Mais für das Abendessen und sang den ganzen Weg über bis zum Hoftor.

Es war Abend nach Sonnenuntergang und alles war friedlich, als sie plötzlich von Leuten, deren Kommen sie nicht bemerkt hatte, gepackt und in ein Fahrzeug gedrückt wurde, das sofort davonfuhr. Alles geschah so schnell, dass sie keine Zeit hatte zu schreien. Sie merkte es nicht einmal, als sie die Sisaltasche fallen ließ, in der sie den grünen Mais gesammelt hatte.

12

Sie saß zwischen zwei Männern, die nach Alkohol stanken. Im hinteren Teil des Wagens war es dunkel, und sie konnte nicht sagen, wie viele Leute im Fahrzeug saßen. Wie damals Tajirika dachte sie zunächst, es handle sich um einfache Kriminelle, die sie in Erwartung eines Lösegeldes entführten. Angenommen aber, ihr Mann weigerte sich, das Lösegeld zu zahlen? Oder war es gar seine Rache?

In Aburĩria gab es viele Geschichten über den Mord an Ehepartnern: Ehemänner, die den Tod ihrer Frauen planten und anschließend Krokodilstränen vergossen und schworen, den Mörder zur Strecke zu bringen; Ehefrauen, die ihren Mann mitsamt Haus verbrannten und darauf achteten, dass sie mit ein paar oberflächlichen

Brandwunden davonkamen, als Beweis, dem Feuer selbst nur mit knapper Not entkommen zu sein. War es Tajirika in den Sinn gekommen, Gangster anzuheuern, um sie für immer zum Schweigen zu bringen? Oder war alles vielleicht nur ein Traum, ein Albtraum, und wenn sie daraus erwachte, würde alles wieder normal sein? Aber es war kein Traum, und Vinjinia schauderte bei dem Gedanken, man werde sie vergewaltigen. „Wohin bringen Sie mich?", fragte sie mit zitternder Stimme.

„Mrs. Tajirika", antworte Kaniũrũ vom Beifahrersitz. „Mein Name ist John Kaniũrũ. Ich glaube, wir beide begegnen uns nicht zum ersten Mal. Doch für den Fall, dass Sie es vergessen haben, will ich Ihre Erinnerung auffrischen. Ich bin der Stellvertreter Ihres Mannes von Marching to Heaven. Sie beehrten die Eröffnung unserer Büros mit Ihrer Gegenwart. Ich bin zudem der Vorsitzende des Untersuchungsausschusses zum Schlangenwahn, vom Herrscher in dieses Amt berufen. Außerdem bin ich in dieser Region der Anführer der Jugendbrigade Seiner Allmächtigkeit. Ich sage Ihnen das alles, damit Sie wissen und begreifen, dass Ihr Leben in meinen Händen liegt und davon abhängt, ob Sie mir die Wahrheit sagen. Nur Sie allein bestimmen, ob Sie wieder nach Hause und Ihre Kinder bekochen wollen oder im Red River als Krokodilfutter enden."

„Junger Mann, warum tun Sie mir das an? Was habe ich Ihnen getan? Oder ist mein Mann Ihnen zu stark und Sie haben beschlossen, es an mir auszulassen? Schämen Sie sich!"

„Ihr Mann? Der soll sich nur nicht zu früh freuen. Mit dem bin ich noch nicht fertig. Aber heute, besser gesagt, heute Abend, sind wir nicht hinter Ihrem Mann her. Man könnte sogar sagen, er und ich stehen auf derselben Seite. Wir wollen nämlich, dass Sie uns von den Frauen erzählen, mit denen Sie verkehren, den Frauen, die diese Kampagne losgetreten haben, Männer zu terrorisieren. Die Tänzerinnen und Richterinnen: Woher kennen Sie die?"

„Ich kenne sie nicht", antwortete Vinjinia, ohne zu zögern, obwohl sie Kaniũrũs Behauptung schmerzte, er und Tajirika würden zusammenarbeiten. Wie konnte sich ihr Mann mit seinem Feind zusammentun, nur um sie zu vernichten?

„In Ordnung. Damit haben Sie Ihr Schicksal besiegelt. Nicht eine Seele in Aburĩria weiß, wo Sie heute Abend sind. Fahrer, weiter geht's. Sie haben es selbst gehört. Die Frau hat sich entschieden, die Krokodile im Red River zu füttern."

Das Auto beschleunigte. Nach ungefähr einer Stunde hielt es an, und drei Männer zerrten sie aus dem Wagen. Sie befanden sich im Busch, und trotz des Mondlichts war es ziemlich dunkel. Die Männer schleppten sie über eine Lichtung zum Fluss. Kaniũrũ und der Fahrer folgten ihnen. Am Ufer des Flusses, der jetzt im hellen Mondschein lag, sah sie Krokodile, die im Schilf ihre hässlichen Köpfe hoben. Sie, die sich bis dahin geradezu stoisch verhalten und kaum ihre Stimme erhoben hatte, schrie nun so laut, dass sie glaubte, ihr Kopf müsste zerspringen. Aber zu ihrem Entsetzen bekam sie nur ihr eigenes Echo als Antwort. „Niemand kann Sie hören", sagte Kaniũrũ, der ein oder zwei Schritte hinter ihr ging. „Kennen Sie diesen Fluss? Er heißt deshalb Red River, weil die Krokodile das Blut von all denjenigen schätzen gelernt haben, die sich irgendwelche Torheiten gegen den Herrscher erlauben. Ist Ihr Mann dumm genug gewesen, Ihnen zu versprechen, Sie zur Mama Aburĩria zu machen? Will Tajirika die Regierung stürzen? Er täuscht Sie. Er ist nicht einmal fähig, einen Stein über einen Fluss zu werfen, wenn er weiß, dass sich Krokodile darin befinden. Solche wie diese hier. Sie sind sehr hungrig, weil sie, um Ihnen die Wahrheit zu sagen, nicht mehr ihre gewohnte Ration Menschenfleisch bekommen haben, seit der Herrscher nach Amerika abgereist ist."

Sie konnte nicht sagen, ob es an den Worten lag oder an der Art, wie er sie sprach, oder einer Mischung aus beidem, aber Vinjinia war sich sicher wie noch nie: Kaniũrũ versuchte nicht nur, ihr Angst zu machen; er meinte, was er sagte. Und möglicherweise freute er sich sogar darauf, sie den Krokodilen zum Fraß vorzuwerfen. Wie sollte sie sich aus diesem Wahnsinn befreien? Die Furcht, die sie mit der Todesgewissheit vollständig erfasste, verdeutlichte ihr die Notlage. Wenn sie sich vor diesen Halsabschneidern retten wollte, musste sie sich schnell etwas einfallen lassen, irgendetwas, das ihr Zeit verschaffte. Sie hörte auf zu schreien. Sie sprach ein schnelles Gebet, bat Gott um Hilfe, ihre Nerven zu beruhigen. Und sie entschied für sich: Der Herr der Krähen würde sie retten.

„Ich bin ein bisschen durcheinander. Sie haben mich nach zwei Gruppen von Frauen gefragt: Tänzerinnen und Richterinnen."

„Ja, das stimmt."

„Die Wahrheit ist, dass ich keine Ahnung habe, wer die Tänzerinnen waren. Ich bin zu der Eröffnungsfeier gekommen, um Minister Sikiokuu zu sprechen. Ich entdeckte sie im Hof vor den Büros. Ich nahm an, sie waren wegen der Feier da."

„Stimmt, ich habe sie eingeladen", sagte Kaniũrũ knapp, der nicht näher darauf eingehen wollte, wie sie ihn betrogen hatten. „Und was ist mit den Frauen, die ihren Mann verprügelt haben?"

„Was wollen Sie über die wissen?", fragte Vinjinia ruhig, als wäre sie zur Zusammenarbeit bereit.

„Wer sind sie? Wo wohnen sie? Und welche Verbindung haben Sie zu ihnen?"

„Ich kenne sie nicht."

„Sie machen Witze?"

„Die gibt es in Wirklichkeit nicht", sagte sie schroff.

„Was meinen Sie damit, die gibt es in Wirklichkeit nicht?"

„Sie sind einfach Schatten. Virtuelle Wesen. Sie existieren nur im Spiegel des Herrn der Krähen."

13

Tajirika konnte nicht begreifen, warum seine Frau so lange wegblieb, schon gar nicht jetzt, da sie versuchten, ihr Leben wieder zusammenzuführen. Die Hausangestellten berichteten, sie hätten sie in die Maisfelder hinausgehen sehen, aber nicht, dass sie zurückkam. Da ihr Auto noch in der Garage stand, sprach vieles dafür, dass sie nicht weit sein konnte. Als es aber Mitternacht wurde und sie immer noch nicht zurück war, begann Tajirika sich Gedanken zu machen. War sie möglicherweise im See der Tränen gefangen und Teil des Museums der gefangenen Bewegung geworden? Er sprang aus dem Bett und machte sich auf die Suche.

Einige Schritte vom See entfernt blieb er stehen. Der Mondschein fiel auf die Wasseroberfläche und ließ sie silbern glitzern. Er sah auf die Vögel, die Katze, den Hund, die Antilopen, die Schmetterlinge, die alle mitten in der Bewegung ruhten, und er war glücklich, keine menschliche Gestalt ausmachen zu können. Er beschloss, zum Haus zurückzukehren. Vor dem Hoftor blieb er plötzlich stehen. Sein Herz hämmerte. Auf dem Boden lag eine Sisaltasche mit grünem Mais, ein paar Maikolben daneben im Gras verstreut.

Warum sollte sie Mais pflücken, um ihn dann hier hinzuwerfen? War sie von einem Tier angegriffen und verschleppt worden? Es waren keine Kampfspuren zu sehen. Vielleicht war sie einem Verbrechen zum Opfer gefallen? Verbrecher waren heutzutage dreist genug, die Menschen ungestraft in ihren Häusern zu überfallen. Trotz Elektrozäunen, hohen Steinmauern gekrönt mit Glassplittern, Wachtposten mit Kampfhunden und den neuesten elektronischen Überwachungsgeräten war kein Haus wirklich sicher.

Dann fiel ihm seine kürzliche Unterredung mit Minister Sikiokuu ein. Hatten Sikiokuus Männer wieder zugeschlagen? Aber hatte Sikiokuu nicht feierlich versprochen, jede Ermittlung in der Frauensache werde still und geheim erfolgen? Von der Möglichkeit, Vinjinia zu vernehmen, hatten sie nicht gesprochen und schon gar nicht davon, sie zu verhaften. Und wenn sie es doch getan hatten, würde er diesmal sagen: Hände weg von meiner Frau.

Seit sie wieder miteinander sprachen, waren Tajirikas Gefühle für Vinjinia zurückgekehrt. Für ihren Einsatz, die Regierung zu zwingen zuzugeben, dass er sich in Haft befand, war er ihr aufrichtig dankbar. Doch war seine Dankbarkeit von Angst durchsetzt, Angst vor den Frauen des sogenannten Volksgerichts, vor der blitzenden Machete, die seinen Penis bedrohte.

Er war sehr früh aufgestanden und griff zum Telefon, um seinen neuen Freund Sikiokuu anzurufen, aber es nahm niemand ab. Dann sah er auf die Uhr und merkte, dass es noch nicht einmal sieben Uhr und der Minister wahrscheinlich noch nicht an seinem Platz war. Tajirika beschloss, ins Büro zu fahren und von dort anzurufen. Er hoffte, bis dahin würde es auf acht zugehen und Sikiokuu bei der Arbeit sein. Vor dem Hoftor starrte ihn die Sisaltasche an, und er fragte sich: Wie soll ich den Frauen Vinjinias Verschwinden erklären?

Er hatte den Gedanken noch nicht zu Ende gedacht, da sah er Vinjinia auf sich zukommen. Er brauchte sie nur anzusehen und wusste, dass sie eine harte und gefahrvolle Nacht hinter sich hatte.

„Was ist mit dir passiert?", fragte er besorgt. Vinjinia wusste instinktiv, dass er nicht heuchelte.

Sie brach vor ihm zusammen, als würde sie die Last der gesamten Welt niederdrücken. Tajirika hob sie auf, brachte sie ins Haus und legte sie aufs Bett. Vinjinia setzte sich stumm auf die Bettkante. Tajirika glaubte, sie wäre wütend auf ihn, und begann, sich zu rechtfertigen.

„Ich weiß nicht, wo du warst, und noch weniger, was mit dir passiert ist. Aber was es auch war, ich bin sehr glücklich, dich lebend wiederzusehen. Ich habe kaum geschlafen. Als du kamst, wollte ich gerade in mein Büro, um rauszukriegen, wo ich dich suchen könnte, wo ich anfangen soll. Ich habe schon versucht, Minister Sikiokuu zu erreichen, aber da ist keiner ans Telefon gegangen."

„Lass Sikiokuu da raus", sagte Vinjinia. „Das war alles Kaniũrũs Werk."

„John Kaniũrũ?", fragte Tajirika und hatte das Gefühl, diesen Kerl in Stücke hacken zu müssen. Kaniũrũ hatte sich zu weit in seine Angelegenheiten eingemischt. Nicht nur, dass er seinen Posten an sich gerissen hatte, er hatte ihn verhaften und foltern lassen, weil er seiner Vorladung nicht gefolgt war. Und jetzt hatte es dieser Kaniũrũ gewagt, sich an seiner Frau zu vergreifen. „Das muss aufhören. Für uns beide ist dieser Kral zu klein", setzte er verbittert und mit Tränen der Wut in den Augen hinzu.

„Verschwende deine Zeit nicht mit Typen wie ihm. Lass ihn in Ruhe. Er hat mich nicht geschlagen und auch nicht vergewaltigt. Ich habe es doch geschafft, den Kopf aus der Schlinge zu ziehen."

Vinjinia erzählte alles von ihrer Entführung vor dem Tor bis zu dem Platz am Red River, an dem sie beinahe zu Krokodilfutter geworden wäre.

Als Tajirika Näheres über Kaniũrũs Verhör erfuhr, wusste er sofort, dass dieser auf Anweisung von Sikiokuu handelte. Er schämte sich, die Nachforschungen über die Frauen, die ihn geschlagen hatten, selbst angeregt zu haben, und fühlte sich indirekt für die Entführung verantwortlich. Das behielt er jedoch für sich und sagte nichts, was seine Mitwirkung verraten konnte. Er war froh, nichts von seinem Telefongespräch mit Sikiokuu erzählt zu haben. Trotzdem fiel es ihm schwer, Wut und Frust zu verbergen. Warum hatte Sikiokuu Kaniũrũ mit einer Aufgabe betraut, die eindeutig Sache der Polizei war?

„Wie bist du entkommen?", fragte er.

„Durch den Herrn der Krähen! In der Stunde meiner Not fiel er mir ein", antwortete Vinjinia, verschwieg aber, dass sie Kaniũrũ verraten hatte, im Schrein gewesen zu sein, um Hilfe zu erbitten. Sie wollte nicht, dass Tajirika von ihrer persönlichen Verbindung zum Herrn der Krähen erfuhr.

Als Vinjinia ihre Geschichte zu Ende erzählt hatte, konnte Tajirika vor Lachen nicht mehr an sich halten. Er lachte, bis er Seitenstechen bekam.

„Du hast ihnen, ohne mit der Wimper zu zucken, erzählt, dass es diese Frauen gar nicht gibt, dass es sich um pure Einbildung handelt, um bloße Schatten? Und sie haben dir geglaubt? Kaniũrũs Hirn muss völlig verödet sein!", sagte Tajirika und erinnerte sich, wie die Frauen sich auf ihn gesetzt hatten; wie schwer sie gewesen waren; wie sie prahlten und die eine sogar eine Machete geschwungen hatte; und wie sie ihn schließlich verprügelt hatten. Er brach erneut in übermütiges Gelächter aus.

„Warum lachst du so? Ein verwundeter Vogel landet überall."

„Oh, ich kann es gar nicht erwarten, dass sie auf der Suche nach dem Zauberer zum Schrein gehen, um ihn zu verhören", versuchte Tajirika, sich und sein Lachen zu erklären. „Sie werden ihn dort nämlich nicht finden."

„Nicht finden?", fragte Vinjinia voller Schuldgefühl, weil sie Angst hatte, die Geschichte, die sie Kaniũrũ aufgetischt hatte, könnte den Herrn der Krähen in Schwierigkeiten bringen.

„Der Herr der Krähen sitzt unter schwerer Bewachung im Gefängnis."

„Im Gefängnis? Woher weißt du das?"

„Weil ich ihn dort gesehen habe. Ich war mit ihm in einer Zelle. Und dort habe ich ihn auch zurückgelassen, in Sikiokuus Obhut."

Vinjinia schwieg.

Tajirikas Fröhlichkeit hielt an. Hatte Vinjinia, eine Frau, seinen Erzfeind Kaniũrũ überlistet? Er empfand große Bewunderung für seine Frau und weidete sich auf seinem Weg ins Büro an Kaniũrũs verletzter Männlichkeit.

Was Vinjinia anging, so war sie sprachlos: Wie war es dem Herrn der Krähen gelungen, an zwei Orten gleichzeitig aufzutauchen? Wie konnte er im Gefängnis und im Schrein sein und versprechen, eine Abordnung der Ältesten auszuschicken, um Tajirika zu bändigen? Der Herr der Krähen hatte wirklich Wort gehalten. Jetzt war es an der Zeit, dass sie ihr Wort einlöste. Sie zog sich um und streifte den traditionellen Lederrock und das ockerfarbene Oberteil über.

14

„Was?", brach es aus Sikiokuu hervor, als Kaniũrũ am nächsten Tag anrief, um ihm über die Ereignisse am Red River zu berichten.

„Wie ich Ihnen gesagt habe. Das sind keine wirklichen Frauen. Sie sind Schatten aus einem Spiegel – reine Spiegelbilder. Deswegen sieht man sie und im nächsten Augenblick sind sie wieder weg. Wie die Tänzerinnen bei der Eröffnungsfeier meines Büros. Von denen habe ich auch nie wieder etwas gesehen oder gehört."

„Und das hat Vinjinia dir erzählt? Diese Schatten – wer erschafft sie denn?"

„Der Herr der Krähen. Mit seinem Spiegel. So etwas wie ein Hologramm. Was man jetzt virtuelle Realität nennt."

„Moment mal. Diese Frauen, die Männer verprügeln, die Frauen dieses Volksgerichts ... Willst du damit sagen, dass der Herr der Krähen sie als Hologramme oder virtuelle Realität ausgeschickt hat, um Tajirika eine echte Tracht Prügel zu verpassen?", fragte Sikiokuu mit einem Anflug von Sarkasmus. „Das hat sie dir erzählt?"

„Ja."

„Und du weißt, dass Tajirika seine Frau verprügelt hat, nachdem er aus der Polizeihaft entlassen worden war, und nicht davor?"

„Ja."

„Und du weißt auch, dass er seine Prügel erst bekam, nachdem er seine Frau geschlagen hatte?"

„Ja, von diesen Frauen, ganz klar. Mit geballten Fäusten, Hieben und Ohrfeigen", fügte Kaniũrũ lachend hinzu, als wäre er dabei gewesen. „Wirklich ein mächtiger Zauber."

„Das ist überhaupt nicht lustig."

„Ich weiß, und deshalb brauche ich eine Einheit Zivilpolizisten, um den Schrein zu stürmen und den Herrn der Krähen zu verhaften, zusammen mit allen, die für ihn arbeiten oder bei ihm Heilung suchen. Danach werden die Polizisten den Schrein niederbrennen. Hexerei hasst das Feuer wie schlechte Geschäfte. Und wir müssen schnell handeln, völlig überraschend, noch bevor der Magier reagieren kann."

„Stopp. Nichts überstürzen. Eins nach dem anderen."

„Ja, Minister."

„Zu Vinjinia: Hat sie dir gestanden, selbst im Schrein gewesen zu sein?"

„Ja! Darum habe ich ihr auch geglaubt. Sie hörte sich nicht an, als ob sie lügen würde. Und sie hat offen zugegeben, dass sie sich dort Hilfe holen wollte. Das Eingeständnis ist genau aus diesem Grund so bedeutsam, weil viele Leute unseres Standes wie Sie und ich auch vielleicht nachts zu einem Hexenmeister gehen, das jedoch niemals zugeben würden, nicht einmal, wenn man sie Tag und Nacht folterte."

Es entstand eine Pause, als würden beide darüber nachdenken, was gerade gesagt worden war, während sie sich gleichzeitig an ihre jeweiligen Begegnungen mit dem Herrn der Krähen erinnerten. Auch Kaniũrũ hatte gelogen, was seinen Besuch beim Zauberer anging. Und Sikiokuu fragte sich: Weiß Kaniũrũ irgendetwas von meinem Treffen mit diesem Herrn der Krähen in meinem Büro? Wer könnte ihm davon erzählt haben?

„Hör mal. Wir reden hier nicht über Arme oder Reiche, diesen oder jenen Stand. Wir sind schließlich keine Kommunisten. Ich will nur eins wissen: Hat Vinjinia dir gesagt, dass sie den Herrn der Krähen persönlich getroffen hat?"

„Ja."

„Du bist dir ganz sicher – ich meine, sie hat dir wirklich gesagt, dass sie ihn mit eigenen Augen gesehen hat?"

„Ja."

„John, du bist doch richtig hochgebildet, bist auf der Universität gewesen?"

Kaniũrũ konnte keinerlei Ironie in der Frage ausmachen. Er nahm sie als Kompliment.

„Ja. Und später war ich Dozent", antwortete Kaniũrũ stolz und versuchte, sein Bildungsniveau aufzupolieren.

„Dann kennst du auch das Sprichwort, man sollte dem Wort einer Frau erst trauen, wenn man eine Nacht darüber geschlafen hat."

„Ja, deshalb habe ich Ihnen auch nicht sofort davon erzählt. Ich wollte Vinjinias Behauptungen überdenken und sehen, ob ihre Geschichte Lücken hat. Ich habe aber keine gefunden. Ich habe Ihnen, glaube ich, von meiner Vorahnung erzählt, dass hinter den meisten seltsamen Ereignissen, die in diesem Land geschehen, dieser Herr der Krähen steckt. Und wenn ich schamrot werden und ehrlich sein darf, der Mann verfügt über besondere Gaben. Ich verstehe wirklich nicht, warum Sie ihn nicht festgenommen und eingesperrt haben, um ihn zu verhören, als ich erstmals von ihm berichtete. Wenn Sie das getan hätten, wüssten wir nun eine Menge mehr. Mr. Minister, geben Sie mir die Truppe, die ich brauche, und ich werde allen zeigen, wie man diesen Herrn der Krähen in ein frommes Lamm verwandelt."

„Und was wäre, wenn ich dir sagen würde, dass Vinjinias Geschichte unmöglich stimmen kann, dass der Herr der Krähen nicht dahinterstecken kann, weil er gar nicht da ist?"

Kaniũrũ fühlte sich herabgesetzt, diese Enthüllung demütigte ihn. Sikiokuu hatte mit ihm gespielt. Er war wütend, richtete seine Wut aber auf Vinjinia.

„Wenn ich diese Frau zwischen die Finger ..."

„Du rührst sie nicht an", befahl ihm Sikiokuu. „Ich habe dich beauftragt herauszufinden, wer die Frauen sind, die Tajirika verprügelt haben. Stattdessen entführst du seine Frau. Kaniũrũ, ich muss dich nicht daran erinnern, das ist bereits das zweite Mal, dass wir diese Frau wegen deiner Fehler verhaftet haben. Tajirika hat mich angerufen und ist verständlicherweise außer sich über die Behandlung seiner Frau; selbst ich habe mich geniert wegen meiner lausigen Ausreden. Ich möchte Tajirika nicht weiter verärgern. Ich brauche seine Kooperationsbereitschaft noch bei anderen Dingen."

Kaniũrũ war nicht gerade erfreut zu hören, dass Tajirika inzwischen einen bedeutsamen Platz in Sikiokuus Machenschaften einnahm. Wieso wechselte dieser Minister ständig die Farben wie ein Chamäleon? Wollte er ihn trotz seiner treuen Dienste fallenlassen? Er kochte vor Wut. Er hatte nicht die geringste Möglichkeit auszusprechen, wie wütend er auf Sikiokuu, Tajirika und vor allem auf Vinjinia war.

Ein paar Sekunden lang rief er sich Vinjinias Stimme im Mondlicht am Ufer des Red River ins Gedächtnis, wie sie bei allem, was ihr heilig war, geschworen hatte, die Wahrheit zu sagen, als sie ihm erzählte, den Herrn der Krähen getroffen zu haben. Er erinnerte sich, wie er sie geprüft hatte, indem er sie aufforderte, den Schrein zu beschreiben. Sie war in der Lage gewesen, ihm Einzelheiten zu schildern, die er ebenfalls kannte.

„Der Herr der Krähen, wo steckt er?", fragte Kaniũrũ. „Ist er tot oder ..."

„Du stellst zu viele Fragen", schnitt Sikiokuu ihm das Wort ab. Kaniũrũs kritischer Ton zu seinem Umgang mit dem Zauberer gefiel ihm nicht. „Nimm einen guten Rat an, unterlass das in Zukunft. Und dann kannst du auch gleich deinen Glauben an Spiegel und Phantasterei aufgeben. Ich will die Frauen hier haben, nicht ihre Schatten“, sagte Sikiokuu, dann legte er auf.

15

Sikiokuu hängte ein, weil er kurz vor einem hysterischen Anfall stand und sich beherrschen musste, am Telefon nicht laut loszulachen. Er musste einräumen, dass der Herr der Krähen über außergewöhnliche Kräfte verfügte. Die Behauptung jedoch, der Zauberer hätte lebendige Schatten erschaffen, die Leute entführten, sie vor Gericht stellten, verdroschen, verprügelten und grün und blau schlugen, war schwer zu schlucken. Hatte der Zauberer seine Schatten etwa in Amerika in die Welt gesetzt und sie dann quer über den Atlantik nach Aburĩria geschickt? Wie hätte es ihm möglich sein sollen, sich beim Herrscher in New York aufzuhalten und gleichzeitig bei Vinjinia in Eldares? Und wenn man bedachte, wie Kaniũrũ darauf hereingefallen war? Er hörte auf zu lachen, als ihm plötzlich durch den Kopf schoss, dass der Herr der Krähen ja vielleicht gar nicht ins Flugzeug nach Amerika gestiegen war. Aber er verwarf diesen Gedanken so schnell wieder, wie er ihm gekommen war. Schließlich hatten Kahiga und Njoya ihn zum Flughafen gebracht, in das Flugzeug gesetzt und gewartet, bis es abgehoben hatte.

Dann fiel ihm ein, nie eine Bestätigung erhalten zu haben, dass der Hexer tatsächlich in Amerika angekommen war. Sikiokuu beschloss, in Amerika anzurufen, um alle Zweifel zu zerstreuen, die Vinjinias Behauptungen aufgeworfen hatten.

Außerdem hoffte Sikiokuu, mehr über den Zustand des Herrschers in Erfahrung zu bringen. Wer konnte vorhersagen, was in Aburĩria geschehen würde, wenn sich die Krankheit verschlimmerte? Würde das einen Staatsstreich auslösen? Es behagte ihm nicht, an Krankheit, Tod und Nachfolge zu denken. Es war Hochverrat, solche

Gedanken zu hegen, und das erneuerte die Furcht, der Herr der Krähen könnte Sikiokuus heimlichen Wunsch nach einem Leben an der Spitze des Staates erkannt haben. Würde der Zauberer dem Herrscher etwas über Sikiokuus verräterisches Begehren ins Ohr flüstern? Ein Erfolg bei der Behandlung des Herrschers könnte erreicht worden sein, weil der Zauberer zu einer Art Leibarzt des Herrschers ernannt worden war. Der Hexenmeister war eine Gefahr. Besser also, man war auf dem Laufenden.

Er rief in New York an, und obwohl allein der Klang der Stimme seines Erzrivalen Hass aufsteigen ließ, konnte Sikiokuu nicht umhin, nach Machokali zu fragen, weil dieser die E-Mail geschickt hatte, in welcher der Herrscher nach dem Herrn der Krähen verlangte.

Er konnte nicht glauben, was er zu hören bekam. Trieb Machokali ein Spielchen mit ihm? Log er ihn vielleicht sogar an? Nein, das konnte nicht sein. Machokali sprach mit einer Mischung aus Trauer, Zorn und sogar Mattigkeit. Vielleicht aber tat er nur so. Er bestätigte, dass der Herr der Krähen tatsächlich in Amerika angekommen und ein Mal von Seiner Allmächtigen Vortrefflichkeit empfangen worden sei. Doch dann sei er verschwunden. Er sei nirgends zu finden, obwohl niemand gesehen habe, dass er abgereist sei. Man habe seine Abwesenheit erst gestern entdeckt, und niemand könne mit Bestimmtheit sagen, wann genau er entschwunden sei oder ob er sich noch in Amerika aufhalte.

Die Nachricht vom mysteriösen Verschwinden des Zauberers traf Sikiokuu wie ein Schlag. War der Herr der Krähen wieder im Land? Vielleicht schon eine ganze Weile? Sprach Vinjinia also die Wahrheit, als sie sagte, sie sei ihm begegnet und habe persönlich mit ihm gesprochen? Was waren die Konsequenzen seiner Fähigkeit, lebendige Schatten erschaffen zu können? Was, wenn er eine Schattenarmee ins Leben rief und die Herrschaft an sich riss, jetzt wo er das gesamte Ausmaß der Krankheit des Herrschers kannte? Oh, er hatte vergessen, sich nach der Krankheit des Herrschers zu erkundigen! Spielte der unsichtbare Zauberer seinen Gedanken einen Streich?

Er war schockiert, ja, aber er erkannte schnell, dass er etwas dagegen unternehmen musste. Er erinnerte sich, bevor der Herr der

Krähen nach Amerika abgereist war, die Idee ausgebrütet zu haben, ihn zu eliminieren. Die plötzliche und unerwartete Vorladung durch den Herrscher hatte die Ausführung des Plans verhindert. Jetzt aber, nach all der Verwirrung über den Aufenthaltsort des Zauberers ...

Und mit einem Mal fühlte sich Sikiokuu in Hochstimmung. Gott liebt mich, so viel ist sicher, murmelte er vor sich hin. Es ist der Zeitpunkt gekommen, den Herrn der Krähen in die Hölle zu schicken, zusammen mit all seinen Zauberutensilien, einschließlich der Spiegel, die Beweise von Sikiokuus Ambitionen eingefangen haben könnten. Wenn er jetzt handelte, würde niemand genau erfahren, wann, wo und wie den Herrn der Krähen das Schicksal ereilt hatte, denn außer Vinjinia gab es keine glaubwürdige Person, die wusste, dass der Herr der Krähen offenbar in seinen Schrein zurückgekehrt war.

Oder sollte er besser eine Allianz mit dem Zauberer schmieden? Eine Schattenarmee, die Sikiokuu treu ergeben war? Aber das hieße, einem Hexenmeister, dem man nicht trauen konnte, zu viel Macht zu übertragen. Nein, Sikiokuu würde ihn heimlich verhaften und in sein Büro bringen lassen, wo er ihn mit List und Drohungen dazu zwingen würde, Nyawĩra herbeizuschaffen. Dann würde er ihn den hungrigen Krokodilen im Red River zum Fraß vorwerfen. Statt seine treuen Leutnants Kahiga und Njoya die Schmutzarbeit erledigen zu lassen, die beide Angst vor dem Herrn der Krähen hatten, würde Sikiokuu dieses Mal Freiwillige rekrutieren. Kaniũrũs Jugendbrigaden kamen ihm da gerade recht.

Er griff wieder zum Hörer, rief Kaniũrũ an und ließ es so aussehen, als nähme er ein zuvor unterbrochenes Gespräch wieder auf.

„Wir wurden unterbrochen, bevor ich alles gesagt hatte", begann Sikiokuu. „Du weißt ja, wie das mit unseren Telefonleitungen ist. Ich hoffe auf den Tag, an dem unsere Telefone so reibungslos und effizient arbeiten wie in Japan oder Amerika. Was hatte ich noch gesagt, bevor die Verbindung abgeschnitten wurde? Dass der Herr der Krähen nicht im Lande war oder ist. Ich habe aber noch einmal intensiv darüber nachgedacht, was du gesagt hast, und ich denke Folgendes: Nehmen wir um der Sache willen einmal an, Vinjinia sagt die Wahrheit und hat den Herrn der Krähen tatsächlich gesehen und mit ihm gesprochen. Dann ruf eine Truppe aus treuen und vertrauenswürdigen jungen Leuten zusammen. Holt mir diesen Herrn der Krähen. Bringt ihn mir lebend. Alle anderen im Schrein, Angestellte oder Klienten, bringt ihr zum Red River. Die Krokodile sind krank vor Hunger."

Kaniũrũ gefiel der Gedanke überhaupt nicht, als Anführer einer Truppe von Rowdies den Schrein zu überfallen. Deshalb hatte er um eine Polizeieinheit gebeten, der er Befehle erteilen konnte, während er selbst im Hintergrund blieb, oder, was noch besser war, die es ihm erlaubte, sich ganz vom Ort des Geschehens fernzuhalten und so dem Bannfluch des Hexenmeisters zu entgehen.

„Warum kann nicht ... die Polizei ... Warum geben Sie mir nicht eine Polizeieinheit mit Jagdgewehren – Sie wissen schon, solche, die sogar einen Elefanten in Fetzen reißen können?"

„Begreifst du das nicht? Wir wollen nicht der ganzen Welt verkünden, was wir tun; die Regierung hat damit nicht das Geringste zu tun. Das ist alles inoffiziell. Also, ruf deine Jugendtruppe zusammen. Ich bin sicher, einige von ihnen sind auch bewaffnet. Aber dass dir eins klar ist: Ich will den Herrn der Krähen lebend!"

Sikiokuu erwartete sich eine Menge von dieser letzten Begegnung mit dem Herrn der Krähen: den Ort von Nyawĩras Versteck, einen vollständigen Bericht über die Krankheit des Herrschers und möglicherweise ein Bündnis. Andererseits lagen ein paar Fragen in der Luft: Wann und wie war der Herr der Krähen aus Amerika entkommen? Und warum? Oder war er in New York getötet worden und jetzt Gegenstand einer Vertuschung?

16

Nicht ein Tag verging, an dem Nyawĩra Kamĩtĩ nicht vermisste. Als sie an diesem Morgen erwachte, sehnte sie sich so sehr nach ihm, dass sie sich, um ihren Verlustschmerz zu lindern, die traditionelle

Kleidung anzog, die sie an dem Abend getragen hatte, an dem sie nach ihrem Aufenthalt in den Bergen nach Eldares zurückgekehrt waren. Sie dachte unentwegt an diese Rückkehr, um ein bisschen Frieden zu finden. Sie griff zur Gitarre und spielte ein wenig. Die Kombination aus Tradition und der Gitarre als modernem Instrument weckte ihre Phantasie, und als sie das Instrument wieder an die Wand hängte, fühlte sie sich etwas besser.

Am Vormittag sah Nyawĩra eine ebenfalls traditionell gekleidete Frau durch das Tor kommen. Was für ein Zufall, dachte sie. Warum glauben so viele Leute, sie müssten für ihre Besuche im Schrein traditionelle Gewänder tragen?

Nyawĩra erkannte Vinjinia! Was führte sie her?, fragte sie sich. Hat ihr Mann sie wieder verprügelt? Und warum ist sie so gekleidet? Sonst trug sie immer ein einfaches Kleid mit einem *kanga* und einem Schultertuch.

„Was wünschst du dem Herrn der Krähen heute zu sagen?“, fragte Nyawĩra.

„Hört mich an“, sagte Vinjinia. „Doch gehen wir ins Freie und reden dort, wo wir uns und das, was uns umgibt, sehen können.“

„Keine Angst! Der Herr der Krähen hat viele Augen.“

„Erinnern Sie sich noch an mich?“

„Es kommen viele her und gehen wieder. Aber ich werde den Spiegel befragen“, antwortete Nyawĩra.

Sie hatte keine Ahnung, was Vinjinia wollte. So hatte sie sie noch nie erlebt. Sie sprach gleichzeitig ängstlich und bestimmt. War ihr Mann hinter ihr her? Vinjinias Augen waren auf Nyawĩra geheftet, als wäre sie nicht sicher, ob sie ihr trauen und aussprechen sollte, was sie zum Schrein geführt hatte.

„Machen Sie sich keine Sorgen. Ich bin dieselbe Person, die vor Kurzem hier war, um der Gewalttätigkeit meines Mannes ein Ende zu bereiten.“

„Hat er etwa nicht aufgehört?“

„Doch, zumindest für den Moment.“

„Er hat also auf die Ältesten gehört, die ich zu ihm geschickt hatte?“

„Deshalb bin ich hier."

„Hab keine Angst und sag, was dein Herz belastet."

„Die Angelegenheit ist sehr dringend. Ich will nicht hinter verschlossenen Türen reden, weil sie vielleicht schon auf dem Weg hierher sind."

„Wer?"

Vinjinia warf einen Blick über die Schulter, dann beugte sie sich nach vorn.

„Kaniũrũ und seine Leute", sagte Vinjinia in einem Ton, der zu sagen schien: Jetzt ist es raus, komme nun, was wolle.

Nyawĩra wurde von Angst erfasst, reagierte aber nicht panisch, da es sich um eine Falle handeln konnte.

„Kaniũrũ? Wer ist das?", fragte Nyawĩra, als würde sie den Namen nicht kennen. „Doch lass uns hinausgehen, wenn das deine Zunge befreit."

Nyawĩra ging nach hinten, um ihre Mitarbeiterinnen zu warnen, Ausschau zu halten. Dann trat sie zu Vinjinia hinaus in den Hof. Die beiden Frauen waren identisch gekleidet. Schweigend gingen sie zum Tor, so als würde die eine die andere hinausbegleiten. Plötzlich blieb Vinjinia stehen und sah Nyawĩra in die Augen. Nyawĩra war vollkommen überrascht.

„Nyawĩra", sprach Vinjinia sie mit Namen an. „Lass uns keine Spielchen mehr treiben. Ich wollte deinen richtigen Namen nicht im Schrein aussprechen."

„Wann hast du es herausgefunden?", fragte Nyawĩra in ihrer normalen Stimme.

„Jedes Mal, wenn ich hier war, ging ich mit dem Gefühl nach Hause, dich zu kennen. Aber als mir mein Mann heute Morgen erzählte, dass er den Herrn der Krähen im Gefängnis zurückgelassen hat und er sich immer noch in Sikiokuus Händen befindet, dämmerte es mir, dass du es gewesen sein musstest, die die Rolle des Herrn der Krähen gespielt hat. Und ich musste einfach herkommen, um dir zu sagen, in welcher Gefahr du dich befindest. Ich wollte, dass du mit mir nach draußen gehst, weil auch die Wände Ohren haben, wie es so schön heißt. Und ich wollte meinen Verdacht bestätigen, indem ich deinen Gang beobachte, wie du gehst, wie du dich bewegst."

Und als sie nun ihren Spaziergang fortsetzten, erzählte Vinjinia Nyawĩra die ganze Geschichte ihrer zweiten Entführung durch Kaniũrũ und seine Schergen. Und ohne zu zögern, berichtete sie auch, wie sie sich selbst gerettet hatte.

Nyawĩra fühlte sich ermutigt und deprimiert zugleich. Was, fragte sie sich bitter, hatte sie einst an Kaniũrũ gefunden?

„Ich bin nur hier, um dich vor der Gefahr zu warnen, in die ich dich gebracht habe, weil Kaniũrũ und seine Leute, auch wenn dein Gefährte noch im Gefängnis ist, hierherkommen und klären wollen, wer dieser Zauberer ist, den ich konsultiert habe. Ich kann dir nicht sagen, was du tun sollst, das musst du selbst entscheiden. Ich muss jetzt gehen. Aber vorher will ich dir noch sagen, dass ich dir sehr dankbar bin für alles, was du für mich getan hast. Du hast sogar dein Leben für mich riskiert. Trotzdem halte ich nicht viel von deinen politischen Vorstellungen. Doch wenn es etwas gibt, das ich für dich tun kann ..."

Nyawĩra schwieg lange. Nur mit Mühe konnte sie ihre Tränen zurückhalten. Vinjinias Großherzigkeit rührte sie. Sie hatte die Müdigkeit nach einer schlaflosen Nacht der Folter bekämpft, um hierherzukommen und sie vor der drohenden Gefahr zu warnen. Sie war aus dem Dunkel in das Licht getreten: Nyawĩra war gerade Zeugin geworden, wie eine neue und selbstbestimmte Vinjinia zur Welt gekommen war.

Vinjinia verabschiedete sich und ging. Wie bei früheren Besuchen hatte sie ihr Auto in einiger Entfernung vom Schrein am Straßenrand geparkt. Nyawĩra lief ihr nach und sagte: „Bitte denk nicht, dass ich geschwiegen habe, weil ich wütend auf dich bin. Ich bin dir dankbar für das, was du getan hast: dich in Gefahr zu bringen, um mich zu warnen. Ich bin gerührt, dass du deinen Verdacht für dich behalten hast. Und mach dir wegen der Ereignisse letzte Nacht am Red River nicht allzu viele Gedanken. Ich kann auf mich aufpassen, aber dein Angebot, mir zu helfen, werde ich mir merken. Lass uns einen Code vereinbaren."

Sie diskutierten welchen Namen sie benutzen könnten, um miteinander in Verbindung zu treten, wenn es nötig war. Vinjinia war nicht mehr länger die passive Empfängerin von Vorstellungen anderer, sie nahm aktiv teil.

„Nehmen wir den Namen Taube“, schlug Vinjinia schließlich vor.

„Das ist gut“, stimmte Nyawĩra zu. „Die Taube ist die Überbringerin von Frieden und Erlösung.“

„Ich muss dich etwas fragen“, fühlte sich Vinjinia ermutigt. „Und es ist auch nicht schlimm, wenn du mir nicht antworten willst.“

„Nur zu.“

„Der andere Herr der Krähen. Ist er noch im Gefängnis?“

„Nein. Er war im Gefängnis, als Tajirika im Gefängnis war. Nun ist er in Amerika.“

Vinjinia blieb vor Unglauben und Verwunderung für einen Moment der Mund offen stehen.

„In Amerika?“

„Der Herrscher ist krank geworden. Er hat nach dem Herrn der Krähen geschickt.“

17

Es war der ungläubige Blick von Vinjinia, der einen Verdacht in ihr erneuerte, den sie schon immer gehabt hatte: War diese Erkrankung eine Falle, um den Herrn der Krähen zu ergreifen? Während Nyawĩra unschlüssig am Tor stand und zusah, wie ihre Freundin in der Ferne verschwand, kam ihr ein Lied in den Sinn, das die Mädchen früher im Dorf gesungen hatten, ein stilles Schlaflied. Sie ging in den Schrein und holte die Gitarre hervor. Sie setzte sich auf die Veranda, und jetzt reagierten die Saiten wie durch ein Wunder auf die Berührung ihrer Finger. Sie spielte und summte die Melodie vor sich hin, den Blick in die Ferne gerichtet.

Du hast geschworen, niemals zu gehen
und jetzt bist du fort
lässt mich hier allein
Und ich flehe dich an
zu bleiben noch eine Nacht

Sie dachte an ihn, den Herrn der Krähen, der in Amerika war, in der Gewalt des Diktators. Und sie war nicht mehr sicher, ob sie ihn jemals wiedersehen würde.

VIERTES BUCH

Männliche Dämonen

ERSTER TEIL

1

Über die Krankheit des Herrschers existiert ein Bericht innerhalb eines Aufsatzes des angesehenen Harvard-Professors Din Furyk. Der Professor hatte gehofft, ihn auf der Jahrestagung der Euro-American Medical Association vortragen zu können und termingerecht eine Kurzfassung eingereicht, doch die Beschreibung der Krankheit klang derart unglaubwürdig, dass man es ihm verwehrte, den Vortrag zu halten. Der Professor gab jedoch nicht auf. Er schickte seinen Aufsatz an Nature & Nurture, eine berühmte englische Fachzeitschrift, aber die Herausgeber, die zunächst durchaus Interesse bekundet hatten, änderten nach der Lektüre ihre Meinung. Sie sagten, eine Veröffentlichung des Aufsatzes könne die Beziehungen zwischen England und Aburĩria in Wissenschaft und Technologie belasten, weil es bei der Krankheit um das Staatsoberhaupt eines befreundeten Landes ginge. Eine andere Fachzeitschrift schickte den Aufsatz zurück und empfahl dem Verfasser stattdessen einen anrüchigen Science-Fiction-Verleger!

Eine Kopie des Tagebuchs des Professors, in dem er beschreibt, wie es zu diesem Aufsatz kam, gelangte in meine Hände und ich werde es hin und wieder heranziehen, um meine anderen Quellen zu ergänzen.

2

Es schien, als hätte sich der Körper des Herrschers wie ein Ballon aufgebläht, sein Körper wurde immer aufgedunsener, ohne dass sich die Proportionen der einzelnen Körperteile veränderten.

Dr. Wilfred Kaboca, der ihn als Erster untersuchte, rief sofort nach Machokali als Zeugen für seine Behandlung des Kranken. Machokali seinerseits rief alle anderen Minister einschließlich der Sicherheitsleute herbei, die entgeistert vor diesem unheimlichen Anblick standen. Der Herrscher stand offenbar nicht nur kurz vor dem Platzen, sondern er hatte auch die Fähigkeit zu sprechen verloren.

Die Minister zogen sich zur Beratung zurück, um zu überlegen, wie mit der Krankheit des Herrschers und den zahllosen Problemen, die sie hervorrief, umzugehen war. Wo sollten sie ihn unterbringen?

3

Es wurde entschieden, er solle auf dem Fußboden sitzen und schlafen. Was konnte er anziehen? Als seine Hypertrophie weiter fortschritt, rissen die Nähte seiner Kleider; der Herrscher schien in Lumpen gekleidet zu sein. Sie deckten ihn mit Bettlaken zu. Doch was konnte man gegen die unverminderte Aufblähung unternehmen? Wie sollte man sie aufhalten oder verlangsamen?

Dr. Wilfred Kaboca hatte alles in seiner Kenntnis und Erfahrung Stehende getan, um den Fortgang aufzuhalten, aber jetzt war er mit seiner Weisheit am Ende.

Immer wieder diskutierten sie, ob sie ihn ins Krankenhaus bringen sollten. Wie wollte man dann jedoch verhindern, dass sich die

Nachricht verbreitete? Sie erlaubten Dr. Kaboca, einen Spezialisten hinzuzuziehen, der bereit war, ausschließlich in der Suite des Herrschers zu praktizieren. Dr. Wilfred Kaboca kontaktierte Dr. Clement C. Clarkwell, einen New Yorker Spezialisten für Fettleibigkeit und derlei Dinge. Doch als Clarkwell beobachtete, wie sich der Körper vor seinen Augen sichtlich ausdehnte, rief er Professor Din Furyk zu Hilfe.

4

„Ich erfuhr von der Krankheit", schreibt Din Furyk von der Harvard Medical School in seinem Tagebuch, „weil Dr. Clarkwell einer meiner ehemaligen Studenten ist und stets meinen Rat suchte, wenn er sich schwierigen Fällen gegenübersah. Seine Beschreibung dieses speziellen Falles erregte meine Neugier so sehr, dass ich alles stehen ließ und nach New York fuhr. Man schleuste mich durch die Absperrungen direkt in die Suite des Herrschers, die drei obersten Etagen des Fifth Avenue VIP Hotel, wo ich sofort Dr. Clarkwell und Dr. Kaboca konsultierte. Wie schlimm es stand, war daran zu sehen, wie ratlos beide die Köpfe schüttelten und sagten, der Herrscher sei den ersten Untersuchungen zufolge, abgesehen von seinem Anschwellen, kerngesund. Ich betrat das Zimmer des Patienten. Weitere Fragen wollte ich erst stellen, nachdem ich ihn untersucht hatte.

Er saß auf dem Fußboden, den Rücken an die Wand gelehnt. Ich fühlte seine Stirn, maß Fieber und hörte sein Herz ab. Alles war normal, obwohl er vor Erschöpfung ein wenig zu keuchen schien. Aber seine Augen, diese Augen – ich habe nie bei einem Erwachsenen einen solchen Blick gesehen. Verängstigt und hilflos wie Kinderaugen, in denen die Angst vor dem Unerwarteten und Unbekannten sitzt.

Der Herrscher, wie ihn sein Gefolge ausnahmslos nannte, schien seine Fähigkeit zu sprechen verloren zu haben. Zum Glück konnte er noch lesen, was man ihm vorlegte. Dann nickte er für ein Ja oder schüttelte den Kopf für ein Nein. Aber selbst dieses angedeutete Ja oder Nein kam nur selten und eher abrupt.“

Din Furyk berichtet, wie er verlangt hatte, Blutproben nehmen zu können, um herauszufinden, ob der Patient Symptome einer Schilddrüsenüberfunktion aufwies oder ob er unter einem nephrotischen Syndrom, einer Zystenniere oder einer Form von Morbus Cushing litt, das durch einen überhöhten Cortisolspiegel im Blut ausgelöst wird, oder an irgendeiner anderen Krankheit, die nach Kenntnis der Wissenschaft mit Fettleibigkeit verbunden war. Trotz Dr. Wilfred Kabocas Versicherung, der Herrscher habe niemals Steroide eingenommen und Viagra sei die einzige Droge, für die er einen unersättlichen Appetit entwickelt habe, dachte er auch an die Möglichkeit einer von Steroiden hervorgerufenen Fettleibigkeit.

Anschließend beschreibt Furyk seine Versuche, sich in Gesprächen mit Ministern und Sicherheitsleuten ein Bild von der medizinischen Vorgeschichte des Herrschers zu machen. „Keiner konnte ein bisschen Licht in die Angelegenheit bringen. Wenn ich ihnen eine Frage stellte, zum Beispiel ‚Wann ist die Krankheit ausgebrochen?‘, oder ‚Wann haben Sie die ersten Symptome der Krankheit bemerkt?‘, schauten sie zuerst zum Herrscher hinüber, sahen sich dann gegenseitig an und meinten, sie wüssten es nicht. Afrikaner, oder sollte ich sagen, Schwarze im Allgemeinen, sind seltsam.“

An dieser Stelle schweift der Professor ab und lässt sich über den Charakter des Afrikaners aus. Im Tagebuch finden sich viele Bemerkungen wie „Gesichter, in denen man nur schwer lesen kann“, „ein Gesicht wie eine Maske“ und „die Minister konnten mir nicht in die Augen sehen, die flackerten wie bei Schwindlern“. Auch der Leibarzt des Herrschers wird in Frage gestellt und als „nicht anders als die Minister“ beschrieben, weil er Informationen nur widerstrebend preisgab und auch nur dann, wenn er sich außer Hörweite der anderen befand.

Einzig Mr. Machokali, der Minister für Auswärtige Angelegenheiten, wird in dem Tagebuch lobend erwähnt als jemand, der akzentfrei spricht und eine direkte Art hat. Er gilt als jemand, der im Westen ausgebildet worden ist. „Ein seltener Geist, dieser Mann, ganz außergewöhnlich. Könnte auch Produkt von Harvard oder einer anderen Eliteuniversität sein."

„Weil sie alle nichts taugten", schreibt Professor Furyk, „beschloss ich, die Laborergebnisse abzuwarten.

Ich war schockiert, als herauskam, dass keinerlei Befund vorlag! Wie war das möglich? Woher diese kontinuierliche, selbst induzierte Expansion des Körpers? Sein Bauch war straff wie eine Trommel und jedes Mal, wenn ich dagegen klopfte, kam ein Laut aus seinem Mund. ‚Krr' oder war es ‚Koralle' oder ‚kriechen' oder ‚krude'? Ich nahm Dr. Clarkwell und Dr. Kaboca beiseite, um mich mit ihnen zu beraten. Was konnte der Herrscher mit ‚Koralle' oder ‚kriechen' oder ‚krude' andeuten wollen? Dr. Kaboca reagierte seltsam: Er sei Arzt für den Körper, kein Entschlüssler von Worten; es sei besser, die Minister zu befragen, denn die seien Politiker, und Politiker seien bekannt für ihre Worte. Ich wandte mich an die Minister. Alle Blicke richteten sich auf Machokali."

5

Machokali zuckte innerlich zusammen. Schlimm genug, dass er sich mit diesem Fall befassen musste, mit einem Körper, der sinnlose Wörter ausspuckte. Jetzt kamen auch noch vorwurfsvolle Blicke hinzu: Du hast diese Reise organisiert; sieh zu, wie du uns aus diesem Schlamassel herausholst. Wie hatte er, ein gut ausgebildeter Mensch mit einem BA in Betriebswirtschaft von der University of Aburĩria, einem MA in Politikwissenschaft von der Michigan University und einem Doktor der Psychologie von der Universität Uppsala in Schweden, in diese Patsche geraten können?

Er musste Zeit gewinnen. Deshalb sagte er in der Sitzung, er müsse noch einmal zum Herrscher, um ihm weitere Wörter zu entlocken, die helfen könnten, die drei Wörter zu interpretieren. Sobald er neue Informationen habe, würde er eine weitere Sitzung einberufen.

Mit einer Kühnheit, die ihn selbst überraschte, marschierte Machokali in das Zimmer des Herrschers und sagte nur: „Wie geht's?" Der Herrscher starrte leer an ihm vorbei, als hätte er ihn weder gesehen noch seine Frage gehört. Deshalb zog sich Machokali zurück, und sobald er den Raum verlassen hatte, eilte er in sein Zimmer, schloss sich ein, kniete nieder und betete um eine göttliche Eingabe.

Plötzlich hörte er es klopfen. Er sprang auf, zögerte aber, bevor er die Tür öffnete. Es war ein Sicherheitsbeamter des Herrschers. Hatte sich der Zustand des Herrschers verschlechtert? Oder ... oder ... etwas noch Schlimmeres?

„Ich wollte Sie unter vier Augen sprechen", sagte Arigaigai Gathere alias A.G.

„Worum geht es?", fragte Machokali, nachdem er ihm ein Zeichen gegeben hatte, sich zu setzen.

„Ich weiß nicht, wo oder wie ich anfangen soll, aber vielleicht ist es am besten, wenn ich Sie zunächst bitte, nicht einfach abzutun, was ein Untergebener wie ich vorzutragen hat ... Kennen Sie die Geschichte vom Elefanten und dem Dorn?"

„Verschon mich bitte mit Weisheiten aus Volksmärchen", erwiderte Machokali und zwang sich zu lachen, als scherzte er, innerlich aber schwelte die Furcht, weil ihm ein neuer Gedanke gekommen war: Hatte Sikiokuu die Macht ergriffen?

„Erlauben Sie mir trotzdem, die Geschichte zu erzählen. Der Elefant spürte etwas Spitzes in seinem Fuß, und als er es herauszog und sah, dass es ein winziger Dorn war, wurde er sehr wütend. Wie kann ein so winziges Ding ein großes Tier wie mich beim Gehen behindern? Er schob sich den Dorn wieder in den Fuß und ging weiter, trotzig auf den Boden stampfend. Die Entzündung, die sich im Fuß bildete, tötete den Elefanten. Daher das Sprichwort: ‚Schau niemals auf die Kleinen herab!' Ehrlich! *Haki ya Mungu!* Auch ich bitte Sie, verachten Sie den Boten nicht, wie niedrig sein Stand auch ist, und nehmen Sie die Botschaft ernst, wie seltsam sie auch erscheint."

„Sag, was du zu sagen hast", erwiderte Machokali.

„Ich kenne einen Mann, der mit dieser Krankheit fertig wird."

„Einen höher qualifizierten Arzt als Professor Furyk?"

„Na ja, er ist kein Arzt im eigentlichen Sinn. Er ist Zauberheiler."
„Zauberheiler?"
„Na ja, Wahrsager."
„Ein Wahrsager? Ein Zauberheiler? Hier in New York?"
„In Aburĩria. Er nennt sich Herr der Krähen."

6

„Ehrlich! *Haki ya Mungu*", sagte A.G. immer, wenn er später erzählte, was sich während des schicksalhaften Besuchs in den USA ereignet hatte. „Ich wusste von Anfang an, dass das keine gewöhnliche Krankheit war. Ich wusste auch, dass nur ein Einziger sie niederringen könnte. Aber ich wollte mich nicht in den Vordergrund spielen. Wer würde mir schon glauben, dass dem Herrn der Krähen gelingen könnte, wo die Meister der Wissenschaft des Westens versagt hatten? Deshalb hielt ich mein Wissen zurück, damit die Minister in Ruhe prüfen konnten, was die Ärzte aus dem Westen ausrichteten. Die Minister waren gebildeter als ich, aber ihr wisst alle, dass zu viel Bildung blind für das Naheliegende machen kann.

Aber als ich hörte, dass der Herrscher halluziniere und Wörter von sich gebe, deren Bedeutung keiner ergründen konnte, sagte ich mir: Jetzt reicht's. Ich werde reden oder für immer schweigen. Mir war klar, dass die Weißen die Ursache seiner Krankheit waren. Wisst ihr, wie sehr die Weißen es hassen, wenn ein Schwarzer eine fortschrittliche Idee hat? Und was konnte fortschrittlicher sein als die Vision des Herrschers von Marching to Heaven? Diese Weißen! Egal wo sie sind oder wer sie sind, sie stinken nach Rassismus. Ich hatte meine Entscheidung getroffen und musste nur noch überlegen, wie ich an die Minister herantreten wollte, um sie von meiner Sicht auf das Problem zu überzeugen.

Es gab drei Möglichkeiten: es allen Ministern gleichzeitig sagen; mit Machokali, der sich zu ihrem Anführer entwickelt hatte, unter vier Augen reden; oder dem Herrscher schreiben und ihm den Brief heimlich zustecken. Ehrlich! *Haki ya Mungu!* Ich war bereit, an den Herrscher heranzutreten und ihn zu erinnern, dass ich es war, der sich vor den Toren des Paradise furchtlos den Dschinns entgegengestellt und sie in der mitternächtlichen Finsternis quer durch das Grasland von Eldares gejagt hatte.

Nun, es allen zu sagen, hielt ich für keine gute Idee, weil die Minister es vor den weißen Ärzten sicherlich als Aberglauben abtun und behaupten würden, sie glaubten nicht an solche Dinge. Und ich wusste nicht, wie ich es anstellen sollte, mit dem Herrscher einmal allein zu sein. Deshalb beschloss ich, wenn auch widerstrebend, mich Machokali anzuvertrauen. Man könnte sagen, dass mein Entschluss erst feststand, als ich ihn sagen hörte, er würde versuchen, mit dem Herrscher zu sprechen. Ich folgte ihm und wartete vor dem Zimmer des Herrschers auf ihn.

Sein Gesicht verriet mir, dass er keinen Erfolg gehabt hatte, und das ermutigte mich, ihm weiter zu folgen. Als ich den Namen ‚Herr der Krähen' aussprach, merkte ich, wie Glaube und Zweifel in ihm kämpften. ‚Wie willst du wissen, dass er tatsächlich die Macht hat zu heilen?', fragte er. Ich erzählte ihm die Geschichte von der Nacht mit den Bettlern vor dem Paradise, aber natürlich nicht in allen Einzelheiten. Ich verschwieg ihm, dass die schützende Magie des Herrn der Krähen meine Beförderung vom gewöhnlichen Constable zur gehobenen Stellung im Büro des Herrschers und nun zum Delegationsmitglied der Amerikareise bewirkt hatte. Bald sah ich, wie der Wunsch zu glauben die Zweifel verdrängte, aber er sagte mir, er könne die Entscheidung nicht allein treffen, er müsse es dem Herrscher sagen und, wenn das nicht gelänge, müsse er die Sache mit den anderen Ministern beraten.

Ich glaubte, Machokali würde sich sofort erheben und zum Herrscher gehen, aber er schien beunruhigt. Stellt euch meine Überraschung vor, als der Minister mich bat, ihn zu begleiten. Ehrlich! *Haki ya Mungu!* Diese Aufforderung kam vollkommen unerwartet, und ich verstand sie als Ehre. Stellt euch vor, der ranghöchste Minister in der Regierung bittet mich, ihn zum Herrscher zu begleiten! Als wir eintraten, salutierte ich vor dem Herrscher und der Minister verneigte sich. Doch statt selbst das Reden oder Schreiben zu übernehmen, zeigte Machokali einfach auf mich, eindeutig weil er nicht der Überbringer von Zauberei sein wollte. Nun, ich zog meinen Stift heraus und schrieb meinen Namen auf ein Stück Papier, um den Herrscher daran zu erinnern, dass ich es war, A.G., oder, wie er mich einmal spielerisch genannt hatte, der Bezwinger der Dschinns. Dann schrieb ich auf, was ich schon dem Minister erzählt hatte: Ich wüsste einen Zauberer, der ihn heilen könne. Aus dem plötzlichen Aufleuchten seiner Augen schloss ich, dass der Herrscher meinem Vorschlag gegenüber nicht abgeneigt war; er sah den Minister an und nickte, als wollte er sagen, er stimme der Idee uneingeschränkt zu.

Machokalis Gesicht hellte sich auf, und vor dem Zimmer legte er mir den Arm um die Schultern, als wären wir die allerbesten Freunde. Diese Sache mit der Hexerei bleibt unter uns, sagte er, denn wenn die Medien in New York erfahren, dass der Herrscher nach Zauberheilern aus Aburĩria schickt, würden sie hier zusammenströmen und das Hotel belagern. Auch Professor Din Furyk und Dr. Clement C. Clarkwell dürften nichts von den neuen Entwicklungen wissen. Und die anderen Minister würde er erst nach Ankunft des Zauberers informieren.

Ich war bei ihm, als er Sikiokuu eine E-Mail schrieb, in welcher der Herrscher dem Minister befahl, den Herrn der Krähen nach New York zu schicken. Als Sikiokuu die Reiseunterlagen des Zauberers sandte, meinte Machokali, wir könnten ihn gemeinsam vom internationalen Flughafen abholen.

Nun, ich hatte geglaubt, Machokali würde angesichts der prompten Antwort aus Aburĩria überglücklich sein und die Ankunft des Zauberers kaum erwarten können. Aber er sah nicht glücklich aus. Irgendetwas bedrückte ihn.

‚Am meisten fürchte ich mich davor', sagte er ganz aufrichtig zu mir, ‚wie der Zauberer am Flughafen ankommen wird. Gekleidet in ein Gewand aus ungegerbtem Leder, mit einer Kette aus geschliffenen Tierknochen um den Hals, eine Kalebasse voll stinkendem Öl und grünen Blättern in der Hand, mit Amuletten an den Handgelenken und Glöckchen um die Fesseln seiner nackten Füße. Die Leute hier sind sehr empfindlich, was die Einfuhr landwirtschaftlicher Produkte betrifft, weil sie Angst vor gefährlichen Schädlingen haben. Was, wenn er nicht durch den Zoll kommt? Was, wenn die Einwanderungsbehörde seine Pulver für Drogen hält und der Hexenmeister dann verrät, er sei auf Wunsch des Herrschers hergekommen? Den Herrscher könnte dasselbe Schicksal erwarten wie das jenes lateinamerikanischen Staatsoberhaupts, das wegen Drogenvergehen lebenslang in einem amerikanischen Gefängnis sitzt.' Aus Angst, die Ankunft des Zauberers könnte sich zum Skandal ausweiten, wünschte er sich jetzt, er hätte auch darauf hingewiesen, der Zauberer solle sich anständig kleiden und seine Utensilien in einem Diplomatenkoffer transportieren!

Nun, ich konnte mir nicht helfen und musste lachen, als der Minister von seinen Sorgen sprach.

‚Der Herr der Krähen ist ein moderner Zauberer', versicherte ich ihm. ‚Er trägt Anzüge. Und abgesehen davon verwendet er für seine Weissagungen nur einen Spiegel.'

Ehrlich! *Haki ya Mungu!* Minister Machokali blieb der Mund offen und die Augen fielen ihm fast heraus, als ich ihm den Herrn der Krähen und seinen magischen Spiegel beschrieb."

7

Machokali hielt nicht viel von Zauberei und Weissagungen. Aber der vom Flug erschöpfte Vogel landet auf dem nächstbesten Ast, und der war für ihn jetzt der Herr der Krähen. Besserte sich die Gesundheit des Herrschers, war es egal, woran er, Machokali, glaubte oder nicht. Am meisten beschäftigten ihn die erforderlichen Maßnahmen, um zu verhindern, dass die Nachricht von der Anwesenheit des Hexenmeisters aus dem Zirkel der Minister und Sicherheitskräfte nach draußen sickerte. Als Minister für Auswärtige Angelegenheiten war

Machokali für ein positives Bild seines Landes verantwortlich, und er wollte den Herrscher und Aburĩria nicht zum Gegenstand von Spott und Hohn in den Augen der Welt werden lassen, schon gar nicht in den Korridoren der Vereinten Nationen. Er konnte sich das Gekicher ausmalen, das ihn überall erwarten würde: Wie kommen Ihr Herrscher und sein Hexenmeister miteinander aus?

Machokali war erleichtert, als er den Herrn der Krähen auf dem Flughafen sah: Im dunklen Anzug, die Aktentasche in der Hand, sah er aus wie ein beliebiger New Yorker Geschäftsmann.

Auf der Fahrt zum Hotel wurde nicht viel geredet. Machokali brachte ihn direkt in die Etage des Herrschers, ohne den Neuankömmling registrieren zu lassen, weil er jeden Hinweis auf den Besuch des Zauberers vermeiden wollte.

„Brauchen Sie noch etwas?", fragte Machokali, als er ihm sein Zimmer zeigte. „Nehmen Sie ein Bad, ziehen Sie sich um, und dann gehen wir zum Herrscher. Oder wie wär's zunächst mit einem kleinen Imbiss?"

Statt zu antworten, sah der Herr der Krähen erst zum Minister, dann zu A.G., als überlegte er, wer wer war.

„Kann mir einer von Ihnen sagen, weshalb der Herrscher mich sehen möchte?"

„Entschuldigen Sie bitte, meine Herren", antwortete A.G., der die Spannung spürte, rasch in Kiswahili und versuchte, beide als Gleichgestellte anzusprechen. „Wir haben unterlassen, was die Engländer ‚introduction' nennen, und in Kiswahili: Menschen miteinander bekannt machen. Das hier ist der Minister für Auswärtige Angelegenheiten, Mr. und Dr. Machokali."

Die Worte „meine Herren" irritierten Machokali und er blickte A.G. scharf an, als wollte er ihn warnen: Der einzige „Herr" hier ist der Minister.

„Hat Minister Sikiokuu Ihnen nicht gesagt, worum es geht?", fragte Machokali.

„Nur, dass der Herrscher nach mir geschickt hat."

Machokali sprach nicht über die Einzelheiten der Krankheit des Herrschers, sondern drängte den Zauberer, alle Kräfte einzusetzen, über die er seinem Ruf nach verfügte, um den Chef zu heilen. Am nächsten Tag solle er wieder nach Aburĩria zurückfliegen. So einfach wäre das.

„Ich leide ein bisschen unter Jetlag", sprach der Herr der Krähen nachdrücklich zu Machokali. „Ich will erst ein wenig ausruhen, damit mein Kopf klar wird."

Jetlag? Was wusste dieser Hexenmeister über Jetlag? Machokali sprach seine Neugier nicht aus, sondern drängte zur Eile.

Wieder spürte A.G. die Spannung zwischen den beiden und flüsterte Machokali schnell etwas ins Ohr. „Wir sollten nachgeben. Wir wollen ihn nicht verärgern."

Machokali passte das Benehmen des Hexenmeisters überhaupt nicht. Auch A.G.'s Angst und Unterwürfigkeit gefielen ihm nicht. Trotzdem spürte er, dass ihm nichts anderes blieb, als die Bitte des Zauberers zu akzeptieren. Es sollte nicht heißen, er wäre dafür verantwortlich, falls der Hexenmeister versagte.

„Also sehen wir uns morgen", sagte Machokali.

8

Am Abend rief Machokali die anderen Minister in sein Zimmer. Dr. Luminous Karamu-Mbu, der offizielle Biograph oder DOB, wie er manchmal genannt wurde, wollte ebenfalls teilnehmen, wurde aber ausgeschlossen, weil er nicht zum Kabinett gehörte. Nur für Dr. Wilfred Kaboca und die Sicherheitsleute machte man eine Ausnahme, weil man ihre fachkundige Meinung brauchte.

Karamu-Mbu war nicht der Beliebteste. Er war ein Mann von wenigen Worten und noch weniger Freunden. Die Größe seines Schreibgerätes wirkte bedrohlich, und niemand wusste genau, was er in das ebenso große Notizbuch schrieb. Wegen seiner Nähe zum Thron hatte jeder ein bisschen Angst vor ihm und ging ihm so weit als möglich aus dem Weg. Normalerweise war DOB zu beschäftigt, selbst das winzigste Detail aus dem Leben des Herrschers aufzuschreiben, als dass ihm Gesellschaft fehlte. Aber seit der Herrscher krank geworden war, hatte DOB immer wieder dieselben Sätze notiert. „Auch heute war der Herrscher krank und sprachlos. Heute blieb der Herrscher ans Bett gefesselt und sprachlos. Heute ebenso." DOB wusste nichts mit der freien Zeit anzufangen, und sein Ausschluss von der Sitzung war ihm deshalb besonders unangenehm. Er zog sich in sein Zimmer zurück, um die Aufzeichnungen, die er seit der Ankunft in Amerika gemacht hatte, zu ordnen und in eine leserliche Fassung zu bringen.

Machokali war sich unschlüssig, wie er ihnen die Neuigkeiten unterbreiten sollte, und hielt es für das Beste, gleich auf den Punkt zu kommen. Gleichzeitig wollte er behutsam vorgehen, um die Egos der Minister nicht zu verletzen. Er begann deshalb nicht mit der Ankunft des Zauberers, sondern mit einem kurz gefassten Bericht darüber, wie es dazu kam, dass der Hexenmeister in New York war, und wie der Herrscher zustimmend genickt hatte. Er machte eine Pause, um die Wirkung seiner Worte abzuwarten. Zu Machokalis Überraschung brach kein Gelächter aus; einige meinten sogar, sie hätten bereits vom Herrn der Krähen gehört, in die gleiche Richtung gedacht, ihre Ansicht jedoch für sich behalten, weil sie der Wissenschaft eine Chance geben wollten. Selbst Dr. Wilfred Kaboca äußerte keinerlei Zweifel.

„Und wann kommt er nach New York?", wollten alle wissen.

Machokali sagte es ihnen. Verblüfft sahen sie sich an. Aber sobald sie sich von diesem Schock erholt hatten, machte sich die Neugierde breit. Wie sah er aus? War er alt oder jung? Wie kleidete er sich? Nach langer Diskussion beschlossen sie, nicht allzu bereitwillig auf den Zauberer zuzugehen und ihn mehr oder weniger links liegen zu lassen, damit er nicht auf den Gedanken kam, er wäre den Ministern ebenbürtig. Auch von den weißen Ärzten wollten sie dem Zauberer nichts sagen und Dr. Furyk und Dr. Clarkwell nichts über den Zauberer. Sollte sich der Gesundheitszustand des Herrschers tatsächlich verbessern, was spielte es dann für eine Rolle, ob Harvard sich damit schmückte?

9

Früh am nächsten Morgen ging Machokali zum Herrn der Krähen. Der Zauberer, der vor dem Spiegel mit seiner Krawatte kämpfte, signalisierte Machokali, sich zu setzen, und fummelte weiter. Aber der Minister blieb stehen und sah ihm zu.

„Gut geschlafen?", setzte Machokali zu einer Unterhaltung an.

Je öfter Machokali dem Herrn der Krähen begegnete, desto stärker kamen ihm Zweifel. Wie konnte ein so junger Kerl so viel Erfahrung in der Heilkunde erlangt haben?

„Man hat mir gesagt, dass Sie mit Hilfe eines Spiegels diagnostizieren und heilen?"

„Das hängt von der Krankheit und dem Spiegel ab. Es gibt dicke und dünne Spiegel, konvexe und konkave. Jede Krankheit erfordert einen Spiegel, der der Herausforderung entspricht, die sie ihm stellt. Es braucht Zeit, die Bilder aus dem Spiegel zu deuten. Ich muss außerdem mit allen sprechen, die Kontakt mit dem Patienten hatten. Sie und alle Minister zum Beispiel ..."

Was, wenn Sikiokuu den Mann angeheuert hatte, um Machokali oder die anderen Minister in eine Verschwörung gegen den Herrscher zu verwickeln?

„Ihnen ist doch klar, dass die Sache innerhalb dieser Mauern bleiben und sich auf den kleinen Kreis derer beschränken muss, die hier sind?"

„Mr. Minister, mein Motto lautet: Pack das Übel an der Wurzel und die Krankheit wird vergehen. Und wenn ich sie von der Wurzel ausgehend beseitigen soll, muss ich mit jedem sprechen dürfen, mit dem ich das für notwendig halte."

„In Ordnung. Sie können mit allen Ministern, den Sicherheitsleuten und seinem Arzt reden."

„Wie viele Ärzte hat er?"

„Einen. Dr. Wilfred Kaboca. Sein Leibarzt. Er ist immer an seiner Seite."

„Und er ist tatsächlich der einzige Arzt, der ihn behandelt hat? Kein anderer?"

„Genau."

„In Ordnung."

„Klug von Ihnen. Es bringt nichts, Zeit damit zu verschwenden, mit zu vielen Leuten zu reden. Zeit ist das Wesentliche. Konsultieren Sie Ihren Spiegel und ..."

„Nehmen Sie den nächsten Flieger zurück nach Hause", vervollständigte der Herr der Krähen Machokalis Gedanken. „Glauben Sie mir, Mr. Minister, ich habe keine Lust, eine Minute länger als nötig in Amerika zu bleiben. Mir ist der Busch mit seinen heilenden Kräften lieber. Meine Behandlung wird schnell oder langsam vonstattengehen, und das hängt davon ab, ob diejenigen, die mit dem Patienten zu tun hatten, alles sagen, was sie wissen."

„Würde ein Minister der Regierung Sie anlügen?", fragte Machokali beleidigt.

„Sagen Sie mir denn jetzt die Wahrheit?", fragte ihn der Herr der Krähen beiläufig, während er weiter an der Krawatte herumfingerte.

„Treiben Sie keine Spielchen mit mir, Zauberer *Kagogo*", erwiderte Machokali verärgert in Kiswahili. „Warum sollte ich Sie anlügen? Ich will nichts von Ihnen. Ich bin nicht der Patient."

„Entschuldigen Sie, würden Sie bitte hier herüberkommen", sprach der Herr der Krähen und winkte ihn mit dem Finger heran.

Machokali gefiel es nicht, dass der Hexenmeister ihm Befehle erteilte, aber um die Sache zu beschleunigen, schluckte er seinen Widerspruch herunter und tat, was von ihm verlangt wurde.

„Sehen Sie bitte in den Spiegel", forderte der Herr der Krähen ihn auf und trat zur Seite, um ihm Platz zu machen.

Machokali tat es, während der Herr der Krähen auf seine rechte Handfläche schaute.

„Was sehen Sie?", fragte der Zauberer Machokali.

„Mein Spiegelbild", antwortete Machokali. „Und Ihres, das auf seine Handfläche schaut."

„Konzentrieren Sie sich auf Ihr eigenes Spiegelbild. Schauen Sie es sich sorgfältig an."

„Und?"

„Wenn Sie genau genug hinsehen, werden Sie erkennen, was ich sehe. Ich frage Sie noch einmal. Ist Kaboca der einzige Arzt des Herrschers?"

„Und ich antworte Ihnen wieder: Warum sollte ich Sie belügen?"

„Sehen Sie weiter in den Spiegel", sprach der Herr der Krähen. „Was sehen Sie? Sehen Sie etwas Weißes, wie bei einem weißen Menschen zum Beispiel? Zwei weiße Gestalten?"

Wie sehr er es auch versuchte, Machokali konnte kein Gesicht außer seinem eigenen erkennen. Wo waren die weißen Gestalten, von denen der Zauberer redete?

„Genug. Das ist ein Verwirrspiel", sagte er und sah weg.

Aber der Zauberer sah weiter angestrengt in seine Handfläche, als wäre sie ein Spiegel.

„Da, dort sind sie", sprach der Zauberer erregt.

Machokali schaute schnell wieder in den Spiegel und starrte angestrengt hinein. Er sah nichts.

„Da sind zwei mit Stethoskopen. Der eine bewegt sich wie einer aus New York. Sehr selbstsicher auf der Straße. Und der andere? Wo ist der her?", fragte er und sah Machokali fest an.

Machokalis Lippen zitterten. Woher wusste er von Furyk und Clarkwell, und dass sie aus verschiedenen Orten kamen? Machokali hatte vergessen, dass er den Herrn der Krähen am vorangegangenen Abend in A.G.'s Obhut gelassen hatte. Er sah den Zauberer an, und einige Sekunden maßen sie einander.

„Ach, die beiden", sagte Machokali, der sich nicht bei weiteren Lügen erwischen lassen wollte. „Seltsam, aber die habe ich nie als Ärzte gesehen. Ich glaubte, Sie würden Professor Furyk und Dr. Clarkwell nicht sehen wollen. Man sagt doch, weiße Wissenschaft und schwarze Magie können nicht miteinander, sie sind wie Tag und Nacht. Sind Sie sicher, mit den beiden reden zu wollen?"

Der Herr der Krähen deutete mit einer Geste an, dass sie sich für die weitere Unterhaltung setzen sollten.

„Mr. Minister, als ich sagte, ich möchte mit jedem sprechen, der mit dem Patienten Kontakt hatte, dann meinte ich das auch so", erklärte der Herr der Krähen.

„Wie soll ich Sie vorstellen?"

„Sagen Sie ihnen die Wahrheit."

„Dass Sie ein Zauberer sind?"

„Dass ich ein Heiler bin. Ein afrikanischer Heiler. Dass ich dem Bösen Fallen stelle, um das Gute zu retten."

„Okay. Überlassen Sie das mir", erwiderte Machokali. „Mit wem möchten Sie zuerst sprechen?"

„Mit Ihnen!"

„Was wollen Sie wissen?"

„Wie alles angefangen hat."

10

Wenn Machokalis Angelegenheiten bereits einen unguten Verlauf genommen hatten, seit es ihm nicht gelungen war, dem Herrscher einen Staatsbesuch zu organisieren, so liefen sie seit der Ankunft der Delegation in Amerika noch schlechter. Er hatte versucht, sein Versagen auszubügeln, indem er mithilfe seiner amerikanischen Freunde dem Herrscher Aburĩrias einen Empfang beim Präsidenten ermöglichte, und wäre es nur für eine Viertelstunde. Aber offenbar war der amerikanische Präsident vollständig ausgebucht.

Der Vizepräsident, der Außenminister, Senatoren bis hinab zu Kongressabgeordneten, alle sagten ab. Durch eifrige Lobbyarbeit gelang es ihm schließlich, wenigstens eine Einladung zum National Prayer Breakfast mit dem Präsidenten zu vereinbaren.

Der Herrscher war sehr froh zu hören, dass er und der amerikanische Präsident gemeinsam ein Prayer Breakfast haben würden, und bedauerte lediglich, vergessen zu haben, einen Geistlichen in die Delegation aufzunehmen, damit dieser ein Gebet für Aburĩria sprach.

Der Herrscher charterte einen Flug nach Washington, wo er und sein Gefolge vom aburĩrischen Botschafter und dessen Stellvertreterin Yunice Immaculate Mgenzi empfangen wurden, die den Herrscher begrüßte, als wäre sie die eigentliche Botschafterin. Vom Flughafen brachte sie eine Autoflotte zum Veranstaltungsort.

Machokalis Stimmung war gerade dabei, sich zu bessern, als der Konvoi, wie der Zufall es wollte, genau in dem Augenblick ankam, als sich Demonstranten mit Plakaten versammelten und Parolen riefen, die den aburĩrischen Diktator und seine Pläne für Marching to Heaven anprangerten. Wer sind diese Verrückten, die es wagen, sich Freunde der Demokratie und Menschenrechte in Aburĩria zu nennen?, fragte sich Machokali verärgert. Er lugte durchs Fenster der Limousine und erkannte einen der Demonstranten, vielleicht war er sogar ihr Drahtzieher: Materu, ein ehemaliger Geschichtsprofessor der University of Aburĩria, der erst vor Kurzem entlassen worden war, nachdem er zehn seiner zehneinhalb Jahre Zwangsarbeit im Hochsicherheitsgefängnis des Landes abgesessen hatte. Er hatte über Aburĩrias Unabhängigkeit geschrieben und dabei vergessen zu erwähnen, dass der Herrscher ein Freiheitskämpfer gewesen war. Eigentlich sollte dieser Professor dem Herrscher doch dankbar sein, weil er ihm sechs ganze Monate seines Lebens geschenkt hatte. Machokalis Zorn wuchs, als er sah, wie der arrogante, bärtige Professor im Ausland herumstolzierte, sein Vaterland und den Herrscher verriet und das gute Gefühl wegen des bevorstehenden Frühstücks zunichte machte.

Er war erleichtert, dass ihm der Herrscher keine Fragen zu dieser Demonstration stellte. Doch das Pech blieb ihm weiter auf den Fersen; sobald sie die Empfangshalle betraten und der Herrscher begriff, dass er nur einer von vielen war, die Tausende Dollars für das Frühstück bezahlt hatten, sah er Machokali drohend an, als wollte er fragen: Was soll das Ganze? Werde ich dem Präsidenten nicht die Hand schütteln und neben ihm sitzen?

Machokali hatte angenommen, dem Herrscher wäre die ganze Zeit klar gewesen, dass der Zweck der Veranstaltung darin bestand, Geld für die Wohlfahrtseinrichtungen des amerikanischen Präsidenten zu sammeln. Es hatte ein Missverständnis gegeben, so viel stand fest; das Prayer Breakfast wurde zu einer Katastrophe, ein weiterer Minuspunkt für Machokalis Ansehen in den Augen des Herrschers.

Aber er gab nicht auf; er bemühte sich eifrig, seinen verletzten Stolz zu besänftigen, und versuchte, den Herrscher in Fernsehshows wie „Globale Lichtgestalten & Visionäre“ oder „Ein Treffen mit den Mächtigen der Welt“ unterzubringen, die damals bei ausländischen Politikern äußerst beliebt waren, weil sie ihnen Gelegenheit gaben, dem amerikanischen Volk ihre Anliegen direkt vorzutragen und gleichzeitig ein weltweites Publikum anzusprechen. Doch die Produzenten hatten keinerlei Interesse am Herrscher gezeigt.

Als einziger Ausweg blieb eine Rede vor der Vollversammlung der Vereinten Nationen. Einen für beide Seiten passenden Termin zufinden, stellte sich aber als schwierig heraus, denn der Herrscher wollte erst dann vor der erlauchten Versammlung sprechen, wenn die Global Bank den Kredit zugesagt hatte.

Es waren schwere Tage für Machokali; nichts schien die Wolke vertreiben zu können, die sich zwischen ihn und den Herrscher geschoben hatte. Nichts schien zu seinen Gunsten zu arbeiten.

Und dann lud der Herrscher eines Tages die gesamte Delegation zum Mittagessen in sein persönliches Speisezimmer ein. Sie hatten schon eine Weile nicht mehr gemeinsam mit ihm gegessen und waren von der feierlichen Atmosphäre beeindruckt. Auf dem Tisch standen Blumen und Champagner. Was ist hier los?, fragte sich Machokali; und die anderen Minister stellten sich dieselbe Frage. Als sich der Herrscher jovial mit ihnen unterhielt, glaubten sie, dass etwas Angenehmes geschehen sein musste.

Das bestätigte sich, als der Herrscher sich an den Protokollchef wandte und ihn fragte, wo der Aufsichtsratsvorsitzende der Global Bank platziert werden solle. „Aber ja, natürlich, er kommt doch in seiner Eigenschaft als Bote hierher, vielleicht sollte er an der Tür stehen oder knien oder kriechen, oder was meinst du?“ Alle lachten. Seit der Schmach von Eldares hatten sie den Herrscher nicht mehr so aufgeräumt erlebt. Jeder konnte den leeren Stuhl zwischen ihm und Machokali sehen, was bestätigte, dass der Herrscher nicht den geringsten Zweifel am Erscheinen des Vorsitzenden der Global Bank hegte. Und dass ein so hoher Würdenträger persönlich kommen würde, ohne positive Nachrichten über den lang erwarteten Kredit für Marching to Heaven zu bringen, daran war nicht zu denken.

In diesem Augenblick meldete der Wachmann, ein Bote der Global Bank stehe vor der Tür. „Bitten Sie ihn herein", sprach der Herrscher. Als sie die Blicke auf den Eingang richteten, sahen sie einen Mann mit einem Umschlag in der Hand. Noch bevor dieser ein Wort sagen konnte, schlussfolgerten alle, dass es sich bei ihm, wer immer er war, auf keinen Fall um den Chef der Bank handeln konnte. Oder war es vielleicht doch ein Missverständnis? Auch wenn der Empfang und die Sicherheitsleute des Hotels angewiesen waren, jeden von der Global Bank passieren zu lassen, könnten sie den Falschen durchgelassen haben. Aber der Mann ließ sie nicht lange im Unklaren. Er war vom Global Courier Service in Manhattan und überbrachte einen Brief der Global Bank. „Würde bitte jemand gegenzeichnen?"

Der Herrscher nickte Machokali zu. Der Außenminister übergab den Brief dem Herrscher, der, als er den Umschlag entgegennehmen wollte, merkte, dass seine Hände vor Erwartung zitterten. Um dies zu verbergen, bat er Machokali, den Brief zu öffnen und seinen Inhalt laut vorzulesen, damit es alle am Tisch hören konnten. Schließlich zählte die Botschaft, nicht der Bote.

„Sie verstehen bestimmt, dass der Herrscher und wir alle nach wie vor positive Nachrichten erwarteten", erzählte Machokali dem Herrn der Krähen. „Aber bereits beim Überfliegen des Schreibens spürte ich, wie Kälte nach meinen Eingeweiden griff."

Der Brief war ungefähr zehn Zeilen lang. Nach Prüfung des gesamten Projekts sah die Global Bank keine wirtschaftlichen Vorteile in Marching to Heaven. Das Argument, das Projekt würde Arbeitsplätze schaffen, wie die aburĩrische Regierung angeführt hatte, sei überholte Keynes'sche Wirtschaftswissenschaft. Und weder der alte noch der Neo-Keynesianismus hätten in der modernen Weltwirtschaft Platz. Die Global Bank könne „auf der Grundlage des gegenwärtigen Antrags" keinen Kredit vergeben. Wenn Aburĩria die Sache weiterverfolgen wolle, wäre ein besserer Antrag erforderlich. Geld sei nicht das Problem. Doch könne die Global Bank kein Geld in ein Projekt fließen lassen, dessen Grenze buchstäblich der Himmel war. Aburĩria hätte sieben Tage Zeit, mit besseren Argumenten und Fakten vorstellig zu werden, wenn die Global Bank die Finanzierung von Marching to Heaven noch einmal prüfen solle.

Jeder im Raum war sprachlos. Sie wussten nicht, wohin sie blicken sollten – nach unten, nach oben, weg, zur Seite oder was! Sie alle wussten nur, dass sie dem Herrscher nicht ins Gesicht sehen mochten.

Für Machokali war es noch schlimmer, und sogar jetzt, während er dem Herrn der Krähen die Geschichte jenes Tages erzählte, spürte der Minister die Kälte im Raum, nachdem er den Brief verlesen hatte. Seine Lippen bebten. Er war wie gelähmt. Sollte er dem Herrscher den Brief übergeben? Sollte er vielleicht einwenden, dass die Global Bank die Tür zumindest nicht zugeschlagen hatte? Die Stille schien mit jeder Sekunde durchdringender zu werden. Der Herrscher streckte die Hand aus, als wollte er den Brief selbst noch einmal lesen. Machokali übergab ihn und setzte sich schnell.

Der Herrscher erhob sich, um eine Rede zu halten, ohne zu bemerken, wie der Brief in seiner Hand zitterte. Sie saßen wie festgeklebt auf ihren Stühlen und warteten gespannt auf jedes Wort. Doch als der Herrscher den Mund aufmachte, kam kein Wort heraus. Er stand da und mühte sich vergeblich zu sprechen. Was? Dem Herrscher fehlten die Worte? Entsetzen erfasste sie alle. Hier stand der Herrscher mit offenem Mund und versuchte, etwas zu sagen, brachte aber nur heiße Luft und ein pfeifendes Geräusch hervor. Doch der eigentliche Schrecken entfaltete sich erst Sekunden später.

Auf einmal blähten sich Backen und Bauch. Nein, nicht nur die Backen und der Bauch, sondern der ganze Körper. Bestürzt sahen sie einander an. So etwas hatten sie noch nie gesehen. Der Herrscher gestikulierte, dass er Stift und Papier haben wolle, aber er konnte den Stift nicht richtig halten, weil seine Finger innerhalb von Sekunden immer fetter wurden. Der offizielle Biograph versuchte, ihm seinen dicken Stift zu geben, aber der Herrscher winkte ihn hinaus. Dann gab er das Zeichen, dass die Zusammenkunft beendet sei.

Auch jetzt noch, da Machokali über die Ereignisse jenes Tages berichtete, klopfte ihm das Herz so wild, als entfaltete sich die Szene noch einmal vor seinen Augen.

„Erlauben Sie mir zusammenzufassen, was Sie mir gerade erzählt haben", sprach der Herr der Krähen. „Die Global Bank lehnt einen Kredit für Marching to Heaven ab. Der Körper des Herrschers beginnt anzuschwellen. Er kann nicht mehr sprechen."

„So in etwa, obwohl es viel komplexer war, als Sie es jetzt aussehen lassen", erwiderte Machokali.

„Ich versuche zu verstehen. Ist das Essen des Herrschers auf Gift untersucht worden?", fragte der Herr der Krähen.

„Wir hatten ähnliche Vermutungen", antwortete Machokali, „aber es war noch kein Essen bestellt worden. Wir verließen die Tische, und die Champagnerflaschen waren noch verschlossen. Und seither ... nun, Sie kennen den Rest."

„Wie lange dauert das schon an?"

„Wir haben die Tage nicht mehr gezählt. Wochen vielleicht, aber das ist nur eine Vermutung. Ich könnte seinen Biographen fragen, der des Herrschers Taten und Worte aufzeichnet."

„Das wird nicht nötig sein. Zumindest jetzt nicht. Und Sie sagen, er hat seitdem kein Wort mehr gesprochen?"

„Furyk behauptet, er hätte gehört, wie er versuchte, ‚Koralle' oder ‚kriechen' oder ‚krude' zu sagen. Aber da fragen Sie besser Din Furyk, obwohl ich der Ansicht bin, dass der halluziniert. Aber wenn Sie jetzt nach meinem Bericht der Ansicht sind, dass es nicht nötig sein wird, persönlich mit Din Furyk oder Clement Clarkwell zu sprechen, kann ich das tun. Oder Dr. Wilfred Kaboca zu ihnen schicken, damit er die genauen Worte in Erfahrung bringt und ihre Antworten für Sie aufzeichnet."

„Ich brauche Folgendes von Ihnen", erwiderte der Herr der Krähen und ignorierte Machokalis Angebot. „Zwei Dinge. Besorgen Sie mir einen großen Wandspiegel, in den zwei oder drei Leute gleichzeitig sehen können, ohne sich auf die Füße zu treten. Der Spiegel soll an einer Wand des Schlafzimmers oder vor dem Stuhl des Patienten angebracht werden."

„Dort gibt es einen Wandspiegel.“

„Dann bitten Sie Din Furyk zu mir.“

11

„Wer? Ein Arzt?“, fragte ein überraschter Furyk, als Machokali ihn herbeizitiert hatte. Machokali bestätigte, dass der Mann eine Art Spezialist oder Spiritualist war, und gab erst nach vielen eindringlichen Fragen zu, von einem Hexenmeister zu sprechen.

„Was? Ein Hexenmeister in New York?“, fragte Furyk erstaunt.

„Ich schaute Machokali an, um mich zu vergewissern, noch bei Verstand zu sein“, schrieb er in sein Tagebuch, „und sah, wie mich seine großen Augen anflehten, nicht abzulehnen. Statt ihm ein donnerndes Nein an den Kopf zu werfen, wie ich es beabsichtigte, hörte ich mich sagen, er solle sich keine Gedanken machen. Er ist ein Arzt für die Seele und ich für den Körper, wir sollten also ein perfektes Paar abgeben. Ich versuchte einfach, ihn zu beruhigen, obwohl ich langsam neugierig wurde. Ich freute mich auf die Begegnung mit dem Mann, der diesen westlich gebildeten, hochrangigen Minister im Griff zu haben schien. Als ich das Zimmer des Mannes betreten wollte, überlegte ich, wie wir uns verständigen sollten. Mit Handzeichen etwa?

Ich war überrascht, als ich einem Hexendoktor gegenüberstand, der Englisch sprach, als wäre er in Harvard gewesen! Ich sagte zu ihm: ‚Sie sprechen hervorragend Englisch. Wo haben Sie die Sprache so gut gelernt?‘ Er sagte: ‚An der University of Treetops.‘ Ich hatte nie von dieser Universität gehört oder gesehen, dass sie irgendwo zitiert wurde. Er fragte: ‚Und Sie? Sie sprechen hervorragend Englisch. Wo sind Sie gewesen?‘ Die Frage und sein Ton irritierten mich, er konnte doch sehen, dass ich weiß bin! Was sollte ich seiner Meinung nach sonst sprechen? ‚Harvard natürlich‘, antwortete ich höflich und fragte ihn: ‚In Ihrem Land werden also Zauberei und Hexerei an der

Universität gelehrt?‘ Er antwortete: ‚Oh, ja, Kunst und Wissenschaft der Hexerei bilden das Herz des Universitätssystems von Treetops. Wir haben Lehr- und Forschungsinstitute, die auf Magie spezialisiert sind. Sie etwa nicht?‘ ‚Natürlich nicht‘, antwortete ich. ‚Bei uns gibt es Institute für Medizin, Psychiatrie und Pharmakologie.‘

Ich wechselte rasch das Thema und sagte ihm, wie erfreut ich sei, ihn kennenzulernen, um über die seltsame Krankheit zu disputieren, an der ihr Oberhaupt leide, eine seltsame Bösartigkeit, diese selbst induzierte Expansion. Sehr selten. Ich hätte noch nie davon gehört.

Ja, das war es, und plötzlich wurde mir klar, dass ich dieser sonderbaren Krankheit einen Namen gegeben hatte. SIE: Selbst Induzierte Expansion.

Er hörte meiner Erzählung aufmerksam zu, ohne mich zu unterbrechen. Als ich aber sagte, sowie man dem Patienten auf den Bauch drücke, käme nur das Wort ‚Koralle‘, ‚kriechen‘ oder ‚krude‘ aus seinem Mund, hob der sogenannte Herr der Krähen den Kopf.

Er fragte mich: ‚Sagte er ‚Koralle‘, ‚kriechen‘, ‚krude‘ oder etwa ‚*korwar*‘?‘ Zunächst konnte ich die Klangunterschiede nicht erkennen. Er wiederholte die Wörter, artikulierte jedes einzelne langsam und deutlich, bis ich schließlich die Unterschiede hörte. Ich musste zugeben, dass sein eigenes Wort dem, das der Herrscher von sich gab, am nächsten kam. Also sagte ich: ‚Ja, ja, das ist das Wort.‘ Aber warum sollte der Mann vom Cold War besessen sein, das ist doch etwas aus vergangenen Zeiten?

Er fragte erneut: ‚Und dieses Wort oder dieses Geräusch kam nur heraus, wenn Sie seinen Bauch abklopften?‘ ‚Ja‘, sagte ich. ‚Sind Sie sicher?‘, fragte er und ich antwortete: ‚Ja.‘ Er schrieb das in sein Notizbuch. ‚Was geschah, wenn die anderen Ärzte dem Herrscher den Bauch abklopften?‘ Ich sagte ihm, dass ich das als Einziger getan hätte, und fragte ihn: ‚Noch weitere Fragen?‘ Zunächst antwortete er nicht; es schien, als hätte er mich gar nicht gehört. Ich wollte schon gehen, als er mich zurückhielt. Er kam näher. Bis zu diesem Augenblick hatte er nichts getan oder gesagt, das vermuten ließ, er sei ein Hexendoktor. So, wie er seine Fragen stellte und die Dinge anging, unterschied er sich nicht sehr von der Herangehensweise jedes beliebigen modernen Arztes. Ich sah keinerlei Anzeichen für Voodoo oder Juju-Utensilien.

Als er mir jetzt aber mit gedämpfter Stimme erklärte, was er von mir wollte, war ich nicht mehr sicher, ob er Spielchen mit mir trieb oder nicht. Dann musste ich lachen. Er wollte, dass ich an einem Wandspiegel vorübergehe."

12

Der Herr der Krähen war dem Herrscher nie persönlich begegnet, und das Bild, das er von ihm hatte – groß gewachsen, massig, aber nicht fett –, beruhte auf Fernsehbildern und Zeitungsfotos. Der Herrscher achtete sorgfältig auf sein Äußeres, gehörte aber nicht zu denen, die sich in Stummelaffenfelle, *dashikis* oder kragenlose Hemden kleideten. Er trug immer westliche Anzüge, die mit Aufnähern aus Raubkatzenfell verziert waren, was allein ihm zustand. Und natürlich war da der berühmte Leopardenhut, der wie eine Krone geformt war, das Symbol seines hohen Rangs und seiner Macht. Dies war in etwa das Bild, das der Zauberer im Kopf hatte, als er das Krankenzimmer betrat. Er war auf einen Unterschied gefasst, zumal bei einem Kranken, doch niemals auf das, was sich seinen Blicken bot.

Ein Gestank schlug ihm entgegen, wie er ihn oft in den Straßen von Eldares festgestellt hatte, nur schien er jetzt dem Körper des Herrschers zu entströmen.

In den Augen des Herrschers wohnte die Angst, und der Herr der Krähen konnte nicht erkennen, ob es die Angst vor der Krankheit war oder vor ihm, einer fremden Person. Zunächst, entschied der Zauberer, mussten die Zweifel des Patienten zerstreut werden, da Vertrauen in den Heiler unabdingbar für den Heilungsprozess war.

„Hören Sie genau zu", sprach er zum Herrscher. „Das Wichtigste zuerst: Wenn Sie verstehen, was ich sage, nicken Sie bitte zwei Mal mit dem Kopf."

Der Herrscher nickte zwei Mal.

„Gut. Wenn Sie hören können, werden Sie mit Sicherheit auch sprechen können. Machen Sie sich keine Sorgen. Es geht eine seltsame Krankheit um. Es ist eine Wortkrankheit; die Gedanken bleiben in einem Menschen stecken. Sie haben bestimmt schon Stotterer erlebt, oder? Ihr Stammeln ist das Ergebnis eines plötzlichen Staus von Gedanken, Berechnungen oder Sorgen. Nun frage ich Sie: Wer hat größere Sorgen als ein Staatsoberhaupt? Wer hat einmal gesagt, der Kopf, auf dem die Krone ruht, schläft nicht gut? Ich möchte, dass Sie etwas ganz Einfaches tun. Sehen Sie in den Spiegel an der Wand. Die Menschen, die engen Kontakt mit Ihnen hatten – die Minister, die Sicherheitsleute, die Ärzte –, werden vor dem Spiegel vorbeigehen. Ihre Aufgabe besteht darin, sich nur ihre Spiegelbilder anzusehen. Lassen Sie Ihren Verstand frei umherschweifen und seine eigenen Eindrücke bilden. Aber machen Sie sich keine Mühe, Ihre Gedanken in Worte zu fassen. Jetzt ist wichtig, dass Kopf und Herz denken und fühlen. Lassen Sie Ihren Vorstellungen, Gefühlen und Gedanken freien Lauf. Ich werde dem Pfad Ihrer Gedanken folgen, um herauszufinden, wo Sie blockiert sind; und ich möchte, dass Sie mir helfen. Ich werde Ihren Gedanken und Gefühlen eine Stimme leihen. Ich möchte Ihnen helfen, Ihr inneres Schweigen zu überwinden. Ich bin nur der Katalysator, der Ihre ureigenen Gedanken übermittelt."

Der Herrscher nickte zwei Mal.

13

Als Erster ging Machokali am Spiegel vorbei. Der Herrscher kniff die Augen zusammen und deutliche Falten traten ihm auf die Stirn, als er Machokalis Gang durch den Raum und aus dem Zimmer hinaus verfolgte. Er schüttelte so unmerklich den Kopf, dass der Herr der Krähen die Bewegung kaum wahrgenommen hätte, hätte er sich nicht auf das Spiegelbild des Herrschers konzentriert. In den

Stirnfalten des Herrschers und dem Leuchten seiner zusammengekniffenen Augen las der Herr der Krähen fürchterliche Wut.

Die anderen Minister gingen am Spiegel vorbei, doch keiner löste einen solchen Blick aus, wie ihn der Herrscher dem Minister für Auswärtige Angelegenheiten hinterhergeschickt hatte. Als die Sicherheitsleute und sein Leibarzt an der Reihe waren, wandte der Herrscher den Blick ab, als wäre es ihm unangenehm, von ihnen in diesem Zustand gesehen zu werden.

Din Furyk und Clement Clarkwell bildeten den Schluss. Plötzlich machte der Herrscher vergeblich Anstalten aufzustehen, doch gelang es ihm lediglich, ein „Wenn!" herauszublaffen.

Als Din Furyk das hörte, vergaß er die Anweisung, schweigend am Spiegel vorbei und wieder hinauszugehen. Er drehte sich zum Herrn der Krähen um und rief: „Das ist das Wort! Genau das Wort hat er gesagt." Er hatte das Gĩkũyũ-Wort „*korwo*" gehört, und das heißt „wenn". Als reagierte er auf Furyks heftigen Ausbruch, wiederholte der Herrscher das Wort „wenn" und mühte sich vergebens, sich an der Wand hochzustemmen. Der Herr der Krähen gab Furyk und Clarkwell ein Zeichen, den Raum zu verlassen.

Der Herrscher keuchte. Der Versuch, aufzustehen und das Wort „Wenn" auszusprechen, hatte ihn erschöpft. Er heftete seinen Blick auf den Zauberer, als verlangte er zu erfahren: Was ist los? Der Herr der Krähen antwortete ihm: „Nein, Ihnen fehlen nicht die Worte; es ist einfach der Gedanke an die Demütigung vor ihren Ministern und Untergebenen, der so überwältigend war, dass keine Worte mehr herauswollten. Als Sie jetzt die beiden Weißen derart gleichgültig am Spiegel vorbeigehen sahen, als wären sie sich Ihrer Gegenwart oder dessen, was ihresgleichen Ihnen angetan haben, nicht bewusst, wollten Sie ihnen etwas mitteilen, aber Sie sind stecken geblieben. Stotterer kommen manchmal nicht über das erste Wort hinaus. Genau wie Sie. Sie blieben beim Wort ‚wenn' stecken. ‚Wenn ich ein Weißer wäre, hätten Sie mir das dann angetan?' Oder ‚Wenn ich ein Weißer wäre, hätten Sie mich so vor meinen Ministern behandelt?'"

„Das stimmt", sprach der Herrscher laut und deutlich. „Das wollte ich ihnen sagen. Geh und sag meinen Ministern, ich wünsche sie alle zu sehen, damit sie selbst hören, was ich diesen Weißen sagen wollte."

Jetzt fehlten dem Herrn der Krähen die Worte. Er war über die rasche Erholung des Herrschers so erstaunt, dass er nicht wusste, wie er reagieren sollte. Er wollte ihm gerade sagen, er habe mit der Diagnose erst begonnen, als der Herrscher seinen Befehl wiederholte.

„Beeil dich. Lass sie unverzüglich hier antreten", sagte er, als redete er mit einem Laufburschen und nicht mit einem Heiler.

Der Herr der Krähen ging hinaus und übermittelte Machokali die Botschaft, der sich daranmachte, die anderen zusammenzurufen. Auf dem Weg zu seinem Zimmer lief der Herr der Krähen Furyk und Clarkwell in die Arme. Sie wollten wissen, was passiert war. Hatte er Erfolg gehabt?

„Es ist mir nur gelungen, ihm die Zunge zu befreien, mehr nicht. Aber wenigstens spricht er wieder", antwortete der Herr der Krähen und schaute Din Furyk direkt in die Augen. „Er ist immer noch unglaublich aufgebläht, auch wenn sich der Zuwachs ein wenig verlangsamt hat."

Furyks Reaktion kam völlig überraschend.

„Sie Schwindler", sagte er drohend zum Herrn der Krähen. „Sie beanspruchen einen Erfolg, der auf meiner Arbeit beruht. Ich habe die Krankheit entdeckt und ihr einen Namen gegeben. Ich fordere Sie im Namen der Wissenschaft zu einem Wettstreit um die Heilung der Selbst Induzierten Expansion heraus. Und ich warne Sie. Das ist mein Patient, und ich werde mir diesen Patienten, den Namen der Krankheit und jede Arznei patentieren lassen."

14

„Ich weiß nicht mehr, was mich geritten hat, ihn derart anzugehen", schrieb Furyk in sein Tagebuch, „aber ich wollte wohl nicht, dass er glaubte, seine Methoden, welche auch immer, könnten die

Wissenschaft übertrumpfen. Zugegeben, was er auf seine Weise geleistet hatte, war ziemlich außergewöhnlich. In nur wenigen Stunden hat er einen Knoten entwirrt, der uns an die Grenzen unserer Fähigkeiten getrieben hatte. Wenn ich nicht dabei gewesen und es selbst gesehen und gehört hätte, ich hätte es niemals geglaubt. Dennoch war ich überzeugt, dass das, was er getan hatte, um die Hypertrophie des Körpers abzuwenden und den Herrscher zum Reden zu bringen, nur eine Weiterführung der Arbeit war, die Clarkwell und ich schon geleistet hatten. Es wäre schön gewesen, sich vertraulich mit ihm zu unterhalten und die Einzelheiten seiner Behandlung zu erfahren, aber er war wie alle, die mit der Gabe der Beschwörung ausgestattet sind, abseits der Bühne nicht so gesprächig, wie wir uns das erhofft hätten. Aber er musste noch eine wirksame Arznei gegen die SIE finden, und ich war fest entschlossen, ihm dabei auf jeden Fall zuvorzukommen.

Oberste Priorität hatte die Patentanmeldung des Patienten selbst und unserer Entdeckung des einzigartigen Phänomens, dem wir die Bezeichnung Selbst Induzierte Expansion gegeben hatten (SIE). Dadurch würde alles, was der Zauberer herausfand, wenn er denn etwas herausfand, geistiges Eigentum unseres neuen Unternehmens werden, das wir Clem & Din tauften. Obwohl wir auf ein Problem stießen, uns den Patienten patentieren zu lassen oder seinen Körper, weil der Name Herrscher zu allgemein gehalten war und das bedeutet hätte, dass wir die Patentrechte auf alle Körper aller Herrscher des Erdballs besaßen, freuten wir uns sehr über die Rechte an der Entdeckung von SIE.

Jetzt wollte ich die jüngsten Errungenschaften bei der Entschlüsselung des menschlichen Genoms, in der Klontechnologie und der Stammzellenforschung nutzen, um ein Heilmittel zu finden. Wissenschaft gegen Zauberei. Der Kampf zwischen mir und dem Herrn der Krähen war der Kampf zwischen Licht und Finsternis; ich fühlte mich einer langen Reihe christlicher Eroberer bis hinab zu den Heiligen Kreuzzügen verbunden."

15

Der Herr der Krähen nahm die Herausforderung nicht sofort an. Er wollte sich ein wenig Ruhe gönnen und dem Herrscher Zeit geben, sich mit seinen Ministern zu beraten, bevor er sich an die vor ihm liegende Aufgabe machte, die, das wusste er, schwierig werden würde. Er musste wirklich schlafen. Es war ein Schock gewesen, von der Isolation einer Gefängniszelle in Eldares in eine Audienz beim Herrscher in einem New Yorker Hotel zu geraten, und Körper und Geist mussten sich erst darauf einstellen. Etwas Schlaf würde ihm die innere Anspannung nehmen und ihm ermöglichen, den zusätzlichen Druck zu bewältigen.

Er lag auf dem Rücken und fühlte sich schwerelos, während er vor dem Einschlafen an die Decke starrte. Aber die Fragen ließen nicht locker. Die Beschwerden, die den Körper des Herrschers heimsuchten, hatten seinen magischen Fähigkeiten widerstanden. Doch wie sollte er heilen, wenn er nicht die Ursache der Krankheit herausfand? Er hatte das Gefühl, als würde ihn die Krankheit verhöhnen, und das erinnerte ihn an Furyks Kampfansage. Was für eine Anmaßung dieses Furyk zu glauben, er wüsste alles über einen Afrikaner, nachdem er nur kurz mit ihm in Kontakt gewesen war! Ich werde die Herausforderung annehmen, hörte er sich sagen, und meinte damit sowohl die Krankheit als auch Din Furyk. Wo fange ich an?

Und dann hörte er zu seiner Überraschung eine Stimme. Nyawĩra? Die Stimme wurde deutlicher: Such in der Vergangenheit. Steh auf und geh zu allen Kreuzungen, Marktplätzen und Tempeln, allen Wohnstätten schwarzer Menschen auf der ganzen Welt und suche nach dem Ursprung ihrer Kraft. Dort wirst du das Heilmittel für die SIE finden.

Er wollte der Stimme gehorchen, konnte aber kaum die Beine noch irgendeinen anderen Körperteil bewegen. In Ordnung, der

Geist ist bereit, seufzte er resigniert, aber der Körper ist im Weg. Doch die Stimme ließ ihm keine Ruhe und sang:

Wach auf, Bruder Geist
Wach auf, Schwester Seele
Erlaubst du dem Schlaf Gewalt über dich
Geht der Segen an dir vorbei

Das Lied hörte sich eher an wie ein Schlaflied denn wie ein Weckruf, und er wäre tatsächlich eingeschlafen, wenn die Stimme sich diesmal nicht tatsächlich wie Nyawĩras angehört hätte, die von oben ihre Hände nach ihm ausstreckte. Er fühlte, wie sein Ich leichter wurde und er sah sich steigen, aufsteigen und schweben, außerhalb der Reichweite von Nyawĩra. Er hatte seinen Körper verlassen, war wieder ein Vogel und flog frei durch den weiten Himmel ...

Er erwachte im Flug, lachte, dachte an seine Reisen von den ägyptischen Pyramiden über die Ebenen der Serengeti bis nach Groß-Simbabwe; von Benin nach Bahia und weiter durch die Karibik bis zu den Wolkenkratzern von New York, und überall landete er, um Wissen zusammenzutragen. Der Körper, in dem er reiste, erschien ihm so wirklich, dass er unwillkürlich seinen Mund berührte. Zu seiner Erleichterung waren seine Lippen kein Schnabel und seine Arme keine gefiederten Flügel, und die Kleider, die er trug, waren dieselben, die er angehabt hatte, als er sich zum Ausruhen aufs Bett legte.

Wie lange habe ich geschlafen?, fragte er sich. In diesem Moment stieg ihm ein vertrauter Geruch in die Nase: der Gestank, der aus dem Krankenzimmer wehte und ihn zwang, zur Aufgabe zurückzukehren, die ihn nach Amerika geführt hatte. Er würde ins Krankenzimmer gehen und herausfinden, ob sich der Herrscher aller Worte in seinem Innern entledigt hatte. Er würde unter vier Augen mit ihm sprechen und Fragen stellen. Er fühlte sich erholt; je eher er ein Heilmittel oder einen sicheren Weg fand, dieser Klemme zu entkommen, desto eher konnte er nach Aburĩria und zu Nyawĩra zurück.

Er begegnete drei Männern mit identischen Aktentaschen, die aus dem Krankenzimmer kamen. Der eine war weiß, der zweite braun, der dritte schwarz. Der Weiße fluchte: „Oh, verdammt, wir sind spät dran!" Spät?, fragte sich der Herr der Krähen. War der Herrscher von Aburĩria gestorben?

16

Es heißt, dass der Herrscher, als seine Minister und das ganze Gefolge das Krankenzimmer betraten, sie nicht mit den üblichen Floskeln empfing: Wie geht's, wo seid ihr gewesen, danke, dass ihr gekommen seid, oder Gott sei Dank, mir geht es besser. Er begann loszureden, als nähme er das unterbrochene Gespräch vom Mittagessen wieder auf. Er hatte sogar den Brief in der Hand, den der Bote des Global Courier Service gebracht hatte, genau so, wie er ihn an dem Tag gehalten hatte, als Machokali ihn übergab, und wedelte damit herum, als wäre er Requisite, Beweismittel und Talisman in einem.

„Ja, hätten mich die Direktoren der Global Bank so beleidigt, wie sie das in diesem Brief getan haben, wenn meine Haut weiß wäre?", fragte er die Minister, die donnernd mit „NEIIN!" antworteten.

Es wäre eine Untertreibung zu sagen, dass die Minister verblüfft waren, so verschieden brachten sie Erleichterung und Fassungslosigkeit zum Ausdruck. Der Herrscher keuchte, als müsste er sich noch an die Last des Redens gewöhnen. Zwar zeigte sein Körper kein Anzeichen einer Verschlankung, zumindest aber schien er nicht mehr kurz vor dem Platzen zu stehen. Deshalb lauschten sie seinen Worten, was immer diese bedeuten mochten, mit Wohlgefallen.

„Ich habe angestrengt über diesen Brief nachgedacht und entschieden, dass wir uns der Herausforderung stellen und mit Argumenten aufwarten werden, die die Direktoren der Global Bank veranlassen können und werden, ihre Meinung zu ändern."

Trotz vieler offener Fragen spendeten sie ihm dröhnend Applaus. Diesmal, so sagte er, würde er kein Papier schicken, sondern den Fall persönlich vorantreiben, mit mündlichen Argumenten. Er bat Machokali, rasch eine Einladung an die Direktoren der Global Bank zu einer Konferenz am nächsten Tag im Hotel zu entwerfen, damit sie sich die zusätzlichen Fakten und Argumente zur Finanzierung von Marching to Heaven anhören könnten. „Gib die Einladung dem Boten, der vor Kurzem hier war", befahl der Herrscher, der den Herrn der Krähen mit dem Boten des Global Courier Service verwechselte.

Machokali ging hinaus. Nach einiger Zeit kam er zurück ins Zimmer, um zu berichten, dass er, weil der Bote bereits fortgewesen sei, die Einladung persönlich gefaxt und anschließend telefoniert habe. Er sei stolz, verkünden zu können, dass die Wünsche des Herrschers Früchte getragen hätten, und die Direktoren, obwohl sie es bedauerten, weder am nächsten noch am übernächsten Tag zu kommen, ihm versichert hätten, binnen sieben Tagen Vertreter zu einer Anhörung zu schicken. Feierlich schwenkte Machokali das Fax mit der Bestätigung der Zusage, die er den Bankern abgerungen hatte.

Der Herrscher bekundete Genugtuung. Als Nächstes wollte er, zu ihrer großen Freude und unverzagten Bewunderung, vor seinen Ministern die mündliche Argumentation proben. Mit Applaus bedankten sie sich für das Privileg einer Probeaufführung.

„Hört genau zu, weil ich vielleicht dieselbe Rede vor der Vollversammlung der Vereinten Nationen halten werde. Stellt euch vor, ihr seid die Direktoren der Global Bank", wies er seine Minister an, „und zugleich die Vollversammlung der Vereinten Nationen ..."

Das unergründliche wie unerschütterliche Gemüt dieses Mannes beeindruckte sie immer wieder; sie waren jetzt bereitwillige Opfer von etwas, das eine unglaubliche Darbietung zu werden versprach.

17

Gerüchte besagen, der Herrscher habe sieben Tage und sieben Nächte, sieben Stunden, sieben Minuten und sieben Sekunden ununterbrochen geredet. Am Ende hatten die Minister so viel applaudiert, dass sie betäubt und schläfrig waren. Einige bemerkten nicht, dass sie selbst heiser geworden waren und nur noch kaum hörbare Laute hervorbrachten: „Mehr, gib uns mehr, stimme mit dem Allmächtigen völlig überein." Sie brachten nicht mal mehr einen vollständigen Satz heraus, dann kaum noch ein Wort und schließlich nicht eine Silbe.

Als sie zu erschöpft waren, um zu stehen, knieten sie einer nach dem anderen vor dem Herrscher nieder, bis die Szenerie aussah, als befände sich eine Gemeinde im Gebet vor den Augen des Herrn. Aber bald stellten sie fest, dass es ebenso ermüdend war, kniend den Körper aufrecht zu halten, und einige nahmen mit übereinandergeschlagenen Beinen die Haltung von Buddhisten ein. Andere entschieden sich für die kauernde Haltung eines betenden Muslims, berührten mit der Stirn den Fußboden und hoben nur noch ab und zu den Kopf. Einige wenige, die nicht mehr in der Lage waren, ihren Kopf zu heben, taten so, als huldigten sie ununterbrochen dem Herrscher, indem sie Kopf und Hände auf den Boden legten und die Hintern in die Höhe reckten. Zu guter Letzt verharrte jeder in irgendeiner Stellung, die seinen Beinen, dem Hals, den Armen und auch den Lippen etwas Ruhe gönnte.

Der Biograph lag der Länge nach auf dem Boden und versuchte, alles aufzuschreiben, was der Herrscher sagte; schließlich legte er den Kopf auf eine Seite des Buches und schaffte es irgendwie, weiter Notizen für das Buch des Lebens niederzukritzeln.

Zur siebten Stunde des siebten Tages waren nur noch die Sicherheitsleute auf den Beinen, die die Wand benutzten, um sich aufrecht zu halten. Von den Zivilisten hielt Machokali am längsten durch, aber auch er spürte, wie seine Knie nachgaben. Da er stets darauf achtete, möglichst nicht anzuecken, versuchte er, den Herrscher um Erlaubnis zu bitten, sich setzen zu dürfen, fand sich schließlich jedoch kniend wieder, wie er benommen stöhnte, ja, mein Herr, Amen, als befände er sich in einem Ruf-und-Antwort-Ritual mit dem Herrscher.

18

Das, so erzählt man sich, war die Szenerie, der sich drei Abgesandten der Global Bank gegenübersahen – ein Weißer, ein Brauner, ein Schwarzer –, als sie am siebten Tag mittags um ein Uhr das Zimmer betraten. Sie ließen sich ihre Überraschung nicht anmerken, nicht einmal, als sie die Scheußlichkeit registrierten, zu der der Herrscher, auf dem Teppich sitzend und an die Wand gelehnt, verkommen war, nicht, als sie die Minister in unterschiedlichen Gebetshaltungen vorfanden und, nein, auch nicht, als sie die Männer ansahen und die Qualen auf ihren ausgezehrten Gesichtern bemerkten, denn die Besucher glaubten, dies sei ein religiöses Eingeborenenritual.

Sie waren Abgesandte der Bank, geschult, dass Geld weder Religion noch Rasse, Hautfarbe oder Geschlecht kannte; dass Geld die Wurzel allen Geldes war, die einzig beständige Gesetzmäßigkeit der neuen Weltordnung. Außerdem hatte man sie Sensibilität gegenüber den unterschiedlichen Kulturen gelehrt, und deshalb fürchteten sie, es könnte stören und verletzen, wenn sie in ein lebendiges religiöses Ritual hineinplatzten. Einer der Banker hielt Ausschau nach jemandem, bei dem er sich entschuldigen konnte.

Zum Glück für die Besucher hatten sie das Zimmer genau in dem Augenblick betreten, als der Herrscher eine Pause einlegte, als ob die Worte, die wochenlang in ihm gesteckt hatten, nun aufgebraucht waren und er auf eine frische Zufuhr wartete. Er sah sie, und ohne irgendeinen Versuch zu unternehmen aufzustehen, rief er: „Willkommen, willkommen!" Als sie das Wort „willkommen" hörten, zwangen sich die Minister aus ihren unterschiedlichen Stellungen hoch, um Stühle für die Besucher und sich selbst zu holen, den Bankgesandten innerlich dankbar dafür, dass sie den sieben Tagen der Erschöpfung, des Dursts, des Hungers und der Schlaflosigkeit ein Ende bereiteten.

Der Herrscher verschwendete keine Zeit. Er bat seinen Finanzminister und den Schatzmeister, ihre Überlegungen zur Rolle von Marching to Heaven in der Wirtschaft Aburĩrias, Afrikas und der Welt insgesamt zusammenzufassen und alle Fragen zu beantworten, die im abschlägigen Bescheid der Global Bank vorgebracht worden waren. Doch bevor sich der Finanzminister räuspern und seine Zusammenfassung geben konnte, hatte der Herrscher bereits übernommen und ritt auf einer neuen Flutwelle von Wörtern.

Die Bankgesandten wurden unruhig und schauten immer wieder auf die Uhren, doch da sie sich schuldig fühlten, ein religiöses Ritual gestört zu haben, warteten sie aus Höflichkeit auf einen passenden Moment, um ein Wort einzuwerfen. Nach einer Stunde blickten sie hilfesuchend zu den Ministern, wer von ihnen den Herrscher wohl bitten könnte, ihr Anliegen vorzubringen. Aber kein Minister schien bereit, die Verantwortung übernehmen zu wollen.

Deshalb entschloss sich der ranghöchste Bankvertreter, nun doch zum Geschäftlichen überzugehen. „Entschuldigen Sie, Sir", sagte er, aber es nutzte nichts. Er unternahm einige weitere Versuche, bemühte sich angestrengt um normale Lautstärke und einen höflichen Ton, sah sich aber schließlich gezwungen, beträchtlich lauter zu werden: „Mr. Präsident, Sir! Mr. Präsident, wir haben eine dringende Nachricht für Sie und sind wegen anderer Verpflichtungen in Zeitnot."

Der Ausdruck „dringende Nachricht" wirkte, und der Herrscher schaltete ab. Er entdeckte die Aktentaschen in den Händen der drei Abgesandten. Diese mussten den Vertrag zwischen der Global Bank und Aburĩria enthalten. Auch die Minister erweckte der Anblick der Aktentaschen zu neuem Leben. Hoffnung kam auf. Die überzeugenden Argumente des Herrschers mussten die Offiziellen in Bewegung gebracht haben. Deshalb klatschten sie alle wie in Zeitlupe, und es war nicht festzustellen, ob aus Erleichterung über den gestoppten Redefluss oder in Erwartung der guten Nachricht aus den Aktentaschen.

„Man hat uns zu Ihnen geschickt, weil Sie uns zu verstehen gegeben haben, dass es neue Informationen gibt, die Sie die Bank bitten wollen, in Betracht zu ziehen. Bevor wir jedoch dazu kommen, haben wir hier zwei Berichte über den gegenwärtigen Zustand Ihres Landes, und die Bank hat dazu einige Fragen.

Die erste betrifft die Frauen bei Ihnen. Wir haben erfahren, dass die aburĩrischen Frauen begonnen haben, ihre Männer zu prügeln. Unserer Meinung nach nimmt das die Befreiung der Frau etwas zu wörtlich und geht zu weit. Weibliche Gewalt als Mittel gegen männliche Gewalt ist nicht die Lösung für häusliche Gewalt und stellt eine ernste Bedrohung aller Familienwerte dar, die so, wie wir sie heute kennen, die Grundlage eines stabilen sozialen Umfelds bilden.

Die zweite Frage betrifft die Sache mit den Warteschlangen. Ich glaube, Sie hatten uns mitgeteilt, dem massenhaften Schlangestehen Einhalt geboten zu haben. Wir bekommen jedoch zu hören, dass Motorradfahrer unterwegs sind, die überall verkünden, Sie wünschten, dass die Warteschlangen wieder auferstehen, und dieser Aufruf in einigen Regionen sehr ernst genommen wird. Was, Mr. Präsident, haben Sie zu diesen zwei Punkten zu sagen?"

„Worüber reden Sie?", fragte der Herrscher verwirrt, denn er hatte die Motorradfahrer völlig vergessen. Außerdem war er leicht verärgert, weil sie besser über sein Land Bescheid zu wissen schienen als er. „Ich bin sicher, dass der Warteschlangenunsinn das Werk einer terroristischen Dissidentenbewegung ist. Was ich aber überhaupt nicht verstehe, ist Ihre Behauptung, Männer, richtige Männer, ließen es zu, von Frauen verprügelt zu werden. Wollen diese Frauen Ehemänner werden und Männer in Ehefrauen verwandeln?", fragte er und versuchte, die Sache leicht zu nehmen.

„Genau das ist der Punkt, Mr. Präsident. In Ihrem Land geht alles drunter und drüber. Ihre Frauen stellen sich gegen die natürliche Ordnung der Dinge und haben sogar ein so genanntes Volksgericht begründet, und gleichzeitig gefährden die Warteschlangen die gesellschaftliche Ordnung. Wir müssen Ihnen nicht das Offensichtliche vor Augen führen: Wenn die Massen das Gesetz in die eigenen Hände nehmen, bleibt in Ihren Händen nur Chaos zurück. Radikale Demokratie. Direkte Demokratie. Die alten Griechen haben das, glaube ich, im Stadtstaat von Athen versucht, und was ist passiert? Es war das Ende der griechischen Zivilisation. Mr. Präsident, kehren Sie nach Aburĩria zurück. Bringen Sie Ihr Haus in Ordnung. Dann können Sie uns ein Memorandum schicken und alles Neue anführen, was wir in Betracht ziehen sollen. Die Bank wird das sorgfältig prüfen ... und jetzt entschuldigen Sie uns bitte. Wir haben noch einen weiteren Termin", sagte der Bankvertreter, warf einen Blick auf die Uhr und verließ, gefolgt von den beiden anderen, die ebenfalls nach ihren Aktentaschen griffen, den Raum und murmelte vor sich hin: „Oh, verdammt, wir sind spät dran!"

Der Herrscher war entgeistert, dass die Bankvertreter einfach so hinausgingen, ohne sich seine Wirtschaftstheorie und Philosophie und vor allem seine architektonische Vision von Marching to Heaven angehört zu haben. Der Mund stand ihm offen. Der Hals wurde kraftlos und er lehnte seinen Kopf seitlich gegen die Wand. Er stieß einen stummen Schrei aus.

„Oh, nein, nicht schon wieder", flüsterte Machokali schwer atmend. Noch ein Déjà vu. Der Herr der Krähen fiel ihm ein. Besorgt suchte er das Zimmer nach ihm ab, konnte ihn aber unter den Anwesenden nicht ausmachen. Er ging zur Tür, wo A.G. stand.

„Die Wortkrankheit hat ein zweites Mal zugeschlagen", flüsterte er. „Wo ist der Herr der Krähen?"

19

Das müssen die Vertreter der Global Bank sein, dachte der Herr der Krähen, als er die Krankenstube des Herrschers betreten wollte. Sie müssen sich die neuen Argumente des Herrschers für das Darlehen angehört haben. Aber hatte Machokali nicht gesagt, dass sie in sieben Tagen kommen würden? Hatte er die ganze Zeit geschlafen? War er so müde gewesen? Er drehte sich um und sah den davongehenden Männern nach. Sie hatten etwas Vertrautes an sich, und doch hätte er schwören können, sie nie zuvor gesehen zu haben. Was an ihrem Aussehen, ihrer Kleidung, ihrer Haltung löste dieses Gefühl in ihm aus? Er konnte kaum glauben, was ihm nun langsam klar wurde. Ihr Benehmen glich genau dem einiger Leute, denen er auf seinem Vogelflug begegnet war. Träumte er immer noch?

Er hatte Geschichten über Schlafwandler gehört und gelesen, die auf den Markt einkaufen gehen konnten, obwohl sie fest schliefen, nach Hause zurückkehrten und wieder ins Bett gingen; und wenn sie aufwachten, wunderten sie sich, wie die Einkäufe ins Haus gekommen waren. Er hatte über einen Mann gelesen, der seine Frau umgebracht hatte und vor Gericht behauptete, dass er das im Schlaf getan hatte. War er, der Herr der Krähen, auch Schlafwandler?

Er beschloss, das herauszufinden. Statt das Zimmer des Herrschers zu betreten, ging er in sein eigenes zurück und holte die Aktentasche; darin befanden sich Stift und Papier, sein ganzer weltlicher Besitz. Er nahm den Lift ins Erdgeschoss.

Suchend sah er sich nach den drei Männern von der Global Bank um. Er bemerkte zwei Bettler, einen Mann und eine Frau, die jedem Passanten die Hände entgegenstreckten. „Ich bin Kriegsveteran", sagte der Mann. „Ich habe Hunger. Haben Sie etwas Kleingeld für mich?" Wohin konnten die drei so schnell verschwunden sein? Er hätte seine Aktentasche nicht holen sollen.

Jetzt entdeckte er, wie sie in eine cremefarbene Limousine stiegen. Er versuchte, ein Taxi anzuhalten, aber die Fahrer rasten an ihm vorbei. Einer hielt ein paar Meter entfernt die Straße hinauf, um ein weißes Pärchen aufzunehmen. Zum Glück rettete ihn ein schwarzer Taxifahrer. „Folgen Sie diesem Wagen", sagte der Herr der Krähen.

20

„Ehrlich! *Haki ya Mungu*", sollte A.G. später sagen, wenn Zuhörer zweifelten und versuchten, die Geschichte als Unsinn abzutun. „Ich bin Geschichtenerzähler und kein Gerüchtekoch", fügte A.G. dann hinzu und als Beweis erinnerte er sein Publikum daran, selbst dort gewesen zu sein. „Ich war müde, sehr müde, aber Machokalis Frage machte mich sofort wieder munter. Ja, wo war der Herr der Krähen? Wann hatte ich ihn zuletzt gesehen?

Ich erinnerte mich jetzt, dass ich den Herrn der Krähen während der Tage, in denen wir Gefangene der Theorien des Herrschers von einer Welt, die von der Ökonomie des Glücks und des Leids regiert wurde, gewesen waren, nicht ein einziges Mal gesehen hatte. Es sagt einiges über die faszinierende Kraft der Stimme des Herrschers, weil ich nie an den Herrn der Krähen gedacht hatte. Wie alle anderen hatte ich vergessen, dass er es gewesen war, der die Stimme des Herrschers gelöst hatte.

Ich verließ das Krankenzimmer und ging zu seinem Appartement, um nach ihm zu suchen. Er war nicht da. Ich ging zum Empfang hinunter. Sie hatten die Person, die ich ihnen beschrieb, nicht gesehen. Ich ging wieder in sein Zimmer. Da gab es nichts, was von seiner Anwesenheit zeugte. Wohin war er verschwunden? Was war ihm widerfahren? Ich ging zu Machokali.

Alles war, wie ich es zurückgelassen hatte. Dem Herrscher stand der Mund offen, als wäre er mitten im Reden erstarrt. Die Minister saßen mit von Erschöpfung und fehlendem Schlaf ausgezehrten Gesichtern und hängenden Köpfen auf ihren Stühlen und sahen wie Leichen aus. Machokali war der Einzige, der noch auf seinen Namen, Scharfe Augen, reagierte. Ihm schien bewusst, was vor sich ging, auch wenn man das bei ihm nie so leicht sagen konnte, weil seine riesigen Augen immer die gleiche Größe hatten und sich nie schlossen, nicht einmal wenn er schlief. Wir von der Polizei sind trainiert, Härten zu ertragen, und ich war nicht überrascht, dass die meisten von uns wach waren und unsere Aufgabe als Beschützer des Herrschers und unserer Nation erfüllten.

Machokali gab mir mit einer leichten Handbewegung ein Zeichen, und ich begriff, dass er sich draußen mit mir treffen wollte. Ich berichtete ihm, der Herr der Krähen sei spurlos verschwunden. Er blieb ruhig, sehr ruhig und starrte vor sich hin, wobei er langsam am Haar über seinem rechten Ohr zupfte, als ob sein Geist umherwanderte und seinen Körper zurückgelassen hatte. Fragen schossen mir durch den Kopf: Hatte der Herrscher etwa einen Herzinfarkt erlitten? Machokalis Zustand nach zu urteilen, schien es so. Wo war der Herr der Krähen, der die Toten zum Leben erwecken konnte?“

21

Der Herr der Krähen machte es sich auf dem Rücksitz bequem und war erleichtert, dass ihm der Geruch aus dem Krankenzimmer nicht bis ins Taxi gefolgt war. Das war zugleich eine gute Gelegenheit, das echte New York zu sehen, denn seit seiner Ankunft hatte er noch keine Zeit gehabt, außerhalb des Hotels herumzuschlendern.

Er dachte an das Fifth Avenue VIP Hotel und war schon bald damit beschäftigt, das wenige, was er von ihm gesehen hatte, mit den Hotels in Aburĩria zu vergleichen. Das lenkte ihn vom Sinnieren über Wirklichkeit und Illusion ab.

An einer Ampel fiel dem Fahrer auf, dass die Limousine einen Block weiter vorne angehalten hatte. „Ihre Leute sind stehen geblieben“, sagte er und riss den Zauberer aus seiner Selbstbetrachtung. Die drei Männer stiegen aus und rannten über die Straße, während ihr Wagen davonpreschte. Er bat den Fahrer anzuhalten, bezahlte und stieg aus. Die Männer betraten einen imposanten Wolkenkratzer. Er ging über die Global Avenue, als hätte er dasselbe Ziel. Die Macht, die hier in Glas und Beton eingeschlossen war, faszinierte ihn. Alle Gesetze und Regulierungen, die die Wirtschafts- und Finanzpolitik sämtlicher Nationen regierten, kamen aus diesem Gebäude. Welches Lied die Bank auch sang, die Staatsoberhäupter der Welt tanzten danach; wenn sie nieste, klagte die ganze Welt über Migräne. Was sollte er tun? Eintreten und die Männer ansprechen? Vorgeben, er wäre an ihren Schriften über ihre Rolle bei der Entwicklung einer neuen Weltgemeinschaft interessiert? Während er sich unentschlossen dem Gebäude näherte, kam er an einer Nebenstraße vorbei. Am Eingang stand ein Schild mit der Aufschrift DEAD END.

Er war ein wenig benommen und konnte seinen Augen kaum trauen. Das war ein Bild, das er während seines Vogelseins gesehen hatte. War das Schild ein Omen? Er grübelte über die möglichen Bedeutungen nach, lächelte in sich hinein und beschloss, zum Hotel zurückzukehren. Er war jetzt mehr denn je auf den Zustand des Herrschers konzentriert.

Im Hotel in der Fifth Avenue ging der Herr der Krähen am Empfang vorbei zum Fahrstuhl. Egal, wie oft er auf den Knopf drückte, der Lift fuhr nur bis zum dritten Stock. Die Empfangsdame klärte die Sache auf. Die darüber liegenden Stockwerke waren privat und konnten nur mit einem speziellen Passierschein betreten werden, und den besaß er nicht.

Die Empfangsdame fragte nach seinem Familiennamen, um in ihrem Verzeichnis nachzusehen. Er wollte schon Kamĩtĩ wa Karĩmĩri sagen, als ihm einfiel, dass sein Pass auf einen anderen Namen ausgestellt war, Abdi Mganga, aus Sicherheitsgründen, wie Sikiokuu gemeint hatte, und er konnte sich auch nicht erinnern, registriert worden zu sein. Die Empfangsdame schlug vor, in der Suite anzurufen, doch dort nahm keiner ab. Mehr könne sie momentan nicht für ihn tun, erklärte sie, er könne aber gern in der Empfangshalle warten; vielleicht würde einer seiner Leute anrufen oder herunterkommen.

Er setzte sich; er wartete. Warum war alles so kompliziert?

22

Der Herr der Krähen hing in der Empfangshalle herum und wusste nichts mit sich anzufangen. Er kaufte eine Zeitung, konnte den Berichten aber nicht folgen. Er schaute jeden prüfend an und hoffte, ein Delegationsmitglied zu entdecken. Eine hochschwangere Frau stieg aus einem Taxi und betrat das Hotel; sein Blick folgte ihr, bis sie verschwunden war. Unwillkürlich stellte er sich Nyawĩra als werdende Mutter vor. Er hatte sich immer nach einer Familie gesehnt, die sich auf Liebe und gegenseitigen Respekt zwischen Mann, Frau und Kindern gründete.

Seine Sehnsucht nach Nyawĩra war grenzenlos; er war viel zu lange fort gewesen. Sogar Machokali hatte gesagt, man brauche ihn nur für einen Tag und würde ihn nach Hause schicken, sobald er den Herrscher geheilt habe. Vielleicht hatte sich der Herrscher erholt und es ging ihm wieder gut; vielleicht redete er immer noch. Wie auch immer, für ihn stand fest, dass seine Dienste nicht mehr gebraucht wurden. Er musste zurück nach Aburĩria. Zum Glück hatte er noch seinen Pass und das Flugticket.

Aber er wollte sich nicht einfach davonstehlen, ohne jemanden zu informieren. Deshalb ging er zur Rezeption und bat um ein Blatt Papier. Er würde Machokali eine Nachricht hinterlassen. Doch als er sich zum Schreiben niederbeugte, flimmerte eine Folge von Bildern durch seinen Kopf. Zuerst die aufgedunsene Allmächtige Vortrefflichkeit. Das Bild ging in das der schwangeren Frau über und dann in die drei Männer von der Global Bank. Als Nächstes sah er Furyk und die Delegationsmitglieder am großen Spiegel im Krankenzimmer vorbeigehen. Wieder dachte der Herr der Krähen daran, wie der Herrscher Machokali angestarrt hatte, ein Blick, dessen Boshaftigkeit eindeutig war. In seinem Körper kribbelte ein beklemmendes Gefühl, und er empfand ungeheures Mitleid für Machokali. Dem Herrn der Krähen war bewusst, was dieser Blick und das Kopfschütteln bedeuteten; er wusste aber auch, dass ihm keiner, nicht einmal Machokali, glauben würde, wenn er es aufschrieb. Aber weil er niemandem etwas Böses wünschte, hielt er es für seine Pflicht, Machokali, ohne näher darauf einzugehen, vor der Gefahr, die ihm drohte, zu warnen.

Er schrieb: „Ich habe keinen Passierschein. Passen Sie auf sich auf. Das Land ist schwanger. Und niemand weiß, was es zur Welt bringen wird."

Er überflog die Nachricht noch einmal, faltete das Papier, adressiertes es an Machokali und übergab es der Empfangsdame.

Dann winkte er ein Taxi heran und fuhr zum Flughafen, um einen Flug nach Aburĩria zu nehmen, irgendeinen Flug. Er freute sich, bald wieder mit Nyawĩra zusammen zu sein.

23

Zur gleichen Zeit saß Machokali in seinem Zimmer, deprimiert und niedergedrückt von Erschöpfung, Niederlage und Unentschlossenheit. Was sollte er gegen den Rückfall des Herrschers unternehmen? Der Herr der Krähen war auf mysteriöse Weise verschwunden. Wie konnte er es wagen, sich der Autorität zu widersetzen?

Das Wort „Autorität" erinnerte ihn an das, was die Banker gesagt hatten: Es gibt Leute im Land, die dazu aufrufen, das Schlangestehen wieder aufzunehmen. Er dachte daran, dass der Herrscher und das Kabinett nur kurz vor der schmachvollen Tat der Frauen in Eldares die fünf Reiter auf Motorrädern eingesetzt hatten. Keiner hatte sie jemals zurückgerufen. Was ging da vor?

Das Telefon läutete, und er griff zum Hörer. „Ich habe es mal wieder versucht. Sieben Tage lang ist niemand ans Telefon gegangen", sagte die Dame von der Rezeption. Machokali wollte ihr mitteilen, sie solle sich um ihre eigenen Angelegenheiten kümmern, änderte aber seine Meinung. Auch die Wut benötigt Energie, und die war momentan knapp bei ihm. Minister Sikiokuu aus Aburĩria sei am Apparat! Sie ersparten sich die Floskeln. Sikiokuu wollte lediglich wissen, ob der Herr der Krähen in Amerika angekommen war. Machokali sagte, ja, er sei angekommen, nur wüssten sie im Augenblick nicht, wo er sich gerade aufhalte. „Ich wollte es nur wissen", sagte Sikiokuu schnell und legte auf, ohne zu erklären, warum es wichtig für ihn war, sich über den Verbleib des Zauberers zu erkundigen.

Weshalb dieses späte Interesse an der Ankunft des Herrn der Krähen? Warum jetzt, wo der Mann verschwunden war? Das Telefonat beseitigte jeden Zweifel, den Machokali hinsichtlich einer Verbindung zwischen Sikiokuu und dem Verschwinden des Herrn der Krähen gehabt haben mochte. Sikiokuu hatte ihn zu nichts anderem befragt – nicht zum Kredit, nicht zum Tag ihrer Rückkehr oder zum

Gesundheitszustand des Herrschers. Nein, da war etwas Gefährliches im Gange, und er würde diesen Verdacht nicht für sich behalten.

Er verließ sein Zimmer, ohne zu bemerken, dass A.G. vor der Tür stand. Er ging ins Krankenzimmer und fand die anderen, wie er sie verlassen hatte: in unterschiedlichen und verzweifelten Stellungen der Erschöpfung, ausgelaugt vom siebentägigen Wortsturm. Machokali schleppte sich zum Herrscher, einer leblosen Gottheit mit aufgerissenem Mund, der der Kopf zur Seite gesunken war. Machokali fühlte sich verpflichtet, dem Herrscher seinen Verdacht über die Vorgänge in Aburĩria mitzuteilen, ob er es verstand oder nicht. Er näherte seinen Mund dem rechten Ohr des Herrschers und flüsterte: „In Afrika, Asien und Lateinamerika sind viele Regierungen gestürzt worden, während sich der Herrscher im Ausland aufhielt. Der neue Aufruf zum Schlangestehen ist ein Komplott zu einem Staatsstreich."

Die Worte wirkten sofort: Der Herrscher richtete sich auf. „Und warum liegt ihr hier alle auf dem Boden herum, anstatt zu packen? Wir müssen abreisen", sprach er und drehte sich zu Machokali um, als übertrüge er ihm die Verantwortung, alles für die Abreise nach Aburĩria vorzubereiten und damit den Gefahren zu begegnen, die das Schlangestehen und das Verprügeln von Ehemännern darstellten.

24

„Es war traurig, sehr traurig, weil es so aussah, als hätten alle den Herrn der Krähen vergessen", sollte A.G. später in seiner Erzählung über den Besuch berichten. „Aber ich nicht – oh, nein, ich nicht. Ehrlich! *Haki ya Mungu.* Ich versuchte, was ich konnte, um den Herrscher über das mysteriöse Verschwinden des Herrn der Krähen zu informieren, aber es war schwierig, eine private Audienz zu bekommen, weil er die meiste Zeit von seinen Speichelleckern umringt war, von denen jeder zeigen wollte, dass er allein wusste, wie man den Bedürfnissen des Herrschers entsprechen konnte.

Einmal gelang es mir, einen Moment lang mit ihm alleine zu sein, aber als ich das Gespräch auf den Herrn der Krähen brachte, begriff ich, dass der Herrscher nicht zu wissen schien, worüber ich sprach. Er verstand nur, dass ich über Zauberei, Verhexung und Nachrichten von zu Hause sprach. Er sagte: ‚Damit hast du es auf den Punkt gebracht, denn diese Typen, die Schlange stehen, und die Frauen, die Männer verprügeln, müssen unter dem Einfluss durchtriebener Zauberer stehen. Aber die Schlangesteher und die Männerverprüglerinnen wissen nicht, mit wem sie sich einlassen; ich werde ihnen eine Lektion erteilen, die sie nie vergessen werden.‘ Er versuchte sich am Bauch zu kratzen, aber sein Arm war zu kurz. Dann wandte er sich an mich und sagte, ich solle die Hexerei erstmal vergessen und tun, was alle taten: die Abreise aus Amerika vorbereiten. ‚Es erwarten uns nie zuvor gesehene Wunder‘, fügte er hinzu und verzog den Mund zu einem rätselhaften Lächeln; mir kam es so vor, als würde er etwas zurückhalten, als versuchte er mit Mühe, nicht triumphierend darüber zu lachen, woran er gerade dachte. Es war das Lächeln einer unterdrückten Wut, und um ehrlich zu sein, ich war nicht sicher, was ihn wütender gemacht hatte: die körperliche Aufblähung, die Global Bank, der Bericht über die Rückkehr des Schlangenwahns oder diese Sache mit den Frauen, die Männer verprügelten. Ehrlich! *Haki ya Mungu!* Dieses gequälte Lächeln gefiel mir überhaupt nicht. Und was waren das für nie zuvor gesehene Wunder, von denen er behauptete, sie würden auf uns warten? Doch kurz darauf war ich vollauf mit den Schwierigkeiten unserer bevorstehenden Abreise beschäftigt.“

25

Wie würden sie den Herrscher aus seinem Hotelzimmer schaffen? Wie würden sie ihn durch die Tür bekommen? Und wie überhaupt zum Flughafen? Eine Menge Geld aus der aburĩrischen Staatskasse, gezahlt an ein Unternehmen, an das Hotel und an die Fluggesellschaft, ermöglichte Lösungen und Diskretion bei der Operation, der man den Codenamen „Hotexit“ gab.

Ein erleichterter Machokali blieb an der Rezeption stehen, um sich zu vergewissern, ob alles in Ordnung war. Der Mann am Empfang gab ihm einen sauber gefalteten Zettel. „Der liegt schon seit über einer Woche in Ihrem Fach“, sagte er. Machokali wollte schon fragen, woher er das wisse, ließ es dann aber. Er freute sich über den Erfolg von Hotexit, warum sollte er sich nun das Geplapper eines neugierigen Empfangsmenschen anhören? Alte Nachrichten, sagte er sich und wollte den Zettel ungeöffnet in einen Papierkorb werfen, entschloss sich dann aber anders und steckte ihn, als er zu der wartenden Limousine eilte, in die Innentasche seines Sakkos und fuhr zum Flughafen.

Man hatte zwei Flugzeuge bestellt: einen Jumbo-Jet mit umgebauten Sitzen für den Herrscher, seine Sicherheitsleute, den Leibarzt, den Biographen und ein oder zwei Minister, und ein kleineres für den Rest der Delegation.

„Den Herrscher in das Flugzeug zu laden, war tatsächlich ein nie zuvor gesehenes Wunder. Dieses Schieben und Quetschen, das Schnaufen und Pusten. Ehrlich! *Haki ya Mungu!*“, sollte A.G. später erzählen. „Als ich erlebte, wie wir kämpften und uns zu Tode sorgten, fragte ich mich: Wenn der Herr der Krähen hier wäre, würden wir dann auch in diesem Wirrwarr stecken? Ich bin überzeugt, er hätte einen einfacheren Weg gefunden, den Körper in das Flugzeug zu bekommen. Um ehrlich zu sein, ich hatte die Hoffnung noch nicht aufgegeben. Deshalb sah ich mich während dieser Quälerei immer wieder um, in der Erwartung, ihn über das Rollfeld rennen zu sehen, um uns zu helfen.

Kurz bevor wir an Bord gingen, versuchte ich mit Machokali über das ungeklärte Schicksal des Herrn der Krähen zu reden. Ich zeigte ihm eine Zeitung, die ich gekauft hatte, in der es in jedem zweiten Artikel um die Verhaftung, die Hinrichtung oder die Inhaftierung eines schwarzen Mannes ging. Feindseligkeit gegenüber Immigranten war nichts Ungewöhnliches. War er nicht auch der Meinung, wir sollten uns wegen des Zauberers mit den amerikanischen Behörden in Verbindung setzen? Machokali blieb ungerührt. Soll er in einem amerikanischen Knast verrotten, grunzte er mich an und fügte hinzu, dass er mit Zauberern und ihren Entschwindungskünsten nichts mehr zu tun haben wolle. Ich aber habe nie aufgehört, an ihn zu denken und mir Sorgen um ihn zu machen. Ehrlich! *Haki ya Mungu!*"

26

Machokali war angespannt, als er das Flugzeug mit dem Herrscher, Dr. Wilfred Kaboca, Dr. Luminous Karamu-Mbu und A.G. mit seinen Sicherheitsleuten bestieg, und fand seine Gelassenheit erst wieder, als sie in der Luft waren. Er zog sein Sakko aus, faltete es zweimal zusammen und legte es auf den leeren Sitz neben sich. Jetzt würde er Zeit haben, die Dinge in ihrer wirklichen Perspektive zu überdenken. In all den Jahren als Außenminister hatte er nie eine Reise erlebt, die von so vielen Wirren und Wendungen heimgesucht worden war, und er wusste nicht, was letztendlich alles so erschwert hatte: der besondere Gesundheitszustand des Herrschers oder das Verhalten der Global Bank.

Die Krankheit des Herrschers hatte es ihm nicht erlaubt, Initiativen zu seinem und des Herrschers Vorteil zu ergreifen, dazu gehörte auch die Rede vor der Vollversammlung der Vereinten Nationen. Aber das war jetzt egal, nachdem Marching to Heaven auf Eis gelegt war, bis das Geld von der Global Bank kam. Dass die Tür zu weiteren Verhandlungen nicht zugeschlagen worden war, empfand Machokali als Hoffnungsschimmer. Die Rückkehr nach Aburĩria gab ihnen Zeit, den Plan zu überarbeiten, ohne sich ständig Sorgen machen zu müssen, dass der Herrscher im Ausland in seine Einzelteile zersprang.

Während der Marathonrede des Herrschers vor seinen Ministern im Hotel war es Machokali gelungen, im Dickicht des Wortschwalls weitere Argumente für Marching to Heaven zu entdecken. Bei seiner

Rückkehr nach Eldares würde er eine Gruppe führender Wirtschaftsexperten aus Geschäftswelt und Hochschule zusammentrommeln, die das Anliegen des Herrschers ausschmücken sollten, um die Global Bank stärker zu beeindrucken. Er könnte sogar zusätzlich Experten aus Europa und Amerika einfliegen lassen, um das aburĩrische Team aufzustocken. Während er darüber nachdachte, griff er nach einem Taschentuch in seiner Sakkotasche und entdeckte den gefalteten Zettel, den ihm der Mann am Empfang gegeben hatte. Er fühlte sich gut und wollte sich nicht mit dieser Belanglosigkeit befassen, deshalb knüllte er ihn zusammen. Er wollte ihn wegwerfen, doch dann dachte er: Wer hat eine handschriftliche Nachricht für mich hinterlassen? Mgenzi vielleicht? Yunice Immaculate Mgenzi, die stellvertretende Botschafterin Aburĩrias in Washington?

Machokali bewunderte seit jeher die Art des Herrschers, mit Frauen umzugehen, vor allem mit dieser Frau, die sich von einer inbrünstigen Anhängerin Mao Tse-Tungs zu einem treuen Schoßhündchen des Herrschers gewandelt hatte!

Als sie in Amerika angekommen waren, hatte Yunice Mgenzi etliche Privataudienzen beim Herrscher gehabt, von denen einige die ganze Nacht gedauert hatten. Seit dem Ausbruch der Krankheit des Herrschers hatten sich die beiden nicht mehr getroffen. Machokali und die anderen Minister hatten entschieden, dass es nicht gut sei, einer Frau zu gestatten, den Herrscher in seinem gegenwärtigen Zustand zu sehen. Yunice Immaculate Mgenzi hatte immer wieder angerufen und verlangt, den Herrscher zu sprechen, was Machokali dazu gezwungen hatte, alle möglichen Geschichten zu erfinden, wie sehr sich der Herrscher in die delikaten Angelegenheiten der internationalen Diplomatie vertieft hätte. Zu guter Letzt teilte er ihr mit, der Herrscher habe gesagt, er würde sie persönlich zurückrufen, jedoch auch dann hatte sie noch gedroht, persönlich vorbeizukommen. Was, wenn der Herrscher und Mgenzi später herausfanden, dass er ihre Nachricht nicht an den Herrscher weitergeleitet hatte?

Machokali faltete eilig den Zettel auf: Wissen war Macht.

Die vier Zeilen ergaben keinen Sinn. Er drehte die Nachricht um, um zu sehen, ob auf der Rückseite noch etwas stand. Nichts. Also las er sie noch einmal. „Ich habe keinen Passierschein. Passen Sie auf sich auf. Das Land ist schwanger. Und niemand weiß, was es zur Welt bringen wird." Darunter die Initialen HdK. Der Herr der Krähen, natürlich. „Keinen Passierschein." Er war also ausgegangen und hatte es nicht geschafft, wieder in die Suite des Herrschers zu kommen! Machokali gestand sich ein, dass er Schuld am Verschwinden des Zauberers hatte. Während er die rätselhafte Botschaft des Zauberers studierte, fragte er sich, ob sie an ihn persönlich oder an ihn in seiner Eigenschaft als ranghohes Kabinettsmitglied gerichtet war, damit er sie dem Herrscher zur Kenntnis brachte. Er wünschte, die anderen Minister wären an Bord seines Flugzeuges, dann hätte er ihre Meinung einholen können. Was, wenn er die Nachricht unterdrückte und der Herr der Krähen plötzlich wieder auftauchte und behauptete, er hätte ihm die Formel für die Heilung des Herrschers übermittelt? Das Ganze konnte auch eine Falle seines politischen Feindes Sikiokuu sein, der den Zauberer benutzte, seine üblen Vorhaben in die Tat umzusetzen. Er musste sich geschickt dem Herrscher anvertrauen. Er würde seine Stimmung abschätzen, das Gespräch vielleicht sogar auf das Wiederaufflammen des Schlangenwahns bringen und noch einmal seine Furcht vor einem möglichen Staatsstreich äußern. Damit würde der Herrscher gezwungen, sich mehr mit Sikiokuus Treulosigkeit zu befassen als mit der verheerenden Reise nach Amerika.

Er ging in das Abteil hinüber, das dem Herrscher vorbehalten war. Die Ingenieure hatten es nicht vermocht, einen Stuhl oder ein Bett zu konstruieren, das groß genug für ihn war, deshalb saß er auf dem Fußboden.

„Und was schlägst du vor, wie es mit deinem Marching to Heaven weitergehen soll?", fragte der Herrscher, ohne Machokali die Gelegenheit zu einer Erklärung zu geben, was ihn vor seine majestätische Erscheinung geführt hatte.

„Die Global Bank hat die Tür nicht völlig zugeschlagen", antwortete Machokali. „Wir brauchen Zeit, um alles, was Sie gesagt haben, in einem zielführenden Memorandum zusammenzufassen. Ich habe mir überlegt, sobald wir in Aburĩria sind, mit Ihrem Segen und unter Ihrer Führung eine Projektgruppe aus der Geschäftswelt, der University of Eldares und ausländischen Universitäten zusammenzustellen, deren einzige Aufgabe es sein wird, Ihre Ansichten und Ihre Vision schriftlich niederzulegen. Anschließend schicken wir das Memorandum an die Global Bank. Memorandum Addendum."

„Memorandum Addendum", wiederholte der Herrscher, sichtlich zufrieden darüber, wie ihm diese Formulierung über die Zunge ging. Machokali fühlte sich, als hätte er ihm gratuliert.

„Wir werden das letzte Wort haben", sprach Machokali mit triumphierender Stimme.

„Unsere letzte Stellungnahme", fügte der Herrscher hinzu. „Mach das so, sobald wir zu Hause sind."

„Ihr Wunsch ist mir Befehl", sagte Machokali demütig.

„Sag ihnen: Do or Die!", forderte der Herrscher.

„Do or Die!", stimmte Machokali mit ein. „Das ist Ihr richtiger Name."

„Aber die Direktoren der Global Bank tun so, als hätten sie den Namen noch nie gehört", sprach der Herrscher.

Jetzt sah Machokali eine Gelegenheit, die Nachricht des Zauberers hervorzuholen. Mit einem zwanglosen ‚ganz nebenbei' fragte er den Herrscher, ob er sich noch an den Mann erinnere, der geholfen habe, ihm die Stimme wiederzugeben. Doch der Herrscher zeigte weder mit einem Wort noch mit seinem Blick, dass er sich an das, worüber Machokali sprach, erinnerte, an die Zeit, in der ihm die Wör-ter im Hals stecken geblieben waren, und er war sich ebenso wenig bewusst, dass ihn jemand behandelt hatte. Es war, als hätte es das Martyrium der Sprachlosigkeit nie gegeben. Machokali musste nachfragen, und diesmal achtete er darauf, den Namen Herr der Krähen zu erwähnen.

„Ein Zauberer?", unterbrach ihn der Herrscher. „Warum geht ihr Typen mir mit Fragen nach Zauberern auf die Nerven, sogar in Amerika? Neulich kam ein Polizist zu mir und redete über Zauberei. Und jetzt du. Glaubt ihr vielleicht, dass das Schlangestehen und das Ehemännerverprügeln zu Hause mit Zauberei zu tun haben? Kein Grund zur Sorge. Wartet nur! Wir werden uns darum kümmern."

Später, als alles um ihn herum zusammenbrach, sollte sich Machokali immer wieder die Frage stellen, warum er nicht auf seine innere Stimme gehört hatte und die Sache mit der Nachricht auf sich beruhen ließ, warum er nicht zu seinem Sitz zurückgegangen war, als der Herrscher sich nicht an den Herrn der Krähen erinnerte. Aber zu viel Furcht fördert die Not, und der Gedanke, seine politischen Feinde könnten gegen ihn intrigieren, ließ ihn seinen besseren Instinkt missachten, sodass er dem Herrscher die Nachricht übergab. Der Herrscher las die vier Zeilen und drehte den Zettel um, genau wie Machokali. Schließlich hob er den Blick.

„Wer hat das geschrieben?", fragte er mit kaltem und gleichgültigem Ton.

„Der Herr der Krähen", antwortete Machokali.

Der Herrscher lehnte sich zurück und schloss die Augen, als versuchte er, einen vergessenen Traum oder eine ferne Erinnerung zurückzuholen.

„Ich weiß nicht, ob ich träume oder nicht, aber wenn ich die Augen schließe, dann scheine ich jemanden zu hören oder zu sehen, der diesen Namen trägt. Es ist, als würden wir miteinander reden, oder vielmehr, als redete er mit mir. Aber nein. Wie ist das möglich?"

„Eure Allmächtige Vortrefflichkeit, Sie träumen nicht", beeilte sich Machokali zu versichern, weil er hoffte, die unterdrückte Wut des Herrschers auf den Herrn der Krähen lenken zu können. „Da war tatsächlich jemand wie der, den Sie jetzt glauben, gesehen zu haben."

Machokali erinnerte den Herrscher daran, dass ihm die Worte in der Kehle stecken geblieben waren und selbst Professor Din Furyk und Dr. Clement C. Clarkwell es nicht geschafft hatten, mit einem befriedigenden Heilmittel aufzuwarten, und wie es dem Herrn der Krähen gelungen war, ihm die Macht der Rede zurückzugeben.

„Er wurde zu uns geschickt, damit er sich mit, ähh, mit, ich meine, mit diesem Problem Ihrer Ausdehnung beschäftigt, aber jetzt ..."

„Wo steckt er?", unterbrach ihn der Herrscher.

„Ich weiß es nicht. Vielleicht ist er wieder bei denen, die ihn geschickt haben", sagte Machokali und versuchte, sich vom Herrn der Krähen zu distanzieren.

„Wer hat ihn geschickt?“, wollte der Herrscher wissen, die Augen noch immer geschlossen.

„Sikiokuu.“

„Sikiokuu? Hatte er nicht alle Hände voll zu tun, meine Verpflichtungen in Aburĩria wahrzunehmen? Woher wusste er, dass er mir einen Hexenmeister schicken musste? Und woher wusste er von meiner Krankheit?“

Machokali zögerte. Der Herrscher schlug die Augen auf und fixierte Machokali.

„Warum habe ich diese unbestimmte Erinnerung, als wärst du es gewesen, der mich wegen des Herrn der Krähen gefragt hat? Ob er nach Amerika kommen könne?“

„Es war nicht wirklich meine Idee. Bei allem, was mit Zauberei und Wahrsagerei zu tun hat, versuche ich ...“

„Wessen Idee war es?“, fuhr ihn der Herrscher an.

„A.G., Arigaigai Gathere.“

„Gathere wer?“

„Der, der einmal bis zum Tagesanbruch mit den Dschinns gerungen hat.“

„Ich dachte, er hätte sie nur verfolgt und sich nicht mit ihnen herumgeschlagen.“

„Stimmt, er hat sie quer durch das Grasland verfolgt. Dieser Polizist ist irgendwie seltsam.“

„Und wann hast du diesen A.G. zu deinem Hilfsminister ernannt?“

„Eure Allmächtige Vortrefflichkeit, Sie wissen sehr gut, dass ich es nicht einmal im Traum wagen würde und könnte, es auf mich zu nehmen ...“

„Ist er etwa deshalb zu mir gekommen und hat mir von einem Krähenzauberer erzählt, während alle anderen mit dem Zusammenpacken beschäftigt waren?“

„Eure Vortrefflichkeit, ich hatte keine Ahnung, dass A.G. bei Ihnen war. Was habe ich gesagt? Dieser Polizist ...“ Machokali hoffte, das Thema A.G. und seine seltsame Art würde von dem Zettel ablenken, aber seine Hoffnung wurde schnell zerschlagen.

„Lies diese Nachricht sehr aufmerksam“, befahl ihm der Herrscher und gab ihm den Zettel zurück.

Hatte der Herrscher das sarkastisch gemeint, wunderte sich Machokali, oder wollte er ihn nur in Reichweite seiner Keule locken? Er konnte schlecht Nein sagen und fortgehen. Machokali machte zwei Schritte nach vorn, langte nach dem Zettel, trat instinktiv wieder zurück und tat so, als suchte er eine bessere Beleuchtung zum Lesen.

Egal, wie oft er den Zettel auch anschaute, wie oft er ihn umdrehte, Machokali entdeckte nichts, von dem er nicht bereits wusste. Als Machokali den Blick hob, erschrak er, weil er in den Augen des Herrschers ein derart grelles Leuchten entdeckte, dass er einen Moment lang das Schlimmste befürchtete.

„Eure Allmächtige Vortrefflichkeit, ich muss gestehen, dass ich diese Zeilen bereits gelesen habe, bevor ich zu Ihnen kam, da ich herausfinden wollte, ob sie irgendwelche versteckten Botschaften enthalten. Ich konnte jedoch nicht erkennen, was der Herr der Krähen sagen wollte, und deshalb habe ich Ihnen die Nachricht gebracht.“

„Lies sie noch einmal und sag mir, was dir an der Bedeutung dieser Worte nicht klar ist.“

Machokali tat so, als läse er den Zettel noch einmal stumm durch, aber in Wahrheit kannte er jedes Wort auswendig.

„Ich habe dich nicht gebeten, dass du ihn stumm für dich liest“, sprach der Herrscher. „Lies ihn laut und mit fester Stimme wie ein Mann. Und ersetze ‚das Land‘ durch ‚der Herrscher‘, denn das Land bin ich.“

Machokali räusperte sich. Er begann die Nachricht vorzulesen. „Ich habe keinen Passierschein. Passen Sie auf sich auf. Der Herrscher ist ...“ Machokali stoppte abrupt wie jemand, der am Rand einer Klippe steht.

„Weiter. Lies es“, forderte der Herrscher ihn ungeduldig auf. „Lies zu Ende und sag mir, was daran unklar ist.“

„Der Herrscher ist schwanger. Und niemand weiß, was er zur Welt bringen wird.“

„Was ist daran unklar? Sag’s mir!“, sprach Seine Allmächtige Vortrefflichkeit mit steigendem Zorn.

„Oh, nein", sagte Machokali, als ihm die volle Bedeutung und die Folgen der Worte aufgegangen waren. „Ich schwöre, dass, wenn ... dieser Mann ..."

„Machokali", unterbrach ihn der Herrscher erneut, als interessierte ihn nicht, was Machokali schwören wollte. Machokali entdeckte eine winzige Veränderung in der Stimme des Herrschers, und der Mut verließ ihn. Die Stimme klang gebrochen, eher tränenerfüllt als eisig. „Du bist doch ein hochgebildeter Mann – oder etwa nicht, Markus?"

„Jawohl, Eure Heilige und Allmächtige Vortrefflichkeit."

„Du kennst dich in der Weltgeschichte aus."

„Ich würde das nicht behaupten, aber, ja, ich würde schon sagen, dass ich nicht völlig ungebildet bin."

„In allen Büchern, die du gelesen hast, bist du da jemals auf den Fall eines schwangeren Herrschers gestoßen?"

„Ein schwangerer Herrscher? Nein! Außer, es war eine Frau ... Nein, ganz bestimmt nicht."

Der Herrscher begann zu lachen, und Machokali überlegte, ob er einstimmen sollte, um zu zeigen, dass er den Witz verstanden hatte, woraus auch immer er bestand. Manchmal ist Schweigen Gold, aber dieser Moment gehörte nicht dazu, denn Machokali ergriff die Gelegenheit, sich beim Herrscher einzuschmeicheln und das Lachen zu verlängern, indem er kühn sagte:

„Glückwunsch! Sie schreiben Geschichte. Gut, dass ich den Herrn der Krähen nach Amerika kommen ließ. Ich habe ihn sogar persönlich vom Flughafen abgeholt. Ich schlage vor, eine Pressekonferenz einzuberufen und der Welt die gute Nachricht zu verkünden."

Das darauffolgende Schweigen dämpfte seinen Enthusiasmus und ließ Machokali augenblicklich erkennen, dass er gerade einen groben Schnitzer gemacht hatte. Während er sich Schritt für Schritt zurückzog, suchte er nach Worten, mit denen er sich aus der Schlinge ziehen konnte.

„Du? Du! Auch du?", sprach der Herrscher und drohte ihm, blind vor Wut, mit dem Finger. „Du hast also mit diesem Zauberer unter einer Decke gesteckt? Du hast es gewagt, mich zu beleidigen, mitten ins Gesicht, nur weil ich gerade behindert bin? Du beschimpfst mich als Frau?“

Er versuchte aufzustehen, um über Machokali herzufallen, aber es gelang ihm nicht. Er versuchte, nach seiner Zeremonienkeule zu greifen, um sie nach Machokalis großen Augen zu werfen, konnte sie aber nicht erreichen. Als er sah, dass die Keule außerhalb der Reichweite des Herrschers war, blieb Machokali stehen, behielt sie aber im Auge. Sich gegen einen Schlag zu schützen, war Vorsicht, nicht Feigheit. Er beschloss, das mit Worten zu tun.

„Ich habe Ihnen einzig und allein zu der Geschwindigkeit gratuliert, mit der Sie die Haarspaltereien dieses Kerls durchschaut haben, der sich Herr der Krähen nennt. Ich sagte, dass es eine gute Tat war, ihn nach Amerika zu holen, denn wäre er nicht gekommen und hätten Sie ihn nicht durchschaut, hätte er vielleicht bis ins hohe Alter gelebt und Millionen mit seinen verleumderischen Lügen über Ihre Schwangerschaft betrogen.“

„Es macht dir wohl Spaß, das immer wieder zu sagen, du stinkende Fotze von einem Mann. Du Stück Scheiße. Du armseliger Wicht. Aus meinen Augen“, sprach der Herrscher und winkte ihn hinaus. Noch bevor der Herrscher fertig war, ihn mit Schimpfnamen zu bombardieren, befand sich Machokali auf vollem Rückzug zu seinem Platz.

„Warte!“, schrie der Herrscher ihm hinterher. „Komm zurück. Gib mir den Zettel! Oder hast du etwa vor, ihn den anderen zu lesen zu geben?“

Machokali hatte vergessen, dass er ihn noch in der Hand hielt. Er kehrte um und gab ihn behutsam dem Herrscher zurück. Als Machokali sich nun zurückzog, war er vollkommen gebannt: Der Herrscher hatte den Zettel gepackt, in den Mund gesteckt, gekaut und heruntergeschluckt, während er Machokali die ganze Zeit anstarrte.

„Ich will von dieser Sache nie wieder etwas hören, egal aus welchem Mund.“

ZWEITER TEIL

1

Es war der Lärm des landenden Flugzeugs, der die Rückkehr des Herrschers von seinem legendären Besuch in Amerika ankündigte, denn er war lauter als Donner. Die Leute sagten, nur Seine Allmächtigkeit könne einen Donner ohne Blitz und Regen bewirken, aber irgendetwas stimme nicht, fügten sie hinzu, weil der Herrscher wie ein Dieb im Schutz der Dunkelheit zurückkam. Die Prozession aus Diplomaten, Ministern und Tänzern, die ihn empfingen, wenn er von Auslandsbesuchen heimkehrte, war nirgends zu sehen. Und als er nicht im Fernsehen auftauchte, versicherten die Leute voller Überzeugung: Jawohl, irgendetwas stimmte nicht, der Herrscher war immer live im Fernsehen zu sehen, wenn er aus dem Ausland zurückkam. Als nach Tagen immer noch keine Fotos oder Fernsehberichte über seine Rückkehr erschienen, begannen die Leute zu flüstern: Ist sein Leichnam per Schiff aus Amerika zurückgebracht worden?

Selbst als der Informationsminister Big Ben Mambo eine Erklärung abgab, der Herrscher habe sich ins State House zurückgezogen, um über die Zukunft des Landes nachzudenken, ließen die Gerüchte nicht nach. Im Gegenteil, die Erklärung goss nur Öl ins Feuer.

Viele Minister tappten im Dunkeln, warum sich der Herrscher im State House verschanzt hatte, und nur wenige wussten, dass er schluchzte wie ein Kind, auch wenn ihm dabei keine Tränen aus den Augen rannen. Sie ahnten nicht, dass ihn das Verlangen nach Rache am Herrn der Krähen völlig verzehrte. Doch anders als sonst, da seine Tränen mehrere Fässer füllten, fiel diesmal wirklich nicht ein Tropfen, was seine Niedergeschlagenheit verstärkte und ihn nur noch mehr schluchzen ließ. Die unvergossenen Tränen eines ungestillten Racheverlangens sind nervenaufreibend und verlangen nach Zurückgezogenheit.

Nur die Befehlshaber der Streitkräfte hatten Zutritt, weil er ihren Rapport hören wollte, bevor er Sikiokuu und andere Minister vorließ. Nachdem sie berichtet hatten, befahl er ihnen, vom State House aus zu kommandieren, denn er wollte ein Auge auf sie haben, da er einen Militärputsch fürchtete. Doch auch wenn der Herrscher durch das Militär abgeschirmt und beschützt wurde, fanden die Worte aus der Nachricht des Zauberers weiterhin einen Weg in sein Bewusstsein – der Herrscher ist schwanger –, und wenn das geschah, schrak er zusammen, als flüsterte ihm jemand diese Worte tatsächlich ins Ohr. Gerüchte besagen, dass der Herrscher einmal einen Armeeführer packte, der zufällig anwesend war, und ihn fragte: „Hast du etwa gewagt zu sagen, ‚Der Herrscher ist schwanger'?" Und der Mann stieß hervor: „Oh, nein, nein, ich habe kein Wort gesprochen." Als dem Herrscher sein Versehen klar wurde, tat er so, als wäre alles ein Scherz gewesen: „Ich wollte nur prüfen, ob du auch jederzeit wachsam bist." Dennoch schärfte er dem Mann ein, niemandem von diesem Vorfall zu erzählen, nicht einmal sich selbst. Der Offizier antwortete: „Wovon sprechen Sie? Ich kann mich an nichts erinnern." Aber diese offensichtlich ehrliche Antwort machte dem Herrscher nur noch mehr Angst. Wenn der Mann so leicht vergessen konnte, was gerade geschehen war, wie konnte der Herrscher dann sicher sein, dass er nicht genauso schnell vergaß, gerade gewarnt worden zu sein, weder sich selbst noch jemand anderem von diesem Vorfall zu erzählen? Er mochte ihn aber nicht fragen, woran er sich nicht erinnere, denn er wollte vermeiden, dass der Offizier die Worte „der Herrscher ist schwanger" wiederholte. Sein Gemüt war in heller Aufregung, und weil er sich nicht zu helfen wusste, schluchzte er in solchen Momenten tränenlos mit noch größerer Niedergeschlagenheit und Verbitterung, während seine Schultern zuckten und sein Körper zitterte. Einige Leute vermuteten, irgendwo bebe die Erde oder ein Vulkan sei ausgebrochen.

Wie konnte dieser Bastard von einem Herrn der Krähen wagen, mich als Frau zu bezeichnen? Will er damit andeuten, dass meine Macht schwindet? Haben mich die westlichen Herrscher deshalb nicht empfangen?

Vielleicht hatten sie auf ihn herabgesehen, weil in letzter Zeit kein Blut geflossen war wie in den frühen Tagen seiner Herrschaft, in denen er unerschrocken scharenweise aburĩrische Kommunisten umgebracht hatte. Wie soll ich ihnen beweisen, immer noch derselbe zu sein?, fragte er sich. Doch beachtete er weiterhin das selbst auferlegte Moratorium zum Blutvergießen, um die Global Bank zu beeindrucken. Ein Ohnmachtsgefühl verstärkte seine Niedergeschlagenheit. Er fühlte sich von seinen Freunden im Westen verlassen und von seinem Volk verschmäht. Wie konnte ein Zauberer es wagen, ihm ins Gesicht zu sagen, er sei eine Frau? Und nicht nur der Zauberer. Sogar die Frauen selbst ...

Diesen Gedanken verfolgte er nicht zu Ende, weil er ihm plötzlich die Frauen der Schmach von Eldares ins Gedächtnis rief, und die Erinnerung an diese Tat in Anwesenheit von Diplomaten aus allen Teilen der Welt heizte sein Hirn erneut mit Wut auf. Dieses schändliche Schauspiel war die Quelle des gegenwärtigen Mangels an Furcht und Respekt. Nyawĩra fiel ihm ein. Hatte man sie gefasst?, fragte er sich. Er dachte an die jüngste Welle des Ehemännerverprügelns. Hatte ich Sikiokuu nicht die Aufgabe übertragen, die Rolle der Frauen und ihrer Verwicklung in abweichlerische Politik zu untersuchen? Er beschloss, nach Sikiokuu zu schicken, und brach damit zumindest die selbst auferlegte Abschottung von seinen Ministern. Sikiokuu, Staatsminister im Büro des Herrschers, spürte, wie Stolz in ihm aufkam, weil er das erste Kabinettsmitglied war, das seit der Rückkehr des Herrschers aus Amerika zu einer Audienz geladen wurde.

Der Herrscher verschwendete keine Zeit mit Einleitungen und kam gleich auf den Punkt. „Bevor ich mich auf den Weg nach Amerika machte, habe ich dir mehrere Aufgaben übertragen: Nyawĩra festzunehmen, der Bewegung für die Stimme des Volkes das Rückgrat zu brechen und den Schlangenwahn zu untersuchen. In Amerika haben mich jedoch Berichte erreicht, dass in Aburĩrias Wohnzimmern jetzt die Frauen regieren und einige so dreist geworden sind, Volksgerichte einzusetzen und am helllichten Tag Männer zu verprügeln. Was hast du dazu zu sagen?"

2

Falls Sikiokuu über die neue Größe und Gestalt des Herrschers bestürzt war, so ließ er sich das weder durch Blicke noch durch Gesten anmerken. Sikiokuu hatte seine Zuträger beim Sicherheitspersonal und Verbündete unter den Ministern. Er schien nicht einmal besonders beunruhigt, als der Chef ihm befahl, den preisenden Prolog wegzulassen und zur Sache zu kommen.

Er wisse nicht, wo und wie er anfangen solle, sagte Sikiokuu, denn er habe eine Menge zu berichten. Auch wenn der Bewegung für die Stimme des Volkes das Rückgrat noch nicht vollständig gebrochen sei, habe er doch in nahezu allen Bereichen der Gesellschaft Strohmänner untergebracht und die illegale Bewegung damit praktisch lahmgelegt. Vor allem aber sei es ihm gelungen, den führenden Kopf hinter allem Übel im Land zu entdecken und zu identifizieren. Er machte eine Pause, um die Wirkung seiner Andeutungen zu beobachten. Der Herrscher zog die Brauen hoch und fragte: „Wer?" Sikiokuus Gesicht straffte sich und seine Backen blähten sich vor kaum unterdrücktem Zorn.

„Wie kann ich es aussprechen, wenn ich schon den Gedanken hasse, dass meine Zunge seinen Namen wiederholen soll?"

„Wer ist es?", fragte der Herrscher und hob ungeduldig die Stimme. Genau das hatte Sikiokuu beabsichtigt, denn es sollte so aussehen, als beugte er sich lediglich einem Befehl des Herrschers.

„Der Minister für Auswärtige Angelegenheiten", sagte Sikiokuu und senkte angesichts dieses offenkundigen Vertrauensbruchs traurig die Stimme.

„Machokali?"

„Genau, der mit dem Namen, den Sie gerade erwähnt haben", antwortete Sikiokuu, der erneut größtes Widerstreben zeigte, den Namen auszusprechen.

„Machokali?", fragte der Herrscher wieder.

„Ja."

Schweigen. Sikiokuu blickte kurz auf, um zu sehen, was der Herrscher wohl dachte, entdeckte aber nur ein Zucken auf dem sonst unbeweglichen Gesicht – eine unwillkürliche Reaktion aus Angst vor Schmerzen –, und dieses Zucken sowie die nun folgende Frage „Woher weißt du das?" hielten ihn davon ab, zu antworten und stattdessen die Aktentasche zu öffnen, der er zwei dicke Schriftstücke entnahm: „Der Kaniũrũ-Report über den Ursprung des Schlangenwahns und seine mögliche Verbindung zu gegen die Regierung gerichteten Aktivitäten" und „Ein Geheimbericht über hochverräterische Handlungen". Er legte sie mit einer theatralischen Geste auf den Tisch, die Backen noch immer aufgeblasen vor Zorn über den mutmaßlichen Verräter.

„Da steht alles drin", sagte er und zeigte auf die beiden Bände, „und wahrscheinlich wäre es am besten, wenn ich jetzt gehe und Sie lesen lasse", fügte er hinzu, wohl wissend, dass der Herrscher nicht viel für umfangreiche Schriftsätze übrig hatte und ihn zweifellos um eine Zusammenfassung bitten würde. Daher überraschte es Sikiokuu, als der Herrscher eine Hand ausstreckte, um die beiden Berichte in Empfang zu nehmen, und der Minister fiel fast über die eigenen Füße, als er sich beeilte, sie zu übergeben. Der Herrscher nahm einen, blätterte ihn durch, legte ihn ab und tat mit dem zweiten das Gleiche.

„Bist du sicher, dass deine Behauptungen stimmen?", fragte der Herrscher.

„Ich schwöre vor Euch, dem Allmächtigen auf Erden, und dem Einen im Himmel, dass die Verfasser dieser beiden Berichte absolut loyal und vertrauenswürdig sind", antwortete Sikiokuu und zog sich bestätigend am rechten Ohrläppchen, bevor er hinzufügte: „Sogar eine Bank könnte ihnen ihre Schlüssel anvertrauen."

„Um wen handelt es sich?"

„John Kaniũrũ, Stellvertretender Vorsitzender von Marching to Heaven und Vorsitzender des herrscherlichen Untersuchungsausschusses zum Schlangenwahn. Der zweite Band ist von Elijah Njoya und Peter Kahiga, zwei erstklassigen Geheimdienstoffizieren."

„Würdest du diese Vorwürfe vor dem Beschuldigten wiederholen?", fragte der Herrscher und sah Sikiokuu scharf an.

„Ich fürchte mich nicht vor Verrätern", antwortete Sikiokuu, der diesmal an beiden Ohrläppchen zupfte.

Der Herrscher schickte nach Machokali.

„Und dir ist auch klar, dass Machokali von der Existenz dieser Berichte nichts erfahren darf?"

„Selbstverständlich, Eure Allmächtige Vortrefflichkeit. Streng geheim. Das bleibt unter uns."

„Ich will eine kurze Zusammenfassung der wichtigsten Ergebnisse dieser beiden Berichte, bevor der Verräter hier auftaucht."

Sikiokuu hätte es vorgezogen, wenn ihm eine persönliche Konfrontation mit Machokali erspart geblieben wäre, ergriff aber bereitwillig die Gelegenheit, die Ohren des Herrschers mit Gift zu füllen, damit dieser auch alles durch seine Brille sah.

„Die Wanze, die einem in den Rücken beißt, trägt man in seinen Kleidern", sagte der Herrscher und grüßte Machokali mit kaum verhohlenem Sarkasmus. „Hast du das Sprichwort schon mal gehört?"

„Oh, ja. Das ist ein bekanntes Swahili-Sprichwort. *Kikulacho kimo nguoni mwako.*"

„Und weißt du auch, warum die Waswahili es geprägt haben?"

„Nun ...", setzte Machokali an und hielt inne, weil er nicht ganz begriff, worauf der Herrscher mit der Frage hinauswollte.

„Setz dich deinem Kameraden gegenüber auf den Stuhl da. Dann wirst du bald den wahren Sinn des Sprichworts verstehen. Und du, Sikiokuu, sagst Machokali ins Gesicht, was du über ihn zu sagen hast, damit ihr beide begreift, dass ich nichts auf das gebe, was hinter dem Rücken einer Person gesprochen wird."

Sikiokuu erzählte nun die Geschichte des Hochverrats, wie er sie aus Tajirikas Geständnis herausgelesen hatte, ohne aber die Quelle zu erwähnen. Er beschuldigte seinen Rivalen, hinter dem jüngsten

Schlangenwahn zu stecken und ein Agentennetzwerk aufzubauen, das ihm direkt unterstand.

„Dieses Komplott wurde bei einem Geheimtreffen im Mars Café ausgeheckt, unmittelbar bevor Machokali mit Ihnen nach Amerika abreiste", schloss er.

Machokali hoffte zunächst, der Herrscher würde die offenkundigen Lügen durchschauen und als Unsinn abtun, doch als sein Blick dem des Herrschers begegnete und er Verbitterung darin las, sank er auf die Knie und schwor bei Gott im Himmel, dass es keinerlei Verbindung zwischen ihm und dem Schlangenwahn gebe. Er habe nie auch nur davon geträumt, die Macht an sich zu reißen. Die Anschuldigung der Gründung eines Schattengeheimdienstes entspringe dem Hass und dem Neid Sikiokuus.

„Tajirika ist mein Zeuge!", sagte Machokali verzweifelt, aber in der Gewissheit, dass sein Freund Tajirika, Besitzer und Geschäftsführer der Eldares Modern Construction and Real Estate und Vorsitzender von Marching to Heaven, felsenfest hinter ihm stehen werde.

„Dann rufen wir ihn doch her", meinte Sikiokuu, und diese Bereitwilligkeit verstörte Machokali, auch wenn er noch immer überzeugt war, sein Freund Tajirika werde ihn nicht im Stich lassen.

„Ich werde ihn gewiss holen lassen", sagte der Herrscher. „Aber jetzt ist es schon spät. Meine Männer werden dafür sorgen, dass morgen früh als Erstes Tajirika hierhergebracht wird. Und damit sich keiner von euch beiden mit dem Zeugen in Verbindung setzen kann, werdet ihr die Nacht über hierbleiben. Es macht euch doch nichts aus, euch hier im State House ein Zimmer zu teilen, oder?"

3

Sikiokuu und Machokali wurden in einen Raum gesperrt, dessen Wände mit den Knochen und Skeletten ehemaliger Feinde des Herrschers geschmückt waren. Nach einer Weile gingen die Lichter aus, und sie waren von Finsternis umgeben. Das Zimmer war kalt und armselig; Entsetzen lähmte sie, weil sie nicht wussten, ob sie bereits zum Sterben verdammt waren und ihre Gebeine dazu bestimmt, Teil der grausigen Ausstattung zu werden. Sie sprachen kein Wort miteinander, jeder hockte in seiner Ecke, den eigenen Gedanken und der Vorstellung ausgeliefert, dass die Seelen der Toten zugegen waren. Machokali war der Erste, der im Dunkeln eine Silhouette ausmachte. Als er die Hand in die Luft stieß, traf er auf etwas und war sich sicher, dass es sich um den Geist eines der Toten handelte. Sikiokuu spürte die Berührung und glaubte ebenfalls an einen Geist. Als auch er die Hand ausstreckte, um sich gegen ein weiteres Betasten zu schützen, stieß er gegen etwas, was seine schlimmsten Befürchtungen bestätigte. Am Morgen waren beide erleichtert, noch am Leben und wohlauf zu sein. Nun beteten Machokali und Sikiokuu, dass man Tajirika gefunden hatte, denn abgesehen von der erhofften Unterstützung durch dessen Aussage wollte keiner eine weitere Nacht in Gesellschaft der Sendboten aus der Unterwelt verbringen.

4

Früh am Morgen beförderte die Polizei Tajirika von seinem Anwesen in Golden Heights ins State House und schob ihn in einen Raum mit weißen, zugezogenen Vorhängen. Sie sagten ihm nicht, weshalb er einbestellt worden war, und obwohl er in seinem Kopf alle möglichen Phantasien entwickelte, war das Letzte, was er erwartete, nur wenige Minuten nach seiner Ankunft Machokali und Sikiokuu zu treffen. Er wusste nicht, wie er sich verhalten und wen er zuerst begrüßen sollte, und so sagte er einfach nur Guten Morgen, ohne einen von beiden direkt anzusprechen.

Keiner antwortete, beide vermieden den Blickkontakt. Er begriff schnell, dass es um sein Geständnis ging. Er überlegte, was er sagen würde, wenn man ihn danach fragte, landete mit seinen Gedanken aber in einer Sackgasse, weil er, abgesehen davon, dass er sich nicht mehr an jedes einzelne Wort erinnern konnte, keine Ahnung hatte, welcher der zwei Minister momentan beim Herrscher in der Gunst stand. Um das herauszufinden, beschloss er, bei den ersten Fragen so vage wie möglich zu bleiben.

Die Vorhänge wurden zur Seite gezogen, und Tajirika sah ein menschliches Ungeheuer vor seinen Augen erscheinen. Tajirika war kurz davor aufzuspringen, doch als er sah, wie gelassen Machokali und Sikiokuu die Erscheinung nahmen, fasste er Mut und blieb sitzen. Der Herrscher muss in Amerika Unmengen Steaks gegessen haben, dachte Tajirika, als er in der Gestalt, die nun über ihn zu Gericht saß, Ähnlichkeiten mit dem Allmächtigen Herrscher entdeckte.

Auf der Anklagebank waren Sikiokuu und Machokali, die einander direkt gegenübersaßen; kein Beobachter hätte den Unterschied zwischen Ankläger und Angeklagtem ausmachen können, weil ihre Gesichter gleichermaßen ernst waren. Tajirika saß in der Mitte, direkt vor dem Richter. Jeder der drei wartete insgeheim auf Tajirikas Aussage, als wäre er ein Orakel.

Machokali war sich ziemlich sicher, dass ihn diese Aussage von allen falschen Anschuldigungen befreien würde. Sikiokuu dagegen war ebenso überzeugt, durch Tajirikas Worte die Beschuldigungen untermauern zu können.

Nur der Herrscher machte sich als Einziger keine Gedanken darüber, ob die Aussage die Anklage stützte oder nicht, denn er hatte anderes und Dringenderes im Sinn.

Er hatte die beiden Berichte Sikiokuus gelesen. Was dabei seine Aufmerksamkeit bis zu einem an Besessenheit grenzenden Maß erregt hatte, war die Tatsache, dass Tajirika aus dem Plan für Marching to Heaven bereits Geld gescheffelt hatte. Die Entdeckung, dass einige Leute bereits an dem Projekt verdienten, hatte ihn schwer getroffen. Die Leute machten also schon Geld mit Marching to Heaven, und keiner hatte ein Wort darüber verloren? Da stehe ich und reise durch die Welt, den Hut in der Hand, nehme gar Beleidigungen von der Global Bank auf mich, und diese Leute häufen hinter meinem Rücken ein Vermögen an? Wie viel hatten sie einkassiert? Wer war noch darin verwickelt? Das waren die Fragen, auf die er nun Antworten hören wollte. Doch musste er vorsichtig sein, um Tajirika nicht zu erschrecken, der sich nicht in sein Schneckenhaus zurückziehen durfte, ohne zuvor die Namen seiner Komplizen zu nennen.

Tajirika befand sich also nicht nur mittendrin, zwischen Beschuldigungen und Gegenbeschuldigungen von Sikiokuu und Machokali, sondern er war auch der Ursprung von Misstrauen und Groll im Gemüt des Herrschers. Er spürte die Spannungen, nahm aber an, sie hätten mit seinem Geständnis zu tun, und wie Sikiokuu und Machokali ging er davon aus, befragt zu werden. Die erste Frage des Richters jedoch überraschte sogar die beiden Minister, obwohl sie die launischen Einfälle des Herrschers kannten.

„Was hast du uns mitgebracht?", fragte der Herrscher Tajirika beinahe sanft.

„Eure Allmächtige Vortrefflichkeit, man hat mich frühmorgens abgeholt und ich hatte keine Zeit ...", stammelte Tajirika und brach dann ab.

Der Herrscher bemerkte Tajirikas Unsicherheit und beeilte sich, ihn zu beruhigen.

„Mach dir keine Sorgen, mit leeren Händen gekommen zu sein. Du kannst deine Geschenke später überbringen. Was ich dich jetzt fragen will, ist Folgendes: Was möchtest du mir in Gegenwart dieser zwei Ratgeber erzählen?"

„Worüber?", fragte Tajirika verwirrt, weil er behandelt wurde, als hätte er selbst um diese Audienz gebeten.

„Was immer dein Gewissen belastet. Alles, was dir Sorgen bereitet", sagte der Herrscher und versuchte, es Tajirika zu erleichtern, die Sache mit dem Geld zu beichten. „Bedrückt etwas dein Herz, das du vor mir ausbreiten möchtest?"

Diese Frage brachte Tajirika vollends durcheinander. Er hatte immer von der Gelegenheit einer solchen Audienz beim Herrscher geträumt und jetzt fehlten ihm die Worte. Vielleicht lag es am fürsorglichen Ton des Herrschers, der ihn an eine Verkündigung erinnerte, die er vor langer Zeit gehört hatte: Kommt her zu mir, alle, die ihr mühselig und beladen seid; ich will euch erquicken. Oder war es eine Falle? Bringe ich mich in noch größere Schwierigkeiten, wenn ich meine innersten Gedanken preisgebe? Kommt her zu mir, alle, die ihr mühselig und beladen seid; ich will euch erquicken. Wie verlockend diese Worte waren! Ihm wurde angeboten, sich zu entlasten! Wo sollte er anfangen? Er ließ die jüngsten Ereignisse Revue passieren – von der Demütigung, dass seine Position als Vorsitzender von Marching to Heaven geschwächt worden war, bis zu den Prügeln durch die Frauen – und überlegte, welche Last er dem Herrn zuerst zu Füßen legen würde. Er rief sich ins Gedächtnis, wie er unter dem Gewicht dreier großer, kräftiger Frauen auf einem kalten Zementfußboden lag, und die Schmerzen der Schläge kehrten mit neuer Wucht zurück. Er dachte daran, wie Vinjinia, seine eigene Frau, in einen dunklen Wald verschleppt worden war, von keinem anderen als Kaniũrũ, dem Thronräuber, der ihn hatte verhaften lassen, nur weil er sich weigerte, eine Vorladung zu befolgen. Wie konnte dieser Kaniũrũ es wagen, mit seinen schmutzigen Händen seine Frau anzufassen? Das war ein gravierenderer Anschlag auf seine Männlichkeit als alles andere. Hatte Kaniũrũ nicht auf Sikiokuus Anweisung gehandelt? Die Verbitterung über die Demütigungen durch diesen Mann, der jetzt vor ihm saß, erstickte ihn beinahe. Nun öffnete er unbewusst den Mund, um sich alles von der Seele zu reden.

„Was ich immer noch nicht verstehe“, sagte Tajirika, als setzte er einen Monolog fort, den er schon länger führte, „ist die Verbindung zwischen Sikiokuu und den Frauen vom Volksgericht.“

„Welches Volksgericht?“, fragte Seine Allmächtige Vortrefflichkeit und blickte hinüber zu Sikiokuu.

„Eure Allmächtige Vortrefflichkeit“, sagte Sikiokuu beschwichtigend, „ich hatte noch keine Gelegenheit, Sie umfassend zu informieren. Ich glaube, Tajirika meint die Frauen, die angeblich Männer verprügeln.“

„Und mit mir haben sie angefangen“, fügte Tajirika voller Selbstmitleid hinzu. „Ich frage mich: Warum ausgerechnet mit mir?“

Während Sikiokuu vom Verlauf der Befragung verwirrt und besorgt zugleich war, fühlte sich Machokali etwas erleichtert, weil sich das Gespräch von der Anklage des Hochverrats entfernte. Bei dem

Gedanken, dass sein Freund von Frauen verprügelt worden war, war ihm sogar nach Lachen zumute, aber er beherrschte sich.

„Das ist nicht zum Lachen", sprach der Herrscher, als hätte er Machokalis Gedanken erraten. „Das ist sehr ernst", fügte er mit Nachdruck hinzu, weil ihm das schmachvolle Ereignis von Eldares einfiel, allem voran die Forderung der Frauen, Rachael freizulassen. Irgendwie, ausgelöst durch diese Erinnerungen, fühlte sich der Herrscher Tajirika verbunden, als eine Art Leidensgenosse, der ebenfalls von Frauen bloßgestellt worden war. „Sprich weiter, Titus", sagte er.

Tajirika spürte das Mitleid in der Stimme des Herrschers, was ihm die nötige Kraft und den Mut gab, die Geschichte seiner Unglücksfälle zu erzählen. Er berichtete, wie die Frauen ihn entführt und ihn später der häuslichen Gewalt angeklagt hatten, bevor sie ihn zu etlichen Stockhieben verurteilten, und als er jetzt zum Ende seiner Leidensgeschichte kam, fühlte sich Tajirika von Dankbarkeit und Freude überwältigt, weil er sein Leid mit einem mitfühlenden Zuhörer teilen konnte. Möge seine Heilige Vortrefflichkeit für immer und ewig leben, sang er im Stillen.

„Und was hat Sikiokuu damit zu tun?", fragte der Herrscher.

„Nichts. Absolut nichts!", antwortete Sikiokuu und schlenkerte mit den Ohren.

„Du bist nicht gefragt", wies der Herrscher ihn zurecht.

„Eines verstehe nicht: Warum hat mir Sikiokuu verboten, meine Frau zu verprügeln? Oder lassen Sie es mich so sagen: Sikiokuu befiehlt mir, meine Frau nicht zu schlagen. Ich aber mache mich über sie her, weil ich mein männliches Vorrecht ausüben will. Kaum eine Woche vergeht, und diese Frauen entführen mich. Nachdem sie mich bestraft haben, warnen sie mich, meine Frau zu schlagen, und genau das hatte ich zuerst von Sikiokuu gehört. What a coincidence!"

„Das sind keine echten Frauen", rief Sikiokuu verzweifelt. „Das waren Schatten, die der Herr der Krähen erzeugt hat."

Tajirika sah zur Tür, als hätte er Angst, der Zauberer könnte dort auftauchen. Machokali und der Herrscher taten dasselbe, aber Letzterer gab vor, nicht richtig gehört zu haben, und heftete den Blick jetzt auf Sikiokuu. Ein paar Sekunden herrschte absolute Stille.

„Bei mir waren es echte Frauen", brach Tajirika das Schweigen.

„Wann haben diese Frauen dich verprügelt?", fragte Machokali mitleidig.

„Während der Herrscher in Amerika war", antwortete Tajirika und nannte den genauen Tag.

„Aber zu der Zeit war der Herr der Krähen ebenfalls in Amerika", sagte Machokali und vergaß, dass Tajirika nichts davon wusste.

Der Herrscher, Sikiokuu und Tajirika blickten zu Machokali, jedoch aus unterschiedlichen Gründen: der Herrscher, weil durch Machokalis Erwähnung des Herrn der Krähen in ihm der Schmerz wieder lebendig wurde, den der Brief des Zauberers ausgelöst hatte; Sikiokuu, weil er genau wusste, dass Machokali bemüht war, eine Geschichte am Leben zu erhalten, die seinen Interessen zuwiderlief; und Tajirika, weil er zum ersten Mal hörte, dass der Herr der Krähen in Amerika gewesen war. Was für Spielchen versuchten die beiden Minister zu treiben, wenn Sikiokuu behauptete, die Frauen, die ihn verprügelt hatten, seien bloße Schatten gewesen, und Machokali sagte, der Herr der Krähen sei irgendwie aus dem Gefängnis entkommen und nach Amerika gereist? Tajirika überlegte.

„Ich weiß nicht, ob der Herr der Krähen in Amerika war oder nicht. Ich weiß nur, dass ich ihn im Gefängnis zurückgelassen habe", sagte Tajirika.

„Du warst im Gefängnis?", fragte der Herrscher. In den Berichten, die er am Abend zuvor gelesen hatte, war das nicht erwähnt worden. „Warum warst du im Gefängnis?"

„Eure Allmächtige Vortrefflichkeit, ich hatte vor, Sie darüber und über andere Dinge zu informieren", mischte sich Sikiokuu ein. „Tajirika war nicht richtig eingesperrt – es war eher eine Art Schutzhaft. Oder, Titus?", fragte Sikiokuu und hoffte, Tajirika würde das bestätigen.

„Nein, nein", protestierte Tajirika. „Ich war richtig inhaftiert. Ich war in einer richtigen Gefängniszelle eingesperrt. Aber Eure Allmächtige Vortrefflichkeit, in einer Zelle eingesperrt zu sein, war nicht das Schlimmste ..." Tajirika unterbrach sich, als überwältigte ihn die Erinnerung an vergangenes Unrecht.

„Erzähl weiter, Titus", ermutigte ihn der Herrscher. „Ich bin ganz Ohr. Was war schlimmer als das Gefängnis? Ein schlechtes Gewissen, einige Fehltritte nicht gebeichtet zu haben?", fügte er hinzu, um Tajirikas Enthüllungen auf die Frage des Geldes zu lenken.

„Nein, nicht einmal das."

„Was könnte schlimmer sein, als entscheidende Informationen oder Missetaten für sich zu behalten?"

„Wenn man zum Beispiel mit diesem Hexenmeister in eine Zelle gesteckt wird, mit dem Herrn der Krähen."

„Worum geht es hier eigentlich?", fragte der Herrscher Sikiokuu.

„Ich werde alles erklären, wenn ich über Nyawĩra berichte", antwortete Sikiokuu und sah den Herrscher mit Augen an, die verzweifelt um Gnade und Verständnis flehten.

„Sag mir eines, Sikiokuu, als du den Herrn der Krähen ins Gefängnis gesteckt hast, war das, bevor oder nachdem er in Amerika war?", fragte Machokali harmlos, aber bemüht, den Streit weiter anzuheizen. „Der Herr der Krähen kann nicht an zwei Orten zugleich gewesen sein. Wenn er in Amerika war, als Tajirika verprügelt wurde, wie konnte er dann die Schatten erzeugen und auf ihn loslassen?"

„Das solltest du am besten wissen", schrie Sikiokuu Machokali an. „Tu nicht so scheinheilig. Du bist doch derjenige gewesen, der verlangt hat, den Herrn der Krähen nach Amerika zu schicken. Ich habe deine Faxe und E-Mails dazu alle aufgehoben. Der Herrscher ist krank, hast du in einer behauptet."

„Ich habe euch nicht zusammengerufen, um euch vom Zauberer krähen zu hören", sprach der Herrscher und drohte Machokali und Sikiokuu mit dem Finger. „Warum könnt ihr beiden euch nicht so verständlich ausdrücken wie mein Vorsitzender von Marching to Heaven?", fügte er hinzu und nickte Tajirika huldvoll zu.

Tajirika war außer sich vor Freude. Wenn alles so weiterlief, dann war er nach dieser Feuerprobe vielleicht die beiden Minister los.

„Danke", sagte er zum Herrscher.

„Titus", sprach der Herrscher, der immer noch versuchte, ihm etwas über das Geld zu entlocken, „siehst du jetzt, was ich für Minister habe?"

„Nun, Sie werden mit ihnen machen, was Sie für richtig halten. Was in der Wildnis geboren wird, ernährt sich auch von der Wildnis“, sagte Tajirika.

„Was hast du gesagt?“, brüllte der Herrscher Tajirika an. „Was hast du über das Gebären gesagt?“

Nur Machokali wusste, warum der Herrscher so gereizt reagierte. Er ließ es sich aber weder durch Gesten noch durch seine Mimik anmerken. Sikiokuu und er drehten sich zu Tajirika, als wollten sie mit einem unausgesprochenen ‚Mensch, warum hast du das gesagt‘ noch Öl ins Feuer gießen.

„Das ist nur ein Sprichwort“, sagte Tajirika schnell und wunderte sich, warum sich der Herrscher auf einmal gegen ihn stellte. „Es tut mir leid.“

„Es tut dir leid?“

„Vergeben Sie mir.“

„Für was soll ich dir vergeben? Beantworte einfach meine Fragen. Rätsel und Sprichwörter sind für die Abendunterhaltung zu Hause.“

„Ja, Eure Heiligkeit.“

„Hör zu. Ich habe glaubwürdige Zeugen, dass die Warteschlangen vor deinem Büro angefangen haben“, sprach der Herrscher, um das Thema von Schwangerschaft und Zauberei auf Warteschlangen und Geldangelegenheiten zu lenken.

Tajirika begriff nicht, warum der Herrscher darauf beharrte, und in seiner Beflissenheit, den Fehltritt wieder auszugleichen, den er mit seinem Sprichwort begangen hatte, beeilte er sich, seine Theorie darzulegen, dass es der Herr der Krähen gewesen war, der den Schlangenwahn ausgelöst hatte. Sofort bedachte Sikiokuu ihn mit einem bösen Blick, weil er Tajirika ausdrücklich gesagt hatte, den Herrn der Krähen nicht zum Auslöser des Schlangenwahns zu machen, da diese Erklärung Machokali entlasten würde. Machokali seinerseits warf ihm einen dankbaren Blick zu. Tajirika bemerkte Sikiokuus bösen Blick, wusste aber, dass die Augen eines Frosches in einem Bach keine Kuh abhalten, Wasser zu trinken. Statt seine Geschichte zu unterbrechen, richtete er sich auf und erzählte, wie der Herr der Krähen als Arbeitssuchender verkleidet in sein Büro gekommen war ...

„Warum bist du so besessen von diesem Zauberer?", unterbrach ihn der Herrscher. „Lass die Frage, wer mit den Warteschlangen angefangen hat, und komm zu der Angelegenheit mit den Antrittsumschlägen."

Schlagartig wurde Tajirika bewusst, worauf der Herrscher die ganze Zeit hinauswollte. Hatte man ihn wirklich deshalb ins State House bestellt? Um Fragen über Geld zu beantworten, das er weder ausgegeben noch zur Bank gebracht hatte? Das Geld war verflucht, und jetzt verfolgte es ihn bis ins State House.

„Die Umschläge? Darauf wollte ich gerade kommen. Wissen Sie, es gibt eine Verbindung zwischen den Warteschlangen und diesen Umschlägen", sagte er, ohne zu zögern.

Er berichtete nun, wie er von seiner Ernennung zum Vorsitzenden von Marching to Heaven erfahren hatte und wie sich bald darauf vor seinem Büro eine Schlange aus potentiellen zukünftigen Vertragspartnern gebildet hatte, wie sie ihm Umschläge überreicht hatten, um sich persönlich zu empfehlen, und wie er am Ende des Tages drei Säcke mit Geld gefüllt hatte, von denen jeder mindestens fünf mal zwei Fuß groß war.

„Drei Säcke voller Geld? Und jeder größer als fünf mal zwei? An einem einzigen Tag?", fragte der Herrscher.

Er konnte nicht erklären, woher oder wie es kam – vielleicht lag es an der Wissbegierde, die er in den Augen des Herrschers bemerkt hatte –, aber plötzlich kam ihm der Gedanke, sich an Kaniũrũ zu rächen, und Tajirika ertappte sich dabei, wie er die Geschichte übertrieb und sich daran erfreute.

„Es dauerte nicht einmal einen ganzen Tag", sagte er jetzt. „Es war eine Sache von ein paar Stunden am Nachmittag."

„Ein Nachmittag? Ein paar Stunden?", drängte der Herrscher.

„Ja, nur ein paar Stunden."

„Drei pralle Säcke, jeder größer als fünf mal zwei, voll mit Geld?"

„Nicht einfach nur voll. Ich musste das Geld mit Händen und Füßen hineinstopfen, bis jeder Sack prall und schwer wie ein Sack Korn war. Aber, ach, als ich glaubte, ich hätte das Tal der Armut endlich hinter und permanenten Wohlstand vor mir, wurde ich krank."

Der Rachegedanke, der ursprünglich nur vage vorhanden gewesen war, wuchs und formte sich zu einem festen Plan. Bislang hatte er nur von Geld im Allgemeinen gesprochen, und seine Zuhörer verstanden das so, als spräche er über Burĩ. Aber in seinem Plan wurden die Burĩ zu Dollars. Er musste nur noch einen Weg finden, den Namen der Währung fallen zu lassen, um sich bei seinen Zuhörern den größtmöglichen Eindruck zu sichern. Tajirika machte eine Pause und senkte entmutigt den Kopf, und diese Niedergeschlagenheit war auch in seiner Stimme zu hören, als er jetzt sagte:

„Aber nachdem ich wieder gesund war, erhielt ich nie wieder einen dieser Umschläge, vollgestopft mit Hundert-Dollar-Scheinen."

„Dollars? Sie haben dich mit amerikanischen Dollars bestochen?", fragte der Herrscher.

„Na ja, sie wollten bei mir Eindruck schinden. Einige sagten offen, sie wüssten, dass der aburĩrische Burĩ nichts wert sei und jeden zweiten Tag seinen Wert ändere wie das Chamäleon die Farbe. *Burĩ ni bure,* sagten einige in Kiswahili, und weil sie sich eine dauerhafte Freundschaft wünschten, glaubten sie, dies nur mit Geld bewerkstelligen zu können, das globalen, festen und beständigen Wert besitzt, und das trifft auf den amerikanischen Dollar zu."

„Sie haben gesagt, der Burĩ sei nichts wert?", wiederholte der Herrscher. Er war kurz davor zu explodieren, fasste sich aber. „Und warum nachher keine Dollars mehr?", fragte er.

„Eure Allmächtige Vortrefflichkeit, als ich von meiner Krankheit genesen war, fand ich heraus, dass mein Stellvertreter John Kaniũrũ alle Befugnisse meines Amtes übernommen hatte."

„Und hat dein Stellvertreter auch solche Antrittsumschläge bekommen?", fragte er.

„Das weiß ich nicht genau. Ich glaube, diese Frage kann wohl Minister Silver Sikiokuu am besten beantworten. Kaniũrũ arbeitet für ihn. Sie sind eng befreundet."

„Ich schwöre, dass ich nichts darüber weiß", fuhr Sikiokuu erschrocken und von dieser Schlussfolgerung erschüttert auf.

„Sprich ruhig weiter, Tajirika", setzte sich der Herrscher über Sikiokuus Einwurf hinweg. „Bitte fahr fort."

„Auch wenn ich nicht viel darüber weiß", sagte Tajirika, „habe ich doch gehört, dass die Warteschlangen zu seinem Büro umgezogen sind und Kaniũrũ bis auf den heutigen Tag einen endlosen Strom von Bittstellern empfängt. Ich habe gehört, einige hätten ihn sogar zwei- oder dreimal besucht, mit neuen und dickeren Umschlägen und weiteren Dollars, um ihre Hoffnung am Leben zu erhalten", fügte Tajirika hinzu.

„Drei große Säcke Dollars am Tag", wiederholte der Herrscher.

„Mindestens zwei- oder dreimal täglich", sagte Tajirika.

„Das sind mindestens sechs bis neun Säcke mit Dollars am Tag. Sikiokuu, wie viele Monate ist es her, seit dein Kaniũrũ den Stellvertretenden Vorsitz von Marching to Heaven übernommen hat?"

Statt zu antworten, stand Sikiokuu auf, um ein weiteres Mal zu leugnen, dass er mit diesen Umschlägen zu tun hatte. Wieder und wieder schwor er, zum ersten Mal von diesen Vorgängen zu hören, und fasste sich zur Betonung an die Ohrläppchen.

„Aber ich werde eine Untersuchung einleiten. Ich werde der Sache auf den Grund gehen. Morgen setze ich eine Ermittlungseinheit darauf an", sagte Sikiokuu, dem die Adern am Hals pochten.

„Nein, nicht erst morgen", sprach der Herrscher. „Ich brauche jemanden, den ich zur Verantwortung ziehen kann. Ich werde sofort nach diesem Kaniũrũ schicken."

„Ja, ja", sagte Sikiokuu begeistert. „Lassen Sie ihn kommen, damit er die dreisten Lügen einiger Leute und ihrer gerissenen Freunde aufdeckt", fügte er hinzu und bezog sich offensichtlich auf Tajirika und Machokali.

Der Herrscher gab telefonisch die Anweisung, dass Kaniũrũ unverzüglich ausfindig zu machen sei, wo immer er sich auch aufhalte, selbst wenn das bedeute, einen Hubschrauber zu schicken, um ihn ins State House zu bringen.

Sikiokuu war glücklich über diese Wendung. Wenn es jemanden gab, dessen Loyalität sich Sikiokuu sicher war, dann war es John Kaniũrũ. Er hatte dem Jugendbrigadisten viele Gefallen getan, ihn vom einfachen Lehrer im Polytechnikum zu einer einflussreichen Persönlichkeit im Land gemacht. Es war unmöglich, dass Kaniũrũ so viel

Geld gemacht hatte, ohne es ihm zu sagen und mit ihm zu teilen. Tajirikas Lügen werden ans Licht kommen, sinnierte er, und an wen wird sich dieser Verräter dann wenden? Und gerade als er innerlich triumphierend lachte und sich vorstellte, wie Tajirika mit eingezogenem Schwanz den Rückzug antrat, hörte Sikiokuu Tajirika sagen:

„Das ist derselbe Kaniũrũ, der eine Bande von Kriminellen anführt, die meine Frau entführt und geschlagen haben."

„Wieso? Haben die etwas miteinander?", fragte der Herrscher.

„Nein! Nein!", protestierte Tajirika und begann, seine Geschichte zu erzählen.

Als er berichtete, wie Vinjinia gedemütigt worden war, brach in Erinnerung an diese Schande seine Stimme, und nachdem er geendet hatte, herrschte einige Sekunden lang beklemmende Stille im Raum. Keiner konnte sich der Aufrichtigkeit in seiner Stimme entziehen. Der Herrscher durchbrach die Beklemmung durch einen misstrauischen Blick auf Sikiokuu.

„Ich habe Kaniũrũ gebeten, nach diesen Frauen vom Volksgericht zu suchen", sagte Sikiokuu. „Aber Kaniũrũ ist zu weit gegangen. Ich wollte Tajirika lediglich helfen. Wir hatten uns unterhalten, und er hatte der Untersuchung zugestimmt. Es war Tajirika, der mich dazu gedrängt hat, ernsthafte Maßnahmen zu ergreifen, um die Frauen, die ihn geschlagen hatten, zu enttarnen."

„Stimmt das, Tajirika?", fragte der Herrscher.

„Ja, der Teil, der sich auf meine Zustimmung zur Untersuchung bezieht, ist korrekt."

„Thank you, Titus", sagte Sikiokuu. „You are a good man surrounded by false friends."

„Schluss damit, Sikiokuu", fauchte der Herrscher. „Ich habe dich nicht um eine Beurteilung seines Charakters gebeten."

Machokali gefiel nicht, dass Kaniũrũ einen Bericht über die Untersuchungen zum Schlangenwahn geben sollte. Er war überglücklich zu sehen, wie dessen Glaubwürdigkeit untergraben wurde, und wollte selbst noch etwas dazu beisteuern.

„Und ist dieser John Kaniũrũ, dieser Freund von Sikiokuu, nicht auch derjenige, der schon früher falsche Behauptungen über Vinjinia aufgestellt hat, die zu ihrer Festnahme und illegalen Haft führten?", fragte Machokali gespielt unschuldig.

Sikiokuu konnte sich angesichts der Schauspielerei seines Rivalen nicht mehr beherrschen.

„Kaniũrũ ist mein Freund", erregte sich Sikiokuu. „Aber du, Machokali, hast auch eine Menge seltsamer Freunde in Santamaria. Wenn dem nicht so ist, von wem hast du dich dann in Santamaria verabschiedet, unmittelbar bevor du nach Amerika abgereist bist? Oder willst du etwa leugnen, dass du heimlich einen Ausflug nach Santamaria gemacht hast?"

Völlig überrumpelt und unsicher darüber, wie viel sein Erzfeind über diesen Besuch wusste, beschloss Machokali, bei der Wahrheit zu bleiben, sie hier und da aber ein wenig zurechtzubiegen.

„Ja, ich war in Santamaria, wie auch in vielen anderen Stadtteilen von Eldares. Mir war nicht bewusst, dass es verboten ist, sich in bestimmten Stadtteilen aufzuhalten."

„Ja, aber warum warst du dann inkognito dort?"

„Pass auf. Ich war dort, um mich mit meinem Freund Tajirika zu treffen. Wir waren im Mars Café. Das nennst du inkognito?"

„Warum hast du ein Taxi genommen und nicht deinen Mercedes mit Fahrer?", ging Sikiokuu ihn an.

„Jeder weiß, wie schwierig es ist, in der Stoßzeit durch Eldares zu fahren. Manchmal wäre sogar ein *mkokoteni*-Karren schneller."

„Ist das Taxi eine andere Strecke gefahren?"

„Die Taxifahrer kennen sich mit den Nebenstraßen besser aus als sonst jemand."

„Und hast du beim Treffen im Mars Café Tajirika gebeten, in deiner Abwesenheit für dich Augen und Ohren in Aburĩria zu sein?"

„Dreh mir nicht das Wort im Mund um", sagte Machokali aufgebracht. „Ich habe Tajirika gesagt, dass er während meiner Abwesenheit Augen und Ohren offen halten soll bei allem, was Marching to Heaven betrifft. Mit anderen Worten, ich war nicht nur als Freund bei ihm, sondern traf mich mit ihm in seiner Eigenschaft als vom Herrscher berufener Vorsitzender von Marching to Heaven. Eigentlich hätte er als Vorsitzender zur offiziellen Delegation für die USA gehören sollen, und ich war bei ihm, um zu erklären, warum sein Name nicht auf der Liste stand. Damals wusste ich allerdings nicht, dass einige hinter meinem Rücken intrigieren, um zu verhindern, dass er seine Pflichten effektiv erfüllt. Ich wusste nicht, dass sein designierter Stellvertreter, dein Freund Kaniũrũ, Tajirika alles wegnehmen würde, womit der Herrscher ihn ausgestattet hatte“, schloss er und drohte Sikiokuu mit dem Finger, bevor er sich zu Tajirika umdrehte. „Ist es nicht so, Titus?“, fragte er mit besorgter Stimme.

„Da hast du einiges Wahres gesagt“, antwortete Tajirika ohne sonderlichen Enthusiasmus, weil er immer noch verärgert war, nicht zur Delegation gehört zu haben.

Der Herrscher war immer dann am glücklichsten, wenn sich seine Minister, vor allem diese beiden, gegenseitig an die Gurgel gingen, weil er in diesen hitzigen Wortgefechten stets das eine oder andere erfuhr, das sie vor ihm verbargen. Im Augenblick aber wollte er nicht, dass die Säcke mit dem Geld in Vergessenheit gerieten. Immerhin standen Dollars, nicht Burĩ, auf dem Spiel. Drei, sechs, neun Säcke voller Dollars am Tag? Vielleicht sogar mehr?

„Sikiokuu, ich hatte dich gefragt, wie viele Monate vergangen sind, seit Kaniũrũ den Posten als Stellvertretender Vorsitzender von Marching to Heaven übernahm. Du bist mir die Antwort noch schuldig“, sagte der Herrscher zu Sikiokuu.

Bevor Sikiokuu antworten konnte, kam die Nachricht, dass Kaniũrũ eingetroffen sei und vor der Tür warte.

„Dann wollen wir dem Gaul mal ins Maul schauen“, sprach der Herrscher.

5

Selbstbewusst betrat Kaniũrũ den Raum, eine Aktentasche in der rechten Hand. Ins State House einberufen zu werden, egal aus welchem Grund, war eine große Ehre für ihn. Doch ein Blick zu

Sikiokuu reichte, und er wusste, dass nicht alles zum Besten stand. Dann sah er, wie der Herrscher auf ihn zeigte. Die Größe der Hand und die des Herrschers überraschten Kaniũrũ, doch weder zeigte er es, noch ließ er sich davon aus der Fassung bringen.

„Wir erwarten einen vollständigen Bericht des Stellvertretenden Vorsitzenden von Marching to Heaven“, sprach der Herrscher und wies ihm den Stuhl neben Sikiokuu zu.

Anschließend befahl er Tajirika, sich neben Machokali zu setzen, sodass sich die beiden Paare gegenübersaßen. Diese Anordnung erlaubte dem Herrscher, jederzeit alle im Blick zu haben.

„Eure Allmächtige Vortrefflichkeit, ich habe eine Menge zu berichten, weiß aber nicht, wo und wie ich beginnen soll“, sagte Kaniũrũ, während er seine Aktentasche öffnete und großtuerisch Akte um Akte herausholte und sie vor sich auf den Boden legte.

„Warum fängst du nicht bei den Besuchern an, die dir Geld bringen?“, forderte der Herrscher.

Kaniũrũ sah jedoch keineswegs beunruhigt aus. Die Frage und der feindselige Ton bestätigten nur seine Beobachtung, dass Sikiokuu in Schwierigkeiten steckte und sein Freund im Falle einer Krise nicht in der Lage sein würde, ihm zu helfen. Jeder stirbt für sich allein.

Er ließ sich Zeit, seine Akten und Quittungen zu sortieren. Dann richtete er sich auf, um sich zu rechtfertigen.

Es sei tatsächlich so, gab er unumwunden zu, dass die aburĩrische Geschäftswelt bei ihm vorgesprochen habe, nachdem sie erfahren hatte, dass man ihm die einmalige Ehre erwiesen habe, seinem Herrscher und dem Land als Stellvertretender Vorsitzender von Marching to Heaven zu dienen. Dabei hätten sie ihm übergeben, was sie als Visitenkarten bezeichneten, und dies seien natürlich Briefumschläge voller Geld gewesen. Zuerst habe er nicht gewusst, was er mit diesen Umschlägen machen solle, aber nachdem er sich in dieser Angelegenheit mit seinem Freund und Wohltäter Minister Silver Sikiokuu beraten habe, sei man übereingekommen, dass er fünfundzwanzig Prozent behalten und die restlichen fünfundsiebzig Prozent auf verschiedene Konten Sikiokuus einzahlen solle.

Sikiokuu traute seinen Ohren nicht.

„What? Are you crazy?", schrie er und sprang auf, ohne genau zu wissen, wie er sich verhalten sollte. Also stand er einfach da und zog sich voller Zorn an den Ohrläppchen, während er den Herrscher anflehte: „Eure Vortrefflichkeit, begreifen Sie doch! Meine Feinde haben sich mit diesem Mann zusammengetan, um meinen Namen und meinen Charakter in Verruf zu bringen. Ich schwöre, dass ich nichts mit diesen Umschlägen zu tun habe. Kaniũrũ, stimmt es also, was die Waswahili sagen? Der Dank des Esels ist ein Fußtritt. Ja, *asante ya punda ni mateke.*"

„Mein Freund", sagte Kaniũrũ leutselig, „wie du und jeder andere in Aburĩria auch, habe ich nur ein Leben. Der Unterschied zwischen meinem Leben und dem anderer ist, dass meines vollständig dem Herrscher geweiht ist und ich vor ihm niemals eine Lüge aussprechen könnte. Glaub mir, mein Körper würde mich verraten."

„Der Mann lügt, wenn er den Mund aufmacht", schrie Sikiokuu aufgebracht.

„Junger Mann", sprach der Herrscher, „ist dir klar, dass das, was du da sagst, sehr schwerwiegend ist? Hast du irgendwelche Beweise für deine Behauptungen?"

„Eure Allmächtige Vortrefflichkeit, ich begreife nicht, warum Sikiokuu leugnet, von den Umschlägen und ihrem Inhalt zu wissen. Ich kann Ihnen versichern, dass weder Sikiokuu noch ich um die Gaben der Geschäftsleute gebeten haben. This has absolutely nothing to do with bribery or corruption", betonte er.

„Genau, und ich hatte gar nichts damit zu tun", sagte Sikiokuu.

„Das stimmt", bestätigte Kaniũrũ, „aber nur deshalb, weil ich alles abgewickelt habe."

„Wo sind die Beweise?", fuhr der Herrscher dazwischen. „Ich will Beweise, keine endlosen Diskussionen."

„Darf ich vortreten?", fragte Kaniũrũ den Herrscher, als wäre er, Kaniũrũ, ein Anwalt, der um Erlaubnis bittet, an den Richtertisch treten zu dürfen.

Ohne auf eine Antwort zu warten, griff Kaniũrũ nach einem Bündel entwerteter Schecks und übergab sie dem Herrscher. Sie bewiesen, das Kaniũrũ über Monate Schecks auf Sikiokuu ausgestellt hatte. Alle trugen einen dem Anschein nach gültigen Bankstempel, der zeigte, dass sie entweder eingereicht oder auf Sikiokuus Konto eingezahlt worden waren.

Kaniũrũ verriet allerdings nicht, dass seine Freundin in der Bank, Jane Kanyori, ein fingiertes Konto auf Sikiokuus Namen eröffnet hatte, um Kaniũrũs Einzahlungen zu ermöglichen. Noch verriet er, dass ihm Jane Kanyori eine Bankkarte auf Sikiokuus Namen ausgestellt hatte, die es Kaniũrũ ermöglichte, Geld von Sikiokuus Konto abzuheben und es bei einer anderen Bank auf seinen eigenen Namen wieder einzuzahlen. Alles, wie es sich gehörte. Kaniũrũ war Künstler, und sein kalligraphisches Können kam ihm zugute, als er Sikiokuus Unterschrift fälschte.

„Sollte mein Anteil von fünfundzwanzig Prozent jemals für eines Ihrer Selbsthilfeprogramme benötigt werden, werde ich ihn jederzeit herausgeben", erklärte Kaniũrũ und setzte sich wieder auf den Stuhl neben Sikiokuu.

Sikiokuu war zum ersten Mal im Leben vollkommen sprachlos. Der Mund stand ihm offen, doch er konnte weder leugnen noch protestieren oder seine Unschuld beteuern. In Gedanken versuchte er ebenso verzweifelt wie vergeblich herauszufinden, wie und wann er Kaniũrũ jemals übel mitgespielt hatte. Aber ihm fielen lediglich Wohltaten für seinen Freund ein.

„Eure Allmächtige Vortrefflichkeit, dahinter steckt mehr, als wir alle im Moment sehen", sagte Sikiokuu schließlich weinerlich. „Bitte, ich flehe Sie an, erlauben Sie mir, die Sache zu untersuchen und ans Tageslicht zu bringen, was noch im Dunkeln verborgen ist."

„Es gibt einen kürzeren und leichteren Weg, um das zu klären", sprach der Herrscher. „Ich will deine Kontoauszüge sehen."

Er gab Anweisung und bekam wenige Minuten später die Information von der National Bank of Commerce and Industry. Die Auszüge bestätigten alles, was Kaniũrũ behauptete.

Zutiefst verzweifelt, völlig hilflos und unfähig, Kaniũrũs Lügen zu entlarven, starrte Sikiokuu den Tränen nahe vor sich hin.

Der Herrscher kochte innerlich. So viel Geld hatte man mit Marching to Heaven, seinem persönlichen Projekt, gemacht, und er hatte nicht einen Cent abbekommen? Sikiokuu und Kaniũrũ, ein kleiner Jugendbrigadist, hatten dagegen Millionen eingesteckt.

Plötzlich fiel ihm etwas ein, was Tajirika zuvor gesagt hatte. Das Wesentliche lag oft im Detail. Schnell griff er nach den entwerteten Schecks und Kontoauszügen und prüfte sie noch einmal.

Sikiokuu betete mit aller Kraft, dass der Herrscher eine Unstimmigkeit fände, irgendetwas, egal wie winzig, das den Schaden wiedergutmachte, den Kaniũrũ angerichtet hatte.

„Ich möchte dich etwas fragen", sprach der Herrscher und winkte mit einigen Schecks in Kaniũrũs Richtung, „warum sehe ich hier nur Unterlagen zu aburĩrischem Geld."

„Ja, mein Herrscher", antwortete Kaniũrũ. „Es waren alles Burĩ."

„Und wo sind die Dollars?", insistierte der Herrscher.

„Welche Dollars?", fragte Kaniũrũ verwirrt.

„Eben die Dollars. Amerikanische Hundert-Dollar-Scheine. Drei Säcke von fünf mal zwei Fuß an einem Nachmittag, wie bei Tajirika vor dir. Oder schauten deine Besucher nicht verächtlich auf den Wert des Burĩ herab? Haben sie etwa nicht gesagt, *Burĩ ni bure*?"

„Jetzt bist du dran, Arschloch!", sagte sich Sikiokuu frohlockend. „Da hat man den gerissenen Kerl auf frischer Tat ertappt."

Auch Tajirika frohlockte. Er war sich sicher, dass seine Raffiniertheit Kaniũrũ in eine Lage gebracht hatte, aus der er sich nicht herauswinden konnte.

Und mit einem Mal dämmerte es Kaniũrũ: Diese Geschäftsleute hatten Tajirika die ganze Zeit mit Dollars bezahlt. Warum hatten sie das nicht auch bei ihm gemacht? Tajirika war gar nicht der Dummkopf, für den er ihn gehalten hatte. Scheinbar ohne jede Nervosität antwortete er dem Herrscher:

„Es gab einige, die in Dollars zahlen wollten. Aber Sikiokuu und ich haben ihr Angebot abgelehnt. Wenn wir ausländische Währung angenommen hätten, hätten wir alle Regeln und Vorschriften der Central Bank zum Devisenverkehr nur zur Selbstbereicherung gebrochen, und bei solchen Dingen mache ich nicht mit. Ich persönlich wollte etwas, das ich auch rechtfertigen konnte, selbst wenn sich herausstellen sollte, dass ich Unrecht getan habe. Ich will an meinem

Verhalten gemessen werden. Es hat mich aufgebracht, als ich einige von denen reden hörte, als würden sie auf den Burĩ hinabsehen; einer hat sogar ‚*Burĩ ni bure*' gesagt. Aber ich gehöre nicht zu denen, die untätig danebenstehen, wenn Leute sich abfällig über unsere nationale Währung äußern. Mein Freund und Wohltäter Sikiokuu war sogar noch wütender auf sie wegen ihrem Mangel an Patriotismus. Kurz gesagt, wir lehnten es ab, uns mit Dollars bestechen zu lassen."

„Eure Allmächtigkeit", warf Sikiokuu ein, „ich flehe Sie an, glauben Sie mir, ein solches Gespräch über Burĩ und Dollars zwischen mir und diesem Halunken hat nie stattgefunden."

Der Herrscher nahm kaum wahr, was Sikiokuu sagte. Er war noch immer voll und ganz mit den drei Säcken Dollars beschäftigt, weil ihm ein Sack Dollars kostbarer war als alle Burĩ in Aburĩria. Auch er hielt die nationale Währung für schwach, weil sich ihr Wert wie ein Chamäleon änderte. Tajirika sah er jetzt in neuem Licht: Da saß ein heller Kopf, der wusste, wie man aus dem Nichts Dollars machte. Kaniũrũ und Sikiokuu hingegen kamen ihm wie Idioten vor, weil sie darauf bestanden hatten, in Burĩ bestochen zu werden.

Er wandte sich Tajirika zu.

„Kaniũrũ hat uns erzählt, was er mit seinen Burĩ gemacht hat. Was hast du mit deinen drei Säcken Dollars gemacht?"

Alle Blicke richteten sich auf Tajirika.

6

„Ich rede mit dir, Tajirika", wiederholte der Herrscher. „Hörst du schwer? Was hast du mit den drei Säcken Dollars gemacht? Mit wem hast du das Geld geteilt?", rief er und warf einen Blick auf Machokali.

Jetzt weht mir der Wind ins Gesicht, dachte Tajirika. Warum habe ich gelogen, Dollars zu haben?

Es war zu spät, die Geschichte zu ändern. Er würde bei der Unwahrheit bleiben müssen, komme was wolle. Von nun an, so schwor er sich, würde er sich an das halten, was er am besten beherrschte: die Wahrheit zu verdrehen, statt blanke Lügen zu erzählen.

„Ich habe die drei Säcke mit Dollars dem Herrn der Krähen überlassen“, sagte Tajirika.

Der Herrscher brach in trockenes Gelächter aus. Sikiokuu spürte, wie das Leben in ihn zurückkehrte. Kaniũrũ rümpfte die Nase. Machokali sah seinen Freund mitleidig an. Hatte er keine bessere Erklärung?

„Was?“, fragte der Herrscher.

„Ich habe alles dem Herrn der Krähen überlassen.“

„Ich verstehe nicht. Hast du ihm Geld geschuldet?“

„Das war der Lohn dafür, dass er mich geheilt hat.“ Tajirika erzählte von seiner Krankheit der Wörter. „Ich war so glücklich, meine Stimme wiederzuhaben, dass ich mir über den Lohn keine Gedanken machte. In diesem Moment war es keine große Sache, das Geld wegzugeben. Dort, wo dieses Geld hergekommen war, gab es noch mehr zu holen.“

„Was hat der Zauberer mit dem Geld gemacht?“, fragten der Herrscher, Machokali und Sikiokuu gleichzeitig.

„Drei große Säcke mit Dollars! Wow!“, fügte Kaniũrũ hinzu, um nicht abseits zu stehen.

„Als wir zusammen in einer Gefängniszelle eingesperrt waren, erzählte er mir, dass er sie bestattet hat“, antwortete Tajirika.

Alle lachten, als wären sie sich einig, dass Tajirika mit seinen Lügen jetzt zu weit gegangen war.

„Und natürlich hat er es vermieden, Ihnen zu sagen, wo er es vergraben hat“, meinte Sikiokuu sarkastisch.

„Im Gegenteil“, erwiderte Tajirika zum Erstaunen aller, „er hat es mir gesagt.“

Sie sahen sich gegenseitig an, bevor sie sich mit ihrer unausgesprochenen Frage zu Tajirika umdrehten.

„Er hat das Geld im Grasland hinter Santalucia vergraben.“

„Und Sie sind es natürlich nie suchen gegangen“, sagte Kaniũrũ.

„Nein“, erwiderte Tajirika umgehend, „weil ich annahm, dass der Hexenmeister mich belog. Und ehrlich gesagt wollte ich auch nichts damit zu tun haben und will es auch jetzt nicht. Es ist verflucht. Soll es vergraben bleiben – wenn er mir überhaupt die Wahrheit gesagt hat. Und wenn es das Geld nicht mehr gibt, dann ist das auch in Ordnung. Nur der Herr der Krähen kann uns über das Schicksal der Dollars aufklären."

Der Herrscher schien Tajirikas Verteidigung kaum wahrzunehmen. Ihn beschäftigte ein einziges Thema: Diese Männer hatten die Arme bis zu den Ellbogen in die Ladenkasse gesteckt. Die Kontoauszüge bewiesen, dass Sikiokuu Millionen eingesackt hatte, doch der stand da und leugnete es rundheraus, trotz überwältigender Beweise. Und dann Tajirika mit seinen kindischen Lügen. Tajirika deckte seine Komplizen, unter anderem vielleicht Machokali. Kaniũrũ war der Einzige, der einigermaßen ehrlich und offen gewesen war. Was denken die sich? Dass ich ein Dummkopf bin? Ich werde ihnen zeigen, dass dieser Herrscher immer noch das eine oder andere As in seinem Ärmel hat.

„Wir werden jetzt nicht entscheiden, wer hier lügt und wer die Wahrheit sagt", verkündete der Herrscher und schaute von Sikiokuu zu Machokali. „Ihr beide werdet mir von denen, die bereits mit dem Herrn der Krähen in Berührung gekommen sind und so mutig waren, sich ihm zu stellen, drei eurer vertrauenswürdigsten Polizisten oder meinetwegen Jugendbrigadisten geben."

„Peter Kahiga und Elias Njoya", sagte Sikiokuu sofort. „Sie lügen nicht wie andere, die ich kenne, und, was noch wichtiger ist, sie wissen, wann sie den Mund halten müssen."

„Ich schlage A. G. vor", sagte Machokali.

„Ja, und A. G.", stimmte Sikiokuu zu.

„Tajirika, dir will ich sagen, dass ich es am meisten hasse, wenn man mir Lügen auftischt. Es ist besser, man sagt mir die Wahrheit wie Kaniũrũ oder bittet mich hinterher um Verzeihung, wenn man gelogen hat. Aber ich will dir noch eine Chance zur Wiedergutmachung geben. Eine zweite Chance. Eine allerletzte Chance. Du hast bereits gesagt, dass du mit dem vergrabenen Schatz nichts zu tun haben willst. Deshalb wirst du Kahiga, Njoya und A. G. die Stelle zeigen – sie werden das Ausgraben übernehmen. Du bist dabei, um alles zu überwachen, damit die Polizisten auch ehrlich bleiben. Aber ich warne dich! Wenn die Dollars nicht gefunden werden, solltest du selbst gleich in das Loch springen und flehen, dass man dich zuschaufelt. Hast du verstanden? Man treibt keine Späße mit mir."

Verbittert bedauerte Tajirika den Moment, in dem er die Lüge über die Dollars ausgesprochen hatte. Er stand mit weichen Knien auf und stolperte zur Tür, eine gebrochene Seele, die davon überzeugt war, dass die Aufgabe, die man ihm übertragen hatte, einem Todesurteil gleichkam.

7

Sogar Machokali, Sikiokuu und Kaniũrũ hatten das Gefühl, Zeugen eines Todesurteils geworden zu sein. Tajirika würde man nicht mehr lebend zu Gesicht bekommen, und das ließ sie dankbar sein, weil ihr eigenes Leben verschont geblieben war. Kaniũrũ beglückwünschte sich zu seiner Kunst des Lügens, die er auf seinen gewitzten Verstand zurückführte, der so anders war als der Tajirikas. Der war ein Idiot, dessen Lügen danach schrien, als solche erkannt zu werden.

Machokali und Sikiokuu dachten dasselbe. Beide wussten, dass auch Kaniũrũ gelogen hatte. Aber er hatte zumindest geschafft, das vernünftig zu vertuschen.

Trotzdem wurde ihre Freude von der Angst getrübt, am Ende selbst noch in die Falle zu gehen. Im Schweigen, das auf Tajirikas Abgang in Begleitung von bewaffneten Polizisten folgte, war jeder mit Gedanken beschäftigt, wie er die eigene Haut auf Kosten der beiden anderen retten konnte.

Wieder war es der Herrscher, der das Schweigen brach.

„Sikiokuu", rief er, „du weißt doch sicherlich, dass ein guter Schäfer eine Hyäne erkennt, auch wenn sie sich unter einem Schaffell verbirgt?"

„Jawohl, Eure Allmächtige Vortrefflichkeit", antwortete Sikiokuu beflissen, weil er glaubte, der Herrscher werde nun Kaniũrũ entlarven. „Der Herrscher sei gelobt für seine große, angeborene Weisheit", fügte er hinzu.

„Sie ist direkt von Gott gegeben", meinte Kaniũrũ.

„Entspringt aber zugleich seinem eigenen Streben", fuhr Sikiokuu fort, dem Kaniũrũs Versuch missfiel, in sein Loblied einzustimmen. „Er trägt alles Bücherwissen in sich."

„Er ist der wahre Spender des Wissens", tönte Kaniũrũ, „und der Lehrer der Lehrer, der größte unter den Lehrern. Der Herrscher ist die Quelle allen Wissens in der Welt."

„Das reicht jetzt", unterbrach sie der Herrscher und tat so, als ärgerte er sich über ihre Ausschweifungen. „Es ist nicht gut, jemanden in Anwesenheit zu loben; das könnte ihn in Verlegenheit bringen."

„Ich teile diese Empfindung, Eure Allmächtige Vortrefflichkeit", sagte Sikiokuu. „Oh, Sie sollten mich hören, wenn Sie nicht zugegen sind, dann singe ich das Lob auf Ihre Gaben am ungezügeltsten."

„Auch ich lobpreise Sie, jederzeit, wo immer ich bin", schmeichelte Machokali, der nicht zurückstehen wollte.

„Tief in meinem Herzen", schwärmte Kaniũrũ, „kenne ich keine höhere Berufung, als allzeit Lob auf Sie zu singen und Ihre Taten zu preisen. Ich habe einmal mein eigenes Herz belauscht, wie es sagte: Wenn Gott und der Herrscher einmal nebeneinander stünden, und ihnen flögen gleichzeitig die Hüte weg, dann würde ich zuerst den Hut des Herrschers aufheben, und ohne dass ich es bemerkte, hatte ich laut gesagt: Halleluja, gelobet sei mein Herr und Gott bis in alle Ewigkeit, Amen."

„Ich werde es verbieten, dass man mich immerfort mit Gott auf ein Podest stellt", sprach der Herrscher mit gespielter Bestimmtheit.

„Dann würden Sie aus jedem Bürger einen Gesetzesbrecher machen, denn das wäre ein Gesetz, welches das Volk nie und nimmer befolgen könnte", gab Sikiokuu zurück.

„Und ich bin dir dankbar, dass du die Sache auf den Punkt gebracht hast, Sikiokuu", sprach der Herrscher, „denn einige Leute haben, wie du weißt, meine Gesetze gebrochen, und ich bin fest entschlossen, sie zu zermalmen. Du bist ein guter Hirte, Sikiokuu, und während wir darauf warten, dass Tajirika mit dem Bericht über seine Feldarbeit zurückkommt, solltest du uns bitte erzählen, was du unternommen hast, diese Nyawĩra zur Verantwortung zu ziehen."

Sikiokuu hatte gehofft, der Herrscher wäre inzwischen vom Fall Nyawĩra abgekommen, weil ihn die ausführlichen Berichte über den Schlangenwahn und den Hochverrat schockierten.

„Ach, diese Frau", sagte er und räusperte sich. „Das haben wir bald. Ich warte noch einige Dinge ab, bevor ich zuschlage."

„Was für Dinge?"

„Spiegel und ihre Benutzer."

„Ihre Benutzer?"

„Ja, deren Benutzer. Ich nenne ihn den Deuter. Ich habe in Japan, Italien, Schweden, Frankreich, Deutschland, Großbritannien und den USA Spiegel bestellt", berichtete Sikiokuu begeistert, als wüsste der Herrscher alles über seine Pläne. „Die besten und geeignetsten Spiegel für dieses Vorhaben, weil sie nicht mit meinen Schatten kontaminiert sind."

„Sikiokuu, are you okay?", fragte der Herrscher. „Ich meine, so im Kopf?"

„Danke, mir geht es gut. Ich fühle mich großartig. Der Deuter ist die Verbindung zwischen dem Spiegel und Nyawĩra."

„Und wer ist er, dieser Deuter?"

„Der Herr der Krähen."

„Der Herr der Krähen?", fragte er nach.

„Der Mann schaut in einen Spiegel und sieht viele Dinge, die dem gewöhnlichen Auge verborgen bleiben."

Diese Eröffnungen ließen den Herrscher zusammenzucken wie jemanden, der sich voller Zuversicht auf einen Weg begibt, von dem er glaubt, dass er frei von Hindernissen ist, und sich plötzlich einen Stachel eintritt. Sikiokuus leidenschaftliches Bekenntnis zu den Fähigkeiten des Zauberers brachte ihn aus der Fassung. Er tat sein Möglichstes, das nicht zu zeigen, indem er sich zurücklehnte und die Augen schloss. Einen Augenblick lang fand er sich in einem New Yorker Hotelzimmer wieder, in dem er, wie in einem Traum, einen menschlichen Schatten zu erkennen glaubte, der ihn aufforderte, konzentriert in einen Spiegel an der Wand zu schauen.

Sikiokuu ahnte nicht, dass seine Worte den Herrscher bis ins Mark getroffen hatten. Er hatte gehofft, die Verfolgung Nyawĩras würde den Herrscher von seinem eigenen Versagen ablenken, und ließ sich daher weiter enthusiastisch über die Fähigkeiten des Zauberers aus.

„Ich glaube, der Mann besitzt die Gabe des Hellsehens und kann den Menschen in die Herzen schauen", fügte Sikiokuu hinzu.

„Wo hast du diesen Hexenmeister aufgetrieben?", fragte der Herrscher, der die Augen immer noch geschlossen hatte.

„Hier. In Eldares, Aburĩria."

„Wann?", fragte der Herrscher, setzte sich auf, öffnete die Augen und sah Sikiokuu scharf an.

„Bevor er nach Amerika fuhr", sagte Sikiokuu. „Ich habe von den Gaben des Zauberers erstmals von Leuten gehört, die behaupteten, er könne in Spiegeln lesen wie in einem Buch."

„Ich möchte dich daran erinnern, dass ich es war, der dich davon in Kenntnis setzte", warf Kaniũrũ ein, der den Ruhm ernten wollte, aber Sikiokuu beachtete ihn nicht.

„Alle meine Vorbereitungen zur Verhaftung dieser Frau liefen hervorragend, bis uns aus Amerika die Nachricht Ihrer Erkrankung erreichte. Als man mir mitteilte, der Herr der Krähen werde dort gebraucht, sagte ich mir, die Festnahme Nyawĩras muss warten, bis der Herr der Krähen zurückkommt. Aber jetzt habe ich ein Problem: Die Spiegel werden in Kürze eintreffen, doch ihr Benutzer ist nirgends zu finden."

Die Geschichte ließ im Herrscher Befürchtungen aufsteigen. Was wusste der Zauberer, falls er wirklich erkennen konnte, was dem gewöhnlichen Auge verborgen war, über die Schwangerschaft des Landes, nein, des Herrschers. Und warum hatte er sein Wissen Machokali anvertraut, statt ... Er wollte diesen Gedanken nicht zu Ende denken, denn plötzlich jagte es ihm erneut einen fürchterlichen Schreck ein, womöglich mit einer Frau verglichen zu werden. Dieser Zauberer musste zum Schweigen gebracht werden.

„Wo ist er? Wo steckt dieser Herr der Krähen?“, fragte der Herrscher zornig.

„Ich weiß nicht, wo er ist. Seit er nach Amerika geflogen ist ... vielleicht könnte Machokali ...“, versuchte Sikiokuu die Schuld am Verschwinden des Zauberers auf Machokali abzuwälzen.

„Er ist nicht in Amerika“, sagte Machokali knapp und machte damit klar, dass er nicht in diese Angelegenheit verwickelt werden wollte.

„Er ist nicht in Aburĩria. Und er ist nicht in Amerika. Wo steckt dieser Zauberer?“, klagte der Herrscher. „Irgendwo auf dieser Erde muss er ja sein.“

Der Herrscher war plötzlich von diesem Thema erschöpft, weil es ihn von momentan dringlicheren Dingen ablenkte. Er starrte vor sich hin, voll und ganz mit der Frage beschäftigt, was Tajirika ihm bringen und was er mit ihm machen würde, falls er mit leeren Händen zurückkehrte.

Machokali, der die ganze Zeit vermutet hatte, dass es zwischen Sikiokuu und dem Herrn der Krähen eine Verbindung gab, empfand eine hämische Freude bei dem Gedanken an die Polizeieinheit, die der Herrscher losgeschickt hatte, um die Dollars auszugraben. Und je wütender der Herrscher auf den Herrn der Krähen wurde, desto wütender würde er auf Sikiokuu sein, sobald die Intrige zwischen dem Minister und dem Hexer aufflog.

„Was den Aufenthalt des Zauberers angeht“, sagte Machokali, „so ist das nicht weiter wichtig. Denn was Sie getan haben, Eure Allmächtige Vortrefflichkeit, indem Sie drei Polizisten ausschickten, den vergrabenen Schatz zu heben, ist ein Akt unergründlicher Weisheit und Voraussicht, denn auch wenn die Dollars nicht gefunden werden sollten, so wird das dennoch die Lügen dieses Mannes und seiner Helfershelfer enthüllen.“

„Welches Mannes? Welche Lügen? Die Lügen, die uns Ihr Freund Tajirika aufgetischt hat, oder die des Herrn der Krähen?“, fragte Kanĩũrũ schadenfroh.

„Seit wann bist du ein Verfechter der Wahrheit?“, wollte Sikiokuu wissen.

Es folgten kindische Rechthabereien, wobei jeder versuchte, das letzte Wort zu haben. Es wird erzählt, dass sie sieben Tage und Nächte so weitermachten, bis ihre Stimmen versagten und sie nur noch so leise flüstern konnten, dass sie einander nicht mehr hörten. Nur durch die Bewegungen der Adern an Hals und Stirn und dem automatischen Öffnen und Schließen des Mundes machten sie noch aus, was der jeweils andere gerade sagte.

Der Herrscher aber blieb, wie er war, achtete nicht auf ihr Rededuell und hielt den Kopf in die rechte Hand gestützt, auch dann, wenn er ab und zu auf die Uhr sah. Er wartete auf eine Stimme aus dem Grasland, die ihm den Ausgang der Jagd nach den vergrabenen Dollars verkündete.

8

„Ehrlich, *Haki ya Mungu*, auch wir sehnten uns nach einer Stimme aus dem Grasland", erzählte A.G. später seinen Zuhörern und versuchte, sie für sich einzunehmen, damit sie ihm sagten, was sie von ihm hören wollten.

Von ihrer Hingabe an seine Worte ermutigt, berichtete A.G. dann, wie sie vier – er, Kahiga, Njoya und Tajirika – zur Polizeiwache von Santamaria gefahren waren, wo sie ein Zivilfahrzeug übernahmen. Dem Polizeichef Wonderful Tumbo erzählten sie, sie würden ins Grasland hinausfahren, um Nyawĩra zu fangen, und dass Tumbo und seine Leute es ignorieren sollten, falls ihnen gemeldet werde, es würden sich Fremde in der Wildnis herumtreiben.

A.G. war von der Aussicht auf das Abenteuer als einer der Boten des Herrschers ganz aufgeregt, glaubte aber, dass seine Begleiter ein bisschen ängstlich waren. Vor allem Tajirika: Er sah niedergeschlagen aus und sprach nicht viel mit Kahiga und Njoya. Eigentlich redeten die drei nur über A.G. miteinander, und der vermutete, dass sie sich nicht zum ersten Mal begegneten.

Sie fuhren ein Stück ins Grasland hinein, parkten das Auto an einem Akaziendickicht und gingen hinein; Tajirika voran und die anderen, mit Spaten, Hacken und Spitzhacken ausgerüstet, hinterher.

„Wir sahen wie eine Truppe Goldgräber aus", flüsterte A.G. seinen aufmerksamen Zuhörern zu, als würde er ihnen ein großes Geheimnis verraten, „und Tajirika war unser Anführer."

Obwohl sie nach Dollars graben sollten, weilten ihre Gedanken unablässig beim Herrn der Krähen, der A.G. immer wieder in Erstaunen versetzte. Wie viele Einwohner Aburĩrias würden das Geld, das sie in Ausübung ihres Berufes eingenommen hatten, begraben und sowohl dieses Vorgehen als auch den Ort anschließend einem anderen verraten? A.G. war außerdem ein wenig über den Aufenthaltsort des Herrn der Krähen besorgt. War er in Amerika oder in Aburĩria?

Njoya und Kahiga machten sich wegen der gesamten Unternehmung Sorgen und hätten am liebsten nichts damit zu tun gehabt. Seit sie erfahren hatten, dass der Herr der Krähen nicht aus Amerika zurückgekehrt war, dachten sie über die Drohungen nach, die die Hexe ausgestoßen hatte; sie würde sie zweifellos für sein Verschwinden verantwortlich machen. Kein Tag verging, ohne dass sie sich vor möglicher Vergeltung fürchteten. War dieser Auftrag vielleicht Teil ihres Plans?

Tajirika witterte eine Falle. Warum sollte jemand Geld vergraben? Was, wenn es schon jemand ausgegraben und fortgeschafft hatte? Was, wenn das Ganze ein Scherz des Zauberers war? Wie sollte er mit leeren Händen zum Herrscher zurückkehren? Wie er es auch betrachtete, es stand fest, der Herr der Krähen hatte ihn in eine schreckliche Lage gebracht.

Es gab kein klares Ziel. Tajirika zufolge suchten sie nach einem von zahllosen Büschen. Der Herr der Krähen hatte es nicht näher beschrieben; er hatte lediglich von einem Busch im Grasland, nicht weit von Santamaria, gesprochen. Wo sollten sie die Suche beginnen?

„Ehrlich, *Haki ya Mungu*, wir waren, ich weiß nicht wie lange, in der Steppe und gruben Löcher wie die Ameisen", sagte A.G. „Niemand kam, weder aus Santamaria noch von sonst irgendwo, um uns zu fragen oder zu belästigen. Wir waren abgekämpft vom immer gleichen Ablauf, dem endlosen Suchen und Graben, Tag und Nacht. Ich entschied mich, den anderen zu sagen: ‚Hört mal her: Auch Gott ruhte am siebten Tag, als er Himmel und Erde schuf. Wir aber haben schon über sieben Tage hier geschuftet. Was wollen wir beweisen?' Nur Tajirika erhob Einspruch; wir warfen ihm vor, gegen Ruhepausen zu sein, weil er selbst nicht arbeiten musste, sondern nur von Busch zu Busch ziehen brauchte. Als er das hörte, nahm er eine Spitzhacke und fing wütend an zu graben, als wollte er uns zeigen, wie sich ein Mann einsetzen musste. Wir standen daneben und sahen ihm zu, wie er wie ein Verrückter grub, bis er im Loch zusammenbrach und wir ihn herausziehen mussten, und ich sage euch, zu diesem Zeitpunkt waren wir so erschöpft, dass auch wir neben dem Körper unseres Anführers zusammenbrachen und sofort einschliefen."

Sie schliefen mehrere Tage. Als sie schließlich erwachten, sahen sie auf eine endlose Anzahl von Ameisenbauten, die wie Erdhügel überall im Grasland verstreut waren. Kahiga und Njoya machten den Vorschlag, Tajirika solle im State House anrufen und Bescheid geben, dass es nicht gelungen sei, die Säcke mit den Dollars zu finden. Tajirika widersprach heftig und beharrte eisern: „Wir müssen weitergraben, bis wir das Geld finden." Njoya und Kahiga widersprachen ebenso heftig, dass das Löchergraben Archäologen, Goldgräbern und Minenarbeitern überlassen werden sollte. Sie hätten gegraben, so weit das Auge reichte, völlig umsonst. Eher würden sie eine Bank ausrauben, als noch einmal eine Spitzhacke anfassen.

Tajirika flehte sie an, noch einen Tag durchzuhalten, aber sie waren wirklich sehr schwach und hatten alle Hoffnung aufgegeben. A.G., der sich aus dieser Auseinandersetzung herausgehalten hatte, mischte sich nun ein und sagte, er habe ihre endlosen Rangeleien satt. Auch wenn er sich jeder Entscheidung beuge, die sie träfen, brauche er jetzt erst einmal etwas Ruhe für sich. Er stand auf und ging tiefer in den Buschwald hinein.

Kahiga und Njoya folgten ihm, weil sie sich keinesfalls der Anordnung widersetzen wollten, einander im Auge zu behalten. Tajirika rannte ihnen hinterher und beschwor sie, ihre Pflicht zu erfüllen und ihn nicht allein im Grasland zurückzulassen. Auch er war mit seinen Kräften am Ende.

Wenn er zu dieser Stelle seiner Erzählung kam, machte A.G. eine Pause und fragte seine Zuhörer theatralisch: „Was glaubt ihr, warum ich die Erschöpfung so betone?" Aber bevor irgendjemand reagieren konnte, beantwortete A.G. seine Frage selbst.

„Ich weiß nicht, was es war –, vielleicht ließ mich der Buschwald an die Nacht zurückdenken, in der ich den Herrn der Krähen in seiner Verkleidung als Bettler die ganze Strecke vom Paradise bis nach Santalucia gejagt hatte, oder waren es gar zwei Zauberer oder Bettler? Wie in jener Nacht spürte ich, wie mich eine Kraft vorantrieb, die so gewaltig war, dass ich nicht anhalten konnte, selbst wenn ich es gewollt hätte. Ehrlich, *Haki ya Mungu*, eine mir unbekannte Macht trieb mich an. An einer Stelle stolperte ich fast über einen großen Stein. Ich blieb stehen. Vor mir lag ein Felsbrocken, der in zwei Teile gespalten war. Der Raum dazwischen war von Gras und Unterholz überwuchert.

Plötzlich hatte ich ein seltsames Gefühl in der Magengrube, denn als ich mich umsah, ehrlich, *Haki ya Mungu*, erkannte ich, dass ich mich im selben Gehölz befand wie in der Nacht, als ich den Herrn der Krähen jagte, und es war derselbe Stein, über den ich damals gestolpert und gefallen war, und deshalb den Zauberer – oder beide – aus den Augen verlor. Später sollte ich begreifen, dass mein Sturz kein Zufall gewesen war, sondern der Zauberer ihn bewirkt hatte. Aber was hat dieser Zufall jetzt zu bedeuten?, fragte ich mich. Hatte der Herr der Krähen den Schatz hier vergraben, bewacht von den Mächten einer anderen Welt?

Ich setzte mich auf den Felsbrocken, und Kahiga, Njoya und Tajirika hockten sich schweigend dazu, weil, um die Wahrheit zu sagen, das Sprechen unerträglich, geradezu eine Last geworden war. Jeder hing seinen Gedanken nach, ja, aber irgendwann hörte ich mich zu meinen Begleitern sagen: ‚Der Herr der Krähen kennt viele Tricks. Ich habe ihn einmal über das Grasland gejagt, und ich glaube, dass er mich an einen ähnlichen Ort wie diesen geführt hat ...'

Ich glaubte, sie würden das Thema aufgreifen, aber keiner schien an dem, was ich sagte, interessiert zu sein. Jeder rang für sich mit den Dämonen, die von einer körperlich, geistig und seelisch erschöpften Person so Besitz ergreifen können, dass sie sich am hellen Tag funkelnde Sterne am Himmel einbildet ..."

Tajirika glaubte, Gespenster zu sehen. Die Blätter der drei Büsche vor ihm waren keine gewöhnlichen Blätter, sondern ... Er traute seinen Augen nicht und versuchte mühsam, den anderen etwas zuzurufen. Er fand jedoch keine Worte und deutete deshalb nur mit dem Finger und flüsterte heiser: „Seht, bitte seht doch mal und sagt mir, ob das nicht wieder so ein Trick des Herrn der Krähen ist. Sagt mir, dass das keine amerikanischen Dollars sind, die hier an den Büschen wachsen!"

„Keiner von uns glaubte, was er hörte. Wir sahen uns an und dachten dasselbe: Geldscheine, die an Bäumen wachsen? Tajirika ist verrückt geworden. Als wir genauer hinsahen, mussten wir zugeben, dass die Blätter tatsächlich wie amerikanische Dollars aussahen. Trotzdem hegten wir noch Zweifel, die jedoch verschwanden, als Tajirika Geldscheine aus seiner Tasche zog und mit zitternden Händen zu den Büschen hinüberging, um das, was er in der Hand hatte, mit dem zu vergleichen, was am Busch hing. Ehrlich, *Haki ya Mungu*, von der Stelle, an der wir saßen, konnte keiner einen Unterschied erkennen; wenn überhaupt, dann schienen die Scheine an den Büschen glatter und grüner und weniger zerknittert als die aus Tajirikas Tasche. Einige Blätter hatten winzige Löcher und ein paar waren an den Rändern eingerissen, aber unser Anführer Tajirika erklärte, das käme von Würmern und anderen Insekten, die vom Wert des Dollars keine Ahnung hätten."

Tajirika sank vor den Büschen auf die Knie und begann vor Freude zu weinen wie ein zum Tode Verurteilter, dessen Strafe in dem Augenblick umgewandelt wird, da die Hinrichtung unvermeidlich zu sein scheint und unmittelbar bevorsteht.

„Wir sind gerettet!", schrie er, und die anderen sprachen im Chor: „Amen."

9

Kaniũrũ, Machokali und Sikiokuu saßen noch immer zankend da, als wären die Zeit stehen geblieben. Der Herrscher schaute weiterhin von Zeit zu Zeit auf die Uhr und beachtete sie nicht. Es wird erzählt, dass angesichts dieser sonderbaren Szenerie zu guter Letzt die Chefs von Armee und Polizei in den Saal kamen, um herauszufinden, ob irgendetwas im Gange war. Doch nachdem sie sich vergewissert hatten, dass der Herrscher frisch und munter war, zogen sie sich wieder zurück und murmelten bei sich, Politiker reden eben gerne, und bewunderten ihre eigene Fähigkeit, sogar schweigend miteinander zu konferieren. Sie sind nicht wie wir Männer der Tat, sagten sie sich und beschlossen, nicht noch einmal zu stören. Sollen sie doch bis ans Ende der Zeit reden, wenn es ihnen gefällt.

Das Telefon klingelte, und der Herrscher nahm ab.

„Was? Was hast du gesagt?", fragte der Herrscher. Seine Miene verdüsterte sich und seine Hände zitterten, ein Beben durchlief seinen Körper. Das State House, das ganze Land und das Volk spürten das Beben, und sie riefen sich die seismischen Störungen bei der Rückkehr des Herrschers aus Amerika ins Gedächtnis. Der Herrscher nahm diese Auswirkungen nicht wahr und fuhr fort:

„Wie ist das möglich? ... Are you pulling my leg?", fragte er. „Drei von ihnen? ... Okay, okay, eine Minute ..."

Er versuchte, die Sprechmuschel mit der Hand abzudecken, als ihm das aber nicht gelang, legte er sie auf seinen gewaltigen Bauch, drehte sich zu Machokali, Sikiokuu und Kaniũrũ, blickte sie an, als sähe er sie zum ersten Mal und fragte sich: Was machen diese Eindringlinge hier? Dann fiel ihm ein, wie sie gezankt und gestritten hatten und er deshalb nicht schlafen konnte:

„Verschwindet", befahl er ihnen. „Ich werde mich später um euren Fall kümmern."

Als sie aufstanden, um zu gehen, forderte er sie auf, stehen zu bleiben, wo sie sich befanden, und ihm genau zuzuhören. Weil er niemals erfahren wolle, dass einer von ihnen auch nur ein Sterbenswörtchen darüber verliere, was sie während ihres Aufenthalts im State House gesehen oder gehört haben, verlangte er von ihnen, ein Gelöbnis zu unterschreiben: „Ich werde niemals verraten, was ich im State House gesehen oder gehört habe." Das Maß seiner Vergebung werde er an der Anzahl der unterschriebenen Versprechen festmachen. Anschließend befahl er der Polizei, sie in ihren jeweiligen Büros im State House einzusperren.

Sie hatten kaum das Zimmer verlassen, als der Herrscher das Telefongespräch fortsetzte: „Bist du noch dran? ... Gut, jetzt sag mir, bist du dir sicher? Ihr alle vier? ..."

10

Er befahl dem Oberkommandierenden des Heers, so schnell wie möglich drei Panzerwagen ins Grasland zu schicken, um die Dollarbüsche und die kostbare Erde zu bergen, in der sie wuchsen. Und sie sollten langsam wie Schildkröten zurückfahren, um nur ja nichts zu riskieren. Emotionen wallten in ihm auf. Noch schmerzten ihn die jüngsten Demütigungen, die er zu erdulden gehabt hatte; jetzt aber brauchte er die Global Bank nicht mehr. Wie schön würde es sein, den Bankdirektoren mit aller Verachtung, zu der er fähig war, in die Augen zu sehen und ihnen zu sagen, dass sie sich ihre Dollars sonst wohin schieben konnten. Keine Memoranden mehr an diese unverschämten Dummköpfe. Er würde seinen neu entdeckten Reichtum einfach genießen. Mochten diese Geld spendenden Bäume ewig blühen! Auch wenn er ungeduldig auf die Rückkehr seiner Männer aus dem Grasland wartete, war er doch froh, angeordnet zu haben, dass die Panzerwagen nicht zurückrasten, damit kein Krümchen Erde verloren ging.

Als sie den Konvoi sahen, der sich, ausgestattet mit allen erdenklichen Feuerwaffen, langsam seinen Weg durch Eldares bahnte, verbarrikadierten sich die Einwohner aus Angst vor einem Staatsstreich hinter ihren Türen. Wie glücklich war der Herrscher, als er nach sieben Tagen angespannten Wartens hörte, wie der Konvoi auf das Gelände des State House rollte! Angesichts seines gegenwärtigen Zustandes konnte er natürlich nicht hinausgehen, um ihn zu empfangen. So befahl er stattdessen den Polizei- und Armeechefs, unter Umgehung der üblichen Sicherheitsüberprüfungen für die unverzügliche Lieferung der Beute zu sorgen.

11

Sogar heute fällt es noch schwer zu verstehen, was sich danach ereignete. Selbst A. G. blieb trotz seiner Zungenfertigkeit wortkarg. Die Leute behaupten, es habe daran gelegen, dass er, Tajirika, Kahiga und Njoya zur Verschwiegenheit verpflichtet worden waren, unter der Androhung, man würde ihnen die Zungen herausschneiden, wenn sie etwas ausplauderten. Sobald sie ihn aber bedrängten und leidenschaftlich anflehten – was sie gewöhnlich mit großzügigen Alkoholspenden unterstützten –, forderte A. G. sie immer auf, näher an ihn heranzurücken, damit er ihnen ein oder zwei Dinge zuflüstern könne. Und tatsächlich hielt A. G. sein Versprechen und tuschelte ihnen diesen Teil der Geschichte so leise zu, dass es einigen Zuhörern schwerfiel, alles zu verstehen. Doch sie unterbrachen ihn nicht, damit er es sich nicht anders überlegte und die Geschichte unerzählt blieb. Laut sprach er nur, wenn er sein „Ehrlich, *Haki ya Mungu*" schwor, um zu unterstreichen, was andernfalls als eine zu unglaubliche Schilderung über Magie und Gier erschienen wäre.

„Wir erhielten den Befehl, uns hinter je eine der in Sisal eingewickelten Gaben zu stellen, und eine nach der anderen unter dem wachsamen Blick des Herrschers auszupacken. Kahiga war als Erster dran. Er brauchte eine Weile, weil seine Hände unkontrolliert zitterten. Das lag nicht in erster Linie an seiner Angst oder Erschöpfung, denn Kahiga war wie auch ich davon überzeugt, dass der Herrscher, sobald er erblicken würde, was wir ihm brachten, aus Dankbarkeit unsere Gehälter oder Dienstgrade oder beides anheben würde."

An dieser Stelle flüsterte A.G. noch leiser, und einige enttäuschte Zuhörer, die schon glaubten, er hätte die Stimme verloren, wollten bereits gehen, weil sie davon ausgingen, dass die Gerüchte über das, was er von sich gab, sie ohnehin einholen würden.

„Leute, wie soll ich euch beschreiben, was als Nächstes geschah? Wenn ich nicht dabei gewesen wäre und alles mit eigenen Augen gesehen hätte, würde ich es selbst nicht glauben", flüsterte A.G. dann und bekräftigte es derart überraschend mit einem lauten „Ehrlich! *Haki ya Mungu*!", dass seine Zuhörer erschreckt zusammenzuckten und diejenigen, die am Gehen waren, auf der Stelle stehen blieben, weil sie jetzt überzeugt waren, dass es klüger wäre, die Geschichte aus erster Hand zu hören als über Dritte.

„Also, was geschah dann?", fragten sie ihn, worauf A.G. sich Zeit ließ und den Kopf schüttelte, als könnte er immer noch nicht fassen, was er gesehen und gehört hatte.

„Ihr meint, nachdem Kahiga sein Paket ausgepackt hat?", fragte er, um sicherzugehen, dass er die Frage richtig verstanden hatte.

„Ja, ja", antworteten seine Zuhörer.

„Kahigas Kinnlade fiel herunter", antwortete er und machte eine Pause, damit sich das Bild tief in ihre Erinnerung einprägte.

„Warum? Wieso?"

„Die Plage. Sie hatten den Leib einer weißen Termite und Kopf und Kiefer einer roten Ameise. Wie soll ich sie beschreiben? Sie waren groß wie Heuschrecken. Ich bin mir nicht einmal sicher, ob es Termiten waren, und ich kann mich irren. Es gibt über zweitausend Arten, und es kann eine davon gewesen sein. Oder Mutanten. Für mich waren es einfach Schädlinge, weiße Schädlinge."

„Was redest du da?", fragten die Zuhörer und überlegten, ob der Geschichtenerzähler vielleicht wieder mal ein Bier zu viel getrunken hatte.

„Die Schädlinge hatten alle Blätter und Wurzeln des Strauchs vertilgt, nur die nackten Zweige waren übrig."

Kahiga und Njoya waren fassungslos. Kahiga wühlte hastig in der Erde, um zu sehen, ob die Blätter darin vergraben waren, fand jedoch nur weitere Termiten, die sich über sieben Tage an den Geldblättern zur Größe von dicken Würmern oder Raupen fett gefressen hatten. Wie die anderen konnte auch er nicht sagen, was unglaublicher war: die Größe dieser Termitenwesen oder die Tatsache, dass die Schädlinge das ganze Geld gefressen hatten.

Der Herrscher sprach kein Wort und zeigte nur auf das nächste Paket und dessen Bewacher.

Nun war Njoya an der Reihe. Die Termiten hatten auch bei ihm alle Blätter nebst der Rinde gefressen und die Pflanze war völlig kahl.

Und jetzt war A.G. dran.

„Bei mir hatten die Termiten nicht ganz so schnell gearbeitet; vor unseren Augen verschlangen sie die letzten verbliebenen Blätter. Ich fegte die Schädlinge schnell weg; sie fielen auf den Boden, und oben blieben Schnipsel von Geldscheinen zurück, die an den Ästen baumelten, als wollten sie mich verhöhnen. Heute kann ich sagen, die schützende Magie des Herrn der Krähen hat mir gute Dienste geleistet, denn wenn ich den Blick des Herrschers richtig gedeutet habe, dann hätten wir unseren letzten Seufzer getan, wenn diese Geldreste nicht gewesen wären. Ehrlich! *Haki ya Mungu*! Ich glaube, dass sie uns vor seinem Zorn bewahrt haben, weil noch genug Blattwerk blieb, das bewies, dass es eine Zeit gegeben haben muss, in der sie im leuchtenden Grün natürlicher Dollars strahlten."

Tajirika, der bis dahin sprachlos dagestanden hatte, eilte hinüber und versuchte, einige Schnipsel zusammenzusetzen und wieder am Strauch anzubringen, was das erste Wort des Herrschers auslöste.

„Aufhören!", brüllte er.

Der Herrscher starrte auf die Szenerie und brütete über dem Schicksal der sterblichen Sünder. Steif vor Wut überlegte er, wie er seinen Zorn am besten herauslassen konnte.

Tajirika spürte, wie alle Kraft aus seinen Gliedern wich. Kahiga und Njoya ging es ebenso. Sie waren davon überzeugt, dass ihnen die angedrohte Vergeltung der stellvertretenden Zauberin unmittelbar bevorstand.

Kahiga beschloss, die Schuld von sich zu weisen.

„Wir zwei hatten vorgeschlagen, die Blätter sofort zu pflücken", berichtete er dem Herrscher, zeigte auf Tajirika und fuhr fort: „Dieser Mann war allerdings dagegen und bestand darauf, dass wir die Sträucher samt Wurzeln und Erde herauszogen. Eure Allmächtige Vortrefflichkeit, jeder weiß, dass diese Schädlinge im Grasland ihre Termitenhügel bauen."

„Man hätte das Fiasko verhindern können", sagte Njoya, „wenn wir nur die Blätter gepflückt und die Sträucher samt Wurzeln in der Prärie gelassen hätten."

„Hüten Sie sich vor diesem Mann, Allmächtige Vortrefflichkeit. Er ist sehr böse und sein Kopf steckt voller gefährlicher Tricks", setzte Kahiga mit einem Anflug von Leidenschaft hinzu.

„Er hat einmal ein ganzes Polizeilager als Geisel genommen mit einem Kübel Scheiße und Urin", ergänzte Njoya.

„Stimmt das?", fragte der Herrscher Tajirika.

Tajirika antwortete nicht sofort, weil er unsicher war, ob der Herrscher ihn nach dem Toilettenkübel fragte oder danach, wie der Schatz ausgegraben worden war.

„Ich weiß nicht, wessen mich die beiden beschuldigen. Ich habe lediglich Ihre Befehle ausgeführt", sagte Tajirika.

„Meine Befehle? Eine ganze bewaffnete Polizeistation nur mit Scheiße und Urin als Geisel zu nehmen?"

„Oh, nein, das meine ich nicht", sagte Tajirika, der jetzt begriff, worum es ging. „Eure Allmächtige Vortrefflichkeit, manches lässt sich nicht so leicht erklären."

„Ich habe dich nicht gebeten, etwas zu erklären. Ich habe dich gefragt, ob diese Behauptungen über das Polizeilager stimmen. War das der Anfang eines Putschversuchs?"

„Einen Putsch gegen Sie? Niemals. Eher würde ich mich umbringen. Zu meinen Ahnen zurückkehren."

„Ich werde dich zu einem Ahnen machen. Zu einem Ahnengeist, wenn du dich nicht deutlicher ausdrückst."

Die Polizisten scheinen mich wirklich zu hassen, sagte sich Tajirika. Ich werde diesen Ort wohl nicht lebend verlassen. Aber statt zu verzweifeln, machte er sich neuen Mut, indem er sich das Sprichwort in Erinnerung rief: Auch ein Tier, das geschlachtet werden soll, versucht diejenigen zu treten, die es zur Schlachtbank führen.

„Eure Allmächtige Vortrefflichkeit, wie ich Ihnen neulich erzählt habe, ist alles Sikiokuus Schuld. Er ließ mich verhaften, wegen nichts. Dann versuchte er, mich zu einer religiösen Sekte zu bekehren, die an den Heiligen Thomas und Descartes, einen seiner französischen Jünger, glaubt. Als ich mich weigerte, sperrte er mich ein und brachte zur Geisterstunde den Herrn der Krähen in meine Zelle. Was blieb mir noch, Eure Allmächtige Vortrefflichkeit, als zum letzten Mittel zu greifen, um zu entkommen? Glauben Sie mir, Eure Hoheit, dieser Herr der Krähen ist kein Schwächling – er ist zu allem fähig. Er ist der Fluch meines Lebens, ist immer hinter mir her. Er hat den Schlangenwahn ausgelöst. Er hat mich mit dieser seltsamen Krankheit der Wörter infiziert. Und warum? Damit ich zu ihm gehe, um mich heilen zu lassen. Und als Erstes hat er, wie Satan in früheren Tagen, meine Frau verführt. Er hat meine arglose Frau unter dem Vorwand, alles in Ordnung zu bringen, verleitet, ihm die Geldsäcke zu geben. Und was hat er mit den Säcken gemacht? Er hat sie im Grasland eingepflanzt, und dann kommt er im Schutz der Dunkelheit in meine Zelle und erzählt mir, wo sie zu finden sind. Und wenn ich jetzt sehe, was die Schädlinge angerichtet haben, frage ich mich, ob das wirklich Termiten sind. Ich wünschte, wir hätten auf A.G.'s Worte geachtet, als er uns von der Nacht erzählen wollte, in der er den Herrn der Krähen über eben dieses Grasland verfolgte. Wenn wir zugehört hätten, wäre uns vielleicht klar geworden, dass der Herr der Krähen diesen Ort verhext hatte. Wir hätten wissen sollen, dass hier nicht alles stimmte, obwohl es normal aussah."

„Tajirika hat die Wahrheit gesagt", fiel A.G. ein, der sich über das Lob und Tajirikas Anerkennung seiner vergeblichen Versuche freute, die Geschichte der berühmten Jagd zu erzählen.

A.G. berichtete gerne über die Ereignisse jener Nacht, in der er zwei Bettler verfolgte, die sich, als sie über einen gespaltenen Fels in der Prärie sprangen, in eine einzige Person verwandelten. Er wusste, dass der Herrscher von seiner Jagd nach den Dschinns übers Grasland gehört, es aber noch nicht aus erster Hand vernommen hatte. Was für ein Segen, wenn der Herrscher jetzt sein Publikum wäre. Das war seine Chance. Er räusperte sich, um die Geschichte zu erzählen.

„Ehrlich, *Haki ya Mungu*“, fing A. G. an, „eine Kraft, deren Ursprung ich nicht erklären kann, trieb mich voran, doch als wir den Fels erreichten, ließ die Kraft nach und versiegte. Das erinnerte mich an die Nacht, in der der Herr der Krähen sich in zwei mächtige Dschinns aufgespalten hatte. Eure Allmächtige Hoheit, ich bin kein Muslim, aber, ehrlich, *Haki ya Mungu*!, wenn man den Heiligen Koran liest, erfährt man, was Dschinns sind ...“

„Ja, es gibt keinen Zweifel, dass der Herr der Krähen einer Familie von Dschinns angehört“, unterbrach Kahiga ein wenig eifersüchtig, dass A. G. nun im Mittelpunkt stand.

„Ein gefährliches Geisterwesen. Deshalb hatten wir Sikiokuu auch davor gewarnt, den Zauberer einzusperren“, ergänzte Njoya.

„Statt unsere Warnung zu beherzigen, befahl er uns, ihn zu Tajirika in die Zelle zu stecken“, fuhr Kahiga fort.

„Ihr beide seid dem Zauberer also persönlich begegnet?“, fragte der Herrscher, als wäre ihm entfallen, dass die beiden Polizisten wegen ihres früheren Kontakts zum Zauberer als Teilnehmer an der Suchaktion ausgewählt worden waren. Kahiga glaubte, dass es ihnen gelungen war, den Herrscher vom Thema Geldsträucher und Termiten abzulenken, und das störte ihn nicht im Geringsten.

„Mein Partner und ich sind diejenigen, die zum Schrein gingen, um ihn zu holen“, sagte Kahiga.

„Und Sikiokuu hat uns geschickt“, ergänzte Njoya.

„Damit uns dieser Hexenmeister helfen würde, Nyawĩra aufzuspüren.“

„Der Fehler war, ihn grundlos einzusperren, statt ihn zu überreden“, fügte Njoya hinzu.

„Und wir hatten ihn deutlich darauf aufmerksam gemacht, dass derlei Maßnahmen gegen den Zauberer Leid über das Land bringen würden“, sagte Kahiga.

„Aber er meinte, der Herr der Krähen sei schließlich kein Gott", ergänzte Njoya vorwurfsvoll.

„Und er schickte uns mit der Bemerkung fort, er würde uns rufen, wenn er unseren Rat in Sachen Zauberei brauche", setzte Njoya hinzu.

„Als wir dann von Ihrer Krankheit erfuhren ..."

„War uns sofort klar, dass der Herr der Krähen ..."

„Etwas damit zu tun hatte ..."

„Wir waren froh, dass wir ihn für den Flug nach Amerika zum Flughafen schaffen konnten ..."

„Bekamen es aber mit der Angst zu tun, als wir erfuhren, dass er unbemerkt nach Aburĩria zurückgekehrt war ..."

„Es steht fest, Eure Allmächtige Vortrefflichkeit", mischte sich Tajirika in die Unterhaltung ein, „dass es der Herr der Krähen sein muss, der diese weißen Termiten erschaffen hat. Ja, der Herr der Krähen hat die Schädlinge geschickt. Haben Sie je Termiten dieser Größe gesehen, Eure Allmächtige Vortrefflichkeit?"

„Hast du ‚geschickt' gesagt?", fragte A.G. rhetorisch. „Er ist fähig, sich in eine Termite zu verwandeln und sich anschließend zu vermehren. Denn, wie ich sagte, bevor Kahiga mich unterbrach, als ich in der Nacht, in der ich den Herrn der Krähen vom Hotel Paradise aus durch das Grasland jagte ... Soll ich noch mal von vorn anfangen, Eure Allmächtige Vortrefflichkeit?"

Er stoppte abrupt und schaute, was so plötzlich die Aufmerksamkeit des Herrschers erregt hatte. Aber es war nicht nur der Herrscher. Alle Augen waren auf den Fußboden gerichtet. Einige Termiten krochen über den Teppich; andere kletterten die Wände hoch; wieder andere schlüpften über die Schwellen in die Nachbarzimmer.

Wo kamen all die Termiten her? Der Herrscher runzelte die Stirn; aber Tajirika, Kahiga, Njoya und A.G. konnten nicht deuten, was es mit diesem Stirnrunzeln auf sich hatte und starrten einander ängstlich an. Würde er sie ins Gefängnis stecken? Würde er sie einfach aus dem Polizeidienst entfernen? Oder würde seine Rache nur Tajirika treffen? Sie befürchteten das Schlimmste, während sie auf seinen Wutausbruch warteten.

Keiner sah auch nur im Mindesten die Reaktion des Herrschers voraus. Es war der Ton seiner Stimme, der sie völlig unvorbereitet traf. Er sprach wie ein Ältester, der seinen Kindern von Dingen erzählt, die er selbst erlebt hat. Er sagte besänftigend, sie sollten sich über das Geschehene keine Gedanken machen, und lobte sie sogar dafür, angesichts des heimtückischen und gerissenen Gegners ihr Möglichstes getan zu haben. Sie sollten nicht verzweifeln, sagte er, denn den Herrscher würde dieser gerissene Kerl niemals überlisten. Er bat sie, sitzen zu bleiben und Geduld zu haben, weil er ein paar Minister herbeirufen wolle, bevor er, ihr Herrscher, verkünde, was gegen diesen gefährlichen Gegner unternommen werden solle.

Aber er schärfte ihnen ein, kein Wort über die Geldsträucher oder die Termiten zu verraten. Dies war ab sofort Staatsgeheimnis.

„Verstanden?“, fragte er und schaute nacheinander A.G., Kahiga und Njoya an. „Ihr dürft nicht mal mehr von Pflanzen träumen, an denen natürliche Dollars oder Blätter einer anderen Währung wachsen. Sonst sorge ich dafür, dass euer Traum zum Albtraum wird.“

Was geschieht hier?, wunderten sie sich, von der unerwarteten Reaktion überrascht.

„Jetzt schicke ich nach den Ministern ...“, meinte der Herrscher und wollte seinen Lakaien Anweisung geben, als ihm plötzlich einfiel, dass Machokali, Sikiokuu und Kaniũrũ noch in getrennten Zimmern an ihren Gelöbnissen schrieben. Während der Zeit des Wartens auf den Schatz aus dem Grasland hatte er sie völlig vergessen.

Nun schickte er die drei Polizisten und ließ sie holen. Der Herrscher und Tajirika blieben allein.

12

„Ich habe mir vieles noch einmal durch den Kopf gehen lassen“, begann der Herrscher, als Machokali, Sikiokuu und Kaniũrũ schließlich vor ihm standen, „und ich kenne jetzt die Identität des wahren

Feindes unseres Landes. Um diesen Gegner effektiv zu bekämpfen, muss ich zunächst einige Dinge klären. Sikiokuu?“

„Eure Allmächtige Vortrefflichkeit?“

„Als ich euch hier zusammenrief, was habe ich da gesagt? Dass ich in Amerika die Information erhielt, dass Leute über Land ziehen und in meinem Namen die Vorzüge des Schlangestehens predigen. Man hat mir auch von Frauen berichtet, die, in angeblicher Übereinstimmung mit der Rechtsprechung eines sogenannten Volksgerichts, ihre Männer verprügeln. Bislang hast du dich zu diesen Angelegenheiten nicht geäußert. Du sagst, du hättest überall im Land Leute vom M5 platziert. Gibt es neben Tajirika weitere Männer, die von diesem Frauenvolksgericht angeklagt und geschlagen worden sind?“

Sikiokuu wusste nicht, ob der Herrscher etwas wusste, von dem er wiederum nichts wusste. Deshalb war er nicht sicher, wie eine besonnene Antwort lauten sollte: Ja oder Nein. Er versuchte, der Frage auszuweichen.

„Eure Allmächtige Vortrefflichkeit, wenn Sie die beiden Berichte gelesen haben ...“

„Die sagen darüber nichts“, sagte der Herrscher barsch.

„Unsere Allmächtige Vortrefflichkeit, es gibt so viele Sicherheitsfragen, die nur für Ihre und meine Ohren bestimmt sind“, sagte Sikiokuu und zupfte sich an den Ohrläppchen. „Unter uns gibt es einige, denen man kein Geheimnis anvertrauen kann“, fügte er, den Blick auf Kaniũrũ gerichtet, hinzu.

„Wen meinst du?“

„Ich will ganz offen sein. Kaniũrũ.“

„Aber du hast ihm hinreichend vertraut, um ihn mir als Vorsitzenden des Untersuchungsausschusses zum Ursprung des Schlangenwahns vorzuschlagen?“

„Ja, Eure Allmächtige Vortrefflichkeit, aber ...“

„Und du hast ihm so weit vertraut, ihm zu befehlen, die Sache mit dem sogenannten Volksgericht zu untersuchen?“

„Ja, Eure Allmächtige Vortrefflichkeit, aber ...“

„Und du traust seinem Bericht so weit, um mich zu fragen, ob ich ihn gelesen habe?“

„Ja, nein, aber ..."

„Aber was?", höhnte der Herrscher und richtete seinen Blick auf die anderen. „Ich will die Abteilung Sicherheitsdienste, ASD, die gegenwärtig vom Staatsminister im Büro des Herrschers, Silver Sikiokuu, geleitet wird, erweitern und eine Unterabteilung einrichten, eine Spezialeinheit, die für die Angelegenheiten von Jugend und Frauen zuständig sein wird. Es sind schon viele Regierungen der Welt gescheitert, weil sie nachlässig waren und Studenten, der Jugend und den Frauen erlaubten, ohne ordentliche Führung und Anleitung zu sagen und zu tun, was ihnen beliebt. Die einzige Aufgabe der Einheit, die ich jetzt ins Leben rufe, besteht darin, die Aktivitäten dieser Bevölkerungsgruppen zu überwachen. John Kaniũrũ, steh auf. Du hast bewiesen, dass du die Jugend organisieren und hart gegen Frauen sein kannst, auch den Frauen der Reichen und Mächtigen gegenüber. Mit Wirkung des heutigen Tages bist du Leiter der Untersuchung zur Konformität von Frauen und Jugend mit den Nationalen Idealen. Deine Hauptaufgabe besteht darin, alle Manifestationen des Schlangenwahns zu untersuchen und zu bekämpfen sowie die häusliche Gewalt gegen Männer zu durchleuchten und ihr ein Ende zu bereiten. ASS Kahiga wird dich bei der Organisation eines effektiven Überwachungssystems unterstützen."

Kaniũrũ schwoll vor Freude die Brust, er konnte es kaum glauben. Kahiga wusste nicht, ob er Kaniũrũs Beispiel folgen und vor Freude auf und ab springen oder ob er es riskieren sollte, undankbar zu erscheinen, indem er sitzen blieb. Peter Kahiga brauchte einige Sekunden, um zu begreifen, was er gerade gehört hatte. Er war als ASS angesprochen worden und hatte vor dem heutigen Tag nur ein „S" gehabt. Jetzt waren es zwei und ein „A" noch dazu. Ob er den Herrscher bitten sollte, diese Ehrung zu erklären? Mit den nächsten Worten des Herrschers verschwand seine Ungewissheit.

„Ich will, dass diese rebellischen Anführer der Jugend und der Frauen zerquetscht werden wie Ameisen, und ich glaube, dass das für Assistent Senior Superintendent Kahiga kein Problem sein wird."

Kahiga spürte, wie sein Herz einen Schlag aussetzte. Der andere Zauberer mochte noch Vergeltung üben, doch jetzt, für den Augenblick, war er sicher und freute sich von Herzen. Deshalb stand er nun auf und drehte eine Ehrenrunde der Freude durch den Raum. Der Herrscher bedeutete Kahiga und Kaniũrũ, ihre Plätze wieder einzunehmen, und ermahnte sie, das State House nicht zum Sportplatz zu machen. Sie sollten daran denken, dass sie sich in Aburĩria befänden, und wenn sie schon Läufer werden wollten, dann sollten sie nach Kenia oder Äthiopien auswandern.

„Darf ich ein Wort dazu sagen", mischte sich Sikiokuu ein, dem die Beförderung dieses Verräters einen Stich versetzte. „Sie haben mich nach den Warteschlangen und dem Schlangenwahn gefragt. Seit Sie den Wahn verboten haben, haben sich keine Schlangen mehr gebildet. Ich bin überzeugt, dass sie so gut wie verschwunden sind. Darüber hinaus habe ich schon Leute organisiert, die mir berichten werden, falls es irgendwo in Aburĩria zu einem Wiederaufleben des Wahns kommen sollte", fügte er hinzu und hoffte, dass die weitere Untersuchung des Schlangenwahns nicht auch noch der vorgesehenen Einheit zugeschlagen würde.

„Wenn mir also zu Ohren kommt, dass der Schlangenwahn wieder aufgetreten ist, dann höre ich wohl Lügen?", fragte der Herrscher.

„Nun, keine Lügen, aber Falschmeldungen", antwortete Sikiokuu. „Ich kann behaupten, dass, wer immer so etwas meldet, nicht im Besitz aller Fakten ist und sich mit mir hätte abstimmen sollen. Manche sagen alles Mögliche, um befördert zu werden", fügte er mit Blick auf Kaniũrũ hinzu, den er verdächtigte, erneut gelogen zu haben.

Da der Herrscher sich immer noch ärgerte, wie herablassend die Global Banker mit ihm geredet hatten, als wüssten sie besser über sein Land Bescheid als er, war er nicht abgeneigt, Sikiokuus Versicherung zu glauben, auch wenn das den Verdacht, weshalb die Global Bank ihn zur Rückkehr in sein Land gedrängt hatte, verstärkte.

„Du hast gut daran getan, den Schlangenwahn einzudämmen", sprach der Herrscher, „aber das heißt nicht, dass wir deshalb weniger wachsam sein dürfen. Wie sagen die Engländer? The price of internal vigilance is freedom."

„Vielen Dank, Eure Allmächtige Vortrefflichkeit, für Ihr Vertrauen in meine Fähigkeiten", sagte Sikiokuu, obwohl er davon überzeugt war, dass der Herrscher bei dem englischen Sprichwort etwas durcheinandergebracht hatte.

„Ja, Sikiokuu, und noch etwas", sprach der Herrscher. „Ich will, dass du mir einen Tilgungsplan für das Geld vorlegst, das du bislang mit Marching to Heaven gemacht hast", meinte er knapp. „Und noch eins: Bevor ich in die USA geflogen bin, befahl ich dir, das Land zu durchkämmen und jeden Stein umzudrehen, um diese Nyawĩra zu finden. Ich bin seit Wochen zurück, und bisher hat mir noch keiner vermeldet, dass sie sich in Gewahrsam befindet. Wenn du geglaubt hast, von dieser Aufgabe entbunden zu sein, dann hast du dich geirrt. Stell deinen Neid auf die Fähigkeiten anderer zur Seite und bring sie mir. Ich will es dir leichter machen. ASS Njoya wird dich unterstützen. Es gilt folgende Abmachung: Wenn du mir die Frau bringst, könnte ich sogar das Geld vergessen, das du mir schuldest."

Der Herrscher versteht sich wirklich gut auf Zuckerbrot und Peitsche, dachte Sikiokuu und war froh, nicht aus seinem Amt gejagt worden zu sein und mit Njoya wenigstens einen seiner treuen Untergebenen behalten zu haben. Trotzdem schmerzte es ihn, wenn er daran dachte, dass Kaniũrũ befördert und an die Spitze einer Unterabteilung gestellt worden war. Sikiokuu sah nichts als Schwierigkeiten auf sich zukommen.

„Eure Allmächtige Vortrefflichkeit, bitte verschaffen Sie mir Klarheit über die Befehlskette. Wem ist Kaniũrũ unterstellt?"

„Kaniũrũs Einheit gehört zu deinem Ministerium, also wird er meistens dir berichten und manchmal auch mir, wenn ich das für nötig halte. Ist das klar genug?"

„Ja, Sir", antwortete Sikiokuu, dem bewusst wurde, dass ihm ab sofort die Hände gebunden waren.

„Was habe ich euch gesagt?", fragte der Herrscher, bevor er seine Frage selbst beantwortete. „Ich weiß, wer der wahre Feind des Landes ist." Er machte eine Pause und sah allen fest in die Augen, bevor er seinen Blick zuletzt auf Machokali richtete. „Und ich habe folgende Botschaft für ihn", fuhr er fort und drohte Machokali mit dem Finger, als würde er den Schuldigen identifizieren, „wo er auch steckt, und er mag glauben, dass er ganz besonders gerissen ist, aber ..."

Der Zorn ließ den Herrscher einen Augenblick lang verstummen, als fluteten jetzt alle Schmerzen, die er gespürt, alle Schwierigkeiten, die er überstanden, alle Demütigungen, die er erlitten hatte, sein Gehirn.

Machokali wusste nicht, worauf der Herrscher hinauswollte. Zunächst hatte er sich über Kaniũrũs Beförderung gefreut, weil sie Sikiokuus Degradierung bedeutete. Aber nun, mit diesem drohend auf ihn gerichteten Zeigefinger?

„Noch Fragen?", sprach der Herrscher, um Zeit zu gewinnen, sich wieder zu sammeln.

Kaniũrũ stand auf. Er warf einen triumphierenden Blick zunächst auf Sikiokuu, dann auf Machokali und schließlich auf Tajirika, und als er sah, wie Tajirika sich vor dem Unbekannten, das auf ihn zukam, angstvoll krümmte, freute er sich noch mehr. Kaniũrũ ergriff die Gelegenheit, um seine Einsetzung als Vorsitzender von Marching to Heaven zu erbitten.

„In meinem Namen und im Namen aller ..."

„Sprich lieber nur für dich ..." fielen ihm Machokali und Sikiokuu gleichzeitig ins Wort.

„In Ordnung. In meinem Namen und im Namen aller, die wissen, was es heißt, Patriot zu sein, werde ich wiederholen, was ich neulich gesagt habe. Eure Allmächtige Vortrefflichkeit, Sie werden sich erinnern, dass ich sagte, wenn ein Hurrikan Gott und Ihnen die Hüte vom Kopf wehen würde, ich den Ihren zuerst aufheben würde. Ich weiß, Sie haben uns verboten, Sie mit Gott zu vergleichen, aber, mein Herr und Gebieter, ich kann nicht anders. *Asante sana,* mein Gott! Ich habe eine winzige Bitte. Darf ich sie vortragen?"

„Bitte, es sei dir gewährt."

„Wie ist es mit dem Stellvertreter von Marching to Heaven?"

„Er ist weiterhin dem Vorsitzenden unterstellt."

„Und wer ist der Vorsitzende?", fragte Kaniũrũ mit nahezu sicherem Gefühl, aufgefordert zu werden, den Vorsitz zu übernehmen.

„Vielen Dank für die Nachfrage", sprach der Herrscher. „Das hätte ich fast vergessen. Ich möchte euch den Gouverneur der Central Bank vorstellen."

Alle Augen wandten sich zur Tür, um den neuen Gouverneur zu sehen. Aber niemand kam herein.

„Titus Tajirika, mein neuer Gouverneur der Central Bank und Ständiger Vorsitzender von Marching to Heaven, bitte erhebe dich und sei hiermit ordnungsgemäß berufen."

Sie konnten ihren Ohren kaum trauen. Sogar Tajirika sah zunächst über die Schulter, als stünde dort ein anderer, der genauso hieß. Als er jedoch begriff, dass er gemeint war, sank er vor Demut und Dankbarkeit auf die Knie, während die anderen vor den möglichen Konsequenzen dieser Beförderung zusammenschreckten.

„Eure Heilige und Allmächtige Vortrefflichkeit", sagte er ergriffen. „Ich weiß nicht, wie ich Ihnen danken soll. Sie sind ein Gott, der seine gerechte Gnade über uns Sterbliche walten lässt, Hoffnung stiftet, wo Verzweiflung herrscht, und sogar tote Seelen auferstehen lässt. Wie kann ich mich Ihrer Gnade würdig erweisen? Ich erneuere mein Gelöbnis: Für immer und ewig, Ihr Feind ist mein Feind."

Kaniũrũ sah die Gelegenheit zu zeigen, dass er seine Beförderung noch mehr schätzte als Tajirika die seine. Er stand auf und sprang in den Ring.

„Nieder mit den Feinden des Herrschers!", rief er.

„Nieder mit allen Feinden des Allmächtigen Herrschers!", schrie Sikiokuu, um nicht hinter Kaniũrũ zurückzustehen.

„Nieder mit jedem Feind des Allmächtigsten Herrschers!", fiel Machokali ein, der auch zum Kreis der Lobhudler gehören wollte.

Diese Leute mochten nach den sieben Tagen und Nächten, in denen sie immer wieder das Gelöbnis niedergeschrieben hatten, erschöpft sein, aber jetzt, da sie aufgesprungen waren und einander auszustechen versuchten, indem sie ihren Hass auf die Feinde des Herrschers herausbellten, verlieh ihnen ihre Rivalität neue Energie. Sie hätten so weitergemacht, denn jeder fürchtete, nicht das letzte Wort zu haben, aber der Herrscher brüllte sie an: „Nieder mit euch allen", worauf sie plötzlich alle den Mund hielten und sich zu ihren Stühlen zurückziehen wollten.

Aber Kaniũrũ, Machokali und Sikiokuu erlaubten sich keinen einzigen Schritt mehr. Wie angewurzelt blieben sie stehen und starrten mit aufgerissenen Augen auf das Schauspiel vor ihnen. Tajirika, A.G., Kahiga und Njoya drehten sich um, um zu sehen, was sie hatte erstarren lassen.

„Ehrlich! *Haki ya Mungu*!", sollte A.G. später vor seinen Zuhörern beteuern. „Sogar der Herrscher schien erschüttert. Würde euch das nicht genauso gehen, wenn ihr sehen würdet, wie Termiten vor euren Augen auf dem Fußboden und an den Wänden ihre Hügel bauen? Der Herrscher wusste ebenso wie ich: Das war das Werk des Herrn der Krähen ..."

Da sich nun weiße Termiten ekelerregend im Raum vermehrten, konnte der Herrscher die Macht des Herrn der Krähen nicht länger ignorieren. Sie war eine Bedrohung seiner Omnipotenz. Dieser Zauberer hatte ihn beleidigt, indem er ihn als Frau bezeichnete, und sogar behauptet, er sei schwanger. Er hatte den Schlangenwahn ausgelöst, die Frauen angestiftet, sich gegen ihre Männer zu erheben, und jetzt das: eine unendliche Zahl weißer Termiten, die in seinem Palast Erdhügel aufhäufte! Dieser Mann durfte nicht frei im Land herumlaufen. Noch durfte er über Macht verfügen, die er, der Herrscher, nicht besaß! Er würde ihn verhaften lassen und ihn mit Schmeicheleien und Versprechen besänftigen, bis er die Geheimnisse seines Wissens preisgab: wie man Geldsträucher pflanzte und mit Spiegeln weissagte. Sobald er sich die Fähigkeiten des Zauberers einverleibt hatte, wollte er ihn in den Kerker werfen lassen und das Schwein in seinem eigenen Fett schmoren, denn ihm schwebte nichts Geringeres vor, als selbst der Zauberer Nummer Eins zu werden.

Keuchend vor Wut und Erwartung befahl der Herrscher Kaniũrũ, Sikiokuu und Machokali, sich zu erheben.

„Wer Schmalz in den Ohren hat, sollte es herauspulen, damit er deutlich hört, was ich zu sagen habe. Machokali, bring mir den Herrn der Krähen. Lass dir von ASS Arigaigai Gathere helfen und bring ihn mir lebend und in Ketten, nicht tot in einem Leichentuch. Und was euch drei angeht: Von heute an will ich Ergebnisse sehen. Ich bin gespannt, wer seine Aufgabe als Erster erfüllt!"

Der Wettstreit, wer diese Rivalität zwischen Kaniũrũ, Sikiokuu und Machokali für sich entschied, begann mit aller Härte. Sein

Ausmaß und der zu erwartende Ausgang gingen weit über die Niederschrift der Gelöbnisse hinaus, über die der Herrscher kein Wort verloren hatte. Der Preis des Erfolgs, dachte jeder, würde berauschend sein, der Preis des Scheiterns tödlich.

Der Herrscher entließ alle bis auf seinen neu ernannten Gouverneur der Central Bank. Die Entscheidungen hatten ihn in Hochstimmung versetzt; endlich hatte er, seit dem Besuch der Global-Bank-Delegation und seiner missglückten Amerikareise, von der er mit leeren Händen zurückgekehrt war, wieder angefangen, den Lauf der Dinge zu kontrollieren.

„Und nun, Gouverneur Titus ..." Er lächelte und hieß Tajirika im engen Kreis der Berater willkommen.

13

Eines Tages fuhr ein Motorrad am Polizeihauptquartier in Eldares vor und der Fahrer verlangte dringend, den Polizeichef zu sprechen. Sein Haar fiel ihm auf die Schultern; sein Bart reichte bis zum Knie. Seine Kleider glichen Lumpen, und der Lack auf seinem verbeulten Motorrad war abgeblättert, obwohl man bei näherem Hinsehen ahnen konnte, dass es ursprünglich rot gewesen war. Hätte er nicht seine Polizeimarke vorgewiesen, keiner hätte geglaubt, dass er Polizist war. Der Polizeichef hätte nicht eine Minute seiner Zeit an ihn verschwendet. Er reagierte auf die Verwirrung mit der Erklärung, er sei einer der fünf Motorradfahrer, die ausgesandt worden waren, den Menschen in allen Winkeln des Landes die Vorzüge des Schlangestehens zu verkünden. „Wann war das?", fragte man ihn, und er konnte sich nicht mehr erinnern, wie lange das zurücklag oder wie lange er unterwegs gewesen war; er wusste nur, dass seine Vorgesetzten ihm befohlen hatten, nicht eher zurückzukehren, bis er seine Aufgabe erfüllt hatte. Als man den bärtigen Fahrer nach seinen vier Kollegen fragte, antwortete er, dass er nichts über ihr Schicksal wisse und dass er, wenn sie noch nicht zurückgekehrt seien, eindeutig der Sieger des Rennens sei. „Welches Rennens?", fragte der Polizeichef. Das Rennen, die Warteschlangen zu verlängern, natürlich. Der bärtige Fahrer schien durch diese scheinbar sinnlosen Fragen irritiert, weil er wichtige Nachrichten hatte. In der Zentralregion würden die Schulkinder, dem Vorbild der Studenten folgend, Warteschlangen bilden und nicht etwa Essen in den Schulkantinen fordern, sondern zusätzliche Bücher und Lehrer und eine Ausbildung, die sie etwas über das Heimatland und seine Beziehung zur Welt lehre. „Waren das alte oder neue Warteschlangen?" „Um die Wahrheit zu sagen", antwortete er, „gab es zwischen den alten und den neuen keinen erkennbaren Unterschied, weil sie alle weder Anfang noch Ende hatten." Der Polizeichef leitete den Bericht sofort an Sikiokuu weiter, der ihn unverzüglich dem Herrscher vorlegte. Dieser nahm ihn allerdings zunächst mit einem wütenden Stirnrunzeln zur Kenntnis, als wollte er sagen: Was soll der Schwachsinn, den du mir hier vorlegst? Doch dann erinnerte sich der Herrscher, was ihm die Global Bank in New York gesagt hatte, dass nämlich in seinem Land Leute unterwegs seien, die die Vorzüge des Schlangestehens predigten. Wenn er bedachte, dass dies seinen Besuch zu einem plötzlichen Ende gebracht und ihn vielleicht den Kredit für Marching to Heaven gekostet hatte, so wurde ihm jetzt auch klar, dass die Urheber dieser Volksverhetzung zu seiner Sicherheitsmannschaft gehörten. Deshalb befahl er, den Motorradfahrer vor ein Erschießungskommando zu stellen, und trug dem Informationsminister Big Ben Mambo auf, die Hinrichtung als Warnung an alle anderen Schurken in den Streitkräften im Rundfunk zu verkünden.

Der Motorradfahrer wäre erschossen worden, hätte er nicht gefleht, nicht den Boten des Herrschers umzubringen, ohne vorher die Mitteilung zu lesen, die er, der eigenen Sicherheit halber, in seine Jacke genäht hatte. Und tatsächlich entdeckte man das Stück Papier, und als die Polizisten es auseinanderfalteten, sahen sie die Überschrift „Die Boten des Herrschers" und, eine Zeile darunter, „Für meinen Boten in der Zentralregion", worauf eine Anweisung an den fahrenden Reiter folgte, die Zentralregion zu bereisen und das Evangelium des Schlangestehens zu verkünden. Weiter hieß es, der Herrscher sei über alle, die dem Aufruf folgen, sehr glücklich. Am wichtigsten aber war, dass sich darunter deutlich lesbar die Unterschrift des Herrschers befand. Der Polizeichef übergab die Angelegenheit an Sikiokuu, der sich daran erinnerte, so etwas geschrieben und das Schreiben zum Herrscher gebracht zu haben. Als dieser sah, dass es seine Unterschrift trug, hob er den Befehl auf und meinte, man solle dem Motorradfahrer sagen, der Herrscher habe Gnade walten lassen. Der Fahrer solle nach Hause gehen, sich rasieren und die Haare schneiden und danach unbefristeten und unbezahlten Urlaub nehmen. Der Motorradfahrer wies inständig darauf hin, dass er den Befehl des Herrschers nach Geist und Buchstaben ausgeführt habe, was weitere Beratungsrunden auslöste, nach denen man ihm versicherte, er könne nach mehreren Monaten erforderlichen Urlaubs in den Dienst zurückkehren; man werde ihn als Straßenspezialist Kaniũrũ unterstellen für den Fall, dass es erforderlich werde, die Studenten der Zentralregion zu verfolgen.

14

Kaniũrũ konnte sein Glück kaum fassen. Er hatte nicht gewusst, wo und wie er die Suche beginnen sollte, und jetzt das? Er hasste Studenten aus tiefem Herzen, weil ihre Radikalität ihn einer guten Frau beraubt hatte. Wenn sich Nyawĩra nicht in die studentische Politik eingemischt hätte, würde sie wahrscheinlich immer noch unter seiner schützenden Hand leben. Er brütete über den Nachrichten, die der verrückte Motorradfahrer gebracht hatte. Die Studenten hatten hinter dem Zwischenfall mit den Schlangen bei der fehlgeschlagenen Geburtstagsfeier gesteckt. Sie steckten mit Sicherheit auch hinter den Warteschlangen. Sogar der Herrscher hatte gesagt, dass Studenten und Jugendliche den Zusammenbruch schon so mancher Regierung herbeigeführt hatten. Und auf einmal sah er die Lösung, ebenso einfach wie wirkungsvoll. Man musste die Studenten unter Druck setzen, und alle Formen des Schlangestehens wären erledigt. Nur wie sollte er das bewerkstelligen? Die Studenten waren indoktriniert. Man musste allen Unsinn aus ihren Köpfen tilgen und sie stattdessen mit vorbildlichen und richtigen Ideen füttern, die den Staat stützten. Wie sollte die Regierung das anstellen?

Kaniũrũ dachte daran, dass die Studenten, den jüngsten Berichten zufolge, forderten, als Erstes über ihr Heimatland unterrichtet zu werden. War nicht der Herrscher das Land? Kaniũrũ griff unverzüglich zu Stift und Papier und begann ein Memorandum für ein neues nationales Bildungsprogramm zu entwerfen. Jeder in Aburĩria wisse, dass der Herrscher der oberste Lehrer und Erzieher sei. Der Lehrer Nummer Eins. Also würden alle Bildungseinrichtungen, von der Grundschule bis zur Universität, verpflichtet sein, nur Ideen zu lehren, die vom obersten Lehrer und Erzieher stammten. Sie würden angehalten, die Mathematik des Herrschers anzubieten, die Naturwissenschaften des Herrschers (Biologie, Physik, Chemie), die Philosophie des Herrschers und die Geschichte des Herrschers; und damit würde in jedem Fall ihrer Forderung Rechnung getragen, als Erstes ihre Heimat kennenzulernen. Allerdings wollten die Studenten auch unterrichtet werden, in welcher Beziehung ihre Heimat zu anderen Regionen der Welt stand. Auch das war einfach! Man würde sie die Geographie und Demographie aller Länder lehren, die der Herrscher besucht hatte oder zu besuchen beabsichtigte. Und was Bücher betraf, so war auch das machbar. In Anerkennung der Tatsache, dass der Herrscher der Schriftsteller Nummer Eins war, würden alle Bücher im Land unter dem Namen des Herrschers veröffentlicht werden. Wer vorhatte, zu schreiben und zu veröffentlichen, sollte dies ausschließlich unter dem Namen des Herrschers tun können, der seinen Namen nur den Büchern schenken würde, die von der Unterabteilung für die Konformität der Jugend einer sorgfältigen Prüfung unterzogen und genehmigt worden waren. Alle Neuausgaben von Bibel, Koran, Tora und von Buddhas Buch des Lichts würden ein Vorwort und eine Einleitung des Herrschers erhalten. Ein solches Bildungssystem brächte Studenten hervor, deren einheitliches

Wissen von einer einzigen Quelle kam: vom Herrscher oder von denjenigen, die mit seinem Denken vertraut waren.

Kaniũrũ berief ein Beratungsgremium, bestehend aus Universitätsprofessoren der Geschichtswissenschaft, Literaturwissenschaft, Politikwissenschaft, Rechtswissenschaft, Philosophie und der Naturwissenschaften. Sie gehörten sämtlich „Seiner Allmächtigen Jugend“ an und unterstanden seinem Befehl. Er gab ihnen das Memorandum und bat sie, es sich kritisch anzusehen und Anmerkungen und nötige Korrekturen zu machen. Aber sie waren alle nur voll des Lobes. Der Entwurf sei sehr gut geschrieben und enthalte das beste Bildungsprogramm, das sie je gesehen hätten. Sie machten sich daran, die effektive Umsetzung dieser Bildungsinitiative auszuarbeiten, und vertraten die Ansicht, dass es am besten sei, wenn man diese Idee zuerst den Studenten und Schülern an den Universitäten und höheren Schulen verkaufte. Hätten die Studenten es erst einmal angenommen – und der Beratungsausschuss sah darin kein Problem, weil das Memorandum alle Forderungen der Studenten und Schüler befriedigte –, sollte Kaniũrũ das Dokument dem Herrscher vorlegen, damit es offiziell zur Bildungspolitik der Regierung erklärt würde. Sie gaben dem Memorandum einen gewichtigen und einprägsamen Titel: „Das Kaniũrũ-Memorandum zu Neuen Bildungsinitiativen für Jugendliche und Frauen zum Zwecke ihrer Ausrichtung auf Nationale Ideale und die Philosophie des Herrschers.“

Einer der Professoren, ein Spezialist in allen Spielarten der Papageiologie, machte den Vorschlag zu Regionalseminaren, damit Studenten und Öffentlichkeit vom neuen Bildungsprogramm in Kenntnis gesetzt wurden. Das erste Seminar sollte in Eldares stattfinden, und Kaniũrũ erhielt auf seinen eigenen Vorschlag hin den Auftrag herauszufinden, ob nicht der Herrscher die Veranstaltung eröffnen könnte.

Kaniũrũ war außer sich vor Freude. Er wusste, dass der Herrscher nicht zu diesem Seminar kommen konnte. Aber wenn sein Name in einem Atemzug mit dem des Herrschers genannt wurde ...? Eine Botschaft, ein oder zwei Grußworte des Herrschers, würden völlig ausreichen.

15

Keiner gerät schneller in Wut als ein Dieb, der bestohlen wird. Dieses Sprichwort traf voll und ganz auf Silver Sikiokuu zu, den Staatsminister im Büro des Herrschers. Obwohl er jahrelang Bestechungsgelder in Millionenhöhe eingeheimst hatte, ohne etwas Falsches darin zu sehen, fühlte er sich jetzt verletzt und gekränkt, weil der Herrscher ihm befohlen hatte, Geld zurückzuzahlen, von dem er nicht einen Cent gesehen hatte. Er hatte von Kaniũrũs betrügerischen Plänen mit Marching to Heaven nicht die leiseste Ahnung gehabt. Noch mehr erzürnte ihn aber, dass er den Jugendbrigadisten selbst protegiert hatte. Warum kann man den Leuten so wenig trauen?, fragte er sich immer wieder. Wie konnte Kaniũrũ seinem Wohltäter gegenüber nur so undankbar sein? Er dachte daran, sich an Kaniũrũ zu rächen, wusste aber nicht, wie er ihm einen schmerzlichen Schlag versetzen konnte. Das einzige Licht am Ende des Tunnels war das Versprechen des Herrschers, ihm die Schulden zu erlassen, sollte Nyawĩra gefasst werden. Doch bisher hatte sich die Gefangennahme als entmutigend schwer erwiesen.

Inmitten dieser Agonie erhielt Sikiokuu eines Tages die Nachricht, dass beim Zoll ein Paket auf ihn warte. Er schickte einen Kurier, um es abzuholen. Es war einer der Spiegel, den er in London bestellt hatte, und bald darauf trafen weitere aus Tokio, Rom, Stockholm, Paris, Berlin und Washington ein.

Angesichts dieses guten Omens schlenkerte Sikiokuu vor Freude mit den Ohren. Er malte sich aus, wie er Nyawĩra fangen, sie vor den Herrscher zerren und theatralisch verkünden würde: Hier ist Ihre Feindin – was soll mit ihr geschehen? Was würde der Herrscher antworten? Gut gemacht, du treuer und loyaler Minister, und ich erlasse dir das Geld, das du mir schuldest; von heute an ist dir gestattet, mit jenen, die dir Unrecht getan haben, zu verfahren, wie dir beliebt, vor allem mit jenen, die dich zu Unrecht beschuldigt haben, Marching to Heaven zu unterwandern. Allerdings wurde die Klarheit dieser Tagträume von einer Sorge getrübt: Die Spiegel sind da, aber wo steckt ihr Benutzer und Deuter? Wo ist der Herr der Krähen?

Sikiokuu war nicht glücklich darüber, dass der Herrscher die Aufgabe, den Herrn der Krähen ergreifen, Machokali zugewiesen hatte, weil er noch immer fürchtete, der Zauberer könnte seinem Erzfeind enthüllen, was er über Sikiokuus Ambitionen erfahren hatte. Er hätte diesen Auftrag lieber selbst übernommen, obwohl er unschlüssig darüber war, was er mit dem Zauberer machen würde. Einerseits wünschte Sikiokuu seinen Tod; andererseits war der Zauberer seine einzige Hoffnung, Nyawĩra zu finden. Aber was führte Machokali im Schilde? Was hatte der unternommen, um den Herrn der Krähen festzunehmen? Es war ihm klar, dass Machokali ihn kaum in Kenntnis setzen und ihn stattdessen eher in die Irre führen würde. Deshalb entschied Sikiokuu, dass er den Herrn der Krähen als Erster aufspüren musste. Damit hatte der Wettlauf begonnen.

Er bildete eine Überwachungseinheit, die Machokali und Kahiga nachspionieren und über ihre Pläne und Aktivitäten berichten sollte – mit der Absicht, jegliche Informationen, auf die diese stießen, für sich zu nutzen. Njoya bat er, einen Künstler anzuheuern, der den Herrn der Krähen für ein Fahndungsplakat zeichnen sollte. Auf dem Plakat sollte eine Belohnung ausgeschrieben sein und sich zusätzlich eine Telefonhotline befinden. Wegen der erforderlichen Geheimhaltung konnte sich der Zeichner jedoch nur auf die Personenbeschreibungen des Zauberers von Sikiokuu und seinem Assistenten Njoya verlassen. Doch Sikiokuu wollte nicht, dass jemand erfuhr, dass er nachts in seinem Büro Hexenmeister empfing. Also bat er Njoya, ihn aus dem Spiel zu lassen.

Aber auch Njoya wollte mit einer Beschreibung des Gesichts des Zauberers nichts zu tun haben, weil er die Vergeltung des zweiten Zauberers fürchtete. Deshalb beschrieb er stattdessen das Gesicht des Ministers, und der Zeichner war überrascht, als in seinem Skizzenbuch ein Konterfei entstand, das dem Sikiokuus auf unheimliche Weise ähnelte. Um die Ähnlichkeiten zu vertuschen, versah er die

Skizze mit langem Haar und Bart, und auf dem Papier erschien zu Sikiokuus Bestürzung ein schwarzer, langhaariger Jesus mit den Gesichtszügen des Ministers. Njoya unterbreitete einen anderen Vorschlag. Auf dem Plakat sollte dem Herrn der Krähen ein Preis angeboten werden, und man forderte ihn auf, sich zu zeigen, um ihn abzuholen. Die Überschrift lautete: AN DEN HERRN DER KRÄHEN! MELDEN GEGEN BELOHNUNG, und darunter stand eine Telefonnummer, mit der man nur Sikiokuu oder Njoya erreichen konnte. Wenn die Leute das Plakat sahen, mussten sie das Bild für das des Stifters des Preises halten und glauben, der Herr der Krähen müsse sich nur melden, um die Belohnung zu erhalten.

Sikiokuu wollte jedoch nicht einfach herumsitzen und abwarten, bis ihm der Herr der Krähen Nyawĩra auslieferte. Warum sollte man all seine Eier in das Nest eines Zauberers legen? Er musste andere Möglichkeiten finden, sie zu fassen. Außerdem wollte er vor seinen Rivalen geheim halten, dass er den Zauberer jagte. Er würde ihnen Sand in die Augen streuen, indem er so tat, als wäre er voll und ganz mit der Jagd auf Nyawĩra beschäftigt. Und gab es dafür einen besseren Weg, als überall in Aburĩria Fotos von ihr aufzuhängen? Damit trat allerdings ein neues Problem auf: Was hatte er mit den Fotos von Nyawĩra gemacht, die Kaniũrũ ihm gegeben hatte, als er für ihn zu arbeiten begann?

Nichts läuft nach Plan, dachte er verzweifelt und lehnte sich auf seinem Stuhl zurück. Er erinnerte sich an Kaniũrũs Lügen und Tajirikas Weigerung, sich an das Geständnis zu halten. Er beugte sich vor und schlug, als Wut und Enttäuschung in ihm hochkamen, mehrfach mit der rechten Faust auf den Tisch. Dann verschränkte er die Arme auf der Tischplatte und legte die Stirn darauf. Wo steckte diese Frau? Jedes Mal, wenn er glaubte, einen Weg gefunden zu haben, an sie heranzukommen, verlor er sie wieder aus den Augen. Wie war es möglich, dass er die Bilder nicht mehr hatte? Aber es war sinnlos, sein Pech zu beklagen, sagte er sich und bemühte sich um Haltung. Er sollte die Fotos lieber suchen. In diesem Augenblick, als hätte das Schicksal Mitleid mit ihm, sah er eine Akte unter den Papierstapeln auf seinem Schreibtisch und zog sie heraus.

Er sprang vor Freude in die Luft. Es war die Akte mit Nyawĩras Fotos, die Kaniũrũ ihm gegeben hatte. Sorgfältig betrachtete er jedes einzelne, um zu sehen, welches sich am besten für ein Plakat eignete. Der einzige Haken daran war, dass auf den meisten auch Kaniũrũ zu sehen war. Immerhin waren er und Nyawĩra einmal Mann und Frau gewesen und die Bilder in der Zeit entstanden, als sie einander umworben und geheiratet hatten.

Dann lachte Sikiokuu in sich hinein. Er wählte ein Foto aus, das Kaniũrũ und Nyawĩra zeigte, wie sie einander in einem Atelier umarmten. Sikiokuu wies an, das Foto zu vergrößern und ein Plakat und eintausend Abzüge zu machen.

Bei seiner Suche nach Nyawĩra hatte er eine Möglichkeit entdeckt, auch den Verräter Kaniũrũ zu kompromittieren.

16

Machokali, der offiziell damit betraut worden war, den Herrn der Krähen zu fassen, wollte diese Aufgabe erfüllen, bevor seine Rivalen die ihren erledigten. Seit der verheerenden Amerikareise hatte er das Gefühl, als wäre seine Macht im Sinken, und er glaubte, seinen Status nur dadurch wiederherstellen zu können, indem er Geld für Marching to Heaven auftrieb. Allerdings gab es keinerlei Anzeichen dafür, dass die Global Bank die Mittel bald freigeben würde. Wollte er Einfluss im Herzen der Macht zurückgewinnen, war die Ergreifung des Herrn der Krähen von größter Bedeutung. Doch er wusste nicht, wo er die Suche nach dem Herrn der Krähen beginnen sollte. Es stand nicht einmal fest, dass der Zauberer nach Aburĩria zurückgekehrt war. Auch er dachte an ein Fahndungsplakat, A.G. brachte ihn jedoch davon ab.

„Ehrlich! *Haki ya Mungu*“, erzählte A.G. später, „ich habe ihm gesagt, keine menschliche Hand kann ein Bild anfertigen, das dem Herrn der Krähen ähnlich sieht. Fragt euch selbst: Wer war der Herr der Krähen? War er Mann oder Frau? Ich wusste ganz genau, dass er die Fähigkeit besaß, sich in einen Mann oder in eine Frau oder in etwas anderes zu verwandeln. Er ist ein Wirbelwind. Er ist ein Blitz. Er ist ein Gewittersturm. Er ist Sonne und Regen. Er ist Mond und Sterne. Wie soll man ein Bild von Luft, Atem und Seele zeichnen? Der Herr der Krähen ist das Wesen, das allem Leben einhaucht. Wie soll man davon ein Bild zeichnen? Ich sagte zu ihm: ‚Geben Sie mir Zeit, lassen Sie mir freie Hand und ich mache ihn ausfindig.'"

Machokali war einverstanden und übertrug A.G. die Suche nach dem Herrn der Krähen. Er entband ihn von seinen übrigen Dienstpflichten. Doch was er auch unternehmen würde, A.G. sollte ihm regelmäßig Bericht erstatten.

Bevor sie sich trennten, stattete der Minister ihn mit einem Mobiltelefon und einem roten Motorrad aus.

17

A.G. lehnte Gewalt ab und setzte stattdessen auf die Kraft des Wortes. Er wollte seinen Mund benutzen, um sich kundig zu machen und seinen Zuhörern die Zungen zu lösen. Er war meistens zu Fuß unterwegs; doch benutzte er auch *mkokoteni,* Eselskarren, Fahrräder, *matatus, mbondambondas,* Busse oder die Eisenbahn, um überall dorthin zu gelangen, wo sich Menschen versammelten. Er machte auf Märkten und in Bars halt, ging in Kirchen und Moscheen, und überall sagte er zu den Leuten: „Ich suche das Wesen, das alles mit Leben erfüllt, auch die Sprache."

Diese rätselhaften Worte lösten unter seinen Zuhörern Diskussionen aus. Ja, wer war dieses Wesen?

Allmählich gingen diese Debatten und hitzigen Wortgefechte in Geschichten und Anekdoten über, in Mutmaßungen über das Wesen dieses Wesens. A.G. war voll in seinem Element, und schon bald vergaßen die Leute die vorangegangenen feurigen Diskussionen und lauschten diesem fahrenden Sänger, der ihnen die erstaunliche Geschichte vom Herrn der Krähen erzählte. In seiner Erzählkunst vermischten sich das Wirkliche und das Wunderbare. Und er berichtete auch vom Herrscher. Er erging sich in Andeutungen über Pflanzen, die Geld trugen. Sie lauschten seinen Geschichten, und wenn sie sie später weitererzählten, improvisierten sie. Bald wurde dieser Strom von Geschichten zur allgemeinen Überlieferung. Und die fortwährenden Umformungen der Geschichten brachten in ganz Aburĩria Gerüchte in Umlauf, nach denen der Herrscher schwanger war und einen Geheimgarten besaß, in dem Dollarsträucher wuchsen. War das der Grund, warum er seit seiner Rückkehr aus Amerika nicht mehr öffentlich aufgetreten war? Spendete der Herrscher deshalb immer an Selbsthilfeprogramme und behauptete, das Geld käme von ihm und seinen Freunden?

Als A.G. einmal zu Fuß unterwegs war, entdeckte er an einem Strommasten ein Plakat, auf dem ein Bild zu sehen war, das offensichtlich den Herrn der Krähen darstellen sollte. Mehr als das Bild brachte ihn der Name aus der Fassung. Es war kein Foto und sah eher wie eine Polizeizeichnung aus. Er dachte an seine Gespräche mit Machokali und seine Warnung an den Minister, dass keine menschliche Hand fähig sei, ein Abbild des Herrn der Krähen zu zeichnen, weil dieser vielerlei Gestalt habe: Mann, Frau, Kind, eine Mütze auf irgendeinem Kopf, ein Vogel, ein Blitz, ein Wirbelwind! Die Zeichnung sah aus wie eine Kreuzung aus Jesus und Sikiokuu und man bot dem Herrn der Krähen eine Belohnung.

War dies Machokalis Werk ?, fragte sich A.G. verärgert. Von dem Machokali, der ihn mit der Aufgabe betraut hatte, den Herrn der Krähen zu finden? Hatte er so wenig Vertrauen, dass er, kaum dass man ihm den Rücken kehrt, im ganzen Land diese Zeichnung vom Herrn der Krähen anbringen lässt?

Er rief Machokali an. Der Minister bestritt, so etwas angeordnet zu haben, und wunderte sich, wer es getan haben könnte.

„Stell fest, wer dafür verantwortlich ist“, sagte Machokali, „aber verlier dabei nicht das Eigentliche aus den Augen, ergreife den Herrn der Krähen. Und noch etwas. Es wimmelt nur so von Geschichten, der Herrscher sei schwanger. Krieg heraus, woher diese verleumderischen Gerüchte kommen."

A.G. war sich nicht bewusst, selbst der Ursprung dieser Gerüchte zu sein. Er werde sich darum kümmern, versicherte er Machokali, und setzte seine Reisen fort, nachdem er die Telefonnummer notiert hatte, die auf dem Plakat stand. A.G. hatte viele Freunde bei der Polizei und beim Geheimdienst. Einige standen in seiner Schuld, weil er ihnen frühzeitig, lange bevor dieser mit seiner Magie zu Ruhm gelangt war, vom Herrn der Krähen erzählt hatte. Deshalb dauerte es nicht lange, bis er herausfand, wer hinter dem Plakat steckte. Das kümmerte ihn aber nicht allzu sehr. Reiner Unsinn, sagte er zu sich. Der Herr der Krähen ließ sich nicht bestechen oder überlisten.

Er wollte sich nicht in den Machtkampf zwischen Machokali und Sikiokuu hineinziehen lassen. Sollte Sikiokuu ruhig seine Pläne verfolgen, er würde einfach weiter nach dem Wesen suchen, das alles mit Leben erfüllte.

„Ehrlich! *Haki ya Mungu*, ich war bewaffnet mit dem Glauben und der Hoffnung, dass ich, wenn ich nur durchhielte, irgendwo und irgendwann eine Stimme sagen hören würde: Der Mann ist hier."

18

Kaniũrũ hatte schon immer sein Bild in der Zeitung sehen wollen. Er war frustriert und wütend auf die Presse, denn selbst als er zum Anführer der Jugendbrigaden und später zum Stellvertreter des Vorsitzenden von Marching to Heaven berufen worden war, hatte sich nicht eine einzige Zeitung für ihn interessiert und sein Bild veröffentlicht. Deshalb war er sehr zufrieden, als er bei seinem ersten Seminar sah, wie zwei Reporter ihre Fotokameras auspackten.

Das eintägige Seminar zum „Kaniũrũ-Memorandum zu Neuen Bildungsinitiativen für Jugendliche und Frauen zum Zwecke ihrer Ausrichtung auf Nationale Ideale und die Philosophie des Herrschers" sollte der Beginn einer Reihe von Seminaren in den verschiedenen Landesteilen sein, weshalb viel von seinem Erfolg abhing. Es fand in der Ruler's Hall in Eldares statt und sollte morgens um zehn beginnen. Die Beteiligung war eine Katastrophe. Nicht einmal die Mitglieder der Jugendbrigade tauchten auf, weil sie annahmen, das Seminar sei für diejenigen gedacht, die die Papageiologie noch nicht als Norm akzeptierten. Um elf Uhr waren die Hauptredner – ein Professor für Geschichte der Papageiologie, ein Professor der Politischen Wissenschaft der Papageiologie, ein Professor für Literaturwissenschaft, ein Professor für Psychologie und Philosophie der Papageiologie, ein Professor für die Naturwissenschaft der Papageiologie und schließlich Kaniũrũ, der Leiter des Seminars – die einzigen Anwesenden. Sie saßen auf dem Podium und warteten auf Teilnehmer, aber die beiden Reporter blieben das einzige Publikum. „Scheint, dass es hier nach afrikanischer Zeit geht", versuchte Kaniũrũ mit den Reportern zu scherzen.

Als die erwarteten Studenten um zwei Uhr immer noch nicht aufgetaucht waren, wurden die Reporter unruhig und fragten: „Wann wird der Herrscher eintreffen?" Oh, sind sie deshalb so frühzeitig gekommen?, dachte Kaniũrũ. Er hatte bei den Zeitungen angedeutet, dass der Herrscher das Seminar eröffnen könnte, doch weil er um den gegenwärtigen Zustand des Herrschers wusste, hatte er sich nicht die Mühe gemacht, das Thema bei ihm nochmals anzuschneiden. Kaniũrũ sagte den Reportern, der Herrscher komme zwar nicht, aber er habe eine Botschaft geschickt. Sie baten ihn um eine Abschrift der Botschaft, damit sie gehen könnten. Das brachte Kaniũrũ zu dem Entschluss, das Seminar ohne Zuhörerschaft zu eröffnen, denn, so zitierte er eine Redewendung, die Sonne warte auf niemanden, nicht einmal auf einen König – und er sei nicht einmal ein König. Er legte den unruhigen Reportern nahe, ihre Fotoapparate auf das Podium und nicht auf die leeren Plätze zu richten. Außerdem bot er ihnen ein Interview an, allerdings erst nach der Versammlung.

Kaniũrũ eröffnete das Seminar mit der Ankündigung, dass er gegen Ende der Sitzung die Grußbotschaft des Staatsoberhauptes an das Seminar verlesen werde. Bis dahin habe er noch ein paar andere Dinge zu sagen. Der Schlangenwahn im Land sei zum großen Teil von Universitätsstudenten ausgelöst und angeheizt worden, und unglücklicherweise seien ihrem schlechten Beispiel viele Menschen gefolgt, bis ...

Bevor er noch ein weiteres Wort sagen konnte, sah er, wie sich eine lange Reihe junger Leute der Halle näherte. Erfreut beeilte er sich, seine Worte abzuschwächen.

„Das heißt natürlich nicht, dass alle Warteschlangen zu jeder Zeit und überall schlecht und unmoralisch sind", fuhr Kaniũrũ fort und winkte den beiden Zeitungsleuten, ihre Fotoapparate auf die Ankömmlinge zu richten. „Wenn durch intelligente Menschen, die wissen, warum sie sich in einer Reihe aufstellen und worauf ihre Schlangen gerichtet sind, ordentliche Warteschlangen entstehen, wie bei diesen guten jungen Menschen, die gerade die Halle betreten ... Ich will sie am Eingang begrüßen."

Kaniũrũ, der unbedingt auf das Foto wollte, stolperte vor Aufregung fast über die eigenen Füße, als er vom Podium sprang und zur Tür hetzte, um die jungen Leute zu begrüßen.

Plötzlich war Kaniũrũ von den Jugendlichen umringt, die Fahndungsplakate hochhielten, auf denen er Arm in Arm mit Nyawĩra zu sehen war, und schrien: „Hier ist er! Hier ist er!" Die Professoren waren von dem Tumult verwirrt, doch als sie die Plakate sahen, sprangen sie aus den Fenstern und riefen, man habe sie verleitet, an einem Seminar teilzunehmen, das von einem Terroristen organisiert werde. Die Reporter machten Schnappschüsse und dokumentierten die außergewöhnliche Szene, in der die Studenten Kaniũrũs Hände fesselten und ihn davonschleppten. Andere stießen ihn von hinten, und wieder andere stolzierten neben ihm her und hielten ihre Plakate in die Höhe. Sie brachten ihn zur nächsten Polizeiwache.

Als Kaniũrũ den Polizisten erzählte, wer er war, glaubten sie ihm nicht. „Hör auf zu lügen", sagten sie, zeigten auf das Fahndungsplakat mit seinem Bild, und setzten auf Kiswahili hinzu: „Bist das nicht du, der mit der Terroristin Nyawĩra Händchen hält?" Kaniũrũ gab zu, dass das Bild tatsächlich ihn zeigte. Aber er wurde wütend, als sie sich weigerten, seine Erklärung anzuhören, und ihn lachend unterbrachen, als er sie aufforderte, im State House anzurufen, um sich seine Identität bestätigen zu lassen. Noch misstrauischer wurden die Polizisten jedoch, als sie ihm schließlich anboten, Sikiokuu anzurufen, den Staatsminister im Büro des Herrschers, er aber Panik bekam und sie anflehte, stattdessen den Herrscher zu kontaktieren.

Als die Polizisten den Staatsminister anriefen, um zu erfragen, wie sie mit dem Kriminellen verfahren sollten, konnten sie weder Sikiokuu noch einen anderen Verantwortlichen erreichen, der die Angelegenheit klären konnte. Deshalb behielt man Kaniũrũ über Nacht in der Polizeistation.

Das Bild Kaniũrũs mit gefesselten Händen erschien am nächsten Morgen neben einem Foto des Fahndungsplakats auf der Titelseite von zwei Zeitungen; die Schlagzeilen lauteten: STUDENTEN NEHMEN NYAWĨRAS KOMPLIZEN FEST.

Ironischerweise bewahrten das Bild und der Artikel Kaniũrũ davor, länger im Gefängnis zu bleiben, denn als ASS Kahiga die Zeitung sah, rief er im State House an und fragte, warum man seinen Chef verhaftet habe und was er unternehmen solle. Der Herrscher befahl Kaniũrũs sofortige Freilassung.

Als Sikiokuu wegen des Plakats befragt wurde, behauptete er, er habe Kaniũrũ keineswegs schaden wollen. Er sei lediglich darauf aus gewesen, Nyawĩra zu verhaften, aber das einzige Foto, das er von ihr besitze, zeige sie Hand in Hand mit Kaniũrũ. So erfuhr der Herrscher zum ersten Mal von der Verbindung zwischen Kaniũrũ und Nyawĩra und sagte sich: Da steckt mehr dahinter, als auf den ersten Blick zu erkennen ist, aber ich werde das aufdecken! Dennoch befahl er, Kaniũrũs Bild vom Plakat zu entfernen.

Kaniũrũ hatte häufig behauptet, er sei von seiner blinden Großmutter aufgezogen worden, weil seine Eltern gestorben waren, als er noch ein Säugling war. In Wahrheit war jedoch seine Großmutter gestorben. Nun musste er weitere Verunglimpfungen ertragen, als die Zeitungen einige Tage später Fotos seiner alten Eltern aus einem abgelegenen Dorf veröffentlichten, die in den Straßen von Eldares nach ihm suchten, weil sie die Fotos gesehen hatten, auf denen er abgeführt worden war.

Trotz seiner Freilassung war Kaniũrũ verbittert darüber, dass die ersten Fotos von ihm, die je in der Presse erschienen waren, ein demütigendes Fiasko für ihn darstellten.

19

Nach dieser schweren Prüfung sah Kaniũrũ in Sikiokuu, den Studenten und den Zeitungen eine große Allianz gegen sich, und das verstärkte seine Entschlossenheit, sich zu rächen. Als Erstes schickte er seine Schläger aus, um Studenten zu verprügeln, wo immer sie welche fanden. Das löste im ganzen Land einen Skandal aus, doch das schreckte ihn nicht. Was Sikiokuu anging, so wollte er Nyawĩra vor ihm zu fassen bekommen und damit dessen Chance auf den Sieg im Wettlauf zunichte machen. Er wollte dies erreichen, indem er selbst den Herrn der Krähen festnahm, denn er war nach wie vor überzeugt, dass es eine Verbindung zwischen beiden gab. Außerdem versprach sich Kaniũrũ von ihm Informationen über das Frauenvolksgericht.

Kaniũrũ entwarf ein Fahndungsplakat, auf dem eine verschwommene Darstellung des Zauberers zu sehen war, die auf seiner Erinnerung an die verschiedenen Begegnungen mit ihm basierte. Unter dem Bild bat er den Zauberer, sich über eine Telefonnummer bei ihm zu melden, um einige Fragen zum Männerverprügeln zu beantworten, das sich inzwischen zu einer Epidemie ausgewachsen habe.

Kahiga befahl er, ein Auge auf Sikiokuu und Machokali zu haben und deren Pläne zur Ergreifung Nyawĩras und des Zauberers in Erfahrung zu bringen. Außerdem beauftragte er ihn damit, die Zerstörung aller Plakate Sikiokuus zu überwachen und sie durch die eigenen zu ersetzen. Er stellte ihm ein schwarzes Motorrad zur Verfügung, damit er bei der Wahl zwischen Straßen und Feldwegen flexibel war. Kahiga seinerseits beschloss, sich die Aufgaben, die ihm aufgebürdet worden waren, etwas zu erleichtern, indem er heimlich

A.G. folgte und, was dieser herausfand, zum eigenen Nutzen verwendete.

Sikiokuu wiederum übte Vergeltung, indem er Kaniũrũs Plakate abreißen und durch seine ersetzen ließ, wodurch sich ihr Kampf zu einem Plakatkrieg ausweitete. Er überließ Njoya ein goldfarbenes Motorrad, damit der den Plakatkrieg überwachte, und Njoya dachte sich, seine neuen Pflichten am effektivsten erfüllen zu können, indem er unauffällig Kahiga folgte.

20

Nachdem er sich daran geweidet hatte, dass den Studenten die Knochen gebrochen worden waren, und voller Zuversicht war, sowohl den Plakatkrieg als auch den Wettlauf zu gewinnen, widmete sich Kaniũrũ nun den Medien. Er musste nur noch einen Weg finden, die Journalisten zu bestrafen.

Als Bus- und *matatu*-Fahrer in den Streik traten und gegen eine neue Verordnung protestierten, die es Passagieren verbot, vor dem Einsteigen in ein öffentliches Transportmittel eine Warteschlange zu bilden, schien die Chance, nach der er suchte, an seine Tür zu klopfen. Die Passagiere ignorierten offensichtlich das Verbot von Schlangen aus mehr als fünf Menschen und bildeten lange Reihen. Die neue Verordnung sah vor, dass die Leute sich in die *matatus* und Busse drängten und schoben. Der Streik legte fast das gesamte Land lahm, vor allem die größeren Städte, bis die Unternehmer und Geschäftsleute darüber klagten, dass man sie ruiniere. Das zwang die Regierung, die Verordnung nachzubessern und sowohl Schlangen als auch Drängeleien zu erlauben. Hier bildeten die Passagiere Warteschlangen; dort kletterten sie übereinander, wenn sie in *matatus,* Busse oder Züge drängten. Doch da die Regierung vor allem Verwirrung wünschte, wurde die Zulassung neuer Fahrzeuge für die Personenbeförderung beschränkt. Pläne zum Ausbau des Schienennetzes, das bereits unter dem Kolonialregime angelegt worden war, verschwanden in der Schublade. Das Chaos regierte, weil die Regierung des Herrschers jeden Versuch der Menschen, sich zu organisieren, für einen Angriff auf ihre Autorität hielt.

Auf dem Höhepunkt des Streiks, als diejenigen, die es sich leisten konnten, sich nur noch mit Taxis fortbewegten, bekam Kaniũrũ Wind davon, dass sich auf dem Flughafen eine lange Schlange aus Journalisten mit Fotoapparaten, Kameras und natürlich mit Stift und Notizbuch gebildet hatte. Kaniũrũ machte sich nicht die Mühe herauszufinden, um wen es sich handelte oder was sie auf dem Flughafen taten. Er hetzte seine Schläger, seine patriotischen Bürger, auf die Journalisten, die, von der gnadenlosen Wut der Angreifer überrascht, in alle Richtungen flohen.

Kaniũrũ empfand tiefe Freude, während er jeden Aspekt seines Sieges über die Journalisten und die Medien genoss.

21

Die Journalisten waren aus vielen Teilen der Welt gekommen, um über die zirkulierenden Gerüchte zu berichten, dass der Herrscher schwanger sei. Jetzt brachten sie Geschichten, in denen stand, organisierte Schläger würden Menschen angreifen, die gekommen seien, den Wahrheitsgehalt der Gerüchte zu prüfen. Doch statt die Neugier einzudämmen, zogen die Geschichten und Fernsehbilder über gutgläubige Journalisten, die auf dem Ruler's Airport die Flucht ergriffen hatten, nur weitere Medienvertreter an. An den Gerüchten musste etwas dran sein, glaubte man. Schließlich sei der Herrscher völlig aus der Öffentlichkeit verschwunden. Der Informationsminister Big Ben Mambo missbilligte die unbewiesenen Behauptungen, was letztlich aber nur dazu führte, dass sich die Gerüchte ausweiteten. Immer mehr Journalisten kamen ins Land, und als alle Hotels überfüllt waren, begannen sie, inmitten der Erdhügel im Grasland Zelte aufzuschlagen. Diese Erdhügel waren so zahlreich und groß, dass sich einige kritische Beobachter fragten, welche Ameisenart sie wohl aufgehäuft hatte, und berichteten im weiteren Verlauf über die seltsamen Landschaftsformationen Aburĩrias. Ihre Geschichten lockten Touristen an. Und damit waren, neben den Sexstränden und der Flora und Fauna, auch monströse Ameisenhügel und eine unnatürliche Schwangerschaft zu Touristenattraktionen geworden. Der Herrscher war, trotz seines Beitrags zum dramatischen Anstieg der Touristenzahl, wütend; in Amerika hatten sie es geschafft, seinen Zustand geheim zu halten, aber hier in Aburĩria, wo sein Wort Gesetz war, schien sein Zustand zum Gespräch der ganzen Welt geworden zu sein. Das war ein fürchterlicher Schlag gegen seine Männlichkeit, und natürlich machte er die Nachricht, die der Herr der Krähen an Machokali geschrieben hatte, dafür verantwortlich.

Mitten in seiner Wut erhielt er einen Anruf vom amerikanischen Botschafter Gabriel Gemstone, der ihn bat, einen Sondergesandten des amerikanischen Präsidenten zu empfangen. Es ging also wieder bergauf. Vielleicht kam der Sondergesandte, um sich im Namen der Supermacht dafür zu entschuldigen, wie man den Herrscher in Amerika behandelt hatte. Er dachte daran abzulehnen, den Gesandten zu empfangen, um seine Betroffenheit darüber zum Ausdruck zu bringen, wie die Dinge in den Staaten gelaufen waren, besann sich aber eines Besseren. Schließlich war das nicht zu verachten. Eine Entschuldigung wäre nur zu willkommen.

22

Der Sondergesandte erschien in Begleitung von Botschafter Gabriel Gemstone. Seine Allmächtigkeit empfing ihn im State House in Eldares, umgeben von seinen Ministern, einschließlich Machokali, Sikiokuu und dem neuen Gouverneur der Central Bank, Titus Tajirika, und seinem offiziellen Biographen Luminous Karamu-Mbu.

Aus der Spezialeinheit des Herrschers hatte man zwei Fotografen ausgewählt und angewiesen, Fotos von den Besuchern beim Betreten und Verlassen des State House zu machen. Alle anderen Fotos – zum Beispiel, wenn der Herrscher die Besucher empfing – sollten mit Apparaten ohne Film gemacht werden.

Die Besucher ließen sich angesichts der körperlichen Ausdehnung des Herrschers keine Überraschung anmerken. Der Gesandte kam jedenfalls sofort zur Sache. Washington und die Hauptstädte der führenden Industriedemokratien hätten ihn geschickt, um ihre große Besorgnis über die Geschehnisse im Staat Aburĩria zu übermitteln, vor allem wegen der grundlosen Übergriffe auf Mitarbeiter der internationalen Presse. Sie seien außerdem beunruhigt über das immer wieder aufkommende Schlangestehen im Land, insbesondere wegen der Zusammenstöße zwischen Befürwortern und Gegnern des Schlangestehens. Angesichts der Möglichkeit eines vollständigen Zusammenbruchs von Recht und Ordnung seien sie sehr alarmiert, denn es gäbe nichts Schlimmeres für die Menschen, als wenn ihr Land in die Hände von Verbrechern, Gangstern und Warlords fallen und zum Rückzugsgebiet von Terroristen würde.

Als er das Wort „Schlangestehen" aus dem Mund des Sondergesandten hörte, fühlte sich der Herrscher zurechtgewiesen und kritisiert, unfähig zu sein, sein eigenes Volk unter Kontrolle zu halten, und deshalb schnitt er dem Mann mit einem ironischen Lachen das Wort ab. Dann belehrte er ihn, die Regierung habe sich bereits für die Unannehmlichkeiten entschuldigt, die die ausländischen Journalisten erlitten hätten. Er habe seine Bürger streng davor gewarnt, westlichen Journalisten jemals wieder ein Haar zu krümmen oder Unannehmlichkeiten zu bereiten. Aber dafür wäre wohl eine Gegenleistung angebracht. Schlangestehen als Ausdruck von Ordnung, Organisiertheit und Disziplin sei eine sehr westliche Vorstellung, und sie sollten bedenken, dass sie sich in Aburĩria in Afrika befänden, wo die Menschen sich stärker vom Gefühl als von der Vernunft leiten ließen, weshalb es den Aburĩriern „Spaß mache" zu drängeln und zu raufen. „Ihr Botschafter hätte Ihnen sagen sollen, dass wir ein Volk der Warmherzigkeit sind, dem die Köpfe nicht mit Ideen zugeschwollen sind, und das ist der Grund, warum wir gerne tanzen und unser Haus für Gäste immer offen steht. Aber ein Gast hält sich an die Regeln, die der Gastgeber aufstellt. Wenn Sie sich also in Aburĩria aufhalten, benehmen Sie sich wie die Aburĩrier."

Was die nicht genehmigten Warteschlangen angehe, so sollten sie nicht an seiner Fähigkeit zweifeln, ihnen ein Ende zu bereiten. Er unterbrach sich und schickte nach den Oberbefehlshabern von Armee und Polizei. Die sollten seinen Besuchern die bereits eingeleiteten Maßnahmen gegen nicht genehmigte Umzüge, vor allem von Frauen, erklären, mit denen er eine Lektion erteilen werde, die niemand vergessen würde. Doch der Herrscher gab den Befehlshabern nicht die Gelegenheit zu sprechen – er redete einfach weiter. Er erinnerte den Botschafter und den Sondergesandten daran, was er getan hatte, als er Präsident des Landes geworden war. Amerika scheine vergessen zu haben, wie er in den frühen Tagen des Kalten Krieges die kommunistische Rebellion in Aburĩria zerschlagen habe.

„Sie haben mich lachen gehört und sich vielleicht gewundert, warum", fuhr er fort. „Ich war irritiert über das kurze Gedächtnis einer Supermacht."

Der Herrscher war stolz, siebentausendsiebenhundert Bürger in nur sieben Tagen eliminiert zu haben, weil sie mit ihren Protesten in den Großstädten und ihrer Forderung nach gesellschaftlichen Veränderungen zu einer Bedrohung der Stabilität geworden waren. Er werde nun die Gelegenheit nutzen, sagte er, alte Freundschaft zu erneuern und sich ihr Vertrauen zu verdienen, indem er zeige, dass er es nicht verlernt habe, wie man mit starker Hand gegen Dissidenten vorgehe.

„Was ich früher gegen die Kommunisten unternommen habe, kann ich heute gegen Terroristen unternehmen!", sagte er behutsam und überlegt und drehte den Kopf zu den Befehlshabern von Armee und Polizei.

„Ja", bekräftigte der Kommandeur der Armee, „wir warten darauf, dass dieses Pöbelheer, über das uns zuerst ein Motorradfahrer berichtet hat, die Hauptstadt erreicht. Dann werden wir es mit den gepanzerten Fahrzeugen und Waffen, die Sie uns vor einiger Zeit verkauft haben, einkesseln. Sie sind zwar gebraucht, aber immer noch tödlich, wenn man sie gegen unbewaffnete Zivilisten einsetzt."

„Ein nationales Massaker. Im Fernsehen übertragen. Live", fügte der Polizeichef mit unverkennbarem Stolz hinzu.

„Jetzt haben Sie es aus berufenem Munde vernommen", sprach der Herrscher und wandte sich wieder dem Sondergesandten und dem Botschafter Gemstone zu. „Alles unter Kontrolle", fügte er hinzu. „Fürchten Sie sich nicht vor denen, die Ihre Interessen und die unseren bedrohen, die Gewehre warten auf sie."

Der Sondergesandte räusperte sich und antwortete: „Sie haben einen Punkt angesprochen, den ich im Auftrag unseres Präsidenten mit Ihnen diskutieren soll. Der Westen wie die gesamte zivilisierte Welt sind Ihnen ewig dankbar für die Rolle, die Sie bei unserem Sieg über das Reich des Bösen gespielt haben. Jetzt widmen wir uns einer neuen Mission: dem Schaffen einer neuen Weltordnung. Deshalb besuche ich jetzt alle unsere Freunde, um sie aufzufordern, mit der Welt Schritt zu halten. Alles hat seine Zeit, sagt der Prediger. Es gab eine Zeit, in der Sklaverei gut war. Sie erfüllte ihren Zweck, und als sie kein Kapital mehr abwarf, wurde sie welk und starb eines natürlichen Todes. Der Kolonialismus war gut. Er verbreitete die industrielle Kultur der gemeinsamen Ressourcen und Märkte. Jetzt aber den Kolonialismus zu neuem Leben zu erwecken, wäre völlig falsch. Es gab eine Zeit, in der der Kalte Krieg all unsere inneren wie äußeren Beziehungen bestimmte. Er ist vorbei. Wir befinden uns jetzt in der Ära nach dem Kalten Krieg, und unsere Beziehungen werden von den Gesetzen und Erfordernissen der Globalisierung getragen. Die Geschichte des Kapitals lässt sich in dem Grundsatz ‚Auf der Suche nach Freiheit' zusammenfassen. Freiheit zu expandieren. Und nun besteht die Möglichkeit, dass die gesamte Welt zum Spielfeld des Kapitals wird. Soll es sich nach den Erfordernissen seiner Logik bewegen können, so benötigt es einen demokratischen Raum. Deshalb hat man mich zu Ihnen geschickt, um Sie zum Nachdenken anzuregen, Ihr Land in eine Demokratie umzuwandeln. Wer weiß? Vielleicht wollen einige Ihrer Minister mit Ihrem Segen Oppositionsparteien gründen."

„Nein, nein", beeilten sich die Minister einhellig zu beteuern. „Wir hier in Aburĩria kennen nur Eine Wahrheit, Eine Partei, Ein Land, Einen Herrscher, Einen Gott."

„Ihre und unsere Ansichten sind nicht allzu weit voneinander entfernt", erläuterte der Gesandte. „Ich will Ihnen unsere Position verdeutlichen. Wir können mit der alten Politik des Kalten Krieges keine Weltwirtschaft aufbauen. Wir schlagen Folgendes vor: Viele Parteien, ein Ziel – eine freie und stabile Welt, in der unser Geld ohne Behinderung durch den irregeleiteten Nationalismus eines altmodischen Nationalstaates die Grenzen überschreiten kann. Das Ziel besteht darin, die Ressourcen und Energien des Globus freizusetzen. Alle Länder und Völker werden davon profitieren."

Der Herrscher war wütend, weil er vor seinen Ministern belehrt wurde. Er hatte sie eingeladen, damit sie miterlebten, wie ein Sondergesandter eine Entschuldigung vortrug, und nun hörten sie statt eines „Es tut uns leid", dass er gemaßregelt und herumkommandiert wurde. Er versuchte, seine Wut zu beherrschen, und fragte sich verwirrt, wodurch seine Beziehung zu Washington, London, Berlin und Paris so mies geworden sein konnte, dass sie sich veranlasst sahen, einen Sondergesandten loszuschicken, der ihn vor seinem versammelten Kabinett tadelte. In den Tagen des Kalten Krieges hatten sie ihn mit Lob überschüttet, weil er Tausende seiner Bürger ins ewige Schweigen befördert hatte. Und jetzt hielten sie ihm, obwohl er versichert hatte, dass er bereit war zu wiederholen, was er für sie getan hatte, einen Vortrag über Zurückhaltung und eine neue Weltordnung! Seine Würde war verletzt. Er musste seinen Ministern beweisen, vor dem Sondergesandten keine Angst zu haben, auch wenn der ein Abgesandter des Westens war.

„Mr. Sondergesandter, ich will Ihnen sagen, dass wir ein unabhängiges Land und nicht bereit sind, ständig Befehle aus dem Westen zu empfangen. Der Kolonialismus ist Vergangenheit und liegt auf der Müllhalde der Geschichte des zwanzigsten Jahrhunderts. Ich möchte Sie daran erinnern, dass wir hier in Afrika sind und dass auch wir unsere afrikanischen Regierungsformen haben. Die Demokratie, die für Europa und Amerika angemessen ist, muss nicht zwangsläufig auch für Afrika das Richtige sein. Hier bei uns gibt es ein Sprichwort: Man baut sein Haus nicht nach den Bedürfnissen seines Nachbarn. Wir versuchen gar nicht erst ‚to keep up with the Joneses', wie ihr Amerikaner sagen würdet."

„Wir sind Ihre Freunde", erwiderte der Gesandte, „und Freunde vertiefen ihre Freundschaft, indem sie offen miteinander reden."

„Dann sollten wir darin einig sein, dass wir uns nicht einig sind", sprach der Herrscher und fragte mit einem Hauch von Ungeduld in der Stimme, ob das alles sei, was ihn nach Aburĩria geführt habe.

Der Sondergesandte antwortete, dass er tatsächlich noch eine weitere Botschaft habe, die aber nur für die Ohren des Herrschers bestimmt sei, wobei er den Ministern einen nervösen Blick zuwarf.

Dem Herrscher wäre es lieber gewesen, wenn die Entschuldigung in Anwesenheit der Minister ausgesprochen worden wäre. Diese Entschuldigung würde die Demütigung lindern, die er in Amerika vor ihnen hatte erdulden müssen. Trotzdem hellte sich sein Gesicht etwas auf, weil die Minister nun sahen, dass seine Beziehung zu Amerika immer noch eng genug war, eine Botschaft zu rechtfertigen, die nur durch einen Sondergesandten des mächtigsten Präsidenten der Welt und nur unter vier Augen überbracht werden konnte.

Die Minister verließen den Raum. Der Gesandte verschwendete keine Zeit mit höflichen Floskeln.

„Wie ich vor einigen Minuten sagte, sind Freunde deshalb Freunde, weil sie offen miteinander reden. Und darum hat mich mein Präsident zu Ihnen geschickt, weil er und andere Führer der westlichen Welt sich wegen der Berichte Sorgen machen, die Ihren Gesundheitszustand betreffen – Sie wissen ja, manche Gedanken sind wirklich schwer in Worte zu fassen. Eure Vortrefflichkeit, ich bin mir sicher, dass Sie wissen, wovon ich spreche: Dieses Gerücht, das die internationalen Medien veranlasst hat, in Ihr Land einzufallen. Uns ist außerdem zu Ohren gekommen, dass Sie eine geldtreibende Pflanze entwickeln oder anbauen wollen, um Dollars und andere westliche Währungen zu züchten. Ich denke, Sie wissen, dass jedweder nicht genehmigte Druck und die Verbreitung von Dollars nicht nur den internationalen Gesetzen nach ein Verbrechen sind, sondern auch unsere wie die gesamte Weltwirtschaft destabilisieren würde. Und das wird der Westen nicht hinnehmen. Natürlich glauben wir diesen Gerüchten nicht, und ich werde solches Gerede nicht dadurch ehren, dass ich Sie frage, ob es wahr ist. Aber es gibt andere Dinge, die außer Zweifel stehen. Dabei geht es um Ihre öffentlich verkündete Absicht, so etwas wie einen modernen Turmbau zu Babel zu errichten, den Sie Marching to Heaven nennen. Ihre Freunde im Westen fragen Sie deshalb: Haben Sie, Eure Allmächtige Vortrefflichkeit, schon mal daran gedacht, es locker angehen zu lassen? Ich meine, mal eine Auszeit zu nehmen, Urlaub zu machen oder so etwas? Ich glaube, es waren Ihre Vorfahren, die immer gesagt haben, das Alter muss den Stab der Weisheit an die Jugend weitergeben. Sie haben junge Minister, die Sie lieben und Ihre Vision mittragen. Das haben Sie vor uns zum Ausdruck gebracht. Wir fragen uns, und man hat mir aufgetragen, ausdrücklich darauf hinzuweisen, dass das lediglich ein Vorschlag von Freunden ist: Warum lassen Sie es nicht locker angehen und überlassen das Präsidentenamt einem der jungen Männer? Die könnten Sie von ihrem täglichen Stress befreien. Ihre Ahnen haben etwas vom Stein des Alters und der Weisheit gesagt. Sie könnten ein großer Staatsmann im Ruhestand sein, der mit seiner außergewöhnlichen Erfahrung Ratschläge gibt."

Wäre der Gesandte ein Staatsbürger Aburĩrias gewesen, er hätte sich sofort einem Erschießungskommando gegenüber gesehen. Der Herrscher verstand nur zu gut, was man ihm da sagte: dass er senil sei und zum Regieren nicht mehr fähig. Diese Haltung verwirrte ihn, weil sie widersprüchlich war. Einerseits warnten sie ihn vor Gewaltanwendung, nur um ihm im nächsten Augenblick zu sagen, dass er unfähig war, die Macht auszuüben? Wie konnten sie ihm vorschreiben, nicht die Armee auf das eigene Volk loszulassen, und ihm anschließend vorwerfen, dass er zu senil sei, genau das zu tun? Er wollte sie am liebsten rauswerfen, kämpfte aber um Haltung und fragte sich, welchen seiner Minister sie als Nachfolger im Auge hatten.

Der Gesandte glaubte, der Herrscher gäbe nach und dächte ernsthaft über seinen Vorschlag nach; deshalb beeilte er sich, es ihm noch verlockender zu machen.

„Vielen Dank, dass Sie unsere Anregungen in Betracht ziehen. Sie sind ein weiser Mann, Eure Vortrefflichkeit, und der Westen wird dafür bürgen, dass für Ihren Wohlstand und den Ihrer Familie und Freunde gesorgt ist. Wir wollen auch für seine Vermehrung garantieren. Und wir werden dafür sorgen, dass Ihr Nachfolger ein Gesetz durchbringt, durch das Sie niemals wegen irgendwelcher Handlungen in Ihrer Zeit als Staatsoberhaupt vor Gericht gestellt werden können. Und selbstverständlich, wenn Sie das Gefühl haben, in einem anderen Land leben zu müssen, lässt sich auch das einrichten."

„Ich sollte Ihnen dafür danken", seufzte der Herrscher, „dass Sie die Wahrheit gesagt haben. Wir Herrscher sind eitel und erkennen nie, wenn das Alter an die Tür klopft und sich bei uns einnistet", fuhr er mit matter Stimme fort. „Aber Sie können mir glauben, ich habe schon oft daran gedacht, diese Last von mir zu werfen und mir die Zeit zu gönnen, mich an meinen Enkeln zu freuen. Die Schwierigkeit besteht nur darin, genau herauszufinden, welchem der jungen Männer, die mich umgeben, ich vertrauen kann, die Nation in die richtige Richtung zu lenken."

Der Sondergesandte war mit dieser Antwort sehr zufrieden und so brachte er vorsichtig Machokali ins Spiel.

„Während Ihres letzten Besuchs in Washington machte er einen sehr guten Eindruck. Er ist jung und scheint eine gute Auffassungsgabe zu haben. Er ist Ihrer Philosophie treu ergeben. Er handelt rational und weniger emotional, und wir im Westen kommen gut mit ihm zurecht. Aber das ist nur die Meinung Ihrer Freunde – natürlich steht es Ihnen völlig frei, Ihren Nachfolger selbst zu bestimmen."

Der Herrscher blieb nach außen hin ruhig, auch wenn er das dringende Bedürfnis verspürte, mit seiner Keule auf sie loszugehen. War es möglich, dass diese Leute bei seiner Krankheit, seiner körperlichen Ausdehnung, ihre Hände im Spiel hatten? Vielleicht hatten sie ihm etwas ins Essen getan, womöglich bei diesem Prayer Breakfast in Washington, um sein Ansehen mit der Behauptung einer männlichen Schwangerschaft zu untergraben?

„Freunde sagen einander die Wahrheit, das ist mein Motto", sprach der Herrscher und lachte in sich hinein. „Aber Sie erwarten sicher nicht, dass ich auf der Stelle antworte. Ich werde auf jeden Fall darüber nachdenken. Bitte überbringen Sie Ihrem Präsidenten meine besten Wünsche und meine Dankbarkeit. Und versichern Sie ihm, dass ich gesund und munter bin."

Botschafter Gemstone und der Sondergesandte gingen mit dem guten Gefühl, die Warnungen, Drohungen und Wünsche aufrichtig übermittelt zu haben, und sie begrüßten, dass der Herrscher sogar mit einem Schuss Humor reagiert hatte.

Der Herrscher aber dachte anders. Für einen Moment vermisste er den Kalten Krieg, als er noch die eine Seite gegen die andere ausspielen konnte. Aber jetzt? Es gab nur noch eine Supermacht, und die war es gewöhnt, umworben zu werden, nicht andersherum. Oder hatte er die Intention des Gesandten falsch verstanden?

In der Nacht ging er die gesamte Unterredung noch einmal durch, und dabei fielen ihm merkwürdige Zusammenhänge auf, vor allem, dass der Gesandte von Schwangerschaft und Alter gesprochen hatte, auch wenn das mit afrikanischen Sprichwörtern gewürzt gewesen war. Ein Zufall? Die Amerikaner, Machokali und der Herr der Krähen, machten sie gemeinsame Sache? Er brach in freudloses Gelächter aus. Wir sind hier in Aburĩria und nicht in Amerika. I will have the last laugh. Er wusste, dass es in Aburĩria nur einen einzigen Herrscher gab, und sein Name war: Herrscher von Aburĩria. Amerika mochte dabei geholfen haben, ihn an die Macht zu bringen, aber nun lebte man nicht mehr im zwanzigsten Jahrhundert; er war jetzt sein eigener Herr und würde nicht zulassen, dass Amerika ihm vorschrieb, wann er abdankte.

Mit diesem klaren Gedanken wurde er ruhiger.

Er würde befehlen, dass ihm sein vom Westen gesalbter Nachfolger Machokali den Herrn der Krähen brachte, unverzüglich und lebendig. Die Notwendigkeit, sich seine Zauberkräfte zu eigen zu machen, war nie größer.

DRITTER TEIL

1

Niemand wusste, ob er nach Aburĩria zurückgekehrt war oder nicht, und nichts erregte die Gemüter so sehr, wie die Kontroverse über seine Flucht aus Amerika. War der Herr der Krähen entkommen oder einfach nur verschwunden? Sogar A.G. war ratlos. Wenn er in seiner Erzählung an die Stelle kam, wie sie in New York zum Flughafen gefahren waren und er nicht die leiseste Ahnung gehabt hatte, wo der Herr der Krähen abgeblieben war, zögerte er kurz und durchlitt noch einmal die Trauer und den Schmerz von damals. Sein Kummer war ansteckend, und seine Zuhörer wurden still und schauten einander an, als fragten sie: Was können wir tun, um ihn aufzumuntern? Und sie spendierten ihm ein Bier oder auch zwei, „damit du deine Kehle anfeuchten kannst, Mann“, und bedrängten ihn: „Erzähl weiter.“ Wer ihn hörte, ging anschließend nach Hause und verbrachte den Abend damit, als Vorspiel zu den eigenen Legenden über den Zauberer Geschichten von einem Betrunkenen zu erzählen, der behauptete, in Amerika gewesen zu sein, als der Herr der Krähen verschwand. Und so wurde jeder Zuhörer zu einem Geschichtenerzähler, der die eigene Glaubwürdigkeit herausstrich. Einige schworen bei allem, was ihnen heilig war, sie wüssten ganz sicher, dass der Herr der Krähen von den amerikanischen Einwanderungsbehörden verhaftet worden sei, weil er kein gültiges Visum besitze.

Irrtümlicherweise habe man ihn dann in ein Flugzeug nach Peru gesetzt, und die peruanischen Behörden hätten ihm die Einreise verweigert, weil er natürlich wieder kein Visum hatte. Und sie hätten ihn erneut in ein Flugzeug verfrachtet, das ihn nach Neuseeland brachte, wo ihm dasselbe Pech widerfuhr, und so sei es immer weitergegangen, hierhin und dahin, aus dem Flugzeug und wieder ins Flugzeug. Und das sei der Grund, warum er so weltgewandt wurde, denn obwohl er nie die Erlaubnis erhielt, seinen Fuß auf sicheren Boden zu setzen, war er schließlich überall gewesen, von Mosambik bis in die Mongolei, von Kasachstan bis Kamerun, von Tansania bis Tasmanien, von Hawaii bis Hongkong, von Indien bis Island, von Kenia bis Korea; ein Heimatloser, ein Weltbürger. Andere bestritten das; die Geschichte, er sei von einem Land ins nächste transportiert worden, sei nicht wahr, und sie behaupteten, die amerikanische Einwanderungsbehörde hätte ihn einfach eingesperrt, da er keinen Ausweis besaß, der klarstellte, wer er war oder woher er kam. Entweder sei er bis auf den heutigen Tag als Terrorismusverdächtiger dort eingesperrt oder von der Mafia in den Straßen von New York ermordet worden, weil er sich geweigert habe, das Geheimnis zu verraten, wie man Geld auf Bäumen wachsen ließ.

Ja, es stimmt, er ist noch in Amerika, gaben andere zu, aber er ist nicht im Gefängnis; es sei denn, ihr betrachtet Schulen und Hochschulen als Gefängnisse. Der Mann habe sich eben an einer Zauberschule eingeschrieben, um an seiner Promotion in Antiker und Zeitgenössischer Komparativer Zauberei zu arbeiten, und, mal ehrlich, was könnte ihn verleiten, hierher zurückzukommen? In das Aburĩria der krummen Wege, der Raubüberfälle, außer Kontrolle geratener Todesviren, der Krankenhäuser ohne Arzneimittel, der grassierenden Arbeitslosigkeit, der täglichen Ungewissheit und des epidemischen Alkoholismus? Ja, in ein Aburĩria, dessen Führer sogar die Hoffnung ermordet hatten? Er sollte in Amerika bleiben und sich jene Zauberkräfte aneignen, die das Fax hervorgebracht haben und das Internet, die E-Mail und das Nachtsichtgerät, die Labore, in denen man menschliche Organe züchtet und sogar Tiere und Menschen klont, die Magie der Objekte, die sich in Kriege und andere Welten stürzen, die Zauberkräfte, mit denen der Dollar die Welt regiert! Amen, sagten einige an dieser Stelle, und selbst das führte manchmal zu weiterem Streit: „Warum sagst du Amen? Ein Amen auf was?“

Die unterschiedlichen Berichte über den Herrn der Krähen in Amerika versuchten, einander zu übertrumpfen, doch alle suchten nach einer Erklärung, warum der Herr der Krähen trotz der Plakate überall im Land nicht gefunden wurde. Wo in Aburĩria, fragten sie sich, könnte sich der Mann versteckt haben, ohne von den allgegenwärtigen Augen, Ohren, Nasen, Beinen und Armen des Herrschers aufgespürt zu werden?

Okay, okay, krakeelten einige, da sollen mal nicht so viele Köche den Löffel in die Suppe tauchen. Hören wir uns die Geschichten eine nach der anderen an, und den Erzählern sagen wir, dass es schwierig wird, die Suppe zu schlucken, wenn sie versalzen ist.

Die Schwierigkeit herauszufinden, ob an einem dieser Gerüchte tatsächlich etwas Wahres war, bestand darin, dass in den meisten Fällen A.G. deren Ursprung war. Und auch wenn sich die Geschichten alle voneinander unterschieden, schwor A.G., dass sie allesamt wahr seien. So, wie das Meer sich aus mehreren Flüssen speise, deren Quellen in verschiedenen Hügeln und Gebirgen lägen und die es erlaubten, von Strömen, Flüssen, Seen und Meeren zu sprechen, auch wenn man in jedem Einzelfall über Wasser rede, sei es auch mit Erzählungen.

Das fachte ihr Interesse und ihr Bedürfnis nach Gewissheit aufs Neue an: Was war wirklich geschehen?, fragten die Leute, und alle Augen richteten sich wieder auf A.G.

2

Als Kamĩtĩ nach Aburĩria zurückkam, wollte er geradewegs nach Hause gehen und mit Nyawĩra zusammen sein. Er hatte Heimweh und das Gefühl, er sei jahrelang fort gewesen. Gleichzeitig musste er immer wieder daran denken, zu welchem Albtraum sein Leben vor seiner Abreise nach Amerika geworden war. Man hatte ihn festgenommen, gezwungen, mit Tajirika eine Gefängniszelle zu teilen, hatte ihn entlassen und in ein Flugzeug in die USA gesetzt, wo es ihm nicht gelungen war, sich wieder dem Gefolge des Herrschers anzuschließen. Und in New York hatte er Dinge gesehen und erlebt, die er sich niemals hätte träumen lassen. Wird es mir jetzt, da ich zurück bin, gelingen, so fragte er sich, mein Leben wieder aufzunehmen und mich nicht in das Chaos hineinziehen zu lassen, das vom Herrscher und seinesgleichen ausgeht? Werden mich die Machokalis und Sikiokuus in Frieden lassen? Er wollte nur mit Nyawĩra zusammen sein und weiter die Bedürftigen heilen. Das war es, was Kamĩtĩ vorschwebte, als er mit dem Bus vom Flughafen ins Zentrum von Eldares fuhr, um ein *matatu* nach Santalucia zu nehmen.

Einige der Passagiere redeten über den Besuch des Herrschers in Amerika und wie gut dieser verlief. Wie würden sie reagieren, wenn ich ihnen sagte, dass der Herrscher an einer Art selbst induzierter Aufblähung leidet? Was, wenn ich ihnen erzählen würde, dass ich soeben aus Amerika zurückkomme und den Herrscher und seine Begleiter gerade erst im VIP-Hotel zwischen der Fünften und Sechsten Avenue in Manhattan, in der Nähe des Washington Square und der New York University, zurückgelassen habe?

Es war früh am Morgen, als er in Santalucia ankam. Er dachte an die Zukunft mit Nyawĩra und jetzt, da ihr Wiedersehen unmittelbar bevorstand, fragte er sich, wie er auf sie und die Entwicklungen im Schrein reagieren würde. Sollte er auf sie zustürmen und sie umarmen oder sollte er sich hinter der Hecke verstecken und sich heimlich von hinten an sie heranschleichen und ihr die Augen zuhalten?

Knapp zweihundert Meter vom Schrein entfernt blieb er plötzlich stehen und rieb sich die Augen. Sah er richtig? Er schaute noch einmal hin. Bin ich irgendwo falsch abgebogen? Aber selbst wenn ich blind wäre, würde ich den Weg nach Hause finden. Er eilte weiter. Doch je näher er kam, desto mehr spürte er, wie die Kraft Arme und Beine verließ. Er blieb stehen.

Dort, wo das Haus gestanden hatte, das Nyawĩra und er zusammen errichtet hatten, sein Heim, sein Schrein, lag jetzt ein verbrannter, schwarzer Schutthaufen.

3

Einige Meter entfernt kauerte eine Katze, die ihn mit grünen Augen anstarrte, während er teilnahmslos umherging, hier und da etwas aufhob und wieder fallen ließ. Wo fange ich an, sie zu suchen?, fragte er sich und setzte sich, um zu überlegen, was er als Nächstes tun sollte. Und was, wenn das Feuer kein Zufall gewesen war?

Er würde die Nachbarn fragen, aber der nächste wohnte in einiger Entfernung. Er musste vorsichtig auf sie zugehen, damit kein Misstrauen aufkam, wer er war und warum ihn die Sache überhaupt interessierte.

Die Reaktionen der Nachbarn, mit denen er redete, waren allesamt beunruhigend. Seine Begrüßung wurde immer freundlich erwidert, aber sobald er den Schrein des Herrn der Krähen erwähnte, veränderten sich Gesichtsausdruck und Verhalten – Angst trat in die freundlichen Augen. „Ich habe keine Ahnung, wovon Sie reden", sagten sie im Weggehen, wenn sie sich wieder ihrer Tätigkeit zuwandten oder ihm die Tür vor der Nase zuschlugen. Er hörte auf, an Türen zu klopfen, und suchte stattdessen in den Straßen der Stadt.

Er begegnete einem alten Mann, der ein Paket trug, das am Ende eines Stocks über seiner Schulter hing. Kamĩtĩ verzichtete auf Höflichkeiten und fragte ihn nach dem abgebrannten Schrein. Der alte Mann rannte davon und schrie, als wollte er die ganze Welt wissen lassen, dass er sich auf der Flucht befand: „Meine Schuhe rauchen; seid meine Zeugen, ich renne so schnell, dass meine Sohlen rauchen!" In glücklicheren Zeiten hätte Kamĩtĩ darüber gelacht.

Er setzte sich auf einen Erdhügel und bedeckte das Gesicht mit den Händen, als wollte er Tränen zurückhalten. Er fühlte sich erledigt. Er hatte Nyawĩra aus Amerika angerufen, aber die Leitung war tot gewesen, was allerdings für die Telefone in Aburĩria nicht ungewöhnlich war. Deshalb hatte er sich keine Gedanken gemacht.

Plötzlich spürte er, dass er nicht allein war. Er machte die Augen auf und zuckte zusammen, als er den alten Mann vor sich stehen sah; er hatte keine Schritte gehört.

„Warum hast du mich nach diesem Haus gefragt?", wollte der Alte wissen.

„Ich wollte nur erfahren, was passiert ist", antwortete Kamĩtĩ.

„Was soll das? Siehst du nicht, dass es abgebrannt ist?"

„Wer war das?"

„Glaubst du an Gott?", fragte der Alte.

Kamĩtĩ wollte schon eine unhöfliche Antwort geben, beherrschte sich aber.

„Ja."

„Und du glaubst, dass er der Herr ist, der Herrscher über Himmel und Erde?"

„Ich hab's nicht so mit der Religion, aber das stimmt."

„Lobet den Herrn", sagte der alte Mann und hob die Stimme, als sollten ihn die Vorübergehenden hören.

„War es ein Unfall oder Brandstiftung?", fragte Kamĩtĩ gereizt.

„Ein Unfall? Lobet den Herrn", wiederholte der Alte.

„Gab es irgendwelche Opfer?", fragte Kamĩtĩ, der glaubte, der Mann sei verrückt.

Statt zu antworten, beugte sich der Alte etwas vor, sah Kamĩtĩ in die Augen und flüsterte:

„Hast du nicht gerade gesagt, dass du an Gott glaubst, den Herrn im Himmel?"

„Warum? Wie viele Götter gibt es denn?", fragte Kamĩtĩ ziemlich ungeduldig.

„Genau das ist die Frage. Es gibt nur einen Gott. Aber es gibt viele Herren. Hast du darüber mal nachgedacht?"

„Sprich nicht in Rätseln. Sag einfach, was du mir sagen willst."

„Ich wollte dir nur versichern, dass der Herr im Himmel weise und gerecht ist."

„Und?"

„Er wirkt auf unergründliche Weise."

„Also?", fragte Kamĩtĩ verzweifelt.

„Lobet den Herrn und danket dem Allmächtigen, der hoch über uns wohnt", murmelte er und wandte sich zum Gehen. „Lobet den Herrn!" Bald darauf war er nicht mehr zu sehen.

4

Was hatte der Mann ihm sagen wollen? Der Herr konnte überirdisch oder irdisch sein. Diejenigen, die den Schrein niedergebrannt hatten, standen in irgendeiner Beziehung zum Herrscher. Lobet den Herrn. Es hatte keine Opfer gegeben, deshalb: Lobet den Herrn. Diese Erklärung erleichterte ihn. Nyawĩra lebte. Aber wo war sie? War sie verletzt? War sie im Krankenhaus oder hatte man sie gefasst? Wie sollte er das herausfinden? Wo sollte er sie suchen? Andererseits: Wenn man Nyawĩra gefasst hatte, hätte das in allen Zeitungen gestanden. Er suchte in den Archiven der Eldares Times, jedoch vergeblich. In letzter Zeit war nichts über Nyawĩra, die Bewegung für die Stimme des Volkes oder Brandstiftung erschienen. Er ging ins Polizeihauptquartier und gab sich als Reporter der Eldares Times aus, der herausfinden wollte, ob es in den verschiedenen Landesteilen unlängst Verhaftungen oder Unfälle gegeben hatte. Aber auch dort musste er mit leeren Händen abziehen. Er klapperte die Krankenhäuser ab, ebenfalls umsonst.

Während der Tage und Wochen seiner Suche magerte er ab und bald sah er dem, der aus Amerika zurückgekehrt war, kaum noch ähnlich. Weil seine Suche keine beunruhigenden Neuigkeiten zu Tage förderte, war er sich beinahe sicher, dass Nyawĩra lebte und frei war. Doch manchmal fragte er sich, ob sie sich vielleicht im Gewahrsam der von Sikiokuu kontrollierten Geheimpolizei befand. Als er für Sikiokuu geweissagt hatte, hatte er immer wieder gesehen, wie Nyawĩra in einer Menge verschwand, und deshalb begann er sie überall dort zu suchen, wo sich Menschen versammelten, um Gutes zu tun.

Er ging in die katholischen, protestantischen und orthodoxen Kirchen; in die Moscheen und die Tempel der Hindus, Sikhs, Jaina und Juden im ganzen Land; aber es gab an diesen Orten der Verehrung keinerlei Spur von Nyawĩra.

Dabei kam er auch an einigen Menschenschlangen vorbei, langsamen, unaufhaltsamen Prozessionen, und war nicht sicher, ob diese neu oder Fortsetzungen der alten waren. Aber ob es nun alte oder neue waren, spielte keine Rolle für ihn. Er sah in ihnen nur Menschenansammlungen, in denen der Geist Nyawĩras leben könnte, und deshalb begann er dort nach ihr zu suchen. Er stellte sich jedoch nicht an, sondern ging alle Warteschlange ab, das Gesicht nach links oder rechts gewandt, je nachdem, auf welcher Seite der Reihe er sich befand. Weil sich die Schlangen täglich und überall vervielfachten, bekam er bald einen steifen Hals.

Eines Tages stieß er auf eine Prozession, die besser organisiert zu sein schien als die anderen, an denen er bislang vorbeigekommen war, und ihr Anliegen in einem Lied zum Ausdruck brachte:

Das Volk hat gesprochen
Das Volk hat gesprochen
Gebt mir meine Stimme wieder
Das Volk hat gesprochen
Gebt mir die Stimme wieder, die ihr mir genommen

Die Szenerie wandelte sich täglich; immer häufiger begegnete er Menschen, die von der Stimme des Volkes sangen und sich auf Eldares zubewegten. Trotzdem suchte er weiter, ging an ihnen entlang, musste aber wie die Motorradfahrer feststellen, dass sie weder Anfang noch Ende hatten.

Der Gedanke kam wie aus dem Nichts: Was, wenn Nyawĩra ihn verlassen und sich mit einem anderen, möglicherweise einem ihrer jüngeren Kameraden, eingelassen hatte? Er dachte daran, wie Margaret Wariara, die später dem tödlichen Virus zum Opfer fiel, ihn verlassen hatte. Gab es etwas an ihm, das die Menschen, die er am meisten liebte, von ihm wegtrieb? Doch auch wenn er es versuchte, er konnte sich nicht vorstellen, dass Nyawĩra ging, ohne sich von ihm zu verabschieden. Aber hatte er sich je vorstellen können, dass Wariara, eine häusliche Frau, sich für die Touristen in den großen Hotels prostituieren würde?

Der Gedanke an Wariara trieb ihn dazu, in den Bars, die überall im Land wie Pilze aus dem Boden schossen, nach Nyawĩra zu suchen. Dort wurden alle erdenklichen Sorten Bier und Schnaps verkauft und es kam oft zu Schlägereien, weil die Trinker sich gegenseitig die bessere Qualität ihrer Sorten vorhielten. Er fühlte sich unbehaglich, einfach nur herumzustehen oder ohne Drink, gerade mal mit einem Soda, in einer Ecke zu sitzen.

Ab und zu genehmigte er sich ein Bier, um sich der trinkenden Gemeinschaft anzupassen. Anfangs beschränkte er sich auf ein Glas am Tag. Doch mit jedem vorübergehenden Tag wuchs die Menge, die er trank. Das Bier war nun sein Retter. Wenn er aus trunkener Benommenheit erwachte und die Wirklichkeit ihn zu verschlingen drohte, eilte er zurück zum Tempel und suchte Erlösung. Der Alkohol enttäuschte ihn nie, hielt seine Sorgen immer auf Distanz.

Seine Mittel waren erschöpft, und so verbrachte er seine Tage damit, statt nach Nyawĩra nach billigerem und wirksamerem Gebräu zu suchen. Nyawĩra und der Herr der Krähen verblassten zu Gestalten aus einem Traum, vor langer Zeit in einem fernen Land. Jetzt hatte er neue Freunde, Säufer wie er selbst, und wenn er kein Geld hatte, bettelte er sie um ein oder zwei Schnäpse an.

Unter den Zechkumpanen wurden viele Geschichten und derbe Witze erzählt. Eines Tages entdeckte er in einer überfüllten Bar einen Mann, der der Menge aus einem Buch mit dem Titel „Der gekreuzigte Teufel“ vorlas. Immer wenn er sein Glas geleert hatte, machte er eine Pause und verkündete, dass er seinen Schnabel befeuchten müsse. Und erst wenn ihm die Umstehenden das Glas wieder gefüllt hatten, las er weiter. Der Erfolg des Mannes, sich kostenlose Getränke zu ergattern, inspirierte Kamĩtĩ, selbst Geschichten zum Besten zu geben. Er erzählte, wie er einst am Fuße eines Müllbergs aus seinem Körper gefahren und als Vogel hoch durch die Lüfte geflogen war, bevor er eben noch rechtzeitig in seinen Körper zurückkehrte, weil Müllmänner sich daran machten, ihn zu begraben. Die Menge interessierte sich nicht für Kamĩtĩs Märchen, nur ein Betrunkener, der immer allein in einer Ecke saß, als wollte er sich verstecken, horchte auf. Er, der sonst kaum etwas sagte, hob plötzlich die Stimme: „Was hast du gesagt?"

Die anderen Trinker waren überrascht, die Stimme des Mannes zu hören, und fragten sich: Hat Bileams Esel endlich eine Stimme bekommen? Kamĩtĩ, der glaubte, schließlich doch ein interessiertes Publikum gefunden zu haben, wiederholte die Geschichte. Der Betrunkene, bekannt als Mr. Gehstock – er hatte stets seinen Stock mit kreuzförmigem Griff bei sich –, kam herüber und starrte ihm entsetzt in die Augen, schüttelte den Kopf und ging murmelnd zu seinem Platz zurück: „Nein, das ist unmöglich, er hat keine Tasche auf dem Rücken wie der andere. Und er hat keine Hörner." Dennoch wechselte der Betrunkene, der in dieser Bar schon zum Inventar gehört hatte, das Lokal und zog von da an von Bar zu Bar, und wenn eine neugierige Zunge wissen wollte, warum, sagte er: „Wenn man zu lange auf demselben Stuhl sitzt, schlafen die Arschbacken ein."

Bei anderer Gelegenheit erzählte Kamĩtĩ in der gleichen Trinkerrunde, wie er sich in einen Vogel verwandelt und ganz Afrika und die Karibik besucht hatte, aber das ging seinen Zuhörern zu weit, und sie meinten, er solle seine blanken Lügen irgendwelchen leichtgläubigen Dummköpfen anderswo erzählen. Irgendwie fehlte seinen Geschichten oder der Art, wie er sie erzählte, die Kraft, die die Zuhörer in Welten mitnahm, die sie noch nie besucht hatten, die ihnen Wunder zeigte, die sie noch niemals gesehen hatten, die sie das vertraute Milieu ewigen Elends zumindest vorübergehend vergessen ließ, und deshalb wurde sein Glas nur selten gefüllt. Enttäuscht gab er das Geschichtenerzählen auf. Da nicht viel in sein Glas floss, verließ er die Bar manchmal schon früh und machte sich auf den Weg nach dem, was ihm Zuhause geworden war, seinen dem Erdboden gleichgemachten Schrein, in dem er morgens neben einer Katze erwachte, die sich an ihn schmiegte. Es war dieselbe Katze, die er gesehen hatte, als er zum ersten Mal vor den verkohlten Ruinen stand. Wie an jenem Tag maunzte die Katze einmal auf und ging davon, und er blieb verwundert mit der Frage zurück, ob er ihr folgen sollte, konnte sich aber nicht dazu entschließen.

Als er eines Nachts seine Stammkneipe verließ, entdeckte er an der Wand ein Plakat, und irgendetwas daran ließ ihn stehen bleiben. Das Bild darauf hatte eine entfernte Ähnlichkeit mit ihm – zumindest mit seinem Äußeren, bevor der Alkohol die Herrschaft über Körper und Geist erlangt hatte. Nein, es war nicht sein Gesicht, weder jetzt noch damals, denn er hatte nie lange Haare getragen, und der Bart ließ ihn wie eine Art schwarzer Jesus aussehen. Als er näher heranging und das Plakat berührte, schien das dargestellte Gesicht ein wenig an Sikiokuu zu erinnern. Darunter stand geschrieben: AN DEN HERRN DER KRÄHEN! MELDEN GEGEN BELOHNUNG. Er rieb sich die Augen und schaute noch einmal hin. Da stand eine Telefonnummer. Warum eine Belohnung? Wofür? War die Belohnung für ihn oder für denjenigen, der ihn auslieferte? Er war vollkommen ratlos, was er damit anfangen sollte, zumal er in den nachfolgenden Tagen noch weitere Plakate entdeckte, die zu dem ersten im Widerspruch standen.

Eines Nachmittags ging er in seine Stammkneipe, die Sell-Me-Death-Bar, und hoffte, obwohl er schon völlig betrunken war, auf ein weiteres Glas. Vor der Wand, an der eines der Plakate mit dem Jesus-Bart auf Sikiokuus Gesicht hing, stand ein herrenloses rotes Motorrad, aber das interessierte ihn nicht; und auch der Plakatkrieg beschäftigte ihn nicht weiter.

Was jedoch selbst im trunkenen Zustand seinen Neid weckte, war die große Menschenmenge, die sich um einen Erzähler scharte, dessen Geschichten und die Art, in der er sie vortrug, die Phantasie der Zuhörer so beflügelte, dass einige sogar vergaßen, warum sie hierhergekommen waren. Der Höhepunkt kam, als der Geschichtenerzähler die Stimme senkte und Andeutungen machte, etwas über die Schwangerschaft eines Präsidenten zu wissen. Die Leute stießen einen Pfiff aus. Dann folgte Stille. Sie warteten ab. Ein schwangerer Präsident?

„Ehrlich! *Haki ya Mungu!*", sagte der Geschichtenerzähler mit lauter Stimme.

5

Kamĩtĩ konnte das Gesicht des Geschichtenerzählers nicht genau erkennen. Aber die Wendung „Ehrlich! *Haki ya Mungu!*“ riss ihn aus seiner dumpfen Gleichgültigkeit. Wann und wo hatte er diese Wendung zuletzt gehört?

„Sogar die weißen Ärzte waren von dem seltsamen Ereignis verblüfft“, fuhr der Geschichtenerzähler fort. „Und der Herr der Krähen? Oh, nein, der nicht. Ich war im Flugzeug dabei, als der Brief verlesen wurde, und habe alles gehört. Mr. Präsident, stand in dem Brief, Sie sind schwanger, und keiner weiß, was Sie zur Welt bringen werden.“

Wer ist dieser Mann, der meine Worte benutzt?, fragte sich Kamĩtĩ. Warum verdreht er sie und macht Lügen daraus? Ihm war, als könnte er diesem Geschichtenverdreher nicht gestatten, weiter den Sinn seiner Worte zu verfälschen. Er fühlte sich wie ein Autor, dessen Werk von einem anderen abgekupfert wurde, nur um es in Form und Inhalt zu verdrehen. Und obwohl er betrunken war, spürte er das Bewdürfnis, seine schriftstellerische Integrität zu verteidigen.

„*Hapana!* Nein, so war es nicht!“, hörte er sich zur Verblüffung des Publikums sagen.

Alle drehten sich zu Kamĩtĩ um. Diejenigen, die ihn aus dieser oder einer anderen Bar kannten, taten ihn kurzerhand als den Trinker ab, der jedes Mal versuchte, eine gute Geschichte zu verderben. Der Geschichtenerzähler war von seiner Einmischung verblüfft und belustigt. Wer war das, der seine Geschichte auf eine Weise in Frage stellte, wie das noch kein anderer Zuhörer gemacht hatte, an keinem einzigen Ort, an dem er seine Geschichte erzählt hatte? „*Hapana!* So war es gar nicht. Machokali ist mein Zeuge. Ich hinterließ ihm eine Nachricht am Empfang, ja, des, ich meine am Empfang des Hotels – Himmel, wie hieß es gleich? VIP. New York, ja, Very Important

People Hotel, New York, wo es viele gelbe Taxis und schwarze Müllsäcke gibt. Warum gelb? Warum schwarz? Fragt mich nicht. Also, was wollte ich sagen? Meine Nachricht war für eine Person gedacht, für eine einzige: Machokali, den Minister für Auswärtige, ich meine, für Angelegenheiten. Und ich wollte ihm nur eines mitteilen, nur eines. Passen Sie auf sich auf. Warum? Ich will es noch einmal wiederholen. Das Land ist schwanger. Und niemand weiß, was es zur Welt bringen wird. Das war alles. Ich halte diesen Krieg um meine Worte nicht aus. Ich gehe ..."

Kamĩtĩ stolperte zur Tür. Doch bevor er sie erreichte, war einigen Zuhörern bereits herausgeplatzt: „Der Säufer hat die Wahrheit gesagt. Mit diesem Land stimmt etwas nicht." Plötzlich verstummten sie, so hypnotisiert waren alle von dem, was sich vor ihren Augen abspielte. Zitternd vor Erregung versuchte der Geschichtenerzähler, den Betrunkenen einzuholen.

„Herr der Krähen", rief er. „Erkennen Sie mich nicht? Ich bin es, Arigaigai Gathere, alias A. G."

Doch es sollten noch weitere Überraschungen folgen. Ein Mann, der gerade in die Bar gekommen war, rief: „Herr der Krähen! Ich bin Elijah Njoya, der Sie zum Flughafen gebracht hat, erinnern Sie sich?"

Kamĩtĩ zeigte keinerlei Anzeichen des Wiedererkennens.

Draußen war das Röhren eines Motorrads zu hören, und Sekunden später stand der Fahrer keuchend in der Tür. „Herr der Krähen!", rief er. „Ich bin Peter Kahiga. Sie erinnern sich doch an mich?"

Kamĩtĩ blieb stumm.

Die drei Männer, A.G., Kahiga und Njoya, riefen nun gleichzeitig: „Sie werden im State House erwartet!"

Aber Kamĩtĩ wa Karĩmĩri, alias Herr der Krähen, schien die drei nicht zu hören, sondern torkelte, gefolgt von den drei Polizisten, denen die Menge aus der Bar nachdrängte, zur Tür. Er ging hinaus, stolperte ein Stück die Straße entlang, blieb stehen und übergab sich auf das Gras am Straßenrand. Er fiel hin und blieb im Erbrochenen liegen; unmittelbar darauf begann er zu schnarchen.

A. G., Njoya und Kahiga, die dem Herrn der Krähen gefolgt waren, begannen heftig zu streiten. Jeder behauptete, der Erste gewesen zu sein, der den Zauberer erkannt habe, und dass es sein Recht sei, den Hexenmeister zu dem Chef zu bringen, der ihn auf seine Mission geschickt hatte. Diejenigen, die aus sicherer Entfernung zugesehen hatten, sagten später, dass die Auseinandersetzung zwischen den dreien so schlimm wurde, dass sie ihre Waffen zogen und einander wohl erschossen hätten, wenn sie keinen Kompromiss gefunden hätten. Sie wollten Sikiokuu, Machokali und Kaniũrũ beiseite lassen und den Herrn der Krähen direkt zum Herrscher ins State House bringen. Sie einigten sich, dass A.G. als Ranghöchster – er war Senior Superintendent, während die beiden anderen nur Assistent Senior Superintendents waren – im State House anrufen und den Herrscher auf seine wertvolle Trophäe vorbereiten sollte. Sobald sie im State House ankämen, wollten sie ihre Chefs über die Mobiltelefone von dem „Fait" unterrichten, das gleich „accompli" werden würde. Dadurch hätte keiner der drei Chefs den Vorteil, vor den anderen Bescheid zu wissen, und die drei Polizisten würden alle Lorbeeren ernten, weil sie den Zauberer gefunden hatten.

Der Herr der Krähen bekam davon nichts mit. Er schien bewusstlos und merkte nicht einmal, dass man ihn auf dem Rücksitz von A.G.'s Motorrad festband. Njoya fuhr voran, Kahiga hinterher, und die drei Motorradfahrer machten sich triumphierend auf den Weg zum State House.

6

Die Zurückgebliebenen in der Bar begannen eine hitzige Debatte über das gerade Geschehene, und jeder versuchte, dem anderen seine Version aufzutischen; alle, bis auf einen, der sich hinter der Tür versteckte, einen Gehstock mit kreuzförmigem Griff umklammert hielt, als wollte er sich damit verteidigen, und von dem Schauspiel gefesselt war. Es war Mr. Gehstock, der zum Wanderer von Bar zu Bar geworden war, nachdem er Kamĩtĩs Erzählung gehört hatte, wie dieser einst durch den Himmel geschwebt war, während sein Körper am Fuß eines Müllberges ruhte. Jetzt hatte ihn jene Erscheinung, der er aus dem Wege zu gehen versucht hatte, erneut heimgesucht. Angsterfüllt verließ er heimlich die Bar, nachdem die Motorräder in der Ferne verschwunden waren, umklammerte seinen Gehstock und konnte sein Glück nicht fassen. Sobald er auf der Straße war, rannte er in entgegengesetzter Richtung davon.

Er rannte sieben Tage und Nächte ohne auszuruhen, bis er sein Ziel, das Hauptquartier der Soldaten Christi in Santalucia, erreichte. Erschöpft brach er vor den christlichen Kämpfern zusammen, und sie brauchten eine Weile, um zu entschlüsseln, was er ihnen sagen wollte.

„Ich bin einer der drei Müllmänner, denen Satan vor einigen Jahren an einer Müllhalde im Grasland auflauerte. Erinnert ihr euch an mich? Seither ist viel passiert. Jeder von uns dreien unternahm etwas anderes, um sich vor dem Bösen zu schützen. Einer hat sich euch angeschlossen, er geht wie ihr mit Bibel und Kreuz und dem Wort des Herrn bewaffnet einher. Der andere, der Fahrer, suchte Schutz bei Seiner Allmächtigen Jugend, ausgestattet mit Gewehren und Peitschen und dem Wohlwollen des Herrschers. Ich aber machte etwas Törichtes. Ich versuchte, mich dort zu verstecken, wo sich die Leute zum Trinken treffen. Ich würde mich mit meinem Gehstock gegen jeden satanischen Angriff verteidigen, dachte ich. Doch was soll ich euch sagen? Ich habe ihn das erste Mal in meiner Stammkneipe gesehen und prahlen gehört und sagte mir, du begegnest mir nie wieder, von jetzt an werde ich ständig unterwegs sein und nie zweimal hintereinander in ein und derselben Bar trinken. Nun, ich hatte mich getäuscht, weil ich, dem Alkohol verfallen, nicht daran dachte, dass Satan mir von Bar zu Bar folgen und mich finden würde, egal, wo ich mich versteckte. Und so entdeckte er mich schließlich. Also, ich will euch etwas sagen. Ich bin nur knapp entkommen. Wenn dieser Gehstock mit dem Kreuzgriff nicht gewesen wäre, hätte Satan mich erkannt und ich würde jetzt nicht vor euch stehen und bezeugen, dass ich ihn mit eigenen Augen gesehen habe, so wie er uns an der Müllhalde im Grasland erschienen ist. Ich bin hier, um euch zu sagen, dass ich bekehrt bin. In all den zurückliegenden Jahren habe ich vergeblich Trost im Schnaps gesucht. Jetzt brauche ich Jesus' Hilfe. Ich möchte ein Soldat Christi werden."

Da sie ihm nicht richtig trauten, schickten sie nach Feger-der-Seelen, der überglücklich war, seinen früheren Kollegen wiederzusehen. Sie umarmten sich, und diese rührende Szene bestätigte den anderen, was ihnen bereits offenbart worden war: Der Neuankömmling war ein Bote Gottes, ausgeschickt, sie zu Satans Versteck zu führen. Sie nahmen ihn bei sich auf und tauften ihn Gehstock-der-Seele.

„Wo steckt er?", fragten ihn die Soldaten Christi nach der Taufe. „Wo ist er hin? Wo können wir ihn finden?"

„Ihr werdet es nicht glauben", antwortete Gehstock-der-Seele. „Drei Höllenreiter auf einem roten, einem schwarzen und einem goldenen Motorrad brachten ihn ins State House zum Herrscher."

„Denkt er, dass er sich dort verstecken kann?", fragte einer nach.

Sie wollten alle Straßen zum State House überwachen und ihn ergreifen, sobald er herauskam, nachdem er ohne jeden Zweifel den Herrscher vom rechten Weg abgebracht hatte. Wie damals, als Satan den Herrscher zwang, in Nachahmung Christi auf einem Esel zur All Saints Cathedral zu reiten. Doch mussten sie vorsichtig sein. Sie durften keine feindselige Neugier auf sich ziehen, die ihre Pläne zum Scheitern bringen könnte. Sie waren so entschlossen wie eh und je: Satan gefangen nehmen, ihn in den Straßen von Eldares zur Schau stellen und ihm schließlich den Prozess machen.

7

A.G. erzählte eine leicht abweichende Geschichte über die Vorkommnisse in der Sell-Me-Death-Bar. Seiner Darstellung nach war der Herr der Krähen nicht betrunken vom Alkohol, sondern einfach überwältigt vom Anblick des Übels, das er auf das Land zukommen sah. Und wenn er auf das Gras am Straßenrand kotzte, so war das seine Art, um auszudrücken, dass das Land einer Reinigung bedurfte. Darüber hinaus hielt sich A.G. in seiner Erzählung mit Details über diese Episode zurück, und es gab Dinge, die er nicht erklären konnte. Wenn ihn einige Spielverderber, die nicht in der Lage waren, eine gute Geschichte zu erkennen, mit Fragen bedrängten – Was hatte der Herr der Krähen in einer billigen Bar verloren, in der Gift verkauft wird? –, antwortete er ziemlich geheimnisvoll: „Erinnert ihr euch an Jesus? An Mohammed? Sie lebten mitten unter den Armen."

Was er allerdings mit größerer Klarheit und Überzeugungskraft berichtete, war, wie die drei Motorradfahrer, von denen er einer war, bevor sie das State House erreichten, am Friedhof der All Saints Cathedral anhielten und über Mobilfunk ihre jeweiligen Chefs anriefen, um zeitgleich darüber zu informieren, dass sie den Zauberer geschnappt hätten.

A.G. hatte zur vereinbarten Zeit Machokalis Nummer gewählt, um ihm die gute Nachricht zu übermitteln. A.G. betonte, wie glücklich der Minister geklungen und welche Freude er gezeigt habe.

„Ehrlich! *Haki ya Mungu!* Ich kannte den Minister ziemlich gut, fast alle seine Launen. Denkt dran, er und ich, wir waren zusammen in Amerika. Er und ich, wir haben zusammen gegessen, und wir beide, er und ich, waren es, die den Herrn der Krähen gemeinsam am AIA, am American International Airport, abholten. Wenn ich euch also sage, dass er ungewöhnlich glücklich darüber war, wie erfolgreich ich die mir übertragene Aufgabe erledigt hatte, dann könnt ihr mir das glauben. Und stellt euch vor, als ich Machokali sagte, Njoya und Kahiga würden unfairerweise einen Teil des Triumphs für sich beanspruchen und ernten wollen, wo sie nie etwas gesät hatten, war er nicht einmal verärgert, dass seine Rivalen Sikiokuu und Kaniũrũ am Ruhm teilhaben würden."

A.G. zufolge war es für Machokali am wichtigsten, die Wünsche des Herrschers befriedigt zu sehen. „Ich habe meine Pflicht gegenüber meinem Herrn erfüllt", sagte er zu A.G. und weihte ihn ein, dass der Herrscher ihn schon zu sich bestellt habe. Er versicherte A.G., er würde den Eifer und die Hingabe, die Senior Superintendent Arigaigai Gathere an den Tag gelegt habe, niemals vergessen.

Dann erzählte A.G., dass sie, als sie im State House ankamen, in einen Raum geführt wurden, in dem sie den Herrn der Krähen, der noch immer ohne Bewusstsein war und weiter schnarchte, abluden. Nachdem sie ihren Gefangenen sicher verwahrt hatten, brachte man sie zum Herrscher.

Machokali, Sikiokuu, Kaniũrũ und Tajirika waren bereits anwesend, genau wie an dem Tag, an dem die zwei Minister und Kaniũrũ ihre jeweiligen Aufträge erhalten hatten. Der Empfang der drei Polizeihelden, bemerkte A.G. amüsiert, sei mit Rivalität aufgeladen gewesen. Jeder Chef begrüßte seinen Polizisten, als hätte der allein den Herrn der Krähen gefangen, und überschüttete ihn mit Glückwünschen zu seiner heldenhaften Tat. Jeder von ihnen schüttelte den beiden anderen Polizisten die Hand und dankte ihnen besonders für ihre Mithilfe.

Der Herrscher war vergnügt und beförderte Kahiga und Njoya unverzüglich zu Senior Superintendents. A.G. wurde zum Assistant Commissioner ernannt. Dann erlaubte der Herrscher ihnen, für eine dringend benötigte Erholungspause nach Hause zu gehen, befahl ihnen aber, am nächsten Morgen im State House zum Dienst zu erscheinen und ab sofort nur noch ihm persönlich Bericht zu erstatten. Die drei Polizeihelden schwebten jeder in seiner eigenen Welt, als sie hinausgingen.

„Ich weiß nicht warum, aber als ich die Tür erreichte, drehte ich mich noch einmal um und sah, wie mir Machokali leise zuwinkte, eine Art persönlicher Abschiedsgruß. Ehrlich! *Haki ya Mungu*, und ich muss zugeben, dass seine großen Augen leuchteten, wie ich es nie zuvor gesehen hatte. Aber damals dachte ich nicht weiter darüber nach, auch weil ich einfach glücklich war, und das umso mehr, als meine Arbeit trotz meiner Reisen und des endlosen Geschichtenerzählens allen ein wenig Freude gebracht hatte. Natürlich freute ich mich auch über meinen neuen Dienstgrad und dass ich als eine Art Zugabe, die die Engländer ‚icing on the cake' nennen, von nun im State House Dienst tun und direkt dem Herrscher unterstellt sein würde."

8

Als Kamĩtĩ am nächsten Morgen erwachte, wähnte er sich in einem Hotel, so luxuriös kam ihm das Zimmer vor. Er glaubte zu träumen, und wenn der Traum zu Ende wäre, würde er gemeinsam mit der Katze, die sich an ihn geschmiegt hatte, inmitten der verkohlten Reste des Schreins liegen. Aber die rasenden Kopfschmerzen überzeugten ihn, dass er bereits wach war. Er setzte sich auf die Bettkante und stützte das Kinn in die Hände. Wie war er hierhergeraten?

Er erinnerte sich an jemanden, der eine verdrehte Geschichte über die Nachricht erzählte, die er Machokali hinterlassen hatte; er konnte sich sogar erinnern, dass er zu dem Mann hingegangen war, um ihn zu korrigieren – nur, was daran machte ihn so wütend? Wieder erinnerte ihn die Wendung „Ehrlich! *Haki ya Mungu!*" vage an einen Polizisten, dessen Anwesenheit in der Bar er nicht einordnen konnte. Er erinnerte sich auch an Motorräder und Gesichter, die denen von Njoya und Kahiga ähnelten. Was hatten sie mit dem Polizisten zu tun und was hatte alle drei in die gleiche Bar geführt?

Er stand auf. Vielleicht ließ sich durch einen Blick aus dem Fenster herausbekommen, wo er sich befand; aber sie lagen zu hoch oben und waren klein und erinnerten ihn an eine Gefängniszelle. Er war mutlos und angewidert von sich selbst, weil er über dem Alkohol sein Ziel, Nyawĩra zu finden, aus den Augen verloren hatte.

Zwei Soldaten betraten den Raum, warfen ihm ein paar Lumpen und Seife vor die Füße und befahlen ihm, sich zu waschen und fertig zu machen. Aber wofür? Er hatte sich die getrocknete Kotze noch nicht richtig vom Gesicht waschen können, als sie ihn bereits aufforderten, ihnen zu folgen und dabei so zu tun, als wäre er ein freier Mensch. Er solle nicht so dumm sein, eine Szene zu machen oder zu fliehen. Sie gingen durch Gänge und breite Flure vorbei an anderen Polizisten und Soldaten.

Wie überrascht war er, als er in ein Zimmer geschoben wurde und sich dem Herrscher und Tajirika gegenübersah! Er registrierte, dass der Herrscher noch immer an der selbst induzierten Körperausdehnung litt. Hatte man ihn deshalb entführt, damit er einen weiteren Heilungsversuch unternahm? War das der Grund für die Fahndungsplakate? Aber was machte Tajirika hier? Während seiner Hingabe an den Alkohol hatte Kamĩtĩ kaum Zeitung gelesen und wusste nicht, dass Tajirika mittlerweile Gouverneur der Central Bank war. Tajirika, dachte er, konnte einen wirklich durcheinanderbringen. Welche Verbindung bestand zwischen den vielen Tajirikas, denen er begegnet war? Tajirika als Nyawĩras Arbeitgeber, Tajirika, der ihn mit einem zynischen Lesetest vor dem Büro der Eldares Modern Construction and Real Estate gedemütigt hatte, Tajirika, der auf der Suche nach Heilung von seiner Wortkrankheit zu ihm gekommen war, Tajirika mit seinem Kübel voller Scheiße und dem Tajirika, der jetzt majestätisch zur Rechten des Herrschers saß?

Plötzlich bekam er Angst. Hatte man Nyawĩra gefasst? Erklärte das vielleicht Tajirikas Anwesenheit?

Man bot ihm einen Stuhl an, und die Soldaten wurden hinausgeschickt. Der Herrscher begann das Gespräch. Er stellte Kamĩtĩ Tajirika vor und dieser lächelte, als sähe er einen alten Freund wieder. Ihre Jovialität überzeugte Kamĩtĩ, dass sie, was Nyawĩra anging, Katz und Maus mit ihm spielten.

„Ich glaube, wir sind uns zuletzt in New York begegnet“, sprach der Herrscher leutselig.

„Und wir, bevor Sie nach Amerika gereist sind“, fügte Tajirika noch immer lächelnd hinzu.

„Es gibt einige Dinge, bei denen Sie uns helfen können“, fuhr der Herrscher im selben freundlichen Ton fort. „Aber zunächst muss ich mich korrigieren. Als ich Ihnen Titus vorstellte, habe ich vergessen, seinen neuen Titel zu erwähnen. Ich denke, Sie sollten wissen, dass Tajirika mein neuer Gouverneur der Central Bank ist. Deshalb wollen wir unser kleines Beisammensein mit finanziellen Angelegenheiten beginnen und da sollte ich doch lieber den Herrn des Geldes sprechen lassen.“

„Erinnern Sie sich an das Geld, das ich Ihnen gezahlt habe, damit Sie mich heilen? Drei große Säcke?“ Beinahe wäre Tajirika das Wort Dollars herausgerutscht, aber er konnte sich gerade noch beherrschen. „Und Sie erinnern sich auch, dass Sie mir erzählt haben, Sie hätten die Säcke irgendwo draußen im Grasland vergraben?“, fragte Tajirika weiter. „Sagen Sie uns: Warum haben Sie die Säcke eigentlich vergraben?“

„Sie wissen schon, so, wie ein Bauer seine Saat in den Boden bringt?“, meinte der Herrscher ermutigend.

„Bitte sagen Sie uns: Hatten Sie gehofft, das Geld würde wurzeln und wachsen?“, fragte Tajirika vorsichtig.

„Sie wissen schon, so nach dem Motto, Geld gebiert Geld?“, fragte der Herrscher vielsagend.

Wer hat jemals von Geld gehört, das wie Weizen in der Erde vergraben wird, damit es sprießt? Hatten der Herrscher und Tajirika den Verstand verloren? Sein Verdacht verstärkte sich, weil sie ihm keine Gelegenheit zum Antworten gaben. Es schien, als hätte ihr dringendes Bedürfnis, etwas herauszubekommen – was immer es auch sein mochte –, ihre Fähigkeit zuzuhören ausgeschaltet. Doch als hätte der Herrscher Kamĩtĩs Gedanken gelesen, fügte er schnell hinzu:

„Bevor wir uns den Einzelheiten widmen, sollten wir uns zunächst etwas besser kennenlernen, denn auch wenn Sie und ich gemeinsam in New York waren, gestattete mein Minister, der verblichene, ich meine der ehrenwerte Machokali, uns nie, dass wir einander näherkamen. Ich glaube mich zu erinnern, dass Sie damals feine, elegante Kleidung trugen. Was ist daraus geworden? Oder ist Ihnen zerknitterte lieber, weil Sie besser zum Geschäft passt? Ich will eines deutlich sagen: Wenn Sie uns alles, was Sie wissen, uneingeschränkt erklären, werden Sie nicht mit leeren Händen von uns gehen. Einen Moment noch. Wir sollten sicher sein, dass wir mit dem Richtigen reden, deshalb will ich Sie bitten – wie man das im Gericht macht –, Ihren Namen zu nennen. Sind Sie der Herr der Krähen?“

Wenn er bloß wüsste, worauf sie hinauswollten! Wenn er sich nur erinnern könnte, wie er hierhergekommen war! Wenn er bloß wüsste, was aus Nyawĩra geworden war! War sie am Leben, in Gefangenschaft oder frei? Wenn ich bloß ... Ohne diese Gewissheit konnte alles, was er sagte, sie und ihn gefährden.

„Haben Sie die Frage des Herrschers nicht gehört?“, fragte Tajirika mit gespielter Verärgerung. „Der Herrscher hat Sie gefragt: Sind Sie der Herr der Krähen?“

Kamĩtĩ öffnete den Mund, um etwas sagen und fing an zu keuchen, als hätte er einen Asthmaanfall. Es kam jedoch nur ein einziges Wort aus seinem Mund: „Wenn!“ Was sie ihn auch fragten, er reagierte immer auf dieselbe Weise. Er versuchte, etwas zu sagen, brachte ein paar Zischlaute hervor und schließlich das Wort „wenn“.

Erschrocken sahen der Herrscher und Tajirika einander an und hatten denselben Gedanken. Jeder dachte an seinen eigenen Krankheitsanfall, der jedem Arzt außer dem Herrn der Krähen getrotzt hatte. Nun, so schien es, brauchte der Heiler selbst Heilung, und das zu einem Zeitpunkt, an dem sie unbedingt alles über sein Wissen in Erfahrung bringen wollten. Sie waren frustriert und wussten nicht weiter. Sie versuchten es mit ein paar weiteren Fragen, aber seine Antwort war immer dieselbe.

„Seine Wörter stecken fest“, sagte der Herrscher.

„Was sollen wir tun?“, fragte Tajirika. „Wie befreien wir die gefangenen Worte aus seinem Mund?“

„Ach, kein Grund zur Beunruhigung“, erwiderte der Herrscher drohend. „Ich kann seinen Mund aufstemmen und mit den Händen seinen Wortkasten herausholen.“

Er rief die Soldaten herein, die den Herrn der Krähen zu ihm gebracht hatten, und befahl ihnen, den Mann fortzuschaffen.

9

Kahiga, Njoya und A.G. meldeten sich am nächsten Morgen im State House zum Dienst und wurden vor den Allmächtigen geführt. Njoya und Kahiga waren überrascht, den Herrscher ohne seine ständigen Berater Machokali und Sikiokuu vorzufinden. Den Platz zur Rechten des Herrschers schien Tajirika übernommen zu haben. Aber wie war Tajirika so schnell aufgestiegen? Durch Magie oder mächtige Mixturen? Der Herr der Krähen kann verheerend auf das Leben der Menschen einwirken, dachten beide. Die einen trägt seine Magie ein paar Stufen auf der Leiter nach oben, während er andere um eine oder zwei Sprossen herunterdrückt. Nicht dass sie Tajirikas Aufstieg begeisterte, schließlich hatten sie ihn gefoltert. Würde er deshalb Rache üben? Im Augenblick konnten sie nichts tun und mussten sich mit dem abfinden, was da kommen würde.

Ihr Befehl lautete, den Herrn der Krähen rund um die Uhr zu bewachen, Tag und Nacht. Es sollten stets zwei Wachen bei ihm in der Zelle sein und eine davor. Sie sollten die Ohren des Herrschers sein. Alles, was der Zauberer von sich gab, egal ob er schlief oder wach war, sollte ausschließlich an den Herrscher übermittelt und bei Strafe des Verlusts der eigenen Zunge weder untereinander noch mit anderen besprochen werden. Njoya und Kahiga sollten ihre Schicht in der Zelle beginnen, während A.G. sich vor der Tür zu postieren hatte.

Natürlich verriet ihnen der Herrscher weder, dass sich der Herr der Krähen an diesem Tag bereits vor ihnen in diesem Zimmer befunden hatte, noch, dass er an der Wortkrankheit litt, und deshalb sahen die Polizisten auch keine Schwierigkeiten auf sich zukommen.

Kahiga und Njoya waren sogar froh, als sie von ihrem Auftrag erfuhren, weil sie mit dem Herrn der Krähen reden wollten, um Buße zu tun und ihm zu versichern, dass sie nichts gegen ihn persönlich hätten. Sie waren lediglich die Boten und nicht in den Inhalt der Botschaft eingeweiht und hatten somit nur ihre Pflicht zu erfüllen. Wenn er Schwierigkeiten bekäme, durfte er seinen Zorn nicht gegen sie richten. Und wenn alles gut für ihn ausging, dann durfte er nicht vergessen, dass sie immer auf seiner Seite gestanden hatten.

Kaum waren sie in seiner Zelle, begannen sie, ihn vollzuschwatzen. Sie fragten ihn, ob er sich an sie erinnere? Das Wort „wenn“ jedoch und die Kraft, mit der es herausgestoßen wurde, schlug sie fast in die Flucht. Sie hielten es nur aus, weil sie wussten, dass es sie den Posten, wenn nicht das Leben kosten würde, falls sie flüchteten, und außerdem kannten sie dieses „Wenn“ bereits aus Tajirikas Geständnissen. Aber trotz ihrer vorangegangenen Begegnung damit wirkten das Wort und seine Implikationen angsteinflößend auf sie. War der Herr der Krähen krank geworden, nachdem sie ihn gestern in die Zelle gebracht hatten?, überlegten sie. Sie bemühten sich angestrengt, ihn in ein Gespräch zu verwickeln, mussten sich aber mit dem „Wenn“ abfinden. Sie warteten und hofften auf eine ausführlichere Äußerung. Als ihnen aber klar wurde, dass keine zu erwarten war, beschlossen sie, dass Kahiga dem Herrscher das „Wenn“ melden sollte. A.G., der den Posten vor der Tür bezogen hatte, kam jetzt in den Raum und setzte sich zu Njoya und dem Herrn der Krähen.

Kahiga war etwas verwundert, als der Herrscher keine Überraschung zeigte. Er erklärte Kahiga, dass sie nichts zu melden bräuchten, solange sich die Äußerungen des Herrn der Krähen auf das „Wenn“ beschränkten. Nachdem Kahiga zurückgekehrt war, übernahm er den Platz vor der Tür und gab die Anweisung des Herrschers deshalb nicht sofort an die beiden anderen weiter. Als nun A.G. versuchte, mit dem Herrn der Krähen zu reden, und dieser nur „wenn“ krächzte, stürmte er einfach hinaus, gab Kahiga ein Zeichen, seinen Platz einzunehmen, und eilte zum Herrscher. „Ich habe gerade einem von euch gesagt, dass ihr mich nicht belästigen sollt, solange das ‚Wenn‘ seine einzige Äußerung ist“, knurrte der Herrscher und A.G. kehrte auf seinen früheren Posten zurück. Njoya war der Einzige, der nicht zum Herrscher stürzte, um Meldung zu machen, weil Kahiga ihn von der Anweisung des Chefs unterrichtet hatte.

So warteten sie drei Tage und Nächte, Kahiga und Njoya beim Herrn der Krähen und A.G. draußen vor der Tür. Man brachte ihnen Essen und Zeitungen. Die Eldares Times war ihre Verbindung zur Außenwelt. Sie studierten sie den ganzen Tag, während sie darauf warteten, dass der Zauberer über das „Wenn“ hinausgelangte.

Es war die Eldares Times, die die Nachricht über Machokali brachte.

10

Njoya und Kahiga sahen einander mit aufgerissenen Augen an, sie zitterten vor Angst. Das muss das Werk des Herrn der Krähen sein, dachten beide und starrten ihn an, um seinem Gesicht irgendetwas abzulesen. Der Zauberer aber lebte in einer anderen Welt und stierte die ganze Zeit vor sich hin. Die Polizisten zwinkerten sich zu, und Kahiga drehte die Zeitung beiläufig so, dass die Seite mit der Nachricht über Machokali direkt vor dem Herrn der Krähen lag, während Njoya ihn verstohlen ansah, um herauszufinden, ob sich sein Gesichtsausdruck beim Lesen der Schlagzeile veränderte: MACHOKALI VERMISST.

Doch der Herr der Krähen schien seine Umwelt überhaupt nicht wahrzunehmen, sein Gesicht blieb ausdruckslos.

Nun gingen sie den Zeitungsartikel durch. Wann wurde er als vermisst gemeldet? Wieder starrten sie zum Herrn der Krähen hinüber. Ihr Verdacht, dass er mit dem Verschwinden des Ministers zu tun hatte, bestätigte sich. Der Minister war am selben Tag verschwunden, an dem sie den Herrn der Krähen ins State House gebracht hatten. Die Verbindung war leicht zu erkennen. War es nicht Machokalis Aufgabe gewesen, den Zauberer zu ergreifen? Sie fühlten sich erleichtert, dass nicht sie es gewesen waren, die den Herrn der Krähen aufgespürt hatten; diese Ehre fiel einzig A.G. zu, Machokalis Assistenten. Alle Unannehmlichkeiten und die Rache würden an ihnen vorübergehen und allein A.G. treffen. Njoya war vor allem deshalb stolz auf sich, weil er sich geweigert hatte, dem Zeichner des Fahndungsplakates das Gesicht des Zauberers zu beschreiben, und stattdessen Sikiokuus Gesicht gewählt hatte. Er war besonders zuversichtlich, dass ihm vom Hexenmeister keine Gefahr drohte. Machokali war das erste Opfer des Zauberers; A.G. würde der Nächste sein.

Überall in Aburĩria fragten sich die Menschen: Wie kann ein Kabinettsmitglied verschwinden wie eine Ziege oder ein Kind, ohne jegliche Spur? Ein Außenminister, der den Herrscher so kompetent an den Höfen der Großen der Welt repräsentiert hatte – wie konnte der einfach so verschwinden? Ein Minister, der Tag und Nacht von Leibwächtern umgeben war – weshalb gab es keine Zeugen?

Njoya und Kahiga flüsterten sich unaufhörlich ihre Mutmaßungen zu, und manchmal vergaßen sie völlig, dass der Herr der Krähen anwesend war, und redeten laut. Doch das beunruhigte sie nicht übermäßig, denn wenn er nicht sprechen konnte, dann war er ja auch unfähig, zu hören und zu verstehen. Tag und Nacht tauschten sie Geschichten und Spekulationen über Machokali aus. Gerüchte und Informationshäppchen bekamen sie aus den Zeitungen und von denen, die das Essen brachten.

Doch was sie auch hörten oder lasen, nichts brachte sie von ihrem unerschütterlichen Glauben ab, dass die Verhaftung des Herrn der Krähen mit Machokalis Verschwinden zusammenhing.

11

Im ganzen Land wurden die Menschen bei ihrem Versuch, die Ereignisse zu verstehen, vom Wind der Gerüchte und von Desinformationen hin und her geworfen, aber auch von einigen Fakten.

Machokalis Chauffeur und sein Leibwächter sagten aus, sie hätten den Minister auf eigenen Wunsch im State House zurückgelassen; über einen Wachmann habe er ihnen die Nachricht zukommen lassen, sie könnten die Nacht freinehmen, weil der Herrscher und er noch einige Angelegenheiten zu erledigen hätten. Sobald sie mit den Staatsgeschäften fertig seien, würde er schon allein nach Hause finden. Doch den Namen des Wachmanns, der ihnen diese Nachricht gebracht hatte, kannten sie nicht. Die Leute fragten: Woher wussten sie, dass die Nachricht wirklich vom Minister persönlich kam?

Machokalis Frau sagte aus, ihr Mann sei in jener und in der folgenden Nacht nicht nach Hause gekommen, und sie habe auch nichts von ihm gehört. Das sei ungewöhnlich, weil er immer telefonisch Verbindung hielt. Am Morgen seines Verschwindens sei er nicht in der Arbeit erschienen und habe auch seine Sekretärin nicht angerufen.

Erst nach sieben Tagen voller Gerüchte und Gegengerüchte ließ die Regierung offiziell verlautbaren, dass Machokali, der Minister für Auswärtige Angelegenheiten, verschwunden sei. Wer Informationen über den Aufenthaltsort des Ministers oder über sein geheimnisvolles Verschwinden habe, solle sich bei der nächsten Polizeiwache melden. Einige Leute behaupteten, dass die Regierung diese Verlautbarung erst herausgab, nachdem sich einige Führer der Welt besorgt über das Verschwinden des Ministers geäußert hatten.

Eine weitere Woche später veröffentlichte die Regierung eine knappe Stellungnahme, derzufolge Machokali nach Angaben einer laufenden regierungsamtlichen Untersuchung – ein Geheimbericht über hochverräterische Handlungen – in ein Komplott zum Sturz der rechtmäßigen Regierung der Republik Aburĩria verwickelt sei. Die Stellungnahme ließ anklingen, dass der Minister ins Ausland geflohen sein könnte, um seine Scham zu verbergen, oder Selbstmord begangen haben könnte, nachdem er von der Untersuchung Wind bekommen hatte. In der Verlautbarung wurde jeder Staat, der in Erwägung zog, dem Minister politisches Asyl zu gewähren, aufgefordert, die aburĩrische Regierung zu informieren, damit ein Auslieferungsverfahren angestrengt werden könne. Die Regierung habe ein paar Fragen, auf die sie sich vom Minister Antworten erhoffe. Die Stellungnahme trug die Unterschrift des Informationsministers Big Ben Mambo, der bislang als Unterstützer von Machokali bekannt war. Doch gab es einige, die trotz dieser Verlautbarung raunten, dass sich der verschollene Minister irgendwo innerhalb der Mauern des State House befinde und seine Gebeine bereits die berüchtigte Kammer der Geister zierten. Mitunter könne man den Herrscher triumphierend lachen und sagen hören: „Du hast also wirklich geglaubt, schlauer zu sein als ich, nur weil du deine Abschlüsse in London und

Washington gemacht hast und von dort unterstützt wirst ... Ein ausgebuffter Räuber kann durchaus in einem heimlichen Dieb seinen Meister finden ... Also erzähl deinen Kumpanen, dass mit mir nicht zu spaßen ist.“

12

„Ehrlich! *Haki ya Mungu!* Wie ich so allein vor der Zelle saß, ohne jemanden zum Reden zu haben, stellte ich mir ähnliche Fragen, aber das war schwierig. Könnt ihr euch vorstellen, was es heißt, sich mit seinen Gedanken herumzuschlagen, ohne dass einem eine Menschenseele hilft, mit den zahllosen Warums und Wies im Kopf zurechtzukommen oder Wirklichkeit von Fiktion zu trennen. Könnt ihr euch vorstellen, wie das ist, wenn man tagaus, tagein, am hellen Tag und in der dunklen Nacht vor sich hinbrütet?“

Was A.G. in Gedanken hin und her wälzte, war der zwei Zeilen lange Brief, den der Herr der Krähen an Machokali geschrieben hatte. Ein Satz ließ ihn nicht los: „Passen Sie auf sich auf.“ A.G. dachte daran, was der Herr der Krähen an jenem Tag in der Bar in betrunkenem Zustand herausgestottert hatte: „Meine Nachricht war für eine Person gedacht, für eine einzige: Machokali, den Minister für Auswärtige, ich meine, für Auswärtige Angelegenheiten. Und ich wollte ihm nur eines mitteilen ... Passen Sie auf sich auf.“

„Ehrlich! *Haki ya Mungu*, der Herr der Krähen hatte das alles vorhergesehen!“, rief A.G. immer, wenn er später die Geschichte von damals erzählte.

Aber was genau hatte der Zauberer vorhergesehen? Je länger er darüber nachdachte, desto mehr neigte A.G. dazu, den Gedanken zu verwerfen, dass der Herr der Krähen der Urheber des Verschwindens des Ministers war. Das Undenkbare, dass der Herrscher darin verwickelt sein könnte, drängte sich ihm auf. Vor dem Verschwinden hatte A.G. keinen Widerspruch in seinem Glauben an den Herrscher, an Gott und an den Herrn der Krähen gesehen, weil er in diesen drei Wesen Ideale verkörpert sah, die irgendwie den Menschen dienten. Jetzt aber kamen ihm zum ersten Mal ernsthafte Zweifel. Und obwohl er gern Gesellschaft gehabt hätte, wünschte er sich nun keine mehr, denn diese Gedanken konnte er mit niemandem teilen. Lieber kämpfe ich mit meinen Zweifeln, sagte er sich, und behalte alle Antworten für mich. Vielleicht ist es auch das Werk von Machokalis Erzfeind, Staatsminister Sikiokuu.

„Seltsam war nur, dass ich mich, während in meinem Hirn zahllose Fragen durcheinanderwirbelten, voller Klarheit daran erinnerte, wie Machokali die Hand hob und mir zuwinkte, als wollte er sich verabschieden. Wen würde man als Nächsten verschwinden lassen? Das wusste nur der Herr der Krähen, und der sagte nichts als ‚wenn'."

A.G.'s Hoffnung, alles herauszufinden, lag einzig in der Wiederherstellung der Stimme des Herrn der Krähen.

13

Sikiokuu, der nichts davon ahnte, dass der Zauberer von der Krankheit der Worte befallen war, wartete angsterfüllt auf dessen Aussagen. Statt Freude über das Verschwinden seines Erzfeindes zu empfinden, fühlte sich Sikiokuu getroffen, als er erfuhr, dass der Minister unauffindbar war. Er dachte an ihre letzte Zusammenkunft im State House. Nachdem die drei Polizisten abgetreten waren, war als Nächster Sikiokuu gegangen; der Herrscher, Machokali, Tajirika und Kaniũrũ waren zurückgeblieben. Was war nach seinem Weggang geschehen?, fragte er sich. Hatten Tajirika und Kaniũrũ irgendetwas mit dem Verschwinden des Ministers zu tun?

Wie sehr er sich auch wünschte, Nachforschungen über die beiden anzustellen, er überlegte es sich doch anders. Wenn Machokali ermordet worden war, hatte man die Aufgabe womöglich Tajirika oder Kaniũrũ übertragen? Sikiokuu bekam es mit der Angst zu tun.

Was, wenn der Herr der Krähen dem Herrscher von Sikiokuus Ambitionen, die er ihm offenbart hatte, erzählte? Je länger Sikiokuu darüber nachdachte, desto mehr sah er sich in Gefahr. Sollte er ins Ausland fliehen? Oder in einer westlichen Botschaft in Eldares um politisches Asyl bitten? Aber wie sollte er die Gefahr erklären, in der er schwebte?

Und so wuchs seine Verzweiflung darüber, nicht zu wissen, was der Herr der Krähen ausgesagt hatte. Er versuchte, sich mit seinen früheren Untergebenen Njoya und Kahiga in Verbindung zu setzen, um ihnen ein paar Informationen zu entlocken, aber die waren die ganze Zeit im State House.

Er wälzte sich gerade in diesen Ängsten, als er selbst ins State House gerufen wurde. Es war die erste Aufforderung dieser Art seit dem Verschwinden des Ministers. Er erwartete das Schlimmste und war erleichtert, als man ihn lediglich bat, den ursprünglichen Bericht über hochverräterische Handlungen zu kürzen und dahingehend zu ändern, dass Machokali mit dem Schlangenbilden in Verbindung gebracht wurde, als Teil seines mutmaßlichen Plans zum Sturz der legitimen Regierung des Herrschers.

Als seine Zusammenfassung später zur Grundlage der Regierungsverlautbarung wurde, die Machokali Pläne für einen Staatsstreich unterstellte, dachte Sikiokuu bei sich: Es war also der Bericht zum Hochverrat, der Machokali in Schwierigkeiten gebracht hat? Er fühlte sich ein wenig schuldig, weil viele Beweise und Schlussfolgerungen darin blanke Erfindungen waren, die man Tajirika mittels Folter abgerungen hatte. Doch wichen Erleichterung und Schuldgefühle der Entrüstung, als ihm klar wurde, dass der Bericht nicht nur zu Tajirikas Ernennung zum Gouverneur der Central Bank, sondern auch zu dessen beneidenswerter Stellung zur Rechten des Herrschers beigetragen haben könnte. Tajirika konnte dem Herrscher einreden, was immer er wollte. Was sollte ihn davon abhalten, ihm etwas Negatives über Sikiokuu einzuflüstern, der ihn immerhin hatte foltern lassen. Wenn Kaniũrũ, sein Ex-Schützling, sich gegen ihn stellen konnte, warum nicht auch Tajirika, sein Ex-Gefangener? Es war am besten, sich gegen das nahende Unheil zu wappnen! Wenn der

Herrscher zu dem fähig war, was er Rachael, seiner eigenen Frau, angetan hatte – sie ohne jede Gnade für Jahre in ein goldenes Gefängnis zu sperren –, würden auch lange Jahre loyalen Dienens ihn nicht gnädiger stimmen.

Sikiokuu durchlief in jenen Tagen emotionale Höhen und Tiefen, doch wegen der Nähe des Herrn der Krähen, von Tajirika und Kaniũrũ zum Herrscher waren es vor allem Tiefen. Am meisten jagte ihm der Zauberer Angst ein, weil allein er von Sikiokuus heimlichen Ambitionen wusste.

14

Auch Kaniũrũ wartete auf den Herrn der Krähen. Wenn er an die Nacht zurückdachte, in der man den Hexenmeister ins State House gebracht hatte, blieben viele Dinge unklar. War es Zufall, dass Machokali ausgerechnet an dem Tag verschwand, an dem man den Herrn der Krähen fand? Worin bestand die Verbindung zwischen diesen beiden Ereignissen, wenn es denn eine gab? Er rief sich in Erinnerung, dass man ihn kurz nach Sikiokuu entlassen hatte und wie widerstrebend er sich entfernt hatte, weil Machokali und Tajirika sich weiter im Glanz der Macht sonnen konnten. Was war nach seinem Weggang geschehen? Hatte Tajirika bei Machokalis Verschwinden die Hände im Spiel? Hatte man dem neuen Gouverneur die Aufgabe übertragen, den Minister zu beseitigen? Bei diesem Gedanken empfand Kaniũrũ Furcht und Neid zugleich. Wenn Tajirika damit betraut worden war, dann war er dem Herrscher wirklich sehr nah, und das bedeutete, dass er in Zukunft noch größeren Einfluss haben würde. Kaniũrũ fürchtete Vergeltung für das Leid, das er über Tajirika und seine Familie gebracht hatte; er war wütend auf sich, weil er nicht vorhergesehen hatte, dass der Vorsitzende von Marching to Heaven sehr wohl zum vertrauten Siegelbewahrer des Herrschers aufsteigen könnte.

Er versuchte herauszufinden, wie er sich mit Tajirika versöhnen könnte, aber es gelang ihm nicht. Was ihn in den folgenden Wochen jedoch tröstete, war die Tatsache, dass die Regierung die Ergebnisse seines Untersuchungsausschusses zum Schlangenwahn dazu verwendete, das Verschwinden des Außenministers zu erklären. Sobald er aber daran dachte, dass die falschen, Tajirika zugeschriebenen Geständnisse zum Aufstieg dieses Mannes an die Spitze derjenigen beigetragen hatten, die die Geldzirkulation in Aburĩria kontrollierten, verließ Kaniũrũ der Mut. Er konnte Tajirika nur überlisten und selbst zu größerer Macht gelangen, wenn er alle alten und neuen Warteschlangen zerschlug und Nyawĩra zu fassen bekam, bevor dies seinem zweiten Rivalen Sikiokuu gelang. Der Herrscher hatte Kaniũrũ zwar bereits dafür belobigt, den rassistischen und lästigen ausländischen Journalisten eine Lektion erteilt zu haben, aber das war nur unter vier Augen geschehen. Wenn er ihm jetzt Nyawĩra brachte, würde der Herrscher ihm zweifellos in aller Öffentlichkeit noch größeren Beifall spenden.

Doch nur der Herr der Krähen konnte ihn zu Nyawĩra führen, und deshalb war er begierig zu erfahren, was der Zauberer verkündet hatte. Wissen war für ihn im wahrsten Sinne des Wortes Macht. Und weil er nicht die geringste Ahnung hatte, was im State House vor sich ging, war er völlig ruhelos. Er versuchte, sich mit seinem vormaligen Assistenten Peter Kahiga kurzzuschließen, aber vergeblich. Kahiga war ständig im State House, und ohne Vorladung oder Genehmigung kam man dort nicht hinein.

Und dann eines Tages, er badete gerade, sprang er plötzlich aus der Wanne, rannte durch das Zimmer und schrie aus vollem Hals: „Heureka!" Er würde jede Woche eine bestimmte Anzahl Schlangen auseinandertreiben und dann im State House vorstellig werden, um über seine Fortschritte zu berichten. Damit hätte er wöchentlich Audienz beim Herrscher und würde, während er dort war, versuchen, sich mit Kahiga zu treffen und ihm die Informationen abzuluchsen, die er so dringend benötigte. Nun war er sicher: Er würde herausfinden, was der Herr der Krähen über Nyawĩra gesagt hatte. „Heureka!", rief er erneut.

15

Auch der Herrscher wurde immer unruhiger. Mit Blick auf den Gefangenen im State House quälten ihn zahlreiche und oft widersprüchliche Wünsche. Er wollte ihn gleichzeitig tot und lebendig sehen. Er wollte ihn lebend, damit der Kerl ihm das Geheimnis verriet, wie Geld wuchs, und er wollte ihn tot, damit er niemals einen anderen einweihen oder ausplaudern konnte, was er dem Herrscher verraten hatte. Er wollte ihn am Leben halten, damit er bei der Ergreifung Nyawĩras und der Anführer der Bewegung für die Stimme des Volkes helfen konnte, und ihn tot sehen, weil er wichtige Informationen so lange für sich behalten hatte. Er wollte, dass er lebte, damit er ihn, den Herrscher, von seiner körperlichen Ausdehnung heilte, und dass er starb, weil er behauptet hatte, der Herrscher sei schwanger, und damit zu seiner Empörung die Pest mit Namen „Weltpresse" ins Land geholt hatte. Doch den größten Verdruss bereitete ihm – wenn er die beiden Wünsche miteinander verglich –, dass der Wunsch, ihn lebend zu sehen, deutlich schwerer wog als der Wunsch, den Kerl als Leiche vor sich zu haben. Der Gefangene besaß ein Wissen, das ihm, wenn er es richtig anstellte, über alle Maßen dienlich sein konnte, doch machte ihn dieser Gedanke wütend, weil er damit eingestand, dass der Herr der Krähen über Kräfte verfügte, die er, der Allmächtige, nicht hatte, und das konnte in einem Land, in dem er den Behauptungen seiner Lobsänger zufolge die Nummer Eins in allem war, überhaupt nicht sein. Wie allerdings sollte er das Wissen lösen, das im Kehlkopf des Herrn der Krähen festsaß? Der Herrscher zerbrach sich den Kopf darüber und behielt deshalb Tajirika auch die ganze Zeit an seiner Seite. Es war eine Angelegenheit, die er nicht mit seinen Ministern besprechen mochte, weil nicht einer von ihnen erfahren sollte, wie Geld auf Bäumen wuchs. Mit Tajirika war das anders.

Der Herrscher war von Tajirika nicht immer so angetan gewesen. Ursprünglich hatte er ihn nur als Zwischenlösung zum Vorsitzenden von Marching to Heaven berufen bis zur Freigabe der Kredite durch die Global Bank. Als er aber erkannt hatte, dass der Kerl ein besserer Gauner war als jeder seiner Berater, hatte er angefangen, ihn zu mögen. Tajirikas Eingeständnis, er habe als Vorsitzender von Marching to Heaven Dollars von möglichen Vertragspartnern verlangt, hatte den Herrscher als Erstes beeindruckt und erkennen lassen, dass man mit diesem Mann Geschäfte machen konnte. Jemand, der andere dazu brachte, ihn anzuflehen, in frischen Dollars für Dienstleistungen zu zahlen, die erst in der Zukunft zu erbringen waren, verstand wirklich etwas vom Spiel. Im Vergleich dazu waren Sikiokuu und Kaniũrũ Waisenknaben. Die beiden hatten Schmiergeld in aburĩrischen Burĩ verlangt: welch ein Unterschied im Erreichen von Wohlstand und Wohlergehen! Es zeigte, dass man Tajirika mit jeder Aufgabe betrauen konnte, die es erforderte, unter dem Deckmantel der Legalität das Recht zu beugen oder zu brechen.

Noch mehr beeindruckte den Herrscher Tajirikas Verschwiegenheit. Der Vergleich mit Kaniũrũ sprach Bände. Kaniũrũ hatte nichts Eiligeres zu tun gehabt, als seine ergaunerten Gewinne mit Sikiokuu zu teilen. Tajirika hingegen hatte gegenüber Machokali nicht ein einziges Wörtchen verloren. Nicht einmal unter Folter hatte er das Geheimnis verraten. Der Herrscher brauchte einen Menschen von solch ungetrübter Loyalität an seiner Seite.

Die Ereignisse entwickelten ihre eigene Logik und machten die Freisetzung der Worte des Wissens aus der Kehle des Zauberers nur noch dringlicher. Die Warteschlangen, die zunächst zufällig und ziellos entstanden zu sein schienen, organisierten sich immer besser. Die Studenten und die Jugend, größtenteils arbeitslos, begannen sich vor dem Parlamentsgebäude zu versammeln, vor dem Obersten Gericht und vor den Radio- und Fernsehstationen, den staatlichen Medienkanälen, die dem Herrscher als Sprachrohr dienten. Die Zusammenstöße mit der Polizei häuften sich, nicht nur in Eldares. Berichte wiesen darauf hin, dass sich die Warteschlangen in allen städtischen Zentren des Landes mit nie gesehener Intensität ausbreiteten.

Gleichzeitig kamen aus aller Welt immer häufiger Fragen nach dem vermissten Minister, vor allem aus London und Washington. Sogar nachdem die Regierung ihre Stellungnahme herausgegeben hatte, in der Machokali mit einem Staatsstreich in Verbindung gebracht wurde, ließ die Flut von Anfragen nicht nach. So durfte es nicht weitergehen! Eine mutmaßliche Schwangerschaft machte ihn zur Zielscheibe des Spotts, überall richteten Aufrührer Chaos an, und der Druck aus dem Ausland wurde immer stärker. Und weil er nicht mehr in der Öffentlichkeit erschien, verstärkte sich der Druck und ließ weitere Fragen aufkommen.

Er versuchte, denen, die sich darüber wunderten, warum er nicht mehr in der Öffentlichkeit auftrat, den Mund zu stopfen, indem er die stellvertretende Botschafterin in Washington mit sofortiger Wirkung zur offiziellen Nationalhostess für Empfänge und Feierlichkeiten berief, die seine zeremonielle Anwesenheit erforderten. Sie nahm den Ruf an und unterschrieb die E-Mail mit Dr. Yunique Immaculate McKenzie, PhD, ONH, und änderte ihren Namen damit ein weiteres Mal, um ihrem neuen Rang im Machtgefüge zu entsprechen.

Diese Ernennung, über die das Radio und anschließend alle anderen Medien berichteten, fachte die Gerüchte um eine den Herrscher schwächende Schwangerschaft als Grund seiner Abwesenheit von der Öffentlichkeit weiter an. Ganz abgesehen von dem Wissen, wie man Geld auf Bäumen wachsen ließ, einem Wissen, das die Abhängigkeit des Herrschers von der Global Bank verringern würde, war der Herr der Krähen der Einzige, der diese Gerüchte über seine Schwangerschaft unverzüglich zum Schweigen bringen konnte. Der Herrscher wollte den Zauberer zwingen, in aller Öffentlichkeit zu gestehen, dass er diese Märchen über die Schwangerschaft als Teil der Putschpläne des Ministers durch seinen Brief an Machokali erzeugt hatte. Der einzige Haken an dieser Lösung war wieder dieses winzige Wörtchen „wenn“, das dem Zauberer die Sprache blockierte. Man musste einen Zauberer finden, der den Zauberer heilte.

Der Herrscher zeigte mit dem Finger auf Tajirika und sprach mit feierlichem Ernst: „Du bist ein einfallsreicher Mann, Gouverneur. Du hattest dir die Krankheit der Worte eingefangen und hast Heilung gefunden. Wer eine ganze bewaffnete Anstalt mit einem Kübel voll Scheiße und Pisse als einziger Waffe in seine Gewalt bringen kann, der findet bestimmt auch den Hexenmeister, den ich brauche. Gouverneur, du bist am Zug!"

16

Auch Wochen nach seiner Beförderung mochte Tajirika noch immer nicht glauben, jetzt der Gouverneur der Central Bank of Aburĩria zu sein. Man konnte ihm nicht übel nehmen, dass er seinen neuen Status nur mit einiger Vorsicht annahm, denn das Pendel seines Glücks hatte seit jenem schicksalhaften Abend, als der Herr der Krähen auf der Suche nach Arbeit – die er offensichtlich nicht brauchte – in der Eldares Modern Construction and Real Estate in sein Leben getreten war, immer wieder in beide Richtungen ausgeschlagen.

Häufig fand er sich vor dem Spiegel und grüßte sein Spiegelbild: „Hallo, Gouverneur, bist du das wirklich?" Der Klang des Wortes „Gouverneur" erregte ihn, weil es an die lange Reihe kolonialer Gouverneure in Aburĩria erinnerte. Was zunächst als spielerische Selbstbestätigung begonnen hatte, wurde zum Bedürfnis, und er redete immer öfter mit seinem Spiegelbild, vor allem über Dinge, über die er mit niemandem sonst sprechen konnte. „Hallo, Gouverneur, was machen wir heute?", fragte er sein Bild im Spiegel, wenn er sich die Zähne putzte oder die Krawatte band. Und bevor er das Haus verließ, sagte er: „Auf Wiedersehen, Gouverneur." Und abends: „Ich bin wieder da, Gouverneur. Wie war der Tag im Büro?" Und jeder dieser Sätze konnte ein Gespräch mit seinem Spiegelbild auslösen.

Als der Herrscher Tajirika die Aufgabe übertrug, einen Hexenmeister zu finden, der das Böse austreiben sollte, das dem Herrn der Krähen die Stimme blockierte, stand er wieder vor dem Spiegel und sprach mit seinem Spiegel-Ich.

„Wo soll ich anfangen? Soll ich durch die Straßen gehen, Leute anhalten und sagen: Entschuldigung, ich bin der neue Gouverneur der Central Bank. Können Sie mir bitte sagen, wo ich einen Hexenmeister finde? Ein bisschen peinlich, meinst du nicht, wenn der Gouverneur der Central Bank durch die Straßen von Eldares zieht und nach einem Zauberheiler fragt?"

Viele Aburĩrier glaubten nicht, dass Menschen, abgesehen von den Betagten, eines natürlichen Todes starben. Sie glaubten, dass Hexerei dahintersteckte, wenn jemand vor seiner Zeit abtrat. Suchte Tajirika öffentlich nach einem Zauberheiler, könnte man in ihm einen Abgesandten des Todes sehen und ihn für den Kummer verantwortlich machen, den andere, wie etwa Machokali, durchleiden mussten. Und plötzlich sah er vor seinem geistigen Auge, wie man ihm die Schuld an allen Sterbefällen in Aburĩria gab, und ihm schauderte vor der eigenen Dummheit. Hilflos starrte er in den Spiegel und merkte nicht, wie er rief: „Gouverneur, was soll ich tun? Was sollen wir tun, um Heilung für den Herrn der Krähen zu finden, ohne uns selbst in Gefahr zu bringen?"

„Was für eine Gefahr?", fragte Vinjinia, die in diesem Moment ins Badezimmer kam. „Warum redest du mit dem Spiegel? Hast du schon vergessen, was geschehen ist?"

17

Seit Tajirika von den Frauen und Vinjinia von Kaniũrũ und seinen Jugendbrigadisten entführt worden waren, hatten die beiden ihre Beziehung verbessert. Auch ihr gesellschaftliches Leben hatte sich verändert, und es verging nicht eine Woche ohne Einladung zu Cocktail- oder Dinnerpartys in irgendeinem Sieben-Sterne-Hotel. Diese Glitzerwelt und die Nähe zur Macht zogen Vinjinia an, und der politische Klatsch und Tratsch stießen sie nicht mehr ab wie früher. Die Kirchenbesuche waren das Einzige aus ihrem früheren

Leben, an dem sie unvermindert festhielt. Sie besuchte noch immer dieselbe Kirche, All Saints, doch seit der Beförderung ihres Mannes bemerkte sie eine Veränderung in der Art, in der man ihr begegnete. Vorn, in der Nähe des Altars, war nun für sie und ihre Kinder eine Bank reserviert, und die Zahl der Männer und Frauen, die stehen blieben, um ein Wort mit ihr zu wechseln, die Hände zu schütteln oder sie einfach etwas zu fragen und einen Rat in religiösen Dingen einzuholen, war dramatisch gestiegen.

Sie glaubte, es sei alles in Ordnung, und sie könnte sich zurücklehnen und das Leben genießen. Doch als sie sah, wie ihr Mann schon wieder mit einem Spiegel sprach, war sie alarmiert. Sie rief sich die Zeit ins Gedächtnis, als Tajirika von der Krankheit der Worte befallen war und wie alles angefangen hatte. Bekam er etwa wieder einen Anfall? Der erste hatte sich kurz nach seiner Ernennung zum Vorsitzenden von Marching to Heaven ereignet. Würde seinem Aufstieg zum Gouverneur ein weiterer Verlust der Worte folgen? Der einzige Unterschied bestand darin, dass er sich diesmal nicht das Gesicht zerkratzte. In der Regierungsverlautbarung, die Machokali bloßstellte, waren Tajirika und sein letztes Treffen mit Machokali im Mars Café erwähnt worden. Machte das ihrem Mann zu schaffen? Sie war unsicher und betete zu Gott, die Dämonen auszutreiben, die ihren Mann quälten. Wieder spionierte Vinjinia ihm heimlich im Haus hinterher. Keine neuen Überraschungen!, schwor sie sich.

Eines Morgens hörte sie ihn deutlich den Herrn der Krähen erwähnen. Er war so in Gedanken vertieft, die ihn wohl auch zu diesem Ausruf gebracht hatten, dass er ihre Gegenwart nicht wahrnahm. Sie beschloss ihn zur Rede zu stellen: Welche Gefahr? Was ist mit dem Herrn der Krähen?

Es war Sonntagmorgen. Zunächst erschreckte ihn Vinjinias Stimme. Er versuchte, ein Lächeln aufzusetzen, konnte seine Beklemmung aber nicht verbergen. Er schien erleichtert, seine Frau zu sehen. Obwohl sie tagsüber auf unterschiedliche Weise beschäftigt waren und einander nicht so oft sahen, wie sie sich das wünschten, war Tajirika stets froh, vor seiner Frau prahlen zu können, wie sehr der Herrscher ihm vertraute oder sich seine Feinde wie Sikiokuu und

Kaniũrũ darum bemühten, ihn milde zu stimmen. Jetzt bin ich am Drücker, verkündete er, und es gefiel ihm, wenn sie ihn ermahnte, sich nicht an der Macht zu berauschen wie einige Leute, die sie kannte. Das brachte beide zum Lachen, denn sie wussten, dass mit „einige Leute, die ich kenne" Kaniũrũ gemeint war. Dennoch erzählte er ihr nicht alles, was sich im State House zutrug. Nichts über die Geldbäume, nichts über die Nacht, in der Machokali verschwand, und auch nichts über die Gefangennahme des Herrn der Krähen. „Es ist eine schwere Aufgabe, den Herrscher zu beraten, Vinjinia, und Staatsgeheimnisse lasten auf meiner Seele", seufzte er. Aber er strahlte vor Vergnügen, sobald er Vinjinia sagen hörte: „Mach dir keine Gedanken. You can't have your cake and eat it. Das gehört dazu."

Nun erinnerte ihn ihre Frage plötzlich daran, dass sie es war, die ihn dem Herrn der Krähen vorgestellt hatte, als er vom Weiß-Wahn befallen gewesen war. Sie konnte bestimmt auch einen anderen Hexenmeister auftreiben. Frauen hatten einen sechsten Sinn.

„Ich brauche ein paar Hexenmeister und Zauberheiler", erklärte er ihr ohne weitere Hinweise.

„Was?", rief Vinjinia überrascht. Machte er Witze oder war er schwach im Kopf geworden?

„Ich möchte, dass du mir die mächtigsten Hexenmeister und Zauberheiler besorgst, die zu haben sind", wiederholte Tajirika.

„Hexenmeister?"

„Einer würde schon reichen", sagte Tajirika. „Aber mehrere wären besser als einer, weil ich dann den besten aussuchen könnte."

„Wovon redest du eigentlich? Wozu brauchst du plötzlich Hexenmeister?", fragte Vinjinia nach, als ihr klar wurde, dass er es ernst meinte. „Wen hast du vor zu verhexen?"

Er bat sie, sich zu setzen, und erzählte ihr von der Verhaftung des Herrn der Krähen und dessen Leiden. Doch habe der Herrscher ein paar Fragen, die nur er, der Herr der Krähen, beantworten könne. Und ihm sei, erklärte er, die Aufgabe zugefallen, einen Heiler zu besorgen, der den Heiler heilte.

„Um Himmels willen, was weiß ich von Hexenmeistern und wo man sie findet?", fragte Vinjinia und tat das Thema ab.

„Du bist eine sehr einfallsreiche Frau, Vinjinia", flehte Tajirika sie an. „Ich bin mir todsicher, dass du einen Hexenmeister besorgen kannst, wie du es schon einmal getan hast."

Vinjinia wollte ihn daran erinnern, dass es Nyawĩra gewesen war, die sie zum Herrn der Krähen geführt hatte, unterließ es aber.

Als Frau eines Gouverneurs und erfolgreiche Geschäftsfrau wollte sie mit Nyawĩra, mit dem Herrn der Krähen oder dem zerstörten Schrein nichts zu tun haben.

In Wahrheit jedoch war Vinjinia verzweifelt gewesen, als sie von der Brandstiftung erfuhr, und weil sie nicht wusste, ob Nyawĩra im Schrein umgekommen war, machte das die Nachricht noch schlimmer. Vinjinia fühlte sich verantwortlich und schuldig und konnte mit niemandem darüber reden, ohne preisgeben zu müssen, dass sie die Identität eines der Gesichter des Herrn der Krähen kannte. Die Vorstellung der verkohlten Überreste Nyawĩras quälte sie, doch mit der Zeit lernte sie, diese zu unterdrücken.

Vinjinia ging durch den Kopf, wie oft Nyawĩra ihr zu Hilfe gekommen war, und war überrascht, jetzt das Gleiche zu empfinden wie in dem Augenblick, als sie hörte, der Schrein sei niedergebrannt worden. Wie konnte sie Tajirika mitteilen, dass Nyawĩra, die sie zum Herrn der Krähen gebracht hatte, die Einzige, die ihnen den Weg zeigen konnte, zu Asche verbrannt war? Wie konnte sie ihm beibringen, von Hexenmeistern und Hexen, Wahrsagern und Heilern selbst keine Ahnung zu haben? Weil sie ihm nicht das Herz schwer machen wollte, versuchte sie, diplomatisch zu sein.

„Gut, ich werde die Ohren offen halten", sagte sie anteilnehmend.

„Bitte, versuch es – ich bin überzeugt, dass es unter deinen Kirchenleuten viele gibt, die nachts zu einem Hexenmeister gehen", bettelte Tajirika. „Bete zu Gott, dass er dir den Weg weist."

Vinjinia musste sehr an sich halten, um nicht loszulachen, als sie realisierte, dass Tajirika es ernst gemeint hatte: Sie sollte Gottes Führung suchen, um für ihn einen Hexenmeister zu finden. Als sie allein im Auto saß und zur All Saints Cathedral fuhr, lachte Vinjinia laut darüber, wie lächerlich ihr Mann sich benommen hatte. Immerhin war sie eine bürgerliche, christliche Frau. Sie war eine respektierte Kirchgängerin, die Ehefrau des Gouverneurs der Central Bank und Vorsitzenden von Marching to Heaven sowie gegenwärtig alleinige Geschäftsführerin der Tajirika Enterprises einschließlich der bekannten Eldares Modern Construction and Real Estate. Wie sollte sie sonntags in die Kirche gehen und ihre Brüder und Schwestern fragen: Können Sie mir sagen, wo ich einen Wahrsager finden kann? Oder: Meine christliche Mitschwester, bitte erzähl mir von deinem privaten Zauberheiler? Nein. Sollten sich doch Tajirika und der Herrscher selber um ihre Jagd nach einem Hexenmeister kümmern.

Vor der Kirchentür stieß sie mit Maritha und Mariko zusammen, die sagten, sie hätten auf sie gewartet. Zunächst nahm sie an, es wäre das übliche Anliegen von Leuten, die ihr nur die Hand schütteln und sich vorstellen wollten. Was aber konnten Maritha und Mariko von ihr wollen? Sie erweckten nach wie vor den Anschein, als lebten sie völlig in Frieden mit sich selbst, als lebten sie in ihrer eigenen Welt.

„Wir wollten Sie abfangen, bevor Sie hineingehen", sagte Maritha hastig.

„Ja, nach dem Gottesdienst ist es schwierig, an Sie heranzukommen. Es sind immer eine Menge Leute um Sie herum", fügte Mariko hinzu.

„Und ihr wichtigen Leute seid immer so beschäftigt", sagte Maritha, „dass ..."

„... Sie nach dem Gottesdienst einfach wegfahren könnten", ergänzte Mariko.

„Geht es um etwas, das bis nach dem Gottesdienst warten kann?", fragte Vinjinia ungeduldig, da sie vor Beginn des Gottesdienstes in der Kirche sein wollte. Vinjinia gehörte zu denen, die nicht mehr folgen konnten, wenn sie zu spät zum Gottesdienst oder zu einer Vorstellung kamen.

„Es geht nur um eine Nachricht", sagte Maritha.

„Aber die kann auch bis nach dem Gottesdienst warten", ergänzte Mariko.

„Von wem kommt die Nachricht?", fragte sie neugierig.

„Von einer Taube", antworteten Maritha und Mariko gleichzeitig.

„Von einer Taube?“, fragte Vinjinia nach und runzelte die Stirn. Doch statt die Frage zu beantworten, begannen Maritha und Mariko zu singen und zu tanzen wie zwei Kinder auf einem Fest.

Taube gab mir einen Auftrag, mmhh
Braucht nen größeren Schnabel, mmhh
Damit sie Körner schlucken kann, mmhh
Denn wenn sie das jetzt versucht, mmhh
Bleiben sie stecken im Hals, mmhh

Maritha und Mariko waren in der Kirchengemeinde bekannt für ihre komische Art, Dinge auszudrücken. Jetzt aber waren sie zu weit gegangen. Sprangen herum, und das nur wenige Meter vom Eingang der Kirche entfernt? In ihrer Verlegenheit und aus Angst vor dem Missfallen möglicher Zuschauer blickte sich Vinjinia schnell um.

„Verschieben wir das besser auf nach dem Gottesdienst“, sagte sie hastig. „Wir treffen uns da drüben, wo ich mein Auto geparkt habe“, fügte sie hinzu und zeigte auf ihren Mercedes am Straßenrand. „Wenn ihr vor mir dort seid, dann wartet bitte auf mich“, sagte sie noch, bevor sie in die Kirche eilte.

18

Während des Gottesdienstes fiel Vinjinia plötzlich ein, wer die Taube war, und sie begann so heftig zu zittern, dass sie Bischof Kanogori am Altar kaum noch folgen konnte. Danke, Herr, danke, Jesus, hörte sie sich in stillem Gebet sagen. Nyawĩra lebte! Ihr Schuldgefühl ließ nach und sie realisierte, sich selbst etwas vorgemacht zu haben, als sie glaubte, alle Gedanken an Nyawĩra erfolgreich unterdrücken zu können. Aber wo war sie? Und wie kam es, dass Maritha, Mariko und Nyawĩra sich so gut kannten, dass sie ihnen eine Botschaft für Vinjinia anvertraute?

Sie dachte an die vielen Gerüchte, die durch den erklärten Sieg des Paares über Satan hervorgerufen wurden. Einige Lästerer hatten behauptet, Maritha und Mariko hätten den Schrein des Herrn der Krähen aufgesucht und dort einen magischen Trank erhalten, der ihre Liebe in einem Maße neu entfachte, das dem ihrer Jugend gleichkam. Vinjinias Erleichterung und Neugier wichen schnell der Angst. Wie lautete die Botschaft der Taube? Was wollte Nyawĩra von ihr?

Wollte sie sich stellen? Die kürzlich ernannte Nationalhostess – wie hieß sie gleich? Yunique Immaculate McKenzie – hatte sie früher nicht auch zu den Verfechtern einer falschen Politik gehört? Nachdem sie sich gestellt hatte, war ihr vom Herrscher verziehen und sogar Arbeit gegeben worden. Vielleicht hatte Nyawĩra von der Ernennung McKenzies gelesen und war geläutert und bereit, sich dem Herrscher zu Füßen zu werfen? Vielleicht wünscht sie, dass ich sie zu ihm bringe?

Doch was wären die Folgen, wenn man sie mit Nyawĩra in Verbindung brachte? Durfte sie, die Frau des Gouverneurs der Central Bank, Kontakt zu einer Staatsfeindin haben? Sie könnte nach dem Gottesdienst einfach die übliche Ansammlung von falschen Freunden und Hilfesuchenden meiden, direkt zu ihrem Auto gehen und wegfahren. Das wäre die deutliche Botschaft an Nyawĩra, ihre Beziehung nicht erneuern zu wollen. Trotzdem sollte sie sich die Nachricht erst einmal anhören, bevor sie sich für eine Reaktion entschied. Schließlich konnte sie sich hinsichtlich der Identität und der Absicht der Taube auch irren.

Sobald die Messe vorbei war, ging Vinjinia hinaus und eilte zu ihrem Wagen. Maritha und Mariko warteten bereits auf sie. Sie bat sie einzusteigen, fuhr eine kurze Strecke und hielt an. Vorsicht war von größter Wichtigkeit. Maritha kam sofort zur Sache. Sie sei geschickt worden, um Vinjinia folgende Geschichte zu erzählen.

Es habe einmal jemanden gegeben, der Taube ein Nest baute und Rizinussamen zu essen gab. Taube habe nun gehört, dass dieser Jemand sich an einem Ort befinde, an dem ihn die Blicke eines gewöhnlichen Bürgers nicht mehr erreichen könnten. Taube sei hungrig und bitte Vinjinia, alles, was sie könne, über diesen Jemand herauszufinden, wo er sich aufhalte, wie es ihm gehe, derlei Dinge. Vinjinia solle versuchen, diesem Jemand zu sagen, dass Taubes Nest zwar abgebrannt, Taube aber wohlauf sei und dieselbe Luft atme wie alle anderen Vögel des Landes. Maritha schloss ihre Geschichte, indem sie Vinjinia sagte, dass sie, wenn sie Taube Rizinussamen überbringen wolle, die Samen an jedem Sonntag in die All Saints Cathedral liefern solle, und Maritha würde dafür sorgen, dass Taube sie bekomme.

Nachdem sie die Geschichte beendet hatte, zupfte Maritha an Marikos Ärmel und sie stiegen aus, ohne eine Antwort abzuwarten. Im Tanzschritt zogen sie davon und sangen laut:

Taube gab mir einen Auftrag, mmhh
Braucht nen größeren Schnabel, mmhh ...

Während sie davonfuhr, dachte Vinjinia über Taubes Nachricht nach. Nyawĩra wollte etwas über den Herrn der Krähen erfahren.

Über eine Woche lang dachte Vinjinia an nichts anderes als an Nyawĩra und ihre Nachricht. Was für ein unpassender Zeitpunkt, an dem Nyawĩra jetzt störte! Gerade, als ihr Leben mit Tajirika langsam besser wurde! Nyawĩra erwartete, dass sie ihren Mann aushorchte, aber wie sollte sie das anstellen? Tajirika war zu einem geachteten Akteur in der Regierung aufgestiegen. Nyawĩra hingegen war eine verhasste Staatsfeindin. Wie konnte sie mit einer Feindin ihres Mannes gemeinsame Sache machen?

Sie war innerlich zerrissen. Sie dachte an ihre letzte Begegnung mit Nyawĩra und wie ihr das Herz vor Dankbarkeit übergeflossen war und sie Nyawĩra versprochen hatte, sich auf sie verlassen zu können, wann immer sie in Not sei. Ein Versprechen war eine Art Vertrag, und sie konnte es nicht brechen. Dennoch, sagte sie zu sich, war niemand dazu verpflichtet, ein Versprechen zu halten, das ihn selbst und die ihm Nahestehenden vernichtete.

Sie ging so weit, in Betracht zu ziehen, Nyawĩras Aufenthalt herauszufinden und sie zum Vorteil ihres Mannes auszuliefern. Andererseits gab es eine weitere Möglichkeit. Ihr Mann hatte sie gebeten, einen Hexenmeister zu suchen, der den Herrn der Krähen heilte. Und wer könnte das besser als der zweite Herr der Krähen? Damit würde sie Nyawĩra helfen, und Nyawĩra wäre für sie nützlich. Dann könnte sie sie verraten oder es vielmehr Tajirika tun lassen, und auf diese Weise würde Tajirika in der Regierung aufsteigen und vielleicht sogar der Nachfolger des Herrschers werden. Ihr Mann wäre in ewiger Dankbarkeit an sie gebunden.

Am nächsten Morgen eilte Tajirika zum State House, um sich mit dem Herrscher zu beraten. Und Vinjinia eilte am folgenden Sonntag zur All Saints Cathedral, um sich mit Maritha und Mariko zu treffen.

19

Die Nachricht kam aus dem State House und wurde von Informationsminister Big Ben Mambo über alle Medien verbreitet. Der Herrscher hatte eine Philosophie entwickelt, die die Menschen vom neuzeitlichen Stress der Moderne heilen würde. Die Regierungsdruckerei gab sogar eine Broschüre heraus: „Magnus Africanus: Prolegomena einer Zukünftigen Glückseligkeit, verfasst vom Herrscher." Im Buch stand unter anderem, dass dem Herrscher während der Zeit seines Rückzugs und der Meditation offenbart worden sei, die wahre Bedrohung der Zukunft Aburĩrias bestünde in der Vernachlässigung der Tradition durch Menschen, die einer stressvollen Modernität nachjagten.

Und deshalb sollten dem „Magnus Africanus" zufolge Kinder und Jugendliche, selbst diejenigen an der Universität, den Rat der Erwachsenen suchen und befolgen, und wenn sie das nicht täten, den Rohrstock auf dem blanken Gesäß zu spüren bekommen. Frauen sollten beschnitten werden und ihre Unterwerfung dadurch zeigen, dass sie immer einige Schritte hinter ihren Männern gingen. Polygame Haushalte durften keine Warteschlangen bilden. Statt zu schreien, wenn sie verprügelt wurden, sollten die Frauen Loblieder auf diejenigen singen, die sie schlugen, und darüber hinaus Feste veranstalten, auf denen das Schlagen der Ehefrauen zu Ehren der Männlichkeit gefeiert wurde. Vor allem sollten alle Aburĩrier immer daran denken, dass der Herrscher der Ehemann Nummer Eins sei und es deshalb als seine Pflicht ansehe, dem Land ein Beispiel dafür zu geben, was der einzelne Mann in seinem Hause zu tun hatte. Die Regierung verteilte die Broschüren kostenlos in Kirchen, Moscheen, Tempeln und Schulen. Fernsehen und Radio sollten täglich einen Auszug senden als Gedanken zum Tag. Die Lehrer wurden streng angehalten, den Schulkindern die Werte der Vergangenheit zu lehren, der widerspruchslosen Folgsamkeit. Anstatt das Wort „Vergangenheit" zu verwenden, sollten sie über afrikanische Modernität im Wandel der Zeiten sprechen, und die führenden Gestalten bei Afrikas Marsch zurück zu den Wurzeln einer authentischen, unwandelbaren Vergangenheit sollten als die großen Weisen der afrikanischen Moderne betrachtet werden.

Am Erscheinungstag des „Magnus Africanus" verfügte der Herrscher in einem gesonderten Dekret, dass traditionelle afrikanische Heiler nicht mehr als Hexer, Wahrsager oder Zauberheiler bezeichnet werden durften. Ab sofort sollten sie Spezialisten für afrikanische Psychiatrie, kurz Afrochiater, genannt werden und hatten die Erlaubnis, den Doktortitel zu führen. Der Herrscher plante zudem die Gründung der Ruler's Academy of Authentic Afrochiatrists (RAAA).

Die dramatischste Verlautbarung in einer Woche dramatischer Verlautbarungen sollte bald folgen und diese wurde in jedem Haus, in jedem Dorf, in jedem Winkel des Landes sofort zum Gegenstand von Klatsch, Gerüchten und Spekulationen. Der Herrscher verkündete, dass sich alle, die Gründungsdoktoren der neuen Akademie werden wollten, im State House zu einem landesweiten Test einfinden sollten. Aus den besten Gründungsdoktoren der Akademie würde der Herrscher einen Beraterstab bilden, der den Herrscher dabei unterstützen sollte, die Köpfe des Volkes klar auszurichten – den Gedanken des Herrschers entsprechend. Der Test sollte nach der Regel erfolgen: Wer zuerst kommt, wird zuerst getestet.

20

So etwas hatte man in Aburĩria niemals zuvor gesehen oder gehört: Experten der Zauberei und Hexerei, die sich mit ihren Utensilien den Weg zum State House bahnten, um am historisch ersten nationalen Leistungstest in ihrem Fach teilzunehmen. Ihre Zahl war überwältigend. Einige gehörten zu den regelmäßigsten Besuchern von Kirchen und Moscheen; niemand hätte gedacht, dass solche Glaubenseiferer nebenbei der Hexerei und Zauberei nachgingen. Es gab auch einige, die von Zauberei und Hexerei keine Ahnung hatten und trotzdem vorsprachen, weil sie hofften, die Prüfung zu bestehen und, als Grundlage für ihr persönliches Weiterkommen, einen Platz im Beraterstab des Herrschers zu ergattern. Manche waren die ganze Nacht unterwegs gewesen, und in den frühen Morgenstunden des Prüfungstages hatte sich vor den Toren des State House eine Schlange gebildet, die schon aus großer Entfernung sichtbar war.

Die Soldaten Christi, stets wachsam und auf der Suche nach einer Gelegenheit, Satan zu ergreifen, beobachteten das Ganze und waren von diesem gewaltigen Aufmarsch verblüfft. Damit waren sie nicht allein, denn es gab lediglich zwei Menschen, den Herrscher und Tajirika, die den Zweck dieses nationalen Leistungstests in Zauberei und Hexerei kannten.

21

Ein Mitarbeiter der Protokollabteilung nahm den jeweiligen Hexenmeister oder Zauberheiler an der Spitze der Schlange in Empfang und führte ihn in ein Wartezimmer, wo Njoya, Kahiga und A.G., wer immer gerade an der Tür Wache stand, ihn übernahm und zum Test eskortierte.

Die Aufgabe selbst war einfach. Jeder Bewerber sollte versuchen, einen Mann zu heilen, der an einer Sprachhemmung litt, verursacht durch Worte, die ihm im Hals stecken blieben. Niemand erfuhr den Namen des Kranken oder andere Einzelheiten über diesen Mann; keiner wusste, dass der Patient der Herr der Krähen war.

22

Kamĩtĩ hatte gehört, wie Njoya und Kahiga sich flüsternd von der bevorstehenden Ankunft einer Delegation von Afrochiatern im State House erzählten. Er schlussfolgerte, dass es sich dabei um führende afrikanische Spezialisten für Geisteskrankheiten handelte. Doch war ihm nicht klar, dass sie seinetwegen kamen.

Viele Hexenmeister trafen identische Vorbereitungen. Sie machten ein paar Verrenkungen, einige stießen sogar in Hörner oder bliesen in Trillerpfeifen, um die bösen Geister aufzuscheuchen, die vom Patienten Besitz ergriffen hatten, und stellten dann eine Frage, auf die Kamĩtĩ als Antwort immer das Wort „wenn" ausspuckte. Geschlagen verließen sie das Zimmer und murmelten vor sich hin, sie hätten nie einen Fall erlebt, bei dem der Patient so vollständig von den bösen Geistern besessen gewesen sei. Einige versuchten, ihr Versagen zu verbergen, indem sie vorgaben, eine stärkere Medizin zu holen. Sie kämen ganz bestimmt wieder, doch ihre Stimmen ließen wenig Überzeugung und Enthusiasmus erkennen.

Kamĩtĩ war mit seiner Vorstellung ziemlich zufrieden. Selbst für den klügsten Arzt war es schwierig, eine Krankheit zu diagnostizieren, bei der sich der Patient über die Symptome völlig ausschwieg. Doch nachdem er einen nach dem anderen ins Leere hatte laufen lassen, erschien plötzlich ein Afrochiater, der ihn bis ins Mark erschreckte.

Dieser Meisterchirurg begann, indem er sich lang und breit über seine Erfahrungen ausließ, als würde er den beiden Prüfern im Raum seine Zeugnisse vorlegen.

„Ich sage Ihnen, es geht hier nicht um einen oder zwei, die ich operiert und denen ich Eisenteile entfernt habe, die tief in ihrem Bauch oder ihren Gelenken verborgen waren – zum Beispiel in den Knien", sagte er vertraulich zu Njoya und Kahiga. „Ich habe viele operiert, und sieben von zehn haben überlebt und es ging ihnen wieder gut. Nicht schlecht, oder? Und ich arbeite zügig", fügte er hinzu, holte seine chirurgischen Instrumente aus der Tasche und breitete sie sorgfältig auf dem Fußboden aus.

Kamĩtĩ sah Hämmer, Pinzetten, Miniatursägen, Rasierklingen, Nadeln, Messer, Scheren und Nägel in unterschiedlichen Größen und Formen. Er wusste nicht, was furchteinflößender war: das Aufgebot chirurgischer Werkzeuge oder der nüchterne Ton, in dem der Meisterchirurg über seine bisherigen Erfolge sprach.

Kamĩtĩ beschloss, die Sache selbst in die Hand zu nehmen. Er stand auf, trat auf den Chirurgen zu, bellte „WENN! WENN!" heraus und sprühte Speichel in Richtung seines Widersachers, der gerade seine Werkzeuge überprüfte. Der Meisterchirurg glaubte, Kamĩtĩ wolle ihn und sein Werkzeug mit dem Bösen anstecken, und begann seine Utensilien rasch einzusammeln, um sie wieder in der Tasche verstauen. Aber zu spät! Seine Apparaturen waren bereits bespritzt mit schleimigem Speichel. Eine Ladung traf ihn im Gesicht und er wartete nicht weiter ab. Er schrie unwillkürlich auf, warf die restlichen Geräte in seine Tasche, stürzte aus dem Zimmer und rannte, so schnell ihn seine klapprigen Beine trugen, zum Tor des State House. Seine Sachen seien mit Speichel verhext worden, klagte er so laut, dass jeder es hören konnte, und fügte stöhnend hinzu: „Ich bin verflucht worden." In seinem Wahn spürte er den Tod an seine Tür klopfen. Ein „Ich werde sterben" wich bald einem „Ich sterbe", und als der Meisterchirurg die Warteschlange vor dem Tor erreicht hatte, wurde der Schrei zu einem „Ich bin tot". Als ihn die anderen fragten, was los sei, faselte er etwas von seiner Verhexung und dem sicheren Tod.

Als sie verstanden, wovon er sprach, ergriffen die übrigen Kandidaten die Flucht. Anfangs folgten sie ihm und riefen ihm Fragen hinterher, bevor sie in verschiedene Richtungen auseinanderliefen.

Die Nachricht von der Flucht der Hexenmeister kam dem Herrscher sofort zu Ohren und er raste vor Wut. Er befahl seinen Sicherheitsleuten, die Kandidaten zu verfolgen und zurückzubringen. Sie sollten ausgepeitscht werden und anschließend ihre Prüfungen fortsetzen. Wie können diese Feiglinge es wagen, Schande auf die Afrochiatrie zu laden?

Es war, als hätten sich alle Zauberer und Hexenheiler in Luft aufgelöst, bis auf einen, der nicht flüchten konnte, weil sein linkes Bein kürzer war als das rechte. Er konnte nur humpeln und rief ihnen hinterher: „Oh, meine Brüder und Schwestern der Zauberei, lasst mich nicht allein zurück! Bitte lasst mich nicht allein zurück – in Dingen der Zauberei sind wir doch alle gleich!“

„Oh, wir lassen dich nicht zurück“, meinten die Sicherheitsleute, als sie über den verkrüppelten Heiler herfielen, und nur ihre Angst vor der Zauberei hielt sie davon ab, aus Rache einen Prügelhagel auf ihn niederprasseln zu lassen.

23

Der Herrscher befahl, dass sich der Krüppel der Prüfung zu unterziehen habe oder so lange mit dem *sjambok* ausgepeitscht werde, bis er preisgebe, wohin seine Zauberbrüder und -schwestern verschwunden seien. Als man ihm sagte, der Hexenmeister sei eine Frau, meinte er, das spiele keine Rolle, wenn sie die Prüfung bestehe, würde ihr der *sjambok* erspart bleiben.

Die Hinkende Hexe, wie sie die verkrüppelte Hexe nun nannten, hatte ein abstoßendes Gesicht. Ein Auge triefte, und wenn sie nicht sprach, zuckten ihre Lippen; wenn sie mit ihr redeten, mussten sich die Leute von ihr abwenden. Gleichzeitig gab sie eine komische Figur ab. Sie hatte keinerlei Wahrsagerutensilien bei sich, nur einen Gehstock und trug einen plumpen Umhang. Ihr Haar war so verfilzt, dass es zu hitzigen Debatten unter ihren Häschern kam, die meinten, sie habe die Idee von den Dreadlocks zu wörtlich genommen.

Kamĩtĩ stand noch unter Schock, nachdem er dem Meisterchirurg so knapp entronnen war; er war jetzt eisern auf der Hut. Als nun die Hinkende Hexe hereingeschoben wurde, sprang Kamĩtĩ auf, zog sich tiefer in seine Ecke zurück und machte sich bereit, seinen tödlichen Speichel zu versprühen. Der werde ich nicht den Rücken zukehren, schwor er sich. Er betrachtete den Stock, den sie bei sich hatte, mit äußerstem Misstrauen. Die Hinkende Hexe und er sahen sich ein paar Sekunden lang herausfordernd an, als wollten sie sich messen, wer zuerst zwinkerte.

Trotz seiner Wachsamkeit ahnte Kamĩtĩ den nächsten Zug der Hexe nicht voraus, oder besser, er sah ihn nicht kommen. Plötzlich berührte ihr Stock seinen Adamsapfel. Kamĩtĩ machte den Versuch einiger „Wenns", aber sie erstickten in seiner Angst. Jedes Mal, wenn er versuchte, den Hals wegzuziehen, drückte sie ein bisschen kräftiger auf seinen Adamsapfel, als wollte sie ihn warnen: Treib ja keine Spielchen mit mir, und schließlich gab er auf. Ich muss mir genau überlegen, was ich mache, dachte er, sonst bin ich ein toter Mann.

„Mein Gehstock lügt nie. Der Teufel versteckt sich dort, genau an der Stelle, die mein Stock berührt. Der Tor und der Weise – wer ist es, der nicht sehen kann? Die Sprache ist der Anfang des Wissens. Und wenn sie fehlt? Der Anfang von Torheit. Wie nur ist der Teufel hierhergekommen? Hier stinkt es nach Alkohol."

Njoya und Kahiga warfen einander wirre Blicke zu.

„Sagt mir", sprach sie laut, „wo habt ihr den denn aufgelesen?" Sie schauten sich wieder an, unschlüssig, ob sie zugeben sollten, dass sie den Mann in einer Bar gefunden hatten. Sie waren nicht einmal sicher, ob sie die Fragen der Hexenmeisterin überhaupt beantworten durften, wenn diese über das Erforderliche hinausgingen. Sie berieten sich leise und entschieden, dass Njoya sich erkundigen sollte, wie sie sich bei Fragen zu verhalten hätten. Sobald Njoya hinausgegangen war, betrat – gemäß der Zwei-Mann-Regel – A.G. das Zimmer.

Das stellte Njoya vor Probleme, denn bei seiner Rückkehr wurde ihm klar, dass eben diese Regel ihm untersagte einzutreten. Also nahm er einfach A.G.'s Platz vor der Tür ein.

„Was habe ich dich gefragt?", fuhr die Hinkende Hexe Kahiga wütend an. Verzweifelt öffnete dieser die Tür, zog schnell Njoya hinein und nahm dessen Platz vor der Tür ein. Da er die Erlaubnis erhalten hatte, ihre Frage zu beantworten, gab Njoya zu, den Mann gemeinsam mit anderen in einer Bierhalle gefunden zu haben; er sei betrunken gewesen, habe aber seither keinen Tropfen Alkohol mehr zu sich genommen und auch keinen zu sehen bekommen. A.G., der den Raum eben erst betreten hatte, begriff nicht so recht, was vor sich ging. Es ärgerte ihn, dass Njoya anscheinend alle Lorbeeren für die Verhaftung des Mannes an sich reißen wollte. Er musste das richtigstellen. Und ohne sich mit seinem Partner abzusprechen, mischte A.G. sich in die Unterhaltung ein.

„Ehrlich! *Haki ya Mungu!* Ich bin derjenige, der ihn in der Bierhalle entdeckt hat. Wenn Sie Fragen über ihn und den Alkohol haben, fragen Sie mich, und wenn Sie sicher gehen wollen, dass ich die Wahrheit sage, ehrlich! *Haki ya Mungu!*, fragen Sie ... ich meine ... wenn der Herr der ..."

Fast hätte er die Identität des Mannes preisgegeben, und als er seinen Fauxpas bemerkte, versuchte er, ihn hinter einem übertriebenen Hustenanfall zu verbergen, bis die Hexe zornig dazwischenfuhr.

„Hör auf damit, sonst holst du dir seine Krankheit. Ein Opfer des Bösen am Tag ist genug. Mein Gehstock hat die Ursache bereits festgestellt und wird mir alles ..."

A.G., der nur zu gern gehorchte, hörte auf zu husten. Die Hinkende Hexe wandte ihre Aufmerksamkeit wieder dem Patienten zu.

„Du da, hör mir mit beiden Ohren zu", sprach sie und drückte mit ihrem Stock gegen die Kehle des Mannes. „Ich will mit dem Teufel reden, der sich in deinem Kehlkopf versteckt." Kamĩtĩ zwang sich, der Hexe fest in die Augen zu schauen und glaubte, sie zwinkern zu sehen. Oder bildete er sich das nur ein? Doch das triefende Auge und die zuckenden Lippen stießen ihn ab. Er horchte auf ihren Tonfall.

Der Körper ist der Tempel der Seele
Achte darauf, was du isst und trinkst
Gier macht den Tod gierig nach dem Leben
Zigaretten fesseln das Leben; Alkohol sperrt den Geist ein
Das Gute entsteht aus der Ausgewogenheit

Sie betete den gesamten Katechismus herunter, und er stand verwundert und ungläubig staunend vor ihr.

„Jetzt habe ich dem Teufel in dir befohlen, durch dich zu mir zu sprechen", sagte die Hinkende Hexe. „Sprich, Teufel!"

„WENN!", bellte Kamĩtĩ versuchsweise heraus, als wollte er sie herausfordern, seine Zweifel zu zerstreuen.

„Du ...", sagte die Hinkende Hexe, als nähme sie seine Herausforderung an.

„Und ich ...", fügte er hinzu und stoppte.

„Die waren ...", sprach die Hinkende Hexe.

„Im Grasland ..." ergänzte Kamĩtĩ.

„Tanzten ...", fuhr die Hexe fort.

„Nackt ...", sagte Kamĩtĩ, um sie zu schockieren.

„Im Mondschein, wie Hexen das tun ...", ergänzte sie, als wollte sie ihm verdeutlichen, dass es ihm nicht gelungen war, sie aus der Fassung zu bringen.

„Dann führ mich aus diesem Gefängnis des WENN ... OH ... WENN ... WENN ICH ...", fuhr Kamĩtĩ fort, aus dem der Teufel flehte, dass sie ihn befreite, weil er den Verlockungen der Hinkenden Hexe erlegen war.

Sie richtete ihren Blick auf A.G. und Njoya, die von dem Wunder, das sie gerade erlebten, vollkommen gefesselt waren. Diese Hinkende Hexe hatte erreicht, was trotz aller Speere, Messer, Nadeln, Rasierklingen und Drohungen keinem der anderen Hexenmeister gelungen war: dem Patienten ein anderes Wort als „wenn" zu entlocken. Sie hatte es geschafft, im Teufel, der in seinem Kehlkopf saß, die Furcht vor dem Herrn zu wecken. Nun warteten sie gespannt, was die Hinkende Hexe sagen würde. „Wenn ich noch mehr aus ihm herausholen soll, dann müsst ihr ihn in meinen Schrein bringen, von dem meine Medizin ihre Kraft bezieht. Tut das, wann immer es euch passt."

Njoya und A.G. berieten sich in einer Ecke. Dann verließ A.G. das Zimmer. Kahiga trat ein. Als A.G. zurückkam, blieb auch er nicht draußen, sondern kam einfach herein.

„Man hat uns befohlen, sofort zu deinem Schrein zu gehen", berichtete A.G. der Hinkenden Hexe. „Du musst ihn unverzüglich vollständig heilen. Dann werden wir ihn und dich wieder herbringen."

Kamĩtĩ traute seinen Ohren nicht. All seine Zweifel über die Hexe waren verschwunden. Nyawĩra hat ein Wunder vollbracht, sagte er sich, und konnte nur mit Mühe Tränen der Freude, der Dankbarkeit und der Bewunderung zurückhalten.

24

Die Hinkende Hexe weigerte sich standhaft, mit dem Land Rover zu fahren.

„Oh, wir haben es also nicht weit?", fragten die drei Polizisten.

„Nein, nicht sehr weit", sagte sie. „Nach dort drüben", fügte sie hinzu und zeigte zum Horizont.

„Da drüben, wo der Himmel der Erde begegnet?", fragte Njoya.

„Ja", antwortete die Hinkende Hexe.

„Aber das ist ein sehr langer Weg von hier", meinte Kahiga.

„Der Weg nach Hause ist niemals lang", antwortete sie. „Meine Macht kommt von meiner Verbindung mit dieser Erde", fügte sie hinzu und pochte mit ihrem Stock auf den Boden. „Ich lasse nicht zu, dass etwas zwischen mich und Mutter Erde kommt. Warum fahren Sie nicht voraus? Und wenn Sie vor mir ankommen, warten Sie einfach auf mich."

„Oh, nein", antwortete das Polizeitrio gleichzeitig.

„Unser Befehl lautet, Sie nie aus den Augen zu lassen", fügte A.G. hinzu.

„Wenn Sie nicht gehen wollen, was bringt Sie dann von A nach B?“, fragte Njoya.

„Ein *mkokoteni*, ein von Menschen geschobener Transportkarren oder ein Eselskarren. Alles, was von einem Lebewesen gezogen wird, dessen Füße den Boden berühren.“

„Sie verlangen, dass wir in Karren reisen, die von Menschen oder Eseln gezogen werden?“, fragte das Polizistentrio.

„Um diese Zeit sind Eselskarren und *mkokoteni* schwer aufzutreiben“, fügte Njoya hinzu.

Statt zu antworten, zeigte sie auf den Schriftzug auf ihrem Gewand: *shauri yako*. Warum mein Problem?, schien Njoya sich zu fragen, überging dann aber die Unverschämtheit.

A.G. bewachte die Hinkende Hexe und den „Gefangenen“, während sich Kahiga und Njoya aufmachten, einen Karren aufzutreiben.

Sie waren noch nicht weit gefahren, als sie einen Eselskarren und ein *mkokoteni* entdeckten, das von zwei Leuten geschoben wurde. Beide waren voll beladen, doch beschlossen sie, die Karren trotzdem zu mieten.

Die Hinkende Hexe verlangte, dass sie und Kamĩtĩ im *mkokoteni* fuhren, während Njoya, Kahiga und A.G. den Eselskarren nehmen sollten. Der Land Rover musste den Abschluss bilden, weil die Geister der Magie keine Abgase mochten. Der Konvoi aus *mkokoteni*, Eselskarren und Land Rover kroch im Schneckentempo durch die Straßen und hielt den Verkehr auf, sodass die Fahrer der anderen Fahrzeuge ungeduldig und entnervt hupten. Am Himmel über ihnen sorgten Hubschrauber, die die protestierenden Jugendlichen beobachteten, die auf das Gelände des Parlamentsgebäudes vordrangen, für zusätzlichen Lärm und Aufsehen.

Plötzlich raste ein Mercedes, aus der entgegengesetzten Richtung kommend, auf sie zu. Der Fahrer forderte den Lenker des Eselskarrens auf anzuhalten, und der Konvoi kam zum Stehen. Es war Kaniũrũ. Was danach kam, war reines Chaos. Sofort wies die Hinkende Hexe die beiden *mkokoteni*-Lenker an weiterzufahren, und sie rannten, als wären ihnen Flügel gewachsen. Bei der Verfolgung des *mkokoteni* warf der Eselskarren Njoya, Kahiga und A.G. ab. Der

Land Rover sammelte Kahiga ein. Njoya beschlagnahmte ein Fahrrad und A.G. rannte hinterher und rief Njoya zu, er solle ihn auf dem Fahrrad mitnehmen.

Das *mkokoteni* hatte den Vorteil, sich durch den Verkehr schlängeln zu können, der Mercedes dagegen große Schwierigkeiten, ihm auf der engen Straße zu folgen. Der Eselskarren versperrte dem Land Rover den Weg. Die Fußgänger auf den Bürgersteigen wunderten sich, warum ein Mercedes hupend hinter einem *mkokoteni* herfuhr, ein Esel einen Mercedes anschrie, während er seine Notdurft verrichtete, ein Land Rover einen Eselskarren anhupte, ein Fahrradfahrer einen Land Rover anklingelte und ein Polizist rannte und *Simama!* rief. Sie konnten nicht sagen, ob er „Halt!" oder jemanden mit diesem Namen rief. A.G. wurde das erste Opfer der Verfolgung. Er trat in Eselsmist, rutschte aus und fiel hin. Passanten bezeichneten es als schweren Fall.

Das rasende *mkokoteni* fuhr über den Bahnübergang, gerade noch rechtzeitig, bevor sich die Schranken schlossen und den Mercedes aufhielten. „Lauf zu Maritha und Mariko", sagte die Hinkende Hexe zum Herrn der Krähen. „Stell keine Fragen. Wir reden später."

Der Herr der Krähen sprang ab und rannte davon. Als der Mercedes endlich den Bahnübergang überquerte, konnte Kaniũrũ das *mkokoteni* gerade noch in der Ferne sehen.

„Los, hinterher", befahl er seinem Fahrer.

25

Später erzählte man sich, ein Esel habe mitten auf der Straße gestanden und den Verkehr so lange aufgehalten, bis der Herr der Krähen und die Hinkende Hexe in Sicherheit waren. Andere Gerüchte besagten, nein, alle Esel in Santamaria hätten sich scheißend und urinierend die Straße hinauf und hinunter aufgestellt, wodurch der Belag derart schlüpfrig wurde, dass die Fahrzeuge kaum vorwärts gekommen seien, und als die Polizei die beiden zu verfolgen versuchte, seien sie herumgeschlittert und hätten schließlich alle greifbaren Fahrräder beschlagnahmt.

„Stimmt das wirklich?“, fragte Vinjinia ihren Mann Tajirika am Abend des folgenden Tages.

„Überlass die Gerüchte den Gerüchteköchen“, sagte Tajirika gereizt, weil er über die Nachricht, dass die Hinkende Hexe und der Herr der Krähen entkommen waren, alles andere als glücklich war. Seine sich gerade entwickelnde Finanzpolitik beinhaltete die Produktion ausländischer Währung, natürlich gewachsener Dollars, und hing allein davon ab, dass sich der Herr der Krähen dem Willen des Herrschers beugte. Er befürchtete, die Flucht des Zauberers könnte seine Stellung als Gouverneur der Central Bank gefährden.

Vinjinia war ein bisschen geknickt. War die Nachricht von der Flucht des Herrn der Krähen also nur ein Gerücht?

„Das mit seiner Flucht stimmt“, gab Tajirika zu. „Nur hat ihm die Hinkende Hexe geholfen und nicht Esel, weder einer noch viele.“

„Eine hinkende – was?“

„Ist eine von diesen Hexenmeistern. Das linke Bein war kürzer als das rechte, daher der Spitzname“, erklärte Tajirika und machte eine Pause. „Vinjinia, dein Vorschlag, Hexen und Hexenmeister öffentlich zu einem nationalen Leistungstest ins State House einzuladen, war brillant. Er hätte sicher auch Früchte getragen, wenn die Hinkende Hexe nicht gewesen wäre.“

„Ein Mann?“

„Nein! Eine Frau. Sie und der Zauberer sind verschwunden!“

„Wie war das möglich? Ich meine, dass sie fliehen konnten?“

„Ich kann dir nur sagen, was ich Kaniũrũ zum Herrscher sagen hörte, als er die Wachen der Nachlässigkeit bezichtigte und ihnen vorwarf, der Uniform loyaler Polizisten nicht würdig zu sein. Aber du weißt ja, die Kleinnase ist ein Lügner, bei dem es schwerfällt, Wirklichkeit von Fiktion zu unterscheiden.“

„Was hat Kaniũrũ damit zu tun?“, fragte Vinjinia ehrlich verwirrt.

Obwohl er müde war, gelang es Tajirika, die Geschichte zu rekapitulieren.

Vinjinia war froh, dass die Hinkende Hexe entkommen war, denn wahrscheinlich gehörte sie zu den Frauen, die ihr damals in ihrer Not geholfen hatten. Sie fühlte sich gut, weil sie der Versuchung widerstanden hatte, Nyawĩra zu verraten. Am glücklichsten aber war sie bei dem Gedanken, mit denen solidarisch zu sein, die sie einst für böse gehalten hatte, Menschen, die sie jetzt, auch wenn sie mit ihrer Politik nicht übereinstimmte, als menschlich und großherzig sah. Sie waren ihr auf jeden Fall lieber als all die abscheulichen und niederträchtigen Kaniũrũs. Es ermutigte sie, dass sie allein herausgefunden hatte, wie sie Nyawĩra am besten danken konnte.

Sie ging in Gedanken noch einmal alles durch. Während der gemeinsamen Mahlzeiten und der abendlichen Gespräche im Bett hatte sie von Tajirika alle Informationen über den Zustand und den Aufenthaltsort des Herrn der Krähen herausbekommen und dies anschließend an Maritha weitergegeben.

Es war Vinjinia, die Maritha erzählte, dass der Herr der Krähen in einer Bar verhaftet worden sei und, nachdem man ihn ins State House überführt hatte, die Krankheit der Worte bekommen habe. Es sei ihr so vorgekommen, sagte sie zu Maritha, als würden nur Männer diese Krankheit bekommen. Sie erzählte ihr von dem nationalen Leistungstest für Hexenmeister, dessen Ziel es gewesen sei, den Zauberer zu heilen. Kein einziges Mal ließ Vinjinia durchblicken, was Maritha mit diesen Informationen anstellen sollte, denn sie wusste natürlich, dass Maritha Nyawĩra jede Einzelheit überbringen würde. Die Flucht allerdings hatte sie nicht vorausgesehen. Ihr war es nur darum gegangen, Nyawĩra mit dem Herrn der Krähen zusammenzubringen. Ihr Plan, so schien es, war über ihre wildesten Träume hinaus erfolgreich aufgegangen.

Trotzdem ärgerte sie, dass es Kaniũrũ geschafft hatte, sich einzumischen, und was das anging, waren sie und ihr Mann vollkommen einer Meinung.

„Kannst du dir vorstellen, dass Kaniũrũ, obwohl er sich in Dinge eingemischt hat, die ihn nichts angingen, und obwohl er es nicht geschafft hat, das flüchtende *mkokoteni* aufzuhalten, vom Herrscher den Auftrag bekommen hat, die Flüchtlinge zu fassen?“

„Dieser Kerl! Ich weiß nicht, wie man es hinkriegen kann, dass ihm seine üblen Machenschaften nicht auch noch nutzen“, sagte Vinjinia. „Was ist mit den drei Polizisten? Wie haben sie ihr Verhalten erklärt?“

„A. G., Kahiga und Njoya sind in den Rang von Arbeitslosen erhoben worden“, antwortete Tajirika.

Diese Neuigkeit machte ihr zu schaffen. „Wie kann der Herrscher drei Leute entlassen, die ihm so treu gedient haben?“

„Der Herrscher macht keine Fehler“, erwiderte Tajirika unwirsch. „Ich bin davon überzeugt, dass er sie nicht ohne guten Grund entlassen hat.“

26

„Ehrlich, *Haki ya Mungu*, als wir ins State House zurückkamen, stellten wir fest, dass Kaniũrũ die Atmosphäre bereits mit Lügen vergiftet hatte. Er behauptete sogar, er habe gesehen, wie wir uns mit Touristen abgegeben hätten, die Fotos von Polizisten auf einem Eselskarren machten, eine Szene, die bei ihnen den Eindruck erweckte, der Herrscher sei pleite und könne sich nur noch Eselskarren für seine Polizeikräfte leisten!

Wir wurden gefeuert und man befahl uns, das Regierungsgebäude sofort zu verlassen. Sogar ein streunender Hund, der etwas gestohlen hat, wird besser behandelt als wir, die dem Herrscher ein Leben lang treu gedient haben.

Über die beiden anderen weiß ich nichts, aber ich besaß weder Land noch Haus noch sonst etwas. Als wir über die Möglichkeiten sprachen, die uns blieben, wurde uns, allerdings zu spät, klar, dass wir nichts anderes konnten als verhaften, foltern und Leute vor Gericht bringen. Die einzigen Jobs, die uns offenstanden, gab es bei den privaten Sicherheitsunternehmen, die im ganzen Land wie Pilze aus dem Boden schossen. Mit dem stolz zur Schau gestellten IWF-

Wohlstand waren die Häuser der wenigen Reichen zu Luxusgefängnissen geworden. Nur stellt euch mal vor, wie peinlich es ist, wenn zwei Ex-Superintendents und ein ehemaliger Assistant Police Commissioner mit einer Hundeleine in der einen und einem Schlagstock in der anderen Hand reicher Leute Häuser bewachen! Oder einfach nur mit Pfeil und Bogen bewaffnet?

Wir setzten uns nahe des Bahnübergangs an den Straßenrand und fragten uns, warum uns das Schicksal einen solchen Schlag versetzt hatte. Wohin sollten wir gehen? Warum hatte uns das Glück verlassen, jetzt, da wir es am nötigsten brauchten? Wer war diese Hinkende Hexe?"

„Die Hinkende Hexe und der Herr der Krähen sind ein und dieselbe Person", erklärte ein müder A.G. Kahiga und Njoya in feierlichem Ernst. Eine heftige Meinungsverschiedenheit kam zwischen ihnen auf, weil Kahiga und Njoya darauf beharrten, die Hinkende Hexe und der Herr der Krähen seien zwei verschiedene und eigenständige Wesen. A.G. versuchte ihnen zu erklären, dass der Zauberer manchmal als Frau und manchmal als Mann erscheine. Die Hinkende Hexe sei die andere Verkörperung des Zauberers, und der Gefangene sei nichts weiter als sein Schatten. Er erzählte ihnen von der Nacht, in der er zwei Erscheinungen in menschlicher Gestalt durch das Grasland verfolgte, die, als sie über den in der Mitte gespaltenen Felsen sprangen – „Ihr erinnert euch an den Felsen und den Buschwald, in dem wir die Pflanzen mit den Dollarblättern gefunden haben?" –, zu einer verschmolzen.

Kaum waren die Dollarblätter erwähnt worden, sprang Kahiga auf. „Ich meine, wir sollten gehen und den Herrn der Krähen suchen, ob er nun die Hinkende Hexe ist oder nicht, eine Frau oder nicht, ein Schatten oder nicht", sagte er aufgeregt.

„Was? Nach allem, was uns der Herrscher angetan hat?", fragte A.G., den sein eigener skeptischer Ton erstaunte.

„Ja, ein Esel bringt seine Dankbarkeit mit Fußtritten zum Ausdruck", meinte Njoya.

„Genau, ihr sagt es", erwiderte Kahiga. „Erinnert ihr euch an die Löcher, die wir Tag und Nacht im Grasland gegraben haben? Sind wir für unsere Anstrengungen belohnt worden? Wir wissen nicht einmal, was sie mit den Pflanzen gemacht haben. Und jetzt das! Entlassung aufgrund dreister Lügen! Nein. Wir suchen den Herrn der Krähen, aber diesmal zu unserem eigenen Vorteil. Versteht ihr? Wir erzählen ihm von unserem Elend als Arbeitslose. Wir werden ihn anflehen, uns das Geheimnis der Bäume zu verraten, auf denen Geld wächst. Wir brauchen nicht einmal die Sorte, die Dollars wachsen lässt. Uns reicht schon einer, auf dem Burĩ wachsen", bemerkte Kahiga, als er die beiden anderen zustimmend nicken sah.

Bevor sie auseinandergingen, schlossen sie einen Pakt auf gegenseitige Zusammenarbeit. Sie wollten verschiedene Wege gehen, aber wer immer Informationen über den Aufenthaltsort des Herrn der Krähen bekam, sollte es den beiden anderen sofort mitteilen. Alle drei mussten anwesend sein, wenn der Herr der Krähen verriet, wie man Geld auf Bäumen wachsen ließ.

„Ehrlich! *Haki ya Mungu!*", sollte A.G. später zu seinen Zuhörern sagen. „Von da an trugen wir Zivilkleidung und nahmen die soziale Stellung von Tausenden anderen ein, von einfachen Fußsoldaten bis zu Mitgliedern der elitären Luftwaffe, die man gefeuert hatte. Aus Fischern von Menschen, die den Staat stützten, waren wir drei zu Fischern des Herrn der Krähen geworden, um uns selbst zu erhalten. Was mich angeht – ehrlich! *Haki ya Mungu!* – so war es nicht die Verlockung der Pflanzen, die Geld wachsen ließen, die mich veranlasste, mich an der Suche zu beteiligen, sondern das Verlangen, das Geheimnis des Seins aller Dinge herauszufinden.

Eines Tages hörte ich, dass der Herr der Krähen in der Nähe der All Saints Cathedral gesehen worden war, und suchte Kahiga und Njoya, um ihnen diese Information mitzuteilen. Sie waren, so schien es, schon vor mir darauf gestoßen. Hatten sie unser Abkommen vergessen? Nun, ich machte mich auch auf den Weg dorthin, und stellt euch meine Überraschung vor, als ich sah, dass die ganze Kathedrale ... aber ihr seid ja an diesem Tag sicher auch dort gewesen, oder?"

FÜNFTES BUCH

Dämonen des Aufruhrs

ERSTER TEIL

1

Weil die Hinkende Hexe und der Herr der Krähen entkommen waren und auch sonst im Land nicht alles zum Besten stand, fühlte sich der Herrscher wie ein in die Ecke getriebenes, zahnloses Tier. Im State House, von wo aus er das Geschehen überwachte, ließ er sich stündlich aus verschiedenen Quellen berichten und bekam wirre Darstellungen, in denen sich das Chaos der Ereignisse im Land spiegelte. Warteschlangen, die sich aus unterschiedlichsten Gründen in den einzelnen Landesteilen gebildet hatten, sammelten sich vor dem Parlamentsgebäude und dem Obersten Gericht. Je größer die Menge wurde, desto mehr sah sich der Herrscher in seinen Handlungsmöglichkeiten eingeschränkt.

Weil Kaniũrũs patriotische Horden am Flughafen ausländische Journalisten verprügelt und damit Proteste der westlichen Botschaften ausgelöst hatte, verordnete der Herrscher der Polizei, den paramilitärischen Einheiten und sogar Kaniũrũs Leuten Vorsicht, äußerste Vorsicht gegenüber ausländischen Kameras. Wenn sie unbedingt ein paar Schädel einschlagen mussten, dann sollten sie das auf dem Land und in den Kleinstädten tun. Nicht, dass er über diejenigen verärgert war, die seinen Aufruf zur Selbstbeherrschung missachtet und außerdem denen ein paar Knochen gebrochen hatten, die andere anstifteten, zur sogenannten Volksversammlung zu gehen. Er wollte jedoch nicht, dass sie etwas unternahmen, das den Eindruck vermitteln könnte, er fürchte sich vor einer friedlichen Versammlung. Obwohl er vor Mordlust schäumte, hielt er seine Gefühle im

Zaum und ließ seine Schlägertrupps nicht auf die Dissidenten los. Er hoffte, dass die Leute des Redenschwingens überdrüssig wurden und hungrig und durstig nach Hause gingen.

Doch das trat nicht ein. Viele hatten Essen dabei. Die Besitzer kleiner Restaurants und Kioske lieferten Imbisse und einige *matatus* brachten Nahrungsmittel von der Landbevölkerung. Dadurch wuchs die Versammlung an Zahl, Selbstvertrauen und Mut. Als die Polizei anfangs versuchte, einen Lautsprecher von einer provisorischen Bühne zu entfernen, hatten die Leute protestierend aufgeschrien, mit Chaos gedroht und die Polizei so gezwungen, ihn stehen zu lassen.

Bald entwickelte sich ein festes Muster, nach dem die tägliche Versammlung ablief. Religiöse Führer eröffneten mit Gebeten, die oft zum Thema hatten, dass Gott Satan überwand, damit in Aburĩria Frieden und Wohlstand herrschen könnten. Auf die Gebete folgten Hymnen, dann predigten die Geistlichen und hielten sich dabei streng an ihre heiligen Schriften. Anschließend konnte jeder sprechen, der wollte. Dem Herrscher gefiel das überhaupt nicht und nur die Aussicht auf das Geld von der Global Bank hielt ihn zurück.

Ein paar Tage war das Geheimnis um Machokalis Verschwinden das einigende Thema. Wenn selbst der Minister für Auswärtige Angelegenheiten verschwinden konnte, noch dazu jemand, der in der ganzen Welt bekannt war, ohne dass irgendwer dafür zur Verantwortung gezogen wurde, wer konnte dann noch von sich behaupten, in der Republik Aburĩria sicher zu sein? Wir wollen die Wahrheit wissen! Wir wollen die Wahrheit wissen! Dieser Schrei erhob sich immer wieder. Einige schlugen sogar vor, zum State House zu ziehen und ihn dort zu suchen, sollte die Wahrheit über den verschwundenen Minister nicht ans Tageslicht kommen. Sollen sie sich doch heiser reden, sagte sich der Herrscher zähneknirschend, aber wehe denen, die es wagen, hier aufzutauchen. Er dachte daran, Kaniũrũs Schlägertrupps auszuschicken, damit sie einen Marsch zum State House provozierten, besann sich aber eines Besseren, weil er nicht glaubte, dass sich die Bilder eines solchen Marsches auf den Fernsehbildschirmen der Welt gut machen würden. So kam es zu einer Pattsituation, bei der beide Seiten auf den nächsten Schritt der jeweils anderen warteten, sich argwöhnisch beobachteten und lediglich mit Worten bedrohten.

In dieser Situation statteten der amerikanische und der französische Botschafter dem State House einen zweiten Besuch ab. Wie immer kam Botschafter Gemstone ohne Umschweife zur Sache; er ließ den Herrscher wissen, dass er die Position der wichtigsten westlichen Demokratien vertrete und deshalb von Monsieur Jean-Pierre Sartre begleitet werde, den man nicht mit dem existentialistischen Philosophen gleichen Namens verwechseln sollte, wie er scherzte, während Monsieur Sartre zustimmend nickte. Der Westen habe eine Menge in die Zukunft Aburĩrias investiert und sei deshalb natürlich über Entwicklungen besorgt, die seine Interessen gefährdeten. Der Herrscher solle unverzüglich friedliche Maßnahmen einleiten, um die Unruhen im Land zu beenden.

Wütend erhob der Herrscher die Stimme. Er habe die Arroganz des Westens satt. Er sei der Vorträge müde, was er in seinem Haus zu tun und zu lassen habe. Er würde nie auf die Idee kommen, dem amerikanischen Präsidenten zu sagen, was dieser gegen die wilden Demonstrationen unternehmen solle, die er selbst gesehen habe, als er jüngst in Washington ein Prayer Breakfast besucht habe. Er habe es satt, herumkommandiert zu werden. Sie hätten ihn aufgefordert, Maßnahmen zu ergreifen, um die sogenannte Krise zu beenden, und sobald er drohe, die einzige Sprache zu sprechen, die sein Volk verstehe, hätten sie ihm befohlen, das nicht zu tun. „Es ist doch Ihr Volk, das sagt: You can't have your cake and eat it", sprach er zu Botschafter Gemstone. Als er in der Vergangenheit Gewalt angewendet und ein paar tausend Leute mit vollem Wissen und Segen des Westens zum Schweigen gebracht habe, habe der Westen auch nicht davon geschwafelt, friedliche Mittel einzusetzen. Warum also jetzt?

„Das ist genau der Punkt, Eure Vortrefflichkeit", erwiderte Botschafter Gemstone. „Die Umstände haben sich geändert, und wir sind der Meinung, dass es nun anderer Maßnahmen bedarf. Geben Sie Ihrem Volk etwas, das es glücklich macht. Gibt es bei Ihnen nicht das Sprichwort, dass man einem Affen das Baby stehlen kann, wenn man ihm zur Ablenkung Erdnüsse hinwirft?"

„Und was für Erdnüsse soll ich diesen Affen Ihrer Meinung nach hinwerfen?", fragte der Herrscher sarkastisch.

„Als Erstes sollten Sie mit ihnen reden ..."

„Um ihnen was, bitte schön, zu sagen?"

„Sprechen Sie die Sache mit dem verschwundenen Minister Machokali an. Er wurde in all ihren Reden erwähnt."

„Und was soll ich über ihn sagen? Dass ich weiß, wo er ist?"

„Das liegt ganz bei Ihnen. Aber ich kann Ihnen mitteilen, dass Geheimdienstberichte aus aller Welt feststellen, dass er nirgendwo um politisches Asyl ersucht hat, wie Ihre Verlautbarung anzudeuten schien."

Der französische Botschafter nickte zustimmend.

„Warum interessieren Sie sich eigentlich so für das Schicksal eines Ministers, der angeklagt ist, den Sturz meiner Regierung geplant zu haben?"

„Eure Vortrefflichkeit, es gibt keinerlei Beweise dafür."

„Sie glauben also dem offiziellen Bericht nicht, den meine Regierung veröffentlicht hat?"

„Eure Vortrefflichkeit, warum sollten wir ihm glauben, wenn er von seinem politischen Gegner Sikiokuu erstellt wurde?"

„Woher wollen Sie wissen, dass der den Bericht geschrieben hat?"

„Eure Vortrefflichkeit, wir habe unsere Wege, Dinge in Erfahrung zu bringen", antwortete Gemstone.

Der Herrscher hatte nicht vergessen, welche Demütigung es in New York gewesen war, als ihm die Abgesandten der Global Bank von Gerüchten über neue und besser organisierte Warteschlangen in seinem Land berichtet hatten, lange bevor sein eigener Geheimdienst in der Lage gewesen war zusammenzusetzen, was vor sich ging. Und jetzt tauchte dieser Botschafter auf und prahlte damit, wie gut er über die Staatsgeheimnisse anderer Nationen informiert war!

„Sie spionieren Ihre Freunde aus?", fragte der Herrscher eisig.

Man erzählt sich, die Unterredung habe abrupt damit geendet, dass der Herrscher zu Gemstone sagte, er solle beim nächsten Mal besser zum Telefon greifen, ihm einen Brief schreiben oder den französischen Botschafter schicken, wenn er ihm etwas mitzuteilen habe. „Ist das alles, was Sie zu sagen haben?", fragte Gemstone. Er erhob sich und ging, den französischen Botschafter im Schlepptau, hinaus, ohne eine Antwort abzuwarten.

„Die Arroganz der weißen Macht", murmelte der Herrscher. „Warum sind sie so scharf darauf, dass ich mich in meinem Zustand den Massen präsentiere?"

Irgendwie begann ihn das Schweigen des französischen Botschafters zu beunruhigen. Während des Kalten Krieges hatte sich Frankreich im Namen des Westens immer militärisch in die afrikanischen Angelegenheiten eingemischt und ihm oft versichert, dass es ihm mit Truppen beistehen würde, sollte es einen Aufstand gegen ihn geben. Hatte Frankreich jetzt, da der Günstling der Amerikaner und Briten verschwunden war, einen eigenen Kandidaten im Sinn? Wen?

Er dachte daran, dass Gemstone recht hastig betont hatte, Monsieur Sartre habe keinerlei Verbindung zur Philosophie. Wo hatte er unlängst etwas über Frankreich, Philosophie und den aburĩrischen Staat gehört, fragte er sich und als es ihm einfiel, rief er Gouverneur Tajirika zu sich.

„Sag, welchen Philosophen hast du vor einiger Zeit hier in diesem Zimmer mir gegenüber erwähnt?"

„Einen Philosophen? Ich?", fragte Tajirika etwas verwirrt, weil er geglaubt hatte, er sei gerufen worden, um die dramatische Flucht der Hinkenden Hexe und des Herrn der Krähen zu erklären oder über die Menschenmassen zu berichten, die Parlament und Gericht belagerten.

„Ein Franzose?" Der Herrscher versuchte, seinem Gedächtnis auf die Sprünge zu helfen.

„Oh, das war ich nicht, ich schwöre", antwortete Tajirika, als verteidigte er sich gegen eine Anschuldigung. „Es war Sikiokuu, der mir von ihm erzählen wollte. Aber ich habe klar und deutlich gesagt, dass ich mit diesem fanatischen Zweifler nichts zu tun haben will."

„Genau das möchte ich aber herausfinden. Wie heißt er?"

„Oh, Des Cartes oder Descartes."

„Und du bist dir sicher, ganz sicher, dass er nicht Sartre heißt? Absolut sicher? Jean-Pierre Sartre?"

„Ganz sicher. Er heißt definitiv Descartes. Möglicherweise ist sein Vorname Thomas – ich weiß nicht. Aber die Franzosen lieben diese Gottheit offensichtlich und reden viel über ihn. Sikiokuu hat mir erzählt, dass er von dieser Gottheit und seiner Religion des Zweifels das erste Mal auf einer Dinner-Party gehört hat, die man ihm zu Ehren in der französischen Botschaft gegeben hatte."

„Ihm zu Ehren? Warum sollte man ihn ehren?"

„Weil er, lange bevor er Minister wurde, bereits sein Vertrauen in die französische Technologie gezeigt hat, indem er sich für die Verlängerung seiner Ohren für Paris und gegen London entschied."

Der Herrscher blieb eine Zeit lang stumm, als wälzte er einen Gedanken, der ihm gerade gekommen war.

„Ging er allein dorthin, heimlich vielleicht?"

„Das weiß ich nicht."

„Danke, Titus", sagte er fast liebevoll. „Du kannst jetzt wieder an deine Arbeit gehen."

Bald darauf erhielt der Herrscher Berichte über Einladungen einiger Armeeoffiziere zu Cocktail- und Dinner-Partys in westlichen Botschaften. Und das unmittelbar nach seiner Auseinandersetzung mit den Diplomaten. Das reichte jetzt endgültig. Er musste einen Weg finden, die Westler daran zu erinnern, dass in Aburĩria immer noch er derjenige war, welcher ..., unabhängig davon, dass er Kredite für Marching to Heaven brauchte und dass diese arroganten Bastarde absolut nichts dagegen tun konnten, wenn er sein ganzes Volk auslöschte.

Er stellte ein Ultimatum und befahl anschließend einer Panzerdivision, die Volksversammlung aufzulösen.

Der Anblick von Panzern im Fernsehen, die martialisch in den Straßen von Eldares auffuhren, die langen Kanonenrohre zum Morden bereit, bewirkte, dass er sich männlicher vorkam. Die Medien, die diesen Aufmarsch umschwärmten, erregten ihn. Sollen sie Blut sehen, flüsterte der Herrscher vor sich hin und zeigte auf den Bildschirm. Sollen sie sehen, dass ich noch immer die Macht habe.

Doch plötzlich krümmte sich sein Finger und seine Hand sank herunter. Zum ersten Mal seit seinem Aufstieg zur Macht bekam er

Angst. Die Armee auf dem Fernsehschirm sympathisierte mit den jungen Zivilisten, statt die Dissidenten mit den Panzern zu überrollen. Und zu seiner Bestürzung konnte es die ganze Welt sehen. Das war seine Götterdämmerung. Welcher Choreograph steckte jedoch dahinter?

Wenn es um sein Überleben ging, war der Herrscher alles andere als naiv und dumm. Er rief sich den Besuch von Botschafter Gemstone und ihre hitzige Aussprache ins Gedächtnis.

Sorgfältig ging er Gemstones Worte noch einmal durch; und was sich jetzt in seinem Kopf festsetzte, war die Forderung des Botschafters, den Aufrührern etwas zu geben, woran sie sich festhalten konnten, und er beschloss, genau das zu tun. Angesichts seines momentanen Zustandes würde er ihnen über den Informationsminister ein paar Worte zukommen lassen.

Big Ben Mambo, der sich immer als Militär betrachtet hatte, sah nun die ausgezeichnete Gelegenheit, seine Phantasien auszuleben. Anstatt von der Bühne aus zu sprechen, beschloss Big Ben, sich auf einen Panzer zu stellen und seiner offiziellen Botschaft voranzuschicken, dass er im Auftrag des Oberkommandierenden der Streitkräfte des aburĩrischen Staates zu ihnen spreche.

Es werde ein Ausschuss eingesetzt, der die Fakten und Umstände des Verschwindens Machokalis, unseres geliebten Ministers für Auswärtige Angelegenheiten, untersuchen werde, verkündete er und verwies darauf, dass der Herrscher auch daran denke, Scotland Yard in London und das FBI in Washington um Hilfe zu bitten, um zu zeigen, dass er und seine Regierung hinsichtlich des verblichenen Ministers nichts zu verbergen hätten. Kaum hatte er das Wort „verblichenen“ ausgesprochen, wurde Big Ben Mambo klar, was für einen Fehltritt er sich geleistet hatte, doch er entschied, sich nicht zu korrigieren, um nicht noch mehr Aufmerksamkeit darauf zu lenken. Er sprach weiter.

Die Leute trauten ihren Ohren nicht. Wie konnte der Herrscher einen Minister entlassen, der so viele Jahre seine rechte Hand gewesen war? Sie pfiffen ungläubig, als sie hörten, dass die Polizei in den Büros des Staatsministers eine Razzia gemacht und alle Akten zu späterer Prüfung sichergestellt hatte und dass außerdem Minister Sikiokuu verhaftet worden war, der jetzt für Machokalis Verschwinden zur Verantwortung gezogen werden sollte. Mambo erwähnte die ewige Rivalität zwischen Machokali und Sikiokuu, die bis in die Zeit zurückreichte, als Machokali sich zur Vergrößerung seiner Augen für London entschied und Sikiokuu zur chirurgischen Vergrößerung seiner Ohren nach Paris gereist war. Mambo sprach frei und fügte hinzu, beide hätten Stellvertreterkriege für die Briten und die Franzosen geführt. Es sei eine allseits bekannte Tatsache, dass diese zwei Nationen, England und Frankreich, seit den Tagen Napoleons und Nelsons immer um die Vormacht in Europa gekämpft hätten. Deshalb habe er, Mambo, sich geweigert, in ihre fehlgeleiteten Fußstapfen zu treten, und sei nach Deutschland gereist, um sich dort die Zunge anpassen zu lassen, die er jetzt als Stimme des Oberkommandierenden gut zum Einsatz brachte. Nun kehrte Mambo zum vorbereiteten Text zurück und gab zu verstehen, dass Sikiokuu in eine gefährliche Intrige verwickelt gewesen sei, die Zweifel an der Regierung verbreitete. Nur warum? Nun, Taten sprächen deutlicher als Worte.

Unter den Gegenständen im Büro des Ministers habe sich auch ein Anzug befunden, der denen, die der Herrscher gewöhnlich trage, mehr oder weniger aufs Haar gleiche, einschließlich des Besatzes aus Löwenfell, der vom Gesetz her nur dem Herrscher zustehe. Sikiokuu habe sogar den Thron kopiert, auf dem der Herrscher während der Kabinettssitzungen Platz nehme. Trotzdem beschwor Big Ben Mambo die Versammlung, keine voreiligen Schlüsse zu ziehen, bevor der Untersuchungsausschuss die Arbeit abgeschlossen habe.

Das heiße allerdings nicht, dass die Leute darüber schweigen sollten, und jeder, der Informationen über das Verschwinden des geliebten Landessohnes oder Sikiokuus religiöse Sekte besitze, werde Gelegenheit bekommen, vor dem Untersuchungsausschuss mündlich oder schriftlich Zeugnis abzulegen.

Dann befahl er im Namen des Oberkommandierenden der aburĩrischen Streitkräfte allen Panzern, die Straßen zu räumen. Er bat die Menge, nun, da die Regierung sich ihren wesentlichen Anliegen gestellt habe, friedlich auseinanderzugehen.

Doch selbst, als die Panzer sich in Seitenstraßen zurückzogen, gingen die Menschen nicht auseinander; sie verstärkten ihre Gesänge und Gebete und riefen: „Wir wollen unsere Stimme zurück!"

2

Die beiden Hauptpfeiler seiner Macht, das Militär und der Westen, waren beträchtlich ins Wanken geraten. Der Herrscher musste einen Weg finden, sie wieder zu festigen, und wollte beiden zeigen, dass seine Macht nicht ausschließlich von ihnen abhing. Und welch besseren Weg konnte es dafür geben, als die aufsässige Menge ohne die Hilfe des zögerlichen Militärs auseinanderzutreiben? Aber wen außer Armee und Polizei konnte er dazu einsetzen?

Der Herrscher wusste, dass er keinem Minister seines Kabinetts mehr trauen konnte. Er hatte Berichte erhalten, wonach einige Minister wie schon die Armeeoffiziere, möglicherweise dem Vorbild des in Ungnade gefallenen Sikiokuu folgend, unlängst gesehen worden waren, wie sie sich bei westlichen Botschaften einschmeichelten. Gemstones Bemerkung, dass er ziemlich genau wisse, was im Kabinett vor sich gehe, ließ ihn vermuten, dass einige Minister bezahlte Spitzel waren. Um die Pläne der Informanten zu durchkreuzen, hatte er beschlossen, keine Kabinettssitzungen mehr abzuhalten. Jetzt, da Machokali und Sikiokuu nicht mehr da waren, erkannte der Herrscher, wie sehr er in Krisenzeiten von ihnen abhängig gewesen war. Nicht, dass er sie vermisste, denn schließlich hatte er sie durch Tajirika und Kaniũrũ ersetzt, bei denen er sicher sein konnte, dass sie ihm nach dem Mund redeten. Aber auch sie spielte er gegeneinander aus. Oft traf sich der Herrscher nur mit einem von beiden. Es gab Dinge, die zwischen ihm und Kaniũrũ blieben und andere, die er mit Tajirika allein besprechen wollte. Er wusste, dass beide Gauner waren. Und auch wenn sie einander hassten, musste er verhindern, dass sie sich gemeinsam gegen ihn verschworen. Meine

Sonderberater, nannte er sie liebevoll, und an sie wandte er sich nun mit der Bitte um Hilfe bei der Suche nach geeigneten Maßnahmen, die Menge auseinanderzutreiben. Kaniũrũ war als Erster dran.

Kaniũrũ machte zwei Vorschläge. Wenn der Herrscher aus irgendwelchen Gründen nicht die Streitkräfte einsetzen wolle, dann solle er sich gegenüber allen Aufforderungen zur Zurückhaltung seitens des Auslands taub stellen und Kaniũrũs Leuten die Erlaubnis geben, der arroganten Versammlung eine Lektion zu erteilen. Andernfalls müssten alle Anstrengungen verstärkt werden, den Herrn der Krähen zu ergreifen, der anschließend unter Androhung von Folter und Tod gezwungen werden sollte, seine Zauberkräfte einzusetzen, um die verrückt gewordene Menge von ihrem Schlangenwahn und allen verwerflichen Gedanken zu heilen. Er, Kaniũrũ, habe dem Herrn der Krähen bereits Schlingen ausgelegt. Auch wenn sich die Beute erst noch darin fangen musste, sei er überzeugt, dass der Herr der Krähen und die Hinkende Hexe über kurz oder lang seiner Spürnase nicht entgehen würden, fügte er hinzu und lachte.

Auch Tajirika riet dazu, die Dienste des Herrn der Krähen in Anspruch zu nehmen, legte aber den Schwerpunkt auf die unbegrenzte Herstellung von Burĩ-Scheinen, die man anschließend in zwei Haufen teilen sollte.

Der erste würde dazu dienen, ausländische Währungen zu kaufen, die anschließend, zusätzlich zu dem bereits sich dort befindenden Geld, bei Schweizer Banken deponiert werden sollten. Der Herrscher könnte mit dem Geld auch Land in Steueroasen kaufen. Als Gouverneur der Central Bank würde Tajirika natürlich sicherstellen, dass das neue Geld unverzüglich in Umlauf gelangte; und er trete für die Gründung einer neuen Bank ein, der Mwathirika Ltd.

Das Geld vom zweiten Haufen würde dazu verwendet werden, die Menge auf die effektivste, öffentlichkeitswirksamste und friedlichste Weise auseinanderzubringen. Der Herrscher müsste lediglich einen Tag ansetzen, an dem Geld auf die wartende Menge regnen würde wie Manna vom Himmel. Zu diesem Termin würden vier Hubschrauber, in der Mitte der Menge beginnend und dann in Richtung Westen, Osten, Süden und Norden fliegend, Burĩ-Scheine abwerfen. Die Balgerei um das Geld würde die Dissidenten in alle Winde zerstreuen.

Die Gründung einer Bank zur Geldwäsche hörte sich wie ein Geniestreich an. Wenn man den Herrn der Krähen zwingen würde, das Geheimnis der Dollars, die auf Bäumen wuchsen, preiszugeben, ließe sich dieser Geldsegen ohne Weiteres auf den Wegen, die man bereits mit den Burĩ erprobt hatte, national wie international in Umlauf bringen. Die Idee der Mwathirika Bank war so verlockend, dass der Herrscher darauf bestand, Tajirikas Frau Vinjinia als nominelle Gründerin und Geschäftsführerin und die Söhne des Herrschers als Aufsichtsräte einzusetzen. Tajirikas zweiter Vorschlag war ebenso brillant, weil er das gewünschte Ziel ohne Blutvergießen erreichte.

Ein Gauner nach meinem Geschmack, murmelte der Herrscher vor sich hin, fasziniert von der einfachen Schönheit von Tajirikas Plan, und er war glücklich, ihn zum Gouverneur ernannt zu haben. „Und, Titus", sprach der Herrscher plötzlich, als lobte er ihn für die Klarheit seines Plans, „wir haben einen Stuhl und Kleidung, die, wenn ich es richtig verstanden habe, aus Sikiokuus Büro stammen. Siehst du jetzt, mit was für Ministern ich mich umgeben habe? Die sich selbst zum Erben meines Throns ernannt haben? Ich glaube nicht – ich meine, bewahre du diese Beweise des Verrats für mich hinter Schloss und Riegel auf, bis ich entscheide, was ich mit Sikiokuu und seinen Verschwörern machen werde."

Tajirika spürte bei dieser Äußerung, dass der Herrscher mit den Streitkräften nicht mehr zurechtkam und fühlte sich durch das neue Vertrauen, das der Herrscher ihm entgegenbrachte, ermutigt, einen allgemeineren Rat anzubringen.

„Vielen Dank für das Vertrauen, mit dem Sie mich beehren. Ich schwöre Ihnen, Sie niemals zu hintergehen. Und wenn ich mir das noch zu sagen erlauben darf, so brauchen Sie neue, unverbrauchte Ohren und Augen im State House, um offenzulegen, was der eine oder andere vorhaben könnte, Augen, die auch die Befehlshaber der Streitkräfte im Auge behalten, eine Art Super-Auge auf das Militär."

„Ich glaube kaum, dass deine Erfahrungen in militärischen Angelegenheiten darüber hinausgehen, ein Militärlager mit Scheiße und

Urin in deine Gewalt zu bringen“, sagte der Herrscher kühl, dem die Andeutungen Tajirikas zu seinem Missbehagen gegenüber dem Militär nicht gefielen. „Halte dich lieber ans Geld.“

Das war ein Fehltritt, dachte Tajirika und fragte, um ihn zu korrigieren eilig: „Wann soll ich meinen Finanzplan umsetzen?“

„Ich werde darüber nachdenken“, antwortete der Herrscher.

Tajirikas Plan stand in Einklang mit der Philosophie des Herrschers, dass Gier und Egoismus die Welt regierten. Aber Kaniũrũs Pläne erhielten den Vorzug.

Doch dann geschahen Dinge, die Tajirikas Plan plötzlich aus den Gefilden der Ästhetik in die Dringlichkeit der Praxis beförderten.

3

Tajirika war frühmorgens in die Central Bank gefahren, um ein paar Arbeiten zu erledigen, bevor er durch Anrufe gestört werden würde. Das späte Zubettgehen und zeitige Aufstehen gehörte zu den Veränderungen in seinem Leben, seit er Gouverneur geworden war. Zuerst las er die lokalen und anschließend die internationalen Zeitungen, hauptsächlich den Wirtschaftsteil, danach prüfte er im Internet die jüngsten Börsennotierungen und Wechselkurse. Auf diese Weise begann er den Tag mit einem ordentlichen Überblick über den Geldmarkt der Welt.

Doch bevor er sich richtig gesetzt hatte, klingelte das Telefon. Soll ich rangehen oder nicht?, überlegte Tajirika. Aber was, wenn ich nicht rangehe und sich später herausstellt, dass es ein Anruf aus dem State House war? Der Herrscher hatte die Angewohnheit, seine Berater zu jeder Tages- und Nachtzeit anzurufen. Tajirika nahm ab; es war jemand von der Eldares Times.

„Wir haben es im State House versucht, sind aber nicht durchgekommen“, erklärte der Reporter. „Deshalb dachten wir, rufen wir stattdessen Sie an.“

Auch wenn er kein Minister war, hatte Tajirika nichts dagegen, wenn die Leute glaubten oder sogar wussten, dass der Herrscher ihm mehr vertraute, als er seinen Ministern vertraut hatte. Und wenn er seine Karten richtig ausspielte, dann könnte er vielleicht ... wer weiß?, prahlte er manchmal gegenüber Vinjinia.

„Da sind Sie nicht weit vom Weg abgekommen", sagte Tajirika mit einem Anflug von Stolz in der Stimme.

„Eigentlich rufen wir Sie in Ihrer Eigenschaft als Vorsitzender von Marching to Heaven an", sagte der Mann am anderen Ende.

Tajirika kribbelte es vor Aufregung am ganzen Körper. Waren die Kredite bewilligt? Marching to Heaven war die unerschöpflichste und größte Geldquelle überhaupt, und außerdem war es Geld, das heimliche Plantagen und Geldwäscherei überflüssig machte.

„Dann haben Sie die richtige Person angerufen", beeilte sich Tajirika zu erwidern. „Was kann ich für Sie tun?"

„Einen Kommentar zur heutigen Schlagzeile bitte."

„In der heutigen Zeitung?", fragte Tajirika.

„Ja", sagte der Mann. „Ihr Kommentar zu den Neuigkeiten."

„Ich habe sie noch nicht gelesen. Können Sie in fünf Minuten noch einmal anrufen? Oder noch besser: Warum lesen Sie sie mir nicht einfach vor?"

„Global Bank verweigert Kredite für Marching to Heaven."

„Wie bitte?", murmelte Tajirika bestürzt.

„Die Global Bank glaubt nicht, dass Marching to Heaven ein lebensfähiges Projekt ist. Es sei ein Fall, bei dem freies Unternehmertum zu weit geht."

Tajirika zitterten die Hände. Er wartete nicht, bis der Reporter zu Ende gelesen hatte.

„Kein Kommentar. Bitte versuchen Sie es noch einmal im State House", sagte Tajirika mit bebender Stimme.

Er legte auf und griff nach der Eldares Times. Es ging nicht nur um die Kredite für Marching to Heaven. Die Global Bank und das dahinter stehende Global Ministry of Finance hatten sogar bereits bewilligtes Kapital eingefroren. Schlimmer noch, diese Gelder sollten so lange eingefroren bleiben, bis die aburĩrische Regierung wirtschaftliche und politische Reformen eingeleitet und konkrete Schritte unternommen habe, um Inflation und Korruption zu beenden.

Tajirika wusste nicht, ob er wegen des Verlusts dieser Kredite weinen oder vor Freude lachen sollte: Jetzt war die Geldmarktpolitik, die er vorgeschlagen hatte, von größerer Bedeutung denn je.

Wieder klingelte das Telefon.

Tajirika machte sich unverzüglich auf den Weg ins State House.

4

Der Fußboden im Heiligtum des Herrschers war mit Zeitungen übersät, der Herrscher aber wohl offensichtlich abwesend. Tajirika schaute zur Decke hoch und ihm fiel die Kinnlade herunter. Er trat einen Schritt zurück, um besser sehen zu können. Er traute seinen Augen nicht. Die Beine des Herrschers hingen in der Luft, sein Kopf berührte die Decke und sein ganzer Körper schaukelte sanft hin und her.

„Steh da nicht mit offenem Mund rum – hol mich runter“, befahl ihm der Herrscher.

Tajirika spürte, wie seine Knie schwach wurden, und bemühte sich, nicht ohnmächtig zu werden.

„Soll ich die Wachleute zu Hilfe rufen.“

„Natürlich nicht, Blödmann. Hol mich runter.“

Tajirika kam nicht an die herabhängenden Füße heran, auch nicht auf Zehenspitzen. Der Körper des Herrschers, der jetzt noch unbeweglicher war denn je, schien unbegreiflich leicht, sodass nur die Decke verhinderte, dass er davonsegelte. Tajirika stieg auf einen Stuhl und angelte nach den Füßen des Herrschers, aber so oft er das auch tat, der Herrscher stieg wieder auf wie ein Ballon.

„Was sollen wir bloß tun?“, fragte Tajirika.

„Genau deshalb habe ich dich kommen lassen“, erwiderte der Herrscher und schaute von der Decke herab.

Tajirika glaubte, der Herrscher spräche über seinen schwebenden Körper.

„Ja, das ist höchst verwirrend“, meinte Tajirika mitleidig.

„Da muss jemand bei der Global Bank kräftig gegen mich arbeiten“, sagte der Herrscher.

Nein, er redet über die Nachricht, und ich wollte schon vorschlagen, ihn am Boden anzuketten, dachte Tajirika. Er setzte sich auf den Stuhl und legte den Kopf in den Nacken, damit er besser sehen und hören konnte.

Die Entscheidung der Global Bank hatte den Herrscher schwer getroffen, vor allem, weil die Bank es nicht für nötig gehalten hatte, die Höflichkeit aufzubringen, zunächst ihn über die diplomatischen Kanäle oder einen Sondergesandten zu informieren, sondern die Nachricht über die Medien in New York verbreitet hatte.

„Sieh dich um. Sieh dir die Zeitungen an. Sieh dir die Schlagzeilen an. Gibt es auf der ganzen, weiten Welt noch eine einzige Seele, die das nicht gelesen hat? Was ist bloß aus den diplomatischen Gepflogenheiten geworden? Stell dir vor, wie sich meine Feinde freuen müssen, weil sie jetzt glauben, dass ihre Agitation unsere Pläne für Marching to Heaven vereitelt hat!“

„Rassisten!“, sagte Tajirika und legte so viel Hass in die Stimme, wie er konnte.

„Genau das habe ich mir auch gesagt“, meinte der Herrscher. „Aber wir werden der Bank zeigen, dass wir nicht von gestern sind. Was meinst du, Titus?“

„Sie haben völlig recht, Eure Allmächtige Vortrefflichkeit. Wir werden zurückschlagen“, antwortete Tajirika, der registrierte, dass der Herrscher ihn Titus genannt hatte, als wären sie enge Freunde.

„Deshalb habe ich dich zum Gouverneur des Geldes gemacht. Ja, zurückschlagen. Gute Aussage. Du weißt, das Gemstone hinter allem steckt. Er ist der Ursprung dieses unverhüllten Hasses gegen mich.“

„Rassist“, sagte Tajirika erneut.

„Da hast du ganz recht, wie immer“, erwiderte der Herrscher, bevor er anfing, über Bauchschmerzen zu klagen. Er verlangte nach seinem Leibarzt.

Tajirika ging ans Telefon. Er war erleichtert, dass ihm bald jemand beistehen würde, mit der Überraschung fertig zu werden, der er sich gegenübersah.

5

Als Erwiderung auf Dr. Kabocas „Wie geht's?“ zeigte ein sitzender Tajirika einfach an die Decke. Der Arzt begriff nicht, was diese Geste bedeutete, und dachte einen Moment lang, Tajirika sei vielleicht seelisch ein wenig unausgeglichen und dass er seinetwegen ins State House gerufen worden sei. „Wo ist der Herrscher?“, fragte Dr. Kaboca. „Siehst du nicht, dass der Herrscher die Schwerkraft überwunden hat?“, antwortete Tajirika gereizt.

Dr. Kaboca blickte nach oben, und im nächsten Augenblick sah sich Tajirika über den niedergestreckten Körper des Arztes gebeugt. Er fächelte ihm mit einem Taschentuch Luft zu und versuchte, ihn wieder auf die Beine zu bringen.

„Sieht aus, als brauchte der Arzt selber einen Arzt“, erscholl eine Stimme von der Decke.

„Das ist die Hitze“, sagte Dr. Kaboca, als er das Bewusstsein wiedererlangt hatte. „Und jetzt, Mr. Tajirika, verlassen Sie bitte den Raum.“

„Nein“, sprach der Herrscher. „Tajirika ist mein persönlicher Berater. In allen Dingen. Behandle mich in seiner Gegenwart.“

Der Herrscher redete ziemlich offen mit dem Arzt. Er sei, als er die Nachricht von der Global Bank gelesen habe, so wütend geworden, dass sein Körper begonnen habe, sich noch weiter auszudehnen. Er habe daraufhin seinen persönlichen Berater kommen lassen, in der Hoffnung, die Wut in seinem Innern besänftigen zu können, wenn er mit jemandem darüber redete. Während des Wartens habe er weitere Zeitungen gelesen und gefühlt, wie die Wut in ihm wuchs, bis sie ihn fast erstickte, und genau da habe er gespürt, wie er in die

Luft stieg, ohne etwas dagegen tun zu können. Er könne nicht genau sagen wann, aber sein Bauch habe ganz bestimmt erst zu schmerzen begonnen, als er sich bereits in der Luft befand. Zu Anfang sei der Schmerz auszuhalten gewesen, jetzt aber sei er unerträglich.

Unter Mithilfe einiger Zimmererleute, die eine Plattform zusammenbauten, gelang es Dr. Kaboca und Tajirika, den Herrscher ein wenig herunterzuziehen und mit Riemen daran zu befestigen, damit er medizinisch untersucht werden konnte.

Sie hatten es so gut hinbekommen, dass es aussah, als säße der Herrscher auf einem Thron und seine Worte erreichten jene, die zu seinen Füßen saßen, wie die Stimme Gottes vom Himmel. Die Männer wurden zu ständigen Staatszimmerern ernannt und durften das State House nur noch mit Genehmigung des Herrschers verlassen.

Dr. Kaboca kletterte auf das Podest, untersuchte die Mandeln, maß Temperatur und Blutdruck. Dem Herrscher schien nichts zu fehlen. Er tastete dessen Bauch ab, und weil er an die im Land umlaufenden Gerüchte denken musste, dass der Herrscher sich in anderen Umständen befände, hielt er es für das Beste, die Hinzuziehung eines Ärzteteams zu verordnen. Er erinnerte den Herrscher daran, dass man bei seiner Abreise aus Amerika beschlossen habe, Dr. Clarkwell und Professor Furyk nach Aburĩria einzuladen, um seinen Zustand genauer zu untersuchen. Nun sei es an der Zeit, schlug er vor, sich mit ihnen über die Verschlechterung der Symptome zu beraten: fortschreitende körperliche Expansion, Schwerelosigkeit des Leibes und Bauchschmerzen.

6

„Was? Seine Beine baumeln in der Luft?", fragte Vinjinia Tajirika.

Die Vorstellung von einem Herrscher, der in der Luft hing, sodass vom Boden aus nur seine Schuhsohlen zu sehen waren, ließ sie lachen, bis ihr die Rippen wehtaten.

Das war spätabends am selben Tag. Tajirika erzählte Vinjinia nur gelegentlich, was sich im State House zutrug, aber diese Geschichte konnte er nicht für sich behalten. Trotzdem war er so vorsichtig, Vinjinia schwören zu lassen, nichts weiterzuerzählen.

„Glaubst du, dass das das Werk des Herrn der Krähen ist? Oder der Hinkenden Hexe?", flüsterte Vinjinia.

„Dem Zauberer ist alles zuzutrauen."

„Was wäre, wenn das Haus keine Decke und kein Dach hätte?", überlegte sie laut.

„Dann hätte er den Himmel schon vor Marching to Heaven erreicht", antwortete Tajirika, und Vinjinia erkannte den Witz darin und lachte erneut.

Als Vinjinia sich das nächste Mal mit Maritha und Mariko traf, nahm sie Maritha beiseite, ließ sie schwören, es niemandem weiterzusagen, und flüsterte ihr die Geschichte vom Herrscher ins Ohr. Aber natürlich erzählte Maritha sie Mariko, und dieser sah nichts Schlimmes darin, sie Taube zu erzählen, und auch Taube sah nichts Schlimmes ...

Und so ging es weiter, bis die Geschichte die Volksversammlung erreichte, was nichts anderes hieß, als dass bald darauf ganz Aburĩria darüber redete.

7

„Seine SIE hat unsere wildesten Spekulationen weit übertroffen", schrieb Dr. Kaboca an Clarkwell und Furyk und drängte sie, unverzüglich nach Aburĩria zu kommen. Die Kosten würden natürlich voll und ganz vom aburĩrischen Staat übernommen. Dr. Kaboca hatte vor allem die Nachricht im Sinn, die der Herr der Krähen einst geschrieben hatte, sowie die Gerüchte über die Schwangerschaft des Herrschers, die im Land die Runde machten. Ein Ultraschall wäre dringend angebracht, fügte er hinzu.

Furyk verzeichnet im Tagebuch seine Überraschung über den Inhalt des Briefes, vor allem die Hinweise auf Kontraktionen und Ultraschallaufnahmen. Er sah aber auch Chancen. Die Erforschung dieses Phänomens könnte die ewige theologische Debatte über die jungfräuliche Geburt wissenschaftlich erhellen. Er erkannte zudem sofort die kommerzielle Seite und gründete die Clem & Din Productions Company, die, abzüglich der Tantiemen für den Herrscher, die alleinigen weltweiten Produktions- und Distributionsrechte an allen Filmen und Videos für sämtliche Spielarten von SIE wahrnehmen sollte.

Din Furyk und Clement Clarkwell wurden zum einzigen Hoffnungsfunken für Kaboca und den Herrscher. Wenn sie nur dafür sorgen könnten, dass sich sein Körper nicht mehr gegen ihn wandte!

8

Kaniũrũ hatte gerade Nachrichten über den Herrn der Krähen erhalten und machte sich fertig, sie dem Herrscher zu überbringen, als er erfuhr, dass Seine Allmächtigkeit einen weiteren Schub körperlicher Ausdehnung erlitten hatte und jetzt in der Luft schwebte. Dahinter muss der Herr der Krähen stecken, dachte er und beschloss aus Angst, er selbst könnte das nächste Angriffsziel werden, die Nachrichten für sich zu behalten, bis er mehr über die Situation erfahren hatte. Und um sicherzugehen, zog er sich in Kanyoris Wohnung zurück. Die stets treue Kanyori stellte keine Fragen, nicht einmal, als Kaniũrũ sie bat, sein Bein am Bettgestell anzuketten und die Tür von außen abzuschließen. Sie stellte ihm einen Teller Essen und einen Krug Wasser hin. Kaniũrũ blieb den ganzen Tag in der Wohnung. Jedes Mal, wenn der Wind gegen das Fenster blies, hielt er sich mit beiden Händen am Bettgestell fest. Er hatte vergessen, Kanyori zu bitten, auch für andere Bedürfnisse Sorge zu tragen, und als sie Kaniũrũ abends von der Kette befreite, schoss er ohne ein Wort an ihr vorbei und verschwand für lange Zeit auf der Toilette. Er fürchtete, die Geräusche, die er von sich gab, könnten Kanyori im Wohnzimmer erreicht haben und deshalb kehrte Kaniũrũ peinlich berührt in seine eigene Wohnung zurück, um sich bessere Präventivmaßnahmen gegen Überraschungsangriffe des Herrn der Krähen auszudenken.

Einige Tage lang fuhr er überall ausschließlich mit dem Auto hin, selbst die kürzeste Strecke, um dem Herrn der Krähen die Chance zu nehmen, ihn mit Hilfe des Windes in den Himmel zu wehen. Für kurze Gänge zu Fuß besorgte er sich Stiefel, deren Sohlen mit Eisen verstärkt waren. Aber die schweren Stiefel zu schleppen, wurde bald lästig, und so kam ihm nach einer Weile die einfachere Idee, Gewichte in seine Jackentaschen zu stecken. Als ihm nach einigen Tagen nichts Ungewöhnlicheres als eine Verstopfung widerfahren war, fühlte er seinen Mut zurückkehren. Die Nachrichten waren zu wichtig, um sie für sich zu behalten, und er wollte die Gelegenheit nicht verpassen, sich beim Herrscher beliebt zu machen.

Während sein Mercedes durch die Straßen zum State House raste, durchdachte Kaniũrũ noch einmal alles und ihm kam, dass er der Einzige war, der bereits die Klingen mit dem Herrn der Krähen gekreuzt hatte. Nur mit einer kleinen Schramme war er aus dem Gefecht hervorgegangen und dieser Gedanke stärkte seine Zuversicht.

Obwohl Kaniũrũ die Behauptung, der Herrscher schwebe in der Luft, geglaubt hatte, trat er erschrocken zwei, drei Schritte zurück, als er die Stimme des Herrschers von oben herabschallen hörte. Doch als er den Kopf hob und den Herrscher in einem Stuhl auf einer Plattform sitzen sah, dessen Lehne die Decke zu berühren schien, glaubte er, das Jüngste Gericht sei gekommen. Er sank auf die Knie und schlug beide Hände vor die Brust, als ergäbe er sich einem Engel des Herrn. Er begann zu jammern: „Oh Gott, oh mein Gott.“ Dann fing er an zu beten: „Näher, mein Gott, zu Dir ... Näher zu Dir ...“

„Kaniũrũ, habe ich dir und den anderen nicht verboten, mich mit Gott zu vergleichen“, rügte ihn der Herrscher von oben herab.

„Worin besteht der Unterschied?“, fragte Kaniũrũ mit einer offensichtlichen Aufrichtigkeit, die den Herrscher erfreute.

„Und was wünschst du vom Herrn?", fragte der Herrscher lächelnd, und sein leicht scherzhafter Ton wirkte auf Kaniũrũ so beruhigend, dass sein Herz zu flimmern aufhörte.

„Ich weiß, wo sich der Herr der Krähen versteckt hält", rief er und befreite sich vor dem Angesicht des Herrn von einer Last.

Der Herrscher schwieg, als hätte er nicht richtig gehört. Kaniũrũ nahm an, dass er auf mehr Einzelheiten wartete, und begann, sich eine Geschichte zurechtzulegen, aber das erwies sich als unnötig. Denn als der Herrscher begriff, was Kaniũrũ gesagt hatte, war er es, der sich nun fühlte, als wäre ihm in der Zeit größter Not ein Engel des Herrn erschienen. Erst in der Not zeigt sich der wahre Diener.

„Was?", fragte der Herrscher.

Kaniũrũ erzählte ihm, wie er seit der Flucht der beiden erbärmlichen Zauberer all seine List in ihre Verhaftung gesteckt hatte, schließlich jedoch einsehen musste, dass er es ohne die Hilfe seiner Leute, die er über ganz Santamaria und Santalucia verstreut im Einsatz hatte, nicht geschafft hätte.

„Sobald ich die Neuigkeit erfahren hatte, sagte ich mir, Kaniũrũ, das darfst du nicht für dich behalten, keine Sekunde lang, und deshalb bin ich hier", sagte er noch immer kniend.

„Gut gemacht", lobte der Herrscher, die rechte Hand zu segnender Geste erhoben. „Gehe hin und bleibe rechtschaffen, denn ich weiß jetzt, dass ich mich jederzeit auf dich verlassen kann. Alles, was mit dem Herrn der Krähen zu tun hat, überlass von jetzt an mir. Ich werde dir deine Ergebenheit nie vergessen."

Ohne nach links oder rechts zu sehen, eilte Kaniũrũ zu seinem Wagen. Trotz der Gewichte in seiner Jacke, fühlte er sich leicht wie eine Feder. Er konnte nicht einmal mehr sagen, wann und wie er in sein Auto oder zu seiner Wohnung gekommen war.

An diesem Abend ließ er zu Hause alle Lichter eingeschaltet. Er fand kaum Schlaf. Das Bild des Herrschers, dessen Stimme klang, als käme sie vom Himmel, ging ihm nicht aus dem Kopf. Was dieses Bild befleckte, waren die Decke, die irdisch aussah, die Wände, die noch irdischer aussahen, und natürlich der aufgeblähte Herrscher, dessen Körper trotz der Riemen wie ein Ballon in einer sanften Brise von einer Seite zur anderen schwankte. Dass die Riemen und das Gerüst sichtbar waren, zerstörte die Illusion einer Gottheit im Himmel.

Und mit einem Mal hatte Kaniũrũ das Gefühl, als würden ihm Flügel wachsen und er sogleich abheben und durch die Luft schweben wie der Herrscher. Er, der ehemalige Kunststudent, hatte zum ersten Mal den Sinn der Kunst im Leben der Menschen erkannt oder zumindest in seinem Leben, und das auf weit nutzbringendere Weise als seine Fälschungen von Sikiokuus Unterschrift und die Zeichnung vom Herrn der Krähen für ein Fahndungsplakat.

Er würde seinen auserwählten Gott in einem konkreten Himmel platzieren und in diesem Augenblick verstand er auch die volle Bedeutung der Worte seines Namensvetters Johannes des Täufers: Und ich sah einen neuen Himmel und eine neue Erde. Amen.

Der Herrscher hingegen hatte, kaum dass Kaniũrũ gegangen war, Wonderful Tumbo angerufen, den leitenden Officer der Polizeiwache von Santamaria, und ihm Befehle erteilt: Die Zeit des Herrn der Krähen ist abgelaufen! Ich will ihn hier sehen. Sofort! Lebendig!

9

Kamĩtĩ eilte, nachdem er vom *mkokoteni* gesprungen war, zu Maritha und Mariko, wie Nyawĩra es ihm gesagt hatte. Die Sonne ging unter, und sein langer Schatten fiel auf Mariko, der im Garten war. Ungerührt rief Mariko zu Maritha hinüber, dass es so aussehe, als hätte ein rauer Wind einen Fremden in ihren Garten geweht. Und Maritha rief zurück: „Was ist los? Warum bittest du ihn nicht herein?“ Mariko sprach kein Wort mit Kamĩtĩ, sondern ging einfach ins Haus. Kamĩtĩ folgte ihm. Maritha wies auf einen Stuhl, doch sprachen weder sie noch Mariko den Fremden direkt an. Man unterhält sich nicht mit einem hungrigen Magen, meinten Maritha und Mariko, und ein paar Minuten später standen Tee und Brot vor dem Besucher.

Kamĩtĩ wusste nicht, was er ihnen sagen sollte, weil er keine Ahnung hatte, was Nyawĩra ihnen über ihn und seine gegenwärtige Lage erzählt hatte. Seine Gastgeber beachteten ihn nicht weiter. Sie unterhielten sich, als wäre er gar nicht vorhanden, und sprachen sogar über Dinge, die ihn betrafen.

Eine Katze mit weißem Stirnmal erschien in der Tür, schaute sich um, ging geradewegs zu dem Besucher und strich ihm schnurrend um die Beine. Kamĩtĩ empfand eine seltsame Erregung in der Bauchgegend. Das war die Katze, die er bei den verkohlten Überresten seines Schreins gesehen hatte. Er wollte schon sagen, dass er die Katze kannte, überlegte es sich aber anders und verbarg seine Irritation, indem er sie streichelte.

„Unser stromernder Held ist wieder da", sagte Mariko.

„Und er schließt nicht so leicht Freundschaft", sagte Maritha.

„Trotzdem geht er zu unserem Gast ...", fügte Mariko hinzu.

„Als wären sie alte Freunde", ergänzte Maritha.

Sie unterhielten sich weiter, sprangen von einem Thema zum nächsten. Kamĩtĩ streichelte die Katze und versuchte, ihrer Unterhaltung etwas zu entnehmen.

Sie redeten über ihre ehrenamtlichen Tätigkeiten in der All Saints Cathedral.

„Wenn wir in der Lage sind, die Tauben zu füttern, dann können wir auch obdachlose Bettler wie diesen hier versorgen", sagte Maritha zu Mariko.

„Stimmt, der Keller ist gemütlich, und die Obdachlosen wissen, dass sie sich auf heiligem Boden befinden und deshalb lernen müssen, zu teilen und in Frieden zu leben."

Dieses seltsame Gespräch, das erkannte er jetzt, war für ihn bestimmt; sie würden sich um ihn kümmern.

Und so wurde er zum Bewohner im Keller der All Saints Cathedral. Während der ersten Tage war die Katze seine einzige Gesellschaft, die, nachdem sie tagsüber fort gewesen war, abends kam, um sich an ihn zu schmiegen. Maritha und Mariko brachten ihm morgens und abends zu essen und achteten darauf, dass es ihm gut ging. Bei den seltenen Gelegenheiten, wenn Maritha oder Mariko allein kamen, gaben sie Informationen weiter, indem sie wie abwesend laute Selbstgespräche führten.

„Es gibt viel zu tun in der Kirche. Heute Morgen muss ich das Gestühl abwischen und abends trotzdem noch mal hierher. Und meine Vögel? Sie sprechen ihre eigene Sprache. Aber die Leute werden mir vermutlich nicht glauben, wenn ich ihnen sage, dass mir eine Taube die Nachricht geschickt hat, dass die Menschen nicht verzweifeln sollen; denn keine Nacht ist so lang, dass sie nicht im Morgengrauen endet."

Und bei anderer Gelegenheit: „Oh, ich weiß nicht, wie dieses Drama vor dem Parlament und dem Gericht enden wird. Tausende Leute aus allen Winkeln des Landes, die sich da versammeln! Warum belästigen sie den Herrscher wegen seiner Schwangerschaft? Wissen sie denn nicht, dass Männer zwar säen, aber nicht gebären können?"

Manchmal musste er sich beherrschen, wegen ihrer Possen nicht laut loszulachen. Meistens dachte er an die Hinkende Hexe, die einzigartige Eleganz ihres Körpers und ihres Geistes, und wann immer er daran dachte, wie sie auch ihn mit ihrem Hinken und dem verzerrten Gesicht hinters Licht geführt hatte, fühlte er sich besser, weil er ihren Mut und ihre Phantasie bewunderte. In ihm brannte das Verlangen, Nyawĩra zu berühren, sie sprechen zu hören, sie lachen zu sehen oder einfach nur mit ihr zusammen zu sein. Doch trotz dieser Euphorie dachte er häufig an die Gefahren, denen sie jetzt ausgesetzt war, und das machte ihn ängstlich, traurig und besorgt.

Und dann zogen eines Nachts zwei weitere Obdachlose in den Keller ein. Es war gut, außer der Katze, die bislang seine einzige Gefährtin gewesen war, jemanden zur Gesellschaft zu haben. Als er aber am Morgen erwachte und sah, wie ihm die Neuankömmlinge verstohlene Blicke zuwarfen, fühlte er Kälte aus der Magengrube aufsteigen. Es waren Kahiga und Njoya. Die beiden Polizisten hatten ihn erfolgreich an diesem Ort aufgespürt, und jetzt gab es kein Entrinnen mehr. Kamĩtĩ entschied, Schweigen wäre der beste Angriff und die beste Verteidigung für ihn.

„Keine Angst", beeilte Njoya sich, ihm zu sagen. „Wir wissen, dass Sie der Herr der Krähen sind, aber wir werden das niemandem verraten, nicht einmal diesem Paar. Sollen sie weiter glauben, dass Sie ein Obdachloser sind. Wir beide sind wirklich obdachlos, aber wir werden weiter so tun, als wären Sie einer von uns."

Er erfuhr von ihrer Entlassung, und tatsächlich gelang es ihm, aus ihrem unablässigen Gerede so viel zu entnehmen, dass er die Lücken in seinem Wissen über die Geschehnisse im Land füllen konnte.

Was wollen die wirklich?, fragte sich der Herr der Krähen und musste nicht lange auf die Antwort warten. Was sie ihm sagen wollten, war nur für seine Ohren bestimmt, und während sie sprachen, rückten sie auch schon näher.

Die Katze miaute, verließ das Gewölbe, und ihr Abgang schien wie das Signal für den nächsten Akt. Kahiga beugte sich an sein linkes Ohr, Njoya an das rechte, und beide flüsterten eindringlich.

Der Herr der Krähen war verblüfft, weil sie es ernst meinten, doch was sie sagten, ergab keinen Sinn. Hörte er richtig, dass das Geld, das er im Grasland vergraben hatte, zu drei Pflanzen ausgewachsen war, auf denen Dollars blühten, die später von einer Armee seltsam aussehender Termiten gefressen worden waren, die angeblich er in das State House geschickt hatte?

„Das war eine gute Idee, die Termiten zu schicken", erklärten sie ihm. „Der Herrscher kennt nämlich nicht die geringste Dankbarkeit."

Sie wurden lästig. Sobald er sich ein Stück zurückzog, folgten sie ihm, und wenn er sich umdrehte, taten sie dasselbe, jeder hielt sich dabei an ein Ohr.

Es war Sonntagmorgen und in der Kathedrale wimmelte es von Gläubigen. Die Hymnen und Gebete von oben drangen störend in das fortwährende Flüstern an seinen Ohren.

Und dann ertönte plötzlich ein noch heftigeres Geräusch: der Klang eines Megafons.

„Wir kennen den Klang dieses Megafons", erklärte Kahiga. „Verraten Sie uns das Geheimnis, bitte", flehte er inständig.

„Sie können mit nur wenigen Worten unsere Familien retten", ergänzte Njoya.

„Bitte verraten Sie uns das Geheimnis, wie man Geld anbaut", bedrängten sie ihn.

Jetzt war es endlich heraus. Sie alle, der Herrscher, Tajirika und diese beiden, waren nur auf das Geheimnis aus, wie Geld auf Bäumen wächst. Doch dieser Gedanke wurde jetzt von einer drängenderen Sorge überlagert: Was hatten sie über das Megafon gesagt?

In diesem Augenblick miaute die Katze wieder, zweimal hintereinander. Sie war wieder da. Und dann sah er Maritha und Mariko am anderen Ende des Kellers, die ihm ein Zeichen gaben, ihnen zu folgen.

Er traf eine schnelle Entscheidung. In der Vergangenheit war er durch Worte aus vielen brenzligen Situationen herausgekommen. Durch seine Worte. Aber er hatte sich in seinem selbst auferlegten Schweigen verfangen. Wer war er, wenn er keine Stimme hatte?

„Lasst mich in Ruhe“, sprach der Herr der Krähen plötzlich, nur um Kahiga und Njoya zu bewegen, von seinen Ohren abzulassen und ihm nicht weiter zu folgen.

Das erschrockene Paar zog sich zurück, doch als ihnen bewusst wurde, dass der Herr der Krähen tatsächlich gesprochen hatte, eilten sie wieder an seine Seite und hielten die Ohren dicht an seinen Mund. Er enttäuschte sie nicht.

„Es ist unnatürlich, wenn Geld Geld gebiert“, sprach er gereizt. „nur die Banken kennen das Geheimnis von Geld, das Geld produziert. Sie verbergen dieses Geheimnis in Anlagebüchern und auf Computerbildschirmen. Aber ich werde mir jetzt das Wort Gottes anhören“, sagte er energisch und ging los.

Njoya und Kahiga waren außer sich vor Freude. Hatte Tajirika deshalb Mwathirika Ltd. gegründet?

„Hier!“, rief Njoya, während Kahiga und er ihm rasch hinterherrannten.

„Wir haben es Ihrer Assistentin versprochen, erinnern Sie sich?“ sagte Kahiga und zog einen kleinen Plastikbeutel aus der Tasche. „In unserer Freude hätten wir es beinahe vergessen.“

„Die Haare, die Ihnen ausgefallen sind“, ergänzte Njoya, bevor er und Kahiga auf den Ausgang zusteuerten.

10

Die Besucherzahl in Kirchen und Moscheen war damals stark gestiegen, was vor allem daran lag, dass man in vielen religiösen Einrichtungen für die Vertreibung Satans, der inzwischen für alles stand, was im Land schieflief, betete und predigte. Einige religiöse Führer hatten sich vorbildlich für das Recht auf Versammlungsfreiheit eingesetzt und waren Helden der jungen Demokratie-Welle geworden.

Keine religiöse Einrichtung aber zog mehr Menschen so unterschiedlicher Glaubensrichtungen an wie die All Saints Cathedral. Orthodoxe und Nicht-Orthodoxe, Christen und Nicht-Christen, sie alle kamen. Widerstreitende Meinungen über den Ursprung der Popularität dieser Kathedrale gibt es bis heute.

Einige sagten, der Anfang läge in der Zeit, als Maritha und Mariko jede Woche die Geschichten ihrer seltsamen Begierden und ihres Kampfes gegen Satan erzählten, und verwiesen darauf, dass viele derer, die nur in die Kathedrale gekommen waren, um von den Versuchungen des Paares zu erfahren, der Kirche beigetreten waren, auch dann noch, als das Paar bereits nicht mehr sein Herz öffnete.

Andere behaupteten, der Aufstieg dieser Kirche habe einige Zeit vor den Beichten Marithas und Marikos begonnen. Sie datierten den Beginn auf jenen Sonntag, an dem Bischof Kanogori die Dämonen vertrieb, die der Herrscher, der in Nachahmung Christi auf einem Esel geritten kam, in das Gebäude geschleppt hatte.

Wieder andere beharrten darauf, dass man gar nicht über die Person Bischof Kanogoris hinausgehen müsse. Sein guter Ruf, am hellen Tag die Anliegen auszusprechen, die sich andere nur nachts zuflüsterten, sei so sehr in aller Munde, dass mancher glaube, er würde sich mit Gott austauschen.

Viele kamen nur in die Kirche, um seine Auslegung der Bibel zu hören. Zu den populärsten Interpretationen gehörte seine Wiedergabe der Bergpredigt. Wenn er mit leicht bebender Stimme deklamierte, dass die Armen das Erdenreich besitzen sollen, konnte man überall deutlich die zustimmenden Seufzer hören.

Es wird erzählt, dass dem Herrscher diese Freimütigkeit missfiel, und als nun eines Abends einige Schläger Kanogoris Haus überfielen und ihn verprügelten, nahm jeder in Aburĩria an, dass das State House dafür verantwortlich war. Die Schläger hatten ihn aufgefordert zu schweigen.

Aber Bischof Kanogori schwieg nicht; im Gegenteil, er bat seine Gemeinde, für die Angreifer zu beten, damit sie aus der Finsternis ins Licht treten könnten. Seine Kirche würde ihnen immer offen stehen. Diese Erklärung rief Unglauben und Unsicherheit hervor. Denen zu vergeben, die sich gegen einen versündigt hatten, war das eine; das andere war, sie im eigenen Haus willkommen zu heißen.

Inzwischen zog die Kathedrale auch viele Menschen der Volksversammlung vor dem Parlament und dem Gericht sowie aus den Medien an. Kanogoris Predigten wurden, wenn auch gekürzt, in den Zeitungen abgedruckt.

Eines Sonntags, als sich der Bischof gerade mitten im Gebet befand, war von draußen über Megafon eine Stimme zu hören, die eine seltsame Forderung verkündete. Anfangs achteten die Gläubigen nicht auf die Störung; sie blieben auf den Knien mit zum Gebet geschlossenen Augen. Als die Forderung jedoch wiederholt wurde, machten die Leute die Augen auf, und der Bischof beeilte sich, zu Ende zu führen, was er soeben sagen wollte. Als Erstes riefen die an den Fenstern und vor der Tür. Bewaffnete Polizisten hatten die Kathedrale umstellt. Scharfschützen waren auf die Bäume geklettert und zielten auf den Kirchhof. Der kommandierende Officer, Wonderful Tumbo höchstpersönlich, stand auf einem gepanzerten Fahrzeug und befahl allen über sein Megafon, in die Kirche zu gehen; wer zu fliehen versuche, werde ohne weitere Warnung erschossen. Die gesamte Gemeinde solle in der Kathedrale bleiben, bis Bischof Kanogori den Flüchtigen ausgeliefert habe: den Herrn der Krähen.

Bischof Kanogori bat seine Anhänger, sich geordnet und friedlich zu verhalten. Er sei sicher, es liege ein Missverständnis vor, und alles werde sich aufklären, wenn er mit dem befehlshabenden Officer spreche. Er hatte keine Ahnung, wovon die Polizei redete. Wer war dieser Herr der Krähen? Warum sollte er sich in der Kathedrale aufhalten? Wonderful Tumbo sagte Bischof Kanogori, dass er nicht in der Stimmung für ausweichendes Geplänkel sei. Die Kirche solle den Hexer herausgeben oder sich den Konsequenzen stellen.

Der Bischof ging zurück zum Altar und fragte die Gemeinde, ob sich in ihrer Mitte ein Hexenmeister befinde. Ihr feierlicher Ernst verschwand; sie lachten. Er rief alle Hexenmeister, die sich unter die Gemeinde gemischt haben mochten, auf, ihren Irrtum einzusehen und zu bereuen. Wer ehrlich bereue, sei nicht länger ein Hexenmeister; wenn sie Zauberer gewesen seien, bevor sie den Fuß in diese Kirche gesetzt hätten, dann seien sie jetzt keine mehr, da sie in Christus wiedergeboren seien.

Und zu Wonderful Tumbo sagte er, die Kirche sei das Haus Gottes, das Draußen unterliege den irdischen Mächten. Weder Bischof Kanogori noch Wonderful Tumbo wollten nachgeben, und die Menschen fürchteten, dass diese verfahrene Situation mit Blutvergießen enden würde. Der Officer hatte mit dem Herrscher telefoniert. Als er dann sein Ultimatum verkündete, wusste jeder, dass das State House hinter ihm stand. Der All Saints Cathedral blieb eine Stunde, den Hexenmeister herauszugeben, danach würde die Polizei den heiligen Ort stürmen.

Dann erhoben sich Maritha und Mariko, und Schweigen trat ein. Sie baten darum, den Bischof allein sprechen zu können. Die Menschen glaubten, Maritha und Mariko hätten die Absicht, eine neue Episode aus ihrem Kampf gegen Satan zu erzählen. „Ich dachte, ihr Kampf mit dem großen Versucher wäre zu Ende", flüsterten einige, und sogar der Bischof bat sie, ihr Selbstzeugnis zu verschieben, bis die Krise vorüber sei. Inzwischen solle jeder die Augen schließen, um den Herrn um einen friedlichen Ausgang bitten zu können.

Mitten im Gebet hörten sie eine Katze miauen. Als sie die Augen öffneten, sahen sie einen Mann, dem eine Katze folgte, aus einer Tür nahe dem Altar am hinteren Ende der Kathedrale treten. Maritha und Mariko schauten sich an: Warum kommt er heraus, wo wir ihn doch gebeten haben, in der Sakristei zu warten? Warum hat er nicht alles uns überlassen?

„Ich bin der, den man den Herrn der Krähen nennt, und ich möchte nicht, dass jemand um meinetwillen verletzt wird. Ich habe, wie andere Obdachlose auch, im Kellergewölbe Zuflucht gefunden. Dafür danke ich euch allen. Ich bin in Frieden hierher gekommen und werde in Frieden von hier fortgehen."

Alle verfolgten, wie der Mann und die Katze den Mittelgang hinab und aus der Kirche gingen. Wonderful Tumbo höchstpersönlich legte ihm die Handschellen an.

11

Feger-der-Seelen und Gehstock-der-Seele befanden sich unter den Hunderten, die in der Kirche keinen Platz gefunden hatten und deshalb draußen geblieben waren, von wo aus sie das ganze Drama verfolgt hatten. Die beiden waren inzwischen Veteranen des Kriegs gegen Satan und erkannten, dass das dieselbe Gestalt war, die ihnen einst an der Mülldeponie der Stadt erschienen und später Gehstock-der-Seele von Bar zu Bar gefolgt war. Der Teufel war ihnen ein weiteres Mal entkommen. Aber sie ließen den Mut nicht sinken und stimmten gemeinsam mit anderen Soldaten Christi ihr Widerstandslied an, erneuerten ihren Schwur, Satan zur Strecke zu bringen, und stampften so heftig auf den Boden, dass die Erde unter ihren Füßen bebte, was ihre Freude vergrößerte, als könnten sie sehen, wie sich ihr Feind unter ihrem vereinten Angriff wand und krümmte.

Genau in diesem Augenblick entdeckte Gehstock-der-Seele zwei grüne Augen, die von der Hecke aus, die das Kirchengelände umgab, alles beobachteten, und ihm fiel sofort ein, dass die Katze, die Satan den Mittelgang der Kirche entlang gefolgt war, auf mysteriöse Weise im selben Moment verschwunden war, als man Satan Handschellen angelegt hatte. Es war eine Offenbarung. Satan hatte es der Polizei gestattet, seinen menschlichen Schatten gefangen zu nehmen, während er sich die ganze Zeit im Körper der Katze versteckte. Gehstock-der-Seele fügte der Melodie neue Verse hinzu und machte so die anderen auf die Augen aufmerksam, die sie beobachteten.

Als sie begriffen, was er meinte, bildeten sie zwei Flanken, um Satan zu umzingeln, aber die Katze schien sie zu durchschauen. Sie sprang aus ihrem Versteck und rannte fort; die unbeirrten Soldaten Christi verfolgten sie und riefen: „Fangt ihn! Fangt den Feigling!"

12

„Ehrlich! *Haki ya Mungu!*", sagte A.G. später, wenn er von diesem Sonntag sprach, und schüttelte in Erinnerung an das, was geschehen war, den Kopf. „Ich war gerade auf dem Gelände der All Saints angekommen. Wonderful Tumbo schien sich über seinen Erfolg zu freuen, aber ich sagte mir: Du Idiot, du glaubst wirklich, du hast den Herrn der Krähen verhaftet? Sein anderes Ich ist frei.

Als sie ihn auf die Ladefläche des Land Rovers warfen und davonfuhren, wurde ich wütend. Ich, ein treuer Staatsdiener, hatte meine Arbeit verloren und keine Möglichkeit herauszufinden, wohin sie ihn brachten. Ich kann nicht beschreiben, wie sehr ich es bedauerte, nicht mehr dazuzugehören. Nur wenige Wochen zuvor hatte ich im State House gestanden und war täglich Zeuge gewesen, wie Macht funktioniert; jetzt stand ich machtlos vor den Mauern von All Saints.

Ich sah, wie die Christen mit Begeisterung sangen, und fragte mich, warum sie so auf Satan versessen waren, wo sie doch gerade erst mit knapper Not einem blutigen Sonntag entgangen waren. Wo blieb das Aufbegehren gegen das, was soeben geschehen war? Meine Verblüffung wurde zu ungläubigem Staunen, als ich sah, wie die tanzenden Jugendlichen hinter einer Katze herrannten. Die Menge, die das Liedspektakel beobachtet hatte, schien ebenso erstaunt und ging auseinander.

In diesem Augenblick entdeckte ich meine ehemaligen Arbeitskollegen Kahiga und Njoya. Offenbar waren sie auch in der Zuschauermenge gewesen. Ich freute mich, sie zu sehen, eilte zu ihnen und sagte, dass ich sie, sofort als ich den Tipp bekam, der Herr der Krähen befände sich auf dem Gelände der Kathedrale, wie verabredet gesucht hätte, man mir aber gesagt habe, sie seien schon zur Kirche unterwegs. Ich bemerkte, wie sie sich einen Blick zuwarfen; dann erzählten sie mir, dass sie unten im Obdachlosenasyl tatsächlich mit dem Zauberer gesprochen hätten, er aber nichts preisgegeben habe. ‚Was habt ihr jetzt vor?', fragte ich sie und hoffte – das muss ich zugeben –, sie würden mich auffordern, mich ihnen anzuschließen, um gemeinsam die außergewöhnlichen Ereignisse dieses Tages zu diskutieren. Sie murmelten etwas, dass alles noch in der Schwebe sei, und verabschiedeten sich schnell, angeblich wegen anderer Verpflichtungen. Ihr Benehmen kam mir ein wenig eigenartig vor, als wollten sie mir Informationen vorenthalten. Vielleicht hatten sie ja den Herrn der Krähen verraten und seinen Aufenthaltsort an seine Feinde gemeldet?

Einige Tage lang wanderte ich von Ort zu Ort und hoffte, vielleicht eine Spur der Hinkenden Hexe zu entdecken, der anderen Inkarnation des Zauberers. Warum? Das weiß ich selber nicht genau; es ging mir nicht einmal nur um das Geheimnis, wie man Geld anbaut. Etwas anderes trieb mich an. Ich dachte, wenn ich dem Herrn der Krähen in seiner anderen Gestalt zufällig begegnen würde, könnte er mir vielleicht etwas sagen, das mich befähigen würde, das, was ich in meinem Herzen wachsen spürte, genauer zu ergründen ..."

13

Nyawĩra war vollkommen von den Aktivitäten der Volksversammlung, einem Plan ihrer Bewegung, in Anspruch genommen, als sie die Nachricht erreichte, der Herr der Krähen habe sich vor All

Saints den Vertretern des Regimes ergeben. Sie war wie vor den Kopf geschlagen. Seit ihrer Flucht hatte sie keinen geeigneten Augenblick gefunden, sich mit ihm zu treffen, war aber überzeugt gewesen, dass dieser Moment kommen würde, solange er sich in der Obhut Marithas und Marikos im Keller der Kirche befand. Und jetzt das? Hatte er die Hoffung aufgegeben, oder was? Sie fühlte sich noch schlechter, als sie später von Maritha die Nachricht erhielt, dass nicht einmal Vinjinia wusste, wohin sie ihn gebracht hatten. Hatten sie ihn gar verschwinden lassen wie Machokali?

Sie setzte sich mit anderen Mitgliedern der Bewegung zusammen, um über eine angemessene Reaktion zu beraten, doch es fiel ihnen nichts ein, womit sie den Triumph des Herrschers unmittelbar schmälern konnten. Ratlos suchte sie wie gewöhnlich Zuflucht in der Arbeit und vergrub sich noch tiefer in die alltäglichen Details der Volksversammlung. Aber wo sollten all diese Aktivitäten hinführen? Die Bewegung hatte das Schlangestehen nicht initiiert; sie hatte nur ihre Ideen in diese ursprünglich spontanen Demonstrationen eingeschleust und ihnen mit dem Marsch auf das Parlament ein gemeinsames Ziel gesetzt, das in der Forderung nach Rückgabe der Stimme an das Volk gipfelte. Ob sie die Versammlung aufrechterhalten konnten, ohne ihr ein klares, erreichbares Ziel zu geben? Was, wenn die erneute Verhaftung des Zauberers das Signal zu einem verstärkten und entschlosseneren Angriff auf die Versammlung war?

Sie fanden eine kurzfristige Lösung, die zugleich Antwort auf die erneute Ergreifung des Zauberers war.

Die Aktivitäten sollten ihren Höhepunkt in einem Tag der Selbsterneuerung finden, an dem das Volk den Diktator auffordern würde, entweder selber zu gehen oder abgesetzt zu werden. Und sie würden ihren Schwur bekräftigen, das Land auf einen anderen Kurs steuern zu wollen. Sie vereinbarten ein Datum und den Namen. Dieser Tag der Nationalen Wiedergeburt oder Selbsterneuerung wurde durch mündliche Weitergabe und Tausende Flugblätter verkündet, und sie riefen außerdem zu einem eintägigen Generalstreik und zu Festlichkeiten im ganzen Land auf, um diesen Tag zu kennzeichnen und zu feiern. Eine freudige Revolution, darauf hofften sie.

14

Sogar die Polizisten, die im State House den Herrn der Krähen in das Zimmer des Herrschers schoben, knieten nieder und bekreuzigten sich automatisch, bevor sie sich zurückzogen. Der Gefangene machte es ihnen nicht nach, doch nichts bei seiner letzten Begegnung mit dem Herrscher hatte ihn auf diesen Anblick vorbereitet.

Die weiß, blau und grau gestrichene Decke vermittelten den Eindruck eines Himmels mit Sonne, Mond und Sternen. Die Wände und die Leinwand, die den Bauch des Herrschers bedeckte und sich bis zu den Wänden und hinunter zum Fußboden erstreckte, waren in Grün, Gelb und Orange gehalten, eine realistische farbige Darstellung einer sanft hügeligen Landschaft. Vom Teppich schraubte sich eine Treppe hinauf und verschwand in Dunstschwaden, die auch den Kopf der sitzenden Gestalt umwölkten. Die Lampen, die die Treppe beleuchteten, und der Dunst, der von einer verborgenen Nebelmaschine produziert wurde, hatten den Herrscher in eine wahre Gottheit verwandelt, die vom Himmel herabschaute und über eine sündige Erde richtete.

Der Herrscher war mit der Wirkung der Illusion auf seine Besucher sehr zufrieden. Kaniũrũs Kunstgriffe hatten ihm nicht nur geholfen, den Zauberer zu schnappen, sondern außerdem eine Angelegenheit von Schmach und Schwäche in ein Abbild von Macht und Größe zu verwandeln. Ein gutes Beispiel für engagierte Kunst. Er belohnte den Künstler, indem er ihm erlaubte, bei ihm zu bleiben, während er den Gefangenen verhörte. „Ich brauche deinen Rat", hatte er zu Kaniũrũ gesagt, der seiner eigenen Illusion zu glauben schien und nun mit einem großen Schlüssel in der Linken und einer Mistgabel in der Rechten als Wächter am Tor zu Himmel und Hölle vor der untersten Treppenstufe stand. In versöhnlichem Ton erklärte die Gottheit, dass der Zauberer nun, da er seine Stimme wiedergefunden habe, vor die Versammlung auf dem Parlamentsgelände und vor das Oberste Gericht treten und gestehen würde, die Menschen mit den Dämonen des Schlangestehens verhext zu haben. Der Herrscher führte als Beweis sogar an, dass der Herr der Krähen als Arbeitssuchender verkleidet zu Tajirikas Büro gegangen sei, um dort am nächsten Tag die Schlangen entstehen zu lassen. Er müsse der Öffentlichkeit auch mitteilen, auf Geheiß des verblichenen Machokali nach Amerika gereist zu sein, um den Herrscher zu töten. Als dieser Hexertrick jedoch nicht funktioniert habe, hätten der Zauberer und der Minister das haltlose Gerücht in die Welt gesetzt, dass der Herrscher schwanger sei. Der Zauberer habe die Dämonen des Schlangestehens zu entfernen, die Menschen vom Widerstand gegen den Staat zu reinigen und ihren Verstand anschließend mit nützlichen Ideen zu füllen. Wenn das Volk friedlich auseinanderginge, würde der Herrscher ihn leben lassen; als staatlich geprüften Zauberer – des Herrschers ständiger persönlicher Afrochiater –, Ratgeber in Fragen zur Seele der Nation, Fänger von Flüchtigen wie Nyawĩra und eine Menge anderer Dinge, über die er mit ihm unter vier Augen sprechen wolle. „Ich gebe dir Gelegenheit, eine Nacht darüber nachzudenken", bot der Herrscher großmütig an.

Als er am nächsten Tag antworten sollte, sagte der Herr der Krähen, dass seine magischen Kräfte nicht lügen könnten.

Es sei nicht die Frage, was er wolle und was nicht, erwiderte der Herrscher drohend. Er habe zu tun, was man von ihm erwarte.

Kaniũrũ mischte sich ein: „Das ist, was die Engländer ‚ultimatum' nennen."

„Yes, an ultimatum", echote der Herrscher.

Diktatoren kommen erst durch Angst zur vollen Entfaltung, überlegte der Herr der Krähen. Sie lieben es, wenn ihre Untertanen vor ihnen erzittern und verzweifelt um Gnade und Vergebung flehen. Wenn der Diktator vorhatte, ihn umzubringen, würde er das auf jeden Fall tun, egal, was er sagte. Selbst ein Tier, das man zur Schlachtbank führt, wehrt sich, dachte der Zauberer.

Das Patt – dieselbe Frage und dieselbe Antwort – hielt sich eine Weile, wobei Kaniũrũs Sarkasmus, der darauf abzielte, die Niedergeschlagenheit des Zauberers zu verstärken und zugleich den Zorn des Herrschers weiter anzustacheln, das Seine zur Steigerung der Spannungen beitrug.

Der Diktator gab dem Zauberer eine letzte Chance für eine akzeptable Antwort und unterstrich seine Entschlossenheit, ihn fügsam zu machen, indem er den Herrn der Krähen in den Tempel der menschlichen Gebeine werfen ließ.

Bei Tagesanbruch des dritten Tages kam der Zauberer zu einem Entschluss. Es war besser, in aller Öffentlichkeit zu sterben, als sein Ende im Dunkel des Tempels der menschlichen Gebeine zu finden.

„Wann soll ich vor der Volksversammlung erscheinen?“, fragte der Herr der Krähen.

15

Nyawĩra und die Mitglieder der Bewegung hörten gebannt den nationalen Rundfunk ab, um Neuigkeiten zu erfahren und die Reaktion des Herrschers auf ihren Aufruf zum Generalstreik und den Tag der Nationalen Wiedergeburt abschätzen zu können. Das Radio war zwar Sprachrohr des Herrschers, aber ab und zu lohnte es sich einzuschalten. Durch genaue Analyse der Quellen des Regimes hatten sie schon in der Vergangenheit vieles herausbekommen und darauf reagiert, was den Herrscher manchmal glauben gemacht hatte, die Bewegung verfüge über Spitzel im State House.

Aber diesmal waren sie über die Denkweise und die Pläne des Diktators völlig verblüfft. Sie spitzten die Ohren, um besser zu verstehen, was da aus dem Radio kam. Zuerst war vom Geburtstag des Herrschers die Rede. Das Volk wurde darauf hingewiesen, dass dies der wahre Grund für nationale Feierlichkeiten war. Außerdem wurde die Nation daran erinnert, dass der Herrscher den Termin erst noch festlegen müsse. Sie sollten eingeschaltet lassen. Und sie mussten nicht lange warten.

„Was?“, fragten sie und sahen sich ungläubig an, als hätten sie die Worte aus dem Radio nicht richtig verstanden. Die offiziellen Feierlichkeiten fielen auf den Tag, den die Bewegung für die Stimme des Volkes als Tag der Nationalen Selbsterneuerung ausgesucht und ausgerufen hatte. Der Tag, den sie zum Höhepunkt der Volksversammlung machen wollten, war zum Tag der offiziellen Feierlichkeiten anlässlich des Geburtstages des Herrschers geworden und erinnerte an jenen Tag, an dem Marching to Heaven ins Leben gerufen worden war. Ihr Aufruf zu einem eintägigen Generalstreik an diesem Tag verlor seine Bedrohlichkeit, indem ihn die Regierung zum Nationalfeiertag erklärte. Was konnte die Bewegung unternehmen, um die Pläne des Regimes zu durchkreuzen und den Tag der Nationalen Selbsterneuerung zu retten?

Sie hatten sich noch nicht richtig von diesem Schlag erholt, als sie ein weiterer Schock traf. Im Radio wurde bekannt gegeben, dass der Herr der Krähen an diesem Tag vor der Volksversammlung ein öffentliches Geständnis ablegen werde.

Sie diskutierten, den Tag der Nationalen Selbsterneuerung auf einen anderen Tag zu verschieben. Doch hatten sie das Datum bereits bekannt gegeben. Wenn sie jetzt einen anderen Tag ansetzten, würde das einen Sieg für den Herrscher bedeuten, und das könnte ihn bestärken, weitere psychologische Schläge – und vielleicht sogar physische – gegen die Volksversammlung zu unternehmen. Nein, beschlossen sie nach leidenschaftlicher Diskussion, sie würden an diesem Tag festhalten und die Selbstdarstellung des Herrschers zunichte machen. Aber was sollten sie wegen des Herrn der Krähen tun?

16

„Als ich im Radio hörte, dass der Herr der Krähen vor der Volksversammlung sprechen würde“, sollte A.G. später berichten, „drehte sich mir der Kopf, weil mich der Herr der Krähen ein weiteres Mal erstaunte. Erst wenige Tage zuvor hatte man ihn in Handschellen abgeführt. Und jetzt das! Noch erstaunlicher war die Einladung der Regierung an alle Bürger, sich der Volksversammlung anzuschließen. War es nicht erst gestern gewesen, dass die Polizei die Warteschlangen brutal auseinandergetrieben hatte? Hatte der Herrscher nicht erst vor Kurzem gedroht, die Volksversammlung von Panzern niederwalzen zu lassen? Jetzt befahl er seiner Polizei, alle zu verhaften, die die große Versammlung stören würden. Ich machte mir ein wenig Sorgen, vor allem, weil so viele widersprüchliche Geschichten im Umlauf waren ..."

Wer dabei war, wird sich erinnern, wie der Krieg der Gerüchte mit jedem Tag an Schärfe zunahm. War die Versammlung ein von der Regierung organisiertes Schauspiel oder eine wirkliche Volksversammlung? Die beiden wesentlichen Transportmittel zur Verbreitung der Behauptungen und Gegenbehauptungen waren der staatliche Rundfunk, im Volksmund Sprachrohr des Herrschers getauft, und die Mund-zu-Mund-Propaganda des Volkes, die allgemein nur Buschfunk genannt wurde. Kam vom Sprachrohr etwas über den Geburtstag des Herrschers, konterte der Buschfunk mit Berichten über den Tag, an dem der Diktator gebären würde. Behauptete das Sprachrohr, dass der Mann, der die Lügen über die männliche Schwangerschaft verbreitet habe, bereit sei, vor der Volksversammlung ein Geständnis abzulegen, kam der Buschfunk mit der Behauptung, der Herrscher wolle an diesem Tag seine Schwangerschaft vor der versammelten Menge eingestehen.

Zu diesem Zeitpunkt hatten sogar jene, die einem Besuch der Versammlung skeptisch gegenüberstanden, ihre Meinung geändert. Sie mussten dabei sein, um selbst zu hören, zu sehen und herauszufinden, welche der widersprüchlichen Behauptungen von Sprachrohr und Buschfunk stimmte. Dann verkündete das Sprachrohr die überraschende Neuigkeit, der Herr der Krähen werde am Tag der Versammlung mit Hilfe eines Spiegels Nyawĩras Aufenthaltsort offenbaren.

„Nun ja, ehrlich! *Haki ya Mungu*! Ich machte mich ebenfalls auf den Weg, na ja, wohin sonst als zur Volksversammlung."

17

Die Nachricht, dass der Herr der Krähen durch einen Spiegel weissagen würde, erreichte auch Sikiokuu in seinem Hausarrest; er bat dringend um eine Audienz und wurde nachts beim Herrscher vorgelassen.

In seiner Zeit als Minister war Sikiokuu immer vor dem Herrscher niedergekniet, aber das war eher eine kriecherische Geste als eine von Herzen kommende Handlung gewesen. Aber jetzt, da er sich einer Szenerie gegenübersah, die er sich nicht hätte träumen lassen, einem von Sonnenstrahlen und Mondschein beleuchteten Himmel im Zimmer, sank er auf die Knie und Tränen für all seine Sünden rannen ihm über das Gesicht. Der Herrscher sprach sanft zu ihm: „Sikiokuu, erhebe dich und schütte mir dein Herz aus."

Doch er blieb auf den Knien und erinnerte Seine Heiligkeit an die Spiegel, die er, Sikiokuu, einst im Ausland bestellt habe. Diese seien noch nicht von einem Einheimischen kontaminiert worden, sie seien rein. Der Herrscher solle den Zauberer diese Spiegel benutzen lassen, um die besten Ergebnisse zu bekommen, auf jeden Fall aber den Aufenthaltsort von Nyawĩra. Der Herrscher sah ein wenig verblüfft drein, war jedoch von Sikiokuus Wissen über die Herkunft der importierten Spiegel beeindruckt, denn Namen wie Asakusa in Japan und Venini in Italien klangen richtig nach Ausland und stärkten damit die Glaubwürdigkeit des knienden Bittstellers.

„Danke, Sikiokuu, du zeigst mir, dass du sogar unter Hausarrest an deine Pflichten gegenüber deinem Herrn denkst. Ich werde deine Ergebenheit nicht vergessen. Möchtest du mir sonst noch etwas sagen?"

„Nicht viel. Sie haben mir bereits gewährt, was ich mir am meisten wünschte, eine Audienz. Wenn ich heute sterben müsste, würde ich mich in Frieden ins Grab legen, weil ich wüsste, dass ich treu die notwendigen Schritte eingeleitet habe, Nyawĩra in Handschellen zu legen, wie Sie es mir befohlen haben. Eure Heilige Vortrefflichkeit, ich bin ein Sünder ..."

„Ich weiß", antwortete der Herrscher, als versuchte er ihn zum Schweigen zu bringen.

Aber das wollte er in Wahrheit nicht. Der Herrscher war wie alle anderen Gegenspieler des Herrn der Krähen immer darauf aus gewesen, alles Wissen und die gesamte Macht des Hexenmeisters für sich allein zu besitzen, ohne die ärgerliche, lästige und sogar bedrohliche Gegenwart des Zauberers. Jetzt war ihm die Idee gekommen, wie er das bewerkstelligen konnte. Er würde den Herrn der Krähen sofort nach dessen Beichte gefangen nehmen und heimlich ins State House bringen lassen. Und nur er, der Herrscher, würde wissen, ob er ihn nun verschwinden ließ, nachdem er geheilt und im Besitz des Geheimnisses war, wie man Dollars anbaute, oder ob er ihn im State House hinter Schloss und Riegel hielt und ihn benutzte, wenn es nötig wurde. Er hätte den dienstbaren Geist beständig als persönlichen Ratgeber im Haus. Und wer war besser dazu geeignet, die Mission der Gefangennahme durchzuführen, als ein Sünder, der flehentlich Vergebung erhoffte? Jemand wie ... wie ... Sikiokuu? Warum eigentlich nicht?

„Wir sind alle Sünder", sprach der Herrscher nun zu seinem Ex-Minister. „Doch muss der Sünder durch seine Taten beweisen, dass er Erlösung verdient. Sikiokuu, möchtest du erlöst werden?"

Sikiokuu konnte nichts sagen, weil er so überwältigt war. Er nickte nur und zupfte sich an den Ohrläppchen.

„Ich habe nichts gehört", sprach der Herrscher.

„Ja, mein Herr und Meister. Benutzen Sie meine Spiegel nur, Sie haben einen Sklaven, der Ihnen lebenslang zu Diensten sein wird."

Der Herrscher beruhigte ihn, was die Spiegel anging, doch müsse er, Sikiokuu, sich noch beweisen, indem er einen Auftrag ausführe. Die Aufgabe sei einfach; die Prüfung bestehe darin, wie gut er den Auftrag ausführe.

„Hast du schon einmal jemanden entführt?", fragte der Herrscher.

„Nicht persönlich, aber meine Männer ..."

„Ich sage nicht, dass du deine Lakaien einsetzen sollst. Deinen Verstand. Einen überragenden Geist!“

Ein Hubschrauber, der Burĩ-Scheine über der Menge ausspuckte, sollte das Signal sein. Der richtige Zeitpunkt war entscheidend. Sikiokuus Mannschaft sollte sich in dem Augenblick über den Zauberer hermachen, in dem die Menge anfing, sich um die herabregnenden Geldscheine zu raufen. Doch sollte ihm Sikiokuu die Beute nachts alleine überbringen.

Indem er an seiner neuen Politik festhielt, die Dinge selbst in die Hand zu nehmen, würde der Herrscher das ganze Schauspiel der Geburtstagsfeierlichkeiten von seinem sicheren Hafen im State House dirigieren. Nur er allein kannte das vollständige Drehbuch, die einzelnen Beteiligten hingegen lediglich die Rolle, die er ihnen zugewiesen hatte. Deshalb sagte er Sikiokuu nicht, dass das Geld nur für den Zweck, die Menge zu verwirren, frisch gedruckt worden war oder dass er Kaniũrũ befohlen hatte, dem Zauberer eine verdeckte Eskorte zu stellen. Tajirika dagegen wusste über die Banknoten Bescheid – sie waren Teil seines Finanzplanes –, aber nicht über die Einzelheiten der anderen Pläne. Und er würde Kaniũrũ bestimmt nicht von den Entführungsplänen oder den Hubschraubern erzählen, die Geld vom Himmel regnen ließen.

Sikiokuu kehrte in sein Leben unter Hausarrest zurück, war aber in Hochstimmung, weil er mit dem Geheimauftrag betraut worden war. Er würde bald wieder in der Gunst des Herrschers stehen. Doch irgendwie wurde er das Gefühl nicht los, dass sich der Herrscher Ideen angeeignet hatte, die ursprünglich von ihm stammten.

18

An jenem Morgen kamen Furyk, Clarkwell, zwei Kameraleute, ein Elektriker, ein Tontechniker sowie der Produktionsleiter von Clem & Din in Eldares an. Seit seiner Kindheit hatte der Elektriker so viel über die Finsternis Afrikas gehört, dass er trotz der Bilder von neuen Städten aus Stahl und Beton, die er im Fernsehen gesehen hatte, immer noch glaubte, der Kontinent wäre Tag und Nacht in Dunkelheit gehüllt. Er hatte sich deshalb eine Schutzbrille mit eingebautem Nachtsichtgerät gekauft. Dr. Wilfred Kaboca, der sie mit Limousine und Chauffeur vom Flughafen abholte, brachte sie nicht zum Hotel, sondern direkt ins State House. „Es geht ihm stündlich schlechter", erklärte er.

Das Team machte sich an die Arbeit, als wären Menschen, die in der Luft schwebten, ein alltäglicher Anblick. Und was sie nicht verstanden – wie zum Beispiel die Nachbildung des Himmels im Zimmer des Herrschers –, erklärten sie sich als seltsame Marotte afrikanischer Herrscher. Immerhin baten sie darum, die Nebelmaschine abzuschalten.

Mit Clarkwells und Kabocas Unterstützung machte sich Furyk an die üblichen Voruntersuchungen. Mit denselben Ergebnissen: Dem Patienten fehlte nichts. Der auffälligste Unterschied zwischen dieser und der Untersuchung in New York war nicht die Expansion, obwohl diese sich vervielfacht hatte, sondern die Leichtheit des Körpers. Ein verblüffter Furyk sagte, er werde später in Harvard anrufen, um sich mit einigen Physikern über dieses Problem zu beraten. „Oder ihnen eine E-Mail schicken", schlug Clarkwell vor, der seinen Laptop dabei hatte. Das veranlasste Kaboca, Furyk zur Seite zu nehmen und ihn zu fragen, ob sie ein Ultraschallgerät mitgebracht hatten. „Ups!", sagte Furyk, er habe es vergessen, aber das sei nicht weiter schlimm, ein einfacher Bluttest reiche aus, um festzustellen, ob die Expansion zu einer Schwangerschaft mutiert sei.

Der Kameramann und der Elektriker waren damit beschäftigt, die Steckdosen und die Stromstärke zu prüfen, dazu die Menge und Qualität des Lichts. Sie überlegten, was sie zusätzlich installieren mussten, um für die entsprechende Atmosphäre zu sorgen. Furyk erinnerte sie daran, dass es nicht um einen Spielfilm gehe, sondern um die Dokumentation eines wissenschaftlichen Prozesses, und sie lediglich dafür zu sorgen hätten, dass der Patient hinreichend ausgeleuchtet sei.

Da der Patient unter der Decke schwebte, hatten sie erhebliche Schwierigkeiten, die Kamera auf entsprechender Höhe zu installieren, doch die ständigen Staatszimmerer bauten ihnen Leitern mit kleinen Plattformen. Eine Kamera wurde fest installiert; sie sollte fortlaufende Bilder des Patienten liefern, die die Ärzte später verwenden konnten, wenn sie die gesammelten Daten auswerteten. Der zweite Kameramann machte Aufnahmen vom State House und vom Zimmer; ansonsten bestand seine Hauptaufgabe darin, Nahaufnahmen vom Herrscher und der Operation zu liefern, falls diese notwendig werden sollte.

Nach Abschluss der vorbereitenden Schritte, setzten sie sich hin und beobachteten den Patienten. Es war ein erstaunlicher Anblick, denn trotz seines Zustandes verfolgte der Herrscher im Fernsehen, was sich draußen abspielte, und führte Regie bei den Reaktionen der Regierung.

Kaboca, der Furyks Neugier spürte, ließ mit Zustimmung des Herrschers einen zusätzlichen Fernseher für die Besucher aufstellen.

19

Verschiedene Gruppen und Einzelpersonen versuchten die besten Plätze zu ergattern, um gute Sicht zu haben.

Die Soldaten Christi hatten sich in drei Gruppen aufgeteilt, von denen jede ihre eigene Aufgabe hatte. Die erste Gruppe, die von Gehstock-der-Seele angeführt wurde, suchte weiter nach der Katze, die seit ihrer Flucht aus der All Saints Cathedral nirgendwo mehr gesehen worden war.

Die zweite Gruppe stand unter der Leitung von Feger-der-Seelen und hielt Wache an allen Straßen, die zum State House führten, denn beide Male, als Satan ihnen entkommen war, war er im State House verschwunden. In beiden Fällen wussten sie nicht, ob er wieder herausgekommen war.

Die dritte Gruppe zog unter herausfordernden Liedern zur Versammlung und hatte den Plan, sich von hinten an den Teufel heranzuschleichen und ihn zu ergreifen, bevor er in den Körper eines anderen Wesens schlüpfen konnte.

Alle drei Gruppen koordinierten ihr Vorgehen mit Pagern und Mobiltelefonen, um abzusichern, dass die Soldaten Christi zur Stelle waren und Satan den Weg versperrten, wenn er zu entkommen versuchte.

Die Medienleute hatten ihre Kameras in Erwartung einer Revolution bereits in den Straßen aufgebaut, in denen es ihrer Meinung nach zu Ausschreitungen kommen könnte und Menschen gesteinigt und Häuser niedergebrannt werden würden. Die Armenviertel hatten noch niemals so viele Fernsehkameras gesehen, die sich für ihr Schicksal interessierten.

Der Herrscher befand sich in Hochstimmung, weil es ihm gelungen war, den Tag der sogenannten Nationalen Selbsterneuerung zur nationalen Geburtstagsfeier umzuwidmen. Indem er den Tag zum Nationalfeiertag ausrief, hatte er dem Aufruf zum Generalstreik die Spitze genommen. Sogar eine Zeitung, von der man nicht behaupten konnte, dass sie die Diktatur enthusiastisch unterstützte, bezeichnete den Herrscher als „vollendeten Politiker".

Tajirika, der bereits überprüft hatte, dass die Burĩ-Scheine in vier Hubschraubern mit den Aufschriften NORD, SÜD, OST und WEST verstaut worden waren, hatte sich frühzeitig zum Versammlungsort aufgemacht, um alles genau zu beobachten für den Fall, dass seine Einschätzung der Lage erforderlich würde. Nachdem er die Befehlshaber der einzelnen Teilstreitkräfte begrüßt und ihnen alles Gute gewünscht hatte, zog er sich jedoch zurück und suchte sich einen Platz am Rand der Menge. Er wusste, dass der Massenansturm auf das Burĩ-Manna vom Himmel gefährlich werden könnte, und hatte Vinjinia und den Kindern befohlen, sich fernzuhalten.

Sikiokuu hatte das Fluchtauto außerhalb des Versammlungsortes abgestellt. Mit Sonnenbrille und einem Hut, der seine Ohren verdeckte, saß er, ein Mobiltelefon in der Hand, auf dem Fahrersitz und hielt sowohl mit dem State House Verbindung als auch mit seinen angeheuerten Schlägern, die an einem strategisch günstigen Ort in der Nähe der Bühne Stellung bezogen hatten. Auf ein Zeichen hin sollten sie den Herrn der Krähen packen und ihn zu Sikiokuus wartendem Wagen bringen, wo dieser übernehmen würde. Sikiokuu blieb im Auto, lugte aber immer wieder zum Himmel, weil er fürchtete, das Segen verheißende Signal der niedergehenden Burĩ-Scheine zu verpassen.

Kaniũrũ, der den Befehl des Herrschers, dem Zauberer eine Eskorte zur Seite zu stellen, als geheimes Mandat verstand, den Hexenmeister nach seinem Geständnis zur Hölle zu befördern – denn warum sonst sollte sich der Herrscher zwar lang und breit über die Fahrt zur Versammlung auslassen, sich über die Rückfahrt aber ausschweigen? –, hatte eine Gruppe zusammengestellt, die den Herrn der Krähen auf dem Weg zur Bühne beidseitig flankieren sollte. Der offizielle Plan sah vor, dass ein ziviles Polizeifahrzeug den Herrn der Krähen einige Meter von der Stelle entfernt absetzte, an der die Menge begann, und er den restlichen Weg durch die Menge zu Fuß zurückzulegen hatte, nach außen hin ganz ohne Zwang. Doch natürlich würde man ihm klarmachen, dass er von potentiellen Meuchelmördern umgeben war, um ihn von Fluchtgedanken abzubringen. Kaniũrũ behielt seine Absicht, den Herrn der Krähen zu eliminieren, für sich. Seine Leute wussten nur, dass sie den Herrn der Krähen nach dem Geständnis eskortieren und in Kaniũrũs Mercedes verfrachten sollten. Erst dann würde er ihnen sagen, was sie als Nächstes zu tun hatten. Kaniũrũ selbst drängte sich bis zu einer Stelle in Bühnennähe vor, von der aus er alles sehen und hören konnte. Um sich zu beruhigen, strich er immer wieder über die Waffe in seiner Tasche, als wäre sie ein schützender Talisman gegen sämtliche hexerischen Tricks seines Widersachers.

Auch Nyawĩra und ihre Leute befanden sich nahe der Bühne und waren bereit, je nachdem, wie sich der Tag entwickelte, ihren verschiedenen Optionen entsprechend zu handeln.

Und auch die offiziellen Kräfte von Recht und Ordnung, die Armee, waren natürlich anwesend, hatten das gesamte Gelände umstellt und wussten zumeist nicht das Mindeste von den verschiedenen Plänen gegen den Herrn der Krähen. Bis an die Zähne bewaffnet, warteten die Soldaten auf ein Wort ihrer Kommandeure, achteten aber darauf, die Menge nicht zu provozieren.

Religiöse Führer sprachen Gebete und riefen Gott an, den Tag zu segnen, damit alles ein gutes Ende finde; dass dieser Tag der Beginn eines neuen Lebens der Toleranz und Offenheit im Land sein solle und alle Gott furchtlos in unterschiedlichen Zungen verehren und preisen könnten. „E pluribus unum", sprach einer immer wieder.

Die Studenten organisierten den Ablauf, und ein Sprecher nach dem anderen erinnerte die Menschen daran, weshalb die Versammlung notwendig geworden war. Sie sei ein Bündnis der Interessen aller, die von dem Wunsch geeint würden, ihre Mitsprache bei den Angelegenheiten des Landes wiederzuerlangen. Zu diesem Engagement gehöre, dass niemand, auch nicht diejenigen mit anderen Ansichten, daran gehindert würden, ihre Überzeugungen vorzutragen. Heute sei der Tag der Nationalen Selbsterneuerung und der Wiedererlangung ihrer individuellen und gemeinsamen Stimme.

Schau mir in die Augen und sieh
Dass ich den Tod nicht fürchte
Wenn ich die Stimme einfordere
Die ihr mir genommen

„Dieses Lied sangen sie bereits seit Wochen", sollte A.G. später seinen Zuhörern erzählen, „aber an diesem Tag stimmten sie es mit besonderer Inbrunst an.

Ehrlich! *Haki ya Mungu*", schwor A.G., um die Wahrheit seiner Behauptungen zu bekräftigen. „Alles war unsicher. Sogar der Name des Tages war strittig: War es der Geburtstagstag des Herrschers, der Tag der Nationalen Selbsterneuerung oder war es der Tag, an dem der Herrscher gebären würde? Nur eines war klar: Alle wollten hören, was der Herr der Krähen zum Mysterium männlicher Schwangerschaft zu sagen hatte."

20

Der Herr der Krähen traf, von Big Ben Mambo begleitet, am frühen Nachmittag auf dem Versammlungsgelände ein. Rechts und links von ihm gingen bewaffnete Polizisten, dahinter fünf weitere mit Paketen. Um sie herum drängelte sich das Medienvolk, um bessere Sicht auf den Hexenmeister zu haben. Die Leute flüsterten: „Der Herr der Krähen." Dann folgte neugieriges Schweigen.

„Ehrlich! *Haki ya Mungu!* Es gab niemanden, nicht einmal unter den Kindern, der sich zu kichern oder zu husten traute", beschrieb A.G. später diesen Moment. „Ich war ziemlich zeitig gekommen, weil ich versuchen wollte, seine Aufmerksamkeit auf mich zu ziehen, und sei es nur für einen flüchtigen Augenblick, um ihn nach dem Einen zu fragen, dem Sein aller Dinge, denn ich hatte einen Punkt in meinem Leben erreicht, an dem ich Worte anders zu begreifen begann. Ein genauerer Blick auf die Sprache könnte das Geheimnis des Lebens verraten. Viele Fragen beschäftigten mich: Was gab dem Zauberer diese Kraft und tiefe Einsicht? Seine magischen Tränke oder etwas, das die Sinne überstieg? Konnte dieses Wissen an andere weitergegeben werden? Ehrlich! *Haki ya Mungu!* Ich hatte das Gefühl, dass, wenn ich mit ihm reden könnte, mein Leben einen Sinn bekommen würde. Aber als er eintraf und ich ihn von Wachen und den Medienleuten umringt sah, wurde mir klar, dass ich nicht an ihn herankommen würde. Trotzdem wollte ich die Ohren offen halten, damit ich jedes Wort aufnahm, das ihm über die Lippen kam. Ich dachte an seine Worte in der Bar: ‚Nein, *hapana!* Nein! So war es nicht.' Wie also dann?, fragte ich mich.

Ich sah Informationsminister Big Ben Mambo aufs Podium steigen und den Herrn der Krähen stupsen, als dirigierte er ihn zu einem Sitzplatz. Big Ben Mambo machte eine komische Figur; sogar jetzt schritt er aus, als führte er eine Militärparade an. Der hätte zur

Armee gehen sollen, dachte ich. Die Polizei und die Medien saßen, den Blick auf das Podium gerichtet, vor der Menge. Ich schob mich näher an die Bühne, soweit diejenigen vor mir das zuließen. Wirklich, ich wollte kein einziges Wort, keine Handlung verpassen ..."

Die Studenten, die die Moderatorenrolle übernommen hatten, räumten dem Minister Redezeit ein und erklärten unter missbilligenden Pfiffen von einigen Gruppen, dass dies eine Volksversammlung sei und der Minister wie jeder andere Bürger das Recht habe, zu sprechen und seine Sicht der Dinge mitzuteilen. Big Ben Mambo war nicht erfreut, von einfachen Studenten Redeerlaubnis erteilt zu bekommen, glaubte aber, dies sei weder die Zeit noch der Ort, Streit anzufangen oder zu protestieren. Big Ben Mambo begann, indem er verkündete, er sei ein Bote von ganz oben und spreche im Namen des Herrschers, des Vaters der Nation und Oberkommandierenden der Streitkräfte. Anschließend dankte er dem Herrscher, dass er der Menge gestatte, sich auf dem heiligen Boden des Parlaments und des Obersten Gerichts zu versammeln. Er danke ihm im Namen aller, die sich hier zusammengefunden hätten, im Voraus dafür, dass er die Liebe und Bewunderung annehme, die sie ihm aus Anlass seines Geburtstages entgegenbrächten ...

„Du meinst wohl seinen Geburtstermin?", riefen einige und stimmten einen Sprechchor an: „Wer hat ihn geschwängert?"

„Bitte erlaubt mir, meine Rede zu Ende zu führen", blieb Big Ben hartnäckig. „Zur Schwangerschaft: Ihr werdet alles dazu aus dem Mund des Herrn der Krähen hören. Er wird auch alle Feinde des Staates entlarven."

„Die Feinde des Staates sind Freunde des Volkes", riefen andere zurück.

„Ich bin nicht hierhergekommen, um eine Strafpredigt zu halten oder mir eine anzuhören", brüllte Big Ben Mambo. „Ich bin hier, die Grüße und besten Wünsche des Herrschers zu überbringen und euch zu bitten, dem Herrn der Krähen Gelegenheit zu geben, alles zu gestehen und zu sagen, was er zu sagen hat, ohne dass ihr ihn unterbrecht oder niederbrüllt oder steinigt, nur weil er ein Hexenmeister ist. Die Zeiten, in denen man Hexer in Bienenstöcke steckte und den Berg runter ins Tal in den Tod rollen ließ, sind vorbei.“ Big Ben Mambo, der die zunehmende Feindseligkeit spürte, verließ das Mikrofon und winkte den Herrn der Krähen ans Rednerpult.

Der Herr der Krähen erhob sich langsam und bedächtig, fragte die Moderatoren, ob er sprechen dürfe, trat mit ihrer Zustimmung ans Pult und stand vor dem Mikrofon.

21

Kamĩtĩ wusste weder, womit er beginnen, noch, was er der Versammlung sagen sollte. Wieder wünschte er sich, eine Gelegenheit gehabt zu haben, mit Nyawĩra zu reden. Weil es aber nicht dazu gekommen war, war er jetzt auf sich gestellt. Von Natur aus Einzelgänger, redete er nicht gern in der Öffentlichkeit, und hier hatte er eine in gespannte Aufmerksamkeit versetzte Menge vor sich! Er hatte die Identität des Herrn der Krähen als Tarnung angenommen, als ein Spiel, und nun erwartete man von ihm, dass er dieser Identität gerecht wurde. Er war beileibe nicht aus freien Stücken hier und sollte jetzt reden, als wäre er aus eigenem Antrieb gekommen. Er verabscheute Lügen und jemanden zu belügen, wenn auch nur zu privaten Zwecken, und jetzt sollte er hier öffentlich zum Vorteil eines anderen die Unwahrheit sagen. Er hatte sein Leben mit der Wahrheit verbinden wollen – selbst als Weissager hatte er Arglist so weit wie möglich vermieden – und hier stand er nun, und sein Leben hing von einem falschen Geständnis ab.

Die Überzeugung, lieber vor der Menge sterben zu wollen, als dass man ihn wie Machokali verschwinden ließ, machte ihm Mut.

„Ihr habt alle gesehen, dass ich von bewaffneten Männern eskortiert wurde, damit ich nicht vom Weg abkomme. Deshalb möchte ich mich zuerst bei meinen Begleitern und Bewachern bedanken und ihnen sagen, wie sehr ich das zu schätzen weiß.“

Einige lachten, und das verschaffte ihm ein wenig Erleichterung.

„Man hat mich gebeten, über die Schwangerschaft des Herrschers zu sprechen, über Nyawĩras Versteck, Machokalis Verschwinden und über die Warteschlangen. Ich darf nur die Wahrheit sagen. Danach, so lautet meine Anweisung, soll ich die Dämonen vertreiben, die von euch Besitz ergriffen und euch gezwungen haben, Schlangen zu bilden und euch zu organisieren. Ich soll eure Seelen vom Verlangen nach Widerstand heilen."

Wieder lachten einige. Andere wurden nervös. Aber als er mit seinem Geständnis begann, herrschte absolute Stille.

Er spürte, wie sich seine Zunge löste.

22

Der Herrscher, der alles im Fernsehen verfolgte, hielt in schadenfroher Erwartung eines kriecherischen und reuevollen Geständnisses den Atem an. Er war derart mit sich zufrieden, dass er nicht anders konnte, als leise vor sich hin zu kichern.

Vor ihrem eigenen Fernseher sitzend, warfen Furyk, Clarkwell und Kaboca ab und zu einen Blick zu ihrem Patienten hinüber und machten sich Notizen über ihre Beobachtungen, während die erste Kamera jede Geste und jede Körperbewegung des Herrschers einfing. Die zweite Kamera lieferte Aufnahmen aus naher und mittlerer Distanz, machte einige Schwenks und Einstellungen über die Schulter des Herrschers, der auf den Fernsehschirm mit dem Herrn der Krähen vor der Versammlung starrte.

Plötzlich hörten sie, wie der Herrscher einen scharfen, gequälten Schrei ausstieß. Sein schwebender Körper wand sich vor Schmerz. Der Herrscher stöhnte laut. Schnell kletterten Furyk und Clarkwell die Himmelsleiter hoch, um nachzusehen, was da geschah. Stand ihnen das Ereignis einer neuerlichen geheimnisumwobenen Geburt bevor?

23

„Zunächst möchte ich meine Rolle beim Zustandekommen der Gerüchte über eine Schwangerschaft des Herrschers eingestehen", sprach der Herr der Krähen. „Doch warum sollte man über eine Schwangerschaft reden, als wäre sie etwas Bösartiges? Schwanger zu sein, heißt, den Keim des Werdens in sich zu tragen. Ist das Leben oder Tod? Das ist die Frage. Aber man hat mich nicht hierhergeschickt, damit ich über Ethos und Philosophie der Schwangerschaft rede, sondern um zu erklären, wie ich euch zu falsch verstandenem Glauben führte.

Alles geht auf ein Gleichnis zurück, das mir einfiel, als ich in der Halle eines New Yorker Hotels wartete und versuchte, die Wunder zu verstehen, die ich als Vogel während eines Flugs über Afrika und alle Länder gesehen hatte, in denen schwarze Menschen leben."

Er erzählte die Geschichte seiner Reisen durch Raum und Zeit, auf denen er nach der Quelle einer schwarzen Kraft gesucht hatte, und eine ziemlich lange Parabel darüber, wie Menschen einer blinden Gottheit mit dem vor- und rückwärts lesbaren Namen M&M, Money and Market, die Kontrolle über ihr Leben überantworteten und Afrikas Unabhängigkeit sich in eine Abhängigkeit verwandelte. Er hielt kurz inne, um die Wirkung seiner Worte abzuschätzen. Absolute Stille.

„Warum erlaubte Afrika Europa, Millionen afrikanischer Seelen in alle Winde zu zerstreuen? Wie konnte es geschehen, dass Europa über einen zehn Mal so großen Kontinent herrschte? Warum lässt es das notleidende Afrika zu, dass sein Reichtum den Bedürfnissen derer dient, die außerhalb seiner Grenzen leben, und bettelt dann mit ausgestreckten Händen um einen Kredit aus eben dem Reichtum, den es weggegeben hat? Wie sind wir so tief gesunken, dass der beste Führer derjenige ist, der weiß, wie man um einen Anteil von etwas bettelt, das er bereits für den Preis eines zerbrochenen Werkzeugs weggegeben hat? Wo ist die Zukunft Afrikas?

Ich sah Folgendes: Etwa im siebzehnten Jahrhundert schwängerte Europa einige Afrikaner mit seinen Übeln. Diese Schwangerschaften mündeten in die Geburt des Sklaventreibers auf der Sklavenplantage, der zum kolonialen Antreiber auf der kolonialen Plantage wurde, der wiederum Jahre später zum neokolonialen Anführer der postkolonialen Plantage mutierte. Wandelt er sich jetzt zum modernen Führer und Lenker einer globalen Plantage? Aber Afrika gebar sich neu, und das brachte unser Volk zum Singen: Auch wenn ihr unsere Helden umbringt, wir Frauen sind mit der Hoffnung auf ein neues Los schwanger. Deshalb schreit nicht wegen denen, die das Erbe verschleuderten; lächelt voller Stolz über die Errungenschaften derer, die für die Rettung unseres Erbes kämpfen.

Also sagte ich zu mir: So wie der heutige Tag aus dem Schoß des gestrigen geboren wurde, so ist der heutige mit dem morgigen schwanger.

Und mit was für einem Morgen war Aburĩria schwanger? Einem Morgen der Einigkeit oder der mörderischen Aufspaltungen? Der Tränen oder des Lachens? Unser Morgen wird durch das bestimmt, was wir heute tun. Unser Schicksal liegt in unseren Händen.

Dieser Gedanke muss mir durch den Kopf gegangen sein, als ich in einer Nachricht an Machokali schrieb: ‚Passen Sie auf sich auf. Das Land ist schwanger. Und niemand weiß, was es zur Welt bringen wird.' Ich hinterließ Machokali diese Nachricht, weil er damals das Augenlicht unseres Landes im Ausland war.

Doch hatte ich nicht daran gedacht, dass in Aburĩria die Nation und der Herrscher eins sind. Und deswegen bin ich mit meinen bewaffneten Freunden hierhergekommen, um euch die Wahrheit über meine Rolle beim Aufkommen des Gerüchts, dass der Herrscher schwanger sei, zu berichten."

Kaum war der Versammlung klar geworden, was er gesagt hatte, begannen die Frauen zu trillern und die Männer pfiffen und schrien: „Erzähl mehr! Wann wird er niederkommen?"

24

Die Schmerzen des Herrschers ließen nach, und er wandte sich gerade rechtzeitig wieder dem Fernseher zu, um den Beifall mitzuerleben. Er war nicht fähig gewesen, den Geständnissen des Zauberers zu folgen, und der Anblick der lachenden Menschen, die nach mehr verlangten, besserte seine Stimmung nicht. Er war ein Regisseur, der hilflos zusehen musste, wie seine Schauspieler vom Drehbuch abwichen.

Er rief Big Ben Mambo an und befahl ihm, den Herrn der Krähen anzuhalten, nicht weiter über diesen Schwangerschaftsunsinn zu reden, sondern sich dem Auftrag zuzuwenden, Nyawĩras Versteck ausfindig zu machen. Die Schmerzen kamen wieder und zwangen ihn, die Unterredung mit dem Minister abzubrechen. Seine Krämpfe waren heftig und quälend, aber wann immer sie es erlaubten, sog er begierig in sich auf, was auf dem Bildschirm ablief.

Big Ben Mambo sagte der Versammlung, dass sie jetzt, da sie das Geständnis dieses Lügners gehört hätten, dieses Mannes, der behaupte, als Vogel zu reisen und in Spiegeln sehen zu können, was den Augen des gewöhnlichen Sterblichen verborgen bleibe, aufhören sollten, weitere Verunglimpfungen über Männerschwangerschaften zu verbreiten.

„Mein Volk, wir werden ihm Gelegenheit geben, seine Fähigkeiten vor dieser erhabenen Versammlung freier Bürger zu beweisen. Soll er seine Spiegel einsetzen, die Feinde des Staates bloßzustellen. Herr der Krähen, wo steckt Nyawĩra? Dort drüben sind Spiegel. Zeig uns, wo Nyawĩra ist! Wenn du das getan hast, wirst du die Menge von den Dämonen des Schlangenwahns befreien und die Frauen von den Dämonen, die sie zur Gewalt gegen ihre Männer greifen lassen. Danach bist du frei und kannst gehen. Und wenn du es nicht schaffst, wartet vor all diesen Leuten ein Erschießungskommando auf dich.“

Es dauerte ein paar Sekunden, bis Big Ben Mambos Worte bei allen angekommen waren. In der Menge erhoben sich einige aufgebracht. „Wie kannst du es wagen, uns vorzuwerfen, wir wären von Dämonen besessen?“ „Hast du gesagt, dass wir gereinigt werden müssen?“, riefen andere drohend. „Warum treiben wir dem Minister nicht mit ein paar Schlägen auf den Hintern die Dämonen der Arroganz aus?“, forderten wieder andere und drängten nach vorne, um ihre Drohungen wahr zu machen.

Die Lage hätte eskalieren können, aber die Organisatoren intervenierten und riefen die Menschen auf, diese Dummheiten zu unterlassen, denn Big Ben Mambo wäre es zuzutrauen, sie zu provozieren, um den Streitkräften einen Vorwand zu liefern, die Versammlung aufzulösen. „Hören wir lieber dem Herrn der Krähen zu, denn wenn er wirklich ein Hexenmeister ist, dann muss hinter seiner Hexerei doch Methode stecken.“

Sogar der Herrscher, der Teile von Big Ben Mambos Auslassungen mitbekommen hatte, ärgerte sich über die Überheblichkeit des Ministers. Seine Arroganz und seine Übertreibungen gefährdeten den Ausgang der Veranstaltung, den der Herrscher im Sinn hatte. Deshalb rief er trotz seiner Bauchschmerzen den Minister an und befahl ihm, nicht länger vom Drehbuch abzuweichen. Er solle seine Bemerkung widerrufen, dass sich der Herr der Krähen seine Freiheit verdienen müsse. Habe er vergessen, dass der Hexer vorgeblich freiwillig gekommen sei? Was um alles in der Welt habe ihn getrieben, dem Zauberer mit einem Erschießungskommando zu konfrontieren? Er solle seine Drohung besser zurücknehmen, und zwar sofort.

Big Ben Mambo hatte kein Problem, sich zu widersprechen.

„Ich möchte euch alle daran erinnern, dass der Herr der Krähen aus freien Stücken hier ist. Er hat freiwillig angeboten, seine Fähigkeiten einzusetzen, mit Spiegeln zu hantieren, um Nyawĩras Aufenthalt ausfindig zu machen“, sagte er und fügte hinzu: „Ich möchte mich bei ihm entschuldigen. Ich war ein wenig übermütig, als ich von einem Erschießungskommando sprach. *Pambo la lugha kama alivyosema Shabaan Roberts.* Herr der Krähen, im Namen des Oberkommandierenden der Streitkräfte der Freien Republik Aburĩria fordere ich dich auf, deinen Versuch mit den Spiegeln zu machen und uns Nyawĩra auszuliefern, die Feindin Nummer Eins des aburĩrischen Staates."

25

Unterdessen grübelte Kaniũrũ über seinen nächsten Schachzug. Er fühlte sich ein wenig hintergangen, als er den Herrn der Krähen die Arena unter Polizeischutz betreten sah. Hatte der Herrscher nicht ihm und seinen Jugendbrigadisten aufgetragen, den Herrn der Krähen zur Bühne zu eskortieren? Doch als er darüber nachdachte, wurde ihm klar, dass das die wahre Verantwortung, die der Herrscher ihm übertragen hatte, in keiner Weise schmälerte. Die Krokodile im Red River warteten bereits auf den Herrn der Krähen.

Während er in diesen Gedanken schwelgte, hörte er, wie Minister Big Ben Mambo den Herrn der Krähen aufforderte, Nyawĩras Versteck zu verraten. Immer wenn ihr Name im Gespräch oder in der Zeitung erwähnt wurde, verkrampfte sich sein Magen. Er konnte es nicht länger leugnen. Er war eifersüchtig auf diesen Hexer. Er hatte diesen Mann einmal am Straßenrand in der Nähe von Tajirikas Büro mit Nyawĩra sprechen sehen. Tajirika hatte in seinem Geständnis ausgesagt, dass Nyawĩra ihn, als ihm die Worte im Hals stecken geblieben waren, zu diesem Zauberer gebracht hatte. Zwischen ihr und diesem Mann musste es eine intime Beziehung geben. Er schlich sich näher an die Bühne heran. Er wollte jedes Wort mitbekommen, das aus dem Mund des Herrn der Krähen kam. Wenn er verriet, wo sie sich aufhielt, würde er seinen Leuten die Exekution des Herrn der Krähen überlassen und sich zu Nyawĩra aufmachen. Die Vorstellung einer Wiedervereinigung mit Nyawĩra nach seinen Regeln war noch lebendig, er hatte noch immer diese Wahnvorstellung: Er würde Nyawĩra fangen und an den Herrscher appellieren, ihr die Sünden zu vergeben. Dankbar und geläutert würde sie deshalb Loblieder auf ihren Ehemann singen. „Gelobt sei Kaniũrũ“, sang er leise vor sich hin. Er glühte vor Optimismus, als einer seiner furchtlosesten Leute sich zitternd hinter ihm duckte.

„Der Mann da ist kein Mensch“, flüsterte er Kaniũrũ zu. „Hör auf mich. Ich bin einmal Müllmann gewesen. Wir waren drei. Ich war der Fahrer. Der Mann war schon mal tot. Wir wollten ihn begraben. Er ist vor unseren Augen von den Toten auferstanden und hat uns über das offene Feld gejagt. Eine Gruppe der Soldaten Christi hat uns gerettet. Einer von uns trat der Sekte auf der Stelle bei. Der andere hat sich in Bars versteckt. Ich bin den Jugendbrigaden beigetreten. Der Mann da ist Satan in Menschengestalt.“

Obwohl Kaniũrũ genervt war, erinnerten diese Worte ihn daran, was er selbst gesagt hatte, nachdem er diesen Mann spurlos in einer öffentlichen Toilette unweit des Paradise hatte verschwinden sehen. Ihm wurde klar, dass dieser Kerl auch den anderen Angst und Schrecken einjagen würde, wenn er ihnen gegenüber so redete. All seine eigenen wohl überlegten Pläne würden null und nichtig werden.

„Hast du den anderen davon erzählt?“, fragte Kaniũrũ.

„Nein“, antwortete der Mann.

„Geh nicht zurück! Bleib hier bei mir“, befahl Kaniũrũ. „Und hör auf zu schlottern“, fügte er hinzu und deutete auf die Pistole, die er in seiner Tasche trug.

26

Als Sikiokuu, der weiterhin den Himmel nach dem Auftauchen eines Hubschraubers absuchte, Big Ben Mambos Aufforderung an die Polizei hörte, die Pakete auf die Bühne zu bringen, lehnte er sich gegen sein Auto und richtete das Fernglas auf die Pakete. Er erkannte die Verpackung und wusste sofort, dass es die Spiegel waren, die er im Ausland bestellt hatte. Sein Herz machte einen Freudensprung: Also hatte der Herrscher seiner Bitte entsprochen? All der Aufwand, den er betrieben hatte, um die besten Glashersteller zu finden, war nicht umsonst. Gern wäre er derjenige gewesen, der anstelle Big Ben Mambos die Sache leitete, aber das war unbedeutend im Hinblick auf den Nutzen, den er aus dem Einsatz der Spiegel zu Nyawĩras Ergreifung ziehen würde. Geschichte hat ihre eigene Ironie, dachte er, als er begriff, dass die Wiedererlangung seines Lebens von einem erfolgreichen Einsatz von Spiegeln durch einen Hexenmeister abhing, den er zu entführen beabsichtigte. Sikiokuu war so gespannt auf den Ausgang des Geschehens, dass er vergaß, sich wie befohlen im Hintergrund zu halten, und auf das Dach des Wagens kletterte, um bessere Sicht auf das Schauspiel zu haben.

Als die Polizisten die Pakete auspackten, ihren Inhalt der Menge zeigten – wobei Mambo das Herkunftsland eines jeden Spiegels verkündete – und anschließend die Pakete dem Herrn der Krähen zu Füßen legten, kannte die Freude des Ex-Ministers keine Grenzen.

Doch dann wurde ihm plötzlich bewusst, dass die Spiegel, wenn sie der Menge präsentiert wurden, die Schatten der Aburĩrier einfangen würden. Minister Mambo hatte den Sinn und Zweck des Imports der Spiegel und den Grund, weshalb sie so sorgfältig eingewickelt waren, nicht begriffen. Er setzte sich wieder auf den Fahrersitz und rief im State House an, aber niemand nahm ab.

Sikiokuu, der Ex-Staatsminister im Büro des Herrschers, legte den Kopf auf die gekreuzten Arme auf dem Lenkrad und fing an zu weinen. Sein Schluchzen brachte das Auto zum Schwingen, und er besann sich erst wieder, als es plötzlich laut wurde und er bemerkte, dass er aus Versehen die Hupe gedrückt hatte.

27

Der Herrscher stöhnte ununterbrochen, schaffte es bemerkenswerterweise aber trotzdem, ab und zu einen Blick auf den Fernsehschirm zu werfen. Vieles, was für das Schauspiel draußen entscheidend war, wie das Signal für die Hubschrauber, mit dem Abwurf des Geldes zu beginnen, hing allein von ihm ab. Doch die Krämpfe beeinträchtigten seine Konzentration erheblich.

Plötzlich war ein seltsamer Laut zu hören. Furyk kletterte schnell die Himmelstreppe hinauf, von wo aus er Clarkwell und Kaboca herbeiwinkte. Das Tuch, das Kaniũrũ mit den Farben der Erde bemalt hatte, riss, und die Riemen, die den Körper an den Stuhl banden, gaben nach.

Etwas erschrocken stiegen die drei Ärzte die Treppe herab und berieten sich.

„Der Körper dehnt sich wieder aus", sagte Furyk sichtlich bestürzt. „Was hat das zu bedeuten?"

„Das widerspricht all unserer wissenschaftlichen Logik", ergänzte Clarkwell.

„Die Frage ist, wie wir die Expansion eindämmen können, bevor der Körper den ganzen Raum ausfüllt", sagte Furyk und schaute Kaboca an.

„Was hat der Zauberer in New York gemacht, um die Expansion aufzuhalten?", fragte Clarkwell.

„Der Herr der Krähen? Ich weiß nicht, was er gemacht hat", gab Kaboca zu.

„Man sollte ihn von der Versammlung hierherbeordern", schlug Furyk vor.

„Der Befehl, den Herrn der Krähen zurückzurufen, kann nur vom Herrscher selbst kommen", sagte Kaboca. Aber sie wussten beide, dass der Herrscher nicht in der Lage war, einen Befehl zu geben.

28

Der Herr der Krähen hatte ruhig zugesehen, wie die Spiegel ausgepackt und vor ihm aufgestapelt wurden. Doch innerlich war er aufgewühlt. Die Zeit wurde knapp, und er wusste noch nicht, wie er sich aus dieser Zwangslage befreien konnte. Wie sollte er vor dieser Menschenansammlung überzeugend mit den Spiegeln operieren? Er schaufelte sich ziemlich sicher sein eigenes Grab. Zugleich war er jedoch überzeugt, dass der Herrscher vor den in- und ausländischen Medien nichts Drastisches gegen ihn unternehmen würde. Doch diese Gnadenfrist würde seinen Tod nur um ein paar Stunden hinauszögern. Was würde Nyawĩra tun, wenn sie sich in einer solchen Lage befände? War sie das nicht auch schon gewesen? Als Hinkende Hexe war sie kühn in den Leib der aburĩrischen Bestie vorgedrungen!

Er fühlte, wie ihn Mut durchströmte. Warum sieht man die Auswüchse des Landes nur, wenn sie sich in den Augen des Westens spiegeln? Nein, das Spiel mit den ausländischen Spiegeln würde er nicht mitspielen. Die Wahrheit, die er in sich trug, und die Augen der Menschen waren die einzigen Spiegel, die er verwenden würde. „Man hat mich gebeten, Spiegel zu verwenden, die aus dem Ausland eingeführt wurden, um die Feinde des Staates auszuräuchern", setzte der Herr der Krähen an.

Er bat einen Polizisten, ihm seinen Schlagstock zu leihen. Dann nahm er den ersten Spiegel, las laut das Herkunftsland vor und zerschmetterte ihn. Er griff nach dem zweiten und dem dritten. Einen nach dem anderen zerschlug er die importierten Spiegel, und die Menge begleitete diesen trotzigen Akt mit rhythmischem Klatschen.

„Bei richtiger Weissagung geht es darum, das Verborgene bloßzulegen", sagte er. „Ich möchte die Geheimnisse meines Herzens mit euch teilen. Ich kenne Nyawĩra. Ich liebe sie und werde sie niemals verraten, und sollte ich dafür die Reise ins Land ohne Wiederkehr antreten müssen. Ich weiß, dass Nyawĩra dort bei mir sein wird, denn sie begegnete mir, als ich gebrochen war, und sie machte mich wieder gesund. Und was sie schon einmal gemacht hat, Stücke zu einem Ganzen zu fügen, wird sie wieder tun." Er machte eine Pause, um Atem zu holen.

„Gerissener Kerl", murmelten einige Skeptiker. „Versucht, sie in ihrem Versteck aufzuscheuchen, was?" Aber selbst sie waren vom Ton seiner Stimme angerührt, als er jetzt so sanft rief, als spräche er mit jemandem dicht neben sich.

„Nyawĩra, ich umarme dich von ganzem Herzen, mit ganzer Seele, und das Volk ist mein Zeuge, dass die Wahrheit nie stirbt, ihr Glanz nie vergeht. Heiligkeit liegt in der Ganzheit."

Der Herr der Krähen spürte, wie ihm eine sanfte Brise Blumenduft in die Nase stieg, ein Duft, den er gut kannte, aber lange nicht mehr gerochen hatte. Neue Kraft durchströmte ihn, eine Kraft, die in dem sicheren Wissen wurzelte, dass seine Worte die Herzen der Versammelten getroffen und Nyawĩra erreicht hatten, wo immer sie in der Menge steckte. Er fühlte sich gut, weil die Worte tief aus seinem Innern gekommen waren und er bereit war, für sie zu sterben.

„Ihr seid Nyawĩra. Ihr und ich und andere, das ist Nyawĩra", fuhr der Herr der Krähen furchtlos fort. „Wenn ihr davon überzeugt seid, dass ihr Nyawĩra seid, dann steht bitte auf, damit die, die nach euch gesucht haben, die euch einen Staatsfeind genannt haben, euch sehen können. Nyawĩra, zeig uns den Weg."

Eine Frau stand auf. „Ich bin Nyawĩra", sagte sie. Kaum hatte die Menge den Blick auf sie gerichtet, als ein Mann sich erhob und sagte: „Ich bin Nyawĩra." Ihm folgten alle anderen Frauen und Männer, bis sich die ganze Versammlung als Nyawĩra bezeichnet hatte.

Informationsminister Big Ben Mambo und seine offizielle Begleitung blieben sitzen. Die Polizisten und Soldaten, die bereits gestanden hatten, befanden sich in einer unangenehmen Lage: Sie wussten nicht, ob sie sich setzen sollten oder nicht. Deshalb blieben sie stehen, und für ein paar Minuten sah es so aus, als wären Armee und Polizei eins mit dem Volk.

Die Kameraleute wussten nicht, wen sie ins Bild setzen sollten. Und für die Vertreter der Regierung war Nyawĩra nun überall. Eine Frau begann zu rufen: Wie viele Stämme gibt es? Andere antworteten: Zwei, Schöpfer und Parasiten.

Stimmen erhoben sich zu einem Lied:

Kommt, kommt, Schwache und Starke
Schaffen wir ein schönes Land
Mit unserem Wissen, unseren Herzen

Die ganze Versammlung tanzte. Langsam schob sich eine Gruppe an die Bühne heran. Und bevor Big Ben Mambo begreifen oder reagieren konnte, was vor sich ging, hatte sich eine schützende Menschenwand um den Herrn der Krähen gebildet.

Kamĩtĩ spürte die Gegenwart einer tanzenden Gestalt neben sich und wusste, dass es Nyawĩra war. Ihre Augen trafen sich. Sie hielten sich an den Händen und tanzten einige Schritte zu diesem Lied, ein Paar, das von den anderen Tänzern nicht zu unterscheiden war. Trotzdem hatten der Herr der Krähen und die Hinkende Hexe das Gefühl, in einer ganz eigenen Welt zu sein, die von der Einigkeit des aburĩrischen Volkes geschützt wurde.

Als der Herrscher, dessen Körper sich weiter ausdehnte, im State House sah, was sich im Fernsehen abspielte, grübelte er: Wie können sie es wagen, froh zu singen und zu tanzen, wenn ich mich in höllischen Schmerzen winde? Es wird Zeit, sie mit dem Geld auseinanderzutreiben. Er nahm alle Kraft zusammen zu einem letzten Versuch der Fernregie. Kaum hatte er einen Piloten angewiesen, Geld vom Himmel regnen zu lassen, als ihn eine neue Schmerzenswelle durchfuhr. Er ließ das Mobiltelefon fallen; es krachte auf den Fußboden. Sein Körper nahm inzwischen das gesamte Zimmer ein und drückte Ärzte und Kameraleute an die Wand.

Nyawĩra hörte das Peitschen des Hubschraubers am Himmel, schaute hoch und sah Blätter vom Himmel fallen. Die Leute schrien. Die Scheine segelten langsam herunter. Bevor sie sich zum Mikrofon durchdrängen konnte, um den Leuten zu sagen, dass es sich um Falschgeld handle, um einen Trick des Herrschers, mit dem er ihre Seelen korrumpieren und sie in Versuchung bringen und auseinandertreiben wolle, hatte sie eine Vorahnung. Sie schaute hinter sich und erblickte Kaniũrũ. Niemals zuvor hatte sie Hass und Eifersucht so intensiv in einem Menschen brennen sehen wie jetzt in seinen Augen.

Er drängte sich mit Gewalt durch die Menge und kam direkt auf die Bühne zu. Nyawĩra schaute sich schnell nach einem Fluchtweg um. Zwei Gruppierungen schoben sich aus unterschiedlichen Richtungen durch die Menge an den Herrn der Krähen heran.

Kaniũrũ trug eine Pistole. Zuerst glaubte sie, er ziele auf sie. Doch er hatte die Pistole auf den Herrn der Krähen gerichtet, und bevor sie einen Warnruf ausstoßen konnte, hatte Kaniũrũ einen Schuss abgefeuert. Sie war unfähig zu schreien; sie warf sich über den gefallenen Körper des Herrn der Krähen, als wollte sie ihn vor weiterem Schaden schützen. Sie sah, wie Kaniũrũ die Pistole auf die Stelle richtete, wo sie lag. Wir sind verloren, murmelte sie.

Irgendjemand sprang Kaniũrũ an und rang ihn nieder. Ein weiterer Schuss ging los. Die Umstehenden schrien vor Entsetzen. Kaniũrũ und sein Widersacher rollten über den Boden. Der Mann versuchte, an die Waffe zu kommen; Kaniũrũ leistete erbitterten Widerstand. Sie hatte das Gesicht dieses Mannes schon irgendwo gesehen, dachte Nyawĩra. Doch ihr blieb keine Zeit, darüber nachzudenken.

Auf einmal zerriss Donner den Himmel. Die Menschen spürten die Erde beben. Sofort ließen Kaniũrũ und sein Widersacher voneinander. Kaniũrũ, der um sein Leben fürchtete, ließ die Waffe fallen und rannte davon. Seine für ihren Mut berühmten Jungs waren schon fort. Einige schrien vor Entsetzen: „Mein Gott, man hat uns erwischt", stolperten über andere, die ebenfalls flohen.

Als er sich ohne seinen Beschützer sah, ergriff auch der ehemalige Müllfahrer die Flucht und klagte leise: „Das ist Satan", und schaute nicht mehr zurück. Zum Glück stieß er bei den verkohlten Überresten eines Gebäudes auf eine Gruppe der Soldaten Christi, unterwarf sich auf der Stelle Christus und nahm einen neuen Namen an: Pilot-der-Seelen.

Kaniũrũs Widersacher verfolgte ihn durch die Menschenmenge und schoss ihm ins Bein. Kaniũrũ stürzte, doch gelang es ihm, trotz seiner Verletzung davonzuhumpeln.

Und dann ertönte erneut ein Donnerknall, dem sechs weitere folgten, von denen jeder noch lauter als der vorhergehende war. „Es regnet Bomben auf das Land!", riefen einige, und das Gelände war ein einziges riesiges Chaos aus angsterfüllten Schreien und fliehenden Menschen.

Die völlig unvorbereiteten Soldaten auf dem Versammlungsgelände nahmen an, dass im State House ein Staatsstreich vor sich ging. Soldaten und Polizisten warteten auf einen Befehl ihrer Vorgesetzten, die wiederum auf ein Wort ihrer Vorgesetzten warteten, die ihrerseits auf einen Befehl des Oberbefehlshabers warteten. Die Befehlskette schien irgendwie unterbrochen. Unsicherheit und Panik führten zu vereinzelten Schüssen. Erschrockene Menschen liefen in alle Richtungen, zeigten zum Himmel und riefen: „Das ist das Jüngste Gericht!"

Die pilzförmigen Wolken, die sich nach den sieben Donnerschlägen über dem State House bildeten, versetzten alle in Erstaunen.

Sikiokuu hatte, als er den Hubschrauber am Himmel sichtete, seinen Gefolgsleuten das Zeichen gegeben, den Zauberer zu ergreifen. Nun suchte er sich ein Blatt Papier, um seine Unterstützung der Revolution schriftlich zu dokumentieren. Ein Hoch auf die Revolution, schrieb er und klemmte den Mutbeweis hinter die Scheibenwischer. Verwundert sah er den überwältigenden Rauch, der sogar den Hubschrauber verschlang. Doch obwohl er jetzt ein Anhänger der Revolution war, wollte er nicht ins Kreuzfeuer zwischen den Revolutionären und den Verteidigern des Regimes geraten. Bei einem Staatsstreich ist sich jeder selbst der Nächste.

Jeder, der ein Auto hatte, versuchte aus der Stadt aufs Land zu fliehen. Der Stau war furchteinflößend. Ungeduldige Hupen plärrten. Die Sicht war durch dichten, stinkenden Rauch eingeschränkt, der alle peinigte, die in Autos oder zu Fuß flohen. Nyawĩra, die den Körper des Herrn der Krähen mit ihrem bedeckte, spürte warmes Blut. „Bitte, Kamĩtĩ, bitte stirb nicht", flehte sie.

29

Furyk und seine Leute rannten die State House Road hinunter, und Kaboca, der ihnen die Richtung zurief und sie drängte, nicht aufzugeben, weil sie, wie er behauptete, nur Minuten vom sicheren amerikanischen Hafen entfernt waren, lief hinter ihnen her.

Botschafter Gemstone hatte bereits die Anweisung gegeben, dass jeder Weiße, der der Gewalt der Revolution entkam, ohne jede Frage eingelassen werden sollte. Die Vorderen erreichten den schützenden Hafen ohne Schwierigkeiten. Wilfred Kaboca kam als Letzter an. Die Tore schlossen sich direkt vor seinen Augen. Weil er glaubte, die Wachen hätten nicht begriffen, trommelte er gegen das Tor und rief: „Wir gehören zusammen! Das sind meine Kollegen, verstehen Sie!" Aber sie verstanden nicht.

Eine Kugel aus der Botschaft streckte Dr. Wilfred Kaboca nieder. Zu überrascht, selbst um zu stöhnen, richtete er sich auf, drückte die rechte Hand auf seine linke Brustseite, um das Blut zurückzuhalten, und machte sich durch die stinkende Finsternis auf den Weg zum Highway, um im Krankenhaus Hilfe zu suchen. Keiner hielt an. Dr. Kaboca, der Leibarzt des Diktators von Aburĩria, verblutete am Straßenrand des Ruler's Highway.

30

Am nächsten Tag nahmen die Menschen ihren Mut zusammen und gingen zum Gelände vor dem Parlament und dem Obersten Gericht, dem Ort der Volksversammlung. Hier und dort lagen aufgedunsene Leichen herum. Es war schwer zu sagen, ob der abstoßende Gestank von der Verwesung herrührte oder vom dunklen Rauch des vorangegangenen Tages, der aus dem State House aufgestiegen war. Der Dunst hatte sich über den gesamten Himmel ausgebreitet, die Sonne, den Mond und die Sterne verdunkelt, das ganze Land in Finsternis getaucht, und selbst später noch, als es Sonne, Mond und Sternen gelang, die Dunkelheit zu durchdringen, schien das Land in einer ekelhaften Luftverpestung gefangen.

ZWEITER TEIL

1

Als offiziell nichts über den Donner, den Smog und das Blutbad vermeldet wurde, begannen die Leute davon zu sprechen, dass der Herrscher vielleicht tot sei und das Militär die Regierung übernommen habe, was durchaus der Wahrheit entsprechen konnte, weil die Regierung nur ein wahrnehmbares Gesicht zu haben schien: Panzer, die ab und zu durch die Straßen der Hauptstadt und der wichtigsten Städte patrouillierten. Es war zwar eine nächtliche Ausgangssperre verhängt worden, doch sie wurde nicht besonders streng durchgesetzt und niemand verhaftet, der sich nicht an sie hielt.

Aber warum gab das Militär nicht offen zu, die Macht übernommen zu haben? Einige meinten, es habe sich um einen misslungenen Putsch der Unteroffiziere gehandelt, die wie alle mit ihrem Sold nicht zufrieden waren. Obwohl der Putsch nicht erfolgreich gewesen war, habe den Herrscher eine Kugel getroffen, und er würde sich jetzt verstecken, um seine Wunde auszuheilen. Andere erwiderten: Nein, der treibe nur wieder Spielchen. Habt ihr vergessen, wie er vor einiger Zeit das Gerücht verbreitete, er leide an Kehlkopfkrebs, nur um dann wieder aufzutauchen und seine Wut an allen auszulassen, die seinen Tod vorzeitig bejubelt hatten? Hat er nicht außerdem dieses und jenes getan? Jede Geschichte wurde auseinandergenommen, neu erfunden, anders interpretiert, viele, viele Male, weil die Menschen keine genaueren Tatsachen kannten, auf denen sie einen verlässlichen Bericht über die Ereignisse im State House hätten aufbauen können. Einige behaupteten allerdings, ohne ihre Quellen zu verraten, dass nach der ersten oder zweiten Detonation sieben oder acht von einem Schwarzen verfolgte Weiße gesehen worden seien, die aus dem State House rannten, denen mit etwas Abstand schwarze Jugendliche auf den Fersen waren. Als sie die amerikanische Botschaft erreichten, seien die Tore geöffnet und die Weißen eingelassen worden. Der Schwarze aber sei ausgesperrt geblieben und habe mit dem Finger gedroht und sie beschuldigt, das State House in die Luft gejagt zu haben. Der Schwarze sei erschossen worden, und die Jugendlichen, die ihm gefolgt waren, hätten sich aus dem Staub gemacht. Den Schwarzen habe man nie wieder gesehen, und auch die sieben oder acht Weißen seien nicht mehr aufgetaucht.

Je wahrscheinlicher der unerträgliche Gestank des fauligen Smogs auf eine Umweltkatastrophe hindeutete, desto stärker wuchsen Enttäuschung, Zorn und Furcht. Im ganzen Land, in allen Regionen und noch im kleinsten Dorf forderten die Menschen, dass die Regierung ihnen die Wahrheit sage; es wurde sogar darüber gesprochen, die Demonstrationen wieder aufzunehmen. Die religiösen Führer verlangten einen Tag der Gebete und die Arbeiter einen Generalstreik. Die Forderung nach Mehrparteiendemokratie wurde zur neuen Fanfare. Bald machte die Runde, der Herrscher traue sich nicht in die Öffentlichkeit, weil er sich vor Mr. Mehrpartei fürchte.

Die Global Bank veröffentlichte eine Stellungnahme, in der beklagt wurde, dass das Fehlen von Führung und die jüngsten mysteriösen Ereignisse bei Investoren ernste Zweifel über die politische Stabilität des Landes ausgelöst hätten.

Informationsminister Big Ben Mambo war es schließlich, der die Neuigkeit verkündete: Der Herrscher habe einen Tag festgesetzt, an dem er vor Parlament und Nation eine Rede halten werde, die Radio und Fernsehen live übertragen würden. Die Zeitungen bekamen den Auftrag, Sonderausgaben vorzubereiten, weil der Herrscher ein besonderes Geschenk an das Volk bekannt geben wolle.

Big Ben Mambos Ankündigung heizte die Gerüchte noch weiter an: Wie stand es um die Krankheit des Herrschers, über die so viele Gerüchte im Umlauf waren? Seit er aus Amerika zurückgekommen war, hatte er sich nicht mehr in der Öffentlichkeit gezeigt. Warum jetzt? Was hatte dieses unerwartete Versprechen von Großzügigkeit ausgelöst? Und dann das Undenkbare: Wollte er etwa abdanken?

2

Das Parlament war brechend voll. Das Kabinett, die Abgeordneten und sogar einige ausländische Diplomaten waren lange vor der festgesetzten Zeit da. Die Medien fieberten und hofften, irgendetwas herauszubekommen, das dem großen aburĩrischen Mysterium einen Sinn geben könnte: sieben Donnerschläge und der unvorstellbare Smog. Das amerikanische Fernsehen, das sich in Amerika geweigert hatte, dem Herrscher ein Interview zu gewähren, bettelte jetzt um ein Exklusivgespräch. Jeder, der ein Radio oder einen Fernseher besaß, klebte am Gerät und wurde von denen umringt, die keines hatten.

Der Parlamentspräsident klopfte mit dem Holzhammer auf den Tisch. Die mit Spannung erwartete Sitzung begann.

„Ehrlich, *Haki ya Mungu*, ich habe mich ständig gefragt, wie er ins Parlament gelangen würde“, erzählte A.G. „In welchem Gefährt würde er vorfahren? Wie würde er das Gebäude betreten, denn ich hatte nicht gehört, dass man die Türen vergrößert hatte. Wollte man ihn so durch den Eingang schieben, wie man ihn in den Jumbo-Jet verfrachtet hatte? Worüber würde er sprechen? Würde er das Schicksal des Herrn der Krähen erwähnen? Und was würde er zu den Gerüchten über seine Schwangerschaft sagen? Fragen über Fragen ...“

Arbeiter hatten sich den Nachmittag freigenommen, einige von ihnen inoffiziell, denn keiner wollte die Nachrichten verpassen. A.G. kannte einen Teeausschank, *Wĩra-no-nda*, in dem es einen Fernseher gab. Er ging zeitig hin, musste aber feststellen, dass andere noch früher gekommen waren. Dennoch ergatterte er einen Platz, von dem aus er den Bildschirm recht gut sehen konnte. Alle umringten den Fernseher wie ein Bienenschwarm, der summend seinen Stock umschwirrt. Als sie den Herrscher erblickten, wurden sie still.

3

Der Herrscher betrat das Parlament und schritt auf einem roten Teppich den Mittelgang hinauf. Rechts von ihm ging eine bezaubernd gekleidete Frau, die ein Diamantendiadem trug. Wurde Rachael, die Frau des Herrschers, öffentlich vorgeführt?

A.G. traute seinen Augen nicht. Diese Vortrefflichkeit im Fernsehen sah jener Vortrefflichkeit, die er zuletzt im State House gesehen hatte, kaum ähnlich. Diese Person war groß und dünn, trug einen dunklen Anzug mit Blume im Knopfloch und hatte ein weißes Tuch in der Brusttasche. In der linken Hand hielt er Zeremonienstab und Fliegenwedel. Auch der obligatorische Besatz aus Leopardenfell war vorhanden. Der Kopf war von der Größe einer Faust, aber die Augen traten heraus und erinnerten an den verblichenen Machokali.

A.G. merkte nicht, dass er selbst immer wieder ausrief: „Nein, nein, das ist er nicht!" Die anderen sahen ihn an wie einen Verrückten, bis einige ihn schließlich anfuhren, „Halt's Maul! Woher willst du das wissen?", ohne ihm zu gestatten, es ihnen zu erklären. Worauf er zur Antwort gab: „Was ist mit seinem aufgeblasenen Körper?" Da mussten die Leute lachen, und wenn er weiter zweifelte: „Seht euch seine Zunge an, seht euch diese Zunge an", brachten sie ihn mit giftigen Blicken zum Schweigen. Trotzdem fiel auch anderen auf, dass der Herrscher, wenn er nicht sprach, manchmal ungewollt seine Zunge herausschnipsen ließ. Aber die meisten sahen darin nichts Befremdliches und schrieben es der Tatsache zu, dass er die Zunge lange nicht mehr in der Öffentlichkeit benutzt hatte. Als A.G. darauf bestand, dass diese Zunge gespalten war, sagten die Umsitzenden: „Der Smog – was hat er nur mit dem Kopf dieses Mannes gemacht? Vielleicht geht es nicht nur ihm so?"

Als Erstes sagte der Herrscher, dass er die Gelegenheit ergreifen wolle, die neben ihm sitzende Person vorzustellen, denn als er ihr die

Aufgabe übertragen habe, die sie nun bekleide, habe er sich zurückgezogen und sei nicht in der Lage gewesen, sie vor den Augen der Nation persönlich zu salben. Doch alles habe nun mal seine Zeit, und er sei sehr glücklich, der Nation mitzuteilen, dass dies Dr. Yunique Immaculate McKenzie sei, die offizielle Nationalhostess.

Bis sich das Publikum von diesem Schock erholt hatte, denn seit ihrer Ernennung war sie niemals in der Öffentlichkeit gesichtet worden, war der Herrscher bereits in vollem Redefluss. Er bat die Menschen, wo immer sie sich gerade befänden, im Parlament, zu Hause, am Arbeitsplatz oder auf der Straße, sich zu erheben und im Gedenken an jene, die kürzlich auf dem Parlamentsgelände und vor dem Obersten Gericht den Tod gefunden hätten, eine Schweigeminute einzulegen. Diese Toten seien Opfer der Aktivitäten einiger übler Elemente im Land gewesen, die darauf gehofft hatten, als erste Stufe einer Verschwörung zum Sturz der Regierung Verwirrung stiften zu können. „Ich will ihnen nur eine einzige Frage stellen: Wissen sie nicht, dass wir den Kommunismus im zwanzigsten Jahrhundert besiegt haben? Der Kommunismus ist ausgestorben wie der Dodo." Die sogenannte Bewegung für die Stimme des Volkes habe den Mob agitiert und gedrängt, Schlangen zu bilden, nicht etwa, weil es der Bewegung aufrichtig um die tatsächlichen Nöte und Kümmernisse des Volkes gegangen sei, sondern weil sie die Bevölkerung für die eigenen schändlichen Absichten instrumentalisieren wollte. Sie habe sogar Hexenmeister angeheuert, um Unschuldigen mit schwarzer Magie den Verstand zu vernebeln. Die Bewegung nutze tatsächliche Missstände aus, und er sei der Letzte, der nicht zugebe, dass das Land einige wirtschaftliche Probleme habe. Doch sehe sich die ganze Welt ähnlichen Schwierigkeiten gegenüber, die mit den globalen Wirtschaftskräften und einer Weltwirtschaftskrise zu tun hätten, die wiederum mit der Ölkrise zusammenhingen, die von der selbstsüchtigen Politik der OPEC ausgelöst worden sei.

„Jetzt möchte ich zu den jüngsten Ereignissen kommen, dem Donner und dem Smog, über die wir uns alle Sorgen gemacht haben", sprach er zu einem aufmerksamen Parlament und einer neugierigen Nation.

Es sei diese selbsternannte Bewegung für die Stimme des Volkes gewesen, die, im geheimen Einverständnis mit Fundamentalisten aus dem Nahen Osten, Bomben im State House platziert hätte, doch habe er sie mit Hilfe seiner Experten zur Detonation gebracht, bevor sie der Nation unheilvollen Schaden hätten zufügen können. Als die Übeltäter das erkannten, hätten sie Tränengas in die Luft geschossen, um die Bevölkerung in Angst zu versetzen und eine Revolution anzuzetteln. Ziel der Warteschlangen und der Agitation sowie der Zeitpunkt der Bombendetonation seien klar, mehr wolle er aus Sicherheitsgründen nicht sagen, weil die Ermittlungen noch liefen.

Er hielt inne, aber eigentlich hatte er keine andere Wahl, denn die Parlamentsmitglieder spendeten ihm stürmischen Applaus, dessen Ende nicht abzusehen war, weil kein MdP oder Minister den Beifall als Erster einstellen wollte.

Zur Verwirrung und zum Verdruss der ausländischen Diplomaten, die das über sich ergehen lassen mussten, erlaubte der Herrscher den Ovationen eine Dauer von einer Stunde und sieben Minuten, bevor er den MdPs das Zeichen gab, sich wieder zu setzen, weil er ihnen noch weitere Dinge mitteilen wollte. Was die irregeleiteten Anhänger der Bewegung für die Stimme des Volkes angehe, fuhr er fort, ja, jene, die unschuldige Bürger ermordet hätten, deren einziges Verbrechen es gewesen sei, den Geburtstag ihres Herrschers zu feiern, so habe er nur eine einzige Botschaft für sie: Seine Sicherheitsdienste würden sie aufspüren und ihrer gerechten Strafe zuführen.

Der Herrscher gab zu, dass Fehler gemacht worden waren, die er berichtigen wolle, damit die Bewegung für die Stimme des Volkes nie wieder Nährboden finde, die Nation in die Irre zu leiten. Er erklärte vor dem Parlament, dass Marching to Heaven von Machokali erdacht worden sei, „ein Vorhaben, dermaßen absurd, dass einem schwindlig werden konnte“. Dahinter habe teuflische Gerissenheit gesteckt, und er, der Herrscher, sei den Plänen nur gefolgt, um die wahren Absichten des Mannes herauszufinden. Nun, bedauerlicherweise sei Machokali nicht zugegen, um zu erklären, was er vorgehabt habe, sodass sie nie erfahren würden, was er wirklich im Schilde geführt hatte, und Spekulationen seien müßig. Jetzt senkte der Herrscher die Stimme und sagte, dass er es bedauere, zugeben zu müssen, dass es der Regierung noch nicht gelungen sei herauszufinden, wie und wo der verblichene Markus seinem Schicksal begegnet oder welcher Natur dieses Schicksal gewesen sei. Die Privatdetektive, die er im Ausland angeheuert habe, hätten ihm allerdings berichtet, dass es sich hier um einen Fall von SIV, Selbst Induziertem Verschwinden, handle. Mögen also die Pläne wie ihr Schöpfer den Weg des SIV gehen.

Nun, so sprach der Herrscher, wolle er auf die Gerüchte zu seiner Schwangerschaft eingehen.

4

Der Herrscher dankte allen, die auf das Gelände von Parlament und Oberstem Gericht gekommen waren, um mit ihm seinen Geburtstag zu feiern, den er in Tag der Nationalen Selbsterneuerung umbenannt habe, gemäß einem uralten afrikanischen Brauch, wonach Geburt und Wiedergeburt durch wohlbekannte Übergangsriten gefeiert würden. Er sei sich auch bewusst, dass es Leute gebe, die von seinem Geburtstag, dem Tag der Nationalen Selbsterneuerung, als dem Tag sprächen, an dem er niederkommen würde.

„Nun, sie haben sich nicht geirrt. Tatsache ist, mein Volk, dass ich schwanger war. Ja, ich war schwanger“, betonte der Herrscher vor einem erstaunten Parlament. „Jedes Kind in Aburĩria weiß, dass ich das Land bin und das Land ich, und diese Vortrefflichkeit, dieses Land und diese Nation dem Mysterium der Trinität gleichen, die das perfekte Eine schaffen.“ Deshalb sei es so, dass, wenn der Herrscher spreche, die Nation spreche, und wenn er niese, die Nation niese. Weil das Land und sein Kopf ein und dasselbe seien, folge daraus, dass sein Geburtstag der Geburtstag der Nation sei und der Tag, an dem er gebar, der Tag sei, an dem die ganze Nation niedergekommen sei. „Wollt ihr ein Bild des Babys sehen?“

Auf dieses Stichwort kam Kaniũrũ auf Krücken in den Saal gehumpelt, gefolgt von vier Trägern mit einer riesigen Tafel, die in ein weißes Tuch gehüllt war, und ließ sie vor dem Herrscher absetzen.

„Und nun", sagte der Herrscher, „bitte ich die offizielle Nationalhostess vorzutreten und zu enthüllen, was ich zur Welt gebracht habe." Dr. Yunique Immaculate McKenzie trat nach vorn, zog feierlich das Tuch herab und legte ein Bild des Herrschers frei, der ein Baby im Arm hielt, das entfernt an Aburĩria erinnerte. Darunter befand sich eine Inschrift in Großbuchstaben und den aburĩrischen Nationalfarben: BABY D. „Schaut, das Baby Demokratie!", rief er.

Anschließend verkündete der Herrscher würdevoll den Beginn der Mehrparteiendemokratie in Aburĩria, und alle waren geschockt. Er fügte aber hinzu, dass das neue aburĩrische System nur deutlich mache, was es latent in allen modernen Demokratien gebe, in denen die Parteien im Wesentlichen nur Variationen voneinander seien. Er werde nomineller Vorsitzender aller politischen Parteien sein. Das bedeute, dass bei den nächsten Wahlen alle Parteien natürlich ihn als ihren Kandidaten für das Präsidentenamt aufstellen würden. Sein Sieg sei dann der Sieg aller Parteien und, was für die Aburĩrier noch wichtiger sei, der Sieg weiser und erprobter Führerschaft.

Zum Zeichen der neuen Zeiten verfüge er, dass die Ruler's Party von nun an einfach Ruling Party genannt werde.

„Und sollten unsere lieben Freunde sich sorgen, dass wir mit unseren liberalen Maßnahmen zu weit gehen", sagte er und warf einen Blick zur Reihe der westlichen Botschafter hinüber, wolle er betonen, dass, welche Partei aus den Hunderten Parteien unter seiner Führung auch an die Macht gelange, Aburĩria der westlichen Allianz Freund und vertrauenswürdiger Partner bleiben werde. „Ich habe mit Ihnen im Kampf gegen den Weltkommunismus Hand in Hand gearbeitet", sprach er, „und jetzt werden wir Schulter an Schulter beim Aufbau des neuen weltumspannenden Systems der geführten Freiheit und Offenheit stehen." Deshalb werde sein neues System die geheime Urnenwahl abschaffen und das Schlangenwahlsystem einführen, bei dem man sich offen hinter dem Kandidaten seiner Wahl versammle. „Direkte Demokratie. Offene Demokratie. Baby D ist geboren."

Zum ersten Mal spendeten ihm alle Gesandten warmen Applaus. Das spornte ihn an.

„Wenn es bis hierher jemanden auf der Publikumstribüne gibt, der eine Frage stellen oder eine Bemerkung machen will, so möge er sich melden."

Das hatte es in der kurzen Geschichte des aburĩrischen Parlaments noch nie gegeben: Der Tribüne wurde gestattet, sich einzumischen. Die meisten nahmen das als rhetorische Geste, und nur ein verhutzelter alter Mann stand auf und sprach mit dünner, zittriger Stimme, die aber laut genug war, dass alle ihn hören konnten.

„Vielen Dank, mein Herr der Unendlichen Gnade und Güte. Ich sage Danke, weil ich vor langer Zeit schon einmal zu Ihnen sprechen wollte und der Minister, der die Zeremonie leitete, der Polizei befahl, mir das Mikrofon wegzunehmen und mich von der Bühne zu entfernen. Ich ging und schrie, damit Sie mich hörten. Sie hörten meinen Schrei. Ich weiß es, weil Sie den Minister entfernt haben. Dafür danke ich Ihnen, *Mkundu Wangu Mpya Rahisi*, weil Sie meinen Schrei gehört haben und mir nun Gelegenheit geben, mein Ansehen, das vom verblichenen Machokali entehrt wurde, wiederherzustellen. Und ich sage mit Ihnen: Nieder mit den Staatsgeheimnissen."

Die Formulierung „Mein Neues Billiges Arschloch" erinnerte A.G. plötzlich daran, dass derselbe alte Mann auf der Veranstaltung zu reden versucht hatte, auf der der Plan für Marching to Heaven erstmals öffentlich vorgestellt worden war. Wie würde der Herrscher reagieren? In diesem Moment flüsterte die offizielle Nationalhostess, Dr. McKenzie, dem Herrscher etwas ins Ohr, der daraufhin die Sicherheitsleute bat, den alten Mann ins State House zu bringen, wo sie sich später in entspannter Atmosphäre zu einem Gedankenaustausch treffen würden. Der Herrscher war ein Genie der Doppelzüngigkeit, dachte A.G., weil er genau wusste, was man den Sicherheitsleuten mit dem Alten zu tun befohlen hatte. „Jede Meinung zählt", sprach der Herrscher. „Die Herrschaft von Baby D hat begonnen."

Nun wolle er, als Antwort auf den Aufruf, Staatsgeheimnisse zu enthüllen, einige mit der Nation teilen. Er amnestiere alle politischen Häftlinge, einschließlich derjenigen, die unter Hausarrest stünden.

Er tue dies, weil einige bereits gestanden und ihre Sünden bereut hätten. Sikiokuu beispielsweise habe schriftlich gestanden, dass er, gehüllt in die Roben einer Religion des Zweifels, in böser Absicht gegenüber der Regierung zu den fanatischen Anhängern eines Franzosen namens Descartes Kontakt aufgenommen habe. Nur werde er diejenigen, die verbrecherischer Gedanken überführt wurden, diese Anhänger der Bewegung für die Stimme des Volkes, niemals begnadigen. Sie zeigten keine Reue. Er fordere das Parlament auf, ein umfassendes Antikorruptionsgesetz vorzulegen, denn seiner Meinung nach sei keine Korruption schlimmer als die des Geistes.

Die MdPs wollten ihm erneut tosenden Beifall spenden, aber er brachte sie mit einer Geste zum Schweigen, weil er sich jetzt der Korruption in höchsten Ämtern zuwenden wolle. Das neue Aburĩria könne es sich nicht erlauben, seinen Schmutz unter den Teppich zu kehren. Es müsse sich und der Welt beweisen, dass es bereit sei, alle Leichen aus dem Keller ans Tageslicht zu holen. Er wolle auch das wirtschaftliche Chaos und die Sabotage ansprechen. In den Hügeln nahe Eldares sei ein Hubschrauber abgestürzt, der „von unserer gut ausgebildeten Luftpolizei" gnadenlos verfolgt worden sei. Der Hubschrauber sei voller Falschgeld gewesen. Den Piloten habe man noch nicht gefunden. Viel mehr könne er in dieser Angelegenheit nicht sagen, weil die Ermittlungen noch im Gang seien.

Die Polizei versuche die Verbindung zwischen dem Hubschrauber, dem Falschgeld und einer Serie von Banküberfällen zu beweisen, wobei Letztere selbst äußerst seltsam gewesen seien, weil die Räuber weniger an Papiergeld als an Papieren über Geld interessiert gewesen zu sein schienen. Sie hätten Safes aufgebrochen, in denen die Bankpapiere aufbewahrt wurden, oder sie hackten sich in Computer und ließen die Safes unberührt, in denen sich Geld und Juwelen befanden. Nun, zwei dieser sonderbaren Räuber habe man in einer Mwathirika Bank gestellt, als sie gerade Falschgeld in den Safe legten. Die Polizei habe von diesen Gefangenen erfahren, dass der führende Kopf tatsächlich im Sinn gehabt habe, durch eine unregulierte Zufuhr von Geld und Bestechungsgeld ein wirtschaftliches Chaos auszulösen und damit die Geburt von Baby D zur Fehlgeburt werden zu lassen. Er, der Herrscher, wolle an dieser Stelle unmissverständlich klarmachen, dass es in seiner Regierung – und in seinem Land – kein Versteck für Korrupte gebe, auch wenn sie hochrangige Offiziere seiner Sicherheitskräfte oder Minister seiner Regierung seien. „Bringt die Saboteure herein", bellte er.

Zwei Männer in Ketten wurden in den Saal gezerrt, jeder mit einem Sack frisch gedruckter Banknoten.

A.G. glaubte, ihm würden die Augen herausfallen. Es waren tatsächlich Kahiga und Njoya.

„Hier sind die Sünder", zischte der Herrscher und zeigte mit seiner Keule auf sie, während sie zitterten, dass ihre Ketten klirrten. „Und, was noch schlimmer ist, dies waren zwei meiner besten Sicherheitsleute! Sie wurden kürzlich entlassen, weil sie sich bei ihrer Arbeit der Hexerei bedient hatten. Und was machen sie als Nächstes? Werden Bankräuber. Wirtschaftssaboteure. Ich will allen korrupten Elementen im Land sagen: Stellt euch, gesteht und bereut, bevor es zu spät ist. Diese beiden kommen jetzt hinter Schloss und Riegel und, glaubt mir, wenn ich mit ihnen fertig bin, werden sie mir alles gesagt haben, was ich über diejenigen wissen muss, die Böses gegen das neugeborene Baby D im Schilde führen."

5

A.G., der das Ende der Zeremonie nicht abgewartet hatte, informierte sich am nächsten Morgen in der Zeitung über die restliche Rede des Herrschers. Neue Minister waren berufen worden, die Baby D stillen sollten. Zwei Frauen wurden in das Parlament aufgenommen und zu Stellvertretenden Ministerinnen für Frauen und Kinder ernannt. Der Herrscher versprach, sich bei seiner Förderung der Bedürfnisse von Baby D von seinen zwei Säulen der Weisheit leiten zu lassen. Die eine war Tajirika, der frühere Gouverneur der Central Bank, der jetzt als Parlamentsmitglied und Finanzminister agierte.

Die zweite war John Kaniũrũ, ehemaliger Anführer der Jugendbrigaden und jetzt Minister für Verteidigung, Jugend und Kultur. Der Herrscher wurde so zitiert, dass er ein Papier pries, das Kaniũrũ geschrieben hatte, als Resultat einer erfolgreichen Serie von Jugendseminaren, in denen er darauf gedrungen hatte, die Jugend zur Bekämpfung der Feinde im Innern und als Ergänzung der Arbeit der Sicherheitskräfte einzusetzen und die Kultur zu verwenden, um den Verstand der Jugend von allen Rebellionsgedanken zu reinigen. Als der Herrscher den Aufsatz zum ersten Mal gelesen habe, sei er von Kaniũrũs Originalität beeindruckt gewesen, und es sei der Slogan „Originalität des Denkens", den der Herrscher jetzt benutzt habe, um Kaniũrũs Berufung in das neue Amt zu verkünden, das zugleich ein Mandat zur Integration von Jugend, Kultur und Militär beinhalte.

Auch der verstorbene Dr. Wilfred Kaboca, der bei der Verteidigung der Gesundheit der Nation erschossen worden war, wurde anlässlich der Niederkunft geehrt und posthum in den Golden Order of Loyal Devotion (GOLD) aufgenommen.

Die Zeitung wies noch eine kleinere Überschrift auf: BIG BEN WIRD CAESAR: MINISTER VEREINT DEN RUHM DES IMPERIALEN LONDON UND DES ALTEN ROM. Der während der sogenannten Volksversammlung bewiesene Mut habe ihm die Ehrenmitgliedschaft in den Streitkräften eingetragen, deren Beginn auf Monate vor der Versammlung zurückdatiert wurde. „Mein Traum ist Wirklichkeit geworden", soll Minister Big Ben Mambo spontan gerufen haben. Und um stets an diesen Tag zu denken, habe er sich einen neuen Namen gegeben und wurde zu Julius Caesar Big Ben Mambo, Informationsminister und Ehrenoffizier der Streitkräfte der Freien Republik Aburĩria.

Ein Kasten mit der Überschrift KÜNSTLER MEISTERT KRIEGSKUNST zeigte ein Bild Kaniũrũs. Dank ihm sei Aburĩria endlich die Bedrohung durch Nyawĩra, alias die Hinkende Hexe, und ihren Kumpanen, den Herrn der Krähen, los. Obwohl man sie noch nicht identifiziert habe, nehme man an, dass ihre Leichen irgendwo verwesten. Kaniũrũ sei ins linke Bein geschossen worden, als er mit den Kräften des Bösen gerungen habe, und seine Unerschrockenheit habe dem Land einigen Aufruhr erspart. Er wurde zum hochdekorierten Kriegshelden. Auf die Frage, wo er denn Strategie und Taktik erlernt habe, habe Kaniũrũ den Reportern geantwortet, dass er zwar instinktiv gehandelt, aber sorgfältig Carl von Clausewitz' „Vom Kriege" und Sun-Tzus „Die Kunst des Krieges" studiert habe.

A.G. fühlte alle Kraft schwinden: War der Herr der Krähen tot?

6

Der Herrscher war sowohl überrascht als auch befriedigt darüber, wie glatt alles gegangen war, und fragte sich, warum er jemals eine solche Angst vor dem Wort „Mehrparteiendemokratie" gehabt hatte. Das muss der schlechte Einfluss Machokalis und Sikiokuus gewesen sein, meinte er, denn erst als er die beiden losgeworden war, hatten sich seine Beziehungen zur Welt, zu Aburĩria und zu sich selbst verbessert. Doch die „Politische Theorie" des Herrschers, die eigentlich der tote Machokali geschrieben hatte, die aber jetzt seinen Namen trug und mit einem Vorwort versehen war, in dem er erklärte, diese Theorie in der Zeit entwickelt zu haben, in der er die Öffentlichkeit mied, hatte ihm diese Vision verschafft. Dieser Theorie nach war in jedem beliebigen Land nicht die Zahl der politischen Parteien wichtig, sondern nur der Charakter desjenigen, der Kopf, Herz, Arme und Beine des Staates personifizierte. Um sicherzustellen, dass das Land stabil und seine Macht gefestigt war, gab es für einen Herrscher keine moralischen Grenzen bei der Auswahl der Mittel zwischen Lügen und Leben, Bestechung und Prügeln. Wenn es ihm aber gelang, den Staat stabil zu halten, indem er die Wahrheit opferte statt Leben, das Recht beugte, statt es zu brechen, den Vorlauten mit endlosen Tricks den Mund stopfte, statt sie mit Stacheldraht und heißem Wachs zu foltern, wenn es ihm gelang, den Frieden durch eine groß angelegte Betrügerei zu erkaufen, statt Panzer in den Straßen auffahren zu lassen – was seinen Feinden oftmals Propagandamaterial an die Hand gab –, dann errang er den süßesten aller Siege. Die Theorie verlangte von einem Herrscher auch, das Unerwartete zu tun, ob dies nun gut oder schlecht war, um Freund und Feind zu überraschen. Der dritte Lehrsatz war der, den er das Prinzip des Gebens, ohne zu geben, nannte. Nimm dir zehn, weigere dich standhaft, diese zehn zurückzugeben, gib dann unter Druck nach und eins zurück, und das Ergebnis wird Applaus von allen Seiten sein, der Sieg über den Feind und Glückwünsche des Freundes. Bis hierher hatte er alle Lehrsätze der Theorie streng befolgt. Mit erstaunlichen Ergebnissen.

Am angenehmsten war die freundliche Aufnahme seiner Ausführungen im Westen, auch in jenen Staaten, die ihm vorher Staatsbesuche verweigert hatten. Man gratulierte ihm zu seinen mutigen Schritten, wobei einige Kommentatoren so weit gingen, ihn einen demokratischen Visionär zu nennen, dessen Balance zwischen Pragmatismus und Ideologie seine Feinde aus der Bahn geworfen habe.

Lediglich Botschafter Gabriel Gemstone schien sich in dem Bericht an seine Regierung ein wenig frostig geäußert zu haben. Der aburĩrische Herrscher habe einen Schritt in die richtige Richtung gemacht, sagte er, aber mehr auch nicht: einen Schritt. Obwohl es ein Schritt nach vorn sei, berge dieser, wenn man ihn mit afrikanischen Augen betrachte, ernsthafte Risiken, und er könne dem Westen nicht mit gutem Gewissen raten, die Reformen zu begrüßen, solange der Herrscher nicht geklärt habe, was es damit auf sich habe, dass er der Vorsitzende aller politischen Parteien sei.

Der Herrscher unterschätzte Gemstone nun nicht mehr und reagierte sofort, ohne sich natürlich direkt auf den Botschafter zu beziehen. In einer offiziellen Klarstellung seiner Bemerkungen bei der Vorstellung von Baby D sagte er, dass er sich in den Alltag der Parteien nicht einmischen werde; das werde er den gewählten Generalsekretären überlassen. Er werde nur den Vorsitz der Partei ausüben, die die allgemeinen Wahlen gewinne. Der De-facto-Vorsitzende der siegreichen Partei werde automatisch Vizepräsident, womit auch das Nachfolgeproblem im Falle des Unerwarteten geklärt sei. Mit diesen Klarstellungen erhielten die Reformen des Herrschers nun Gabriel Gemstones vorsichtige Zustimmung, was viele Türen öffnete.

Das Global Ministry of Finance und die Global Bank gaben gemeinsam eine Erklärung heraus, in der sie dem Herrscher gratulierten, dass er von nutzlosen Vorhaben wie Marching to Heaven abließ – in Wahrheit benutzten sie die Wendung „über Bord werfen" –, er alle Bedingungen, an die sie ihre Kredite knüpfen würden, im Voraus akzeptiere und dass er Technokraten, Kriegshelden und ausgewiesene Geschäftsleute ins Kabinett aufgenommen habe. Am Maßgeblichsten aber war die Bereitschaft, mit der neuen Regierung Verhandlungen über die Freigabe eingefrorener Kredite und Hilfsleistungen aufzunehmen. Kaniũrũ und Tajirika wurden nach Washington eingeladen, um dort über die Erfordernisse von Verteidigungs- und Wirtschaftspolitik eines demokratischen Aburĩria zu berichten.

Alles lief so glatt, wie es sich der Herrscher nur wünschen konnte. Und obwohl er dies in erster Linie seinen Entscheidungen und Theorien verdankte, wusste er auch Kaniũrũs Beitrag zu schätzen.

7

Mehrere Tage nach dem Geburtstag des Herrschers war Kaniũrũ mit einem merkwürdigen Anliegen bei ihm erschienen. Er wollte Vergebung. Wofür? Kaniũrũ beichtete, die Hinkende Hexe und den durchtriebenen Zauberer getötet zu haben, und fügte hinzu, dass die Hinkende Hexe niemand anderes gewesen sei als Nyawĩra. Der Herrscher war von seiner Ergebenheit so gerührt, dass er ihn umarmte. Danach konnte Kaniũrũ mehrere Wochen lang nichts falsch machen, und als der Herrscher beschloss, die Geburt der Mehrparteiendemokratie zu verkünden, war Kaniũrũ sein engster Vertrauter. Es war Kaniũrũs brillante Idee gewesen, Baby D auf einem Gemälde darzustellen und dessen Enthüllung dramaturgisch zu inszenieren.

Als der Herrscher länger über die Bedeutung von Kaniũrũs heldenmütiger Tat nachdachte, freute er sich umso mehr. Nyawĩra war tot wertvoller als lebendig, und das nicht nur wegen der Beseitigung einer Bedrohung. Er wollte ihr Schicksal als das aller anmaßender Frauen hinausposaunen, die glaubten, sich dreist männliche Vorrechte aneignen zu können.

Die Beseitigung des Herrn der Krähen hingegen rief widersprüchlichere Gefühle in ihm hervor. Der Zauberer hatte sich ja als nützlich erwiesen. Die Behauptung von der Schwangerschaft des Herrschers, die er in die Welt gesetzt hatte, hatte dem Herrscher erlaubt, seinen Kritikern zu begegnen. Trotzdem blieben schwere Bedenken!

8

Sogar jetzt noch, in seiner Residenz, beim Essen, im Bett, schauderte den Herrscher, wenn er sich den Tag und die Stunde der Detonationen vergegenwärtigte. Er hatte bei der Freiluftveranstaltung auf dem Gelände von Parlament und Gericht Regie führen wollen, um die Bestrebungen der sogenannten Volksversammlung zu hintertreiben. Er war entschlossen gewesen, den Willenskampf, der sich zwischen ihm und dem Herrn der Krähen abzeichnete, zu gewinnen und hatte trotz der Schmerzen den nahen Sieg gefühlt. So oder so würde sich der Herr der Krähen beugen, und der Herrscher hatte beschlossen, ihn erst auf die Reise ins Jenseits zu schicken, wenn ihm der Zauberer seine okkulten Kräfte übertragen hatte. Dann jedoch hatte er gespürt, wie sich sein Körper weiter aufblähte und die Krämpfe immer stärker wurden. Es war ihm lediglich gelungen, einen einzigen Hubschrauber zum Abwurf der Burĩ-Scheine aufsteigen zu lassen, bevor ihm das Mobiltelefon aus der Hand gefallen war. Ein unerträglicher Schmerz hatte ihn gepackt und er war kurz davor zu explodieren. Bevor er das Bewusstsein verlor, hatte er das Gefühl gehabt, als würde sein ganzes Dasein durch seine Körperöffnungen nach außen brechen. Als er später wieder zu sich kam, fand er sich im Schlamm seines Unflats wieder, der noch immer langsam durch das von der Kraft der Faulgase gesprengte Dach aufstieg.

Seine einzige Wunde war eine gespaltene Zunge. Abgesehen von der Erschöpfung, fühlte er sich schlank und kräftig, so wie er da lag, überwältigt von seiner Mitwirkung an der universellen Finsternis.

Achtundzwanzig Stunden blieb er in diesem hypnotischen Zustand, dann tauchten seine Generäle aus ihren Verstecken auf und behaupteten, sie wären damit beschäftigt gewesen, den Urheber des Bombenanschlags ausfindig zu machen. Er wusste, dass sie logen, aber das spielte keine Rolle. Ihre Erklärungen wurden später zur Geschichte über das Heldentum des Herrschers und seiner Generäle beim Kampf gegen die Bomben der Terroristen zusammengefasst.

Ihr Verhalten aber vergaß er nicht, und als er sich später mit Tajirika traf, seinem vertrauten Ratgeber, erinnerte er ihn an den Rat, den dieser ihm einmal zu geben versucht hatte: ein Super-Auge auf das Militär anzusetzen.

„Was hast du damit gemeint?", fragte er jetzt.

„Wir brauchen ein Auge, das ein Auge auf alle anderen Augen hat", sagte Tajirika, als hätte er die Sache gut durchdacht. „Und auf die Oberbefehlshaber der Streitkräfte", fügte er hinzu. „Jemanden, der freundschaftliche Kontakte zum Militär unterhält und zugleich ihre Kontakte, ihr Verhalten und ihre Bewegungen überwacht."

„Hast du jemand besonderen im Sinn?"

Tajirika hatte sich immer einen Verbündeten im engeren Machtzirkel gewünscht und schlug seinen Freund Wonderful Tumbo vor.

„Der Officer, der den ausgebildet hat, der mit den Dschinns gerungen hat?"

„Ja, A.G., der später leider der Zauberei erlag und seine Stelle verloren hat", bestätigte Tajirika. „Aber Wonderful Tumbo hat Wunderdinge an ihm bewirkt."

Das führte zu Tumbos sofortiger Beförderung vom Leiter einer Polizeiwache zum Allgemeinen Verbindungsoffizier des Herrschers.

Sie sprachen über das Verschwinden Nyawĩras und des Herrn der Krähen. Tajirika schaute auf seine Daumen und plötzlich wurde ihm bewusst, dass der Zauberer, der sein Leben beeinflusst hatte, seit er zum ersten Mal in sein Büro der Eldares Modern Construction and Real Estate gekommen war und vorgegeben hatte, einen Job zu suchen, nie mehr sein Leben überschatten würde. Seine Macht, ihm jemals wieder Leid zuzufügen, und wäre es auch nur ein einfaches Leid wie die Aufhebung des schützenden Zaubers, mit dem er ihn einmal belegt hatte, war für immer dahin.

„Sie haben den Herrn der Krähen besiegt. Sie haben über Ihre Feinde triumphiert", gratulierte Tajirika dem Herrscher, und Tränen der Dankbarkeit drohten zu fließen.

Sieben Tage und sieben Nächte dachte der Herrscher über die Worte Tajirikas nach, weil sie unbestimmte Gedanken wachriefen, und dann dämmerte ihm, warum alles so glatt gegangen war.

Am Tag der Selbstexplosion hatte er nicht nur die körperliche Hülle des Herrn der Krähen besiegt, sondern sich auch dessen okkulte Kräfte einverleibt. Da der Zauberer und die Hinkende Hexe aus dem Weg waren, war er selbst nun der oberste Hexenmeister und in der Lage, Aburĩria, den Westen, das Global Ministry of Finance, die Global Bank, die Demokratie, die Lebenden und die Toten – die ganze Gesellschaft – zu manipulieren. Er war jetzt der Zauberer Nummer Eins in Aburĩria.

9

Doch nun hatte er nichts mehr zu besiegen, klagte er. Keine Widersacher mehr, die er überwinden musste. Nachdem er seine Lieblingsminister Tajirika und Kaniũrũ zu Gesprächen mit dem Global Ministry of Finance, der Global Bank und der amerikanischen Regierung nach Amerika geschickt hatte, zog sich der Herrscher in seine Privatgemächer im State House zurück, ließ seinen Tränen freien Lauf und haderte mit dem Schicksal. Sogar die offizielle Nationalhostess konnte ihm keinen Trost schenken. Er schäumte, weil er sich nach Angriffen gleichwertiger Widersacher sehnte.

In seiner Betrübnis fielen ihm die Tränen ein, die zu sehen er vergeblich gehofft hatte. Rachael, seine Frau, hatte allen Versuchen, sie zu brechen, widerstanden und noch immer nicht um Gnade gebettelt. Sein Kummer über fehlende Herausforderungen wandelte sich bei dem Gedanken an eine Frau, die sich ihm widersetzte und damit erfolgreich war, in Wut. Er rief den Wachmann an, der ständig am Eingang zu Rachaels Drei-Hektar-Plantage stand und verwickelte ihn in ein Gespräch. Er erfuhr, was schon seit Monaten als Gerücht umging, dass man Rachael bei Nacht, wenn die Leute eigentlich in ihren Betten schnarchen sollten, über den Hof oder durch das Haus gehen sah, wobei sie wie ein Geist eine Laterne trug. „Los, wir fahren zur Plantage“, rief er eines Abends seinem treuen Biographen zu. Er wollte, dass dieser Moment festgehalten wurde, weil er zu einem Kernstück seiner offiziellen Biographie werden sollte.

Was wirklich geschah, als der Herrscher in jener Nacht Rachael in Begleitung von Luminous Karamu-Mbu besuchte, ist umstritten. Der Wachmann, der den Schlüssel zum Eingangstor des umzäunten Geländes hatte, war nirgends zu sehen. Manche behaupten, der Herrscher habe sich durch einen Spalt zwischen der Mauer und dem Tor gezwängt, und weil er neuerdings so schlank war, habe ihm das keinerlei Schwierigkeiten bereitet. Demzufolge robbte er vorsichtig die restliche Strecke, um Rachael zu überraschen, noch bevor sie sich die Tränen abwischen konnte. Als er schließlich das Haus erreichte, lugte er durch ein Fenster. Rachael, die noch immer das Kleid trug, das sie an jenem Abend getragen hatte, als sie sich wegen seiner Vorliebe für kleine Mädchen stritten, dachte, sie hätte ein langhalsiges Etwas mit einem winzigen Kopf und einer gespaltener Zunge gesehen, und warf ihre Laterne nach diesem Etwas. Das Paraffin floss aus, das Haus fing Feuer und der Herrscher und Luminous Karamu-Mbu rannten den Weg zurück, den sie gekommen waren.

Andere Berichte besagen: Nein, ganz so war es nicht, der Wächter war zwar verschwunden, aber als der Herrscher das Haus erreichte, sei Rachael an die Tür gekommen und habe gesagt, ich weiß, dass du es bist, und statt zu weinen, habe sie ihm ins Gesicht gelacht. Weil sie aber schon lange nicht mehr gelacht hatte, brachen ihr beim Lachen die Rippen und sie fiel in sich zusammen zu einem Haufen trockener Knochen. Die Laterne landete auf dem Knochenhaufen, der Feuer fing. Die Flammen griffen schnell auf das Haus über und erfassten die gesamte Plantage. Dem Brand entsprang ein Feuerball, der den Herrscher und seinen treuen Biographen den langen Weg zurück bis vor die Tore des State House verfolgte.

Die Erinnerung an diesen Feuerball, der ihn gnadenlos jagte, verursachte Schlaflosigkeit, und um Ruhe zu finden, forderte der Herrscher seinen treuen Biographen Luminous Karamu-Mbu auf, ein Kapitel aus dem Buch vorzulesen, das er schrieb. Die Biographie sei noch nicht abgeschlossen, sei ein Werk im Entstehen, erwiderte der Schreiber, aber der Herrscher befahl ihm, aus den umfangreichen Aufzeichnungen, die er gemacht hatte, zu lesen. Jede Nacht wurde nun ein Kapitel vorgetragen, was dazu führte, dass der Herrscher die Herausforderungen, Schlachten und Siege vergangener Tage noch einmal durchlebte; ein seltsames Gefühl, fast so, als lebte er sein Leben ein zweites oder drittes Mal. Es gab Abschnitte, die der Herrscher immer wieder vorgelesen haben wollte, wobei er ihm öfter sagte, was er weglassen oder einfügen sollte. Eines Nachts befahl er Luminous Karamu-Mbu, den Abschnitt vorzulesen, der sich mit seinem jüngsten Triumph beschäftigte. Ergeben las der Biograph vor, wie Donnerschläge aus jeder der sieben Leibesöffnungen des Herrschers geschossen waren wie getarnte Raketen, die nacheinander explodierten; er hatte in allen Einzelheiten beschrieben, wie der zweite Donnerschlag die ausländischen Ärzte in die Luft gewirbelt hatte und wie er, Luminous Karamu-Mbu, mutig ausgehalten habe, bis schließlich auch er vom fünften oder sechsten Donnerschlag als menschliches Geschoss in den Himmel gejagt worden war und deshalb über den siebten keine Einzelheiten mehr kenne, aber ...

Der Herrscher hörte nicht bis zum Ende zu, denn sein Kopf war mit der plötzlichen Erkenntnis beschäftigt, dass sein treuer Biograph zu viel wusste. Wenn dieser der Wahrheit entsprechend und bildgewaltig aufschreiben konnte, was geschehen war – ein Bericht, der der offiziellen Version über die Heldentaten des Herrschers und seiner Generäle völlig widersprach, – so konnte er unfreiwillig auch etwas über die Geschichte mit Rachael und dem Feuer auf der Plantage preisgeben. Dieser Mann besaß nicht genügend Phantasie, die Wirklichkeit zu beschönigen und schmackhafter zu machen. Wie hatte er einen solchen Dummkopf einstellen können?

Wie auch immer, Luminous Karamu-Mbu, der als treuer Biograph wiedergeborene Ex-Kommunist, wurde nie wieder gesehen, wobei Gerüchte behaupteten, der Mann sei unter dem Gewicht des riesigen Stiftes und des ausladenden Buches zusammengebrochen.

Einige erklärten, es sei die offizielle Nationalhostess gewesen, die die Saat für das SIV des Biographen legte, weil der Krieg, den sie in ihrer Zeit als Revolutionäre gegeneinander führten, unheilbare Wunden geschlagen habe, die noch schwärten, obwohl sie dem Kommunismus abgeschworen hatten. Nach der Smogkatastrophe sei Yunique McKenzie gebeten worden, ihr Büro ins State House zu verlegen, was sie abgelehnt habe, solange Luminous Karamu-Mbu im Palast ein- und ausgehe. Es wurde bemerkt, dass Dr. Yunique Immaculate McKenzie, PhD, ONH, kurz nach dem Verschwinden des Biographen ihr Büro ins State House verlegte und der Herrscher sich die Dienste eines gewissen Morton Stanley sicherte, eines weißen Royalisten aus London, der anhand des ihm großzügig überlassenen Materials eine ungekürzte, unabhängige und objektive Biographie des Herrschers aus Sicht eben dieses Herrschers schreiben sollte.

Rachaels Auslöschung mochte nicht unbedingt seinem Wunsch nach Widerstand entsprechen, der seinen neu erworbenen Kräften entsprach, doch wertete er sie trotzdem als Erfolg, vor allem, als er sah, dass dem weder Vorhaltungen von seinen Söhnen noch wütende Demonstrationen der Frauen folgten.

Die Krönung seines unverwässerten Erfolges aber war, dass seine Minister Tajirika und Kaniũrũ mit handfesten Ergebnissen aus Amerika zurückkehrten.

Der Verteidigungsminister und Kriegsheld Kaniũrũ hatte eine Kreditvereinbarung unterzeichnet, die es Aburĩria ermöglichte, im Westen Waffen zu kaufen, und der Finanzminister und Held der Geschäftswelt Tajirika hatte mit mehreren Mineralölgesellschaften und Bergbauunternehmen Verträge zur Erkundung von Öl- und Gasvorkommen vor der Küste und der Lagerstätten von Gold, Diamanten und anderen Edelmetallen im Norden Aburĩrias geschlossen.

Der herausragende Teil der Erfolgsgeschichte war aber, dass das Global Ministry of Finance und die Global Bank der Freigabe der eingefrorenen Gelder zugestimmt hatten, nun, da der Plan für Marching to Heaven aufgegeben und durch Baby D ersetzt worden war.

„Gut gemacht", lobte der Herrscher seine beiden Minister.

„Sie sind die Macht, mein Herr und Gebieter", rief Tajirika aus.

„Und der Ruhm", fiel Kaniũrũ ein.

„Lang lebe Baby D", sagten sie im Chor. Doch das war Zufall, denn beide hatten gehofft, bei dieser Speichelleckerei das letzte Wort zu haben.

10

Eines Abends, Kaniũrũ schaute sich gerade ein Pornovideo an, bekam er einen Anruf vom Sicherheitsdienst, dass ein Gast am Tor stehe. Wer störte in diesem unpassenden Augenblick?

Es war Jane Kanyori. Er warf einen schnellen Blick auf den Bildschirm. Eine Frau saß jetzt auf dem Helden, leitete seine Hände zu ihren Brustwarzen, und Kaniũrũ wurde bewusst, dass viel Zeit vergangen war, seit er sich zuletzt an echtem Fleisch und Blut Erleichterung verschafft hatte. Kanyori musste er nie lange schmeicheln. Nein, er fand sie nicht besonders aufregend. Die Zeiten hatten sich seit Marching to Heaven und der Geldwäscherei geändert. Nach dem nächtlichen Vergnügen im Bett würde er die Beziehung beenden.

Beim Anblick des riesigen Koffers, den sie hinter sich herzog, nahm er an, dass sie ihm Geschenke mitbrachte. Aber das musste doch wirklich nicht sein, sich selbst zu bescheiden, um ihm alles zu geben! Ihre Großzügigkeit würde die Trennung zwar erschweren, aber das sollte ihn nicht davon abhalten, sie wissen zu lassen, dass dies ihre letzte gemeinsame Nacht werden würde.

Sie zog den Koffer hinüber in das Schlafzimmer, doch als sie sagte, er solle am nächsten Morgen einen Fahrer schicken und das restliche Gepäck holen lassen, hatte Kaniũrũ das Gefühl, dass etwas nicht stimmte.

„Was meinst du damit?“, fragte er von der Schlafzimmertür aus.

„Komm ins Wohnzimmer“, antwortete Kanyori. „Wir sollten wie Geschäftspartner darüber reden. Ich hasse das Wort ‚Geschäftsmann‘, weil es unterstellt, dass Frauen keine Geschäfte machen können.“

„Was willst du?“, fragte Kaniũrũ, als sie sich auf die Wohnzimmercouch gesetzt hatten.

„Mir ist klar, dass du nicht zu den kirchlichen Typen mit ihren protzigen Hochzeitszeremonien gehörst.“

„Hat dir jemand gesagt, dass ich eine Hochzeitsfeier plane?“

„John, ich weiß, dass du schüchtern bist, der Typ Mann, dem es schwerfällt, ehrlich zu sagen, was er im Herzen empfindet. Also will ich es dir leicht machen. Oh, John, weißt du, was ich gemacht habe? Soll ich ihn heiraten, habe ich mich gefragt, als Antwort auf die Frage, die in deinem Inneren schlummert? Ich schrieb JA und NEIN auf zwei Blatt Papier, legte sie in eine Schale, schüttelte sie, machte die Augen zu und zog eines heraus. JA! Und an welchem Tag? Ich schrieb die Wochentage auf, jeden auf einen Zettel. Gegen die Hand des Schicksals kann man nichts machen. Und dann dachte ich, es wäre das Beste, sofort bei dir einzuziehen, damit wir bereits morgen früh, wie vom Schicksal vorherbestimmt, bei einem District Commissioner zur standesamtlichen Trauung erscheinen können.“

„Bist du verrückt? *Ondoka.* RAUS HIER!“, schrie er sie an und drohte, die Polizei zu rufen.

„Langsam! Hast du vergessen, was du und ich gemeinsam geleistet haben? Als Team von Mann und Frau?“

„Wovon redest du?“, fragte er und rückte ein wenig von ihr ab.

„John, Liebster“, sagte Kanyori mit sanfter Stimme und rückte wieder dichter an ihn heran. „Du enttäuschst mich. Hat der Posten des Verteidigungsministers ein männlich-chauvinistisches schwarzes Schwein aus dir gemacht? Und ich habe geglaubt, du wärst ein aufgeklärter aburĩrischer Mann. Ich will dir die Wahrheit sagen. An dem Tag, an dem du mir deine Geheimnisse und dein ganzes Geld anvertraut hast, ist dir mein Herz zugeflogen. Deshalb wollte ich auch nie einen Penny für die Arbeit haben, die ich für dich getan habe. Es war mir Lohn genug, deine Vertraute zu sein."

„Wie viel willst du, damit wir quitt sind?

„Geld? Willst du deine Frau beleidigen?"

„Meine Frau? Nur über meine Leiche", schoss es aus ihm heraus und er stand auf. „Oder über deine", fügte er hinzu und drohte ihr mit dem Zeigefinger.

„Du? Einer, der Frauen verprügelt?", fragte Kanyori mit gespielt erschrockenem Blick. „Ich habe geschworen, dass ich, sollte mich ein Mann auch nur mit dem kleinen Finger berühren, so laut schreie, dass alle Geheimnisse, die ich im Herzen verschlossen habe, im State House zu hören sein werden."

„Willst du mir drohen? Ist dir nicht klar, dass ich dir hier und jetzt den Garaus machen kann und niemand je fragen wird, was mit dir geschehen ist?"

„Oh, Liebster, und dann werden die, die ich nicht weit von diesem Haus auf der Straße zurückgelassen habe, sagen, dass ich mir dieselbe Krankheit geholt habe, die Machokali den Tod brachte? Oder Luminous Karamu-Mbu? Oder Rachael? Wie nennt ihr das gleich? Ach ja, SIV. Sag mir die Wahrheit: Hast du auch mit Machokalis SIV zu tun gehabt? Ich erinnere mich, dass du mir erzählt hast, er hätte früher versucht, deinen Aufstieg aufzuhalten, indem er sich geweigert hat zuzugeben, dass du es warst, der die ersten Zeichnungen von Marching to Heaven gemacht hat. Ganz nebenbei, ich habe diese Geschichte überprüft und herausbekommen, dass Machokali deine Studenten gebeten hat, die Bilder zu zeichnen."

„Halt die Klappe, Weib."

„Ach, du glaubst also, der Name der Frau ist Schweigen? Für mich gilt das nicht. Auch wenn ich nicht viel rede. Es wissen zum Beispiel nur mein Anwalt und ein paar andere, dass ich hier bin. Was willst du ihnen morgen sagen? Sie kommt; sie geht?"

„Du hast keine Beweise", sagte Kaniũrũ, spürte aber, wie ihm das Herz in die Hose rutschte.

„Gott hat mich mit einer törichten Vorliebe für Papiere, Dokumente, Handgeschriebenes gesegnet – sogar für die Zettel, auf denen du die Unterschrift geübt hast, die von ... aber lassen wir ihre Namen lieber unerwähnt. Ich habe sie noch, in der Bank."

Ihm versagten die Gelenke, und er sackte auf dem Sofa zusammen. Während seiner kurzen Amtszeit als Minister hatte Kaniũrũ das Ausmaß der Gier des Herrschers erkannt. Es gab kein Waffengeschäft, nicht einmal das geringste, bei dem der Herrscher nicht seinen Anteil einforderte. Nicht, dass Kaniũrũ rechten wollte. Er hatte auch herausgefunden, dass alle Großhändler des Todes Bestechungsgelder einplanten, um für ihre Unternehmen und ihre Regierungen lukrative Aufträge einzufahren. Der Herrscher war lediglich Teil einer weltumspannenden Korruptionskette im Waffenhandel. Und Kaniũrũ, der schnell lernte, hatte damit kein Problem.

Trotzdem war der Herrscher nicht großmütig, wenn man falsches Spiel mit ihm trieb. Doch was Kaniũrũ am meisten erschreckte, war nicht Kanyoris Verweis auf die Beute aus Marching to Heaven, sondern die Erwähnung der Unterschriften. Zusätzlich zu Sikiokuus Unterschrift hatte sich Kaniũrũ auch an der Unterschrift des Herrschers versucht, um Kanyori mit seinen Schreibkünsten zu beeindrucken. Jetzt hatte sie ihn an den Eiern. Er hatte geglaubt, mit ihr zu spielen, und nun stellte sich heraus, dass sie mit ihm gespielt hatte!

„Ach, liebe Jane, weiß eigentlich sonst noch jemand von diesen Papieren?", fragte er und versuchte es auf andere Weise.

„Zwei Vögel wissen, dass sie im Safe nach den Gründen suchen müssen, wenn mir etwas zustoßen sollte, SIV zum Beispiel."

„Jane, meine liebe Jane, warum tust du so geheimnisvoll. Diese Vögel ... wer sind sie?"

„Wie sie heißen? Bitte gestatte deiner Frau, dieses Geheimnis für sich zu behalten."

„Wie viel Geld willst du nun für diese Papiere?", fragte Kaniũrũ, als er sah, dass alles andere nicht funktionierte.

„Heute ist der Abend vor unserer Hochzeit. Wir sollten ‚Dirty Diana' reden, wie Michael Jackson einmal gesungen hat, und nicht über ‚dirty money'. Fest steht, dass es nichts gibt, was du mit deinen Händen berührt hast, das ich nicht sicher verwahrt habe. Manchmal möchte ich über meine Albernheit lachen, weil ich selbst die Eisen aufgehoben habe, mit denen ich dich an mein Bett gekettet habe. Wie misst man den Geldwert von Erinnerungsstücken der Liebe?"

„Wann sollen wir heiraten?", fragte Kaniũrũ plötzlich resigniert.

„Um ehrlich zu dir zu sein: Ich habe dich schon vor langer Zeit geheiratet. Was bleibt, ist, dass wir morgen früh als Erstes die Ringe tauschen und beim District Commissioner die Papiere unterzeichnen. Oder sollen wir einen Priester herbestellen?"

„Es ist nicht nötig, einen Priester kommen zu lassen", sagte Kaniũrũ eilig. „Aber eines will ich dich fragen. Wenn wir verheiratet sind, ich meine, wenn wir beim District Commissioner die Dokumente unterzeichnet haben, wirst du mir dann alles sagen, die Namen aller, die über die Unterlagen Bescheid wissen, die Bank, in der sie verwahrt werden, und wie wir sie dort wegholen können, um sie sicher in unserem Heim verwahren zu können?"

„Was gibt es zwischen Mann und Frau geheim zu halten? Ich bin sicher, dass du mir auch über deinen Besitz Auskunft geben wirst, und dann werden wir ihn unter uns aufteilen oder gemeinschaftliche Besitzer von allem werden."

„You will never get away with this", explodierte Kaniũrũ.

„With what?", fragte Kanyori, offensichtlich verwirrt. „Dass ich dich heirate?"

„Hör mir genau zu und merk dir meine Worte. Du bist nicht meine Frau. Mein Herz gehört einer anderen."

„Du triffst dich hinter meinem Rücken mit einer anderen Frau?", fragte Kanyori in gespieltem Zorn. „Wir werden heiraten und gleichzeitig die Scheidungsurkunde unterzeichnen. Aber merk dir, dass es erst mit einer Güterteilung zur Scheidung kommt. Die Frau eines Ministers muss den Lebensstandard aufrechterhalten können, an den sie sich gewöhnt hat. Ich werde Nyawĩra als diejenige angeben, mit der du mich betrügst. Du wirst selbstverständlich erklären, warum du gelogen hast, was ihren Tod angeht. Oh, du mein Kriegsheld. Und man hat dir tatsächlich einen Orden verliehen, weil du eine wehrlose Frau getötet hast, und du hast ihn angenommen? Deine erste Liebe? Ach, ich weiß schon. Du hast sie mit Worten getötet. Genau wie deine Eltern. Erinnerst du dich noch, dass du mir erzählt hast, du wärst Waise und bei deiner Großmutter aufgewachsen? Und wer sind der Mann und die Frau, die damals in der Zeitung waren und dich gesucht haben, nachdem die Studenten dich in eine Polizeiwache geschleppt hatten? Ich wollte es zuerst nicht glauben, aber später fuhr ich in dein Heimatdorf, um mich zu überzeugen, dass meine Schwiegereltern am Leben und wohlauf sind. Sie sagen Jane zu mir! Sie werden sehr enttäuscht sein, wenn sie erfahren, dass sich ihr geliebter Sohn von einer Frau scheiden lässt, die sich um sie gekümmert hat – oh, ja, ich habe mich um sie gekümmert –, wegen einer Frau, die sich gegen die Regierung gewandt hat."

„Lass meine Eltern da raus", sagte Kaniũrũ wutentbrannt.

„Nun ja, ich kann verstehen, warum du sie mit Worten getötet hast. Nur erklär mir eines: Warum hast du auch Nyawĩra mit Worten getötet? Damit ihr euch in Sicherheit treffen könnt, ohne Verdacht zu erregen?"

„Ich sage nicht, dass ich Kontakt zu dieser Terroristin habe", entgegnete Kaniũrũ hastig. Ihre Andeutungen versetzten ihn in Angst und Schrecken.

Wie sollte er erklären, dass sich ein Verteidigungsminister heimlich mit Terroristen traf? Wenn man ihm befehlen würde, Nyawĩra herbeizuschaffen, wo um alles in der Welt sollte er sie finden? Und wenn sie tot war? Ihre Leiche aus einem unbekannten Grab holen? Plötzlich war Kaniũrũ den Tränen nahe, weil ihm nichts mehr einfiel, was er hätte tun können. Er, John Kaniũrũ, ein Mann, der alle getäuscht hatte, einschließlich des Herrschers, sollte sich von einer Heiratsschwindlerin reinlegen lassen? Wie sehr er sich auch bemühte, er fand keinen schlüssigen Ausweg, über den er wohlbehalten davonkommen würde.

„Willow weep for me", sagte Kaniũrũ, ohne zu wissen, was er da sagte.

„Louis Armstrong", meinte Kanyori. „Du magst Jazz? Du magst sogar diese Stimme, die sich wie ein Frosch anhört? Ich mag Blues, aber du willst nicht mit Ruth Brown singen: ‚That Train Don't Stop Here Anymore'. Ich möchte, dass dein und mein Herz Bahnstationen sind, auf denen unsere Züge immer und ewig halten."

Jesus! Und ich habe diese Frau für dumm gehalten? Er, Kaniũrũ, konnte sich nicht einmal mehr erinnern, wo, wann und wie er auf diese Zeilen von Armstrong gestoßen war.

„Pass auf. Warum gehst du nicht nach Hause und wir reden morgen über alles, wenn wir ausgeschlafen haben?"

„Aber ich bin doch zu Hause. Oder ist dir lieber, wir gehen ins Bett und reden morgen früh weiter, nachdem wir uns eine Nacht entspannt haben?", fragte sie verschmitzt, während sie sich zu Kaniũrũ beugte und ihm die Nase stupste. „Sing mir die ganze Nacht ‚Dirty Diana' ins Ohr, mein stürmischer Krieger!"

Am nächsten Morgen heirateten Kaniũrũ und Kanyori vor dem District Commissioner – fast eine Wiederholung seiner schlichten Hochzeit mit Nyawĩra.

11

Als Tajirika von Kaniũrũs kaum Aufsehen erregender Heirat erfuhr, vermutete er, dass mehr dahintersteckte, als auf den ersten Blick erkennbar war. Bescheidenheit war nicht Kaniũrũs Art. Tajirikas Misstrauen wuchs, als er später herausfand, dass Jane Kanyori in einer Bank arbeitete. Unterstanden die Banken nicht seinem Ministerium?

Er beschloss, Nachforschungen anzustellen.

Die Ermittlungen erwiesen sich als einfach, vor allem, nachdem Tajirika Kopien der Bankunterlagen in die Hände bekommen hatte und entdeckte, dass alle Transaktionen, an denen Sikiokuu und Kaniũrũ beteiligt waren, immer mit Jane Kanyoris Unterschrift beglaubigt worden waren. Danach war es nur noch eine Sache von gesundem Menschenverstand und einfacher Rechenübungen. Tajirika ging nun, ausgerüstet mit seinem neuen Wissen und den Bankunterlagen, auf direktem Weg zum Herrscher, in der festen Überzeugung, dass dieser, wenn er erst einmal realisiert hatte, dass Kaniũrũ der Einzige war, der mit Marching to Heaven Geld gemacht hatte, ihm sofort das Verteidigungsministerium entziehen würde. Jetzt konnte Kaniũrũ nichts mehr vor dem Zorn des Herrschers bewahren.

Der Herrscher nahm die Unterlagen, sah sie sehr sorgfältig durch und schüttelte dann den Kopf. Er konnte kaum begreifen, wie dieser Kerl es geschafft hatte, sie alle hinters Licht zu führen. Zu Tajirikas Überraschung fing er an, lauthals zu lachen.

„Was für ein Gauner!"

„Stimmt, ein Gauner ersten Ranges", pflichtete Tajirika rasch bei.

„Aber was tut so ein Gauner als mein Verteidigungsminister?"

„Sehr gefährlich, Eure Vortrefflichkeit", stimmte Tajirika zu.

Der Herrscher schickte nach Kaniũrũ.

Ein Blick auf Tajirika, den Herrscher und schließlich auf die Papiere auf dem Tisch, und Kaniũrũ wusste, dass er in der Klemme steckte. Doch anstatt in Panik zu verfallen, sah er die Gelegenheit, sich an Kanyori zu rächen. Zumindest konnte er ihren Charakter so sehr in den Schmutz ziehen, dass der Herrscher ihr nicht glauben würde, sollte sie jemals verraten, dass er die Unterschrift des Herrschers gefälscht hatte. Als er mit dem Vorwurf konfrontiert wurde, Geld mit Marching to Heaven gemacht und andere damit beschuldigt zu haben, schien er es zu genießen, alle Einzelheiten herauszulassen. Er wisse nicht, was in ihn gefahren sei, dem Wort einer Frau zu glauben. „Nachdem ich mich schon einmal von einer Frau habe täuschen lassen, die sich später als Staatsfeindin herausgestellt hat, hätte ich es besser wissen müssen, aber ich habe mich in Kanyoris Lügengespinst verfangen." Doch er wolle sich nicht zu sehr selbst bemitleiden, denn auch ein Kriegsheld wie Samson sei einst von einer gewissen Delilah in den Schlaf gewiegt worden.

„Eure Ewig Allmächtige Vortrefflichkeit, meine Delilah ist meine zweite Frau Jane Kanyori", sagte Kaniũrũ und schloss mit der Behauptung, der Plan für diesen großen Betrug und seine Ausführung sei von Kanyori entworfen worden.

„Und warum hast du sie geheiratet, wenn du all das über sie gewusst hast?", fragte Tajirika, der fürchtete, der Herrscher könnte sich einwickeln lassen.

„Soll ich dir die Wahrheit sagen?“, fragte Kaniũrũ rhetorisch. „Sie hat damit gedroht, alles auffliegen zu lassen und mir die Schuld zuzuschieben. Es war Erpressung!“

„Du meinst, sie ist eine noch größere Gaunerin als du?“, fragte der Herrscher und lächelte ein wenig.

Die Geschicklichkeit, mit der er die Sache verdrehte und alles Kanyori anlastete, funktionierte, dachte Kaniũrũ und erfand weitere Details.

„Auch wenn sie meine Frau ist, kann ich Eure Allmächtige Vortrefflichkeit nicht anlügen: Kanyori, meine Frau, ist gefährlich. Sie kann Zahlen verdrehen wie niemand sonst. Sie kann sogar den Teufel täuschen.“

Der Herrscher setzte ein ernstes Gesicht auf und die beiden schauten ihn verängstigt an.

„Kaniũrũ, du bist am falschen Platz. Das Verteidigungsministerium braucht jemanden, der vertrauenswürdig ist, keinen Gauner, zumindest keinen Gauner, der seinen Oberbefehlshaber auf Abwege führt. Es braucht jemanden, dem ich vollkommen vertrauen kann, jemanden, der mit Abschreckungstaktiken den Feind dazu bringt, sich zu ergeben, und gleichzeitig so furchtsam lebt, dass er nicht versucht, etwas gegen seinen Herrn und Meister zu unternehmen, jemanden, der für mich lügt, mich aber nicht belügt, jemanden, der bewiesen hat, dass er lieber sein eigenes Grab schaufeln würde, als mir gegenüber unehrlich zu sein, jemanden wie Tajirika. Im Zeitalter von Baby D brauche ich einen solchen Mann an der Spitze meiner Streitkräfte. Tajirika, du bist mein neuer Verteidigungsminister.“

Heute mache ich eine Flasche Champagner auf, dachte Tajirika, und selbst Vinjinia wird sich, auch wenn sie nicht trinkt, ein Glas genehmigen müssen.

„Und nun wieder zu dir“, sprach der Herrscher, schaute Kaniũrũ an und konnte beim Gedanken an diesen Mann, der von einer Frau übers Ohr gehauen worden war, sein Lachen kaum zurückhalten. „Ich will fünfzig Prozent von dem Geld, das du aus Marching to Heaven gestohlen hast, plus Zinsen, und das Ganze geht in den Ruler’s Smog Disaster Fund. Ich gebe dir aber noch eine Chance.

Deine Gerissenheit eignet sich am besten für die Jugend und für Geldangelegenheiten. Du bist mein neuer Minister für Finanzen und Jugendangelegenheiten. Was deine Frau Jane Kanyori angeht, so wünsche ich, dass sie unverzüglich aus der National Bank of Commerce and Industry abgezogen und an strategischer Stelle in der Central Bank eingesetzt wird. Ich will sie zur neuen Rechnungsprüferin der Central Bank ernennen. Aber lass dich warnen. Ich lasse dich und Mrs. Kaniũrũ an der langen Leine, und die könnte euch zum Verhängnis werden. Keine Lügen mehr! Sonst werdet ihr Gauner mich kennenlernen", schloss der Herrscher sichtlich zufrieden damit, wie er alles umgeordnet und eine Technokratin in eine Position monetärer Autorität gesetzt hatte. „Wirkliche Betrüger lassen sich vom Realismus leiten."

Dieser Satz stammte eigentlich aus der „Politischen Theorie" des Herrschers, in der Machokali formuliert hatte, dass Betrüger oft realistischer an die Beurteilung einer Lage gingen als bloße Idealisten.

Die beiden Minister sahen einander an, als wüssten sie nicht genau, wer bei dieser ersten Kabinettsumbildung im Zeitalter von Baby D mehr gewonnen hatte. Aber beiden war klar, dass der Kampf zwischen ihnen, ähnlich dem zwischen Machokali und Sikiokuu in der vorangegangenen Ära, gerade erst begonnen hatte.

12

Die Kabinettsumbildung wurde von der Nachricht überschattet, Julius Caesar Big Ben Mambo, Informationsminister und Offizier der Streitkräfte ehrenhalber, habe vor einem Kriegsgericht zu erscheinen und sich der Anklage zu stellen, eine Verschwörung gegen den Staat angezettelt zu haben.

Gerüchte behaupteten, der Minister sei gebeten worden, anlässlich der Rede des Herrschers vor dem Parlament ein paar ältere Männer und Frauen an strategisch günstigen Punkten der Publikumstribüne zu platzieren, damit diese aufstünden und Baby D priesen, wenn der Herrscher die Öffentlichkeit bat, ihre Meinung zu seiner Rede zu äußern. Doch der Erste, der sich erhob, war der alte Mann, der über das billige Präsidentenarschloch sprach. Das brachte Dr. Yunique Immaculate McKenzie so auf, dass sie dem Herrscher spontan ihr Bedauern über eine Affäre zuflüsterte, die sie einst mit Mambo gehabt hatte, als sie nach der Rückkehr vom Exil in die politische Begnadigung im Informationsministerium arbeitete. Das wiederum traf den Herrscher schwer, und Mambos ungewöhnliche Aufnahme ins Militär als Offizier ehrenhalber war der erste Schritt des Herrschers auf dem Weg der Vergeltung.

Was man jedoch im Gerichtsverfahren anführte, war die Geschichte von Mambos Beziehung zum verblichenen Machokali: Machokali hatte Mambo damals vor einer andauernden körperlichen Behinderung bewahrt, indem er ihn zur chirurgischen Korrektur seiner vorstehenden Zunge nach Deutschland schickte. Big Ben Mambo hatte deshalb immer für Machokali Partei ergriffen. Welch ein Zufall war es also, dass der Alte, den Machokali einst aufgeboten hatte, um den Herrscher während der Veröffentlichung der Pläne für Marching to Heaven lächerlich zu machen, während der Rede des Herrschers über die Idiotie von Marching to Heaven plötzlich wieder auf der Publikumstribüne auftauchte.

Sogar der Name Julius Caesar wurde Verhandlungsgegenstand. Wer wusste nicht, dass Julius Caesar zu Zeiten des Römischen Reiches ein bekannter Militärgeneral war, der mit seinen Ambitionen, Kaiser zu werden, die Republik unterminierte? Und schon lange vor dem römischen Kapitel seines Lebens hatte sich Minister Mambo Big Ben genannt, nach der berühmten Uhr, die in jenen Tagen, als die Sonne im Britischen Weltreich niemals unterging, die Zeit im gesamten Empire vorgab. Der Artikel der Zeitung, die Mambo als jemanden beschrieben hatte, der den Ruhm des imperialen London mit dem alten Rom verbinde, wurde dem Gericht als deutlicher Beweis für den maßlosen Machthunger des Mannes vorgelegt. Man hatte ihn in seinem Büro gefunden, in einem Rahmen an der Wand hängend. Als er während der sogenannten Volksversammlung zum Volk sprach, hatte Big Ben Mambo geprahlt, dass seine Stimme die des Oberbefehlshabers der Streitkräfte sei und bezeichnenderweise hielt er seine Reden mit Vorliebe von Panzern herab.

Außerdem hatte er die Kraft der importierten Spiegel geschwächt, weil er sie zuerst der Öffentlichkeit gezeigt und damit bewirkt hatte, dass sich störende Schatten in ihnen fingen, die die Aufdeckung von Nyawĩras Aufenthaltsort unmöglich machten. Sikiokuus Aussage zufolge war dies offenkundig ein zwischen Mambo und dem Herrn der Krähen abgesprochenes Signal, denn der Zauberer hatte unmittelbar darauf alle Spiegel zerschlagen. Wenn man zudem in Betracht zog, dass es eine Zeit gab, in der der Herr der Krähen ausgiebig mit dem verstorbenen Machokali korrespondierte, wurde die Verschwörung vollends offensichtlich. Welche weiteren Beweise brauche der Vorsitzende Richter noch?, fragte der Militärstaatsanwalt das Kriegsgericht. Es sei nicht erforderlich, das Augenscheinliche zu beweisen.

Julius Caesar Big Ben Mambo war davon so überrascht, dass sich seine Zunge dehnte und er vor Gericht nichts zu seiner Verteidigung zu sagen vermochte. Die einzigen beiden Wörter, die ihm über die Lippen kamen, waren „wenn“ und „Soldaten“, doch kostete es ihn große Anstrengung, sie auszusprechen, und zwischen den beiden Wörtern entstand eine lange Pause, als hätten sie nichts miteinander zu tun. Man erzählt sich, der Richter habe, als das Wort „Soldaten“ zum ersten Mal über Mambos Lippen kam, geglaubt, Julius Caesar würde seinen Truppen einen Befehl erteilen, und der Richter stand tatsächlich auf, um zu fliehen. Doch als er seinen Irrtum bemerkte, blieb er stehen, damit es so aussah, als hätte die ungewöhnliche Maßnahme, zur Urteilsverkündung aufzustehen, mit der Schwere des Tatbestands zu tun und noch schwerwiegender mit dem, was der Angeklagte zu tun versuchte, indem er dem Gericht mit seinen „Wenns“ drohte.

Julius Caesar Big Ben Mambo, ein Offizier der Streitkräfte, sei schuldig zu befinden, sich mit Zivilisten zum Sturz der rechtmäßigen Regierung verschworen zu haben. Unglücklicherweise seien seine Verschwörerfreunde Machokali, der Herr der Krähen und die Hinkende Hexe tot und befänden sich außerhalb der richterlichen Verfügungsgewalt, weil sie keine Soldaten seien.

Am selben Tag zu späterer Stunde wurde ein ziviles Sondergericht berufen, das sich der Aufgabe widmete, die der vorsitzende Richter des Militärgerichts gestellt hatte, wobei die Unterlagen des Prozesses gegen Big Ben Mambo das einzige Beweismaterial für die Anklage gegen Machokali, die Hinkende Hexe und den Herrn der Krähen darstellten. Noch nie in der Geschichte der aburĩrischen Rechtssprechung hatte es einen Fall gegeben, dass Menschen angeklagt und zum Tode verurteilt wurden, die bereits tot waren.

Es wird erzählt, dass Julius Caesar Big Ben Mambo, als er mit verbundenen Augen die Salve des Erschießungskommandos erwartete, im letzten Augenblick die Sprache wiederfand und rief: „Krähen ... schützend ... wenn ...“, aber die erste Kugel erlaubte ihm nicht, den Satz zu vollenden.

13

Auf Tajirikas Rat hin bestimmte der Herrscher einen Tag, an dem die Verfluchten Vier, Machokali, Mambo, Nyawĩra und der Herr der Krähen, symbolisch verbrannt werden sollten, damit ihre Geister niemals wiederkehrten und die Herrschenden heimsuchten. Mit Fernsehteams im Gefolge überboten sich Minister, Parlamentsabgeordnete und Heerscharen loyaler Jugendlicher dabei, das größtmögliche Abbild ihres jeweiligen Lieblingsverräters zu verbrennen, und manche warfen die flammende Figur gar ins Meer. Später waren auf den Fernsehschirmen Szenen von Jubel und Triumph zu sehen. Doch Gerüchte und die Erzählungen von Augenzeugen berichteten von seltsamen Vorkommnissen.

„Ehrlich! *Haki ya Mungu!*“, sprach A.G. Jahre später vor seinen Zuhörern. „Die Abbilder von Nyawĩra und dem Herrn der Krähen wollten nicht brennen – stattdessen spien sie Feuerbälle, die jene jagten, die sie verbrennen wollten.“

DRITTER TEIL

1

Die Nachricht der posthumen Verurteilung und der staatlich verordneten Feier ihres Todes erreichte sie in ihrem Versteck im Wald, in dem sich Kamĩtĩ von der Schusswunde und dem Koma erholte.

„Wir sind zwei Mal gestorben", sagte Kamĩtĩ.

„Wenigstens haben sie uns mit einem Staatsbegräbnis geehrt", meinte Nyawĩra und lachte verhalten.

„Staatsbegräbnis auf einem Scheiterhaufen", entgegnete Kamĩtĩ. „Ihre Nachahmung der Höllenfeuer."

Sein Tonfall ließ erkennen, dass er sich erholte, und Nyawĩra war dankbar dafür. Die letzten Wochen waren grauenhaft gewesen, weil Kamĩtĩs Leben am seidenen Faden gehangen hatte. Sie dachte daran, wie sie ihn schnell in ein sicheres Haus gebracht hatten, wo ein mit der Bewegung befreundeter Arzt die Blutung gestoppt hatte, bevor sie ihn in die Berge brachten. Die Kugel hatte das Herz nur um einige Zentimeter verfehlt, aber ihre erfolgreiche Entfernung und eine Mischung aus moderner Arznei und Heilkräutern brachten ihn wieder ins Leben zurück. Sie pflegte ihn die ganze Zeit, stützte ihn oft beim Gehen, in den letzten Tagen aber nicht mehr. Er war wieder auf den Beinen und sie gingen häufig im Wald spazieren.

Immer wieder erzählte sie ihm von dem Tag, an dem sie dem Tod entgangen waren, weil das Trauma, die Bewusstlosigkeit und das Koma viele Lücken in sein Gedächtnis gerissen hatten. Als Kamĩtĩ fiel, hatte sie sich gefühlt, als wäre ihre Seele mit ihm zusammengebrochen, und als sie seinen Körper mit ihrem bedeckte, war es, als ob auch sie vom Leben Abschied nahm. Ich werde ihn anstarren, wenn ich sterbe, hatte sie beschlossen, als Kaniũrũ seine Waffe auf sie richtete. Ich werde ihm nicht die Genugtuung verschaffen, Angst zu zeigen. Kaum hatte sie das gedacht, sah sie, wie ihm jemand die Waffe entriss; Kaniũrũ und sein Widersacher, „unser Retter", wälzten sich ringend am Boden. Sie ärgerte sich oft, sich nicht an das Gesicht des Retters erinnern zu können, und Kamĩtĩ musste sie beruhigen, dass ihr Gesicht und Name schon einfallen würden, wenn sie nur nicht dauernd daran dächte – aber es ging ihr ständig durch den Kopf.

„Uns mit Mambo und Machokali zu verbinden, war ein großer Bocksprung der Phantasie", meinte Kamĩtĩ.

„Oder ein Fall von Baby-D-Blues", fügte Nyawĩra hinzu.

2

Sie liefen am Ufer des Eldares entlang, bis sie an einen Wasserfall gelangten, und Kamĩtĩ war freudig überrascht, als er den Ort erkannte, zu dem er einst Nyawĩra geführt hatte. Nur hatte diesmal sie die Führung übernommen. Überhaupt war der Unterschied zwischen dem früheren Ausflug und dem jetzigen vor allem an ihrer Person wahrnehmbar. Damals war sie die Schülerin und er der Lehrer gewesen. Jetzt waren sie beide Schüler und Lehrer zugleich.

„Wann hast du das alles gelernt?", fragte Kamĩtĩ sie an einem anderen Tag, als sie wieder unter dem Baum am Wasserfall saßen. Die Wunde heilte gut und schnell, und er hatte sogar den Verband abgenommen; er konnte die linke Hand besser bewegen und fühlte sich insgesamt stärker, kräftiger und ermutigt.

„Du solltest mich mit Lob überschütten, weil ich eine gute Schülerin war. Glaubst du etwa, ich hätte nicht aufgepasst? Denk dran, dass ich bis zur Brandstiftung der zweite Herr der Krähen war", erklärte Nyawĩra.

„Und dann wurdest du die Hinkende Hexe?"

„Was soll das heißen? Dass eine Hinkende Hexe weniger mächtig ist als ein Herr der Krähen? Ich fordere dich zum Wettstreit heraus."

„Wie soll der aussehen?"

„Siehst du den Vogel da drüben auf dem Baum? Bring ihn mit deinen Zauberkäften dazu, dass er auf dem Boden landet. Na los."

Kamĩtĩ versuchte es mit verschiedenen Melodien in unterschiedlichen Tonhöhen und Rhythmen, die er hin und wieder mit einem „tschilp, tschilp, tschilp" unterbrach. Der Vogel schien zu ihm herüberzusehen, flog dann auf und ließ sich auf einem Baum nieder, der etwas näher stand. Das ermutigte Kamĩtĩ und er versuchte es weiter, doch diesmal blieb der Vogel seinem Rufen gegenüber gleichgültig.

„Verloren", sagte sie.

„Nein, nein", protestierte Kamĩtĩ. „Er ist näher gekommen."

„Aber du hast es nicht geschafft, dass er auf dem Boden landet."

„In Ordnung. Du bist dran", sagte Kamĩtĩ.

Nyawĩra kramte in ihrer Tasche, nahm ein Stück Brot aus ihrem Lunchpaket heraus, murmelte, während sie es zerkrümelte, ein paar Beschwörungen und warf die Brocken auf den Boden. „Ich befehle dir herunterzukommen", rief sie. Der Vogel landete, gefolgt von anderen, auf dem Boden und suchte im Gras nach den Krumen.

Nyawĩra lachte triumphierend.

„Willst du damit sagen, dass die Magie, die ich dich gelehrt habe, nur Tricks sind?", fragte Kamĩtĩ.

„Das bedeutet, dass die Schülerin ihren Lehrer überflügelt hat und dieser seine Niederlage mit Würde eingestehen sollte."

„Du weißt, dass ein erfolgreicher Schüler seinem Lehrer ein Geschenk der Dankbarkeit schuldet", sagte Kamĩtĩ.

„Was wünscht du dir als Geschenk?"

„Deinen Daumen."

„Was meinst du damit?"

Er erzählte ihr die Geschichte von Drona und Ekalaivan.

„Du meinst, den Armen selbst das Wenige zu nehmen, was sie besitzen, hat eine lange Geschichte?", fragte sie.

„Keine Politik. Ich will deinen Daumen", entgegnete Kamĩtĩ und versuchte, sie mit der rechten Hand zu Boden zu drücken.

Nyawĩra befreite sich aus seinem lockeren Griff und rannte fort. Kamĩtĩ konnte nicht rennen, deshalb ging er und suchte sie unter Sträuchern und Büschen und sogar in den Baumwipfeln. Etwas später entdeckte er ihre Kleider auf dem Boden. Er rief ihren Namen, und als er keine Antwort erhielt, bekam er es mit der Angst zu tun.

Ein Stück flussabwärts hörte er ein Pfeifen. Ihr Anblick ließ ihm das Herz klopfen. Sie badete im Fluss. Schön. Strahlend. Anmutig. Herrlich. Er spielte mit diesen Worten, aber keines beschrieb, was seine Augen sahen, als er sie mitten im Schilf entdeckte.

„Komm, hol dir deinen Daumen. Oder hast du Angst vor meinen Kräften?"

Schnell hatte er seine Kleider ausgezogen und war bei ihr. Sie schwammen nicht. Sie bespritzten einander mit Wasser. Sie schrubbten sich gegenseitig den Rücken – nein, eigentlich nicht, sie strichen darüber. Schließlich fanden sie einander am Ufer im grünen Gras im Schatten eines Busches.

Wegen Kamĩtĩs Narbe mussten sie behutsam sein. Sie waren sanft, tasteten, suchten, aber schließlich spürten sie ihre Körper aufsteigen, vergaßen die Narbe und ließen sich in einem Fluss über eine wunderschöne Hochebene treiben. Der Fluss strömte langsam dahin, fast lautlos, bis auf das leichte Schlagen und Schäumen des Wassers an das Ufer. Und danach fühlte sich Kamĩtĩ, als wäre der Unrat, der an seinem Körper und seiner Seele klebte, seit sie sich zuletzt getrennt hatten, abgewaschen worden. Er roch den Duft frischer Blumen. Er schaute sie dankbar an, doch war sie es, die das Wort aussprach.

„Danke", sagte sie sanft.

3

Später, als sie am Ufer auf dem Rücken lagen, drehte Kamĩtĩ sich zu Nyawĩra und kam ohne Umschweife auf seine Rückkehr aus Amerika zu sprechen.

„Warum willst du dich so kurz nach unserer Landung aus den Wolken mit schmerzhaften Erinnerungen quälen?“

„Die Liebe erinnerte mich an den Verlust. Als ich dich gesucht habe, fühlte ich mich wegen der vielen Dinge, die ich dich hatte fragen wollen, aber nicht gefragt habe, oft den Tränen nahe. Dieses Bedauern wurde immer größer, je mehr es so aussah, als würde ich dich niemals wiedersehen. Es geschieht nicht oft im Leben, dass man sagen kann, man habe eine zweite Chance bekommen. Und jetzt möchte ich sie nicht ungenutzt verstreichen lassen.“

„Frag und schau, ob dir gegeben wird“, meinte Nyawĩra.

„Findest du nicht auch, es wäre Zeit, ein neues Heim zu bauen?“

„Den Schrein wieder aufbauen?“

„Ich spreche nicht über ein Gebäude. Ich rede davon, den Knoten festzuziehen.“

Nyawĩra dachte über diesen Vorschlag nach, aber nicht lange, denn auch sie ging nicht zum ersten Mal dieser Frage nach.

„Weißt du eigentlich, dass ich in der ganzen Zeit, in der Kaniũrũ und ich befreundet waren und zusammengelebt haben, nicht ein einziges Mal davon geträumt habe, mit ihm Kinder zu haben? Seit ich dich kenne, träume ich jeden Tag davon und stelle mir oft vor, wie unsere Kinder aussehen und ob sie mehr von dir oder von mir haben würden. Diese Träume sind ständig da, sogar jetzt, wenn wir hier sitzen. Irgendwie sind wir bereits verheiratet. Gibt es einen festeren Knoten als die freie Vereinigung der Seelen? Der Rest ist eine Zeremonie, mit der diese Vereinigung gesegnet wird, und die können wir haben, wann immer die Zeit und die Umstände es erlauben. Im Augenblick gibt es viel zu tun, um Fäulnis und Unrat zu beseitigen, die über das Land gekommen sind, und die Luft zu reinigen.“

In ihrem Ton lag eine solche Bestimmtheit, dass Kamĩtĩ nicht weiter in sie drang. Sie merkte, dass sie ein wenig zu harsch gewesen war, und ließ ihre Stimme jetzt sanfter klingen.

„Nichts ist umsonst. Hier ist eine Aufgabe für dich. Jedes Mal, wenn es dir nicht gelungen ist, mich unter meiner Verkleidung zu erkennen, hast du behauptet, dass es dir nicht noch einmal passieren würde.“

„Ich muss zugeben, dass ich dich als Hinkende Hexe niemals erkannt hätte", sagte er bewundernd. „Aber nächstes Mal wird es anders sein. Ich sehe wirklich nicht, wie du diese Vorstellung noch übertreffen willst."

„Wollen wir wetten?"

„Das hängt vom Einsatz ab."

„Wenn es dir gelingt, mich zu durchschauen, kaufe ich die Eheringe, wenn du verlierst, kaufst du sie."

„Einverstanden. Auch wenn das die Frage nach dem Zeitpunkt nicht beantwortet. Erzähl mir bitte mehr über die Bewegung für die Stimme des Volkes."

Überrascht drehte sich Nyawĩra zu ihm hin und schaute ihn an.

„Weißt du", sagte sie nach einer Pause, „du musst nicht politisch Stellung beziehen, nur um mich glücklich zu machen. Auch wenn wir so weiterleben wie jetzt, werden wir, so Gott will, das Heim unserer Träume haben."

„Ich weiß, aber lass mich ausreden. Während unseres Aufenthalts hier habe ich über vieles nachgedacht, worüber wir seit unserer ersten Begegnung gesprochen haben. Jetzt stimme ich dir zu, dass die Aufgabe, das Land zu heilen, weder von einer Person noch von vielen bewältigt werden kann, wenn jeder nur für sich allein handelt."

„Was möchtest du wissen? Wo wir stehen? Unsere Sicht unterscheidet sich nicht sonderlich von der, die du bei der Volksversammlung umrissen hast. In Aburĩria gibt es die, die ernten, was sie nie gesät haben, und die, die säen und kaum je ernten, was sie säten. Das erste Lager ist, auch wenn man seine Verbündeten im Ausland einrechnet, klein, und doch kann es über das zweite herrschen, weil es ihm gelingt, dieses durch ethnische Ausgrenzung und manchmal nach religiöser und Geschlechterzugehörigkeit zu spalten. Unsere Bewegung möchte das umkehren. Wir fragen die Menschen nicht nach dem Volk, zu dem sie gehören, sondern nach ihrer Haltung zu den gegensätzlichen Interessen der beiden Lager. Für die ethnische Zugehörigkeit kann man nichts, man wird hineingeboren, aber man kann souverän entscheiden, mit wem man sich einlässt. Biologie ist Schicksal. Politik ist Wahl. Nein, das Leben selbst des Geringsten unter uns ist heilig, und es darf keine Region oder Gemeinschaft geben, die schweigt, wenn Menschen einer anderen Region oder Gemeinschaft abgeschlachtet werden. Die Errungenschaften von Wissenschaft, Technologie und Kunst sollen das Leben der Menschen bereichern und nicht ihre Abschlachtung ermöglichen. Wir sind dagegen, den Frauen die Last des Althergebrachten aufzubürden, für das es ein Umfeld gab, auf dem es einst nötig und vielleicht sogar nützlich war. Das Umfeld ist weg, aber die Praxis bleibt", sagte sie.

„Was ich eigentlich wissen will, ist, wie kann man einer von euch werden?"

„Frag oder werde gefragt. Du bist einmal gebeten worden. Dein Schweigen wurde so ausgelegt, dass du nicht bereit warst oder nicht wolltest. Wir zwingen niemanden mit Tricks, Schwüren, Gewalt oder Bestechung in die Bewegung. Jetzt musst du darum bitten, dich uns anschließen zu dürfen."

„Ich verstehe. Weißt du, obwohl ich die innere Wirkungsweise eurer Bewegung nicht kenne, weder ihre Führer noch ihr Programm, habe ich die Ergebnisse ihrer Arbeit gesehen. Wie die Bewegung dem spontanen Schlangenbilden Zweck und Richtung gegeben hat, bewies mir ihren Mut und ihre Entschlossenheit. Die meisten Politiker wollen das Volk beherrschen. Eure Leute wollen jedoch zuerst sich selbst beherrschen, bevor sie über andere herrschen. Ich möchte mit euch zusammenarbeiten. Ich frage jetzt: Kann ich mich den anderen anschließen?", sagte Kamĩtĩ entschlossen.

„Ich werde deine Bitte unserem Komitee vortragen."

„Und da ich jetzt geheilt bin: Was machen wir nun?", fragte er.

„Wir gehen zurück nach Eldares", antwortete sie. „Das Volk ist unser bester Schutz."

„Stimmt, und da der Staat uns bereits zwei Mal für tot erklärt hat", fügte Kamĩtĩ nachdenklich hinzu, „werden sie nicht nach uns suchen. Und wenn sie uns zufällig sehen, werden sie glauben, wir seien Geister, und davonrennen."

„Oder uns auf der Stelle umbringen und vergraben", erwiderte Nyawĩra düster. „Wir müssen trotzdem zurück. Wir dürfen das Schicksal der Nation nicht den Menschenfressern überlassen."

SECHSTES BUCH

Bärtige Dämonen

1

Eine Woche nach ihrer Rückkehr besuchte Nyawĩra Maritha und Mariko. Sie trauerten um ihre Katze, die von den Soldaten Christi gekreuzigt worden war.

„Was hat die Katze mit Religion zu tun?“, fragte Kamĩtĩ gequält.

Kamĩtĩ und Nyawĩra hatten eine Wohnung in einem heruntergekommenen, stark bevölkerten Teil Santalucias gemietet. Ihr Kräutergeschäft wieder zu eröffnen, kam nicht in Frage – sie würden andere Wege finden müssen, um zu überleben.

Nyawĩra erzählte, was Maritha und Mariko ihr berichtet hatten: Die Soldaten Christi wollten Satan den Schmerz spüren lassen, den Christus gefühlt hatte.

„Diese Sekten machen ihre Anhänger zu Narren. Sogenannte Erwachsene, die eine Katze umbringen?“

„Tatsächlich ist sie nicht gestorben“, erzählte Nyawĩra. „Als die Soldaten drei Tage später zurückkamen, waren die Nägel noch da, aber die Katze nicht mehr. Maritha und Mariko sagten mir, dass die Katze irgendwie überlebt hatte und sich wieder in ihrer Obhut befand. Die Soldaten hatten offensichtlich erkannt, dass die Katze, die sie gekreuzigt hatten, dieselbe war, die Maritha und Mariko folgte, wohin die auch gingen. Doch anstatt sich zu entschuldigen, marschierten sie geradewegs zur All Saints Cathedral und beschuldigten das Paar öffentlich, Diener Satans zu sein, und erklärten, dass selbst der Sieg, den das Paar einst verkündet habe, kein Sieg, sondern eine

Niederlage gewesen sei und sie Gott angelogen hätten. Sie verlangten, Bischof Tireless Kanogori solle Mariko und Maritha verstoßen, weil sie mit Satan gemeinsame Sache machten. Als der Bischof das ablehnte, warfen sie ihm vor, sich mit dem Teufel einzulassen. Sie verwiesen auf die Gelegenheiten, bei denen der Bischof Satan entkommen ließ, einmal durch das Fenster, das zweite Mal durch die Tür, und forderten ihn auf, sein Amt niederzulegen. Die Gemeinde stand, angespornt von Vinjinia, geschlossen hinter ihrem Bischof. Die Krieger, angeführt von den drei heiligen Männern Feger-der-Seelen, Gehstock-der-Seele und Pilot-der-Seelen, spalteten sich ab und gründeten die Kirche der Soldaten Christi."

„Wie kam es, dass die drei zu Heiligen wurden?"

„Die Zahl Drei gab den Hinweis. Die Feger, denen Satan zuerst erschien, waren drei. Einer von ihnen hat einen Gehstock mit drei kleinen Ästen am Griff. Fügt man dieser Mischung die heilige Dreifaltigkeit hinzu, dann wird die Drei zur heiligen Zahl. Die Kirche erlangte internationale Aufmerksamkeit, als die drei heiligen Männer zu einem Welttreffen der christlich-religiösen Rechten nach Amerika eingeladen wurden. Die Heiligen sollten Zeugnis von ihrem Kampf mit Satan ablegen, der der Demokratie in Aburĩria den Weg bereitet hatte. Allerdings wurde die Einladung wieder zurückgezogen, denn die Kirche der Soldaten Christi überdauerte keine Woche, weil sie sich in drei Kirchen aufspaltete, von denen jede behauptete, das wahre Gotteshaus der Soldaten Christi zu sein."

„Warum?"

„Sie verstrickten sich in einen theologischen Disput über die Natur Satans. Offensichtlich hatten die drei Gruppen am Tag des Smogs unterschiedliche Begegnungen mit der Erscheinung Satans. Die Gruppe unter der Führung von Feger-der-Seelen behauptete, Satan sei ein weißer Amerikaner mit sieben Körpern, den sie am Tag des Smogs, als sie an allen Wegen zum und vom State House Wache hielten, den Palast in Eile verlassen sahen, nachdem er die Explosionen ausgelöst hatte. Ein Schwarzer sei diesem Satan im Körper einer Hydra hinterhergejagt, dem sie wiederum in einiger Entfernung gefolgt seien. Sie schworen im Namen Christi, anschließend gesehen zu haben, wie die weiße Kreatur mit dem Hydrakörper die amerikanische Botschaft betrat, aus der kurz danach ein Gewehrschuss zu hören war, worauf sie den Schwarzen fallen sahen. Zu ihrem Glück befahl Jesus ihnen zu fliehen. Die zweite Gruppe, die von Pilot-der-Seelen geführt wurde, erklärte, dass Satan definitiv schwarz sei. Pilot-der-Seelen sah ihn während der vom Teufel finanzierten Volksversammlung auf der Bühne und hörte, wie er prahlte, nach freiem Willen menschliche oder tierische Form annehmen und durch die Zeit reisen zu können. Die dritte Gruppe unter dem Kommando von Gehstock-der-Seele wies die Behauptungen der ersten beiden Gruppen zurück und hob stattdessen die katzenartige Eigenheit Satans hervor. Sie verwies auf den Zwischenfall vor der Kathedrale, bei dem Satan in den Körper einer Katze geschlüpft war und dann die Polizei dazu verführte, einem Schatten Handschellen anzulegen, der später zur Volksversammlung sprach, während Satan selbst im Körper der Katze in den Ruinen schlief. Sie widersprachen einander in allem, nur in einem stimmten sie überein: Satan war ihnen einst auf einer städtischen Müllkippe erschienen, wobei Gehstock-der-Seele noch behauptete, derselbe Satan habe ihn in der Zeit, in der er dem Alkohol verfallen gewesen war, von Kneipe zu Kneipe verfolgt. Er sei in der Sell-Me-Death-Bar gewesen und habe gesehen, wie drei Höllenreiter mit Satan davonfuhren und deshalb ... Was hast du?“

„Mir kommen Erinnerungen“, antwortete Kamĩtĩ düster. Er erzählte ihr von seinen Erlebnissen mit der Katze, nachdem er dieser zum ersten Mal am niedergebrannten Schrein begegnet war, wie sie ihm Gesellschaft geleistet hatte, wenn er als obdachloser Trinker die Nacht dort verbrachte, und kürzlich noch einmal im Keller der Kirche. Immer, wenn die Katze da war, habe er sich weniger einsam gefühlt. „Aber das ist es nicht allein“, fuhr er fort. „Es stimmt, dass ich mich manchmal von Augen verfolgt fühlte, die nicht zu sehen waren, und dass die Leute mir aus dem Weg gingen. Hast du jemals Gerüchte über einen Mann gehört, der von den Toten auferstanden ist, nachdem man ihn auf der Müllkippe beerdigt hatte?“

„Ja, vor einiger Zeit machten wilde Gerüchte die Runde, dass den Obdachlosen die Seelen gestohlen worden seien, aber die habe ich nicht ernst genommen. Ich glaubte, die Leute würden sich auf diese Weise erklären, dass Menschen an Hunger und Krankheit starben."

„Nun, diese Person war ich. Die drei Heiligen meinen diese Begebenheit, die am selben Tag geschah, an dem wir beide uns bei Tajirika begegnet sind."

„Und stimmt das wirklich? Du hast deinen Körper verlassen?"

„Ja, und das war nicht das letzte Mal. Manchmal, wenn ich allein bin, bin ich regelrecht außer mir – ich meine, außerhalb meines Körpers –, und ich schwebe als Vogel am Himmel. Genau das ist damals geschehen. Ich habe dir das nie erzählt –, weil ich Angst hatte, du könntest mich für verrückt halten."

Er erzählte kurz von seinem Flug über Afrika, die Karibik und Südamerika zurück nach Manhattan, New York.

„Der größte Teil dessen, was ich auf der Volksversammlung den Leuten zu sagen versucht habe, war Bestandteil dessen, was sich in mir während meiner Weltreise auf der Suche nach der Quelle schwarzer Kraft geformt hat."

Sie schwiegen. Nyawĩra überlegte, wie sie das Ganze nehmen sollte, und Kamĩtĩ dachte daran, wie sie es aufnahm.

„Und die Quelle? Hast du sie gefunden?"

„Ja, in der Einigkeit unseres Schwarzseins."

„Einigkeit zwischen uns, dem Herrscher und Tajirika? Sie sind schwarz, wir sind alle Schwarze."

„Lass diesen Sarkasmus. Man kann nicht in allem und jedem Klassen und Klassenkämpfe sehen. Auch die Zugehörigkeit zu einer Rasse spielt eine Rolle."

„Ich wollte nicht sarkastisch klingen", beeilte sich Nyawĩra zu sagen. „Ich will nicht abstreiten, dass das Schwarzsein eine Rolle spielt, wenn es darum geht, im Streben nach Gleichheit, sozialer Gerechtigkeit und einem erfüllten Leben für alle ein Gefühl der Zusammengehörigkeit zu erreichen über Nationen, Staatsgebiete und Kontinente hinweg. Die Berufung auf das Schwarzsein wird nur zu oft benutzt, um die Kluft zwischen gegensätzlichen Positionen zu verdecken. Sogar die extremen schwarzen Rechten mit ihren gegen die arbeitende Bevölkerung gerichteten Programmen wollen jetzt auf den Opferzug aufspringen. Wie du während der Versammlung so deutlich gesagt hast, direkt aus unserer Mitte erheben sich die, die Uneinigkeit säen, sie sind die Saat unserer Niederlage."

„Ja, ich habe sie gesehen, sie sind halb Mensch, halb Tier ...", sagte Kamĩtĩ.

„Du meinst das metaphorisch?", fragte Nyawĩra.

„Es gab sie wirklich", antwortete Kamĩtĩ nachdrücklich. „Was ich in meiner Vogelgestalt gesehen habe, war real."

Nyawĩra konnte die Erzählungen über seinen Vogelflug nicht glauben und unterbrach ihn. „Als mir Maritha und Mariko erzählten, dass die Soldaten Christi an einen Teufel glauben, der von einer Katze Besitz ergriffen hat, war mir zum Lachen zumute, aber ich verkniff es mir. Weißt du, warum? Die Soldaten Christi erinnern mich an meine Urgroßmutter mütterlicherseits. Sie gehörte zur ersten oder zweiten Generation derer, die vor dem flüchteten, was für sie Barbarei war, und Zuflucht in den neuen christlichen Missionszentren suchte; zugleich floh sie vor einer Ehe, zu der sie gezwungen worden war. Kannst du dir vorstellen, dass meine Urgroßmutter bis zu dem Tag, an dem sie mit über neunzig Jahren starb, an die physische Realität von Teufeln und Engeln glaubte, die über die Erde wandelten? Auch Gott war real, und sie beschrieb ihn als alten Mann mit weißem Bart und langem, silbrigem Haar, das bis zu den Füßen reichte. Das war ihre Erklärung, dass niemand das Geschlecht oder die Hautfarbe Gottes bestimmen konnte. Aber was soll ich glauben, wenn der, den ich liebe, dessen Urteil und Einsichten ich traue, mir erzählt, dass er ein Vogel gewesen ist und das auch selbst zu glauben scheint? Wenn mich die Soldaten Christi an meine Urgroßmutter erinnern, dann erinnerst du mich an Gacirũ und Gacĩgua – du weißt schon, Vinjinias Kinder. Als Tajirika den Weiß-Wahn hatte und Vinjinia erstmals in ihrem Leben zur Arbeit ins Büro kam, brachte sie ihre Kinder mit, und ich habe ihnen Geschichten erzählt. Sie mochten die *marimũ*-Geschichten über die zweimäuligen Ungeheuer, denen das eine Maul am Hinterkopf sitzt und das andere vorn ..."

„Genau das ist es", unterbrach Kamĩtĩ sie. „Du hast es beim Namen genannt. Ungeheuer."

Nyawĩra war über seine Reaktion erschrocken und starrte ihn an, weil sie erneut überrascht war, wie ernst er das zu nehmen schien. Kamĩtĩ bemerkte ihren Zweifel.

„Nyawĩra, verlang keine Erklärung von mir, sondern tu mir einen Gefallen“, sagte er und versuchte, sie zu überzeugen, dass er ganz klar im Kopf war. „Geh morgen zu Maritha und Mariko und bitte sie, Vinjinia zu fragen, ob Tajirika sich die Haare hat wachsen lassen oder eine Mütze trägt oder nachts die Haare bedeckt oder sonst etwas Ungewöhnliches anstellt, das er früher nicht getan hat, wie unbedeutend es auch sein mag. Bitte sie, ihr diese Botschaft zu übermitteln. Nachts, wenn Tajirika schläft, soll sie sich sein Gesicht ganz genau ansehen und vor allem seinen Hinterkopf.“

„Was?“, fragte Nyawĩra verwirrt.

„Ich will wissen, ob Tajirika ein zweiter Mund gewachsen ist.“

Nyawĩra konnte nicht mehr an sich halten. Sie lachte, bis sie das Gefühl hatte, ihr würden die Rippen brechen. Aber Kamĩtĩ stimmte nicht in ihr Gelächter ein.

„Das kannst du nicht ernst meinen. Ich hätte dir nicht von der Kreuzigung der Katze erzählen sollen.“

„Es geht nicht nur um Tajirika“, sagte Kamĩtĩ. „Ich vermute das auch bei Kaniũrũ und den anderen Anhängern des Herrschers.“

Sie wollte erneut losplatzen, beherrschte sich aber. Was als geruhsame Rückkehr nach Eldares geplant war, hatte sich zu einem dramatischen Ereignis gewandelt, dachte Nyawĩra. Eine Katze, ein Vogel und jetzt ein Ungeheuer? Vielleicht hatte sie unterschätzt, was Kamĩtĩ durchgemacht hatte? Vielleicht hatten die Schussverletzung und das Koma seinen Verstand beeinträchtigt?

Am nächsten Morgen war sie zeitig auf und ging die Eldares Times kaufen; als sie zurückkam, hatte Kamĩtĩ schon das Essen zubereitet. Sie setzten sich zu einem Frühstück mit Brot, Eiern und Salat. Beim Essen warf sie ständig einen Blick auf die Schlagzeilen.

„Oh, sieh dir das an“, sagte sie zu Kamĩtĩ und schob ihm die Zeitung über den Tisch.

Auf der Titelseite war ein Foto Sikiokuus abgedruckt. Der dazugehörende Text sagte aus, dass der Ex-Minister mit einer Abordnung seiner Loyal Democratic Party vor dem Herrscher erschienen war, um Treue zu geloben und zu bestätigen, dass seine Partei zur Zusammenarbeit mit der Ruling Party bereit sei, um das Wachstum von Baby D zu fördern. Gleichzeitig rief er alle anderen loyalen Parteien auf, seinem Beispiel zu folgen. Auf derselben Seite waren Fotos von Kaniũrũ und Tajirika in ihren neuen Funktionen als Finanz- und Verteidigungsminister abgebildet.

„Hast du dir die Fotos angesehen? Hast du gesehen, wie sie gekleidet sind?", fragte Kamĩtĩ und schob ihr die Zeitung zurück.

„Ich kann da nichts Sonderbares entdecken", antwortete sie.

„Sie haben Baseballkappen auf, mit dem Schirm nach hinten."

„Ja, und?", fragte Nyawĩra irritiert.

„Fürchte dich nicht vor den Kappen, die sie tragen, sondern vor den Mäulern, die diese Kappen möglicherweise verbergen."

Nyawĩra hob den Blick von der Zeitung und sah Kamĩtĩ an; die Zweifel an seinem Geisteszustand mehrten sich.

„Curiouser and curiouser", stichelte sie und lächelte. „In Ordnung, ich werde Maritha und Mariko bitten, Vinjinia zu besuchen."

2

Einige Zeit später erhielt Nyawĩra einen dringenden Anruf von Maritha und Mariko. Sie trafen sich. Waren sie mit ihrer Mission erfolgreich? Was hatte Vinjinia berichtet? Nyawĩra war immer noch glücklich darüber, wie gut Vinjinia und sie in der Vergangenheit zusammengearbeitet hatten. In größter Not hatte Vinjinia für sie im State House Augen und Ohren offen gehalten. Sie wusste, dass Vinjinia das hauptsächlich aus Dankbarkeit den Frauen gegenüber getan hatte, die sie gerettet hatten, doch zeigten ihre solidarischen Handlungen unabhängig von ihrer Motivation, dass ihr Herz nicht aus Stein war. Ihre Position als Geschäftsführerin der Mwathirika Bank mit den Söhnen des Herrschers im Aufsichtsrat sowie die

Stellung ihres Mannes, zunächst als Finanzminister und jetzt als Verteidigungsminister, machten sie für die Bewegung sehr wertvoll. Seit Nyawĩras mutmaßlichem Tod hatten sie keine Verbindung mehr gehabt, und deshalb würde diese Nachricht von Vinjinia ein Gradmesser dafür sein, wie es um ihre Beziehung stand.

„Es sieht nicht gut aus", sagte Maritha.

„Besitz und Macht können Herzen verändern", ergänzte Mariko.

„Wie lautet die Nachricht?", fragte Nyawĩra.

„Wir waren bei ihr in Golden Heights", erzählte Maritha.

„Weil sie nicht mehr so regelmäßig wie früher in die Kathedrale kommt", erklärte Mariko.

„Und wir wussten doch, dass dir die Sache wichtig ist", ergänzte Maritha.

„Vor dem Haus stand Tajirikas Mercedes, das Fähnchen des Ministeriums flatterte im Wind", sagte Mariko.

„Als Vinjinia sah, dass wir es waren, kam sie schnell nach draußen und brachte uns zum Eingangstor zurück."

„Kein ‚Kommt bitte herein', nichts dergleichen."

„Keine Begrüßung mit einer Tasse Tee oder etwas Wasser."

„Nicht wie früher."

„Es war, als hätte sie genug von uns."

„Nicht, dass wir uns beklagen."

„Oh, nein. Wenn überhaupt, dann sind wir immer noch dankbar dafür, wie sie uns gegen diese Soldaten Christi in Schutz genommen hat. Ach, was ist nur in die jungen Leute gefahren, dass sie die Hand gegen ihre Väter und Mütter erheben?", klagte Maritha.

„Wir beten jeden Tag für sie."

„Dass sie das Licht und die Größe Gottes erkennen."

„Amen", sprachen die beiden im Chor.

„Also, was ist passiert?", fragte Nyawĩra, die das Gefühl hatte, sie würden ins Unwichtige abschweifen.

„Wir sprachen mit ihr, draußen am Tor", sagte Mariko.

„Und durch die Art, wie sie uns begrüßt hatte, war uns klar, dass nicht alles zum Besten stand", sagte Maritha.

„Ja, wir spürten das schon, bevor sie den Mund aufmachte."

„Ich fragte sie: ‚Wie geht es den Kindern?'"

„Sie antwortete: ‚Gacirũ und Gacĩgua? Ihr nennt sie Kinder? Heutzutage hören sie in dem Moment auf, Kinder zu sein, in dem sie an die höhere Schule gehen. Sie sind junge Erwachsene. Doch sie sind momentan während der Ferien zu Hause. Aber welcher Wind hat euch hierhergeweht?'"

„Also sagten wir es ihr", begann Maritha.

„Dass wir eine Nachricht von den Toten haben ...", fügte Mariko hinzu.

„Sie ließ uns gar nicht ausreden. Sie sagte: ‚Ich will keine Nachricht von den Toten hören. Die Dinge haben sich geändert. Aburĩria ist nicht mehr das, was es einmal war. Uns ist ein Retter geboren, Baby D. Die Leute, die den Namen des Herrschers in den Schmutz gezogen haben, wie der verstorbene Machokali und der Ex-Minister Sikiokuu mit ihrem ewigen Machtkampf, sind nicht mehr. Der Herrscher hat einen Plan, mit dem er das Los der Frauen verbessern und ihnen Arbeitsplätze verschaffen will, die früher nur Männern vorbehalten waren. Und er hat bereits begonnen, seinen Plan umzusetzen; Frauen sind nun stellvertretende Ministerinnen und Geschäftsführerinnen in Banken. Der Herrscher hat alle aufgerufen, mit Baby D Schritt zu halten ...'" Maritha machte eine Pause und brach dann ab, als wollte sie ungern zum nächsten Teil der Botschaft kommen.

„Und dann sagte sie, man solle der Toten oder ihrem Geist mitteilen, sie sei sehr verärgert, wegen der Vermutung, ihrem Mann sei am Hinterkopf ein zweiter Mund gewachsen", ergänzte Mariko.

„Dass ihr Mann kein zweimäuliges Ungeheuer oder irgendein anderes Ungeheuer sei."

„Die Kappe, die Tajirika trage, sei ein Ehrengeschenk der Global Bank und außerdem im Westen im Augenblick groß in Mode. Sogar sie, Vinjinia, trage jetzt regelmäßig ein Kopftuch, wie es der Apostel Paulus in seinem ersten Brief an die Korinther und der Apostel Petrus in seinem ersten Brief an die Welt von den Frauen verlangte."

„Ja, die Leute sollten Baby D Gelegenheit geben zu wachsen."

„Die Zeiten der Gerüchte und der Hexerei seien vorbei, ein für allemal vorbei."

„Und dann hörten wir, wie das Auto im Hof gestartet wurde."

„Und der Mercedes, den wir im Hof gesehen hatten, kam am Tor vorbei und hupte."

„Es war Tajirika, der sich von Vinjinia verabschiedete."

„Er sei kurz zum Umziehen nach Hause gekommen, erklärte uns Vinjinia."

„Voll beschäftigt mit dem Schicksal der Nation, fügte sie hinzu."

„Und sie wollte uns das Tor vor der Nase zuschlagen ..."

„Behauptete, sie hätte noch eine Verabredung ..."

„Als Gacĩgua plötzlich angerannt kam und schrie ..."

„Dass Gacirũ im See der Tränen stecken geblieben sei."

„Vinjinia schrie vor Entsetzen und rannte den Garten hinunter, der sich leicht abfallend dem Hof anschloss. Gacĩgua lief hinterher."

„Wir auch."

„So etwas wie da unten im Tal habe ich noch nie zuvor gesehen", sagte Mariko.

„Eine Herde Antilopen war im Sprung in der Luft erstarrt, sodass sie aus der Ferne in den verschiedenen Sprungphasen ganz lebendig aussah", erklärte Maritha und zeigte mit dem Finger in die Luft, als könnte sie sie hier, in ihrem Haus, immer noch sehen.

„Und auch die Vögel ... fest an einem Punkt im Himmel, als hätte die untergehende Sonne sie dort aufgehängt", fügte Mariko hinzu und zeigte ebenfalls mit dem Finger auf eine Szenerie, die nur sie sehen konnten.

„Ja, weil die untergehende Sonne orangefarbene Strahlen dorthin schickte, wo die Tiere in der Luft hingen."

„Auf der Wasserfläche des Sees befanden sich noch weitere Tiere, erstarrt im Stillstand."

„Eine Henne mit ihren Küken. Und ein Hahn, der hinter einer anderen Henne her war."

„In dem Augenblick, da er die Flügel breitet, um die Henne zu ..."

„Wunder gibt es immer wieder. Auch Enten ..."

„Sieh die Katze, die gerade über eine Maus herfallen will ..."

„Und der Hund mit aufgerissenem Maul, der schweigend die Vögel in der Luft ankläfft."

„Und die beiden Ziegen und die Kuh mit dem Kälbchen dahinter, und in der Mitte steht Gacirũ, ihre Tochter“, sagte Maritha.

„Im Lauf erstarrt.“

„Ein Schatten.“

„Ein menschlicher Umriss.“

„Wie Lots Weib.“

„Nur, dass Gacirũ nicht zu Stein geworden ist.“

„Oder zu einer Salzsäule.“

„Wir fanden Vinjinia unten am See.“

„Und ihren Jungen ... Gacĩgua.“

„Beide weinten um Gacirũ ... flehten nach ihr. ‚Cirũ, oh, Cirũ.‘“

„Aber Cirũ hört nicht, dreht sich nicht um.“

„Beide haben Angst, den See zu berühren.“

„Wir sagten ...“

„Lasst uns beten“, sprachen sie im Chor, und Maritha und Mariko knieten in ihrem Haus nieder und begannen, das Gebet zu sprechen, das sie im Tal gesungen hatten.

In Zeiten des Kummers, o Gott
Wende dich nicht ab
Verbirg nicht dein Gesicht
In Zeiten der Tränen

Herr unserer Seelen
Horch auf das Weinen
Der Eltern und der Kinder
Der Jungen und der Mädchen

„In diesem Moment hörte ich, wie etwas in meinem Magen rumorte“, sagte Maritha, die immer noch kniete. „Ein seltsamer Gedanke kam mir und ich fing an zu lachen.“

„‚Warum lachst du in Zeiten der Tränen?‘, fragte ich ... doch sie lachte so sehr, dass auch ich anfing zu lachen“, fuhr Mariko fort.

Und jetzt, da beide sich an ihr Gelächter erinnerten, begannen sie wirklich wieder zu lachen. Sie standen auf und lachten weiter, setzten sich und lachten noch immer und konnten nur mit Mühe die Fassung wiedergewinnen.

„Ein Blick zum anderen, und wir mussten lachen“, sagte Maritha.

„Wir lachten unaufhörlich, während wir zum See hinuntergingen, aber in Wahrheit ...“, ergänzte Mariko.

„Nicht aus freiem Willen. Eine seltsame Macht verleitete uns.“

„Als wir das Ufer erreichten, tauchten wir unsere Füße in den schlammigen Morast“, sagten sie gleichzeitig.

„Und da standen wir ...“

„Sieh mal die Katze ...“

„Sieh mal den Hund ...“

„Sieh mal der Hahn ...“

„Sieh mal die Kuh ...“

„Und wir lachten, bis mir die Tränen über das Gesicht liefen“, sagte Maritha.

„Und mir auch ... Tränen des Lachens“, fügte Mariko hinzu.

„Und die ganze Zeit starrten uns Vinjinia und Gacĩgua an, vollkommen verblüfft ...“

„Und wir wunderten uns, warum sie nicht auch lachten ...“

„Und dann sahen wir, dass Vinjinia ohnmächtig wurde ...“

„Und Gacĩgua bückte sich, um sich um sie zu kümmern ...“

„Und unsere Tränen des Lachens flossen weiter ...“

„In den See ...“

„Jetzt waren wir verblüfft“, sprachen sie gleichzeitig.

„Sobald unsere Tränen der Freude und des Lachens auf das ruhende Wasser trafen ...“, fuhr Mariko fort.

„Begann sich alles zu bewegen, was reglos gestanden hatte“, sagte Maritha.

„Die Antilopen vollendeten ihre Sprünge auf die andere Seite und verschwanden.“

„Der Vogel flog davon.“

„Die Katze und die Maus setzten ihre Verfolgung fort.“

„Der Hund kläffte lautstark die Vögel an.“

„Und das Kalb folgte seiner Mutter und muhte, weil es trinken wollte. Und die Ziegen ...“

„Komm, komm, kleine Mutter, hab keine Angst.“

„Gacirũ drehte sich um.“

„Und kam auf uns zu“, ergänzte Maritha.

„Sie lief über das Wasser, ging nicht unter …“

„Als liefe sie über festen Boden …“

„‚Lasst mich nicht zurück, bitte, lasst mich hier nicht zurück‘, sagte sie.“

„Sie klang verwirrt.“

„‚Bringt mich zu Nyawĩra …‘“

„‚Weil sie alles über Ungeheuer weiß …‘“

„Du hast ihr mal Geschichten von Ungeheuern erzählt.“

„Sie schluchzte.“

„‚Beruhige dich, du bist außer Gefahr‘, sagte ich.“

„Sie versuchte, unter Schluchzen zu sprechen …“

„‚Ich weiß nicht‘, sagte sie, ‚seit Mutter und Vater hohe Posten in der Regierung haben, sind sie Fremde in unserem Haus und für uns Kinder geworden, und als ich ihn sah …‘ und da stoppte sie plötzlich und Furcht war in ihren Augen.“

„Vor allem, als sie sah, dass Vinjinia auf uns zukam.“

„Vinjinia zitterte am ganzen Körper.“

„Dann nahm Vinjinia Gacirũ, die sich immer noch an mich klammerte, in die Arme, und Gacĩgua versuchte, Mutter und Schwester auf einmal zu umarmen, als sammelte er seine Familie ein.“

„Und Vinjinia sagte zu ihr: ‚Hab keine Angst, ist ja gut, ist ja gut, ich bin immer noch deine Mama und hab dich lieb …‘“

„‚Bring mich nicht zu Vater‘, bettelte Gacirũ. ‚Ich habe gesehen, wie er jetzt aussieht. Ich habe mich im Haus versteckt, bis er fort war, und bin dann hinausgerannt …‘“

„‚Schschsch!‘, machte Vinjinia und versuchte, sie zum Schweigen zu bringen. ‚Wir werden darüber reden …‘“

„Wir versicherten dem Mädchen, dass wir der Geschichtenerzählerin ihre Bitte überbringen würden.“

„Und dass wir ein Auge auf sie haben würden.“

„Und dass sie am Sonntag in die Kirche kommen solle.“

„Gott lebt. Gott herrscht.“

„Gott werde Tag und Nacht auf sie aufpassen."

„Wir verließen sie dort, während sie sich immer noch umarmten."

„Singend gingen wir davon."

„Weil unser Lachen die Tränen besiegt hatte."

Als wären sie allein im Haus, fingen Maritha und Mariko an zu singen, über die erstaunliche Eigenschaft des Kreuzes, wo Freude dem Kummer folgte. Es hatte den Anschein, als hätten sie Nyawĩra völlig vergessen. Diese stand auf, um zu gehen, weil sie nicht wusste, was sie mit all dem anfangen sollte. Sprachen sie in Gleichnissen?

„Was denn? Willst du gehen, ohne den Rest gehört zu haben?", fragte Maritha.

Nyawĩra setzte sich wieder.

„Wir hatten das Tor schon längst hinter uns gelassen, als neben uns ein Auto hielt", begann Maritha.

„Es war Vinjinia", ergänzte Mariko.

„‚Steigt ein. Ich bringe euch lieber zur Bushaltestelle', sagte sie."

„Nun ja, Gott vollbringt seine Wunder ..."

„Auf geheimnisvolle Weise."

„Wir hatten nämlich gerade überlegt, wie wir nach Hause kommen würden", sagten sie gleichzeitig.

„Während der Fahrt bedankte sie sich und fügte dann hinzu: ‚Ich will euch um einen Gefallen bitten'", erklärte Maritha.

„‚Was ihr gesehen habt, ist nicht für eine öffentliche Beichte in der Kirche oder sonst wo bestimmt'", fuhr Mariko fort.

„Ich sagte ihr: ‚Wir beichten nur unsere eigenen Sünden, nicht die anderer Leute.'"

„‚Freude und Lachen miteinander zu teilen, ist keine Sünde.'"

„Sie bedankte sich noch einmal, und dann ..."

„Trug sie uns auf, zu gehen und der, die uns geschickt habe, zu sagen ..."

„Dass sie keine Feindseligkeit im Herzen trage, aber ... Und weiter sagte sie nichts oder vielmehr beendete sie nicht, was sie sagen wollte. Sie war den Tränen nahe."

„Wie jemand, der sich verlaufen hat und sich dessen bewusst ist, aber nicht weiß, wie er den Weg wiederfinden soll."

„An der Bushaltestelle fand sie ihre Stimme wieder."

„‚Sagt der, die euch geschickt hat, dass sie keine Botschaften mehr schicken soll. Oh, es gab einmal eine Zeit in meinem Leben, da dachte ich, ich hätte die Sprache der Taube verstanden, wie unbestimmt auch immer, und ich habe sogar gedacht, wie sie in einem Spiegel etwas sehen zu können. Doch heute verstehe ich die Sprache der Taube nicht mehr. Ich erkenne auch mein Gesicht im Spiegel nicht mehr. Ja, sagt ihr, dass wir keine Ungeheuer sind. Es handelt sich um einen Fall von Weiß-Wahn, bei dem die Heilung fehlgeschlagen ist, und der Herr der Krähen ist tot. Liest sie keine Zeitung? Es ist für sie und uns alle besser, wenn sie bei den Toten bleibt.'"

3

Es geschah in einem New Yorker Hotel während seines ersten Besuchs als Finanzminister, dass Tajirika eine Ausgabe des Billionaire las, einem Magazin über die reichsten Menschen und Unternehmen der Welt. Fast alle waren weiße Amerikaner und fast alle Unternehmen in Amerika ansässig. Er begann über das Schicksal von Nationen zu grübeln. Amerika, eine ehemalige Kolonie, war noch immer im Aufstieg begriffen, während Großbritannien, die frühere Kolonialmacht, auf das Dritte-Welt-Elend zurollte. Und plötzlich, wie aus dem Nichts, fand er die Antwort auf eine Frage, die ihn seit seinem Weiß-Wahn immer wieder beschäftigt hatte. Der Herr der Krähen hatte ihm als Mittel gegen sein Verlangen verschrieben, ein weißer, kolonialer Engländer zu werden. Dabei war aber doch der weiße Amerikaner das erstrebenswerte Ideal. Ja. Er hätte danach streben sollen, ein weißer amerikanischer Mann zu werden. Leider war es dafür jetzt zu spät. Der Herr der Krähen war von Kaniũrũ erschossen und sein Abbild bestattet worden; und soweit es Tajirika anging, war die Sache damit erledigt. Keine „Wenns" mehr, schon gar nicht angesichts seines spektakulären Aufstiegs vom Häftling und Goldgräber zum Gouverneur und Minister. Und wer wusste, was ihn noch erwartete?

Und dann drückte ihm eines Tages jemand an einer New Yorker Straßenecke ein Flugblatt in die Hand. Als er es sich später ansah, entdeckte er, dass es sich um Reklame einer Klinik handelte, die auf Gentechnologie, Klonen, Transplantationen und plastische Chirurgie spezialisiert war. Das Werbeblatt verkündete, dass die Firma Genetica Inc. alle Körperteile im eigenen Labor züchte und ihr hervorragend ausgebildetes Personal befähigt sei, jedem zu seiner Wunschidentität zu verhelfen, schnell und effizient, ohne Nebenwirkungen.

Diesmal verschwieg Tajirika sein insgeheimes Verlangen und was er zu unternehmen gedachte nicht vor Vinjinia. Sie willigte ein, dass Tajirika, wenn er denn unbedingt wollte, weißer Amerikaner werden konnte, aber sie wollte schwarz bleiben und gerne eine Mischehe führen. Gleichzeitig bestand sie auf einer Gegenleistung, einem Gesichts- und Busenlifting für sich, dem er bereitwillig zustimmte. Und während Kaniũrũ, der damalige Verteidigungsminister, heimlich in der Forty-second Street Pornovideos kaufte, statteten Vinjinia und Tajirika ebenso verstohlen der Genetica-Klinik einen Besuch ab. Zum Zeitpunkt seines Rückflugs gemeinsam mit der übrigen Delegation war Tajirika bereits Empfänger eines weißen rechten Armes als erste Stufe seiner Verwandlung, was ihn zwang, einen Handschuh zu tragen, aber das ging in Ordnung.

Bald darauf waren Vinjinia und Tajirika wieder in New York, und nach einer Woche hatte eine glückliche Vinjinia ein jugendlicheres Gesicht und straffere Brüste, während Tajirika seinem Körper mit dem weißen rechten Arm ein linkes weißes Bein hinzugefügt hatte. Halb schwarz, zur anderen Hälfte weiß, trug er immer lange Hosen und langärmlige Hemden sowie natürlich einen Handschuh an der rechten Hand. Wenn die Leute über den Handschuh redeten, erklärte er, ihn in Erinnerung an den Tag zu tragen, an dem seine Hand als Minister die des Herrschers erstmals geschüttelt hatte.

Doch dann schlug das Unglück zu. Tajirika war gerade mit den Vorbereitungen seiner Rückkehr nach Amerika beschäftigt, wo andere Körperteile seine Verwandlung vollenden sollten, als er in der

Zeitung las, dass die Klinik geschlossen worden sei, weil sie keine Genehmigung besessen habe. Zu seinem Entsetzen las er außerdem, Genetica Inc. sei bankrott und die Polizei ermittle gegen sie. Das FBI denke darüber nach, die Namen und Akten der Kunden zu veröffentlichen, um dadurch besser die kriminellen Elemente und ausländischen Spione enttarnen zu können, die in die Machenschaften des Unternehmens verwickelt seien. Tajirika traute sich deshalb trotz seiner unvollendeten Umwandlung und des verlorenen Geldes nicht zu klagen und blieb ein Mann im Übergangsstadium mit weißem linken Bein und weißem rechten Arm. Zum Glück war Vinjinia in seine missliche Lage eingeweiht, und sie beschlossen gemeinsam, das Geheimnis so lange zu hüten, bis sie ein lizenziertes Labor mit entsprechender Technologie zur Vollendung der Verwandlung gefunden hatten. Er ging nie öffentlich schwimmen, und auch zu Hause musste er vorsichtig sein, damit ihn die Bediensteten und überraschende Gäste nicht mit unbedeckten Armen und Beinen erwischten.

Natürlich erzählten sie den Kindern nicht, was sie getan hatten. Obwohl den Kindern das jugendliche Aussehen und die strafferen Brüste ihrer Mutter auffielen und sie das vielleicht sogar ein wenig seltsam fanden, so war ansonsten mit Vinjinia im Wesentlichen doch alles wie zuvor. Aber als Gacirũ ihren Vater nackt sah, als sie einmal ins Bad ging, um sich umzuziehen, glaubte sie, ein Ungeheuer vor sich zu haben. Die Veränderung ihrer Mutter erhielt dadurch eine vollkommen andere Bedeutung. Bei ihr konnte sie kaum Schutz suchen. Vielleicht waren diese Ungeheuer in die Körper ihrer Eltern geschlüpft, wie Ungeheuer in den Märchen das fast immer machten. Nur war das hier kein Märchen, und ihr einziger Ausweg war, davonzulaufen, ihrem Bruder ein Zeichen zu geben, ihr zu folgen und keine Fragen zu stellen. So kam es, dass sie in den See der Tränen geriet.

Dies flüsterte Gacirũ eines Tages als Erklärung ihrer Flucht Maritha und Mariko in der Kirche zu, und die sagten es flüsternd Nyawĩra weiter, die es ihrerseits Kamĩtĩ erzählte.

„Ein ewiger Clown", stellte Nyawĩra fest.

„Ein Mann, der sich ständig wandelt", meinte Kamĩtĩ.

4

Baby D's Aburĩria steckte voller Ironien, die tagtäglich Anlass für Tränen oder Lachen boten. So wurde einmal das Volk informiert, sich wegen der offiziellen Feierlichkeiten zum Geburtstag des Herrschers ein Extrageschenk abholen zu können. Sie sollten sich am Morgen in der nächstgelegenen Buchhandlung das Geschenk des Herrschers abholen und sich dann am Nachmittag in das Ruler's Stadium begeben, um eine Art Geburtstag von Baby D zu feiern. Aber warum ein Buch? Jeder wusste, wie sehr der Herrscher Bücher und Schriftsteller verabscheute, die nicht ein Loblied auf ihn sangen.

Die Neugier trieb Kamĩtĩ und Nyawĩra in einen Buchladen, und dort entdeckten sie riesige Stapel eines druckfrischen Werkes mit dem Titel: „Die Geburt von Baby D: Der Herrscher und die Wandlung eines afrikanischen Staatsmannes. Eine objektive Biographie", geschrieben von Henry Morton Stanley, einem weißen Engländer.

Im Buch wurden alle Übel, die Aburĩria während seiner Herrschaft befallen hatten – wie Rachaels Verschwinden und die gescheiterten Putschversuche eines Markus Machokali oder eines Big Ben Mambo –, dem Herrn der Krähen und der Hinkenden Hexe angelastet, weshalb der Staat die bereits toten Hexenmeister zu einem zweiten Tod verurteilt und ihre Abbilder verbrannt hatte, um sicherzustellen, dass sie sogar in der Hölle mehr litten als andere.

„Unser Tod wird in einem Buch bestätigt", bemerkte Nyawĩra. „Wenn du jemals den Namen Herr der Krähen hörst, darfst du weder durch einen Blick noch durch eine Geste darauf reagieren."

„Das trifft auch auf die Hinkende Hexe zu", meinte Kamĩtĩ. „Vielleicht ist es das, was Vinjinia uns sagen wollte. Wir sollen diese Namen sterben lassen."

Sie sahen einander an und waren traurig, dass der Herr der Krähen und die Hinkende Hexe nicht mehr sein würden.

5

Es geschah kurze Zeit später, dass in allen Städten und Dörfern Flugblätter auftauchten, die das Symbol einer Viper und eines zweimäuligen Ungeheuers trugen, mit der Parole: LASST NICHT ZU, DASS SIE UNSERE ZUKUNFT ZERSTÖREN. Das war die erste offene und massive Bedrohung für Baby D. Jedem Aufruhr in der Zeit des Herrscherregimes waren – wie bei der Schmach von Eldares – Flugblätter vorausgegangen.

Der Herrscher rief seinen vertrauenswürdigsten Berater, den Verteidigungsminister Tajirika, zu sich. Der war gerade von einer weiteren Reise nach Washington zurückgekehrt, wo er Gespräche über ein Abkommen zu gemeinsamen Militärübungen in Aburĩria geführt hatte. Die Verhandlungen berührten eine Reihe anderer Fragen wie die Verpachtung von Küstenland für amerikanische Militärbasen, und er ging mit dem Gefühl aus ihnen hervor, nicht nur als Verteidigungsminister des Herrschers Anerkennung zu genießen, sondern auch als eigenständiger Kopf. Er wurde sogar vom Botschafter im Ruhestand Gabriel Gemstone zu einem privaten Abendessen eingeladen, bei dem Größen aus der Geschäftswelt anwesend waren, unter anderem auch Waffenproduzenten. Das Abendessen war so geheim, dass nicht einmal seine Leibwächter davon wussten. In den Gesprächen wusste Tajirika zu betonen, wie nahe er seinem Freund, dem verstorbenen Machokali, gestanden habe – tatsächlich sei er dessen Protegé gewesen –, was in Washington gut anzukommen schien und ihn ermutigte, in London dasselbe zu behaupten.

„Wie verstehst du das alles?“, fragte der Herrscher.

„Das ist der Fluch des Herrn der Krähen.“

„Aus dem Grab heraus?“

„Ja – die Rache der Dämonen.“

„Aber wir haben doch ihre Bildnisse verbrannt.“

„Nyawĩras Dämon muss sich mit seinem vereinigt haben“, fügte Tajirika hinzu, dem immer missfallen hatte, dass Kaniũrũ alle Lorbeeren für die Beseitigung des Hexenmeisters geerntet hatte.

„Männliche und weibliche Dämonen, die zusammenarbeiten?“, fragte der Herrscher. „Und eine neue Welle zwecklosen Widerstands gebären?“, fügte er hinzu.

„Weibliche Dämonen sind unberechenbar.“

Tajirika zögerte, weil ihm einfiel, dass Vinjinia ihm am Morgen gesagt hatte, sie wolle von der Leitung der Mwathirika Bank entbunden werden, um sich auf die Bewirtschaftung ihrer Felder und auf die Eldares Modern Construction and Real Estate zu konzentrieren. Er teilte dem Herrscher Vinjinias Entscheidung mit und erwartete ängstlich den Zorn des Herrschers über derartige Undankbarkeit.

„Geht in Ordnung, sie kann zurücktreten“, stimmte der Herrscher ziemlich schnell zu. „Jane Kanyori soll von der Central Bank in die Mwathirika Bank wechseln.“

Tajirika wusste, dass sich Dr. Yunique Immaculate McKenzie, die inzwischen die Aufgaben der offiziellen Nationalhostess und Rechnungsprüferin des State House auf sich vereinigte, über Kanyoris häufige Besuche im State House beschwert hatte, bei denen diese über den Fortgang an der Central Bank berichtete, schließlich war Kanyori nicht die Gouverneurin. Mit Vinjinias Rücktritt hatte der Herrscher eine glatte Lösung für diesen Konflikt gefunden.

„Ja, Kanyori schafft das“, sagte Tajirika schnell, damit es nicht so aussah, als durchschaute er die Entscheidung des Herrschers.

„Aber wir können uns nicht einfach zurücklehnen und abwarten, bis uns der Fluch des Herrn der Krähen einen Strich durch alle Rechnungen gemacht hat“, sprach der Herrscher und kehrte zum Thema Flugblätter zurück. „Oder zulassen, dass weibliche Dämonen unwidersprochen und ohne Vergeltungsmaßnahmen über uns herfallen“, fügte er hinzu, weil ihm Tajirikas Feigheit einfiel, der sich von Frauen hatte verprügeln lassen. „Auf aburĩrischem Boden darf es nie wieder eine Volksversammlung geben. Mit den militärischen Befehlshabern steht es gut. Wonderful Tumbo hat vorzügliche Arbeit geleistet und mich über alle Anzeichen von Anti-Baby-D-Stimmung innerhalb der Teilstreitkräfte informiert. Sehr gewissenhaft. Und dabei unterhält er die freundschaftlichsten Beziehungen zur Armee. Ich weiß deinen Rat bei dieser Berufung zu schätzen."

„Vielen Dank, dass Sie meinem Urteil vertraut haben."

„Aber wie stehen wir in den Augen der Global Bank, des Global Ministry of Finance und des Westens im Allgemeinen da?"

Tajirika führte die bevorstehenden Manöver als weiteren Beweis an, dass der Herrscher wieder in deren Gunst gestiegen war. Er hatte bei seinen Gesprächen in den europäischen Hauptstädten, einschließlich Londons, ähnlich positive Haltungen vorgefunden.

„Unsere Freundschaft ist wieder in der Spur, Dank der Geburt von Baby D. Sogar Gemstone weiß in seinen kürzlich veröffentlichten Memoiren ‚Marching to Heaven: Mein Leben in einer afrikanischen Diktatur' Positives über Sie zu berichten."

Da er um die eisige Beziehung zwischen Gemstone und dem Herrscher wusste, erwähnte Tajirika sein privates Abendessen bei Gemstone nicht.

„Und der schämt sich nicht, meine Ideen zu klauen?", sagte der Herrscher, empört über die Impertinenz und Respektlosigkeit des ehemaligen Botschafters.

„Wir hätten den Namen Marching to Heaven schützen und uns das Copyright sichern sollen", meinte Tajirika. „Trotzdem sollten Sie sich freuen, dass der Westen Ihre Ideen schätzt. Außerdem sagt man: Ein guter Leser schaut voraus, wo ein Komma, ein Fragezeichen, ein Ausrufezeichen oder ein Punkt steht. Wir sollten das ebenso machen. Die Global Bank und das Global Ministry of Finance sind eindeutig darauf aus, Länder, Nationen und Staaten zu privatisieren. Sie begründen das damit, dass die moderne Welt schließlich von privatem Kapital geschaffen worden ist. Der indische Subkontinent gehörte zum Beispiel der British East India Company, Indonesien der Dutch East India Company, unsere Nachbarn der British East Africa Company und Congo Free State einem Ein-Mann-Unternehmen. Vereinigtes Kapital fand Unterstützung bei den Missionsgesellschaften. Was das Privatkapital damals vermochte, kann es auch heute wieder: Die Dritte Welt besitzen und ohne den geringsten Schönheitsfehler,

Makel oder Fleck nach dem Bild des Westens umgestalten. NGOs werden heute leisten, was die missionarische Wohltätigkeit in der Vergangenheit leistete. Die Welt wird nicht mehr nach dem veralteten Modell des zwanzigsten Jahrhunderts in West und Ost und eine richtungslose Dritte Welt unterteilt sein. Die Welt wird zu einem Globus verschmelzen, der in die Inkorporierenden und die Inkorporierten unterteilt ist. Wir sollten anbieten, dass Aburĩria als erstes Land vollständig vom Privatkapital geführt wird, um die erste freiwillig inkorporierte Kolonie zu werden, eine Korporonie, die erste in der neuen Weltordnung. Mit der Privatisierung Aburĩrias und den NGOs, die uns unsere sozialen Verpflichtungen abnehmen, wird das Land zu Ihrem Eigentum. Sie werden zusätzlich zur Provisionszahlung für die Leitung der korporonialen Armee und Polizei die Landmiete einnehmen. Die korporonialen Mächte werden Sie als modernen Visionär feiern. Und Sie werden ironischerweise die Genugtuung haben, sich – so wie Gabriel Gemstone Ihnen Ihr geistiges Eigentum gestohlen hat – den intellektuellen Besitz des vereinigten Westens angeeignet zu haben."

„Wie du mir, so ich dir. Sie klauen bei uns und wir bei ihnen. Deswegen habe ich immer behauptet, dass du ein Gauner bist", sagte der Herrscher und lachte, als hätte er Tajirika gerade ein Kompliment gemacht. „Ein treuer Gauner", fügte er hinzu.

In der Tat fühlte sich der Herrscher mit Tajirika als Berater wohl. Der Verteidigungsminister hatte den gesunden Menschenverstand und Realismus eines Gauners, weshalb sein Rat fast immer auf den Punkt traf. Dennoch war er ein feiger Gauner, der von Frauen verprügelt worden war, niemals Vergeltung geübt hatte und deshalb war er auf der sicheren Seite. Wenn der nicht so einen feigen Charakter hätte, wäre er sehr gefährlich, dachte der Herrscher.

„Was die Sache mit dem Korporonialismus angeht, warum kann ich nicht derjenige sein, der inkorporiert, statt inkorporiert zu werden?", fuhr der Herrscher fort. „Ich will doch nicht Angestellter einer Firma sein", fügte er hinzu und lachte laut über seinen Scherz. „Ich hoffe, du hast in Washington keine Versprechen gemacht."

„Oh, nein, nein!", erwiderte Tajirika erschrocken.

„Ich bin hier ihr einziger Fixstern, und den werden sie so nehmen müssen, wie er ist."

„Und der Westen möchte nicht mit seinem Fixstern verblassen", sagte Tajirika und beide lachten über Tajirikas Witz.

„Aber jetzt haben wir beide erst einmal zu tun", sprach der Herrscher. „Wir müssen die Wirkung dieser Flugblätter neutralisieren und den drohenden Warteschlangen zuvorkommen, bevor sie erneut zu einer Plage werden."

„Ja, wir tragen den Kampf in die Unterwelt. Versetzen die Geister von Nyawĩra und dem Herrn der Krähen in Angst und Schrecken und zerstreuen sie in alle Winde", sagte Tajirika.

6

Wenige Tage vor einer weiteren Feier zum Geburtstag des Herrschers und zu dem von Baby D kamen vier Erscheinungen, von Kopf bis Fuß von langem, silbrigem Haar und Bärten verhüllt, aus vier unterschiedlichen Richtungen im Hauptquartier der Polizei in Eldares an und brachen vor dem Eingang zusammen. Die erschrockenen Polizisten trugen die mutmaßlichen Leichname hinein. Bevor sie jedoch entschieden hatten, was sie tun sollten, hörten sie die vier Wesen flüstern. Sie verstanden nur „Norden" bei dem einen, „Süden" beim nächsten, „Osten" beim dritten und „Westen" beim vierten, doch schien das die vier Erscheinungen so sehr anzustrengen, dass sie ohnmächtig wurden.

Als sie endlich wieder zu sich kamen, wiesen sie sich als die vier Motorradfahrer aus, die man in alle vier Himmelsrichtungen ausgeschickt hatte, um dem Volk die Glückseligkeit des Schlangenbildens und die Freude zu verkünden, die die Warteschlangen dem Herrscher bereiteten. Ja, sie hatten das Evangelium des Schlangestehens gepredigt, die Seligpreisung lautete: „Selig sind die Warteschlangen, denn sie werden vom dankbaren Herrscher reichlichen Lohn erhalten."

„Motorradfahrer ohne Motorräder?“, fragte ein Polizist skeptisch.

„Unsere Motorräder sind schon lange nicht mehr.“

„Ihr seid von Kopf bis Fuß mit Bart und Haar bedeckt, wollt ihr etwa das alte Bartgesetz missachten?“

„Wir hatten nicht die nötigen Mittel, um uns Rasierklingen und Seife zu kaufen.“

„Und warum habt ihr sie nicht verhüllt?“

„Unsere Kleider sind schon lange nicht mehr“, flüsterten die Erscheinungen.

Doch jeder von ihnen hatte seine Schulterklappe mit der Dienstnummer aufgehoben, und alle vier umklammerten die Nummernschilder ihrer Motorräder. Als die verhörenden Beamten in den Akten nachsahen, fanden sie die Bestätigung, dass solche Männer einst tatsächlich existiert hatten, doch die Akten waren längst geschlossen und mit dem Vermerk versehen worden: VERSCHOLLEN UND VERMUTLICH TOT.

Die Motorradfahrer schienen einander nicht zu kennen. Seit sie zu ihrer Mission aufgebrochen waren, hatten sie sich nicht mehr gesehen, aber ihre Berichte waren fast identisch. Sie erzählten bewegende Geschichten über Menschen selbst in den entlegensten Winkeln der Erde, die Schlangen bildeten und Veränderungen forderten. Nach Jahren der Mühsal seien sie überglücklich, berichten zu können, dass die Menschen Aburĩrias mit dem Rest der Welt auf Augenhöhe stünden; und dass sich im Norden, Süden, Osten und Westen, ja sogar in den entferntesten Dörfern und Städten Schlangen bilden, langsam auf die Hauptstadt zumarschieren und das Ende der Ursachen aller Klagen der Besitzlosen herbeisingen würden. „Sie verlangen eine saubere Umwelt, damit die Leute saubere Luft atmen, sauberes Wasser trinken und sauberen Raum zum Leben und Entfalten bekommen. Sie lehnen die Herrschaft von Viper und Ungeheuer ab. Ihre Lieder enden mit einem Refrain, der auch in anderen Erdteilen gesungen wird: Lasst nicht zu, dass sie unsere Zukunft zerstören.“

„Diese unverbesserlichen Lügner sollte man der Fahnenflucht und des Hochverrats anklagen, weil sie die Bevölkerung anstacheln, Schlangen zu bilden und auf die Hauptstadt zuzumarschieren“, sagte der Polizeichef, wütend darüber, dass diese vier dem Ansehen der aburĩrischen Polizei in der Welt geschadet hatten.

Als sie ihm aber Briefe zeigten, die sie sorgfältig in die Schulterklappen eingenäht hatten, Briefe mit dem Auftrag des Herrschers und seiner Unterschrift, fiel ihm eine frühere Geschichte wieder ein, über einen Motorradfahrer, der in der Zentralregion unterwegs gewesen war. Das verlangt nach einer Entscheidung von oben, sagte er sich und schickte einen dringenden Bericht ins State House. Der Herrscher überlegte laut: „Oh, nein, diese Deserteure tun das nur, weil sie gehört haben, dass ich dem Fahrer aus der Zentralregion vergeben habe. Das war das falsche Signal. Ich muss allen beweisen, welches Schicksal diejenigen erwartet, die meine Verfügung missachten, dass Staatsbedienstete weder Bart noch lange Haare tragen dürfen. Die Fahrer sollen vor einem Sondergericht des Hochverrats angeklagt werden, und wenn es ans Aufknüpfen geht, soll statt eines Sisalseils eine Schlinge aus ihren Haaren und Bärten verwendet werden. Was meinst du?“, wandte sich der Herrscher an seinen Verteidigungsminister und vertrauten Ratgeber Titus Tajirika.

Dem hatte die ganze Heldengeschichte die Sprache verschlagen. Das Wunder, dass die Erscheinungen von der obersten Gottheit von Kopf bis Fuß in natürliche Kleidung gehüllt worden waren, hatte sich in seine Phantasie gegraben: Ein plötzlicher weißer Lichtstrahl, der unbeschreibliche Möglichkeiten erhellte. War das die Art und Weise, wie Propheten und Seher zu neuen Gedanken gelangten? Wie der Herr der Krähen zu seinen Visionen des Verborgenen kam?

Er spürte eine Kraft in sich, die seine Angst vor dem Herrscher vertrieb, zumindest was die geisterhaften Fahrer betraf. Er war sich nicht einmal bewusst, wie ihm die Worte in den Sinn kamen.

„Göttermasken“, murmelte Tajirika schließlich. „Wahrlich, Gott wirkt auf geheimnisvolle Weise.“

„Was redest du da?“, fragte der Herrscher, aus seinen Gedanken gerissen.

„Die Motorradfahrer. Ihre Erscheinung, Haare vom Kopf bis zu den Füßen. Natürliche Masken. Boten der obersten Gottheit. Bärtige Geister.“

„Hast du ‚bärtige Geister' gesagt?"

„Es ist offensichtlich, dass dies keine gewöhnlichen Wesen sind, mein Herr und Gebieter!"

„Sofort hinrichten, sofort", schrie der Herrscher seltsam erregt.

„Bevor man sie hinrichtet, zeigen Sie sie so, wie sie sind, im nationalen Fernsehen, um der Nation klarzumachen, dass das Geister sind, die Gott ausgeschickt hat, der Bevölkerung zu sagen, dass sie nicht auf die Lügen einer neuen Generation von Tagträumern hereinfallen soll, die lautstark ein neues Morgen fordern. Nach Ihnen, Eure Vortrefflichkeit, gibt es kein Morgen."

Welch brillante Erkenntnis, dachte der Herrscher, schon etwas ruhiger, weil er plötzlich den Weg sah, auf dem er die Orakel überlisten und allen Bedrohungen der Unsterblichkeit seiner Herrschaft ein Ende bereiten konnte! Die Aburĩrier waren tief religiös. Sogar Straßenfeger gründeten ihre eigene Sekten und gewannen Anhänger! Wenn sie also mitbekommen, dass die Motorradfahrer Abgesandte Gottes sind, werden die Leute alles, was diese sagen, als direkten Befehl von oben verstehen. Und wenn sie das himmlische Gebot nicht befolgen, wird sie der Zorn Gottes mit gnadenloser Wucht treffen.

Die Worte, dass es nach ihm kein Morgen gebe, schwirrten weiter in seinem Kopf herum. Er war Aburĩria, wie konnte es nach ihm eine Zukunft geben? Er dachte daran, was er zu Rachael gesagt hatte, bevor er ihre störrischen Augen in die Hölle geschickt hatte. Ja, ich habe ihr gesagt, dass ich ihre Zukunft zum Stillstand bringen, sie mitten im Lauf anhalten kann, sagte er sich und sah Tajirika mit wachsender Verwunderung an. Er hatte sich nicht geirrt, als er damals erkannte, dass ein Mann, der nur mit einem Kübel Scheiße ein ganzes Militärlager in seine Gewalt bringen konnte, außergewöhnlich begabt sein musste. Jetzt hatte er ihm zudem den Weg gewiesen, wie er die Orakel und Geister überlisten konnte, und ihn im Glauben bestärkt, dass er selbst der oberste Hexenmeister war.

In diesem Augenblick vollkommenen Vertrauens in seinen Ratgeber, erahnte er in Tajirikas Vorschlag und in seinem überzeugten Ton die Gefahr, die er darstellte. Ja, dieser Mann unheimlicher Erkenntnisse könnte sich eines Tages ermutigt fühlen, seine Autorität zu bedrohen. Doch er würde als Erster zuschlagen. Die Gefahr angehen, bevor es zu spät war. Dieser Leitsatz im Umgang mit seinen politischen Widersachern und Freunden hatte ihm immer geholfen.

Er hatte eine plötzliche Eingebung. Wie der Herr im Himmel eines Tages die Welt zur Verantwortung ziehen wird, würde er Aburĩria zur Verantwortung ziehen. Was er einst zu Rachael gesagt hatte, würde er nun zu Aburĩria sagen. Und was er Rachael angetan hatte, würde er Aburĩria antun und damit etwas leisten, was noch kein Herrscher vor ihm getan hatte: die Zukunft eines Landes anhalten oder gar abschaffen. Und kein anderer als Tajirika sollte sein Werkzeug sein. Er würde Tajirika mit einer weiteren Mission betrauen.

Sein Plan war die Einfachheit selbst. Er würde seinen treu ergebenen Minister, seinen vertrauten Ratgeber auf seine letzte Mission schicken, der Armee zu befehlen, ein Massaker zu veranstalten. Blut würde fließen. Und nach dem Massaker würde er einen Untersuchungsausschuss einsetzen – wenn nötig, überwacht von einigen Beobachtern aus Amerika und der Europäischen Union –, der schließlich seinem Verteidigungsminister die Schuld geben würde. Daraufhin würde er ihn öffentlich hinrichten lassen.

Er befahl Tajirika, die Motorradfahrer ins Fernsehen zu bringen, wie er es so wunderbar selbst vorgeschlagen habe. Sie sollten verkünden, all das Schlangestehen und Agitieren für ein Morgen müsse sofort aufhören, und wenn das Volk den Befehl ihrer Ahnen nicht befolge, würden sie den Herrscher zwingen, den Fortgang der Zeit anzuhalten. Das gesamte Land werde durch Zauberei in einem endlosen Augenblick erstarren, denn nach dem Herrscher gebe es kein Morgen. Dann bat er Tajirika als seinen Verteidigungsminister, den Streitkräften zu befehlen, vierundzwanzig Stunden nach Ablauf des Ultimatums jeden Widerstand niederzumähen.

Tajirika vernahm die letzten Einzelheiten des Auftrags und seine Gedanken begannen zu wandern. Das Gerede von einer angehaltenen Zukunft löste bei ihm die Erinnerung an das Museum der gefangenen Bewegung aus. War dieses ein Zeichen für Kommendes gewesen? Dass er eines Tages zum erwählten Werkzeug werden sollte, die Zukunft anzuhalten ... ja, wessen Zukunft eigentlich?

Er schaute auf und sah das intensive Leuchten in den Augen des Herrschers, und was er in ihnen las, gefiel ihm nicht. Er reagierte instinktiv statt mit kühlem Verstand und nutzte, was gerade zur Hand war – in diesem Falle Worte.

„Mein Herr und Gebieter, ich bin lediglich Ihr Verteidigungsminister. Jeder weiß, dass Sie der Oberbefehlshaber sind, und wenn mir die Stabschefs und befehlshabenden Offiziere glauben sollen, wenn ich ihren Einsatz befehle, dann brauche ich einen schriftlichen und unterschriebenen Autoritätsbeweis, sowohl dafür, als auch für die Entlassung der maskierten Motorradfahrer, die auf ihre Hinrichtung warten. Damit sie im Fernsehen auftreten können, brauche ich das Siegel Ihres Büros, mein Herr und Gebieter, um meine Autorität zu stärken. Was die vier Motorradfahrer angeht, so sollte ich sie zuerst zu Ihnen bringen, damit sie, wenn sie im nationalen Fernsehen sprechen, von der Wärme der Begegnung mit Ihnen angespornt werden. Sie wissen, dass Ihr Handschlag eine Menge bedeutet", fügte er mit Blick auf seine behandschuhte Rechte hinzu.

Das ist das Problem, wenn man es mit Feiglingen zu tun hat, dachte der Herrscher. Die haben keinerlei Rückgrat. Mit solchen wie Machokali oder Sikiokuu konnte man leichter fertig werden als mit diesem bibbernden Gauner. Er verlieh ihm die erforderliche Autorität – ein Strick, der lang genug war, dass sich der feige, aber begabte Berater damit selbst erhängte.

7

Tajirika handelte nach seinem unfehlbaren Selbsterhaltungstrieb. Dank der neuen Autorität, mit der er schriftlich ausgestattet worden war, schickte er Wonderful Tumbo, um die vier maskierten Motorradfahrer aus der Todeszelle zu holen und direkt zu ihm in das Verteidigungsministerium zu bringen. Glücklicherweise waren Haare und Bärte noch vorhanden, als Wonderful Tumbo bei ihnen ankam, denn kein Wärter hatte es gewagt, die Masken der Geister zu trimmen. Einige Wärter knieten sogar vor den Geistern nieder und flehten sie an, sich bei ihren Ahnen für sie zu verwenden.

Als sie in Tajirikas Büro eintrafen, sanken die Geister selbst auf die Knie, weil ihnen eine Gestalt gegenübersaß, die ganz anders aussah als das Bild Tajirikas, das sie in Erinnerung hatten. Wonderful Tumbo, der ein alter Freund und Vertrauter Tajirikas war, erging es ebenso. Nur seiner jahrelangen Polizeiausbildung und Erfahrung war es zu verdanken, dass er nicht in Ohnmacht fiel.

Tajirika saß auf einem erhöhten Stuhl, jenem, den Sikiokuu sich in Nachahmung des Stuhls, auf dem der Herrscher bei Kabinettssitzungen saß, hatte anfertigen lassen. Er trug ein T-Shirt, kurze Hosen aus Löwenfell und war in einen Umhang aus dem Fell eines Stummelaffen gehüllt, der ihm bis zu den Füßen reichte. Den Handschuh, mit dem er gewöhnlich die rechte Hand bedeckte, hatte Tajirika abgelegt. Zur Verwunderung seiner Gäste waren sein linkes Bein und sein rechter Arm weiß, der linke Arm und das rechte Bein schwarz. Die Motorradfahrer sahen in ihm eine Gottheit. Wonderful Tumbo sagte laut und voller Überzeugung: „Er ist der Auserwählte, ein Mann, der von den Göttern bestimmt wurde."

Die vier Geister überließen sich völlig der neuentdeckten Freude und Dankbarkeit über das zurückerlangte Leben und schworen, dass es nichts gebe, was sie nicht für ihren Retter tun würden. Aufmerksam lauschten sie jedem Wort darüber, was von ihnen erwartet wurde. Sie sollten unter ihrem Haar Waffen ins State House schmuggeln, wenn sie zum Treffen mit dem Herrscher gingen.

8

Aburĩria erfuhr die Nachricht aus Radio und Fernsehen. Auch die Zeitungen erschienen mit Sonderausgaben. Alle zeigten Bilder der behaarten Wesen. GEISTER ALS UNTERHÄNDLER DER MACHT, titelte eine Zeitung. EIN BILDSCHIRMSTREICH, behauptete eine andere. Keine Zeitung traute sich zu drucken, was im Fernsehen gesagt worden war, denn alle fürchteten die Heimtücke des Herrschers.

Mit ruhiger Stimme sagten die vier Geister, sie seien von den Toten, den Lebenden und den Ungeborenen gesandt worden, um der Nation mitzuteilen, dass der Herrscher und die offizielle Nationalhostess Yunique Immaculate McKenzie an diesem Morgen zu den Ahnen gerufen worden seien. Gerüchten über einen Staatsstreich sollte das Volk keinen Glauben schenken. Aburĩria unterscheide sich von den anderen Ländern Afrikas und der Dritten Welt. Dies hier sei kein Staatsstreich. Es handle sich um vorsätzlich geplantes SIV.

Der Herrscher müsse außerdem gewusst haben, dass es Zeit für ihn war abzutreten, denn er habe bereits vor einigen Wochen all seine Macht dem neuen Herrscher von Aburĩria überschrieben: Imperator Titus Flavius Vespasianus Whitehead.

9

Für Tajirika war alles viel glatter gelaufen als damals, als er ein bewaffnetes Lager mit einem Kübel voller Urin und Scheiße in seine Gewalt gebracht hatte. Er hatte das Land in seine Gewalt gebracht mit ein paar Kugeln für den Herrscher. Wonderful Tumbo war es gelungen, die Loyalität der Oberbefehlshaber der Teilstreitkräfte zu sichern. Diese Leistung trug ihm die Beförderung zum Chef aller Augen, Ohren und Nasen des Imperialen Staates ein. Dankbar erinnerte sich Tumbo an den Tag, an dem ein Polizist, den er ausgebildet hatte, mit Dschinns gerungen hatte und ins State House befördert worden war.

Um die Kontinuität zu betonen, behielt der Imperator, von ein paar kleineren Veränderungen abgesehen, das Kabinett des Herrschers noch eine Weile bei. Kaniũrũ wurde entlassen und musste eine weitere Demütigung hinnehmen, weil Kanyori zur Gouverneurin der Central Bank ernannt wurde. Sikiokuu wurde ins Kabinett zurückberufen und zum Minister für Toiletten und Reinlichkeit an öffentlichen Plätzen ernannt. Njoya und Kahiga waren jetzt die offiziellen Scharfrichter des Imperators.

Die loyalen Oppositionsparteien erwischte es mit heruntergelassenen Hosen. Zunächst tauchten ihre Anführer unter, als sie jedoch merkten, dass die Streitkräfte fest hinter dem Imperator standen, kamen sie aus ihren Löchern gekrochen. Sie versuchten, Strategien zu ersinnen, mit denen sie unter dem neuen Regime überleben und Vorteile erlangen konnten. Jede Verlautbarung aus dem Imperial Palace, wie das ehemalige State House nun hieß, nahmen sie bis ins Kleinste auseinander. Abgesehen von einigen Nebensächlichkeiten wie seinem Dekret, das alle Klassiker in toten Sprachen und alle Schriften von Descartes verbot, schlugen die Bekanntmachungen des Imperators aber keine allzu hohen Wellen.

Sogar die vier Söhne des ehemaligen Herrschers, Runyenje, Moya, Soi und Kucera, unterschrieben ein Dokument, das bestätigte, dass ihr Vater dem SIV erlegen war. Im Gegenzug ließ der Imperiale Staat alle Anklagen wegen Geldwäsche und Drogenhandel gegen sie fallen.

Sie wurden in Ehren aus dem Militärdienst entlassen, doch die vier Undankbaren entwischten nach Europa, wo sie behaupteten, die rechtmäßigen Erben des aburĩrischen Throns zu sein, und eine Exilregierung bildeten, an deren Spitze einer von ihnen als königlicher Präsident stand, der zweite königlicher Vizepräsident war, der dritte königlicher Premierminister und der vierte königlicher Stellvertretender Premierminister, und sich öffentlich darüber stritten, ob alle vier Posten auch exekutive Gewalt beinhalteten.

Auf internationalem Parkett folgten der offiziellen Anerkennung durch Washington bald weitere nach. Nur an der häuslichen Front stand es nicht zum Besten. Vinjinia weigerte sich, Imperatorin Beatrice zu werden, was sie damit begründete, für diese royalen Spielchen zu alt zu sein. Sie wäre zufrieden, sich um Haus und Besitz zu kümmern. Sollte Tajirika eine offizielle Nationalhostess ernennen wollen, würde sie keinen Einspruch erheben, solange die Hostess nicht die Grenze überschreite und das eheliche Lager entweihe.

Der Höhepunkt von Tajirikas Aufstieg zur Macht kam, als er eine Rede an das Volk hielt und das Ende von Baby D verkündete. Eine neue Ära imperialer Demokratie sei angebrochen, sagte er, und befahl die Errichtung eines modernen Kolosseums an der Stelle, die einst für Marching to Heaven vorgesehen war.

10

Und dann erhob auf einmal der Herr der Krähen wieder sein Haupt und verdarb die gute Stimmung. Wer hätte gedacht, dass mitten im Imperial Palace ein Toter auferstehen könnte?

Es begab sich, dass einige Sicherheitsleute, als sie ein selten genutztes Zimmer reinigten, auf ein Haarbüschel stießen, das sorgfältig in einer kleinen Plastiktüte eingeschlossen war. Das Zimmer war zuletzt vom verhafteten Herrn der Krähen kurz vor seiner Ansprache an die Volksversammlung benutzt worden, das wussten die Männer jedoch nicht. Es waren Kahiga und Njoya, die neu ernannten imperialen Scharfrichter, die das Tütchen erkannten, das sie dem Herrn der Krähen im Keller der All Saints Cathedral übergeben hatten und das alle Haare enthielt, die sie vor ihrer rücksichtslosen Entlassung gesammelt hatten. Wie war es in den Imperial Palace gekommen?

Diese Frage bereitete Imperator Titus Flavius Vespasianus Whitehead Kopfzerbrechen, bis er schließlich die bärtigen Geister konsultierte, die ihm mit dem Hinweis auf die Krokodile im Red River einen Ausweg wiesen. Kein Zauber, nicht einmal von den Toten, könnte aus dem Bauch dieser Ungeheuer entweichen. Aber wie sollten die Ungeheuer Menschenhaar schlucken, ohne die dazugehörige Person?

Eines Abends wurde Kaniũrũ als angesehener Künstler zum Essen in den Imperial Palace eingeladen und dazu verleitet, Fleischklöße zu essen, in die Haarreste des Herrn der Krähen eingearbeitet waren. In derselben Nacht brachten Njoya und Kahiga, in freudiger Erwartung ihrer süßen Rache, Kaniũrũ zum Red River. Was sie nicht wussten, war, dass auch sie Brot mit Haaren des Herrn der Krähen gegessen hatten und die vier maskierten Geister sie am selben Flussufer bereits erwarteten. Im Magen der Krokodile vom Red River wurden sie mit dem Herrscher vereint. Der Fluss wurde später in Imperial River umbenannt und die geschuppten Echsen hießen in Anerkennung der Tatsache, dass sie jegliche Bedrohung durch den Herrn der Krähen verschluckt hatten, von nun an Imperial Crocs.

11

Nichts hätte Kamĩtĩ, Nyawĩra und die Bewegung für die Stimme des Volkes auf die Ereignisse in Aburĩria vorbereiten können, schon gar nicht auf das SIV des Herrschers. Er hatte die Absurditäten der selbstinduzierten Expansion überlebt, der selbstinduzierten Schwangerschaft und alle früheren Anschläge auf sein Leben und war nun maskierten Geistern zum Opfer gefallen. Dass Nyawĩras ehemaliger Chef und Kamĩtĩs Peiniger eine erfolgreiche Palastrevolution durchgeführt hatte, war ziemlich verblüffend, und Kamĩtĩ konnte nicht umhin, sich an den Tag zu erinnern, an dem es Tajirika gelungen war, mit einem Kübel Scheiße aus dem Gefängnis zu entkommen.

„Scheiße bleibt Scheiße, auch wenn man sie anders nennt", bemerkte Nyawĩra dazu. „Die Fronten mögen verschwommen sein, aber sie verlaufen immer noch so wie vorher."

12

Eines Abends teilte Nyawĩra Kamĩtĩ mit, dass ihn am nächsten Tag zwei Männer abholen und zum Zentralkomitee der Bewegung für die Stimme des Volkes bringen würden, damit er mit eigenen

Worten bestätige, Mitglied werden zu wollen. Kamĩtĩ erwartete sie und war dennoch ein wenig schockiert. Seit ihrer Rückkehr aus den Bergen hatte kein anderer Mensch ihre Wohnung betreten, und ihm wurde klar, welch behütetes Leben er mit Nyawĩra geführt hatte, in dem Zeitungen und Radio die einzigen Verbindungen zur Außenwelt gewesen waren. Die beiden Begleiter waren ungefähr in seinem Alter, und sie hätten sich sicher über eine Menge unterhalten können, aber sie sprachen nicht viel, und Kamĩtĩ blieb seinen Gedanken überlassen. Er dachte über sein Leben nach, seit jenem schicksalhaften Tag, als er sich an der städtischen Müllkippe aus seinem Körper gelöst und eine Folge ähnlicher Ereignisse wie seinen Vogelflug durch Raum und Zeit erlebt hatte, der zum Wunder beitrug, zu dem sein Leben geworden war. Er fragte sich, wie schmal die Linie war, die im menschlichen Leben das Wirkliche vom Unwirklichen trennt.

„Wir sind da", sagte einer der Männer und schreckte Kamĩtĩ aus seinen Träumereien. Die beiden Begleiter schoben ihn in ein Zimmer, boten ihm einen Stuhl an und gingen hinaus. Allein gelassen, ließ Kamĩtĩ den Blick über die Wände streifen, über Plakate und Zeichnungen von Helden und Heldinnen des antikolonialen Widerstands in Aburĩria und Afrika, die offiziell niemals erwähnt wurden. Dann blieben seine Augen an einer großen Weltkarte hängen, mit Afrika in der Mitte. Auf der Karte befanden sich rote Papierpfeile, die auf Städte zeigten, die schwarz umrandet waren. Er dachte noch über diese Kreise nach, als er im Nil-Delta einen Leuchtpfeil entdeckte. Der Pfeil bewegte sich über die Karte, und wenn er eine Stadt erreichte, begann er zu blinken, als ob er ihn aufforderte, sich den Ort gut zu merken. Das war zu unwirklich, und er stand auf und trat an die Karte, um sich zu vergewissern. Ja, der Pfeil bewegte sich entlang der Route, der er gefolgt war, und blinkte nur an den Orten, die er in seinem Vogel-Ich besucht hatte. Was bedeutete das?

„Wir versuchen nur, unsere Geschichte zu erkunden", hörte Kamĩtĩ eine Stimme sagen, und als er sich umdrehte, sah er sich vier Frauen und sechs Männern gegenüber. Einer sprach zu ihm, die anderen schwiegen. „Wir versuchen, unsere Herkunft auszumachen und alle Orte kennenzulernen, an die Schwarze verstreut wurden, von Indien, wo die Siddis wohnen, zu den Fidschis im Pazifik, wo die Leute behaupten, aus Tanganjika zu stammen."

„Und was ist mit dem blinkenden Pfeil?"

„Welcher Pfeil?", fragte der Mann verwundert.

Kamĩtĩ schaute wieder auf die Karte und war überrascht, den Leuchtpfeil nicht mehr zu sehen.

„Oh, ich habe über diese roten Pfeile nachgedacht", sagte Kamĩtĩ, als wäre die Angelegenheit bedeutungslos.

„Diese Pfeile zeigen auf die Zentren alter, schwarzer Zivilisationen", erklärte der Mann. „Dort liegt der Ursprung schwarzer Kraft."

Sie setzten sich in einen Halbkreis. Wieder traute Kamĩtĩ seinen Augen nicht. Waren das nicht dieselben, die damals im Schrein gearbeitet hatten? Wie auch immer, dieses Mal behielt er seine Gedanken für sich, für den Fall, dass ihn sein Verstand wieder betrog. Der Mann sagte, dass sie noch auf die Vorsitzende warteten, doch bevor er ausgesprochen hatte – träumte er oder nicht? –, betrat Nyawĩra den Raum.

„Die Vorsitzende des Zentralkomitees der Bewegung für die Stimme des Volkes und Oberbefehlshaberin des Aburĩrischen Volkswiderstands ..."

13

Die Weggefährten nahmen ihn mit auf eine Reise, eine Reise, in der stärkere Magie steckte als in Marithas Geschichte von der gefangenen Bewegung und erstaunlicheren Wundern als die im heilenden Lachen von Maritha und Mariko. Hier, in diesem Wagnis entstand das Außergewöhnliche, das Magische, das Wunderbare und sogar das Seltsame aus dem Gewöhnlichen und Vertrauten. Seine Reisebegleiter kannte er als Arbeiter im Schrein. Aber sie wirkten jetzt anders auf ihn. Nyawĩra kam ihm anders vor. Mit den Augen anderer Menschen sah er die Berge von Eldares vollkommen neu.

Sie brachten ihn zu ihren Gehöften, wo sie Nahrungsmittel anbauten: Hirse, Yams und Pfeilwurz sowie verschiedene aburĩrische Beeren. Überall starb die aburĩrische Erde, weil sie mit Schadstoffen, importierten Düngemitteln, bespritzt wurde. Hier aber arbeitete man mit der Natur, nicht gegen sie. Der Wald war eine Schule, in die sie öfter gingen, um zu hören, was er ihnen zu sagen hatte: Du nimmst und du gibst, denn wenn du nur nimmst, ohne etwas zurückzugeben, erschöpfst du den, der gibt, bis er stirbt. Die Gärten waren Schulen für Heilpflanzen, deren Samen auf Feldern in anderen Gebieten ausgesät werden konnten; die Heilung des Landes musste irgendwo beginnen.

Sie brachten ihn zu einer Höhle auf der anderen Seite des Wasserfalls, vielleicht sogar eine, die er damals Nyawĩra gezeigt hatte. Man hatte sie zu einem Wohnort umgebaut. Drei Männer und zwei Frauen empfingen sie freundlich. Sie hatten Gewehre über ihren Schultern hängen. „Wir bilden hier aus“, erklärte Nyawĩra, als hätte sie die Gedanken Kamĩtĩs gelesen. Einer der Männer dort nahm die Erzählung auf.

„Die sogenannte nationale Armee ist eine koloniale Einrichtung. Man hat sie trainiert, ihr eigenes Volk zu hassen. Die Soldaten hassen sogar sich selbst, weil ihnen der Nationalstolz ausgetrieben wurde. Diese angeblich für die Freiheit kämpfenden, zum Töten ausgebildeten Nationalisten, wie können die ein Gefühl für die Nation haben, gegen deren Entstehung sie gekämpft haben? Diese Haltung geben sie an die neuen Rekruten, an die Jugend weiter. Mit der Zeit werden diese Traditionen des in der Kolonialzeit wurzelnden Selbsthasses verinnerlicht.“

„Unser Motto dagegen ist einfach“, sagte ein Mädchen. „Eine neue Armee für ein neues Aburĩria, in dem nicht das Gewehr die Politik bestimmt, sondern eine Politik der Einheit das Gewehr bestimmt, um Gesetze für soziale Gerechtigkeit zu schützen. Diese Waffen sind dazu da, unser Recht auf den politischen Kampf zu schützen, und kein Ersatz für den politischen Kampf.“

Ein anderer Mann nahm den Faden auf: „Weißt du, bislang waren wir trotz unserer Auflehnung nicht in der Lage, die Handlanger des Regimes für den Mord an unserem Volk zur Verantwortung zu ziehen.“ Nyawĩra fügte hinzu: „Es wird bestimmt ein Tag kommen, an dem wir es diesen bewaffneten Ungeheuern unmöglich machen werden, ihren Terror fortzuführen, ohne sie die Konsequenzen spüren zu lassen. Dann werden wir auf unserem Terrain kämpfen, und das ist das Volk, das wissen und daran glauben soll, dass wir sie verteidigen und ihr Recht auf ein besseres Leben schützen wollen.“

Durch unterirdische Tunnel führten sie ihn zu einer anderen Höhle, einen großen Raum voller Bücher. „Wie früher der Herrscher hasst der Imperator Bücher und die Ideen, die aus ihnen kommen“, erklärten sie.

„Wir glauben daran, dass unser Erbe alles Wissen ist und wir gleichzeitig die Pflicht haben, diesem Bestand noch etwas hinzuzufügen. Das Recht zu nehmen, die Pflicht zu geben.“

Ja, Worte, die Nyawĩra und er verwendet hatten, die ihm jetzt aber ganz und gar fremd vorkamen. Vielleicht war Wissen nichts anderes als die Kunst, das, was wir bereits kennen, mit anderen Augen zu sehen und andere Fragen zu stellen. Wissen ist die Entdeckung des Geheimnisvollen im Gewöhnlichen. Wie bei Worten, die man zu einem Lied macht. Tief in Gedanken darüber versunken, hatte er nicht bemerkt, dass man ihn in einen weiteren geräumigen Komplex geführt hatte: ein Krankenhaus, ein Nachbau des Schreins.

„Wir haben alles zu diesem Ort transportiert“, sagte Nyawĩra, die erneut seine Gedanken las. „Hierher haben wir dich an dem Abend gebracht, an dem du angeschossen wurdest. Hier wurdest du operiert und die Kugel wurde herausgeholt. Wir möchten, dass du die Leitung dieser Einrichtung übernimmst und sie zu einer Schule der Gesundheit und des sauberen Lebens in Übereinstimmung mit den Sieben Kräutern der Tugend machst. Wir versuchen, uns eine andere Zukunft für Aburĩria vorzustellen, nachdem das geeinte Volk diesen Ungeheuern die Macht genommen hat ... Dr. Patel, der dich operiert hat, ist heute nicht hier, aber ...“

„Was? Ein Aburo-Asiate?“

„Genau, denn es ist nicht so, dass alle Asiaten in Aburĩria das gegenwärtige Programm der Ungeheuer unterstützen. Wie bei den schwarzen Aburĩriern arbeiten einige mit den Kräften der Unterdrückung zusammen, während andere auf der Seite des Volkes stehen. Das war schon während unseres antikolonialen Kampfes so, aber das Regime versucht, dieses Wissen zu unterdrücken. Es wird alles unterdrückt, was darauf hinweist, dass es einem Volk möglich ist, sich über Rassen- und ethnische Schranken hinweg zu vereinen, damit die Leute die Ursprünge ihrer Kraft und Macht nicht erkennen."

Sie führten ihn in einen anderen Raum. Er spürte, wie Tränen in ihm aufstiegen. All seine Schnitzereien afrikanischer Gottheiten waren hier versammelt.

„Wir haben sie hierhergebracht, bevor du aus Amerika zurückgekehrt bist. Für uns stehen sie für einen Traum. Wir hoffen, dass du sie vollenden kannst und vielleicht noch die Götter aller anderen Schwarzen und der mit ihnen verbundenen hinzufügst."

Ein Weltgespräch der Gottheiten, sprach er bei sich, weil ihm seine Gedanken als Vogel am Himmel in den Sinn kamen.

14

Eines Nachmittags spazierten sie durch die Straßen von Eldares, und zahllose Menschen schoben und drängten sich in allen Richtungen an ihnen vorbei.

„Jeden Tag dieselbe Geschichte", bemerkte Nyawĩra. „Die Menschen strömen auf der Suche nach Arbeit in die Hauptstadt, obwohl sie wissen, dass kaum welche zu finden ist."

„Das erinnert mich an die Zeit, als ich durch diese Straßen gegangen bin und gehofft habe, dass mir mein akademischer Abschluss einen Job verschaffen würde", sagte Kamĩtĩ. „Damals sah es wirklich schlecht aus, und ich konnte nicht erkennen, wie viel schlechter es noch werden sollte. Es ist aber noch schlimmer geworden, und ich ertappe mich bei demselben Gedanken wie damals: Kann es noch schlimmer werden?"

„Was könnte das verhindern? Während der Bauer und der Handwerker hier im Land etwas produzieren, importiert die neoimperiale Klasse das billigste Zeug en masse aus dem Ausland und untergräbt die Anstrengungen im Land. Wir leben in einer vereinigten Welt unter imperialem Korporonialismus, wie die neuen Ungeheuer so stolz verkünden."

Die Straßen, durch die sie kamen, erzählten die immer gleiche, uralte Geschichte. Die Schlaglöcher hatten sich vervielfacht, überall lag Müll herum und wartete darauf, dass man ihn einsammelte.

„Das Schöne an den Leuten auf der Straße ist, dass wir uns in ihrer Mitte verstecken können", meinte Kamĩtĩ.

„Warum trinken wir nicht irgendwo einen Kaffee und genießen das Schöne im Sitzen?", schlug Nyawĩra vor. Sie wollte einen Ort finden, an dem sie die Spannungen ansprechen konnte, die zwischen Kamĩtĩ und ihr entstanden zu sein schienen. „Versuchen wir es im Mars Café?"

„Gautama, der Besitzer, könnte der uns nicht erkennen?"

„Nein, nicht Gautama, der ist immer auf dem Mars oder einem anderen Planeten", meinte Nyawĩra leichthin. „Merkur, Venus, Jupiter, Saturn, Uranus, Pluto? Was meinst du, auf welchem würde er sich gern niederlassen?"

„Eigentlich geht es nicht nur um Gautama", gab Kamĩtĩ zu und versagte sich den leichten Tonfall. „Es geht auch um Kaniũrũ."

„Hast du die Erklärung von Jane Kanyori, seiner Frau, vergessen? Er ist verschwunden. SIV."

„Und der neue Imperator? Er hat seine Firma noch. Modern Construction. Deine alte Arbeitsstelle."

Es wurde ein Spaziergang durch die Straße der Erinnerungen, zurück zu dem Schönen wie dem Schlechten, das ihnen in Santamaria widerfahren war. Nyawĩra zuckte zusammen, als sie an den Tag dachte, an dem sie durch A. G.'s unfreiwillige Hilfe um Haaresbreite der Verhaftung entgangen war, nur weil er glaubte, dass sie die andere Gestalt des Herrn der Krähen war. Sie setzten sich fast an derselben Stelle am Straßenrand nieder, an der sie an dem Tag gesessen hatten, an dem sie sich zum ersten Mal begegnet waren.

„Was auch immer mich an diesem Tag zu dir hingezogen hat, es war gesegnet."

„Und wer hätte gedacht, dass der Ort, an dem du den Test gemacht hast, später zum Ausgangspunkt des Schlangenwahns werden sollte? Oder von Tajirikas imperialem Aufstieg?"

„Na ja, wir könnten uns darauf einigen, dass er schon damals als Imperator über Holz und Bau herrschte. Ich frage mich, ob sie das ursprüngliche Schild wieder angebracht haben. KEINE FREIEN STELLEN ...", setzte Kamĩtĩ an.

„Kommen Sie morgen wieder", vervollständigten sie gemeinsam und lachten.

Ihr Lachen und die Wiederbegegnung mit ihren Anfängen verringerte die Spannung, die zwischen ihnen schwebte, merklich.

„In Ordnung, gehen wir uns also den Kaffee holen, bevor er kalt wird", sagte Kamĩtĩ.

„Hast du unsere Bestellung mit einem unsichtbaren Telefon aufgegeben?"

Sie tauchten wieder in den Menschenstrom ein, merkten aber nach einigen Straßen, dass sie ein Stück zu weit gegangen waren, drehten um und gingen den Weg zurück, den sie gekommen waren. Wieder fanden sie das Café nicht und sie gingen noch einmal zurück und schauten jedes Gebäude genau an.

„Nein, wir sind nicht vorbeigegangen", sagte Nyawĩra. „Sieh mal."

Das Gebäude, in dem sich früher das Mars Café befunden hatte, war abgerissen worden. Das Gelände war mit Wellblech eingezäunt. An der Seite stand eine große Tafel: IM BAU: GLOBE INSURANCE CORPORATION: DAS HÖCHSTE GEBÄUDE AFRIKAS; EIN ECHTES MARCHING TO HEAVEN.

„Ich frage mich, was aus Gautama geworden ist", sagte Kamĩtĩ. „Ob er sich zu einem der Planeten aufgemacht hat, die du gerade aufgezählt hast?"

„Höchstwahrscheinlich hat er seinen Laden irgendwo in der Stadt wieder aufgemacht", antwortete Nyawĩra. „Lassen wir Gautama und sein Mars Café und suchen wir was anderes."

„Wie wär's mit Chou's Chinese Gourmet?", schlug Kamĩtĩ vor.

„Das ist ein Restaurant, kein Café", wandte Nyawĩra ein.

Auf dem Markt von Santamaria kauften sie eine Ausgabe der Eldares Times und gingen in ein Café, in dem sie eine Ecke fanden, in der sie allein waren. Sie nahmen jeder einen Teil der Zeitung und lasen, während sie auf ihre Bestellung warteten.

Nyawĩras Blick fiel auf einen weiteren Hinweis über gemeinsame Militärübungen und sie meinte: „Ich verstehe nicht, warum sie diese Euro-Amerikanisch-Aburĩrischen Manöver veranstalten, wo doch der Kalte Krieg vorbei ist."

„Und wie steht es dann mit deinen Höhlen?", fragte Kamĩtĩ.

„Das heißt nicht, dass diese Übungen darauf angelegt sind, unsere Verstecke in den Bergen aufzuspüren. Aber selbst wenn, denk dran, dass es in Aburĩria viele Hügel und Berge gibt, und wo sollten sie ihre Suche anfangen und beenden? Es sei denn, sie errichteten in allen Hügeln und Bergen Militärlager."

„Ich meine ja nicht, dass sie solche Manöver veranstalten, nur um nach möglichen Verstecken möglicher Rebellen zu suchen, aber sie könnten durch Zufall darauf stoßen", gab Kamĩtĩ zu bedenken.

„Selbst dann wäre das Volk immer noch das beste Versteck, denk dran. Und auf ihre gemeinsamen Militärübungen antworten wir mit gemeinsamen Übungen des Volkes."

„Trotzdem, deine Leute sollten vorsichtig sein", sagte Kamĩtĩ.

„Warum redest du, als würdest du nicht dazugehören?"

Kamĩtĩ antwortete nicht sofort.

„Was ist los, Kamĩtĩ?", fragte sie. „Du warst in den letzten Tagen nicht der Kamĩtĩ, den ich kenne."

„Ich habe darüber nachgedacht, warum die Liebe meines Lebens so viel vor mir geheim gehalten hat."

„Aber du gehörtest damals noch nicht zur Bewegung; wie hätte ich dir ihre Geheimnisse anvertrauen können? Würdest du mich dafür achten? Was, wenn jeder das machte und seiner Liebsten oder dem Geliebten alles sagen würde?"

„Na ja, ich dachte, ihr wärt auch alle vertraut miteinander ..."

„Ja, wir sind einander vertraut – na und?", fragte Nyawĩra etwas herausfordernd.

„Ich hatte das Gefühl, als würde ich dir nichts mehr bedeuten“, sagte Kamĩtĩ.

Nyawĩra lachte. „Bist du etwa eifersüchtig?“

„Ein bisschen, ja.“

„Nur ein bisschen? Ich bin enttäuscht.“

„Mehr als ein bisschen!“

„Verscheuch diese Gedanken. Es stimmt, dass wir sehr vertraut miteinander sind. Wir haben gemeinsam eine Menge durchgemacht. Das ist ein Band der Politik, und es ist so, wie es sein sollte. Uns beide verbindet ein Band der Liebe. Und auch das ist so, wie es sein sollte. Heute aber ist unsere Beziehung viel stärker, weil wir jetzt zum Band der Liebe das der Politik hinzugefügt haben. Und ehrlich, ich würde lügen, wenn ich sagte, dass ich nicht glücklich war zu sehen, wie du dich mit der Eifersucht herumgeschlagen hast. Danke. Aber übermäßige Eifersucht ist nicht gut für die Liebe, denn das würde heißen, dass du dich jedes Mal, wenn du mich mit einem Mann lachen oder reden siehst oder ich spät nach Hause komme, mit Gram und sinnlosen Verdächtigungen herumschlagen würdest. Ein bisschen Eifersucht hält die Liebe warm. Aber zu viel schadet ihr.“

„Gut, dann soll meine gerade so groß sein, unsere Liebe zu wärmen. Du weißt, dass ich immer zu dir gestanden habe und nie mehr wissen wollte als nötig. Stell dir vor, wie ich mich gefühlt hätte, wenn ich alle Geheimnisse der Bewegung gekannt hätte, als ich mich in ihrer Gewalt befand? Zum Glück wusste ich nichts, sodass ich, selbst wenn sie mir mit dem Tod gedroht hätten, nichts hätte aussagen können. Denn es gab nichts, was zu verraten gewesen wäre.“

„Aber du kanntest ein großes Geheimnis“, sagte Nyawĩra. „Du wusstest von mir und du hast mich nie verraten.“

„Das stimmt, aber gleichzeitig wusste ich nicht alles über dich. Bis zu dem Augenblick, in dem du in das Zimmer gekommen bist und als Anführerin vorgestellt wurdest, hatte ich keine Ahnung von deiner Stellung in der Bewegung. Du hast immer über die Bewegung und ihre Führung geredet. Sogar an diesem Tag konnte ich nicht ahnen, dass du zu dem Treffen kommen würdest, weil du es nicht einmal angedeutet hast.“

„Das war, weil wir, wie ich dir neulich gesagt habe, nicht wollten, dass du eine politische Entscheidung triffst, die ausschließlich auf deinen Gefühlen für mich basiert."

„Die Täuschung, wenn ich das so nennen darf, war perfekt."

„Du gibst zu, dass du darauf hereingefallen bist?"

„Ja, und als du dich hingesetzt und die Leitung des Treffens übernommen hast, dachte ich für einen Moment, eine ganz andere vor mir zu sehen."

„Dann habe ich gewonnen", sagte Nyawĩra triumphierend.

„Was gewonnen?"

„Die Wette. Erinnerst du dich an unsere kleine Wette? Du hast damals geschworen, dass du dich nicht ein drittes Mal täuschen lassen würdest."

„Ach, das", meinte Kamĩtĩ. „Diesmal war es aber anders, weil du dich nicht verkleidet hattest wie die Hinkende Hexe im State House. Aber ich bin mehr als froh, die Wette verloren zu haben. Wenn es so weit ist, werde ich die Eheringe kaufen."

„Ich liebe dich", sagte sie leise.

„Ich liebe dich, sehr", gab er zurück.

Sie spazierten über den Markt, bevor sie sich entschlossen, die Menge zu meiden und den ehemaligen Ruler's Highway, der jetzt Imperial Highway hieß, hinunterzugehen. Bald darauf gelangten sie zum ehemaligen Bauplatz für Marching to Heaven, an dem nun das Imperial Coliseum errichtet werden sollte.

„Siehst du den Mann, der dort unter dem Baum sitzt?", fragte Nyawĩra. „Was macht er da so ganz allein, in Buddha-Haltung mit den Beinen über Kreuz?"

„Gautama", erkannte Kamĩtĩ sofort.

Ja, es war tatsächlich Gautama, der unter dem Baum saß, die Beine wie Buddha über Kreuz und den Rücken gegen den Stamm gelehnt hatte. Von den Zweigen hingen Zeitungs- und Zeitschriftenausschnitte, aus denen ein Stück Papier herausstach, auf dem MARS geschrieben stand.

„Vielleicht das Einzige, das er aus dem Mars Café retten konnte", murmelte Kamĩtĩ und dachte an das letzte Mal, als Gautama und er über das Mahabharata, das Ramayana, die Gita, die Sterne und das Weltall geredet hatten.

Kamĩtĩ schlug Nyawĩra vor, einfach weiterzugehen, doch dann kam ein Windstoß, der ihn auf die einsame Gestalt zuzutreiben schien. Er änderte seine Meinung. Sie konnten sich zumindest ein bisschen solidarisch verhalten.

„*Namaste! Gurudeva!*“, rief Kamĩtĩ.

Gautama glaubte, neue Anhänger gewonnen zu haben, und begann, ohne den Gruß zu erwidern oder seine Haltung zu verändern, ihnen die gute Nachricht zu verkünden:

„Ich bin nicht allein, versteht ihr! Dieser Baum und die herumstreunenden Tiere, die mich besuchen, sind meine Freunde. Auch der Wind, die Sonne und der Regen sind meine Freunde. Erinnert ihr euch an Hanumans Abschiedsworte an Rama im Ramayana? Schöne Worte, die vom Einssein der Schöpfung sprechen“, sagte er, griff nach einem Buch, das neben ihm lag, und las laut vor: „‚Liebe Rama, wir sind deine Freunde aus lang vergangenen Zeiten und deine Gefährten aus uralten Tagen, die dir helfen wollen. Wir sind deine Vorväter. Wir sind deine Ahnen, die Tiere, und du bist unser Menschenkind. Wegen unserer Freundschaft kennen wir dich seit langem, Rama, und die Zahl dieser Tage verliert sich im Schweigen.‘

Ach, das Schweigen des Seins“, sagte Gautama, als er den Blick vom Buch hob und seufzte. „Die Träume des Menschen haben kein Ende. Oh, wenn wir Hass und Kriegen ein Ende machen würden, würden wir nicht nur die Erde, sondern das Universum erben. Der einzige Weg, auf dem die Nationen der Erde zusammenkommen und sich mit dem Leben vereinen können, besteht darin zu lauschen, was das Universum zu sagen hat. Das Licht kommt von der Sonne. Möge das Licht des Universums scheinen. Das All ist unsere Zuflucht. Erheben wir uns gegen alle Vorhaben, den Tod ins All zu tragen ...“

Sie gingen weiter und fragten sich, ob das, was sie gerade gehört und gesehen hatten, nicht von einem Mann kam, der über dem Verlust des Mars Cafés den Verstand verloren hatte. Dunkle Wolken zogen auf, Regen drohte. Sie beschlossen, nach Santalucia zurückzukehren, was hieß, durch das Stadtzentrum zu gehen, um einen Bus nehmen zu können. Sie gingen am Paradise vorbei, überquerten die Imperial Avenue, die Imperial Road, die Imperial Street, kamen am Imperial Conference Center vorbei und gelangten schließlich zum Imperial City Square. Bauarbeiter waren überall dabei, die Straßen- und Gebäudenamen in Imperial dies und Imperial das zu ändern.

Der Imperial City Square war ein weiter, offener Platz, einer der wenigen, die übrig geblieben waren und den zumeist die Arbeitslosen besuchten, um sich ein wenig auszuruhen und sich die Zeit zu vertreiben, bevor sie wieder auf die Jagd nach Arbeit gingen. Manche verbrachten, wenn keine Polizei in der Nähe war, sogar die Nacht hier. An diesem Nachmittag war, wie immer, eine große Menschenmenge auf dem Platz, und überall sorgten Straßenkünstler mit ihren Improvisationen für Unterhaltung, darunter auch Propheten der Verdammnis, die den Reuelosen Feuer und Schwefel predigten.

Nyawĩra und Kamĩtĩ schlenderten von einer Gruppe zur nächsten, bis sie auf eine Menschentraube stießen, die sich um einen Geschichtenerzähler mit einer einsaitigen Geige versammelt hatte.

„Das ist A.G.", flüsterte Kamĩtĩ. „Erinnerst du dich, der Polizist."

In diesem Augenblick rief A.G.: „Ehrlich! *Haki ya Mungu,* genau das hat der Herr der Krähen getan."

Die Menschen lauschten, während er von seiner Suche nach dem Herrn der Krähen sang, von dem er sich den Segen erhoffte: das Wesen des Lebens. „Lasst euch nicht belügen – der Herr der Krähen wird niemals sterben. Ehrlich! *Haki ya Mungu!*"

A.G. schien verrückt, und Nyawĩra dachte, er spiele es nur, um aussprechen zu können, was er sagen wollte, ohne dass sich jemand einmischte.

Es begann zu regnen. Die Leute klatschten und einige sagten, der Regen werde vielleicht etwas von dem Schmutz in den Straßen von Eldares fortspülen.

In diesem Augenblick fand A.G.'s Blick den von Nyawĩra und Kamĩtĩ. Er hörte auf zu singen, runzelte die Stirn und schüttelte den Kopf, als glaubte er, dass seine Augen ihn betrogen. Und dann nahm er seine Ballade vom berühmten Herrn der Krähen, der sich in alles, was er wollte, verwandeln konnte, wieder auf.

„Das ist er", flüsterte Nyawĩra im Gehen.

„Wer?"

„Der Mann, der Kaniũrũ die Waffe abgenommen hat."

„A.G., der uns einmal von den Toren des Paradise verjagt hat?

„Und uns auch von den Toren der Hölle weggerissen hat."

Kamĩtĩ und Nyawĩra gingen heimwärts und hielten sich an der Hand. Auf Nyawĩras Gesicht mischten sich Tränen unter die Regentropfen, und der Klang der einsaitigen Geige und die Stimme des Mannes folgten ihnen, als wollte der Sänger ihnen sagen, dass auch er sich an jene Nacht erinnere, in der er das Paar von den Toren des Paradise vertrieben hatte, weil er sie irrtümlich für Bettler hielt. Nyawĩra fügte dem Klang der Geige den ihrer Gitarre hinzu, und in ihr mischten sich die Klänge von beiden zu einem. Sie ließ diese Mischung in sich nachklingen, weil sie wusste, dass sie ihm vielleicht niemals wieder von Angesicht zu Angesicht gegenüberstehen würden, um ihm sagen zu können: „Danke, A.G. ... Danke für das Geschenk des Lebens!"

NGATHO – DANK

Dank gilt meinem Lektor Erroll McDonald für seine enorme Arbeit an dieser Übersetzung aus dem Gĩkũyũ ins Englische; meiner Agentin Gloria Loomis für ihr Vertrauen und ihre Ermutigung; und meiner Assistentin Barbara Caldwell für das Korrekturlesen und das Lektorat; Njenga und Njeri Gĩkang'a, Gatuawa Mbũgwa, Cege Gĩthiora und Wambũi Gĩthiora für ihre akribischen Bemerkungen zu den ersten Entwürfen, Elizabeth Alexander für die Karten von Chennai und Susan Prethroe für die sichere Verwahrung der ersten Entwürfe; meinen Kollegen am ICWT, Colette Atkinson und Chris Aschan, da sie für eine schöpferische Arbeitsatmosphäre sorgten; dem Gedächtniskreis für die verstorbene Dr. Judy Wambu, der sich jedes Jahr zu Thanksgiving bei den Wambus im Riverside Drive in New York trifft, und denen ich Teile des Romans vorlesen durfte; meinen Brüdern und Schwestern Wallace Mwangi, Charity Wanjikũ, Wambũi Njinjũ, Njoki, Wanjirũ Gitakaya; den Leuten im Limahouse (Bewohner und Mitglieder des Kenya Council for Cultural Revival); meinen Weggefährten in Kenia, Afrika und auf der ganzen Welt (Kamoji Wachira und Wanjirũ Kĩhoro, ihr verdient mehr Anerkennung) für ihre inspirierende Gesellschaft. Besonderer Dank gilt John la Rose und Sarah White für ihre aktive Rolle im Kampf in Kenia. Immer in meinem Herzen sind meine Kinder: Thiong'o Senior, Kĩmunya, Ndũcũ, Mũkoma, Wanjikũ, Njoki, Bjorn, Mũmbi, und Thiong'o K., meine Nichte Ngina und mein Enkelsohn Ngũgĩ.

Danke Jancita Wabera Rebo, dass Thiong'o und Mũmbi bei dir ein Zuhause fanden und Gĩkũyũ lernen konnten, und Henry und Rosalind Chakava und euren Kindern Sharon, Laura und Yolanda dafür, dass ihr uns ein Zuhause gegeben habt, als wir es am nötigsten brauchten. Dank gilt Pat Hilden, Tim Reiss, Sonia Sanchez, Susie

Tharu, Peter and Mary Nazareth, Bhahadur und Yasmine Tejani, Manthia Diawara, Kassahun Checole, Kofi Anyidoho, Haunani-Kay Trask, Gayatri Spivak, Meena Alexander, Susan Wheeler, Eva Lanno und Ngũgĩ wa Mĩriĩ, dafür, dass sie immer da waren. Viele von euch werden hier namentlich nicht erwähnt, aber euer Geist ist Bestandteil dieser Erzählung.

Ich muss aber meine Landsleute vom Committee for the Release of Political Prisoners in Kenya (1982-1987) in London erwähnen, die eine weltweite Kampagne gegen das Moi-Regime in Kenia und für die Demokratie organisierten. Sie schlossen sich mit anderen Gruppen in London zusammen, die gegen die Marcos-Diktatur auf den Philippinen, die Diktatur Pinochets in Chile und das Apartheid-Regime in Südafrika kämpften. Danke Abdilatif Abdalla, Yusuf Hassan, Shiraz Durrani, Wanjirũ und Wanyĩrĩ Kĩhoro, Nish Mũthoni und Wangũi wa Goro. Das Abbild der Diktatur in dieser Erzählung geht auf diese Periode unseres Kampfes zurück.

Ngũgĩ wa Thiong'o